Früh am Morgen beginnt die Nacht

W0030192

Das Buch

Seit seiner Kindheit kümmert sich Dominick Birdsey um seinen Zwillingsbruder Thomas. Geboren sind sie in zwei verschiedenen Jahrzehnten: Dominick am 31. 12. 1949 um 23.57 Uhr, Thomas am 1. 1. 1950 um drei Minuten nach Mitternacht. Aber sie sind aus einem Ei – und könnten doch unterschiedlicher nicht sein. Während der immer schon zarte Thomas den größten Teil seines Lebens in wechselnden Anstalten verbringt, ist Dominicks Leben in der Sorge um ihn nach und nach in die Brüche gegangen: Die Frau, die er liebt, hat sich von ihm scheiden lassen. Seine Stelle als High-School-Lehrer hat er aufgeben müssen, er lebt von Gelegenheitsjobs. Seine Mutter ist vor vier Jahren gestorben, ohne ihm je zu sagen, wer sein biologischer Vater ist. Und da besiegelt der schizophrene Thomas in einem grandiosen Akt der Selbstaufopferung sein Schicksal: Mit einem Ritualmesser hackt er sich in einer öffentlichen Bücherei die Hand ab, um gegen den Krieg zu protestieren...
Über die verzweifelten Versuche, seinen Bruder vor der endgültigen Verbannung in eine geschlossene Anstalt zu bewahren, bemüht sich Dominick, auch das eigene Leben in den Griff zu bekommen.

Der Autor

Wally Lamb, geboren 1951, begann am Tag der Geburt seines ersten Sohnes mit dem Schreiben. Schon sein erster Roman *Die Musik der Wale* wurde in den USA und Deutschland nicht nur ein großer Bestsellererfolg, sondern auch begeistert von der Kritik gefeiert. Gegenwärtig lebt Wally Lamb mit Frau und mittlerweile drei Söhnen in einer kleinen Stadt in Connecticut, wo er Creative Writing unterrichtet.

In unserem Hause ist von Wally Lamb bereits erschienen:
Die Musik der Wale

Wally Lamb

Früh am Morgen beginnt die Nacht

Roman

Aus dem Amerikanischen
von Franca Fritz und Heinrich Koop

List Taschenbuch Verlag

List Taschenbuch Verlag 2001
Der List Taschenbuch Verlag ist ein Unternehmen der
Econ Ullstein List Verlag GmbH & Co. KG, München
© 2001 für die deutsche Ausgabe by Econ Ullstein List Verlag GmbH & Co. KG, München
© 1999 für die deutsche Ausgabe by Paul List Verlag GmbH & Co. KG, München
© 1998 by Wally Lamb
Titel der englischen Originalausgabe: I know this much is true
(Regan Books, HarperCollins Publishers, New York)
Übersetzung: Franca Fritz und Heinrich Koop
Die »Geschichte von Domenico Onofio Tempesta, einem großen Mann von bescheidener Herkunft«, wurde aus dem Amerikanischen übersetzt von Peter Beyer.
Redaktion: Caroline Draeger und Claudia Schlottmann
Umschlagkonzept: HildenDesign, München – Stefan Hilden
Umschlaggestaltung: Init GmbH, Bielefeld
Titelabbildung: The Image Bank
Druck und Bindearbeiten: Ebner, Ulm
Printed in Germany
ISBN 3-548-60062-X

Dieses Buch ist meinem Vater und meinen Söhnen gewidmet.

1

Am Nachmittag des 12. Oktober 1990 betrat mein Zwillingsbruder Thomas die Stadtbücherei von Three Rivers, Connecticut, zog sich in eine der hinteren Lesenischen zurück und betete, Gott möge das Opfer annehmen, das er zu bringen bereit war. Mrs. Theresa Fenneck, die Leiterin der Kinderabteilung, war an diesem Tag für die gesamte Bücherei verantwortlich, da ihre Chefin eine Konferenz in Hartford besuchte. Sie ging zu meinem Bruder hinüber und sagte ihm, er solle seine Stimme senken oder die Bücherei verlassen; sie könne ihn durch den ganzen Raum bis zu ihrem Pult am Eingang hören. Man müsse auch an die anderen Besucher denken. Wenn er beten wolle, sagte sie zu ihm, solle er in die Kirche gehen, nicht in die Bibliothek.

Am Tag zuvor hatten Thomas und ich mehrere Stunden miteinander verbracht. Unser Sonntagsritual schrieb vor, daß ich ihn gegen Unterschrift aus dem Settle-Gebäude der Landesklinik holte und zum Mittagessen einlud. Danach besuchten wir unseren Stiefvater oder fuhren zusammen durch die Gegend, bis ich ihn zum Abendessen wieder in der Anstalt ablieferte. An dem Tag hatte ich meinem Bruder im hinteren Teil des Friendly's an einem Tisch gegenübergesessen, seinen Zigarettenrauch eingeatmet und zum x-ten Mal sein Heft mit Zeitungsausschnitten über die Golfkrise durchgeblättert. Er hatte im August angefangen, sie zu sammeln, als Beweis dafür, daß das Armageddon kurz bevorstand – daß der letzte Kampf zwischen Gut und Böse jeden Augenblick beginnen konnte.

»Die Tage Amerikas sind gezählt, Dominick«, erklärte er mir. »Wir haben die Hure der Welt gespielt und in unserer Gier geschwelgt. Jetzt müssen wir den Preis dafür zahlen.«

Meine auf der Tischplatte trommelnden Finger schien er überhaupt nicht zu bemerken. »Ohne das Thema wechseln zu wollen«, erwiderte ich, »aber wie läuft das Kaffeegeschäft?« Seitdem acht Milligramm Haldol pro Tag die Stimmen in Thomas' Kopf zum Schweigen gebracht hatten, war es ihm gelungen, sich im Aufenthaltsraum der Patienten ein kleines Gewerbe aufzubauen – von einem metallenen Rollwägelchen, das noch wackliger war als sein Gemütszustand, verteilte er Kaffee und Zigaretten und Zeitungen. Wie so viele der anderen Patienten stand er auf Kaffee und Nikotin, aber es waren die Zeitungen, die sich zu Thomas' stärkster Sucht entwickelt hatten.

»Wie können wir nur um des billigen Öls willen Menschen töten? Wie läßt sich das rechtfertigen?« Seine Hände flatterten unruhig hin und her, während er sprach; die Handflächen waren voller Druckerschwärze. Diese schmutzigen Hände hätten mich warnen, mir einen Hinweis geben müssen. »Wie können wir Gottes Rache verhindern, wenn wir ein Menschenleben so geringachten?«

Unsere Kellnerin kam an den Tisch – ein junges Mädchen mit zwei Plastikschildchen auf der Brust: »Hallo, ich heiße Kristin« und »Geduld, ich lerne noch«. Sie fragte uns, ob wir als Vorspeise ein paar Käsestangen oder einen Teller Suppe haben wollten.

»Du kannst nicht Gott und den Mammon *zugleich* anbeten, Kristin«, erklärte Thomas ihr. »Amerika wird sein eigenes Blut erbrechen.«

Etwa einen Monat später – nachdem Präsident Bush verkündet hatte, daß »eine Linie in den Sand gezogen worden« sei und ein Konflikt immer wahrscheinlicher werde – erschien Mrs. Fenneck an meiner Haustür. Sie hatte mich ausfindig gemacht, hatte meine Adresse im Telefonbuch gefunden und war dann aus heiterem Himmel zu Joys und meiner Wohnung gefahren, um dort zu klingeln. Sie deutete auf ihren Ehemann, der in einem blauen Dodge

Shadow am Bordstein parkte und auf sie wartete. Dann gab sie sich als die Bibliothekarin zu erkennen, die den Notarzt gerufen hatte.

»Ihr Bruder war immer sauber und ordentlich«, erzählte sie mir. »Was man nicht unbedingt von allen behaupten kann. Aber man muß diesen Leuten gegenüber standhaft bleiben. Den ganzen Tag über, jeden Tag, lädt der Kleinbus der Landesklinik sie einfach mitten in der Stadt ab und überläßt sie sich selbst. Sie wissen nicht, wo sie hingehen oder was sie tun sollen. Die Läden lassen sie nicht hinein – um Himmels willen, die Geschäfte gehen so schon schlecht genug. Also kommen sie in die Bücherei und lassen sich da nieder.« Während sie sprach, wandte sie immer wieder nervös den Blick von mir ab. Thomas und ich sind *eineiige* Zwillinge, keine zweieiigen – ein befruchtetes Ei, dessen Zellen sich geteilt und auseinanderbewegt haben. Mrs. Fenneck konnte mir nicht ins Gesicht sehen, weil sie Thomas sah.

Ich erinnere mich, daß es kalt war, und ich bat sie in den Hausflur, aber nicht weiter. Zwei Wochen lang hatte ich mich am Fernseher durch die neuesten Nachrichten zur Operation Wüstensturm gezappt, den Ärger und Zorn heruntergeschluckt, mit dem die Tat meines Bruders mich erfüllt hatte, und den Hörer immer gleich wieder auf die Gabel geknallt, wenn einer dieser blutsaugenden Reporter oder Fernsehtypen anrief, die versuchten, ihre Verrücktenquote für die nächste Woche zusammenzubringen. Ich bot Mrs. Fenneck nicht an, den Mantel abzulegen, sondern blieb mit verschränkten Armen stehen, die Hände unter den Achseln zu Fäusten geballt. Was dies auch immer werden sollte – ich wollte, daß es schnell vorüberging.

Sie sagte, sie wolle mir begreiflich machen, mit was Bibliothekarinnen heutzutage alles fertig werden müßten. Früher einmal sei es ein angenehmer Beruf gewesen – schließlich gehe sie gern mit Menschen um. Aber heute seien die Büchereien den Ausgestoßenen und Obdachlosen der Stadt auf Gedeih und Verderb ausgeliefert – Menschen, die überhaupt nicht an Büchern oder Informationen interessiert seien, Menschen, die nur reglos dasitzen oder alle fünf Minuten auf die Toilette rennen wollten. Hinzu kämen AIDS und Drogen und all das. Vor ein paar Tagen habe jemand eine schmutzige Spritze entdeckt, die hinter dem Papiertuchhalter in der Herrentoilette klemmte. Ihrer Ansicht nach wirke das ganze Land wie eine Kommode, aus der man alle Schubladen herausgezogen und auf den Boden ausgeleert habe.

Ich hatte barfuß die Tür geöffnet. Meine Füße waren schon ganz kalt. »Was *wollen* Sie?« fragte ich. »Warum sind Sie hergekommen?«

Sie sei gekommen, erwiderte sie, weil sie nicht mehr essen und nicht mehr schlafen könne, seit mein Bruder es getan habe. Nicht, daß sie dafür verantwortlich sei, betonte sie. Offensichtlich habe Thomas das Ganze im vorhinein geplant und hätte es auf jeden Fall getan, ganz egal, ob sie etwas zu ihm gesagt hätte oder nicht. Ein Dutzend oder mehr Leute hätten ihr erzählt, er sei regelmäßig in der Stadt umhergelaufen, habe etwas über den Krieg vor sich hingemurmelt und eine Faust hoch in die Luft gereckt. Ihr selbst sei es ebenfalls aufgefallen, es habe immer so seltsam ausgesehen. »Für gewöhnlich kam er herein, saß den ganzen Nachmittag in der Zeitschriftenabteilung und diskutierte mit den Zeitungen«, erzählte sie. »Dann, nach einer Weile, wurde er ruhiger, starrte nur noch aus dem Fenster und seufzte. Dabei hielt er den angewinkelten Arm hoch, die Hand zur Faust geballt. Aber wer hätte das für ein *Zeichen* halten sollen? Welcher einigermaßen normale Mensch hätte zwei und zwei zusammenzählen und erraten können, daß er *so etwas* plante?«

Niemand, antwortete ich. Niemand von uns hätte das gekonnt.

Mrs. Fenneck sagte, sie habe viele Jahre in der Ausleihe gearbeitet, bevor sie die Kinderabteilung übernahm, und sie könne sich noch gut an meine Mutter erinnern, Gott habe sie selig. »Sie war eine echte Leserin. Kriminalromane und Liebesgeschichten, soweit ich mich erinnere. Ruhig, immer sehr freundlich. Und so adrett. Es ist ein Segen, daß sie *das* nicht mehr miterleben mußte, die Arme. Obwohl es natürlich auch kein Honigschlecken ist, an Krebs zu sterben.« Sie erzählte, sie habe eine Schwester gehabt, die auch an Krebs gestorben sei, und eine Nichte von ihr kämpfe gerade gegen diese Krankheit. »Wenn Sie mich fragen«, fuhr sie fort, »ich glaube, eines Tages wird jemand herausfinden, warum heute so viele Menschen daran erkranken, und dann wird sich herausstellen, daß es alles nur an den Computern liegt.«

Wenn sie weitergequasselt hätte, wäre ich vielleicht noch in

Tränen ausgebrochen. Oder hätte sie bewußtlos geschlagen. »Mrs. Fenneck!« sagte ich.

In Ordnung, erwiderte sie, sie wolle mich geradeheraus fragen: Ob mein Vater oder ich der Meinung seien, daß sie für irgend etwas von dem verantwortlich sei, was geschehen war?

»*Sie?*« fragte ich. »Warum Sie?«

»Weil ich ihn schroff zurechtgewiesen habe, kurz bevor er es getan hat.«

Ich hielt *mich selbst* für verantwortlich – weil ich bei seinem Gefasel über den Islam und das Armageddon abgeschaltet, weil ich die Ärzte nicht angerufen hatte, um ihnen wegen seiner Medikation auf die Füße zu treten. Und vor allem, weil ich in der Notaufnahme wahrscheinlich die falsche Entscheidung getroffen hatte.

An jenem Sonntag hatte er im Friendly's nur ein Glas Wasser haben wollen. »Ich faste«, sagte er, und ich fragte ihn ganz bewußt nicht nach dem Warum, ignorierte seine schmutzigen Hände und bestellte mir einen Cheeseburger und Pommes frites.

Ich sagte Mrs. Fenneck, sie sei in keinster Weise verantwortlich.

Ob ich dann bereit sei, ihr das auch schriftlich zu geben? Daß das Ganze nichts mit ihr zu tun habe. Es sei die Idee ihres Mannes gewesen, sagte sie. Wenn ich es nur eben auf ein Stück Papier schreiben würde, könnte sie vielleicht wieder die Nächte durchschlafen und etwas von ihrem Abendessen zu sich nehmen. Dann fände sie vielleicht wieder ein wenig Frieden.

Unsere Blicke trafen sich. Diesmal wich sie meinen Augen nicht aus. »Ich habe Angst«, sagte sie.

Ich sagte ihr, sie solle einen Moment warten. In der Küche griff ich mir einen Stift und einen dieser Post-it-Klebezettel, die Joy bei der Arbeit mitgehen läßt und neben unserem Telefon aufbewahrt. (Sie bringt mehr davon mit, als wir je verbrauchen können. Vor ein paar Tagen schob ich meine Hände in die Taschen ihres Wintermantels auf der Suche nach etwas Wechselgeld für den Zeitungsjungen und fand Dutzende dieser kleinen Blöcke. *Dutzende.*) Meine Hand zitterte, als ich die Erklärung niederschrieb, durch die Mrs. Fenneck bekam, was sie wollte: Appetit, Schlaf, Absolution vor dem Gesetz. Ich tat es nicht aus Mitleid. Ich tat es, weil ich wollte, daß sie den Mund hielt. Daß sie endlich aus meinem Flur verschwand. Und weil ich ebenfalls Angst hatte. Angst um meinen Bruder. Angst davor, seine andere Hälfte zu sein.

Ich ging in den Hausflur zurück, trat auf Mrs. Fenneck zu und klebte ihr den gelben Zettel ans Revers. Sie zuckte zurück, als ich das tat, und ihre unwillkürliche Reaktion befriedigte mich auf eine kleine, miese Art und Weise. Ich hatte nie von mir behauptet, besonders liebenswert zu sein. Nie gesagt, ich sei *kein* Scheißkerl.

Alles, was ich über die Ereignisse in der Bücherei am 12. Oktober 1990 wußte, hatte ich aus Thomas' Erzählungen und aus den Zeitungsberichten, die gleich neben den Neuigkeiten über die Operation Wüstensturm abgedruckt waren. Nach Mrs. Fennecks Rüge in der Lesenische hatte Thomas seine Gebete schweigend wieder aufgenommen. Immer und immer wieder rezitierte er Vers 29 und 30 aus dem Matthäusevangelium, Kapitel 5: *Wenn dich dein rechtes Auge zum Bösen verführt, dann reiß es aus und wirf es weg! Und wenn dich deine rechte Hand zum Bösen verführt, dann hau sie ab und wirf sie weg! Denn es ist besser für dich, daß eines deiner Glieder verlorengeht, als daß dein ganzer Leib in die Hölle kommt.* Dann holte Thomas unter seiner Jacke das Ghurka-Ritualmesser hervor, das unser Stiefvater als Souvenir aus dem Zweiten Weltkrieg mitgebracht hatte. Bis zum Nachmittag des vorigen Tages hatte es unbeachtet in seinem Futteral an der Wand eines Schlafzimmers im Obergeschoß des Hauses gehangen, in dem mein Bruder und ich aufgewachsen waren.

Der Chirurg, der meinen Bruder später behandelte, war über seine Entschlossenheit verblüfft; die Stärke des Schmerzes, sagte er, hätte ihn auf halbem Wege von seiner Mission abbringen müssen. Mit seiner linken Hand führte Thomas jeden der Schritte aus, die er zuvor im Geiste geübt hatte. Er begann den Schnitt am Ansatz seines rechten Handgelenks, brach knirschend durch die Knochen und amputierte sich mit dem scharfen Messer sauber die Hand. Mit einem lauten Grunzen schleuderte er die abgetrennte Hand quer durch den Lesesaal. Dann griff er in die Wunde, zog heftig an den blutspritzenden Arterien an Elle und Speiche und drückte sie zusammen, so gut er konnte. Anschließend hob er den Arm in die Luft, um die Blutung zu verlangsamen.

Als die anderen Besucher der Bücherei begriffen – oder zu begreifen glaubten –, was soeben geschehen war, brach Chaos aus. Einige rannten zur Tür, zwei Frauen versteckten sich zwischen den Regalen, aus Angst, der Verrückte könnte sich als nächstes an ihnen vergreifen. Mrs. Fenneck kauerte sich hinter ihr Pult und rief die Polizei an. In der Zwischenzeit hatte Thomas schwankend die Lesenische verlassen und war zu einem nahe stehenden Tisch gestolpert, wo er nun saß, völlig ruhig bis auf ein gelegentliches tiefes Seufzen. Das Messer hatte er in der Nische zurückgelassen. Thomas verfiel in einen Schockzustand.

Natürlich gab es Blut, aber nicht so viel, wie es hätte sein können, da Thomas über das nötige Wissen und die Geistesgegenwart verfügte, die Blutung zu stillen. (Als Junge gewann er Medaillen und Urkunden in Erste Hilfe, noch lange nachdem ich die Pfadfinder zu einer Organisation für Arschlöcher erklärt hatte.) Als deutlich wurde, daß Thomas niemandem außer sich selbst Schaden zufügen wollte, richtete Mrs. Fenneck sich hinter ihrem Pult auf und befahl dem Hausmeister, die Hand mit einer Zeitung zu bedecken. Krankenwagen und Polizei trafen gleichzeitig ein. Die Pfleger kümmerten sich hastig um meinen Bruder, schnallten ihn auf eine Bahre und packten die Hand in eine Plastiktüte, die mit Eis gefüllt war, das jemand in aller Eile aus dem Gefrierschrank des Personals geholt hatte.

In der Notaufnahme kam mein Bruder wieder zu sich und setzte sich entschieden gegen alle Versuche der Ärzte zur Wehr, seine Hand wieder anzunähen. Unser Stiefvater Ray war verreist und nicht erreichbar. Ich stand gerade oben auf einem Gerüst und bereitete die Fassade eines dreistöckigen viktorianischen Hauses in der Gillette Street für den Anstrich vor, als ein Streifenwagen mit Blaulicht vorfuhr. Ich traf im Krankenhaus ein, als Thomas sich mitten in einem Streit mit dem zuständigen Chirurgen befand, und mußte als sein vernunftbegabter nächster Verwandter darüber entscheiden, ob der chirurgische Eingriff vorgenommen werden sollte oder nicht.

»Wir betäuben ihn nach allen Regeln der Kunst, und wenn er wieder aufwacht, pumpen wir ihn bis zur Halskrause voll mit Beruhigungsmitteln«, versprach der Arzt. Es war ein junger Typ mit einem Haarschnitt wie ein Fernsehreporter – dreißig Jahre alt, wenn überhaupt. Er sprach in ganz normaler Lautstärke, ohne einen Hauch von konspirativem Flüstern in der Stimme.

»Dann werde ich sie wieder abreißen«, warnte mein Bruder. »Glauben Sie, daß ein paar Nähte mich von dem abhalten können, was ich tun muß? Ich habe einen Pakt mit Gott dem Allmächtigen geschlossen.«

»Wenn es sein muß, können wir ihn die ersten Tage festbinden«, fuhr der Arzt fort. »Auf diese Weise besteht die Chance, daß sich die Nerven regenerieren.«

»Es gibt nur einen Erlöser im ganzen Universum, Doktor«, brüllte Thomas. »Und das sind nicht *Sie*!«

Der Arzt und Thomas wandten sich beide mir zu. Ich sagte, ich brauchte einen Moment, um über alles nachzudenken und meinen Kopf klar zu bekommen. Dann verließ ich den Raum und ging den Flur hinunter.

»Aber denken Sie nicht zu lange nach«, rief der Chirurg mir hinterher. »Zum *jetzigen* Zeitpunkt steht's fifty-fifty, daß die Operation gelingt, und je länger wir warten, desto schlechter werden die Aussichten.«

Das Blut pochte in meinem Schädel. Ich liebte meinen Bruder. Ich haßte ihn. Ich konnte nichts an seinem jetzigen Zustand ändern. Nicht den Thomas zurückholen, der er gewesen war.

Die einzigen Argumente, die mir einfielen, bevor ich das Ende des Flurs erreicht hatte, waren *dumme* Argumente: Konnte er beten, ohne seine Hände dabei zu falten? Konnte er Kaffee einschenken? Sein Feuerzeug aufschnappen lassen? Vom anderen Ende des Gangs hörte ich ihn rufen: »Es war eine *religiöse* Tat! Ein *Opfer*! Wer gibt *dir* die Macht über *mich*?«

Macht – das war das Stichwort, das den Ausschlag für meine Entscheidung gab. Plötzlich wurde der Chirurg zu unserem Stiefvater und all den anderen Tyrannen und Schindern, unter denen Thomas seit jeher zu leiden hatte. Zeig's ihm, Thomas, dachte ich. Kämpf für deine verdammten Rechte!

Ich ging den Flur zurück und sagte zu dem Arzt, er solle die Hand nicht wieder annähen.

»Nicht?« erwiderte er. Er war bereits gewaschen und umgezogen. Ungläubig starrte er mich an. »Ich soll sie *nicht* annähen?«

Kurz darauf entfernte der Chirurg im Operationssaal ein Stück

Haut vom Oberschenkel meines Bruders und bedeckte mit dem lappenförmigen Gewebestück das durchtrennte Handgelenk. Die Prozedur dauerte vier Stunden. Als alles vorüber war, hatten bereits mehrere Zeitungsreporter und Fernsehredaktionen bei mir zu Hause angerufen und mit Joy gesprochen.

In den nächsten Tagen tröpfelten Betäubungsmittel durch einen Katheter in die Wirbelsäule meines Bruders, um seine Schmerzen zu lindern. Antibiotika und Neuroleptika wurden in sein Hinterteil gespritzt, um eventuellen Infektionen vorzubeugen und seine Aggressivität zu dämpfen. Es gab eine Liste »genehmigter« Besucher, wodurch die Medien von ihm ferngehalten wurden, aber Thomas erklärte ungeduldig und unbeirrbar allen anderen – Kriminalbeamten, Seelenklempnern, Schwestern und Krankenpflegern –, daß er gar nicht die Absicht hatte, sich selbst zu töten. Mit seiner Tat habe er die amerikanische Öffentlichkeit wachrütteln wollen; wir alle sollten sehen, was er sah, erfahren, was er wußte: daß unser Land seine gottlose Gier aufgeben und einem spirituellen Weg folgen mußte, wenn wir überleben, wenn wir nicht eines Tages zwischen den Leichen unserer eigenen erschlagenen Kinder umherstolpern wollten. Er sei ein ungläubiger Thomas gewesen, sagte er, aber nun sei er Simon Petrus – der Fels, auf dem Gottes neue Ordnung erbaut werden würde. Er sei gesegnet, fuhr er fort, mit der Gabe und der Bürde der Prophezeiung. Wenn die Menschen nur zuhören wollten, könnte er ihnen den richtigen Weg weisen.

All das wiederholte er mir gegenüber in der Nacht vor seiner Entlassung aus dem Krankenhaus und der erneuten Einweisung in das Three Rivers State Hospital – die Landesklinik, die mit Unterbrechungen seit 1970 sein Zuhause war. »Manchmal frage ich mich, warum ich derjenige sein muß, der all dies tut, Dominick«, sagte er seufzend, »warum alles auf meinen Schultern lastet. Es ist so schwer zu tragen.«

Ich erwiderte nichts. Konnte überhaupt nicht sprechen. Konnte seine Selbstverstümmelung nicht ansehen – nicht einmal den sauberen Verband. Statt dessen schaute ich auf meine rauhen, fleckigen Anstreicherhände. Beobachtete, wie die linke Hand die rechte am Gelenk umklammerte. Sie erinnerten mehr an Marionetten als an Hände. Ich hatte in beiden kein Gefühl.

2

An einem Samstagmorgen, als mein Bruder und ich ungefähr zehn waren, explodierte plötzlich der Fernsehapparat in unserem Wohnzimmer.

Thomas und ich hatten den größten Teil des Vormittags in Schlafanzügen vor dem Gerät gehockt, uns Zeichentrickfilme angesehen und die Anordnung unserer Mutter ignoriert, nach oben zu gehen, in die Badewanne zu steigen und danach unsere Overalls anzuziehen. Wir sollten ihr draußen beim Fensterputzen helfen. Wenn Ray einen Befehl erteilte, standen mein Bruder und ich sofort Gewehr bei Fuß, aber unser Stiefvater war an diesem Morgen zusammen mit seinem Freund Eddie Banas auf Entenjagd. Ma zu gehorchen, hatte dagegen nichts Zwingendes.

Sie schaute von draußen ins Wohnzimmer, als es passierte – stand auf einem Hocker mitten im Geranienbeet, um an die Fenster zu gelangen. Ihr Haar war auf Lockenwickler gedreht, und ihre Manteltaschen hatte sie mit Papiertüchern vollgestopft. Als sie die Scheiben mit Glasreiniger nachwischte, erweckten ihre kreisförmigen Bewegungen den Eindruck, sie wollte uns zuwinken. »Wir sollten lieber rausgehen und ihr helfen«, sagte Thomas. »Sonst erzählt sie es noch Ray.«

»Sie wird nichts erzählen«, antwortete ich. »Sie erzählt ihm doch nie was.« So war es tatsächlich. Wie sehr wir unsere Mutter auch ärgerten, sie lieferte uns nicht ein einziges Mal Ray, dem einen Meter siebzig großen, schlafenden Ungeheuer, aus, der wochentags im Gästezimmer im oberen Stock schnarchte, jeden Nachmittag um halb vier von seinem Wecker geweckt wurde und nachts U-Boote baute. Electric-Boat-Werft, dritte Schicht. Den ganzen Tag über bewegten wir uns auf Zehenspitzen und nur leise flüsternd durchs Haus, bis wir um halb zehn von diesem Bann befreit wurden. Dann fuhr nämlich Eddie Banas, Rays Kumpel von der Nachtschicht, unsere Garagenauffahrt hoch und hupte. Ungeduldig wartete ich auf das Geräusch der Hupe, sehnte es förmlich herbei. Dem Ton der Hupe folgte eine große körperliche Entspannung, ein befreiendes Gefühl in der Brust und in den Händen, die Fähigkeit, wieder tief durchzuatmen. An manchen Abenden feierten mein Bruder und ich das Zuschlagen der Beifahrertür von Eddies Lastwagen, indem wir im Dunkeln auf unseren Matratzen herumhopsten. Das Wissen, von Ray befreit zu sein, verwandelte unsere Betten in Trampoline.

»He, schau mal«, sagte Thomas und starrte verwirrt auf den Fernseher.

»Was denn?«

Da sah ich es auch: Ein dünner Rauchfaden stieg aus dem hinteren Teil des Geräts. Ich erinnere mich, daß gerade die *Howdy-Doody-Show* lief und der Clown Clarabell irgend jemanden mit seiner Sprudelflasche jagte. Bild und Ton erstarben, Flammen schlugen an der Wohnzimmerwand empor.

Ich dachte, die Russen hätten das getan – Chruschtschow hätte schließlich doch seine Bombe gezündet. Ray hatte uns beim Abendessen immer wieder Vorträge darüber gehalten, daß – falls das Undenkbare jemals eintreten sollte – die U-Boot-Basis und die Electric-Boat-Werft garantiert zu den ersten Zielen gehörten. Wir würden die Druckwelle der Bombe auch neun Meilen davon entfernt in Three Rivers noch spüren. Überall würden Feuer ausbrechen. Und dann käme das Schlimmste: Hände, Beine und Gesichter der Menschen würden schmelzen wie Käse.

»Duck dich!« schrie ich meinem Bruder zu.

Thomas und ich ließen uns auf den Boden fallen und nahmen die Schutzhaltung ein, die uns die Frau von der Zivilschutzbehörde in der Schule hatte üben lassen. Dann gab es eine Explosion in der Ecke, wo der Fernseher stand. Dicker schwarzer Rauch breitete sich aus, Glassplitter flogen umher.

Der Lärm und der Qualm veranlaßten Ma, schreiend ins Wohnzimmer zu laufen. Die Splitter unter ihren Schuhen knirschten, als sie auf uns zugestürmt kam. Sie nahm Thomas hoch und befahl mir, auf ihren Rücken zu klettern.

»Wir können nicht nach draußen!« schrie ich. »Der Fallout!«

»Das ist keine Atombombe!« schrie sie zurück. »Das ist der Fernseher!«

Draußen befahl Ma Thomas und mir, auf die gegenüberliegende Straßenseite zu den Anthonys zu laufen und sie zu bitten, die Feuerwehr zu verständigen. Während Mr. Anthony den Anruf erledigte, fegte Mrs. Anthony mit dem Staubwedel die Glassplitter aus unseren kurzen Haaren. Wir spuckten rußigen Schleim. Als wir wieder auf dem Bürgersteig standen, war Ma verschwunden.

»Wo ist eure Mutter?« rief Mr. Anthony. »Sie ist doch nicht wieder da reingegangen, Herrgott noch mal!«

Thomas begann zu weinen. Dann weinten auch Mrs. Anthony und ich. »Macht doch *schneller*!« heulte mein Bruder dem weit entfernten Geräusch der Feuerwehrsirene entgegen. Durch das Wohnzimmerfenster konnte ich sehen, wie die Flammen unsere Spitzengardinen schrumpfen ließen.

Etwa eine Minute später tauchte Ma schluchzend aus dem brennenden Haus auf und drückte etwas an ihre Brust. Die Papiertücher in einer ihrer Taschen standen in Flammen, und der ganze Mantel qualmte.

Mr. Anthony riß ihn ihr vom Leib und trampelte darauf herum. Mehrere Feuerwehrwagen mit laut heulenden Sirenen bogen um die Ecke, Nachbarn eilten aus ihren Häusern, versammelten sich in kleinen Gruppen und starrten herüber.

Ma stank. Die Flammen hatten ihre Augenbrauen angesengt, und ihr Gesicht war vollkommen verrußt. Als sie die Arme ausbreitete, um Thomas und mich an sich zu drücken, fielen einige Fotografien zu Boden. In dem Moment wurde mir erst klar, warum sie zurück ins Haus gelaufen war – um ihr Fotoalbum aus der untersten Schublade des Geschirrschranks zu retten.

»Es ist alles in Ordnung«, flüsterte sie wieder und wieder. »Alles in Ordnung, alles in Ordnung.« Und für Ma war auch alles in Ordnung. Das Haus, das ihr Vater gebaut hatte, würde gerettet werden. Ihre Zwillinge standen direkt neben ihr. Ihr Fotoalbum war in Sicherheit.

Noch vor einer Woche habe ich geträumt, daß meine Mutter – die 1987 an Brustkrebs gestorben ist – mich durch das Panoramafenster von Joys und meiner Eigentumswohnung ansieht und diese vor langer Zeit gesprochenen tröstlichen Worte mit den Lippen formt. »Es ist alles in Ordnung, alles in Ordnung, alles in Ordnung.«

Durch das andauernde Auf- und Zuklappen ging Mas innig geliebtes, mit Fotos vollgestopftes Album irgendwann entzwei. Zuerst verbogen sich die beiden Messingstifte, die die Vorder- und Rückseite des Einbands zusammenhielten, dann brachen sie, wodurch sich ein Großteil der schwarzen Einlegeblätter löste und schließlich ganz herausfiel. Das Album war schon jahrelang kaputt, als Ma im Oktober 1986 auf einem Operationstisch des Yale-New-Haven-Krankenhauses selbst geöffnet und wieder zugeklappt wurde. Nachdem sie sich monatelang müde und erschöpft gefühlt und ständig gegen eine Erkältung angekämpft hatte, entdeckte sie in ihrer linken Brust einen Knoten. »Nicht größer als der Radiergummi an einem Bleistift«, sagte sie mir am Telefon. »Aber Lena Anthony meint, ich sollte besser zum Arzt gehen, also werd ich mal gehen.«

Die Brust wurde abgenommen. Und eine Woche später teilte man meiner Mutter mit, daß der Krebs Metastasen gebildet und sich bis ins Knochenmark und in die Lymphknoten ausgebreitet hatte. Mit viel Glück und aggressiver Behandlung, so erklärte ihr der Onkologe, habe sie noch etwa sechs bis neun Monate zu leben.

Mein Stiefvater, mein Bruder und ich kämpften unabhängig voneinander mit den Gefühlen, die Mas Krankheit und Schmerzen – ihr Todesurteil – in uns ausgelöst hatten. Jeder strampelte sich auf seine Weise ab, ihr alles recht zu machen. Thomas begab sich im Kunst- und Handwerksraum des Settle-Gebäudes der Landesklinik an die Arbeit. Während Ma im Krankenhaus geröntgt, untersucht und mit Giften vollgepumpt wurde, die das Wachstum von Krebszellen hemmen sollten, brachte er Stunden damit zu, Nüsse, Unterlegscheiben, Knöpfe, Nudeln und getrocknete Erbsen so zu einer Collage zu arrangieren, daß sie die Gleichung GOTT = LIEBE! ergaben. Zwischen den verschiedenen Krankenhausaufenthalten hängte Ma das Bild zu Hause in der Küche auf, wo das Gewimmel von Kleinteilen wie ein lebendiges Wesen zu pulsieren schien – wie ein Organismus unter dem Mikroskop; Moleküle, die in einem naturwissenschaftlichen Lehrfilm aufeinanderprallen. Es ging mir auf die Nerven, das Ding da an der Wand hängen zu sehen.

Mein Stiefvater entschloß sich, endlich Mas Fotoalbum zu reparieren. Er holte es aus dem Geschirrschrank und nahm es mit in die Garage. Dort verstärkte er den gebrochenen Einband mit speziell angefertigten Aluminiumstreifen und kleinen Metallbolzen. »Jetzt ist es wieder ganz«, erklärte Ray, als er mir das Album anschließend zeigte. Er hielt es auf Armeslänge von sich entfernt mit den Blättern nach unten und klappte die Einbanddeckel auf und zu, als wären es die Flügel einer gefangenen Ente.

Mein eigenes Projekt für meine sterbende Mutter war das teuerste und ehrgeizigste. Ich wollte ihre rosafarbene Fünfzigerjahre-Küche renovieren, die Wände neu verkleiden, die schäbigen Schränke durch moderne Einbauelemente ersetzen und in der Mitte eine Kochinsel mit Backofen und Kochmulde installieren. Ich glaube, ich entwickelte diesen Plan, um Ma zu beweisen, daß ich sie am meisten liebte. Oder daß ich von uns dreien die größte Dankbarkeit empfand wegen all dem, was sie für uns durchgestanden hatte. Oder daß es mir am meisten leid tat, daß das Schicksal ihr zuerst einen launischen Ehemann und dann einen schizophrenen Sohn geschenkt und ihr anschließend auf die Schulter getippt und ihr ein Krebsgeschwür angedreht hatte. Statt dessen bewies ich, daß ich besser verdrängen konnte als die anderen: Wenn ich schon die Kosten und Mühen auf mich nahm, ihr eine neue Küche zu schenken, dann sollte sie gefälligst lange genug leben, um sie auch richtig würdigen zu können.

An einem Samstagmorgen – eine knappe Woche nach ihrer Entlassung aus dem Krankenhaus – tauchte ich mit meiner Werkzeugkiste vor dem alten Backsteinhaus auf. Ray lehnte mein Vorhaben schlichtweg ab und verließ verärgert das Haus, als ich ankam. Ma sah bleich aus und bewegte sich sehr vorsichtig, rang sich aber ein Lächeln ab und begann damit, ihre Dosen, Behälter und sonstigen Krimskrams aus der Küche in einen anderen Raum zu tragen. Von der Tür zur Vorratskammer aus sah sie zu, wie ich den ersten Akt der Renovierungsarbeiten eröffnete, indem ich das Stemmeisen zwischen Täfelung und Wand keilte und mit einem Hammer bearbeitete. Ma hatte die zur Faust geballte Hand vor den Mund gelegt und klopfte damit ununterbrochen gegen ihre Lippen.

Krachend und knirschend löste sich die ein Meter zwanzig breite Verkleidung langsam aus der Verankerung und gab den Blick frei auf die verputzte Wand und einen vorstehenden Querbalken, auf dem jemand Notizen gemacht und Berechnungen angestellt hatte. »Sieh mal«, sagte ich und wollte meiner Mutter zeigen, was ich für die Handschrift ihres Vaters hielt. Aber als ich mich umdrehte, mußte ich feststellen, daß ich mit der leeren Vorratskammer sprach.

Zu diesem Zeitpunkt war ich sechsunddreißig und seit nicht mal einem Jahr unglücklich geschieden. Manchmal wachte ich mitten in der Nacht auf, weil ich die Hand im Schlaf nach Dessa ausgestreckt hatte und die leere Seite des Bettes mich immer noch erschreckte. Wir waren sechzehn Jahre zusammengewesen.

Ich fand meine Mutter im Wohnzimmer, wo sie auf dem Sofa saß und ihre Tränen zu verbergen suchte. Das reparierte Fotoalbum lag auf ihrem Schoß.

»Was ist los?«

Sie schüttelte den Kopf und klopfte gegen ihre Lippe. »Ich weiß auch nicht, Dominick. Mach einfach weiter. Es ist nur, daß all das, was im Augenblick geschieht ...«

»Du *willst* gar keine neue Küche, stimmt's?« fragte ich. Die Frage klang wie eine Drohung.

»Liebling, es ist nicht so, daß ich es nicht zu würdigen wüßte.« Sie klopfte mit der Hand auf den Platz neben sich. »Komm mal her und setz dich.«

Doch ich blieb stehen und erinnerte sie daran, daß sie seit Ewigkeiten über die zu kleine Arbeitsfläche klagte. Und ich beschrieb ihr die neuen Herdmodelle, die ich im Küchencenter gesehen hatte – solche, deren Kochmulde aus einer durchgehenden Fläche bestand, kinderleicht zu reinigen. Ich klang genau wie die Verkäuferin, die mich durch die Ausstellungsräume und von einem Wunder der Küchentechnik zum nächsten geführt hatte.

Ma sagte, sie fände eine neue Küche wirklich wunderbar, aber im Moment brauche sie vielleicht einfach Ruhe und daß die Dinge um sie herum so blieben, wie sie waren.

Ich seufzte und setzte mich, gab mich geschlagen.

»Wenn du mir etwas schenken willst«, sagte sie, »dann schenk mir etwas Kleines.«

»Geht in Ordnung«, schnaubte ich verärgert. »Ich mach dir einfach eine von diesen Collagen wie Thomas. Nur daß auf meiner stehen wird: DAS LEBEN IST SCHEISSE. Oder JESUS CHRISTUS IST EIN ARSCHLOCH.« Meine Mutter war eine fromme Frau. Genausogut hätte ich mein Stemmeisen nehmen und ihre Wunde damit bearbeiten können.

»Sei doch nicht so verbittert, Liebling«, sagte sie.

Plötzlich, völlig aus dem Nichts, fing ich an zu weinen – Tränen flossen, und unterdrückte kleine Schluchzer drangen aus der Tiefe meiner Kehle. »Ich hab Angst«, sagte ich.

»Wovor hast du denn Angst, Dominick? Komm, erzähl's mir.«

»Ich weiß nicht«, erwiderte ich. »Ich hab Angst um dich.« Aber tatsächlich hatte ich Angst um mich. Ich war nun fast vierzig und hatte weder Frau noch Kinder. Und bald würde ich auch keine Mutter mehr haben. Wäre allein mit meinem verrückten Bruder und Ray.

Sie beugte sich zu mir und streichelte meinen Arm. »Ich weiß, Liebling«, sagte sie, »es kann einem wirklich Angst einjagen. Aber ich akzeptiere es, weil es das ist, was Gott für mich vorgesehen hat.«

»Was Gott vorgesehen hat«, wiederholte ich mit einem kurzen, verächtlichen Schnauben, wischte mir dann mit dem Ärmel über die Augen und räusperte mich.

»Schenk mir etwas Kleines«, sagte sie noch einmal. »Erinnerst du dich an den Tag im letzten Frühjahr, als du einfach vorbeigekommen bist und gesagt hast: ›He, Ma, steig ins Auto, ich lad dich zu einem Eis ein!‹? *Das* sind die Dinge, die ich mag. Komm mich einfach zwischendurch besuchen. Schau dir mit mir zusammen das Fotoalbum an.«

Im Umschlag des Albums meiner Mutter steckten vorne zwei Fotos von Thomas und mir, die vor beinahe vier Jahrzehnten aus dem *Three Rivers Daily Record* geschnitten worden waren. Die zusammengefalteten Zeitungsberichte hatten sich inzwischen bräunlich verfärbt und fühlten sich so leicht und so brüchig an wie tote Haut. Auf dem ersten Foto waren wir als Neugeborene zu sehen; unsere in Windeln gewickelten Körper lagen einander zugewandt wie zwei Klammern, die einen Satz umschließen. EINEIIGE ZWILLINGE LÄUTEN DAS ALTE JAHR AUS UND DAS NEUE EIN verkündete die Überschrift, und in dem Artikel hieß es, Thomas und Dominick Tempesta seien am 31. Dezember 1949 beziehungsweise am 1. Januar 1950 im Daniel-P.-Shanley-Memorial-Krankenhaus geboren worden – im Abstand von sechs Minuten und in zwei verschiedenen Jahren. (Unser Vater wurde in dem Artikel mit keinem Wort erwähnt; dort stand lediglich, der nicht namentlich genannten Mutter gehe es gut. Wir waren uneheliche Kinder, und unsere Geburt wäre von der Zeitung stillschweigend übergangen worden, hätte es sich bei uns nicht um die Neujahrskinder gehandelt.) »Um 23.57 Uhr erschien zuerst der kleine Thomas«, stand in dem Artikel. »Sein Bruder Dominick folgte um 00.03 Uhr. Diese beiden verbinden die erste mit der zweiten Hälfte des 20. Jahrhunderts!«

Auf dem anderen Zeitungsfoto, das am 24. Januar 1954 geschossen wurde, heißen mein Bruder und ich bereits Thomas und Dominick Birdsey. Wir tragen Matrosenjacken und passende Mützen und salutieren den Lesern des *Daily Record*. Zwischen uns hockt Mamie Eisenhower in einem Nerzmantel, jeweils einen Arm um unsere Hüften gelegt. Mrs. Eisenhower, mit Ponyfrisur und Blümchenhut, strahlt direkt in die Kamera, während Thomas und ich, beide vier Jahre alt, einen identischen Gesichtsausdruck zur Schau tragen, eine Mischung aus Verblüffung und Gehorsam. Das Foto ist untertitelt: FIRST LADY ERHÄLT ZWEIFACHEN SALUT.

Die Gattin des Präsidenten hielt sich an diesem Wintertag in Groton, Connecticut, auf, um die *USS Nautilus*, Amerikas erstes Atom-U-Boot, zu taufen. Unsere Familie stand in der Menge unterhalb der Bühne mit den Würdenträgern – die Eintrittskarten hatten wir nur dank des Jobs unseres neuen Stiefvaters ergattert, der bei der Electric-Boat-Werft als Rohrleger arbeitete. Electric Boat und die Marine waren Partner beim Bau der *Nautilus*, Amerikas größter Hoffnung im Kampf gegen den Kommunismus.

Nach den Erzählungen meiner Mutter war es den ganzen Morgen über kalt und neblig gewesen, aber kurz vor der Schiffstaufe kam die Sonne durch und erhellte die ganze Zeremonie. Ma hatte zur heiligen Anne gebetet und sie um gutes Wetter gebeten und betrachtete dieses plötzliche Aufklaren als ein kleines Wunder, als ein weiteres Zeichen für etwas, das bereits jeder wußte – daß der Himmel auf unserer Seite war, nicht auf der Seite der gottlosen Kommunisten, die die Welt erobern und Amerika in tausend Stücke schlagen wollten.

»Das war der stolzeste Moment in meinem ganzen Leben, Dominick«, erzählte sie mir an dem Morgen, als ich die Renovierung der Küche in Angriff genommen, dann abgebrochen und mich zu ihr aufs Sofa gesetzt hatte. »Euch zwei Jungs da zu sehen mit der Frau des Präsidenten! Ich erinnere mich daran, als wäre es gestern gewesen. Mamie und die Frau von irgendeinem Admiral standen dort oben auf der Bühne und winkten der Menge. Und ich sagte zu deinem Vater: ›Schau nur, Ray. Sie zeigt direkt auf die Jungs!‹ Er antwortete: ›Ach was. Sie zieht doch nur eine Show ab.‹ Aber ich war mir sicher, daß sie euch ansah. Das passierte andauernd. Die Menschen haben so einen Spaß an Zwillingen. Ihr Jungs wart immer etwas Besonderes.«

Die Erinnerung an diesen glücklichen Moment vor langer Zeit verlieh ihrer Stimme Kraft, belebte ihre Gestik. Die Vergangenheit, die alten Fotografien, die Morgensonne, die plötzlich ins Wohnzimmer schien: All das erfüllte sie mit Freude, und ich glaube, es linderte ihre Schmerzen auch ein wenig.

»Und dann, ehe wir's uns versahen, marschierten wir vier hinter einem Mann vom Geheimdienst her zum Offiziersclub. Ray nahm es natürlich mit Gelassenheit, aber ich hatte schreckliche Angst. Ich dachte, wir bekämen irgendwelche Schwierigkeiten. Und was stellte sich heraus – wir folgten einem Befehl von Mrs. Eisenhower. Sie wollte zusammen mit meinen beiden Jungs fotografiert werden!

Man behandelte uns wie hohe Tiere. Dein Vater trank einen Cocktail mit Admiral Rickover und anderen hochrangigen Offizieren. Sie wollten alles über seine Zeit bei der Armee wissen. Dann brachte ein Kellner dir und deinem Bruder Orangenlimonade in geeisten Gläsern, die fast so groß waren wie ihr. Ich machte mir furchtbare Sorgen, einer von euch könnte Mamie von oben bis unten mit Limonade bekleckern.«

»Und was habt ihr beide getrunken?« neckte ich sie. »Ein paar Kurze?«

»Ach, Liebling, ich habe überhaupt nichts angerührt. Ich war ein einziges Nervenbündel, wo ich doch direkt neben ihr stand. Sie bestellte einen Manhattan, daran erinnere ich mich, und sie aß einen Cracker mit Leberpastete. Sie war nett – sehr bodenständig. Fragte mich, ob ich die kleinen Matrosenanzüge, die ihr trugt, selber genäht hatte. Sie erzählte mir, sie stricke gelegentlich, wenn sie und der Präsident auf Reisen seien, aber sie habe nie Talent zum Nähen gehabt. Und als sie sich hinhockte, um sich mit euch beiden fotografieren zu lassen, sagte sie, sie habe einen Enkel, der nur ein bißchen älter sei als ihr. Sie sprach von *David* Eisenhower. Dem Mann von Julie Nixon. *Camp* David.«

Ma schüttelte den Kopf und lächelte, immer noch fassungslos. Dann zog sie ein Kleenex aus dem Ärmel ihres Bademantels und tupfte sich die Augen. »Euer Großvater hätte es bestimmt nicht glauben können«, sagte sie. »Da kommt er in dieses Land mit nichts als Löchern in den Taschen, und ehe er sich's versieht, sind seine beiden kleinen Enkel auf du und du mit der First Lady der Vereinigten Staaten von Amerika. Das hätte Papa eine Riesenfreude bereitet. Er wäre stolz wie ein Pfau gewesen.«

Papa.

Domenico Onofrio Tempesta – mein Großvater mütterlicherseits, mein Namenspatron – ist allgegenwärtig im Fotoalbum meiner Mutter, so wie er es in ihrem Leben voller Hingabe und Aufopferung für ihn war. Er starb im Sommer des Jahres 1949, ohne erfahren zu haben, daß seine unverheiratete, dreiunddreißigjährige Tochter, die ihm den Haushalt führte – sein einziges Kind –, Zwillinge erwartete. Während unserer Kindheit kannten mein Bruder und ich Papa nur als streng dreinblickendes Muster an Vollkommenheit, als Motiv einiger Dutzend sepiabrauner Fotografien, als Held Hunderter von Anekdoten. Jede Geschichte, die Ma uns über Papa erzählte, bestätigte, daß *er* der Herr im Haus gewesen war, daß *er* das Regiment führte, daß nur das passierte, was *er* sagte.

Im Jahr 1901 war er aus Sizilien nach Amerika ausgewandert, wo er es zu einigem Wohlstand brachte, weil er sparsam mit Geld umging und harte Arbeit nicht scheute – zu unserem Glück! Er kaufte der Witwe eines Farmers ein Grundstück von einem halben Morgen ab und war somit der erste italienische Einwanderer mit eigenem Grund in Three Rivers. Papa hatte uns ein Dach über dem Kopf geschaffen, hatte »mit seinen eigenen Händen« das große viktorianische Backsteinhaus an der Hollyhock Avenue erbaut, in dem wir aufwuchsen und in dem unsere Mutter ihr ganzes Leben verbrachte. Papa verfügte über einen eisernen Willen und hatte eine unbeugsame Art – genau die beiden Voraussetzungen, die nötig waren, um eine Tochter »ganz allein« aufzuziehen. Wenn wir glaubten, *Ray* sei streng, dann hätten wir erst einmal Papa erleben sollen, meinte Ma. Als sie noch ein kleines Mädchen war, hatte sie sich eines Abends darüber beschwert, daß sie zum Abendbrot Spiegeleier essen sollte. Papa ließ sie eine Zeitlang vor sich hin nörgeln, dann packte er sie, ohne ein Wort zu sagen, am Nacken und drückte ihr Gesicht in den Teller.

»Als ich wieder hochkam, tropfte mir das Eigelb aus den Haaren und von der Nase und sogar aus den Wimpern. Ich heulte wie ein Schloßhund. Aber danach habe ich meine Eier immer gegessen und den Mund gehalten!«

Ein anderes Mal – Ma war mittlerweile ein Teenager und arbeitete im Rexall Store – fand Papa eine versteckte Packung Zigaretten. Er marschierte direkt zu dem Drugstore und zwang sie, eine ihrer eigenen Pall Malls zu essen. Vor den Augen aller Kunden und ihres Chefs, Mr. Chase. Und im Beisein von Claude Sminkey, dem Getränkeverkäufer, in den sie verknallt war. Nachdem Papa wieder gegangen war, rannte Ma nach draußen und mußte sich am Bordstein übergeben, während laufend Leute vorbeikamen und sie anstarrten. Sie schämte sich so sehr, daß sie ihren Job aufgab. Aber sie hat niemals wieder geraucht – konnte danach nicht einmal mehr den Geruch einer Zigarette ertragen. Papa hatte es ihr ganz schön gegeben. Sie hatte sich ihm widersetzt und es bitter bereut. Das letzte, was Papa wollte, waren Heimlichtuereien in seinem eigenen Haus.

An diesem Morgen, als wir zusammen in ihrem Fotoalbum blätterten, stand Ma zwischendurch auf und sagte, ich solle einen Moment warten. Sie habe etwas, das sie mir geben wolle. Mit einem leisen Stöhnen war sie auf den Beinen und ging zur Treppe.

»Ma, was es auch ist – laß *mich* es doch für dich holen«, rief ich ihr hinterher.

»Ist schon in Ordnung, Liebling«, rief sie mir von der Treppe zu. »Ich weiß genau, wo es ist.«

Während ich wartete, blätterte ich rasch durch die Seiten des Albums – betrachtete meine Familie wie in einem ruckelnden, unvollständigen Film. Plötzlich fiel mir auf, daß meine Mutter hauptsächlich Fotografien von ihrem Vater sowie von Thomas und mir zusammengestellt hatte. Zwar kommen noch andere Personen vor – Ray, Dessa, die Anthonys von gegenüber und die Tusia-Schwestern, unsere direkten Nachbarn –, aber mein Großvater, mein Bruder und ich sind die Stars im Album meiner Mutter. Ma selbst, kamerascheu und gehemmt wegen ihrer Hasenscharte, taucht nur zweimal im Familienalbum auf. Das erste Foto zeigt sie als Schülerin in einer Reihe von mürrisch dreinblickenden Schulkindern, die auf den Stufen der St.-Mary-of-Jesus-Christ-Mittelschule stehen. (Vor einigen Jahren hat die Kirchengemeinde das baufällige alte Schulgebäude an einen Bauunternehmer aus Massachusetts verkauft, der es in ein Wohnhaus verwandelte. Ich gab damals ein Angebot für die Malerarbeiten in den Innenräumen ab; aber die Firma Paint Plus unterbot mich.) Auf dem zweiten Foto ist Ma etwa neun oder zehn Jahre alt. Sie steht neben ihrem schlaksig wirkenden Vater auf der vorderen Veranda unseres Hauses an der Hollyhock Avenue, trägt ein sackförmiges Kleid und macht ein ernstes Gesicht, genau wie ihr Vater. Auf beiden Fotos hält meine Mutter eine locker geballte Faust vor ihr Gesicht, um ihren mißgebildeten Mund zu verdecken.

Diese Geste hatte sie offensichtlich schon sehr früh gelernt und ihr ganzes Leben lang beibehalten – das Verstecken der Hasenscharte hinter ihrer rechten Faust, ihre immerwährende Entschuldigung gegenüber der Welt für etwas, das sie nicht zu verantworten hatte. Die links von ihren Schneidezähnen gespaltene Lippe gab den Blick auf ein einen Zentimeter breites Stück Zahnfleisch frei, was den Eindruck erweckte, als grinste sie höhnisch.

Aber Ma grinste niemals höhnisch. Statt dessen entschuldigte sie sich. Sie hielt ihre Faust vor den Mund für Verkäufer und Vertreter, für Postboten und für Lehrer am Elternsprechtag, für Nachbarn, für ihren Ehemann und manchmal sogar für sich selbst, wenn sie im Wohnzimmer saß und sich ihr Gesicht in der Mattscheibe des Fernsehers spiegelte.

Nur ein einziges Mal, an einem Tag im Jahr 1964, hat sie über ihre Hasenscharte gesprochen. Damals saß sie mir gegenüber im Sprechzimmer eines Augenarztes. Einen Monat zuvor hatte mein Mathematiklehrer bemerkt, daß ich zur Tafel blinzelte, und meiner Mutter geraten, meine Augen untersuchen zu lassen. Aber ich hatte mich dagegen gesträubt. Eine Brille war was für Streber, für Verlierer und Petzen. Ich war wütend, weil mein Zwillingsbruder Thomas keine Kurzsichtigkeit entwickelt hatte – und für ihn folglich keinerlei Veranlassung bestand, so eine verfluchte Brille zu tragen wie ich. Dabei war *er* in der Schule der Trottel, der Arschkriecher. *Er* hätte von uns beiden der Kurzsichtige sein müssen. Wenn sie mir eine Brille verpassen lassen würde, erklärte ich Ma, würde ich sie einfach nicht tragen.

Aber Ma sprach mit Ray, und der stellte eines seiner Abendessen-Ultimaten. Also saß ich dann doch eines Tages in Dr. Wisdos Sprechzimmer, verhielt mich möglichst unausstehlich und fiel beim Sehtest glatt durch. Etwa zwei Wochen danach wurde mir das schwarze Kunststoffgestell in einem von Neonlicht erhellten Raum mit viel zu vielen Spiegeln angepaßt.

»Weißt du was, ich glaube, sie steht dir ganz gut, Dominick«, versuchte Ma mich zu trösten. »Du siehst damit beinah so vornehm aus wie der junge Ray Milland, nicht wahr, Doc?«

Dr. Wisdo mochte mich nicht, weil ich mich bei meinem ersten Besuch so danebenbenommen hatte. »Tja«, murmelte er zögernd, »jetzt, wo Sie es sagen ...«

Das Ganze spielte sich auf dem Höhepunkt meiner Pubertät und der Beatles-Euphorie ab. Einen Sommer zuvor hatte ein Junge namens Billy Grillo mir und Marty Overturf am Rand des Basketballfelds von Fitz Field einen Stapel vom Regen durchweichter Taschenbücher gezeigt, die er in einer Plastiktüte im Wald gefunden hatte: *Sinnliche Schwestern, Lustvolle Tage & leidenschaftliche Nächte, Der Meister der Extase*. Ich hatte mir ein paar dieser verschimmelten Bücher geschnappt und mich mit ihnen hinter die Picknicktische verzogen, wo ich anfing, darin zu lesen – angezogen und zugleich abgestoßen von den Dingen, die Männer mit Frauen anstellten, und die Frauen mit sich selbst und mit anderen Frauen machten. Beispielsweise war ich total verblüfft, daß ein Mann seinen Schwanz in den Mund einer Frau stecken und sie dazu bringen konnte, »gierig seinen cremigen Nektar zu trinken«. Oder daß eine Frau eine Glasflasche zwischen die Schenkel einer anderen Frau schieben konnte und daß dies beide »vor Wollust aufschreien« ließ. Nach dem Spiel ging ich nach Hause, ließ mich auf mein Bett fallen und hatte in der Nacht meinen ersten feuchten Traum. Kurze Zeit später traten die Beatles in der *Ed-Sullivan-Show* auf. Hinter verschlossener Badezimmertür begann ich damit, meine Haare nach vorne zu kämmen und mir einen runterzuholen, während ich meiner schmutzigen Phantasie freien Lauf ließ. Ich dachte an all diese Mädchen, die beim Anblick der Beatles anfingen zu kreischen – und daran, was dieselben Mädchen für mich tun würden und was ich mit ihnen machen dürfte. Insofern war Ray Milland – einer von Mas alten Filmknackern – der letzte Mensch, dem ich ähnlich sehen wollte.

»Könntest du vielleicht mal die Klappe halten?« fragte ich Ma im Beisein von Dr. Wisdo.

»He, he, he, jetzt reicht's aber. Was genug ist, ist genug«, protestierte Dr. Wisdo. »Was fällt dir ein, zu deiner eigenen Mutter zu sagen, sie solle die Klappe halten?«

Ma führte ihre Faust vor den Mund und erklärte dem Arzt, es sei schon in Ordnung. Ich sei einfach nur durcheinander. Sonst sei ich nicht so.

Als ob *sie* wüßte, wie ich wirklich war, dachte ich und mußte innerlich grinsen.

Dr. Wisdo sagte, er müsse den Raum für ein paar Minuten verlassen, und er hoffe, ich hätte mich bei meiner armen Mutter entschuldigt, wenn er zurückkomme.

Etwa eine Minute lang sagten weder meine Mutter noch ich einen Ton. Ich saß einfach da und grinste sie trotzig an, triumphierend und elend zugleich. Dann brachte Ma mich völlig aus der Fassung. »Du glaubst, eine *Brille* sei etwas Schlimmes?« fragte sie. »Du solltest es mal mit dem versuchen, was ich habe. Du kannst deine Brille wenigstens abnehmen.«

Ich wußte sofort, was sie meinte – ihre Hasenscharte –, aber daß sie plötzlich davon sprach, traf mich wie ein Schneeball mitten ins Gesicht. Von allen Tabuthemen bei uns zu Hause waren die beiden am meisten tabuisierten Themen der Name von Thomas' und meinem leiblichen Vater und die Mißbildung meiner Mutter. Wir hatten über diese beiden Dinge nie gesprochen, waren irgendwie dazu erzogen worden, nicht danach zu fragen, und hatten das beinahe heilige Stillschweigen darüber immer respektiert. Nun schnitt ausgerechnet Ma eines dieser beiden Themen an. Ich sah schockiert weg, war peinlich berührt, aber sie ließ sich nicht bremsen.

»Als ich noch zur Schule ging«, sagte sie, »fing ein Junge aus meiner Klasse, ein gemeiner Kerl namens Harold Kettlety, auf einmal damit an, mich ›Karnickelgesicht‹ zu nennen. Dabei hatte ich ihm nichts getan, absolut nichts. Ich hab sowieso nie jemandem was getan, ich fürchtete mich doch vor meinem eigenen Schatten. Ihm war dieser Name eines Tages eingefallen, und er fand ihn lustig. ›Hallo, Karnickelgesicht‹, flüsterte er mir immer über den Mittelgang des Klassenzimmers zu. Nach einiger Zeit begannen auch andere Jungen, mich so zu nennen. In der Pause rannten sie hinter mir her und riefen ›Karnickelgesicht‹.«

Ich saß einfach da, baumelte mit den Beinen und wollte, daß sie aufhörte zu reden – wünschte mir, Harold Kettlety wäre noch ein Junge, damit ich ihn finden und ihm seine dämliche Fresse polieren konnte.

»Also erzählte ich es der Lehrerin, und die schickte mich zur Direktorin. Mutter Agnes war ihr Name. Sie war eine strenge Frau.« Während Ma sprach, spielte sie mit dem Riemen ihrer Handtasche. »Sie sagte mir, ich solle doch nicht aus einer Mücke einen Elefanten machen. Ich mache es nur noch schlimmer, wenn ich die Aufmerksamkeit aller darauf lenke. Ich solle es einfach ignorieren ... Aber es wurden immer mehr Jungen, die mich verspotteten, sogar Jungs aus anderen Klassen. Es wurde so schlimm, daß ich mich morgens, bevor ich zur Schule ging, regelmäßig übergeben mußte. Im Haus meines Vaters legtest du dich nicht krank ins Bett, wenn du nicht mindestens die Masern oder die

Windpocken hattest. Das war das letzte, was Papa geduldet hätte – daß ich den ganzen Tag zu Hause blieb, nur weil irgend so ein dummer Junge mich hänselte.«

Ich wollte, daß sie endlich still war. Wollte den Schmerz in ihrer Stimme nicht mehr hören – nicht mehr zusehen, wie sie den Riemen ihrer Handtasche drehte und knetete. Wenn sie weitersprach, brach sie vielleicht zusammen und erzählte mir alles. »Ich weiß nicht, was dieses rührselige Zeug mit mir zu tun hat«, sagte ich. »Kommst du irgendwann mal zur Sache, bevor ich an Altersschwäche sterbe?«

Sie verstummte, zum Schweigen gebracht, vermute ich, durch die Tatsache, daß einer ihrer beiden Söhne gemeinsame Sache mit Harold Kettlety machte. Auf der Fahrt vom Augenarzt nach Hause zog ich es vor, mich nach hinten zu setzen und nicht mit ihr zu sprechen. Irgendwann unterwegs holte ich dann meine neue Brille aus dem braunen Kunststoffetui mit Taschenclip, putzte die Gläser mit dem silikonimprägnierten Reinigungstuch und setzte sie auf. Ich schaute aus dem Fenster, insgeheim verblüfft darüber, daß mir die Welt viel klarer vorkam, als ich sie in Erinnerung hatte. Aber darüber ließ ich keinen Ton verlauten, entschuldigte mich nicht, war zu keinerlei Entgegenkommen bereit.

»Ma ist unten und *weint*«, informierte mich Thomas später, oben in unserem Schlafzimmer. Ich stemmte Gewichte, ohne Hemd, aber mit Brille.

»Und was soll *ich* dagegen machen?« fragte ich. »Ihr eine Rotzfahne unter die Nase halten?«

»Versuch einfach, etwas netter zu ihr zu sein«, sagte er. »Sie ist deine Mutter, Dominick. Manchmal behandelst du sie wie den letzten D-R-E-C-K.«

Ich betrachtete mich im Spiegel, während ich die Gewichte stemmte, beobachtete die Muskeln, die sich langsam ausbildeten und die ich nun, dank meiner Brille, deutlich sehen konnte. »Warum sagst du das Wort nicht, statt es zu buchstabieren?« grinste ich höhnisch. »Komm schon. Sag ›der letzte Dreck‹. Das wird dir einen Kick geben.«

Während wir miteinander sprachen, hatte Thomas sich die Schulkleidung ausgezogen. Nun stand er da, die Hände in die

Hüften gestemmt, und trug nichts als Unterhose, Socken und einen dieser Rollkrageneinsätze, die sich bei allen tugendhaften Schülern an unserer Schule großer Beliebtheit erfreuten. Thomas hatte die Dinger in vier oder fünf Farben. Gott, wie ich diese Pseudo-Rollis haßte.

Ich betrachtete uns beide, wie wir so nebeneinander vor dem Spiegel standen. Im Vergleich zu mir war Thomas eine dürre Witzfigur. Mr. Leiter der Jubeltruppe. Mr. Moralapostel.

»Ich mein es *ernst*, Dominick«, sagte er. »Entweder du benimmst dich ihr gegenüber anständig, oder ich spreche mit Ray. Das mache ich wirklich. Glaub ja nicht, daß ich es nicht tue.«

Was natürlich Schwachsinn war – und das wußten wir beide.

Ich schnappte mir den Hantelschlüssel, packte weitere Gewichte auf die Stange und stemmte sie hoch. Spitzel. Rollkragenschwuchtel. »Ach, du Schreck, ich zittre ja schon vor Angst«, sagte ich. »Vielleicht S-C-H-E-I-S-S ich mir sogar in die Hosen.«

Er stand einfach da, genau wie Ma; die Empörung in seinem Gesicht wich langsam einem versöhnlichen Ausdruck. »Ich sag ja bloß, daß du es etwas lockerer angehen sollst, Dominick«, sagte er. »Ach, übrigens, deine Brille gefällt mir.«

Als Ma am Tag der mißlungenen Küchenrenovierung die Treppe wieder herunterkam, trug sie eine graue Metallkassette in den Händen. Ich legte das Fotoalbum zur Seite, stand auf und ging auf sie zu.

»Hier, mein Liebling«, sagte sie. »Das ist für dich. Puh, ziemlich schwer.«

»Ich hab dir doch *gesagt*, ich hole es für dich.« Ich nahm ihr die Kassette ab. »Was ist denn da überhaupt drin?«

»Mach auf und schau nach«, antwortete sie.

Sie hatte den Schlüssel mit Kreppband an einer Seite der Kassette festgeklebt. Ich neckte sie deswegen – sagte, es sei gut, daß sie nie in Fort Knox gearbeitet hatte. Sie schaute zu, wie ich den Schlüssel abzog, ins Schloß steckte und umdrehte. In ihrer Vorfreude auf meine Reaktion beim Öffnen der Kassette schien sie sogar meine Stichelei zu überhören.

Im Inneren befand sich ein großer Papierumschlag, der um ein kleines Wörterbuch ohne Einband gelegt und mit einem Gummiband gesichert war, das bei der ersten Berührung riß. Der Umschlag enthielt ein dickes Bündel Papier – irgendeine Art von Manuskript. Die ersten zehn oder fünfzehn Seiten waren mit der Schreibmaschine geschrieben, Originale und Durchschläge. Die übrigen Blätter enthielten handschriftliche Aufzeichnungen – eine krakelige, verschnörkelte Schrift in blauer Tinte. »Das ist Italienisch, oder?« fragte ich. »Was ist es?«

»Das ist die Lebensgeschichte meines Vaters«, antwortete Ma. »Er hat sie in dem Sommer diktiert, in dem er starb.«

Während ich die Seiten durchblätterte, stieg mir ein modriger Geruch in die Nase. »Wem hat er sie diktiert?« fragte ich. »Dir?«

»O Gott, nein«, antwortete sie. Ob ich mich an die Mastronunzios erinnern könne? Tootsie und Ida Mastronunzio. Meine Mutter ging immer davon aus, daß ich in meiner geistigen Datenbank die Namen sämtlicher Italiener in Three Rivers gespeichert hatte – so wie sie.

»Ich glaube nicht«, sagte ich.

Natürlich könne ich mich an sie erinnern, beharrte Ma. Sie seien doch immer in diesem großen weißen Auto zur Messe gefahren. Ida, die in der chemischen Reinigung arbeitete. Und beim Gehen immer ein wenig hinkte. Na ja, auf jeden Fall habe Tootsie einen Cousin gehabt, der kurz nach dem Krieg aus Italien gekommen sei. Er habe Angelo Nardi geheißen und vorher als Gerichtsstenograph in Palermo gearbeitet. »Er war ein ziemlich hübscher Kerl – sehr elegant. Damals suchte er Arbeit.«

Mas Vater hatte seit Jahren davon gesprochen, eines Tages werde er sich hinsetzen und seine Lebensgeschichte erzählen, zum Wohle aller *Siciliani*. Er nahm an, die Knaben und jungen Männer in seiner alten Heimat interessierten sich dafür, wie einer von ihnen nach Amerika gegangen war und es zu etwas gebracht hatte. Im Leben vorwärtsgekommen war. Papa dachte, es werde sie dazu bringen, ihm nachzueifern. Als er also eines Tages Tootsies Cousin im italienischen Club traf, kam ihm eine großartige Idee. Er wollte Angelo seine Lebensgeschichte erzählen – und Angelo sollte alles mitschreiben, während Papa sprach, und es später mit der Schreibmaschine abtippen.

Laut meiner Mutter nahm das ganze Projekt einen höchst vielversprechenden Anfang. Papa, der sein Leben lang »sparsam mit

Geld umgegangen« war, scheute bei seiner ehrgeizigen Autobiographie zum ersten Mal keine Ausgaben. Er räumte einige Möbel aus dem Wohnzimmer und mietete eine Schreibmaschine für Angelo. »In den ersten paar Tagen war alles eitel Sonnenschein«, erzählte Ma. »Aber dann begannen die Probleme.«

Papa stellte fest, daß er seine Geschichte nicht völlig frei erzählen konnte, wenn sich Angelo im Zimmer befand – angeblich erinnerte er sich besser an alle Einzelheiten, wenn er allein war. »Und bevor wir's uns versahen, telefonierte er mit einer ganzen Reihe von Büroausstattern – ich konnte kaum glauben, daß er all diese Ferngespräche führte, Dominick, wo er doch noch nicht einmal seine Cousins in Brooklyn anrief, um ihnen ein frohes Weihnachtsfest oder fröhliche Ostern zu wünschen. Jedes Jahr mußten sie *uns* anrufen, weil Papa kein Geld verschwenden wollte. Aber für sein Projekt telefonierte er mit Gott und der Welt. Das Ganze endete damit, daß er ein Diktaphongerät von irgendeiner Firma unten in Bridgeport mietete.« Ma schüttelte den Kopf, immer noch voller Staunen. »Du lieber Himmel, du hättest den komischen Apparat sehen sollen, der hier ankam! Ich wäre fast umgekippt, als sie das Ding eines Tages hier ins Haus brachten.«

Es waren zwei Maschinen auf Rollwagen, erzählte sie – eine für die Person, die diktierte, die andere für den Stenographen, der die aufgenommenen Klänge zunächst in Schnörkel und danach in maschinengeschriebene Worte verwandelte. Sie stellten sie im Wohnzimmer auf und trugen Angelos Schreibmaschine ins Gästezimmer. »Der arme Angelo«, sagte Ma. »Ich glaube nicht, daß er wußte, auf was er sich da einließ.«

Zuerst hatten weder Angelo noch Papa eine Ahnung, wie das Diktaphon funktionierte. Sie versuchten es immer wieder. Den ganzen Tag über hörte Papa nicht auf zu fluchen! Schließlich befahl er Angelo, mit dem Bus nach Bridgeport zu fahren, um in Erfahrung zu bringen, wie man das blöde Ding bediente. Und dabei sprach der arme Kerl kaum Englisch, Dominick. Er war doch gerade erst aus der Alten Welt hier eingetroffen. Wie auch immer, als er wieder zurückkam, wußte er, wie die Maschine funktionierte – wie man sie zum Laufen brachte.

Jeden Morgen machte Angelo alles bereit, und dann mußte er Papa allein lassen. So lautete die Regel. Papa war nervös und konnte kein Wort diktieren, solange er nicht allein im Zimmer war. Also ging Angelo in die Küche und wartete. Auf diese Weise lernte ich ihn ein wenig kennen. Er war ein netter Mann, Dominick, und so *gut aussehend*. Meist machte ich ihm Kaffee, und wir redeten über dies und das – sein früheres Leben in Palermo, seine Familie. Ich half ihm ein wenig mit seinem Englisch. Er war auch klug; wenn man ihm etwas erklärte, begriff er es sofort. Schon damals habe ich geahnt, daß er es einmal weit bringen würde.«

In dem Diktaphon seien rote Kunststoffbänder gewesen, auf denen, soweit sie sich erinnere, die Stimme aufgezeichnet wurde, erzählte Ma. Im allgemeinen blieb Papa zwei oder drei Stunden lang im Zimmer, und wenn er fertig war, rief er nach Angelo, der sofort zu ihm eilen mußte. Angelo rollte das Gerät in das Zimmer, in dem die Schreibmaschine stand, hörte alles ab, was die Bänder aufgezeichnet hatten, und fertigte eine Fassung in Kurzschrift an. Dann tippte er den Text in die Maschine. »Aber mein Vater haßte den Klang der Schreibmaschine, verstehst du? Er wollte das Gehämmer nicht überall im Haus hören, wenn er sein Tagespensum erledigt hatte. All das Sicherinnern machte ihn reizbar.«

»Ich begreife das nicht«, sagte ich. »Warum hat er ihm den Text nicht einfach direkt diktiert?«

»Ich weiß es nicht. Er war wohl nervös, schätze ich.« Sie beugte sich herüber und berührte das Manuskript – fuhr mit den Fingern über die Worte ihres Vaters. Sie selbst habe sich nie getraut, auch nur in die Nähe des Wohnzimmers zu kommen, wenn Papa in das Diktaphon sprach, sagte sie. Es sei ihm so ernst gewesen. Wahrscheinlich hätte er sie ohne Warnung erschossen!

Das komplizierte System, das Mas Vater erdacht hatte – Stenograph, Diktaphon, ein eigenes Zimmer für Diktierenden und Diktatempfänger –, funktionierte etwa eine Woche lang und versagte dann ebenfalls. Zunächst einmal gab es ein Mißverständnis, was den Mietpreis für das Aufnahmegerät betraf. Papa hatte angenommen, er müsse acht Dollar die Woche für das Diktaphon bezahlen, aber dann erfuhr er, daß dies der Preis für einen *Tag* war. *Vierzig* Dollar die Woche!

»Also sagte er der Firma, wohin sie und ihr Diktaphon sich

scheren könnten, dann rollten Angelo und er die Geräte auf die vordere Veranda. Dort standen sie zwei volle Tage lang, bevor jemand aus Bridgeport heraufgefahren kam und sie mitnahm. Ich war völlig mit den Nerven fertig, weil die beiden komischen Apparate einfach dort draußen standen. Ich konnte nachts nicht schlafen. Was wäre passiert, wenn es geregnet hätte? Was, wenn jemand vorbeigekommen wäre und sie gestohlen hätte?

Jedenfalls ging Papa wieder dazu über, Angelo seine Geschichte direkt zu diktieren. Aber das klappte auch nicht besser als beim ersten Mal. Die Lage wurde immer schwieriger. Papa begann, Angelo zu beschuldigen, er stecke seine Nase in anderer Leute Angelegenheiten – nur weil Angelo ihn manchmal bat, etwas zu erklären. Papa vertrat die Auffassung, er habe ihm genau das erzählt, was er ihm erzählen wollte, und das müsse reichen. Oh, er konnte ein verdammt sturer Bock sein, mein Vater. Er beschuldigte den armen Angelo, Dinge zu verdrehen, die er gesagt hatte – oder ihn bewußt in einem schlechten Licht darzustellen. Irgendwann hatte Angelo die Nase voll, und die beiden begannen sich zu streiten wie Hund und Katze.

Etwa Mitte Juli feuerte Papa Angelo. Einige Tage später hatte er sich beruhigt und stellte ihn wieder ein. Aber bereits am Tag nach seiner Rückkehr wurde Angelo erneut entlassen. Als Papa ihn zum dritten Mal einstellen wollte, weigerte Angelo sich zurückzukommen.

»Kurz darauf ist er weggezogen«, sagte meine Mutter. »Nach Westen, in die Gegend von Chicago. Er schrieb mir einen Brief, und ich schickte ihm einen Antwortbrief, und das war's. Nach dem ganzen Hokuspokus mit Angelo und dem Diktaphon und so weiter ging Papa schließlich einfach nach hinten in den Garten und schrieb den Rest seiner Geschichte selbst auf. Er arbeitete den ganzen Sommer daran. Jeden Morgen, sofort nach dem Frühstück, stieg er die Stufen im Garten hoch, außer wenn es regnete oder er sich nicht gut fühlte. Dann saß er dort oben mit Papier und Füllfederhalter an seinem kleinen Metalltisch und schrieb vor sich hin, ganz allein.«

Ich blätterte das muffige Manuskript noch einmal durch – Seite um Seite voller ausländischer Wörter. »Hast du es je gelesen?« fragte ich meine Mutter.

Sie schüttelte den Kopf, senkte den Blick.

»Warum nicht?«

»Oh, ich weiß nicht, Dominick. Ich habe wohl ein paarmal einen Blick hineingeworfen. Aber ich hatte einfach kein gutes Gefühl dabei. Mein Italienisch ist nicht mehr gut genug. Man vergißt eine Menge, wenn man eine Sprache nicht benutzt.«

Dann saßen wir nebeneinander auf der Couch, und keiner von uns beiden sagte ein Wort. In weniger als einem Jahr, dachte ich, wird sie tot sein.

»Es ist schon komisch«, begann sie. »Irgendwie war es überhaupt nicht Papas Art, so etwas zu tun. Dinge aufzuschreiben. Er war immer so verschwiegen, wenn es um persönliche Sachen ging. Manchmal fragte ich ihn nach der Alten Welt – nach seiner Mutter, seinem Vater und dem Dorf, in dem er aufgewachsen war –, und er antwortete, er könne sich an diesen Kram nicht mehr erinnern. Oder er sagte, Sizilianer hielten die Augen offen und den Mund geschlossen ... Aber dann, in dem Sommer, stellte er Angelo ein und mietete dieses komische Gerät ... Manchmal hörte ich ihn morgens weinen. Hinten im Garten. Oder laut reden – mit sich selbst über irgend etwas streiten. Papa hat in seinem Leben viel Schreckliches durchmachen müssen, weißt du? Seine beiden Brüder, mit denen er hier ankam, sind früh gestorben. Und seine Frau. Ich war alles, was er noch hatte. Es gab nur noch uns beide.«

Die erste Seite des Manuskripts war von Hand geschrieben, mit blauer Tinte und vielen Schnörkeln und Verzierungen. »Ich kann seinen Namen entziffern«, sagte ich. »Was bedeutet der Rest?«

»Mal sehen. Hier steht: ›Die Geschichte von Domenico Onofrio Tempesta, einem großen Mann von ...‹ *Umile? Umile?* Bescheiden! ... ›Die Geschichte von Domenico Onofrio Tempesta, einem großen Mann von bescheidener Herkunft.‹«

Ich mußte lächeln. »Er hatte eine ziemlich hohe Meinung von sich, nicht wahr?«

In ihren Augen standen Tränen. »Er war ein wunderbarer Mann, Dominick.«

»Ja, genau. Solange du deine Eier gegessen hast. Und deine Zigaretten.«

Ma strich über das kleine Wörterbuch, dessen Einband fehlte.

»Ich wollte dir die Sachen hier schon lange geben, mein Liebling«, sagte sie. »Nimm es mit, wenn du gehst. Es ist auch für Thomas, falls er irgendwann mal hineinschauen will, aber ich wollte es dir anvertrauen, weil du früher immer nach Papa gefragt hast.«

»Ich?«

Sie nickte. »Als du klein warst. Siehst du dieses Wörterbuch? Er hat es benutzt, als er aus seiner Heimat hier ankam – damit hat er Englisch gelernt.«

Ich öffnete das zerfledderte Buch. Die Seiten, dünn wie Bibelpapier, waren fleckig vom häufigen Gebrauch. Auf einer Seite konnte man den Abdruck seines Daumens erkennen, und ich legte meinen Daumen darauf und dachte zum ersten Mal, daß dieser Papa mehr gewesen sein könnte als alte Fotografien – alte, oft wiederholte Geschichten.

Ich nahm meine Mutter mit in die Küche und zeigte ihr die Zeichen, die mit Bleistift auf den Holzbalken gekritzelt waren. »Stimmt, das ist seine Handschrift!« meinte sie. »Na, wer hätte das gedacht! Sieh dir das an! Als ob er immer noch bei uns wäre.«

Ich strich ihr über die Schulter, spürte den Stoff ihres Bademantels, ihre Haut und ihre Knochen. »Weißt du was?« sagte ich. »Ich glaube, du solltest seine Geschichte übersetzen.«

Ma schüttelte den Kopf. »Oh, mein Junge, das kann ich nicht. Wie ich schon sagte, ich habe mehr Italienisch vergessen als behalten. Zunächst einmal habe ich es nie besonders gut gelernt. Es war verwirrend. Manchmal sprach er italienisch, wie er es in der Schule gelernt hatte – oben im Norden –, manchmal sprach er sizilianisch. Ich habe die Wörter immer durcheinandergebracht ... Und außerdem glaube ich einfach nicht, daß er es mich lesen lassen wollte. Immer wenn ich in den Garten hinausging, um Wäsche aufzuhängen oder ihm etwas Kaltes zu trinken zu bringen, wurde er wütend. Schrie mich an, scheuchte mich weg. ›Halt dich aus meinen Angelegenheiten raus!‹ sagte er. Was sein Projekt anging, benahm er sich fast wie J. Edgar Hoover.«

»Aber er ist *tot*, Ma«, erinnerte ich sie. »Er ist vor fast vierzig Jahren gestorben.«

Sie verstummte, schien in Gedanken versunken.

»Was ist?« fragte ich. »Woran denkst du?«

»Oh, an nichts besonderes. Ich habe mich nur an den Tag erinnert, an dem er starb. Er war ganz allein da draußen, mutterseelenallein, als er den Schlaganfall hatte.« Sie zog ein Kleenex aus ihrem Ärmel. Wischte sich über die Augen. »An dem Morgen erzählte er mir, während er sein Frühstück aß, er sei fast fertig. Es überraschte mich ein wenig, daß er mir einen Zwischenbericht gab, denn bis dahin hatte er nicht ein einziges Wort mit mir darüber gesprochen. Nicht direkt jedenfalls ... Also fragte ich ihn: ›Was wirst du damit machen, Papa, wenn du fertig bist?‹ Ich nahm an, er wollte Kontakt mit Verlagen drüben in Italien aufnehmen. Versuchen, ein Buch daraus zu machen. Aber weißt du, was er mir geantwortet hat? Er sagte, vielleicht werfe er es in die Aschentonne und halte ein Streichholz dran. Verbrenne den ganzen Stapel, sobald er mit Schreiben fertig sei. Es war einfach nicht die Antwort, die ich erwartet hatte. Nach der ganzen Mühe, die er damit gehabt hatte ... An seinem letzten Morgen habe ich ihn ein paarmal schluchzen gehört – einmal weinte er sogar richtig. Es war schrecklich. Ich wäre so *gern* zu ihm in den Garten gegangen, Dominick, aber ich dachte, er würde dann wütend werden. Es hätte alles nur noch verschlimmert. Er hatte immer so ein Geheimnis darum gemacht.

Und dann, später, als ich mit seinem Mittagessen hinausging, sah ich ihn. Vornübergesackt, den Kopf auf dem Tisch. Die Blätter waren überall verstreut; sie steckten in der Hecke, hingen am Hühnerstall. Der Wind hatte sie im ganzen Garten verteilt.

Ich lief wieder nach drinnen und rief die Polizei an. Und den Priester. Dein Großvater war kein eifriger Kirchgänger – er hegte aus irgendeinem Grund einen Groll gegen St. Mary's –, aber ich dachte, ich sollte jetzt besser den Priester holen ... Es war schrecklich, Dominick. Ich hatte solche Angst. Ich zitterte wie Espenlaub. Da stand ich nun, mit deinem Bruder und dir unter dem Herzen ...«

Ich legte ihr den Arm um die Schultern.

»Nach den beiden Telefonanrufen ging ich einfach wieder hinaus und wartete. Ging die Stufen hinauf. Ich stand dort, drei oder vier Meter von ihm entfernt, und beobachtete ihn. Ich wußte, daß er tot war, aber ich beobachtete ihn trotzdem und hoffte, ihn vielleicht bei einem Zwinkern oder Gähnen zu ertappen. Hoffte und betete, daß ich mich geirrt hatte. Aber ich wußte, das war nicht der Fall. Er bewegte keinen Muskel.«

Sie ließ ihre Hand erneut über das Manuskript gleiten. »Und so ging ich umher und sammelte die Blätter zusammen. Es war das einzige, was mir einfiel, das ich für ihn tun konnte, Dominick. Die Seiten seiner Geschichte aufsammeln.«

Im Zimmer breitete sich Stille aus. Die Sonne war weitergewandert, hatte Schatten auf uns geworfen.

»Tja, wie auch immer«, sagte sie. »Das war vor langer, langer Zeit.«

Bevor ich ging, hämmerte ich die Täfelung wieder fest, wodurch Domenicos Notizen und Berechnungen erneut in ihrem Versteck verschwanden. Ich ging zur Tür hinaus, die Stufen der vorderen Veranda hinab und balancierte dabei meine Werkzeugkiste, die Kassette und mehrere in Folie gewickelte Päckchen mit tiefgefrorenen Essensresten. (»Ich mache mir Sorgen, wenn du ganz allein in diesem Appartement wohnst, mein Liebling. Dein Gesicht ist so schmal geworden. Ich weiß genau, daß du nicht soviel ißt, wie du essen solltest. Hier, nimm das mit.«) Als ich an meinem Wagen stand, hörte ich sie rufen und ging wieder zurück, die Stufen hinauf.

»Du hast das hier vergessen«, sagte sie. Ich streckte ihr meine Hand entgegen, mit der Fläche nach oben, und sie öffnete ihre Faust. Der Schlüssel der Kassette fiel in meine Hand. »*La chiave*«, sagte sie.

»Komm wieder?«

»*La chiave.* Der Schlüssel. Das Wort ist mir gerade wieder eingefallen.«

»*La chiave*«, wiederholte ich und ließ den Schlüssel in meine Tasche gleiten.

In dieser Nacht erwachte ich aus dem Tiefschlaf und hatte eine Idee, das perfekte Geschenk für meine sterbende Mutter. Es war so offensichtlich und so passend, daß es mir erst um zwei Uhr morgens einfiel. Ich würde die Lebensgeschichte ihres Vaters übersetzen, drucken und binden lassen, damit sie sie lesen konnte.

Ich fuhr zur Universität und fand das Büro des Instituts für Romanistik versteckt in der obersten Etage eines steinernen Gebäudes, das winzig wirkte zwischen zwei riesigen, blattlosen Buchen. Die Sekretärin nannte mir eine Reihe von Möglichkeiten, die ich versuchen konnte. Nach einer Stunde auf falschen Fährten und vor verschlossenen Türen ging ich eine schmale Treppe zu einer Zwischenetage hinunter und klopfte an die Bürotür von Nedra Frank, der letzten Person auf meiner Liste.

Sie schien etwa vierzig zu sein, wobei man sich bei diesen Frauen mit dem streng zurückgekämmten Haar und der an einer Kette befestigten Lesebrille nie sicher sein kann. Während sie im Manuskript meines Großvaters blätterte, betrachtete ich eingehend ihre Brüste (sehr hübsch), das Muttermal in ihrem Nacken und ihre abgekauten Fingernägel. Sie teilte sich das Büro mit einem anderen wissenschaftlichen Assistenten; ihr chaotischer und sein ordentlich aufgeräumter Schreibtisch waren ein Muster an Gegensätzlichkeit.

»Manches davon ist in italienischer Hochsprache geschrieben«, sagte sie. »Und andere Stellen ... es sieht aus wie bäuerliches Sizilianisch. War er – schizophren oder so was ähnliches?«

Vielen Dank, du blöde Kuh, das wär's dann. Gib mir den Scheiß zurück, und ich verschwinde von hier.

»Ich bin Wissenschaftlerin«, sagte sie und blickte auf. Dann reichte sie mir das Manuskript. »Was Sie von mir verlangen, ist in etwa so, als wollten Sie einem ernsthaften Künstler den Auftrag für ein Bild erteilen, das zum Sofa und zu den Vorhängen paßt.«

»Oh«, meinte ich. »Na dann.« Ich hatte bereits den Rückzug angetreten aus ihrem niedrigen Büro – eigentlich war es eher ein besserer Wandschrank, im Grunde noch nicht einmal das.

Sie seufzte. »Lassen Sie es mich noch mal sehen.« Ich gab ihr das Päckchen zurück, und sie überflog mit gerunzelter Stirn mehrere Seiten. »Die getippten Seiten sind einzeilig beschrieben«, meinte sie. »Das ist doppelt so viel Arbeit.«

»Tja ...«

»Zumindest ist die Handschrift lesbar ... Ich könnte das handschriftliche Material für acht Dollar die Seite übersetzen. Für die getippten Seiten müßte ich allerdings sechzehn Dollar verlangen. Und noch etwas mehr für die Seiten, auf denen erläuternde Fußnoten nötig sind.«

»Wieviel mehr?«

»Oh, sagen wir fünf Dollar pro Fußnote. Ich meine, das ist doch nur fair, oder? Wenn ich Text *schaffe*, anstatt ihn lediglich zu übersetzen und zu interpretieren, dann sollte ich dafür auch mehr Geld bekommen, oder nicht?«

Ich nickte. Überschlug die Kosten im Kopf. Irgendwas zwischen achthundert und tausend Dollar, *ohne* die Fußnoten. Mehr als ich ursprünglich angenommen hatte, aber sehr viel weniger als eine Küchenrenovierung. »Heißt das, Sie nehmen den Auftrag an?«

Sie seufzte, ließ mich einen Moment warten. »Also gut«, sagte sie schließlich. »Um ganz offen zu sein: Ich interessiere mich nicht im mindesten für den Text, aber ich brauche Geld für mein Auto. Können Sie sich das vorstellen? Anderthalb Jahre alt, und schon macht die Synchro-Kupplung Probleme.«

Ich fand es lustig, daß ausgerechnet diese graue Bibliotheksmaus wie ein Automechaniker daherredete. »Warum lächeln Sie?« wollte sie wissen.

Ich zuckte die Schultern. »Nur so. Was ist es für ein Auto?«

»Ein Yugo«, antwortete sie. »Ich nehme an, das finden Sie auch lustig, oder?«

Nedra Frank wollte vierhundert Dollar im voraus und sagte, sie werde bei ihrer momentanen Arbeitsbelastung, die sie als »erdrückend« bezeichnete, etwa zwei Monate für die Übersetzung benötigen. Ihre Gleichgültigkeit ärgerte mich; während ich von den Leistungen meines Großvaters und dem Lymphom meiner Mutter erzählte, schaute sie zweimal auf die Wanduhr. Ich schrieb ihr einen Scheck aus und fragte mich besorgt, ob sie Seiten zusammenfassen oder überspringen – mich trotz des hohen Preises übers Ohr hauen würde. Ich verließ ihr Büro und fühlte mich verletzlich, ihren Kürzungen, ihren Interpretationen und ihrer sauertöpfischen Weltsicht ausgeliefert. Dennoch – der Anfang war gemacht.

Im Laufe der nächsten Wochen rief ich sie mehrmals an, um mich nach ihren Fortschritten zu erkundigen und in Erfahrung zu bringen, ob sie irgendwelche Fragen hatte. Aber alles, was ich zu hören bekam, war das Klingelzeichen.

Jedesmal, wenn meine Mutter sich im Yale-New-Haven-Hospital einer Chemotherapie unterziehen mußte oder Bestrahlungen bekam, fuhr Ray sie hin, leistete ihr Gesellschaft, nahm seine Mahlzeiten unten in der Cafeteria ein und machte auf dem Stuhl neben ihrem Bett ein Nickerchen. Gegen Abend fuhr er dann zurück nach Three Rivers, um rechtzeitig zu Beginn seiner Schicht in der Electric-Boat-Werft einzutreffen. Als ich ihn fragte, ob er sich nicht zuviel zumute, zuckte er mit den Schultern und fragte, was zum Teufel er denn sonst tun solle.

»Willst du darüber sprechen?«

»Was gibt es schon zu sagen?«

»Kann ich irgend etwas für dich tun?«

»Mach dir um deine Mutter Sorgen, nicht um mich. Ich kann auf mich selbst aufpassen.«

Ich versuchte, zwei- bis dreimal die Woche nach New Haven zu fahren. Thomas nahm ich mit, sooft es ging, meistens sonntags. Es war schwer einzuschätzen, wie gut oder schlecht er damit zurechtkam, daß Ma starb. Manchmal wirkte er resigniert und schien sich damit abgefunden zu haben. »Es ist Gottes Wille«, seufzte er, genauso wie Ma. »Wir müssen einander Kraft geben.« Manchmal schluchzte er und hämmerte mit den Fäusten auf das Armaturenbrett meines Wagens. Dann wieder gab es Momente, in denen er voller Hoffnung war. »Ich weiß, daß sie es schaffen wird«, sagte er eines Nachmittags am Telefon zu mir. »Ich bete zur heiligen Agatha.«

»Zu was für 'ner Heiligen?« fragte ich und bereute es sofort.

»Zur heiligen Agatha«, wiederholte er. »Das ist die Heilige, die vor Feuer, Vulkanausbrüchen und Krebs schützt.« Er schwafelte ohne Unterbrechung über seine blöde Heilige, eine Jungfrau, deren abgewiesener Freier ihr die Brüste abschneiden und ihren Körper auf dem Scheiterhaufen verbrennen ließ. Agatha hatte einen Vulkanausbruch gestoppt, war als Braut Christi gestorben, blablabla.

Eines Morgens weckte Thomas mich um sechs Uhr mit der Theorie, die Corn-flakes, die unsere Mutter jeden Morgen zum Frühstück aß, seien absichtlich mit Karzinogenen verseucht worden. Insgeheim hätten die Sowjets die Firma Kellogg's aufgekauft, sagte er. »Sie haben es auf die Verwandten der Leute abgesehen, hinter denen sie *wirklich* her sind. Ich stehe auf ihrer Abschußliste, weil ich Gottes Gebote befolge.« Jetzt, da er ihnen auf die Schliche gekommen sei, sagte er, denke er daran, Kellogg's öffentlich bloßzustellen, es der Firma auf den Kopf zuzusagen. Wahrscheinlich würde das *Time Magazine* ihn zum Mann des Jahres erklären, und dann müsse er untertauchen. Schließlich würden berühmte Leute von Attentätern verfolgt. Ich solle nur an den armen John Lennon denken. Ob ich mich an den Song »Instant Karma« erinnere. John habe ihn eigens für ihn, Thomas, geschrieben, um ihn zu ermutigen, in der Welt Gutes zu tun, wenn er selbst nicht mehr da war. »Hör zu!« sagte mein Bruder. »Es ist so offensichtlich, daß es schon fast lächerlich ist!« Er fing an zu singen, oder besser zu schreien.

Instant karma's gonna get you –
gonna look you right in the FACE
You better recognize your BROTHER
and join the HUMAN RACE!

Als Thomas und ich an einem Sonntagnachmittag zu Ma ins Krankenhaus fuhren, fanden wir ihr Bett leer vor. Sie war unten im Sonnenliegeraum, eingehüllt in Sonnenlicht, allein inmitten von Besuchern anderer Patienten. Inzwischen war ihre Haut durch die Chemotherapie fleckig geworden, und ihre Haare hatten sich in Entenflaum verwandelt – sie sah wieder so versengt aus wie damals, als sie aus dem brennenden Wohnzimmer unseres Hauses in der Hollyhock Avenue auftauchte. Kahl und in ihrem karierten rosa Morgenrock zusammengesunken, erschien sie mir dennoch irgendwie schön.

Während der ganzen Besuchszeit hockte Thomas da und sagte kein Wort. Auf der Hinfahrt hatte er von mir verlangt, ich solle bei McDonald's anhalten, doch ich hatte nein gesagt – wir könnten vielleicht auf dem Rückweg vorbeifahren. Im Sonnenliegeraum schmollte er, starrte wie in Trance auf den Fernseher und ignorierte Mas Fragen und ihre Bemühungen, ein Gespräch in Gang zu bringen. Er weigerte sich, seinen Mantel auszuziehen. Und er schaute ständig auf die Uhr.

Als wir gingen, war ich wütend, und während der Heimfahrt

wurde ich noch wütender, denn er unterbrach meine Vorwürfe wegen seines egoistischen Verhaltens, um zu fragen, ob wir jetzt zu McDonald's fahren könnten. »Kapierst du denn überhaupt nichts, du Arschloch?« schrie ich. »Kannst du dich nicht mal zusammenreißen, wenn deine gottverdammte Mutter stirbt?« Er löste seinen Sicherheitsgurt und kletterte über den Vordersitz nach hinten. Dann kauerte er sich auf dem Boden vor dem Rücksitz zusammen; seine Stellung erinnerte mich an die Atomschutzhaltung, die man uns in der Schule beigebracht hatte.

Ich fuhr auf den Seitenstreifen, schaltete in den Leerlauf und sagte ihm, er solle verdammt noch mal wieder nach vorne kommen – ich sei sein Theater leid, hätte die Nase voll davon, mich neben all dem anderen, das ich um die Ohren hätte, auch noch mit seinem Scheiß herumschlagen zu müssen. Als er sich weigerte aufzustehen, zog ich ihn hoch und zerrte ihn aus dem Wagen. Er riß sich los und rannte quer über den Highway, ohne auf die herannahenden Autos zu achten. Hupen ertönten, Reifen quietschten. Keine Ahnung, wie er es heil auf die andere Seite schaffte. Als ich selbst den Highway überquert hatte, war Thomas verschwunden. Ich rannte in panischer Angst durch den Wald und durch Gärten, malte mir das häßliche Geräusch des Aufpralls aus und sah Thomas zerfetzt vor mir, sein Blut über die ganze Straße verteilt.

Ich fand ihn schließlich neben dem Highway im hohen Gras liegend, etwa eine Viertelmeile von der Stelle entfernt, wo der Wagen stand. Seine Augen waren gegen die Sonne geschlossen, sein Mund zu einem Lächeln verzogen. Als ich ihm aufhalf, hinterließ sein Körper einen Abdruck im Gras. Wie eine Umrißmarkierung am Tatort eines Verbrechens. Wie einer dieser Engel, die er und ich als Kinder immer im frisch gefallenen Schnee gemacht hatten.

Zurück im Wagen umklammerte ich das Lenkrad, damit meine Hände aufhörten zu zittern, und versuchte, die Autos, die ihm ausgewichen waren, nicht mehr zu sehen und zu hören. In Madison hielt ich bei McDonald's und kaufte ihm eine große Portion Pommes frites, einen Viertelpfünder mit Käse und einen Erdbeershake. Den Rest der Fahrt war er zwar nicht gerade glücklich, aber zumindest still und satt.

An diesem Abend nahm Nedra Frank beim ersten Klingeln ab.

»Ich weiß, daß Sie viel zu tun haben«, sagte ich und fuhr fort, mein Stiefvater habe mich gerade angerufen und mir mitgeteilt, der Zustand meiner Mutter habe sich verschlechtert.

»Zufällig arbeite ich gerade an der Übersetzung«, sagte sie. »Ich habe beschlossen, einige der italienischen Wörter und Wendungen stehenzulassen, um Ihnen ein Gefühl für den Rhythmus zu vermitteln.«

»Den Rhythmus?«

»Italienisch ist eine so musikalische Sprache. Ich wollte das Manuskript nicht zu Tode übersetzen. Aber Sie werden die Wörter verstehen, die ich unverändert gelassen habe – entweder durch den Textzusammenhang oder durch den Klang. Oder beides. Einige der Sprichwörter, die er verwendet, sind praktisch unübersetzbar. Ich habe sie so gelassen und Anmerkungen dazu gemacht – Annäherungsversuche an eine Übersetzung. Ich lasse aber nur sehr wenig Sizilianisch stehen, weil ich davon ausgehe, daß man Unkraut *jäten* sollte. Stimmt doch, oder?«

»Ja«, sagte ich. »Wie Sie meinen. Ich bin ohnehin mehr am *Englischen* interessiert.« Bestimmt hatte sie nicht viel für Sizilien übrig. »Also ... wie ist er?« fragte ich.

Es entstand eine Pause. »Wie er *ist*?«

»Ja. Ich meine, Sie kennen den Kerl inzwischen besser als ich. Ich bin neugierig. Mögen Sie ihn?«

»Ein Übersetzer sollte einen objektiven Standpunkt einnehmen. Eine emotionale Reaktion könnte stören bei ...«

Der Tag war verdammt hart gewesen. Ich hatte keine Geduld für ihre gelehrten Ausführungen. »Schon gut, nur dieses eine Mal. Erlauben Sie sich ausnahmsweise eine emotionale Reaktion«, sagte ich. »Mir zuliebe.«

Am anderen Ende der Leitung herrschte Totenstille. Dann bekam ich, wonach ich verlangt hatte. »Ehrlich gesagt, mag ich ihn nicht. Er ist ein Wichtigtuer, ein Frauenhasser. Er ist einfach furchtbar, ehrlich.«

Jetzt herrschte an meinem Ende Stille.

»Sehen Sie?« sagte sie. »Jetzt sind Sie beleidigt. Ich hätte meine Objektivität nicht aufgeben sollen.«

»Ich bin nicht beleidigt«, sagte ich. »Ich bin nur ungeduldig.

Ich will, daß es fertig wird, bevor meine Mutter zu krank ist, um sich daran zu erfreuen.«

»Nun, ich tue mein Bestes. Ich habe ihnen gesagt, wieviel Arbeit ich zur Zeit habe. Und überhaupt, ich glaube, Sie sollten es erst mal lesen, bevor Sie sich entschließen, es ihr zu zeigen. Wenn ich Sie wäre, würde ich es nicht gerade jetzt zur Sprache bringen.«

In diesem Moment kotzte mich ihr Mangel an Objektivität regelrecht an. Welches Recht hatte sie, mir zu erzählen, was ich tun oder lassen sollte? Leck mich, hätte ich am liebsten zu ihr gesagt. Sie sind nur die Übersetzerin.

Während ihrer dritten Chemotherapie ging es Ma so schlecht, daß sie kaum noch essen konnte. Als sie im Februar ins Krankenhaus zurück mußte, wog sie nur noch vierundneunzig Pfund und sah aus, als machte sie Werbung für die Welthungerhilfe. Inzwischen nahm ich Thomas nicht mehr mit. Der Zwischenfall auf dem Highway hatte mir einen tierischen Schreck eingejagt und mich mehr als eine Nacht um den Schlaf gebracht.

»Das kann jetzt ein wenig piksen, Schätzchen«, sagte die Schwester und hielt meiner Mutter eine Spritze vor das blasse Gesicht.

Ma nickte, rang sich ein schwaches Lächeln ab.

»Es ist nicht so einfach, eine gute Vene bei Ihnen zu finden. Versuchen wir's noch einmal, okay? Sind Sie bereit, Süße?«

Der Einstich klappte nicht. Der nächste auch nicht. »Ich versuch's noch ein letztes Mal«, sagte die Schwester. »Und wenn es dann nicht geht, muß ich die Stationsschwester rufen.«

»Himmel, Arsch und Zwirn«, murmelte ich und trat ans Fenster.

Die Schwester drehte sich mit rotem Kopf zu mir um. »Würden Sie bitte hinausgehen, bis wir hier fertig sind?« sagte sie.

»Nein«, antwortete ich. »Mir wäre es lieber, wenn Sie meine Mutter nicht wie ein verdammtes Nadelkissen behandeln würden. Und wo wir schon dabei sind: Hören Sie endlich auf, sie ›Süße‹ und ›Schätzchen‹ zu nennen, als wären wir hier in der *Sesamstraße*.«

Ma fing an zu weinen – wegen meines Benehmens, nicht wegen ihrer Schmerzen. Ich habe ein echtes Talent, unangenehme

Situationen noch schlimmer zu machen, als sie es schon sind. »Bis später, Ma«, sagte ich und nahm meine Jacke. »Ich ruf dich an.«

Am späten Nachmittag desselben Tages stand ich in meiner Wohnung am Panoramafenster und beobachtete die nicht angekündigten Schneeflocken, als plötzlich Nedra Frank in ihrem orangefarbenen Yugo aufkreuzte, den Bordstein hochschoß und rutschend zum Stehen kam. Sie parkte halb auf dem Gehsteig und halb auf der Straße.

»Hereinspaziert«, sagte ich. Sie trug eine Daunenweste, Sweatshirt, Jeansrock und Turnschuhe – Kleidung, die ich niemals an ihr vermutet hätte – und schleppte eine dicke Aktentasche.

»Es ist also fertig?«

»Was?« Ihr Blick folgte meinem zu der Aktentasche. »O *nein*«, sagte sie. »Das ist meine Doktorarbeit. In dem Mietshaus, in dem ich wohne, wurde letzte Woche eingebrochen, also nehme ich sie jetzt überallhin mit. Aber ich arbeite an Ihrem Auftrag. Die Sache nimmt Formen an.« Sie fragte nicht, wie es meiner Mutter ging.

»Woher wissen Sie, wo ich wohne?« fragte ich.

»Warum? Ist das ein dunkles Geheimnis oder so was?«

»Nein, ich meine nur ...«

»Von Ihrem Scheck. Ich habe mir Ihre Adresse aufgeschrieben, bevor ich ihn eingelöst habe. Für den Fall, daß ich Sie sprechen muß. Gerade eben bin ich ein bißchen spazierengefahren – ich habe in letzter Zeit so viel Streß. Da kam ich zufällig an Ihrem Straßenschild vorbei und habe mich an den Namen erinnert. Hillyndale Drive. Das ist so eine ungewöhnliche Schreibweise. Da hat wohl irgend jemand versucht, besonders originell zu sein, was?«

Ich zuckte mit den Achseln, klimperte mit dem Kleingeld in meiner Hosentasche. »Keine Ahnung«, sagte ich.

»Ich wollte Sie sowieso anrufen. Wegen des Manuskripts. Ihr Großvater hat eine Menge Sprichwörter verwendet – bäuerliche Redensarten –, und die kann man nicht übersetzen. Ich dachte, ich lasse sie einfach so stehen und paraphrasiere sie dann in den Anmerkungen. Wenn das in Ordnung ist. Ich meine, es ist schließlich Ihr Geld.«

Hatten wir dieses Gespräch nicht schon einmal geführt? Sie fuhr nur spazieren, alles klar. »Das wäre schön«, sagte ich.

Ich fragte, ob sie ein Bier wolle; sie sagte ja.

»Warum haben Sie soviel Streß?« fragte ich.

Zum einen, antwortete sie, seien die Studenten in den Kursen, die sie unterrichten müsse, nachweislich »gehirnamputiert«. Sie wollten überhaupt nichts lernen, sondern nur gute Noten einheimsen. Zum anderen fühle sich ihr Fachbereichsleiter durch ihre Kenntnisse über Dante bedroht, die fundierter seien als seine. Und drittens habe ihr Kollege im Büro abstoßende Angewohnheiten. Er reinige sich in ihrer Gegenwart mit Zahnseide die Zähne, knipse sich die Fingernägel mit einer Nagelzange ab, so daß alles zu ihrer Seite herüberfliege. Gerade heute habe sie zwei seiner Fingernägel auf ihrer Schreibtischunterlage gefunden, und das, nachdem sie mit ihm gesprochen hatte ... Sie habe die Nase gestrichen voll von Akademikern, die ewig an der Brust der Universität saugten, um sich im wirklichen Leben nicht anstrengen zu müssen. »Was machen *Sie* beruflich?«

»Ich streiche Häuser an«, sagte ich.

»Ein *Anstreicher*!« stöhnte sie und ließ sich auf meine Couch fallen. »*Perfekt!*«

Sie trank ihr Bier aus und akzeptierte ein weiteres. Als ich aus der Küche zurückkam, stand sie am Bücherregal und hatte den Kopf schiefgelegt, um die Autorennamen auf den Buchrücken zu lesen. »García Márquez, Styron, Solschenizyn«, sagte sie. »Ich muß sagen, Mister Anstreicher, ich bin beeindruckt.«

»Tja«, erwiderte ich. »Sie haben wohl gedacht, so ein stumpfsinniger Typ wie ich würde ... ja was ... Mickey Spillaine lesen? Oder den *Hustler*?«

»Oder das hier.« Sie nahm den Schuber mit der Trilogie von James M. Cain aus dem Regal und wedelte damit wie mit einem belastenden Beweisstück. Sie ging zum Panoramafenster hinüber. »Soll der Schnee liegenbleiben? Ich verfolge nie die Wettervorhersage.«

»Er ist nicht vorhergesagt worden«, antwortete ich. »Mal hören, was sie sagen.« Ich schaltete das kleine Radio an, das in meinem Bücherregal stand. Der Sprecher des fest eingestellten Wettersenders kündigte acht bis zehn Zentimeter Neuschnee an.

Na prima, dachte ich. Eingeschneit mit dieser hochnäsigen Zicke. Genau das, was ich brauche.

Nedra nahm das Radio, betrachtete es von allen Seiten, schaltete es an und aus. »Sie sind also ein richtiger Wetterfan?« fragte sie.

»Ich bin kein Wetterfan«, sagte ich. »Aber man muß wissen, was da draußen los ist, wenn man als Anstreicher arbeitet. Jedenfalls während der Saison. Man muß immer den Überblick behalten.«

»Man muß immer den Überblick behalten«, wiederholte sie. »Gott, ihr Männer seid doch alle gleich.« Sie lachte – ein Kreischen wie das Geräusch von Fingernägeln, die über eine Tafel kratzen –, und fragte *mich* dann, ob *ich* ein Bier wolle. Ob ich die Absicht habe, ihr etwas zu essen anzubieten, oder ob ich sie nur betrunken machen und dann wieder hinaus in den Schnee schicken wolle.

Ich sagte, ich hätte nicht viel im Haus, es sei denn, sie möge Hühnerbrühe oder Müsliriegel.

»Wir könnten uns eine Pizza bestellen«, sagte sie.

»In Ordnung.«

»Aber ich bin Vegetarierin. Falls das etwas ändert.«

Der Junge von Domino's kam zwei Bier später. Ich hatte eine große Pizza mit Champignons und Oliven bestellt, aber wir waren die letzte Station, bevor seine Schicht endete, und alles, was er noch in seiner Warmhaltebox hatte, waren zwei mittlere mit Peperoni. »Ich bin sicher, daran ist mein hirnverbrannter Chef schuld, nicht Sie«, sagte er. Schneeflocken glänzten auf dem Pelzbesatz seiner Jacke und auf der Krempe seines dämlichen Domino-Huts. »Hier«, sagte er. »Umsonst. Ich kündige sowieso.«

Als ich die Tür schloß und mich wieder umdrehte, sah ich, daß Nedra Frank meine Quiltdecke umgehängt hatte. Was bedeutete, daß sie in meinem Schlafzimmer gewesen war.

Am Küchentisch pickte sie alle Pepperonischeibchen heraus, stapelte sie wie Pokerchips und tupfte dann die Pizzas mit Küchenpapier ab. Wir öffneten den zweiten Sixpack.

Es muß ein Donnerstagabend gewesen sein, denn später kam *Cheers* im Fernsehen – eine Serie, die Nedra als beleidigend empfand, weil alle weiblichen Rollen entweder Püppchen oder Scheusale waren. Sie habe erst spät zum Feminismus gefunden, erklärte sie. Vorher sei sie Papas kleines Mädchen gewesen, dann Cheerleader auf der High-School, dann Sklavin eines chauvinistischen Ehemannes mit Villa im holländischen Kolonialstil in der Lornadale Road. »Ich mußte drei Jahre lang zur Therapie gehen, nur um mir selbst zuzugestehen, meinen Doktor zu machen«, sagte sie. »Schnauze!« Sie zielte mit der Fernbedienung auf den Fernseher und brachte Ted Danson zum Schweigen.

»Über meine Frau stand mal was in der Zeitschrift *Ms.*«, sagte ich. »Über sie und ihre Freundin Jocelyn.«

»Sie haben eine *Frau*?«

»Meine *Ex*frau, meine ich. Sie und diese Freundin stellten eine Tagesbetreuung für die Kinder von Schweißerinnen, die bei Electric Boat arbeiteten, auf die Beine. Dann brachten sie die Bosse dazu, eine schriftliche Erklärung zum Thema sexuelle Belästigung am Arbeitsplatz abzugeben. Das war ein oder zwei Jahre, nachdem die Firma begonnen hatte, Frauen in der Schiffswerft zu beschäftigen.«

»Sie waren mit einer Schweißerin verheiratet?« fragte sie mit einem blöden Grinsen.

»Ihre Freundin war Schweißerin. Dessa leitete die Tagesstätte. ›Kids Unlimited!‹ hieß sie. Mit Ausrufezeichen am Ende.«

»Faszinierend«, sagte Nedra. Sie klang dabei allerdings nicht besonders fasziniert. Sie attackierte die Pizza wie die Bestie in *Der weiße Hai* ihre Opfer. »Mein Exmann ist Psychiater«, sagte sie. »Er arbeitet in der Verwaltung der Landesklinik.«

Ich hätte ihr fast von Thomas erzählt, wollte aber keiner Nein-wie-klein-doch-die-Welt-ist-Verbindung zwischen uns Vorschub leisten. Außerdem hatte sie diese witzig gemeinte Andeutung gemacht, mein Großvater sei womöglich »schizophren« gewesen. Ich gab die Hoffnung nicht auf, daß sie ging, bevor ihre abgefahrenen Reifen diese Möglichkeit ausschlossen. Mich fröstelte ein wenig bei dem Gedanken, daß sie einfach in mein Schlafzimmer gegangen war und die Decke genommen hatte. Wie konnte ich sicher sein, daß sie sich bei der Geschichte meines Großvaters nicht auch wer weiß welche Freiheiten herausnahm? Was »jätete« sie sonst noch, außer seinem »bäuerlichen Sizilianisch«?

»Todd ist verrückter als die Insassen«, sagte Nedra. »Und bösartig. Es war fast so, als wäre ich mit dem Marquis de Sade verheiratet gewesen, nur mit dem Unterschied, daß es ausschließlich Schmerzen und keinerlei Vergnügen gab.«

»Oh«, sagte ich. »Todd de Sade.«

Erneut dieses kreischende Lachen. Ich schaltete den Fernseher wieder ein. »Herrje«, sagte ich. »*L. A. Law* hat schon angefangen. Es muß nach zehn sein. Ich kann Sie in meinem Wagen nach Hause fahren, wenn Sie es bei dem vielen Schnee nicht riskieren wollen. Er hat Allradantrieb.«

»Sie wissen anhand der Fernsehsendungen, wie spät es ist?« fragte sie. »Erstaunlich.« Ich ließ sie in dem Glauben, ich sei nur irgend so ein ungebildeter Idiot, den sie benutzen konnte, um einen einsamen Abend zu überstehen. Damals, als ich noch an der High-School unterrichtete, hätte ich meine Schüler niemals »gehirnamputiert« genannt.

»Soll ich Sie nun nach Hause fahren?«

»Oh, ich verstehe«, sagte sie. »Sie sind der große Allradantrieb-Held und ich die Maid in Not, richtig? Danke, aber das ist nicht nötig.«

Sie nahm meine Decke von ihren Schultern, warf sie aufs Sofa und fragte: »Wie wär's mit ein wenig Musik?« Bevor ich ja oder nein sagen konnte, hatte sie mein Radio eingeschaltet und suchte nach einem Sender. Ich hätte sie für einen Klassik-Typ gehalten, aber sie entschied sich für Tina Turner: *What's love got to do, got to do with it?*

Sie drehte sich um und lächelte. »Hallo, Mister Anstreicher.« Sie kam zu mir herüber. Küßte mich. Nahm meine Hände und legte sie auf ihre Hüften. Ihre Zunge wirbelte in meinem Mund herum.

»Turnt Sie das an, Mister Anstreicher?« hauchte sie. »Gefällt Ihnen das?« Ich konnte nicht sagen, ob sie gerade Daddys kleines Mädchen, ein Cheerleader oder irgendwas anderes war. Ich bildete mir ein, Dessa zu küssen, aber Nedra war dicker als Dessa, fühlte sich irgendwie klamm an, egal, wo ich sie berührte. Ich war seit der Scheidung nicht mehr mit einer Frau zusammengewesen – hatte mir das erste Mal ziemlich anders vorgestellt. War zumindest davon ausgegangen, mehr an dem Entscheidungsprozeß beteiligt zu sein. Ehrlich gesagt, Nedra machte mir ein wenig angst. Das letzte, was ich im Moment brauchte, war noch jemand Verrücktes. Ich wollte meine Frau.

»Äh, das ist sehr schön«, sagte ich, »aber irgendwie unerwartet. Ich bin nicht sicher, ob ich wirklich bereit bin, äh ...«

»Ich hab eins dabei«, sagte sie. »Entspann dich. Streichle mich.«

Sie legte meine eine Hand auf ihren Hintern und schob die andere unter ihr Sweatshirt. Dann fing ich mitten im Kuß plötzlich an zu lachen. Zuerst war es nur ein Glucksen, das ich versuchte herunterzuschlucken. Aber dann wurde es schlimmer: Ich prustete los, lachte völlig unkontrolliert – die Art von Lachen, aus dem ein Hustenanfall wird.

Sie stand da, lächelte gedemütigt. »Was ist so komisch?« fragte sie immer wieder. »*Was?*«

Ich konnte ihr nicht antworten. Konnte nicht aufhören zu lachen.

Nedra stürmte ins Bad. Sie blieb dort über eine Viertelstunde, lange genug, daß ich mich fragte, ob ein Mensch sich mit einer Überdosis Nyquil umbringen kann oder indem er sich die Pulsadern mit einer Nagelzange aufschlitzt. Sie kam mit roten Augen wieder heraus. Ohne ein Wort zu sagen, nahm sie ihre Daunenweste und ihre Aktentasche. Ich erklärte, ich sei nur nervös gewesen – hätte die Trennung noch immer nicht ganz verarbeitet. Es tue mir aufrichtig leid.

»Was tut Ihnen leid?« fragte sie. »Daß es Ihnen Spaß macht, Frauen zu erniedrigen? Entschuldigen Sie sich nicht. Sie können nichts dafür, Sie sind so geboren.«

»He, hören Sie«, sagte ich. »Ich wollte nicht ...«

»Oh, bitte! Kein Wort mehr. Ich *bitte* Sie!«

An der Tür blieb sie stehen. »Vielleicht sollte ich Ihre Exfrau anrufen«, sagte sie. »Wir könnten uns über sexuelle Belästigung austauschen.«

»He, warten Sie mal. *Sie* haben *mich* angemacht. Wieso habe *ich Sie* belästigt?«

»Geben Sie mir ihre Telefonnummer? Vielleicht rufe ich sie an. Vielleicht wird ja ein Bild von ihr und mir in *Ms.* veröffentlicht.«

»He, hören Sie. Alles, was ich jemals von Ihnen wollte, war eine überteuerte Übersetzung. Der Rest war Ihre Idee. Lassen Sie meine Frau aus dem Spiel.«

»Überteuert? *Überteuert?* Diese Arbeit erfordert sehr viel Sorgfalt, Sie Arschloch! Sie undankbarer ...!!« Statt den Satz zu beenden, schwang sie ihre Aktentasche und versetzte mir mit ihrer zwanzig Pfund schweren Doktorarbeit einen Schlag gegen das Bein.

Sie schmetterte die Tür hinter sich zu, und ich riß sie wieder auf – kratzte etwas Schnee zusammen, formte einen Ball und warf ihn ihr hinterher. Er traf den Yugo.

Sie zeigte mir den Mittelfinger, stieg in ihren Wagen und ließ den Motor aufheulen. Ohne auf den Zustand der Straße zu achten, brauste sie los, rutschte und schlingerte und rammte beinahe einen städtischen Schneepflug.

»Ihr Licht!« schrie ich ihr hinterher. »Machen Sie Ihr Licht an!«

Im März klang das Onkologenteam in Yale langsam immer mehr wie eine Truppe von Quacksalbern. Ma hatte fast ständig Schmerzen; das bißchen Trost und Linderung, das sie erfuhr, stammte von einem alten polnischen Priester und den Freiwilligen des Hospizes. Die Malersaison hatte wieder begonnen, war durch den früh einsetzenden Frühling schlagartig in Bewegung gekommen, und ich konnte es mir nicht leisten, das nicht auszunutzen. Es war bereits Mitte April, als ich die Zeit und die Nerven hatte, zur Universität zu fahren und die Stufen zu Nedra Franks kleiner Zelle hinaufzulaufen. Ob sie die Übersetzung nun fertig hatte oder nicht – ich wollte die Geschichte meines Großvaters jetzt zurück.

Nedras Kollege erzählte mir, sie habe sich aus dem Graduiertenprogramm zurückgezogen. »Persönliche Gründe«, sagte er und verdrehte die Augen. Ihr Schreibtisch war vollkommen leergefegt.

»Aber sie hat etwas, das mir gehört«, protestierte ich. »Etwas Wichtiges. Wie kann ich sie erreichen?«

Er zuckte die Schultern.

Auch der Leiter des Romanistischen Instituts zuckte mit den Schultern.

Die Leiterin der geisteswissenschaftlichen Abteilung sagte mir, sie könne versuchen, Ms. Frank ausfindig zu machen, um mein Anliegen vorzubringen, aber sie könne nicht versprechen, daß sie sich mit mir in Verbindung setzte. Unsere Absprache betreffe nur uns beide, erinnerte sie mich noch einmal; sie stehe in keinerlei Zusammenhang mit der Universität. Unter gar keinen Umständen könne sie Nedra Franks neue Adresse herausgeben.

Am 1. Mai 1987 verlor meine Mutter das Bewußtsein. Ray und ich blieben die Nacht über bei ihr, lauschten auf ihren schweren, ungleichmäßigen Atem und hinderten sie immer wieder daran, sich die Sauerstoffmaske vom Gesicht zu ziehen. »Es ist sehr gut möglich, daß jemand, der im Koma liegt, dennoch hören und verstehen kann«, hatte uns einer der Hospizmitarbeiter am Abend zuvor erklärt. »Wenn Sie es für richtig halten, können Sie ihr vielleicht die Genehmigung geben, endgültig loszulassen.« Ray hielt es jedenfalls *nicht* für richtig; er sträubte sich gegen den Gedanken. Aber zehn Minuten, bevor sie verschied – als Ray gerade zur Toilette gegangen war –, beugte ich mich ganz nah zu ihr hinunter und flüsterte ihr ins Ohr: »Ich liebe dich, Ma. Mach dir keine Sorgen. Ich paß schon auf ihn auf. Du kannst jetzt loslassen.«

Ihr Tod war ganz anders als die melodramatischen Vorstellungen, die ich mir während der letzten Monate davon gemacht hatte. Sie kam nicht mehr dazu, die Geschichte ihres Vaters zu lesen. Und sie kam auch nicht mehr dazu, sich in ihrem Totenbett aufzusetzen und den Namen des Mannes preiszugeben, von dem sie meinen Bruder und mich empfangen hatte. Von frühester Kindheit an hatte ich meine eigenen Theorien entwickelt, wer wohl unser »richtiger« Vater war: Buffalo Bob aus der *Howdy-Doody-Show*. Vic Morrow aus *Combat*. Mr. Nettleson, mein Werkkundelehrer in der siebten Klasse. Mr. Anthony von gegenüber. Zum Zeitpunkt ihres Todes hatte ich Angelo Nardi in Verdacht, den eleganten Gerichtsstenographen, der eingestellt worden war, um die Lebensgeschichte meines Großvaters aufzuschreiben. Aber auch das war nur eine Theorie. Ich redete mir ein, es spiele sowieso keine Rolle.

Nachdem der Papierkram mit dem Krankenhaus erledigt war,

fuhren Ray und ich zum Bestattungsunternehmen, um die letzten Vorkehrungen zu treffen. Danach kehrten wir zur Hollyhock Avenue zurück und tranken Rays besten Scotch. Das alte Fotoalbum lag auf dem Wohnzimmertisch. Ich brachte es nicht fertig, es aufzuschlagen, aber einer plötzlichen Eingebung folgend nahm ich es mit, als wir zur Landesklinik fuhren, um meinem Bruder die Nachricht zu überbringen.

Tränen stiegen ihm in die Augen, als er vom Tod unserer Mutter erfuhr, aber er machte keine Szene – es gab keine besorgniserregende Überreaktion, wie ich erwartet hatte. Befürchtet hatte.

Als Ray Thomas fragte, ob er noch irgendwelche Fragen habe, wollte er wissen, ob sie zum Schluß sehr habe leiden müssen. Und ob er seine GOTT = LIEBE!-Collage zurückhaben könne.

Ray ging nach etwa einer halben Stunde, aber ich blieb. Falls Thomas eine verzögerte Reaktion auf die Todesnachricht zeigen sollte, so sagte ich mir, dann wollte ich dasein, um ihm beizustehen. Aber das stimmte nicht ganz. Ich blieb, weil ich das Bedürfnis hatte, am Morgen des Todestages unserer Mutter mit meinem Zwillingsbruder, meiner anderen Hälfte, zusammenzusein, ganz egal, was aus ihm geworden war, ganz egal, welchen unsteten Kurs mein Leben – unser Leben – eingeschlagen hatte.

»Es tut mir leid, Thomas«, sagte ich.

»Es ist nicht deine Schuld«, antwortete er. »Du hast ihr den Krebs nicht gegeben. Gott hat ihn ihr gegeben.« Mit grimmiger Erleichterung stellte ich fest, daß er nicht mehr die Firma Kellogg's dafür verantwortlich machte.

»Ich meine, es tut mir leid, daß ich dich angeschrien habe. Das eine Mal, als wir sie besucht haben, weißt du noch? Im Auto, auf dem Weg nach Hause? Ich hätte geduldiger sein müssen, nicht die Nerven verlieren dürfen.«

Er zuckte die Schultern, kaute an einem Fingernagel. »Ist schon in Ordnung. Du hast es nicht so gemeint.«

»*Doch*, das hab ich. In dem Moment habe ich es so gemeint. Und genau *das* ist mein Problem! Ich fresse immer alles in mich hinein und dann – Wumm! – explodiere ich irgendwann. Das habe ich mit dir gemacht, das habe ich mit Ma gemacht und auch mit Dessa. Warum, glaubst du, hat sie mich verlassen? Wegen meiner Wutausbrüche, deswegen.«

»Du bist wie unser alter Fernseher«, seufzte Thomas.

»Wie bitte?«

»Du bist wie unser alter Fernseher. Das Ding, das explodiert ist. Gerade saßen wir noch davor und guckten uns eine Sendung an, und im nächsten Moment – kra-wumm!«

»Kra-wumm«, wiederholte ich leise. Eine Weile sagten wir beide keinen Ton.

»Erinnerst du dich, wie sie an dem Tag aus dem Haus gerannt kam?« sagte Thomas schließlich. Er beugte sich zu mir herüber, nahm mir das Fotoalbum aus der Hand, berührte den Ledereinband. »Sie hielt das hier in der Hand.«

Ich nickte. »Ihr Mantel qualmte, und die Flammen hatten ihre Augenbrauen versengt.«

»Sie sah genau wie Agatha aus.«

»Wie wer?«

»Wie Agatha. Die Heilige, zu der ich gebetet habe, als Ma krank war.« Er stand auf und holte ein zerlesenes Buch aus der untersten Schublade seines Nachttisches. *Leben und Martyrium der Heiligen.* Blätterte es rasch durch, und ich sah die unheimlich wirkenden farbigen Darstellungen bizarrer Leiden: Gläubige, belagert von gräßlichen Dämonen; gequälte Märtyrer, die gen Himmel blicken und aus klaffenden Technicolor-Wunden bluten. Schließlich fand er Agathas ganzseitiges Bildnis und hielt es hoch. In der Ordenskleidung einer Nonne stand sie heiter inmitten des größten Chaos und hielt ein Tablett hoch, auf dem die Brüste einer Frau lagen. Hinter ihr brach ein Vulkan aus. Schlangen fielen vom Himmel, und die Konturen ihres Körpers wurden von leuchtend orangefarbenen Flammen umrissen.

Thomas erschauderte zweimal und begann zu weinen.

»Es ist alles in Ordnung«, sagte ich. »Alles in Ordnung, alles in Ordnung.« Ich nahm das Fotoalbum. Schlug es auf. Dann blätterten wir gemeinsam darin, schweigend.

Als Ray das zerbrochene Album repariert hatte, hatte er sich nicht die Mühe gemacht, die losen Seiten wieder in der richtigen Reihenfolge einzusortieren. Das Ergebnis war ein Album voller Anachronismen: Instamatic-Schnappschüsse aus den Sechzigern neben Studioporträts aus der Jahrhundertwende. Die Zeit kroch dahin und raste davon: Thomas und ich vor dem Unisphere bei der Weltausstellung 1964; Ray in seiner Marineuniform; Papa mit pomadisiertem Schnauzer, Arm in Arm mit seiner jungen Braut, die später im Rosemark Pond ertrank. Obwohl mein Großvater einige Monate vor der Geburt von Thomas und mir starb, standen wir ihm in Mas Album von Angesicht zu Angesicht gegenüber. Ich hatte durch meine Dummheit und Gedankenlosigkeit das Manuskript mit Domenicos Lebensgeschichte verloren, aber meine Mutter war ins Feuer gegangen und hatte sein Bildnis gerettet.

Thomas faltete den alten Zeitungsausschnitt auseinander, auf dem wir zwei in Matrosenanzügen neben Mamie Eisenhower stehen und in die Kamera salutieren. Trotz meiner Trauer mußte ich beim Anblick der beiden verblüfften Gesichter lächeln.

Thomas erzählte mir, er könne sich überhaupt nicht an den Tag erinnern, als die *USS Nautilus,* Amerikas erstes Atom-U-Boot, den geschmierten Weg hinunter und in den Thames River glitt, um dabei zu helfen, die Welt vor dem Kommunismus zu retten. Ich selbst habe nur bruchstückhafte Erinnerungen – an Geräusche und Empfindungen, die möglicherweise mehr mit den Erzählungen meiner Mutter zusammenhängen als mit irgendwelchen elektrischen Impulsen in meinem Gehirn. Woran ich mich zu erinnern glaube, ist folgendes: das Klatschen des Wassers, als das mit Flaggen ausstaffierte U-Boot auf dem Fluß aufschlägt, das Prickeln der Orangenlimonade an meiner Lippe, das Kitzeln von Mamies Nerzmantel.

3

Wenn man der gesunde Zwillingsbruder eines Schizophrenen ist und sich selbst retten will, hat man das Problem, daß einem hinterher Blut an den Händen klebt – die kleine Unannehmlichkeit, einen toten Doppelgänger zu seinen Füßen liegen zu haben. Und wenn man *sowohl* an das Überleben des Stärkeren glaubt, *als auch* überzeugt ist, man müsse seines Bruders Hüter sein – weil man es seiner Mutter auf dem Sterbebett versprochen hat –, dann lebe wohl Schlaf und willkommen Mitternacht. Schnapp dir ein Buch oder ein Bier. Gewöhn dich an David Lettermans auseinanderstehende Zähne, an den Anblick der Schlafzimmerdecke oder an das Zufallsprinzip der natürlichen Auslese. Glaubt einem Gottlosen, der an Schlaflosigkeit leidet. Glaubt dem *nicht* verrückten Zwilling – dem Burschen, der dem biochemischen Schlamassel entkam.

Fünf Tage nach dem Opfer meines Bruders in der Stadtbücherei erklärte der Chirurg Dr. Ellis Moore, der die Hauttransplantation vorgenommen hatte, Thomas sei in puncto Infektionsgefahr über den Berg und stabil genug, um entlassen zu werden. Am selben Tag stellte Dr. Moore dem Richter ein ärztliches Notgutachten zu, in dem er Thomas als »gefährlich für sich und/oder andere« einstufte. Daraus folgte zwingend eine zweiwöchige Beobachtung im Three Rivers State Hospital, der Landesklinik. Nach Ablauf dieser zwei Wochen würde sich mein Bruder einer von drei möglichen Situationen gegenübersehen: Er würde entlassen und mit einer Anklage wegen Hausfriedensbruchs und Körperverletzung konfrontiert werden, die gegen ihn angestrengt worden war; er blieb freiwillig zur weiteren Behandlung in der Landesklinik; oder er wurde – falls das Behandlungsteam den Eindruck hatte, seine Entlassung könne ihm oder anderen schaden – auf Beschluß des Vormundschaftsgerichts für sechs Monate oder ein Jahr gegen seinen Willen dort festgehalten.

Als die Papiere unterzeichnet waren und die Polizeieskorte für die Verlegung eintraf, war es nach acht Uhr abends. Sie schnallten Thomas einen von diesen Häftlingsgürteln um und legten ihm dann Handschellen an, die linke etwa zwanzig Zentimeter oberhalb des Stumpfs. Damit sie die Handschellen am Gürtel befestigen konnten, mußte er eine vornübergebeugte Demutshaltung einnehmen. Während Thomas von einem Pfleger in den Rollstuhl gesetzt wurde, nahm ich die Polizisten beiseite. »Hören Sie mal, dieser Handschellenzirkus ist total überflüssig«, sagte ich. »Können Sie ihm nicht einen Rest Würde lassen, wenn er hier rausgerollt wird?«

Der jüngere Polizist war klein und stämmig, der andere war groß und wirkte müde und irgendwie schlaff. »So sind die Vorschriften«, sagte der ältere mit einem Achselzucken, aber nicht ohne Mitgefühl.

»Er ist potentiell gewalttätig«, fügte der jüngere hinzu.

»Ist er nicht«, sagte ich. »Er wollte einen Krieg *verhindern*. Er ist *gegen* Gewalt.« Ich folgte dem Blick des Polizisten zur fehlenden Hand meines Bruders.

»Es ist Vorschrift«, wiederholte der ältere. Thomas, der von dem Pfleger im Rollstuhl durch die Eingangshalle geschoben wurde, führte die Prozession an, dann folgten die beiden Polizisten und ich. Jeder, der uns entgegenkam, warf verstohlene Blicke auf die Fesseln meines Bruders. Ich trug seine Sachen: eine Topfpflanze als Genesungswunsch von meiner Exfrau, seinen Matchbeutel, seine Kulturtasche und seine Bibel.

Das Shanley Memorial Hospital liegt acht bis zehn Kilometer von der Landesklinik entfernt. Thomas bat mich, mit ihm im Streifenwagen mitzufahren; ich sah ihm an, daß er Angst hatte.

Zuerst wollte der jüngere Polizist Schwierigkeiten machen, aber dann erlaubte es mir der ältere. Ich mußte vorn auf dem Beifahrersitz Platz nehmen. Der ältere Polizist saß hinten bei Thomas.

Zunächst sagte niemand ein Wort. Zwischen den quäkenden Durchsagen des Polizeifunks gab der Radiosender Auskunft über den neuesten Stand der Operation Wüstensturm. »Wenn ihr mich fragt«, sagte der Polizist auf dem Rücksitz, »sollte Bush diesem verrückten Hussein zeigen, wer der Boß ist, genau wie Reagan es in Grenada gemacht hat. Ein bißchen die Muskeln spielen lassen. Die Sache im Keim ersticken.«

»Das war Carters Problem mit diesen Kameltreibern im Iran«, stimmte der jüngere zu. »Seinetwegen haben die USA ausgesehen wie ein Haufen Feiglinge.«

Thomas hatte irgendeinen Valiumcocktail für die Fahrt bekommen, aber ich fürchtete, das Gerede könnte ihn reizen. Ich beugte mich zum Fahrer hinüber und bat ihn flüsternd, das Thema zu wechseln. Statt einer Antwort warf er mir einen wütenden Blick zu, hielt aber die Klappe.

Bei der Fahrt durchs Stadtzentrum kamen wir am McDonald's in der Crescent Street vorbei, wo Thomas kurze Zeit gearbeitet hatte, und am mit Brettern vernagelten Loew's Poli-Kino, in dem mein Bruder und ich vor langer Zeit Roy Rogers und Dale Evans bei der Dreihundertjahrfeier unserer Stadt die Hand geschüttelt hatten. Wir überquerten den Sachem River, kamen an Constantine Motors vorbei, dem Autohaus meines Exschwiegervaters, und an der Stadtbücherei.

»Dominick?« rief Thomas von hinten.

»Hmm?«

»Wie lange noch?«

»Die Hälfte haben wir geschafft.«

Das Three Rivers State Hospital liegt am südlichen Stadtrand, wenn man vom John Mason Parkway links abbiegt, einer vierspurigen Autobahn, die direkt an die Küste von Connecticut führt. Das ausgedehnte Klinikgelände, das früher ein Teil der Jagd- und Fischgründe der Wequonnoc-Indianer war, wird an seiner Rückseite vom Sachem River begrenzt, im Norden vom Messegelände der Stadt und im Süden von den heiligen Begräbnisstätten der Wequonnocs. Im Sommer '69 pflegten Thomas und ich den Rasen auf dem kleinen Indianerfriedhof und schnitten die Büsche. Wir waren Saisonhilfskräfte, nachdem wir gerade unser erstes Collegejahr fern von zu Hause absolviert hatten. Damals hatte Thomas' Krankheit bereits begonnen, auf eine unauffällige Art mit ihm zu flirten, die ich nicht bemerkte oder nicht bemerken wollte. Neun Monate später, im März 1970, war es nicht mehr zu übersehen: Thomas' Gehirn spielte nicht mehr mit.

Schwer zu glauben, daß zwischen jenem verrückten Sommer und der Fahrt im Streifenwagen zwanzig Jahre lagen. Ich hatte mein Studium beendet, war eine Weile Geschichtslehrer an der High-School gewesen und hatte dann meine Malerfirma eröffnet. Ma und das Baby waren gestorben. Dessa hatte mich verlassen, und ich war mit Joy zusammengezogen. Und hier saß ich nun, nach all der Zeit, und fuhr wieder mit meinem Bruder zur Landesklinik. Zwei Jahrzehnte voll wechselnder Diagnosen, neuer Medikamente und austauschbarer, staatlich zugewiesener Psychiater. Wir hatten schon lange den Glauben verloren, es könnte ein Wunder mit Thomas geschehen, und gaben uns mit erträglich langen Pausen zwischen den schlimmen Phasen, den häßlichen Episoden zufrieden.

1977 und '78 waren gute Jahre gewesen. Damals hieß es plötzlich, Thomas sei doch nicht manisch-depressiv; das Lithium wurde abgesetzt, und er bekam Stelazin. Dann ging Dr. Bradbury in den Ruhestand, und Thomas' neuer Psychiater, dieser miese kleine Dr. Schooner meinte, wenn sechs Milligramm Stelazin am Tag gut für meinen Bruder waren, seien achtzehn noch viel besser. Ich spüre immer noch das Revers vom Tweedjackett dieses kleinen Quacksalbers in meinen Fäusten, an jenem Tag, als ich Thomas besuchte und ihn paralysiert, mit glasigen Augen und heraushängender Zunge vorfand, das Hemd vollgesabbert. Er habe *eigentlich* nach meinem Bruder sehen wollen, sagte Schooner, nachdem ich ihn losgelassen hatte, aber er sei so beschäftigt gewesen. Er habe einen anderen Arzt vertreten müssen, und seine Schwiegereltern seien zu Besuch gewesen. Eine der Krankenschwestern erzählte mir, sie hätten diesen Schleimscheißer das ganze Wochenende über angerufen und Nachrichten wegen Thomas hinterlassen.

Anfang der Achtziger gab es wieder eine ganz gute Phase. Ab 1983 gab Dr. Filyaw meinem Bruder Haldol. Thomas ging es so gut, daß er einen Platz in einer Wohngruppe und einen Putzjob bei McDonald's bekam. (Ich weiß noch, wie Thomas mich bat, den Scheck mit seinem ersten Lohn zu fotokopieren, bevor wir ihn einlösten. Er hängte die Kopie eingerahmt in seinem Zimmer in der Wohngruppe an die Wand, zusammen mit einer Zehndollarnote, die später irgend jemand klaute, um Zigaretten zu kaufen.) Damals hatte er sogar eine Freundin, Nadine. Sie sah aus wie Frankensteins Braut und war genauso bibelbesessen wie Thomas, aber nicht offiziell durchgedreht. Nicht als verrückt *eingestuft*. Sie lernten sich in einem Bibelkreis kennen. Sie war Mitte Vierzig, gut zehn Jahre älter als er. Keine Ahnung, wie sie es mit Gott und ihren Glaubensbrüdern vereinbarten, aber mein Bruder und Nadine schliefen miteinander. Ich muß es wissen, schließlich besorgte ich Thomas die Pariser. Es war Nadine, die ihn überzeugte, er brauchte keine Medikamente, wenn sein Glaube nur stark genug sei – Gott wolle seinen Glauben auf die Probe stellen.

Es verführt einen zur Selbsttäuschung, wenn der verrückte Bruder eine Stelle findet und sich eine Weile weniger verrückt anstellt. Man fängt an, sein vernünftiges Handeln für selbstverständlich zu halten – und redet sich ein, es gebe Anlaß zum Optimismus. Thomas hatte eine Freundin und einen Job und lebte halbwegs unabhängig. Falls es Anzeichen für das Gegenteil gab, muß ich sie wohl übersehen haben. Meine Wachsamkeit ließ nach. Großer Fehler.

Niemand außer Thomas und Nadine wußte, daß er sein Haldol nicht mehr nahm und nachts einen Ring aus Alufolie um den Kopf trug, der irgendwie Gottes Stimme durchließ, aber die Botschaften seiner Feinde störte. Mein Bruder, der menschliche Radioempfänger, der die Jesusfrequenz anpeilte. Mister Folienkartoffel. Ich meine, eigentlich ist es nicht komisch, aber irgendwie doch. Wenn ich nicht manchmal drüber lachen könnte, wäre ich heute in der Klapsmühle, im Bett gleich neben ihm.

Der neue Drive-in-Schalter bei McDonald's war erst seit zwei Wochen in Betrieb, als Thomas durchdrehte. Später gab er dem stellvertretenden Manager die Schuld, der Ärger gemacht hatte, als Thomas eines Morgens mit seinem Alufolienhelm auf dem Kopf bei der Arbeit erschien. Thomas hatte dem Kerl zu erklären versucht, daß kommunistische Agenten ihn durch die Außenlautsprecher verhöhnten – ihn riefen, wenn er die Mülltonnen ausleerte oder den Parkplatz kehrte, und ihn aufforderten, reinzugehen und das Rattengift im Putzschrank zu essen. Als die Polizei eintraf, hatte Thomas mit seinem wirbelnden Besen Ronald McDonald's lebensgroßen Fiberglaskopf abgehauen und die brandneue Lautsprecheranlage am Drive-in-Schalter zertrümmert. Die Polizisten fanden ihn schluchzend hinter dem Müllcontainer, wo er von Bienen umschwirrt wurde. Er mußte natürlich aus der Wohngruppe ausziehen und wurde wieder in die Klinik eingewiesen. Ungefähr einen Monat später bekam er eine Postkarte aus Nashville von Nadine und Chuckie, einem Kumpel der beiden, der auch auf dem Jesustrip war. Chuckie und Nadine waren durchgebrannt und machten Flitterwochen in Tennessee. Ich befürchtete, die Nachricht von Nadine könnte einen weiteren Rückschlag für Thomas bedeuten, aber er ertrug es mit Fassung, nahm es ihnen nicht übel.

»Lies mir etwas aus der Bibel vor, Dominick«, befahl Thomas jetzt im Streifenwagen, auf halber Strecke zwischen dem Shanley Memorial und der Landesklinik. Seit vier Tagen stellte er Forderungen: Hol mir dies, besorg mir das. Er befahl, statt zu bitten, so wie er es immer tat, wenn er in schlechter Verfassung war. Ich drehte mich um und schaute ihn an. Die Scheinwerfer eines entgegenkommenden Wagens beleuchteten sein Gesicht. Trotz des Valiums wirkten seine Augen klar, hungrig nach irgend etwas. »Lies mir aus den Psalmen vor«, sagte er.

Der Einband von Thomas' Bibel hatte sich gelöst, und die losen Blätter waren vom häufigen Gebrauch fast durchscheinend. Das Ganze wurde mit Gummibändern zusammengehalten. »Die Psalmen?« fragte ich. Ich machte die Gummis ab und blätterte in den dünnen Seiten. »Wo finde ich die?«

»In der Mitte. Zwischen dem Buch Hiob und den Sprüchen. Lies mir den 27. Psalm vor.«

Vor fünf Tagen war bei dem Durcheinander in der Bücherei die Bibel meines Bruders liegengeblieben und später von Polizeibeamten abgeholt worden, die den Fall bearbeiteten. Beim Aufwachen aus der Narkose nach der Operation hatte Thomas nach seiner Bibel verlangt. Auch den ganzen nächsten Tag bat er darum. Schrie danach. Eine andere tat es nicht, es mußte *seine* Bibel sein – die, die Ma ihm zur Firmung geschenkt hatte, als wir in der sechsten Klasse waren. (Sie hatte uns beiden eine geschenkt, aber meine war schon lange verschwunden.) Nachdem ich mir sein Quengeln eine Weile angehört hatte, ging ich zum Polizeirevier und sagte dem Typen hinter der Glasscheibe, die Bibel werde drüben im Krankenhaus dringender gebraucht als hier. Ich wiederholte es gegenüber seinem Vorgesetzten, dann gegenüber *dessen* Vorgesetzten. Jerry Martineau, der stellvertretende Polizeichef, machte diesem ganzen Mist mit der »offiziellen polizeilichen Untersuchung« schließlich ein Ende. Martineau und ich hatten auf der High-School zusammen Basketball gespielt. Na ja, um ehrlich zu sein, hatten wir meistens zusammen auf der Ersatzbank gesessen, während die Cracks spielten. Jerry war ein Komiker – die Art von Junge, der einen so zum Lachen brachte, daß man keine Luft mehr bekam. Er machte Jerry Lewis so gut nach, daß ich immer noch grinsen muß, wenn ich daran denke. Martineau konnte jeden imitieren: Elmer Fudd, John F. Kennedy, Maxwell Smart. Einmal kam unser Trainer Kaminski in den Umkleideraum, während Jerry *ihn* nachmachte. Die nächsten drei Monate mußte er Strafrunden laufen.

»Da hast du sie, Dominick«, sagte er, während er die blutbespritzte Bibel meines Bruders aus einem Plastikbeutel mit der Aufschrift »Beweisstück« nahm und mir überreichte. »Vertrau auf Gott, Mann.«

Ich suchte in Jerrys Augen nach Anzeichen von Ironie – aber da war nichts. Plötzlich fiel mir wieder ein, daß sein Vater sich umgebracht hatte, als wir noch auf der High-School waren. Eines Nachmittags war er in den Wald gegangen und hatte sich das Gehirn weggepustet. Ich erinnere mich, daß die ganze Mannschaft geschlossen zur Totenwache ging – wir saßen auf gepolsterten Stühlen, die Knie am Stuhl des Vordermannes, und klopften mit unseren großen Füßen unruhig auf den mit Teppich ausgelegten Boden. Martineaus Vater war auch Polizist gewesen.

Der Herr ist mein Licht und mein Heil: Vor wem sollte ich

mich fürchten? Ich las meinem Bruder jetzt vor und blinzelte im trüben Licht der Straßenlaternen. *Der Herr ist die Kraft meines Lebens: Vor wem sollte mir bangen?* Der Fahrer stellte das Radio ab. Sogar die Funkzentrale war still. *Dringen Frevler auf mich ein, um mich zu verschlingen, meine Bedränger und Feinde, sie müssen straucheln und fallen. Mag ein Heer mich belagern: Mein Herz wird nicht verzagen.*

Mein Herz zog sich zusammen. Ich hatte einen bitteren Geschmack im Mund, während ich diese Worte vorlas. Wenn Thomas nicht auf diesen ganzen Bibelzauber hereingefallen wäre – diesen Wenn-dich-deine-rechte-Hand-zum-Bösen-verführt-so-hau-sie-ab-Scheiß –, wäre nichts von all dem passiert. Wir würden diese Fahrt nicht machen. All die Reporter und religiösen Spinner würden nicht bei mir zu Hause anrufen. »Thomas«, sagte ich und räusperte mich, »ich kann schon fast nicht mehr erkennen, was auf der Seite steht. Wenn ich weiterlese, werde ich noch blind.«

»Bitte«, meinte er, »nur noch ein kleines Stückchen. Ich höre so gerne, wie du es vorliest.«

Ich hörte ihn mitflüstern, während ich las. *Vernimm, o Herr, mein lautes Rufen; sei mir gnädig, und erhöre mich! ... Wenn mich auch Vater und Mutter verlassen, der Herr nimmt mich auf.*

»Wie geht's Ray?« fragte Thomas aus heiterem Himmel.

»Ray? Dem geht's gut, glaube ich.«

»Ist er wütend auf mich?«

»Wütend? Nein, er ist nicht wütend.« Es war mir peinlich, daß er mich vor den beiden Polizisten nach unserem Stiefvater fragte.

»Er hat mich nicht besucht.«

»Ja, also ... er ist gerade erst wiedergekommen. Vom Angeln.«

»Heute?«

»Gestern. Eigentlich vorgestern, glaube ich. Diese Woche war so chaotisch, daß ich die Tage durcheinanderbringe.«

»Chaotisch meinetwegen?« fragte er.

Meine Fingerspitzen klopften auf die offene Bibel. »Wahrscheinlich muß Ray Überstunden machen oder so was«, sagte ich. »Er besucht dich noch. Bestimmt kommt er dieses Wochenende vorbei.«

»Er ist wütend auf mich, oder?«

Ich merkte, wie ich rot wurde, als der Polizist neben mir mich anschaute und auf meine Antwort wartete. »Nein, er ... er macht sich bloß Sorgen. Er ist nicht wütend.«

Drei Tage zuvor, als Ray von seinem Angelausflug zurückkam, war ich zur Hollyhock Avenue gefahren, um ihm von der Sache zu erzählen. Als ich mit meinem Pick-up in die Einfahrt bog, stand er in der Garage und säuberte seine Ausrüstung. Er fing an, mir von den Barschen zu erzählen, die er mit seinem Kumpel gefangen hatte. »Dann hast du also noch nichts gehört?« fragte ich.

»Was gehört?« In seine Augen trat Furcht. Ich wandte den Blick ab. Es hatte ihn genauso kalt erwischt wie mich.

Während ich es ihm erzählte, stand er bloß da und hörte zu. Sein Gesicht färbte sich grau, als ich ihm die Einzelheiten mitteilte: daß Thomas für seine Tat Rays Gurkha-Messer aus dem Zweiten Weltkrieg benutzt hatte – daß er hergekommen war, es von der Wand in Rays und Mas Schlafzimmer genommen und das verdammte Ding sogar am Schleifstein in der Garage geschliffen hatte. Ich erzählte Ray, was der Arzt gesagt hatte: Es sei fast »übermenschlich«, daß Thomas sich die Hand völlig abgetrennt hatte, wenn man bedachte, welches Hindernis der Handgelenkknochen bedeutete, und den Schmerz in Rechnung stellte, den Thomas ertragen haben mußte – seine Entschlossenheit sei in gewisser Hinsicht bemerkenswert. Und ich sagte Ray, daß ich die Entscheidung getroffen hatte, die Hand nicht wieder annähen zu lassen.

Sogar für einen peinlich auf Ordnung bedachten Marineveteran räumte mein Stiefvater seine glänzende Angelausrüstung an diesem Nachmittag außergewöhnlich sorgfältig ein. Hinterher schrubbte er sich in der Küche die Hände mit Boraxo und ging dann zum Duschen und Umziehen nach oben. Anschließend wollten wir ins Krankenhaus fahren.

»Mein Gott«, hörte ich ihn oben stöhnen. Er putzte sich die Nase, einmal, zweimal. Dann wieder: »Mein Gott! Mein Gott!«

Als wir in meinem Pick-up zum Shanley Memorial fuhren, las er den Artikel auf der Titelseite des zwei Tage alten *Daily Record*. Ray, der im Zweiten Weltkrieg und in Korea gekämpft hatte, ärgerte sich über den Artikel, in dem Thomas' Tat als Opfer bezeichnet wurde, mit dem er das Tauziehen um Kuwait beenden wollte. »Der Junge ist verrückt – er weiß nicht, was er tut, und die stellen es so dar, als wäre er irgendein gottverdammter Antikriegsdemonstrant.« Neben den Artikel hatte die Zeitung das zweiundzwanzig Jahre alte Foto meines Bruders aus dem High-School-Jahrbuch plaziert: Er hatte lange Haare und Koteletten und trug ein Friedenszeichen am Revers seines Sportjacketts. Während des Vietnamkriegs hatte Ray die Meinung vertreten, man solle alle Drückeberger an die Wand stellen.

»Aber es *war* eine Aktion gegen den Krieg, Ray«, sagte ich. »Das war seine einzige Absicht: Er hat geglaubt, wenn er sich die Hand abhackt, würden Hussein und Bush zur Besinnung kommen. Er dachte, er könnte einen Krieg verhindern. Auf seine eigene bescheuerte Art war das heroisch.«

»*Heroisch?*« fragte Ray. Er kurbelte das Fenster runter, spuckte hinaus und kurbelte es wieder hoch. »*Heroisch?* Ich hab heroische Dinge gesehen, Junge. Ich bin dabeigewesen. Erzähl du mir nicht, seine Wahnsinnstat wäre *heroisch*!«

Als Kind hatte ich oft davon geträumt, Sky King, der tollkühne Pilot aus dem Samstagvormittagsprogramm, sei mein leiblicher Vater. Wenn es am schlimmsten war und das Geschrei am lautesten, lief ich im Garten im Kreis herum und fuchtelte wild mit den Armen, wenn Flugzeuge vorüberflogen. Ich stellte mir vor, Sky würde mich sehen und notlanden, nachdem er uns endlich entdeckt hatte – seine lange verloren geglaubte Frau und seine Zwillingssöhne. Er würde Ma, Thomas und mich in die *Songbird* steigen lassen und Ray eine Lektion erteilen – ihm ein paar Schwinger versetzen und ihn dann die ganze Straße im Tiefflug vor sich herjagen, zur Strafe, daß er uns tyrannisiert hatte. Dann würden wir vier gemeinsam wegfliegen. Als später erste Haare unter meinen Achseln wuchsen und ich begann, Gewichte zu stemmen, verzichtete ich auf die Helden und fing selber an, Angriffe auf Ray zu fliegen, indem ich ihn verstohlen provozierte und die Grenzen ausreizte, aber nicht überschritt. Ich hatte immer noch Angst vor seinem Zorn, merkte aber jetzt, daß er Schwäche bestrafte – sich auf Schwache stürzte. Aus Selbsterhaltungstrieb verbarg ich meine Angst. Ich grinste selbstgefällig beim Essen, antwortete ihm einsilbig und mürrisch und lernte, seinem Blick standzuhalten. Weil Ray ein Tyrann war, bewies ich ihm so oft wie möglich, daß Thomas der Schwächere von uns beiden war. Ich opferte Thomas, um meine Haut zu retten.

Als ich auf den Parkplatz des Shanley Memorial fuhr, zog ich die Handbremse an und ließ den Motor laufen. Ray stieg aus. Ich saß einfach da, regungslos, meine Beine schwer wie Blei. Als er mit seinem Marinering gegen die Scheibe klopfte, schaute ich auf.

»Kommst du nicht mit?« fragte er.

Ich kurbelte das Fenster herunter und sagte: »Weißt du, ich hatte eben das Gefühl, der Wagen zieht ein bißchen zur Seite. Ich glaube, einer der Vorderreifen hat zuwenig Druck. Ich fahr mal eben zur Tankstelle und laß es überprüfen.«

Er runzelte die Stirn und warf einen kurzen Blick auf die Reifen. »Ich hab nichts bemerkt«, sagte er.

»Dauert nicht lange. Er liegt auf Zimmer 210 im Westflügel. Wir treffen uns dann oben.«

Ich sah ihn durch die Drehtür gehen. Beobachtete Besucher, Lieferanten und einen Hot-dog-Verkäufer in einer Patriots-Jacke. Drehte am Radio und entschied mich schließlich für ein Duett: Willie Nelsons schmachtende Stimme zusammen mit Dylans Näseln.

There's a big aching hole in my chest now where my heart was
And a hole in the sky where God used to be ...

Ich weiß nicht, wie lange ich dort saß.

Ich wollte gerade den Rückwärtsgang einlegen und abhauen – einfach wegfahren, irgendwohin –, als meine Exfrau in ihrem Van an mir vorbeirollte und drei Plätze weiter einparkte. GOOD-EARTH-TÖPFEREI stand auf der Seite. Es war wohl *sein* Wagen, nicht ihrer. Ab und zu sah ich Dessa und ihren Freund, mit dem sie zusammenwohnte, durch die Stadt fahren. Dessa leitete eine Kindertagesstätte. *Er* war der Töpfer.

Sie stieg mit einem Topf Chrysanthemen und einem von diesen silbernen Ballons aus. Der Wind hatte aufgefrischt, und der Ballon tanzte wie verrückt hin und her. Ich war froh, daß ich ihren

Namen auf die Liste der »genehmigten« Besucher gesetzt hatte. Ich hatte angenommen, sie würde kommen. Dessa war immer nett zu meinem Bruder gewesen.

Sie trug Jeans, einen purpurfarbenen Rollkragenpullover und eine enge, kurze Jacke. Sie wirkte eher wie dreißig als wie vierzig, und sie sah besser aus als je zuvor. Ohne mich zu bemerken, ging sie geradewegs an meinem Wagen vorbei. Erst als sie durch die Drehtür verschwunden war, merkte ich, daß ich den Atem angehalten hatte.

Ihr Freund hieß Danny Mixx. Ich hatte keine Ahnung, was Mixx für eine Art von Name war, oder woher er stammte. Er war der Ex-Hippietyp: Latzhose, rotes Haar, zu einem Zopf geflochten, der bis mitten auf seinen Rücken reichte. Einmal hatte ich ihn mit zwei Zöpfen gesehen ... Ich fand, sie paßten nicht zusammen. Er hatte anscheinend Erfolg – nicht, daß ich was vom Töpfern verstehe. Hatte Preise gewonnen und so. Vor längerer Zeit stand ein Artikel über ihn im *Connecticut*-Magazin. Auf einem der Fotos war Dessa zu sehen – im Hintergrund. Ihre Schwester Angie erzählte es mir, als ich sie auf dem Parkplatz von ShopRite traf, und ich ging wieder in den Laden und kaufte das Heft. Es lag über einen Monat in unserem Haus herum. Ich stellte mir immer wieder vor, wie ich zu Joy sagte: *Siehst du diese Frau? Das ist sie. Ihretwegen finden wir nicht zueinander. Sie ist es, die zwischen uns steht.* Ich schaute mir Dessas Bild so oft an, daß sich die Zeitschrift nach einer Weile automatisch an dieser Stelle öffnete. Dann war sie eines Tages verschwunden. Mit dem Müll rausgebracht. Recycelt.

Dessa und er wohnten draußen an der Route 162 – auf der alten Troger-Farm, ungefähr einen Kilometer von Shea's Apfelplantage entfernt. Man mußte sich das Haus nur ansehen: Alles blätterte ab, die Nordseite hatte Schimmelbefall. Das Haus schrie geradezu nach einer komplett neuen Grundierung und ein paar Schichten Farbe, aber ich schätzte, daß ihnen anderes wichtiger war. Neulich hatte ich mich während des Tankens bei einem Tagtraum ertappt, in dem Dessa mich beauftragte, das Haus zu streichen, mich mittendrin von der Leiter rief und wir reingingen und miteinander schliefen. Sie sagte mir, sie liebe mich immer noch, sie habe einen Fehler gemacht ... Als dieser kleine Traum vorüber war, hatte ich für neunzehn Dollar getankt, was dumm war, weil ich nur zehn Dollar und keine Kreditkarte bei mir hatte.

Dannyboy hatte die Scheune in ein Atelier verwandelt und sich auf dem Feld daneben einen mit Holz befeuerten Brennofen gebaut. Ich verfolgte die Fortschritte, die er machte. Als sie dorthin zogen, fand ich alle möglichen Entschuldigungen, um die 162 langzufahren, die nichts anderes ist als ein Umweg nach Hewett City. Mehr aus Masochismus als aus Neugier, nehme ich an. Einmal trug er nichts weiter als abgeschnittene Shorts und malte den Briefkasten in psychedelischem Rosa, Blau und Gelb an. Als ich das nächste Mal vorbeifuhr, stand »Constantine/Mixx« drauf. Blauer Himmel und Schäfchenwolken und eine Sonne mit einem Gesicht – Und-sie-lebten-glücklich-und-zufrieden ... – auf einen Briefkasten gemalt. Ich hatte nicht gewußt, daß sie ihren Mädchennamen wieder angenommen hatte. Die Aufschrift auf dem Briefkasten zu lesen, schmerzte etwa so wie ein Tritt zwischen die Beine.

Dessa hatte nur drei Plätze von mir entfernt geparkt. Ich stellte den Motor ab, stieg aus und ging zu dem Van hinüber. Auf dem Armaturenbrett lagen eine Damensonnenbrille und eine Kassette von den Indigo Girls, daneben stand ein schäbiger Kaffeebecher mit den drei Stooges auf einer Seite. »Nyuk, nyuk, nyuk«, lautete die Aufschrift. Der Kerl wird für seine Arbeit als Töpfer ausgezeichnet, das Magazin *Connecticut* schreibt über ihn, und sie muß ihren Kaffee aus dem Ding da trinken? Dessas schwarze Labradorhündin Sadie lag auf dem Beifahrersitz in der Sonne und schlief.

»He, altes Mädchen«, sagte ich und klopfte an die Scheibe. »He, Sadie.«

Ich hatte Dessa diesen verrückten Hund zu Weihnachten geschenkt – wann? Neunundsiebzig vielleicht? Achtzig? Als Welpe hatte sie auf allem möglichen herumgekaut, meinen Socken, meiner Unterwäsche und dem Schlauch meines nagelneuen Kompressors; sogar vor den Beinen des Couchtischs schreckte sie nicht zurück. Ich nannte sie Dussel. Sie hatte mich in den Wahnsinn getrieben. Jetzt wachte sie auf und schaute mich mit trüben Augen an. Ihre schwarze Schnauze war mit grauen Flecken übersät. »Wie geht's, Dussel?« fragte ich durch die Scheibe. Kein Zeichen des Erkennens.

Als Dessa zurückkam, saß ich wieder in meinem Wagen. Zuerst wollte ich mich nicht bemerkbar machen, aber dann kurbelte ich das Fenster herunter. »He!« Ich drückte leicht auf die Hupe. Sie zuckte zusammen.

»Dominick!« Sie lächelte.

Ich stieg aus, und sie nahm meine Hände in ihre, drückte sie fest. Dann umarmte sie mich. Ich legte meine Arme vorsichtig und unsicher um sie. Wir waren sechzehn Jahre zusammengewesen – *sechzehn Jahre*, mein Gott! –, und jetzt berührte ich sie so verlegen wie ein Schuljunge.

»Wie geht's dir?« fragte ich. Ihr lockiges schwarzes Haar wurde zurückgeweht, und ein oder zwei graue Strähnen tanzten im Wind. Ihr so nahe zu sein, erfüllte mich mit Freude und Schmerz zugleich.

»Mir geht's gut, Dominick«, sagte sie, »aber wie geht's *dir*?«

Ich seufzte und deutete mit dem Kopf in Richtung der oberen Krankenhausfenster. »Den Umständen entsprechend. Besonders jetzt, wo er zum Irren der Woche geworden ist.«

Sie preßte die Lippen zusammen und schüttelte den Kopf. »Gestern war es den ganzen Tag in den Nachrichten«, sagte sie. »Die geben einfach keine Ruhe, oder?«

»Ein Typ vom *Enquirer* hat gestern abend angerufen. Bot uns dreihundert Piepen für ein neueres Foto von ihm und tausend für eins, auf dem sein Stumpf zu sehen ist.«

»Die interessierte Öffentlichkeit will informiert werden«, sagte sie und lächelte traurig.

»Die interessierte Öffentlichkeit soll sich ins Knie ficken.«

Sie berührte meinen Arm. »Es schien ihm relativ gutzugehen, als ich gerade bei ihm war, Dominick. Besser als ich erwartet hatte. Danke, daß du mich auf die Besucherliste gesetzt hast.«

Ich zuckte mit den Schultern und schaute weg. »Kein Problem. Ich dachte bloß, falls du ihn besuchen willst …«

»Wir haben uns ein bißchen unterhalten, und dann sagte er, er sei müde. Er wirkte ziemlich ruhig.«

»Das kommt vom Haldol.«

»Und wie wird Ray mit der Sache fertig?«

Ich zuckte wieder mit den Schultern. »Das weißt du wahrscheinlich besser als ich.« Sie sah mich fragend an.

Sadie war aufgesprungen und sabberte auf der Fahrerseite das Fenster voll. »Dieser Möchtegernhund weilt ja immer noch unter uns«, sagte ich. Als Dessa die Tür öffnete, ging ich hin und tätschelte Sadies Bauch, so wie früher. »Und wie geht's Dannyboy?«

An diesem Punkt verloren wir den Blickkontakt, aber Dessa antwortete, als wären er und ich alte Kumpel. »Gut. Hat 'ne Menge zu tun. Bis nach Weihnachten ist er jetzt im Streß. Er ist gerade zurück aus Santa Fe. Hat bei einer großen Ausstellung den ersten Preis der Jury gewonnen.«

»Santa Fe? Bist du mitgefahren?«

Sie schüttelte den Kopf. »Und das Museum für amerikanische Volkskunst in New York hat gerade zwei von seinen Sachen gekauft.« Sie strich mit den Handrücken über meine Wangen. »Mein Gott, du siehst erschöpft aus, Dominick. Schläfst du überhaupt?«

Ich zuckte die Achseln. »Einigermaßen. Es ist alles nicht so einfach im Moment.«

»Weißt du, an wen ich die ganze Zeit denken muß?« fragte sie. »An deine Mutter. Sie hat sich immer solche Sorgen um ihn gemacht. Das hier hätte sie komplett umgehauen.«

Ich strich Sadie über den Rücken und kraulte sie unterm Kinn. »Stimmt. Dafür hätte sie 'ne Menge Rosenkränze beten müssen.«

Dessa streckte den Arm aus und berührte den Ärmel meines Jacketts. Sie war schon immer ein taktiler Mensch gewesen. Joy war anders – nicht für Berührungen zu haben, außer beim Vögeln oder kurz davor, wenn sie es darauf anlegte. Dann waren ihre Hände überall. Aber Dessas Berührung war anders. Etwas, das mir einmal gehört und das ich verloren hatte.

»Und dabei hat er es gut gemeint«, sagte sie. »Er wollte einen Krieg verhindern. Wie kann jemand soviel Schmerz verursachen, wenn er der Welt nur helfen will?«

Ich antwortete nicht. Es *gab* keine Antwort. Mich hier vor ihr zu zerfleischen war das letzte, was ich wollte.

»Also dann«, sagte sie.

»Danke, daß du bei ihm warst. Mußtest du ja schließlich nicht. Du bist nicht dazu verpflichtet.«

»Ich *wollte* herkommen, Dominick. Ich hab deinen Bruder gern, das weißt du.«

Daß sie das sagte, überwältigte mich. Ich konnte nicht anders, ich beugte mich zu ihr und versuchte, sie zu küssen. Sie drehte den Kopf weg. Meine Lippen berührten ihre Augenbraue, den Knochen darunter.

Sie kletterte in den Van, ließ den Motor aufheulen und fuhr rückwärts aus der Parklücke. Dann bremste sie und streckte den Daumen aufmunternd nach oben. Ich stand da und sah sie wegfahren. Masochistisch oder nicht – ich kann nicht aufhören, sie zu lieben. Ich werde Dessa immer lieben.

Die Eingangshalle des Krankenhauses war für Halloween geschmückt: große Papierhexen, schwarze und orangefarbene Papierschlangen, ein Kürbis an dem Schalter, wo die Besucherausweise ausgegeben wurden. »Birdsey«, sagte ich zu der Frau. »Thomas Birdsey. Erster Stock.«

»Birdsey«, wiederholte sie und tippte den Namen in den Computer. »Sind Sie ein Verwandter?«

»Sein Bruder«, sagte ich. Seit drei Tagen spielten wir dieses kleine Spiel. Ich bin der eineiige Zwilling von dem Typ, der sich seine verdammte Hand abgehackt hat, wollte ich sie anschreien. Der Irre, von dem Sie gelesen haben und der im Fernsehen gezeigt wurde und über den Sie sich mit Ihren blauhaarigen Freundinnen das Maul zerreißen. Geben Sie mir endlich den Scheißausweis.

»Bitte sehr«, sagte sie.

»Vielen Dank.«

»Gern geschehen.«

Leck mich, Lady.

Thomas schlief. Ray war nicht da. Dessas Ballon tanzte im Luftstrom, der aus den Lüftungsschlitzen der Klimaanlage kam. »Deine Freunde denken an Dich«, stand auf dem Ballon, und auf der kleinen Karte: »Alles Liebe, Dessa und Danny.« Sie hatten *beide* unterschrieben. Wie nett.

Weder die Krankenschwestern noch die Pfleger hatten Ray gesehen, wie sie sagten. Wo, zum Teufel, steckte er dann? Ich wartete zehn Minuten, dann ging ich.

Im Erdgeschoß trat ich aus dem Fahrstuhl, als jemand meinen Namen rief. Ray saß zusammengesunken auf einem Wartezimmerstuhl. Er wirkte klein, irgendwie verloren.

»Was ist los?« fragte ich.

»Nichts. Was ist mit dem Reifen?«

»Alles in Ordnung. Bist du oben gewesen?«

Er schaute sich prüfend um, ob jemand zuhörte, und schüttelte den Kopf.

»Warum nicht?«

Seine Stimme klang krächzend. »Ich weiß nicht. Ich war fast oben, und dann hab ich's mir anders überlegt. Komm, laß uns gehen. Mach keine Staatsaffäre draus.«

Er stand auf und ging zur Tür. »Hast du Dessa gesehen?« fragte ich. »Sie war gerade hier und hat ihn besucht.«

»Ich hab sie gesehen, aber sie mich nicht.«

Wir waren fast draußen, als mir auffiel, daß er immer noch seinen Besucherausweis in der Hand hielt. »Dein Ausweis«, sagte ich, »du hast vergessen, ihn abzugeben.«

»Zum Teufel damit«, sagte er, stopfte ihn in die Jackentasche.

Auf halbem Weg nach Hause hatte Ray die Fassung wiedergewonnen – sich in den harten Burschen zurückverwandelt. »Weißt du, was immer schon das Problem mit dem Jungen war?« sagte er. »Der ganze sentimentale Quatsch, dieses ewige Mein-süßes-kleines-Häschen-Zeug, das sie zu ihm gesagt hat. Bei dir war's was anderes. Du bist deinen eigenen Weg gegangen. Du konntest auf dich selbst aufpassen ... Lieber Gott, ich weiß noch, wie ihr beiden in der Jugendliga Basketball gespielt habt. Ein Unterschied wie Tag und Nacht. Der Junge war einfach 'ne Katastrophe auf dem Feld, nicht mal gut genug für die Amateure.«

Ich schüttelte den Kopf, sagte aber nichts. War das Rays Theorie? Daß Thomas sich die Hand abgehackt hatte, weil er beim Basketball ein Versager war? Wo sollte man bei Ray nur ansetzen?

»Wenn sie mir seine Erziehung überlassen hätte, statt sich immer einzumischen, wär's vielleicht nicht so weit mit ihm gekommen. ›Die Welt ist hart‹, hab ich immer zu ihr gesagt, ›er muß abgehärtet werden.‹«

»Hör mal, Ray«, warf ich ein, »er ist ein paranoider Schizophrener wegen seiner Biochemie und den Stirnlappen in seinem Gehirn und dem ganzen Zeug. Das hat uns Dr. Reynolds doch damals erklärt. Ma ist nicht daran schuld. Niemand ist schuld.«

»Ich *sag* ja auch nicht, daß es ihre Schuld ist«, fauchte er. »Sie war eine gute Frau. Sie hat ihr Bestes für euch beide gegeben, vergiß das bloß nie.«

Und du bist ein Heuchler und ein Tyrann und ein Arschgesicht, wollte ich zurückfauchen. Ich wollte anhalten, ihn aus dem verdammten Wagen zerren und wegfahren. Denn wenn irgend jemand Thomas als Kind geschadet hatte, war es Ray gewesen. Was er Abhärtung nannte, hieß heutzutage Kindesmißhandlung.

Die nächsten paar Kilometer legten wir schweigend zurück.

»Magst du eins?« fragte er. Wir standen vor einer roten Ampel an der Boswell Avenue. Mit zitternder Hand hielt er mir eine aufgerissene Rolle Karamelbonbons hin. Seit er mit dem Rauchen aufgehört hatte, lutschte er die Dinger ununterbrochen. Das hatte mir wirklich den Rest gegeben: *Er* hatte die ganzen Jahre geraucht wie ein Schlot, und *sie* war an Krebs gestorben.

»Nein, danke«, sagte ich.

»Bestimmt nicht?«

»Nein.« Den Rest des Weges sagte keiner von uns beiden ein Wort. Als ich vor dem Haus hielt, fragte er, ob ich mit reinkommen und ein Sandwich essen wolle.

»Nein, danke«, sagte ich wieder, »ich muß zur Arbeit.«

»Was machst du grade?«

»Die große viktorianische Villa in der Gillette Street. Das Haus von dem Professor.«

»Immer noch?«

»Ja, *immer noch*. An der verdammten Bude ist mehr Zuckerguß als in 'ner ganzen Bäckerei. Ich muß echt verrückt gewesen sein, am Ende der Saison so einen Auftrag anzunehmen.« Ganz zu schweigen davon, daß es in der letzten Woche vier Tage geregnet hatte. Und ganz zu schweigen davon, daß mein verdammter Bruder die Dinge ein wenig kompliziert hatte.

»Brauchst du Hilfe? Morgen hab ich Zeit. Donnerstag auch, wenn du willst. Ich muß erst Freitag wieder arbeiten.«

Rays Hilfe war das letzte, was ich brauchen konnte. Das einzige Mal, daß er mir geholfen hatte, verbrachte er mehr Zeit damit, mir gute Ratschläge zu erteilen, als mit Anstreichen. Erklärte mir, wie ich meine Firma führen sollte. »Ich schaff's schon«, sagte ich.

Vielleicht fuhr ich heute nachmittag auch gar nicht mehr zur Gillette Street rüber. Vielleicht fuhr ich nach Hause, rauchte einen Joint und schaltete CNN ein. Mal sehen, ob Bush oder Saddam den ersten Schuß abgefeuert hatten. Ich würde *nicht* ans Telefon gehen ... Beim Frühstück hatten Joy und ich uns darüber gestritten, ob wir das verdammte Ding ausstöpseln sollten. Ich hatte ihr vorgeworfen, die Aufmerksamkeit zu genießen – die ganzen Gespräche mit den Medienärschen.

»Jetzt spinnst du total, Dominick!« schoß sie zurück. »Meinst du, für *mich* ist das einfach? Meinst du, ich fänd's toll, daß mich jeder komisch anguckt, weil ich zufällig mit seinem Bruder zusammen bin?«

»Was glaubst du denn, wie die Leute *mich* ansehen? Möchtest du mal sein Bruder *sein*? Sein gottverdammter Doppelgänger?« Wir standen da und schrien uns an. Ein Wettstreit darum, wem es schlechter ging. Dessa hätte sich nie zu so was hinreißen lassen. Joy kriegte bestimmt nicht den Arsch hoch und besuchte ihn im Krankenhaus, so wie Dessa.

Ray stieg aus und ging langsam zum Haus. Ich fuhr rückwärts aus der Einfahrt. Dann bremste ich. »Ray?« rief ich. »Alles in Ordnung?« Er blieb stehen und nickte. »Sprich nicht mit irgendwelchen Reportern oder Fernsehleuten, wenn sie anrufen. Oder herkommen. Sag einfach: ›Kein Kommentar.‹«

Ray spuckte auf den Rasen. »Wenn einer von den Typen hier aufkreuzt, hol ich meinen Baseballschläger.« Wahrscheinlich würde er das wirklich tun. Verdammter Ray.

Ich setzte auf die Straße zurück und legte den ersten Gang ein. »He!« rief er und kam auf meinen Wagen zu. Ich kurbelte die Scheibe herunter, wappnete mich innerlich.

»Beantworte mir nur eine Frage«, sagte er. »Warum wolltest du nicht, daß sie wenigstens *versuchen*, ihm die Hand wieder anzunähen? Jetzt ist er geistig *und* körperlich behindert. Warum wolltest du nicht, daß sie's wenigstens *versuchen*?«

Ich schlug mich seit zwei Tagen mit der Frage herum. Aber es regte mich auf, daß ausgerechnet *er* mich darauf ansprach – ein bißchen spät für väterliche Sorge, oder?

»Erstens haben sie die Erfolgschancen nur auf fünfzig Prozent geschätzt«, antwortete ich. »Wenn es nicht geklappt hätte, hätte die Hand tot an seinem Arm gehangen. Und zweitens ... zweitens ... Du hast ihn nicht *gehört*, Ray! Das erste Mal seit zwanzig Jahren war er für irgendwas verantwortlich. Also konnte ich nicht ... ich meine, okay, du hast recht – es macht ihn nicht zum Helden.« Ich sah auf. Blickte ihm direkt in die Augen – ein Trick, den ich mir vor vielen Jahren beigebracht hatte. »Es war *seine* Hand, Ray ... Es war *seine* Entscheidung.«

Er stand da, die Hände in den Taschen vergraben. Eine halbe Minute oder mehr verging.

»Weißt du, was das Komische ist?« sagte er. »Ich hab das verdammte Messer gar nicht selbst gekauft. Ich hab's beim Kartenspielen von einem Typen aus meiner Einheit gewonnen. Einem großen, kräftigen Schweden aus Minnesota. Ich seh ihn genau vor mir, aber ich hab den ganzen Nachmittag gegrübelt, wie der Bursche hieß. Ist das nicht seltsam? Mein Junge schneidet sich mit dem Messer die Hand ab, und ich kann mich nicht mal erinnern, wie der Typ hieß, von dem ich's gewonnen hab.«

»Mein Junge.« Ich war verblüfft, daß er das sagte. Daß er Thomas für sich beanspruchte.

An dem Abend brachte Joy chinesisches Essen mit, als Wiedergutmachung. Ich saß da und aß, ohne etwas zu schmecken.

»Schmeckt's?« fragte sie.

»Ja, ja, danke«, antwortete ich.

Später, im Bett, kam sie herüber auf meine Seite und machte Annäherungsversuche. »Dominick?« sagte sie. »Tut mir leid wegen heute morgen. Ich möchte ja bloß, daß alles wieder so wird wie vorher.« Sie rieb ihr Bein an meinem und schob einen Finger unter das Bündchen meiner Unterhose. Stimulierte mich mit den Händen. Ich lag einfach da und ließ sie machen.

Sie kletterte auf mich und führte mich in sich hinein. Schob meine Hände, meine Finger dahin, wo sie sie haben wollte. Zuerst machte ich nur so mit – tat ihr den Gefallen. Dann dachte ich an Dessa auf dem Parkplatz, in ihren Jeans und der kurzen Jacke. Ich schlief mit Dessa ...

Joy kam schnell und heftig. Ihr Orgasmus war wie eine Befreiung, eine Last, die von mir genommen wurde. Ich war fast selbst soweit, da hörte ich einfach auf. Es war keine Absicht. Ich dachte nur plötzlich an alles mögliche, an die Flure in der Landesklinik, die nach alten Fürzen und Zigarettenqualm rochen; an den Und-sie-lebten-glücklich-und-zufrieden-Briefkasten, den Dannyboy angepinselt hatte; und an das Bild, das ich Ray beschrieben hatte, um meine Zweifel loszuwerden: Thomas' abgehackte Hand, an seinen Arm genäht wie totes, graues Fleisch.

Ich erschlaffte und glitt aus ihr heraus. Dann schob ich sie von mir herunter und drehte mich auf die Seite.

»He, du?« sagte sie und legte den Arm um meine Schulter.

»Was ist denn?«

Sie zog ein bißchen an meinem Ohrläppchen. »Macht doch nichts. Keine große Sache.«

»Das ist mal ein Kompliment.«

Sie knuffte mich leicht. »Du weißt schon, was ich meine.«

Ich zog die Decke hoch, rückte weiter von ihr weg und knipste das Licht aus. »Gott, bin ich fertig«, sagte ich, aber ein paar Minuten später war es *ihr* Atem, der sanft und gleichmäßig ging.

Ich konnte die ganze Nacht nicht schlafen. Stunde um Stunde starrte ich in die Leere hinauf, die am Tag nichts weiter war als unsere gottverdammte Schlafzimmerdecke.

»Lies, Dominick«, sagte Thomas. »Lies den Psalm zu Ende.«

Ich spürte mehr, daß der Cop zu mir herüberschaute, als daß ich es sah. Wieder schlug ich die Bibel meines Bruders auf. *Gib mich nicht meinen gierigen Gegnern preis; denn falsche Zeugen stehen gegen mich auf und wüten. Ich aber bin gewiß zu schauen die Güte des Herrn im Land der Lebenden. Hoffe auf den Herrn, und sei stark! Hab festen Mut, und hoffe auf den Herrn!*

Der Streifenwagen nahm die gewohnte Abfahrt von der Autobahn; der Polizist winkte dem Wachmann zu und fuhr langsam über die Bodenschwelle. Wir kamen am mit Brettern zugenagelten Dix-Gebäude vorbei, passierten das Tweed, das Libby und das Payne. Irgendwer hatte mir mal erzählt, in der Blütezeit der Landesklinik hätten viertausend Patienten in diesen Ziegelkästen gelebt. Nun waren es bloß noch etwa zweihundert. Dem Verfall und den Einsparungen waren nur das Settle und das Hatch entgangen.

»He, Sie sind gerade dran vorbeigefahren«, sagte ich zum Fahrer, als der Polizeiwagen am Settle-Gebäude vorüberrollte. »Sie müssen umdrehen.«

Er schaute in den Rückspiegel und warf seinem Kollegen einen Blick zu. »Er kommt nicht ins Settle«, sagte er.

»Was soll das heißen, er kommt nicht ins Settle? Er kommt immer dahin. Er macht den Zeitungsstand. Und verteilt den Kaffee.«

»Darüber wissen wir nichts«, sagte der Polizist auf dem Rücksitz. »Wir haben Anweisung, ihn ins Hatch zu bringen.«

»Nein, nicht ins Hatch!« stöhnte Thomas. Er wand sich und kämpfte gegen die Fesseln, die sie ihm angelegt hatten. Sein Widerstand ließ den Wagen erzittern. »O Gott, Dominick, hilf mir! Nein! Nein! Nein!«

4

Die Forensische Psychiatrie, die Hochsicherheitsabteilung des Three Rivers State Hospital, liegt am hinteren Ende des Klinikgeländes: ein gedrungen wirkendes Stahlbetongebäude, das von Drahtgeflecht und Stacheldraht umgeben ist. Im Hatch leben die meisten der Jungs, die Schlagzeilen machen: der Veteran aus Mystic, der seine Familie mit dem Vietcong verwechselte, oder der Junge aus Wesleyan, der seine .22-Kaliber-Halbautomatik mit zur Schule nahm. Aber das Hatch ist auch das Ende der Fahnenstange für eine ganze Reihe weniger attraktiver Verrückter: Drogenabhängige, Kaufhausrandalierer, manisch-depressive Alkoholiker – die klassischen Störer der öffentlichen Ordnung, die man sonst nirgendwo unterbringen kann.

Gelegentlich verbessert sich der Gesundheitszustand eines der Insassen im Hatch, und er wird entlassen. Aber das geschieht wohl eher *trotz* der äußeren Umstände. Für die meisten Patienten dort öffnet sich die Tür nur in eine Richtung – was der Stadt Three Rivers nur recht sein kann. Der Mehrzahl der Menschen im Ort ist weniger an einer Rehabilitation gelegen als daran, die Spinner und Durchgeknallten irgendwo zu deponieren – den Würger aus Boston und den Massenmörder Son of Sam von der Straße zu kriegen, Norman Bates im Hatch-Hotel hinter Schloß und Riegel zu wissen.

Es gibt kein Entkommen aus dem Hatch. Das kreisförmige Gebäude ist in vier unabhängige Stationen unterteilt, von denen jede über eine eigene Sicherheitszone verfügt. Die Außenwände sind fensterlos; an der Innenseite gehen Fenster auf einen kleinen, ebenfalls runden Hof hinaus – sozusagen die Nabe des Rads. Im Hof befinden sich ein paar Parkbänke mit Tischen und ein verrosteter Basketballkorb, der jedoch mehr oder weniger ignoriert wird, da die meisten der Jungs von dem ewigen Thorazin dick und schwerfällig geworden sind. Zweimal am Tag und streng nach Stationen getrennt dürfen die Patienten, die sich dieses Privileg durch ihre Unterwürfigkeit verdient haben, zwanzig Minuten in den betonierten Innenhof, um frische Luft und Nikotin zu tanken.

Wie oft habe ich im Radio oder an einer Kneipentheke mit anhören müssen, wie irgendwelche Schwätzer meinten, es sei ein Unding, daß denen die Möglichkeit gegeben wird, auf unzurechnungsfähig zu plädieren – daß wir Vergewaltiger und Killer mit einem Mord davonkommen lassen und ihnen auch noch ein lauschiges Plätzchen in einem »Country-Club« wie dem Hatch zur Verfügung stellen. Tja, Jungs: Ganz so einfach ist die Sache nicht. Ich war dort. Ich bin mit dem Gestank dieses Ortes in meinen Klamotten und den Schreien meines Bruders im Ohr da rausmarschiert. Wenn es eine schlimmere Hölle als das Hatch gibt, dann muß Gott ein verdammt rachsüchtiger Scheißkerl sein.

Das Blaulicht des Streifenwagens blinkte. Der Polizist, der uns fuhr, hielt vor dem Eingangstor und reichte einem der Wachmänner einige Papiere.

»Es war ein *Opfer*!« rief Thomas ununterbrochen. »Es war ein *Opfer*!«

Ich drehte mich zu ihm um und sagte, er solle Ruhe bewahren – ich würde die ganze Geschichte schon aufklären und ihn noch diese Nacht ins Settle bringen. Dabei war ich davon selbst nicht ganz überzeugt. Das Stahlgitter zwischen den Vorder- und Rücksitzen des Wagens – zwischen meinem Bruder und mir – erschien mir immer mehr wie eine Art »Vorschau auf kommende Attraktionen«.

Dann hörte man plötzlich ein Surren, das Tor öffnete sich und rastete hörbar ein; der Streifenwagen fuhr durch das Tor, über eine Bodenschwelle und langsam um das Gebäude herum. Wir hielten vor einer Flügeltür mit der Aufschrift »Patientenaufnahme – Station 2«. Über der Tür blinkte ein rotes Licht. Wir saßen im Wagen und warteten mit laufendem Motor.

»Gegen welches Gesetz hab ich denn verstoßen?« stieß mein Bruder hervor. »Wem hab ich denn was getan?«

Die Antwort auf die letzte Frage war so offensichtlich wie der bandagierte Stumpf am Ende seines Arms. Aber das machte ihn doch nicht zu einem Kriminellen.

Es *mußte* sich um einen Irrtum handeln. Das Ganze ergab keinen Sinn. Aber während ich dort saß und die Flügeltür und das flackernde Rotlicht anstarrte, fühlte ich plötzlich einen Druck in meiner Brust – einen dieser Kämpf-oder-flieh-Reflexe. »He«, wandte ich mich an den Polizisten neben mir. »Wie heißen Sie?«

Die Frage überraschte ihn. »Wie ich heiße? Mercado. Sergeant Mercado.«

»Okay, Mercado. Tun Sie mir einen Gefallen. Bringen Sie ihn einfach ins Settle, nur für fünf Minuten, ja? Ich kenne die Pfleger von der Nachtschicht. Die können dann seinen Arzt anrufen und die Sache aufklären. Diese ganze Geschichte ist nämlich ein Riesenmißverständnis.«

»Sie mischen sich in ein Abkommen zwischen Gott und mir ein!« rief Thomas warnend. »Der Allmächtige hat mir den Auftrag erteilt, einen schrecklichen Krieg zu verhindern!«

Mercado schaute stur geradeaus. »Keine Chance«, antwortete der Polizist von der Rückbank aus für ihn. »Die kriegen uns am Arsch, wenn wir einen schriftlichen Befehl ignorieren.«

»Nein, das werden Sie nicht tun«, sagte ich und drehte mich zu ihm um. Thomas' und sein Gesicht sahen durch das Metallgitter, das uns voneinander trennte, aus, als wären sie kreuz und quer gestreift. »Die werden *froh* sein, daß Sie diesen Irrtum aufgeklärt haben, bevor es einen Riesenaufstand gibt. Die werden Ihnen sogar *dankbar* sein.«

»Ich bin doch für den Zeitungsstand im Settle zuständig!« bat Thomas flehentlich. »Ich fahr doch mit dem Kaffeewagen rum!«

»Hören Sie zu, ich verstehe ja, was in Ihnen vorgeht«, wandte Mercado sich an mich. »Ich hab selbst Brüder. Aber die Sache ist die, wir können nicht einfach ...«

»Halt, stopp!« unterbrach ich ihn und legte dann los, getrieben von schierer Verzweiflung. »Denken Sie nur einen Moment nach, bevor Sie automatisch irgendeine Polizeivorschrift abspulen. Ich bitte Sie lediglich, fünf Minuten wie ein Mensch statt wie ein Polizist zu handeln, okay? Ich bitte Sie nur, den Rückwärtsgang einzulegen und etwa ... etwa einen Viertelkilometer rüber zum Settle zu fahren. Sie müssen noch nicht einmal das Klinikgelände verlassen, Mercado. Gerade mal zweihundertfünfzig Meter, Mann. Nur fünf Minuten. Das ist alles, worum ich Sie bitte.«

Mercado schaute fragend in den Rückspiegel. »Was meinst du, Al? Wir könnten doch ...«

»Nichts da«, kam es von hinten. »Auf keinen Fall, José. Das werden wir nicht tun.«

»Dann stehen *Sie* doch morgen früh um halb sechs auf und machen den Kaffee!« rief Thomas. »Dann achten *Sie* gefälligst darauf, daß genügend Wechselgeld in der Kasse ist und niemand Mrs. Semels Kuchen kauft. Und sorgen *Sie* gefälligst dafür, daß niemand von den anderen Ärzten Dr. Ahameds *Wall Street Journal* bekommt!«

Mercado und ich sahen uns an. »Sie haben Brüder?« fragte ich. »Wie viele?«

»Vier.«

»Kommen Sie schon«, flüsterte ich. »Geben Sie sich einen Ruck. Nur fünf Minuten.«

Das flackernde Licht über der Tür zur »Patientenaufnahme« ließ Mercados Gesicht abwechselnd aufleuchten und verblassen. Ich sah das Zögern in seinen Augen, seinen inneren Kampf. Und dann vermasselte ich alles. Ich beugte mich zu ihm hinüber, um seinen Arm zu berühren – um einen menschlichen Kontakt zu diesem Mann herzustellen –, und da flippte er aus. Fegte meine Hand so heftig weg, daß sie gegen die Windschutzscheibe schlug.

»Nehmen Sie Ihre Pfoten weg!« brüllte er. »Kapiert?« Seine Hand lag über dem Halfter, ein Schutzschild über dem Kolben seiner Pistole. »Einen bewaffneten Polizisten anzupacken, ist das *Letzte*, was Sie tun sollten. Kapiert? Das könnte Ihnen sonst noch mal verdammt leid tun.«

Ich schaute aus dem Seitenfenster, holte tief Luft und gab auf.

Ein uniformierter Wachmann schloß die Flügeltür auf und dirigierte uns hinein. Mercado stieg aus, öffnete die hintere Tür und half meinem Bruder aus dem Wagen. »Achtung, passen Sie auf Ihren Kopf auf«, sagte er. »Achten Sie auf Ihren Kopf.«

Ein Teil von mir wäre am liebsten im Streifenwagen sitzengeblieben – um meinen Status als *nicht* verrückter Zwilling, als derjenige, der *nicht* eingeliefert wurde, sicherzustellen. Ich rede hier nicht von Verrat an meinem Bruder, sondern nur von einem fünf Sekunden währenden Zögern. Aber ich muß gestehen, daß ich zögerte.

»Hier«, sagte der ältere Polizist, als ich ausstieg. Er reichte mir Thomas' Matchbeutel. Ich hielt bereits seine Bibel in der Hand.

Thomas blieb plötzlich stehen – leicht vornübergebeugt wegen der miteinander verbundenen Hand- und Fußfesseln – und sagte zu dem älteren Polizisten, er müsse zur Toilette. Ob es drinnen eine Toilette gebe, die er aufsuchen könne. Er müsse schon die ganze Zeit dringend mal wohin.

Seine Fußfesseln rasselten bei jedem Schritt, den er auf das Gebäude zu machte. Ich hatte einen bitteren Geschmack im Mund und ein komisches Gefühl im Magen. Was spielte sich hier ab? Warum machten sie das?

Der Wachmann ließ meinen Bruder und die beiden Polizisten durch, hielt mich jedoch an der Tür zurück. »Wer sind Sie?« fragte er. Er war einer dieser stämmigen, übereifrigen Typen. Ende Zwanzig, Anfang Dreißig vielleicht. Robocop.

»Ich bin sein Bruder«, antwortete ich. Als ob er das nicht wußte. Als ob ihm das nicht geradezu ins Auge springen mußte.

Robocop und Mercado wechselten einen Blick. »Mr. Birdsey besuchte den Patienten gerade, als wir ihn abholten«, sagte Mercado. »Der Patient bestand darauf, daß sein Bruder uns begleitete.«

»Wir dachten, er wäre dann vielleicht weniger aggressiv«, fügte der andere Polizist hinzu.

»Er ist nicht aggressiv«, sagte ich. »Er hat in seinem ganzen Leben noch keiner Fliege was zuleide getan.«

Robocop blickte auf den Armstumpf meines Bruders und dann wieder zu mir.

»Hören Sie, das Ganze ist nur eine dumme Verwechslung von

irgendeiner Sekretärin oder so«, erklärte ich. »Er sollte wieder zurück ins Settle. Er ist einer der ambulanten Patienten und wird dort in regelmäßigen Abständen aufgenommen. Ein Anruf bei seinem Arzt, und wir können diesen ganzen Schlamassel aufklären. Er ist nicht aggressiv. Herrgott noch mal, er ist nicht aggressiver als Bambi.«

»Ich bin für die Kaffeeausgabe im Settle zuständig«, fügte Thomas hinzu. »Man braucht mich dort schon ganz früh morgens.«

Robocop erklärte mir, ich dürfe mit in das Gebäude kommen und meinen Bruder während des ersten Teils der Aufnahmeprozedur begleiten, aber ich könne nicht mit ihm aufs Zimmer und dürfe die Sicherheitszone nicht betreten. Irgendwelche Telefongespräche mit seinem Arzt müßten am nächsten Morgen stattfinden.

Wie du willst, Arschloch, dachte ich. Einen Fuß in der Tür zu haben, war immerhin ein Fortschritt. Wenn ich erst mal drin war, würde ich mit irgend jemandem vom Pflegepersonal reden können.

Robocop führte uns durch einen kurzen Korridor: Halogenbeleuchtung, gelbe Betonmauern. Das Hatch hatte einen eigentümlichen Geruch – nicht wie der Gestank drüben im Settle. Irgendwie anders. Seltsam süßlich und faulig – wie vergammelte Lebensmittelreste hinten im Kühlschrank. Menschliche Fäulnis wahrscheinlich. Menschliche Verwesung.

Ein anderer Wachmann kam auf uns zu, als wir uns dem Metalldetektor näherten. Er schob einen Schmerbauch vor sich her, hatte ein aufgedunsenes, gerötetes Alkoholikergesicht und stank nach Rasierwasser.

Die beiden Polizisten lösten Thomas' Fesseln. Er wies erneut darauf hin, daß er zur Toilette mußte. Mercado durchsuchte ihn und schob ihn durch den Metalldetektor.

»Haben Sie nicht gehört, was er gesagt hat?« fragte ich. »Er muß mal pinkeln.«

»Was ist das da?« wandte der fette Wachmann sich an mich. Mit dem Kinn deutete er auf die Sachen, die ich in der Hand hielt: Thomas' Matchbeutel, seine Bibel.

»Seine persönlichen Sachen«, sagte ich.

»Und was zum Beispiel?«

»Zum Beispiel seine *persönlichen* Sachen: Brieftasche, Zahnpasta, Kamm.«

Fettsack nahm mir die Bibel und den Beutel aus der Hand. Öffnete den Reißverschluß und wühlte darin herum. Er gehörte zu den Typen, die beim Atmen schnaufen, so daß man hören kann, welche Mühe es ihnen bereitet. Dann kippte er den Inhalt des Beutels auf ein Förderband: Fußpuder, einen Stift, einen Button mit der Aufschrift »Mit Jesus Christus mutig voran«, ein Paar Schnürschuhe und eine Krawatte, die zusammengerollt in einem der Schuhe steckte. Es war erbärmlich: Thomas' beschissenes Leben lag ausgebreitet auf dem Förderband wie Lebensmittel an einer Supermarktkasse. Fettsack drückte auf einen Schalter, und das Förderband setzte sich in Bewegung. Sämtliche Sachen wurden durch eine dieser Röntgenmaschinen transportiert, wie es sie auf Flughäfen gibt. Große Überraschung: keine versteckten Dolche, keine im Futter des Matchbeutels eingenähte Rohrbombe.

»Wir müssen auch Sie filzen«, erklärte mir Robocop.

Ich stellte mich in der gleichen Haltung an die Wand, die mein Bruder hatte einnehmen müssen. »Dann mal los.«

Robocop nahm die Durchsuchung vor: etwas gröber, etwas intensiver im Intimbereich als nötig gewesen wäre. Nur für den Fall, daß ich noch immer nicht kapiert hatte, wer hier der große Zampano war. Ich hätte ihn am liebsten darauf angesprochen, ihn gefragt (noch während er an mir rumfummelte), ob ihm seine Arbeit Spaß mache, aber ich war nicht in der Position, mit Steinen zu werfen. Noch nicht. Nicht, wenn ich Thomas noch in dieser Nacht da raus haben wollte.

Gerade als ich dachte, er hätte mich nun lange genug gedemütigt, forderte Robocop mich auf, durch den Metalldetektor zu marschieren. Das Ding piepste und pfiff, und Robocop ließ sich meinen Schlüsselbund aushändigen. Ich ging zum zweiten Mal durch die Schleuse. Robocop teilte mir mit, ich könne meinen Schlüsselbund wegen des kleinen Klappmessers, das daran befestigt war, erst später, auf dem Weg nach draußen, wieder mitnehmen. Als ob ich mich einschleichen und alle Insassen mit meinem Klappmesser freipressen wollte. Was für ein Schwachsinn.

Robocop befahl den Polizisten, meinem Bruder die Handschellen wieder anzulegen.

»Muß das sein?« fragte ich. »Ich sag Ihnen doch – Sie verschwenden nur Ihre Zeit. Sobald wir seinen Arzt zu fassen kriegen, ist er wieder draußen. Warum also muß er Handschellen tragen?«

Robocop sah mich an, gab mir aber keine Antwort; sein Gesicht war so ausdruckslos wie die Betonwand. Fettsack teilte Thomas mit, seine persönlichen Sachen würden registriert und in der Sicherheitszone aufbewahrt. Toilettenartikel bekomme er gestellt. Und sämtlicher Lesestoff müsse zuerst von seinem Arzt oder der Stationsleitung genehmigt werden.

»Wo ist meine Bibel?« rief Thomas. »Ich will meine Bibel!«

»Sämtlicher Lesestoff muß zuerst vom zuständigen Arzt oder der Stationsleitung genehmigt werden«, wiederholte Fettsack.

»Er darf nicht mal seine verdammte *Bibel* mitnehmen?« fragte ich. »Ihr müßt sogar das Wort Gottes genehmigen?«

Robocop kam auf mich zu und stellte sich so dicht vor mich, daß ich die Aknenarben in seinem Gesicht hätte zählen können und den Kaugummi in seinem Mund roch. »Dies ist ein Hochsicherheitstrakt, mein Herr«, sagte er. »Mit genauen Vorschriften. Wenn Sie Probleme damit haben, teilen Sie es uns bitte mit. Dann können Sie nämlich draußen warten, statt Ihren Bruder während der Aufnahme zu begleiten.«

Wir starrten uns ein paar Sekunden lang an. »Ich sag ja gar nicht, daß ich Probleme damit habe«, antwortete ich. »Ich sag lediglich, daß es reine Zeitverschwendung ist, ihn aufzunehmen. Denn sobald Sie mit seinem Arzt sprechen, wird er Ihnen mitteilen, daß es sich um einen Irrtum handelt.«

»Hier entlang.« Er blieb ungerührt.

Die Sicherheitszone begann hinter der nächsten Ecke. Zwei Wachmänner saßen jenseits einer getönten Scheibe vor einer Reihe von Überwachungsmonitoren; an der Wand stand ein offener Schrank mit zahllosen Schlüsselreihen, Handschellen und Häftlingsgürteln. Auf der einen Seite des Glaskastens befanden sich ein Konferenzraum und mehrere Büros, auf der anderen eine Toilette, ein Sicherungskasten und weitere Büroräume. Der Gang war zu beiden Seiten durch doppelt gesicherte Stahltüren versperrt.

»Gibt es hier ein Telefon?« fragte ich und wies mit dem Kopf auf die beiden Wachleute hinter der Scheibe. »Sagen Sie einfach einem der Männer, er möchte bitte Dr. Willis Ehlers anrufen und fragen, ob Thomas Birdsey tatsächlich hier eingewiesen werden soll. Am besten, Sie versuchen es direkt bei ihm zu Hause. Es gibt hier doch bestimmt ein Telefonverzeichnis mit den Nummern aller Ärzte, oder? Rufen Sie ihn ruhig an. Es wird ihm nichts ausmachen.«

»Dr. Ehlers behandelt keine Patienten im Hatch«, sagte Fettsack. »Er gehört nicht zur hiesigen Belegschaft.«

»Richtig! Das ist ja der Punkt!« erwiderte ich. »Seine Patienten befinden sich im Settle. Und genau dort gehört mein Bruder auch hin.«

Robocop überflog einige Unterlagen auf einem Klemmbrett. »In seinen Papieren steht, daß er neu eingestuft worden ist«, erklärte er.

»Was meinen Sie mit ›neu eingestuft‹? Von wem ist er neu eingestuft worden?«

»Ich bin nicht befugt, Ihnen darüber Auskunft zu geben«, antwortete er. »Entweder wird sich sein neuer Arzt bei Ihnen melden, oder Sie können einen Termin mit der für ihn zuständigen Sozialarbeiterin vereinbaren.«

»Entschuldigen Sie«, wandte Thomas sich an Robocop. »Kennen sie vielleicht Dr. Ahamed, den stellvertretenden Leiter des gesamten Klinikkomplexes?«

»Immer mit der Ruhe, Thomas«, sagte ich, »laß mich das machen, okay?«

»Dr. Ahamed?« fragte Robocop. »Ja, ich weiß, wer das ist. Warum?«

Thomas hatte sein Kinn vorgereckt. Er zitterte am ganzen Körper. »Weil Sie ziemlichen Ärger kriegen werden, wenn Dr. Ahamed morgen früh in sein Büro kommt und weder sein *Wall Street Journal* noch seine Muffins vorfindet!« Es schüttelte ihn förmlich, und er fing an zu brüllen: »Ich möchte nicht in Ihrer Haut stecken, wenn er herausfindet, wer mich hier gegen meinen Willen festhält!«

Fettsack winkte einem der Wachmänner hinter der Scheibe zu, er möge herauskommen.

»Ganz ruhig, ganz ruhig«, redete ich auf Thomas ein. Ich erinnerte ihn daran, daß er die Zeit etwas aus den Augen verloren hatte, während er im Shanley Memorial lag – daß er bereits seit fünf Tagen nicht mehr mit dem Kaffeewagen herumgefahren war. »Außerdem bin ich sicher, daß deine beiden Helfer dort in der Zwischenzeit die Stellung halten«, sagte ich. »Wie heißen sie noch? Ich hab die Namen vergessen.«

»Bruce und Barbara!« brüllte er. »Ja, glaubst du denn, daß die beiden das ohne mich auf die Reihe kriegen? Daß ich nicht lache!« Aber er lachte nicht, er schluchzte.

»Alles klar hier draußen?« fragte der dritte Wachmann und kam zu uns herüber.

»O Gott! O Gott!« rief mein Bruder. Angst flackerte in seinem Gesicht auf. Dann war plötzlich ein leises Plätschern zu hören. Thomas machte sich in die Hose.

Fettsack zog los, um jemanden zum Aufwischen zu holen.

»Es tut mir leid, Dominick«, sagte Thomas. »Ich konnte es nicht länger einhalten.« Ein dunkler feuchter Fleck zeigte sich vorne an seiner Hose.

Ich sagte ihm, es sei nicht schlimm. So was könne schon mal passieren. Es sei keine große Sache. Dann wandte ich mich an Robocop. »Jetzt reicht's«, sagte ich. »Ich gehe nicht, bevor ich meinen Bruder hier raus habe, und das wird noch *heute nacht* der Fall sein. Ist das klar? Also rufen Sie jetzt verdammt noch mal den Arzt.«

Fettsack telefonierte hinter der Scheibe. »Rufen Sie den Arzt meines Bruders an!« rief ich ihm zu. »Dr. Willis Ehlers! Bitte!«

Robocop forderte mich auf, leise zu sein und fügte hinzu: »Die Ärzte werden nur in Notfällen nach Dienstschluß angerufen.«

»Das hier *ist* ein Notfall«, erwiderte ich und wies mit dem Daumen in Richtung meines Bruders. »Hier entsteht gerade ein Notfall. Der arme Kerl darf noch nicht mal aufs Klo. Ihr glaubt doch nicht im Ernst, daß ich ihn hier bei euch Nazis zurücklasse?«

Ich bemerkte, daß sich die Muskeln in Robocops Gesicht anspannten. Sah, wie er den anderen Wachmann anblickte. »Nicht die Angehörigen des Patienten bestimmen, was ein Notfall ist«, sagte der. »Das tut allein das medizinische Personal.«

Ich versuchte, mich zu beruhigen – mich auf eine Auseinandersetzung mit Robocop einzulassen war ein Luxus, den ich mir im Interesse meines Bruders nicht erlauben konnte. Mit dem Wort »Nazis« hatte ich es wahrscheinlich schon mit ihnen verscherzt. »Okay«, sagte ich. »Dann lassen Sie mich kurz mit der Schwester sprechen. Es muß hier doch eine diensthabende Nachtschwester geben.«

»Die Schwestern im Hatch dürfen keinen Kontakt zu den Angehörigen haben«, erklärte der Wachmann. »Das ist die Politik des Hauses. Wenn Sie Fragen haben, können Sie morgen anrufen und einen Termin mit der für Ihren Bruder zuständigen Sozialarbeiterin vereinbaren.«

»Die Station hat gerade angerufen«, sagte Fettsack. »Bereit zum Abflug?«

Robocop nickte. »Sag ihnen, daß sie ihn abholen sollen. Wir können die Aufnahmeprozedur auch auf der Station fortsetzen. Ich hab die Schnauze voll von dieser Doppelpackung hier.«

Fettsack sprach in sein Funkgerät. Thomas murmelte Bibelsprüche vor sich hin.

»Mr. Birdsey, die Aufnahme Ihres Bruders wird jetzt auf der Station fortgesetzt«, sagte Mercado. »Kommen Sie. Wir müssen gehen.«

»Hört mir hier denn keiner zu?« fragte ich. »Diese ganze Geschichte ist nur ein Irrtum der Verwaltung oder von wem auch immer. Er gehört ins Settle.«

»Passen Sie auf, Kumpel«, sagte der ältere Polizist. »Er mag vielleicht ins Settle gehören, aber da wird er heute nacht nicht mehr hinkommen – das ist so sicher wie das Amen in der Kirche. Vielleicht bringt man ihn direkt morgen früh dahin, aber ich kann Ihnen garantieren, daß er heute nacht hier bleibt.«

»Kommen Sie, Mr. Birdsey«, redete Mercado auf mich ein. »Sie können hier nichts mehr für ihn tun. Wir fahren Sie zurück zum Shanley Memorial. Steht Ihr Wagen vorne auf dem Parkplatz oder hinten?«

»Ich werde nirgendwohin gehen, bevor wir diese Geschichte nicht geklärt haben!« sagte ich. Mercado packte mich am Arm, doch ich riß mich los.

»Sie schlagen mich ans Kreuz!« rief Thomas.

Ich lief zu Robocop hinüber. »Was ist mit der Sozialarbeiterin?

Ist die jetzt hier?« Mein Herzschlag dröhnte mir wie ein Preßlufthammer in den Ohren.

»Nein, sie ist nicht hier. Nach Dienstschluß sind nur die Nachtschwester und die FSler hier.«

»Was ist das? Wer sind die FSler?«

»Forensik-Spezialisten«, antwortete Fettsack. Er zwinkerte dem älteren der beiden Polizisten zu. »Als ich hier angefangen habe, nannten wir sie ›Irrenhaus-Helfer‹. Aber heute hat jeder 'nen vornehmen Titel. Nehmen Sie nur den hier zum Beispiel.«

Er deutete auf einen Mann, der mit Eimer und Putzlappen näher kam. Ich erkannte ihn: Es war Ralph Drinkwater. »Ralphie war früher Hausmeister. Heute nennen wir ihn ›Betriebstechniker‹. Stimmt's, Ralphie?« Ohne Fettsack zu beachten und so teilnahmslos wie eh und je, begann Ralph, den Urin meines Bruders aufzuwischen.

Das vergnügte Glucksen des Polizisten stimmte Fettsack milde. »Übrigens ist sie sehr wohl hier, Steve«, erklärte er Robocop. »Sie ist kurz reingekommen, um irgendwelchen Papierkram zu erledigen. Ich hab sie eingecheckt, als du in der Pause warst.«

»Was?« fragte ich. »Wer ist hier?«

»Ms. Sheffer.«

»Wer ist das? Wer ist Ms. Sheffer?«

»Die Sozialarbeiterin von Station 2.«

»Die Sozialarbeiterin ist da? Ich möchte mit ihr sprechen!«

»Das geht nicht«, sagte Robocop. »Es ist nach Dienstschluß. Sie müssen einen Termin vereinbaren wie jeder andere auch.«

Die Stahltür ging auf. Zwei Pfleger kamen auf uns zu. Das Ganze wurde immer unwirklicher. »Hi, Ralph. Wie geht's dir?« sagte ich zu dem Hausmeister. »Hör zu, kannst du nicht mal versuchen, vernünftig mit ...« Er schaute durch mich hindurch.

»Kommen Sie, Mr. Birdsey«, drängte Mercado. »Wir müssen jetzt wirklich gehen.«

»Dann gehen Sie doch!« erwiderte ich. »Ich werde nirgendwohin gehen, solange ich nicht mit der Sozialarbeiterin gesprochen habe!« Ich wandte mich an die Pfleger. »Fassen Sie ihn nicht an! Fassen Sie ihn ja nicht an!«

Eine Bürotür wurde geöffnet, und ein Kopf schaute heraus. »Will mich da jemand sprechen?«

»Nicht heute abend!« brüllte Robocop. »Er kann einen Termin vereinbaren. Das hat Zeit.«

»Ist das die Sozialarbeiterin? Sind Sie das?«

»Morgen!« brüllte Robocop sie an. »Schließen Sie die Tür! Wir haben hier ein Problem!«

»Dominick!« schrie Thomas. Die Pfleger hatten ihn in die Mitte genommen.

»Lassen Sie die Finger von ihm!« brüllte ich. Robocop und Mercado hielten mich zurück. Fettsack und der andere Wachmann kamen angerannt. »Nehmt eure Pfoten weg, ihr verdammten Nazischläger!« Ich versuchte verzweifelt, mich loszureißen.

»Machen Sie die Tür zu!« schrie Robocop.

Inmitten des Handgemenges sah ich, wie die Tür zum Büro der Sozialarbeiterin geschlossen wurde. Sah, wie die Pfleger hastig die Stahltüren aufschlossen und meinen Bruder auf die Station drängten. »Sie schlagen mich ans Kreuz, Dominick!« schrie Thomas. »Sie schlagen mich ans Kreuz!«

Die Türen krachten hinter ihnen ins Schloß. Robocop drehte mir den Arm auf den Rücken, schleuderte mich gegen die Wand. »Der hier ist noch verrückter als der andere«, sagte er.

»Nimm deine verfluchten Pfoten weg!« schrie ich und versuchte mit ganzer Kraft, mich zu befreien. Mercado, Fettsack und der andere Polizist hielten mich fest. Der dritte Wachmann kam aus seinem Glaskasten gerannt. Robocop legte sein Knie an meine Leiste – es tat nicht weh, war nur ein Vorgeschmack, nur ein beständiger Druck.

»Macht dich das an oder was?« fragte ich. »Einen Mann zu befummeln, während du ihn durchsuchst? Das gibt dir doch 'nen Kick, oder?«

Da rammte er mir das Knie zwischen die Beine.

Ein kurzer, schneller Stoß, der mich zu Boden gehen ließ. Ich war vermutlich einen Moment ohnmächtig, und als ich wieder zu Bewußtsein kam, brauchte ich eine Weile, bis mir klar wurde, daß das Stöhnen und Keuchen, das ich hörte, von mir stammte und nicht von meinem Bruder.

In diesem Moment wußte ich, was Thomas bevorstand. In diesem Moment spürte ich es selbst: den Nagel, der sich ins Fleisch bohrt, den dumpfen Schlag des Hammers.

5

1958

Thomas und ich gehen mit Ma ins Kino – »Die große Lachparade« zum Schulbeginn. Wir fahren mit dem Bus in die Stadt. Ich darf die Halteleine ziehen, wenn wir an dem Billigkaufhaus ankommen, weil Thomas es beim letzten Mal getan hat. Der Bus hält nicht vor dem Kino, nur vor dem Billigkaufhaus.

Heute haben wir den *netten* Busfahrer – den, der sagt: »He, was hast du denn da?« und einem ein Bonbon aus dem Ohr zieht. Das letzte Mal, als wir in die Stadt gefahren sind, hatten wir den mürrischen Busfahrer ohne Daumen. Ma glaubt, daß er ihn im Krieg oder an einer Maschine verloren hat. Sie sagte mir, ich solle nicht hinsehen, wenn es mir angst mache, aber ich sah hin. Ich konnte nicht anders. Ich wollte es nicht, tat es aber trotzdem.

Wir kommen an dem Billigkaufhaus an. Ma hebt mich hoch, und ich ziehe an der Schnur. »See you later, alligator!« sagt der Busfahrer, als wir aussteigen. Ma lächelt und hält sich die Hand vor den Mund, und Thomas sagt nichts. Vom sicheren Bürgersteig aus rufe ich: »After a while, crocodile!« Der Fahrer lacht. Er bildet mit Zeige- und Mittelfinger das Victoryzeichen und schließt die Türen.

Wir gehen hinüber zum Kino. Vor dem Kartenschalter hat sich eine Schlange gebildet. Vor uns stehen größere Kinder. Klugscheißer. »Gut, beim nächsten Mal bringst du deine Geburtsurkunde mit!« ruft die Kartenverkäuferin. Es ist die verkrüppelte

Frau. Manchmal arbeitet sie am Süßigkeitenstand, und manchmal verkauft sie die Karten. Sie und diese andere Frau wechseln sich ab. Ma sagt, die verkrüppelte Frau ist an Kinderlähmung erkrankt, bevor es die Schluckimpfung gab. Vielleicht nörgelt sie deshalb so viel.

Drinnen reißt ein Mann mit hervortretenden Augen die Karten ab und überreicht Thomas und mir die Federmäppchen, die zum Schulanfang gratis an alle verteilt werden. Mit einem Stift malt er uns ein X auf den Handrücken. »Für jeden eins«, sagte er zu Ma. »Ich markiere sie, damit ich merke, wenn einer mich übers Ohr hauen will.«

Ich will ganz nach vorne gehen, aber Ma sagt, da verderben wir uns die Augen. Wir dürfen nur bis zur Mitte. Und so sitzen wir: am Rand Thomas, dann kommt Ma und am Ende ich. »Laßt eure Federmäppchen noch zu«, sagt Ma.

Der Mann am Eingang zum Kinosaal wird der Aufpasser genannt. Er trägt eine Uniform, hat eine Taschenlampe und ist sehr, sehr groß. Seine Aufgabe besteht darin, die Kinder anzuschreien, die ihre Füße auf die Sitze vor ihnen stellen. Wenn sie ihm eine patzige Antwort geben, leuchtet er ihnen mit der Taschenlampe direkt ins Gesicht.

Zuerst zeigen sie Zeichentrickfilme: Daffy Duck, Sylvester und Tweety Pie, Road Runner. *Miep-miep! Miep-miep!* Im Radio haben sie gesagt, sie zeigen zehn Zeichentrickfilme, aber das stimmt nicht. Sie zeigen nur acht. Ich bin erst bei meinem achten Finger, als die »drei Stooges« kommen.

Ma mag die Filme mit den »drei Stooges« nicht. Als Moe seinen Finger in Larrys Auge steckt, beugt sie sich zu mir herüber und flüstert: »So etwas dürft ihr nie machen, verstanden?« Ihre Stimme kitzelt mich im Ohr, und ich ziehe die Schulter hoch. In diesem Film sind die »drei Stooges« Bäcker. Sie haben gerade eine Torte für eine pampige reiche Dame verziert, die sie anschreit. Larry rutscht aus und stößt Curly an, und Curly rempelt die reiche Dame an, und die Dame fällt in die Torte! Wir lachen alle drei – Thomas, Ma und ich. Von dieser Seite aus sieht man gar nicht, daß meine Mutter eine komische Lippe hat. Man sieht es nur von da, wo Thomas sitzt.

Im Kino sind viele freche Kinder ohne Begleitung von Mutter

oder Vater. Sie reden laut und albern herum, statt den Film anzuschauen. *»Du böse, böse Miezekatze!«* schreit ein Kind immer wieder, als die Zeichentrickfilme schon vorbei sind. Und die anderen Kinder lachen. Ein paar Jungs in den vorderen Reihen haben ihre Popcornschachteln gefaltet und schleudern sie in die Luft. Die Schachteln werfen Schatten auf die Leinwand.

»Kriegen wir Popcorn?« frage ich Ma flüsternd.

»Nein«, flüstert sie zurück.

»Warum nicht?«

»Seht euch den Film an.«

Thomas zupft an Mas Ärmel, und ich beuge mich hinüber, um zu hören, was er sagt. »Ma, ich muß schon wieder an sie denken«, sagt er. »Was soll ich machen?«

»Denk an etwas anderes«, antwortet Ma. »Sieh dir den Film an.«

Thomas meint Miss Higgins. Es dauert nur noch eine Woche, bis wir in die dritte Klasse kommen, und Miss Higgins ist unsere neue Lehrerin. Sie ist die gemeinste Lehrerin von der Schule. Den ganzen Sommer über hat Thomas beim Gedanken an sie Magenschmerzen bekommen.

Thomas öffnet sein Federmäppchen, obwohl wir es nicht dürfen. Er fängt an, auf einem seiner neuen Stifte herumzukauen, als wäre es ein Maiskolben. Das letzte Mal, als Ray Thomas dabei erwischt hat, wie er sich etwas in den Mund steckte, sagte er: »Eines Tages bringe ich eine Rolle grünes Klebeband von der Arbeit mit und wickle es um deine Hände. Mal sehen, ob *das* hilft! Mal sehen, wie dir *die* Lektion schmeckt!«

Ich mache ebenfalls mein Federmäppchen auf. Was Thomas kann, kann ich auch. Ich spiele mit meinem Radiergummi, biege es, so weit es geht, und es flitscht mir aus der Hand, hinein in die Dunkelheit.

»Siehst du!« meint Ma. »Was hab ich dir gesagt?«

Sie will nicht, daß ich unter den Sitzen danach suche, weil es da zu schmutzig ist und weil es dasselbe wäre, als würde man eine Stecknadel im Heuhaufen suchen. Einmal, als Ma ein kleines Mädchen war, ging sie ins Kino und sah eine Ratte unter ihrem Sitz. Es war ein anderes Kino als dieses hier. Sie haben es abgerissen. Die Leute nannten es das »Kratzhaus«, weil die Sitze voller Flöhe waren.

In den vorderen Reihen ruft jemand ein böses Wort. Ein anderes Kind schreit. *Ping!* Irgend etwas knallt von hinten gegen meinen Sitz.

»He! Hört sofort auf damit, ihr da vorne!« schreit eine Stimme. Ich drehe mich um. Es ist nicht der Aufpasser, sondern Glotzauge, der Mann, der uns die Federmäppchen gegeben hat. Ma sagt, die frechen Kinder sollten sich lieber benehmen, denn er klinge so, als sei mit ihm nicht zu spaßen. Sie sagt, Glotzauge ist der Boß, auch wenn der Aufpasser größer ist. Jetzt hat Thomas seinen Radiergummi im Mund. Er saugt daran. *Schmatz, schmatz, schmatz.* »Warum tust du das?« frage ich ihn. Er sagt, er mache ihn sauber. Das ist Quatsch, denn er ist bereits sauber. Er ist nagelneu.

Der Film mit den »drei Stooges« ist zu Ende, und jetzt kommt Francis, der sprechende Esel. *Francis geht nach West Point.* Ma sagt, West Point ist eine Schule ... Weißt du was? Letztes Jahr hat sich ein Hund während des Schreibunterrichts in unsere Klasse geschlichen und den Kartenständer umgeworfen. Alle Kinder haben gelacht und ihm zugerufen: »Komm her, mein Junge! Komm her!« Und Miss Henault hat gesagt, wir sollen unsere Diktatblätter umdrehen und den Kopf auf das Pult legen, um uns zu beruhigen. Der Hund lief durch unsere Reihe. Er war hellbraun und weiß und hatte ein lächelndes Gesicht. Er hat ein bißchen nach Kloake gerochen, aber er hatte ein Halsband an, also mußte er jemandem gehören. Als Mr. Grymkowski ihn aus unserer Klasse zerrte, schnürte er dem Hund die Luft ab, und er machte nur noch *gak-gak-gak* oder so ähnlich.

Ping! Ping! Ma sagt, wir sollen uns nicht umdrehen, weil wir sonst vielleicht etwas ins Auge bekommen. Sie sagt, man sollte sich beim Manager beschweren, bevor jemand verletzt wird. *Ping!* Wir sind Cowboys. Die Bösen schießen auf uns.

Mein neuer Lieblings-Cowboyfilm ist *Westlich von Santa Fe.* Vorher mochte ich *Cheyenne* am liebsten, aber jetzt *Westlich von Santa Fe.* Lucas McCain kann sein Gewehr im Bruchteil einer Sekunde abfeuern. Und er ist nett zu seinem Sohn Mark. Lucas muß Mark ganz alleine großziehen, weil seine Frau gestorben ist.

Ray sagt, Lucas McCain hat Baseball gespielt, bevor er Cowboy wurde. Für die Chicago Cubs. »Er hat den Ball nicht getroffen, und schauspielern kann er auch nicht, aber wahrscheinlich ist er ein gottverdammter Millionär.« Wenn man »verdammt« sagt, ist es eine läßliche Sünde, aber wenn man »gottverdammt« sagt, ist das eine Todsünde. Das hat uns die Nonne im Religionsunterricht erzählt. Jedesmal, wenn man eine Sünde begeht, erklärte sie, bekommt man einen kleinen schmutzigen Fleck auf der Seele, und Menschen wie Chruschtschow und Jayne Mansfield haben rabenschwarze Seelen.

Ich sehe mir den Film gar nicht richtig an. Statt dessen beobachte ich die frechen Kinder – die, die vorne sitzen. Popcornschachteln fliegen wie Fledermäuse durch die Dunkelheit. Irgendeiner ruft schon wieder ein böses Wort. Das Wort mit »P«. Pisse ... Manchmal fliegen Fledermäuse durch unsere Straße, wenn es dunkel wird. Sie sehen aus wie Vögel, aber es sind keine. Sie legen dich rein. *Ping!*

»Piß auf dich!« schreit ein Kind.

Ein Mädchen lacht schrill.

»Du böse, böse Miezekatze!«

Das Licht geht an, obwohl der Film noch läuft. »He!« rufen alle. »He!« Dann wird der Film angehalten.

Glotzauge und der Aufpasser gehen den Gang hinunter bis auf die Bühne, und Glotzauge meckert uns an. Ma hat Angst. Sie hält sich die Hand vor den Mund, wie sie es immer tut, wenn Ray rumschreit. Jetzt, wo das Licht an ist, kann ich die frechen Kinder besser sehen. Ich erkenne Lonnie Peck und Ralph Drinkwater aus unserer Schule. Letzten Sommer hat Lonnie in der Pause den Aufsicht führenden Lehrer angespuckt und durfte eine ganze Woche lang nicht auf den Schulhof. Aber er ist trotzdem gekommen und hat uns von draußen durch den Zaun angespuckt. Wir wurden aufgefordert, ihn einfach nicht zu beachten. Penny Ann Drinkwater ist auch da vorne, allein. Sie und Ralph sind Zwillinge, wie Thomas und ich, aber Penny ist sitzengeblieben. Ralph kommt in die vierte Klasse, aber sie wird in unsere Klasse gehen. Sie kriegt Miss Higgins *zweimal*. Penny Ann ist ein großes Baby. Sie heult in jeder Pause. Die Drinkwaters und wir sind die einzigen Zwillinge in der ganzen Schule. Sie sind Farbige.

Oben auf der Bühne zeigt Glotzauge mit dem Daumen auf den Aufpasser. »Seht ihr den Mann hier? Er und ich werden ab jetzt auf Unruhestifter achten. Und wenn wir welche finden, werfen wir sie raus, geben ihnen aber nicht ihr Geld zurück. *Und* wir rufen ihre Väter an. Verstanden?«

»Gut«, flüstert Ma hinter vorgehaltener Hand. »Das geschieht ihnen recht.«

Jetzt sind alle ganz still. Sitzen einfach da. Das Licht geht aus. Der Film läuft weiter. Glotzauge und der Aufpasser gehen den Gang auf und ab. Alle frechen Kinder sind jetzt brav.

Thomas zupft wieder an Mas Ärmel. Er sagt, er kann nichts dafür – er denkt die ganze Zeit an Miss Higgins, und jetzt muß er dringend aufs Klo. Er will, daß Ma mit ihm zur Toilette geht, nicht ich. »Kannst du allein hierbleiben?« fragt mich Ma. Ich sage ja, und Ma geht mit Thomas den Gang hinauf. Ich halte sein Federmäppchen fest.

Mache es auf.

Der Bleistift, auf dem er herumgekaut hat, ist rauh und höckrig. Der Radiergummi ist ganz naß. Wenn Ray wirklich Thomas' Hände mit Klebeband zusammenbinden will, sollte er es noch in den Sommerferien tun, denn wie soll Thomas sonst seine Hausaufgaben machen? Er würde von Anfang an Ärger mit Miss Higgins kriegen. Ich biege den Radiergummi von Thomas ganz weit durch. Er fliegt weg. Es war ein Versehen. Ich schwöre bei meinem Leben.

Wir dürfen das nicht sagen: Ich schwöre bei meinem Leben. Die Nonne sagt, es ist genau das gleiche wie Fluchen. Aber ich habe es nicht gesagt, nur gedacht.

Ray flucht, wenn er auf Ma wütend ist. Einmal hat er so heftig an ihrem Arm gezerrt, daß sie einen blauen Fleck bekam. Ich war wütend und malte ein Bild von ihm mit Riesendolchen im Kopf. Dann hab ich es zerrissen. Zuerst wollte Ray uns nicht erlauben, heute ins Kino zu gehen, weil er es für Geldverschwendung hält. Aber dann hat er es sich anders überlegt. Einmal, vor langer, langer Zeit, ist er mit uns ins Kino gegangen – mit Ma und mir und Thomas. Es war an einem Sonntagnachmittag. Am Abend vorher hatten Ma und er einen heftigen Streit, und Ray brachte Ma zum Weinen. Am nächsten Morgen war er dann nett.

Er ging mit uns zur Messe, wir aßen in einem Restaurant zu Mittag und gingen anschließend ins Kino. Wir haben uns *Der Zauberer von Oz* angesehen. Aber Thomas hat alles verdorben. Er und sein blödes Geheule. Thomas verdirbt immer alles.

Sie kommen von der Toilette zurück. »Rutsch rüber, rutsch rüber«, sagt Ma. Jetzt sitzt Thomas neben mir. Er hat eine Schachtel Popcorn. Wir sollen sie uns teilen, sagt Ma, aber Thomas darf sie festhalten, weil ich das letzte Mal, als wir im Kino waren, das Popcorn festgehalten und mir immer den Mund vollgestopft habe, damit Thomas nicht soviel abkriegte. »Nimm nur zwei auf einmal«, sagt Thomas und hält mir die Schachtel hin. »Das ist die Regel.« Ich sage einverstanden, nehme aber jedesmal mehr als zwei. Einmal stecke ich zwei Finger ganz tief rein und hole mir fünf. Thomas merkt es gar nicht. Man kann Thomas gut reinlegen. Es ist ganz einfach. Er merkt nicht mal, daß sein blöder Radiergummi weg ist.

Der Grund, warum Thomas geheult hat, als wir *Der Zauberer von Oz* gesehen haben, waren die fliegenden Affen. Die, die für die böse Hexe arbeiten und herabsausen und Dorothy entführen. Thomas hat so sehr geheult, daß ich auch anfangen mußte zu heulen. Zuerst fand ich die Affen überhaupt nicht gruselig, aber dann doch. Ray ging mit uns raus ins Foyer und schrie uns an. Er sagte, wir würden unserer Mutter den schönen Tag verderben. Die Frau am Süßigkeitenstand sah die ganze Zeit zu uns herüber. Es war die verkrüppelte. Ray drohte, wenn wir nicht aufhörten, uns wie zwei Heulsusen zu benehmen, würde er mit uns in ein Geschäft gehen und jedem ein Kleid kaufen. »Suzie und Betty Pinkus, die beiden Heulsusen«, sagte er. Da waren wir noch klein – Erstkläßler. Wenn ich die fliegenden Affen jetzt sehen würde, müßte ich wahrscheinlich lachen, weil sie so unecht wirken.

Letztes Jahr haben die aus der dritten Klasse in den Pausen immer gesungen:

Erste Klasse, Babys!
Zweite Klasse, Dummköpfe!
Dritte Klasse, Engel!
Vierte Klasse, Faulenzer!

Dieses Jahr können *wir* es singen. Thomas und ich. Weil wir groß sind. Übrigens, ich hab mehr Muskeln als Thomas.

Jetzt muß *ich* zur Toilette. »Warum bist du vorhin nicht mit deinem Bruder gegangen?« flüstert Ma mir über Thomas gebeugt zu. Ihr Mund ist so nah an meinem Ohr, daß kleine Spucketröpfchen reinspritzen. Ich antworte, daß ich vorher nicht mußte. Es ist in Ordnung, sage ich. Ich bin groß. Ich kann allein gehen. Sie erlaubt es mir. Thomas hält mein Federmäppchen fest, weil ich seins auch gehalten habe.

Ich gehe den langen, langen Gang hinauf. Zuerst habe ich ein bißchen Angst, aber dann nicht mehr. *Ping!* Daneben. Sie sollten aufpassen. Ich bin Mark McCain. Mein Vater ist der Mann mit dem Gewehr.

Ich finde es gut, ganz allein draußen im Foyer zu sein. Am Getränkeautomaten kauft ein Mann seinem kleinen Jungen ein Traubensoda. Ich bleibe stehen, um zuzusehen, wie der Becher runterfällt und das Sodawasser und der Sirup reinlaufen. »Mann, hab ich einen Durst«, sage ich laut. Der Junge sieht mich an, aber der Mann nicht.

Unten vor den Toiletten stehen Aschenbecher mit Sand drin. Zigarettenstummel stecken in dem Sand. Ich spiele ein bißchen damit – die Zigarettenstummel sind Bulldozer. Ich mache Bulldozergeräusche.

Und wer ist in der Herrentoilette? Der Aufpasser. Er lehnt an der Wand, raucht eine Zigarette und bläst Kringel in die Luft. Zigarettenrauch wirbelt um seinen Kopf. Sein Mund ist eine Rauchkringelfabrik.

»Ich hätte diesen Sommer bei der First National arbeiten können«, sagt er. Ich bin außer ihm der einzige hier drin, aber er sieht sich selbst im Spiegel an. Ich weiß nicht, ob er mit mir spricht. Ob er mich überhaupt sehen kann. Vielleicht bin ich unsichtbar. »Aber dann hab ich's nicht gemacht, weil er gesagt hat, daß er mich den Projektor bedienen läßt. Er läßt mich aber nicht. Nicht ein einziges Mal.« Er macht noch einen Rauchkringel – einen dicken, großen. Einen Rauch-Doughnut. Er streckt seine Zunge raus und durch die Mitte des Kringels. Verfolgt ihn, während er davonschwebt.

»Raten Sie mal, was meine Mutter mal im Kino gesehen hat?«

sage ich. »Eine Ratte.« Ich hatte nicht vor, etwas zu sagen. Es ist mir einfach so rausgerutscht.

»Ist ja toll«, sagt er, während er sich selbst noch immer beim Rauchen zusieht. »Die sehen wir hier ständig. Sie kommen vom Fluß herauf.« Er hat große rote Pickel auf der Stirn. »Was meinst du, was ich heute morgen von der Süßigkeitentheke gefegt habe? Rattendreck! Wir stellen Fallen auf. Man kann hören, wie sie im Keller zuschnappen – manchmal sogar während der Filmvorführung. *Schnapp!* Die Federn sind so stramm gespannt, daß es ihnen das Genick bricht.« Er schnippt seine Zigarette in eine der Toiletten – *zisch*.

»Wenn Sie später einen Radiergummi auf dem Boden finden – er gehört mir«, sage ich.

Zum ersten Mal sieht er mich direkt an, sagt aber nichts. Dann geht er. Ich habe die ganze riesige Herrentoilette für mich allein.

Auf dem Boden der Becken liegen große weiße Tabletten, die wie ein Weihnachtsbaum riechen, wenn man draufpinkelt. Wenn man drauf*pißt*. Ich spreche es laut aus: »Piß drauf!« Als ich das Echo des bösen Wortes in diesem glänzenden Toilettenraum höre, kriege ich eine leichte Gänsehaut. Meine Hand zittert und schleudert das Pipi hin und her, das herauskommt. Jetzt hat *meine* Seele einen dunklen Fleck.

Die Tür geht auf. O nein. Es sind Ralph Drinkwater und Lonnie Peck. Ich ziehe schnell den Reißverschluß zu. »He, Kleiner!« fängt Lonnie an. »Willste Geld?«

Ich sage nein, und er packt mein Handgelenk. Ich kann das X sehen, das Glotzauge auf seine Hand gemalt hat, und das auf meiner. »Komm schon. Ehrlich. Halt deine Hand hin.«

Ich weiß, daß ein Trick dabei ist – wahrscheinlich spuckt er drauf –, aber ich mache es.

Lonnie packt mich am Handgelenk und reißt meinen Arm hoch, so daß ich mir selbst ins Gesicht schlage. »Warum schlägst du dich selbst, Kleiner? Hä?« lacht er. Er tut es noch einmal. Und noch einmal. »Warum schlägst du dich selbst?« Es tut nicht besonders weh. Es prickelt ein bißchen. Ich versuche meine Hand wegzuziehen, aber Lonnie ist größer als ich. *Viel* größer. Wie soll sich ein Drittkläßler gegen einen aus der fünften Klasse wehren, der ungefähr fünfzigmal sitzengeblieben ist?

»He, schaut mal!« sagt Ralph. Er läuft an den Urinalen entlang und zieht an jeder Spülung. Setzt alle Becken voll unter Wasser. Hinter der Wand rattern und zittern die Rohre. Lonnie läßt mich los und fängt an, Papierhandtücher aus dem Spender zu zerren. »Willkommen im Irrenhaus!« schreit er.

Ich renne weg. Durch die Tür, an den Aschenbechern vorbei, die Treppe rauf, durch das Foyer. Glotzauge lehnt an der Süßigkeitentheke. »Hier wird nicht gerannt!« sagt er.

Als ich wieder an unserem Platz ankomme, steht Ma auf und läßt mich rein. Ich sage ihr nichts von Lonnie und Ralph, auch nicht von dem Aufpasser und den Ratten. Ich setze mich im Schneidersitz auf meinen Platz, damit die Ratten nicht über meine Füße laufen. Mein Herz klopft rasend schnell, und mein Gesicht ist heiß an den Stellen, wo ich mich selbst geschlagen habe.

»Wie gefallen dir meine Ohrringe?« fragt Thomas.

Er hat die beiden Winkelmesser aus unseren Federmäppchen genommen und sie sich an die Ohren gehängt. Ich reiße ihm meinen runter. »Au!« schreit er. Er boxt mich, und ich boxe zurück.

»Seht euch den Film an«, sagt Ma bittend. »Er ist *lustig*!«

Aber er ist nicht lustig. Er ist doof. Francis, der sprechende Esel, marschiert in einer Parade mit. Toll.

»Wieso trägst du Ohrringe?« flüstere ich Thomas zu. »Bist du ein doofes, kleines Mädchen?«

Er stößt mir den Ellbogen in die Rippen; ich stoße zurück. »Das reicht jetzt, Dominick«, flüstert Ma und beugt sich zu mir herüber. »Sei nett zu deinem Bruder.«

»Spuck nicht«, sage ich laut zu ihr. »Du spuckst mir ins Ohr.« Wenn Ray hier wäre, würde er mir eine runterhauen.

Nach dem Film gehen wir zum Billigkaufhaus zurück. Wir sind zu früh für den Bus. Ma sagt, wir können reingehen und uns umsehen, aber nichts kaufen. Wenn wir noch Zeit haben und brav sind, kauft sie uns vielleicht ein Eis.

Wir betreten den Laden, gehen an den Nüssen und Süßigkeiten hinter der Glasvitrine vorbei. Vorbei an den Büchern, dem Ständer mit den Comics, dem Spielzeug. Der Boden in dem Billigkaufhaus knarzt. Der Ventilator an der Wand macht *schwock*-

schwock-schwock. Eine Zigeunerin in einem Glaskasten sagt einem für einen Penny die Zukunft voraus. Das Ergebnis erscheint auf einer kleinen Karte, die der Apparat ausspuckt. Die Zigeunerin ist nicht echt, aber die Katze auf ihrer Schulter ist echt. Eine echte tote, ausgestopfte Katze.

»Siehst du den Ventilator da oben?« frage ich Thomas. »Wenn ein richtig großer Mann hier langginge, würde der Ventilator ihm den Kopf absäbeln.«

»Würde er nicht.«

»Würde er doch.«

Ma sieht sich Bilder an: Clowns, Berge, zwei Pferde, die durch einen Fluß laufen. Ein orangefarbenes Pappschild – GROSSER KUNSTMARKT – weht im Luftzug des Ventilators hin und her. »Jungs, seht euch das hier mal an«, sagt Ma.

Sie hält ein Heiligenbild hoch – Jesus, der in den Himmel auffährt. Gottvater und der Heilige Geist sind oben im Himmel und schauen auf ihn hinab. Unten auf der Erde stehen Schafhirten und andere Leute, die sich umarmen und nach oben blicken.

»Seht mal!« sagt Ma. Sie zeigt mit dem Finger auf die Brust von Jesus. Wenn sie das Bild bewegt, steht sein Herz in Flammen. Wenn sie es wieder zurückbewegt, verschwindet es. Es ist wie Zauberei. Sie muß das Bild immer und immer wieder für uns hin und her bewegen.

»Soll ich eins von denen kaufen?« fragt Ma.

»Ja!« sagen wir. »Kauf eins!«

»Vielleicht am nächsten Zahltag«, meint sie. »Kommt, ich lade euch zu einem Eis ein.« Als wir unter dem Deckenventilator hergehen, fragt Thomas Ma, ob er einem großen Mann den Kopf absäbeln könnte. »Oh, Thomas, was redest du da.«

Thomas mag sein Eis nicht aufessen, weil er wieder an Miss Higgins denken muß, also esse ich meins und den Rest von seinem. »Wißt ihr, was bestimmt passiert?« sagt Ma. »Ich wette, ich komme am Donnerstag wieder, und alle diese Bilder sind schon verkauft.«

Als wir aufstehen, um zu gehen, sagt sie: »Also, wenn mich jemand, als ich ein kleines Mädchen war, ins Kino eingeladen und mir dann noch ein Eis gekauft hätte, ich glaube, ich hätte ›Danke‹ gesagt.«

»Danke!« sagen wir wie aus einem Munde. Manchmal weiß ich, was Thomas sagen wird, noch bevor er es ausspricht. Ma fragt ihn zum Beispiel: »Was willst du auf deinem Sandwich haben, Thomas?« und ich sage zu mir, Mortadella und Käse. Und dann er: »Mortadella und Käse, bitte.« Ich frage mich, ob die Drinkwater-Zwillinge das auch können. Ich wette, sie können es nicht. Sie sind dumm. Penny Ann jedenfalls, sie ist schließlich sitzengeblieben.

Bevor wir das Kaufhaus verlassen, bleiben wir noch einmal bei den Bildern stehen. Ma holt das Jesusbild hervor und zeigt auf die Aufschrift unten am Rahmen. »Wer von euch kann das lesen?« fragt sie.

»›*Er ist ...*‹«, sagt Thomas, dann kommt er nicht weiter.

»›*Er ist aufgefahren in den Himmel*‹«, sage ich. »›*Wir sind erlöst.*‹«

»Richtig, Dominick«, sagt Ma. »Sehr gut. Meinst du, ich soll einfach mal verschwenderisch sein und es kaufen?«

Sie fragt nicht Thomas. Sie fragt nur mich. »Kauf es«, sage ich, als wäre ich der Boß.

Ma holt ein paar zusammengeknüllte Geldscheine aus ihrem Portemonnaie. Die Frau an der Kasse wickelt das Bild in braunes Packpapier ein und fragt Thomas und mich, ob wir zu Hause auch brav sind. Wir sagen ja, und sie gibt jedem von uns ein Pfefferminzbonbon. Wir gehen nach draußen und warten auf den Bus.

Ma stellt das Bild ab, während wir warten. Wir schauen und schauen und schauen, aber der doofe Bus kommt nicht. Ma sagt, wenn er nicht bald kommt, hat sie das Abendessen nicht rechtzeitig fertig, und dann wird Ray wütend. Sie hofft, er wird nicht wütend wegen des Bildes.

Ray ist nicht unser richtiger Vater. Deshalb nennen wir ihn Ray. Wir wissen nicht, wer unser richtiger Vater ist. Ich weiß nicht, ob Ma es weiß. Ich glaube, er ist sehr, sehr groß. Ich glaube, er könnte Ray verhauen. Unser neues Bild ist groß, aber ich bin größer.

Thomas sagt: »Guck mal, Dominick, Kommunion!« Er öffnet seinen Mund, um mir das Pfefferminzbonbon zu zeigen, das an seiner Zunge klebt, aber es fällt runter und landet auf dem Bürgersteig. Ma sagt, es ist zu schmutzig, um es wieder in den Mund zu stecken. Thomas heult. Der Bus kommt.

O nein! Jetzt haben wir den mürrischen Busfahrer, den, dem an einer Hand der Daumen fehlt. »Nach hinten durchgehen!« sagt er. »Na los. Wir haben nicht den ganzen Tag Zeit!«

Der Bus ist voll. Wir müssen bis ganz nach hinten durchgehen. Ma sagt zu Thomas und mir, wir sollen uns auf eine der langen Sitzbänke setzen; sie setzt sich uns gegenüber auf die andere Seite des Ganges und stellt das neue Bild auf ihren Knien ab.

Dann steigt der unheimliche Mann in den Bus (der Mann, von dem ich mein ganzes Leben lang träumen werde). Er kommt den Gang entlang auf uns zu. Er hat komische Haare und einen Schnurrbart und eine große Beule auf der Stirn. Er murmelt etwas vor sich hin. Sein Mantel ist schmutzig. Er quetscht sich neben meine Mutter.

Ich will den Mann nicht ansehen, aber ich kann nicht anders. Ma schaut zu mir und schüttelt den Kopf, was soviel bedeutet wie: »Starr ihn nicht an.« Aber der Mann starrt Thomas und mich an. Er sagt etwas Unverschämtes – etwas in der Art, daß er »verflucht noch mal alles doppelt« sieht. Dann lacht er. Ich weiß, daß dieser Mann ganz, ganz viele Flecken auf seiner Seele hat. Ich weiß, daß Thomas gleich anfängt zu heulen. Ich sehe Thomas nicht an, aber ich weiß es.

Der Bus fährt los. Jetzt starrt der Mann Ma an. Beugt sich zu ihr rüber. Er beschnüffelt sie wie ein Hund. Ma weicht ihm aus, so gut sie kann. Sie legt eine Hand über die Lippe. Mit der anderen Hand hält sie das Bild fest. Thomas fängt an zu heulen.

Jemand wird uns helfen, denke ich bei mir. Aber von den anderen Leuten im Bus beachtet keiner den Mann. Er zieht seine Hand aus der Jackentasche. Streckt den Arm nach unserem neuen Bild aus und schiebt die Hand dann dahinter, dorthin, wo Mas Beine sind. Die Hand, die Ma sich vor den Mund hält, zittert. Ihre andere Hand umklammert den Rahmen.

Sie sagt *nichts* – tut *nichts* –, und ich habe Angst und bin wütend, und mein Kopf ist kochendheiß …

An der nächsten Haltestelle springt Ma auf und scheucht Thomas und mich den Gang entlang, wobei sie mit den Kanten des Bildes überall anstößt.

»Ja, danke!« sagt sie, als der Busfahrer fragt, ob alles in Ordnung ist. Wir stolpern die steile, schmale Treppe hinunter. Hinter uns schlägt die Tür zu. Der Bus fährt an.

Dann bleibt er wieder stehen. Die Tür geht auf.

Der unheimliche Mann steht jetzt auch auf dem Bürgersteig. Ob er uns weh tun wird? Will er unser neues Bild stehlen? Wir rennen los. Das Federmäppchen von Thomas ist aufgegangen, und alles fällt raus. »Nicht stehenbleiben!« schreit Ma. »Dreht euch nicht um!«

Aber ich *drehe* mich um, immer wieder, und jedesmal ist der unheimliche Mann weiter von uns entfernt. Schließlich bleibt er stehen und schreit etwas hinter uns her – etwas, das ich aus der Entfernung nicht verstehen kann.

Als wir zu Hause ankommen, brennen meine Füße von der ganzen Rennerei. Wir heulen alle drei. Ma läuft durch das Haus, schließt alle Türen und Fenster und läßt die Rollos herunter. Dann setzt sie sich auf einen der Stühle am Eßtisch und weint mit ihrem ganzen Körper. Sie weint so heftig, daß der Tisch wackelt und die Teller im Geschirrschrank klappern. Thomas und ich hören auf zu heulen und starren sie an.

»Erzählt eurem Vater nicht, was passiert ist«, sagt sie später, als sie wieder sprechen kann. »Wenn er fragt, wie der Film war, sagt ihr einfach, schön. Wenn er rauskriegt, was passiert ist, läßt er uns nicht mehr ins Kino gehen. Der Mann war nicht wirklich böse. Er wußte es nur nicht besser. Er war einfach verrückt.«

Oben in ihrem und Rays Schlafzimmer kniet sich Ma aufs Bett und schlägt einen Nagel in die Wand. Sie hängt das neue Bild auf. Sie verspricht Thomas, ihm ein neues Federmäppchen zu kaufen. »Ein *schönes*«, sagt sie. »Ein besseres als diese billigen Dinger, die sie im Kino verteilen.«

Ich bin müde. Mir ist zum Heulen zumute. Warum bekommt Thomas ein schönes Federmäppchen, wenn ich ein billiges habe, noch dazu ohne Radiergummi. Ich dachte, es würde ein schöner Tag werden, aber er ist nicht schön. Heute ist der schlimmste Tag meines Lebens.

»Wer weiß, was passiert wäre, wenn Jesus nicht dagewesen wäre, um uns vor diesem verrückten Mann zu beschützen?« sagt Ma. Sie seufzt und tritt zurück, um das Bild zu bewundern. Ich schaue es auch an. Jesus schaut zurück, seine Arme uns entgegengereckt. Wenn ich meinen Kopf vor und zurück bewege, geht sein flammendes Herz an und aus.

»Eines Tages«, sagt Ma, »werde ich Pater LaFlamme bitten, daß er das Bild segnet. Daß er unsere ganze Familie segnet. Unser ganzes Haus.«

An diesem Abend beim Essen erwischt Ray Thomas dabei, wie er an seinem Ärmel kaut.

»Okay! Das war's!« sagt er.

Ray steht auf und zieht den Gürtel aus seiner Hose. Legt ihn doppelt und schlägt damit gegen die Tischkante. Ich denke an die Ratten im Kino, die durch den dunklen Keller laufen und in die Fallen tappen. *Schnapp!* macht Rays Gürtel. *Schnapp!*

»Laß gut sein, Ray«, sagt Ma.

Er zeigt mit dem Finger auf sie. »*Du* hältst dich da raus, Suzie Q!« sagt er. »Wenn du ihn nicht die ganze Zeit verhätscheln würdest, wäre er nicht so!« Er wirft den Gürtel fort. Geht runter in den Keller. Kommt mit einer Rolle Klebeband zurück. »Verzieh dich!« sagt er zu mir.

Hinten im Garten kann ich hören, wie Thomas weint und keucht und nach Luft schnappt, so wie der Hund nach Luft geschnappt hat, als Mr. Grymkowski ihn am Halsband rauszerrte. »Es tut mir leid, Ray!« jammert Thomas. »Bitte kleb mir nicht die Hände zusammen! Es tut mir leid! Ich hab nicht daran gedacht! Es tut mir leid!«

Draußen gibt's Mücken. Zwei Fledermäuse fliegen herum. Die roten Lichter eines Flugzeugs blinken am Himmel.

Im *Zauberer vom Oz* verglüht die böse Hexe; der Zauber ist gebrochen, und die fliegenden Affen werden gut. Es sind eigentlich gar keine Affen; es sind Menschen.

Jeder könnte unser richtiger Vater sein.

Der Mann mit dem Gewehr aus *Westlich von Santa Fe*.

Oder der nette Busfahrer, der Bonbons aus unseren Ohren zaubert.

Oder sogar der Pilot da oben am Himmel. Ich renne im Garten herum, winke ihm zu und wedle mit den Armen, damit er uns findet – Thomas, Ma und mich.

Unser richtiger Vater könnte jeder auf der ganzen Welt sein.

Jeder, außer Ray.

6

Hi Dominick,
Thad und ich sind beim Cocktailkurs. Heute abend lernen wir, wie man Sahnecocktails mixt! Rate mal, wer angerufen hat! CONNIE CHUNG!!
Sie will deinen Bruder interviewen. (Einzelheiten später!)
Wenn du eins von meinen Lean-Cuisine-Gerichten essen willst, dann bitte nicht die Gemüselasagne. Danke!

Gruß, Joy

P.S.: Ruf Henry Rood an!!! (Der Typ ist eine Krankheit!)

Ich las die Nachricht, ohne den Inhalt aufzunehmen. Mein Gehirn wollte einfach nicht aufhören, mir Bilder und Geräusche aus dem Hatch zu liefern: Thomas' Fußfesseln, seine schäbige Bibel, die auf dem Laufband durch das Röntgengerät wanderte. Ich ging in der Wohnung herum, ließ die Rollos runter, machte die Lichter an. Als ich am Fernseher vorbeikam, schaltete ich ihn ein; das Gequatsche beruhigte mich.

Im Schlafzimmer befreite ich mich von meiner Jeans und zog mir eine Jogginghose an. Mir tat alles weh, und am nächsten Tag würde ich mich noch viel schlechter fühlen. Als erstes mußte ich meinen Bruder aus dieser Schlangengrube holen. Dann würde ich mir einen Anwalt besorgen und diese Arschlöcher vor Gericht zerren: den Bundesstaat Connecticut, die Klinik, diesen verfluchten Wachmann, der mir das Knie in die Eier gerammt hatte. Ich würde dafür sorgen, daß dieser Scheißkerl an *seinen* Eiern aufgehängt wurde. Okay, ich hatte die Beherrschung verloren, aber was soll's.

Ich ging zurück in die Küche, um mir ein Bier zu holen. Waren nicht von Joys Wurzelbehandlung noch ein paar von diesen Tylenol-Tabletten mit Kodein übrig? Natürlich nicht im Badezimmerschrank. Nicht bei ihrem »System«. Bewahrt Aspirin beim Telefonbuch auf und stellt die Erdnußbutter in den Kühlschrank. »Wo sind die Staubsaugerbeutel?« fragte ich sie neulich, als ich ihren Wagen saubermachte.

»Unter der Couch«, sagte sie, als wäre das der logischste Ort der Welt.

Der Anrufbeantworter blinkte ... sechs-, sieben-, achtmal. Verdammt. Ich drückte auf die Play-Taste.

Piep. »Hier spricht Henry Rood, Gillette Street Nummer 67, und das ist mein *vierter* Anruf in drei Tagen.« Ich kniff die Augen fest zusammen und sah diese abblätternde dreistöckige Krankheit von einem viktorianischen Haus vor mir. Sah Rood und seine Frau mit ihren dicken Bäuchen und ihren Alkoholikergesichtern. »Ich würde gerne wissen, wann, *zum Teufel,* Sie kommen, um hier weiterzumachen, falls das nicht zuviel verlangt ist. Wenn es irgendwie möglich ist, würde ich gerne noch vor dem ersten Schnee aus meinem Bürofenster schauen können, ohne dabei Ihr Gerüst zu sehen!«

Noch vor dem ersten Schnee: der war süß. Nun, nicht morgen, Henry. Es war völlig ausgeschlossen, daß ich in den nächsten vierundzwanzig oder achtundvierzig Stunden ein verdammtes Gerüst rauf- und wieder runterkletterte. Ich würde unten im Hatch sein und versuchen herauszufinden, wie ich meinen Bruder da wieder rausbekommen konnte. Verflucht, ich würde sogar einen Hubschrauber mieten, wenn es sein mußte. Würde ihn da rausholen, so wie sie es in dem Charles-Bronson-Film im Fernsehen neulich gemacht hatten.

Piep. Aufgehängt. Keine Nachricht.

Piep. Jemand vom Sowieso-*Examiner,* der Thomas interviewen wollte. Wenn Ostern und Pfingsten auf einen Tag fallen, mein Lieber. Bestell dir einen Sahnecocktail. Stell dich hinter Connie Chung an.

Piep. Hatte ich das *richtig* verstanden? Irgendein Typ aus New York wollte der *Agent* meines Bruders werden? Ich schloß die Augen und lehnte mich mit der Stirn gegen den Küchenschrank. Streckte den Arm aus und haute auf die Stop-Taste, ohne hinzusehen. Verflucht, wann würde das alles endlich ein Ende haben.

Im Kühlschrank waren vier Dosen Light-Bier. Halbe Liter. Obwohl ich ihr ausdrücklich gesagt hatte, sie solle *kein* Light-Bier kaufen. Sie würde einen großartigen Barkeeper abgeben, so wie sie zuhörte. Ich griff trotzdem nach dem Pack, riß ein Bier aus dem Plastikring, machte es auf und schüttete, ohne abzusetzen, ein Drittel davon in mich hinein.

Ich durchsuchte den Schrank und den Kühlschrank. Wühlte mich durch Joys Lean-Cuisine-Gerichte und entschied mich fast für die Truthahn-Tetrazzini. Aber bei der Größe der Portionen war das gerade mal wie ein Vorspiel. Außerdem mußte man noch zwanzig Minuten warten, bis man sie endlich essen konnte. Im Kühlschrank lagen auch noch ein paar Hot dogs – ihrem Aussehen nach zu urteilen, waren sie aus der Eiszeit übriggeblieben. Eine Dose Muscheleintopf stand im Küchenschrank – nach Neuengland-Art natürlich, weil ich ihr gesagt hatte, daß ich den à la Manhattan mag.

Wieder drückte ich die Taste des Anrufbeantworters. *Piep.* »Ray Birdsey. 15.30 Uhr. 867-0359.«

Sehr rücksichtsvoll, Ray. Man kann ja nie wissen, wann es soweit ist, und ich vorzeitig senil werde und die Telefonnummer meiner eigenen Familie vergesse. Ich *sollte* ihn anrufen, sagte ich mir. Ihn über den ganzen Schlamassel informieren – ihm erzählen, daß ich Thomas im Hatch lassen mußte. Er war schließlich sein Stiefvater, oder?

Piep. »Hier ist eine Nachricht für Joy. Von Jackie bei A New You.« Ich griff wieder nach meinem Bier und trank. »Ich wollte Ihnen nur sagen, daß das Cocktailkleid, an dem Sie interessiert waren, jetzt da ist. Wir haben jeden Tag bis halb sechs geöffnet. Danke!«

Wenn sie schon wieder Schulden machte, würde ich den Teufel tun und dafür geradestehen. Überhaupt, wo waren wir denn eingeladen, daß sie ein neues Cocktailkleid brauchte? Ich hielt das Band an und nahm noch einen kräftigen Schluck.

Ich schloß die Augen und sah wieder Robocop vor mir: stahlblaue Augen, Aknenarben. Was hatte er gesagt? »Der hier ist noch verrückter als der andere.« Ich öffnete die Suppendose und goß den Inhalt in einen Topf. Warf die Würstchen hinein. Dosensuppe mit Hot dogs zum Abendessen. Und wo ist die Frau des Hauses? Drüben in der Abendschule und lernt, wie man Sahnecocktails mixt. Arme Ma, die drehte sich bestimmt im Grabe um.

Gott, meine Hoden brachten mich um. Wo waren diese Kodeinpillen? Ich hatte sie irgendwo gesehen ... Okay, ich hatte mich wie ein Idiot benommen. Sah jetzt ein, daß ich besser ruhig geblieben wäre. Typisch, daß ich mich wie ein Hitzkopf aufführte, besonders, wenn es um Thomas ging. Aber gab das diesem Dreckskerl das Recht, mir sein Knie in die Eier zu rammen? Es wäre wahrscheinlich das beste, mich jetzt in den Wagen zu setzen und ins Shanley Memorial zu fahren. Um mich untersuchen zu lassen. Es mir schriftlich geben zu lassen, für den Fall, daß ich Klage einreichen wollte. Eigentlich sollte ich wirklich klagen – dem Kerl persönlich mit Hilfe eines Hais von Rechtsverdreher an den Kragen gehen. Ihm auch eins mit dem Knie versetzen, mitten ins Bankkonto. Ich hatte Zeugen, darunter sogar diese Sozialarbeiterin, die ihren Kopf aus der Tür gesteckt hatte. Ach verdammt, es war völlig ausgeschlossen, daß ich an diesem Abend noch einmal den Fuß in irgendein Krankenhaus setzte. Ich machte mir noch ein Bier auf. Suchte weiter nach Joys Pillen.

Schließlich fand ich sie doch im Badezimmerschrank, hinter ihrem Oil of Olaz. Ab und zu handelt sie logisch. Hat einen vorübergehenden Ordnungsanfall. Ich spülte ein paar von den Pillen mit Bier runter. »Vorsicht: Kann Müdigkeit verursachen.« Scheiße, Mann, und wenn schon. Sollte *dieser* Tag doch ruhig so enden ... Seit Thomas sich die Hand abgehackt hatte, hatte ich so gut wie gar nicht geschlafen. War jede Nacht regelmäßig wie ein Uhrwerk um halb drei aufgewacht. War aufgestanden, hatte mich in Unterhosen auf die Couch gesetzt und durch die Kanäle gezappt, vorbei an Sy Sperling und *Hawaii fünf-null* und diesem

Muskeltyp, der behauptete, ein flacher Bauch sei die Garantie für ein langes Leben … Als ich den Badezimmerschrank zumachte, sah ich Thomas' Gesicht im Spiegel.

Hatten sie ihm da unten wenigstens etwas gegeben, um ihn auszuschalten? Konnte er in diesem Alptraum wenigstens Schlaf finden? Wenn ihn irgend jemand auch nur anrührte, würden sie sich vor mir verantworten müssen. Sie würden um Gnade *winseln*.

Zurück in der Küche las ich noch einmal Joys Zettel: Sahnecocktails, Connie Chung. O Gott. Ich knüllte den Zettel zusammen und warf ihn in Richtung Mülleimer. Glatter Fehlwurf.

Das paßte irgendwie, oder? Der einzige Abend, an dem ich wirklich moralische Unterstützung brauchte, und sie war mit ihrem kleinen schwulen Freund beim Cocktailkurs. Thad, der Masseur. Die Herzogin. Ich nannte ihn so, seit wir bei ihm und seinem Freund zum Abendessen eingeladen waren und er diese Herzogin-Kartoffeldinger gemacht hatte. Joy haßt es, wenn ich ihn so nenne: die Herzogin. »Du bist homophob«, sagte sie neulich zu mir. Finde ich nicht. Ich vertrete den Standpunkt, daß sie alles tun können, was sie wollen, solange sie *mich* nicht zu der Partie einladen … Homophob. Wo hatte *sie* bloß ihr Psychologiediplom her? Von der Geraldo-Rivera-Abendschule?

Joys großer Plan war es, Barkeeperin zu werden und dann schwarz zu arbeiten, bis sie die Restschulden auf ihrer Kreditkarte abbezahlt hatte. Damals, 1987, als ihre zweite Ehe in die Brüche ging, hatte sie neun Monate lang wie verrückt Schulden gemacht. Hatte bis zum Umfallen eingekauft. Von ursprünglich 12 500 Dollar Schulden waren nur noch 8000 Dollar übrig, weil ich ihr 1000 geliehen hatte und das Inkassounternehmen einen Teil ihres Lohns vom Fitneßclub pfändete.

Dort hatte ich Joy kennengelernt – bei Hardbodies. Damals nach Mas Tod. Nachdem Nedra Frank die Lebensgeschichte meines Großvaters entführt hatte und verschwunden war. Zwischen Dessa und mir war es zu der Zeit schon seit eineinhalb Jahren aus, aber es tat *immer noch* höllisch weh. Es war Leo, der mich ständig nervte, mit ihm zusammen zu Hardbodies zu gehen; sie hatten gerade eines dieser Zwei-für-Eins-Angebote, eine sogenannte »Beste-Freunde-Mitgliedschaft«. Ich sagte ihm immer wieder, daß ich weder Zeit noch Lust hatte, Mitglied in einem Fitneßclub zu werden, aber er schaffte es schließlich, mich weich zu klopfen. Überredete mich. Verfluchter Leo: Mr. Autoverkäufer, Mr. Labertasche. Er könnte einem Tahitianer Winterreifen aufschwatzen.

Wir kennen uns schon ewig, Leo und ich – seit dem Sommer 1966: dem Mathe-Nachhilfekurs. Er ist außerdem mein Exschwager, ist verheiratet mit Dessas Schwester Angie. Ich war Trauzeuge bei Leos und Angies Hochzeit und er bei Dessas und meiner. Sie heirateten drei Monate nach uns. Es war die klassische Zwangslage: Angie bereits im dritten Monat schwanger. Aber sie verlor das Kind. Hatte eine Fehlgeburt, als sie in Aruba auf Hochzeitsreise waren. Gott, wenn dieses Kind überlebt hätte, dann wäre es jetzt wie alt? Siebzehn? Achtzehn? Alle dachten, es wäre ein Unfall gewesen – Angies Schwangerschaft –, aber wie sich herausstellte, war es Absicht gewesen. Leo gestand es mir vor einer Weile, nachdem Angie und er bei einer Eheberatung gelandet waren. Sie erzählte es einfach so bei einer der Sitzungen: daß sie hatte heiraten wollen, weil ihre große Schwester heiratete. Leo war *stinksauer,* als sie die Bombe platzen ließ!

Angie ist ein feiner Kerl, aber sie war schon immer eifersüchtig auf Dessa. Schaute ihr dauernd über die Schulter, um zu sehen, was Dessa hatte, wer Dessa mehr liebte als sie. Als wir vier frisch verheiratet waren – Leo und Angie, Dessa und ich –, hingen wir die ganze Zeit zusammen herum. Gingen zum Strand, besuchten uns gegenseitig und spielten Karten. Aber es wurde ein wenig zu eng. Dieser ständige unausgesprochene Wettbewerb. Hängte Dessa bei uns in der Küche Körbe an die Wand, mußte Angie nach Hause gehen und bei sich auch welche anbringen. Als wir ein Schlafsofa kauften, brauchten Angie und Leo plötzlich auch eins. Schließlich gewann Angie die Oberhand, als sie Shannon bekam. Dessa und ich hatten jahrelang versucht, ein Kind zu bekommen. Waren bei zwei Spezialisten gewesen und hatten eine Demütigung nach der anderen ertragen. Aber wenn man darüber nachdenkt, ist es komisch: Alle waren überzeugt, daß es von uns beiden Paaren nur mit Dessa und mir klappen würde. Auch wir zwei. »Das kann gar nicht gutgehen«, sagten wir immer über Leo und Angie. Sie stritten sich andauernd, auch in unserer Gegenwart. Sogar vor Dessas und Angies *Eltern*. Einmal, als wir alle zum Essen bei ihnen waren, warf Angie mit Brötchen nach Leo. Er hatte gesagt, sie sei fett oder so was ähnliches, ich weiß nicht mehr. Es war an Ostern. Beim griechischen Osterfest.

Leo wollte, daß ich unbedingt mit ihm Mitglied im Fitneßclub würde, weil er sich in New York für den Werbespot für einen neuen Sportdrink beworben und das erste Vorsprechen überstanden hatte und dann durchgefallen war. (Er ist vor zwanzig Jahren aus der Schauspielschule, hat neun Jahre als Autoverkäufer gearbeitet, und wartet *noch immer* auf seinen großen Durchbruch im Showbusineß. Man würde am liebsten zu ihm sagen: »Aufwachen, Leo! Es ist vorbei!«) Als er die Castingchefin drängte, ihm zu sagen, warum er die Rolle nicht bekommen hatte, sagte sie ihm, er habe zwar das richtige Alter, sie suchten jemanden Mitte Dreißig – aber mit einer »besseren Figur«. Leo hatte *tatsächlich* um die Mitte herum ein paar Pfund zugelegt; sogar mir war das aufgefallen, und mir fällt so was normalerweise nicht auf. Das zu hören, brachte ihn fast um. Sie hätte ihm genausogut einen Dolch ins Herz stoßen können.

»Sieh dir das an, Birdy«, sagte er und quetschte seinen Rettungsring ein bißchen zusammen. »Ein Netzhemd, Mann. Das ist der Härtetest.« Er wollte nicht aufgeben. Es war, als ginge es um seine Seele oder so. Leo ist um sein Äußeres besorgter als jede Frau, die ich kenne. Schon immer gewesen. Was irgendwie lustig ist, weil Angie sich noch nie für Make-up, Klamotten und all das interessiert hat. Sie lebt in Jeans und Sweatshirt: Man bekommt, was man sieht.

Aber es *gefiel* mir sogar bei Hardbodies. Nicht die Maschinen mit den Gewichten oder die Trainingsfahrräder und dieser ganze blöde Kram. Der Tag hat ohnehin nicht genug Stunden, und da soll ich Zeit damit verschwenden, auf einem Fahrrad nirgendwohin zu fahren? Was *mir* gefiel, war Racquetball. Diesen kleinen blauen Ball gegen die vier Wände zu schlagen, tat mir so gut wie schon lange nichts mehr. Es war irgendwie therapeutisch, glaube ich. Racquetball schafft einen. Läßt einen Blut und Wasser schwitzen. Dieser kleine Gummiball kann jeder sein.

Ich begegnete Joy schon am ersten Tag, als Leo und ich den Laden betraten. Joy ist eine der Mitgliederkoordinatorinnen –

führt einen herum, füllt die Formulare aus und macht die Fotos für den Mitgliedsausweis. »Okay, schöner Mann«, sagte sie hinter ihrer Kamera. »Lächeln!« Sagte es zu *mir* und nicht zu Leo, der noch nie an einem Spiegel vorbeigegangen ist, ohne sich in ihn zu verlieben. »Ich schweiße euch beide noch ein, und dann könnt ihr die Ausweise nach eurem Spiel hier an der Theke abholen«, teilte uns Joy mit, nachdem sie die Paßfotos gemacht hatte.

»Oder«, sagte Leo und beugte sich über die Theke, »wir lassen das Spiel sausen, und du schweißt uns einfach gleich hier ein.«

Sie ließ ihn mit einem einzigen Blick abblitzen. *Fror* ihn ein.

»Weißt du, Leo«, sagte ich auf dem Weg zur Umkleide, »du lebst irgendwie in der falschen Zeit. Die Frauen heutzutage *hassen* so ein Gerede.«

»Quatsch«, sagte Leo. »Merk dir meine Worte, Birdy. Die da vögelt alles.« Er hielt den Griff seines Racquetballschlägers hoch. »Sie würde selbst den hier vögeln. Sie würde sogar *dich* vögeln, verdammt noch mal!«

Am ersten Tag trug sie eines dieser den Hintern betonenden Dinger aus Lycra und ein rosa Sweatshirt, das sie sich um die Schultern geknotet hatte. *Okay, schöner Mann. Lächeln!* Diese kleine Bemerkung war wie ein Rettungsring, den man einem Ertrinkenden zuwirft.

Bei meinem zweiten oder dritten Besuch fragte ich sie, ob sie mit mir ausgehen wolle; ich hatte Leo und irgendeinen anderen Typ gerade dreimal hintereinander geschlagen bei diesem »Jeder gegen Jeden«-System, nach dem wir spielten. Ich war ein bißchen übermütig, glaube ich. Leo drängte mich dazu, und ich tat es. Erst als sie ja gesagt hatte, brach mir der kalte Schweiß aus. Joy ist eine sehr gutaussehende Frau – klein, blond und wahnsinnig gut in Form durch all die Maschinen im Club. Und sie ist fünfzehn Jahre jünger als ich. Joy ist 1965 geboren. Das Jahr, in dem Sandy Koufax sein perfektes Spiel gegen die Chicago Cubs machte. Das Jahr, *nachdem* der Mustang auf den Markt kam. Joys *Mutter* ist nur fünf Jahre älter als ich. Nancy, na, die ist erst mal *wirklich* gut drauf. Gerade zum fünften Mal verheiratet: Mr. und Mrs. Homöopathie. Sie schicken uns ständig Hefe und irgendwelche Extrakte mit der Post, die wir aus Höflichkeit eine Zeitlang aufbewahren und dann im Klo runterspülen. Joys letzter »Stiefvater« war ein Junkie.

Es lief besser, als ich erwartet hatte – mein erstes Date mit Joy. Einfach phantastisch. Ich holte sie von der Arbeit ab, und wir fuhren runter nach Ocean Beach. Es war Vollmond, der Himmel war klar. Wir spielten Skee-Ball und aßen Softeis. Tanzten auf der Strandpromenade zur Musik dieser bescheuerten Elvis-Imitationen, bei denen Vater und Sohn mitmachen. Der Sohn war ganz in Schwarz gekleidet – der junge Elvis –, und der Vater war der fette Elvis im weißen Overall. Elvis am Ende, der einzige Elvis, an den sich jemand in Joys Alter erinnern kann. Sie wechselten einander ab: Zuerst sang der Sohn »Heartbreak Hotel«, und dann der Vater »Hunka Hunka Burning Love«. So ging es vor und zurück. Alle tanzten und sangen mit, und jeder Kerl dort begutachtete Joy. Ich weiß nicht, ich fühlte mich einfach wie von den Toten auferstanden oder so. Fühlte so was wie: Okay, das also ist das Leben nach Dessa. Es geht tatsächlich noch.

Ich schnitt die Würstchen klein und goß die Suppe in eine Schüssel. Ein neues Rezept: Muschel-und-Hot-dog-Eintopf. Ich fand ein paar Cracker, die so labberig waren, daß man sie fast biegen konnte. Du sagst zu ihr: »Joy, knick einfach die Tüten oben ein paarmal um, damit die Cracker frisch bleiben«, und sie steht da und sieht dich an, als wäre sie von einem anderen Stern. Was irgendwie der Fall zu sein scheint. Es ist der Altersunterschied. Wir versuchen beide, uns zu sagen, daß es nichts ausmacht, aber es macht etwas aus. Wie sollte es auch anders sein?

Was Ray sagte, als ich ihm erzählte, daß wir zusammenleben? »Allmächtiger, sie ist erst dreiundzwanzig und hat schon zwei Ehemänner hinter sich?« Ich hatte es nicht an die große Glocke gehängt – ihm nicht offiziell mitgeteilt, daß sie ihre Gymnastikanzüge in meinen Schrank geräumt, ihren Futon und ihre Korbmöbel ins Wohnzimmer gestellt hatte. Ray rief einfach eines Tages an und wollte wissen, wer das »Flittchen« sei, das um acht Uhr morgens ans Telefon ging. Also erzählte ich es ihm. Und dann diese Antwort. Nicht: »Toll, ich würd sie gerne mal kennenlernen.« Oder: »Gut, es wurde auch Zeit, daß du dir wieder jemanden suchst.« Nur: »Dreiundzwanzig Jahre alt und hat schon zwei Ehemänner hinter sich?« Nun, Ray hatte immer so'n Gewese um Dessa gemacht. Sie seine »kleine Süße« genannt und so. Ich weiß auch nicht, aber mit Dessa konnte er sogar irgendwie *verspielt* sein. Er war viel netter zu ihr, als er es jemals zu Ma gewesen ist. Das machte mir nie besonders viel aus, wenn wir zu ihm gingen, aber später ärgerte es mich dann doch. Dessa sagte immer, wie »bedürftig« Ray sei, wie »offensichtlich« seine Unsicherheit sei. Sie zerlegte ihn förmlich für mich – analysierte ihn, bis mein Stiefvater mir fast sympathisch wurde, was ich haßte. »He, du mußtest nicht mit diesem Typ aufwachsen«, erinnerte ich sie dann. »Er ist heutzutage viel weicher, als er damals je war.« Für Ray war unsere Scheidung immer hundertprozentig *meine* Schuld. *Ich* hatte versagt. Und seine »kleine Süße« war unschuldig. Auch wenn *sie* es war, die *mich* verlassen hatte. Auch wenn *ich* derjenige war, der versucht hatte, die Dinge wieder ins reine zu bringen. Der einzige von uns beiden, der »in guten wie in schlechten Zeiten« *ernst* gemeint hatte.

Eine Zeitlang war es einfach toll – mit Joy und mir. Sie stammt aus Anaheim in Kalifornien und war schon seit fast drei Jahren hier, hatte aber noch nicht besonders viel gesehen. An den Wochenenden fuhren wir durch die Gegend – rauf zum Cape, rüber nach Newport oder New York. Am Anfang hatten wir nur in Motels Sex. Joy teilte sich mit einer Freundin ein Appartement, also kam das nicht in Frage. Und ich glaube, es war dämlich, aber ich wollte es mit ihr einfach nicht in Dessas und meinem alten Bett machen. Schließlich fuhr ich das Ding zur Müllkippe und kaufte eine nagelneue Matratze und einen Lattenrost. Aber dieser ganze Motel-Sex mit Joy war ganz schön wild. Wie eine Droge. Sie war fünfzehn Jahre jünger als ich und brachte *mir* noch was bei.

Leo meinte, es sei ein Trend, daß jüngere Frauen viel schamloser seien als die in unserem Alter. Ich erinnere mich, daß er und ich auf der Heimfahrt von Fenway waren, als wir dieses besondere Gespräch führten. New York hatte die Red Sox gerade weggefegt. »Ich habe nicht gesagt, daß sie schamlos ist«, korrigierte ich ihn. »Ich habe gesagt, sie ist hemmungslos.«

Er lachte laut. »Schamlos. Hemmungslos. Wo ist da der Unterschied, Birdy?« Wir waren kurz vorher beim Drive-in von

Burger King gewesen und fuhren jetzt über den Massachusetts Turnpike – natürlich saß ich am Steuer. Leo stopfte sich den Mund mit Essen voll und sprach übers Blasen: Frauen, die es gern tun, und Frauen, die einem damit einen großen Gefallen tun; Frauen, die es runterschlucken, und Frauen, die das nie tun würden. Er wollte wissen, zu welcher Kategorie Joy gehörte.

»Was soll das heißen, zu welcher ›Kategorie‹?«

»Schluckt sie's oder schluckt sie's nicht?«

Ich sagte, das gehe ihn, verdammt noch mal, nichts an.

»Was bedeutet, daß sie's nicht schluckt, stimmt's?«

»Das bedeutet, es geht dich nichts an«, sagte ich. »Fettwanst.«

Das brachte ihn zum Schweigen. Sein Kiefer hörte auf, sich zu bewegen. Sein Whopper fiel auf das Papier in seinem Schoß. »Wie hast du mich gerade genannt?« fragte er.

»Fettwanst.«

»Habe ich mich also nicht verhört.« Er stopfte sein Essen zurück in die Tüte und warf sie auf den Boden. Starrte aus dem Seitenfenster. Sagte die nächsten fünf oder sechs Ausfahrten kein Wort. Verfluchter Leo. Ich meine, der Typ mußte zu einem Therapeuten, weil er auf die Vierzig zuging.

Ich stellte das schmutzige Geschirr ins Spülbecken, ohne es abzuwaschen. Scheiß drauf, sollte Joy es am nächsten Tag machen. Wie nannte man das? Passiv-aggressives Verhalten? Ich öffnete die letzte Bierdose.

Ruf Ray zurück, sagte ich mir immer wieder. Vielleicht wußte *er*, warum sie Thomas' Arzt gewechselt hatten. Warum er ins Hatch verlegt worden war. Vielleicht hatte Ray mit Dr. Ehlers gesprochen. Was zu bezweifeln war. Ehlers rief fast immer mich an, nicht Ray. Ich schloß die Augen. Hörte meinen Bruder »O Gott! O Gott!« rufen. Sah den nassen Fleck, der sich vorne an seiner Hose ausbreitete.

Mir hätte der Kopf weggeblasen werden können, als ich mich in dem Streifenwagen zu Mercado rüberbeugte, um seinen Arm zu berühren, und er nach seiner Pistole griff. Der Cowboy. Alle Bullen waren wie Cowboys – deshalb machten die meisten von ihnen den Job überhaupt. *Der hier ist noch verrückter als der andere …*

Ich nahm den Hörer ab und wollte Rays Nummer wählen. Wählte statt dessen die von Leo.

Nicht, daß Leo ein besonders guter Zuhörer wäre. Weit entfernt davon. Aber zumindest kennt er die ganze Geschichte mit Thomas – die ganze verdammte Geschichte ... Seit dem Sommer, in dem wir alle neunzehn waren und Leo und Thomas zusammen in einem Trupp bei der Stadt arbeiteten. Das war zu der Zeit, als Thomas langsam anfing abzudrehen. Thomas und ich, Leo, Ralph Drinkwater. Es war verrückt, wenn ich darüber nachdachte. Ich hatte Drinkwater jahrelang nicht gesehen, und dann, zack – steht er da im Hatch mit Wischmop und Eimer. Es war wie in einem dieser Träume, wo plötzlich die verrücktesten Leute auftauchen ...

Leo fragt immer nach Thomas; das muß ich ihm lassen. Besuchte ihn ab und zu unten im Settle. Nach Thomas' Unfall kam er sogar im Krankenhaus vorbei, aber sie wollten ihn nicht nach oben lassen, weil ich nicht daran gedacht hatte, ihn auf diese Liste zu setzen.

Angie ging an den Apparat. Sie sagte, Leo sei in New York bei einem Casting. Sie findet sich damit ab – mit all seinen Abstechern nach New York, wenn er eigentlich zur Arbeit gehen und zu einer vernünftigen Zeit wieder nach Hause kommen sollte, um ihr mit den Kindern zu helfen. Irgendwie ist es traurig. Nicht alle diese »Castings« von Leo sind Castings.

»Wie geht es deinem Bruder, Dominick?« fragte Angie.

»Nicht so gut«, antwortete ich und erzählte ihr vom Hatch.

»O mein Gott«, sagte sie.

»Polizeieskorte, Fußfesseln«, fuhr ich fort. »Als wäre er Lee Harvey Oswald und nicht mein dämlicher, durchgeknallter Bruder.«

»O mein Gott«, sagte sie wieder.

»Erzähl es Dessa, ja?« bat ich. »Daß er da drin ist, ja?«

»Okay. Natürlich. Sie und Danny sind ein paar Tage campen gefahren, aber ich lasse es sie wissen, wenn sie zurück ist.«

Ich wickelte mir die Telefonschnur um die Hand. Zog sie fest, schnürte das Blut ab. Sie lebte jetzt zwei Jahre mit dem Typ zusammen und sollte nicht mit ihm campen fahren dürfen? Weil es *mir* was ausmachte? »Wie geht's den Kindern?« fragte ich.

»Phantastisch, Dominick. Phantastisch. Amber hat gerade den Wettbewerb für das Brandschutzplakat gewonnen. Nur den der Schule, nicht für den ganzen Bezirk.«

»Ja? Ist ja toll. Sag ihr herzlichen Glückwunsch.«

»Shannon hat demnächst ein Sportturnier. Willst du sie sponsern?«

»Klar«, sagte ich. »Ich bin mit zehn Dollar dabei.« Shannon ist schon in der High-School – im ersten Jahr. Sie war etwa sechs, als Leo und diese üppige »Hosteß« unten in Lyme mit runtergelassenen Hosen erwischt wurden. Amber ist neun. Das Nach-der-Eheberatung-Kind.

»Okay, Dominick. Danke. He, komm doch irgendwann mal zum Essen.« Es entstand eine Pause. »Ihr könnt beide kommen.«

Komm *irgendwann* mal: eine dieser Nicht-Einladungen.

»Ja, danke«, sagte ich. »Machen wir. Wenn's um meinen Bruder wieder etwas ruhiger geworden ist.« Wann würde das wohl sein? Nie? Es war eine Nicht-Absage auf eine Nicht-Einladung.

»Ich sag Leo, daß du angerufen hast«, fuhr sie fort. »Soll er dich zurückrufen, wenn er vor elf wieder da ist?«

»Nein, schon in Ordnung. Ich erwische ihn morgen. Wofür ist das Casting?«

»Für irgendeinen Film. Ich weiß nicht viel darüber. Wir machen jetzt Schluß, okay?«

»Okay.«

»He, Dominick?«

»Hmm?«

»Du bist ein guter Bruder. Weißt du das?«

Ist es nicht total bescheuert? Sie sagt das zu mir, und ich fange an zu heulen. Muß den Hörer auflegen. Oh, prima, dachte ich. Das fehlt mir gerade noch: Jetzt flippt auch der *andere* Birdsey-Bruder aus. Der eineiige Zwilling biegt auf die Pannenspur ab. Beide Zwillinge im Hatch weggeschlossen.

Die Immobilienreklame lag in unserem Schlafzimmer, auf meinem Kopfkissen – auf dem Umschlag klebte ein Zettel: »Dominick, was hältst du davon???« Sie bekommt diese Info-Broschüren jede Woche: *Der Immobilienkauf, Galerie der Eigenheime ...* Inzwischen erkenne ich das grinsende Gesicht eines jeden Immobilienhais im östlichen Connecticut. Joy klebt an alle Anzeigen, die ich mir ansehen soll, diese kleinen Zettel. Eines ihrer Hirngespinste. Sie hat noch immer achttausend Dollar Schulden, und mit dem, was ich gespart habe, könnte ich gerade mal 'ne Anzahlung auf eine Hundehütte leisten. Ich weiß nicht; vielleicht bleiben wir ja gar nicht zusammen. Der Gedanke geht mir ständig durch den Kopf.

Joy hat Schattenseiten. Dinge, die man nicht sofort sieht, wenn man auf ihr Äußeres starrt. Zum einen ihr überzogenes Konto – überhaupt ihr ganzes Verhältnis zum Geld. Wir wohnten gerade zwei Monate zusammen – und mir dämmerte es langsam, daß sie von Finanzen keinen blassen Schimmer hatte –, da zwang ich sie, sich mit mir hinzusetzen, und zeigte ihr, wie man einen Haushaltsplan aufstellt. Es liege nicht etwa daran, daß sie dumm sei, meinte sie; es sei nur so, daß sich außer mir bis jetzt niemand die Zeit für sie genommen habe, sich die Mühe gemacht habe. Ihre beiden Ehemänner hätten immer alle Rechnungen bezahlt, deshalb sei sie in den Schlamassel mit den Kreditkarten geraten. Nachdem wir ihre Einnahmen und ihre Ausgaben aufgelistet hatten, nahm ich alle Kreditkarten aus ihrem Portemonnaie, legte sie in einer Reihe quer über den Küchentisch und gab ihr eine Schere. »Hier«, sagte ich. »Durchschneiden.«

Was sie auch tat.

Eine weitere von Joys Schattenseiten kam drei oder vier Monate später ans Tageslicht. Sie war an diesem Abend weg – zum Einkaufen in den Pavillons. Leo war vorbeigekommen. Ich erinnere mich, daß wir uns die NBA-Meisterschaft im Fernsehen ansahen – das Endspiel, in dem Worthy und die Lakers die Pistons in Grund und Boden stampften. Das Telefon klingelte, und Joy war dran; sie sprach so leise, daß ich sie zuerst kaum verstehen konnte. Sie war auf dem Polizeirevier in Manchester – soweit konnte ich ihr folgen. Zuerst dachte ich, sie hätte einen Unfall gehabt, aber das war es nicht. Sie hatten sie beim Klauen erwischt.

Sie hatte bei Victoria's Secret Dessous gestohlen und war wegen Ladendiebstahls verhaftet worden. Es war verrückt. Ich stand da und begriff es einfach nicht, während ein Teil von mir weiter das Spiel verfolgte.

Bevor ich hinfuhr, um sie abzuholen, nahm ich Leo das Versprechen ab, Angie nichts zu erzählen. Ich wollte nicht, daß Dessa davon Wind bekam, daß meine neue Freundin gerade verhaftet worden war. Leo meinte, er würde mit mir hinfahren, aber ich sagte nein.

Als Joy und ich an diesem Abend wieder zurück in der Wohnung waren, war es Zeit für die Beichte. Sie erzählte mir, sie habe schon seit der Schulzeit immer mal wieder was geklaut. Daß es ihr *Spaß mache*. Das sei erst das dritte Mal, daß man sie erwischt habe – das erste Mal hier an der Ostküste. Sie durchforstete unsere Kommoden und Schränke und warf die Sachen auf das Bett, die sie geklaut hatte. Parfüms, Schmuck, Seidenschals, sogar einen Mantel – einen Wintermantel! Sie führte sich auf wie verrückt – es brachte sie irgendwie in Fahrt. Es *mache* ihr Spaß, und dann auch wieder *nicht*, erzählte sie. Es war irgendwie beängstigend. Wir waren beide geschockt, glaube ich. Aber die Sache war die, daß sie auch ein bißchen mit der Sache kokettierte. Stolz auf sich war – auf den Haufen Zeug, den sie auf das Bett getürmt hatte. Sie fing an, mich zu küssen, an mir rumzufummeln. Es endete damit, daß wir mitten zwischen all den geklauten Sachen vögelten – Joy oben, und ich unten, während sich mir diese gestohlenen Ohrringe in den Rücken bohrten. In dieser Nacht war sie heißer, als ich sie je erlebt hatte. Wie gesagt, es war irgendwie verrückt.

Der Anwalt, zu dem wir gingen, holte Sozialstunden für sie heraus: fünfzig Stunden als Aushilfe beim Gymnastikkurs für Mädchen im YMCA in Manchester. Joy sprach nie über eines der Kinder oder erzählte etwas von der Arbeit dort, wenn sie zurückkam. Sie fuhr einfach jeden Samstagmorgen nach Manchester, arbeitete ihre Stunden ab und kam wieder nach Hause. Sie ist darin komisch – emotional leicht abwesend. Irgendwie gleichgültig. Bei Schizophrenen nennt man das »flacher Affekt«. Ich glaube, *mir* machte es mehr aus als ihr, daß man sie verhaftet hatte.

Danach ging sie eine Zeitlang zu diesem Psychologen – nach dem großen Dessousraub. Sein Name war Dr. Grork. Sie suchte ihn auf, bis ihre Versicherung nicht mehr zahlte. Ich halte nicht viel von Seelenklempnern – all dieses Bohren und Herumstochern in der Sauberkeitserziehung meines Bruders und in seiner

Pubertät hat *ihm* nicht geholfen. Jedenfalls nicht so, daß ich etwas davon gemerkt hätte. Im Gegenteil, es hat ihn verletzt. Hat Ma verletzt. Ich erinnere mich an diesen einen Psychologen ganz am Anfang – diesen alten Kerl, dem Haare aus der Nase wuchsen –, der versuchte, ihr die Schuld für Thomas' Krankheit in die Schuhe zu schieben. Er sagte ihr, die Wissenschaft habe festgestellt, daß Mütter, die ihre Söhne nicht genügend liebten, bei ihnen manchmal eine manisch-depressive Störung und/oder Schizophrenie auslösen. Was vollkommener Schwachsinn war. Ma hatte uns beiden gegeben, was sie konnte, und noch mehr – *besonders* Thomas. Ihrem »süßen kleinen Häschen«. Sie hatte so für dieses Kind gelebt und geatmet, daß es manchmal fast unerträglich war und ich am liebsten gesagt hätte: *Hallo, Ma. Weißt du noch, wer ich bin?* Wirklich. Ich war dabei. Zu wenig Liebe war definitiv *nicht* das Problem.

Wie auch immer, Joy und dieser Grork kamen ihrem Problem ziemlich schnell auf die Spur. Der Durchbruch gelang eines Tages, als er sie bat zu beschreiben, was sie beim Stehlen fühle, und sie ihm sagte, es törne sie an. Daß sie feucht werde, während sie es tue – sogar manchmal an sich selbst herumspiele, wenn sie mit dem Diebesgut im Auto von einem Laden wegfahre. Es war mir peinlich, wie sie davon erzählte. Von Dr. Grork zurückkam und mir alles sagte, was sie ihm gerade erzählt hatte. Einmal, gestand sie, habe sie ein Portemonnaie bei G. Fox geklaut und sei dann in den Wagen gestiegen und habe angefangen, das Diebesgut an sich zu reiben, während sie vom Parkplatz fuhr. Machte es sich selbst mit den Fingern und kam mitten auf der Auffahrt zur Interstate I-84 – das sei so intensiv gewesen, sagte sie, daß sie fast auf einen Jaguar aufgefahren wäre.

»Okay, okay«, meinte ich zu ihr. »Das reicht. Erspar mir die Details.«

Laut Dr. Grork hat Joys Zwang etwas damit zu tun, daß sie sexuell mißbraucht worden ist, als sie auf der Junior High-School war. Vom Bruder ihrer Mutter. Nun, er war ihr *Halb*bruder, glaube ich, genaugenommen, *ist*. Er war am Flottenstützpunkt in San Diego stationiert und wohnte eine Zeitlang bei ihnen. Als es anfing, war er zehn Jahre älter als Joy, Anfang Zwanzig; sie war dreizehn. Keine Vergewaltigung oder so was. Nun, es war eine und dann auch wieder nicht. Nach dem Gesetz war es Vergewaltigung, glaube ich.

Es habe mit Herumalbern angefangen, erzählte Joy – Wasserschlachten, Ringkämpfe. Dann habe eins zum anderen geführt. Sie seien oft alleine gewesen, sagte sie. Nach einer Weile hörte sie einfach auf, seine Hände wegzuschieben. Sagte ihm nicht mehr, daß er aufhören sollte. Joys Mutter hatte Spätschicht.

Das ging so lange, bis ihr »Onkel« nach Portsmouth in New Hampshire versetzt wurde. Und dann kam der kränkste Teil: Sie hielten die Sache eine Zeitlang weiter am Laufen. Per Post. Er schrieb ihr schmutzige Briefe und legte kleine Stückchen von sich selbst bei: abgeschnittene Fingernägel, Barthaare, sogar abgestorbene Haut von einem Sonnenbrand. Es sei *ihre* Idee gewesen, erzählte sie mir; sie habe ihn darum gebeten. Sie nahm die Sachen aus dem Umschlag und aß sie. Saß da und kaute auf den Fingernägeln von diesem Typ rum. Doch dann hatte er eine Freundin und schrieb nicht mehr. Beantwortete ihre Briefe nicht und übernahm auch nicht mehr die Kosten, wenn sie ihn nach der Schule per R-Gespräch anrief. Seine neue Freundin ging ans Telefon und sagte ihr gehörig die Meinung. Schrie, sie würde sie umbringen. Damals fing Joy an zu klauen. Dr. Grork sagte, beim Stehlen fühle Joy sich gleichzeitig machtlos und mächtig. Genauso, wie sie sich bei ihrem Onkel gefühlt habe, und bei ihren beiden Ehemännern auch, glaube ich. Echt, sie kam von diesen Sitzungen bei Dr. Grork nach Hause und legte einfach die Karten ganz offen auf den Tisch, ob ich das alles hören wollte oder nicht.

Sie war achtzehn, als sie den ersten Kerl heiratete. Ronnie. Machte ihren High-School-Abschluß und brannte vor dem Ende des Sommers mit ihm nach Las Vegas durch. Sie spricht noch immer davon, was für ein großer Fehler das war – daß sie nicht direkt nach dem Schulabschluß nach Disneyland gefahren war, zu einem Vorstellungsgespräch. Sie hätte eine perfekte Cinderella abgegeben, habe die Frau gemeint, doch dazu kam es dann nicht. Das ist eine der großen Enttäuschungen in Joys Leben –, daß sie nie die Cinderella in Disneyland gespielt hat. Dieser Ronnie war wohl auch noch ein Kind – zwanzig oder einundzwanzig. Und so kam sie in den Osten: Er wurde an einen U-Boot-Stützpunkt in Groton versetzt. Sie lebten in einer Marinesiedlung unten an der

Gungywamp Road. Ich habe dort ein paar Häuser angestrichen. Es ist deprimierend: ein Haus neben dem anderen, und alle sehen gleich aus. Joy und ihr *zweiter* Ehemann wohnten auch dort – in einem anderen Haus, aber in derselben Straße. Dennis, der Unteroffizier. Sie fing an, mit Nummer zwei ins Bett zu gehen, während Nummer eins auf See war.

Das ist, was ich als Joys dritte Schattenseite einstufe, ihre *größte*. Die Tatsache, daß ich ihr nie wirklich vertrauen kann. Jedenfalls nicht hundertprozentig. Nicht, daß sie mich jemals betrogen hätte – zumindest nicht, daß ich wüßte. Nur, daß sie in der Lage ist, es zu tun. Mit irgendeinem Typen, der eher in ihrem Alter ist. Jedenfalls stelle ich es mir so vor: Joy und irgendein oberflächliches Arschloch Mitte Zwanzig – irgendein Idiot, der nicht in der Lage ist, über seinen eigenen Schwanz hinauszusehen. Es gibt viele von diesen Typen, die bei Hardbodies, wo sie arbeitet, herumstolzieren. All diese jungen Typen mit Gel in den Haaren und Gewichthebergürteln und einem Ohrring. Es wimmelt da nur so von ihnen. Wie eine verdammte Epidemie.

Was nicht heißen soll, daß wir im Bett Probleme hätten. Was das betrifft, klappt's zwischen Joy und mir immer noch prima. Es geht uns gut. Es ist zwar nicht mehr so wild wie am Anfang in diesen Ramadas und Best Westerns, aber es ist noch immer verdammt befriedigend. Manchmal artet es allerdings auch in Arbeit aus. Für mich. Vermutlich ist es der Streß – mein Bruder und das Geschäft und so weiter. Joy meint, ich solle öfter in den Club kommen und trainieren. Sie versucht immer, mich zu einer Massage bei ihrem Freund, der Herzogin, zu überreden. »Er ist ein Genie«, sagte sie einmal. »Seine Finger, sein Rhythmus – du kannst richtig fühlen, wie er die Spannung aus dir herausholt.«

»Genau davor habe ich Angst«, erwiderte ich.

»Hör auf«, meinte sie. »Du bist einfach homophob.«

»Ja, klar«, sagte ich, »wenn du meinst.« An jenem Abend gingen wir zum Essen zu den beiden. Zu Thad und Aaron ... Aaron ist ungefähr in meinem Alter. Sie wohnen drüben in Skyview Terrace in einem dieser modernen Glashäuser, von denen man einen tollen Ausblick hat auf den Fluß. Im Land des großen Geldes, im Land der obersten Steuerklassen. Das Gelände von Skyview Terrace war einmal Teil eines großen Fabrikkomplexes und gehörte davor zum Gebiet des Wequonnoc-Reservats. Früher haben wir manchmal da draußen geangelt, bevor das Land erschlossen wurde – Leo und ich, Thomas und ich. Die Aussicht auf den Fluß ist wirklich phantastisch, besonders Anfang Juni, wenn alles frisch und grün ist – die Blätter an den Bäumen und der Berglorbeer. Man schaut da runter und könnte fast an Gott glauben.

Aaron ist Architekt. Der Porsche und das Haus gehören *ihm*. An diesem Abend mußten wir auf dem Weg zu ihnen an zwei Weinläden haltmachen, bevor wir den Wein für vierundzwanzig Dollar die Flasche fanden, der, so Thad, perfekt zu dem passen würde, was er kochen wollte: Jakobsmuscheln in Sahnesauce und diese dämlichen Herzogin-Kartoffeln. Theoretisch sollten Aaron und ich ein paar Gemeinsamkeiten haben, weil wir ungefähr im selben Alter und beide in der »Baubranche« sind. Darüber mußte ich lachen. Ein Architekt und ein Anstreicher sind beide in der Baubranche – genauso, wie Roger Clemens und der Typ, der im Stadion die Würstchen verkauft, beide irgendwie zu den Red Sox gehören. Das Essen dauerte ewig. Ich saß den ganzen Abend da, trank dänisches Bier und hörte Aaron zu, der über Fusion-Jazz und offene Investmentfonds redete.

Versuchte, ganz cool die Schwulenkunst zu übersehen, die überall im Haus herumhing. Joy und Thad tratschten die ganze Zeit über Leute, die sie von der Arbeit kannten. Joy sagt, Thad wolle seine Massagepraxis langsam auslaufen lassen und ins Catering-Geschäft einsteigen. Aaron würde das Geld zur Verfügung stellen, wenn es das ist, was Thad wirklich will, sagt Joy, aber zuerst müßte Thad die geschäftliche Seite lernen; Marketing- und Managementkurse belegen, nicht nur die vergnüglichen Sachen wie Cocktail-Mixen. Thad habe Joy bereits gesagt, daß er sie als Barkeeperin einstellen wolle, wenn er sein Geschäft aufmache. Joy meint, sie habe nie eine Freundin gehabt, der sie so vertrauen könne wie Thad. Sie könne mit ihm über Dinge reden, über die sie nicht einmal mit mir rede. Was irgendwie erschreckend ist, weil sie mir *eine Menge* erzählt. Miss Offenheit, die es sich auf der Interstate I-84 selbst besorgt und die Fingernägel ihres Onkels kaut.

Joy hat diese Idee, daß sie ihre Schulden abbezahlt und wir sparen, ein Haus kaufen und heiraten; in einem dieser Häuser aus so 'ner Immobilienbroschüre wohnen. »Ich bin fünfzehn Jahre älter als du«, habe ich einmal zu ihr gesagt. »Ich glaube schon lange nicht mehr an den Weihnachtsmann. Ich bin ein gebranntes Kind.«

»Ich bin auch ein gebranntes Kind!« antwortete sie fröhlich, als wäre das eine glückliche Fügung – als hätten wir gerade festgestellt, daß wir am gleichen Tag Geburtstag haben oder so was ...

Ich überlegte es mir anders und spülte das Geschirr doch. Räumte die Töpfe weg. Passiv-aggressiv sein: Was bringt das schon?

Joy hält Abstand zu Thomas; sie hat Angst vor ihm, soviel weiß ich. Sie hatte schon Angst vor ihm, *bevor* er sich die Hand abhackte – von Anfang an. Als sie gerade bei mir eingezogen war, holte ich ihn sonntags nachmittags wie sonst zu mir nach Hause. Dessa und ich hatten das immer so gemacht, und nach der Scheidung behielt ich es bei. Es war eine Gewohnheit, ein Ritual. Eine Zeitlang sagte Joy nichts. Zeigte sich von ihrer besten Seite. Dann, eines Sonntagmorgens – wir waren damals ungefähr seit sechs Monaten zusammen –, bat sie mich aus heiterem Himmel, ihn nicht abzuholen.

»Aber er kommt *immer* sonntags her«, erwiderte ich. »Er *erwartet* mich.«

»Tja, ich hab nur gedacht, es wäre zur Abwechslung doch mal schön, den ganzen Sonntag allein zu verbringen – nur du und ich. Ruf ihn doch einfach an und sag ihm, du bist krank oder so. Bitte!«

Ich erinnere mich, daß wir beide nackt im Bad standen, als sie das sagte. Wir hatten ziemlich intensiven Sex gehabt, und ich war auf dem Weg unter die Dusche. Bevor ich Joy kennenlernte, hatte ich nicht geahnt, daß es Frauen gab, die es so oft wollten.

»Nur du und ich«, wiederholte sie. Sie nahm meine Hand in ihre und führte meine Fingerspitzen über ihre Brüste, ihren Bauch hinunter zu der klebrigen Feuchtigkeit, die wir kurz zuvor erzeugt hatten. Dampfwolken waberten um uns herum. Ich hatte die Dusche gerade auf die richtige Temperatur eingestellt. »Bitte!« sagte sie.

»Aber er *erwartet* mich, Joy. Er *wartet* auf mich. Sitzt schon in der Jacke im Sonnenruheraum.«

Sie ließ meine Hand los und preßte sich an mich – griff unter meine Eier und streichelte mich dort. Lächelte. Beobachtete, wie ich zuckte. Wie ich schluckte. Guter Sex mit Dessa war etwas, das wir einander beigebracht hatten, aber Joy *wußte* von Anfang an, womit sie mich verrückt machen konnte. Mit den gleichen Dingen, die ihre beiden Ehemänner verrückt gemacht hatten, nehme ich an. Und ihren Onkel.

»Was ist mit dem, was *ich* erwarte?« fragte sie. »Zählt das gar nicht?« Ihre Finger machten weiter. Noch zehn Sekunden länger, und sie würde alles bekommen, was sie wollte.

Ich ergriff ihre Hand beim Gelenk und hielt sie von mir fern. Starrte sie an. Wartete.

»Es ist nicht ...«, sagte sie.

»Was?«

»Nicht, daß ich ihn nicht *mag*. Ich *mag* ihn, wirklich, Dominick. Er ist ein netter Junge, auf seine eigene verrückte Art. Aber er macht mir angst. So, wie er sich manchmal benimmt. Wie er mich ansieht.«

Es war Schwachsinn, worauf sie da anspielte – daß Thomas sie anstarrte. Ihr lüsterne Blicke zuwarf. Gut, die meisten Typen tun das. Joy ist eine gutaussehende Frau. Sie wird von vielen angeglotzt. Aber nach all den Medikamenten, die Thomas im Laufe der Jahre geschluckt hat, ist sein Sexualtrieb ungefähr so ausgeprägt wie der eines Mannequins. »*Wie* sieht er dich an?« fragte ich sie. »Beschreib es.«

»Ich weiß nicht«, antwortete sie. »Das ist es noch nicht einmal. Irgendwie ist er mir einfach nicht geheuer.«

»Er ist *niemandem* geheuer«, sagte ich. Ich hielt noch immer ihr Handgelenk umklammert. Drückte es noch ein bißchen fester.

»Ja, aber ... irgendwie – ich versuche nur ehrlich zu sein, okay, Dominick? Sei nicht böse, aber ... es ist auch, weil du und er euch so *ähnlich seht*. Das ist es, was mich manchmal erschreckt. Dann kommt er mir vor wie eine unheimliche Version von *dir*.«

Ich schaute sie so lange an, bis sie wegsah. Dann ließ ich ihre Hand los und stieg in die Dusche.

»He, vergiß es einfach, okay?« rief sie gegen das Rauschen

des Wassers an. »Bring ihn mit. Ich komm schon damit klar. Es ist mein Problem, nicht deins. Es tut mir leid, Dominick. Okay?«

Sie streckte ihre Hand hinter den Duschvorhang und fühlte nach meiner. Ich stand da und sah zu, wie sie suchte, tastend wie ein Blinder. Ich weigerte mich, ihre kleine, perfekt geformte Hand in irgendeiner halbherzigen Geste zu drücken, die ihr die Erlaubnis gab, so zu empfinden – zu sagen, was sie gerade über ihn gesagt hatte.

Das gönnte ich ihr nicht. Ich konnte es nicht. Was vermutlich genau der Grund ist, warum es mit ihr und mir nie funktionieren wird.

An diesem Tag holte ich Thomas wie gewöhnlich ab. Fuhr mit ihm den ganzen Weg bis zur Basketball Hall of Fame in Springfield, Massachusetts, was ihn nicht im geringsten interessierte. Ging mit ihm auf der Rückfahrt einen Hummer essen, wobei er sich von oben bis unten mit geschmolzener Butter beschmierte. Kam absichtlich spät nach Hause. Die nächsten paar Tage behandelte ich Joy wie Luft – war so eklig zu ihr, daß ich schließlich auf ihrer Seite war, statt auf meiner eigenen. Sie hat es nicht leicht, mit mir zusammenzuleben. Ich weiß das. Versuchen *Sie* mal, der Bruder eines paranoiden Schizophrenen zu sein. Ich wette, das würde auch *Ihr* Leben total durcheinanderbringen. *Ihre* Beziehungen.

Ich stand da und starrte auf den blinkenden Anrufbeantworter. Erinnerte mich daran, daß noch Nachrichten darauf waren, die ich bisher noch nicht abgehört hatte. Drückte die Wiedergabetaste.

Piep. »Guten Tag, Mr. Birdsey. Hier ist noch mal Henry Rood. Es ist jetzt fünf Uhr nachmittags – das Ende des Arbeitstages.« (Er nuschelte. Hatte mal wieder die Cocktailstunde vorverlegt.) »Nicht, daß *Ihr* Arbeitstag überhaupt angefangen hätte, Mr. Birdsey. Zumindest nicht hier. Ich warte noch immer auf eine Antwort auf meine fünf Anrufe. Ich notiere mir das – alle meine Versuche, mit Ihnen zu reden. Ich habe einen kleinen Block hier. Vielleicht sollte ich wirklich bei Better Business anrufen und mir einen anderen Anstreicher empfehlen lassen.«

»Vielleicht sollten Sie sich einfach den Arsch damit abwischen«, pflaumte ich den Anrufbeantworter an. Ich würde zu seinem bescheuerten Haus fahren, wenn ich Zeit dafür hatte.

Piep. »Äh, ja, hallo. Mein Name ist Lisa Sheffer. Ich würde gerne Dominick Birdsey sprechen. Es geht um *Thomas* Birdsey. Ihren Bruder.«

Weiter im Text, dachte ich. Und bei welchem illustren Blättchen bist du, Schätzchen? *Hard Copy? Geraldo?*

»Ich bin Sozialarbeiterin an der Forensischen Klinik Hatch und bin ihm zugeteilt worden, oder er ist mir zugeteilt worden, oder wie auch immer ... Ich weiß, daß Sie heute abend ganz schön aufgeregt waren, als Sie mit ihm hierherkamen, und ich dachte, Sie möchten vielleicht mit mir reden? Damit ich mit Ihnen die Abläufe hier durchgehe oder so? Sie können mich zurückrufen, wenn Sie wollen. Ich werde ungefähr bis zehn Uhr heute abend in meinem Büro sein.« Ich schaute auf die Uhr. Mist! Es war zwanzig nach zehn. »Sie können mich auch morgen anrufen. Seien Sie unbesorgt. Okay? Okay.«

Ende der Nachricht. So'n Mist! Hätte ich doch nur das ganze verdammte Band gleich abgehört, als ich nach Hause kam ...

Aber die Stimme sprach weiter.

»Ich, äh, hab gerade mit ihm gesprochen. Wir hatten eine nette kleine Unterhaltung. Er ist in Ordnung. Es geht ihm den Umständen entsprechend gut. *Wirklich.* Ich weiß, Sie haben da eine schlimme ... manchmal können die Wachen hier ein bißchen ... jedenfalls, er ist in Ordnung. Ihr Bruder. Die Station ist keine Folterkammer oder so was. Es geht hier wirklich recht menschlich zu, größtenteils. Ich dachte nur, es würde Ihnen helfen, das zu wissen, nach dem, was heute abend passiert ist. Okay? ... Er steht unter ständiger Beobachtung, in dem Zimmer direkt gegenüber dem Schwesternzimmer. Was auch *gut* ist, nicht wahr? Und die Schwester, die heute Nachtdienst hat, ist super. Ich kenne sie ... Also, entspannen Sie sich ruhig. Und, wie gesagt, rufen Sie mich an, wenn Sie wollen. Also, äh ... nein. Das ist, glaube ich, alles. Wiederhören.«

Ich versuchte, sie zurückzurufen. Vielleicht war sie ja länger geblieben als geplant. Aber niemand nahm den Hörer ab.

Ich ging ins Wohnzimmer, stellte mich vor den Fernseher und zappte durch die Kanäle. Lisa Sheffer: zumindest *sie* klang irgendwie menschlich. Ich lief hin und her. Ging ins Bad und schluckte noch eine von Joys Pillen. Das Kodein wirkte vermutlich, oder auch nicht – ich war nicht sicher. Es tat mir noch immer weh da unten, es fühlte sich seltsam an, irgendwie ganz weit weg, wen interessiert's. Das bedeutete wohl, daß es wirkte ...

Ich erwachte aus einem Traum, in dem ich mich bei Connie Chung für irgendwas entschuldigte. Sie anflehte, mir zu verzeihen, mir den Schlüssel zu geben, damit ich meinen Bruder befreien konnte. »*La chiave*«, sagte sie. »Wiederholen Sie: *la chiave*.«

Als ich die Augen öffnete, hockte Joy neben mir auf der Couch. »Hi«, sagte sie.

»Hi ... Was ist los?«

Sie strich mir mit den Fingern durchs Haar. »Er sieht aus wie ein kleiner Junge, wenn er gerade aufgewacht ist, nicht wahr?« sagte sie. Zuerst wußte ich nicht, mit wem sie sprach, oder ob ich vielleicht noch immer träumte. Dann sah ich ihn. Die Herzogin. Er saß in der anderen Ecke des Zimmers auf Joys überladenem Futon und grinste mich an. Sie hatten beide einen Drink in der Hand. Einen Sahnecocktail.

»Wie geht's dir?« fragte Joy.

»Alles in Ordnung«, sagte ich. »Mir geht es gut.«

»Gut«, sagte sie. Sie legte ihre Hand auf mein Gesicht. Streichelte meine Wange mit ihren Ladendiebfingern. Sie waren feucht von ihrem Drink. Feucht und kalt.

7

Thomas und ich streifen am Ufer des Teiches herum, bleiben stehen, wenn wir flache Steine entdecken. Steine, die man übers Wasser hüpfen lassen kann. Thomas bückt sich. Er hat einen guten gefunden. »Schau«, sagt er und wirft ihn. Der Stein hüpft über die Wasseroberfläche, sechs sieben, acht …

Ein Geräusch lenkt mich ab – ein Schnattern –, ein Affe! Er hockt hoch oben auf einem Ast in dem großen Baum hinter uns, teilweise verdeckt durch die flatternden silbrigen Blätter. »Dominick!« ruft Thomas. »Schau mal!« Er läßt noch einen Stein hüpfen. Acht, neun, zehn, elf … Ich blicke wieder hinauf in den Baum. Jetzt ist der Affe eine alte Frau. Sie sitzt da, gackert und mustert uns prüfend … Piep! Piep! Piep! Piep!

»Okay, Moment, Moment«, grummelte ich den Radiowecker an. Meine Hand fuchtelte in der Luft herum, fand den Knopf. Stille. Als ich so dalag, halb wach, halb schlafend, fiel mir plötzlich wieder der vorherige Abend ein: Thomas in Fußketten, sein Schreien, als sie ihn in die geschlossene Abteilung brachten. Die Tatsache, daß er im Hatch war, traf mich wie ein Schlag.

Das Schlafzimmer war kalt. Sollte langsam anfangen zu heizen. Ich griff nach der Decke und zog sie hoch bis zum Hals.

War er schon wach, da im Hatch? Vielleicht wachten er und ich ja genau in derselben Sekunde auf. Diese Sache mit der Telepathie war unser ganzes Leben lang immer wieder aufgetreten – wir hatten am Leben des anderen teilgenommen, wie es nur Zwillinge können. Manchmal beantwortete einer die Frage des anderen, noch bevor sie überhaupt gestellt war. Damals, in der siebten Klasse, als ich mir im Sportunterricht den Arm brach und Thomas den Schmerz am anderen Ende der Schule spürte. Oder in dem Sommer, in dem Ray die Hütte am Messabesic Lake gemietet hatte – als Thomas und ich dieses Spiel spielten, bei dem wir versuchten, die Absicht des anderen zu fühlen: vom Bootssteg springen und sehen, ob wir beide den gleichen Sprung machten ... Sogar letzte Woche. Ich meine, he, ich wußte nicht, daß er in der Bücherei war und sich die Hand wegen Kuwait abhackte, aber ich wußte, *irgend etwas* stimmte nicht. Ich war den ganzen Morgen über unruhig gewesen – hatte eine Dose Farbe fallen lassen, was mir sonst nie passiert. Und als dieser Streifenwagen die Gillette Street herunterkam und auf das Haus der Roods zufuhr, war mein erster Gedanke: *Thomas.*

Ich hörte, wie die Dusche abgedreht und der Vorhang zurückgeschoben wurde. Es war 5.55 Uhr. Sie macht das ständig an den Tagen, an denen sie frühmorgens Aerobicunterricht gibt: aufstehen, bevor der Wecker klingelt, und dann vergessen, das verdammte Ding abzustellen ... Als Joy und ich erst ein paarmal miteinander ausgegangen waren, fuhr ich hin und nahm an ihrem Kurs teil. »Morgenstretching für Manager« heißt er. Sie macht ein gutes Training – sorgt dafür, daß sich der Aufwand lohnt. Was ich nicht ertragen konnte, war die Umkleidekabine danach. All diese Typen in Anzug und Krawatte, die ihre Sockenhalter umbanden und dabei über Joys Körbchengröße spekulierten, darüber, welche Art von Training sie wohl im Bett machte. Sie wußten nicht, daß ich ihr Freund war – ich hätte genausogut ein Stück Wand sein können. Als ich schließlich einen von ihnen deswegen anmachte – diesen Versicherungsoberarsch mit dem dürren Hals, der schlimmer war als alle anderen –, beschwerte er sich beim Geschäftsführer über mich. Joy meinte, es sei vielleicht besser, wenn ich nicht mehr zu dem Kurs käme. Das gehörte schließlich dazu in dem Laden: Die Typen *sollen* von den Trainerinnen träumen. Ist gut fürs Geschäft.

Ich setzte mich im Bett auf und schwang meine Beine auf den

Boden. Oh, Mann, tat das weh. Ausgeschlossen, daß ich heute irgendwelche Malerarbeiten machen konnte. Wahrscheinlich mußte ich auf Rays Angebot zurückkommen – mir beim Haus der Roods helfen lassen, egal, was mich das an Nerven kosten würde. Jetzt wünschte ich, ich hätte Ray am Abend vorher angerufen, um ihm von Thomas zu erzählen. Vom Hatch.

Ich machte im Geist eine Liste: Ray anrufen. Rood anrufen. Thomas' Arzt anrufen. Diese Sozialarbeiterin anrufen. Wie hieß sie gleich? Lisa Soundso. Noch grün in ihrem Job, der Nachricht auf dem Anrufbeantworter nach zu urteilen, aber zumindest konnte ich bei ihr ansetzen. Ich würde herausfinden, wer ihr Vorgesetzter war und die Jagd aufnehmen. Würde mit dem größten Oberarschloch sprechen, das ich da unten aufstöbern konnte. Ich wollte ein paar Antworten haben, bevor ich meinen Bruder wiedersah. Wollte zu Thomas sagen können, okay, paß auf, so sieht's aus: Wir holen dich hier raus, unter den und den Bedingungen.

Die Badezimmertür öffnete sich, und Dampfwolken zogen wie ein Gefolge hinter Joy her. Kein Wunder, daß die Decke im Bad die reinste Schimmelfabrik ist. »Laß die Tür *auf*, wenn du so heiß duschst«, predige ich ihr immer wieder. Sie sagt, sie kann nicht, wegen dieses blöden Films *Psycho*.

Psychos: Zu denen haben sie meinen Bruder da unten gesperrt. Ein Haufen gewalttätiger Psychopathen. Wenn Thomas auch nur den kleinsten Kratzer hatte, wenn ich ihn da rausholte, würde ich ihnen die Hölle heiß machen. Würde sie verklagen und dafür sorgen, daß sie teuer dafür bezahlen mußten.

Joy berührte mich an der Schulter, als sie an mir vorbeiging. Ließ ihr Handtuch fallen. Ich schaute ihr gerne dabei zu, wenn sie sich frühmorgens fertig machte. Bevor das Telefon klingelte. Bevor einer von uns den Mund aufmachte und die Stimmung kaputtmachen konnte. Sie mochte es auch, wenn ich ihr zusah. Die Morgenvorführung. Der umgekehrte Striptease. Dessa blieb immer ein bißchen schüchtern, wenn sie sich in meiner Gegenwart anzog – stürzte sich drüben beim Schrank in ihre Kleider. Joy ist das genaue Gegenteil.

Sie drückte Creme auf ihre Handfläche und rieb sich den Hals, die Brüste und die Innenseiten ihrer Schenkel damit ein. Joys Schamhaar bildet ein hübsches, perfektes Dreieck. Es ist hellbraun und fühlt sich weich an, nicht so struppig wie Dessas. Sie läßt sich die Bikinizone im Club mit Wachs enthaaren. Sie haben die beschissenste medizinische Beratung, die man sich vorstellen kann – kein einziges Blatt mit Vorschriften, keinerlei zahnärztliche Vorsorge –, dafür kann man endlos auf der Sonnenbank liegen. Sich kostenlos den Busch stutzen lassen. Ich sah zu, wie sie sich in ihren Gymnastikanzug zwängte – den mit dem Zebramuster und diesem schwarzen Riemending, das dafür sorgt, daß die Augen runter an die richtige Stelle wandern. Schmerzende Eier oder nicht, ich war kurz davor, strammzustehen. In Joys Gegenwart bin ich wie ein Hund. Sie braucht nur ins Zimmer zu kommen ...

Darauf setzen sie in dem Club, in dem sie arbeitet: daß alle Typen wie Hunde sind. Daß jeder nur aus seinem Körper besteht. Joy hat an Seminaren über diese sogenannte »Kundenmaximierung« teilgenommen. Das ist Firmenjargon für: »Leg den Kunden rein.« Zum Beispiel dieser Gymnastikanzug mit Zebramuster: Sie lassen die Angestellten die gleichen Klamotten tragen, die sie auch in ihrer überteuerten Boutique verkaufen. Dahinter steckt die Theorie, daß irgendeine fette Kuh reingeht, vierzig oder fünfzig Dollar für einen dieser Anzüge mit Riemen auf den Tisch legt, aus der Umkleidekabine kommt und denkt, sie sehe so aus wie Joy. Kundenmaximierung: nicht zum Aushalten. Und wem gehört die Hardbodies-Kette? Ausgerechnet einem Lebensmittelhersteller, United Foods.

»Hi«, sagte Joy.

»Hi.«

»Wie fühlst du dich?«

Ich zuckte die Schultern. »Ich glaube, ich lebe noch.«

Ich stand auf und humpelte ins Bad. Dieser verfluchte Wachmann hatte es geschafft, daß ich O-beinig ging.

Jesus, es war da drin wie im Regenwald – Wasser tropfte von den Wänden, Spiegel und Fenster waren von oben bis unten beschlagen.

»Gehst du heute arbeiten, Dominick?« rief sie.

»Kann nicht. Muß da hinfahren und die Sache mit meinem Bruder klären.« Ich drehte die Dusche auf und zog meine Unterhose aus. An der Innenseite meines Schenkels war ein brauner Fleck. Meine Hoden waren geschwollen. Schwarz, purpurn und blau.

»Völlig unmöglich, daß ich dieses Gerüst in der Gillette Street rauf und runter klettere«, rief ich ihr zu.

»Ist das Henry Roods Haus in der Gillette Street?«

»Ja. Woher weißt du das?«

»Er war richtig gemein, als er gestern anrief. Und ich dann: ›Oh, Entschuldigung, aber nicht *ich* streiche Ihr Haus. Also schreien Sie auch nicht *mich* an.‹«

»Das hast du zu ihm gesagt?«

»Nein. Aber ich hatte Lust dazu.«

»Gut«, erwiderte ich. »Das nächste Mal tust du es. Mach ihn fertig.«

Das warme Wasser tat mir gut. Vielleicht sollte ich einfach den ganzen Tag unter der Dusche bleiben. Bruder? Welcher Bruder? ... Während ich dort stand, fiel mir mein Traum wieder ein – der, bei dem ich aufgewacht war. Ich und er oben am Rosemark Pond, ich glaube jedenfalls, der war's. Affen und alte Frauen, die auf Bäumen sitzen? Scheiße, ich wollte überhaupt nicht *wissen*, was das bedeutete ... Mein Bruder war immer gut darin gewesen, Steine übers Wasser hüpfen zu lassen. Besser als ich.

Als ich den Duschvorhang zur Seite schob, stand Joy vor unserem Toilettentisch und schminkte sich die Augen. »Sieh dir das mal an«, sagte ich und zeigte ihr meine Kriegsverletzung vom Abend zuvor.

»O mein Gott ... Ach, Dominick?«

»Was?«

»Ich habe mich nur gefragt, was mit Connie Chung ist?«

»Was soll mit ihr sein?«

»Was sage ich ihr, wenn sie wieder anruft? Wegen des Interviews? Sie muß es wissen, so oder so. Ich mußte ihr meine Nummer bei der Arbeit geben, für den Fall, daß sie dich nicht erreichen kann.«

»Sag nein«, antwortete ich. Joy stand da, es wollte ihr nicht in den Kopf.

»Okay, gut«, sagte sie schließlich. »Ist ja deine Entscheidung. Ich meine nur ...«

»Was?«

»Ich meine nur, du solltest wenigstens erst mit ihr sprechen. Sie machen eine Sondersendung. Wie verschieden die Leute auf Operation Wüstensturm reagiert haben.«

»Wie sie darauf reagiert haben?« fragte ich. »Thomas ist wegen seiner Reaktion in eine geschlossene Anstalt gesperrt worden. ›Guten Abend, mein Name ist Connie Chung, live von den Psychopathen.‹ Das bringt bestimmt tolle Einschaltquoten.«

»Hör dir doch einfach mal an, was sie zu sagen hat, bevor du dich entscheidest. Sie war nett, Dominick. Sie klang wirklich sympathisch.«

Ich schüttelte den Kopf. »Ja, bestimmt.«

»Nein, wirklich. Thad fand das auch.«

»Thad? Was, zum Teufel, hat *er* damit zu tun?«

»Nichts. Er war hier, als sie anrief, das ist alles. Er ist ans Telefon gegangen. Als ich aufgehängt hatte, waren wir beide total aufgedreht, ›O mein Gott, wir haben gerade mit Connie Chung vom Fernsehen gesprochen‹.«

»Ja, ganz toll«, sagte ich. »Hör zu, ich will nicht, daß dieser Idiot noch mal an unser Telefon geht.«

Darauf antwortete sie nicht. Dafür war sie noch zu sehr mit Connie Chung beschäftigt. »Wirklich, Dominick. Sprich einfach mit ihr. Sie war echt süß.«

»Sie war ›echt süß‹, weil sie was von dir wollte. Glaub mir, Joy, Connie Chung ist nicht deine neue beste Freundin.«

Sie drehte sich um und sah mich an. »Ich *weiß*, daß sie nicht meine neue beste Freundin ist, okay?« sagte sie. »Ich bin nicht so blöd, wie du denkst.«

»Hör mal«, erwiderte ich. »Ich will doch nur ... Es gibt da einfach ein paar andere Dinge, mit denen ich im Moment fertig werden muß, und ich will nicht ...« Ich ging ins Schlafzimmer.

»Weißt du, was *ich* mir manchmal wünsche?« sagte sie. »Ich wünschte, du wärest um *mich* mal so besorgt wie um *ihn*. *Das* wäre wirklich eine nette Überraschung, Dominick: daß sich mein eigener Freund ein bißchen um mich sorgt. Aber das wird nie passieren, stimmt's? Weil *ich* nicht verrückt bin.«

Ich vergaß meine Verletzung und ließ mich rückwärts aufs Bett fallen. Wartete, bis der Schmerz nachließ. »Tu das nicht, Joy, okay?« sagte ich. »Nicht jetzt. Tu's nicht ... Erstens meine ich *nicht*, daß du blöd bist. Ich *weiß*, daß es schwer für dich ist. Es ist für uns alle schwer. Aber eins steht hier gar nicht zur Diskussion – daß ich mich um ihn kümmere. Okay? Ich muß es einfach tun.«

»Gut«, sagte sie. »Dann mach doch. Na los, Dominick«, und verließ das Zimmer.

Irgendwie war das verrückt – fast schon paradox: ein Interview mit Connie Chung. Die ganze Nation als Publikum. Genau das, was Thomas gewollt hatte. Genau aus diesem Grund hatte er sich die Hand abgeschnitten. Er glaubte, er könne einen Krieg verhindern, wenn er nur die Aufmerksamkeit aller auf sich zöge. Wenn die Leute erst hörten, was er zu sagen hatte, meinte er zu mir, würde er seine Herde finden. Seine Gemeinde. Und das würde vermutlich *wirklich* geschehen, bei den vielen Irren, die da draußen rumliefen. Ich sah es schon vor mir: Die Kirche des heiligen Thomas Birdsey. Der heilige Orden der für den Frieden Verstümmelten. Aber das wäre »gefährlich« für ihn, hatte Thomas gesagt. Wenn er die ganze Welt rettete, würde er nun wirklich bei Satan ganz oben auf der Abschußliste stehen.

Joy kam zurück ins Schlafzimmer. Fing an, sich die Haare mit dem Handtuch trockenzureiben. »Übrigens, da hat irgendein Laden eine Nachricht für dich auf dem Anrufbeantworter hinterlassen«, sagte ich. »Das Cocktailkleid, das du bestellt hast, ist da.«

Die Tatsache, daß sie nicht reagierte, erweckte den Eindruck, sie fühle sich irgendwie schuldig. Ihr Gesicht konnte ich nicht sehen.

»Wozu brauchst du ein Cocktailkleid?« fragte ich.

Sie schüttelte ihr Haar und zupfte mit den Fingern daran herum. Joy hat eine dieser »natürlichen« Frisuren. Ich beobachtete ihre Augen im Spiegel. Kein Zeichen von Schuldgefühl. Überhaupt kein Ausdruck. Diese unbewegte Miene war vermutlich der Grund, daß sie eine so gute Ladendiebin war.

»Hast du gehört?«

»Was?«

»Ich habe gefragt, wozu du ein neues Cocktailkleid brauchst?«

»Ich *brauche* kein neues Cocktailkleid«, sagte sie. »Wozu sollte ich ein neues Cocktailkleid brauchen, wenn wir sowieso nie irgendwo hingehen?«

Ich überging das, verkniff mir, auf diese Bemerkung zu reagieren. Wir waren beide hyperempfindlich an diesem Morgen. Sie ging hinüber zum Schrank. Zog sich ihren Aufwärmdress an, zweifellos auch bei Hardbodies in der Boutique erhältlich.

»Warum bestellst du es dann?«

Sie blickte mich nicht an. Wir erklären die Angeklagte für schuldig. In welchem Punkt?

»Ich wollte nur sehen, wie es mir steht, okay, Dominick? Das kann man machen, weißt du. Etwas in seiner Größe bestellen. Es mit nach Hause nehmen, es anprobieren und dann wieder zurückbringen. Das ist nicht verboten.«

»Das habe ich auch nicht gesagt. Aber ist es nicht reine Zeitverschwendung für alle Beteiligten, wenn du von vornherein weißt, daß du es nicht kaufst?«

Sie antwortete mir, indem sie nicht antwortete. Indem sie in die Küche ging.

Es tat weh, die Unterhose anzuziehen. Jeans? Das konnte ich vergessen. Ich fand diese Hose zum Zubinden, die sie mir vor einiger Zeit geschenkt hatte, und zog sie an – dieses verrückte Ding mit den Totenköpfen und den gekreuzten Knochen drauf. Ich hatte die blöde Hose nie getragen. Jedenfalls nicht draußen. Zumindest war sie weit und bequem ... Ich konnte es vermutlich wirklich schaffen, daß der Wachmann seinen Job verlor, wenn ich mich ernsthaft darum bemühte. Wenn ich zu einem Arzt und zu einem Anwalt ging. Wozu ich weder die Zeit noch die Energie hatte – nicht bei all dem anderen. Vergiß es.

Joy lackierte sich die Fußnägel am Küchentisch. Ich hasse das: Wenn sie ihre Füße dahin legt, wo wir essen. Es würde ihr nicht im Traum einfallen, hinterher den Tisch abzuwischen.

»Hübsche Hose«, sagte sie mit ironischem Unterton.

»Du hast sie mir gekauft.«

»Ja, damals, als sie modern war.«

Ich setzte etwas Kaffee auf. Ich hatte im Jahr zuvor das Kaffeetrinken aufgegeben – fühlte mich besser, schlief besser –, hatte dann aber im Sommer, als die ganze Kuwait-Geschichte begann, wieder angefangen. Thomas sprach von nichts anderem: diesen biblischen Prophezeiungen, die eintreffen würden, all diesem Armageddon-Schwachsinn. Das ist so ein Schema bei Thomas, wenn er anfängt, sich hochzuschrauben – er beißt sich an einer Sache fest und läßt nicht mehr locker. Gibt keine Ruhe mehr. »Perseveration« nennen die Ärzte das ... Eine Zeitlang war Abtreibung das Thema. Dann kamen die Geiseln und der Ayatollah an die Reihe. Jetzt ist es der Golfkrieg. Man möchte ihn anschreien: »Halt doch mal das Maul!« Aber er hält den Mund nicht. Er kann nicht. Er perseveriert ...

Die Sahnecocktail-Gläser von Joy und der Herzogin vom Abend vorher standen noch immer in der Spüle. Das macht sie andauernd – läßt die Sachen im Becken einweichen, bis ich schwach werde und sie abwasche. Ich schwöre mir immer wieder, daß ich es dieses Mal nicht tun werde, und dann mach ich es doch. Es ist einfacher, als mich davon quälen zu lassen. Die Bratpfanne ist am schlimmsten. Sie würde diese Bratpfanne bis zum Jüngsten Gericht einweichen lassen.

Ich lehnte mich gegen die Anrichte und überflog die Schlagzeilen, während ich auf den Kaffee wartete. Ich wußte nicht, ob Joy mit mir redete oder nicht. Kümmerte mich auch nicht weiter darum. Wen interessierte es überhaupt? ÖLPREISE ERREICHEN HÖCHSTSTAND WEGEN BEVORSTEHENDER KRAFTPROBE ZWISCHEN USA UND IRAK ... WEQUONNOC-STAMM VON BUNDESREGIERUNG ANERKANNT ... DAVID SOUTER GEWINNT DIE ZUSTIMMUNG DES SENATS.

»Oh, phantastisch«, sagte ich laut. »Genau das, was dieses Land braucht: So'n inkompetenten Typ wie Barney Fife am Obersten Bundesgericht.«

»Wer?« fragt Joy.

»Barney Fife. Gespielt von Don Knotts.«

»Oh«, sagt sie. »Du meinst Mr. Furley?«

»Mr. Furley?«

»Aus der Serie *Herzbube mit zwei Damen*. Jacks Vermieter. Nachdem die Ropers verschwunden sind.« Ich stand da und sah sie an. Schaute wieder in die Zeitung. Joy und ich: Wir waren wie zwei Menschen, die an entgegengesetzten Enden des Grand Canyon stehen und versuchen, sich zu verständigen.

Die Kaffeemaschine gurgelte ihr großes Finale. Ich ging hinüber und goß mir eine Tasse ein. Joy liest die Zeitung meist nicht, weil sie sagt, es sei ihr zu deprimierend. Sie trinkt auch keinen Kaffee. Ihr Frühstück sieht jeden Morgen genau gleich aus: Kräutertee, Vitamine und eine Nutrigrain-Frühstücksschnitte mit Erdbeerfüllung. Alles für die Figur.

IVANA TRUMP REICHT SCHEIDUNG EIN ... STEHT DER KOMMUNISMUS VOR DEM ENDE? ... REDS OHNE ANTWORT AUF BREAMS ZWEIPUNKT-HOMERUN. O Mann, wie gerne würde ich sehen, daß Pittsburgh es in die Endrunde schafft. Wenn dann die Pirates gegen die Red Sox spielen – Doug Drabek gegen Clemens! Leo kannte jemanden, der in Fenway an der Kasse saß. Wenn Boston es wieder in die Endrunde schaffen würde, könnten wir vielleicht hinfahren und uns, so wie damals, die Lunge aus dem Leib schreien ...

Ich ertappte mich selbst: Thomas saß im Hochsicherheitstrakt einer psychiatrischen Klinik, und ich machte mir Gedanken wegen der Baseballmeisterschaft. Dachte an die bescheuerten Red Sox, statt an meinen verdammten Bruder.

»Was sagt Ray denn dazu?« fragte Joy.

»Wozu?«

Sie schraubte das Nagellackfläschchen zu. Wedelte ihre Zehen mit einer Supermarktreklame trocken. »Dazu, daß er ins Hatch verlegt worden ist.«

Er: So nannte sie meinen Bruder immer. Nicht Thomas. *Er.* In den fünf Tagen, in denen er im Shanley Memorial Hospital gelegen hatte, war es ihr nicht einmal in den Sinn gekommen, ihn zu besuchen. Sie hatte nicht für einen Moment auch nur die Möglichkeit in Erwägung gezogen. Sogar Ray hatte sich besser gehalten.

»Er sagt *gar nichts* dazu«, sagte ich. »Weil ich es ihm noch nicht erzählt habe.«

»Dann ruf ihn an, Dominick«, sagte sie. »Es muß nicht immer alles an dir hängenbleiben. Er ist sein *Vater.*«

»Er ist sein *Stief*vater«, entgegnete ich.

»Das heißt aber nicht, daß er nicht auch einen Teil der Last übernehmen sollte. Du mußt nicht immer den großen Helden spielen. Du lädst dir zuviel auf.«

»Den großen Helden spielen«: Das war ein Witz. Wann hatte so ein Arschloch von Wachmann Superman zuletzt das Knie in die Eier gerammt? »Ich *versuche* nicht, der große Held zu sein«, sagte ich. »Es ist nur so, daß ... ach, vergiß es, okay? Das ist alles ein bißchen zu kompliziert für sechs Uhr morgens.«

»Nein, erklär's mir«, meinte sie. »*Sprich* darüber, Dominick. Inwiefern kompliziert?« Sie saß einfach da und schaute mich an. Hörte mir zur Abwechslung tatsächlich einmal zu.

»Ich weiß nicht«, sagte ich. »Ich war schon *immer* derjenige, der auf ihn aufpassen mußte. Nicht, daß ich mich jemals um den Job beworben hätte, *das* kannst du mir glauben ... Das Jahr, als ich aufs College ging – das hätte meine große Chance sein sollen. Mein großer Sprung in die Freiheit ... Nur, daß es nicht funktioniert hat.«

»Warum nicht?«

»Oh, meine Mutter ...«

Ich folgte Joys Blick zu meinen Händen. Stellte fest, daß ich dasaß und die Verpackung ihrer Frühstücksschnitte zerriß. Daß ich einen kleinen Haufen Schnipsel gemacht hatte, ohne es zu merken. »Scheiße«, sagte ich und lachte. »Hilfe von Ray bekommen? Ray war einer der Typen, vor denen ich ihn *beschützen* mußte ...«

»Wie meinst du das?«

»Ach, nichts. Das ist alles längst Geschichte ... Ray konnte manchmal Thomas gegenüber ziemlich brutal werden. Ich meine, er hatte es auch verdammt oft auf mich abgesehen, aber ich habe nicht halb soviel abgekriegt wie Thomas.«

»Warum nicht?«

»Ich *weiß* nicht, warum. Weil ich im All-Star-Team der Juniorenliga war und Thomas mitten in der Saison aufgegeben hat? Weil ich in der Garage herumhing und Ray beim Ölwechsel zugesehen habe? Ich habe nie herausgefunden, warum er es auf ihn abgesehen hatte. Es *war* einfach so.«

»Vielleicht ist das der Grund dafür, daß Thomas so geworden ist«, sagte sie.

»Wegen Ray? Ne, so einfach ist das nicht. Aber ich hab das früher auch glauben wollen, daß Ray der große Bösewicht ist, ich hab gewünscht, er wäre tot. Aber so einfach war es nicht. Ich meine, es ist auch nicht so, daß Ray jemals viel getan hätte, um an der Situation was zu ändern. Aber er ist nicht die Ursache für

Thomas' Krankheit. Sein Gehirn ist schuld. Es ist biologisch bedingt. Chemisch. Erinnerst du dich?«

»Hat er ihn geschlagen?« fragte sie.

»Thomas geschlagen? Ja, manchmal. Wir haben beide von Zeit zu Zeit eine verpaßt gekriegt. Meine Mutter auch. Nicht *so* oft. Ray hat eher geschrien als geschlagen. Uns erzählt, was für 'n Dreck wir wären. Hat Ma gesagt, daß sie mit ihren zwei kleinen Bastarden noch immer ganz schön beschissen dastehen würde, wenn er nicht aufgetaucht wäre und sie geheiratet hätte. An dieses eine Mal ... dieses eine Mal, erinnere ich mich ... weißt du, Thomas war schon immer nervös und kaute auf Sachen herum. Auf Bleistiften, Servietten, den Ärmeln seiner Hemden. Die meiste Zeit merkte er es nicht einmal. Und Ray ... Ray ... trieb es zur Weißglut. Er machte eine große Sache daraus – lag praktisch die ganze Zeit auf der Lauer und wartete darauf, daß der arme Junge was in den Mund steckte. Also, eines Abends sitzen wir beim Essen, und ... und Thomas denkt nicht mehr daran. Fängt an, auf seinem Hemd herumzukauen. Ray geht runter in den Keller und kommt mit einer Rolle Isolierband zurück und klebt Thomas die Hände damit zusammen. Klebt seine Finger zusammen, damit er nicht darauf herumkauen kann. Ich weiß nicht, er mußte bestimmt ein paar Tage so rumlaufen ... Komisch, an was man sich erinnert. Ich sehe noch immer Thomas vor mir, wie er den Kopf zu seinem Teller runterbeugt und ißt wie ein Hund. Ich kann noch hören, wie er den ganzen Tag gewimmert hat.«

Joy beugte sich zu mir und legte ihre Hand auf meine. »Das ist ja schrecklich«, sagte sie.

»Und einmal hat Ray uns bestraft, indem er Reis aus der Dose schüttete und uns befahl, uns darauf zu knien. Auf den Küchenboden. Ich kann mich gar nicht mehr erinnern, was unser ›Vergehen‹ war. Nur an die Strafe ... Es erschien irgendwie bescheuert, weißt du. Auf Reis knien. Keine große Sache. Aber nach fünf Minuten war es nicht mehr lustig. Es tat *weh*. Ich durfte nach ungefähr einer Viertelstunde aufstehen, weil ich nicht geweint hatte, aber Thomas mußte weiter da knien bleiben, weil er heulte. Sich die Lunge aus dem Leib brüllte. Das war die größte Sünde, die man bei Ray begehen konnte. Den Feind sehen lassen, daß man heulte.«

»Und eure Mutter hat nichts dagegen unternommen?«

»Ma? Sie hatte mehr Angst vor Ray als wir. Auf jeden Fall mehr Angst als ich. Ich war der einzige von uns dreien, der sich ihm entgegenstellte, seinen Kopf riskierte. Ich glaube, das hat mich irgendwie vor dem Schlimmsten bewahrt.«

Es war ein seltsames Gefühl, daß Joy mir aufmerksam zuhörte, und ich vernachlässigte meine Deckung. Es war, als wäre ich schließlich doch zu dieser Notaufnahme gegangen und hätte meine Unterhose runtergelassen. »Hier, sehen Sie. Das hat mir diese Naziwache da unten angetan. Sehen Sie sich das an.« ... Ray der Robocop: Ich war vierzig Jahre alt, und *noch immer* zog ich vor Schindern den Kopf ein.

Ich ging hinüber zum Fenster und blickte hinaus. Es hatte Frost gegeben, den ersten in diesem Herbst. Die Blätter färbten sich. »Es lohnt sich einfach nicht, das alles wieder aufzuwühlen, Joy«, sagte ich. »Das ist alles längst vorbei ... Ich halte besser den Mund, sonst kommst du zu spät.«

Sie stand auf und trat hinter mich. Legte die Arme um mich und lehnte ihre Stirn gegen meine Schulter. »Du«, sagte sie.

»Du, was?«

»Es tut mir leid.«

»Was tut dir leid?«

»Daß Ray so gemein war. Daß du das mit deinem Bruder durchmachen mußt.«

Ich schnaubte leise. »Ich brauche dir nicht leid zu tun. *Thomas* ist derjenige, den sie eingesperrt haben. Nicht ich.«

Sie hielt mich weiter fest. Drückte mich sogar noch ein wenig stärker. Hielt mich länger als eine Minute so.

Nachdem sie gegangen war, goß ich mir noch eine Tasse Kaffee ein. Blätterte den Rest der Zeitung durch. Vielleicht würde ich das Kaffeetrinken wieder aufgeben, sobald die Sache mit Thomas geregelt war. Sobald ich das verfluchte Haus der Roods fertig hatte. Oder ich würde wieder anfangen zu joggen. Mit Joy wegfahren. Wir könnten es schaffen, wir beide, wenn wir nur ... Wenn nur ...

Ich trat zurück ans Fenster. Sah zu, wie die absterbenden Blätter im Wind flatterten. Mir fiel alles mögliche ein, was ich ihr sagen könnte – alle möglichen Gründe dafür, daß ich Thomas beschützen *mußte*.

Ich weiß, daß es wichtig ist, sich um dich zu kümmern, Joy, aber Leute bringen einander um an Orten wie dem Hatch. Und er konnte sich *nie* selbst verteidigen. Das ist so, als würde man ein Kaninchen den Wölfen vorwerfen.

Es ist *anders*, wenn man ein Zwilling ist, Joy. Es ist kompliziert.

Ich habe es Ma versprochen.

8

1968–1969

Als mein Bruder und ich im Juni 1968 an der John F. Kennedy High-School in Three Rivers unseren Abschluß machten, erhielten wir von unserer Mutter ein gemeinsames Geschenk. Sie hatte in unsere beiden Glückwunschkarten je einen acht Zentimeter langen Aluminiumschlüssel geklebt und in beide das gleiche geschrieben: »Herzlichen Glückwunsch! In Liebe, Ma und Ray. Geht zum Schrank im Flur.«

Im Schrank fanden Thomas und ich eine tragbare Royal-Schreibmaschine in einem dunkelblauen Koffer, der mit unseren identischen Schlüsseln auf- und zugemacht werden konnte. Wir trugen die Schreibmaschine ins Wohnzimmer, stellten sie auf den Tisch und öffneten den Koffer. Thomas, der auf der High-School einen Kurs in Maschineschreiben belegt hatte, zog ein Blatt Papier ein und schrieb einen Probesatz: *Für alle guten Männer ist nun die Zeit gekommen, ihrem Land zu dienen*. Ich schrieb auch einen Satz: *Thomas Birdsey ist ein Arschloch*. Ma sagte, schon gut, schon gut, das sei genug. Sie gab uns beiden einen Kuß.

Ma hatte die Schreibmaschine nicht gekauft; sie hatte sie eingelöst: Jahrelang sammelte sie grüne Rabattmarken von S & H, um irgendwann zweihundertfünfundsiebzig volle Rabattmarkenhefte gegen eine in Deutschland handgefertigte Standuhr mit Schlagwerk eintauschen zu können. Ma hatte sich diese Uhr so sehr gewünscht, daß sie von Zeit zu Zeit zur Geschäftsstelle in der Bath Avenue gegangen war, nur um sie schlagen zu hören und ihr poliertes Holz zu berühren. Sie hatte ihr Ziel schon halb erreicht – hatte fast hundertfünfzig Hefte voll grüner Marken zusammen –, als sie ihren Plan änderte und sich für diese Schreibmaschine entschied. Unser Erfolg, sagte sie, sei wichtiger als so eine dumme Uhr.

Mit »unserem Erfolg« meinte Ma wohl unsere Sicherheit. Im Jahr zuvor war ein Nachbar, Billy Covington, in Vietnam getötet worden – abgeschossen bei einem Bombenangriff in der Nähe von Haiphong. Als Kind war Billy nach der Schule oft zu uns nach Hause gekommen, weil sein Vater die Familie verlassen hatte und seine Mutter in der Stadt arbeitete. Er war vier Jahre älter als Thomas und ich und unschlagbar beim Fangen, beim Baseball und bei seinem Lieblingsspiel: Superman. Ich erinnere mich, daß er einen Superman-Schlafanzug hatte, den er in seine Schultasche packte und anzog, bevor wir spielten. Er vervollständigte sein Kostüm mit einem unserer Badetücher, das Ma mit einer Sicherheitsnadel um seinen Hals festmachte. Billy begann jede Episode unseres Spiels, indem er den Anfang der Fernsehserie wiederholte: »*Schneller als eine Kanonenkugel! Stärker als eine Lokomotive!*« Auch wenn Billy als Mann aus Stahl unbesiegbar schien, war er eigentlich zu bemitleiden. »Armer Billy«, seufzte Ma manchmal, wenn sie ihm hinterhersah, während er an der Hand von Mrs. Covington unsere Vordertreppe herunterging. »Er hat keinen netten Daddy, so wie ihr zwei. *Sein* Vater hat Billy und seine Mutter sitzenlassen.«

Jahre später war Billy Covington unser Zeitungsjunge – ein schlaksiger Halbwüchsiger von vierzehn oder fünfzehn, dessen Stimme zwischen einem Bariton und dem Schreien eines Esels schwankte, und der von der Straße aus den gefalteten *Daily Record* haargenau in den Zementblumentopf vor unserer Haustür werfen konnte. Als Thomas und ich in die High-School kamen, hatte Billy bereits seinen Abschluß gemacht, war zur Luftwaffe gegangen und – war unwichtig geworden. Während Billy Covingtons Militärbegräbnis dachte ich nicht an die Bedeutung seines Lebens oder seines Todes oder an die Sinnlosigkeit des Vietnamkriegs, nicht einmal daran, was dies alles für meinen Bruder und mich bedeuten konnte. Statt dessen konzentrierte ich mich auf Billys Verlobte, deren Brüste aufreizend wippten, während sie schluchzte, und auf seinen schwarzen GTO (3,9 Liter, 415 PS). Vielleicht würde Billys Mutter seine »Schleuder« billig verkaufen wollen, damit sie ihn vergessen und ihr Leben weiterleben konnte, spekulierte ich direkt vor Billys silbernem, mit der Flagge bedeckten Sarg.

Obwohl Billy Covingtons Tod mich damals mit Sechzehn nicht berührte, erschütterte er meine Mutter zutiefst. »Dieser gottverdammte Krieg«, sagte sie im Auto auf der Rückfahrt vom Begräbnis. »Zum Teufel mit diesem gottverdammten Krieg.« Thomas und ich sahen uns auf der Rückbank an. Wir waren erschüttert. Noch nie hatte wir Ma den Namen Gottes mißbrauchen hören. Und noch schockierender war die Tatsache, daß sie es in Rays Gegenwart tat, der im Zweiten Weltkrieg *und* im Koreakrieg gekämpft hatte und der Meinung war, alle Kriegsgegner gehörten an die Wand gestellt. Ma ließ noch Tage danach den Kopf hängen. Sie fand einen alten Schnappschuß von Billy, kaufte einen Rahmen und stellte das Bild auf ihre Kommode neben die Porträts von Thomas und mir und die gerahmten Fotos von ihrem Vater und von Ray. Sie betete Rosenkränze für Billys Seele. Ihr schossen Tränen in die Augen, wann immer sie Mrs. Covington wie einen Zombie an unserem Haus vorbeigehen sah. Ich weiß noch, daß ich mich über Mas meiner Meinung nach übertriebene Trauer ärgerte. Erst Jahre später – lange, nachdem der Ärger mit Thomas angefangen hatte – verstand ich ihre heftige Reaktion auf den Tod von Billy Covington: Vier Jahre älter als ihre beiden Jungs, war Billy für sie sein ganzes Leben lang eine Art »Vorschau auf kommende Attraktionen« gewesen. Wenn man aber Superman vom Himmel holen konnte, dann konnte das auch seinen beiden Helfern passieren. Vietnam konnte uns umbringen. Im College wären wir sicher aufgehoben.

Ray hatte unsere Glückwunschkarten nicht mit »In Liebe« und »Herzlichen Glückwunsch« unterschrieben. Unser Stiefvater war dagegen, daß Thomas und ich aufs College gingen. Vor allem, sagte er, könnten er und Ma die Studiengebühren gar nicht aufbringen. Er müsse es schließlich wissen, nicht sie. *Er* sei derjenige, der die Rechnungen bezahle und sich um die Ersparnisse kümmere. Sie habe keine Ahnung, was sie sich leisten könnten und was nicht.

Und die Lehrer an diesen Colleges – nach dem, was er so las und auf der Werft hörte, waren alle Kommunisten. Und die Hälfte der Studenten nahm Drogen. Wenn er jemals einen von uns mit diesem Scheißzeug erwischte, würde er uns fertigmachen. Er konnte ums Verrecken nicht verstehen, warum zwei gesunde junge Männer nach der High-School nicht für ihren Lebensunterhalt *arbeiten* sollten. Oder zur Marine gingen, wie er damals. Es gab Schlimmeres im Leben, als zum Militär zu gehen. Nur die Eingezogenen wurden nach Vietnam geschickt; Freiwillige hatten da ganz andere Wahlmöglichkeiten. Oder, wenn wir das nicht wollten, könnte er uns vielleicht bei Electric Boat eine Lehrstelle als Rohrleger, Elektriker oder Schweißer besorgen. Bei einigen dieser Jobs wurde man automatisch zurückgestellt. U-Boote zu bauen war vielleicht kein schicker Job für Collegejungen, aber er »stärkte den Jungs an der Front den Rücken«. Und er sorgte dafür, daß Fleisch und Kartoffeln auf den Teller kamen, oder nicht?

»Aber darum geht es nicht, Ray«, sagte meine Mutter eines Abends beim Essen.

»Was soll das heißen: Darum geht es nicht?« Ray schlug so heftig mit der Faust auf den Tisch, daß die Teller hüpften. »Ich sag dir, worum es geht. Es geht darum, daß Tom und Jerry, unsere Doppelpackung hier, die ganze Zeit in Saus und Braus gelebt haben. Die beiden kennen nichts außer Nehmen, Nehmen, Nehmen, und das habe ich verdammt noch mal satt.« Er stand auf und stürmte aus dem Haus. Als er zurückkam, sprach er nur einsilbig mit Thomas und mir, aber zu Ma sagte er keinen Ton. Behandelte sie tagelang wie Luft.

Danach gab es immer wieder Streit und Tränen hinter der Schlafzimmertür von Ma und Ray. Ma drohte damit, arbeiten zu gehen, wenn es sein müsse, um das Schulgeld für uns zu verdienen, und als Ray ihr sagte, *sie* würde sowieso niemand einstellen, ließ sie es darauf ankommen und bewarb sich bei einem Howard-Johnson-Restaurant. Sie war vor Angst wie gelähmt bei dem Gedanken daran, außerhalb des Hauses zu arbeiten – sie fürchtete sich davor, Anweisungen von einem Chef entgegenzunehmen und Fehler zu machen, sich mit Fremden unterhalten zu müssen, die sie wegen ihrer Hasenscharte komisch ansahen. Sie wurde zu einem Vorstellungsgespräch eingeladen, und man bot ihr noch am selben Nachmittag eine Stelle an. Sie sollte am nächsten Montag anfangen.

Am Morgen ihres ersten Arbeitstages stand Ma in ihrer Uniform am Herd und machte Frühstück. Aber sie war nicht bei der Sache, ihre Hände zitterten. Von seinem Platz am Tisch aus verhöhnte Ray sie und schüchterte sie ein. Die Leute seien alles Schweine. Sie könne sich gar nicht vorstellen, was sie da alles würde saubermachen müssen. Neulich habe er im *Bridgeport Herald* eine Geschichte über ein Zimmermädchen gelesen, das ein abgetriebenes Baby gefunden hatte, in blutige Laken eingewickelt. Ma knallte den Teller mit Eiern vor ihn auf den Tisch. »In Ordnung, Ray. Das reicht«, sagte sie. »Ich mache sauber, was man mir sagt. Diese Jungen gehen aufs College, und damit basta.« Erst in diesem Moment – als das Drohbild einer arbeitenden Ehefrau in ihrer gelben Acetat-Uniform leibhaftig vor ihm stand – stimmte mein Stiefvater zu, die viertausend Dollar für Thomas' und meine Collegeausbildung auszuspucken, und ermöglichte meiner Mutter damit, zu Hause zu bleiben. *Seine* Frau würde nicht die Klos fremder Leute saubermachen. *Seine* Frau würde keine Niggerarbeit tun.

Ma war zwar erleichtert, der Außenwelt entkommen zu sein, aber sie schämte sich, nicht bei ihrer neuen Arbeitsstelle zu erscheinen. Sie bat *mich,* dorthin zu fahren und ihre auf einem Bügel hängende Uniform zurückzugeben. Der Mann an der Theke machte sich einen Spaß daraus. Er hielt die Uniform hoch und rief in den leeren Kragen: »Hallo, Connie? Juhu? Jemand zu Hause?« Aus Rücksicht auf meine Mutter sagte ich nichts. Ich hätte sogar über den Witz gelacht. Aber ich war so sauer, daß ich draußen vor der Tür fest genug gegen den Reifen von Rays Fairlane trat, daß ich mir den Zeh hätte brechen können. Ich trat Ray, nicht den Reifen oder diesen Idioten an der Theke. Mit den viertausend Dollar von Ray, unseren Studentendarlehen und dem, war wir mit Teilzeitjobs verdienten, hatten Thomas und ich jetzt genügend Geld, um zum College zu gehen. Aber erst hatte er Ma um das Geld betteln lassen – hatte sie fertiggemacht, mehr als sonst von ihren Kräften gezehrt. Über die Jahre hatte er sie so ausgelaugt, daß es an ein Wunder grenzte, daß von ihr nicht wirklich nur die leere Uniform übriggeblieben war.

Das ganze letzte Jahr der High-School hatte ich mir nichts mehr gewünscht als eine klare Trennung von meiner gesamten Familie – eine Atempause von Rays Schikanen und Mas allzu großer Nachgiebigkeit und von dem lebenslangen Spielchen, das ich mit Thomas gespielt hatte: »Ich und mein Schatten.« Meine Noten und die Ergebnisse meiner Aufnahmeprüfungen waren ganz anständig, und mein Vertrauenslehrer hatte vorgeschlagen, ich solle meine Arbeit als Schwimmlehrer beim CVJM – einen Job, den ich liebte und gut machte – ausbauen und Lehrer werden. Die Duke University hatte mich abgelehnt, aber an der New York University und an der University of Connecticut war ich angenommen worden. Thomas hatte sich nur an der UConn beworben und war auch dort zugelassen worden. Zuerst wußte er nicht, was er werden wollte, aber dann meinte er, er wolle auch Lehrer werden.

Als es wegen der Kosten unmöglich wurde, mich von meinem Bruder zu trennen, kämpfte ich hart darum, an der UConn wenigstens getrennte Wohnheimzimmer und verschiedene Zimmergenossen zu bekommen. Es sei für uns beide an der Zeit, eigenständige Persönlichkeiten zu werden, erklärte ich Thomas. Es sei für uns die perfekte Gelegenheit, einen Schnitt zu machen. Aber Thomas widerstrebte die Idee, daß ich mich befreien wollte. Er führte eine Reihe von Gründen an, warum eine Trennung ein großer Fehler sei. Sein Hauptargument war zu Beginn des Sommers der gemeinsame Besitz der Schreibmaschine. »Aber sie ist *tragbar*!« schrie ich immer wieder verzweifelt. »Ich *bringe* sie dir, wann immer du sie brauchst.«

»Sie gehört mir genauso wie dir!« schrie er zurück. »Warum soll ich darauf warten, daß mir jemand eine Schreibmaschine bringt, die mir sowieso zur Hälfte gehört!«

»Dann behalt sie eben in *deinem* Zimmer!«

Als Ma spürte, daß Thomas wegen unserer Trennung mehr und mehr in Panik geriet, erschien sie eines Nachmittags während meiner Arbeit im CVJM am Schwimmbecken. Zu der Zeit war ich in die leitende Bademeisterin verknallt, eine Frau Mitte Zwanzig namens Anne Generous, die mit einem bei der Marine verheiratet war. Manchmal, wenn ich nachts im Dunkeln oben in unserem Etagenbett lag, zog ich meine Unterhose runter und tat so, als wäre es Anne Generous' schwarzer Badeanzug mit dem CVJM-Emblem. Ich stellte mir vor, daß ihre Brüste langsam aus dem Einteiler zum Vorschein kamen und Anne sie mit beiden Händen umfaßte, wie die Frauen in diesen Schmuddelblättern. Ich liebkoste ihre langen, feuchten Beine, während ich dalag und meinen eigenen Ständer streichelte, bis ich schließlich in ihr kam und das Zeug auf meine Brust und meinen Bauch spritzte. In der Koje unter mir schlief mein Bruder, unbefleckt.

Von unseren nächtlichen Vergnügungen nichts ahnend, erklärte mir Anne Generous eines Nachmittags am Schwimmbecken, wie süß ich sei. Nur viel zu schüchtern. Sie stachelte mich die ganze Zeit dazu an, mich mit einer anderen Schwimmlehrerin namens Patty Katz zu verabreden. Patty war im ersten Jahr an der High-School. Sie war fröhlich und geduldig mit den Kindern, hatte pupurrote Aknepickel auf dem Rücken und trug einen Badeanzug, der ihr ständig in die Kimme rutschte. »Patty ist *verrückt* nach dir, Dominick«, vertraute Anne mir an. »Du bist für sie der Größte.«

Als Ma an diesem Tag am Beckenrand auftauchte, schüttelten Anne Generous und Patty ihr die Hand und sagten, wie sehr sie sich freuten, sie kennenzulernen. Sie schickten die Kinder zur anderen Seite des Beckens, damit Ma und ich eine Zeitlang ungestört sein konnten. Ma entschuldigte sich, es tue ihr leid, mich bei der Arbeit zu belästigen, aber sie müsse unbedingt mit mir über Thomas sprechen, wenn er nicht dabei sei. Sie hätten sich ein wenig unterhalten, erzählte sie. Er sei ganz nervös bei dem Gedanken, so weit fort von zu Hause zu sein; wenn er mit mir zusammenwohnen könne, würde er sich sicherer fühlen. Und er sei verärgert wegen der Schreibmaschine. Sie wolle nur, daß alles gutgehe. Und es sei doch *wirklich* einfacher, wenn die Schreibmaschine in einem Zimmer blieb, nicht wahr?

Ich stand da, sagte nichts und starrte auf die Tränen in ihren Augen.

»Ich weiß, daß er dir manchmal auf die Nerven geht. Aber kannst du *mir* nicht den Gefallen tun und dein Zimmer mit ihm teilen? Er ist einfach nur ein bißchen unsicher, das ist alles. Er hat nie soviel Selbstvertrauen gehabt wie du, Dominick. Ihm ist immer alles viel schwerer gefallen als dir. Das weißt du.«

»Für mich war es *verdammt* schwer«, sagte ich, »in *unserem* Haus aufzuwachsen.«

Ma schaute weg. Sie meinte, sie wisse nur eins: Unser Stiefvater habe uns tief in seinem Inneren sehr, sehr lieb, auch wenn er es nicht so zeigen könne. Mein verächtliches Schnauben ignorierend, wiederholte sie, Thomas brauche nur ein wenig Schützenhilfe.

»Und wie steht es mit dem, was *ich* brauche?« fragte ich. »Was ist *damit*?«

Sie war mitten ins Fangenspielen geplatzt, als sie kam, und jetzt kamen ein paar Kinder zu uns an den Beckenrand geschwommen und riefen nach mir. Einer der Jungen machte eine Arschbombe ins Wasser und spritzte aus Versehen meine Mutter naß. Als ich ihn laut verfluchte, wurde es ganz still – alle traten Wasser und starrten uns an. Aus der Mitte des Schwimmbeckens sah Anne Generous mit einer Mischung aus Mitleid und Mißbilligung zu uns herauf.

»Gut, in Ordnung«, sagte ich zu Ma. »Du hast gewonnen. Ich teile mir ein Zimmer mit ihm. Würdest du jetzt bitte hier verschwinden, bevor sie mich feuern! Dein Rock ist pitschnaß. Du bringst mich in Verlegenheit.«

An diesem Tag blieb ich nach der Arbeit länger dort, schwamm Bahnen und spuckte meine Flüche und Argumente ins Chlorwasser. Ich haßte meinen Bruder fast so sehr wie Ray. Wenn ich nachgab, würde ich ihn nie loswerden. *Nie*. Ich schwamm, bis mir die Augen brannten und mein Kopf weh tat – bis meine Arme und Beine bleischwer waren.

Als ich aus dem Schwimmbad kam, hupte Patty Katz mir aus dem Kombi ihrer Eltern zu. Sie wisse schon, daß ich sauer sei, sagte sie. Sie sei eine gute Zuhörerin. *Ihre* Mutter bringe sie auch zum Wahnsinn. Warum ich mich nicht von ihr zu einem Eis einladen ließe?

Als wir beim Dairy Queen ankamen, stieg Patty aus dem Wagen und holte mir ein Eis, damit ich sitzen bleiben und schmollen konnte. Ich beobachtete sie, während sie in der Schlange wartete. Mit trockenen Haaren und angezogen sah sie gar nicht so schlecht aus. Ganz passabel. Sie kam zurück zum Wagen, gab mir mein Eis und einen drei Zentimeter dicken Stapel Servietten.

»Wofür hältst du mich, für einen Trottel, oder was?« fragte ich, und sie wurde rot, entschuldigte sich und sagte, *sie* sei ein Trottel – ein Trampel.

Während unserer langen Fahrt erklärte Patty, ihrer Meinung nach sei es richtig, auf getrennten Zimmern zu bestehen. Ich solle mich bloß nicht davon abbringen lassen. Sie meinte, sie wisse, wer Thomas sei, kenne ihn aber nicht wirklich; sie habe mit ihm einen Kurs besucht. Und sie könne uns problemlos auseinanderhalten: Ich sei cool, und mein Bruder sei ein bißchen seltsam, ohne ihm zu nahe treten zu wollen. Ich wäre sicher erstaunt, wenn ich wüßte, wie viele Leute so über uns dächten.

Die Fahrt endete schließlich auf einem steilen Feldweg in der Nähe der Wasserfälle, mit umgeklapptem Rücksitz, meine Zunge in Pattys Hals und ihre Hand an meinem Schwengel. Sie war eifrig darauf bedacht, alles richtig zu machen, aber noch unerfahren, und zog an ihm, als hielte sie ein Kuheuter in der Hand. »Schneller, *schneller*«, flüsterte ich und führte ihr die Hand. Als sie es einigermaßen hinkriegte, schloß ich die Augen und kam in das feuchte Innere des Mundes von Anne Generous, meine Hände auf den Brüsten von Anne Generous, zum schnellen Streicheln von Anne Generous.

Ich säuberte mich mit den Servietten aus dem Dairy Queen. Patty Katz erklärte mir, sie habe so was noch nie gemacht. Es sei nicht so, daß sie es bereue. Sie wisse nur nicht, wie sie sich fühle. Ihre Stimme und ihr Weinen kamen mir vor, als wäre sie ein Mädchen in irgendeinem anderen Wagen. Ich stand auf, machte meinen Reißverschluß zu und stieg aus, um ein paar Schritte zu gehen.

Als Patty mich vor unserem Haus absetzte und sagte, sie glaube, sie liebe mich, dankte ich ihr für das Eis und versicherte ihr, ich würde sie am nächsten Tag anrufen – ein Versprechen, von dem ich schon in dem Moment, in dem ich es gab, bezweifelte, daß ich es halten würde. Nachdem sie weggefahren war, blieb ich vor dem Haus stehen und schaute hinauf zu dem Licht hinter den Rollos im Schlafzimmer von Ma und Ray. Es *war* nach Mitternacht: Ma lag da oben und machte sich Sorgen. Sie hatte nie viel verlangt, dachte ich. Aber auch nicht viel bekommen – weder von Ray noch von meinem Bruder oder mir. So gesehen –

ich hatte es siebzehn Jahre mit Thomas ausgehalten. Kam es da noch auf ein weiteres Jahr an?

Ich rief Patty Katz am nächsten Tag nicht an. Und als ich in der folgenden Woche vorschlug, sie und ich sollten mal wieder raus zu den Wasserfällen fahren, wollte sie lieber ins Kino oder zum Bowling gehen oder mal was mit anderen zusammen machen. Ob ich Ronnie Strong aus der Schule kannte? Er und ihre Freundin Margie wollten zusammen ausgehen. Wir könnten zu viert etwas unternehmen. Ja, vielleicht, antwortete ich. Dabei wollte ich gar nicht mit Patty ausgehen; ich wollte sie nur vögeln. Also blieb ich den Rest der Woche cool und wurde mit jeder Woche unterkühlter. Auch Anne Generous hatte etwas von ihrem Reiz für mich verloren. Sie hatte sehr große Füße für eine Frau. Sie konnte ziemlich herrisch sein. Mitte August redete ich kaum noch mit ihr.

Aber das merkwürdige war, daß Thomas, nach all dem Theater um die Schreibmaschine, das verdammte Ding während unseres ersten Jahres am College kaum anrührte. Er schaute auch kaum einmal in seine Bücher. Auf der High-School war er ein recht gewissenhafter Schüler gewesen – hatte für seine Zweien und Dreien härter arbeiten müssen als ich für meine Einsen. Aber an der UConn konnte Thomas nicht lang genug stillsitzen, um zu lernen. Er behauptete, er werde zu sehr abgelenkt. Das Wohnheim sei zu laut, seine Professoren seien zu unpersönlich, unser Zimmer zu heiß. Wegen der Wärme hätte er eine Nebenhöhlenentzündung, und er wurde schläfrig, wenn er zu lesen versuchte. Ständig ging er hinaus auf die Feuerleiter, um Luft zu schnappen, spritzte sich sein Spray in die Nase oder quatschte darüber, wie schlecht es ihm ging und wie sehr er sie alle haßte – die Idioten und Schwachköpfe und die bescheuerten Mädchen an unserer doofen Uni. Statt zu lernen, sah er im Aufenthaltsraum fern, trank den ganzen Tag löslichen Kaffee (wir hatten verbotenerweise eine Kochplatte) und lag dann die halbe Nacht wach und verschlief morgens die Vorlesungen. Er weigerte sich, mit irgend jemand Freundschaft zu schließen, und lehnte auch ab, daß ich mich mit einigen der anderen Jungs von unserem Flur anfreundete – Mitch O'Brien, Bill Moynihan und dieser ältere Student namens Al Menza, der immer jemanden zum Kartenspielen suchte. Thomas regte sich tierisch auf, wenn jemand bloß an die Tür klopfte, sich etwas ausleihen oder mit mir Basketball spielen wollte. »Bin ich *unsichtbar*, oder was?« fragte er dann beleidigt oder zog eine Grimasse.

»Ist Dominick da? Wo ist Dominick? *Alle* lieben Dominick, den Wunderknaben!«

»Wenn du auch ein paar Körbe werfen willst, dann komm einfach raus auf den Hof und *spiel*«, sagte ich. »Was erwartest du, eine handgemeißelte Einladung?«

»Nein, Dominick. Alles, was ich erwarte, ist, daß mir mein Bruder nicht in den Rücken fällt.«

»Wieso falle ich dir in den Rücken, wenn ich Basketball spielen gehe?« fragte ich genervt.

Er seufzte und ließ sich mit dem Gesicht nach unten aufs Bett fallen. »Wenn du das nicht begreifst, Dominick, dann vergiß es einfach.«

Eines Nachmittags wollte Menza beim Kartenspielen wissen, was mit meinem Bruder los sei. Ich spürte, wie sich die Karten in meiner Hand umbogen; mein Gesicht glühte. »Was soll das heißen – was mit ihm ›los‹ ist?« fragte ich.

»Ich weiß nicht. Er ist ein bißchen neben der Kappe, stimmt's? Erst sieht man ihn den ganzen Tag nicht, und wenn man mitten in der Nacht mal aufs Klo muß, wandert er gerade durch die Gänge wie Lurch aus der *Addams Family*.«

Die anderen Jungs lachten. O'Brien war auch da, ich weiß nicht, wer sonst noch. O'Brien sagte, einmal sei er nachts aufgestanden und habe Thomas im Wohnheim seine Runden drehen sehen. Nach Mitternacht! Mitten in der verdammten *Nacht*! Ich sagte nichts, schaute angestrengt in meine Karten, und als ich schließlich aufblickte, sahen mich alle drei Jungs an. »Mein Gott, Birdsey, du wirst ja rot wie eine Jungfrau in der Hochzeitsnacht«, meinte Menza. »Hat dir jemand einen unsittlichen Antrag gemacht, oder was?«

Ich warf meine Karten aufs Bett, stand auf und ging zur Tür. »He, wo willst du hin?« protestierte Menza. »Wir sind mitten im Spiel.«

»Du hast gewonnen«, sagte ich. »Ihr habt alle gewonnen. Ich hab verdammt noch mal verloren.«

Den Rest des Nachmittags über ließen die Jungs über Moynihans Stereoanlage »The Monster Mash« laufen. Sie stellten den Lautsprecher vor die Tür und beschallten den Flur mit diesem verdammten Song. Sangen die Titelmelodie der *Addams Family*, als Thomas und ich zum Abendessen runterkamen, und schnipsten dabei mit den Fingern. Es war bald vorbei, wie das bei diesen Sticheleien immer der Fall ist. Aber der Spitzname, den sie Thomas verpaßt hatten, blieb: Von diesem Nachmittag an hieß er bei den Jungs in Crandall Hall nur noch »Lurch«.

Wenn ich mich nicht gerade mit Thomas stritt oder ihn halbherzig verteidigte, verbrachte ich meine Zeit über den Büchern oder hockte vor unserer Royal-Schreibmaschine und hackte die nächste Hausarbeit in die Tasten. Die Geräusche, die ich beim Lernen machte, wurden zum Problem: das Klappern der Schreibmaschine, das Quietschen des Textmarkers auf dem Papier, sogar das Knistern des Zellophans, wenn ich mir einen Schokoriegel aus dem Automaten im Keller geholt hatte. Ich ging dazu über, soviel wie möglich in der Bibliothek zu arbeiten. Ich haßte den Anblick von Thomas' vorwurfsvollem Gesicht, das Geräusch seines Nasensprays und sein abwesendes Seufzen mitten in der Nacht. Wenn er nicht langsam aufwachte, würde er durchrasseln – Ma das Herz brechen und Ray zur Raserei bringen. In Vietnam enden und sich den Kopf wegpusten lassen. Aber ich sollte verflucht sein, wenn *ich* dafür sorgte, daß er lernte – wenn *ich* ihn mir auf die Schulter packte und zu seinen Kursen trug.

Irgendwann gegen Ende des zweiten Semesters bekam Thomas eine Mitteilung vom Dekan wegen seiner Leistungen in den Geisteswissenschaften. In dem Brief wurde mein Bruder aufgefordert, so bald wie möglich einen Termin mit ihm zu vereinbaren. Statt dessen fing Thomas an, wie ein Wahnsinniger zu arbeiten, um alles aufzuholen. »Ich schaffe das schon, Dominick«, sagte er zu mir. »Warum siehst du mich so an? Ich *schaffe* das.« Er ging in die Sprechstunden der Professoren und bettelte um Verlängerungen und Nachprüfungstermine. Er ließ unsere Kochplatte an, bis sie glühte, und kippte eine Tasse Kaffee nach der anderen in sich hinein. Ein Typ aus dem zweiten Stock verkaufte Thomas ein paar Aufputschmittel, so daß er Tag und Nacht für seine bevorstehenden Prüfungen pauken konnte. Er schluckte die

Aufputschpillen, als wären es Smarties, und warf soviel Mist ein, daß in seinen Augen Blutgefäße platzten.

Eines Nachmittags kam ich in unser Zimmer und fand ihn schluchzend auf meinem Bett. »Schimpf nicht mit mir, Dominick«, flehte er immer wieder. »Bitte, schimpf nicht mit mir.« So hatte er Ray angebettelt, als wir Kinder waren – wenn Thomas einen von Rays Tobsuchtsanfällen ausgelöst hatte.

Unser Zimmer war ein einziges Durcheinander; überall flogen Blätter und anderes Zeug herum. Auf meinem Schreibtisch lagen ein Schraubenzieher, ein Stein, ein Hammer und unsere Schreibmaschine. Der Koffer war in der Mitte aufgerissen; ein zehn Zentimeter langes Stück war herausgebrochen.

Da meinte ich, er solle mir verdammt noch mal erklären, was los sei.

»Okay, okay«, sagte er. »Aber schimpf nicht mit mir.«

Er hatte endlich eine längst fällige Hausarbeit in Englisch geschrieben und wollte sie gerade abtippen, da konnte er seinen Schlüssel nicht mehr finden. Erst hatte er die ganze Zeit auf mich gewartet – er wußte ja nie, wo ich war. Er hätte genausogut *gar keinen* Zimmergenossen haben können. Nach einer Weile war er in Panik geraten, überzeugt, ich hätte den Schlüssel genommen und ihn vor ihm versteckt, weil ich wollte, daß er durchfiel. *Ich* wollte, daß er durchrasselte! Warum ich die dämliche Schreibmaschine überhaupt abgeschlossen hätte? Warum sie bloß immer abgeschlossen sein müsse?

»Weil es in diesem Wohnheim Typen gibt, die klauen«, sagte ich.

»Dann könnten sie auch das ganze Ding klauen!« schluchzte er. »Es ist *tragbar*!«

Als es ihm nicht gelingen wollte, das Schloß des Schreibmaschinenkoffers aufzubrechen, war Thomas nach draußen gegangen, hatte einen Stein geholt und den Koffer zerschlagen. Es schien ihm das Beste zu sein, bis er es tat. Denn da fiel ihm ein, wo er zu Beginn des Semesters seinen Schlüssel versteckt hatte: oben auf dem Regal in seiner zweiten Seifenschale, die er nie benutzte. Ob ich bitte, *bitte* die Arbeit für ihn tippen könne. Er würde es wiedergutmachen, einen neuen Koffer für die Schreibmaschine kaufen. Die Arbeit müsse am nächsten Morgen um neun Uhr abgegeben werden. Er könne nicht tippen, weil seine Hände zu sehr zitterten. Er sei zu nervös, um sich zu konzentrieren. Das »w« und das »s« auf unserer Schreibmaschine funktionierten leider nicht mehr, aber er sei schon runter in O'Briens Zimmer gegangen, und O'Brien habe gesagt, wir könnten seine Schreibmaschine nehmen. Die Arbeit selbst sei ganz gut gelungen, meinte er. Aber seine Englischprofessorin werde keinen Zentimeter nachgeben. Wenn er die Arbeit um 9.01 Uhr ablieferte, nähme sie sie wahrscheinlich nicht mehr an. Sie hatte es auf ihn abgesehen.

Ich hätte ihn verprügeln können für das, was er getan hatte – für das, was er das ganze Jahr über *nicht* getan hatte. Aber trotz all meiner Wut war ich in erster Linie erschrocken – wegen dieser Blutflecken in seinen Augen und seiner zitternden Hände, wegen seiner aufgedrehten Art zu sprechen.

Ich schaffte es, ihn zu beruhigen. Machte ihm eine Dose Suppe warm. Ja, ich würde die dämliche Arbeit für ihn tippen, beschwichtigte ich ihn. Er solle sich hinlegen und ja kein Wort über den Krach sagen, den O'Briens Schreibmaschine mache. Dann fing ich an zu tippen.

Es war ein Aufsatz über die Entfremdung in der modernen Literatur – ein elendes Flickwerk von Zutaten aus den kommentierten Ausgaben, ein Schwachsinn ohne konkreten Inhalt, der kaum Sinn ergab. Die weitschweifigen Sätze verliefen sich in einem Dutzend verschiedener Richtungen und fanden nie zu ihrem Ausgangspunkt zurück; die Handschrift war kaum als die von Thomas erkennbar. – Diese Arbeit erschreckte mich mehr als sein Verhalten. Aber ich tippte, was er geschrieben hatte, verbesserte hier und da etwas und hoffte, seine Lehrerin könnte trotz allem einen Zusammenhang in dem erkennen, was er zusammengestoppelt hatte.

Er schlief ein, noch bevor ich die erste Seite fertig hatte. Er schlief die ganze Nacht durch und lag am Morgen um 8.45 Uhr immer noch im Bett. Ich ging über den Campus und brachte seiner Lehrerin die verspätete Arbeit. Da sie mich für Thomas hielt, blickte sie mich verächtlich an und sagte, sie hoffe, ich hätte meine Lektion in Arbeitsorganisation gelernt. Vielleicht würde ich in Zukunft anderen Leuten nicht mehr so leichtfertig Unannehmlichkeiten bereiten.

Nein, antwortete ich, bestimmt nicht.

Als ich in unser Wohnheim zurückkam, blieb ich einen Augenblick verwirrt vor unserer zerschmetterten Schreibmaschine stehen und fuhr mit dem Finger über die scharfe Bruchkante. Drehte mich um und stand da, studierte meinen schlafenden Bruder, seinen geöffneten Mund und die Augen, die hinter den Lidern zuckten.

Am Ende des zweiten Semesters gab die Universität meinem Bruder eine letzte akademische Bewährungsfrist.

9

»Hereinspaziert, hereinspaziert«, rief sie, während sie sich von dem Stuhl vor ihrem Computer erhob. »Ich bin Lisa Sheffer.«

Bürstenhaarschnitt, *Star-Trek*-Sweatshirt, mehrere kleine Stecker in einem Ohr: Was auch immer ich erwartet hatte – *das* jedenfalls nicht. Sie war kaum größer als einsfünfundfünfzig, auf keinen Fall einssechzig. Wog wahrscheinlich selbst in klatschnassen Klamotten kaum mehr als fünfundvierzig Kilo.

»Dominick Birdsey«, sagte ich. Sie hatte einen Händedruck wie ein Schraubstock. Ich dankte ihr für die Nachricht, die sie am Abend zuvor auf meinen Anrufbeantworter gesprochen hatte, und begann, weitschweifig von meinem Bruder zu erzählen; berichtete ihr seine ganze Geschichte und erklärte, seine Einweisung in diesen Teil der Klinik sei ein einziger großer Irrtum.

Sheffer hob wie ein Verkehrspolizist abwehrend die Hände. »Könnten Sie bitte einen Moment warten?« fragte sie. »Ich muß nur noch ein paar Notizen über einen anderen Patienten machen, bevor ich es vergesse. Nehmen Sie doch bitte Platz. Es dauert nur eine Minute.«

Das war nicht zuviel verlangt. Wir hatten für zehn Uhr einen Termin vereinbart, und die Wanduhr über ihr zeigte 9.51 Uhr. Meine Augen wanderten von ihren struppigen Haaren zu dem Berg von Papieren auf ihrem Schreibtisch und weiter zu einem geschnitzten Holzvogel, der seinen Kopf auf neckische Weise schief hielt. An der Decke brummte eine Neonröhre wie ein Moskito.

»Da hat man sich endlich an ein Programm gewöhnt, und ehe man's sich versieht, haben diese Computerexperten in Hartford schon wieder alles verändert«, sagte sie. »Jedesmal wenn sie ein Software-Update gemacht haben, bieten sie diese Kurse an, als ob sie einem damit einen Gefallen täten. Ich bin bereits beim Amtsleiter gewesen: ›Entschuldigen Sie bitte. Ich hab ein Kind im Hort und einen Ford Escort, dessen Tage längst gezählt sind. Warum kann ich nicht einfach das Programm benutzen, mit dem ich mich auskenne?‹ Aber *nein* ...«

Das Telefon klingelte. »Aha«, antwortete sie dem Menschen am anderen Ende der Leitung. »Ach so. Ja.« Ich stand auf und ging zum Fenster – Drahtglas, etwa sechzig mal sechzig Zentimeter. Wie kam man nur auf die Idee, hier zu arbeiten?

Draußen befand sich ein Sportplatz – eher ein Möchtegern-Sportplatz. Eine Reihe Parkbänke mit Tischen, die am Betonboden festgekettet waren, und ein verrosteter Basketballkorb. In diesen Innenhof wurde gerade eine kleine Gruppe von Patienten gelassen, die beim Anblick der Sonne plötzlich blinzelten. Thomas war nirgendwo zu sehen.

»Ihr richtiger Name ist also Domenico?« sagte Sheffer. Sie hatte den Hörer aufgelegt und saß wieder an ihrem Computer.

»Nur auf dem Papier«, antwortete ich. »Woher wissen Sie das?«

Sie meinte, sie habe es irgendwo in den Unterlagen über meinen Bruder gelesen.

Ich nickte und erklärte ihr, daß ich nach meinem Großvater benannt worden war. Ob sie unsere Geburtsurkunden gesehen habe. Ob sie wisse, daß Thomas und ich unter dem Mädchennamen unserer Mutter eingetragen waren?

»Und Ihr Bruder sagt, Sie sind Anstreicher, stimmt's?«

»Stimmt.« Herrje, ging es bei diesem Termin um Thomas oder um mich?

»Machen Sie auch kostenlose Voranschläge?«

»Äh ... ja. Mach ich. Also, was ist nun mit meinem Bruder?«

Sie tippte wieder irgendwas auf ihrer Tastatur. Dann blickte sie hoch. »Mein Großvater hieß auch Domenico«, sagte sie. »Deshalb ist es mir überhaupt aufgefallen. Domenico Parlapiano. Was für ein Zungenbrecher …«

Ich setzte mich wieder hin, trommelte mit den Fingern auf die Sessellehnen. Mit Ungeduld würde ich gar nichts erreichen, sagte ich mir. Erst recht nicht für Thomas. Dieser dämliche Holzvogel sah aus, als starrte er mich direkt an.

»Sheffer ist also der Name Ihres Mannes?« fragte ich.

Sie blickte mich an. Schüttelte den Kopf. »Mein Vater ist Jude und meine Mutter Italienerin. Haben Sie schon mal Spaghetti mit Matzebällchen gegessen?« Ich sah sie einfach an, zeigte keine Reaktion. »Das war ein Scherz, Domenico«, sagte sie. »Ich hab nur Spaß gemacht. Ach, übrigens, möchten Sie einen Schokoriegel?«

»Einen Schokoriegel?«

»Kostet einen Dollar das Stück. Spendensammlung für das Cheerleaderteam meiner kleinen Tochter.« Sie streckte die Zunge heraus und schnitt eine Grimasse. »Ich hab Schoko-Mandel, Schoko-Erdnuß und Schoko-Krokant.«

Zu diesem Zeitpunkt konnte ich die Möglichkeit, daß sie bei der Entscheidung über Thomas' Unterbringung was zu sagen hatte, noch nicht völlig ausschließen. »Ja, warum nicht. Klar. Ich versuch mal Schoko-Mandel.« Ich stand auf und zog einen Dollar aus der Hosentasche.

Ich trug noch immer diese Jogginghose – dieses Ding mit dem Totenkopfmuster. Ich sah, wie Sheffer grinste. »Scharfe Hose«, sagte sie, und ich schaute weg, peinlich berührt.

Sie griff in ihre Schreibtischschublade und reichte mir einen Schokoriegel. Kein Ehering. Schätzungsweise Anfang Dreißig. »Ich widme mich gleich Ihnen, Domenico«, meinte sie. »Lassen Sie mich nur eben das hier noch fertigmachen, und dann können wir loslegen.«

»Dominick«, murmelte ich. »Mein Name ist Dominick.«

Es klopfte an der Tür. »Herein«, sagte sie. Einer der Hausmeister kam ins Zimmer und leerte den Mülleimer.

»Hi, Smitty«, sagte Sheffer. »Tun Sie mir einen Gefallen, okay? Schmeißen Sie diesen Computer für mich in den Müll. Das würde mein Leben um etwa tausend Prozent vereinfachen.«

»Ganz meine Meinung, Lisa!« antwortete er. Dann sah er zu

mir herüber, lächelte etwas zu diensteifrig. »Guten Tag, Sir«, grüßte er.

Ich nickte und schaute weg.

»Ach, äh, Lisa? Haben Sie noch ein paar von den Schokoriegeln?«

»Sie haben mir die anderen noch nicht bezahlt, Smitty«, sagte Sheffer. »Sie schulden mir bereits vier Dollar.«

»Oh, okay. Was kosten sie noch mal?«

»Einen Dollar das Stück. Genau wie gestern und vorgestern.«

»Oh.« Er machte ein langes Gesicht. Stand einfach da, wartete.

Sheffer stieß einen Seufzer aus. »Okay, okay, hier nehmen Sie«, sagte sie und warf ihm einen Riegel zu. Er biß in seinen Schokoriegel, noch bevor er aus der Tür war.

»Hier Spendengelder sammeln zu wollen, ist vergebliche Liebesmüh«, erklärte Sheffer lächelnd. »Diese Spendenaktion treibt mich noch in den Ruin.«

Ich fragte sie, wie alt ihre Tochter sei.

»Jesse? Sie ist sieben. Und Sie? Haben Sie auch Kinder?«

Haben Sie auch Kinder? Diese beiläufig gestellte Frage versetzte mir immer einen Schlag in die Magengrube. »Nein«, sagte ich. »Keine Kinder.« Leugnen war immer noch einfacher, als die Wahrheit zu sagen – daß wir ein kleines Mädchen gehabt hatten, Dessa und ich. Eine Tochter gehabt und dann verloren hatten. Sie wäre jetzt ebenfalls sieben Jahre alt.

Draußen im Gang entstand ein Tumult – jemand kreischte mit hoher Stimme was von Toilettenpapier. »Das hab ich ja gar nicht gesagt!« rief die Stimme. »Ich sag ja bloß, daß ich beim *Stuhlgang* gerne selbst das Toilettenpapier abreißen will, anstatt daß jemand dasteht und mir die einzelnen Blättchen reicht. Ich brauch keinen Butler, vielen Dank. Und erzähl mir nicht, daß ich sonst die Wände beschmiere, denn das tue ich *nicht*.«

Sheffer rollte mit den Augen, stand auf und ging zur Tür. »Entschuldigen Sie bitte, Ozzie, aber könnten Sie bitte etwas leiser sein? Ich habe jemanden in meinem Büro, und wir können kaum unser eigenes ...«

»Leck mich, *Ms.* Sheffer!«

Als ich durch die Tür schaute, nahm die Stimme Gestalt an –

ein kahler Mann mittleren Alters, hager und heruntergekommen. Sein Krankenhaushemd klaffte hinten weit auseinander. Ein Pfleger stand neben ihm – ein weißer Junge mit Rastalocken. »Ich hab ihm gesagt, er soll leise sein, Lisa«, meinte er.

»Schon in Ordnung, Andy. Ach Andy, kannst du mir einen Gefallen tun? Könntest du Dr. Patel bitte ausrichten, daß der Bruder von Thomas Birdsey hier ist? Vielleicht möchte Dr. Patel kurz vorbeikommen und mit ihm reden.«

»Klar«, sagte er. »Komm, Ozzie. Auf geht's.«

»Faß mich nicht an!« protestierte Ozzie. »Was glaubst du eigentlich, was das hier ist – ein Streichelzoo?«

Sheffer schüttelte den Kopf und schloß die Tür. »Tut mir leid. Aber manchmal geht's hier zu wie im Tollhaus«, erklärte sie.

Ich stand auf und trat wieder an das kleine Fenster. Kaum zu glauben, daß Angela jetzt schon sieben Jahre alt wäre. Diese schlafmützige Sozialarbeiterin hatte mich mit ihren Schokoriegeln und ihren Spaghetti mit Matzebällchen entwaffnet. Mich völlig aus der Bahn geworfen. Es war noch immer keine Entscheidung gefallen.

Draußen im Innenhof stellten sich die Insassen in einer Reihe vor einem Typ mit Cowboyhut auf, der einem nach dem anderen Feuer gab. Das sollte eine Pause an der frischen Luft sein? In Tarnklamotten der Armee auf Picknicktischen sitzen und rauchen? Der einzige, der so was wie Sport machte, war ein dünner Schwarzer, der einen Basketball über den Platz dribbelte, ohne ihn auf den Korb zu werfen. *Titsch, titsch, titsch* – er wirkte völlig zugedröhnt. War wahrscheinlich bis unter die Halskrause mit Thorazin vollgepumpt. Und dabei war er noch der einzige, der sich überhaupt bewegte.

»Beantworten Sie mir mal eine Frage«, sagte ich. »Wie kommt es, daß die Hälfte der Jungs da draußen einen Tarnanzug trägt? Ist das hier die neueste Mode, oder was?«

Sie erhob sich von ihrem Stuhl, sah hinaus und lächelte. »Station 4«, sagte sie. »Etwa die Hälfte der Patienten dort sind Vietnamveteranen.«

»Der Kerl aus Mystic sitzt auch hier, richtig? Der Typ, der seine Familie mit dem Vietcong verwechselt hat.«

»Ich kann nun wirklich nicht über andere Fälle mit Ihnen sprechen«, antwortete sie. »Aber nicht alle von diesen Veteranen haben eine Straftat begangen; viele sind einfach nur hier, weil die speziellen Heime für die Veteranen überfüllt sind und so viele von den Auffangprogrammen gestrichen wurden. Irgendwo muß man sie ja schließlich unterbringen, oder? Vietnam – der Krieg, der immer wieder Freude schenkt.«

»Und jetzt rüsten wir uns gerade für den nächsten«, sagte ich.

Angewidert schüttelte sie den Kopf. »Bei denen da oben klingt immer alles so nobel: ›Operation Wüstensturm‹. Es scheint, als hätte das ganze Land beschlossen, unter selektivem Gedächtnisschwund zu leiden. Hipp, Hipp, Hurra, Amerika! Auf in die nächste Runde.«

Inzwischen zeigte ihre Wanduhr 10.07 Uhr. Seit sieben Minuten sollten wir dieses Beratungsgespräch führen, und sie hackte noch immer auf ihrer Tastatur herum und ließ mich in den Genuß ihrer politischen Ansichten kommen. »Genau das hat mein Bruder mit seiner Aktion in der Bücherei ja versucht«, sagte ich. »Er wollte den Krieg verhindern, bevor er überhaupt anfing.«

Sie sah zu mir herüber, nickte.

Draußen im Innenhof versuchte der Typ mit dem Cowboyhut die Truppe bei Laune zu halten. Selbst ein Blinder mit Krückstock konnte sehen, welche Patienten zu seinen Lieblingen zählten und welche nicht. »Wer ist denn der Cowboy da draußen?« fragte ich.

»Hmm?« Sie blickte hinaus. »Oh, das ist Duane. Einer von den FSlern.«

»Ein was? Gott, ich könnte all diese Abkürzungen nicht auseinanderhalten.«

»Forensik-Spezialisten. Einer der Psychiatriepfleger. Ein merkwürdiger Typ.«

»Und was sind die Insassen? Pyromanen? Warum darf niemand seine Zigarette selbst anzünden?«

Sie gab keine Antwort. »Okay! Augenblick noch. Neuer Versuch«, sagte sie. Dann wandte sie sich mir zu, strahlte mich an. »Ich hab die ganze Zeit versucht, die Daten zu speichern, indem ich die ›Shift‹-Taste gedrückt habe, statt die ›Control‹-Taste. Das mußte man nämlich bei dem alten Programm machen. Die ›Shift‹-Taste drücken. Ich *hasse* Computer. Wer hat die Dinger überhaupt erfunden? Wer ist dafür verantwortlich? Alexander

Graham Bell ist der Erfinder des Telefons, das weiß jeder. Und Eli Whitney erfand die Entkörnungsmaschine für Baumwolle. Aber wer sich auch immer den Computer ausgedacht hat, traut sich wahrscheinlich nicht, sein Gesicht zu zeigen.«

Das Dribbeln des Basketballs draußen hatte aufgehört. Plötzlich herrschte Stille im Büro. »Also, wie auch immer«, sagte ich. »Was ist jetzt mit meinem Bruder?«

Sie nickte, rutschte auf ihrem Stuhl hin und her, öffnete seine Akte. »Setzen Sie sich doch bitte«, sagte sie.

Sie redete jetzt im Krankenhausjargon: Thomas sei mit einem »Zweiwochen-Schein« eingeliefert worden. Sobald die Beobachtungsphase vorüber sei, komme sein Fall vor ein Vormundschaftsgericht und von dort aus wahrscheinlich direkt zum ÜSP.

»Hören Sie«, sagte ich. »Ich will nicht unhöflich sein – Sie sind schließlich das erste menschliche Wesen, das ich hier treffe –, aber erstens: quatschen Sie mich nicht mit diesen Abkürzungen voll, und zweitens: erzählen Sie mir nichts von einem ›Zweiwochen-Schein‹. Ich werd ihn noch heute hier rausholen.«

»Wie wär's, wenn Sie sich mal einen anderen Ton angewöhnen würden?« erwiderte sie. »Beruhigen Sie sich, okay?«

»Ich beruhige mich, sobald dieser ganze Zirkus hier vorbei ist. Sie müssen nichts weiter tun, als seinen Arzt anrufen. Dr. Willis Ehlers. Er wird bestätigen, daß mein Bruder nicht hierher gehört. Daß es sich um ein Mißverständnis handelt und er ins Settle gehört.«

Sie schüttelte den Kopf. »Ehlers ist nicht mehr sein Arzt, Dominick. Sie haben ihn neu eingestuft.«

»*Wer* hat ihn neu eingestuft?«

Sie blätterte in den Unterlagen. »Sieht so aus, als wär das eine Anweisung von ganz oben. Vom Büro des Regierungsbeauftragten in Hartford.«

Sie schob einige Papiere über den Tisch, tippte mit dem Finger auf die Unterschrift von irgendeinem Oberbonzen.

»Wieso Hartford?« fragte ich. »Was hat Hartford damit zu tun?«

»Das kann ich Ihnen nicht genau sagen. Berufen Sie sich bitte nicht auf mich, aber ich schätze, daß Ihr Bruder einer von den politischen Fällen ist.«

»Was heißt das?«

Sie blickte zur Decke, blies ihre Wangen auf. »Halt's Maul, Sheffer«, rief sie sich selbst zur Ordnung.

»Nein«, sagte ich. »Kommen Sie schon. Erzählen Sie's mir.«

»Also, ich weiß nichts Genaues, okay?« erwiderte sie. »Ich habe jedenfalls nichts *gehört*, weder aus der Gerüchteküche noch auf offiziellem Wege. Das Ganze ist also reine Theorie, okay? Aber wenn Hartford sich mit so einer Sache beschäftigt, handelt es sich meist um Schadensbegrenzung. Normalerweise sind wir nämlich relativ autonom. Ich schätze, das Ganze ist ein Resultat der Jimmy-Lane-Geschichte. Ich bin mir zwar nicht hundertprozentig sicher, aber fast. Doch wie ich schon sagte: Berufen Sie sich nicht auf mich.«

Ich hatte nicht die geringste Ahnung, wovon sie sprach.

»Aber es gibt nicht nur schlechte Nachrichten«, fuhr sie fort. »Sein neuer Psychiater ist Dr. Chase – es hätte schlimmer kommen können –, und seine psychologische Betreuung übernimmt Dr. Patel, was *wirklich* toll ist. Ich habe sehr viel Respekt vor ...«

»Sein Arzt ist Dr. *Ehlers*«, sagte ich. »Ehlers hat meinen Bruder die vergangenen vier Jahre behandelt – und sehr erfolgreich, zumindest die meiste Zeit.«

»Erfolgreich?« fragte sie. »Ihr Bruder hat sich seine Hand abgeschnitten, Domenico.«

»Weil er seine Medikamente nicht genommen hat, deswegen«, schnauzte ich sie an. Wie lange mußte ich mir diesen Schwachsinn noch anhören von dieser dürren kleinen ...? »Okay, vielleicht hätte Ehlers das verhindern müssen. Aber das hätte ich auch. Wir *alle* haben es versäumt. Wir *alle* haben geschlafen.«

»Das geht mich nichts an«, sagte sie. »Aber ich sehe schon, daß Sie sich die Sache ziemlich zu Herzen nehmen. Ich meine, im Vergleich zu den Geschwistern von anderen Patienten. Wie kommt das, ist das so eine Zwillingsgeschichte?«

»Was ich tue, interessiert hier nicht«, betonte ich. »Ich sage lediglich, daß Ehlers besser war als die meisten anderen Ärzte ... Er war zumindest konsequent. Thomas fühlt sich bei ihm sicher. Geborgen. Und deshalb interessiert es mich einen Dreck, was irgend jemand in Hartford will. Also holen Sie jetzt bitte diesen Dr. Chase oder diesen Dr. ...?«

»Dr. Patel.«

»Lassen Sie diesen Dr. Patel bei Ehlers anrufen, damit ich Thomas endlich hier rausholen kann.«

»Dr. Patel ist eine Frau«, sagte sie.

Ich schloß die Augen. »Okay, prima, was auch immer«, erwiderte ich. »Das spielt doch überhaupt keine Rolle.«

»Ich wollte es Ihnen nur sagen. Sie ist Inderin ...«

Ich schlug mit der Hand auf ihren Schreibtisch. »Verdammt noch mal, was ist mit dieser Anstalt los? Warum hört mir hier eigentlich keiner zu? Es handelt sich um einen *Irrtum*, und es kümmert mich einen Scheißdreck, ob Dr. Patel vom Mars stammt oder ein Mann oder eine Frau ist oder irgendein Außerirdischer mit drei Köpfen, okay? Mein Bruder wird in diesem Rattenloch festgehalten, weil irgendein bescheuerter Bürokrat einen Verwaltungsfehler gemacht hat.«

Sie neigte ihren Kopf, genau wie dieser Vogel auf ihrem Schreibtisch. »Fehler? Inwiefern, Domenico?« fragte sie. »Fahren Sie ruhig fort. Ich höre Ihnen zu.«

»Einen Fehler, weil er nach einem Zwischenfall sonst immer ins Settle kommt. Er zählt praktisch zum festen Inventar da drüben. Er hat dort sogar einen Teilzeitjob.«

Sie saß stumm da, wartete.

»Und weil ...«

»Ja? Weil ...?«

»Weil er im Moment fast verrückt werden muß vor Angst, okay? Hören Sie, der Knabe hat keinerlei Selbstschutzmechanismen. Nichts. Niente. Und das ist nicht irgend so eine ›Zwillingsgeschichte‹. Es ist ... Ich hab schon *immer* für Thomas einstehen müssen, okay? Ihn hier festzuhalten ist so, als würden Sie ein Kaninchen zu den Wölfen sperren.«

Sie holte tief Luft – und atmete dann langsam und hörbar wieder aus. »Kaffee und Zeitungen, stimmt's?«

»Wie bitte?«

»Sein Job. Er hat mir davon erzählt. Wir haben gestern abend noch über eine Stunde miteinander geredet.«

»Hören Sie mir überhaupt zu?«, fragte ich.

»Oh, ich höre Ihnen durchaus zu. Klingt genauso, als ob ich meinem eigenen Gerede zuhöre, eigentlich dem meines *früheren* Ichs.«

»Was soll *das* denn jetzt schon wieder heißen?«

»Ach, nichts. Selbstbeobachtung, sonst nichts. Ist nicht so wichtig.«

Ich blieb dort einfach sitzen, versuchte herauszufinden, was zum Teufel sie da faselte.

»Ich war neun Jahre mit einem Alkoholabhängigen zusammen. Daher weiß ich, was es heißt, für einen anderen einstehen zu müssen. Für einen anderen den Selbstschutz zu übernehmen. Ich nenne es den ›Don-Quichotte-Komplex‹. Die Schutzlosen zu beschützen – das läßt einen besonders nobel erscheinen. Außerdem ist es eine großartige Verdrängungstaktik. Man muß sich nicht mehr mit den eigenen Problemen beschäftigen, stimmt's? Aber ich glaube, ich bin grad etwas zu weit gegangen. Ich dachte nur, ich hätte einen anderen Don Quichotte erkannt, das ist alles. Tut mir leid.«

»Ja, und vielen Dank auch für die kostenlose Psychoanalyse«, erwiderte ich. »Aber es geht hier um meinen Bruder, und nicht um mich. Oder *Sie*.«

»Autsch«, sagte sie. »Das hat gesessen. Wirklich – es tut mir leid. Also gut, ich will kein Blatt vor den Mund nehmen, *paesano*. Man hat Ihren Bruder in die forensische Psychiatrie eingewiesen, weil er psychisch krank ist, sehr krank, *und* weil er ein schweres Verbrechen begangen hat.«

»Was für ein Verbrechen? Was hat er denn getan? Einige alte Damen bei ihrer Nachmittagslektüre gestört? Den Teppich der Bücherei mit etwas Blut beschmutzt? Hören Sie, ich weiß ja – was er getan hat, war etwas bizarr. Wenn er seine Medikamente nicht nimmt, dreht er völlig durch. Das bestreite ich ja gar nicht. Aber welches ›schwere Verbrechen‹ soll er denn begangen haben?«

»Er war im Besitz einer gefährlichen Waffe.«

»Das war er nicht ... Er hat das Messer gegen *sich selbst* gerichtet!«

»Nun«, sie zuckte mit den Achseln. »*Er* zählt doch auch. Oder nicht?«

Da saßen wir nun, starrten einander an – zwei Revolverhelden, die beide darauf warteten, daß der andere die erste Bewegung machte. »Er hat ... er hat diese religiösen Wahnvorstellungen«, sagte ich. »Denkt, Gott hätte ihn auserwählt, die Welt zu erlösen. Hören Sie, er teilt *Ihre* politischen Ansichten, denkt genauso über die Geschichte am Golf wie Sie … er wollte etwas *tun* – irgendein großes Opfer bringen, das Saddam Hussein und Bush aufwecken würde. Er sagt, Gott leite ihn mit Hilfe der Bibel … er ist verrückt, okay? Aber er ist *kein* Verbrecher.«

»Und jetzt erzähl ich Ihnen mal, wie man die Geschichte auch interpretieren kann«, erwiderte sie. »Er hat in einem öffentlichen Gebäude mit einem Messer rumgefuchtelt. Er gehört eingesperrt, damit anständige Leute sich wieder ohne Angst auf der Straße bewegen können.«

»Mit einem Messer herumgefuchtelt? Was meinen Sie mit ›herumgefuchtelt‹?«

Sie hob verteidigend die Hände. »Werden Sie jetzt nicht aggressiv, *paesano*. Ich spiele hier nur den Advocatus Diaboli. Ich bin die Öffentlichkeit, die in der Zeitung liest, was passiert ist. Verstehen Sie jetzt, was ich meine?«

»Aber er hat nicht damit rumgefuchtelt. Er hat niemanden bedroht. Er hat einfach nur in seiner Lesenische gesessen und sich um niemand sonst gekümmert. Hören Sie, ich kenne diesen Mann. Kenne ihn besser als jeder andere. Und höchstwahrscheinlich bin *ich* wesentlich gefährlicher als er.«

Sie lächelte. »Hören Sie. Wissen Sie, was Ihr Problem ist? Können Sie sich einen Moment beruhigen und mir zuhören? Sie gehen davon aus, daß dies hier für ihn der schlimmste Ort auf Erden ist, aber das stimmt nicht unbedingt. Und wie dem auch sei … es gibt sowieso nichts, was Sie dagegen tun können. Sie werden sich also einen Ruck geben und mir vertrauen müssen.«

Ich holte ein paarmal tief Luft, zählte bis zehn. »Gott, sind Sie loyal. Wie eine Marionette. So 'ne willenlose Puppe«, sagte ich dann.

Sie lachte so laut, daß sie regelrecht schnaubte. »Ich bin hier schon als so manches bezeichnet worden, Domenico, aber noch nie …«

»Aber Sie sind eine. Sie sehen zwar nicht so aus, aber Sie haben den gleichen Gang und benutzen die gleiche Sprache wie die anderen. Sie folgen genauso brav denen, die hier die Fäden ziehen.«

Sie schüttelte den Kopf, immer noch lächelnd. »Also, das war ein echter Tiefschlag«, sagte sie.

»He, hören Sie ...«

»Nein, jetzt hören Sie *mir* mal zu. Erstens, *paesano*, bin ich eine Frau und keine Puppe. Wenn wir in dieser Sache zusammenarbeiten wollen, sollten Sie sich diesen kleinen Unterschied merken. ›Puppe‹ klingt wie jemandes Spielzeug, was ich *nicht* bin. Okay? Und zweitens ...«

»Wer ist Ihr Vorgesetzter?« fragte ich.

Sie lächelte, strich mit der Hand über ihr kurzgeschnittenes Haar. »Warum möchten Sie mit meinem Vorgesetzten sprechen?«

»Ganz einfach: Wenn ich hier jemanden finden will, der auch nur das bißchen Autorität besitzt, zum Hörer zu greifen und Thomas' verdammten Arzt anzurufen, dann bleibt mir nichts anderes übrig. Ich will ihn hier rausholen, und zwar noch *heute*.«

Ihr Gesichtsausdruck blieb gelassen. »Mein Vorgesetzter ist Dr. Barry Farber.«

»Und wo finde ich den?«

»Dr. Farber ist bei einer Konferenz in Florida. *Sie* hält dort einen Vortrag.« Sie lächelte, als sie mein überraschtes Gesicht sah. »Schon wieder erwischt, was, Domenico? Ist schon 'ne merkwürdige Sache mit den berufstätigen Frauen heutzutage, was? Es *wimmelt* nur so von ihnen.«

»Und wer ist *ihr* Vorgesetzter?« fragte ich.

»Das wäre dann Dr. Leonard Lessard. Einer von euch.«

»Hören Sie«, sagte ich. »Ich würde es sehr begrüßen, wenn Sie sich Ihren Sarkasmus sparen könnten, okay? Ich versuche hier, ein paar Dinge zu regeln und kann auf Ihre ...«

Sie tippte mit dem Finger erneut auf die Unterschrift vor mir. »Dr. Lessard ist der stellvertretende Regierungsbeauftragte der Abteilung Klinische Einrichtungen. Er ist derjenige, der die Verlegung angeordnet hat.«

Ich stand auf. Öffnete meinen Mund, schloß ihn und setzte mich wieder hin.

»Ich kann Ihnen eins versprechen«, sagte ich. »Wenn meinem Bruder hier auch nur ein Haar gekrümmt wird ...«

»Ihm wird nichts passieren«, versicherte sie. »Ich *verspreche* es Ihnen. Natürlich haben Sie recht – er hat tatsächlich ganz schön Angst. Und wie ich sehe, haben auch Sie Angst, was wahrscheinlich der Grund dafür ist, warum Sie sich hier so unmöglich aufführen. Aber ich möchte Ihnen etwas erklären. Hören Sie mir auch zu? Hören Sie mir wirklich zu, Domenico?«

»Dominick«, wiederholte ich erneut. »Mein Name ist Dominick.«

»Dominick«, sagte sie und wartete dann ab.

»Okay, okay. Ich höre Ihnen zu.«

»Sie haben vielleicht recht«, sagte sie. »Ihr Bruder wäre im Settle möglicherweise tatsächlich besser aufgehoben als hier im Hatch. Im Hatch gibt es strikte Sicherheitsvorkehrungen, aus purer Notwendigkeit. Die meisten Paranoiker leiden sehr unter all den Überwachungskameras und den Sicherheitsüberprüfungen. Aber in vielen Fällen gibt's da ein Mißverständnis, was diesen Teil der Klinik betrifft – daß es sich um das Haus des Grauens handelt oder um eine Folterkammer oder sonstwas. Denn das ist das Hatch nicht. Ob es Probleme auf den Stationen gibt? Natürlich gibt es die. Jeden Tag. Ist auch nur einer der Insassen tatsächlich gerne hier? Hm-hm. Wir sind nicht gerade der Club Med. Aber insgesamt ist die Betreuung hier wirklich recht anständig. Recht human.«

Ich lachte verächtlich auf. »Ich möchte Ihre schönen Träume ja nicht zerstören, aber die Betreuung hier ist so anständig und human, daß mir einer Ihrer angeheuerten Schläger gestern abend fast meine Geschlechtsteile in die Gedärme gerammt hat. Ich wurde hier *wirklich* human behandelt. Wollen Sie wissen, warum ich diese blöde Hose trage, über die Sie sich eben so schön lustig gemacht haben? Weil ich grün und blau und total geschwollen bin. Ich kann kaum laufen, dank einem dieser mitfühlenden Wachmänner, die Sie hier haben. Und dabei bin ich noch nicht einmal *hinter* die verschlossenen Stahltüren gekommen.«

»Ich weiß, ich weiß«, sagte sie. »Ich hab einen Teil der Geschichte mitbekommen. Es tut mir leid. Das hätte nicht passieren dürfen – egal wie beschissen Sie sich verhalten haben. Aber nur weil einer der Wachmänner von der Nachtschicht sich für Rambo hält, sollten Sie nicht gleich die ganze Klinik verurteilen.

Erstens halten sich die Sicherheitskräfte normalerweise nur in den Sicherheitszonen auf – es sei denn, es gibt ein Problem. Sie lungern nicht auf den Stationen herum, haben überhaupt nur wenig Kontakt zu den Patienten. Und zweitens *kenne* ich diesen Ort – insbesondere Station 2, wo Ihr Bruder untergebracht ist. Das ist die beste Station hier. Ich mag zwar wie eine ›Marionette‹ klingen, wenn ich das sage, aber die Ärzte und Pfleger von Station 2 kümmern sich wirklich um ihre Patienten. Und wie ich Ihnen vorhin schon sagte, Dr. Patel ist ein richtiger Schatz. Ihr Bruder hat Glück, daß er ...«

»Na prima«, sagte ich. »Großartig. Aber es bleibt ein Irrtum.«

»Also, *paesano*«, sagte sie. »Das ist kein Irrtum. Ich werd es Ihnen genau erläutern. Hören Sie mir auch zu?«

»Ja, ich höre zu«, erwiderte ich. »Aber benutzen Sie nicht wieder tausend Abkürzungen, und kommen Sie mir nicht mit solchen Sprüchen wie ›Er ist einer von den politischen Fällen‹ oder ›Oh, ein Resultat der Jimmy-Lane-Gesellschaft‹, während ich noch nicht mal weiß, wovon zum Teufel Sie da reden.«

Sie griff über den Tisch, angelte sich den Schokoriegel, den ich gekauft hatte, und streifte die Verpackung oben ab. Dann brach sie mir ein Stück ab und nahm sich selbst ebenfalls eins. »Also gut, ich werd es Ihnen genau erklären«, sagte sie und warf einen kurzen Blick auf die Gegensprechanlage an der Wand. »Aber berufen Sie sich nicht auf mich«, fuhr sie fort. »Okay?«

Zuerst erklärte sie ihre Theorie: Die Anordnung zu Thomas' Verlegung ins Hatch gehe vermutlich von Hartford aus, und zwar infolge des Wirbels, den seine Selbstverstümmelung verursacht habe. »In dem Moment, als ich ihn auf der Titelseite des *Courant* sah, wußte ich, der steckt in großen Schwierigkeiten«, erläuterte sie. »Und dann ging die Geschichte auch noch durch die überregionale Presse und landete in Zeitschriften wie *USA Today* ...«

Ich erzählte ihr vom *Enquirer*, von *Inside Edition* und Connie Chung.

»Mist«, sagte sie. »Der Staat haßt diese Art von negativer Publicity. Erinnern Sie sich an Jimmy Lane? Diesen Psychiatriepatienten, der oben auf dem Avon Mountain das Collegemädchen erwürgt hat?«

»Vor den Augen ihrer Freundinnen, nicht wahr?«

Sie nickte. »Gott, war das eine Horrorstory. Ich weiß nicht, ob Sie sich noch an den Teil der Geschichte erinnern, aber Jimmy Lane war in Westwood untergebracht und hatte einen Tag Ausgang. Während des Wanderausflugs einer betreuten Gruppe machte er sich dann einfach aus dem Staub und schnappte sich das arme Kind. Der Typ hatte überhaupt keine gewalttätige Vergangenheit – in seiner gesamten Krankengeschichte deutete nichts darauf hin, daß er auch mal irgendwas anderes als passiv sein könnte. Bis er an diesem Tag dort oben plötzlich durchdrehte. Die Geschichte warf die Psychiatrie um Jahre zurück. Verstärkte alle alten Vorurteile über Geisteskranke – das sind alles psychotische Killer, die in der Dunkelheit auf ihr Opfer lauern. Und in deren Nähe kann niemand seines Lebens sicher sein. Für unsere Öffentlichkeitsarbeit war das Ganze ein Alptraum. Erinnern Sie sich an die Leserbriefe? Und die Sonderberichte in den Zeitschriften und die Fernsehsendungen? Irgendwo hab ich mal einen Aufkleber gesehen: ›Jimmy Lane auf den elektrischen Stuhl!‹ Gott, jeder in diesem Staat wollte Blut sehen. Und als die Verteidigung auf Unzurechnungsfähigkeit plädierte und damit eine Lynchjustiz verhinderte, wollten sie statt dessen das System lynchen. Und da reagierte das System sehr empfindlich, wurde auf einmal ganz medienscheu. Verstehen Sie, worauf ich hinaus will?«

»Er ist hier, richtig? Lane? Wurde er nicht verurteilt und hier eingewiesen?«

Sie ignorierte meine Frage. »Der Spruch ›Nicht schuldig wegen Unzurechnungsfähigkeit‹ wurde wegen dieses Falls zu einem heißen Eisen in der Politik«, fuhr sie fort. »Um sein Gesicht zu wahren, ließ der Gouverneur einige Köpfe rollen. Er feuerte den Leiter, und die gesamte Abteilung wurde reorganisiert. Und dann, *voilà,* wurde der ÜSP aus der Taufe gehoben.«

»Was ist das? Der ÜSP? Sie haben ihn vorhin schon mal erwähnt.«

»Der Überprüfungsausschuß für Sicherheit in der Psychiatrie«, erklärte sie. »Sehr konservativ und *sehr* medienbewußt. Dieser Ausschuß hat ungeheuer viel Macht. Sein Einfluß ist so groß, daß er im Grunde ein Urteil sprechen kann.«

Seit dem Zeitpunkt, als der Überprüfungsausschuß an die Macht gekommen war, fuhr Sheffer fort, hätten die Verteidiger immer seltener auf Unzurechnungsfähigkeit plädiert, selbst dann, wenn es gerechtfertigt gewesen wäre. Den Psychiatriepatienten, gegen die ein Verfahren eingeleitet wurde, rieten sie, statt dessen den Weg durch die Strafgerichte zu gehen: in den sauren Apfel zu beißen, sich ins Gefängnis stecken zu lassen, die Hälfte oder ein Drittel der Strafe abzusitzen, und dann wegen Überfüllung oder guter Führung entlassen zu werden. »Wenn der ÜSP jemanden wegen Unzurechnungsfähigkeit in die Finger bekommt«, sagte Sheffer, »dann kann der Ausschuß den Betreffenden auf unbegrenzte Zeit im Hatch festhalten – was er auch meistens tut. So ist es zumindest bisher immer gelaufen.«

»Was wollen Sie damit sagen?« fragte ich. »Daß man Thomas für das, was er getan hat, verhaften und ins Gefängnis stecken sollte? Das ist absurd.«

»Das sag ich ja gar nicht. Ganz im Gegenteil. Im Gefängnis würde er nur eine minimale psychologische Betreuung erhalten – und das auch nur, wenn er Glück hätte. Und er *braucht* die Hilfe eines Psychologen, Dominick. Es gibt da überhaupt keinen Zweifel, Ihr Bruder ist ein sehr kranker Mann. Aber wenn es sich nicht um eine Straftat handelt, dann wird der Überprüfungsausschuß darüber zu entscheiden haben, wann er hier wieder rauskommt. Und wie ich Ihnen schon sagte: Der Ausschuß ist ziemlich konservativ. Und furchtbar nervös in bezug auf die Medien. Es liest sich einfach viel besser, verstehen Sie? Freddy Krueger ist hinter Schloß und Riegel. Ihr könnt wieder aus eurem Versteck hervorkommen. Haben Sie heute schon einen Blick in die Zeitung geworfen?«

Hatte ich? Ich konnte mich nicht daran erinnern.

Wieder klingelte ihr Telefon. Während sie mit dem Menschen am anderen Ende der Leitung sprach, faltete sie eine Ausgabe des *Daily Record* auseinander, blätterte zu einer Seite im Innenteil und zeigte auf eine Überschrift:

SELBSTVERSTÜMMLER AUS 3 RIVERS GEHÖRT IN DIE FORENSISCHE PSYCHIATRIE

Mein Magen zog sich krampfartig zusammen. Herrgott, dachte ich. Da wären wir wieder. Zumindest stand er diesmal nicht mehr auf der Titelseite. Jetzt bildete er den Fortsetzungsteil der Titelgeschichte im Innenteil. Vielleicht war Thomas' große Stunde schon wieder vorüber.

Der Artikel lief auf folgendes hinaus: Wäre mein Bruder nicht in einen Schockzustand geraten, als er sich seine Hand amputierte, dann hätte er möglicherweise auf andere Leute eingestochen. Der Bericht stellte ihn wie einen dieser Psychopathen dar, die tatsächlich ins Hatch gehörten. Das Ganze wurde zu einem regelrechten Fall aufgebauscht. Der Reporter zitierte irgendeinen Sprecher aus Hartford, der sich über die öffentliche Sicherheit verbreitete – und darüber, daß das Recht der Patienten mit dem Recht der Gesellschaft auf eine sichere Umgebung »koexistiere«, daß aber letzteres absoluten Vorrang habe.

Was für ein Schwachsinn: Thomas eine Gefahr für die Öffentlichkeit. Ich wußte es wie jeder einzelne Arzt, der ihn behandelt hatte. Aber ich begriff langsam, worum es hier ging. Mit Sheffers Hilfe wurde mir die Situation nach und nach klarer, wie bei einem Polaroidfoto, das sich langsam vor den Augen entwickelt. Bei der Verlegung meines Bruders ins Hatch handelte es sich um eine Public-Relations-Maßnahme. Es ging um die Wiederherstellung der öffentlichen Ordnung. Man hatte die Tür hinter ihm ins Schloß fallen lassen, und jetzt war dieser Überprüfungsausschuß im Begriff, den Schlüssel wegzuwerfen. Okay, dachte ich. Jetzt kapier ich es. Jetzt hab ich endlich was in der Hand.

»Tut mir leid, Dominick«, sagte Sheffer, nachdem sie den Hörer aufgelegt hatte. »Ich weiß, daß ich Ihnen da einen schweren Brocken zu schlucken gebe – viel mehr als dem Staat Connecticut recht sein kann.«

»Wenn kümmert es, was der Staat Connecticut will?« fragte ich.

»Nun, mich zum Beispiel. *Mir* bleibt keine Wahl«, erwiderte sie. »Es sei denn, Sie könnten sich dafür begeistern, mich und meine Tochter finanziell zu unterstützen. Lassen Sie mich ein wenig ausholen. Ich werde Ihnen die Rechtmäßigkeit der bisher unternommenen Schritte erläutern und Ihnen erklären, womit Sie als nächstes rechnen müssen, okay?«

»Ja«, sagte ich. »Okay.«

Thomas war aufgrund einer notärztlichen Einweisung ins Hatch gebracht worden, veranlaßt vom Chirurgen des Shanley Memorial.

»Das ist dieser Zweiwochen-Schein, oder?«

»Genau«, sagte sie. Die Klinik hatte jetzt vierzehn Tage Zeit, den Patienten zu beobachten – mußte also innerhalb von zwei Wochen feststellen, ob der Patient als selbst- oder fremdgefährdend einzustufen war. »Dieser Zweiwochen-Schein ist wasserdicht, Dominick«, fuhr sie fort. »Es besteht nicht die geringste Chance, Ihren Bruder heute hier rauszuholen. Sie haben es nicht in der Hand. Thomas wird hier vierzehn vom Gericht angeordnete Tage bleiben, mindestens.«

»Das stinkt«, sagte ich. »Das stinkt zum Himmel.« Ich stand auf und ging ans Fenster. Die Patienten hatten den Innenhof wieder verlassen. »Und es gibt keine Möglichkeit, gegen diesen Zweiwochen-Schein vorzugehen?«

»Doch, es gibt eine Möglichkeit, aber das ist ein sehr langer Weg. Wahrscheinlich reine Zeitverschwendung. Ihr Bruder oder Sie könnten eine Anhörung beantragen, bei der geklärt werden muß, ob hinreichende Verdachtsmomente bestehen. Die Klinik müßte dann *beweisen*, daß Thomas für sich selbst gefährlich ist. Aber jetzt denken Sie mal nach: Dem Richter genügt ein Blick auf Thomas' Armstumpf, und schon hat er den Beweis für einen hinreichenden Verdachtsmoment, stimmt's? Wollen Sie meinen Rat hören?«

Ich schaute noch immer aus dem Fenster. »Fahren Sie fort«, sagte ich.

»Sitzen Sie einfach diese zwei Wochen aus. Lassen Sie uns für ihn sorgen, ihn beobachten und abwarten, wie er sich entwickelt – jetzt, wo er wieder seine Medikamente bekommt. Diese Station ist wahrscheinlich der sicherste Ort für ihn.«

»O ja, richtig«, erwiderte ich. »Bei einem Haufen Psychotiker mit gewalttätiger Vergangenheit.«

»Das ist nicht fair, Dominick, und auch nicht ganz korrekt. Hier leben alle möglichen Arten von Psychiatriepatienten, und bei weitem nicht alle sind gewalttätig. Früher oder später müssen Sie sich mit der Tatsache abfinden, daß der für Thomas gefährlichste Mensch er selbst ist. Aber er wird sorgfältig beobachtet. In den kommenden achtundvierzig bis zweiundsiebzig Stunden wird sich ein Psychiatriepfleger rund um die Uhr unmittelbar in seiner Nähe aufhalten. Falls er also selbstmordgefährdet sein sollte, ist immer jemand zur Stelle.«

»Er ist nicht selbstmordgefährdet«, sagte ich.

»Nun gut, also nur mal angenommen, er wäre es.«

»Und was dann?« fragte ich. »Was passiert nach den zwei Wochen?«

Sie erklärte, dann werde das Beobachtungsteam von Station 2 beim Vormundschaftsgericht einen Bericht einreichen. Sie selbst werde ebenso zu diesem Bericht beitragen wie Dr. Patel, Dr. Chase und die Oberschwester der Station. Ihre Empfehlung würde sich entweder dafür aussprechen, daß er entlassen und in eine andere Einrichtung überwiesen werde, oder aber, daß er bleiben und dem Überprüfungsausschuß überantwortet werden sollte.

»Okay, mal angenommen, der Richter überträgt die Verantwortung auf den Überprüfungsausschuß. Was macht *der* dann?«

»Der Ausschuß läßt ihn einweisen.«

»Wohin?«

»Hierhin, wie ich schon sagte. Ins Hatch.«

»Für wie lange?«

Ihr Blick wich mir aus. »Für ein Jahr.«

»Ein ganzes *Jahr*!«

Abwehrend hielt sie ihre Hände hoch. »Erschießen Sie nicht den Überbringer der Nachricht, *paesano*. Er würde dann für ein Jahr hierbleiben, und danach würde sein Fall jedes Jahr erneut aufgerollt.«

Ich saß einfach nur da, tief in dem Sessel versunken, die Arme verschränkt. »Ein Jahr«, wiederholte ich. »Wie zum Teufel soll ich ihm in die Augen sehen, wenn ich ihn heute besuche, und ihm sagen: ›Okay, Thomas, so sieht's aus: Du mußt hier die nächsten vierzehn Tage bleiben und möglicherweise auch noch die nächsten dreihundertfünfundsechzig‹? Wie um alles in der Welt soll ich ihm *das* erklären?«

»Dominick?« sagte Sheffer. »Da wäre noch etwas.«

»Was denn noch?«

»Was die Besuche betrifft: Sie können heute nicht zu ihm.«

Die Besuchszeiten seien sehr beschränkt, erklärte sie, weil es sich um eine Hochsicherheitseinrichtung handele. Thomas und sie würden zusammen eine Liste möglicher Besucher erarbeiten – bis zu fünf Personen. Jeder auf der Liste werde dann einer Sicherheitsüberprüfung unterzogen. Wir müßten abwarten, bis wir benachrichtigt würden. Es werde etwa zwei Wochen dauern, bis die Genehmigungen erteilt werden könnten.

»*Zwei Wochen?* In zwei Wochen ist er hier raus!«

Sie erinnerte mich daran, daß das nicht unbedingt der Fall sei. Und schlug vor, ich solle meine Stimme doch vielleicht etwas senken.

»Sie wollen mir also allen Ernstes sagen, daß er die nächsten zwei Wochen hier wie auf glühenden Kohlen rumsitzen muß. Daß er noch nicht mal seinen eigenen Bruder sehen darf? Gott, das ist großartig. Na, wenn er dann nicht selbstmordgefährdet ist …«

Sie zuckte entschuldigend mit den Schultern. »Ich kann nichts daran ändern«, sagte sie. »Außer soviel wie möglich für Sie einzuspringen. Ich kann als Ihre Verbindungsperson auftreten.« Sie lächelte. »Was ich sehr gern tun würde. Sie können mich anrufen, wann immer Sie wollen. Wann immer Ihnen danach ist. Ihr Jungs könnt über mich miteinander kommunizieren, bis die Besuchserlaubnis erteilt wird.«

Ich nickte resigniert. Plötzlich spürte ich eine große Müdigkeit.

Den Rest unserer Zeit verbrachte sie damit, mir Thomas' Umgebung und seinen Tagesablauf zu beschreiben: Wie die Zimmer aussahen, wie die Mahlzeiten abliefen, daß die Patienten Zugang zu Computern hatten, sich künstlerisch oder handwerklich betätigen und sogar an Fernstudiengängen teilnehmen konnten. Ich war nicht imstande zuzuhören. In den vergangenen sechsunddreißig Stunden hatte ich all meine Wut und Empörung verpulvert. Meine Batterie war leer.

Auf dem Weg nach draußen trafen wir diese Dr. Patel. Eine Frau mittleren Alters: von weißen Strähnen durchzogenes dunkles Haar, das zu einem Knoten zusammengefaßt war, orangefarbener Sari unter dem weißen Arztkittel. »Angenehm«, sagte sie und reichte mir die Hand. Dr. Patel erklärte, sie befinde sich bei der Behandlung meines Bruders noch in der »Informationsphase«. Sie werde mich anrufen, sobald sie alle Berichte gelesen und sie und Thomas zwei oder drei Sitzungen miteinander verbracht hätten. Ob ich möglicherweise bereit sei, ihr von ein paar persönlichen Erlebnissen zu erzählen, die seine Krankengeschichte illustrieren könnten?

Sheffer begleitete mich nach draußen zum Haupteingang; ich kam mir vor wie ein Schlafwandler. »Ich werd jetzt gleich zu ihm gehen«, versprach sie, »und ihm sagen, daß Sie hier waren und ihn besuchen wollten. Gibt es sonst noch etwas, das ich ihm ausrichten soll?«

»Wie bitte?«

»Wissen Sie was? Sie sehen aus, als könnten Sie ein paar Stunden Schlaf gebrauchen. Ich hab Sie gefragt, ob ich Ihrem Bruder sonst noch irgend etwas von Ihnen ausrichten soll.«

»Nein, ich glaube nicht.«

»Soll ich ihm sagen, daß Sie ihn gern haben?«

Ich sah sie an, blickte dann weg. »Er weiß, daß ich ihn gern habe«, antwortete ich.

Sheffer schüttelte den Kopf und seufzte. »Was ist das nur mit euch Männern und den Gefühlen?« fragte sie.

Sie wagte sich schon wieder zu weit vor, aber ich war zu erschöpft, um mich dagegen zu wehren. »Okay«, erwiderte ich. »Sagen Sie's ihm.«

Wir gaben uns die Hand. Sie forderte mich nochmals auf, sie jederzeit anzurufen, und fragte mich, wo ich jetzt hin wolle.

»Wo ich jetzt hin will?« Ich zuckte mit den Schultern. »Nach Hause, schätze ich. Ich schätze, ich fahre jetzt nach Hause, stöpsle das Telefon aus und leg mich ins Bett. Sie haben recht. Ich hab seit 'ner halben Ewigkeit kein Auge zugekriegt.«

»Oh«, sagte sie. Sie sah sich um, winkte dem Wachmann am Tor zu, und sprach mit gesenkter Stimme weiter. »Ich dachte, Sie würden vielleicht zum Arzt gehen.«

»Wozu? Sie haben mir doch gesagt, Ehlers sei so oder so nicht mehr für ihn zuständig. Ich hätte es jetzt nicht mehr in der Hand.«

»Ich meinte nicht Dr. Ehlers«, erwiderte sie. »Ich meinte einen praktischen Arzt. Lassen Sie Ihre Verletzungen behandeln, und lassen Sie ein paar Fotos machen, solange alles noch geschwollen ist.«

Ich sah sie an; mein Gesicht war ein einziges Fragezeichen.

»Für den Fall, daß Sie ein paar Beweise benötigen. Ein kleines Druckmittel für später. Damit Sie was in der Hand haben bei Ihren Verhandlungen mit dem Staat Connecticut ... natürlich haben Sie diese Idee nicht von einer ›Marionette‹ wie mir. Ich würde etwas derartiges *niemals* vorschlagen.«

Auf halbem Weg zum Eingangstor drehte ich mich noch einmal um. Sie stand noch dort. Ein Wachmann mit Hängebacken und ein Metalldetektor befanden sich zwischen uns. »Bis bald, Mr. Birdsey«, rief sie und hielt beide Daumen hoch. »*Shalom! Arrivederci!*«

10

1962

Thomas und ich sind schon in drei verschiedenen Bundesstaaten gewesen: Massachusetts, Rhode Island und New Hampshire. *Vier*, wenn man Connecticut mitzählt.

Das einzige, was wir jemals in New Hampshire gesehen haben, ist der Massabesic Lake. Letztes Jahr ist Ray mit uns zum Angeln dorthin gefahren. Wir kampierten in einer Holzhütte und wurden die ganze Nacht von Stechmücken belästigt. Fische fingen wir nicht. Keinen einzigen. Mir ist nur eins in Erinnerung geblieben: dieses tote Eichhörnchen, das jemand in eine Brennholzkiste gesperrt hatte. Ein Haufen Steine lag auf dem Deckel, damit es nicht herauskonnte. Es hatte sich in einer Ecke zusammengekauert, aber man konnte sehen, daß es wie wahnsinnig versucht haben mußte, sich zu befreien. Verkrustetes schwarzes Blut klebte an seinem Mund, es stank, und Käfer hatten ihm die Augen ausgefressen. Ray hob das Eichhörnchen mit einem Stock heraus und schleuderte es weg. Es flog nicht in den Wald, sondern landete dicht am Waldrand. Thomas wollte es feierlich beerdigen, aber Ray befahl ihm, mit diesem kindischen Zeug aufzuhören. Die ganze Zeit über, die wir dort waren, konnten wir das tote Eichhörnchen am Waldrand liegen sehen. Immer, wenn jemand New Hampshire erwähnt, muß ich an dieses Eichhörnchen denken. Ich wette, ich habe schon eine Million Mal daran gedacht.

In weniger als einer halben Stunde werden wir in einem neuen Staat sein, in New York. Wir sind in der sechsten Klasse und machen einen Ausflug zur Freiheitsstatue und zur Radio City Music Hall. Unser Reisebus hat gepolsterte Sitze und eine Toilette hintendrin. Noch sind wir in Connecticut: in Bridgeport. Eddie Otero sagt, Bridgeport sei nahe an der Grenze zu New York. Cousins von Otero wohnen in der Bronx, und diese Strecke fahren sie immer, wenn sie sie besuchen. Wir sind schon fast zwei Stunden unterwegs. Ich sitze ganz hinten auf der Rückbank, zusammen mit Otero und Channy Harrington. Thomas hat einen Platz in der Mitte am Gang. Er mußte sich neben Eugene Savitsky setzen, diesen durchgeknallten, fetten Jungen aus unserer Klasse, der die ganze Zeit über Planeten, Geologie und das Wetter redet. Mrs. Hanka hat uns erlaubt, unsere Sitznachbarn selbst auszusuchen. Thomas und Channy haben beide mich gewählt, und ich habe mich für Channy entschieden. Niemand wollte neben Eugene sitzen. Letzte Woche in der Pause verlangte Billy Moon von Eugene, ihm fünf Footballmannschaften zu nennen, aber er kannte nicht *eine. Keine einzige.*

Mein Bruder und ich freuen uns schon seit langem auf diesen Ausflug, aber aus unterschiedlichen Gründen. Thomas, weil er die Ostershow in der Radio City Music Hall sehen will. Ma war auch einmal da; sie erzählte, der religiöse Teil sei so schön gewesen, daß sie habe weinen müssen. Für mich klingt das langweilig – nach Kirche. Ich kann es kaum erwarten, nach New York zu kommen, weil ich dann schon in vier Bundesstaaten war und weil ich Taschengeld zur Verfügung habe – siebenunddreißig Dollar, die ich mit Schneeschippen, Gassi gehen mit Mrs. Pusateris Hund und mit Hilfsarbeiten für Ray verdient habe. Letztes Wochenende haben Ray und ich ein Regal für sein Werkzeug in seinem Pick-up angebracht. Ray ließ mich die Löcher bohren und die Schrauben anziehen. Er bittet immer mich um Hilfe, nie Thomas. »Andy mit dem Händchen«, nennt er mich. Zu meinem Bruder sagt er: »Charlie mit den zwei linken Händen.« Übrigens habe ich auch, als wir das Regal montiert haben, an das Eichhörnchen am Massabesic Lake gedacht – wie man wohl *darin* Eichhörnchen fangen könnte? In die Falle locken.

Bei der Ostershow zeigen sie auch einen Film. Wir werden *The*

Music Man sehen. Mrs. Hanka – hinter ihrem Rücken nennen wir sie »Muriel Baby« – hat *The Music Man* als Theaterstück gesehen, bevor es verfilmt wurde. Sie brachte die Platte mit all den Songs mit in den Unterricht und spielte sie uns vor. Alle haben gelacht, weil es solche Schnulzen waren. Und Eddie Otero grunzte dazu wie ein Schwein. Dann fingen auch drei oder vier andere Kinder damit an. Muriel Baby war so verletzt, daß sie den Plattenspieler ausschaltete und einen Moment lang so aussah, als würde sie gleich anfangen zu heulen. Sie sagte uns, wenn sie die Karten für die Radio City Music Hall nicht schon gekauft hätte, würde sie die ganze Fahrt abblasen. Dann hielt sie uns einen großen Vortrag nach dem Motto, wenn uns das alles so egal sei, dann sei es ihr auch egal. Anschließend tat sie etwas Seltsames: Sie machte das Licht aus, ging zu dem Schrank hinter ihrem Tisch und zog ihren Mantel an. Blieb einfach da sitzen. Keine Landeskunde wie sonst. Kein gar nichts. Niemand sagte etwas. Wir alle saßen nur da, niemand sagte ein Wort, bis über die Sprechanlage verkündet wurde, der Bus werde um vierzehn Uhr fünfundfünfzig abfahren. Wie gesagt, es war verrückt. Unheimlich. Am nächsten Tag benahmen sich alle anständig, sogar Otero.

Wenn wir genug Zeit haben, können wir vielleicht in einen Andenkenladen am Times Square gehen. Wenn es der ist, den Marie Sexton aus unserer Klasse kennt, dann haben sie einen ganzen Gang voller Scherzartikel – Vampirgebisse, Furzkissen, Eiswürfel mit Fliegen darin, Plastikkotze. Als ich Ma fragte, wieviel ich auf der Fahrt ausgeben dürfe, sagte sie, ich solle Ray fragen. Er meinte, fünf Dollar, aber ich nahm siebenunddreißig mit: einen Zehner, einen Fünfer und zweiundzwanzig Einer. Vielleicht gebe ich nur ein bißchen davon aus – oder alles, wenn ich Lust dazu habe. Warum nicht? Es ist mein Geld, nicht seins.

Gestern abend, als Ma uns Brote für die Fahrt schmierte, erzählte sie, wir würden von der Fähre nach Staten Island genau dieselbe Aussicht haben wie damals ihr Vater, als er 1901 nach Amerika kam: der Hafen, die Freiheitsstatue und die Skyline von New York. Ma redet ständig von ihrem Vater. Papa, Papa, blabla. Zuerst wollte sie nicht, daß wir unsere Limodosen über Nacht in die Kühltruhe legen. »Was ist, wenn sie platzen?« fragte sie, aber ich hab sie rumgekriegt. Man kann von Ma alles bekommen, was man will, wenn Ray arbeiten ist. Jetzt sind die Limodosen in den Butterbrottaschen im Netz über unseren Köpfen. Ich habe meine gerade überprüft. Die Limo ist halb geschmolzen. Um die Mittagszeit wird sie ganz geschmolzen, aber noch immer schön kalt sein. Mit anderen Worten – perfekt. Channy Harrington hat es mit seiner Limo genauso gemacht. Es war seine Idee. Er sagt, die Kinder in Kalifornien machen das immer so. Channys Vater ist einer von den großen Bossen bei Electric Boat. Wenn ich Channy zu Hause besuche, sagt Ray, ich würde »in der feinen Gesellschaft verkehren«. Aber man merkt, daß es ihm gefällt, wenn ich hingehe. Die Harringtons haben eine Haushälterin, einen überdachten Swimmingpool und eine Baseballwurfmaschine für Channy und seine älteren Brüder. Man kann drei verschiedene Geschwindigkeiten einstellen. Die schnellste schafft siebzig Meilen pro Stunde. Manchmal macht die Haushälterin uns nach der Schule eine Kleinigkeit zu essen: Haferflockenplätzchen, Kartoffelchips mit Zwiebeldip, Erdnußbutter-Sandwiches mit Marshmallowcreme. Thomas ist noch nie zu Channy nach Hause eingeladen worden. Er sagt, er habe es langsam satt, sich die ganze Zeit das Gerede über diese Haushälterin und ihre doofen Sandwiches und über Channy und seine blöde Wurfmaschine anzuhören.

Eugene Savitsky hält meinem Bruder gerade einen Vortrag darüber, wie es möglich ist, die Schallmauer zu durchbrechen. Er ist so aufgeregt bei diesem Thema, daß man ihn unter allen heraushören kann. Wir fahren nicht nur *zur* Freiheitsstatue, wir gehen auch *hinein*. Es gibt dort Treppen, die bis ganz nach oben führen. Eddie Otero sagt, er will in die Nase klettern und sich heraushängen lassen, wie ein Popel an der Freiheitsstatue. Ich bin sicher, der macht das tatsächlich. Otero ist verrückt.

Muriel Baby kommt durch den Gang nach hinten und sagt, wir sollten aufhören, »A Hundred Bottles of Beer on the Wall« zu singen. Es schicke sich nicht, auf einer Klassenfahrt über Alkohol zu singen. Das sollten wir eigentlich wissen. Als sie sich warm geredet hat, schreit sie Marty Overturf an, weil er sein Mittagessen ißt, obwohl wir erst Viertel nach neun haben. Was geht sie das an? Es ist sein Mittagessen, nicht ihres.

Channy Harrington ist der einzige Junge in unserer Klasse, der sich schon rasiert. Alle Mädchen an unserer Schule sind in Channy verliebt, na, fast alle. Debbie Chase hat ihn gefragt, ob er sich auf der Busfahrt nach New York neben sie setzen wolle, aber Mrs. Hanka meinte, Mädchen-Jungen-Kombinationen seien verboten. Als Channy letzten November an unsere Schule kam, war er sofort beliebt, *vom ersten Tag an*. In seinem Zimmer stehen im Regal Pokale von seiner alten Schule für besondere Leistungen im Schwimmen und im Basketball. Channy sagt, in Kalifornien habe jeder einen Swimmingpool am Haus, sogar die armen Leute. Sein älterer Bruder Clay spiele Baseball am College. Die Cardinals seien an ihm interessiert.

Jetzt labert Eugene meinen Bruder über unser Planetensystem voll. Uranus dies, Uranus das. Plötzlich schreit Otero aus heiterem Himmel: »He, Savitsky! Hör auf, über dein Arschloch zu reden!«

Der ganze Bus dreht sich zu uns um und alle krümmen sich vor Lachen. Muriel Baby steht von ihrem Platz ganz vorne auf, wirft einen drohenden Blick in unsere Richtung und setzt sich dann wieder hin. Der Busfahrer starrt uns die ganze Zeit in seinem Rückspiegel an. Was hat *er* zu glotzen? Sein Job ist es, den Bus zu fahren, und nicht, uns böse anzustarren. »Dieser bescheuerte Fahrer sollte ein Foto machen«, sagt Channy. »Dann hat er länger was davon.«

Wir sitzen direkt neben der kleinen Toilette. Am meisten wird sie von den Mädchen benutzt. Otero, Channy und ich sagen Klugscheißerzeug zu ihnen, wenn sie reingehen und wieder rauskommen. »Fall nicht rein …«, »Tu nichts, was wir nicht auch tun würden.« Wir feuern uns gegenseitig an.

Channy war schon mal in der Radio City Music Hall. Zweimal. Er meint, wir sollen zu den vorderen Plätzen rennen, sobald sie die Türen öffnen, damit wir, wenn die Rockettes die Beine hochwerfen, ein paar »tiefe Einblicke« kriegen.

Obwohl Channy das gesagt hat, dreht sich Susan Gills um und sieht *mich* böse an, und ich sage extrem pampig: »Was glotzt du so?« Eigentlich sollte Susans Mutter als Aufsicht mitfahren, aber sie hat Mumps bekommen. Jetzt benimmt sich Susan, als müßte *sie* auf uns aufpassen.

»Du hörst besser auf, so zu reden«, sagt sie.

»Wie zu reden?« frage ich.

»So wie du über die Rockettes geredet hast.«

»Du hast mir gar nichts zu sagen«, erwiderte ich.

»Ihr werdet schon noch sehen, was ihr davon habt.«

Mrs. Hanka wird uns in der Radio City Music Hall sowieso nicht sitzen lassen, wie wir wollen. Wir müssen bestimmt alle zusammen in derselben Reihe hocken wie Babys, und ich wette um jeden Preis, daß sie sich direkt auf den Platz neben Otero plumpsen läßt. Letzte Woche haben wir über das Wort *unverbesserlich* gesprochen, und Muriel Baby führte Otero als Beispiel an.

Ich bin dreimal bei Channy zu Hause gewesen. Das letzte Mal, als ich da war, erzählte er, wie er einmal all diese splitternackten Frauen gesehen hat. Am Strand in Kalifornien, wo die Leute keine Badeanzüge oder Badehosen anziehen müssen, wenn sie nicht wollen. Channy redete die ganze Zeit über die »Pelz-Burger« der Frauen. Zuerst wußte ich nicht, was er meinte, aber ich hielt den Mund. Später schlichen wir uns in das Zimmer seines Bruders Trent, und Channy zeigte mir dessen Schmuddelhefte. Da hab ich dann kapiert, was Pelz-Burger sind. Ich hatte noch nie eine nackte Frau gesehen, auch nicht auf 'nem Foto. Ich wußte noch nicht einmal, daß sie da unten Haare haben wie Männer. Channys Bruder Clay hatte ihn zu diesem Strand mitgenommen. Er und ein paar Freunde vom College. Aus seiner Baseballmannschaft. Channy sagt, daß es in Kalifornien viele solcher Strände gibt. Er spricht immer davon, daß es in Kalifornien viel besser sei als in Connecticut. Er sagt, in seiner alten Klasse sei an der Seite jedes Pults ein kleiner Knopf gewesen, und am Ende des Unterrichts habe man einfach auf den Knopf gedrückt, und das Pult sei im Boden verschwunden. Ich bin mir ziemlich sicher, daß das Blödsinn ist. Die Geschichte über die Strände auch. Vielleicht auch nicht. Ich bin bis jetzt noch nicht einmal in vier Bundesstaaten gewesen. Was weiß ich schon?

Thomas steht von seinem Platz auf, klettert an Eugene vorbei und kommt nach hinten. Jemand stellt ihm versehentlich mit Absicht ein Bein, und alle lachen, Channy und Eddie Otero am lautesten von allen. Thomas benimmt sich manchmal wie ein Idiot. Ich schaue aus dem Fenster, damit ich ihn nicht ansehen muß.

Er öffnet die Toilettentür.

»Mach dich nicht voll«, sagte Channy.

»Wenn Althea kommt, schick ich sie zu dir rein«, verspricht Otero. Er meint Althea Ebbs, dieses große, fette Mädchen aus unserer Klasse, das nach Schweiß riecht und ständig heult. Thomas gibt ihnen keine Antwort. Ich höre, wie die Tür ins Schloß fällt. Wie er den Riegel vorschiebt.

Fünf Minuten vergehen, und er ist noch immer da drin. Sechs oder sieben Minuten. Er hat längst abgezogen. Marie Sexton und Bunny Borsa sind beide schon tausendmal aufgestanden und haben nachgesehen, ob das Klo frei ist.

»Wer ist da drin?« fragt uns Bunny.

»Sein Bruder«, sagt Otero und zeigt mit dem Daumen auf mich. »Er macht einen zwei Tonnen schweren Haufen.«

»Oder er spielt mit seinem Schwanz«, albert Channy.

Sie lachen, als Bunny »Ihr dreckigen Schweine« zu uns sagt.

Auf einmal dreht sich wie verrückt der Türknauf hin und her. »Dominick?« Es ist Thomas. »Dominick?«

Er hat sich da drin eingeschlossen. Kann nicht mehr raus. Ich höre die Panik in seiner Stimme, das verzweifelte Klicken des Türknaufs, das Hämmern seiner Fäuste gegen die Tür. Channy und Otero machen sich fast in die Hosen vor Lachen.

Marie Sexton, Susan und ich rufen Thomas Anweisungen zu, aber er ist entweder zu verängstigt oder zu verkrampft, um sie zu befolgen.

»Mir wird schlecht, wenn ich hier nicht rauskomme!« warnt er.

Das bringt Otero und Channy nur dazu, noch lauter zu lachen.

»Beruhige dich«, sage ich ihm immer wieder. »Schrei nicht so. Du machst es nur noch schlimmer.«

»Er klemmt. Er bewegt sich nicht!«

Fünf oder sechs von den anderen stehen jetzt vor dem Klo; alle geben Thomas gute Ratschläge. Einige der Mädchen beschweren sich, sie müßten jetzt aber wirklich mal. Mrs. Hanka kommt den Gang herauf. Im Unterricht mag sie meinen Bruder lieber als mich. Das ist offensichtlich. Der brave Junge. Mr. Perfect. Aber jetzt ist sie wütend auf ihn. »Nach links! Schieb ihn nach links!« schreit sie in dem aufgebrachten Ton, den sie sich normalerweise für Otero oder Althea Ebbs aufspart.

Als der Fahrer auf den Seitenstreifen des Highway fährt und anhält, weiß ich, daß wir ein Problem haben. »Setzt euch!« schnauzt er uns an und bahnt sich mit den Ellbogen einen Weg durch den Gang. Ich kann es nicht glauben: Mein bescheuerter, zurückgebliebener Bruder versaut uns die ganze Fahrt nach New York.

»*Gleichzeitig*! Beweg den Griff und den Riegel *gleichzeitig*!« schreit der Fahrer die geschlossene Tür an. Er zieht seine Uniformjacke aus, und man sieht, daß sein Hemd am Rücken schweißnaß ist. Sein Gesicht hat die gleiche Farbe wie blutiges Roastbeef. Wir stehen schon eine Viertelstunde auf dem Seitenstreifen.

»Laßt ... mich ... hier ... raus!« schreit Thomas. »Bitte! Bitte! LASST MICH RAUS!« Er wirft sich mit dem ganzen Körper gegen die Tür. Mein Magen fühlt sich an, als wäre ich in einem Aufzug, der viel zu schnell nach unten rast. Wenn ich vor Channy und Otero anfange zu heulen, ist mir egal, was die anderen sagen. Ich wechsle die Schule.

»Zwölf Jahre fahre ich diese Dinger nun schon«, sagt der Fahrer zu Mrs. Hanka. »Und ich könnte an einer Hand abzählen, wie oft ich mein Werkzeug vergessen habe.« Er meint, wir müßten bei der nächsten Abfahrt runter und zu einer Tankstelle fahren. Vielleicht könne er die Tür mit einem Stemmeisen aufbrechen. Oder vielleicht gebe es an der Tankstelle einen Bohrer, mit dem er die Bolzen lockern könne. Wenn nicht, müsse er das Reiseunternehmen anrufen, damit sie jemanden mit dem passenden Werkzeug schickten.

»Wie lange wird das dauern?« will Mrs. Hanka wissen. »Wir haben Eintrittskarten für die Vorstellung in der Radio City Music Hall um vierzehn Uhr dreißig. Wir müssen spätestens um Viertel vor elf an der Fähre sein, sonst schaffen wir es nicht mehr zur Freiheitsstatue.«

»Ich weiß nicht, wie lange es dauern wird, Lady«, antwortet er. »Ich kann Ihnen nichts versprechen.«

»Tut mir leid, Dominick!« schreit Thomas hinter der Tür. »Tut mir so leid!«

Der Bus fährt an der nächsten Ausfahrt ab und schiebt sich durch den Verkehr auf irgendeiner Hauptstraße. Eugene Savitsky ist aufgestanden und nach hinten in den Bus gekommen. Er steht da, fummelt an seiner Hose rum und starrt die verschlossene Toilettentür an, als handelte es sich um ein wissenschaftliches Problem. »Sag ihm, er soll den Riegel in die andere Richtung schieben«, fordert er mich auf. »Sag ihm, er soll ihn nach rechts statt nach links schieben.«

»Er *läßt* sich nicht nach rechts bewegen«, sagt jemand.

»Sag's ihm trotzdem. Vielleicht ist er verwirrt.«

»Schieb ihn nach rechts«, sage ich zu Thomas.

Der Riegel gibt nach. Quietschend geht die Tür auf.

Thomas kommt unter Jubelrufen und Applaus heraus. Er ist so blaß, daß seine Haut fast blau wirkt. Zuerst lächelt er. Dann verzieht sich sein Gesicht, und er fängt an zu heulen.

Er tut mir leid. Und ich bin wütend und schäme mich. Die anderen schauen auch mich an, nicht nur Thomas. Die Birdsey-Brüder: eineiige Zwillingsidioten. Am liebsten würde ich dieses Grinsen aus Channy Harringtons reichem, dämlichem Gesicht prügeln. Und Eddie Oteros breite Latinonase einschlagen.

Der Busfahrer wendet auf einem leeren Parkplatz und fährt zurück in Richtung Highway. Mrs. Hanka verteilt die Plätze neu. Thomas und ich müssen jetzt zusammen vorne sitzen, und Otero neben Eugene Savitsky. Channy, Debbie Chase und Yvette Magritte kichern miteinander hinten im Bus.

Den Rest dieses ganzen langen Tages steht Thomas total neben sich. An der Freiheitsstatue erzählt er Mrs. Hanka, er habe zuviel Angst, um hochzusteigen. Da befiehlt sie mir, mit ihm unten zu bleiben. Ein Mann in Uniform kommt zu uns und schreit mich an, weil ich Steine ins Wasser werfe. Also sitzen mein Bruder und ich auf einer Mauer und schauen auf den Hafen.

»Stell dir vor«, meint Thomas und bricht endlich sein Schweigen. »Genau das hier hat unser Großvater an dem Tag gesehen, als er aus Italien gekommen ist.«

»Tust du mir einen Gefallen?« frage ich ihn. »Kannst du einfach mal die Klappe halten, verdammte Scheiße.« Ich habe noch nie zuvor laut »verdammte Scheiße« gesagt. Es tut gut. Ich fühle mich so wütend, so gemein wie Ray.

Ich gebe mein ganzes Geld aus. In der Radio City Music Hall kaufe ich ein Andenkenbuch in Luxusausführung, das ich eigentlich gar nicht haben will. In diesem Krimskramsladen am Times Square – es ist tatsächlich der, von dem Marie erzählt hat – kaufe ich einen Rückenkratzer, eine Plakette mit den Baseballspielern Roger Maris und Mickey Mantle, eine Gummitarantel und Plastikkotze. In dem Restaurant, in dem wir auf der Heimfahrt Rast machen, bestelle ich einen Krabbencocktail, ein T-Bone Steak und ein Stück Apfelkuchen. Channy und Otero essen ihre Hamburger zusammen mit Debie und Yvette in einer Sitzecke. Ich hocke mit dem fetten bescheuerten Eugene Savitsky und meinem häßlichen bescheuerten Bruder an einem Tisch. Eugene bestellt Leber mit Zwiebeln. Thomas ißt nur Hühnersuppe mit Nudeln und Cracker.

Channys Bruder Trent fährt Thomas und mich nach Hause. Es war schon vorher so ausgemacht – Channys Idee. Channy und Trent sitzen vorne, Thomas und ich hinten. Channy wechselt mit keinem von uns beiden mehr als zwei Worte. Er redet mit seinem Bruder, dreht das Radio ganz laut auf und erzählt was von einem Typen, den sie in ihrem dämlichen Kalifornien kennen. Ich weiß, daß ich nie mehr Channy zu Hause besuchen werde – daß die Haushälterin der Harringtons mir bereits das letzte dieser Erdnußbutter-Sandwiches mit der abgeschnittenen Kruste gemacht hat. Daß ich zum letzten Mal die Bälle aus der Wurfmaschine geschlagen habe.

»Wie war euer Ausflug?« fragt uns Ma, als wir nach Hause kommen.

»Ganz gut«, sagt Thomas. »Die Ostershow hat mir wirklich gefallen. Es war schön.« Er erzählt nichts davon, daß er sich in der Toilette eingesperrt hat. Ich sage auch nichts.

»Und du, Dominick?« fragt Ma. »Wie fandest du's?«

Ich habe mein Luxus-Andenkenbuch im Bus liegenlassen. Jemand hat sich auf meinen Rückenkratzer gesetzt und ihn zerbrochen. Von den siebenunddreißig Dollar, die ich mitgenommen hatte, sind nur noch achtunddreißig Cent übrig. Einen kurzen Augenblick bin ich den Tränen nahe. Dann fange ich mich wieder. »Es war langweilig«, sage ich zu meiner Mutter. »Es war richtig mies. Ist doch immer so.«

In dieser Nacht träume ich, daß ich in einer engen, dunklen Höhle in einem Wald gefangen bin, den ich nicht kenne. Es ist stockdunkel. Ich schlage um mich und rufe um Hilfe, aber als ich einen Weg hinaus finde, wird mir klar, daß ich nicht in einer Höhle gefangen war, sondern im Inneren der Freiheitsstatue.

11

Das Warten in der Ambulanz des Krankenhauses war eine einzige Tortur. In der ganzen Stunde, die ich dort saß und in alten *Newsweek*-Ausgaben blätterte, mußte ich die verstohlenen Seitenblicke all derer ertragen, die die Kopie dieses Verrückten aus der Stadtbücherei sehen wollten. Ein junges Mädchen starrte unentwegt auf meine Hände. Die Frau am Empfang, die mir die Versicherungsformulare gab, riß ihre Hände weg, als ich nach ihrem Kugelschreiber griff. Nachdem mein Name aufgerufen worden war und ich weitere fünfzehn oder zwanzig Minuten im Untersuchungszimmer ausharrte, beruhigte ich mich allmählich wieder. Dann erzählte ich Dr. Judy Yup meine Geschichte.

Dr. Yup, die während der zehnminütigen Untersuchung unentwegt lächelte, sagte, ich hätte eindeutige Verletzungen, und sie werde mir dies attestieren. Sie erzählte, sie habe ein Jahr in China studiert, und Freunde von ihr seien bei dem Massaker auf dem Platz des Himmlischen Friedens dabeigewesen. Ihr Cousin halte sich seitdem in einer der südlichen Provinzen versteckt.

»Tja«, antwortete ich, »aber man kann einen durchgedrehten Wachmann nicht mit dem vergleichen, was dort passiert ist.«

»Warum nicht?« konterte sie, wobei das Lächeln endlich aus ihrem Gesicht verschwand. »Unterdrückung ist Unterdrückung.«

Dale, der Assistent, der Aufnahmen von meinen Verletzungen machte, hielt einen ausgiebigen Monolog darüber, wie er und sein

Cousin von irgendwelchen Bundespolizisten auf der Heimfahrt nach einem Aerosmith-Konzert an den Straßenrand gewinkt und verprügelt worden waren. »Ich wünschte, ich hätte den Mut gehabt, das zu tun, was Sie tun, Mann«, sagte er. »Wir hätten ganz groß absahnen können.«

Ich wollte nicht absahnen. Aber in meinem Kopf entstand ein Bild: mein Bruder, wie er aus dem Hatch-Gebäude tritt und in die Sonne blinzelt. Die Sozialarbeiterin hatte wohl recht gehabt; ich hatte mich am Abend zuvor *tatsächlich* wie ein Arschloch benommen. Was auch immer bei dieser ärztlichen Untersuchung herauskommen würde – Sheffer riskierte einiges mit ihrem Vorschlag. Der Gedanke, daß sie im Hatch ein Auge auf meinen Bruder hatte, erleichterte mich ein wenig. Entspannte mich. Machte mich schläfrig. Als ich wieder in den Pick-up geklettert war, blieb ich einfach hinter dem Steuer sitzen und döste fast ein, bevor ich mich endlich dazu aufraffen konnte, den Schlüssel ins Zündschloß zu stecken und loszufahren.

Von der Ambulanz aus fuhr ich zum Haus von Henry Rood. Konnte es ebensogut gleich hinter mich bringen, sagte ich mir. Ich würde das verdammte Haus am Wochenende mit dem Dampfstrahlgerät reinigen und versuchen, bis Mitte der kommenden Woche die alte Farbe runterzuholen und es neu zu grundieren. Vielleicht konnte ich mit Rays Hilfe diese dreistöckige Krankheit von einem Haus bis Halloween fertigbekommen. Ich wollte es nicht noch länger hinausschieben. Die Temperaturen im November waren heikel für einen Anstrich mit Ölfarbe; man hatte nur drei oder vier Stunden Sonne am Nachmittag, und das auch nur mit viel Glück. Wo ich schon mal da war, konnte ich Rood auch sagen, er solle endlich aufhören, mich ständig anzurufen. Ich hatte genug von seinen Belästigungen.

Es war kalt gewesen an diesem Morgen, aber jetzt fühlte sich die Luft trocken und warm an; es mußte um die zwanzig Grad sein. Perfektes Wetter zum Anstreichen. Als ich vor dem Haus in der Gillette Street hielt, sonnte Roods Frau Ruth sich vorne auf der Verandatreppe. Mit ihrem strähnigen schwarzen Haar und ihrem teigigen Teint erinnerte sie mich ein wenig an Morticia von der *Addams Family*, wie sie da vor ihrem viktorianischen Haus des Schreckens saß. Sie lächelte, als ich näher kam.

»Ich müßte eigentlich drinnen sein und Klassenarbeiten korrigieren«, sagte sie, »statt dessen bin ich hier draußen und genieße den späten Sommer.« Neben ihr stand ein Kofferradio, in dem die Übertragung des Eröffnungsspiels der Baseballweltmeisterschaft lief.

Als ich sie fragte, ob ich Henry sprechen könne, antwortete sie mir, sie wolle ihn nicht stören. Er sitze entweder am Computer und schreibe, oder er mache ein Nickerchen. Oder er dämmert im Alkoholrausch dahin, dachte ich. Ruth gönnte sich ebenfalls eine kleine Nachmittagsdröhnung: Auf der Veranda stand ein beschlagenes Glas mit irgend so einem Gesöff darin.

»Richten Sie ihm bitte aus, daß ich mich für die Verspätung entschuldige«, begann ich. »Es ließ sich nicht ändern. In den letzten Tagen ist eine Menge passiert, worauf ich keinen Einfluß hatte.«

»Wir haben darüber gelesen«, meinte sie.

Ich schaute weg. »Sagen Sie ihm ... sagen Sie ihm, ich werde das Haus wahrscheinlich bis nächsten Mittwoch oder Donnerstag für den Anstrich vorbereitet haben – je nachdem, wieviel Putz ich entfernen muß.« Ich erklärte ihr, ich könne die Arbeiten in spätestens zwei Wochen beendet und das Gerüst abgebaut haben, vorausgesetzt, das Wetter spiele mit. »Nächste Woche kann ich Vollgas geben«, fuhr ich fort. »Also sagen Sie ihm bitte, daß er mich nicht mehr dauernd anzurufen braucht.«

Als sie mich fragte, wie es Thomas gehe, wandte ich mich dem Verandageländer zu, statt sie anzusehen. »Er ist in Ordnung«, sagte ich. »Es geht ihm besser.«

Sie erzählte mir, daß sich, als sie ein Mädchen war und in Ohio wohnte, ein Nachbar von ihnen ein Auge ausgerissen hatte. Aus religiösen Gründen, sagte sie, genau wie mein Bruder. Sie habe gerade auf der Couch gesessen und ein Buch gelesen, als sie die Frau des Mannes schreien hörte. Später habe sie gesehen, wie sie ihn aus dem Haus zu einem Krankenwagen führten, ein Handtuch um den Kopf gewickelt. Sie werde nie vergessen, wie ruhig er wirkte – wie friedlich er angesichts der Tatsache war, sich selbst auf diese Art das Augenlicht geraubt zu haben. Es sei unheimlich gewesen. Sie seien kurz danach fortgezogen – der Mann, seine Frau und ihre beiden kleinen Mädchen. Aber es vergehe kein

Monat, in dem sie nicht an ihn denke. »Und ich war nur seine Nachbarin. Ich kann mir gar nicht vorstellen, was *Sie* durchmachen«, sagte sie. »Nun, einerseits kann ich es und dann auch wieder nicht. Ich will nur sagen, es tut mir leid.«

Ich nickte. Blickte in ihre nervösen unsteten Augen. Mitgefühl war das letzte, was ich hier erwartet hätte.

Ruth fragte mich, ob ich einen Whiskey mit ihr trinken wolle. Sie hätten auch Bier, meinte sie, höchstwahrscheinlich Pabst Blue Ribbon. Oder einen Gin. Sie wurde ganz unruhig in Erwartung meiner Antwort.

Ich lehnte ab – erfand ein paar Sachen, die ich noch erledigen mußte. Ich deutete auf das Radio – das Spiel. »Auf wen haben Sie gesetzt?« fragte ich.

»Oh, ich bin ein ausgesprochener Cincinnati-Fan«, antwortete sie. »Schon seit ewigen Zeiten. Mein Vater hat meinen Bruder und mich immer zu den Spielen der Red Legs mitgenommen, als wir Kinder waren. Und auf wen setzen Sie?«

»Ja, auch auf Cincinnati, glaube ich. Jetzt, wo Boston es vergeigt hat, wie immer. Wenn Clemens in der Rückrunde nicht diesen kleinen Ausraster gehabt hätte und vom Platz gestellt worden wäre, würden vielleicht die Red Sox anstelle der A's in der Endrunde spielen. Ich persönlich kann Oakland nicht ausstehen.«

»Ich auch nicht«, sagte sie. »José Canseco? Pah.«

Ich deutete hinauf zu Roods Bürofenster. »Was schreibt er denn überhaupt da oben?« fragte ich. »*Den* großen amerikanischen Roman?«

Sie schüttelte den Kopf. »Keine Literatur«, antwortete sie. »Ein Exposé für ein Sachbuch.«

»Wirklich? Worüber denn? Über Anstreicher?«

Sie lächelte, fummelte an einem Blusenknopf herum. Sogar halb betrunken war sie noch ein nervöses Wrack. Henry schreibe schon seit elf Jahren an einem Buch, sagte sie mir. Es sei schwer für ihn, habe ihn einiges gekostet. Sie könne wirklich nicht über das Thema sprechen. Es würde Henry aufregen, wenn sie darüber spräche.

Das erinnerte mich daran, was Ma mir über die Autobiographie ihres Vaters erzählt hatte; wie geheimnisvoll immer alles gewesen war in dem Sommer, als er sie schrieb. Wie er einen Stenographen angestellt und wieder gefeuert hatte, dann ein Diktaphon geliehen und sich schließlich in den Garten zurückgezogen und das Manuskript allein zu Ende geschrieben hatte.

Ich versprach Ruth Rood, in ein paar Tagen wiederzukommen – in der nächsten Zeit bekämen sie und ihr Mann mich noch öfter zu sehen, als ihnen lieb sein könne.

»Oh, das bezweifle ich«, antwortete sie.

Im Radio tobte die Menge. Die Stimme des Kommentators überschlug sich. Eric Davis hatte Dave Stewart gerade mit einem doppelten Homerun zwei Punkte abgeknöpft.

»Hurra!« rief Mrs. Rood und leerte ihren Drink.

Als zwei Schläger raus waren und noch einer antreten mußte, fuhr ich hinüber zu Ray in die Hollyhock Avenue. Mußte wieder an diese dämliche Nedra Frank denken. Sie hatte die Geschichte meines Großvaters *gestohlen*. Hatte meinen Scheck eingelöst und war einfach verschwunden. Inzwischen hatte sie das Manuskript wahrscheinlich weggeschmissen. Vermutlich existierte es gar nicht mehr.

Langsam fuhr ich die Hollyhock Avenue hinauf, hielt vor dem Haus und stellte den Motor ab. Saß da und betrachtete es: das Haus, das »Papa« gebaut hatte ... Die Sträucher wucherten wild, und die Hecken mußten geschnitten werden. Es war ungewöhnlich für Ray, daß er nichts am Vorgarten tat. Thomas sagte immer, Ray könne nicht schlafen, wenn die Hecken vor dem Haus nicht in Reih und Glied stünden und den gleichen Bürstenschnitt hätten wie er selbst. Und die Mülltonnen standen vor dem Haus – am Tag zuvor geleert und noch immer nicht nach hinten gebracht. Das war auch eins von Rays Lieblingsthemen: Leute, die sich nicht die Mühe machten, ihre Mülleimer wegzutragen. Wir hatten uns regelrecht *Vorträge* über dieses Thema anhören müssen.

Ich stieg aus meinem Pick-up, ging an den blöden Mülltonnen vorbei und die Zementstufen zu dem Zweifamilienhaus hinauf. Trautes Heim, Glück allein – oder – besser: das Haus des Schreckens. Das meiste von dem, was Ray uns angetan hatte, als wir aufwuchsen, war seit langem verjährt, aber jedesmal, wenn ich in die Hollyhock Avenue Nummer 68 kam, wurde ich wütend und fühlte mich klein. Wieder zehn Jahre alt und machtlos.

Irgendwie war es komisch – wie sich alles entwickelt hatte. Ma war tot, und mir gehörte jetzt die Eigentumswohnung drüben in Hillyndale. In den letzten Jahren hatte Thomas entweder in der Landesklinik oder in einer betreuten Wohngruppe gelebt, aber nicht hier. Der einzige, der noch in dem Haus wohnte, das der alte Domenico Tempesta für seine Familie erbaut hatte, war Ray Birdsey, ein weißer angelsächsischer Protestant aus Youngstown, Ohio. Kein Tempesta-Blut mehr. Nicht mal italienisches Blut. Ray hatte die andere Hälfte des Doppelhauses nicht mehr vermieten wollen, nachdem Klein-Sal, der letzte der Tusias, nach Arizona zu seiner Tochter gezogen war.

»Warum ziehst *du* nicht wieder ein?« fragte er mich nach der Scheidung von Dessa. »Kannst dir deine Hypothekenzahlungen sparen. Dir und ihm gehört sowieso die Hälfte von dem Haus. Und wenn ich den Löffel abgebe, habt ihr den Bau ganz für euch.«

Finanziell wäre es ein kluger Schachzug gewesen, emotional aber glatter Selbstmord. Also kaufte ich mir statt dessen die Eigentumswohnung, und die Hälfte des Doppelhauses in der Hollyhock Avenue blieb leer. Als ich ihn einmal fragte, ob er sie nicht vermieten wolle, erwiderte Ray, er brauche das Geld nicht.

»Na ja, du vielleicht nicht«, sagte ich zu ihm, »aber ich kann es mir nicht erlauben, auf die Hälfte von siebenhundert Dollar Mieteinnahmen im Monat zu verzichten.«

Statt zu vermieten, ging Ray zur Liberty Bank, eröffnete ein Sparkonto und setzte Thomas und mich als Begünstigte ein. Jeden Monat überwies er dreihundertfünfzig Dollar. Das sei es ihm wert, sagte er. Man wisse nie, mit wem man es zu tun bekäme. Sein Kumpel Nickerson bei Electric Boat habe das obere Stockwerk seines Hauses an eine Schweinebande vermietet, die er jetzt nicht mehr loswerde – egal, was er versuchte. Ray könne solchen Ärger nicht gebrauchen. Also zahlte er jeden Monat Geld auf das Konto ein und wohnte allein in Domenico Tempestas weitläufigem Zweifamilienhaus mit den sechzehn Zimmern.

Ich klopfte nicht, sondern benutzte meinen Schlüssel, um die Tür zu öffnen. *La chiave*, dachte ich. Ich wanderte durch das ganze Haus; ich war längere Zeit nicht mehr dort gewesen. Die Zimmer wirkten vollgestopft, zwar alles ordentlich gestapelt, aber nichts weggeräumt. Werkzeug, Stapel alter Zeitungen und ein halbvollendetes Puzzle lagen auf dem Eßzimmertisch herum. Die Teppiche fühlten sich unter meinen Arbeitsstiefeln sandig an. In der Küche hing der schwere Geruch von Gebratenem in der Luft. Teller, Pfannen und Tassen waren gespült und standen auf der Anrichte, aber Ray hatte sich nicht die Mühe gemacht, sie in den Schrank zu räumen. Auf dem Küchentisch lagen seine Kreislauf- und Diabetesmedikamente, ein Stapel *Reader's Digest* und zwei mit Gummibändern zusammengehaltene Packen Briefe. Der aktuelle *Daily Record* war so gefaltet, daß der Artikel über Thomas' Einweisung ins Hatch einem sofort ins Auge sprang.

Also wußte Ray es schon. Ich brauchte es ihm nicht mehr zu sagen.

Ich fand ihn im hinteren Schlafzimmer, wo er, in eine Decke gehüllt, im Halbdunkel vor sich hin schnarchte. Nachdem Ma gestorben war, hatte er sich angewöhnt, unten zu schlafen. Seine offizielle Begründung lautete, es treibe sich jemand in der Nachbarschaft herum – irgendwer hatte die Kellertür bei den Anthonys gegenüber aufgestemmt. Aber ich war mir sicher, daß das nicht der eigentliche Grund war. Nachdem Dessa mich verlassen hatte, war es mit am schwersten gewesen, mich an die leere Seite im Bett zu gewöhnen. Ich schlief unten auf der Couch vor dem Fernseher ein, um nicht hinaufgehen und das leere Bett ertragen zu müssen. Nicht, daß man mit Ray jemals über so etwas hätte sprechen können. Der schlief in der unteren Etage mit einem Brecheisen unter dem Bett, damit er sich gegen Einbrecher wehren konnte. Markierte den harten Burschen, statt sich den Gefühlen zu stellen, die der Tod seiner Frau in ihm auslöste.

Da Ray tagsüber schlief, hatte die Werft ihm offenbar wieder Nachtschichten zugeteilt. Das mußte man ihm wirklich lassen: siebenundsechzig Jahre alt, und der Bursche arbeitete noch immer wie ein Ackergaul. Ich stand da und betrachtete ihn. Die Nachmittagssonne fiel durch das halb geöffnete Rollo und warf Lichtstreifen auf sein Gesicht. Mit geöffnetem Mund und ohne Gebiß sah er älter aus. Alt. Seine Haare waren jetzt eher weiß als grau. Wann war das passiert?

Meine ganze Kindheit hindurch hatte ich mir so oft seinen Tod gewünscht, daß man es fast als Hobby bezeichnen konnte. In Gedanken hatte ich meinen Stiefvater immer wieder getötet – ihn von Klippen gestürzt, ihm in der Badewanne einen Stromschlag verpaßt oder ihn bei der Jagd versehentlich erschossen. Mit den Dingen, die er gesagt und getan hatte, hatte er uns Verletzungen zugefügt, die noch *immer* nicht vernarbt waren. Er hatte dieses Haus in einen Ort der Angst verwandelt. Aber ihn so zu sehen – weißhaarig und verletzlich, ein schnarchender Greis –, erfüllte mich mit unerwarteter Sympathie für ihn.

Die ich nicht empfinden wollte. Die ich abschüttelte.

Ich ging zurück in die Küche. Fand ein Blatt Papier und hinterließ ihm eine Nachricht. Ich erklärte, was Sheffer über den Zweiwochen-Schein gesagt hatte, über die Sicherheitsüberprüfung, die sie bei allen Besuchern durchführen mußten, und über die bevorstehende Anhörung vor dem Untersuchungsausschuß. »Ruf mich an, wenn du Fragen hast«, schrieb ich zum Schluß. Aber ich erwartete nicht, daß er anrief. Ich ging eher davon aus, daß Ray der Sache bereits den Rücken gekehrt hatte.

Auf dem Weg zurück zum Wagen kam ich wieder an den Mülltonnen vorbei. Blieb stehen. Faßte mit jeder Hand nach einem Griff und trug sie die Treppe hoch und in den Garten hinterm Haus. Nahm ihm einen Weg ab.

Unser alter Garten …

Ich stellte die Tonnen ab und ging an den beiden Zementkübeln vorbei, in denen Ma immer Petersilie und Basilikum gezogen hatte. Frisches Basilikum. Gott, wie ich den Duft von diesem Zeug liebte – die Art, wie es einem für den Rest des Tages die Finger parfümierte … *Dominick? Tust du mir einen Gefallen, Liebling? Geh raus und pflück mir ein bißchen* Basilico. *Ein halbes Dutzend Blätter oder so. Ich will sie in die Sauce tun …*

Ich stieg die sechs Stufen zu »Papas kleinem Stück der alten Heimat« hoch. So hatte sie den Garten immer genannt. Laut Ma hatte ihr Papa es geliebt, hier draußen zwischen den Weinranken, den Hühnerställen, den Tomaten- und Paprikasträuchern zu sitzen – in der Sonne an seinem selbstgemachten Wein zu nippen und an Sizilien zu denken … Vielleicht hatte sie ihn deshalb weinen gehört, als er am letzten Tag hier draußen saß und seine Geschichte beendete. Vielleicht hatte der »Große Mann von bescheidener Herkunft« am Ende seines Lebens um Sizilien geweint.

Ich erinnerte mich daran, wie Thomas und ich als Kinder hier gespielt hatten. Sah uns auf unseren Pogo-Stöcken im Hof herumhüpfen, Schlachten mit unseren Plastikcowboys und -indianern schlagen oder Ringelnattern in die Steinmauer jagen. Jedes Jahr im Juni, wenn der Geißblattstrauch blühte, saugten wir den Nektar aus den Blüten. Ein winziger Tropfen Süße auf der Zunge – das war alles, was man aus einer Blüte herausbekam.

Ich ging hinüber zu dem Picknicktisch, den Ray und ich in einem Sommer mal gebaut hatten. Die Sitzbank war an einem Ende verfault. Ich würde einfach morgens mal vorbeikommen und das Ding für ihn zur Müllkippe bringen. Vielleicht sollte ich im nächsten Frühjahr kommen und Blumen einpflanzen – den Boden umgraben, den alten Garten wieder lebendig werden lassen. Auch ihn hatte Ray verkommen lassen; ich hatte es hinterm Haus noch nie so verwildert gesehen. Die Weinranken erstickten fast unter dem Unkraut. Das vertrocknete Gras stand kniehoch. Vermutlich war es den ganzen Sommer über nicht gemäht worden. Vermutlich wimmelte es nur so von Zecken. Was war mit Ray los?

Ich dachte an das, was Ma mir damals gesagt hatte – an dem Tag, als sie nach oben gegangen und mit der Metallkassette wieder heruntergekommen war. Mit Papas Geschichte. Sie hatte mir erzählt, wie sie an jenem Tag hinters Haus gegangen war, um ihm sein Mittagessen zu bringen. Wie sie ihn auf dem Stuhl zusammengesunken gefunden hatte … Und während sie auf Hilfe wartete – darauf wartete, daß der Krankenwagen kam –, die überall verstreuten Blätter mit seiner Lebensgeschichte aufgehoben hatte … Eines Tages würde ich mich auf die Suche machen – dieses Miststück Nedra finden. Die Geschichte meines Großvaters zurückholen, falls sie sie nicht schon weggeworfen hatte. Sie hatte gesagt, ihr Exmann sei ein hohes Tier in der Landesklinik. Möglicherweise konnte ich sie über ihn finden. Er mußte ihr doch sicher Unterhalt zahlen und wußte, wo sie wohnte. Und wenn das nichts brachte, würde ich vielleicht zu Jerry Martineau aufs Polizeirevier gehen. Denn was sie gemacht hatte, war *Diebstahl*, ganz zu schweigen von dem Vertragsbruch …

In dem Sommer, als der alte Mann hier draußen starb, war Ma mit Thomas und mir schwanger. Schwanger von einem Typen, dessen Namen ich vermutlich *nie* erfahren werde. Und was war mit *ihm*?

Hatte *er* von uns gewußt? Warum hatte sie uns seinen Namen verheimlicht? Wessen Sohn war ich?

Und wo wir schon dabei waren – wer war überhaupt dieser Papa gewesen? In meiner Vorstellung sah und fühlte ich wieder die Schreibmaschinenseiten, die ich an jenem Morgen aus der Metallkassette genommen hatte: die ersten fünfzehn oder zwanzig Blätter getippt, mit Durchschlag auf Kohlepapier, der Rest mit Füller bekritzelt. Sie habe die Geschichte ihres Vaters für *mich* aufbewahrt, hatte sie gesagt. Thomas könne sie sich auch ansehen, aber Papas Geschichte solle mir gehören … Und ich sah Nedra Franks Yugo im Schneesturm quer die Straße hinunterschlittern. Sah, wie sie sich für immer aus dem Staub machte. Verdammtes Pech, ausgerechnet an so eine zu geraten. Soviel zum Thema »Annäherungsversuche an eine Übersetzung«.

Sobald dieser ganze Hatch-Kram vorbei war, würde ich sie ausfindig machen, selbst wenn Martineau nichts für mich tun konnte. Selbst wenn ich einen Privatdetektiv engagieren mußte. Denn genaugenommen hatte sie mir meinen *Großvater* gestohlen. Das war ein Diebstahl, der weit über das hinausging, was mir die lausigen vierhundert Dollar Vorschuß bedeuteten, die ich ihr gegeben hatte … Und vielleicht würde ich auch versuchen, etwas über den Stenographen in Erfahrung zu bringen. Diesen Angelo, der in dem Sommer damals hier gearbeitet hatte. Ma hatte erzählt, er sei ein Cousin der Familie Mastronunzio gewesen. Ich kannte einen Installateur, der Dave Mastronunzio hieß. Vielleicht sollte ich mit ihm anfangen. Einfach irgendwo anfangen. Vielleicht.

Vielleicht auch nicht.

12

Jeder einigermaßen normale Mensch hätte an dem Punkt Schluß gemacht. Hätte gesagt: »Okay, das ist genug Scheiße für einen Tag«, wäre nach Hause gefahren und hätte sich hingelegt. Aber wer hat behauptet, unsere Familie wäre normal? Erschöpft und aufgekratzt zugleich, fuhr ich kurz entschlossen zum Autohaus, um Leo zu besuchen.

Constantine – Chrysler Plymouth Isuzu. »Genes Jungs erfüllen Ihnen alle Wünsche – zu einem ehrlichen Preis.« Ja, klar. Wenn mein Exschwiegervater, Diogenes »Gene« Constantine, auf ehrliche Weise sein Geld verdiente, war ich Luke Skywalker.

Leo war draußen auf dem Hof, hatte eine rote Nelke in der Hand und half einer Rothaarigen mittleren Alters in einen weißen Grand Prix. »Na, dann viel Glück damit, Jeanette«, sagte er. »Noch mal, danke für die Blume.«

»Oh, nicht der Rede wert, Leo. Sie waren einfach reizend. Ich wünschte, ich könnte *zwei* neue Autos kaufen, statt nur eins.«

»Rufen Sie mich einfach an, wenn ich in Zukunft was für Sie tun kann, okay?«

Jeanette ließ den Motor aufheulen wie ein Rennfahrer. »Hoppla, Entschuldigung«, kicherte sie. »Ich muß mich noch daran gewöhnen.«

»Macht doch nichts, Jeanette. Sie kriegen den Dreh schon noch raus. Seien Sie vorsichtig.«

Sie legte einen Gang ein und ruckelte davon.

»Viel Glück, Jeanette«, sagte Leo, sein Mund so unbewegt wie der eines Bauchredners. »Du fette Schlampe. Ich hoffe, dir fällt der Motor aus deinem gottverdammten Grand Prix.«

»Laß mich raten«, sagte ich. »Nichts verkauft?«

»Das Miststück war kurz davor, den Kaufvertrag für ein weißes LeBaron-Cabrio zu unterschreiben. Die Sache war so gut wie perfekt. Dann nehm ich einen Tag frei, um in die Stadt zu fahren, und sie kauft diese Protzkiste drüben bei Andy Butrymovic von Three Rivers Pontiac. Kennst du Butrymovic? Verdammtes Schlitzohr. Verdammter Scheißpolacke.«

Als wir in den Ausstellungsraum gingen, kamen wir an einem Schildermaler vorbei, der pfeifend mit einer Schablone eine neue Reklame auf die Scheibe pinselte.

»Und wofür ist dann die Blume?« fragte ich. »Hast du Sympathiepunkte gesammelt, oder so was?«

Er schnaubte. »Ja, so was in der Art.« Er knickte den Nelkenstiel und warf die Blume in Omars Papierkorb. Omar ist der neue Verkäufer bei Constantine Motors. Ein Schwarzer oder Latino oder so was. Das hätte es vor zehn oder sogar noch vor fünf Jahren nicht gegeben, daß mein Exschwiegervater einen Verkäufer beschäftigte, der einer Minderheit angehörte. Damals hätte er auch keine Frauen eingestellt. Jetzt arbeiteten schon zwei für ihn.

»Wie geht's deinem Bruder?« fragte Leo. »Angie sagt, sie hätten ihn ins Hatch gebracht. Was soll das alles?«

Ich erzählte ihm von Thomas' Einlieferung am Abend zuvor. Und von dem Knie, das man mir zwischen die Beine gerammt, und dem Rat, den mir Lisa Sheffer gegeben hatte. »Er darf fünf Besucher angeben«, sagte ich. »Sie führen bei jedem, den er aufschreibt, eine Sicherheitskontrolle durch. Dann filzen sie einen, und man muß durch einen Metall...«

»Lisa Sheffer, Lisa Sheffer«, meinte er. »Ich *kenne* den Namen. Nimm Platz.«

Ich setzte mich ihm gegenüber an seinen Schreibtisch. Das ist Leos wunder Punkt: daß er schon all die Jahre hier arbeitet und der Alte ihn immer noch im Ausstellungsraum parkt. Peter, ein Cousin von Dessa und Angie, ist etwa vier oder fünf Jahre nach Leo in die Firma eingetreten, und hat schon eines der Büros *hin-*

ter dem Ausstellungsraum. Er wurde zum Leasing Manager gemacht, und Leasing ist einfach *das* Geschäft.

Das Furnier von Leos Schreibtisch hatte sich ein wenig verzogen und an einer Ecke gelöst. Das passiert immer bei diesem Schrottfurnier. Dagegen muß man sich mal den Schreibtisch in der Bürosuite des Alten ansehen – so groß, daß ein Flugzeug darauf landen könnte.

Leo blätterte durch den Rolodex auf seinem Schreibtisch. »Lisa Sheffer, Lisa Sheffer ... Hier ist es. Lisa Sheffer. Sie hat vor ungefähr sechs Monaten einen Charger bei mir probegefahren. Krankenschwester, stimmt's?«

»Sozialarbeiterin in der Psychiatrie.«

»So 'ne Kleine, Knochige? Kurze Haare, keine Titten?« Ich dachte an Sheffers Hinweis, sie sei eine Frau und keine »Puppe«. Sie mußte Leo *wirklich* beeindruckt haben.

»Weißt du, was ich an deiner Stelle tun würde?« sagte Leo. »Wegen deines Bruders? Und der Brutalität der Wachleute? Ich würde einen Anwalt einschalten, ihm die Diagnose der Ärztin und die Fotos vorlegen. Vielleicht kannst du einen Handel mit denen machen – versprechen, daß du nicht vor Gericht gehst, wenn dein Bruder wieder ins Settle verlegt wird. Und weißt du, was ich dann tun würde? Nachdem du ihn da rausgeholt hast? Ich würde es mir anders überlegen und die Arschlöcher trotzdem verklagen.«

»*Du* würdest das bestimmt so machen, Leo. Das kann ich mir vorstellen.«

»Darauf kannst du dein linkes Ei wetten. Was können die schon tun? Sich beschweren, daß du die inoffizielle Vereinbarung nicht einhältst? Besser, der Arsch zu sein, als der Gearschte.« Er stand auf. »Wart mal 'ne Sekunde, Birdsey. Bin gleich zurück. Ich muß was in der Serviceabteilung abklären.«

In gewisser Hinsicht war Autoverkäufer der ideale Beruf für Leo. Für Geld die Leute verscheißern. Er hatte mich schon im Sommer 1966 erfolgreich verscheißert, als ich, nur durch den Gang getrennt, neben ihm im Mathe-Nachhilfeunterricht saß, und er mich glauben machte, er sei ein Cousin zweiten Grades von Sam the Sham von der Gruppe Sam the Sham and the Pharaohs. Ihr Song »Woolly Bully« war in dem Jahr sehr beliebt –

das war das Jahr, als ich fünfzehn war. Er dröhnte den ganzen Sommer über aus meinem roten Transistorradio, während ich den Rasen mähte, Gleichungen nach *x* auflöste oder Gewichte hob – pumpte und stemmte bei dem Versuch, mich in Herkules den Entfesselten zu verwandeln. Leo erzählte mir, er sei auf einer Party in Sam the Shams Wohnung in Greenwich Village gewesen, und ein Playboy-Häschen habe auf seinem Schoß gesessen. Sein Onkel sei Talentsucher in Hollywood, und seine Mutter wolle ihm eine Corvette kaufen, sobald er die Matheprüfung bestanden und seinen Führerschein gemacht habe.

Damals hatte Leo eine Wampe und verfaulte, schwarze Zähne – ein Sechzehnjähriger, der aussah wie Mitte Dreißig und der die anderen Mathewiederholer einschüchterte, wenn er nur den Raum betrat. Manchmal beobachtete ich ihn mit einer Art entsetzter Faszination, wenn er in der Nase bohrte, genauestens untersuchte, was er da herausgeholt hatte, und es dann unter sein Pult schmierte. Er machte unserer Lehrerin, der zittrigen, alten, fast schon pensionierten Mrs. Palladino das Leben zur Hölle. Leo meldete sich, weil er angeblich eine Aufgabe nicht verstanden hatte, deren Lösung ihn selbstverständlich einen Scheißdreck interessierte, und die Palladino hinkte mit ihrem kaputten Bein zu ihm hin. Dann, mitten in ihren Erläuterungen, denen er nicht im geringsten folgte, ließ Leo einen fahren – einen von diesen leisen, aber tödlichen, der so stank, daß jeder im Umkreis von zwei Metern anfing zu stöhnen und mit dem Heft zu wedeln. Die arme Mrs. Palladino stand da, leierte gutgläubig ihren Stoff herunter und versuchte angestrengt, nicht wegen des Gestanks in Ohnmacht zu fallen.

In dem Sommer konnte Leo sich fast alles erlauben; er bestand sogar die Matheprüfung, weil er die Matrize mit den Aufgaben der Abschlußprüfung aus dem Papierkorb im Lehrerzimmer geklaut hatte. Aber im darauffolgenden Herbst verließ ihn sein Glück. Schlagader, wie wir den stellvertretenden Rektor des JFK nannten, erwischte ihn eines Nachmittags auf frischer Tat, als er in der Eingangshalle Pariser über die Köpfe der athletischen Statuen der Sportpokale in der Vitrine zog. Schlagader: Ich habe den richtigen Namen des Burschen vergessen, aber wenn er schrie, traten die Adern an seinem Hals hervor wie Elektrokabel. Schlagader machte Leo *fertig*. Zwang ihn, sich während der morgendlichen Durchsage über die Sprechanlage bei allen gegenwärtigen und zukünftigen Sportlern zu entschuldigen, deren Siege er lächerlich gemacht hatte. Dann ließ er ihn zwei Monate lang jeden Nachmittag nach dem Unterricht Runden laufen. Leos Mutter, die gerade die erste Stadträtin von Three Rivers geworden war, schleppte ihn einmal pro Woche zu einem »Spezialisten«.

Nach all den Runden und »Beratungsgesprächen« hatte Leo dreißig Pfund abgenommen und ließ sich die Haare wachsen. Im Frühjahr wurde er Sänger bei einer dieser Garagenbands, den Throbbers. Die Mädchen standen plötzlich auf ihn. Zuerst nur die unscheinbaren, aber dann auch die beliebten, sogar Nathalie Santerre, die – wie alle meinten – aussah wie Senta Berger und von der Leo bis heute behauptet, sie habe ihm an dem Wochenende, bevor ihre Familie nach North Carolina zog, einen geblasen. Die Throbbers spielten die üblichen Coversongs: »Wild Thing«, »Good Lovin'«, »Nineteenth Nervous Breakdown«. Leo gab alles. Immer wenn sie den Song »Ninety-six Tears« von Question Mark and the Mysterians spielten, ließ er sich auf die Knie fallen und führte sich auf, als würde ihm gleich die Sicherung durchbrennen, weil das Mädchen in dem Song ihn verlassen hatte. Die Band löste sich nach einer Weile auf, aber Leo war inzwischen süchtig geworden – nach der Aufmerksamkeit, die er bekam, wenn er auf der Bühne stand. Er studierte im Hauptfach Schauspiel an der UConn, verkaufte nebenher ein bißchen Gras und war in seinem ersten Jahr ein solcher Hengst, daß er im Laufe der zwei Monate dauernden Proben alle drei von Tschechows *Drei Schwestern* flachlegte – wenn man Leo glauben will, den allerdings niemand für eine verläßliche Quelle hält, und schon gar nicht, wenn es um sein Liebesleben geht. In seinem ersten Jahr spielte er Snoopy in dem Stück *You're a Good Man, Charlie Brown*. Das war der Höhepunkt von Leos Schauspielerkarriere: Snoopy. Dessa und ich gingen inzwischen seit sechs oder sieben Monaten miteinander. (Dessa mochte Leo nicht besonders; sie tolerierte ihn.) Als sie und ich hinfuhren, um uns *You're a Good Man, Charlie Brown* anzusehen, nahmen wir Dessas Schwester Angie mit. Angie war kurz davor ein paar Wochen mit meinem Bruder gegangen – eine Katastrophe, an die ich am liebsten nicht mehr denken möchte. Wie auch immer: An diesem Abend saß Angie im Publikum und verliebte sich unsterblich. Dessa und ich mußten uns auf der ganzen Heimfahrt anhören, wie hinreißend Leo aussah, wie komisch er war und daß Angie an einer Stelle so sehr lachen mußte, daß sie sich fast in die Hosen gemacht hätte. Als Leo von seinem Ein-Frau-Fanclub hörte, verabredete er sich mit Angie. Sie trieben es echt heftig den ganzen Sommer über – es war der Sommer 1971 – und schienen dann abzukühlen. Aber an Weihnachten, als Dessa und ich ihnen mitteilten, wir wollten uns nach dem Examen verloben, sagten *sie uns*, Angie sei schwanger. Verdammt, wenn Angie keine Fehlgeburt gehabt hätte, wäre dieses Kind jetzt wie alt? Achtzehn?

Der vor sich hin pfeifende Schildermaler hatte seinen ersten Buchstaben auf der Schaufensterscheibe fertig: ein blaues »G«, so groß wie Joy. Leo kam durch den Ausstellungsraum zurück.

»Ich hab ganz vergessen, dir was zu erzählen«, sagte ich. »Rat mal, wen ich letzte Nacht im Hatch gesehen habe. Ralph Drinkwater!«

»Drinkwater? Echt? Gott, ich hab Ralph nicht mehr gesehen, seit ... in welchem Sommer haben wir diesen Job gehabt?«

»Neunundsechzig«, sagte ich. »Der Sommer, in dem wir auf dem Mond gelandet sind.«

»Und wie sieht er aus? Ralph?«

»Hat sich eigentlich kaum verändert. Ich hab ihn sofort wiedererkannt.«

»Gott, erinnerst du dich daran, wie wir ihn reingerissen haben bei den Cops?«

»*Du* hast ihn reingerissen«, erwiderte ich. »*Du* warst derjenige, der auf dem Revier saß und ihnen erzählt hat –«

»Genau, Birdy, und du warst die Unschuld in Person, stimmt's? He, ich will ja nicht vom Thema ablenken, aber was hältst du von dem Anzug hier?« Er stand hinter seinem Schreibtisch auf und stolzierte zu dem weißen LeBaron hinüber. *Jungfrauen* nennt Leo die Modelle im Ausstellungsraum. Der Anzug war hellbraun, ein Zweireiher. Für meinen Geschmack eine Nummer zu groß für ihn.

»Den hab ich gestern in New York gekauft, als ich beim Vorsprechen war«, sagte er. »Armani – absolut exklusiv. Mir war nach Feiern, weil es so gut gelaufen ist.«

Leo und seine Vorsprechtermine. Trotz all der Vorstellungsgespräche, zu denen er in den letzten Jahren nach New York gefahren ist, habe ich ihn nur zweimal im Fernsehen gesehen – in einem Werbespot für Landlubbers Hummerrestaurants, der irgendwann Mitte der Achtziger lief, und in einem Spot des Gesundheitsministeriums zur AIDS-Vorsorge. In der Restaurantwerbung spielte Leo einen soliden Familienvater, der seine glückliche Familie zum Hummeressen ausführte. Der Streifen beginnt mit einer Großaufnahme von Leo. Mit den weit aufgerissenen Augen sieht er aus, als hätte er gerade einen Orgasmus. Dann fährt die Kamera zurück, und eine Kellnerin kommt ins Bild und bindet ihm ein Plastiklätzchen um den Hals. Vor ihm liegt dieses *Monster* von einem Hummer. Der Rest der Familie sieht zu. Alle grinsen, als wären sie high, sogar die Oma. Die andere Werbung – das Ding vom Gesundheitsministerium – läuft immer noch ab und zu um zwei oder drei Uhr nachts; ich sehe es meistens dann, wenn mich die Schlaflosigkeit vor die Glotze treibt. Auch in dem Spot ist Leo ein Familienvater – spielt Basketball mit seinem Sohn, der im Teenageralter ist, und spricht mit ihm von Mann zu Mann über Verantwortung. Am Schluß sagt Leo: »Und denk daran, mein Sohn, das sicherste ist zu warten, bis du wirklich bereit bist.« Leo und Junior grinsen einander zu, und Leo setzt zu einem Hakenwurf an. Dann kommt eine Nahaufnahme – der Ball zischt in den Korb –, und danach klatschen Leo und der Junge sich ab. Als ich den Spot zum erstenmal sah, mußte ich laut lachen. Zum einen, weil Leo überhaupt keinen Hakenwurf hinkriegt. Damals auf der High-School behauptete er, seine linke Herzkammer sei nicht in Ordnung, und drückte sich damit volle zwei Jahre geschickt vor dem Sportunterricht. Und wenn man Leo über Enthaltsamkeit sprechen hört, ist es so, als würde Donald Trump über Selbstlosigkeit reden.

»Was sagst du dazu, Birdsey?« fragte er. »Ich kaufe diesen Anzug, lasse ihn ändern und komme gegen Mitternacht wieder nach Hause. Das Haus ist dunkel, Angie und die Kinder schlafen. Also hol ich mir was zu essen, mach die Glotze an und sehe Arsenio in genau dem gleichen Anzug, den ich gerade gekauft habe. *Arsenio*, Mann! Wurde vor kurzem zu einem der zehn bestangezogenen Männer Amerikas gewählt. Das ist ein Zeichen.«

»Ein Zeichen?«

»Daß ich die Rolle kriege. Was glaubst du eigentlich, wieviel ich dafür bezahlt habe?« Er strich über den Ärmel des Jacketts und drehte sich zur Seite. »Italienische Seide«, meinte er. »Na los, rate mal.«

»Mensch, Leo«, sagte ich. »Ich hab im Moment noch ein, zwei andere Sachen im Kopf. Mir ist nicht unbedingt danach, *Der Preis ist heiß* mit dir und deinem neuen Anzug zu spielen.«

»Na los, rat schon.«

»Ich weiß nicht. Zweihundert? Zweihundertfünfzig?«

Er schnaubte verächtlich. Stieß einen Finger nach oben.

»Dreihundertfünfzig?«

»Versuch's mal mit *vierzehnhundert*fünfzig, Mann.«

»Vierzehnhundertfünfzig? Für einen *Anzug*?«

»Nicht *einen* Anzug. *Diesen* Anzug. Fühl mal!«

Ich rieb das Ende des Ärmels zwischen Daumen und Zeigefinger. »Und?« sagte ich. »Fühlt sich an wie ein Anzug.«

Er entfernte einen imaginären Fussel von seinem Jackett.

»Was weißt du denn schon, Birdsey?« sagte er. »Du arbeitest in Overalls. Hab ich dir übrigens gesagt, daß es bei dem Vorsprechen um einen *Film* ging und nicht um einen Werbespot?« Er setzte sich wieder hin, lehnte sich lässig zurück und verschränkte die Hände hinter seinem Kopf. »Kein großes Budget, aber es ist immerhin mal was, verstehst du? Ein Sprungbrett. Psychothriller – wird vermutlich hier in den Staaten direkt als Video verkauft, gelangt nur auf wenige ausländische Märkte. Korea, Hongkong – so was in der Art. Die verschlingen solche Horrorfilme.«

»Du hast mir schon erzählt, daß es um einen Film geht«, meinte ich.

»Hab ich dir *nicht* erzählt. Wann soll ich dir das erzählt haben?«

»Keine Ahnung. Beim Racquetball?«

»Ich war erst gestern in New York. Wir haben *vorgestern* Racquetball gespielt.«

Mir wurde langsam ein wenig mulmig. »O ja, stimmt. Angie hat es mir erzählt, glaube ich. He, hast du vielleicht einen Kaffee für mich?«

»Du weißt genau, daß wir Kaffee haben. Schwarz, stimmt's? Wann hast du Angie gesehen?«

»Ich hab sie nicht gesehen. Ich hab gestern abend mit ihr gesprochen, als ich anrief, um mit dir zu reden.«

»Was wolltest du?«

»Wie? Nichts. Ich wollte dir nur das mit meinem Bruder erzählen. Schwarz, zwei Stück Zucker.«

»Sag mal, hab ich dir schon gesagt, daß ich keinen Kaffee mehr trinke? Ich hab dieses Buch gelesen, *Fit for Life*. Hat Angie mir gegeben. Wir wollen uns auch so einen Entsafter anschaffen. In dem Buch steht, Kaffee ist das reinste Gift. Raffinierter Zucker ebenfalls: echtes Scheißzeug. Jedenfalls, weißt du, worum es in dem Film geht? Da ist dieses durchgeknallte Weib, verstehst du? Und sie ist sowohl Künstlerin als auch Massenmörderin. Zuerst wird sie von irgendwelchen Typen vergewaltigt, okay? Macht die ganzen traumatischen Erfahrungen durch. Dann flippt sie aus. Fängt an, alle Typen umzubringen, die ihr übel mitgespielt haben, und malt unheimliche Bilder mit deren Blut. Und plötzlich wird sie von Kunstkritikern entdeckt. Kommt ganz groß raus in der Kunstszene, aber keiner weiß, was sie als Farbe benutzt, okay? Daß sie tagsüber Bilder malt und nachts all diese Typen umbringt. Ich hab für die Rolle von einem der Opfer vorgesprochen – den ersten Typ, den sie kaltmacht, einen Kunstprofessor, der sie für eine gute Note vögeln will. Ich glaube, ich hab's gut hingekriegt – ein Rückruf ist mindestens drin. ›Sehr schön‹, hat der Castingtyp nach dem Vorsprechen gesagt, ›*Sehr* schön‹.«

»Ist ja auch kein großes Problem für dich«, sagte ich, »einen schmierigen Typen zu spielen.«

»Du mich auch, Birdsey. Aber echt, diesmal scheint wirklich was für mich drin zu sein.« Er schaute sich um, beugte sich dann über den Tisch vor und flüsterte: »Und weißt du, was das Beste ist? Wenn ich die Rolle bekomme, gibt's da diese Szene, wo die Psychoschlampe sich über mich hermacht. Kurz bevor sie mich umbringt. Sag bloß Angie nichts davon, wenn du sie siehst, okay? Sie dreht sonst durch. Ich hab heute morgen angefangen, Sit-ups zu machen, weil ich zu 99,9 Prozent sicher bin, daß ich die Rolle bekomme.«

»Schwarz, zwei Stück Zucker«, sagte ich.

Er stand abrupt auf. »Gift, Birdy, ich sag's dir. Leb sauber oder stirb.«

Während ich darauf wartete, daß er zurückkam, schlenderte ich im Ausstellungsraum herum. Sah mir den Isuzu an, der drüben am Fenster stand. Blätterte ein paar Prospekte durch. Der Schildermaler war bei seinem zweiten Buchstaben: G-O.

Ich war froh, daß mein Schwiegervater nicht da war. Mein *Ex*schwiegervater. Eigentlich waren wir immer gut miteinander ausgekommen, Gene und ich. Er hatte mich Leo stets vorgezogen. Manchmal war das so offensichtlich, daß es schon peinlich wurde. An Feiertagen zum Beispiel, wenn wir alle bei ihnen waren, und Gene die beiden Peters und Costas und mich auf einen Ouzo in sein Arbeitszimmer oder zu einem Spaziergang durch den Obstgarten einlud, während Leo mit den Frauen und Kindern im anderen Zimmer zurückblieb. Es war auch deshalb traurig, weil es die Tatsache unterstrich, daß Gene Dessa ihrer Schwester immer vorgezogen hatte. Das war so augenfällig, daß es weh tat. Aber das hatte sich geändert. Wenn ich jetzt, nach der Scheidung, im Autohaus vorbeikam, um Leo zu besuchen, und Gene war da, behandelte er mich, als wäre ich der große Unsichtbare oder so was. Als ob ich nicht fast sechzehn Jahre lang sein Schwiegersohn gewesen wäre. Als ob *ich sie* verlassen hätte und nicht umgekehrt.

Ich hörte, wie Leo drüben in der Personalküche mit jemandem quasselte, statt mir meinen Kaffee zu holen. Leos Schreibtisch war einer von vieren im Ausstellungsraum. Ich weiß auch nicht, warum ich mich daran erinnere, aber er fing genau an dem Tag bei Constantine Motors an, als Reagan vereidigt wurde und der Iran die Geiseln freiließ. Neun Jahre – und noch immer kein eigenes Büro. Einmal beklagte Leo sich darüber bei mir: »Du an meiner Stelle wärst wahrscheinlich längst Geschäftsführer und brauchtest dir keine Gedanken über ein eigenes Büro zu machen.« Und er hatte recht.

Die Bürosuite des Alten ist eine Klasse für sich. Es gibt dort sogar ein Badezimmer – und kein ganz kleines. Ungefähr vier mal vier Meter. Darin hat er eine rote Wanne mit goldener Armatur und dahinter ein Wandgemälde, auf dem der Trojanische Krieg dargestellt ist. Apropos Reife: Leo achtet immer darauf, sein ganz großes Geschäft auf Genes Privatklo zu verrichten, wenn der Alte unterwegs ist, etwa um in einer seiner anderen Goldminen nach dem Rechten zu sehen. (Neben dem Autohaus gehören Gene und Thula zwei kleine Ladenzeilen – eine hier in Three Rivers und eine weitere an der Straße nach Willimantic.) Die Constantines stehen auf diese Wandbilder: Sie haben auch drüben in ihrem Haus zwei, eines im Eßzimmer und das andere in ihrem Schlafzimmer – die Ägäis, an der Wand gegenüber dem Bett.

Leo und ich verlobten uns schließlich in genau derselben Woche mit den Constantine-Schwestern. Dessa und ich hatten es schon einige Zeit geplant, Leo und Angie nicht. Sie befanden sich in einer klassischen Zwangslage. Der Alte ließ uns von seinen Töchtern ausrichten, er wolle sich mit Leo und mir in seinem Geschäft treffen. Um uns seine große »Zukünftige-Schwiegervater«-Rede zu halten. Das war, bevor er erfuhr, daß bei Angie und Leo ein Kind unterwegs war – bevor Angie diese kleine Bombe auf dem Weg zur Kirche platzen ließ. Leo und ich sollten für die große Rede ruhig gemeinsam zu ihm kommen, meinte Gene, denn was er zu sagen habe, gehe uns beide an. Ich erinnere mich gut an dieses Gipfeltreffen in Genes Büro.

»Kommen Sie herein, Gentlemen, kommen Sie herein«, rief er uns zu, nachdem wir eine Weile in seinem Vorzimmer gesessen hatten. Für Leo war das Ganze ein großer Witz, aber ich hatte das Gefühl, ich wartete darauf, vom Doktor zu einer Impfung hereingerufen zu werden. »Hier herein«, rief Gene, und ehe wir's uns versahen, standen wir in seinem bescheuerten Badezimmer. Er saß in der roten Wanne. Ich stand da und versuchte, weder auf seinen behaarten Gorilla-Körper noch in seine Augen zu schauen. Dessa war nicht schwanger oder so was, aber das lag an der Pille und hatte nichts mit Abstinenz zu tun. Ich starrte die ganze Zeit auf den Trojanischen Krieg über seiner Schulter – Soldaten, die innerhalb der Stadtmauer aus dem Bauch dieses hölzernen Pferdes hervorquellen.

»Gentlemen«, begann Diogenes. »Meine beiden Töchter haben bisher ein gutes Leben geführt. Ihre Mutter und ich haben unser Bestes gegeben, um ihnen alles Notwendige und auch ein paar von den Annehmlichkeiten des Lebens zukommen zu lassen. Und nun haben sie beschlossen, aus unserem Heim aus- und bei Ihnen beiden einzuziehen.« Nervös oder nicht, an der Stelle mußte ich still in mich hineinkichern. Die Constantines wohnten in dieser Vierzehnzimmer-»Baracke« in Bayview Terrace mit Apfelgärten, einer Weinlaube und einem überdachten Swimmingpool. Zu der Zeit unseres großen Gipfeltreffens im Badezimmer lebte ich in einer heruntergekommenen Wohnung über einer Garage in der Careen Avenue und hatte einen Kühlschrank, dessen Tür ich mit Isolierband zuhalten mußte.

»Nun, ich verlange von den Ehemännern meiner Töchter nicht, Millionäre oder Helden zu sein«, fuhr Gene fort. »Das einzige, was ich erwarte, sind glückliche, gesunde Enkelkinder und die Gewißheit, daß meine Mädchen jede Nacht neben gottesfürchtigen, rechtschaffenen Männern liegen. Wenn Sie diese Anforderungen erfüllen können, dann heiße ich Sie beide in der Familie willkommen und gebe euch allen meinen Segen. Wenn nicht, dann sagen Sie es hier und jetzt, und wir scheiden in Freundschaft.«

Die meiste Zeit redete Leo für uns beide – lieferte dem Alten seine beste Schleimernummer, mit zahlreichem »Ja, Sir« und »Nein, Sir«, bis Diogenes sowohl die Audienz als auch sein Bad beendete. Er stand auf, ergriff die helfende Hand, die Leo ihm reichte, um aus der Wanne zu steigen, und zündete jedem von uns eine Panatela Extra an, noch immer splitternackt. Es kam ihm erst in den Sinn, einen Bademantel anzuziehen, als wir drei bereits vor uns hin pafften.

Leo und ich sagten kein Wort, während wir – eine Fahne Zigarrenrauch hinter uns herziehend – durch den Ausstellungsraum zum Ausgang gingen, angestarrt von allen Angestellten des Autohauses.

Erst in Leos Karmann Ghia warf ich den Kopf in den Nacken und stöhnte. »Na ja«, sagte ich dann, »ich weiß ja nicht, wie's mit rechtschaffen und gottesfürchtig aussieht, aber den Teil mit den Enkelkindern hast du zumindest schon erfüllt.«

»Hast du seinen winzigen, verschrumpelten Schniedel bemerkt?« fragte Leo. »Scheiße, Mann, selbst in einem Glas mit Cornichons hab ich größere gesehen.«

Als wir vom Hof fuhren, brachen wir beide in ein Lachen aus, an dem wir fast erstickt wären. Wir lachten so sehr, daß uns Tränen übers Gesicht liefen. »Wenn ich jemals solche Hängetitten kriegen sollte, dann tu mir bitte einen Gefallen, Birdy«, brachte Leo mühsam heraus. »Bring mich irgendwo hin und erschieß mich.« Wir rasten über den Zubringer, kurbelten die Fenster runter und warfen die stinkenden Zigarren weg.

Ich finde es immer noch verrückt, wenn ich darüber nachdenke: die Tatsache, daß Dessa und ich uns getrennt haben, und Leo und Angie nicht. Nun, sie *waren* mal auseinander, zumindest eine Zeitlang – damals, als diese Disco, die Leo managte, Pleite machte. Le Club hieß der Laden. Er gehörte einem verkoksten reichen Typ aus Fairfield, der Leo zum Sniffen brachte. Rik hieß der Typ – bekam immer gleich einen Anfall, wenn jemand seinen Vornamen mit »c« schrieb. Das war die einzige Zeit, in der meine Freundschaft mit Leo ruhte. Ich konnte einfach nicht ertragen, was der Koks mit ihm machte – die linken Nummern, die Leo abzog, die Art, wie er Angie behandelte. Dann kam eines Nachmittags der Buchhalter von Riks Daddy angefahren und ging Sonnyboys Bücher durch. Und Leo stand auf der Straße.

Während Leo im Entzug war – was die Constantines bezahlten –, kam heraus, daß er eine von den Hostessen in dem Club geschwängert hatte. Selbst ich wußte nichts von diesem kleinen Abenteuer; wie gesagt, Leo und ich verbrachten damals nicht besonders viel Zeit zusammen. Die Hosteß – ihr Name war Tina – hatte die Abtreibung bereits hinter sich, entschloß sich aber trotzdem eines Tages, bei Angie anzuklingeln. Angie trennte sich von Leo und zog mit Shannon wieder zu ihren Eltern. Dann, drei Monate nachdem Leos Therapie zu Ende war, erwartete Angie wieder ein Kind von ihm. Der Alte bekam einen Tobsuchtsanfall; er hatte sich sehr für die Scheidung stark gemacht. Statt dessen stellte er Leo schließlich als Verkäufer im Autohaus ein.

Das war eines der wenigen Male, die ich den alten Diogenes klein beigeben sah. Angie mußte ihren Vater beknien, daß er Leo den Job gab. Sie brachte vor, Menschen könnten sich zu ihrem Besseren verändern – Leo habe sich *wirklich* verändert. Er sei dem einzigen Enkelkind von Gene und Thula ein wunderbarer Vater. Wenn sie, Angie, vergeben und vergessen könne, warum nicht der Alte? Gene antwortete, Vergeben und Vergessen sei eine Sache, aber diese Arschmade auf der Gehaltsliste zu haben eine ganz andere. Dann spielte Angie ihren Trumpf aus: Wenn *Dessa* ihn darum gebeten hätte, hätte er ohne zu zögern »ja« gesagt. *Dessa* hätte nicht dastehen und sich erniedrigen müssen wie sie, und das nach allem, was sie sowieso schon durchgemacht habe.

Was vermutlich stimmte.

»Was sagst *du* zu der Bitte deiner Schwester?« Der Alte saß eines Abends bei uns auf dem Sofa und stellte Dessa diese Frage. Thula thronte neben ihm, die Arme über ihrem dicken Bauch verschränkt. Sie waren in ihrem großen New Yorker herübergekommen, nachdem sie eine Woche lang über das Thema gestritten hatten. In den sechzehn Jahren unserer Ehe war dies der einzige spontane Besuch, den Dessas Eltern uns abstatteten.

»Ich bin mit allem einverstanden, was die Dinge wieder in Ordnung bringt, Daddy«, sagte Dessa. »Aber du mußt das entscheiden. Würdest du damit klarkommen, daß Leo bei dir arbeitet?«

»Ob ich damit *klarkäme*? Ja. Aber *will* ich jeden Morgen, wenn ich mein Geschäft betrete, diesen Idioten sehen, den sie so dämlich war zu heiraten? Nein, das will ich nicht.«

Ich saß da und hielt meinen Mund, aber es war nicht leicht. Sicher, Leo hatte seine Fehler. Sicher, er hatte Scheiße gebaut. Aber es kotzte mich an, daß Gene ihn Idiot nannte. Wir kannten uns seit ewigen Zeiten, Leo und ich. Er hatte auch seine guten Seiten.

»Du tust es nicht für ihn«, sagte Thula. »Du tust es für deine Tochter. Dein eigen Fleisch und Blut.«

»Wer sagt, daß ich es *überhaupt* tue?«

»Angie hat recht mit ihrem Argument, daß Leo ein guter Vater ist«, erinnerte ihn Dessa. »Er und Shannon sind ganz vernarrt ineinander.« Dessa und ich waren auch vernarrt in unsere Nichte, obwohl es für Dessa immer eine Mischung aus Vergnügen und Schmerz war, mit ihr zusammenzusein. Sie hatte zu der Zeit schon zwei Fehlgeburten gehabt. Kinder zu bekommen war das einzige, was Angie besser konnte als Dessa. Jetzt, wo Leo und sie wieder zusammen seien, erzählte Angie ihrer Schwester, wolle sie nach diesem zweiten noch ein Kind. Vielleicht noch mehrere.

»Wo wärst denn du heute, wenn mein Vater dir keine Chance gegeben hätte?« fragte Thula ihren Mann. Damals erfaßte ich gar nicht die volle Bedeutung von dem, was sie sagte. In ihrer stillen

Art fuhr Thula in Dessas und meiner Gegenwart schweres Geschütz auf. Diogenes Constantine mochte zwar ein gewiefter Geschäftsmann sein, aber sein Startkapital stammte von der Familie seiner Frau.

Das war's dann also. Am Ende des Monats erschien Leo als einer von »Genes Jungs« in der ganzseitigen Annonce im *Three Rivers Daily Record* – sein breites trotteliges Gesicht starrte einem aus der Zeitung entgegen, und über seinem Kopf stand in einer Sprechblase das Constantine-Motto: »Genes Jungs erfüllen Ihnen alle Wünsche – zu einem ehrlichen Preis!«

Leo kam mit seinem Kaffee zurück und nippte selbst an einem. Soviel zum Thema »gute Vorsätze« von Leo.

»Verdammt, Birdsey«, sagte er. »Wenn ich nicht eine frische Kanne hätte machen und das Zeug riechen müssen, hätte ich keinen gewollt.«

Der Schildermaler war inzwischen beim vierten Buchstaben angelangt: G-O-T-T.

»Gott?« Ich deutete fragend auf das Fenster. »Seid ihr jetzt irgendwie religiös geworden?«

»Quatsch. Fertig heißt es: ›Gottverdammt, kommen Sie herein und kaufen Sie ein Auto, bevor wir untergehen!‹«

»So schlimm?«

»Willkommen in den Neunzigern.« Er beugte sich zu mir und senkte die Stimme. »Den Alten hat bei den Zahlen vom dritten Quartal fast der Schlag getroffen. Gestern hat er den halben Tag mit dem Gebietsleiter telefoniert. Weil United Nuclear dichtmacht und bei Electric Boat von Entlassungen die Rede ist, kauft keiner mehr was. Alle halten an dem fest, was sie haben. Sag mal, wie alt ist dein Pick-up eigentlich?«

»Hat einundachtzigtausend Meilen runter«, erwiderte ich, »und läuft prima.«

»Wir könnten dir einen neuen Dodge oder Isuzu verpassen, für –«

»Ne«, sagte ich. »Vergiß es.«

»Hör doch mal. Dieser Fünfgang-Isuzu ist ein feiner kleiner Wagen.«

»Und wenn es ein göttlicher Wagen wäre, Leo: Ich habe einen

Kompressor, der aus dem letzten Loch pfeift, und ein Dampfstrahlgerät, das ich irgendwann ersetzen muß. Ganz zu schweigen von einem Bruder, der eingesperrt ist mit einem Haufen von ...«

»Ist gut, ich verstehe dich ja, Dominick. Aber Pa und ich könnten dir –«

»*Nein.*«

»Okay, okay«, meinte Leo mit erhobenen Händen. »Ich sage ja nur, falls du deine Meinung ändern solltest, könnten Pa und ich was für dich arrangieren.«

Ich gähnte. Trank einen Schluck Kaffee. Gähnte wieder.

»Du siehst ziemlich mies aus, Birdsey«, sagte Leo. »Schläfst du wenigstens?«

»Nein.«

»Dachte ich mir. Ich will dir ja nicht zu nahe treten, Mann, aber du siehst langsam aus wie ein Basset. Mach dir keine Sorgen. Du kriegst ihn da raus. Ich sag's dir: Geh zu einem Anwalt.« Er stand wieder auf, zupfte an seinem Revers und überprüfte sein Aussehen in der Schaufensterscheibe. »Weißt du, Dominick, du kapierst das nicht. Bei Klamotten geht's nach dem Gesetz des Dschungels. Zugegeben, vierzehnhundertfünfzig ist 'ne Menge Asche für einen Anzug. Aber wenn du Qualität willst, mußt du soviel dafür hinlegen.«

Ich sah zu ihm auf. »Das ist nicht das Gesetz des Dschungels. Das Gesetz des Dschungels lautet: Nur die Starken überleben. Fressen oder gefressen werden.«

»Genau!« sagte Leo und setzte sich wieder. »Beim nächsten Vorsprechen, zu dem ich gehe, kommt der Chef von der Agentur ins Wartezimmer. Wer glaubst du, wird ihm zuerst auffallen – all die Arschlöcher in Levis und Sweatshirt oder der Typ mit dem Armani-Anzug?«

Omar kam vorbei, eine Dose Cola Light in der Hand. Er trug einen limonengrünen Anzug.

»Du, Omar, komm mal her«, sagte Leo. »Der Typ hier behauptet, das Gesetz des Dschungels heißt: Fressen oder gefressen werden. Was meinst du dazu?«

Omar trank einen Schluck von seiner Cola. »Mir ist beides recht«, sagte er. »Mit welcher Frau fangen wir an?«

»Das ist mein Mann!« rief Leo. Er sprang von seinem Stuhl auf und klatschte den Typen ab. Vor vier oder fünf Jahren war er der Held aller Sportseiten gewesen: Omar Rodriguez und sein berühmter Korb in der letzten Sekunde, der dafür gesorgt hatte, daß Three Rivers die High-School-Meisterschaft von Connecticut gewann. Danach war er an die UConn gegangen, Mitte der Achtziger. Spielte ein paar Jahre dort. Er kam dahin, kurz bevor Calhoun Trainer wurde und die UConn auf nationaler Ebene Erfolg hatte. Wenn ich mich recht erinnerte, hatte Omar eine Saison in Europa gespielt, bevor er aufhörte. Er war Aufbauspieler.

»Hast du das gehört, Lorna?« fragte Leo. Die Verkäuferin am anderen Ende des Ausstellungsraums sah von ihrem Papierkram auf. »Omar sagt: Fressen oder gefressen werden. Es ist Damenwahl.«

Sie blickte wieder auf ihre Arbeit und schüttelte den Kopf. »Ihr Spinner.«

»Hör auf mit dem Scheiß, Leo«, murmelte ich. »Du bringst sie in Verlegenheit.«

»Bringe ich dich in Verlegenheit, Lorna?« rief Leo. »Verletze ich deine jungfräulichen Ohren?« Ohne aufzublicken, zeigte sie ihm den Mittelfinger.

Leo wandte sich wieder mir zu. »Siehst du, Dominick, das ist dasselbe wie beim Autoverkaufen. Deshalb ist dieser Anzug in doppelter Hinsicht eine kluge Investition. Wenn so'n stinknormaler Typ mit seiner fetten Alten und der Baseballkappe von den New England Patriots auf dem Kopf hier reinkommt, hast du im Grunde nur einen Versuch, weißt du? Also stehst du auf, zeigst ihm, daß er es mit Klasse zu tun hat – schüchterst diesen Dreckskerl ein bißchen mit deinem guten Aussehen ein. Siehst zu, daß du die Oberhand behältst. Läßt es währenddessen bei der kleinen Frau ein bißchen funken, damit *sie* auf deiner Seite ist, wenn es zur Entscheidung kommt. Das verschafft dir einen versteckten Vorteil, noch bevor du den Mund aufmachst. Verstehst du, was ich meine? Mit dem Gesetz des Dschungels?«

»Und was macht das aus dir?« fragte ich. »Einen Affen?«

Er rückte seine Krawatte gerade und zog an seinem Ärmelaufschlag. »Was verstehst du denn schon davon, Birdy? Wie ich sagte: Du trägst Overalls.«

»Und deshalb bist du ein besserer Mensch als ich, oder was?« schoß ich zurück. »Weil du dich für die Arbeit anziehst wie ein erstklassiger Gigolo?«

Lorna sah zu mir herüber. Ich räusperte mich, schaute weg.

»Nein, Birdsey, deshalb bin ich kein besserer Mensch. Aber auch kein schlechterer. Wir sind doch alle Huren. Selbst diese vertrocknete kleine Nonne da unten in Indien, die aussieht wie ein Affe. Sogar der Papst. Sogar ein Anstreicher.«

Ich schnaubte verächtlich. »Inwiefern ist ein Anstreicher eine Hure?«

»Würdest du auf eine zehn Meter hohe Leiter steigen und *umsonst* Farbe abkratzen und einatmen? Nur damit das beschissene Haus nachher schöner aussieht? Du hältst genauso deinen Arsch hin wie wir alle, du taube Nuß. Mach dir doch nichts vor.«

»In Ordnung. Aber wieso ist Mutter Teresa eine Hure?«

»Ich weiß nicht, wieso«, sagte er. »Ich kenn die Frau nicht persönlich. Ich weiß nur, daß die Theorie stimmt. Wir halten alle für Kohle unseren Arsch hin. Vermarkten, was wir gerade haben oder können. Ich sage nur *ehrlich,* wie es ist.«

Vor einer Weile hatte Leo beim Racquetball die gesamte Autobranche als »käuflich wie 'ne Hure« beschrieben. Hatte von einem streng geheimen Buch über die Psychologie des Autoverkaufens gequatscht, über das niemand in der Branche mit Dritten sprechen dürfe. Letzten Winter waren Gene, Costas und Peter junior zu einer Tagung nach Miami gefahren, die unter dem Motto stand: »Den Herausforderungen der Neunziger gerecht werden« – für Leo war es wie ein Schlag unter die Gürtellinie gewesen, daß sie *ihn* nicht eingeladen hatten. Als die drei frisch gebräunt zurückkamen, fingen sie an, Änderungen vorzunehmen. Weiteten das Leasinggeschäft aus, stellten Angehörige von Minderheiten und Frauen für den Verkauf ein. Der Alte zahlte viel Geld an »Berater«, die kamen, um das neue Verkaufsteam zu schulen. Sie brachten den Leuten bei, jedes einzelne potentielle Opfer abzuschätzen, das sich draußen auf dem Hof die Preisschilder ansieht. Aufgrund des Systems, nach dem sie arbeiten, wissen sie schon, bevor jemand überhaupt zur Tür reinkommt, welcher Verkäufer aufstehen und lächelnd seine Hand zur Begrüßung ausstrecken und nach welcher Strategie er vorgehen wird.

Laut Leo ist Omar vornehmlich für Schwarze und Puertoricaner zuständig. Er übernimmt auch Sportfans, Frauen in den Zwanzigern und – man glaubt es kaum – die Schwulen. Diejenigen, die offensichtlich seinen Arsch bewundern, wenn er bei seiner »Guter Cop/Böser Cop«-Nummer in Costas' Büro geht und wieder herauskommt – dieses Spiel, bei dem der nette Verkäufer den Preis von dem großen bösen Manager absegnen lassen muß, während der Kunde mit seinem kostenlosen Kaffee im Plastikbecher dasitzt und Mitleid mit dem Mann hat, weil er sich so erniedrigen lassen muß. Ist das nicht armselig?

Die Berater haben mit Leo und den anderen sogar über das Zeug gesprochen, das auf ihren Schreibtischen und Aktenschränken herumliegt. Sie nennen es »Image-Projektion«. Omar hat zwei oder drei seiner Trophäen hinter sich stehen, daneben Fotos mit Autogramm – eines, auf dem er mit Larry Bird zu sehen ist, und ein anderes, daß ihn mit Präsident Bush zeigt. Auf Leos Schreibtisch stehen gerahmte Fotos von Angie und den Kindern. Aber sie stehen verkehrt herum da, nämlich so, daß die Kunden sie betrachten können, nicht Leo. Lorna hat Zeitschriften auf ihrem Schreibtisch liegen – *Glamour, Cosmopolitan, People,* und an ihrem Aktenschrank klebt ein Bild von Michael Bolton.

»Und wen kriegt sie?« fragte ich Leo. »Alle Frauen, die in Michael Bolton verliebt sind?«

»Nein«, antwortete er. »Die übernehme ich. Lorna bekommt die gebildet aussehenden Weißen, die glauben, sie könnten die dumme Gans da locker über den Tisch ziehen. Ich dürfte dir das alles eigentlich gar nicht erzählen, Birdy. Könnte ziemlichen Ärger bekommen, wenn das rauskäme. Aber du solltest diese Typen mal sehen, die bei Lorna kaufen – sie stolzieren hier raus mit ihrem Kaufvertrag, großkotzig wie sonstwas, als hätten sie sie gerade flachgelegt. Und haben keinen blassen Schimmer davon, daß wir zwei Stunden vorher exakt das gleiche Modell mit zwei oder drei Extras für fünfhundert Dollar weniger verkauft haben.«

Leo behauptet, er habe Lorna zweimal gevögelt – einmal bei ihr in der Wohnung und einmal in einem geleasten LeBaron, den sie nach Warwick, Rhode Island, überführen mußten. Laut Leo machten die beiden auf einem Parkplatz halt, um einen Kaffee zu trinken, als sie anfing, an ihm rumzufummeln. Sie sei so heiß auf ihn gewesen, daß er irgendwo von der Old Post Road abfahren und ihr Erleichterung verschaffen mußte. Nicht gerade glaubhaft. Manchmal klingen Leos Erlebnisse zu sehr nach Pornofilm, um echt zu sein.

»Wenn das tatsächlich so abgelaufen ist und nicht nur eins von deinen Hirngespinsten darstellt«, sagte ich ihm an dem Tag, als er mir von sich und Lorna erzählte, »dann bist du ein verdammter Idiot. Angie hat dich einmal zurückgenommen, Leo. Ein zweites Mal macht sie es bestimmt nicht.«

»Ich bin kein Idiot«, meinte Leo grinsend. »Ich bin sexsüchtig.«

Als ich aufstand, um zu gehen, begleitete mich Leo hinaus zu meinem Pick-up. »Die Karosserie rostet ganz schön, was?« sagte er und fingerte an der Verkleidung der Beifahrertür herum.

»Dann hör auf, da rumzustochern«, erwiderte ich.

Ich stieg ein. Startete und rollte rückwärts aus der Parklücke. Machte das Peace-Zeichen und fuhr langsam vom Hof.

»He, Dominick!« schrie er. »Warte mal!«

Er rannte hinter mir her, sein schicker Anzug flatterte im Wind. Als er mich eingeholt hatte, beugte er sich zum Fenster hinunter und sagte: »Also, ich dachte nur gerade an diese Besucherliste, von der du mir erzählt hast. Wie viele Namen, sagst du, darf dein Bruder nennen?«

»Fünf.«

»Gut, sag ihm, er kann mich auf die Liste setzen. Wenn er will. Ich würde gerne mal hinfahren und sehen, wie's ihm geht. Hallo sagen. Ich meine, was soll's? 1969 hast du gesagt? Ich kenne Thomas jetzt auch schon ein paar Jährchen.«

Ich nickte – nahm das Geschenk an, das er mir gerade gemacht hatte. »Ich sag's ihm. Danke.«

»Kein Problem, Mann. Bis bald.«

Das ist das Verrückte an Leo: Er ist ein Saukerl, *und* er ist anständig. Er überrascht einen immer wieder. Ich fuhr davon, behielt eine Hand am Steuer und wischte mir mit der anderen die verdammten Tränen weg. Leo, das ist ein Typ!

13

Der Indianerfriedhof, der an das langgestreckte Gelände des Three Rivers State Hospital grenzt, ist ein unscheinbarer Ort: ein paar Hektar Hügellandschaft, übersät mit namenlosen Gedenktafeln und etwa hundert Grabsteinen. In der Mitte ragt eine drei Meter hohe Pyramide aus unbehauenen, faustgroßen Steinen empor zur Erinnerung an Samuel, den Großen Häuptling der Wequonnoc, die im 17. Jahrhundert gegen die benachbarten Stämme der Nipmuck, Pequot und Narragansett Krieg führten und sich mit den weißen Siedlern verbündeten. Ein großer Fehler. Schon 1653 wurde die Stadt Three Rivers gegründet und wuchs beständig und – nach dem Gesetz der Weißen – rechtmäßig, während das Indianerterritorium schrumpfte, und die Zahl der Stammesangehörigen stetig abnahm.

Die ältesten Grabsteine auf dem Friedhof stammen aus dem 18. Jahrhundert und sind inzwischen so ausgewaschen und verwittert, daß man die Inschriften kaum noch lesen kann. Unter der Erde liegen die sterblichen Überreste der Fletchers, Crowells, Johnsons und Grays – assimilierter Indianer, wobei Assimilation so zu verstehen ist, daß ein Schwanz keine Unterschiede zwischen Hautfarben macht.

Die neueren Steine markieren die Gräber der Kriegsopfer der Wequonnoc: Veteranen des amerikanischen Bürgerkriegs, des Spanisch-Amerikanischen Kriegs, der beiden Weltkriege, des

Koreakriegs. Ende der sechziger Jahre, als Amerika wieder einmal seine jungen Männer fraß, wurde der letzte Stein auf dem Indianerfriedhof aufgestellt. Zum Gedenken an Lonnie Peck, Ralph Drinkwaters älteren Cousin, der 1969 im Dschungel in der Nähe von Vinh Long von Scharfschützen getötet wurde.

Das war der Sommer, in dem der erste Mensch den Mond betrat, Mary Jo Kopechne bei Chappaquiddick von der Brücke stürzte und Woodstock stattfand. Der Sommer, in dem ich sah, wie Dessa Constantine Drinks durch das Dial-Tone jonglierte und ich mich unsterblich in sie verliebte.

Nach unserem ersten durchwachsenen Jahr auf dem College jobbten mein Bruder und ich in den Ferien als Saisonarbeiter für die Stadtverwaltung von Three Rivers. Ralph Drinkwater, Leo, Thomas und ich – was für ein Quartett. Zu unseren Aufgaben gehörte es, Gestrüpp und Unkraut beim Stausee zu entfernen, die Senkgrube neben dem Festplatz leerzupumpen und das Gras auf den städtischen Friedhöfen zu mähen – auch auf dem Indianerfriedhof.

Ich glaube, Thomas hörte damals bereits Stimmen, aber noch nicht so massiv, daß man ihn nicht einfach als nervös oder launisch bezeichnen und sich dann wieder seinem eigenen, wichtigeren Mist zuwenden konnte. Wir waren neunzehn.

Ungefähr zehn Jahre später – als die Ärzte Thomas nicht mehr als manisch-depressiv abstempelten, sondern als paranoiden Schizophrenen bezeichneten – hatte das damit einhergehende neue Medikament angeschlagen und ihn allmählich stabilisiert. Damals wirkte es auf mich wie ein echtes *Wunder*. Er wurde mit zweihundert Milligramm Thorazin täglich vollgepumpt und erhielt einen »Freigangsausweis« für das Gelände der Landesklinik. Er war stolz auf dieses Privileg; der Ausweis erlaubte ihm, sich in Begleitung von Personal oder Familienangehörigen dort frei zu bewegen.

Dessa und ich holten ihn jeden Sonntagnachmittag am Eingang des Settle-Geländes ab. Wir spazierten mit ihm an den Ziegelkästen der Klinik und am Ribicoff-Forschungsinstitut vorbei und verließen dann das Gelände, um zum Sachem River hinunterzugehen. Ich erinnere mich, daß mein Bruder gerne das Wasser betrachtete – sein Fließen beobachtete, seinen Geräuschen lauschte. Manchmal zog er Schuhe und Socken aus und watete ein Stück in den zederfarbenen Strom. Oft liefen wir drei die paar hundert Meter am Ufer entlang bis zu dem kleinen Indianerfriedhof. Dessa und ich sahen uns die alten Steine an – diese Symbole alter, längst begrabener Leben –, während Thomas im Gras saß, sich eine Zigarette nach der anderen ansteckte und in seiner Bibel las. Damals war er schon weitgehend überzeugt davon, Gottes rechte Hand zu sein und auf der Abschußliste des KGB zu stehen. Früher oder später erhob er sich und kam zu Dess und mir, um uns eine seiner Bibelinterpretationen vorzutragen – die Ankündigung irgendeines bevorstehenden Unheils, basierend auf dem, was er in der Zeitung gelesen, in den Abendnachrichten oder in seinen Träumen gesehen hatte. Ich wurde dann immer unruhig und sagte ihm, wir müßten gehen – hetzte vor ihm und Dessa her zurück zum Settle-Gebäude, um ihn dort wieder abzuliefern. Mich seiner für eine weitere Woche zu entledigen und endlich zu verschwinden.

»Hab Geduld mit ihm, Dominick«, sagte Dessa auf der Heimfahrt von diesen Besuchen zu mir. »Wenn er reden muß, dann laß ihn reden. Wem kann er damit schon weh tun?« Meine Antwort auf diese Frage – *Mir*! Er tut *mir* weh! – blieb unausgesprochen. Wenn man der geistig normale Zwillingsbruder eines Schizophrenen ist, wenn die natürliche Auslese einem erlaubt hat davonzukommen, unter dem Zaun durchzuschlüpfen – dann ist dieser Zaun das letzte, wogegen man sich lehnen möchte.

Am südlichen Rand des Indianerfriedhofs führt ein lehmiger Trampelpfad vom Fluß hinauf, vorbei an Kiefern, Sumpfeichen und Zedern, und dann durch ein Berglorbeerwäldchen, das jedes Jahr im Juni zu einem einzigen Blumenmeer wird. Klettert man höher und folgt dem Pfad und dem Geräusch des Wassers, springt von Findling zu Findling, dann kommt man ganz plötzlich zu einer Stelle, an der einem die Aussicht den Atem nimmt. Der Sachem River, der auf einmal wieder zum Vorschein kommt, rauscht zwischen zwei Felsklippen hindurch und stürzt jäh in eine steile, enge Schlucht.

Jeder in Three Rivers nennt diesen Ort nur »bei den Wasserfällen«. Es gibt eine Geschichte oder Legende oder eine Mischung aus beidem, die besagt, daß Häuptling Samuel einmal einen feindlichen Häuptling bis zum Rand der Felsen verfolgte und ihn in eine ausweglose Situation brachte: entweder aufgeben und getötet werden oder den selbstmörderischen Sprung zur anderen Seite wagen. Der feindliche Häuptling sprang und schaffte es irgendwie auf die gegenüberliegende Seite, brach sich dabei aber ein Bein. Samuel sprang kurz nach ihm und gelangte hinüber, ohne sich zu verletzen. Er hatte seinen Feind bald überwältigt, schlug ihm mit einem Stein den Schädel ein und schnitt dann ein Stück aus seiner Schulter, das er aß, um der Welt zu zeigen, wer gesiegt hatte. Von Samuel und dem Verzehr des Menschenfleisches erzählte uns unser Lehrer für amerikanische Geschichte, Mr. LoPresto, in der zehnten Klasse ausführlich; er hatte sein Vergnügen an unserer empfindlichen Reaktion auf die blutigen Einzelheiten.

Mr. LoPresto war ein dicklicher Mann mittleren Alters mit Hüften wie eine Frau. Ich haßte seinen Sarkasmus, der meist die Schwächsten in unserer Klasse traf. Haßte seine unnatürliche Art, die Geschwulst an seiner Stirn und daß er unsere Klassenarbeiten mit hinterhältigen Fragen spickte. Im Unterricht ging er ständig auf und ab, bezeichnete uns pauschal als »Historiker« und zog sich alle paar Schritte und alle paar Sätze die Hose hoch über seinen kleinen Wanst. Es war mir peinlich, daß Mr. LoPresto und seine weißhaarige Mutter sonntags in dieselbe Kirche gingen wie wir. Sie saßen stets in der zweiten Reihe und waren immer die ersten, die aufstanden und sich nach vorn zur Kommunionbank schoben. Sie schienen davon wie von einem Magneten angezogen zu werden. »Der Leib Christi«, sagte Pfarrer Fox und hielt die Hostie vor Mr. LoPresto hoch. Das Zeichen von Mr. LoPrestos Bereitschaft, dieses zu Brot gewordene Fleisch zu empfangen – sein frommes »Amen« –, konnte man bis hinten in der Kirche hören, wo ich zusammengesunken in der Bank saß und finster vor mich hinschaute.

Als Mr. LoPresto uns erzählte, Häuptling Samuel habe die Schulter seines Feindes gegessen, fügte er hinzu, wir dürften die Indianer nicht an unseren eigenen, höheren Maßstäben messen. Sie seien eingeborene Wilde, während wir von den alten Griechen und Römern und der übrigen westlichen Zivilisation abstammten. Er sagte, man könne ja auch nicht Äpfel mit Birnen vergleichen oder Affen mit Menschen. Wir saßen still und brav da und machten uns Notizen, die wir bei der nächsten Klassenarbeit wiederkäuen würden.

Die Wasserfälle sind für Three Rivers schon immer beides gewesen, ein malerischer Ort und eine Stätte der Unruhe und des Unheils. Kinder schwänzen die Schule und feiern dort Parties, spielen riskante Spielchen und hinterlassen zum Beweis zerbrochene Bierflaschen, Graffiti, die sie irgendwie an den unmöglichsten Stellen auf die Klippen gesprüht haben, oder Unterhosen in den Bäumen.

Ich werfe den Jugendlichen nicht ihre Hormone vor oder ihre Illusion, unsterblich zu sein. Ich habe auch dumme und riskante Spielchen bei den Wasserfällen gespielt, als ich in ihrem Alter war – habe Dinge getan, auf die ich nicht stolz bin, wenn ich heute, mehr als zwanzig Jahre später, darüber nachdenke. Aber ich mache mir Sorgen um sie. Selbstmorde sind dort geschehen. Unfälle, Morde. In dem Jahr, als Thomas und ich in die dritte Klasse gingen, wurde die Leiche eines Mädchens aus unserer Schule bei den Wasserfällen gefunden: Penny Ann Drinkwater, Lonnie Pecks Cousine, Ralphs Zwillingsschwester.

Penny Ann und Ralph waren das einzige andere Zwillingspaar an der River-Street-Schule. Damals hielten wir die Drinkwaters für Farbige, aber sie waren Mischlinge: teils schwarz, teils weiß und teils Wequonnoc-Indianer. Sie waren ein Jahr älter als Thomas und ich. Penny Ann hätte, wie ihr Bruder, eigentlich in der vierten Klasse sein müssen, aber sie war sitzengeblieben und hatte den Platz direkt neben mir zugewiesen bekommen.

Ich konnte sie nicht leiden. Statt zweier getrennter hatte sie eine einzige, durchgehende Augenbraue, und manchmal roch sie morgens nach Pipi. Sie aß Klebstoff, lutschte an den Knöpfen ihres schäbigen blauen Pullovers und kaute auf ihren Wachsmalstiften herum. Noch heute sehe ich ihre großen, mit Wachsmalkreide beschmierten Schneidezähne vor mir.

Die Drinkwaters waren arm; wir alle wußten das. An unserer Schule konnte man die bedürftigen Kinder von den anderen leicht unterscheiden: Die meisten armen saßen in den Lesegruppen, in denen alle herumstotterten, wenn sie etwas vorlesen mußten, und die nie über Babybücher hinauskamen. Sie standen ratlos vor einer Rechenaufgabe an der Tafel, den Rücken dem Meer von winkenden Händen all derer zugekehrt, die die Antwort wußten. Die Lehrer hatten weniger Geduld mit den bedürftigen Kindern als mit uns anderen. Aber Penny Ann war nicht nur arm, sie war böse.

Sie klaute. Stahl die Rheinkiesel-Haarspange von Genevieve Wilmark, Calvin Cobbs gläsernes Ei und Frances Strempeks Autogrammfoto von Annette Funicello, das später, in kleine Stücke gerissen, unter dem Papierkorb gefunden wurde. Sie ließ Pausenbrote von anderen direkt aus der Garderobe mitgehen, auch meins und das von Thomas hat sie mal geklaut. Wann immer etwas in unserer Klasse fehlte, war es für Miss Higgins zur Gewohnheit geworden, nach hinten in die Klasse zu gehen und Penny Anns unordentliches Pult zu durchsuchen. Penny Ann gab dann vor, nicht zu wissen, wie die gestohlenen Sachen in ihren Besitz gelangt waren. Sie weinte oft. Ihre Nase lief. Sie hustete ständig.

Sie verschwand an dem Tag, als die Schule wegen eines Schneesturms früher aus war und unsere Mütter ihre Kopftücher umbanden, Stiefel und Wintermäntel anzogen, um durch das dichte Schneetreiben zu stapfen und uns abzuholen. Am Tag zuvor hatte Penny Ann am Trinkbrunnen vor mir in der Schlange gestanden, sich plötzlich umgedreht und mir erzählt, ihre Mutter werde ihr ein Shetlandpony kaufen, sobald sie von ihrer Reise zurück sei. Die eigene Verachtung für Penny Ann offen zu zeigen, war an der River-Street-Schule allgemein üblich – sogar die braven Kinder besprühten sie mit imaginärem Läusespray –, und so blickte ich ihr geradewegs in die Augen und sagte, sie sei eine elende, fette Lügnerin. Dann trank ich etwas Wasser, ging in die Klasse zurück und erzählte Miss Higgins eine Lüge. »Penny Ann Drinkwater hat in der Halle Kekse gegessen«, berichtete ich ihr. »Sie hat gesagt, sie hat sie von einem anderen Kind gestohlen. Sie hat damit *angegeben.*«

Miss Higgins schrieb eine Notiz für Miss Haas, die Direktorin, und schickte uns beide zu ihr. Miss Haas glaubte mir und nicht Penny Ann, deren wiederholtes Leugnen in eine Mischung aus Heulen und Husten überging, das sich anhörte wie Hundegebell. Miss Haas dankte mir für die Information und ließ mich zurück in die Klasse gehen. Ich erinnere mich, daß ich Befriedigung bei dem Gedanken empfand, der Gerechtigkeit gedient zu haben, und erst mit einiger Verspätung fiel mir ein, daß der Keksdiebstahl meine ureigene Erfindung gewesen war. Penny Ann hatte bestimmt schon einmal jemandem Kekse geklaut, beruhigte ich mich selbst. Miss Higgins verkündete meinen Mitschülern, ich sei ein guter Bürger, weil ich einen Diebstahl gemeldet hätte. Dann schrieb sie es an die Tafel: »Dominick Birdsey ist ein guter Bürger.« Das öffentliche Lob machte mich zwar stolz, aber mir war auch unbehaglich zumute, denn obwohl ich ihn nicht ansah, konnte ich den Blick meines Bruders durch den ganzen Raum spüren.

Nachdem Penny Ann während des Schneesturms verschwunden war, druckte die Zeitung fast eine Woche lang ihr Bild ab – zuerst auf der Titelseite, dann auf einer der mittleren Seiten und schließlich gar nicht mehr. Es wurde immer schwieriger für mich, in der Schule neben ihrem leeren Stuhl und ihrem unordentlichen Pult zu sitzen. Ihren schäbigen blauen Pullover hatte sie zusammengeknüllt und hineingestopft. Ein Ärmel, fadenscheinig und übersät mit dem, was meine Mutter »Knübbelchen« nannte, hing fast bis auf den Boden. Ich fragte, ob ich mich auf einen anderen Platz setzen könne, aber Miss Higgins lehnte meine Bitte ab.

Dann war Penny Anns Gesicht eines Tages wieder auf der Titelseite, riesengroß. MÄDCHENLEICHE BEI WASSERFÄLLEN GEFUNDEN, verkündete die Überschrift. In der Zeitung stand, Penny Anns unbekannter Mörder habe ihr das Genick gebrochen und ihr alle Kleider ausgezogen – Einzelheiten, die mich gleichzeitig ängstigten und verwirrten. Wir hatten Mitte Februar, und es lag Schnee. War es Teil der Folter gewesen, sie frieren zu lassen?

In der Zeit nach dem unaufgeklärten Mord an Penny Ann fing ich an, sie in Alpträumen wiederauferstehen zu lassen. In einem Traum ritt ich mit ihr auf dem neuen Shetlandpony, als das Geistertier plötzlich, ohne Vorwarnung, auf den Rand der Wasserfälle zugaloppierte. In einem anderen zwang sie mich, ein Skelett abzulecken. Und in einem dritten Traum machte Miss Haas ganz nüchtern über die Sprechanlage die Durchsage, Penny Anns

Mörder sei zu Besuch in unserer Schule und werde jetzt die Vorschulkinder umbringen. Während dieser Alpträume fing ich oft laut an zu schreien, und meine Mutter stolperte schlaftrunken in Thomas' und mein Zimmer. Sie streichelte dann meinen Arm und versicherte, es könne mir nichts passieren. Ich durfte sogar das Licht anlassen. Im Hellen – aber noch immer zu ängstlich, um einzuschlafen – beugte ich mich über den Rand des oberen Bettes und beobachtete meinen schlafenden Bruder, lauschte seinem regelmäßigen Atem, zählte mehrere hundert seiner Atemzüge, bis seine Ruhe auf mich überging.

In der Schule veranstalteten wir eine Sammelaktion zu Ehren von Penny Ann Drinkwater. Unsere Klasse übernahm die Organisation, und Miss Higgins ernannte mich und meinen Bruder zu »Kassenwarten«, was mir die Brust schwellen ließ. Zu unseren Aufgaben gehörte es, jeden Morgen getrennt durch die einzelnen Klassen zu gehen, die Reihen abzuschreiten und den Kindern unsere Pappbüchsen hinzuhalten, damit sie ihre Fünf- und Zehncentstücke hineinwarfen. Ralph Drinkwater, Penny Anns Bruder, ging in die Klasse von Mrs. Jeffreys. Er gab nie Geld, schaute nicht einmal die Büchse an, wenn sie in die Nähe seines Pults kam, auch nicht, als ich es bei einer Runde wagte, einen Moment stehenzubleiben und zu warten. Eines Morgens, als Thomas in Mrs. Jeffreys Klasse sammelte, trat Ralph ihm gegen das Bein. Thomas meldete, was passiert war, aber Ralph stritt es ab, und Mrs. Jeffreys sagte, es sei vermutlich ein Versehen gewesen. Am selben Tag sah ich in der Pause, wie Ralph einem Jungen bei dem Spiel »Der Kaiser schickt seine Soldaten aus« ein Bein stellte. Sein Opfer war mit vollem Schwung gegen die Kette aus Kindern angerannt, die er nach den Regeln des Spiels zu durchbrechen hatte. Da stellte Ralph ihm ein Bein, der Junge stürzte und rutschte mit dem Gesicht über den Asphalt. Als der Aufsicht führende Lehrer herbeieilte, war das Gesicht des schreienden Jungen blutüberströmt, die Zähne rot und das Kinn zerschrammt. Ich verpetzte Ralph nicht, wie ich seine Schwester verpetzt hatte. Penny Ann war eine Plage gewesen, ihr Bruder dagegen war gefährlich. Auch er fing an, mich in meinen Träumen zu verfolgen.

Von dem Geld, das wir gesammelt hatten, kaufte die Schule eine junge Weide und eine Gedenktafel. Inzwischen war es wärmer geworden, die Pawtucket Red Sox hatten wieder angefangen zu spielen, und sogar das hartnäckigste Eis in den Dachrinnen war geschmolzen. Penny Anns Mutter kam zur feierlichen Pflanzung des Baums am Rande des Schulhofs. Sie hatte eine durchgehende Augenbraue, genau wie Penny Ann, glattes schwarzes Haar und so große dunkle Ränder unter den Augen, daß sie aussah wie ein Waschbär. Zu Beginn dieser Woche hatte uns Miss Higgins einen Aufsatz schreiben lassen mit dem Thema: »Was wir von unserer lieben Freundin Penny Ann immer in Erinnerung behalten werden.« Im Gegensatz zu meinem Bruder wußte ich meist, was die Lehrer hören wollten, und hatte einen so sentimentalen Aufsatz geschrieben, daß ich als einer der Schüler ausgewählt wurde, die ihren Aufsatz am Mikrofon vorlesen durften. Meine Worte rührten die Erwachsenen bei der Feier zu Tränen, selbst Penny Anns Mutter, die Reporterin vom *Daily Record* und Miss Haas. Daß Miss Haas weinte, überraschte mich. Unsere Direktorin stand in dem Ruf, gemein und »gnadenlos professionell« zu sein. Zudem hatten sie und ich gemeinsam Penny Ann keine vierundzwanzig Stunden vor ihrer Entführung und Ermordung das Leben schwergemacht. Zusammen hatten wir sie zum Weinen gebracht. Hatten sie dazu gebracht, zu bellen wie ein Hund. Aber als ich meinen Aufsatz vorgelesen hatte und zu meinem Metallklappstuhl zurückging, nahm Miss Haas meine Hand in ihre von Altersflecken übersäte Hand und drückte sie. Ralph Drinkwater stand während der Zeremonie neben seiner Mutter. (Ein Vater tauchte nicht auf, es wurde auch keiner erwähnt.) Ich erinnere mich, daß sich Ralph sehr schlecht benahm und so herumzappelte, daß seine Mutter ihn zweimal gegen den Arm boxen und ihm sogar vor der versammelten Schule eine runterhauen mußte.

EHEMALIGER NACHBAR WEGEN MORD AN MÄDCHEN VERHAFTET stand im darauffolgenden Sommer eines Morgens in der Zeitung. Jetzt hatte der Mörder einen Namen, Joseph Monk, und ein Gesicht.

»Dieser Typ ist das Böse in Person«, sagte mein Stiefvater beim Frühstück zu meiner Mutter, nachdem er die Einzelheiten von Monks Geständnis laut vorgelesen hatte. »Der elektrische Stuhl ist noch zu gut für dieses Schwein nach allem, was er dem armen Mädchen angetan hat.«

Weder Ray noch meine Mutter wußten, daß ich sie hören konnte – ich machte mir gerade in der Speisekammer neben der Küche einen Toast. Sie vermieden es normalerweise, in unserer Gegenwart über den Tod unserer ermordeten Klassenkameradin zu reden, wohl um uns vor diesen Dingen abzuschirmen – mit denen wir ohnehin jeden Tag in der Schule konfrontiert wurden.

»Sie sollten ihm den Schädel mit Baseballschlägern einschlagen«, fuhr Ray fort. »Ihm das Genick brechen, so wie er es *ihr* gebrochen hat.«

»Okay, okay«, beschwichtigte ihn meine Mutter und fügte hinzu, sie wolle an dieses arme kleine Mädchen nicht einmal denken. Dann rannte sie unter Tränen aus der Küche. Ray warf die Zeitung auf den Tisch und ging ihr nach.

Ich trat in die Küche und griff nach der Zeitung. Nahm sie mit in die Abgeschiedenheit der Speisekammer, wo ich wie gelähmt dastand und das Foto des »Bösen in Person« anstarrte, wie er die Treppen der Polizeistation hinaufgeführt wurde. Ich hatte ein Monster erwartet – jemand Schmutzigen und Häßlichen mit wilden Haaren und den Augen eines Verrückten. Einen wie diesen verrückten Mann, der damals in den Bus gestiegen war, sich neben meine Mutter gesetzt und ihr Bein betatscht hatte. Aber auf dem Gesicht von Joseph Monk, der Haare hatte, eine dunkle Brille und ein kariertes, kurzärmeliges Hemd trug, lag die Andeutung eines Lächelns.

Ich starrte noch immer auf das gewöhnliche Äußere von Joseph Monk, als ein Toast hochsprang und mich erschreckte. In dem verchromten Toaster spiegelte sich mein Gesicht, vertraut und fremd zugleich. Und als mein Bruder an diesem Morgen verschlafen und unschuldig in die Küche kam, fühlte ich mich plötzlich allein und hatte Angst davor, so entzwillingt zu sein wie Ralph Drinkwater.

Nach einer Weile verschwand Ralph Drinkwater aus den Fluren der River-Street-Schule. Man bemerkte es kaum; ich erinnere mich, sein Fehlen erst wahrgenommen zu haben, als er schon länger fort war. Jahre später tauchte er wieder auf, während meines zweiten Jahrs an der High-School. Mitten im Schuljahr schlurfte er in Mr. LoPrestos Geschichtsunterricht und überreichte ihm einen Aufnahmeschein.

Ich erkannte ihn sofort, war aber überrascht, wie klein er geblieben war. Ich spielte mit meinen fünfzehn Jahren als Reservespieler im Basketball-Juniorenteam der Kennedy High-School und trug bereits Schuhe, die drei Nummern größer waren als die meines Stiefvaters. Oft aß ich zum Mittagessen drei oder auch vier Portionen und trank soviel Milch, daß meine Mutter mich mit einer Mischung aus Ehrfurcht und Entsetzen beobachtete. Ich war fast vier Zentimeter größer und zwölf Pfund schwerer als mein Bruder. Ralph Drinkwater hatte auf der River-Street-Schule groß, knallhart und einschüchternd gewirkt. Jetzt war er ein Zwerg.

»Drinkwater?« sagte Mr. LoPresto, während er den Schein genau studierte. »Das sage ich auch immer. ›Drink water.‹ Wenn du Durst hast, trink Wasser.« Einige Schüler rollten mit den Augen und stöhnten, aber Ralph zeigte keinerlei Reaktion. Mr. LoPresto wies ihm das freie Pult hinten im Raum zu, direkt neben mir. Ralphs Blick streifte mich für den Bruchteil einer Sekunde; ich wußte aber nicht, ob er mich erkannt hatte.

Die nächsten paar Wochen passierte nicht viel im Kurs »Amerikanische Geschichte«. Mr. LoPresto ging vor der Klasse auf und ab und zog beim Reden seine Hose hoch; hinten am Fenster saß Ralph zusammengesackt auf seinem Stuhl und döste manchmal ein. Dann, eines Tages, kam es zu einer unerwarteten Kraftprobe zwischen den beiden.

Begleitet vom Bullern der Heizung, erging sich Mr. LoPresto über die Doktrin der *Manifest Destiny*. Das Kinn in die Hand gestützt, eingelullt von seinem endlosen Monolog und der Hitze des Heizkörpers, machte ich lustlos Notizen über Amerikas »offenkundige Bestimmung«, seine heilige, darwinistische Pflicht zur Verbreitung der Demokratie, als Ralph Drinkwater neben mir plötzlich laut auflachte. Ein Lachen, das aus dem Bauch kam, schallend und unverkennbar.

Mr. LoPresto verstummte und starrte Ralph an, dessen Lachen sofort unser aller Aufmerksamkeit auf sich zog. Ralphs Heiterkeitsausbruch war das erste Interessante in diesem ganzen Halbjahr.

»Was finden Sie so amüsant, Mr. ... äh ...?«

LoPresto nahm den Sitzplan zur Hand und versuchte, sein Gedächtnis aufzufrischen, was die Existenz von Ralph betraf. »Wenn Sie etwas komisch finden, Mr. ›Drink water‹, dann sollten Sie uns alle daran teilhaben lassen. Wir hören gerne einen guten Witz, nicht wahr, meine Herren Historiker? Bitte. Sagen Sie es uns. Was ist so komisch?«

Es entstand eine lange Pause – fast ein Unentschieden. Ralph grunzte zwar, aber ich sah, daß seine Hände leicht zitterten und sein Fuß nervös wippte. Während wir gespannt warteten, was passieren würde, warf ich einen Blick auf seinen Notizblock. Er hatte nichts über Amerikas *Manifest Destiny* aufgeschrieben, sondern statt dessen eine bizarre Karikatur von LoPresto gezeichnet. Unser Lehrer stand splitternackt da, ausgestattet mit einem Ständer von der Größe eines Baseballschlägers und mit Brüsten, die denen von Jayne Mansfield Konkurrenz machten. Ralph hatte zudem eine Axt in LoPrestos Kopf gerammt.

»Ich frage Sie erneut«, ertönte Mr. LoPrestos Stimme vorne. »Was ist so *komisch*?«

Die meisten anderen Jungen in unserer Klasse hätte er nicht herauszufordern gewagt. Hank Witkiewicz, Landesmeister im Ringen, oder Kevin Anderson, dessen Vater Ingenieur bei der Stadtverwaltung war. Er hätte vermutlich nicht einmal mich herausgefordert, einen Reservespieler des Junior-Basketballteams, den Stiefsohn eines Rohrlegers. Aber Mr. LoPresto, der nichts von Ralphs Zeichnung wußte, hielt ihn für einen leichten Gegner.

»*Nichts* ist komisch«, sagte Ralph schließlich. LoPresto hätte es dabei belassen können – hätte mit der Erläuterung seiner Behauptung fortfahren können, es sei Amerikas heilige Pflicht, sein Territorium auszudehnen –, aber das Grinsen war noch nicht von Ralphs Gesicht verschwunden.

»Nein, nein, nur raus mit der Sprache«, drängte LoPresto und parkte seinen dicken Hintern auf seinem Pult. »Sagen Sie es uns.«

»Es ist das Zeug, das Sie da erzählen«, meinte Ralph. »Dieser Stuß von wegen Überleben des Stärkeren und daß die Indianer dem Fortschritt gewichen sind.«

Ich blickte runter auf meine Notizen, die ich mir bis dahin wie in Trance gemacht hatte. Ich erinnere mich an meine Überraschung, daß Ralph Drinkwater besser aufgepaßt hatte als ich.

»Sie meinen Amerikas *Manifest Destiny*?« fragte LoPresto. »Was finden Sie denn daran so komisch?«

»Es ist Bullshit.«

Es war ein Schock, daß Ralph im Unterricht ein solches Schimpfwort in den Mund nahm, aber noch schockierender war, daß Mr. LoPresto es wiederholte.

»Bullshit?« Jetzt grinste auch unser Lehrer. Er grinste Anderson und Witkiewicz an, und die grinsten zurück. »*Bullshit?*«

Er ging den Gang, an dem Ralph saß, bis zur Mitte durch und blieb dann stehen. »Nun, zu Ihrer Information, Mr. ›Drink water‹, ich habe einen Universitätsabschluß im Fach ›Geschichte der Vereinigten Staaten‹ an der Fordham-Universität und einen Magistergrad im Fach ›Amerikanische Geschichte des 19. Jahrhunderts‹ an der Universität von Pennsylvania erworben. Bisher war ich der Ansicht, ich wüßte, wovon ich spreche, aber ich glaube, ich muß mich korrigieren. Was denn bitte sind *Ihre* Referenzen?«

»Meine was?« fragte Ralph.

»Ihre *Referenzen*. Ihre *Qualifikationen*. Mit anderen Worten: Was macht Sie zum Experten?«

»Ich bin *kein* Experte«, sagte Ralph.

»Oh, Sie sind *kein Experte*?« Nervöses Gekicher bei den Mädchen.

»Nein. Aber ich bin ein Vollblutindianer vom Stamm der Wequonnoc. Also glaube ich nicht, daß ›alle Ureinwohner verschwunden‹ sind, wie Sie sagen.«

Ralph hatte kaffeebraune Haut, grüne Augen und etwas krauses Haar. Ich war mir ziemlich sicher, daß er sich nur um der Provokation willen zum »Vollblut« erklärte.

LoPresto leugnete, den Begriff ›verschwunden‹ verwendet zu haben. Er sagte, wenn Ralph aufmerksamer gewesen wäre, hätte er das gar nicht mißverstehen können. Dabei *hatte* er das Wort benutzt; es stand schwarz auf weiß in meinen Notizen. Mr. LoPresto nahm einen rosafarbenen Schein von seinem Pult, trug eine Rüge darauf ein und schickte Ralph zum Direktor.

»Elende Schwuchtel«, murmelte Ralph, als er sich von seinem Stuhl erhob. Falls Mr. LoPresto das gehört hatte, tat er jedenfalls so, als habe er nichts bemerkt. Die Klassentür schlug hinter Ralph zu, und wir lauschten, wie sich das Geräusch, das die Hacken seiner Stiefel auf dem Betonboden im Korridor machten, langsam entfernte.

»Nun denn, Historiker«, sagte Mr. LoPresto schließlich. Er lächelte und zeigte mit einer schwungvollen Bewegung auf Ralphs verlassenen Platz. »Mir scheint, die Indianer sind schließlich doch verschwunden.« Kevin und Hank und ein paar andere lachten schallend.

Ich nicht. Ich war plötzlich ganz entschieden auf Ralphs Seite, empfand auf einmal eine solche Wut, daß ich zitterte und mir vor Scham die Röte ins Gesicht stieg. Tränen traten in meine Augen. Penny Ann hatte den Kindern was zu essen gestohlen, weil sie *hungrig* gewesen war. Als Ralph diesem Jungen beim Spielen ein Bein stellte – und meinem Bruder vors Schienbein trat –, hatte er nur die zu Fall gebracht und getreten, die ihn bestohlen, belogen und seine Schwester getötet hatten. Ich hatte *gelogen*, hatte diese Keksgeschichte erfunden, denn schon als Drittkläßler wußte ich, sie würden mir glauben und nicht Penny Ann. Indem ich andächtig Pennies für sie sammelte und die bereinigte Erinnerung an sie während der feierlichen Pflanzung des Baumes vortrug, hatte ich meine Seele reingewaschen.

Die Geschichte umgeschrieben.

In meiner Phantasie stand ich auf und sagte Mr. LoPresto die Meinung – rächte alle Verlierer und Chancenlosen, die er mit seinem beschissenen Sarkasmus fertiggemacht hatte. Schleuderte ihn im Namen der Gerechtigkeit gegen die Wand und folgte Ralph nach draußen. In Wirklichkeit blieb ich sitzen. Sagte nichts. Schrieb alles mit, was er sagte, um es bei der nächsten Klassenarbeit wieder auszukotzen.

Jahre später – meine Ehe mit Dessa war noch intakt, wenn auch erste Schwierigkeiten auftauchten – rief mich eines regnerischen Abends im Frühling der Marktleiter von Bennys Haushaltswarengeschäft an und sagte, ich solle sofort kommen und meinen Bruder abholen. Thomas war mit dem Bus von der Landesklinik in die Stadt gefahren – er hatte sich dieses Privileg mühsam erworben – und hatte dann für Aufregung gesorgt, als er zu schreien anfing und Elektrogeräte aus den Regalen zerrte, die er allesamt für Überwachungsvorrichtungen hielt. Der Marktleiter kannte ihn – wir waren zusammen zur Schule gegangen – und meinte, es sei mir bestimmt lieber, wenn er mich anrief, und nicht die Polizei.

Als ich eintraf, brachte ich Thomas dazu, mit dem Schreien aufzuhören und den Kleiderbügel vom Kopf zu nehmen, den er sich zurechtgebogen hatte. (Er könne damit feindliche Frequenzen ablenken, erklärte er; sowjetische Agenten seien nämlich hinter ihm her.) Ich dankte dem Marktleiter und lotste Thomas zu meinem Pick-up. Auf dem Weg zurück zur Klinik wechselten wir kaum ein Wort. Als die Nachtschwester im Settle Thomas zu seinem Zimmer führte, drehte er sich plötzlich um und sagte: »Das ist das Problem mit dem Überleben der Stärkeren, nicht wahr, Dominick? Die Leiche vor deinen Füßen. Dieses kleine lästige Detail.« Seine Stimme, so erinnere ich mich, war ruhig und sachlich. Bis heute sind mir seine Worte ein Rätsel, und bis heute weiß ich nicht, ob es der verrückte oder der gesunde Thomas war, der da sprach.

Nach seiner Kraftprobe mit Mr. LoPresto kam Ralph Drinkwater immer seltener zum Geschichtsunterricht und wenn, trug er die ganze Zeit ein cooles Grinsen zur Schau. Im zweiten Halbjahr sah man ihn überhaupt nicht mehr. Im Mai verließ er offiziell die Schule. »Abgegangen: Ralph T. Drinkwater«, stand lakonisch im Klassenbuch.

Am Ende jenes Schultages, als meine Klassenkameraden und ich aus dem Gebäude stürmten und in den Bus drängten, sah ich Ralph, der auf der anderen Straßenseite den Bürgersteig entlangtorkelte. »Der Teufel soll euch holen!« schrie er, den Mittelfinger in die Luft gereckt. »He, *du*! He, *weißer Junge*! Der *Teufel* soll dich holen!«

Ich stieg in den Schulbus und sagte mir, daß er nicht mich gemeint hatte – daß sich sein Fluch wahllos gegen uns alle richtete.

Daß er blau war.

Sturzbesoffen.

Vollkommen fertig.

14

Dr. Patel hatte mich vorgewarnt, sie werde vielleicht etwas zu spät kommen. Wenn ein blauer Volvo mit einem Nummernschild aus Delaware auf dem Parkplatz stand, sollte ich direkt raufkommen. Wenn nicht, mußte ich unten warten, bis sie eintraf. Sie hatte keine Sprechstundenhilfe, weil ihre Privatpraxis nur stundenweise geöffnet war.

Eineinhalb Wochen waren seit Thomas' Verlegung ins Hatch vergangen. Da ich meinen Bruder nicht besuchen durfte, bis die Sicherheitsüberprüfung abgeschlossen war, hatte ich mich mit täglichen Anrufen bei Lisa Sheffer abgefunden und auch einige Male mit Dr. Patel, Thomas' neuer Psychologin, telefoniert. Sowohl Sheffer als auch Dr. Patel versicherten mir, mein Bruder sei auf dem Weg der Besserung. Eine Infektion an der Stelle am Bein, von wo man das Hautstück verpflanzt hatte, sei erfolgreich mit einem stärkeren Antibiotikum behandelt worden; seine Werte seien gut. Und obwohl er sich den anderen Patienten auf Station 2 gegenüber unkommunikativ zeige und die überall aufgehängten Überwachungskameras ihm wohl angst machten, esse und schlafe er ausreichend. Zu Sheffer habe er offenbar Vertrauen gefaßt. Und jetzt, da er seit ein paar Tagen wieder auf Haldol eingestellt sei, gehe allmählich auch seine Hyperaktivität zurück. Alles in allem verlaufe Thomas' Behandlung zufriedenstellend.

Aber an diesem Nachmittag, als ich bei den Roods hoch oben in der Nähe des Dachvorsprungs auf dem Gerüst stand, rief mir Ruth Rood etwas von unten zu. Joy habe angerufen und gesagt, Dr. Patel wolle mich sprechen. Es habe einen Zwischenfall mit meinem Bruder gegeben. Ob wir uns treffen könnten?

Wir verabredeten uns für fünf Uhr. Ich ging auf Dr. Patels Vorschlag ein, nicht zu ihr ins Hatch, sondern in ihre Praxis in einer Ladenpassage auf der Division Street zu kommen, wo es auch einen Blockbuster-Videoverleih, ein chinesisches Schnellrestaurant, einen Schlüsseldienst und Miss Pattis Internationale Tanzschule gab. Ich blieb zehn Minuten im Pick-up sitzen, beobachtete, wie die Leute mit ihren blauen Plastikkassetten in den Videoverleih gingen und herauskamen und erhaschte hin und wieder einen Blick auf die kleinen Mädchen in Trikots, die mit erhobenen Armen und auf Zehenspitzen am weiter oben gelegenen Fenster von Miss Pattis Tanzstudio vorbeihüpften. Sechs- oder siebenjährige Mädchen vielleicht. Etwa in dem Alter, in dem Angela jetzt wäre, wenn sie noch leben würde. Ich suchte mir ein dunkelhaariges Mädchen in einem gelben Trikot aus. Machte sie zu Angela.

Ich tat das noch immer manchmal – holte mir meine Tochter in den Kindern Fremder zurück. Machte *sie* zu den Eltern eines toten Kindes, statt Dessa und mich. In dieser Traumvorstellung lebten Dessa und ich noch zusammen, Angelas Zeichnungen und ihr Stundenplan waren mit Magneten an unserer Kühlschranktür befestigt, und ihre erste Tanzvorführung stand kurz bevor. Unser Leben war glücklich und – normal.

Sie starb im Mai 1983, drei Wochen und drei Tage nach ihrer Geburt. Ich fand sie. So schlimm es auch für mich war, bin ich doch immer dankbar dafür gewesen, daß ich Dessa wenigstens das ersparen durfte.

Am Abend zuvor war ich bis nach Mitternacht wach geblieben und hatte Klassenarbeiten korrigiert, weil ich meinen Schülern versprochen hatte, sie noch vor dem Wochenende zurückzugeben. Dann, am Morgen, schaltete ich einfach den Wecker aus und verschlief. Ich war schon aus der Tür, als ich zu mir sagte, was soll's, dann komme ich eben zu spät: Ich schleiche mich noch mal zurück und gebe der Kleinen einen Kuß. Dessa war ihretwegen in der Nacht zweimal aufgestanden. Sie hatte mir im Halbschlaf ihren morgendlichen Bericht zugemurmelt, während ich mich anzog. Meinte, sie wolle die Ruhe nutzen, und schlief wieder ein.

Ich hatte vor, Angela in den Sommerferien richtig kennenzulernen. Sobald ich weniger zu tun hatte. Ich war einer der Leichtathletiktrainer in diesem Frühjahr und Mitglied der Lehrervertretung. Und außerdem gab es da natürlich die Bedürfnisse meines Bruders, die ich immer berücksichtigen mußte – zumindest die Besuche sonntags nachmittags. Dennoch hatte ich vor, es in den Ferien ruhiger angehen zu lassen. Mir Zeit zu nehmen, Kraft zu tanken. Schließlich war ich jetzt Vater. Ich würde den ganzen Juli und den ganzen August mit meiner neuen Familie zusammensein können. Zwei Monate, um mit meiner Frau und meiner kleinen Tochter zu spielen.

Ihre Arme ragten steif über den Rand der Wiege. Das war das erste, was ich sah. Ihre Fäuste waren geballt. Rosafarbener Schaum bedeckte ihre Nasenlöcher und Mundwinkel. Ihr kleiner kahler Kopf wirkte grau. Ich stand da, schüttelte den Kopf und dachte: *Nein, nein, das ist nicht wahr*. Nicht *unser* Baby. Nicht Angela. Aber ich wußte es. Wußte es noch, bevor ich sie hochnahm, an mich drückte und versuchte, Dessas Namen herauszubringen. Versuchte, »Dessa« zu schreien.

In den sieben Jahren, die seitdem vergangen sind, habe ich mich in all den schlaflosen Nächten bemüht, nicht mehr an die Notaufnahme, die Ärzte, den Pastor der griechischen Gemeinde, den meine Schwiegereltern riefen, und den Sozialarbeiter des Krankenhauses zu denken – an all ihre sinnlosen Rituale. An den schlimmsten Tagen, den Jahrestagen – Angelas Geburtstag, ihrem Todestag oder manchmal zur Ferienzeit –, sehe ich Dessa wieder vor mir, wie sie weinend zusammenbricht, als der Krankenwagen aus unserer Einfahrt zurücksetzt, oder später an diesem Morgen, im Krankenhaus, ein Häufchen Elend. Die beiden Milchflecken vorn an ihrer Bluse ... Sie wollte nichts zum Abstillen nehmen; sie hätte es tun können, aber sie wollte nicht. Ich glaube, es war eine Art Verweigerung – ein Leugnen der Tatsache, daß das Leben *so* grausam sein konnte. In der darauffolgenden Nacht schreckte ich aus dem Schlaf hoch und wanderte auf der Suche nach ihr durch das ganze Haus. Ich fand sie schließlich unten im

Badezimmer, wo sie abwesend und mit nacktem Oberkörper vor dem Spiegel des Badezimmerschränkchens stand und zusah, wie ihr die Milch – wie Tränen – aus den Brustwarzen rann.

In den ersten Tagen danach war Dessa weggetreten wie ein Zombie, und ich übernahm das Steuer – war derjenige, der mit dem Gerichtsmediziner, der Polizei und dem ganzen Essen fertig wurde, das die Leute uns vor die Tür stellten. Die Kochtopfbrigade. Das meiste von dem Zeug vergammelte in unserem Kühlschrank; wir konnten nichts essen. Etwa eine Woche später warf ich alles weg, spülte die Töpfe und fuhr herum, um sie überallhin zurückzubringen. Ich zwang mich dazu. Oft stellte ich sie einfach vor die Tür und fuhr wieder weg, ohne zu klingeln. Ich wollte mit niemandem sprechen. Nicht ständig dieses leere »Wenn es irgend etwas gibt, das ich für Sie tun kann« hören.

Dessa war nicht imstande, zum Beerdigungsinstitut zu fahren und sich um die Begräbnisformalitäten zu kümmern, also begleiteten mich statt dessen unsere beiden Mütter. Big Gene fuhr uns, nicht in seinem eigenen Wagen, sondern in einer seiner Luxuskarossen aus dem Autohaus. In einer dieser großen Chryslerfregatten. Als wäre es ein Trost, stilvoll beim Beerdigungsinstitut vorzufahren. Als ob irgend etwas Trost hätte bieten können. Ich erinnere mich, daß Gene draußen im Wagen blieb. Er wollte oder konnte nicht mit hineingehen.

An vieles von der Beerdigung habe ich keine Erinnerung. Ich erinnere mich noch an die rosafarbenen Teerosen, die Angelas silberfarbenen Sarg bedeckten. An Dessa und ihre Schwester, die sich umschlungen hielten, einander stützten. Es war besonders grausam für mich, als mir meine Schüler von der High-School kondolierten – ungelenk wie sie waren, brachten sie, konfrontiert mit dem Tod des Babys von ihrem Lehrer, kaum einen Ton heraus. (In den vorangegangenen Wochen hatte ich meine Klasse mit lustigen Anekdoten über Windelnwechseln, Kindersitze und Babykotze unterhalten – hatte das Vatersein in eine komische Rolle verwandelt. Mein Geschichtskurs hatte vor der Geburt Wetten abgeschlossen über Gewicht, Größe und Geburtsdatum des Babys; die Gewinnerin, Nina Frechette, kam hemmungslos schluchzend zur Beerdigungsfeier.)

Und dann war da Thomas. Innerlich balle ich noch immer die

Fäuste, wenn ich mich an meinen Bruder erinnere, wie er nach der Beerdigung im Kellerraum der griechisch-orthodoxen Kirche einen Doughnut mit Puderzucker aß und Larry Penn, einem meiner Kollegen, erzählte, es bestehe durchaus die Möglichkeit, daß Angelas Tod von seinen Feinden als Warnung für *ihn* arrangiert worden sei. Ich weiß nicht mehr, ob es das kolumbianische Drogenkartell oder der Ayatollah war, der Thomas in diesem Monat verfolgte, aber als ich hörte, wie er das sagte, wie er den Tod unserer Tochter ganz allein auf *sich* bezog, hätte ich ihn am liebsten gepackt und gegen die Wand geschleudert. Ich weiß nur noch, daß Larry mich zurückhielt und Leo herbeieilte. »Was ist los, Dominick? Was kann ich für dich tun?«

»Schaff ihn hier raus, verdammt noch mal«, sagte ich und stieß einen Finger in Thomas' Richtung, bevor ich in die Herrentoilette stürmte. Als ich wieder herauskam, heiser, mit roten Augen und einem schmerzenden Fuß, weil ich voller Wut gegen die Betonmauer getreten hatte, stand Leo vor der Tür Wache, und alle bemühten sich angestrengt, mich nicht anzusehen. Ma kam auf mich zu und umklammerte meine Hand. Thomas war mit Ray verschwunden.

Über einen Monat lang wollte Dessa niemanden außer ihrer Mutter und ihrer Schwester sehen – wollte die meiste Zeit nicht einmal aus dem Bett aufstehen und sich anziehen. Also fing ich alle Störungen ab. Ging ans Telefon und öffnete die Tür, kaufte ein, kümmerte mich um die Versicherung und die Krankenhausrechnungen. Wenn ich in der Schule war, blieben meine Schwiegermutter und Angie tagsüber bei Dessa. Manchmal, abends, tauchte auch Big Gene auf. Er und ich saßen dann zusammen in der Küche, unterhielten uns über irgendeine neue Baustelle in der Stadt, darüber, daß die Importpolitik dem amerikanischen Autohandel schade oder über *irgendwas* anderes, es durfte nur nichts mit toten Babys zu tun haben. Wenn wir nicht mehr wußten, worüber wir reden sollten, hockten wir uns vor den Fernseher – sahen *Jeopardy!* oder *Reich und schön* oder ein Baseballspiel. Ich war mit einemmal entsetzt über die Idiotie des Sports – die Bedeutung, die die Leute einem Haufen Typen beimaßen, die hinter einem Ball herliefen. Aber wir guckten es uns trotzdem an, Gene und ich, dankbar, weil keiner von uns beiden wußte, wie man über dieses eine Thema sprechen sollte, und vermutlich, weil wir beide Angst hatten vor der Stille, die von einem ausgeschalteten Fernseher ausgeht. Gene erwähnte nur ein einziges Mal Angelas Tod – an dem Tag, als es passierte. Er versicherte mir, wir »beiden Kinder« würden über den Verlust hinwegkommen, wenn wir noch ein Baby bekämen. Wir sollten so bald wie möglich damit anfangen. Er und Thula hätten zwischen Dessa und Angie auch ein Baby verloren; Thula hatte im zweiten Monat eine Fehlgeburt. Als ob *das* dasselbe wäre, wie bei uns – das Baby zu *haben*, es zu sehen, es zu halten, es anzuziehen – und es *dann* zu verlieren. Viele Leute taten das, verordneten eine neue Schwangerschaft als Antwort auf unsere Trauer. Sie gingen davon aus, Angelas Berührungen, ihre Laute und ihr Geruch wären austauschbar. Ersetzbar. Als ob Dessa und ich die Erinnerung an unsere Tochter nur zu löschen brauchten wie eine Videokassette.

Dessa nahm auf unbestimmte Zeit Urlaub bei »Kids Unlimited!« und trat aus dem Vorstand der Erziehungsberatungsstelle aus, wo sie ehrenamtlich tätig war. »Ich kann mich jetzt einfach nicht mit Kindern beschäftigen«, sagte sie.

Sie fing an, lange Spaziergänge mit dem Hund zu machen. Die gute alte Sadie. Unser Dussel. Sie blieben stundenlang weg – manchmal ganze Nachmittage –, und dann kam Dessa zurück, hatte Blätter im Haar und Kletten und kleine Zweige in den Schnürsenkeln ihrer Turnschuhe. Kam meist in Nebel gehüllt zurück. Sie wollte nicht, daß jemand außer Sadie sie begleitete. Wollte nicht, daß ich mitkam. Sagte nie, wo sie hinging. Einmal folgte ich den beiden – hinunter zum Fluß, über den Indianerfriedhof und hinauf zu den Wasserfällen. Dessa blieb einfach eine Stunde dort sitzen und sah zu, wie das Wasser über den Felsvorsprung in die Schlucht stürzte. Ich machte mir Sorgen: Es ist einsam da draußen. Ganz schön abgelegen. Ich kaufte ihr eine Dose Reizgas, für den Fall, daß jemand sie belästigte. Sadie sah gefährlicher aus, als sie war. Ich wollte nicht riskieren, daß der verdammte Hund Reißaus nahm, wenn es darauf ankam. Aber Dessa interessierte sich nicht für ihre Sicherheit. Sie vergaß die Spraydose häufiger, als daß sie daran dachte. Sie blieb den ganzen Nachmittag weg und ließ die kleine Dose auf dem Regal über der Waschmaschine stehen, wo sie sie aufbewahrte.

Dessa und ich hielten noch etwas mehr als ein Jahr durch. Wir stritten uns nie wirklich. Streit kostete zuviel Energie. Streit hätte den Schorf von der offenen Wunde gekratzt, hätte die bittere Wahrheit zutage gefördert – daß Gott entweder grausam war, weil er uns zu diesem Schicksal verurteilt hatte (Dessas Theorie), oder daß es Ihn gar nicht gab (meine). Das Leben mußte nicht unbedingt einen Sinn haben, lautete meine Theorie. Das war der Witz an der Sache. Verstanden? Man konnte einen Bruder haben, der sich Metallklemmen in die Haare steckte, um feindliche Signale aus Kuba abzulenken, einen leiblichen Vater, der in dreiunddreißig Jahren noch nie aufgetaucht war, und ein Baby, das tot in seiner Wiege lag … und nichts davon mußte irgend etwas bedeuten. Das Leben war ein Furzkissen, ein Stuhl, der einem unter dem Hintern weggezogen wurde, wenn man sich gerade hinsetzen wollte. Wie ging dieses alte Armeelied? *Wir sind hier, weil wir hier sind, weil wir hier sind, weil wir hier sind …*

Manchmal beim Abendessen oder später im Bett versuchte Dessa, über ihre Gefühle zu sprechen. Über Angela. Nicht am Anfang. Erst drei oder vier Monate danach. »Nein«, sagte ich dann. »Ne, laß doch.« Sie wollte, daß ich mich öffnete. »Wozu soll das gut sein?« fragte ich sie einmal. »Wir reden und weinen und reden noch ein bißchen, aber das macht sie auch nicht wieder lebendig.« Ich stand auf und verließ das Zimmer – machte, daß ich da rauskam, bevor mir der Kopf explodierte.

Manchmal nachts, wenn es am schlimmsten war, ging ich hinaus in die Garage und schlug auf irgendwas ein. Warf Sachen durch die Gegend. Oder ich schnappte mir die Schlüssel, fuhr auf den Highway und jagte den Motor unseres 77er Celica hoch – fuhr achtzig oder neunzig Meilen pro Stunde, als könnte ich den Schmerz aus unserem Leben vertreiben, wenn ich nur das Gaspedal durchtrat. Ab und zu landete auch ich draußen am Fluß. Parkte irgendwo abseits der Straße, lief an der Landesklinik und am Indianerfriedhof vorbei. Einmal erklomm ich sogar den Felsvorsprung an den Wasserfällen, wie wir es als Teenager getan hatten – auf einer dieser Parties, wenn ein paar Joints und eine Flasche Boone's Farm-Apfelwein die Runde machten. Diesmal allerdings kletterte ich hinauf, weil ich glaubte, aus dieser Vogelperspektive – der distanzierten Sicht auf die Dinge – würde vielleicht all der Schwachsinn über Gottes Willen und Gottes Gnade mehr Sinn ergeben. Aber es klappte nicht. Wie hätte ein neunzig Zentimeter langer Sarg auch einen Sinn ergeben sollen? Oder eine leere Wiege in einem Zimmer mit einer Tapete voller Monde und Sterne oder ein Haufen Plüschtiere, die auf niemanden warteten?

Ein paarmal wachte ich mitten in der Nacht auf und hörte Dessa im Kinderzimmer schluchzen. Eines Nachts weckte mich ihre Stimme. Sie sprach mit Angela unten im Flur, murmelte in Babysprache etwas vor sich hin. Ich setzte mich auf und lauschte und sagte zu mir, nur ein absoluter Scheißkerl würde jetzt nicht aufstehen, nach unten gehen, sie in den Arm nehmen und trösten. Aber ich konnte es einfach nicht. Schaffte es nicht, meine Füße auf den Boden zu setzen, wie sehr der grundlegendste menschliche Anstand es mir auch befahl. Also blieb ich sitzen und hörte ihr zu, als wäre sie ein Geist oder so was ähnliches – der Geist all dessen, was wir gehabt und verloren hatten, der Geist unseres Lebens, wie wir es einst geplant hatten.

Ich habe mich seitdem zigmal gefragt, ob wir an diesem Punkt nicht noch alles hätten retten können – wenn ich einfach nur aus dem Bett aufgestanden und zu ihr gegangen wäre in der Nacht, als ich sie mit dem Baby sprechen hörte.

Nach einer Weile begann sie, an den Treffen einer Selbsthilfegruppe für Eltern, die ihr Baby durch den plötzlichen Kindstod verloren hatten, teilzunehmen. Sie drängte mich mitzukommen. Ich ging zweimal hin und konnte dann nicht mehr. Ich konnte einfach nicht. Das Ganze kotzte mich an, wenn ich ehrlich sein soll – all diese sensiblen, betroffenen Typen, die achsobewußt Trauerarbeit leisten wollten. Sich in ihren Gefühlen suhlten. Die Männer waren am schlimmsten – noch größere Heulsusen als ihre Freundinnen oder Ehefrauen. Zum Beispiel dieser Wade, der soviel von seinem Schmerz laberte, daß ich ihm am liebsten den Kiefer gebrochen hätte, damit er seine Klappe hielt. Beim zweiten und letzten Treffen, zu dem ich mitging, lud eines der Paare zu Kuchen und Eis ein. In jener Woche wäre der erste Geburtstag ihres toten Sohnes Kyle gewesen, und die Mutter, Doreen, wollte sich dem stellen. Den Geburtstag feiern. Also sangen wir alle: »Happy Birthday, lieber Ky-el«, suchten uns eine Eissorte aus und redeten dummes Zeug ... Der Club der Toten Babys. Die wöchentliche Mitgliedsversammlung. Wenn es Dessa half, dann war es ja in Ordnung. Und *ihr* half es. Aber *mir* kam es einfach nur verrückt vor. Makaber. Geburtstagskuchen für ein totes Baby essen. Ich aß einen Bissen und bekam dann nichts mehr herunter.

Dessa liebte es schon immer, Pläne zu machen. Sie sah voraus, welchen Schlag uns Angelas erster Geburtstag versetzen würde, und fing an, entsprechende Vorkehrungen zu treffen. Inzwischen hatte sie ihren Urlaub in der Tagesstätte mit einer Kündigung beendet. Sie rief das Reisebüro ihrer Eltern an und fuhr allein nach Griechenland und Sizilien. Ursprünglich sollten wir zusammen reisen – von dem Geld, das wir von der Lebensversicherung für Angela bekommen hatten. (Big Gene hatte die Versicherung an dem Tag abgeschlossen, als unser Baby geboren wurde; das gleiche hatte er für Angies und Leos Kinder getan.) Ich hätte mir in der Schule bestimmt freinehmen können, aber ich wollte nicht. Nicht zu diesem Zeitpunkt. Nicht bevor das Schuljahr zu Ende war. Und als Dessa mich drängte – mich fragte, ob ich es nicht *ihr* zuliebe tun könnte –, verlor ich die Beherrschung. Erklärte ihr, daß ich es krank fand – eine Reise zu machen, die mit dem Geld für eine Tote bezahlt wurde. Aber die unausgesprochene Wahrheit – die ich ihr nicht eingestehen konnte – war, daß ich Angst hatte, mit ihr in eine Schiffskabine gesperrt zu sein. Auf einem Schiff konnte man nicht einfach die Schlüssel nehmen und wegfahren. Auf einem Schiff konnte man ein neues Baby machen. In dem Jahr nach dem Tod des Babys hatten wir vielleicht ein dutzendmal miteinander geschlafen, aber immer mit Diaphragma verhütet; ich hatte ihn ohnehin jedesmal frühzeitig rausgezogen. Allein der Gedanke an diese Reise jagte mir eine Scheißangst ein. »Fahr ohne mich«, ermutigte ich sie. Und so schluckte sie meine Ausrede und fuhr.

Ich feierte Angelas ersten Geburtstag, indem ich mich einer Sterilisation unterzog. Suchte im Telefonbuch nach Urologen, blickte dann dem, den ich mir ausgesucht hatte, direkt in die Augen und sagte ihm, es gebe keine Frau, die ihre Zustimmung geben müsse – ich sei ein alleinstehender Mann und hätte angesichts der Überbevölkerung meine Entscheidung getroffen. Das war während des Vorgesprächs. Die Liste der Verhaltensregeln, die die Arzthelferin mir gab, verbot ausdrücklich, nach dem Eingriff selbst mit dem Auto nach Hause zu fahren. Doch genau das tat ich. Fuhr an einem Freitagnachmittag runter nach New London, ließ meine Samenleiter durchtrennen und fuhr wieder nach Hause. Legte mich mit einem Buch und einem Eisbeutel auf meinem Hodensack ins Bett. Meine Wahl fiel auf *Zen und die Kunst, ein Motorrad zu warten*. Ich hatte mir schon lange vorgenommen, das Buch zu lesen. Die Wirkung des Betäubungsmittels ebbte nach den ersten paar Stunden ab, und ich war dankbar für den körperlichen Schmerz, der verglichen mit einem Jahr der Verzweiflung ganz unbedeutend war. Endlich hatte ich eine kleine *Defensivmaßnahme* ergriffen. Das Schicksal hatte mich verarscht, und jetzt verarschte ich es. Nie wieder, sagte ich mir. Fast schon Zen: Meine Sterilität und ich waren eins.

Ich erzählte niemandem etwas davon. Auch Dessa nicht, wenn sie aus irgendeinem Hafen anrief. Und keinem meiner Freunde in der Schule – Sully, Jay oder Frank, der mir ein Jahr zuvor bis ins kleinste Detail von *seiner* Sterilisation berichtet hatte. Nicht einmal Leo. Ich war überhaupt in diesem Jahr nicht oft bei Leo und Angie. Ich konnte meine überlebensgroßen Nichten nicht ertragen – den Geruch ihres Haares, ihre Stimmen –, oder die Tatsache, daß Leos und Angies Haus mit Spielzeug geradezu vermint war und Kekskrümel den Küchenboden bedeckten. Und ich konnte es nicht ausstehen, wenn Angie mit den Worten: »Dominick, kann ich dich mal kurz sprechen?« eine große Rede einleitete, in der sie mir riet, meinen Schmerz zuzulassen, und sich selbst damit zu meinem Seelenklempner machte. Als hätte *sie* immer alles im Griff. Als wäre sie nicht mit einem Mann verheiratet, der es praktisch seit dem ersten Monat nach ihrer Hochzeit hinter ihrem Rücken mit anderen Frauen trieb.

Dessa kam vom Mittelmeer nach Hause und sah sonnengebräunt und erholt aus. Sexy. Am zweiten Abend nach ihrer Rückkehr, saßen wir in der Küche, tranken Wein und schauten uns ihre ersten Urlaubsfotos an, als ich sie mitten in irgendeiner Geschichte über eine Paßverwechslung unterbrach. Ich legte meine Hand über ihre, so daß meine Finger die Zwischenräume zwischen ihren berührten. Dann beugte ich mich zu ihr hinüber und küßte sie. Strich ihr den Pony aus der Stirn. Küßte sie noch einmal. Nahm sie zum erstenmal seit langer, langer Zeit in den Arm. »Hallo«, sagte ich, als meine Lippen ihr Ohr berührten.

»Hallo.«

Wir gingen hinauf, beide leicht betrunken und ein wenig ängstlich. Vor dem Kinderzimmer blieb sie stehen. »Hier drin«, sagte sie. Wir legten uns Hüfte an Hüfte auf den beigefarbenen Teppich dieses leeren, dunklen Zimmers. Die Rolläden waren hochgezogen. Der Mond tauchte die Dinge in Dämmerlicht. Dessa streckte ihre Hand aus und fing an, mich an den richtigen Stellen zu streicheln und sprach über Angela – meinte, sie könne sich jetzt manchmal an kleine Eigenheiten von ihr erinnern, ohne gleich das Gefühl zu haben, einen Tritt in den Magen versetzt zu bekommen. Von Zeit zu Zeit könne sie sie sogar riechen – die Mischung von Babypuder und milchigem Atem –, so deutlich, als wäre Angela noch am Leben. Und sie spüre noch immer das warme, leichte Gewicht ihres warmen Körpers – wie sich ihre Muskeln entspannten, wenn sie einschlief. Ob es mir auch schon so gegangen sei?

Ich antwortete mit Nein.

Sie meinte, sie sei froh, daß *sie* es erlebt habe. Die wiederkehrenden Erinnerungen beruhigten sie. Sie sehe darin ein Geschenk Gottes. Er habe uns Angela genommen und gebe sie uns nun, ganz allmählich, durch diese kleinen Dinge zurück. Sie könne es jetzt akzeptieren. Damit leben. Wir hätten sie geschaffen; sie hatte existiert. Sie sei mehr gewesen als nur ihr Tod.

Wir waren schon halb nackt, als Dessa sich aufrichtete und uns ganz auszog. Sie setzte sich rittlings auf mich. Ich streckte die Hände aus und umfaßte ihre Brüste. Ließ eine Hand hinabgleiten und streichelte sie. Sie war schon feucht.

Wir hatten alle Babymöbel der Wohlfahrt gestiftet – sowie ihre Plüschtiere und Bücher und Mobiles, all die Taufgeschenke. Schon das ganze Jahr über hatte ich die Tapete mit den Monden und Sternen entfernen, das blaue und silberne Papier einritzen, einweichen und abreißen wollen, um aus Angelas Zimmer wieder ein Büro zu machen. Aber in dieser Nacht war ich froh, daß ich es nicht getan hatte – froh, daß wir uns unter diesen Foliensternen liebten, dem da oben angeklebten Blau. Ich hatte das Zimmer tapeziert, als Dessa im achten Monat schwanger war – als Angela in ihr lebendig gewesen war.

Dessa richtete sich auf und ließ sich dann langsam wieder herabsinken, nahm mich Zentimeter für Zentimeter in sich auf. Ein paar Sekunden verharrten wir so, ganz still. »Wir feiern etwas«, sagte sie und fing an, sich auf mir zu bewegen, von mir weg, auf mich zu. »Wir feiern meine Rückkehr, die Rückkehr des Lebens. Ich liebe dich, Dominick.« Ich konnte mich nicht mehr zurückhalten. Konnte nicht auf sie warten. Stieß drei- oder viermal in sie hinein und kam.

Zuerst lächelte sie. Hielt inne. Dann wanderten ihre Mundwinkel nach unten, und sie begann zu weinen. Nur ein paar Tränen zuerst, dann aber weinte sie hemmungslos, bis ihr ganzer Körper bebte. Sie legte sich auf mich, ihr Kinn in der Mulde meiner Schulter, hielt sich an mir fest, und ihr Weinen schüttelte uns beide. Ich fühlte, daß ich erschlaffte, schrumpfte – und aus ihr herausglitt, wie ein unerwünschter Eindringling.

»Ist doch in Ordnung«, flüsterte ich ihr ins Ohr. »Ich bin aus der Übung, das ist alles. Vorübergehend nicht mehr im Rhythmus.«

»Ich hab solche Angst«, sagte sie.

Ich dachte, sie hätte Angst, schwanger zu werden, und so wählte ich diesen Augenblick intimen Versagens, um ihr zu sagen, was ich getan hatte. Erzählte ihr von der Sterilisation. Sie hörte auf zu weinen, und eine Minute oder länger herrschte Stille. Dann fing sie an, wie wild auf mich einzuboxen – auf meine Schultern und mein Gesicht. Sie landete sogar einen Treffer auf meine Luftröhre, so daß ich nach Luft schnappte und keuchte. Kurze Zeit dachte ich, sie dreht durch. Dessa ist kein gewalttätiger Mensch; sie trägt Käfer aus dem Haus, statt sie zu töten. Aber in dieser Nacht ging sie so heftig auf mich los, daß mir die Luft wegblieb und meine Nase blutete. Sie habe noch ein Kind gewollt, sagte sie. Deshalb sei sie so weit weggefahren, nach Italien und Griechenland; sie habe eine Entscheidung treffen müssen. Sie sei zurückgekommen, um mir das zu sagen.

Auf diese Nacht folgten ein paar Wochen, in denen wir kaum miteinander sprachen – sie räumte Schränke auf und kochte viele Mahlzeiten, die sie dann nicht aß. Eines Tages lieh sie ein Teppichreinigungsgerät und shampoonierte jeden einzelnen Teppich im Haus. Ein anderes Mal fand ich sie bei meiner Rückkehr in Angelas Zimmer, wo sie die Tapete von den Wänden riß. Ständig gab es diese Telefonate mit ihrer Schwester und ihrer Freundin Eileen von der Selbsthilfegruppe. Dann, an einem Sonntagmorgen im Juli, teilte sie mir mit, sie werde mich verlassen.

Ich erinnerte sie noch einmal an das, was ich ihr seit einer Woche immer und immer wieder gesagt hatte: daß man eine Sterilisation manchmal rückgängig machen konnte. Daß wir es versuchen könnten, wenn sie es wollte.

»Die Sterilisation ist nur ein Symptom, nicht das Problem«, meinte sie. »Das Problem ist deine Wut. Was du getan hast, war nur ein Ausdruck der Wut, die du bei dieser ganzen Sache empfunden hast – der Schuld, die du mir gegeben hast.«

Ich fragte sie, wie *sie* wissen könne, wie es in *mir* aussehe, und sie antwortete, sie spüre es. Es ströme aus mir heraus wie eine Art Strahlung. Ich sei praktisch davon verseucht.

Es war ein Morgen für Metaphern. Sie liebe mich noch immer, erklärte sie weiter, aber unsere Ehe sei zu einem Mensch-ärgere-dich-nicht-Spiel geworden. Jedesmal, wenn sie kleine Fortschritte mache, werde sie von meiner Wut gepackt und wieder zum Anfangspunkt zurückgeschickt. »Während ich fort war, konnte ich fühlen, wie ich mit jedem Tag stärker wurde«, sagte sie. »Wirklich, Dominick. Ich hatte das Gefühl, endlich einen Teil von all dem hinter mir gelassen, das Schlimmste überwunden zu haben. Dann stieg ich aus dem Flugzeug und sah dich in der Ankunftshalle, und war wieder am Ausgangspunkt. Ich kriege keine Luft, wenn du in meiner Nähe bist. Es ist, als würdest du mir den Sauerstoff rauben. Deshalb gehe ich. Ich muß es tun, um mich selbst zu schützen. Ich brauche Luft zum Atmen.«

Ich sagte ihr, ich wolle mich bessern. Versprach ihr, wieder zur Selbsthilfegruppe zu gehen, wenn es das sei, was sie wolle. Ich flehte sie an. Folgte ihr die Treppe hinunter zum Auto, bettelte. Machte Versprechungen. Aber da wartete schon ihr Gepäck auf dem Rücksitz und im geöffneten Kofferraum des Celica. All diese hellbraunen Taschen, die sie für ihre Reise nach Griechenland und Italien gekauft hatte. »Komm, Sadie«, rief sie, und ihr dämlicher Hund kletterte auf den Beifahrersitz, Dessa stieg ein, und sie fuhren weg.

Sie fuhren einfach weg.

Den Rest des Sommers las ich. Styron. Michener. Will und Ariel Durant. Ich tendierte zu dicken Schmökern. Vertiefte mich in sie. Ging nicht ans Telefon. Anfang September, am Tag nach dem Labor Day, betrat ich wieder meinen Klassenraum. Machte eine Namensliste und einen Sitzplan und hielt den neuen Schülern meine übliche Rede über hohe Erwartungen und gegenseitigen Respekt. Nur meinte ich dieses Mal nichts von dem, was ich sagte. Ich fühlte mich, als würde ich eine alte Platte abspulen. Ich verteilte Bücher. Fing an, den neuen Gesichtern die nicht vertrauten Namen zuzuordnen. Bildete mir ein, es ginge mir gut. Dann, eines Tages Ende September, fing ich in der Schule an zu weinen. Brach ohne Vorwarnung mitten in der vierten Stunde direkt vor meiner Klasse in Tränen aus, während ich irgendeine bescheuerte langweilige Zeichensetzungsregel für die Bibliographie ihrer ersten Hausarbeit erklärte. Es ging um die Frage, ob man nach dem Namen des Autors einen Punkt oder ein Komma setzte – oder irgend etwas ähnlich Belangloses, Normales. Ich stand an der Tafel, als plötzlich alles auf mich einstürzte: Mein kleines Kind lag tot unter der Erde, mein Zwillingsbruder war im Irrenhaus, und meine Frau hatte mich verlassen, weil sie Luft zum Atmen brauchte. Ich hätte das Klassenzimmer verlassen sollen – ich weiß, daß ich es hätte tun sollen –, aber ich konnte einfach nicht. Ich ging zu meinem Pult und setzte mich. Fing an, hemmungslos zu weinen. Und die Schüler saßen da wie gelähmt und starrten mich an. Keiner von uns wußte, was er tun sollte. Auch der stellvertretende Direktor nicht, als einer der Schüler ihn schließlich holte. Verdammter Aronson. Aus Gründen, die ich bis heute nicht verstehe, rief er die Polizei, die auch prompt kam und mich fortbrachte – mich direkt an den im Sportunterricht Fußball spielenden Jungen vorbeiführte und am Kunstkurs von Jane Moss, die die Schüler draußen Bäume zeichnen ließ, hin zu einem zivilen Einsatzwagen. »Dominick«, sagte Jane Moss fragend und berührte mich am Ärmel. Ich erinnere mich noch daran, wie ich das alles real erlebte und gleichzeitig das Gefühl hatte, es geschehe in großer Entfernung und ich könne es durchs

Teleskop beobachten. Wie durch das falsche Ende eines Fernglases.

Der Seelenklempner, den ich aufsuchte, bezeichnete das Ereignis als Angstattacke. Situationsbedingt, sagte er. Verständlich unter den Umständen und hundertprozentig wieder in Ordnung zu bringen. Ich wußte, daß er mir zuliebe alles herunterspielte, weil ich ihm von Thomas erzählt hatte – ihm meine Angst gestanden hatte, der Wahnsinn meines Bruders habe nun auch auf mich übergegriffen. Es ist komisch: Ich kann mich an das Gesicht dieses Therapeuten erinnern – sein rötliches Haar –, nicht aber an seinen Namen. Während der zweiten Sitzung erklärte er, wir würden uns in den kommenden Wochen mit den Gefühlen der Wut, der Trauer und des Verrats auseinandersetzen, die der Tod des Babys in mir hervorgerufen habe. Später, in ein oder zwei Monaten, würden wir uns dann an die schwierige Aufgabe machen herauszufinden, wie es für mich war, als Zwillingsbruder von Thomas aufzuwachsen. Als Sohn meiner Mutter und als Sohn von Ray.

»*Stief*sohn«, korrigierte ich ihn.

»Stiefsohn«, wiederholte er und machte sich eine Notiz.

Ich ging nie wieder hin.

Ich ging auch nicht mehr zum Unterricht. Ich konnte es nicht. Wie kann man in der einen Woche vor einem Haufen Teenager heulend zusammenbrechen und in der nächsten Woche wiederkommen und sagen: »Also gut, wo waren wir? Schlagt das Buch auf Seite sechsundsiebzig auf.« Ich schickte dem Schulinspektor ein Kündigungsschreiben und kam über die ärgste Zeit und die verdammte Schlaflosigkeit hinweg, indem ich las. Solschenizyn, Steinbeck, García Márquez. Den ganzen Herbst und Winter über ernährte ich mich von Suppen und Nudelgerichten, die Ma mir brachte (es war jetzt einfacher, da die Töpfe und Teller nur aus einer Quelle stammten), blätterte Seiten um und lehnte Leos Einladungen ab, sich mit ihm auf ein Bier zu treffen, im Boston Garden ein Spiel der Celtics anzusehen oder nach Sugarloaf zum Skilaufen zu fahren.

»Sie hat einen Freund, oder?« fragte ich Leo eines Nachmittags, als er vorbeikam.

»Woher soll ich das wissen?« meinte er und zuckte mit den

Schultern. »Glaubst du, sie erstattet mir Bericht über das, was sie tut?«

»Nein, aber ihrer Schwester«, erwiderte ich. »Wer ist er? Der Typ mit dem Zopf. Ich hab sie zusammen in der Stadt gesehen.«

»Nun, irgend so ein Künstlerarsch«, sagte er. »Töpfer oder so was. Es wird nicht lange halten. Er ist nicht Dessas Typ. *Du* bist ihr Typ.«

Aber es hielt. Ich sah sie immer wieder zusammen, überall in der Stadt. Bemerkte ständig seinen Van in der Auffahrt des baufälligen Bauernhauses, das sie gemietet hatte. Mußte diesen verrückten, psychedelischen Briefkasten ertragen, den er bemalt und mit ihrer beider Namen versehen hatte. Und so drang es nach und nach in meinen Dickschädel, daß ich sie für immer verloren hatte. Daß ich beide, meine Tochter *und* meine Frau verloren hatte und diesen bescheuerten Köter noch obendrein. Und eines Nachts gegen drei Uhr betrachtete ich mich schließlich im Spiegel des Badezimmerschränkchens und sagte mir ins schlaffe, übermüdete Gesicht: Du hast sie verloren.

Als der Frühling kam, kaufte ich auf einer Konkursauktion einen Kompressor und ein Gerüst. Lackierte die Tür meines Pickups und bezeichnete mich fortan als Anstreicher. Malerarbeiten aller Art. Kostenvoranschläge gratis, rundum versichert. »Die Zufriedenheit unserer Kunden steht bei uns an erster Stelle.« *Unserer*: Als ob ich nicht der Anstreicher, Buchhalter und der Rest des ganzen Unternehmens in einer Person gewesen wäre. Ich lernte Joy ein Jahr später kennen, etwa einen Monat nachdem ich das Scheidungsurteil per Post erhalten hatte. Wir kommen gut miteinander aus. Es ist nicht perfekt, aber es ist in Ordnung.

Als Dr. Patels Gesicht dicht vor dem Fenster meines Wagens auftauchte, zuckte ich zusammen. »Oje, es tut mir leid, daß ich Sie erschreckt habe«, sagte sie. »Sie waren ganz in Gedanken versunken. Entschuldigung.«

»Schon in Ordnung«, sagte ich, schüttelte den Kopf und versuchte, mich zu beruhigen. »Ich hab nur so dagesessen und vor mich hin geträumt.«

»Na, dann kommen Sie mal mit nach oben, Sie Träumer«, sagte sie mit einem warmen Lächeln, das ihre Respektlosigkeit wettmachte.

Auf der engen Treppe, die zu ihrem Büro hinaufführte, huschten ein paar kleine Mädchen an uns vorbei, die von Miss Pattis Tanzschule zu einem Getränkeautomaten unten im Flur liefen. Eines von ihnen, das dunkelhaarige Mädchen in dem gelben Trikot – meine wieder zum Leben erweckte Tochter Angela –, stieß versehentlich gegen meinen Arm. Aus der Nähe erkannte ich auf dem Trikot lauter Äffchen und Hasen.

»Hoppla! Tschuldigung«, sagte sie, und ihr Lächeln entblößte fehlende Schneidezähne. Sie und ihre Freundinnen eilten kichernd die Treppe hinunter.

15

»Halten Sie doch bitte mal«, sagte Dr. Patel und reichte mir ihre Aktentasche und einen kleinen Kassettenrekorder. Sie steckte den Schlüssel ins Schloß, öffnete und stieß die Bürotür einladend auf. »Kommen Sie herein, kommen Sie«, sagte sie und nahm mir ihre Sachen wieder ab.

Ihre Praxis bestand aus einem einzigen Raum, dessen Einrichtung sich auf das Wesentliche beschränkte: ein kleiner Schreibtisch, zwei Sessel, die einander gegenüberstanden, ein Tisch wie ein Würfel, eine Schachtel Kleenex für die Heulsusen. Die Wände waren weiß und kahl. Als einzige Dekoration stand am Fenster auf dem Fußboden eine etwa sechzig Zentimeter hohe Statue – eine dieser indischen Göttinnen mit den wedelnden Armen und diesem verdammten Grinsen.

»Nehmen Sie bitte Platz, Mr. Birdsey«, sagte Dr. Patel, während sie schwungvoll ihren Trenchcoat ablegte.

»Auf welchem Sessel?« fragte ich.

»Suchen Sie sich einen aus.«

Heute trug sie einen Sari in den Farben Gold, Grün, und Blau. Einem Pfauenblau. Ich habe die Farbe schon immer gemocht.

»Ich setze noch schnell eine Kanne Tee auf, bevor wir anfangen«, sagte sie. »Möchten Sie auch einen?«

Mein »Ja« überraschte mich.

Aus einem Wandschrank holte sie eine Kochplatte, eine Kanne

mit Wasser und eine kleine Schachtel mit Utensilien für die Teezubereitung. Ich ging rüber zu der Statue und schaute sie mir genauer an. Die Göttin trug einen Kopfputz mit einem Totenschädel, einer Kobra und einem Halbmond drauf. Vielleicht war das das Geheimnis: Um inneren Frieden zu erlangen, mußte man sich eine Giftschlange auf den Kopf legen und dabei lächeln.

»Ich sehe, Sie schauen sich meinen tanzenden Shiva an«, sagte Dr. Patel. »Ist er nicht schön?«

»Das ist ein *Er?*« fragte ich. »Ich dachte, es wäre eine *Sie.*«

Dr. Patel lachte. »Nun, ob ›er‹ oder ›sie‹, spielt bei den Göttern eine nicht ganz so große Rolle wie bei uns gewöhnlichen Sterblichen«, meinte sie. »Während wir starr und unflexibel bleiben, sind sie schelmisch, wandelbar. Für Sie persönlich *ist* Shiva vielleicht eine Frau. So, mal sehen – ich habe Kamille, Pfefferminz und Waldfrucht.«

»Mir egal«, meinte ich.

»Ah, ›mir egal‹. Der Lieblingsspruch der ewig ambivalenten amerikanischen Männer. Den ganzen Tag heißt es nur ›mir egal, mir egal‹. Das ist passiv-aggressives Verhalten, finden Sie nicht auch?«

Ich sagte ihr, ich hätte gern Waldfrucht.

Sie lächelte – zufrieden mit mir. »Kennen Sie sich ein wenig mit dem Hinduismus aus, Mr. Birdsey?« fragte sie. »Shiva ist der dritte Gott des Erhabenen Geistes. Der Dreifaltigkeit der Hindus. Brahma ist der Schöpfer, Vishnu ist der Bewahrer, und Shiva ist der Zerstörer.«

»Der Zerstörer?« sagte ich. »Na ja, wenn es jemals verfilmt wird, kann Arnold Schwarzenegger die Hauptrolle übernehmen.« Im selben Moment, in dem mir die Pointe über die Lippen kam, wurde mir klar, daß ich möglicherweise ein Sakrileg beging oder so was.

Das ist typisch für mich: eine dumme Bemerkung zu machen, wenn ich nervös bin. Mich in einer ungewohnten Situation befinde.

Aber Dr. Patels leises Kichern kam der Entschuldigung, die mir auf der Zunge lag, zuvor. »Nein, nein, nein«, sagte sie und hob tadelnd den Zeigefinger. »Shiva repräsentiert die *reproduktive* Kraft der Zerstörung. Die Kraft der Erneuerung. Aus diesem

Grund steht er auch in diesem Zimmer, in dem wir die Dinge auseinandernehmen und neu zusammenbauen.«

Sie setzte sich in den Sessel mir gegenüber und legte einen Notizblock und den Kassettenrekorder auf ihren Schoß. Durch die Trennwand drang schwach das Geklimper eines Klaviers, die leisen Kommandos eines Tanzlehrers. »Und dann ist Shiva natürlich auch ein tanzender Gott – daher weiß ich, daß er mit meinen Nachbarn zufrieden ist. Den kleinen Stepptänzern und Ballerinas.«

Ich deutete auf das Kassettengerät. »Wofür brauchen Sie das?« fragte ich. »Nehmen Sie unser Gespräch auf?«

Sie schüttelte den Kopf. »Ich möchte Ihnen nachher etwas vorspielen, Mr. Birdsey. Aber erst einmal wollen wir uns unterhalten.«

»Okay«, meinte ich. »Was ist denn nun eigentlich mit ihm los? In Ihrer Nachricht sagten Sie etwas von einem ›Zwischenfall‹.«

Sie nickte. »Ich glaube, ich habe Ihnen am Telefon von dem Problem erzählt, das Ihr Bruder mit den Überwachungskameras hat, oder?«

»Seine Angst, beobachtet zu werden«, bestätigte ich. »Das war schon immer ein Thema.«

Sie seufzte. »Wie natürlich bei den meisten paranoiden Schizophrenen. Aber im Hatch sind die Kameras ein ›notwendiges Übel‹. Die Vorgänge in einer Hochsicherheitseinrichtung müssen nun einmal überwacht werden – zum Schutz der Patienten und auch der Mitarbeiter. Andererseits fühlen sich viele Patienten dadurch eingeschüchtert. Genervt. Was völlig verständlich ist.«

Im Lauf der letzten zwei, drei Tage, erzählte Dr. Patel, hatte sich Thomas immer stärker in das Gefühl hineingesteigert, beobachtet zu werden. Die Allgegenwart der Kameras beschäftigte ihn mehr und mehr. Er hatte begonnen, sie anzustarren und ihnen etwas zuzumurmeln – leise Drohungen und Flüche auszustoßen und Monologe zu führen. »Ich habe versucht, sein Verhalten in unseren Sitzungen anzusprechen, aber er wollte seine Sorgen nicht mit mir teilen. Mir gegenüber zeigt er sich nach wie vor recht unkommunikativ. Manchmal ist er höflich und diplomatisch, dann wieder niedergeschlagen und wortkarg. Das Vertrauen eines Menschen zu gewinnen, der unter paranoider Schizophrenie leidet, ist ein langwieriger und zäher Prozeß, Mr. Birdsey. Und ein sehr heikler dazu. Wie der Weg über eine schwankende Brücke.«

»Und der Zwischenfall?« fragte ich.

»Ach ja, der Zwischenfall. Heute morgen beim Frühstück hat Ihr Bruder wohl angefangen herumzubrüllen und sein Essen nach der an der Wand des Speisesaals angebrachten Kamera geworfen. Als ein Pfleger versuchte, ihn zu bändigen, stürzte der Tisch, an dem er gesessen hatte, um und …«

»Hat Thomas ihn umgestoßen?«

Sie nickte. »Soweit ich weiß, landete das Essen einiger anderer Patienten auf dem Boden, und es kam zu einer Art Handgemenge. Man rief die Wachen, und die Situation war schnell wieder unter Kontrolle, aber Ihr Bruder mußte fixiert und in den Beobachtungsraum gebracht werden.«

»Wie fixiert?«

»Vier-Punkt-Fixierung. An Armen und Beinen.«

Vor meinem geistigen Auge blitzte ein Bild aus unserer Kindheit auf: Ray, wie er Thomas zum ›Strafhocker‹ im Wohnzimmer zerrte – ihn mit einer Hand am Handgelenk packte und hinter sich herzog, so daß Thomas' Schuhspitzen über den Fußboden schleiften. Ein anderes Mal schienen Thomas' Füße sogar über dem Boden zu *schweben* – als Ray ihm eine verpaßte, während mein Bruder, nur an einem dünnen Handgelenk gehalten, schreiend hin und her schwang.

»Die Fixierung wurde so bald wie möglich entfernt«, fuhr Dr. Patel fort. »Noch am Vormittag. Gegen elf Uhr war er wieder in seinem Zimmer.« Sie wolle mich nicht beunruhigen, erklärte sie; es sei nicht ungewöhnlich, daß unter Paranoia leidende Patienten gelegentlich dekompensierten – ihre Gefühle abreagierten. Sie habe mir nur deshalb von dem Zwischenfall berichtet, weil ich sowohl Lisa Sheffer als auch ihr ausdrücklich gesagt hätte, daß ich über alles informiert werden wolle.

»Wie geht es ihm jetzt?« fragte ich.

Er sei den ganzen Vormittag über mürrisch geblieben, erzählte sie. Verschlossen, selbst Lisa gegenüber. Hatte sich geweigert, zum Mittagessen in den Speisesaal zu gehen, und sich statt dessen mit ein wenig Obst und einigen Keksen begnügt. »Aber ich bin froh, Ihnen berichten zu können, daß unsere Sitzung heute nachmittag produktiv verlaufen ist. Wir haben Fortschritte gemacht. Ich will Ihnen allerdings auch nicht verschweigen, daß ich mit Dr. Chase, dem zuständigen Psychiater, gesprochen habe – kurz bevor ich die Klinik verließ, um genau zu sein. Dr. Chase erwägt, unter Umständen Thomas' Haldol-Dosis zu erhöhen.«

»Gott, geht das schon wieder los«, sagte ich. »Sie beenden die Fixierung, nur um ihn statt dessen in eine Zwangsjacke aus Drogen zu stecken. Das ist vollkommener Schwachsinn. Das ist die alte Nullachtfünfzehn-Methode.« Sie wollte etwas erwidern, aber ich unterbrach sie. »Entschuldigen Sie, aber ich habe kein Interesse an irgendwelchen fadenscheinigen Rechtfertigungen, okay? Das kenne ich nämlich alles schon seit Jahren. Ihre amerikanischen Kollegen sind Ihnen da weit voraus, Doktor. Die haben diese Show lange genug abgezogen.«

Ihre Lippen lächelten weiter, aber ich meinte, in ihren dunklen Augen eine gewisse Verstimmung zu erkennen. »*Welche* Show haben meine Kollegen abgezogen?« fragte sie.

»Übermedikation, sobald er ausflippt. Als sie das letzte Mal nach einem Ereignis seine Dosis erhöhten, sah er aus wie ein Zombie. Da gehst du hin, um ihn zu besuchen, und er sitzt einfach nur stocksteif da, und seine Hände und Beine zucken, als hätte ihn jemand an die Steckdose angeschlossen.«

»Nun, Mr. Birdsey, bei Wahnvorstellungen und Halluzinationen sind Neuroleptika nun einmal das wirksamste Mittel«, sagte Dr. Patel. »Sie bieten eine Verschnaufpause von den offensichtlichen Symptomen, unter denen der Patient leidet. Unglückseligerweise verstärken die Medikamente häufig aber auch die latenten Symptome: die Affektverflachung, das Schütteln, das wir so häufig bei Parkinson-Kranken beobachten ...«

»Sie stellen seine Stimmen ab, nur um ihn in so 'ne Art Körperfresser zu verwandeln? Gott, ich *kenne* das langsam! Ich weiß alles über Stelazin und Prolixin und die anderen Seelentröster. Glauben Sie wirklich, wenn man einen Bruder hat, der mit schöner Regelmäßigkeit in die Landesklinik eingewiesen wird, dann weiß man nichts über diesen ganzen faulen Chemiezauber?«

Sie sagte nichts. Wartete ab.

»Hören Sie, er *haßt* Haldol, okay? Selbst die kleinste Dosis. Er fühlt sich beschissen davon. Ich will nicht, daß ihr Typen ihn in einen Zombie verwandelt, bloß weil er ausgerastet ist und einen Tisch umgeworfen hat. Nur weil es bequemer ist für die Mitarbeiter. Ich kann einer Erhöhung der Dosis keinesfalls zustimmen.«

»Das kann ich auch nicht, Mr. Birdsey«, sagte Dr. Patel. »Sie können mir ruhig ein gewisses Berufsethos zugestehen. Ich bin ein *Anwalt* Ihres Bruders, kein Feind. Keine durchgeknallte Wissenschaftlerin.«

Wir saßen da und schauten uns an. Ihre Augen, jung und schelmisch, straften ihr graumeliertes Haar Lügen. Ich öffnete den Mund, um etwas zu erwidern, überlegte es mir dann aber anders.

»Ich habe Dr. Chase bereits gesagt, daß eine Höherdosierung des Haloperidol – also des Haldol – meiner Meinung nach der wahrscheinlich falsche Weg ist. Und sicherlich verfrüht. Ich werde dem Doktor auch gerne Ihre Vorbehalte mitteilen.«

Ich mußte lachen. »Als ob das irgend etwas ändern würde. Diese verdammten Götter in Weiß, diese Psychiater, hören einem doch sowieso nur höflich zu und machen dann genau das, was sie ohnehin tun wollten.«

»Das ist ein ziemlich verallgemeinernder Vorwurf, Dr. Birdsey«, sagte sie mit einem Lächeln. »Sie sind ganz schön wütend, nicht wahr?«

»Ich habe auch allen Grund dazu. Glauben Sie mir. Aber, wie *ich* mich fühle, tut nichts zur Sache. Was ich meine ist, daß ...«

Immer noch lächelnd, streckte sie ihre kleine karamelfarbene Hand aus und legte sie auf meine, drückte sie. Ließ locker. Drückte erneut. Die Geste kam so unerwartet, daß sie mich entwaffnete. Mich auf der Stelle verstummen ließ. »Drücken Sie meine Hand«, sagte sie. Was ich auch tat.

»Die Medikation bei Schizophrenen ist immer ein Balanceakt«, begann Dr. Patel. »Aber solange keine Gefahr besteht, daß der Patient sich oder andere gefährdet, hält man sich bei der Dosis besser zurück. In dem Punkt stimmen wir überein. Wie schön. Und ich denke, Dr. Chase wird sich uns angesichts der heutzutage in Amerika so beliebten Kunstfehlerprozesse sicher anschließen. Und bestimmt aufmerksamer die Meinung der Familie des Patienten anhören, als Sie annehmen.« Sie schenkte mir einen weiteren ihrer schelmischen Blicke. »Ah«, sagte sie. »Das Teewasser ist soweit. Wie passend.«

Sie stand auf und ging hinüber zur Kochplatte. Während ich wartete, betrachtete ich erneut ihre lächelnde Statue. Wie hatte sie ihn genannt? Shiva?

Sie reichte mir eine kleine gelbe, mit handgemalten Affen verzierte Tasse. Schenkte mir aus der dazu passenden Affenkanne Tee ein. Er duftete wunderbar. Wärmte mir die Hände.

»Es ist schon seltsam, daß ich in Indien, wo ich aufgewachsen bin, nie Tee getrunken habe«, sagte Dr. Patel. »Ich habe es mir erst später zur Gewohnheit gemacht, als ich Mitte Zwanzig war. Während meiner Zeit in London.«

Ich wußte nicht genau warum, aber gegen meinen Willen begann ich, sie zu mögen. »Haben Sie dort Psychologie studiert? In England?« fragte ich. Genau die Art von Small talk, für die ich normalerweise keine Geduld aufbrachte.

»O nein, nein. In London habe ich meinen Abschluß in Anthropologie gemacht. Mein Psychologiediplom stammt von der Universität in Chicago. Ich habe bei Bettelheim studiert. Sind Sie mit seinen Arbeiten vertraut? Dr. Bruno Bettelheim?«

Ich zuckte mit den Schultern.

»Oh, Sie müssen seine Werke lesen! *Kinder brauchen Märchen, Aufstand gegen die Masse*. Großartige Bücher.«

»Dann sind Sie also beides?« fragte ich. »Psychologin *und* Anthropologin?«

Sie nickte. »Eigentlich hat mich mein Interesse für das eine Gebiet zu dem anderen geführt. Sie sind eng miteinander verbunden, wissen Sie? Die Geschichte der verschiedenen Zeitalter und das kollektive Unbewußte. Haben Sie jemals etwas von Jung gelesen, Mr. Birdsey?«

»Vor langer Zeit. Auf dem College.«

»Wie steht's mit Joseph Campbell? Claude Lévi-Strauss? Oder Heinrich Zimmer?«

»Ich bin Anstreicher«, antwortete ich.

»Aber Sie lesen doch sicher auch noch andere Dinge als nur den Aufdruck auf den Farbeimern, Mr. Birdsey.« Ihr Lächeln und ihre sanfte, nasale Stimme nahmen ihrem Sarkasmus die Spitze. »Ihr Bruder sagt, Sie seien ein leidenschaftlicher Leser. Ihr Haus sei voll von Büchern. Er wurde richtig lebhaft, als er mir von Ihnen erzählte. Er scheint auf Ihren Verstand sehr stolz zu sein.«

»Ja, klar«, lachte ich.

»Oh, ich meine es ernst, Mr. Birdsey. Sehen Sie das anders?«

»Ich glaube ... ich glaube, Thomas interessiert sich für kaum was anderes als für Thomas.«

»Wie meinen Sie das?«

»Wegen seiner Krankheit. Er kann nicht weiter denken als bis zu seiner eigenen Nasenspitze ... Im Gegensatz zu ... früher ... wissen Sie.«

»Wie war er denn?«

»Vor der Krankheit?«

Sie nickte.

»Nun ... als wir Kinder waren, hat er sich meinetwegen die ganze Zeit Sorgen gemacht. Ich bin dauernd in irgendwas hineingeraten. Hab mein Glück herausgefordert. Hab was riskiert. Und er wurde immer ganz nervös deswegen. Versuchte, es mir auszureden. Er war ständig besorgt um mich.«

»Was für Sachen haben Sie denn riskiert?«

»Na ja, was man so macht. Auf Felsen klettern, auf die wir nicht klettern durften. Vom Garagendach springen. Durch fremde Gärten rennen. Kinderkram eben. Aber Thomas hielt sich immer raus. Er warnte mich, ich würde Ärger bekommen, mich verletzen oder so. Er war genauso eine Glucke wie sie.«

»Ihre Mutter?«

»Ja.«

»Wenn Sie zurückblicken, würden Sie also sagen, daß Sie der abenteuerlustigere Bruder waren.«

»Meine Mutter nannte Thomas immer ihr kleines Häschen und mich den Kletteraffen, weil ... na ja, wen interessiert das schon? Ich schweife ab.«

»Nein, nein. Fahren Sie bitte fort. Sie waren der Kletteraffe, weil ...?«

»Weil ich mich immer in Schwierigkeiten gebracht habe. Ich war *Coco, der neugierige Affe*.«

Sie lächelte. Wartete.

»Das ist ein ... eine Figur aus einem Kinderbuch. Ein kleiner Affe, der immer in ...«

»Ja, ich weiß, Mr. Birdsey. Ein neugieriger kleiner Bursche. Wenn es nach meiner Enkelin ginge, müßte ich ihr Tag und Nacht aus *Coco* vorlesen. Aber fahren Sie fort. Sie waren der neugierigere Bruder und Thomas war ...«

»Weicher, schätze ich.«

»Entschuldigung, aber meinen Sie damit, daß er sich einfach weniger für solche Sachen interessiert hat als Sie, oder daß er Angst vor Abenteuern hatte?«

Ich schaute sie an, beeindruckt von ihrem Einfühlungsvermögen. »Eher ängstlich«, antwortete ich.

Sie machte sich eine Notiz. »Das kleine Häschen«, sagte sie.

»Das war bei uns von Anfang an so, denke ich. Zumindest hat Ma das immer behauptet. Thomas blieb im Laufstall sitzen und sah zu, wie ich versuchte rauszuklettern.«

»Helfen Sie mir, das zu verstehen, Mr. Birdsey. Thomas war das kleine Häschen Ihrer Mutter, weil ...«

»Weil er ... weicher war, denke ich. Zärtlicher. Sie standen sich sehr nahe.«

»Ihre Mutter und Thomas?«

»Ja.«

»Näher als Sie und Ihre Mutter?«

Ich sah weg. Nickte. Mein Blick fiel auf meine verkrampften Hände.

»Und was ist mit Ihrem Vater?«

»Was soll mit ihm sein?« gab ich mürrisch zurück.

Dr. Patel wartete.

»Wir haben unseren Vater nie gekannt ... Meinen Sie Ray? Unseren *Stief*vater?«

»Ja, Ihren Stiefvater. Wer von Ihnen stand ihm näher? Oder verstanden Sie sich beide gleich gut mit ihm?«

Ich stieß ein freudloses Lachen aus. »Wir waren ihm gegenüber beide gleich distanziert.«

»Aha?«

»Nun, nicht direkt distanziert. Man *konnte* nicht viel Abstand zwischen sich und Ray bringen. Er saß einem immer im Nacken ... Ich denke, ›auf der Hut sein‹ drückt es besser aus. Wir waren gleichermaßen auf der Hut vor Ray.«

»Fahren Sie fort.«

»Er ... er hackte ständig auf Thomas herum. Ich meine, wir haben beide unser Fett abgekriegt, aber es war in der Regel Thomas, der die volle Ladung abbekam. Thomas oder Ma.«

»Und Sie nicht?«

»Äh, nicht so oft. Nein.«

»Und wie haben Sie sich dabei gefühlt? Als der eine von dreien, der nicht ›die volle Ladung abbekam‹?«

»Was? Ich weiß nicht ... auf eine Art gut, denke ich. Erleichtert. Aber nicht wirklich gut.«

»Inwiefern?«

»Ich fühlte mich ...«

»Ja?«

»Schuldig, glaube ich. Und, ich weiß nicht ... *verantwortlich*.«

»Das verstehe ich nicht. Verantwortlich wofür?«

»Sie zu beschützen. Sie konnten sich nicht selbst wehren. Keiner von beiden. Also war immer ich es, der – he, Moment, *ich* bin doch nicht der Patient! Ich dachte, wir reden über Thomas.«

»Das tun wir auch, Mr. Birdsey. Sie erzählten, daß er sich, bevor seine Krankheit ausbrach, immer Sorgen um Sie machte und daß seitdem ...«

»Es ist, als ob ... da bei Thomas niemand mehr zu Hause ist, verstehen Sie? Ich schaue ihn manchmal an, und er ist wie ... wie ein verlassenes Haus. Bei Thomas ist schon seit Jahren niemand mehr zu Hause.«

Ich beobachtete, wie sie nachdachte. »Mir ist gerade etwas klargeworden«, sagte sie. »Wenn Ihr Bruder seinen Stolz auf Ihre Intelligenz zum Ausdruck bringt, seine Freude an den vielen Büchern«, sagte sie, »feiert er vielleicht die Leistung seines Spiegelbilds – des Teils seines Ichs, das frei ist von der Bürde der Krankheit. Halten Sie das für möglich?«

Ich zuckte mit den Schultern. »Dazu kann ich nichts sagen.«

»Auf eine bestimmte Weise ist er als eineiiger Zwilling auch Sie, und Sie sind er. Mehr als Geschwister sonst sind Sie beide auch der jeweils andere. Oder nicht?«

Meine alte Angst: so schwach zu sein wie Thomas. Eines Tages in den Spiegel zu schauen und einen Verrückten zu sehen: meinen Bruder, den schrecklichen Typen im Bus damals ... Als ich mich wieder auf Dr. Patel konzentrierte, sprach sie gerade über Anthropologie.

»Meine Güte, in den Mythen der Welt wimmelt es von Zwillingen«, sagte sie. »Denken Sie nur an Castor und Pollux, Romulus und Remus. Das ist wirklich ein faszinierender Aspekt des kollektiven Unbewußten. Die ultimative Antwort auf die menschliche Entfremdung. Ich versichere Ihnen, Mr. Birdsey, welche Last Sie als Zwilling auch tragen mögen, der Rest der Welt beneidet Sie. Ihre und Thomas' Dualität ist ein Punkt, mit dem wir uns vielleicht später noch beschäftigen, wenn wir versuchen wollen, Ihrem Bruder zu helfen. Wie üblich bin ich mir selbst ein paar Schritte voraus. Ich fahre mit siebzig Stundenkilometer, wo ich nur fünfzig fahren darf.«

Sie lachte über ihren eigenen kleinen Witz und fing an, das Band in ihrem Kassettenrekorder zurückzuspulen. »Das hier ist die Aufnahme meiner Sitzung mit Ihrem Bruder von heute nachmittag«, erklärte sie. »Von der ich Ihnen erzählt habe. Ich dachte, es könnte hilfreich sein, sie Ihnen vorzuspielen und Ihre Meinung zu hören. Es wäre schön, wenn Sie Lust hätten, mich an Ihren Beobachtungen teilhaben zu lassen.«

Ich nickte. »Ist das denn fair?«

»Fair? Was meinen Sie?«

»In bezug auf ... die ärztliche Schweigepflicht?«

Die Kassette stoppte mit einem Klick; der Rückspulknopf sprang wieder hoch. »Aber, Mr. Birdsey! Sie machen sich also mal wieder Gedanken über mein Berufsethos. Hören Sie zu.« Sie lächelte und drückte auf Play.

»Sitzung mit Thomas Birdsey, 23. Oktober 1990, 14.30 Uhr.« Es war Dr. Patels Stimme. *»Mr. Birdsey, sind Sie sich bewußt, daß ich diese Sitzung aufnehme?«*

Ein gedämpftes Grunzen, eindeutig von Thomas.

»Würden Sie bitte lauter sprechen? Sind Sie sich bewußt, daß die Sitzung aufgenommen wird?«

»Ja, ich bin mir dessen bewußt. Ich bin mir einer Menge Dinge bewußt.« Er klang verwirrt. Erschöpft. Aber es tat verdammt gut, seine Stimme zu hören.

»Und habe ich Ihre Zustimmung, die Aufnahme den Personen

vorzuspielen, über die wir gesprochen haben? Ihrem Bruder, Ms. Sheffer, Dr. Chase?«

Es entstand eine Pause. »*Nicht Dr. Chase. Ich habe meine Meinung über ihn geändert.«*

»*Warum?«*

»*Es ist zu riskant. Woher soll ich wissen, daß er nicht für den Irak arbeitet? In meiner Branche darf man kein Risiko eingehen.«*

»*In Ihrer Branche, Mr. Birdsey? Welche Branche ist das?«*

»*Kein Kommentar.«*

»*Ich versuche nur, Sie zu verstehen, Mr. Birdsey. Meinen Sie Ihren Handel mit Kaffee und Zeitungen oder etwas anderes?«*

»*Sie sind ganz schön neugierig, was? Paral ist der Wanzen Tod. Machen Sie sich nicht die Mühe, in meine Matratze zu kriechen, Dr. Lauscher.«*

Eine weitere Pause. »*Mr. Birdsey ... ich frage mich, ob ich Sie wohl Thomas nennen darf?«*

»*Nein, dürfen Sie nicht.«*

»*Nicht?«*

»*Ich bin Simon Petrus.«*

»*Simon Petrus? Der Apostel?«*

»*Bingo, Mrs. Gandhi!«*

Erneute Pause. »*Warum sprechen Sie mich mit ›Mrs. Gandhi‹ an, Mr. Birdsey?«*

»*Warum? Weil Sie so angezogen sind.«*

»*Bin ich das? Meinen Sie meinen Sari?«*

Keine Antwort.

»*Wenn Sie sagen, Sie seien Simon Petrus, Mr. Birdsey, meinen Sie dann, Sie wollen es ihm gleichtun, oder denken Sie, Sie verkörpern ihn?«*

»*Wer will das wissen und warum?«*

»*Ich will es wissen, weil ich versuche, Sie zu verstehen. Um Ihnen zu helfen, wenn ich kann.«*

Ein tiefer, ungeduldiger Seufzer. Dann begann Thomas, mit einem leisen, hektischen Nuscheln ein Bibelzitat herunterzuleiern. »*Du bist Petrus, und auf diesen Felsen werde ich meine Kirche bauen, und die Mächte der Unterwelt werden sie nicht überwältigen. Ich werde dir die Schlüssel des Himmelreichs geben;*

was du auf Erden binden wirst, das wird auch im Himmel gebunden sein.«

Atemlos brach Thomas ab. *»Können Sie mir folgen, Mrs. Gandhi? Ich bin ein Seelenfischer! Der Hüter der Schlüssel! Das ist nicht meine Idee; es ist Gottes Idee. Wie gefällt Ihnen das, Suzie Q?«*

»Suzie Q? Warum nennen Sie mich auf einmal Suzie Q?«

»Woher soll ich wissen, warum Sie Suzie Q sind? Fragen Sie Suzie Wong. Oder ziehen Sie bei Suzie McNamara ein. Fahren Sie doch zur Hölle, wenn Sie schon dabei sind.«

Ich saß vornübergebeugt da und starrte auf den Kassettenrekorder. Als ich zu Dr. Patel aufsah, bemerkte ich, daß sie mich beobachtete. »Äh«, hob ich die Hand.

Sie hielt das Band an. »Was ist, Mr. Birdsey?«

»Vielleicht gar nichts. Es ist nur ... ich weiß nicht, ob das etwas zu bedeuten hat, aber ... so nannte mein Stiefvater manchmal meine Mutter: Suzie Q. Einen Moment lang klang er genau wie Ray.«

»War Suzie Q der Spitzname Ihrer Mutter? Hieß sie Susan?«

»Nein. Ihr Name war Concettina. Connie. Mein Stiefvater nannte sie Suzie Q, wenn er ...«

»Ja?«

Plötzlich brach es über mich herein. Ich zitterte, zurückgeworfen in meine Kindheit in der Hollyhock Avenue. »Wenn er wütend auf sie war ... Wenn er sich über sie lustig machte.«

Sie notierte sich etwas. »Das hilft mir weiter, Mr. Birdsey. Danke. Genau aus diesem Grund wollte ich Ihnen das Band vorspielen. Sie können wertvolle Einzelheiten und Beobachtungen beisteuern, die ich aus den medizinischen Unterlagen Ihres Bruders nicht erschließen kann. Und bitte zögern Sie nicht zu unterbrechen, wann immer Sie mir etwas mitteilen möchten.«

Ich nickte. »Normalerweise ist Thomas nicht so, wissen Sie?«

»Wie?«

»Schnoddrig. Normalerweise sagt er nicht ›Fahren Sie doch zur Hölle‹ oder so.«

Sie nickte. »Kein Problem. Mr. Birdsey. Ich höre den ganzen Tag lang noch sehr viel schlimmere Sachen. Im Vergleich dazu klingt ›Fahren Sie doch zur Hölle‹ geradezu zuvorkommend.« Sie legte den Finger auf die »Play«-Taste, zog ihn aber wieder zurück. »Ihr Stiefvater?« fragte sie. »Hat er sich *oft* über andere lustig gemacht?«

Zuerst antwortete ich nicht. Dann nickte ich.

»Entspannen Sie sich, Mr. Birdsey.«

»Ich bin entspannt.«

Sie wirkte nicht überzeugt.

»Wirklich. Echt.«

»Schauen Sie Ihre Hände an«, sagte sie. »Beobachten Sie mal, wie Sie atmen.«

Beide Hände waren zu Fäusten geballt. Mein Atem ging schnell und flach. Ich bewegte die Finger.

»Besser?« fragte sie.

»Mir geht es gut. Aber er klingt, als wäre er ziemlich daneben, oder? Mein Bruder, auf dem Band.«

»Daneben?«

»Ich meine, es geht ihm schlechter. Schlechter als im Krankenhaus, direkt danach ... Als Sie sagten, Sie hätten heute Fortschritte gemacht, hoffte ich – ich hatte gehofft ...« Da war es aus mit meiner Beherrschung. Ich rang nach Luft. Die Schluchzer schienen aus dem Nichts zu kommen. Dr. Patel reichte mir die Kleenexschachtel.

Ich wandte mich von ihr ab. Putzte mir die Nase. »Ich dachte ... Als ich hereinkam und die Schachtel Kleenex auf dem Tisch stehen sah, dachte ich, die ist für, na ja, für hysterische Hausfrauen oder so. Frauen, die gerade von ihren Männern verlassen worden sind. Ich komme mir vor wie ein Vollidiot.«

»Trauer kennt kein Geschlecht, Mr. Birdsey«, erwiderte sie.

Ich nahm ein weiteres Tuch. Putzte mir die Nase. »Ist es das? Trauer?«

»Warum sollten Sie nicht trauern, Mr. Birdsey? Sie sagten selbst, Ihr Zwillingsbruder sei wie ein verlassenes Haus. Wenn aber niemand zu Hause ist, dann wird jemand vermißt. Also trauern Sie.«

Ich stopfte die gebrauchten Tücher in meine Hemdtasche. Gab ihr die Schachtel zurück. »Ja, aber mittlerweile sollte doch ... Man glaubt, man hat die Dinge im Griff, und dann ...«

»Mr. Birdsey, Menschen sind nicht wie – diese Plastikbehälter – wie heißen die noch? Die man auf Parties kaufen kann?«

»Auf Parties? ... Sie meinen Tupperware?«

»Ja, ja. Genau. Menschen sind keine Tupperdosen mit fest verschlossenen Deckeln. Und das sollten sie auch nicht sein, obwohl ich bei meiner Arbeit mit amerikanischen Männern immer mehr zu der Überzeugung komme, daß genau das ihrem Idealbild entspricht. Aber das ist Unsinn. Sehr ungesund, Mr. Birdsey. Nichts, wonach man streben sollte. Auf keinen Fall.« Sie wedelte wieder mit diesem tadelnden Zeigefinger vor meiner Nase herum.

Ich schaute zu ihrer grinsenden Statue. »Tun Sie mir einen Gefallen, ja?« bat ich. »Nennen Sie mich Dominick.«

»Ja, ja. Sehr gerne, Dominick. Sollen wir dann weitermachen?«

Ich nickte. Sie drückte auf Play.

»Mr. Birdsey, erzählen Sie mir ein bißchen von sich.«

»Warum? Damit Sie den Irakern meine Geheimnisse verkaufen können? Oder der CIA meinen Kopf auf einem Silbertablett servieren?«

»Ich habe weder Verbindungen zur CIA noch zu irgendwelchen Irakern, Mr. Birdsey. Überhaupt keinen Geheimauftrag. Mein einziges Motiv ist, Ihnen zu helfen. Ihren Schmerz etwas zu lindern. Ihre Belastung zu verringern.«

Keine Antwort.

»Wissen Sie, wir unterhalten uns jetzt schon seit einigen Tagen, und ich weiß noch immer kaum etwas über Ihre Familie. Erzählen Sie mir von ihr.«

Schweigen.

»Ihre Mutter ist gestorben, richtig?«

Nichts.

»Und Sie haben einen Stiefvater?«

Schweigen.

»Und einen Bruder?«

»Einen Zwillingsbruder. *Wir sind eineiige Zwillinge ... Er liest viel.«*

»Tatsächlich?«

»Sie sollten sein Haus sehen. Voller Bücher. Er ist sehr, sehr intelligent.«

Ich schüttelte lächelnd den Kopf. »Das bin ich, Joe Einstein.«

»Und was ist mit Ihnen, Mr. Birdsey? Lesen Sie auch gerne?«

»Ich lese die Bibel. Ich lerne sie auswendig.«

»Warum das?«

»Wegen der Kommunisten.«

»Das verstehe ich nicht.«

»Wenn sie die Macht übernehmen, werden sie als erstes die Heilige Schrift verbieten. Also lerne ich sie auswendig. Wenn die das jemals herausfinden, ist mein Leben keinen Pfifferling mehr wert, und ich bin ein toter Mann. Ich habe ihre Pläne gesehen. Das wissen sie nicht, aber ich habe sie gesehen.«

»Dann lesen Sie also nur die Bibel? Keine Zeitungen oder Zeitschriften? Oder andere Bücher?«

»Ich lese Zeitung. Ich habe nicht die Zeit für Bücher. Und auch nicht die Geduld. Man hat mir meine Konzentration gestohlen, verstehen Sie? Nicht vollständig. Teilweise.«

»Gestohlen?«

»Als ich siebzehn war. Unser Zahnarzt arbeitete insgeheim für den KGB. Er hat mir ein Gerät eingepflanzt, das meine Konzentrationsfähigkeit zerstört hat. Ich bin übrigens aufs College gegangen. Wußten Sie das?«

»Ja, ich habe es in Ihrer Akte gelesen.«

»Ich konnte mich einfach nicht konzentrieren. Er hieß Dr. Downs. Sie haben ihn, als Carter noch an der Regierung war, des Landes verwiesen. Haben alles schön vertuscht.«

»Ist das der Zahnarzt, von dem Sie sprachen?«

»Das war seine Tarnung. Aufgrund meiner Zeugenaussage haben sie ihn verurteilt. Sie wollten ihn hinrichten, aber ich sagte nein. Ich hab mit Jimmy Carter am Telefon darüber gesprochen. Er rief an und fragte: ›Was sollen wir tun?‹, und ich antwortete ihm: ›Du sollst nicht töten. Punkt.‹ Ich bin kein Heuchler. Für wen nehmen Sie das hier eigentlich auf?«

»Erinnern Sie sich nicht mehr? Für Lisa Sheffer und Ihren Bruder. Ich möchte auch Dr. Chase einige Passagen vorspielen, wenn Sie nichts dagegen haben, allerdings meinten Sie vorhin, Sie hätten ihm gegenüber Vorbehalte ...«

»Glauben Sie etwa, Moslems könnten ihren Namen nicht än-

dern? Eine falsche Identität annehmen? Es wird doch in einem Safe aufbewahrt, nicht wahr? Das Band meine ich.«

»In einem Safe?«

»Einem Safe! Oder einem Tresor! Wenn Sie das Band nicht sicher aufbewahren können, breche ich auf der Stelle dieses Gespräch ab. Sollte das Band in die falschen Hände geraten, wird das Konsequenzen haben. Gewaltige Konsequenzen.«

»Keine Sorge, Mr. Birdsey. Alle Ihre medizinischen Unterlagen werden sicher verwahrt, auch die Bänder mit unseren Gesprächen. Ich gebe Ihnen mein Wort. Also, wir sprachen vorhin über Ihren Bruder. Ist er ein guter Bruder?«

Keine Antwort.

»Mr. Birdsey? Ich habe gefragt, ob Ihr Bruder ein guter Bruder ist?«

»Es geht so.«

Ich schüttelte den Kopf. Mußte lächeln. »Das ist ja ein tolles Kompliment«, meinte ich.

»Einmal bin ich bei ihm im Unterricht gewesen. Als er noch Lehrer war. Als geladener Gast.«

Tatsächlich?

»Aha.«

»Ich ging mit meiner Mutter hin. Es war Tag der offenen Tür.«

»Ja?«

»Die Leute haben mich für Dominick gehalten. Eine der Mütter kam zu mir und dankte mir, daß ich ihrer Tochter geholfen hatte.«

»Dann kann man Sie und Ihren Bruder nur schwer auseinanderhalten?«

»Sehr schwer. Besonders, seit er Kontaktlinsen hat. Als wir jünger waren, mußte er immer eine Brille tragen und ich nicht. Dadurch konnte man uns leicht auseinanderhalten. Wir waren wie Clark Kent und Superman.«

Na klar, dachte ich. Thomas, der Mann aus Stahl.

»Ich wollte auch Lehrer werden. Dafür hatte ich mich entschieden. Aber dann ist es anders gekommen.«

»Anders gekommen? Inwiefern?«

»Ich wurde berufen. Von Gott auserwählt. Unmittelbar danach haben sie angefangen, mich zu verfolgen. Was in Amerika of-

fensichtlich keinem auffällt – am wenigsten Seiner Majestät George Herbert Walker Bush –, ist die Ähnlichkeit ihrer Namen: S-A-D-D-A-M. S-A-T-A-N. Verstehen Sie? Verstehen Sie? VERSTEHEN SIE?«

»Seinen Gedankengängen zu folgen, ist, als würde man durch die Fernsehkanäle zappen, was?« fragte ich.

»Er war nett zu seinen Schülern. Mein Bruder, meine ich. Sie mochten ihn. Sie respektierten ihn. Aber er hat gekündigt.«

»Warum?«

»Ich weiß nicht. Irgendwas ist passiert.«

»Was denn?«

»Hab ich vergessen. Ich möchte nicht darüber sprechen.«

»Und womit verdient Ihr Bruder heute seinen Lebensunterhalt?«

»Hab ich vergessen.«

»Das haben Sie vergessen?«

»Er streicht Häuser an. Ich sage ihm immer: ›Paß mit der radioaktiven Farbe auf, Dominick‹, aber er hört nicht auf mich. Was versteh ich denn schon davon, nicht wahr? Ich bin ja nur der verrückte Bruder.«

»Haben Sie das gehört, Dominick?« fragte Dr. Patel. »Auf seine Weise macht er sich immer noch Sorgen um Sie.«

»Mr. Birdsey, wechseln wir doch mal für einen Moment das Thema. Einverstanden?«

»Wie Sie wollen. Was kümmert's mich?«

»Warum sprechen wir nicht über das, was heute beim Frühstück im Speisesaal passiert ist? Erinnern Sie sich daran? An das Problem im Speisesaal?«

»Ich habe nicht angefangen. Das waren die.«

»Wer?«

Thomas' Stimme wurde dünner – klang höher. *»Ich bin es einfach satt, das ist alles. Sie glauben, sie operieren verdeckt, aber sie machen es so auffällig, daß sie einem leid tun können. Ich wollte ihnen nur mal zeigen, was für Amateure sie sind.«*

»Wer?«

»Woher soll ich das wissen? Sie sind alle hinter mir her. Beide Seiten würden liebend gern mein Fleisch essen und mein Blut trinken.« Er machte seltsame glucksende Geräusche.

»Haben Sie vor irgend etwas Angst, Mr. Birdsey? Haben Sie deshalb geschrien und mit Ihrem Essen um sich geworfen?«

Pause. *»Kann ich jetzt gehen? Ich bin müde. Als ich mich auf dieses Zeugenschutzprogramm eingelassen habe, habe ich nicht damit gerechnet, den ganzen Tag von kleinen Befehlsempfängern vernommen zu werden. Keiner hat mir etwas von einem Verhör gesagt. Ich möchte mit jemandem von ganz oben sprechen.«*

»Könnten Sie bitte meine Frage beantworten? Haben Sie Angst?«

Er klang, als wäre er den Tränen nahe. *»Ich persönlich glaube, es ist die CIA. Sie haben schon einmal an mir herumgepfuscht, müssen Sie wissen. Haben mich mit Infrarotlicht bestrahlt. Haben meine Gedanken mit einem Strohhalm abgesaugt, wie einen Milchshake. Glauben Sie, das ist schön? Zuzusehen, wie die eigenen grauen Zellen durch so 'ne Röhre ins Nichts verschwinden? Na, vielen Dank. Deswegen vergesse ich dauernd alles. Ich VERGESSE alles! Ich möchte mich ganz auf die Golfkrise konzentrieren – ich möchte Gott und meinem Land dienen – und die Menschen wissen lassen, es ist Gottes Wille, sich vom Mammon ab- und Ihm zuzuwenden. Aber sie lenken mich ab. Sie wissen, wie gefährlich ich für sie bin. Sie brauchen sich doch nur anzusehen, was sie einem von Ihrer Sorte angetan haben.«*

»Wen meinen Sie?«

»Rushdie! Salman Rushdie! Lesen Sie keine Zeitungen, Mrs. Gandhi? Sie haben ihn zum Schweigen *gebracht. Allerdings lag das bei ihm an was vollkommen anderem: Das war Ketzerei! Wann hätte ich jemals Gott gelästert? Welches Sakrileg sollte ich begangen haben? Bush war mal Chef der CIA. Wußten Sie das? Und das soll ein Zufall sein? Fünfunddreißig Prozent meiner Gehirnzellen sind schon weg. Sie werden mir Tag und Nacht abgesaugt, und ich kann einfach nichts dagegen tun!«*

Ich schaute aus dem Fenster und pochte mir mit der Faust gegen die Lippen. Ich wünschte, sie würde das Band anhalten, aber die beiden Stimmen tönten unaufhörlich weiter.

»Mr. Birdsey, glauben Sie, daß die CIA und Präsident Bush zusammenarbeiten? Daß sie gemeinsam versuchen, Ihnen Ihre Gedanken zu stehlen?«

»Sie versuchen es nicht nur, sie schaffen *es, dank ihrer gottverdammten elektronischen Augen. Ihrer Hirnabsauger.«*

»Warum sollten sie das tun, Mr. Birdsey? Und warum machen sie das ausgerechnet mit Ihnen?«

»Wegen dem, was ich getan habe.«

»Was haben Sie denn getan?«

»Das!« Ein unidentifizierbares Geräusch war auf dem Band zu hören, eine Art dumpfes, rhythmisches Klopfen.

»Mr. Birdsey, hören Sie sofort auf damit. Ich will nicht, daß Sie sich verletzen.«

Ich sah Dr. Patel fragend an, bis mir plötzlich klar wurde, was das Geräusch verursacht hatte. »Er hat mit seinem Stumpf irgendwo drauf geklopft, nicht wahr?«

Sie nickte. »Auf den Tisch, an dem wir saßen. Aber nur ganz kurz, Dominick. Nur, um seine Aussage zu unterstreichen.«

»Mein Gott«, seufzte ich.

»Ich habe Gottes Gebot befolgt! Hau die Hand ab, die dich zum Bösen verführt! Und es hat Bush gedemütigt. Hat ihm seine Operation Wüstensturm verdorben. Er haßt es, daß ich den Menschen die Augen geöffnet habe.«

»Die Augen geöffnet? Wofür?«

»Für die Sinnlosigkeit dieses blöden Kriegs! Damit sie erkennen, daß Bush mit seiner stümperhaften, inkompetenten Art das Ende der Welt heraufbeschwört, wenn ich nicht einschreite. Sollte er den Befehl zum Bombenangriff geben, sind wir erledigt. S-A-D-D-A-M. S-A-T-A-N. Das ist so offensichtlich! Lies die Bibel, Suzie Q! Lies die Geschichten vom Pharisäer, dem Geldverleiher und der Schlange im Garten. Viel Vergnügen dabei!«

»Mr. Birdsey, wie fühlt sich das an, wenn Ihnen die Gedanken gestohlen werden? Spüren Sie es jedesmal?«

Ein angewidertes Seufzen. *»Ja!«*

»Ja?«

»Tagsüber spüre ich es. Aber manchmal machen sie es, während ich schlafe.«

»Tut es weh?«

»Sie wollen sich an mir rächen.«

»Tut es weh, Mr. Birdsey? Haben Sie Schmerzen, wenn es passiert? Kopfschmerzen vielleicht?«

»Sie können meine Existenz nicht einfach ignorieren – ich bin zu bekannt. Newsweek, Time, U. S. News & World Report. *Ich war auf den Titelseiten aller großen Nachrichtenmagazine des Landes. Ihr könnt ruhig alle Zeitungen und Zeitschriften vor mir verstecken, ich weiß trotzdem Bescheid. Ich habe meine Quellen. Glaubt bloß nicht, ich denke mir das aus. Ich bin im* People-*Magazin auf der Liste der fünfundzwanzig faszinierendsten Menschen des Jahres. Ich habe Fans! Sie können mich nicht umbringen, also begnügen sie sich mit mentaler Grausamkeit. Kerkerhaft. Hirndiebstahl. Er bekommt Kopien davon, wissen Sie? Zweimal täglich.«*

»Wer?«

»George Bush natürlich!«

»Okay«, rief ich und sprang auf. »Mir reicht's!« Ich ging zum Fenster. Dr. Patel hielt das Band an. »Und Sie sagen, diese Sitzung war ein Durchbruch? Der Schwachsinn, den er da von sich gibt, soll ein *Fortschritt* sein?«

»Nun, ein Fortschritt insofern, als er mir gegenüber viel gesprächiger war als früher. Vertrauensvoller, kommunikativer. Und das ist gut. Darf ich Ihnen Tee nachschenken?«

Ich schüttelte den Kopf. Verschränkte die Arme vor der Brust.

»Alles okay, Dominick?« fragte sie.

»Es ist so *verrückt*. Wie sehr er sich in diesen ganzen Scheiß verrannt hat. In sein eigenes Ego.«

»Also, bis zu einem gewissen Grad kennen wir das doch alle, Dominick. Erst gestern fuhr ich in großer Eile zu einer Verabredung nach Farmington, als ein älterer Mann mit seinem Auto aus einer Seitenstraße kam. Er fuhr vor mir her, um einiges langsamer als erlaubt, und ich ertappte mich bei dem Gedanken, was dieser Mann wohl davon hatte, wenn ich zu spät in Farmington eintraf.« Sie lachte über ihre eigene Dummheit.

»Ja, schon, aber ... *Präsidenten*, die seine Gedanken studieren? Und nur *er* kann die Welt retten?«

»Das ist narzißtisch, gewiß. Aber vergessen Sie nie, diese grandiosen Wahnvorstellungen sind für ihn Realität. Der Gedankenraub und die Bedrohung existieren für ihn *wirklich*.«

»Das weiß ich, aber ...«

»Das wissen Sie? Wenn Sie sagen ›Das weiß ich‹, meinen Sie,

Sie verstehen es rein intellektuell, oder können Sie seine Furcht und die Frustration nachempfinden? Stellen Sie sich doch einmal vor, Dominick, wie beängstigend jeder Tag für ihn sein muß. Wie ermüdend. Das Gewicht der ganzen Welt ruht auf seinen Schultern. Er kann nahezu niemandem vertrauen. Was mich als Anthropologin dabei interessiert – oder, besser gesagt, fasziniert –, ist der Umstand, daß er sich eine Aufgabe von geradezu *mythischer* Dimension auferlegt hat.«

Ich schaute auf. Sah sie an.

»Ihr Bruder ist allein im Universum. Verloren für seinen Zwillingsbruder, verloren für ein normales Leben. Er treibt in einer Welt böser und feindseliger Mächte, in der sein Mut unablässig auf die Probe gestellt wird. Thomas spielt die Hauptrolle in seinem eigenen Heldenepos.«

»Heldenepos? Ist das nicht ein bißchen weit hergeholt?«

Sie lächelte traurig. »Das ist sein vergeblicher Versuch, seine Welt zu ordnen. Haben Sie Kinder, Dominick?«

Ich konnte ihr nicht in die Augen blicken. Das kleine Mädchen im gelben Trikot fiel mir wieder ein. »Nein.«

»Nun, wenn Sie welche hätten«, sagte sie, »würden Sie ihnen wahrscheinlich nicht nur *Coco, der neugierige Affe*, sondern auch Fabeln und Märchen vorlesen. Geschichten, in denen Menschen Hexen überlisten, in denen Riesen und Menschenfresser besiegt werden und das Gute über das Böse triumphiert. Auch Ihre Eltern haben Ihnen und Ihrem Bruder sicher Märchen vorgelesen, nicht wahr?«

»Meine Mutter«, sagte ich.

»Natürlich. Auf diese Art bringen wir unseren Kindern bei, sich in einer Welt zurechtzufinden, die viel zu groß und chaotisch ist, um sie zu verstehen. Einer Welt, in der manchmal alles so zufällig erscheint. So gleichgültig. Die verschiedenen Religionen erfüllen natürlich den gleichen Zweck – egal, ob Sie ein Hindu oder ein Christ oder ein Rosenkreuzler sind. Fabeln für Kinder und religiöse Parabeln sind eigentlich eng miteinander verwandt. Ich glaube, sowohl die Religiosität Ihres Bruders als auch sein unbedingter Glaube an Helden und Schurken könnten Zeichen für seinen tapferen, aber fruchtlosen Versuch sein, die Welt für sich logisch zu ordnen. Es ist in gewisser Weise ein heldenhafter Kampf, wenn man das Chaos bedenkt, in das er durch seine Krankheit geraten ist. So könnte man es zumindest interpretieren.«

»Heldenhaft? Was soll daran heldenhaft sein?«

»Er kämpft darum, sich selbst zu heilen, Dominick. Um sich von dem zu befreien, was er wohl am meisten fürchtet: Chaos. Wenn es ihm – wie auch immer – gelingt, die Welt zu ordnen, zu *retten*, dann kann er auch sich selbst retten. Aus diesem Grund hat er sich vielleicht die Hand in der Bücherei abgetrennt. Er wollte sich selbst opfern, um die Zerstörung aufzuhalten, die ein Krieg unweigerlich mit sich bringt. Ihr Bruder ist ein sehr kranker Mann, Dominick, aber auch ein sehr guter. Ich würde sogar sagen, auf seine Weise ist er ein wirklich *heldenhafter* Mann. Ich hoffe, daß Ihnen dieser Gedanke ein kleiner Trost sein kann.«

»Ja, klar«, blaffte ich. »Er geht in die Bücherei, hackt sich seine dämliche Hand ab und zieht damit die Aufmerksamkeit eines jeden Medienspinners auf sich, der hier rumläuft ... Echt tröstlich, Doc. Keine Frage.«

Sie sagte nichts. Wartete. Aber ich war fertig.

Sollte sie längerfristig mit Thomas arbeiten, erklärte mir Dr. Patel – die Entscheidung sei Sache des Vormundschaftsgerichts –, wolle sie ihm helfen, das eigene Verhalten besser zu verstehen und sich darüber hinaus alltägliche Fertigkeiten anzueignen wie den verantwortungsvollen Umgang mit Geld, die gewissenhafte Verrichtung von Hausarbeiten und die regelmäßige Einnahme der Medikamente, die ihm ein Leben außerhalb der Klinik ermöglichen würden. »Man geht heute davon aus, daß eine länger dauernde Zwangshospitalisierung die Patienten auf nichts anderes vorbereitet als auf immer neue Klinikaufenthalte«, sagte sie. »Ihr Bruder und ich werden uns mit seiner Zukunft beschäftigen und nicht mit seiner Vergangenheit. Wir könnten zum Beispiel über die Unterbringung in einer betreuten Wohngruppe nachdenken. Aber ich mache wieder einmal den zweiten Schritt vor dem ersten. Im Moment ist seine persönliche Geschichte wichtig für mich, damit ich verstehe, wer er ist. Und war.«

»Sie sind nicht ganz auf dem laufenden, oder?« sagte ich.

»Nein? Warum nicht?«

»Das haben seine Ärzte doch schon jahrelang analysiert: seine Sauberkeitserziehung, seine Grundschulakten. Aber dann haben sie es sich anders überlegt – entschieden, daß es allein an der Biochemie liegt, am Gencocktail.«

»Das tut es ja auch, Dominick«, sagte sie. »Ganz ohne Frage. Ich versuche nur, mir eine möglichst genaue Vorstellung zu machen von seiner Vergangenheit und von den gegenwärtigen Realitäten Ihres Bruders. Ich versuche, er zu werden - in seine Haut zu schlüpfen. Sie können mir dabei eine große Hilfe sein. Wenn Sie wollen.«

»Ich weiß nicht recht«, erwiderte ich. »Wie denn?«

»Indem Sie sich weiterhin die Bänder von den Sitzungen mit Ihrem Bruder anhören und mir Ihre Ansichten dazu mitteilen. Und indem Sie mir von Ihren *eigenen* Erinnerungen an die Vergangenheit erzählen. Ich bin besonders an Erlebnissen aus Ihrer frühen Kindheit interessiert und an der Zeit, als die Krankheit ausbrach – an den Monaten, in denen sich die Schizophrenie erstmals zu zeigen begann.«

Neunzehnhundertneunundsechzig, dachte ich: unser Sommerferienjob.

»Denn Sie sind das Spiegelbild Ihres Bruders. Sozusagen sein gesundes Ich. Wissenschaftlich ausgedrückt fungieren Sie gewissermaßen als Kontrollgruppe. Daher kann es hilfreich für mich sein, mehr über Sie beide zu erfahren, bevor ich mich für eine Therapieform entscheide. Wie gesagt: Nur wenn Sie wollen.«

Ich hatte mich schon früher von optimistischen Perspektiven hinreißen lassen. Von der Scheißhoffnung. Ich wußte nicht mehr, was ich bereit war zu tun und was nicht. Ich erklärte ihr, ich wolle darüber nachdenken.

»Welches Einzelkind hat sich nicht schon einmal gewünscht, ein Zwilling zu sein, Mr. Birdsey?« fuhr sie fort. »Oder die Vorstellung gehegt, daß irgendwo auf der Welt ein Double von ihm existiert? Das hängt mit dem Bedürfnis nach menschlicher Nähe zusammen – dem Wunsch, sich selbst vor der Außenwelt zu schützen. Wer wollte also behaupten, daß die Tatsache, daß Sie beide Zwillinge sind, *nicht* den Schlüssel zur Genesung Ihres Bruders in sich birgt?«

Der Schlüssel, dachte ich. *Chiave.*

Eins stand fest: Dr. Patels Interesse war echt. Endlich einmal hatte mein Bruder keinen aus der Trial-and-error-Fraktion der staatlich anerkannten Psychologie zugewiesen bekommen, keinen, der nur hinter dem Geld her war. Endlich einmal hatte er einen Arzt, der seinen Abschluß nicht in Gleichgültigkeit gemacht hatte.

Als ich mich am Ende der Sitzung erhob, fragte sie mich, was ich unterrichtet hatte.

»Ich? ... Geschichte. An der High-School.«

»Ah«, sagte sie. »Eine echte Herausforderung. Und eine wirklich wichtige Arbeit. Es ist gut für Kinder, zu lernen, daß sie die Summe all derer sind, die vor ihnen da waren. Meinen Sie nicht auch?«

»Na ja ...«

»Warum werden Sie denn rot, Mr. Birdsey?«

»Werde ich nicht. Ich bin nur ... Ich bin schon seit sieben Jahren in keinem Klassenraum mehr gewesen. Danke für den Tee. Ich werde über das nachdenken, was Sie gesagt haben. Und rufen Sie mich an, egal was passiert.«

Sie bat mich, einen Moment zu warten, ging zu ihrem Schreibtisch und notierte etwas auf einem Zettel. »Hier ist mein Rezept für Sie, Mr. Birdsey«, sagte sie, als sie ihn mir reichte. »Wenn Sie Bücher mögen, lesen Sie die hier. Sie sind gut für die Seele.«

Ihr *Rezept*: Als ob *ich* der Patient wäre. Als ob sie *mich* behandeln müßte.

Ich nahm den Zettel, warf einen kurzen Blick darauf und stopfte ihn in meine Jeans. »Danke«, sagte ich. »Nur – meine Seele ist hier nicht das Problem, Doc. Das Problem ist das Gehirn meines Bruders.«

Sie nickte. »Und werden Sie aus diesem Grund tun, worum ich Sie bitte? Wollen Sie alle Kindheitserinnerungen für mich ausgraben, die Ihnen wichtig erscheinen? Und werden Sie versuchen, sich an die frühesten schizophrenen Schübe Ihres Bruders zu erinnern? Seine ursprüngliche Methode zu dekompensieren.«

»Ja«, sagte ich. »Okay.« Ich blieb an der Tür stehen und drehte mich um. »Ich, äh ... Sie hatten ... Sie hatten mich gefragt, ob ich Kinder habe.«

»Ja.«

»Wir ... meine Frau und ich – na ja, meine *Ex*frau ...«

»Ja?«

»Wir hatten ein kleines Mädchen.« Sie wartete, noch immer mit einem Lächeln in den Augen. »Sie ... sie ist gestorben. Plötzlicher Kindstod. Sie war drei Wochen alt.«

»Oh«, sagte sie. »Ich fühle mit Ihnen ... und bin Ihnen dankbar.«

»Dankbar? Wofür?«

»Daß Sie mir das gesagt haben. Ich weiß, Sie behalten solche Dinge lieber für sich, Mr. Birdsey. Vielen Dank für Ihr Vertrauen.«

Am nächsten Morgen, es war Samstag, kam Joy mit beiden Armen voller Schmutzwäsche zu mir. »Brauchst du das noch?« fragte sie und wedelte mit Dr. Patels ›Rezept‹: der Bücherliste, die ich schon wieder vergessen hatte. Joy hatte sie aus einer meiner Jeanstaschen gefischt. In großen, sich nach links neigenden Buchstaben stand dort: *Kinder brauchen Märchen, Der Heros in tausend Gestalten, Abenteuer und Fahrten der Seele*.

»Weg damit«, sagte ich, und Joy machte sich auf den Weg zur Waschküche. »Halt, warte eine Sekunde. Gib doch her.«

16

1969

Ma war glücklich, uns nach unserem ersten Jahr am College wieder zu Hause zu haben, auch wenn es ihr nicht gefiel, wie dünn Thomas geworden war. Sie tat ihr Bestes, damit er wieder etwas Speck auf die Rippen bekam. Sie schob Lasagne in den Ofen, backte Pasteten und stand jeden Morgen früh auf, um uns Eier und Speck zu braten und unsere Lunchpakete für die Arbeit fertigzumachen. In Thomas' Brotdose packte sie besonders viele Brote, und sie legte kleine Zettel dazu, auf denen stand, wie stolz sie auf ihn war – er sei der beste Sohn, den eine Mutter sich wünschen könne.

In diesem Sommer war es schwer, Arbeit zu finden, aber mein Bruder und ich bekamen einen Ferienjob bei der Stadtverwaltung von Three Rivers (Ray kannte den Leiter, Lou Clukey, vom Veteranenverband), eine harte, schlecht bezahlte Plackerei mit so netten Beigaben wie Giftsumach und Hitzepickeln. Aber im Grunde gefiel mir die Arbeit. Sie brachte uns beiden regelmäßig Geld ein und sorgte dafür, daß wir tagsüber aus dem Haus kamen, wenn Ray da war. Nachdem ich ein Jahr lang mit meinem Bruder und den Büchern in einem Wohnheimzimmer eingesperrt gewesen war, tat es gut, mal wieder die Sonne zu spüren, frische Luft zu atmen und zu arbeiten, bis der Schweiß in Strömen lief. Ich mochte es, daß ich eine Sense oder eine Schaufel in die Hand nehmen und eine Aufgabe angehen konnte und direkt hinterher wußte, was ich erreicht hatte, ohne auf die schriftliche Bestätigung irgendeines allwissenden Professors warten zu müssen.

Am meisten Spaß machte mir das Rasenmähen und Unkrautjäten auf den Friedhöfen der Stadt – dem uralten Friedhof in Rivertown mit seinen verrückten Grabinschriften, dem Indianerfriedhof bei den Wasserfällen und den größeren Friedhöfen an der Boswell Avenue und der Slater Street. Gleich als wir das erste Mal an der Boswell Avenue arbeiteten, entdeckte ich das Grab meines Großvaters: ein sechs Fuß hohes Granitmonument, das von zwei gramgebeugten Steinengeln überragt wurde. *Domenico Onofrio Tempesta (1880–1949) »Die größte Trauer ist stumm.«* Seine Frau *Ignazia (1897–1925)* ruhte auf der anderen Seite des Friedhofs unter einem kleineren und bescheideneren Stein. Es war Thomas, der irgendwann das Grab von Mas Mutter fand. »Oh, ich weiß nicht ... Es gibt eigentlich keinen Grund dafür«, sagte Ma, als ich sie fragte, warum die beiden nicht zusammen beerdigt worden waren.

Zuerst war ich etwas nervös wegen Thomas. Einerseits ärgerte mich noch immer die doofe Geschichte mit der beschädigten Schreibmaschine. Und dann war körperliche Arbeit nicht unbedingt sein Ding. Also hielt ich vorsichtshalber die Klappe – und die Augen offen –, aber nach einer Woche begann ich mich zu entspannen. Ließ in meiner Wachsamkeit nach.

Manchmal verlor er bei der Arbeit den Faden oder träumte vor sich hin, aber das war nichts Ungewöhnliches. Er hatte sich ganz gut im Griff. Anfang Juli hatte er schon richtig Farbe bekommen und ein paar Pfund zugelegt. Also hatte ihn das College schließlich *doch nicht* völlig aus der Fassung gebracht. Es war einfach nur Erschöpfung gewesen. Es ging ihm gut. Und im September konnte er anfangen, sich wieder aus dem akademischen Loch herauszubuddeln, das er sich mit all den geschwänzten Stunden selbst gegraben hatte, der blöde Arsch. Der Volltrottel.

Thomas aß keines der Extrabrote, die Ma für ihn einpackte: *Ich* nahm sie mir. Manchmal, wenn er sie mir nicht gleich gab, holte ich sie mir aus seiner Dose und fand die Zettel, die Ma ihm geschrieben hatte. Sie wußte, warum sie *mir* keine Briefchen mehr schrieb: Sie hatte es einmal in der High-School versucht, und meine Kumpel hatten die Notiz an sich gerissen und herumgereicht. Als ich nach Hause kam, brüllte ich vor Wut die halbe Nachbarschaft zusammen. Aber dieser »Friede, Freude, Eierkuchen«-Kram störte Thomas nie so sehr wie mich. Er stand auf diesen Mist.

Eines mußte ich Thomas lassen: Er ließ unsere Schreibmaschine reparieren, ohne daß ich ihm deswegen auf die Füße treten mußte – und ohne daß Ma oder Ray Wind von der Sache bekommen hätten. Er ergriff die Initiative, bezahlte die Reparatur mit seinem ersten Lohn von der Stadt, und die Maschine war innerhalb einer Woche wieder zurück. Das einzige Problem bestand darin, daß er den Koffer nicht nachkaufen konnte. Als Ma bemerkte, daß er fehlte, fragte sie *mich* deswegen, nicht Thomas. Ich erzählte ihr, in der Uni hätte jemand den Koffer geklaut. Sie sah mich besorgt an, sagte aber kein Wort.

»Kein Problem, Ma«, versicherte ich ihr. »Immer noch besser, sie haben den Koffer genommen als die Schreibmaschine. Stimmt's?«

Ma konnte nicht glauben, daß Collegeschüler einander bestehlen.

Ich antwortete, es würde sie überraschen, was Collegejungs sonst noch so alles taten.

»Hat es etwa was mit Drogen zu tun, Dominick?« fragte sie. »Hat er deshalb soviel Gewicht verloren?«

Ich beugte mich zu ihr runter und gab ihr einen dicken Kuß. Sagte ihr, sie mache sich unnötig Sorgen. Vertrieb die Angst aus ihrem Blick. »Es geht ihm *gut*, Ma«, wiederholte ich. »*Wirklich*. Es sind nur seine Nerven.«

An jedem Arbeitstag meldeten Thomas und ich uns um sieben Uhr dreißig am städtischen Depot, wo Lou Clukey die Arbeitsgruppen für Three Rivers einteilte. Thomas und ich waren einem großen, stämmigen Vorarbeiter namens Dell Weeks zugeteilt. Dell war ein seltsamer Typ. Er hatte einen kahlrasierten Schädel, einen silbernen Schneidezahn und das dreckigste Schandmaul, das man sich vorstellen kann. Dell konnte Lou, der ein ehemaliger Marineoffizier und ein anständiger Kerl war, nicht ausstehen, und dieses Gefühl beruhte offensichtlich auf Gegenseitigkeit. Es war also keine große Überraschung, daß unser Trupp in der Regel die schmutzigste Arbeit zugewiesen bekam. Den ganzen Vormittag über schaufelten wir Sand, stutzten Sumpfgras, pumpten Sickergruben leer und desinfizierten Campingplatztoiletten. Das Rasenmähen hoben wir uns für den Nachmittag auf.

Ohne Dell Weeks waren wir vier in unserer Gruppe: Thomas, ich, Leo Blood und Ralph Drinkwater. Für Leo war es wie für Thomas und mich nur ein Ferienjob. Er war schon ein Jahr weiter an der Universität von Connecticut. Aber Ralph Drinkwater war richtig angestellt. Wenn ihn das Einberufungsbüro oder Electric Boat nicht vorher erwischten, lief er Gefahr, genau wie Dell ein »Lebenslänglicher« im öffentlichen Dienst von Three Rivers zu werden.

Drinkwater war kaum gewachsen seit dem Jahr in der High-School, als er aus Mr. LoPrestos Unterricht flog, weil er laut über die Vorstellung gelacht hatte, der rote Mann sei aufgrund der natürlichen Überlegenheit des weißen Mannes ausgestorben. Er war immer noch nur knapp einen Meter sechzig groß, aber zäher und großspuriger als damals. Ein Bantamgewicht. Er hatte feste, sehnige Muskeln und stolzierte daher wie ein Pfau; selbst beim Rasenmähen schaffte er es, arrogant zu wirken. Den ganzen Sommer über trug Drinkwater bei der Arbeit stets dieselben Sachen. Dabei stank er noch nicht einmal, wie Dell manchmal. Er hatte nur nie was anderes an als die immer gleiche schwarze Jeans und sein blaues ärmelloses Hemd. Leo und ich hatten eine Zwanzig-Dollar-Wette laufen, wann Drinkwater schließlich aufgeben und seine Klamotten wechseln würde. Ich hatte auf die ungeraden Kalendertage gesetzt, Leo auf die geraden, und wir warteten beide den ganzen Sommer lang darauf, unseren Gewinn einstreichen zu können.

Auch wenn ich das zu dieser Zeit nie zugegeben hätte, war Drinkwater der beste Arbeiter von uns vieren: Er war konzentriert und hielt unerschütterlich sein Tempo, egal, wie heiß es war. Den ganzen Tag über blieb sein Transistorradio an, das er an seinem Gürtel befestigt hatte, und er hörte die Hitparade oder die Baseballübertragung, wenn die Red Sox ein Nachmittagsspiel hatten. Er ließ das Radio so gnadenlos laufen, daß ich noch heute die Hälfte der Werbespots auswendig kann: *Tu, was dir gefällt*

– du bist die Pepsi-Generation … Du hast einen Freund bei der Sparkasse von Three Rivers … Komm zu Constantine Motors – du findest uns auf dem Hügel, aber unsere Preise sind auf dem Teppich geblieben. Den ganzen Tag über bewegte Drinkwater sich in einer Wolke von Musik und Gerede stetig vorwärts.

Am Anfang war er ziemlich ungesellig. Dabei schien er Thomas und mich dauernd zu beobachten. Etwa fünfzigmal am Tag schaute ich hoch und bemerkte, wie Ralph einen von uns ansah. Das war nichts Neues für uns; die Leute hatten Thomas und mich schon immer angestarrt. *Oh, schau mal, Muriel! Zwillinge!* Aber Ralph war auch ein Zwilling gewesen. Was glotzte er also?

Wenn wir zur Arbeit fuhren, sprangen Thomas, Leo und ich meistens auf die Ladefläche des Kleinlasters, und Ralph saß vorn bei Dell. Er unterhielt sich manchmal mit Dell, sagte aber kaum ein Wort zu uns, selbst wenn wir ihn direkt ansprachen.

Ralphs älterer Cousin Lonnie war Anfang des Jahres in Vietnam getötet und auf dem Indianerfriedhof bestattet worden. Mähten wir dort das Gras, machte Ralph einen Bogen um Lonnies Grabstein. Normalerweise übernahm ich die Stelle; wir hatten den Friedhof in Parzellen aufgeteilt, und dies war immer mein Abschnitt. Ich stutzte das Gras, jätete Unkraut und fing an, über Lonnie nachzudenken – wie er damals Ärger bekam, weil er andere Kinder auf dem Spielplatz anspuckte, und an das eine Mal im Kino, wo er mich in der Toilette im Keller am Handgelenk gepackt und zu seiner und Ralphs Unterhaltung gedemütigt hatte. *Warum schlägst du dich selbst, Kleiner? Hä? Warum schlägst du dich selbst? …*

Er hatte eine imposante Größe – Lonnies Grabstein. Er war aus Granit, auf einer Seite grob behauen, auf der anderen poliert. Der Veteranenverband hatte ihn aufgestellt – zu Ehren eines der ersten Jungs aus Three Rivers, die in Vietnam gefallen waren. Was für eine Ehre: das eigene Leben für unseren nationalen Irrtum zu opfern. Für nichts und wieder nichts. Als Thomas und ich noch klein waren, waren andere Kinder die größten Verbrecher der Welt. *Böse* Kinder. Störenfriede wie Lonnie Peck. Heute galt Nixon als der Feind. Nixon und diese anderen rückgratlosen alten Säcke, die den Krieg in Vietnam immer weiter eskalieren ließen – und immer mehr Jungs in den Dschungel schickten, um deren Gehirn wegpusten zu lassen.

Auch das Grab von Ralphs Schwester befand sich auf diesem Friedhof. Penny Ann. Sie lag in der Nähe von Lonnie, nicht direkt neben ihm, sondern vielleicht acht oder zehn Meter entfernt. Ihr Grabstein war unscheinbarer, eine kleine Sandsteinplatte mit ihren Initialen: *P.A.D.* Ich hatte ihn die ersten paar Mal gar nicht bemerkt. Dann plötzlich – *Peng!* – ging mir auf, wessen Stein das war. Ich versuchte, mit Ralph über die Gräber zu sprechen. Zumindest über Lonnies. Es ist leichter, etwas zum Tod eines Soldaten zu sagen als über die Vergewaltigung und Ermordung eines kleinen Mädchens. Aber ich sprach mit ihm schließlich weder über das eine noch über das andere; Ralph bot mir keine Gelegenheit, öffnete seinen Panzer nicht für eine Sekunde.

In der ersten Woche hatten wir beide – Ralph und ich – Werkzeug auf der Ladefläche des Lasters verstaut. Dabei hatte ich ihn daran erinnert, daß wir beide zusammen auf der Grundschule gewesen waren und später in Arschloch LoPrestos Geschichtsklasse. Drinkwater sah mich nur ausdruckslos an. »Erinnerst du dich?« fragte ich schließlich. Er stand einfach da und starrte mich an, als wäre ich vom Mars.

»Ja, ich erinnere mich«, sagte er. »Und?«

»Nichts«, stotterte ich. »Entschuldige, daß ich es erwähnt habe. Entschuldige, daß ich geboren wurde.«

War es am Vormittag kühl und unsere Aufgabe nicht zu anstrengend – oder war Lou Clukey in der Nähe –, wurde Dell zu einem *arbeitenden* Vorarbeiter und mühte sich mit uns zusammen ab. Sonst saß er in dem Lastwagen, an den Rahmen der offenen Fahrertür gelehnt, rauchte seine Old Golds und entdeckte Fehler. Manchmal erhob er dann seinen Hintern und ging zu meinem Bruder, nahm ihm den Besen oder die Säge aus der Hand und demonstrierte ihm, wie man es *richtig* machte. Oder er befahl Drinkwater mit der Arbeit aufzuhören und Thomas zu zeigen, wie er vorzugehen hatte. Es war eine Demütigung sowohl für Thomas als auch für Ralph – so schlimm, daß man kaum hinsehen konnte. Aber Dell mochte die immer gleiche Reaktion von Thomas, den verwirrten Ausdruck auf seinem Gesicht, und den verächtlichen Blick, den Ralph ihm zuwarf. Es machte ihm *Spaß*, andere derart vorzuführen, besonders Thomas. Dells Lieblingsgag war zu sagen, daß er Thomas und mich nur dann auseinanderhalten könne, wenn wir eine Schaufel in der Hand hätten. Dann wisse er sofort, wer wer sei – kein Problem. Er nannte uns die Schwanzbrüder: Schwanz und Schwanzlos.

Dell bevorzugte Leo und mich. Er schickte immer nur uns zum Central Soda Shop, um Kaffee zu holen, ließ uns die Wasserflaschen am Stadtbrunnen auffüllen oder Zigaretten für ihn besorgen. Und schließlich begann Dell, Leo und mir seine doofen Witze zu erzählen.

»Kommt 'n Nigger mit 'nem Bullen am Seil die Straße runter, und der Bulle hat 'n riesigen Ständer. Kommt 'ne Frau auf ihn zu und fragt: ›He, was kostet mich das, wenn ich mir die vierzig Zentimeter in die Möse schieben will?‹ Sagt der Nigger: ›Tja, ich fick dich gratis, Lady, aber ich muß einen finden, der solange auf meinen Bullen aufpaßt.‹«

Auf Dells Witze reagierte ich meistens mit einem aufgesetzten Lächeln oder einem nervösen Lachen. Manchmal schaute ich auch zu Drinkwater hinüber. Vielleicht war Ralph wirklich ein Vollblut-Wequonnoc, wie er an jenem Tag in Mr. LoPrestos Unterricht behauptet hatte, aber dafür war seine Haut ziemlich dunkel. Ich hatte noch nie einen Indianer mit krausen Haaren gesehen. Den ganzen Sommer über tönte aus Ralphs Radio der Song aus *Hair* vom »Dawning of the Age of Aquarius«, von Harmonie und Verständnis und daß alle einander lieben sollten, aber an Dells Witzen scheiterte die Botschaft kläglich.

Drinkwaters Gesicht blieb immer völlig unbewegt, wenn Dell zur Pointe seiner rassistischen Witze kam. Er lächelte nie, aber er machte ihn deswegen auch nicht an – forderte ihn niemals heraus, wie er es mit Mr. LoPresto im Unterricht gemacht hatte. Ich haßte diese Witze, haßte sie *wirklich*, aber ich war zu feige, was zu sagen. Nicht, daß ich das etwa vor mir selbst zugegeben hätte. Mit dreißig im ersten Collegejahr gesammelten Punkten in der Tasche konnte ich mein Schweigen ganz gut intellektuell begründen: Eines Tages würde meine Generation ans Ruder kommen, und die Bigotten dieser Welt würden aussterben. Und überhaupt, wenn schon Drinkwater nichts sagte – er war schließlich wenigstens zum Teil ein Schwarzer –, warum sollte ich es tun? Also verkaufte ich meine Seele, um weiterhin diese unglaublich wichtigen Missionen zum Brunnen und zum Central Soda Shop erledigen zu dürfen. Ich lächelte, hielt den Mund und blieb der »bevorzugte Arbeiter«. Wie Leo.

In diesem Sommer frischten Leo und ich unsere Freundschaft wieder auf, die vor einigen Jahren in einem Mathe-Nachhilfekurs entstanden war. Die wenigen Male, die ich mir überhaupt die Mühe gemacht hatte zu analysieren, warum ausgerechnet wir miteinander befreundet waren – lange bevor wir durch die Heirat mit den Constantine-Schwestern zu Schwagern wurden –, fiel mir als einziger Grund ein, wie gegensätzlich wir waren. Immer schon gewesen sind. Bei den Tanzveranstaltungen an der High-School war ich immer der klassische Unscheinbare – der Typ, der den ganzen Abend dasteht und der Band zusieht, weil er zu feige ist, ein Mädchen zum Tanzen aufzufordern. Nicht so Leo – Leo war ein Selbstdarsteller. Damals hatte er einen Spitznamen, Cool Jerk. Früher oder später verlangte immer jemand den Song »Cool Jerk«, und Leo sprang in die Mitte der Tanzfläche und legte ein spastisches Solo aufs Parkett. Die anderen standen in vier oder fünf Reihen um ihn herum, klatschten und johlten und lachten sich kaputt über ihn, während Leos Speckrollen in alle Richtungen wabbelten und ihm der Schweiß übers Gesicht lief.

Auf eine verrückte Art bewunderte ich seinen Mut. Einmal, mitten in einer Schulveranstaltung – einem dieser todlangweiligen Diavorträge über Menschen aus anderen Ländern –, meldete Leo sich als Freiwilliger, kletterte auf die Bühne, wickelte sich einen Bastrock um und ließ sich von einem der hawaiianischen Besucher das Hulatanzen beibringen. Sofort begannen alle im Rhythmus der Ukulelemusik »Cool Jerk! Cool Jerk« zu rufen, bis Leos Hüftschwünge etwas ganz anderem als dem Hula-Hula ähnelten, die Menge ausflippte und selbst den Hawaiianern das Lächeln verging. Der stellvertretende Direktor, den wir »Schlagader« nannten, ging auf die Bühne, stoppte die Show und schickte uns Zuschauer zurück in den Unterricht. Doch statt nun friedlich den Bastrock abzulegen und sich in Würde zurückzuziehen, hielt Leo eine Ansprache über die JFK High-School. Dort herrsche eine Diktatur wie auf Kuba, und wir alle sollten in den Streik treten. Zur Strafe wurde er zwei Wochen vom Unterricht und allen außerschulischen Aktivitäten ausgeschlossen.

»Wie kannst du nur mit dem größten Armleuchter der ganzen Schule herumhängen?« nervte Thomas mich den ganzen Sommer über, in dem Leo und ich zusammen die Mathe-Nachhilfe besuchten. Leo war ein Arschloch, das war mir klar. Aber er war auch alles, was mein Bruder und ich nicht waren: hemmungslos, verteufelt sorglos und zum Schreien komisch. Leos kolossale Unverfrorenheit verschaffte uns beiden Zugang zu allen möglichen verbotenen Vergnügungen, gegen die mein Tugendbold von Bruder protestiert und für die mein Stiefvater mir eine Tracht Prügel verpaßt hätte: zum Porno-Autokino an der Route 165, zur Pferderennbahn in Narragansett, zu einem Schnapsladen in der Pachaug Pond Road, dessen Inhaber im Zweifel für den Minderjährigen entschied. Mit fünfzehn war ich das erste Mal stinkbesoffen; wir saßen im Biscayne von Leos Mutter, draußen bei den Wasserfällen, rauchten Muriels mit Filter und leerten eine Flasche Bali Hai.

Vier Jahre später – während unseres Sommerferienjobs – war Thomas genau wie zuvor gegen unsere Freundschaft. »Das hat mir gefehlt: eine weitere Dosis Leo Blood«, stöhnte er, wenn ich ihm erzählte, daß Leo nach dem Abendessen vorbeikomme, um mich abzuholen oder einfach mit mir herumzuhängen. Ma mochte Leo, weil er ein guter Esser war. Aber Ray sagte, er habe bei der Marine gelernt, daß man den Leos dieser Welt nicht weiter trauen dürfe, als man sie werfen könne. »Paß auf deine hintere Flanke auf, wenn du mit dem zusammen bist«, sagte Ray. »Der ist zu sehr von sich überzeugt. Typen wie der verkaufen dich, ohne mit der Wimper zu zucken.«

Weil mein Stiefvater Nachtschicht hatte, war er den ganzen Tag zu Hause und las als erster die Post. Damals hatte ich zwei Zeitschriften abonniert, *Newsweek* und die *Sporting News*. Es ärgerte mich maßlos, daß Ray sie vor mir in die Finger bekam – er knickte die Seiten um, verknitterte die Umschläge und ließ die Hefte überall herumliegen, so daß ich ständig nach ihnen suchen mußte. Bei uns war die Post grundsätzlich erst mal Rays Eigentum, egal, wessen Name draufstand – und wenn ich mich deswegen beschwerte, war *ich* derjenige, der das Kapitalverbrechen beging.

Eines Tages im Juli, als Thomas und ich von der Arbeit nach Hause kamen, wartete Ray schon auf uns. Er saß am Küchentisch und trank eine Flasche Moxie. »Schau an, schau an«, sagte er. »Wenn das nicht unsere beiden Genies sind. Setzt euch, Jungs. Ich hab ein Hühnchen mit euch zu rupfen.«

Ma stand kreidebleich daneben und spielte nervös mit einem Geschirrtuch herum. Sie hatte an diesem Tag Gurken süß eingelegt, was Thomas und ich besonders gern mochten. Eine Reihe Einmachgläser stand auf der Anrichte. In der Küche roch es gleichzeitig süßlich und nach Essig.

Wir setzten uns. Ray wandte sich an Thomas. »Vielleicht erklärst du mir mal das hier!« sagte er.

Mit einer Hand zerknüllte er Thomas' mieses Zeugnis von der UConn – all die Vieren, Fünfen und Sechsen, über die mein Bruder nie ein Wort verloren hatte. Ray hielt es ihm unter die Nase wie ein Beweisstück. »Was soll das sein, Einstein? Hast du dir 'ne schöne Zeit gemacht? Erst ziehst du mir mein schwer verdientes Geld aus der Tasche, und dann tust du nicht mal so, als würdest du studieren.«

»Bitte, Ray«, sagte Ma. »Du wolltest ihm eine Chance geben, es zu erklären.«

»Stimmt, Suzie Q. Und das ist *genau* das, was ich hören will. Eine Erklärung. Verdammt, er sollte sich besser was Gutes einfallen lassen.«

Thomas saß da, die Hände im Schoß, den Blick gesenkt, und war den Tränen nahe. Wie ich schon sagte, Thomas wußte sich noch nie zu wehren. Also hackte Ray weiter auf ihm herum.

Vielleicht sei er ja blöd, er sei schließlich nie auf dem College gewesen, wetterte Ray. Aber er könne sich beim besten Willen nicht vorstellen, warum er weiterhin sein schwer verdientes Geld aus dem Fenster werfen solle, nur damit dieser Clown, der ihm da gegenübersitze, sich ein schönes Leben machen könne. Wofür zahle er eigentlich das ganze Geld? Ob vielleicht einer von uns neunmalklugen Collegejungs oder unsere liebe Mutter ihm das mal verraten könne!

Thomas zitterte am ganzen Körper. Er wolle gern erklären, was passiert sei, sagte er, aber dürfe er vorher bitte einen Schluck Wasser haben?

Nein, er bekomme jetzt *keinen* Schluck Wasser, bestimmte Ray. Erst solle er ihnen erklären, was zum Teufel er das ganze Jahr über gemacht hatte, anstatt zu studieren. Ray nahm einen Schluck von seinem Moxie und knallte die Flasche dann so fest auf den Tisch, daß ich zusammenzuckte. Meine dreißig Leistungspunkte vom College lösten sich schlagartig in Luft auf.

Thomas räusperte sich. »Also …«, begann er. Seine Stimme war von einer Sekunde zur anderen mal laut, mal fast unhörbar. Auf umständliche Art berichtete er von seinen Schwierigkeiten, sich am College zurechtzufinden. Von seinen Schlafproblemen. »Ich war immer so müde. Und so *nervös*. Ich konnte mich einfach nicht konzentrieren … Ich habe es immer und immer wieder versucht, aber es war dauernd so laut.«

»Es war laut?« fragte Ray. »Ist *das* deine Entschuldigung? Daß es laut war?«

»Nicht nur das. Ich fühlte mich … Es lag an vielen Dingen. Ich glaube …, ich hatte Heimweh.«

Ma machte einen Schritt auf ihn zu, blieb dann aber stehen. Riß sich zusammen.

»Oje, oje«, spottete Ray. »Mamas armes kleines Häschen hatte Heimweh.« Sobald Thomas den Mund aufmachte, lieferte er unserem Stiefvater neue Munition.

»Es tut mir wirklich leid, Ray. Ich weiß, ich habe dich enttäuscht. Dich auch, Ma. Alles, was ich sagen kann, ist, daß es nicht wieder vorkommen wird.«

Ray lehnte sich vor, bis ihre Nasen fast zusammenstießen. »Da hast du verdammt recht. Das wird auch nicht wieder vorkommen können, Bürschchen. Nicht mit *meinem* Geld.« Er drehte sich zu Ma um und stieß mit dem Finger in ihre Richtung. »Und auch nicht mit deinem, Suzie Q – nur für den Fall, daß du wieder auf die dämliche Idee kommen solltest, einen Job anzunehmen. Vielleicht merkst *du* nicht, wenn du verarscht wirst, aber *ich* merke das, verdammt noch mal, sehr schnell. Dieser Bursche hier wird im September zu Hause bleiben und für seinen Lebensunterhalt *arbeiten*!«

Thomas sagte eine ganze Weile nichts. Dann erklärte er Ray,

er werde sicher alles unter Kontrolle bekommen, wenn er noch eine Chance erhalte.

»Ach. Wirst du das – und *wie*?«

Thomas sah zu mir herüber. »Dominick setzt sich zum Lernen in die Bibliothek«, meinte er. »Vielleicht sollte ich das auch versuchen. Vielleicht sollte ich mit Dominick in die Bibliothek gehen. Und wenn einige der Dozenten mich ein bißchen unterstützen ...«

An Thomas' gepreßter Stimme und daran, daß ihm die Worte fast im Hals steckenblieben, erkannte ich, daß er kurz davor stand, in hemmungsloses Schluchzen auszubrechen – in sein schniefendes, krächzendes Jaulen, das Ray ihm schon seit unserer Kindheit entlocken konnte. Ich wollte meinen Bruder davor bewahren. Ich gönnte Ray diese Genugtuung nicht. Also hielt ich meinen Kopf hin.

»Mein DS ist drei Komma zwei, Ray«, warf ich ein. »Warum erzählst du mir nicht, was damit nicht stimmt?«

Er blickte zu mir. Schluckte den Köder. »Nun, warum sagst du mir nicht, was für einen verdammten DS du meinst, Mr. Klugscheißer?« fragte Ray. »Schließlich bin ich nicht über mein drittes Jahr an der High-School hinausgekommen. Ich habe bloß in zwei Kriegen gekämpft, das ist alles. Ich bin keine wandelnde Enzyklopädie wie du und unser Klugscheißerchen da drüben. Ich bin ja nur der schuftende Blödmann, der das Essen auf den Tisch bringt.«

Ich hielt seinem Blick stand. »Das ist der Durchschnitt, der Notendurchschnitt«, sagte ich. »Vier Punkte für eine Eins, drei für eine Zwei, zwei für eine Drei. Ich habe es auf die Auszeichnungsliste des Dekans geschafft, Ray.«

»*Ich habe es auf die Auszeichnungsliste des Dekans geschafft, Ray*«, äffte er mich nach. »Und was bist du damit? König Farouk? Soll das heißen, meine Scheiße stinkt und deine nicht?«

»Nein, das heißt nur, daß ich es auf die Auszeichnungsliste des Dekans geschafft habe.«

»Das ist ja großartig, mein Schatz«, lobte Ma mich mit schwacher Stimme. »Herzlichen Glückwunsch.«

Ray befahl ihr, still zu sein, und sich da rauszuhalten. Er legte Thomas' Zeugnis weg und nahm meins in die Hand, um meine Leistungen eine nach der anderen runterzumachen. Eine Zwei plus in Psychologie? Na großartig! Was ihn betraf, war das ganze Fach ein Riesenschwachsinn. Eine Eins minus in Wahrscheinlichkeitsrechnung? Er wußte nicht einmal, was das war, Herrgott noch mal. Besonders abfällig lachte er über die Eins plus, die ich in Kunstbetrachtung bekommen hatte. »Andere Jungen in eurem Alter sind drüben in Vietnam und *sterben* für ihr Land, und ihr sitzt in irgendeinem hübschen Klassenzimmer und guckt euch Bilder an. Und dafür zahle ich? So was gottverdammt Armseliges habe ich noch nie gehört.«

»Was willst du eigentlich, Ray?« fragte ich. »Willst du, daß wir zwei uns vom Vietcong das Hirn wegpusten lassen? Würde dich das glücklich machen?«

»Sag doch so etwas nicht«, warf Ma ein.

Ray beugte sich vor und packte mich vorn am T-Shirt. Riß mich hoch. »Wag es nur nicht, so mit mir zu reden, Bürschchen. Verstanden? Es interessiert mich nicht, wie viele Einsen du auf deinem lausigen ...«

»Laß mich los, Ray«, sagte ich.

»Hast du mich verstanden? Ja?«

»Ich sagte, du sollst, verdammt noch mal, mein T-Shirt loslassen.«

»Das reicht, ihr beiden«, mischte sich Ma ein. »Kommt schon. Es gibt doch gar keinen Grund dafür. Beruhigt euch.«

»Beruhigt euch?« wiederholte Ray. Er ließ los und stieß mich zurück, so daß ich das Gleichgewicht verlor und gegen einen der Küchenstühle stolperte. »Du willst, daß ich mich beruhige, Connie? Okay, ich beruhige mich. Soll ich dir zeigen, wie ruhig ich werden kann?«

Ray packte Ma am Arm und zerrte sie hinüber zur Anrichte. Er nahm eines der Einmachgläser und schleuderte es wie eine Handgranate gegen die Kühlschranktür. Und ein weiteres. Es zersplitterte genau vor Thomas auf dem Boden. Ein drittes krachte gegen ein Tischbein. Als Ray endlich fertig war, war der Boden übersät mit Glassplittern und Gurken, die in den Essigpfützen schwammen – den Trümmern des Tagswerks meiner Mutter.

Ich wollte diesen Bastard umbringen. Stellte mir vor, wie ich eine der scharfkantigen Glasscherben aufhob und auf ihn losging.

Sie ihm ins Herz stieß. Aber ich stand einfach nur da, völlig verängstigt.

»Na, wie gefällt dir die Ruhe, meine Süße?« fragte Ray außer Atem. Er war hochrot im Gesicht. »Wie gefällt dir das? Na?«

Ma wollte Besen und Wischmop holen, aber Ray befahl ihr, dazubleiben und wenigstens einmal im Leben ihr Maul zu halten. Er hätte uns dreien etwas zu sagen, und wir sollten gefälligst die Schnauze halten und zuhören.

Thomas und ich seien *beide* Hosenscheißer, erklärte er, und was ihn angehe, so sei das eindeutig Mas Schuld. Wir benähmen uns wie Suzie und Betty Pinkus, seien zwei kleine Collegemuttersöhnchen, die sich an Mas Rockzipfel klammerten, anstatt zu tun, was richtig gewesen wäre. Wir scherten uns einen *gottverdammten* Dreck um unser Land – dächten doch immer nur an uns selbst. Ob wir etwa glaubten, er hätte mitmachen und gegen die Krauts kämpfen *wollen*? Ob wir im Ernst glaubten, er hätte ein paar Jahre später sein Leben noch einmal in Korea aufs Spiel setzen *wollen*? Männer taten, was sie tun mußten, nicht, was sie tun wollten. Unsere Mutter hätte uns komplett verzogen – hätte uns behandelt wie zwei Kronprinzen. Wir würden doch nur nehmen, nehmen, nehmen. Das sei schon unser ganzes beschissenes Leben lang so gewesen, er habe es jetzt endgültig satt. Wir brauchten, verdammt noch mal, ja nicht annehmen, daß *er* noch weiter blechen würde. Damit sei Schluß.

Es war sinnlos, sich zu verteidigen, wenn Ray sich in einen seiner Wutanfälle hineinsteigerte, denn am Ende war es immer Ma, die zahlen mußte. Am besten zeigte man keinerlei Regung. Zog sich zurück. Hielt seine Verluste gering.

Das war etwas, das ich von Anfang an begriffen hatte und was Thomas nie begreifen würde. An jenem Nachmittag saß mein Bruder die ganze Zeit schluchzend da und entschuldigte sich dauernd, als ob genügend Tränen und Entschuldigungsversuche Ray dazu hätten bringen können, uns zu lieben – uns zumindest nicht mehr zu hassen. Ray tobte weiter, griff ihn wieder und wieder an – ein verbaler Hieb nach dem anderen. Mir wurde allein vom Zusehen schlecht.

Ich stürmte zur Hintertür, pflügte durch den Gurkenmatsch, das Glas unter meinen Arbeitsschuhen knirschte entsetzlich.

»Komm sofort zurück! Wer hat dir erlaubt ...?«

Ich knallte die Tür hinter mir zu.

Als ich am Ende der Hollyhock Avenue ankam, war ich längst in einen Laufschritt gefallen, trabte schwerfällig den Hügel zur Summit Road hoch und rannte dann in den Wald. Stolperte an einer Familie vorbei, die gerade beim Picknick saß, und an einem Teenagerpärchen, das sich am Ufer von Rosemark's Pond gegenseitig die Zungen in den Hals steckte. Stürzte kopfüber ins Wasser, mit Schuhen und Arbeitsklamotten und allem.

Atmete tief ein und aus, ein und aus.

Versank.

Ich muß so um Mitternacht nach Hause gekommen sein, schätze ich – lange, nachdem Ray zur Arbeit und Thomas ins Bett gegangen war. Auf dem Küchenboden war keine Spur von den Gurken oder dem Glas mehr zu sehen. Die Abendbrotteller standen gespült auf dem Abtropfgitter; mein Essen fand ich, in Folie gewickelt, im Kühlschrank. Ich saß am Tisch und aß, als ich meine Mutter auf der Treppe hörte.

Sie roch nach dem fliederfarbenen Körperpuder, den ich ihr jedes Jahr zu Weihnachten schenkte – es war das einzige, was sie sich je gewünscht hatte. Sie trug einen geblümten Bademantel, den ich noch nie an ihr gesehen hatte. Ihre Zehennägel waren rosafarben lackiert.

»Ich verstehe nicht, daß ihr Jungs kalte Spaghetti essen könnt«, sagte sie. »Laß mich die doch kurz für dich aufwärmen.«

»Die sind prima so«, erwiderte ich.

Sie setzte sich mir gegenüber an den Tisch. »Liebling?« sagte sie. »Ist alles in Ordnung?«

»Ja.«

»Du wirkst aber nicht so. Du siehst aus wie das Wrack der *Hesperus*.«

»Ich hasse ihn, Ma«, sagte ich.

Sie schüttelte den Kopf. »Nein, das tust du nicht, Dominick.«

»Doch. Ich *hasse* ihn.«

Sie stand auf, drehte mir den Rücken zu und begann, das Geschirr wegzuräumen. »Du haßt seine Launen, nicht ihn. Kinder hassen ihre Väter nicht.«

»Er ist nicht mein Vater.«

»Doch, das ist er, Dominick.«

»Das einzige, was ihn zu meinem Vater macht, ist irgendein blödes Papier, das er mal unterschrieben hat. Welcher Vater würde seinen Sohn derart fertigmachen, wie er heute abend Thomas? Welcher Vater würde wollen, daß seine Söhne in den Krieg ziehen und umgebracht werden?«

»Das hat er nicht gesagt, Dominick. Leg ihm nichts in den Mund. Er liebt euch beide.«

»Er kann uns nicht ausstehen, und du weißt das. Er verabscheut alles an uns. Das war schon immer so.«

Wieder schüttelte sie den Kopf. »Euer Vater ist ... nun, ich will hier nicht aus dem Nähkästchen plaudern, aber er hatte es nicht leicht als Kind.«

»Sag nicht dauernd ›euer Vater‹. Er *ist* nicht unser Vater.«

»Er hatte kein besonders gutes Zuhause, Dominick. Seine Mutter war ein armseliges Flittchen. Er spricht nicht oft darüber, aber ich denke, das alles kommt wieder hoch, wenn er so wütend wird.«

»Lebt unser *richtiger* Vater noch?« fragte ich. »Ist er abgekratzt oder so was? *Sag's* mir doch einfach!«

Sie schaute mir einen kurzen Moment in die Augen und wandte sich dann ab. Verdeckte mit der Hand ihre Hasenscharte. »Ich wollte nur sagen, daß es in jeder Familie solche Probleme gibt. Nicht nur in unserer. Und jetzt tu mir einen Gefallen und lauf hier nicht barfuß herum. Ich hoffe, ich habe alle Splitter gefunden, aber manchmal übersieht man einen. Sei bitte vorsichtig, Liebling. Okay?«

»Wer *ist* er, Ma?« fragte ich. »Wer ist unser Vater?«

Sie schenkte mir ein müdes Lächeln. »Gute Nacht«, sagte sie. »Geh jetzt schlafen. Und paß auf die Glassplitter auf, ja?«

17

Mr. Birdsey, erzählen Sie mir von Ihrem Stiefvater.«

Stille.

»Mr. Birdsey? Haben Sie mich verstanden?«

»Was?«

»Am Ende unserer gestrigen Sitzung haben wir ...«

»Kann ich eine Zigarette haben?«

»Rauchen ist schlecht für Ihre Gesundheit, Mr. Birdsey. Und für meine auch, weil ich mit Ihnen in einem Raum bin. Es wäre mir lieb, wenn Sie es sich nicht angewöhnen würden, jedesmal zu rauchen, wenn wir uns unterhalten.«

»Gestern hatten Sie nichts dagegen. Sie haben mir selbst die erste angezündet.«

»Ausnahmsweise. Wir haben Fortschritte gemacht, und ...«

»Ich kann besser denken, *wenn ich rauche. Ich kann mich besser* erinnern.*«*

»Mir ist nicht ganz klar, wie das möglich sein soll, Mr. Birdsey. Physiologisch gesehen. Lassen Sie uns bitte weitermachen. Zurück zu Ihrem Stiefvater. Glauben Sie ...«

»Glauben Sie an Wiedergeburt?«

Pause. *»Mr. Birdsey, ich diskutiere mit Patienten weder über meine religiösen Überzeugungen noch über mein Privatleben. Das ist* mein *Grundsatz. Das hat mit dem, was wir erreichen wollen, nichts zu tun.«*

»Nun, ich will aber eine Zigarette. Das ist mein Grundsatz.«

»Und wie bringen Sie das mit Ihrer religiösen Überzeugung in Einklang? Das würde mich interessieren. Wenn, wie die Bibel sagt, der Körper ein Tempel ist, Mr. Birdsey, dann …«

»Nennen Sie mich nicht so.«

»Wie bitte?«

»Sprechen Sie mich mit meinem Codenamen an. Besonders, wo das alles aufgenommen wird. Ich bin schon verwundbar genug.«

»Soll ich Thomas zu Ihnen sagen? Bei einer unserer früheren Sitzungen meinten Sie, Sie bevorzugten das förmlichere ›Mr. Birdsey‹, aber da wir ja inzwischen …

»Sprechen Sie mich mit meinem Codenamen an, habe ich gesagt. Mr. Y.«

»Mr. Y? Wirklich?«

»Sie halten diese Bänder unter Verschluß, nicht wahr?«

»Ja, ja. Darüber haben wir schon ein paarmal gesprochen. Die Bänder sind …«

»Glauben Sie wirklich, man hätte mich unter Hausarrest gestellt und würde dann nicht jeden meiner Schritte verfolgen? Die warten doch nur darauf, daß ich einen Fehler mache!«

»Wen meinen Sie?«

»Egal. Was Sie nicht wissen, kann Ihnen auch nicht schaden.«

»Glauben Sie mir, Mr. Birdsey, wir befinden uns an einem vollkommen sicheren Ort. Als Ihre Ärztin – Ihre Verbündete – habe ich alle nötigen Vorkehrungen getroffen, um Ihre Sicherheit zu gewährleisten.«

Pause. *»Indira Gandhi wurde ermordet, nicht wahr?«*

»Die Premierministerin? Ja, sie wurde ermordet. Aber unsere Zeit ist kostbar. Lassen Sie uns lieber darüber sprechen, was …«

»Ermordet und verbrannt. Erzählen Sie mir nicht, die CIA hätte nicht ihre Finger im Spiel gehabt … Vielleicht liegt es auch an den Blutgefäßen.«

»Wie bitte?«

»Daß ich mich besser erinnern kann, wenn ich rauche. Vermutlich hängt es damit zusammen, daß Nikotin die Blutversorgung des Gehirns beeinflußt. Nicht alle Wahrheiten sind wissenschaftlich belegt. Versuchen Sie mal, in einem Chemielabor

ein Wunder nachzuweisen, Mrs. Gandhi. Analysieren Sie doch mal Gottes DNA.«

»Sie sind hier sicher, Mr. Birdsey. Glauben Sie mir.«

»Kann ich eine Zigarette haben?«

Auf dem Band war zu hören, wie eine Schublade aufgezogen wurde, dann das Aufschnappen eines Feuerzeugs.

Ich mußte grinsen. »Thomas gegen Dr. Patel: eins zu null«, sagte ich.

Sie nickte. »Ihr Bruder ist geschickt darin, andere zu manipulieren, Dominick. Ich glaube, das lernt man in zwanzig Jahren Zwangshospitalisierung.«

»Wenn er draußen in der richtigen Welt lebte, wäre es eine wertvolle Gabe, Leute herumkommandieren zu können, stimmt's?«

»Meinen Sie? Das ist ein interessanter Standpunkt.« Das machte sie immer – eine beiläufige Bemerkung von mir in eine aufschlußreiche Beobachtung verwandeln. Bei Dr. Patel mußte man aufpassen, auch wenn man nur der Bruder des Patienten war.

Wir saßen in Lisa Sheffers Büro im Hatch-Gebäude, nicht in dem von Dr. Patel. Sheffer hatte das Treffen erst am Morgen arrangiert, nachdem sie einen unerwarteten Anruf vom Büro des Vormundschaftsgerichts erhalten hatte. Es gab eine Änderung in der Planung. Der Richter wollte den Fall meines Bruders bereits heute prüfen. Anstatt das Ende der zweiwöchigen Beobachtungsphase abzuwarten. Das war verfrüht und unerwartet – »verdächtig«, wie Sheffer meinte. Wir hatten vereinbart, uns an diesem Nachmittag um vier Uhr in ihrem Büro zu treffen, um über das Ergebnis zu sprechen – Lisa, Dr. Patel und ich. Da Sheffer sich verspätete, schlug Dr. Patel vor, wir sollten uns das Band der letzten Sitzung anhören, während wir warteten. Sie sagte, meine Reaktion auf einige Dinge, die mein Bruder erwähnt hatte, interessiere sie. *Aber,* so warnte sie mich, manches davon könne mich aufregen. Ich zuckte mit den Schultern. Versicherte ihr, sie brauche sich keine Sorgen zu machen – es gebe nichts mehr, was ich nicht schon gehört hätte.

Auf dem Band war zu vernehmen, wie Thomas Rauch ausatmete.

»Mr. Birdsey, bei unserer letzten Unterhaltung erwähnten Sie, daß Ihr Stiefvater Ihre Mutter manchmal mißhandelt hat. Erinnern Sie sich?«

»Eines Tages, Alice. Zack! Voll in die Schnauze!«

»Zitiert er Ihren Stiefvater, Dominick?« fragte Dr. Patel.

Ich schüttelte den Kopf. »Jackie Gleason.«

Sie schaute mich verständnislos an und stoppte das Band.

»*The Honeymooners*. Das war eine Fernsehserie. Dieser Typ – ein Komiker namens Jackie Gleason – sagte das in der Serie immer zu seiner Frau. ›Eines Tages, Alice. Zack! Voll in die Schnauze!‹«

»Ach so. Und das war eine Komödie? Über einen Mann, der seine Frau ins Gesicht geschlagen hat?«

»Er hat nie, äh … Es ist aus dem Zusammenhang gerissen.«

»Ich verstehe«, sagte sie. Sie schaute mich immer noch an. Ich begriff nicht, warum mein Gesicht sich so heiß anfühlte.

»Hat Ihr Stiefvater Ihre Mutter körperlich mißhandelt, Mr. Birdsey? Oder war es eher …«

»Es war kein schöner Anblick.«

»Können Sie das bitte näher erläutern?«

Keine Antwort.

»Mr. Birdsey? Was war nicht schön daran?«

»Daß er sie wie einen Sandsack behandelt hat. Er hat ihr Kinnhaken verpaßt. Sie getreten, sie gegen die Wand geschleudert. Und wir mußten zusehen.«

»Wir?«

»Mein Bruder und ich.«

»Das ist völliger Blödsinn«, entfuhr es mir.

Dr. Patel hielt das Band erneut an. »Ja? Sie sagen, das ist nie passiert?«

»Nie!«

»Einmal saßen wir beim Abendessen, wir vier, und Ray rammte ihr plötzlich den Ellbogen ins Gesicht. Einfach so. Nur, weil ihm gerade danach war. Er hat ihr die Nase gebrochen.«

Ich verschränkte die Arme vor der Brust. Schüttelte den Kopf. »Nie passiert«, sagte ich zur Decke.

»Sind Sie sicher?«

»Mein Stiefvater bricht meiner Mutter die Nase, und ich soll mich nicht daran erinnern?«

»Er hat sie auch oft vergewaltigt. Direkt vor unseren Augen.«

»Mein Gott. Hat er das wirklich …«

»Und Sie haben zugesehen, Mr. Birdsey?«

»Ja, oft. Er zwang uns dazu.«

»Verstehe ich Sie richtig? Sie sagen, Ihr Stiefvater hat Ihre Mutter vergewaltigt und Sie und Ihren Bruder gezwungen, dabei zuzusehen?«

»Manchmal holte er uns mitten in der Nacht aus dem Bett. Zerrte uns über den Gang in ihr Schlafzimmer …«

»Das ist absoluter …«

»… schob ihr Nachthemd hoch und fiel einfach über sie her.«

»Und Sie und Dominick haben das mit angesehen?«

»Wir mußten. Wir mußten uns hinsetzen und den Mund halten. Meine Mutter flehte ihn an, uns gehen zu lassen, aber er befahl ihr, still zu sein, sonst würde er uns die Kehle durchschneiden. Und wenn er mit ihr fertig war, sagte er, ›So ist das Leben wirklich, ihr zwei. Gewöhnt euch besser gleich daran.‹ Er versuchte immer, uns abzuhärten. Manchmal mußten wir …«

So quasselte er immer weiter. Ich saß da und versuchte, nicht zuzuhören. Ich las Sheffers gerahmte Diplomurkunde. Studierte die kleine Stelle oben an der Decke, wo die Farbe abblätterte. Kratzte so heftig an einem getrockneten Farbspritzer an meiner Jeans, daß ich schließlich ein Loch in den Stoff bohrte. Hatte Ma wegen Thomas nicht schon genug Kummer gehabt, als sie noch am Leben war? Mußte er sie jetzt auch noch von den Toten zurückholen, nur damit Ray sie vergewaltigen konnte? *Vor unseren Augen,* um Himmels willen? Gott, ich haßte Thomas. Wie ich ihn *haßte.*

»Dominick?«

Da merkte ich es erst: Sie hatte das Band angehalten. »Ja?«

»Ich sagte, Sie sehen mit einemmal so blaß aus.«

»Alles in Ordnung. Mir geht's gut.«

»Das reicht vielleicht für heute. Wir sollten …«

Ich setzte mich aufrecht hin. Schaffte es, ihr in die Augen zu blicken. »Darf ich Sie etwas fragen? Versucht er, Sie mit diesem Schwachsinn zu verarschen, oder glaubt er wirklich, daß es passiert ist?«

»Meiner Ansicht nach glaubt er daran. Und Sie sagen, es ist nichts dergleichen geschehen, richtig?«

»Daß Ray meine Mutter vergewaltigt hat, während wir in der ersten Reihe saßen? Hmm, tja, lassen Sie mich nachdenken.« Ich stand auf und ging zu dem vergitterten Fenster hinüber. Schaute auf den Spielplatz dieser armen Schweine, den verrosteten Basketballkorb und die Picknicktische, die aussahen, als wären sie an den Kanten angenagt worden. Wie konnte Sheffer hier arbeiten? Wie konnte *überhaupt irgend jemand* an diesem Ort arbeiten – sich den ganzen Tag diesen Schwachsinn anhören –, ohne selbst verrückt zu werden? Ich drehte mich um und sah sie an. »Wissen Sie, was *ich* glaube? Wollen Sie *meine* Meinung hören? Ich glaube, er verarscht Sie. Er weiß, wenn er Ihnen eine gute Horrorstory liefert, nennen Sie das ›Fortschritt‹ und erlauben ihm zu rauchen. Sie haben es selbst gesagt: Er ist ein guter Manipulierer. Sie werden manipuliert.«

»Ihr Stiefvater ...«

»Sehen Sie, mein Stiefvater konnte ein absolutes Arschloch sein, wenn er wollte, okay? Ich bin der erste, der das unterschreibt. Aber er war ein Haustyrann, nicht irgendein unmenschlicher ... Mein Gott, wenn wir so etwas gesehen hätten, glauben Sie nicht, wir wären inzwischen *beide* verrückt? Er *und* ich?«

»Sie scheinen aufgebracht zu sein.«

»Beantworten Sie mir mal eine Frage, ja? Kann es sein, daß die Psychologie oder Psychiatrie in Indien um zwanzig Jahre hinterherhinkt?«

»Warum fragen Sie das, Dominick?«

»Weil ... sehen Sie, ich will Sie nicht beleidigen, aber Ihre Methode ist ein bißchen veraltet.«

»Welche Methode meinen Sie?«

»Dieser ganze Kram mit der Familiengeschichte. Irgendwie scheint sich der Kreis zu schließen.«

»In welcher Hinsicht?«

»Als er das erste Mal eingewiesen wurde, vor *verdammt* langer Zeit, schnüffelten die Ärzte immer in seiner Kindheit herum. Hatte man ihn geschlagen? Wie war das mit der Sauberkeitserziehung? Hatten Ma und Ray sich oft gestritten? Ma kam von diesen Sitzungen bei den Ärzten nach Hause und ...

mußte nach oben gehen und sich hinlegen. Ich hab gehört, wie sie sich in ihrem Schlafzimmer die Augen aus dem Kopf weinte.«

»Ihre Mutter? Warum?«

Noch etwas Tee, Mrs. Floon?
Ja, bitte, Mrs. Calabash.

»Dominick?«

»Weil ... weil sie ihr immer zu verstehen gaben, daß *sie* auf irgendeine Weise dafür verantwortlich war. Und das war einfach nicht ... *fair.*«

»Die Ärzte haben angedeutet, Ihre Mutter hätte Thomas' Krankheit verursacht?«

»Was vollkommener Blödsinn ist.«

»Natürlich ist es das. Ich will keineswegs unterstellen, daß ...«

»Ich meine, erst flippt dieses Kind, für das sie sich *aufgeopfert* hat, für das sie sich ein Leben lang eingesetzt hat ... na ja, erst flippt Thomas aus, und sie sperren ihn in die Irrenanstalt. Dann fährt sie *jeden* Tag hin, um ihn zu besuchen – muß den verdammten *Bus* nehmen, weil Ray nicht ... weil er sich schämte, daß ... und dann versuchen die Ärzte obendrein noch, ihr einzureden, sie wäre schuld. Es war einfach nicht *fair*!«

»Dominick, nichts an der Krankheit Ihres Bruders ist ›fair‹. Es ist sinnlos, nach Fairneß zu suchen, wenn es um Schizophrenie geht, keine Familie *verdient* dieses Los. Und ich gebe mit Sicherheit niemandem die Schuld. Ich untersuche nur ...«

»Sie untersuchen die Vergangenheit. Ich *weiß*! Das meine ich ja gerade. Das haben die Seelenklempner schon vor zwanzig Jahren getan, als der ganze ... als dieser Alptraum anfing. Und dann, später, meinten seine *neuen* Ärzte – Ehlers und Bradbury und diese Typen – ›O nein, dieser ganze Kindheitskram ist irrelevant. Es hat nichts mit seiner Erziehung zu tun; es ist alles genetisch bedingt. Wir brauchen uns nicht mit der Vergangenheit zu beschäftigen, sondern müssen uns auf die Zukunft konzentrieren: Wie können wir sein Verhalten mit Hilfe von Medikamenten unter Kontrolle bekommen; wie bringen wir ihm bei, selbständig zu werden?‹ Daher frage ich mich, warum wir hier auf einmal wieder in der Vergangenheit herumwühlen. Macht man das in Indien immer noch so?«

»Ich weiß es nicht, Dominick. Ich bin keine Expertin für die aktuellen psychiatrischen Methoden meines Heimatlands. Ich lebe dort schon seit fünfundzwanzig Jahren nicht mehr. Aber sagen Sie, fühlen Sie sich unwohl, wenn Sie an die Vergangenheit denken?«

»Ich? Nein, ich fühle mich nicht *unwohl*. Ich habe mich nur gewundert ... Wenn es ausschließlich um die Gene geht und darum, den passenden Chemiecocktail zu finden, damit er irgendwo in einer Gruppe leben kann, dann ...«

»Genetik und die langfristige Betreuung sind *sicherlich* beides Bestandteile einer umfassenden Behandlung. *Wesentliche* Teile, Dominick. Ich widerspreche Dr. Ehlers und den anderen in diesem Punkt keineswegs. Und wir lernen dazu. Gerade in diesem Jahr hat es einige spannende neue Entwicklungen gegeben. Zum einen die Zulassung von Clozapin. Im Augenblick ist es zwar unwahrscheinlich, daß Ihr Bruder davon profitieren wird ...«

»Das hatten wir schon. Und das andere?«

»Wie bitte?«

»Sie sprachen *zum einen* von Clozapin oder Clozaril oder wie das heißt. Was ist das andere?«

»Eigentlich wollte ich gerade mit Ihnen darüber sprechen. Es gibt eine faszinierende Studie, die vor kurzem vom Nationalen Forschungsinstitut für die Behandlung von Geisteskrankheiten erstellt wurde. Eine Studie, die sich mit Zwillingen beschäftigt. Die physischen Unterschiede im Gehirn von Schizophrenen und ihren gesunden Zwillingen wurden genauer betrachtet und die Möglichkeit untersucht, ob die auftretenden Anomalien vielleicht mit frühen Virusinfektionen oder Autoimmunstörungen in Zusammenhang stehen. Ich habe mich mit einem Dr. Weinberger vom Institut in Verbindung gesetzt. Er interessiert sich sehr für Sie und Ihren Bruder – und für die Möglichkeit, NMRs von Ihnen beiden zu machen.«

»NMRs? Sind das ...?«

»Es handelt sich um ein Verfahren der Kernspintomographie, um Aufnahmen vom Gewebe des Körpers. Bilder von Ihren Gehirnen, in diesem Fall. Das Gewebe wird dabei nicht verletzt. Alles absolut schmerzfrei.«

»Wir sind keine Laborratten«, sagte ich.

»Nein, das sind Sie nicht, Dominick. Und ich bin keine durchgeknallte Wissenschaftlerin. Dasselbe gilt auch, soweit ich weiß, für Dr. Weinberger. Ich meine ja auch nicht, daß wir das momentan ins Auge fassen sollten. Irgendwann einmal vielleicht. Ich erwähne es nur, um Sie zu beruhigen.«

»Mich zu beruhigen? Inwiefern?«

»Daß ich nicht zwanzig Jahre hinterherhinke. Obwohl ich in Indien geboren wurde.«

Ich schaute weg. »Ich wollte doch auch nur ... ich verstehe einfach nicht, warum Sie soviel Zeit darauf verschwenden ... Wenn es nur um Gehirnanomalien und diese NMRs geht, was sollen dann all die Bänder und das Gerede über die alten Geschichten bringen?«

»Ich bin mir nicht sicher, Dominick. Ich sondiere nur – versuche, ein umfassenderes Bild zu bekommen. Lassen Sie es mich so formulieren: Im Alter von neunzehn Jahren ging ein junger Mann in den Wald und verschwand. Und ich bin ihm in den Wald gefolgt, um ihn zu finden. Andere fliegen mit Helikoptern über das Gelände, analysieren Daten – benutzen modernste Suchmethoden. Aber ich bin zu Fuß unterwegs, rufe den Namen des jungen Mannes und lausche, ob ich eine Antwort bekomme. Ich kann Ihnen keine Garantie dafür geben, daß ich überhaupt etwas finden werde. Etwas, das mich weiterbringt. Das ist die Trial-and-error-Methode.«

»Gut, aber so wie ich es sehe, ist das eine unglaubliche Zeitverschwendung.«

»Ich danke Ihnen für Ihre Meinung.«

Ich rutschte auf meinem Stuhl hin und her. Schaute auf die Uhr. »Mein Gott, wo bleibt Ms. Sheffer nur? Man sollte doch meinen, sie ruft an, wenn sie sich verspätet.«

»Vielleicht war gerade kein Telefon in der Nähe und sie ist schon auf dem Weg hierher.«

»Hören Sie, ich wollte Sie nicht beleidigen. Ich weiß, daß Sie es gut meinen.«

»Sie haben mich nicht beleidigt, Dominick. Sie haben mir nur Ihre Meinung mitgeteilt. Das ist völlig in Ordnung.« Sie lächelte.

Ich lehnte mich wieder zurück. »Okay, also weiter«, sagte ich. »Spielen Sie mir den Rest vor.«

»Sind Sie sicher?«

»Ja.«

»Mr. Birdsey, bei unserer letzten Sitzung sagten Sie, Ihr Stiefvater habe nicht nur Ihre Mutter, sondern auch Sie und Dominick mißhandelt. Damit sollten wir uns etwas näher beschäftigen.«

»Lieber nicht. Tun wir einfach so, als hätten wir es schon getan.«

Wieder das Schnappen eines Feuerzeugs. Man hörte, wie Thomas an der Zigarette zog und dann den Rauch ausatmete.

»Hat Ihr Stiefvater Sie geschlagen, Mr. Birdsey?«

»Ja.«

»Oft oder nur manchmal?«

»Oft.«

»Nicht oft«, korrigierte ich ihn.

»Meist zog er seinen Gürtel aus und schlug mich damit.«

»Wo?«

»Überall, wo er gerade Lust dazu hatte. In der Küche. Draußen in der Garage.«

»Nein, ich meine, wohin hat er Sie geschlagen?«

»Auf die Beine, die Arme, den Hintern ... Einmal hat er mir seinen Gürtel durchs Gesicht gezogen und mit der Schnalle ein Stück von meinem Zahn abgeschlagen. Hier, sehen Sie?«

Ich zeigte, ganz Perry Mason, anklagend mit dem Finger auf den Kassettenrekorder. »Da, schon wieder«, sagte ich. »Thomas hat sich den Zahn beim Rodeln abgebrochen.«

»Dominick hat er nie so verprügelt wie mich.«

»Nein?«

»Nein. Er hatte es immer auf Thomas Dreck abgesehen.«

»Thomas Dreck? Warum bezeichnen Sie sich selbst so?«

»Ich spreche nicht von mir. Ich *bin Mr. Y.«*

Ich spürte, wie mir das Blut ins Gesicht schoß. Dr. Patel beobachtete mich. Sie hielt das Band an. »Stimmt das, Dominick?« fragte sie. »Wurde Thomas anders behandelt als Sie?«

Ich räusperte mich. »Äh ... was?«

»Wenn Ihr Stiefvater Ihren Bruder mißhandelte und schikanierte, wurden Sie dann meistens verschont?«

»Ich weiß nicht ... Manchmal.« Ich sah, wie sich meine Hände auf den Knien zu Fäusten ballten, sich entspannten, wieder ballten. »Kann schon sein.«

Das alte schlechte Gewissen, die Erleichterung darüber, nicht derjenige zu sein, der angeschrien wurde, dem der Arm verdreht oder dem eine Kopfnuß verpaßt wurde. »Die Sache ist die ... ich habe Ray nicht wie Thomas dauernd auf die Palme gebracht. Ich weiß nicht. Es ist schwer zu erklären. Sie hätten dabeisein müssen.«

»Dann bringen Sie mich dorthin, Dominick. Helfen Sie mir, es zu verstehen.«

»Es gibt da kein tiefes, dunkles ... Ich wußte einfach, wann ich den Mund halten mußte.«

»Ja?«

»Und Thomas ... er hat nie begriffen, wie man sich *zur Wehr setzte*, verstehen Sie? Sie hätten ihn bei sportlichen Auseinandersetzungen sehen sollen. Er *kapierte* es einfach nicht. Und Ray gegenüber ... war es irgendwie das gleiche.«

»Wie meinen Sie das, Dominick?«

»Man mußte sich gegen Ray *zur Wehr setzen*. Wissen, wann man zu bluffen und ihm aus dem Weg zu gehen hatte ...«

»Bitte fahren Sie fort. Das ist sehr aufschlußreich.«

»... und wann man sich ihm entgegenstellen mußte. Ray respektierte das – wenn man ihm eine Grenze setzte und sich wehrte. Wenn man ihm zeigte, daß man den Mut hatte ... den Nerv ... Ich meine ... Mein Gott, warum ist das so *schwer*?«

»Warum ist was so schwer?«

Ich konnte ihr nicht antworten. Sonst hätte ich noch angefangen zu weinen.

»Dominick, was empfinden Sie in diesem Augenblick?«

»Was ich *empfinde*? Ich weiß nicht. Nichts. Ich bin nur ...«

»Haben Sie Angst?«

»Nein!«

»Sind Sie zornig?«

»Ich ... es war halt so mit Ray. Man mußte sich *zur Wehr setzen*.«

Plötzlich sah ich Ray nur ein paar Zentimeter vor meinem Gesicht – mit rotem Kopf, wie er mich anstachelte. Wie er mich zum Korb trieb, den wir beide an einem Samstagmorgen an der Garage angebracht hatten. »*Ab*-wehr! *Ab*-wehr! Was ist los mit dir, du Memme? Willst du Basketballer sein oder lieber reingehen und mit deinen Papierpüppchen spielen?«

»Mr. Birdsey, warum, glauben Sie, war Ihr Stiefvater strenger zu Ihnen als zu Ihrem Bruder?«

»*Ich* glaube *es nicht – ich* weiß *warum. Er war eifersüchtig auf mich.«*

»Ja? Warum war er auf Sie eifersüchtig?«

»Weil er erkannte, daß Gott etwas Besonderes mit mir vorhatte.«

Ich verdrehte die Augen. Rutschte auf meinem Stuhl herum.

Es waren *Thomas'* Papierpuppen, nicht meine! Er hatte sie im Ramschladen gesehen und Ma so lange angebettelt, bis Ma schließlich nachgab und sie ihm kaufte. Aber als Ray sie fand, bekamen wir alle drei Ärger: Thomas, Ma und ich. Sippenhaft. Ich war schuldig, weil ich ihm zum Verwechseln ähnlich sah. Ray tobte, als er die Dinger entdeckte. Riß ihnen Kopf, Arme und Beine ab ... Der Basketballkorb an der Garage war für uns beide gedacht, aber Thomas kam nie heraus, um mitzuspielen. Und wenn er mußte – wenn Ray ihn dazu *zwang* –, fing er den Ball nicht. Oder bekam ihn mitten ins Gesicht und rannte heulend ins Haus zu Ma, auf der Flucht vor Rays Hohn und Spott.

»Und Sie meinen, das könnte Ihren Stiefvater neidisch gemacht haben? Ihre besondere Beziehung zu Gott?«

»Ja!«

»Würden Sie sagen, daß Ray ein religiöser Mann ist?«

»Nicht halb so religiös, wie er denkt.«

»Würden Sie mir das bitte erklären?«

»FRIEDE SEI MIT EUCH! DER LEIB CHRISTI! DER HERR LASSE LEUCHTEN SEIN ANGESICHT ÜBER EUCH! Nur weil man in der Kirche am lautesten ist, ist man noch lange nicht am gläubigsten ... Während unserer ganzen Kindheit ging er nie in die Kirche. Nicht, bis er katholisch wurde.«

»Er konvertierte?«

»Meiner Mutter zuliebe. Sie hatten Probleme.«

»Eheprobleme? Woher wissen Sie das, Mr. Birdsey?«

»Ich bin Mr. Y.«

»Entschuldigung, ich passe jetzt besser auf. Aber woher wußten Sie, daß sie Probleme hatten?«

»Weil sie es mir gesagt hat. Ich war ihr bester Freund. Sie dachte daran, sich scheiden zu lassen. Niemand ließ sich damals scheiden, aber sie dachte daran.«

»Nein, tat sie nicht«, sagte ich.

»Nein? Hätte sie es Ihrem Bruder vielleicht anvertrauen können, ohne daß Sie es bemerkten? Ist es möglich, daß ...«

»Nein.«

»Nein?«

»Sie wandte sich um Hilfe an den Priester. Dann ging auch er hin, worauf er beschloß, katholisch zu werden.«

»Stimmt das, Dominick?« fragte die Ärztin. »Ist er konvertiert?«

»Ja.«

»Wie alt waren Sie und Ihr Bruder zu diesem Zeitpunkt?«

»Neun oder zehn. Ich bezweifle sehr, daß sie ihm anvertraut hat, daß ...«

»Von da an ging er jeden Morgen zur Messe. Nach der Arbeit. Er hatte Nachtschicht und ging direkt danach zur Frühmesse. Er war eng befreundet mit den Priestern; arbeitete umsonst für sie im Garten. Machte für sie den Ölwechsel am Auto ... Als käme er dafür in den Himmel, daß er sich wie ihr Sklave aufführte. Als hätte er DAMIT auslöschen können, wie er uns behandelte. Dominick und ich mußten vor dem Pfarrhaus und dem Kloster Schnee schippen, aber wir durften nie Geld dafür annehmen. Einmal schenkten die Nonnen uns eine Schachtel Zuckerstangen – meinem Bruder und mir –, und als wir nach Hause kamen, schickte Ray uns sofort wieder zum Kloster, um sie zurückzugeben.«

»Stimmt das, Dominick?« fragte Dr. Patel.

Ich nickte. Schloß die Augen. »Wir mochten Zuckerstangen gar nicht. Man sollte meinen, daß das alles längst verjährt ist ...«

»Ich mochte sie am liebsten. Zuckerstangen, meine ich ... Wissen Sie, woran es lag? Warum er es auf mich abgesehen hatte?

Weil ihm dämmerte, daß Gott mich *auserwählt hatte und nicht* ihn. *Nicht Mr. Kirchrenner. Es machte ihn nervös, daß ausgerechnet derjenige, den er sein ganzes Leben drangsaliert hatte, ein Prophet unseres Herrn Jesus Christus war.«*

»Und das machte ihn eifersüchtig? Das Wissen, daß Sie von Gott auserwählt worden waren?«

»Sehr *eifersüchtig. Aber was er nicht begriff – was niemand begreift –, ist, was für eine große Last das ist.«*

»Inwiefern, Mr. Birdsey? Können Sie erklären, was Sie belastet?«

»Das Wissen! Und die Einsicht!«

»Welche Einsicht?«

»In das, was Gott will. Und was er nicht will.« Tiefer Seufzer. *»Er WILL nicht, daß wir gegen den Irak Krieg führen. Er will, daß wir einander lieben. Ihn ehren, und nicht den allmächtigen Dollar. Von Anfang an hat dieses Land ... Sehen Sie sich unsere Geschichte an! Denken Sie an* Wounded Knee, *an die Sklaverei!«* Er begann zu schluchzen. *»Er will, daß ich alle auf den richtigen Weg führe, den Menschen zeige, daß ihre Gier ... Aber wie soll ich das tun, wenn ich unter Hausarrest stehe?«*

»Wer *stellt Sie unter Hausarrest, Mr. Birdsey?«*

»Ich will die Leute wachrütteln! Das ist alles. Ich versuche, Gottes Willen zu befolgen. Nur deshalb habe ich es gemacht.«

»Was gemacht?« fragte ich. »Wovon spricht er?«

Dr. Patel tippte mit dem Finger auf ihr Handgelenk.

»Aber niemand versteht, daß es ein Opfer *war. Nicht einmal Dominick. Er sagt zwar, er versteht es, aber das stimmt nicht. Er ist so wütend auf mich.«*

»Ich habe mit Ihrem Bruder schon ein paarmal gesprochen, Mr. Birdsey. Er macht sich Sorgen um Sie, aber er ist nicht wütend.«

»Warum besucht er mich dann nicht?«

Ich schloß die Augen, als würde, wenn ich den Kassettenrekorder nicht mehr sah, auch seine Stimme verschwinden.

»Haben Sie's vergessen? Er darf Sie nicht besuchen, bevor seine Sicherheitsüberprüfung abgeschlossen ist. Das gehört zu den Regeln hier. Ihr Bruder möchte Sie sehr gerne sehen und wird kommen, sobald er die Erlaubnis hat.«

»*Oh.*«

»*Erinnern Sie sich jetzt?*«

»*Das hatte ich vergessen.*«

»*Mr. Birdsey?*«

»*Was?*«

»*Hat Ihr Stiefvater Sie noch auf andere Weise mißhandelt?*«

Lange Pause. »*Ja.*«

»*Erzählen Sie mir davon.*«

Tiefer Seufzer. »*Einmal mußte ich über Glasscherben laufen.*«

»*Ja? Bitte sprechen Sie weiter.*«

»*Er zerschmetterte Gläser auf dem Boden, in der Küche, und dann befahl er mir hindurchzulaufen. Ich mußte genäht werden. Ging an Krücken. Sie hätten meine Fußsohlen sehen sollen.*«

Ich hob die Hand, damit sie das Band anhielt. »Das war ein *Unfall*«, sagte ich. »Ich kann mich noch genau daran erinnern, wie es passiert ist. Ray hatte einen seiner kleinen Wutanfälle und schmiß ein Glas runter – ein Einmachglas –, und Thomas trat später zufällig in eine Scherbe und verletzte sich am Fuß. Aber es war ein *Unfall*!«

»Ich verstehe. Wie häufig hatte Ray diese ›kleinen Wutanfälle‹?«

»Was? Ich weiß nicht. So oft nun auch wieder nicht. Aber sehen Sie nicht, daß er alles verdreht? Genau wie diese Schlittengeschichte. Er nimmt einen Unfall und …«

»Dominick, haben Sie das Gefühl, Ihren Stiefvater in Schutz nehmen zu müssen?«

»Nein!«

»Oder die Privatsphäre Ihrer Familie zu schützen?«

»Ich nehme gar nichts in Schutz. Ich sage nur: Es stimmt nicht, daß Ray Glasscherben auf den Boden verteilt und dann gesagt hat: ›Okay, Thomas! Ich will, daß du durch die Scherben läufst, weil du die rechte Hand Gottes bist.‹ Ich dachte, Sie *wollten* meine Sicht der Dinge hören. Ich dachte, deshalb machen wir das alles hier.«

»Das stimmt.«

»Was werfen Sie mir dann vor?«

»Ihnen vorwerfen?«

»Oder ... warum analysieren Sie mich? *Ich* bin nicht der Patient.«

»Er machte einfach meinen Schrank auf und pinkelte auf die Kleidung. Auch in die Schuhe. Das machte er ständig – in meine Schuhe pissen ... Keiner wußte davon. Er sagte, er würde mich umbringen, wenn ich jemandem was erzählte.«

»Mr. Birdsey, warum hat Ihr Stiefvater auf Ihre Kleidung uriniert?«

Pause. *»Das war gar nichts. Es gab noch Schlimmeres.«*

»Er hat noch Schlimmeres gemacht?«

»Viel, viel Schlimmeres.«

»Was?«

»Manchmal fesselte er mich und steckte mir so Sachen hinten rein.«

»Gott! Wie ... wie können Sie sich so was anhören? Wenn Ray wüßte, daß er so'n Zeug erzählt, würde er ...«

»Was für Sachen, Mr. Birdsey?«

»Spitze Gegenstände. Bleistifte, Schraubenzieher. Einmal nahm er den Griff eines Schnitzmessers und ...«

»Das reicht, stopp! Machen Sie das verdammte Ding aus! Ich kann nicht mehr – machen Sie es *aus*!« Ich beugte mich mit einem Ruck vor und brachte das Scheißding selbst zum Schweigen.

Wir saßen beide da und warteten, daß sich mein Atem beruhigte.

»Dominick?«

»Was?«

»Sie regen sich auf über das, was Ihr Bruder gesagt hat, nicht wahr?«

Ich lachte. »Aber nicht doch, nein, überhaupt nicht. Wie war das noch mal? Meine Mutter wird vergewaltigt, und wir sitzen da und sehen zu. Ray steckt ihm Schraubenzieher in den Arsch. Es ist ganz leicht, sich das anzuhören. Ein Kinderspiel.«

»Sagen Sie mir, wie Sie sich im Augenblick fühlen.«

Ich drehte mich um und sah sie an. »Was, zum Teufel, interessiert das, wie ich mich fühle? Ich bin hier nicht derjenige mit diesen kranken, perversen ...«

»Sie scheinen wütend zu sein. Sind Sie das, Dominick?«

»Ob ich WÜTEND bin? Und ob ich das bin! Ich bin STINKSAUER, okay?«

»Warum?«

Ich spürte, wie ich mich einfach gehenließ, mich weiter hineinsteigerte – den Punkt erreichte, an dem es kein Zurück mehr gab. Das hatte ich von Ray gelernt, daß Wut sich genauso gut anfühlen konnte wie Sex – ein willkommenes Ventil.

»Warum ich WÜTEND bin? Ich will Ihnen sagen, warum ich WÜTEND bin. Weil ich genau jetzt, in diesem Augenblick, in der Gillette Street sein und meine Arbeit machen sollte, die hätte schon vor drei Wochen erledigt sein müssen. Aber wo bin ich statt dessen? In einem *verdammten* Hochsicherheits-Irrenhaus und höre meinem dämlichen, durchgeknallten Bruder zu, wie er erzählt, daß ... daß ... und sie, sie sagt zu mir: ›Warum hörst du nicht einmal auf, an ihn zu denken? Warum sorgst du dich nicht einmal ein bißchen um mich, Dominick?‹ ... Verdammt noch mal! Wann wird diese Scheiße endlich ...«

»Dominick, wer ist ›sie‹?«

»Joy! Meine Freundin! Ich habe ihn mein ganzes *beschissenes* Leben lang auf den Schultern getragen, und sie sagt: ›Kannst du nicht einmal um *mich* so besorgt sein wie um ihn?‹ Ich kann Ihnen sagen, warum! Ich ...«

»Dominick, nicht so laut bitte. Es ist sehr gut für Sie, wenn Sie Ihre Wut herauslassen, aber warum setzen Sie sich nicht hin und atmen ein paarmal tief durch?«

»Warum sollte ich? Was kann tiefes Durchatmen schon bewirken? Ihn weniger verrückt machen? Dafür sorgen, daß seine verdammte Hand wieder anwächst?«

»Ich will doch nur, daß Sie sich ein wenig beruhigen und ...«

»Ich *will* mich nicht beruhigen! Erst fragen Sie mich, warum ich wütend bin, und wenn ich es Ihnen sagen will .... Wissen Sie, wie das ist? Ich bin vierzig Jahre alt und noch immer ...«

»Dominick, wenn Sie nicht leiser werden, kommt das Sicherheitspersonal ...«

»Andere Leute gehen in die Bücherei, um sich Bücher auszuleihen, nicht wahr? Sie *interessieren* sich für Bücher. Aber nicht dieser dämliche Bruder von mir, dieses verdammte ARSCHLOCH!

ER nicht! Er geht in die Bibliothek und schneidet sich für Gott die Hand ab! Und dann ruft noch diese Connie Chung an! Irgend so'n blöder Blutsauger aus New York will sogar sein dämlicher AGENT werden! Und ich kann nicht ...«

»Dominick?«

»Wollen Sie wissen, wie das für mich ist? *Wirklich?* Es ist ... ... mein Bruder ist mein ganzes Leben lang der Anker gewesen, der mich runterzieht. Schon *bevor* er krank wurde. Schon *bevor* er vor allen Leuten seine ... Ein *Anker*! ... Und wissen Sie, was für mich übrigbleibt? Mir bleibt gerade eben genug Leine, um aufzutauchen und Atem zu holen. Aber ich schaffe es einfach nie ... Wissen Sie, ich dachte immer, irgendwann, früher oder später – würde ich von ihm loskommen. Die Nabelschnur durchtrennen, verstehen Sie? Aber hier bin ich, vierzig Jahre alt, und noch immer sitze ich im Irrenhaus und kümmere mich um meinen verrückten ... Ich trete Wasser. Es ist, als ... als ob ... Und manchmal *hasse* ich ihn. Ja, ich gebe es zu. Ich hasse ihn wirklich. Aber wissen Sie was? ... Und das macht mich echt fertig: Niemand darf was gegen ihn sagen – wenn auch nur einer ihn schräg ansieht, dann ... Und wissen Sie was? ... Ich glaube, ich hab's endlich *kapiert*. Jetzt *kapiere* ich es endlich.«

»Was, Dominick?«

»Daß er mein *Fluch* ist. Mein *Anker*. Daß ich den Rest meines Lebens Wasser treten werde. Das ist mein Leben! Mein verdammter durchgeknallter Bruder. Ich werde Wasser treten und atmen ... und das ist alles. Ich werde *nie* von ihm loskommen! Nie!«

Es klopfte an der Tür. »Jetzt nicht, bitte«, rief Dr. Patel.

»Neulich zum Beispiel, ich glaube, es war letzte Woche. Da bin ich in den Supermarkt gegangen, weil meine Freundin gesagt hat: ›Wir haben keine Milch mehr, Dominick. Holst du welche?‹ Ich gehe also in den Supermarkt, stelle eine Flasche Milch auf das Band, und der Kassierer – so'n fetter Arsch mit orangefarbenem Haar und gepiercter Nase –, der ... der starrt mich an, als ob ich ...«

»Als ob Sie was?«

»Als ob ich *er* wäre! Thomas. Was ich ... was ich vermutlich auch bald sein werde. Ich meine, wir sind ja schließlich Zwillinge, oder? Irgendwann wird es passieren, nicht wahr?«

»Was genau glauben Sie denn, wird passieren, Dominick?«
»Er wird mich nach unten ziehen. Ich werde ertrinken.«

Ich machte ihre bescheuerten Atemübungen. Faltete wie vorgeschrieben die Hände und legte sie auf den Bauch. Füllte meinen Bauch wie einen Ballon mit Luft. Atmete in einem gleichmäßigen Strom langsam aus. Wieder ein. Und aus. Ich fühlte mich irgendwie bescheuert, aber es half. Nach dem sechsten oder siebten Atemzug wurde ich ruhiger. Kam wieder zu mir.
»Es jagt Ihnen Angst ein, nicht wahr, Dominick? Der Gedanke, daß auch Sie geisteskrank werden könnten? Wie hätte es Ihnen auch all die Jahre *keine* Angst machen sollen. Als sein Bruder. Sein Zwillingsbruder.«
Ab-wehr! *Ab*-wehr! »Es ist nicht so ... Hören Sie, ich behaupte ja gar nicht, daß er sie *nie* geschlagen hat. Ray hat sie geschlagen. Es ist nur ...«
Die Bürotür wurde aufgerissen – so laut und plötzlich, daß Dr. Patel und ich aufsprangen. »Mein Gott!« blaffte ich Sheffer an. »Haben Sie schon mal was von Anklopfen gehört?«
»An meine eigene Bürotür?« schoß sie zurück.
Sie warf einen Stapel Akten auf ihren Schreibtisch. Sah den Kassettenrekorder, den warnenden Blick, den Dr. Patel ihr zuwarf, und meine Verfassung. Ich muß ziemlich aufgelöst gewirkt haben. Sheffer schien ebenfalls ein wenig mitgenommen zu sein. Sie hob die Hände. »Es tut mir leid, entschuldigen Sie mich bitte für 'nen Moment, ja? Ich muß nur mal eben zur Toilette.«
Nachdem sich die Tür hinter ihr geschlossen hatte, fragte mich Dr. Patel, wie es mir gehe.
Ich sagte ihr, ich sei noch am Leben.

»Was wollen Sie zuerst hören?« fragte Sheffer. »Die gute oder die schlechte Nachricht?«
»Die schlechte«, antwortete ich, und gleichzeitig sagte Dr. Patel: »Die gute.«
Sheffer berichtete, der Vormundschaftsrichter habe entschieden, die Anklage gegen meinen Bruder fallenzulassen. Die wegen Waffenbesitz. Die schlechte – zumindest *potentiell* schlechte – Nachricht war, daß man Thomas der Obhut des Überprü-

fungsausschusses für Sicherheit in der Psychiatrie überstellt hatte.«

»Das ist die ›Recht-und-Ordnung-Fraktion‹, stimmt's?« fragte ich. »Die Typen, die alle einsperren und den Schlüssel wegwerfen wollen?«

»Nicht alle, Domenico. Aber wer es bis in die Schlagzeilen geschafft hat, für den sieht's erst mal nicht so gut aus.« Sie schaute hinüber zu Dr. Patel. »Zumindest meiner Meinung nach.«

»Aber Lisa«, erwiderte Dr. Patel. »Mr. Birdseys Fall unterscheidet sich doch um einiges von den spektakulären Fällen, die vor den Ausschuß kommen. Es gibt keine Anklage, kein Opfer.«

»Das ist fraglich«, sagte Sheffer. »Die anderen Besucher, die an jenem Tag in der Bücherei waren, hatten Angst. Angst um ihr Leben. Macht sie das nicht zu Opfern? Das könnten sie jedenfalls behaupten.«

Ich dachte an Mrs. Fenneck, wie sie vor mir gestanden hatte – diese Bibliothekarin, die mir sagte, sie könne seitdem weder essen noch schlafen. »*Wer* könnte das behaupten?« fragte ich.

»Der Überprüfungsausschuß. Oder wie ist es mit der Theorie, daß Thomas gleichzeitig Täter *und* Opfer war? Sie könnten sagen, sie müßten ihn langfristig hospitalisieren, um ihn vor sich sich selbst zu schützen. Ein vollkommen vertretbarer Standpunkt. Aber das eigentlich Schlimme – was mich, ehrlich gesagt, am meisten beunruhigt – ist die Tatsache, daß sie bereits jetzt einen Termin für die Anhörung festgesetzt haben. Und wissen Sie, für wann? Für den einunddreißigsten.«

»Den einunddreißigsten *Oktober*?« fragte Dr. Patel.

Sheffer nickte. »Halloween.«

»Aber das ist schon nächste Woche, Lisa«, sagte Patel. »Die Medikamente dürften ihn bis dahin kaum stabilisiert haben. Er wird dann noch nicht einmal drei Wochen wieder auf Neuroleptika eingestellt sein.«

»Ganz zu schweigen davon, daß die zweiwöchige Beobachtungsphase erst *an genau diesem Tag* endet.«

»Lächerlich«, sagte Dr. Patel. »Wieso bitten sie uns überhaupt um eine Empfehlung, wenn wir nicht einmal die Zeit bekommen, ihn zu beobachten und die Ergebnisse schriftlich festzuhalten?«

Der Richter habe sich ihren Vorschlag, den Termin zu verschieben, gar nicht anhören *wollen*, meinte Sheffer. »Merkwürdig, oder? Sonst beschwere ich mich immer darüber, wie ineffizient unser Gerichtssystem ist, aber in diesem Fall bereitet mir seine Effizienz geradezu Sorgen. Warum diese *Eile*?«

»Eins sage ich Ihnen«, warf ich ein. »Wenn das 'ne linke Tour ist – wenn sie versuchen, die Sache durchzuprügeln, damit sie ihn ein ganzes Jahr in diesem Rattenloch festhalten können –, dann werde ich einen Riesenaufstand machen.«

»Wissen Sie, Domenico«, sagte Sheffer. »Das Hatch ist vielleicht *tatsächlich* der beste Ort für Thomas. Vielleicht auch *nicht*. Aber darum geht es ja: Es ist einfach zu früh, das zu beurteilen. Ich will ehrlich mit Ihnen sein: Bei der Anhörung einen Riesenaufstand zu machen, könnte sogar Ihre einzige Chance sein, ihn hier rauszubekommen. Es wird ihnen zumindest klarmachen, daß er Angehörige hat, die sich um ihn kümmern, und daß seine Familie bereit ist, einen Teil der Verantwortung auf sich zu nehmen. Das könnte sie überzeugen, wenn Sie es richtig anstellen. Davon hängt alles ab.«

»Wovon?«

Sie schaute zu Dr. Patel. »Ich weiß nicht. Von der Vorgehensweise oder davon, wer – wenn überhaupt – am anderen Ende des Strangs zieht.«

Als ich aufstand, um zu gehen, bat mich Dr. Patel, noch einen Moment zu warten. Sie wolle nur eben den Kassettenrekorder zurück in ihr Büro bringen und mich dann zum Ausgang begleiten. Es werde nicht lange dauern.

Sheffer ging zu ihrem Aktenschrank. Sie trug einen hellbraunen Hosenanzug und dazu passende Schuhe mit hohen Absätzen. In dem Aufzug wirkte sie *noch* winziger.

»Wo sind Ihre Turnschuhe?« fragte ich sie.

»Wie bitte?«

»Na, Sie tragen heute hochhackige Schuhe. Ich hätte Sie in dieser gediegenen Anwaltstarnung fast nicht erkannt.«

Sie verdrehte die Augen. »Für konservative Richter muß man sich entsprechend anziehen. Da sehen Sie mal, was ich alles für Sie auf mich nehme.«

»Allmählich dämmert's mir«, sagte ich. Blickte ihr in die Augen. »Danke.«

»Ich hoffe nur, es klappt«, entgegnete sie. »Harte Sitzung?«

»Was?«

»Die Sitzung Ihres Bruders. Sie sahen ganz schön mitgenommen aus, als ich hier reingeplatzt bin. Dafür möchte ich mich übrigens entschuldigen.«

Ich zuckte mit den Schultern. »Kein Problem«, murmelte ich.

Als Dr. Patel zurückkam, hakte sie sich bei mir unter und führte mich durch die Korridore, an der Sicherheitszone vorbei bis zum Metalldetektor am Haupteingang. Im Halogenlicht wirkte das Gold und Orange ihres Saris fast unerträglich grell.

»Es war schwer für Sie heute«, sagte sie und drückte meinen Arm. »Aber ich hoffe, produktiv.«

Ich sagte ihr, es tue mir leid.

»Was tut Ihnen leid, Dominick?«

»Daß ich die Beherrschung verloren und herumgeschrien habe. All diese Schimpfworte, die ich auf Sie losgelassen habe.«

Sie schüttelte energisch den Kopf. »Ihre Reaktionen – Ihre Sicht der Dinge – haben mir weitergeholfen, Dominick. Vielleicht erweisen sie sich auf lange Sicht sogar als sehr wichtig. Man kann nie wissen. Aber ich denke trotzdem, Sie sollten sich die Bänder von den Sitzungen Ihres Bruders nicht weiter anhören.«

»*Warum?* Sie sagten doch, es sei hilfreich.«

»Ja, das ist es auch. Aber die Behandlung des einen Bruders sollte den anderen nicht gefährden.«

»Hören Sie, wenn ich ihm helfen kann ... Ich *will* ihm helfen. Wenn es Sie weiterbringt.«

Sie nahm meine Hand. Drückte sie. »Ich habe heute etwas sehr Wichtiges gelernt.«

»Ja? Was denn?«

»Ich habe gelernt, daß *zwei* junge Männer sich im Wald verlaufen haben. Nicht nur einer. Zwei.«

Sie deutete ein Lächeln an – es wirkte ziemlich unverbindlich. »Den einen werde ich vermutlich nie wieder finden. Er ist schon so lange fort. Ich fürchte, da habe ich womöglich kaum eine Chance. Aber bei dem anderen habe ich hoffentlich mehr Glück. Der andere junge Mann antwortet mir vielleicht.«

18

1969

Der Sommer, in dem Thomas und ich für die Stadtverwaltung von Three Rivers arbeiteten, war auch der Sommer von Woodstock, Chappaquiddick und Neil Armstrongs »großem Schritt für die Menschheit«. Ray war so begeistert von dem Gedanken, daß wir die Russen beim Wettrennen zum Mond schlagen würden, daß er eine Woche vor dem Raketenstart in ein Elektrogeschäft ging und unseren alten Schwarzweißfernseher gegen eine neue Farbfernsehtruhe eintauschte. Er behauptete, ihm persönlich sei es egal – aber mein Bruder, Ma und ich sollten miterleben können, wie Geschichte geschrieben wurde. Dafür brauchten wir einen Fernseher, bei dem das Bild nicht ständig zu laufen begann und in dem nicht alle Leute so winzig aussahen wie Zwerge.

Die gesamte nächste Woche verbrachte Ray damit, andauernd aus seinem Sessel aufzuspringen und an den Farb- und Kontrastknöpfen zu drehen; niemandem sonst war es gestattet, die Farben auf dem neuen Gerät zu verändern. Es schien, als versuchte er, soviel wie möglich für sein Geld zu bekommen, denn er stellte die Farben immer so lächerlich grell ein, daß es schon fast obszön wirkte. Er fummelte an diesen kleinen Knöpfen herum, bis die Farben an den Schwanzfedern des NBC-Pfaus ineinanderliefen und der Rasen des Yankee-Stadions ein psychedelisches Limonengrün annahm. Die Gesichter der Nachrichtensprecher glühten wie Irrlichter.

Am Abend der Mondlandung hatte ich Ärger mit Ray, weil ich lieber mit Leo Blood nach Easterly Beach fahren wollte. »Einer der größten Augenblicke der amerikanischen Geschichte, und du willst in irgendeinen Tanzschuppen?« fragte er mich.

»Das ist ja das Schöne an Amerika, Ray«, sagte ich. »Es ist ein freies Land.«

Im Kielwasser von Rays Wutanfall mit den zerschmetterten Einmachgläsern konnte ich mir solche Sprüche erlauben. Schon einige Tage lang benahm er sich Ma gegenüber regelrecht zurückhaltend, fast nachgiebig. Das galt auch für Thomas, der am Morgen nach Rays Ausbruch barfuß in die Küche kam und sofort in die einzige Glasscherbe trat, die meine Mutter beim Putzen übersehen hatte. Das zweieinhalb Zentimeter lange Stück Glas bohrte sich so tief in Thomas' Ferse, daß weder Ma noch ich versuchen wollten, es herauszuziehen. Statt dessen brachten wir Thomas in aller Eile in die Notaufnahme, wo ein junger Arzt so lange in der Wunde herumstocherte, bis die Scherbe schließlich entfernt war. Im Verlauf dieser Tortur fiel Thomas in Ohnmacht. Die klaffende Wunde mußte mit zahlreichen Stichen genäht werden. Als wir zu Hause ankamen, war Ray längst von der Arbeit zurück und hatte die Blutspur beseitigt, die sich von der Küche durch den Flur bis vors Haus gezogen hatte. Er wartete an der Tür auf uns, angespannt und blaß. »Was zum Teufel ist passiert?« wollte er wissen. Wir ließen ihn auf eine Antwort warten, bis es Thomas gelungen war, mit seinen Krücken die Treppenstufen zu überwinden.

Der neue Fernseher stellte eigentlich vor allem Rays unausgesprochene Entschuldigung dar. Und meine Verabredung am Abend der Mondlandung war meine Art, »nein, danke« zu sagen.

»Schenken die da, wo ihr hinwollt, Alkohol aus?« fragte er mich.

»Ich komme nirgendwo rein, wo es Alkohol gibt«, antwortete ich. »Die überprüfen an der Tür die Ausweise.«

»Richtig so«, meinte er. »Wenn ich dich bei irgendwas erwische, wovon du die Finger lassen sollst, dann versohle ich dir den Hintern, bis er blutet.«

So wie der Fuß, du Mistkerl, dachte ich.

Leo hupte schließlich irgendwann nach der Landung der Apollo-Mondfähre, aber vor Armstrongs erstem Schritt auf dem Mond. Er fuhr nicht mehr den Biscayne seiner Mutter, sondern kutschierte im eigenen Wagen durch die Gegend, einem kobaltblauen 66er Skylark Cabrio mit V8-Motor, Schaltgetriebe und 'ner Stereoanlage mit Achtspurrekorder und Lautsprechern hinten. Leo hatte den Wagen recht günstig bekommen, weil der Motor Öl verlor und das Faltdach permanent streikte. Im Kofferraum hatte er immer eine Kiste Bier, eine Plastikplane und ein paar Badetücher – für den Notfall.

Leo fuhr schnell und rücksichtslos, was mir besonders an diesem Abend gut gefiel. Neil Armstrong und Co. konnten meinetwegen durch das All schießen, soviel sie wollten – Leo und ich rasten die Route 22 hinunter, mit den Stones im Kassettenrekorder und frontal durch eine Wand aus Sauerstoff. Ich hatte das Gefühl, endlich wieder atmen zu können. Den ganzen Weg über tranken wir ein Bier nach dem anderen und schleuderten die leeren Dosen in den Straßengraben. Scheiß auf Ray und scheiß auf den Mond und die Astronauten. Wir waren die Größten.

Leo wollte sich zwei Clubs ansehen, das Blue Sands und einen neuen Laden, die Dial-Tone Lounge. »Heute abend werden wir mal so richtig einen draufmachen, Birdsey-Boy«, brüllte er mir zu. »Ich spür's unter dem guten alten Lendenschurz.«

»Dem guten alten Lendenschurz?« lachte ich.

Leo ließ das Lenkrad los und trommelte sich mit beiden Fäusten auf die Brust. Dann packte er wieder ans Steuer, stand auf und brüllte wie Tarzan. Der Skylark schlingerte hin und her, über den Straßenrand hinaus und wieder zurück.

Auf dem Parkplatz vom Blue Sands drückte Leo mir einen gefälschten Ausweis in die Hand, der mich volljährig machte, und ordnete an, ich solle mir meinen Namen und mein Geburtsdatum einprägen und dem Typ am Eingang direkt in die Augen blicken. Ich weiß nicht, wieso, aber ich erinnere mich noch, daß ich Charles Crookshank hieß, und am 17. Januar 1947 geboren war. »Woher kriegst du diese Dinger eigentlich?« fragte ich Leo.

»Die gibt's zum Selbermachen. Man muß sie nur noch einschicken.«

Der Kerl, der an der Tür postiert war, sah aus wie jemand vom

Planet der Affen. Er studierte unsere Ausweise im Licht seiner Taschenlampe und leuchtete uns dann voll ins Gesicht, so daß der Trick mit dem Blickkontakt von vornherein flach fiel. »'n Abend«, meinte Leo. »Und, wie findest du den Rummel um die Mondlandung? Ganz schön abgefahren, was?«

Der Türsteher ignorierte Leo und sah mich an. »Haben Sie einen Führerschein bei sich oder können Sie sich anders ausweisen, Mr. Crookshank?« fragte er.

»Komisch, daß du das erwähnst«, mischte Leo sich ein. »Wir sind beide aus Manhattan, klar? Bei den ganzen Bussen und U-Bahnen haben wir nie versucht, den Führerschein zu machen. Den braucht man in New York gar nicht.«

»Seid ihr nicht gerade hier auf den Parkplatz gefahren? In dem Buick mit dem Kennzeichen aus Connecticut?«

»Stimmt, das waren wir. Sehr aufmerksam«, lachte Leo. »Wir haben uns den Wagen meiner Schwester geborgt.«

Der Kerl warf noch einen Blick auf Leos falschen Ausweis und fragte ihn nach seinem Geburtstag. Den Tag kriegte er richtig hin, aber beim Monat lag er daneben. »Haut bloß ab, ihr zwei«, meinte der Affenmensch.

»Okay, Mann«, erwiderte Leo. »Peace, Bruder. Aber darf ich dir zu der großartigen Karriere gratulieren, die du vor dir hast? Eine ganze Menge Typen würden *alles* dafür tun, um so weit nach oben zu kommen wie du – feuchte Dollarnoten einsammeln und in einem schmierigen Laden Handrücken abstempeln ...« Wir mußten zum Skylark zurückrennen, weil King Kong hinter uns her war.

Am Eingang der Dial-Tone Lounge gab es mit denselben gefälschten Ausweisen keine Probleme. Alle Tische dort trugen eine neonfarbene Nummer, und zu jedem gehörte ein Telefon. Der Gag war, daß man sich irgendein Mädchen herauspicken konnte, dann ihren Tisch anrief und ein paar Minuten flirtete, während sie und ihre Freundinnen sich alle Typen im Laden ansahen, um zu erraten, bei wem die Lippenbewegung zum Gespräch paßte.

Die Männer waren im Dial-Tone in der Überzahl. Der Laden war gerammelt voll mit Matrosen von der U-Boot-Basis in Groton. Die meisten dieser Tintenfische trugen paillettenverzierte Batikhemden und Jeans mit Schlag – im Jahr 1969 konnte ein militärisches Aussehen tödlich sein für dein Liebesleben –, aber ihr Akzent und ihr Haarschnitt verrieten sie. Leo und ich schnappten uns den letzten freien Tisch, in der Ecke hinter zwei Musterexemplaren. Der eine war ein großer, dürrer Schwachkopf, und der andere sah aus wie ein bulliger Hydrant mit Augen. »Das hat uns gerade noch gefehlt«, murmelte Leo, während wir uns setzten. »Popeye und Pluto versperren uns die Sicht.«

»Ruf *die da* an«, forderte der Dürre seinen halslosen Freund auf.

»Welche?«

»Die, mit der ich an der Bar gesprochen hab.«

»Soll ich?«

»Ja, zum Teufel. Mach schon, Mann! Sie heißt Cindy.«

Der Halslose nahm den Hörer ab und wählte. »Hallo? Cindy? Du kennst mich nicht, aber ich wollte fragen, ob du schon Mitglied bist.«

Er hielt die Hand über die Sprechmuschel und platzte fast vor unterdrücktem Lachen. »Wieso mit Glied? Tja, wenn du noch keins hast, kannst du gerne meins haben, Baby!« Er warf den Hörer auf die Gabel. Die beiden lachten so laut, daß der halbe Laden in unsere Richtung blickte.

»Mein Gott, Birdsey, verglichen mit *den* Typen bist du ein richtig charmanter Kerl«, meinte Leo. »Bei solchen Idioten wundert's mich nicht, daß wir den dämlichen Krieg verlieren.«

Der Kumpel des Halslosen starrte uns ein paar Sekunden an, beugte sich dann herüber und tippte Leo auf die Schulter.

»'Tschuldige mal – was hast du da eben gesagt?«

»Hä?« machte Leo.

»Ich hab gefragt, was du da gerade zu deinem Freund gesagt hast. Irgendwas über meinen Kumpel und mich und den ›dämlichen Krieg‹?«

Leo schaute ihn verblüfft an. Dann lachte er auf. »›Dämchen krieg‹, habe ich gesagt. Wäre doch gelacht, wenn ich heute nacht nicht eins von diesem *Dämchen* krieg.«

»Ach so.« Pluto sah seinen Kumpel an und dann wieder uns. »Ich hab gedacht, du hättest etwas anderes gesagt.«

»Kein Problem, mein Freund«, meinte Leo und machte das Peace-Zeichen. Ich schüttelte den Kopf und grinste.

Leo wirkte total angespannt, als er sich voll lüsterner Erwartung im Raum umsah. Sein Fuß klopfte im Sekundentakt, und seine Fingerspitzen trommelten dazu einen Wirbel auf der Tischplatte. »Tisch sieben, an der Bar«, sagte er. »Von links nach rechts: Drei minus, Drei plus, Zwei minus, Drei. Tisch achtzehn, neben der Tür: nur Fünfen, außer der Brünetten im weißen Oberteil, die sich gerade hinsetzt. Ich geb ihr eine Zwei. Netter Arsch, netter Balkon, nur beim Riechkolben gibt's Punktabzug.«

»Mit dem Zinken kann sie winken«, meinte der Halslose.

»Wenn sie sich bückt, können ihre Freundinnen das Ding als Dildo benutzen«, fügte sein Kumpel hinzu. Leo tat so, als wären Popeye und Pluto unsichtbar.

»Ah, da drüben haben wir ein paar Einser-Bräute, Birdsey. Tisch zwölf. Die beiden Braunhaarigen im Minikleid. Was hältst du davon, die zwei von ihren Leiden zu erlösen?« Er nahm den Telefonhörer ab und sagte zu mir, ich könne die mit dem Pony haben.

Es war »meine«, die abhob. Leo erzählte ihr, wir beide seien aus Los Angeles zu Besuch an der Ostküste und müßten sie mal etwas fragen. »Ihr arbeitet doch auch für Twentieth Century Fox, nicht wahr? Haben wir euch dort nicht schon mal auf dem Studiogelände gesehen?«

Ich stöhnte auf und schüttelte den Kopf. »Du lieber Himmel, Leo«, sagte ich. »Manchmal bist du wirklich unglaublich.«

Er hielt die Sprechmuschel mit der Hand zu. »Du mich auch, Birdy. Du darfst hier dem Maestro bei der Arbeit zuhören. Mach dir lieber ein paar Notizen.«

Leo dachte sich eine abenteuerliche Geschichte aus, derzufolge wir beide Stuntmen in Hollywood und persönliche Freunde von Steve McQueen waren. Er erzählte, er habe einige der Stunts in *Bullitt* gemacht und sei gerade mit den Aufnahmen für den neuen James Bond fertig geworden, der bald in die Kinos komme. Ob sie und ihre Freundin *Butch Cassidy and Sundance Kid* gesehen hätten? Die Szene, wo Paul Newman und Robert Redford sich voneinander verabschieden und dann von der Klippe springen? In Wirklichkeit hätte er, Leo, den Sprung gemacht, und nicht Rob Redford. So würden ihn alle Freunde nennen: Rob. Leo spiele ein- oder zweimal im Monat Karten mit ihm.

Die Körpersprache der Mädchen und die Art, wie sie zu uns herübersahen, verrieten ihre Skepsis. Dann reichte die mit dem Pony der anderen den Hörer, und die sagte irgendwas Versautes zu Leo. Er antwortete, sie solle es sich doch selbst machen.

»Siehst du, das hasse ich«, meinte er und legte den Hörer auf. »Eine Einser-Braut, die *weiß*, daß sie 'ne Einser ist. Das steigt denen zu Kopf, ist wie 'ne Gehirnkrankheit. Ich ziehe jederzeit eine gut gelaunte Zweier-Braut einer eingebildeten Einser vor. Die durchschnittliche Zweier-Braut versteht genug von der Welt, um dankbar zu sein.«

Eine Bedienung kam an unseren Tisch; sie war zierlich und hatte ihr langes, dunkles Haar zu einem Zopf geflochten. »Ihr *benotet* diese Frauen?« fragte sie.

»Ja, wir wollen nämlich ein paar von denen aufgabeln«, erwiderte Leo dreist, während er sie von oben bis unten taxierte. »Möglichst welche aus dem Einser- oder Zweier-Bereich.«

»Nun, ich bin mir sicher, sie werden von deiner Sensibilität tief beeindruckt sein«, sagte sie. »Was kann ich euch bringen?«

Während sie gerade dabei war, unsere Bestellung aufzunehmen, langte einer der Matrosen vom Nebentisch herüber und zog an ihrem Zopf. Sie knallte das Tablett auf unseren Tisch, wirbelte herum und baute sich vor ihnen auf. »Behaltet eure Pfoten bei euch oder ich lasse euch hinauswerfen«, drohte sie. »Haben wir uns verstanden?«

»He, Süße, ich wollte doch nur deine Aufmerksamkeit erregen«, meinte der Halslose. »Kannst du uns noch 'n Bier bringen? Und wie wär's mit was zu beißen? Gibt's in dieser Absteige überhaupt was zu essen?«

»Ja, es gibt hier auch was zu essen«, antwortete sie. »Was willst du haben?«

»Wie wär's mit dir, Schätzchen? Hast du keine Lust, was gegen meinen Appetit zu tun?«

Ich beugte mich zu ihnen hinüber. »Paßt mal auf«, sagte ich. »Warum laßt ihr die Lady nicht einfach ihren Job machen?«

»Jetzt paß *du* mal auf«, fauchte sie mich an. »Ich bediene hier schon seit heute mittag, und die Frau, die mich vor zwei Stunden ablösen sollte, ist *immer* noch nicht aufgetaucht. Das letzte, was mir jetzt noch fehlt, ist eine Schlägerei um meine Ehre, okay?«

»Okay, okay«, sagte ich und hob kapitulierend die Hände. »Schon gut. Verzeihung.«

Sie wandte sich wieder den Matrosen zu. »Wir haben Sandwiches«, sagte sie mit ausdruckslosem Gesicht. »Dazu gibt's Fritten und 'ne saure Gurke. Was anderes gibt's nicht.«

»Okay. Habt ihr geräucherten Virginiaschinken?«

»Wir haben Schinken«, antwortete die Kellnerin. »Über den Herkunftsort kann ich allerdings keine Angaben machen.«

»He, Baby, ich kann nichts dafür, daß du deine Tage hast. Bring mir geräucherten Virginiaschinken auf Roggenbrot mit Senf und noch einen Becher von der Pumapisse, die wir hier trinken. Willst du auch was essen, Scofield?«

»Ich nehm ein Stück Pastete *à la* Muschi.«

»Arschlöcher«, murmelte die Kellnerin.

Sie war zwischen unseren Tischen eingekeilt, und ich stand auf, um sie durchzulassen. »Ich mach das nicht etwa, weil ich mich wie ein Gentleman benehmen will«, sagte ich zu ihr. »Ehrlich.«

»Halt einfach die Klappe«, antwortete sie und schob sich an mir vorbei.

Leo fing an, seine persönliche Theorie zu erläutern, nach der Frauen mit einem losen Mundwerk meist auch im Bett weniger gehemmt waren. Ich hörte nicht richtig zu. Statt dessen beobachtete ich unsere Kellnerin – wie der Bestellblock in der Gesäßtasche ihrer Jeans hin und her schaukelte, während sie durch den Laden ging, wie sie sich ihre Schürze neu band oder ihren Zopf anhob, um sich den Nacken zu massieren. Sie war klein – knapp einsfünfzig, wenn überhaupt. Netter Körper, hübsches Gesicht. Sie hatte eine energische Art, sich durch den Raum zu bewegen. Ich konnte mich nicht von ihrem Anblick losreißen.

Im Fernseher über der Bar lief die Live-Übertragung der Mondlandung, und davor drängelten sich etwa zwanzig oder fünfundzwanzig Leute. Nicht, daß sie bei der Musik und dem Quäken des Discjockeys etwas hätten hören können – sie versuchten, Walter Cronkite die Ereignisse von den Lippen abzulesen. Die Astronauten hatte immer noch nicht die Mondkapsel verlassen.

Ich deutete mit dem Kopf auf den Fernseher. »Erinnerst du dich noch, wie's war, als Alan Shepard ins All geflogen ist? Was für ein Spektakel!«

»Ich war in der sechsten Klasse«, antwortete Leo.

»Wir waren in der fünften.«

»Wer ist wir?«

»Thomas und ich. Unser Lehrer hatte ein Radio mitgebracht, und wir durften uns im Kreis davorhocken und zuhören und brauchten nicht zu lernen. Nach der Landung sind wir alle aufgestanden und haben die Nationalhymne gesungen.«

Er nickte. »Weißt du, was mir an dir auffällt, Birdsey? Immer, wenn du was erzählst, sagst du ›wir‹. Als wärt ihr wie siamesische Zwillinge an der Hüfte zusammengewachsen.« Seine Augen schauten an mir vorbei. »Wow, Mann, mit *der* wär ich auch gerne mal an der Hüfte zusammengewachsen«, sagte er und deutete auf eine langhaarige Blondine an der Bar. Ich suchte in der Menge nach der kleinen Kellnerin und entdeckte sie schließlich drei Tische weiter.

»Als Kind stand ich *total* auf den ganzen Astronautenkram«, sagte Leo.

»Du?«

»O ja. *Absolut.* Gus Grissom, Wally Schirra und all die anderen. Ich hatte so ein richtiges Astronauten-Sammelalbum. Mein größtes Ziel war, einmal im Leben nach Cape Canaveral zu fahren und John Glenn die Hand zu schütteln.«

»Thomas und ich hatten Astronauten-Brotdosen«, sagte ich.

»Ich hatte auch so eine. Die fand ich echt cool.«

Ich erzählte Leo, daß ich nicht so recht wußte, was ich von unserer Landung auf dem Mond halten sollte. »Ich meine, klar, das ist ein richtiger Hammer – Science-fiction wird Wirklichkeit und so. Ein Hoch auf die Typen mit den Rechenschiebern ... Aber irgendwie ist das Ganze auch Propaganda für Nixon. Der Kapitalismus triumphiert über das böse Reich des Kommunismus. Wen kümmert's da noch, daß wir ein ganzes verdammtes Land mit Napalm verbrennen und uns nebenbei auch noch einen Tritt in den Arsch abholen?«

»Gott segne Amerika«, sagte Leo.

»Mein Stiefvater ist losgezogen und hat zur Feier des Tages einen neuen Fernseher springen lassen. Wahrscheinlich sitzt er gerade zu Hause und kriegt vom Zuschauen einen Steifen.«

»Wo wir gerade davon sprechen«, meinte Leo. »Wirf mal einen Blick auf die Rothaarige in dem karierten Fummel. Tisch sechzehn. Ich glaube, ich bin ver-*liebt*!«

Gerade, als er den Hörer aufnahm und wählen wollte, forderte ein anderer den Rotschopf zum Tanzen auf. »Pech gehabt, Sundance«, zog ich ihn auf. »Da bist du wohl nicht schnell genug von der Klippe gesprungen.«

»Du mich auch, Birdsey«, antwortete er. »He, weißt du, was Dell mir erzählt hat? Über die Astronauten? Das ist alles ein einziger Beschiß – die kreisen gar nicht da oben um den Mond. In Wirklichkeit sitzen sie in irgendeinem geheimen Fernsehstudio in New Jersey. Nixon hat das eingefädelt, um vom Krieg abzulenken. Dell sagt, er hat das in der Zeitung gelesen, die er immer bekommt.«

»Doch nicht etwa in der *New York Times*, oder?« lachte ich.

»Scheiß auf Dell«, meinte Leo. »Ich habe keine Ahnung, von welchem Planeten der kommt.«

An einen großen Teil des Abends kann ich mich nur sehr verschwommen erinnern. Einmal tanzte ich mit einer Blondine, die Zöpfe hatte, so eine richtige Hinterwäldlerin. Ich weiß auch noch, daß das Dial-Tone nach Armstrongs und Aldrins Mondspaziergang eine Runde Champagner ausgab. Und daß der Halslose irgendwem eine reinhaute und von zwei Rausschmeißern vor die Tür gesetzt wurde. Irgendwann im Laufe des Abends wechselte unsere Bedienung.

»Ich geh mal raus«, sagte ich zu Leo. Es war mittlerweile nach Mitternacht. »Runter zum Strand oder so.«

Er hatte schließlich doch bei der Rothaarigen landen können; ihr Klammerblues ähnelte immer mehr einem Vorspiel. »Schön, dich gekannt zu haben«, murmelte Leo.

Draußen war es kühl, und der Mond versteckte sich hinter einem Dunstschleier. Auf der anderen Seite des Parkplatzes versuchte jemand, seinen Wagen zu starten, und ließ dabei den Anlasser wieder und wieder aufjaulen.

Ich kletterte die Düne hinauf und auf der anderen Seite wieder hinunter zum Meer. Das Rauschen der Brandung klang wie eine Toilettenspülung. Überall am Strand lag Seetang herum.

Es war niemand zu sehen. Ich zog meine Sandalen aus und warf sie nach hinten in Richtung der Rettungsstation.

Krempelte meine Jeans hoch und schlenderte am Wasser entlang.

Die kalte Seeluft nüchterte mich ein wenig aus – spülte den Alkoholdunst, den Zigarettenqualm und die Lichtblitze aus meinem Kopf. Fleischbeschau: Darum ging es in all diesen Bars. Ich konnte immer noch das Wummern der Musik hören, aber das Geräusch wurde immer schwächer, je weiter ich wanderte. Die Brandungswellen, die meine Füße umspülten, fühlten sich gut an. Ich starrte hinauf zum Mond.

Ich muß wohl eine oder anderthalb Meilen gelaufen sein, nur Mist im Kopf – wie es da oben wohl sein mochte, wenn man auf die Erde hinunterblickt. Kein Teil mehr davon zu sein. Den ganzen Planeten sehen zu können. Das war's, Mann. Genau das machte es so schwer: Wir wanderten alle auf die eine oder andere Art auf dem Mond herum. Ich. Leo. Ralph Drinkwater. Mein Bruder. Selbst mein dämlicher Stiefvater, gefangen in seinem alltäglichen Kampf mit Ma, Thomas und mir: drei gegen einen. Sogar die ganzen Clowns da hinten in der Dial-Tone Lounge, die sich volllaufen ließen, nur um den Mut aufzubringen, ein Mädchen – *irgend*ein Mädchen – anzuquatschen und zu vögeln, sich mit *irgend*wem zu verbinden, und sei es nur für ein paar Minuten auf dem Rücksitz eines Autos. Einige Sekunden lang war mir das alles ganz klar. Ergab alles einen Sinn. Wie hieß noch mal der Typ, den wir im letzten Semester in Philosophie gelesen hatten? Der Kerl mit dem Existentialismus? Er hatte recht. Jeder Mensch war allein. Auch wenn man der eineiige Zwillingsbruder von jemandem war. Ich meine, warum war Thomas denn mitten in der Nacht aufgestanden und hatte seine Runden um das Wohnheim gedreht? Weil nichts einen Sinn ergab, Mann, darum. Weil die ganze blöde Welt vollkommen absurd war. Weil der Mensch existentiell *allein* war … *Wow, das ist abgefahren*, sagte ich zu mir selbst und versuchte mich auf den Boden zurückzuholen. *Echt stark, Mann.* Ich hatte mich tatsächlich an etwas aus der Uni erinnert, obwohl das Semesterende schon einen ganzen Monat hinter mir lag. Ich entwickelte mich anscheinend zu einem Philosophen. Ich bückte mich und hob einige Kiesel auf. Warf sie, einen nach dem anderen, in die Brandung. Ich weiß nicht, wie lange ich so dastand.

Als ich zurück war und meine Sandalen holen wollte, sah ich

einen Schatten oben auf dem Beobachtungssitz der Rettungswacht. »He«, rief eine weibliche Stimme, »hast du ein Starthilfekabel?«

»Nein, hab ich nicht. Warst du das vor einer Weile? Klingt, als ob der Wagen abgesoffen ist. Wenn ich du wäre, würde ich ein bißchen warten und es dann noch einmal versuchen.«

Als ich näher kam, erkannte ich, wer es war: die kleine Kellnerin aus dem Dial-Tone. Sie saß da mit angezogenen Beinen und hatte ihre Hände in die Ärmel ihres Sweatshirts geschoben.

»Nicht, daß ich versuche, dich zu retten oder so was.«

Sie lächelte. »He, ich war eigentlich froh, daß du mir diese Idioten vom Hals schaffen wolltest«, meinte sie. »Das war echt süß. Danke.«

»Gern geschehen.«

»Ich hab es einfach so satt, verstehst du? Typen, die einen den ganzen Abend antatschen, um ihren Kumpels zu zeigen, was für tolle Kerle sie sind. Eine der anderen Kellnerinnen – eine der Veteraninnen – hat mir gezeigt, wie man mit denen umgehen muß. Schnauz sie an, als wärst du ihre Mutter, und wenn sie nicht auf der Stelle aufhören, schickst du sie auf ihr Zimmer. Ich hab's ausprobiert. Es funktioniert.«

Ich nickte. »Bei mir hat's jedenfalls gewirkt. Ich hab mir fast in die Hose gemacht.«

Sie schaute zurück zum Dial-Tone. »Gott, ich hasse diesen Laden«, sagte sie.

»Tja, wenn das mit dem Verfall des Abendlands stimmt, dann haben wir mit der Dial-Tone Lounge wohl den absoluten Tiefpunkt erreicht.« Sie lachte ihr hübsches Lachen. In dieser Nacht hörte ich es zum ersten Mal.

»Also, was ist passiert? Haben sie dich gefeuert?« fragte ich. »Oder hast du gekündigt?«

»Weder noch. Meine Ablösung ist schließlich doch noch aufgetaucht. Gott, ich hoffe, ich krieg dieses blöde Auto in Gang. Ich hab keine Lust, bis nachts um zwei herumzusitzen und darauf zu warten, daß dieser blöde stellvertretende Geschäftsführer auftaucht und mich nach Hause bringt.«

»Wo wohnst du?« fragte ich. »Vielleicht können mein Kumpel und ich dich nach Hause fahren.«

Sie lächelte. »Der Typ, der Frauen benotet? Trotzdem vielen Dank.«

»Kein Problem.«

Eine ganze Weile sagte keiner von uns beiden etwas. Ich wandte mich ab, um weiterzugehen.

»Hast du Lust, dich zu mir zu setzen?« fragte sie. »Komm schon rauf. Hier ist genug Platz.«

»Wirklich?«

Sie sagte, sie hätte den Sitz für mich angewärmt.

Ich kletterte hinauf und quetschte mich neben sie. Sah das Buch auf ihrem Schoß. Sie hat immer schon viel gelesen.

»Hat dir deine Mutter nicht verboten, im Dunkeln zu lesen?« fragte ich.

»Hab ich ja gar nicht. Ich hab im Mondlicht gelesen.«

»Das ist das gleiche. Was ist so gut, daß du dir dafür die Augen ruinierst?«

»Richard Brautigan«, antwortete sie und gab mir das Taschenbuch. »Ich verstehe nicht ganz, worum es geht, aber ich muß immer weiterlesen«, meinte sie. »Es ist so geheimnisvoll ... Es fasziniert mich.«

Ich schlug das Buch auf und kniff die Augen zusammen. Konnte den ersten Absatz ausmachen. Las ihn laut vor. »*Im Zucker der Wassermelone werden Taten vollbracht und wieder vollbracht, so wie mein Leben im Zucker der Wassermelone geschieht. Ich werde dir davon berichten, denn ich bin hier und du bist fern.*«

»Sieh dir sein Bild an«, sagte sie. »Auf all seinen Büchern ist eins.«

Ich schlug das Buch zu, hielt es ins Mondlicht. »Sieht aus wie Mark Twain bekifft«, sagte ich. Sie lachte. Fuhr mir mit der Hand durch die Haare, machte sie ein wenig strubbelig. Läßt mich mein Gedächtnis nicht im Stich? War *das* wirklich alles? Mehr war nicht nötig? Ich weiß nur eins: Ich verliebte mich auf der Stelle in sie. Noch bevor ich wieder von diesem Rettungsturm heruntergesprungen war.

Man konnte mit ihr reden – das war es. Und sie sah gut aus. Und war schlau. Und witzig. Sie erzählte, sie sei einundzwanzig und studiere am Boston College Pädagogik. Neben dem Kellnern arbeitete sie noch vormittags in einer sozialen Einrichtung für

Kinder. »Mein Vater wollte, daß ich diesen Sommer wieder für ihn arbeite«, berichtete sie. »In der Buchhaltung bei meinem Onkel Costas. Papa hat ein Autohaus. Aber da war ich schon die letzten drei Sommer. Ich wollte mal was anderes machen. Und etwas unabhängiger sein, glaube ich. Kannst du dir vorstellen, daß ich mir den ganzen Streß mit den Vorstellungsgesprächen gewünscht habe? Die Bewerbungsunterlagen wirklich ausfüllen wollte, um zu sehen, ob jemand, der nicht zur Familie gehört, mich einstellen würde? Kannst du das verstehen?«

»Na jedenfalls besser, als die Tatsache, daß dein Vater ein Autohaus besitzt und du mit einer Kiste durch die Gegend fährst, die nicht anspringt«, antwortete ich.

»O mein Gott, Daddy würde sterben vor Angst, wenn er wüßte, daß ich hier liegengeblieben bin. Er meint es ja gut, aber er übertreibt es wirklich mit seiner Fürsorge. Wie heißt du?«

»Wie ich heiße? Dominick.«

»Dominick«, wiederholte sie. »Du bist Italiener, oder?«

»Ja. Zumindest zur Hälfte.«

»Und die andere Hälfte?«

Da war er wieder, der Schlag in die Magengrube. Die unbeantwortete Frage. »Ach, ein bißchen hiervon, ein bißchen davon«, antwortete ich. »Und du?«

»Griechin«, sagte sie. »Von beiden Seiten. Mein Vater ist in Amerika geboren und meine Mutter in Griechenland. Ach übrigens, ich heiße Dessa.«

»Dessa, und weiter?«

»Constantine.«

»Constantine? Wie in ›Kommt und holt euch den neuesten Dodge in Constantines Autohaus‹?« Ich begann das Lied aus der Radiowerbung zu singen, das ich tausendmal in Ralph Drinkwaters Radio gehört hatte.

Sie lachte. Stieß mich mit dem Ellbogen an. »Wenn mein Vater zurückkommt, muß ich ihm unbedingt sagen, daß die Radiowerbung anfängt, sich bezahlt zu machen.«

»Noch habe ich kein Auto gekauft«, erwiderte ich. »Wo ist er?«

»Was?«

»Dein Vater. Du hast gerade gesagt: ›Wenn er zurückkommt.‹«

»Ach so. Er ist in Griechenland. Er, meine Mutter und meine

kleine Schwester. Wie jedes Jahr. Sie besuchen Verwandte. Dieses Jahr bin ich zum ersten Mal nicht mitgefahren. Warst du schon mal in Griechenland?«

Aber klar, dachte ich. Birdsey, der Jet-Setter. »Soweit ich weiß, nicht.«

»Oh, wenn du jemals die Gelegenheit hast, mußt du unbedingt hinfahren. Die Ägäis ist einfach umwerfend. Alles dort ist so voller Geschichte, und die Sonne – ihr Licht ist ganz anders als hier bei uns. Und das Meer! Du kannst dir nicht vorstellen, was für eine herrliche Farbe das Wasser hat.«

Etwa eine Minute lang saßen wir einfach da und blickten schweigend hinaus auf den Ozean. Normalerweise, bei jedem anderen Mädchen, hätte mich ein so langes Schweigen nervös gemacht. Aber mit Dessa war die Stille angenehm.

»Wie alt ist deine kleine Schwester?« fragte ich.

»Athena? Puh. Sie ist siebzehn.«

»Athena? So wie die Göttin der Weisheit?«

Sie lachte. »Mehr wie die Göttin des unmöglichen Benehmens. Sie haßt den Namen und will, daß wir sie Angie nennen. Was für ein Aas! Aber meine Eltern lassen ihr wirklich alles durchgehen.«

Ich erzählte ihr von Thomas.

»Du hast einen Zwilling? Eineiig oder zweieiig?«

»Eineiig.«

»Oh, toll«, meinte sie. »Ist es cool, einen Zwillingsbruder zu haben?«

Ich schnaubte kurz. »*Nein.*«

»Nein? Warum nicht?«

Aus irgendeinem Grund fing ich an, ihr vom ersten Jahr an der UConn zu erzählen – wie Thomas sich immer in unserem Zimmer verkrochen und wie er seinen Frust an unserer Schreibmaschine ausgelassen hatte.

Sie hörte einfach zu. Ließ mich weiterreden. Ich konnte selbst kaum fassen, daß mir das so leichtfiel.

»Ich kann mir vorstellen, daß es nicht einfach ist, jemanden zu haben, der einem *so* nahe steht«, sagte sie. »Besonders, wenn derjenige von einem irgendwie abhängig ist. Wahrscheinlich hast du oft das Gefühl, daß dir kaum Luft zum Atmen bleibt.«

Ich konnte kaum glauben, daß sie mir wirklich zugehört hatte. Daß jemand mich – in gewisser Weise – verstand. Ich legte einen Arm um sie und küßte sie. Und sie küßte mich wieder. »Du schmeckst gut«, meinte sie. »Irgendwie salzig.«

Ungefähr ein halbes Dutzend Küsse später war ich total aufgedreht und scharf auf sie – in kürzester Zeit von null auf hundert. »He, langsam, Cowboy«, sagte sie, schob meine Hände weg und sprang vom Turm. Sah hinauf zum Mond. »Ist schon seltsam«, meinte sie, »sich vorzustellen, daß da oben wirklich ein paar Erdenbewohner sind, genau in diesem Moment, und da einfach herumspazieren? Die Männer im Mond. Ganz schön surreal, nicht wahr?«

Sie ging langsam zum Wasser hinunter. Watete hinein. *Ich bin hier und du bist fern,* dachte ich, und war mir nicht sicher, ob ich damit Dessa meinte oder meinen Bruder oder die Astronauten dort oben auf dem Mond.

»He, Dominick, komm her!« rief sie. »Schau mal!«

Als ich neben ihr stand, nahm sie meine Hand. Sie starrte ins Wasser. »O mein Gott, das habe ich nicht mehr gesehen, seit ich ein Kind war«, sagte sie.

»Was gesehen?«

»Das Meeresleuchten. Da, im Wasser, Genau da!«

»Genau wo?« fragte ich. »Wovon redest du eigentlich?«

»Von diesen kleinen Lichtblitzen unterhalb der Wasseroberfläche. Du mußt schnell sein. Sie sind nur etwa eine Sekunde lang zu sehen. Sieh doch! Da ist schon wieder einer! Hast du's gesehen?«

Ich sah das Meer. Sand. Unsere Füße im Wasser.

»Meine Schwester und ich haben das immer Elfenstaub genannt. Da, schon wieder!«

Ich glaubte, sie wollte mich auf den Arm nehmen. Konnte noch immer nichts sehen. Dann sah ich es auch! Meeresleuchten.

Elfenstaub.

Ihr Auto sprang beim ersten Versuch an.

Später fuhr ich den Wagen nach Hause und hörte mit halbem Ohr Leo zu, der sich beschwerte, was Rothaarige doch für Miststücke seien. »Das ist wie ein Club«, sagte er, »wie ein ungeschriebenes Gesetz.« Wir hielten am Oh Boy-Diner. Tranken Kaffee, aßen Spiegeleier. Ich erzählte ihm nichts von Dessa – erwähnte sie mit keinem einzigen Wort. Ich hatte keine Lust auf einen von Leos Vorträgen über Kellnerinnen oder Mädchen mit Zopf oder Töchter aus gutem Hause. Auf dem Weg zurück zum Auto griff ich in meine Jeanstasche und tastete nach den Streichholzbriefchen aus dem Dial-Tone. Ich hatte Dessa gebeten, mir ihre Telefonnummer auf die Innenseite von zwei dieser Briefchen zu schreiben, zur Sicherheit, falls ich eins verlieren sollte. Ich wollte kein Risiko eingehen.

Es war nach zwei, als ich zu Hause ankam. Mein Bruder und meine Mutter waren beide schon im Bett; Ray lag ausgestreckt auf dem Sofa, schnarchend, allein mit seiner großen historischen Nacht. Der Fernseher war immer noch an, und Walter Cronkite hielt Wache im Kontrollzentrum. Seine Haut glühte infrarot. Und er plapperte unaufhörlich über den Mond.

19

1969

Dell Weeks fing nie vor dem Mittagessen mit dem Trinken an und gewöhnlich auch nicht vor der Mitte der Woche. Aber donnerstags und freitags nahm er bereits mittags einen großen Schluck aus seiner Halbliterflasche Seagram's und war spätestens am frühen Nachmittag hinüber.

Dell war ein Jekyll-und-Hyde-Trinker. Manchmal machte ihn der Alkohol leutselig. »Kein Grund, sich für einen Hungerlohn umzubringen«, pflegte er dann, den Arm um deine Schultern gelegt, zu sagen, wobei er dir seinen süßlichen Schnapsatem ins Gesicht blies. Bei anderen Gelegenheiten begann er zu sticheln und Beleidigungen auszustoßen – schimpfte auf »faule Nigger« und »dämliche Collegeschwuchteln«, die keine Ahnung davon hätten, wie man eine Schaufel hielt. Während einer seiner gemeinen Phasen fing Dell an, meinen Bruder »Schwanzlos« zu nennen.

Wenn wir Glück hatten, rollte Dell sich an seinen Saufnachmittagen im Schatten einiger Bäume oder neben dem Kleinlaster zusammen und schlief ein. Wir hatten Anweisung, uns still zu verdrücken, wenn wir mit der Arbeit früher fertig wurden – ihn keinesfalls zu belästigen, außer Lou Clukey tauchte auf. Anfangs saßen Leo, Thomas und ich dann einfach nur herum und quatschten, während Ralph Drinkwater sich irgendwo in der Nähe niederließ – weit genug entfernt, um nicht dazuzugehören, aber wiederum so nahe, daß er unserem Gespräch folgen konnte.

Manchmal spielten wir Karten, an anderen Tagen langweilten wir uns so sehr, daß wir anfingen, Fangen zu spielen – als wären wir neun Jahre alt und nicht neunzehn.

Manchmal, während wir anderen die Zeit totschlugen, rauchte Ralph einen Joint und grinste uns an, als amüsierte er sich über irgendeinen Witz, der für jeden außer ihn zu hoch war. Als *wären* Thomas, Leo und ich der Witz. Es war das gleiche Grinsen, das er immer in Mr. LoPrestos Geschichtsunterricht aufgesetzt hatte. »Nö«, antwortete Ralph, wenn wir ihn fragten, ob er sich nicht auf ein Spielchen zu uns gesellen wolle. »Kein Interesse.« Ich wartete die ganze Zeit darauf, daß er die Einladung erwiderte und einen seiner Joints herumgehen ließ – ich hatte in der Schule ein paarmal gekifft und mochte es, high zu sein –, aber Ralph bot uns nichts an, und ich wollte nicht betteln.

Erst »Grabball« brachte Drinkwater dazu, seine Zurückhaltung aufzugeben und sich uns anzuschließen. Eines Tages fuhr Leo auf dem Friedhof an der Boswell Avenue mit seinem Rasenmäher über etwas, das ein lautes Plopp von sich gab und dann zur Seite wegschoß. Es war ein Kinderbaseball aus Plastik, zerbeult und schon leicht zerfleddert, aber immer noch brauchbar. Leo erfand ein Spiel, bei dem man den Ball mit einer Heckenschere schlagen und dann von einem Mal – einem zuvor festgelegten Grabstein – zum nächsten laufen mußte. Der Trick dabei war, daß man seinen Rasenmäher hinter sich herzuziehen hatte.

Zuerst bildete Leo ein Team und ich das andere. Thomas schlug und lief für uns beide. Wir erfanden einen Haufen Regeln für uns »Geisterläufer«. Wir hatten etwa eine halbe Stunde gespielt, als Drinkwater es einfach nicht mehr aushielt. Er stand auf und kam herübergeschlendert. »Was spielt ihr Witzbolde da eigentlich?« fragte er. Dabei hatte er die ganze Zeit vorgegeben, uns nicht zu beachten.

Leo gab dem Spiel aus dem Stegreif einen Namen.

»Grabball«, sagte er. »Lust mitzumachen?»

Selbst völlig bekifft war Drinkwater große Klasse beim Grabball. Ich hätte nie gedacht, daß ein Kinderbaseball nach einem Zusammenstoß mit einer Heckenschere so weit fliegen kann. *Tock!* Das Ding sauste über die gesamte Breite des Friedhofs, bis in den Wald. War Ralph am Schlag, waren wir die Hälfte der Zeit damit beschäftigt, nach dem verdammten Ball zu suchen. Und als Läufer flog Ralph nur so um die Male herum, samt Rasenmäher und allem. Der Kerl war *schnell.* Grabball brach schließlich das Eis zwischen ihm und uns.

Zu dieser Zeit hatte ich mich schon ein paarmal mit Dessa getroffen. Die Constantines lebten in einem großzügigen, dreistöckigen Haus in Hewett City, sechzehn Meilen nördlich von Three Rivers. Hinter dem Haus hatten sie einen Swimmingpool, eine geflieste Terrasse und einen dieser gepflegten Blumengärten. Die Flügeltür am Eingang führte in einen großen Flur mit Marmorfußboden. Direkt neben der Tür zum Wohnzimmer mit seinen samtbezogenen Sofas und Sesseln – und den Ölporträts von Dessa und ihrer Schwester – stand eine riesige Standuhr. Gegen ihre Größe und Klasse – ihren *Klang* – wirkte das traurige Exemplar in der Geschäftsstelle von S & H, für das Ma so lange die grünen Rabattmarken gesammelt und das sie doch nie bekommen hatte, einfach lächerlich. Jedesmal, wenn ich das Haus der Constantines betrat, wurde mir die Kleinbürgerlichkeit meiner eigenen Familie bewußt.

Dessas Vater hatte vor seiner Abreise nach Griechenland eine Alarmanlage installieren lassen und seinem Bruder Costas das Versprechen abgenommen, regelmäßig vorbeizuschauen, um nach Dessa zu sehen. Und dann hatte Daddy seine Tochter schwören lassen, während seiner Abwesenheit keine männlichen Besucher zu empfangen, insbesondere nicht diesen nichtsnutzigen Musiker Julian, der sie mißhandelt hatte. Sie habe *einmal* einen Fehler gemacht, erzählte mir Dessa, aber ihr Vater werde ihn ihr vermutlich bis an sein Lebensende vorhalten. Mrs. Constantine hatte Dessa zwar versichert, daß ihr Vater ihr eigentlich vertraue, ihm aber all die Hippies und diese Irren, die heutzutage herumliefen, absolut suspekt waren. Was konnte einem Mädchen nicht alles passieren, besonders wenn es zu vertrauensselig war. Dessa solle doch lieber mit ihnen nach Griechenland kommen, anstatt als Kellnerin in diesem verrückten Tanzschuppen mit den Telefonen zu arbeiten. Da könne sie sich erholen, Sonne tanken und nette junge Griechen treffen.

Dessa hatte mir das alles schon vor meinem ersten Besuch am Telefon anvertraut, so daß ich mir wie ein Draufgänger vorkam, mich irgendwie sexy fühlte, als ich auf meinem Dreigangfahrrad der Marke Columbia die Auffahrt hinaufstrampelte. Es war auch ein sexy Gefühl, mich nach dieser langen Radtour aus meinen schweißgetränkten Sachen zu pellen, sie auf den Mosaikfußboden in Dessas Badezimmer fallen zu lassen und mich unter dem pulsierenden Strahl der Dusche einzuseifen. Bei meinem ersten Besuch blieb Dessa im Wohnzimmer, während ich duschte und mich umzog. Das zweite Mal stand sie, eine verschwommene, sprechende Gestalt in Shorts und Bikinioberteil, auf der anderen Seite der Glasscheibe, und ich mußte warten, bis meine Erektion nachließ, ehe ich den Wasserhahn zudrehen und herauskommen konnte. Bei meinem dritten Besuch duschten Dessa und ich zusammen, spülten die Spuren des Sex ab, den wir gerade gehabt hatten, und seiften uns gegenseitig ein, was uns sofort wieder anturnte.

Vor Dessa war ich noch nie so heiß gewesen. Ich hatte mich manchmal gefragt, ob ich je diese Leidenschaft empfinden würde. In *Newsweek* und im Fernsehen schien es nur noch ein Thema zu geben, die sexuelle Revolution – sie zeigten atemberaubende Statistiken, die belegten, daß der überwiegende Teil der männlichen amerikanischen Jugendlichen in meinem Alter schon zig Partnerinnen gehabt hatte. Vielleicht war das ja so bei Leo und all den anderen – bei mir jedenfalls nicht. Meine sexuellen Erfahrungen vor Dessa beschränkten sich auf die Geschichte mit Patty Katz bei den Wasserfällen und eine Party im Studentenwohnheim, bei der ein betrunkenes Mädchen sich im Dunkeln über meine Probleme mit ihrer Strumpfhose amüsierte und ihn sich dann mit den Worten reinschob: »So. Nun *mach schon.*«

Dessa war die Erfahrenere von uns beiden – sie hatte »zwei ernsthafte Beziehungen« hinter sich. Sowohl der Hackbrettspieler als auch der Antikriegsmarschierer waren älter gewesen als sie und hatten dafür gesorgt, daß sie sich manchmal wie ein dummes kleines Mädchen vorkam. Ihre Eltern wußten zwar nur von dem Vorfall mit Julian – in der Nacht, als er sie gegen die Wand schleuderte und ihr das Handgelenk brach, hatte sie vom Polizeirevier in Brighton aus zu Hause angerufen –, sie war aber von beiden Männern rauh angefaßt worden. Meine Unerfahrenheit gefiel ihr. Meine Schüchternheit. Sie sagte, in meinen Armen fühle sie sich sicher.

»Das hasse ich so am Kellnern«, gestand sie mir eines Nachmittags. »Manchmal fühle ich mich einfach nicht mehr sicher.« Wir lagen auf ihrem Bett, hörten Musik, hielten uns aneinander fest. »Die meisten Kerle werden aggressiv, wenn sie betrunken sind. Ich hasse es, wie sie sich gegenseitig hochschaukeln.« Sie drehte sich um, so daß sie mich ansehen konnte. »Was macht euch Kerle eigentlich so *wütend*?« fragte sie.

Ich ließ meine Hand über ihr Bein gleiten, küßte sie auf die Schläfe, auf den Mundwinkel. »Ich bin nicht wütend«, sagte ich. »Ich komme in Frieden.«

»Nein, jetzt mal im Ernst«, erwiderte sie. »Manchmal fühle ich mich bei der Arbeit einfach nicht sicher, auch wenn die Rausschmeißer und die Barkeeper ein Auge auf uns haben.«

»Dann kündige doch«, sagte ich.

»Ich kann nicht kündigen.«

»Natürlich kannst du das, Dessa. Was glaubst du, wie *ich* mich fühle, wo ich weiß, in der Bar starren dir alle Kerle hinterher? Wenn du im Dial-Tone aufhörst, können wir uns auch an den Wochenenden sehen, zum Strand gehen, den ganzen Tag miteinander verbringen.«

»Dominick, ich *muß* arbeiten«, sagte sie.

»Du hast noch deinen Job mit den Kindern bei Head Start. Das ist doch auch Arbeit.«

Sie lachte. »Weißt du, was ich da verdiene, Dominick? Sechsunddreißig Dollar die Woche. Ich bekomme das Doppelte an einem Abend – an manchen Abenden sogar das *Dreifache* –, wenn ich im Dial-Tone betrunkenen Spinnern ihr Bier bringe.«

»He, tu nicht so, als brauchtest du das Geld. Deine Studiengebühr beträgt vielleicht soviel wie, na, wie sieben oder acht verkaufte Autos im Laden deines Vaters.«

»Aber das ist nicht der Punkt. Ich will mir etwas beweisen.«

Ich unterdrückte ein Lächeln, schluckte den Groll hinunter. Ich wünschte, ich könnte mir den Luxus leisten, für etwas anderes als für Geld zu arbeiten. »Was willst du dir denn beweisen?«

»Dominick, mein Vater ist der großzügigste Mann der Welt. Er würde für meine Schwester und mich alles tun, worum wir bitten. Aber genau da liegt das Problem. Du zahlst einen hohen Preis, wenn du immer der Empfänger bist: Du gibst deine Unabhängigkeit auf.«

Ich begann, die Innenseite ihres Beins zu streicheln.

»Wenn ich kündige, beweise ich, daß *er* recht hat und nicht ich«, fuhr sie fort. Sie zog sich das T-Shirt über den Kopf und öffnete ihren BH. »Daddy wäre nur zu glücklich, wenn seine Dessa nicht für sich selbst sorgen könnte. Wenn sie weiterhin Daddys kleines Mädchen bliebe. Aber das *bin* ich nicht. Ich bin selbständig geworden. Stimmt's?«

»Stimmt«, sagte ich.

Sie schlüpfte aus ihrem Slip. Dann faßte sie mich am Arm. »Kannst du das nachvollziehen?« fragte sie. »Ich meine, du sagst ›Stimmt‹, aber *begreifst* du, was ich meine?«

Ich beugte mich über sie und küßte ihre Brust. »Ja, ich verstehe dich vollkommen«, sagte ich. »Ich begreife alles, was es zu begreifen gibt.«

»Ach, vergiß es«, seufzte sie. »Ihr Männer seid doch wirklich alle gleich.«

Sie war eine geduldige Liebhaberin. Nach den ersten paar wilden Rammeleien zeigte sie mir, wie schön es war, sich Zeit zu lassen und zu genießen. »Gefällt dir das?« fragte sie. »Und wie fühlt sich das an?« Dann nahm sie meine Hand in ihre, führte meine Fingerspitzen und zeigte mir, wie ich das Vergnügen erwidern konnte. »Langsamer jetzt«, hauchte sie. »Genau so. Schön langsam.« Wenn sie soweit war, zog sie mich an sich, in sich. Ich lernte, den richtigen Rhythmus zu finden, mich zurückzuhalten, bis ich fühlte, wie sich ihr ganzer Körper anspannte, dicht vor dem Höhepunkt, und dann über den Höhepunkt hinaus, verloren in einer Lust, die sowohl uns beiden als auch ihr ganz allein gehörte. Manchmal machte mich das etwas nervös, verunsicherte mich. Ich dachte, vielleicht stellt sie sich gerade vor, ich wäre einer dieser anderen Kerle. Dann aber öffnete sie die Augen, lächelte mich an und streichelte mein Gesicht. Sagte so etwas wie »He, du« und widmete sich wieder ganz mir. *Meiner* Lust. Bis es mir so wild und süß kam, daß ich kaum glauben konnte, daß dies mir, Dominick, hier und jetzt passierte.

Einmal, kurz danach, als wir allmählich wieder zu Atem kamen, sagte ich ihr, daß ich sie liebe.

»Den Spruch hab ich schon mal gehört«, sagte sie und schaute mich traurig an.

»Das ist kein Spruch, Dessa, ich meine es ernst.«

»Okay, warum? Warum liebst du mich?«

»Weil du du bist.« Ich rang nach Worten. »Und weil ... du eine gute Lehrerin bist.«

Sie lächelte, gab mir einen Klaps. »Ich glaube, dir gefällt einfach der Lehrplan«, sagte sie.

In diesen Sommernächten, die wir allein im großen Haus der Constantines verbrachten, gehörte das gegenseitige Necken zu unseren Ritualen. Wie auch das Essen. Wir lagen unten auf dem beigefarbenen Teppichboden im Wohnzimmer ihrer Eltern, hörten griechische Musik, tranken Rotwein und schlemmten: Schafskäse, dunkle, ölige Oliven, Tomaten mit Basilikum und knuspriges Brot aus der Bäckerei Gianacopolis. Oder Dessa wärmte etwas von dem auf, was ihre Mutter vor der Reise für sie in kleinen Portionen eingefroren hatte: Spinatauflauf, Moussaka. Hinterher gab es noch mehr Wein und Obst. Danach lasen wir einander vor, sahen fern, oder Dessa erzählte Geschichten aus der Zeit, als sie und ihre Schwester Angie noch Kinder waren. Und hatte sie mich zum Lachen gebracht, bat sie: »Und jetzt erzähl mir von *deiner* Kindheit«, und ich konnte mich an nichts erinnern als an Prügel und Tränen – daran, wie Ray einmal Thomas und mich erwischte, als wir in der Kirche Halloween-Süßigkeiten naschten, wie Ray am Rand des Highway anhielt, und uns befahl auszusteigen, weil wir uns gestritten hatten. Wie alt waren wir damals? Sechs? Vielleicht sieben? Wir stiegen aus, und er fuhr los. Fuhr einfach davon und ließ uns allein. Als er zurückkam, standen Thomas und ich aneinandergeklammert da und heulten uns die Augen aus dem Kopf ...

Dabei war nicht *alles* schlecht. Es war nicht *immer* so. Aber wenn Dessa mich nach meiner Kindheit fragte, fielen mir nur diese Dinge ein. Also zuckte ich mit den Schultern und sagte, ich könne mich nicht so daran erinnern wie sie. Dann schaute ich weg, wechselte das Thema, und wartete darauf, daß sie aufhörte, mich anzusehen. Daß ihre Neugier versiegte.

Häufig schwammen wir nach Einbruch der Dunkelheit draußen im Pool. Oder wir machten noch ganz andere Sachen dort. Dann wieder gingen wir hoch in Dessas Zimmer. Einmal liebten wir uns sogar auf dem Fußboden im Schlafzimmer ihrer Eltern; Dessa hockte auf mir, und ich blickte über ihre Schultern, zwischen den teuren Parfums und Lotionen auf dem Toilettentisch ihrer Mutter hindurch in den Spiegel, betrachtete uns, wie wir miteinander verbunden hin- und herschaukelten. Wir hatten das nicht etwa geplant. Ich war in Thulas und Genes Zimmer gegangen, um das Ende von Onkel Costas' Überraschungsbesuch abzuwarten, und eine halbe Stunde später, als Dessa heraufkam und mich dort fand ... *Peng*! Als hätten wir uns fünf Jahre nicht gesehen.

So war es am Anfang zwischen Dessa und mir: Wir konnten beide die Hände nicht voneinander lassen. Wir tankten uns voll. Ein Gefühl von Macht und Machtlosigkeit zugleich – unser Blitzstart in die Liebe, in diesem Sommer in dem großen leeren Haus der Constantines.

Aufgrund unserer Arbeitszeiten sah ich Dessa nur montags, dienstags und mittwochs abends. Gegen Mitternacht schwang ich mich mit ein paar Tassen Kaffee im Bauch wieder auf mein Rad und strampelte wie ein Irrer die Lakeside Road hinunter durch Woodlawn und auf die Route 165. Wenn ich zu Hause ankam, war Ray bei der Arbeit und Ma und Thomas lagen meist schon im Bett. Dann saß ich noch eine Weile in unserer tristen Küche und schämte mich für das, was wir waren. Oder ich legte mich im dunklen Wohnzimmer auf den schäbigen abgewetzten Webteppich und dachte, hier bin ich, der Freund eines reichen Mädchens, der einzige, bei dem sie sich sicher fühlt. Aber sie war nicht irgendein reiches Mädchen. Sie war *Dessa*. Und wieder spürte ich das sanfte Gewicht ihrer Brust, meine Lippen an ihren Brustwarzen – sah meine Finger ihren langen, schwarzen Zopf entflechten. Erschöpft und überdreht, war ich unfähig, nach oben zu gehen und zu schlafen. Ich konnte einfach nicht genug von ihr bekommen.

Ich dachte, ich hätte die Sache im Griff. Meinte, man sähe es mir nicht an, aber da lag ich falsch. Bei der Arbeit neckte Leo mich wegen meiner Müdigkeit – zog mich damit auf, was ich wohl »bei meiner kleinen Kellnerin bestellt hatte«. Zu Hause fragte Ma mich ständig, wann sie denn »mein neues Mädchen« kennenlernen dürfe. Thomas nervte mich, weil er wissen wollte, wie Dessa aussah. Ich hütete eifersüchtig jede Kleinigkeit – ich wollte noch nichts von ihr preisgeben – und ließ mir nur das Nötigste entlocken. »Sie ist klein«, sagte ich. »Hat braune Haare.«

»Was noch?«

»Das ist alles«, sagte ich achselzuckend. »Sie ist klein, hat braune Haare und geht aufs Boston College.«

Eines Morgens stand ich im Badezimmer am Waschbecken und rasierte mich, als Ray hereinkam und sich hinter mich stellte, um im Spiegel des Badezimmerschranks mein verschlafenes Gesicht zu studieren. Ich war erst um drei Uhr früh im Bett gewesen und hatte es auf ganze drei Stunden Schlaf gebracht, bevor ich aufgestanden war, um zur Arbeit zu gehen.

»Was gibt's?« fragte ich.

»Deine Mutter hat mir erzählt, daß du gestern wieder spät nach Hause gekommen bist«, fing er an.

Ich schwieg. Rasierte mich weiter.

»Seid ihr zwei, du und dein Flittchen, auch vorsichtig?« bohrte er.

Am Abend zuvor hatte Dessa mir mit ihrer Pillenschachtel vor der Nase herumgefuchtelt, als wären es Smarties, mich geküßt und eines dieser winzigen Dinger geschluckt, die uns vor Komplikationen bewahrten. Damit war das Thema Verhütung also meiner Meinung nach bereits gegessen – von Dessa.

»Dieses *Flittchen?*« Ich versuchte mich an einem ausdruckslosen Grinsen à la Ralph Drinkwater.

Ray zog eine Packung Präservative aus der Hemdtasche und schnippte sie auf den Spülkasten der Toilette. Sagte kein Wort. Ich konzentrierte mich aufs Rasieren und versuchte, so nonchalant wie möglich zu wirken, seine Aufklärungsarbeit zu ignorieren. *Ab*-wehr! *Ab*-wehr!

»Ich diskutiere mein Privatleben nicht mit dir, Ray«, sagte ich.

Ray lachte kurz auf. »*Mir* ist das egal, Romeo. Meinetwegen kannst du losziehen und so viel Privates tun wie du willst. Aber komm nachher nicht an und erzähl deiner Mutter und mir, daß du dir'n Tripper eingefangen oder so 'ner kleinen Schlampe ein Kind gemacht hast.«

Ich drehte mich zu ihm um, die Hälfte meines Gesichts voller Schaum, die andere glatt rasiert. »Prima, Ray«, meinte ich. »Weiter so. Bei dir hört sich Liebe wie der letzte Dreck an.« Dann wandte ich mich wieder dem Spiegel zu.

Er blieb einige Sekunden stumm dastehen und sah mir zu, wie ich mich schnitt, zusammenzuckte, das Blut abtupfte. Dann tat er etwas vollkommen Unerwartetes: Er ergriff meinen Arm mit seiner ledrigen Hand. Eher väterlich als drohend. Ein paar Augenblicke lang starrten wir uns im Spiegel an. »Ich will damit nur sagen, du Hitzkopf, daß ich mich gut daran erinnere, wie es in deinem Alter ist, wenn man eine Nummer schieben will«, sagte er. »Ich war in der Marine, Söhnchen. Ich weiß, was läuft. Sei einfach vorsichtig, wo du deinen Ölstab reintauchst – das ist alles. Bring dich nicht in Schwierigkeiten.«

Ich konnte ihn nicht ansehen. Konnte dieses plötzliche Vater-Sohn-Gehabe nicht akzeptieren. Konnte nicht ertragen, daß er sich auch nur in die Nähe von dem wagte, was Dessa und mich verband. Als er das Bad verließ, schnappte ich mir die Gummis vom Spülkasten. »Hier«, sagte ich und warf ihm die Packung zu. »Du hast was vergessen.«

Er fing sie auf. Warf sie postwendend zurück. Sie landete im Waschbecken, unter dem laufenden Wasser. »Ich hab sie nicht vergessen«, sagte er. »Was glaubst du wohl, für wen ich losgezogen bin und diese verdammten Dinger gekauft habe? Für den Papst? Für deinen Bruder?«

Nachdem wir etwa eine Woche lang Grabball gespielt hatten, fing Ralph Drinkwater tatsächlich an, seine Joints herumgehen zu lassen. Die ersten paar Male war es für Leo und mich aufregend und neu, während der Arbeitszeit bekifft zu sein. Dann entwickelte es sich zu einer Art Routine. Wenn Dell schlief – und manchmal sogar, wenn er nachmittags wach war –, entdeckten Leo, Drinkwater und ich in der Regel irgend etwas wahnsinnig Interessantes im Wald. Dort ließen wir dann die Tüte kreisen. Leo versuchte, Thomas ebenfalls zu bekehren, indem er ihm jedesmal den brennenden Joint unter die Nase hielt, egal wie oft mein Bruder ablehnte. Es machte Thomas nervös, ständig nein sagen zu müssen; deshalb setzte er sich aufs hohe Roß: »Genau das habe ich mir schon immer gewünscht, Leo«, sagte er einmal. »Was zu inhalieren, damit ich ebenso verblöde wie du.«

Drinkwaters Dope verschob das Gleichgewicht zwischen uns. Ralph, Leo und ich entwickelten uns zu einem Trio, und Thomas bildete das fünfte Rad am Wagen. Mußten wir ein Feld mähen oder in einem Waldstück das Unterholz lichten, heckten wir drei einen Plan aus, wie wir die Arbeit schneller und einfacher erledigen konnten, und Thomas werkelte auf sich gestellt nebenher, blieb ausgeschlossen. Beim Mittagessen saß er eingeschnappt da und wechselte kaum ein Wort mit uns. Manchmal teilte Dell ihn von vornherein für eine andere Aufgabe ein – und schickte uns drei irgendwohin und schaute dann Thomas bei der Arbeit zu, kritisierte ihn, machte ihn fertig. Dell fand immer mehr Vergnügen daran, Thomas das Leben schwerzumachen.

»Sag deinem Bruder, daß er sich vor Dell in acht nehmen muß«, meinte Ralph eines Nachmittags zu mir. Wir beide pinselten gerade die Picknicktische auf dem Messegelände an, völlig zugedröhnt vom Hasch und den Farbdämpfen. Dell und Thomas arbeiteten auf der anderen Seite des Geländes, wo sie der Bestuhlung auf der Tribüne einen neuen Anstrich verpaßten.

»Was meinst du damit?» fragte ich.

Er zuckte mit den Schultern. »Ich meine gar nichts. Sag es ihm einfach.«

In den ersten paar Wochen war Drinkwater immer vorne bei Dell im Fahrerhaus mitgefahren, aber jetzt saß Thomas dort. Heute macht mich das traurig, aber damals nicht. Ich war *froh* über die Atempause – dankbar, endlich einmal mein eigener Herr zu sein. Ich kann mich noch daran erinnern, wie Thomas auf dem Beifahrersitz hockte und sich den Hals verrenkte, um Leo, Ralph und mich zu beobachten – während wir drei lachten, den Mädchen auf der Straße hinterherjohlten oder auf dem Weg zurück zum Depot noch schnell einen Joint rauchten.

»Dein Bruder ist echt weich in der Birne«, meinte Leo einmal, als er Thomas dabei erwischte, wie der sich nach uns umschaute. »Der ist noch weicher in der Birne als ein eingeweichter Toast«, fügte Ralph hinzu. Und wir drei brachen auf Kosten von Thomas in Gepruste und Gekicher aus. Auf einer anderen Fahrt fing Leo plötzlich an, einer Frau im Cabrio hinter uns Kußhände zuzuwerfen. Sie schrie irgend etwas von den drei Stooges zurück, und Ralph brachte eine Imitation des ewig gekränkten Curly Joe zustande, die so perfekt war und so unerwartet kam, daß wir vor Lachen kaum noch Luft kriegten.

Aber so nah Leo, Drinkwater und ich uns in diesem Sommer auch waren – Ralph umgab immer noch ein Geheimnis; ein Fragezeichen schwebte über seinen Lebensumständen. Freiwillig erzählte er kaum was über sich. Wir wußten, er lebte nicht mehr zu Hause, aber er sagte uns nie, *wo* er wohnte. Er ließ sich manchmal von Dell nach Hause bringen, aber niemals von Leo. Er hatte immer »zuviel zu tun«, wenn wir am Wochenende loszogen. Das einzige Mal, daß Leo und ich in dem Sommer etwas zusammen mit Ralph unternahmen, war an einem Sonntag, als wir zu dritt nach Fenway zu einem Spiel fuhren. Und selbst da gab Ralph sich bei Fragen nach seinem Wohnort wie ein Geheimagent. Wir mußten ihn in der Stadt vor dem Postamt abholen und wieder dort absetzen, obwohl wir spätabends mitten in einem Wolkenbruch zurückkamen – alle drei naß bis auf die Knochen, weil Leos Verdeck kaputt war.

Zum Teil war es Ralphs Abstammung, die zwischen uns stand. Das wurde manchmal deutlich, wenn Dell mit seinen blöden Witzen anfing oder Leo einen wunden Punkt traf. Egal, ob nun Indianer, Mulatte oder sonstwas, Ralph unterschied sich nun einmal von uns blütenweißen Jungs, die am Ende des Sommers wieder in ihrem College verschwinden würden, während er in Three Rivers festsaß – was nicht etwa daran lag, daß er zu dumm für was anderes gewesen wäre. Er wollte dauernd mit uns über Politik reden oder über Sachen, die er in den Nachrichten gehört oder aus einem wissenschaftlichen Artikel hatte. Er las viel – mindestens soviel wie jeder Collegestudent. Er empfahl uns so oft dieses Buch von Eldridge Cleaver, *Soul on Ice*, daß wir es bald nicht mehr hören konnten.

Als Leo Ralph einmal »Rothaut« nannte, wurde er richtig sauer. Er antwortete, Leo verdiene es nicht, einem Wequonnoc-Indianer auch nur die Füße zu küssen. Bei einer anderen Gelegenheit saßen wir kiffend draußen am Stausee. Ich zog heftig am

Joint und Leo sagte: »Mein Gott, Birdy, du brauchst das Ding mit deinen Neggerlippen nicht gleich leerzulutschen.« Drinkwater und ich lachten kurz auf, aber dann entstand ein Schweigen, das bestimmt fünfzehn Sekunden länger anhielt als nötig. Ralph erhob sich und verschwand im Wald. »Das war richtig clever«, meinte ich zu Leo. »Herzlichen Glückwunsch, Mann.«

»He, erschieß mich doch, Birdsey«, fauchte Leo zurück. »Ich kann mir einfach nicht merken, was er ist – Indianer oder Afromann oder was auch immer.«

Einen weiteren Graben zwischen Ralph und uns – zwischen Ralph und allen anderen – hatte der Tod seiner Schwester gezogen.

Zuerst begriff ich das nicht. Ich konnte nicht verstehen, warum er oft so launisch war. Ich wußte nur das Offensichtliche: daß Penny Ann auf dem Indianerfriedhof begraben lag. Wie auch sein Cousin Lonnie. Man konnte Lonnies Grabstein nicht übersehen. »*Im Gedenken an einen gefallenen Soldaten.*« Im Gegensatz dazu hatte Penny Anns Stein etwa die Größe eines Wörterbuchs. »*P.A.D.*« war alles, was darauf stand. »*1948–1958.*«

Ralph wurde jedesmal mürrisch, wenn wir auf dem Indianerfriedhof das Gras mähten. Egal, was für einen Quatsch wir von uns gaben – nichts heiterte ihn auf, und ich dachte, ich wußte warum. Aber dann, eines Tages, traf es mich wie ein Keulenschlag: Dies hier war nicht nur der Ort, an dem seine Schwester und sein Cousin begraben waren. Viel schlimmer: Hier hatte der brutale Monk Penny Ann während des Schneesturms vergewaltigt. Ganz in der Nähe hatte man ihren leblosen Körper gefunden.

Dell hob den Indianerfriedhof – den kleinsten der städtischen Friedhöfe – gerne für den Freitagnachmittag auf. Wir waren immer früh mit der Arbeit fertig, worauf Dell mit schöner Regelmäßigkeit seine Flasche Seagram's hervorholte und schon einmal anfing, das Wochenende zu feiern. An einem dieser heißen Nachmittage kam Leo auf die geniale Idee, wir könnten zu den Wasserfällen laufen und im Fluß schwimmen gehen. Ich nahm an, Drinkwater würde den Ort meiden. Mir war selbst unwohl dabei. Aber Ralph überraschte mich und folgte uns. Ich meine mich zu erinnern, daß Thomas an diesem Tag nicht bei uns war. Es war wohl kurz nachdem er sich in den Fuß geschnitten hatte.

Oberhalb der Fälle standen überall »Betreten verboten«-Schilder, und das Gebiet war mit Zäunen abgesperrt. Die Stadt hatte das alles schon Jahre zuvor aufstellen lassen, als Reaktion auf die Ermordung Penny Anns. Aber im Sommer '69 waren die Schilder längst verrostet, und Jugendliche hatten ein Loch in den Zaun gemacht und einen Pfad hinunter zum Wasser getrampelt.

Leo ging als erster. Ich folgte ihm über den steilen Abhang nach unten. Drinkwater bildete die Nachhut. Am Ufer des Flusses angekommen, warfen Leo und ich unsere Sachen von uns und ließen uns in das braungrüne Wasser gleiten. Ralph zerrte sich Stiefel und Socken von den Füßen und legte seine Brieftasche daneben. Dann watete er ins Wasser, immer noch in ärmellosem Hemd und Jeans. Ich fragte mich zwar, was diese Prüderie sollte, sagte aber nichts, zog ihn nicht damit auf. Wenn ich auch nicht die genauen *Gründe* für Ralphs Hemmungen kannte, so glaubte ich doch, eine Ahnung zu haben, im Gegensatz zu Leo.

»He, Jungs! Schaut mal!« schrie er über das Donnern der Wasserfläche hinweg. Er deutete auf die Mitte des Flusses. »Heilige Scheiße! Ist es das, wofür ich es halte?«

Ralph und ich beobachteten, wie er untertauchte, auf die Stelle zuschwamm, auf die er gezeigt hatte, und wieder an die Oberfläche kam. »He! Ich glaub's einfach nicht! Das ist sie *wirklich*!«

»*Was*?« schrie ich. Ralph und ich warteten gespannt.

Statt zu antworten, tauchte Leo unter. Kam wieder hoch. »Genau wie ich dachte. Herr im Himmel!«

»Was?« fragte ich. »Wovon zum Teufel redest du eigentlich?«

»Es ist diese Braut, diese Mary Jo Kopechne. Sie muß den ganzen Weg von Massachusetts hierher getrieben sein. Irre!« Er brach in ein widerliches Gelächter aus, das von den Baumwipfeln zurückschallte. »Mann, hab ich euch zwei *geleimt*!«

Ich warf einen nervösen Blick zu Ralph hinüber. »Halt's Maul, Leo«, rief ich.

»Was ist denn mit *dir* los, Birdsey?« lachte er. »Bist du mit den Kennedys verwandt, oder was?«

Da tauchte Ralph unter. Ich wartete. Zwanzig Meter flußabwärts kam er wieder an die Oberfläche, kletterte ans Ufer und verschwand im Wald.

Ich schwamm ebenfalls flußabwärts, um Abstand zwischen

mich und Leo zu bringen. Zehn Minuten später, als ich mich wieder beruhigt hatte, kehrte ich zu den Wasserfällen zurück. Da rief Leo meinen Namen. Er zeigte nach oben.

Ralph war auf dem Pfad zurückgegangen, aber anstatt wieder durch das Loch im Zaun zu kriechen, kletterte er die restlichen drei oder vier Meter an der Felswand hoch. Wir beobachteten ihn schweigend, bis er die ungesicherte Seite des Felsens erreicht hatte. Dann begann er, eine gigantische Eiche zu erklimmen, die direkt am Rand des Felsens emporragte. Er stieg so weit in die Äste und das Blattwerk hinauf, daß mir allein vom Zusehen schlecht wurde. Schließlich balancierte er auf einen Ast hinaus und setzte sich, ließ die Beine baumeln. Er starrte hinunter in das herabstürzende Wasser und setzte sein Grinsen auf. Was mich am meisten berührte, war die Einsamkeit, die er ausstrahlte: der schwarze Indianer, der einzige richtige Arbeiter von uns. Der entzwillingte Zwilling. Irgend etwas an Ralph erfüllte mich mit Traurigkeit. Ein Schmerz, der sich schon allein in der Haltung ausdrückte, die er dort oben auf dem Ast eingenommen hatte.

»He, Drinkwater«, schrie Leo zu ihm hinauf. »Laß uns mal was sehen! Komm schon, du Feigling. *Spring!*«

Ich sah Penny Anns Körper über die Felskante gleiten und dann hinunterstürzen. »Halt's Maul!« schrie ich und schlug Leo auf den Mund.

»He! Verdammt, was soll das?«

»Du sollst das Maul halten, du Arschloch.« Ich packte ihn am Handgelenk, als seine Faust sich meinem Gesicht näherte. Wir rangen miteinander, drückten uns gegenseitig unter Wasser. Ich hatte ihm die Lippe aufgeschlagen. Seine Zähne waren blutverschmiert. Ich bekam ihn von hinten zu fassen. »Seine *Schwester* ist hier draußen gestorben, du Idiot«, zischte ich ihm ins Ohr. »Der Typ hat ihre Leiche über ...«

»Wessen Schwester? Wovon redest du, verdammt noch mal?«

Wir hielten beide inne. Schauten nach oben. Ralph stand jetzt auf dem Ast, ließ ihn auf und ab federn. Einige Sekunden lang dachte ich, wir würden Zeugen seines Selbstmords werden. Doch dann balancierte er zurück zum Stamm und kletterte vom Baum hinunter. Erreichte den Felsen, den Boden. Kroch durch das Loch im Zaun und verschwand im Wald. Ich schwamm los, so weit fort von Leo wie möglich. Sonst hätte ich mich auf ihn gestürzt.

Als Leo und ich uns schließlich angezogen hatten, zum Lastwagen zurückkamen und den besoffenen Dell weckten, war Drinkwater noch nicht wieder aufgetaucht. »Vergeßt den Mistkerl«, meinte Dell. »Wir haben Feierabend. Ich werde hier doch nicht ewig warten.« Er legte den Gang ein, fuhr mit uns vom Friedhof.

Die gesamte Rückfahrt über sagten Leo und ich kein Wort. »He, Dominick, es tut mir *leid*!« platzte er heraus, als wir auf den Hof des städtischen Depots einbogen. »Meine Mutter und ich sind erst 1963 hierhergezogen, okay? Ich wußte nicht mal, daß der Typ überhaupt eine Schwester *hatte*!«

Am selben Abend hielt Thomas mir einen Vortrag über das Übel des Haschischrauchens. Wir lagen im Dunkeln in unserem Schlafzimmer, unfähig einzuschlafen wegen der immer noch drückenden Hitze.

Eigentlich hatte ich an dem Abend Dessa besuchen wollen, aber sie hatte in letzter Minute angerufen und abgesagt, weil sie für eine andere Kellnerin einspringen mußte. »Wenn du nicht so stur wärst und diesen blöden Job aufgeben würdest, könnte so was nicht passieren«, hatte ich sie angefahren. Sie hatte es mir mit gleicher Münze zurückgezahlt: Warum *ich* denn nicht meinen blöden Job aufgab? Warum *ich* nicht dafür sorgte, daß *ich* Zeit hatte, wenn es ihr paßte?

»Weil ich nicht Daddys kleines reiches Mädchen bin, darum. Weil *ich* nächsten Monat wieder zurück zum College will und nicht nach Vietnam. Ich muß mir fünf Tage die Woche den Arsch aufreißen, um mir das leisten zu können. Okay, Prinzessin?«

Sie hatte einfach aufgelegt. War nicht mehr drangegangen, als ich zurückrief. Nach dem Vorfall an den Wasserfällen mit Ralph und Leo und dem Streit mit Dessa war ich nicht mehr in der Stimmung, mir irgendwelchen Blödsinn von Thomas anzuhören.

»Es ist einfach nicht richtig, Dominick«, argumentierte er vom unteren Bett aus. »Ihr werdet dafür bezahlt, daß ihr arbeitet, nicht damit ihr dieses Zeug raucht.«

»Die Stadt bekommt mehr für ihr Geld, wenn *wir* bekifft arbeiten, als wenn *du* nüchtern arbeitest«, erwiderte ich. »Viel mehr.«

»Das spielt keine Rolle. Das Entscheidende ist, daß dich das Zeug zu einem vollkommen anderen Menschen macht. Und außerdem verstößt du gegen das Gesetz. Was ist, wenn Dell euch auf die Schliche kommt?«

Ich robbte mich nach vorn, reckte meinen Kopf über die Bettkante und lachte ihm ins Gesicht. »Wenn Dell uns auf die Schliche kommt? Dell, der bei der Arbeit so besoffen ist, daß er sich erst mal auspennen muß? Der soll uns verpfeifen?«

»Okay, aber was ist, wenn Lou Clukey merkt, was los ist? Ich sag's dir nicht gerne, Dominick, aber ihr *stinkt*, wenn ihr das Zeug geraucht habt. Und eure Augen sind glasig – ganz besonders deine. Ich habe schon manchmal gesehen, wie die Typen aus den anderen Teams euch drei anstarren, wenn wir zum Depot zurückkommen. Was passiert, wenn Lou Clukey das mitkriegt und die Cops ruft? Ma wäre bestimmt nicht erfreut, deinen Namen im Festnahmeprotokoll zu lesen. Und was glaubst du, was Ray mit dir machen würde?«

Ich sagte ihm, er sei paranoid – niemand starre uns im Depot an.

»Ach so, klar«, meinte er.

»Hör zu, jeder in diesem Land genehmigt sich mal 'ne Dröhnung, außer kleine Heilige wie du«, sagte ich. »Solange wir unsere Arbeit machen, ist doch nichts dabei.«

»Na, prima. Dann erzähl das doch Lou Clukey.«

»Lou Clukey kann mich mal! Ich hab keine Angst vor ihm. Und auch nicht vor Ray.« Ich kniff die Augen zu und drehte mich zur Wand. »Und du kannst mich auch mal.«

»Okay«, sagte er. »Entschuldige, daß ich mir Sorgen um den eigenen Bruder mache.«

Ich rollte mich wieder zurück und streckte meinen Kopf über die Bettkante. »Außer *mir* hat sich niemand Sorgen um mich zu machen«, sagte ich ihm. »Verstanden? Ich paß schon mein ganzes Leben lang auf mich selbst auf. *Du* bist es doch, um den sich dauernd alle Sorgen machen. Nicht *ich*. Erinnerst du dich? *Du* bist doch hier derjenige, der sie nicht mehr alle hat.«

Es tat mir bereits in dem Moment leid, als ich es sagte. Ich sah ihn vor mir, wie er in unserem Wohnheimzimmer zitternd vor dem zerschlagenen Schreibmaschinenkoffer auf- und ablief … Sah ihn schluchzend am Küchentisch sitzen, während Ray ihn wegen seiner Noten zusammenstauchte. Sah ihn bei der Arbeit schmollen, weil ich nicht mehr bereit war, den siamesischen Zwilling zu spielen.

Thomas fragte, was das heißen sollte.

»Was?«

»Was du gerade gesagt hast. Daß ich sie nicht mehr alle habe. Daß sich jeder um mich Sorgen macht.«

»Ich wollte damit nur … nur sagen, du solltest dich besser um deine eigenen Probleme kümmern und dich aus meinem Leben raushalten … Zieh einfach hin und wieder mal an einem Joint. Da ist doch nichts dabei. Benimm dich einfach mal wie ein normaler Mensch.«

Eine Weile sagte keiner von uns beiden etwas. Dann fing Thomas wieder an. »Kann ich dich mal was fragen?«

»Wenn es um Hasch geht, nein. Mit dem Thema sind wir durch.«

»Nein, es geht um dich und deine Freundin.«

Ich drehte mich auf den Rücken, blickte zur Decke. »Was soll mit uns sein?«

»Du und sie … geht ihr miteinander ins Bett?«

»Wieso? Willst du mir jetzt eine Strafpredigt halten wegen vorehelichem Geschlechtsverkehr?«

»Nein. Ich war nur neugierig.«

»Was Dessa und ich tun, geht dich nichts an … Neugierig auf was?«

Er ließ mich einige Sekunden auf seine Antwort warten. »Wie es sich anfühlt«, sagte er.

»Du *weißt*, wie es sich anfühlt. Erzähl mir jetzt nicht, daß du noch nie mitten in einem feuchten Traum aufgewacht bist oder nach unten gelangt und ein bißchen Spaß mit dir selbst gehabt hast. So ein Heiliger kannst doch selbst du nicht sein!«

»Das habe ich nicht gemeint«, sagte er. »Ich meine, wie fühlt es sich an, in einem Mädchen drin zu sein?«

Einen Augenblick lang herrschte Stille im Zimmer. Dann überraschte ich mich selbst. »Es fühlt sich gut an«, begann ich. »Unbeschreiblich gut. Es ist wie ... so eine sehr intensive Verbindung, die du mit einem anderen Menschen eingehst.« Am nächsten Morgen würde ich Dessa anrufen und mich entschuldigen. Ihr vielleicht Blumen schicken, eine dieser Karten für Verliebte dazulegen. Oder vielleicht zum Dial-Tone fahren und warten, bis sie frei hatte. »Es ist ... als ob es Magneten wären. Ihr Körper und meiner.«

Ich lag da, im Dunkeln, über meinem Bruder. Bekam schon einen Steifen, nur weil ich an sie *dachte*. »Wenn sie erregt ist ... wird sie feucht innen drin.«

Ich faßte nach unten und berührte mich, wie Dessa es immer tat. Brannte vor Verlangen nach ihr, ihrem Verlangen, ihrer Feuchtigkeit. »Sie *will* dich in sich haben«, sagte ich. »Wenn sie bereit ist für dich und du drin bist, ist es wie ... es ist wie dieses ...«

Urplötzlich traf es mich – die Erkenntnis, daß mein Bruder sich schon wieder in meine Angelegenheiten einmischte. Thomas wollte ein weiteres Stück von *meinem* Leben, anstatt hinzugehen und sein eigenes zu leben.

»Wie was?« fragte er.

»*Nichts*. Das geht dich nichts an. Wenn du wissen willst, wie es sich anfühlt, such dir irgendein Mädchen und vögel es, bis es den Verstand verliert. Und dreh dir vorher einen Joint. Das macht es noch besser. Und nun sei still und schlaf.« Ich warf mich auf den Bauch. Seufzte. Beruhigte mich wieder.

»Dominick?« fragte er nach einer Weile. »Bist du noch wach?«

Ich antwortete eine ganze Weile nicht, vielleicht eine Minute lang. »Was willst du?« fragte ich.

»Wegen deiner Kifferei. Ich mache mir einfach Sorgen, das ist alles. Ich will nicht, daß dir was passiert ... weil du mein Bruder bist und ich dich liebe. Okay?«

Ich antwortete nicht – wußte nicht einmal, was ich sagen sollte. Seine völlig unerwartete brüderliche Liebeserklärung entwaffnete mich, war mir peinlich. Ich konnte mich anfreunden, mit wem ich wollte, konnte es sieben Nächte in der Woche mit Dessa treiben, aber Thomas würde ich *niemals* loswerden ...

Er war eingeschlafen, lange bevor ich ihm antwortete, halb zu mir selbst sagte: »Ich liebe dich auch.«

»Wissen Sie, was mich wirklich fertigmacht, wenn ich an dieses Gespräch denke? Diese kleine Unterhaltung, die wir da im Dunkeln führten? Am meisten macht mich fertig, daß er damals noch da war.«

»Wie meinen Sie das?«

»Er war noch fähig ... noch imstande, sich um einen anderen zu sorgen. Ich nehme an, die Krankheit hatte damals schon angefangen, sein Gehirn gefangenzunehmen. Das muß es bei der Sache mit der Schreibmaschine schon gewesen sein, oder?

Aber in jenem Sommer war immer noch jemand in Thomas' Kopf zu Hause. Und ich habe diese Zeit vergeudet, habe die letzten Wochen verschwendet, die ihm noch blieben. Hinterher ist man immer klüger, ich weiß ... Aber in jenem Sommer wollte ich mich endlich von ihm befreien. Ein ganz normaler Junge sein – einer der drei Stooges auf der Ladefläche des Kleinlasters; Dessas Liebhaber. Ich hatte es einfach so satt ... Und später? Als ihn die Krankheit erst mal im Griff hatte, verlor er die Fähigkeit, sich um andere Menschen zu kümmern. Sich um irgendwen Sorgen zu machen, außer um sich selbst. Und seine Feinde ... Na ja, einerseits hat er die Fähigkeit verloren, andererseits aber auch nicht. Schließlich versucht er dauernd, die Welt zu retten, nicht wahr? Will die ganze Zivilisation vor Spionen, Kommunisten und dem ganzen Scheiß bewahren. Auf irgendeine verrückte Weise sorgt er sich immer noch um andere Leute, denke ich. Aber ich glaube, er hat die Fähigkeit verloren, sich um ... nun, um mich zu sorgen. Er ist einfach ... diese Stimmen. Sie haben einfach alles andere übertönt ... Zum Beispiel am Morgen meiner Hochzeit, an Dessas und meinem Hochzeitstag. Ich stand früh auf und machte mich im Smoking auf den Weg zur Klinik – zusammen mit Leo. Thomas ging es damals richtig schlecht; er konnte nicht zur Hochzeit kommen. Also fuhr Leo mich hin. Wartete draußen im Wagen, während ich alleine hineinging. Und ich erzählte es ihm. Ich sagte: ›Weißt du, wenn die Dinge anders lägen und du nicht so krank wärst, hätte ich dich gebeten, mein Trauzeuge zu sein.‹«

»Wie hat er darauf reagiert?«

»Oh, ich weiß nicht. Eigentlich gar nicht. Er war ziemlich weggetreten – vollgedröhnt von dem Zeug, daß sie ihm damals ge-

geben haben. Librium, glaube ich. Ich vergesse so was immer … Ich habe aber diesen ganzen Kram aufgeschrieben – die Geschichte seiner Medikation und all das. Sie sollten die Ordner sehen, die ich dastehen habe, einen ganzen Aktenschrank voll. Meine Mutter und ich haben gemeinsam damit angefangen, und nach ihrem Tod habe ich mehr oder weniger weitergemacht. Habe seine Akten von ihr übernommen … Ich erinnere mich auch noch an den Morgen, als ich ins Settle kam, um ihm zu sagen, daß Ma den Kampf schließlich aufgegeben hatte. Ray und ich sind zusammen hingefahren, aber Ray hat sich ganz schnell wieder verdrückt. Und Thomas war – ich wußte nicht, wie er reagieren würde. Aber er war … ja, wie eigentlich? Ich denke, er hat es wie ein Philosoph aufgenommen. Ich meine, er hat es schon begriffen. Er hat verstanden, daß sie tot war. Es war nur … wissen Sie, was er gemacht hat? Er hat mir dieses bescheuerte Buch Das Leben der Heiligen Märtyrer gezeigt. Mas Tod mit … er hat geredet, als ob sie eine dieser blöden Heiligen gewesen wäre, die vor fünfhundert Jahren gelebt haben und die von Papst Dingsbums oder wem auch immer gefoltert wurden. Als ob Ma jemand aus seinem doofen Heiligenbuch gewesen wäre.«

»Möchten Sie ein Taschentuch, Dominick? Sie stehen hier drüben. Bedienen Sie sich.«

»Geht schon … Wissen Sie, wann ich eine richtige Reaktion von ihm bekommen habe? In der Nacht nach Angelas Geburt. Ich bin zu ihm und habe ihm eine ›Es ist ein Mädchen‹-Zigarre geschenkt. Ihm gesagt, daß er jetzt Onkel ist. Ich erinnere mich noch, wie ihm das gefallen hat: Onkel Thomas. Er grinste breit … Er, äh … er hat sie nie gesehen, meine Tochter. Wir haben es nicht geschafft, ihn zu besuchen. Ich meine, sie war gerade mal drei Wochen. Wir wollten an diesem Wochenende zu ihm fahren und sie ihm zeigen. Aber dann ist sie gestorben … Die meiste Zeit kann ich es ja ertragen, wissen Sie? Diese totale Abschottung – die Art, wie seine Krankheit schließlich geschafft hat, was ich mein ganzes Leben lang vergeblich versucht habe: uns voneinander zu trennen, uns siamesische Zwillinge. Aber ich will ehrlich zu Ihnen sein. Es gab Zeiten, da habe ich ihn mir bitterlich zurückgewünscht, da hätte ich ihn wirklich gebraucht.«

»Hier, nehmen Sie ein Taschentuch.«

»In der Nacht, als das Baby starb. Und dann, etwa ein Jahr darauf, als mir der Boden unter den Füßen weggezogen wurde. Als … sie zu mir sagte: ›Ich kriege keine Luft, Dominick. Es ist, als würdest du mir allen Sauerstoff rauben.‹ Stellen Sie sich vor, Sie hören so etwas von dem Menschen, den Sie lieben. Dem einzigen Menschen, den Sie nötiger brauchen als … Nun, wie auch immer, ich wollte … ich wollte einfach einmal im Leben meinen Panzer von mir werfen, meine Verteidigungshaltung aufgeben und …«

»Und was, Dominick?«

»Die Liebe meines Bruders spüren. Ich wollte zu ihm sagen: ›Mir geht der Arsch auf Grundeis, Thomas.‹ Ihn umarmen. Mich an ihn klammern, als ginge es um mein Leben. Denn schließlich ist er mein Bruder, oder? Nur daß er zu diesem Zeitpunkt schon nicht mehr Thomas war. Da war er schon der schmerbäuchige Fremde mit der Anstaltsfrisur und den grauen Hosen und dem grauen Hemd. Jesus' Lehrling. Der Typ, den das FBI, der KGB und die Aliens alle zusammen vernichten wollten. Wissen Sie, was das Merkwürdigste daran ist? Wenn ich zurückdenke … an den Sommer, als wir vier zusammen die Wiesen mähten und Grabball spielten. Dann denke ich … es hätte jeden von uns erwischen können … Ralph. Leo. Mich, ganz besonders mich.

Warum hat es ihn erwischt und nicht mich? Seinen eineiigen Zwilling. Seine andere Hälfte. Das ist es, was ich nie habe verstehen können. Warum es Thomas getroffen hat und nicht mich.«

20

1969

Ray ließ meinen Bruder wegen der Studiengebühren bis Mitte August schmoren. Dann verkündete er eines Abends beim Essen, er werde ihm eine letzte Chance geben und reichte meiner Mutter einen Scheck über zweitausend Dollar für Thomas' und meine nächsten zwei Collegesemester.

»Gott segne dich, Ray«, sagte Ma und brach in Tränen aus. So etwas gefiel Ray: den großen Helden zu markieren, den Retter.

Thomas erklärte Ray, er werde das nicht bereuen, Ehrenwort. Er, Thomas, habe seine Lektion gelernt. Von nun an werde er seine Arbeiten rechtzeitig fertigstellen und früher zu Bett gehen. Wenn er nervös werde, könne er ja sein Zimmer verlassen und ein wenig spazierengehen. Er werde sich in die Bibliothek setzen und dort mit mir lernen. Während Thomas beim Abendbrot derart seine guten Vorsätze kundtat, legte ich im stillen einen Schwur ab: Egal, ob er es schaffte oder vermasselte – ich würde ihm nicht helfen. Ich würde ihm weder Händchen halten noch ihn in die Bibliothek schleifen oder ihn decken, wenn er wieder einmal seinen Frust an unserer Schreibmaschine ausließ.

Und mit ihm zusammenwohnen würde ich auch nicht mehr. Drei Wochen zuvor waren Leo und ich heimlich zur Wohnheimverwaltung der Uni gefahren und hatten uns erkundigt, ob es möglich sei, daß wir beide uns ein Zimmer teilten. Man hatte uns bereits informiert, daß der Tausch genehmigt worden war.

Abgesehen davon hatte ich mir vorgenommen, jedes Wochenende zum Boston College zu fahren, um bei Dessa zu sein. Ich wollte sichergehen, daß ich nicht das Beste verlor, was mir in meinem Leben bisher begegnet war.

Das Problem bei der Sache war ein fahrbarer Untersatz. Wollte ich meine Freundin regelmäßig besuchen, konnte ich nicht einfach mit dem Fahrrad über den Massachusetts Turnpike strampeln. Es per Anhalter zu versuchen, war eine zwar billige, aber nicht sehr zuverlässige Möglichkeit – und konnte zu verrückten Situationen führen. Ich hatte beim Trampen eine Reihe schlechter Erfahrungen gemacht – ein Typ hatte behauptet, er habe Sprengstoff im Kofferraum, und die mit LSD zugeknallte Frau eines anderen Fahrers war davon überzeugt, mein Kopf stünde in Flammen. Jede Menge schräger Vögel waren unterwegs und warteten nur darauf, am Straßenrand zu halten, um einen mitzunehmen. Was ich brauchte, war ein eigenes Auto.

Den Sommer über hatte ich fast elfhundert Dollar sparen können. Ray und ich vereinbarten, daß ich fünfhundert davon zu dem Darlehen beisteuerte, das er mir fürs College gab. Den größten Teil von dem, was übrig blieb, wollte ich für eine gebrauchte Karre und die Versicherung verwenden. Der Rest würde für die Lebenshaltungskosten draufgehen. Allerdings spukte mir seit kurzem ein neuer Gedanke im Kopf herum – ich wollte Dessa einen Diamanten zu Weihnachten schenken. Also schön, ich war erst neunzehn. Aber in den Weihnachtsferien würde ich zwanzig werden. Wieviel sicherer sollte ich mir denn noch werden, daß sie die Richtige für mich war? Und ich der Richtige für sie. Sie hatte es selbst gesagt: Ich war der einzige, bei dem sie sich sicher fühlte. In einer häufig wiederkehrenden Phantasievorstellung verprügelte ich die beiden Trottel, mit denen sie vorher gegangen war, zerschlug ihnen jeden einzelnen Knochen im Leib dafür, daß sie ihr weh getan hatten. Soweit ich wußte, wohnte der Hackbrettspieler noch immer in Boston und konnte ihr jederzeit wieder über den Weg laufen. Oder sie begegnete einem anderen – irgendeinem gesichtslosen Kerl, den ich in meine Prügelphantasien noch nicht mit einbezogen hatte. Wenn ich es schaffte, für etwa zweihundert Dollar an einen Wagen zu kommen und einen Teilzeitjob zu ergattern, sobald ich auf dem College war, dann konnte ich sofort anfangen, auf einen Verlobungsring zu sparen. Nicht, daß ich ihr je so einen Klunker würde kaufen können, wie ihn ihre Mutter trug. Nicht in einer Million Jahren. Aber mochten die Constantines auch noch so reich sein – Dessa legte auf materielle Dinge eigentlich gar keinen Wert. Seit ihre Familie wieder aus Griechenland zurück war, hatte sie sich mit ihrem Vater wegen so manchem gestritten. Wegen seiner Fixierung auf Geld zum Beispiel. Und wegen ihres Jobs.

Eine Woche nach ihrer Rückkehr aus Europa hatten mich die Constantines zur großen Inspektion antreten lassen. Es kam mir seltsam vor, in Sakko und Krawatte sittsam durch die gleichen Räume zu spazieren, in denen Dessa und ich splitternackt herumgerannt waren. Den Tiefpunkt bildete das Abendessen: Wir hockten zu fünft um ihren edlen Eßzimmertisch. Dessas Mutter stellte mir immer genau dann Fragen, wenn ich den Mund voll hatte. Ich kleckste Lammsauce auf das neue Tischtuch, das sie von ihrer Reise mitgebracht hatten. Und dann eröffnete mir Dessas kleine Schwester Angie vor allen Anwesenden, ich sei »gut gebaut«. Platzte einfach damit heraus. Es war keineswegs so, daß Angie damals noch klein gewesen wäre. Mit siebzehn war man alt genug, um es besser zu wissen. Aber auch alt genug, um zu wissen, wie man die große Schwester sprachlos machen konnte. Darin war Angie Expertin.

Aber wirklich übel bei dem Essen war Dessas alter Herr. Jedesmal, wenn ich zu ihm hinüberschaute, beobachtete er mich – kaute nur und starrte, schluckte und starrte. Ich rechnete jeden Moment damit, daß er das Licht ausmachte und die Überwachungsfilme abspielte – den Beweis dafür vorlegte, daß ich seine Tochter überall in diesem vornehmen Haus gevögelt hatte.

Das zweite Mal begegnete ich Diogenes Constantine bei Constantine Dodge & Chrysler Motors. Ich hatte versucht, dort *nicht* hingehen zu müssen – hatte Dessa erklärt, ich hielte das für keine gute Idee –, aber sie bestand darauf. »Dominick, da stehen zwei *Hektar* voller Gebrauchtwagen. Daddy wird bestimmt sein Bestes tun, um dir zu helfen.« Als wir in seinem Büro ankamen, begrüßte uns ihr alter Herr kühl und reichte uns dann an George weiter, seinen Neffen, mit dem Raubvogelgesicht, der im Geschäft mitarbeitete wie viele andere Verwandte von Dessa.

George lotste mich ständig zu den Modellen für über tausend Dollar und verdrehte die Augen bei jedem Wagen, nach dem ich fragte. »So eine Todesfalle würde ich dir nie verkaufen«, kommentierte er einen ramponierten Fairlane, der im Preis nur einhundertfünfzig Dollar über meiner Schmerzgrenze lag. »Ich könnte nachts nicht schlafen, wenn ich wüßte, daß meine Cousine in so einem Ding mitfährt.« Ich beendete den Besuch, ohne etwas zu kaufen.

Bei der Arbeit heftete ich einen Zettel ans Schwarze Brett, auf dem stand, daß ich ein Auto für etwa zweihundert Dollar suchte. Es war eine Verzweiflungstat. Ich hatte bereits bei allen Händlern und Schrottplätzen in und um Three Rivers die Runde gemacht, hatte alle Kleinanzeigen praktisch auswendig gelernt. Nichts.

Genausowenig Erfolg hatte ich dabei, Thomas zu eröffnen, daß er und ich uns nicht länger ein Zimmer teilen würden. Bald schon würden wir Three Rivers Lebewohl sagen und wieder ans College zurückgehen. Thomas hatte ein Recht darauf, es zu erfahren. Er *mußte* es erfahren. Aber ich konnte mich einfach nicht dazu durchringen.

Als wir eines Morgens zur Arbeit gingen, haderte ich deswegen mit mir. Es herrschte bereits eine Mordshitze – die Luftfeuchtigkeit war tödlich, und das Thermometer zeigte über dreißig Grad an. Die Luft stand. Also gut, sagte ich mir, jetzt oder nie. Sobald wir bei Stanley's Market sind, sage ich's ihm einfach.

Doch als wir zu Stanley's kamen, war es mein Bruder, der das Schweigen brach. »Dominick, könntest du mir einen Gefallen tun?« sagte er.

»Was denn?«

»Könntest du mit Dell reden? Ihn dazu bringen, daß er mich nicht mehr Schwanzlos nennt?«

Ich hatte den Sommer über keine Probleme mit Dell gehabt, im wesentlichen deshalb, weil ich meinen Job machte, den Mund hielt und er mich bevorzugte. »Ach komm, du läßt dir diesen Mist doch schon den ganzen Sommer gefallen«, sagte ich zu Thomas. »In weniger als zwei Wochen ist Dell Weeks nur noch Geschichte. Ignorier ihn einfach.«

»Ich hab's satt, ihn zu ignorieren«, erwiderte er eingeschnappt.

»Wie würde dir das denn gefallen, Schwanzlos genannt zu werden?«

»Dann sag's diesem Scheißkerl doch«, meinte ich. »Sprich wenigstens einmal selbst ein Machtwort. Genau darum geht es doch die ganze Zeit.«

»Na toll, Dominick. Vielen Dank auch.«

»Bitte, bitte«, gab ich zurück. »Nichts zu danken.«

Den Rest des Wegs wechselten wir kein Wort mehr.

Es war bei den Arbeitern der verschiedenen Trupps üblich, morgens gemeinsam herumzustehen und sich gegenseitig zu hänseln, während Clukey und die Vorarbeiter die Tagesarbeit besprachen. Ralph und ich waren gerade mit einem Haufen anderer Typen in ein Gespräch über Baseball verwickelt, als Dell durch die Zähne pfiff und mir andeutete, zu ihm herüberzukommen.

»He, Lassie, lauf lieber los«, witzelte jemand. »Timmy ruft dich.« Alle lachten.

»Hör mal, ich mag es nicht, wenn man nach mir pfeift«, sagte ich zu Dell, als ich auf ihn zuging. »Wenn du was von mir willst, dann ruf mich beim Namen.«

Ohne meinen Protest zu beachten, tippte er mit dem Finger auf meinen Aushang am Schwarzen Brett. »Ich hab gerade das hier gesehen«, meinte er. »Bist du noch auf der Suche?«

»Ja, ich hab schon alles abgegrast.«

Er erzählte mir, er habe einen 62er Valiant auf dem Hof stehen, den er unter Umständen verkaufen wolle. Den Wagen habe seine Frau gefahren, bevor sie an multipler Sklerose erkrankt sei. Nun stünde er einfach herum.

»Und ist er sonst in Ordnung?« wollte ich wissen.

Dell zuckte die Achseln. »Die Batterie dürfte mittlerweile hinüber sein. Und die Karosserie hat ein bißchen Rost angesetzt. Aber der Motor ist okay. Die Kiste hat bloß sechzigtausend Meilen drauf. Wenn man ein bißchen was reinsteckt, läuft sie wieder wie geschmiert.«

»Wieviel willst du dafür haben?« fragte ich.

Er zuckte mit den Schultern. »Ein bißchen mehr als zweihundert schon. Warum kommst du am Wochenende nicht mal vorbei und schaust dir den Wagen an? Ich wohne an der Bickel Road, gleich hinter der alten Wollfabrik. Wenn du dann wirklich interessiert bist, können wir noch einmal über den Preis sprechen.«

»In Ordnung«, sagte ich. »Danke.«

»Ruf aber vorher an. Ich bin oft nicht zu Hause. Die Nummer findest du im Telefonbuch.«

An jenem Tag lichteten wir das Gestrüpp beim Stausee. Da Lou Clukey und seine Kolonne dort mit Holzfräsen arbeiteten, war auch unser Trupp voll im Einsatz, sogar Dell. Die Insekten – die Moskitos, Zecken und Bremsen – ließen uns keine Ruhe, und der Lärm der Fräsen ging allen auf die Nerven. Kurz vor Mittag machten sich Clukey und seine Leute auf den Weg und überließen es uns, die Arbeit zu Ende zu führen.

So hockten wir nur noch zu fünft über unserem Mittagessen an einem Campingtisch, als Dell zu Thomas sagte: »Geh mal zum Wagen und hol mir meine Kippen, Schwanzlos.«

Thomas sah erst mich an, dann Dell und antwortete dann: »Scher dich zum Teufel.«

Ein Lächeln huschte über Dells Gesicht. Er forderte Thomas auf, zu wiederholen, was er gerade gesagt hatte.

Thomas gab nicht nach: »Du sollst mich nicht mehr so nennen.«

Dell ließ sein Brot sinken, in das er gerade hatte beißen wollen und stützte das Kinn in die Hand. Fasziniert starrte er meinen Bruder an. »Dich wie nennen?«

»Das weißt du genau. Es ist mir ernst. Ich warne dich.«

Als ich Thomas an jenem Morgen geraten hatte, ein Machtwort zu sprechen, hatte ich natürlich nicht gemeint, daß er Dell derart herausfordern sollte, schließlich waren wir nicht in Dodge City. Ich hatte gehofft, er würde Dell mal beiseite nehmen – ihn im Lastwagen darauf ansprechen oder so. Aber bei Thomas wußte man nie: Ging man davon aus, daß er wenigstens *annähernd* begriffen hatte, worauf es im Umgang mit anderen Leuten ankam, belehrte er einen garantiert eines Besseren. Bewies einem, daß er nicht den blassesten Schimmer hatte. Ein Streit vor der versammelten Mannschaft war das Dümmste, auf das man sich mit jemandem wie Dell Weeks einlassen konnte.

»*Du* warnst *mich*?« lachte Dell.

Thomas stand auf, blieb einfach stehen und zwinkerte nervös.

»Er warnt dich nicht«, sagte ich. »Er bittet dich nur darum.«

Dell hob die Hand, um mich zum Schweigen zu bringen. »Hast du gesagt, du warnst mich, Schwanzlos? Wovor denn wohl?«

Thomas zog eine Flappe. Seine Unterlippe bebte.

Ab-wehr, Thomas! Ab-wehr!

»Laß gut sein, Dell«, meinte Drinkwater. »Es ist zu heiß für so einen Mist.«

Da erhob sich auch Dell. Er plusterte sich auf, zog sich die Hose hoch und ging gemächlich um den Tisch herum auf meinen Bruder zu. Mit seinen gut Einsneunzig war Dell bestimmt zehn Zentimeter größer als Thomas; außerdem brachte er locker zwanzig Kilo mehr auf die Waage.

»Ich warte, Schwanzlos«, sagte er. »Wovor warnst du mich?«

Thomas lief rot an. Wirkte verwirrt. Wir anderen saßen nur da und glotzten blöd.

»Willst du dich mit mir anlegen? Ist es das? Hast du den Mumm, mit deinem Vorarbeiter auf ein paar Runden in den Ring zu steigen?« Er versetzte Thomas einen kleinen Schubs, der ihn leicht zurücktaumeln ließ. Ich fühlte, wie ich mich am ganzen Körper verkrampfte.

Thomas schaute erst mich an, dann Leo und Ralph und schließlich wieder Dell. »Nein, ich will nicht mit dir ›in den Ring‹ steigen«, sagte er. »Aber wenn du nicht damit aufhörst, dann rede ich mit Lou Clukey. Ich werde Lou sagen, daß du mich nicht in Ruhe läßt.«

Grinsend schaute Dell uns an. »Ja? Na, dann sag ihm eben, was dich belastet. Schwänzchen Schwanzlos. Wein dich ruhig bei deinem Onkel Lou aus und erzähl ihm, daß der große böse Wolf dich ärgert und du nicht den Mumm hast, selbst etwas dagegen zu unternehmen.«

Dell pochte meinem Bruder mit dem Finger gegen die Brust. Einmal. Zweimal. Dreimal. »Natürlich könnte Onkel Lou mit ein paar Kleinigkeiten beschäftigt sein, mit dem neuen Gehweg in der Broad Street oder den Straßenteerarbeiten in der Nestor Avenue. Aber bestimmt läßt Onkel Lou alles stehen und liegen und kommt her, um mir den Hintern zu versohlen, weil ich dich süßen kleinen Waschlappen beleidigt habe.«

»Warum hörst du nicht einfach auf damit?« brach es aus Thomas hervor. »Um mehr bitte ich dich doch gar nicht! Hör einfach auf, mich so zu nennen!« Er zitterte am ganzen Körper.

Dell trat noch einen Schritt auf ihn zu – stand nun ganz dicht vor Thomas. »Ich mach dir einen Vorschlag«, meinte er. »Du ziehst die Hose aus und zeigst mir hier vor Zeugen, daß du 'n richtiges Gerät hast. Dann werde ich mir wohl einen anderen Namen für dich einfallen lassen müssen.«

»O mein Gott«, murmelte Ralph.

Dell packte meinen Bruder an der Schulter. Thomas fuhr zusammen. »Was hältst du davon, Schwanzlos? Willst du uns nicht beweisen, daß du keine Möse zwischen den Beinen hast?« Affektiert grinsend begann er, in der Luft herumzuschnuppern. »Riecht ihr, was ich rieche, Jungs? Entweder ist es vergammelter Fisch oder die Fotze von Schwanzlos stinkt.«

Leo lachte aus purer Nervosität.

Thomas schluckte. Schwieg.

»Was ist, Schwanzlos? Tja, hab ich's mir doch gedacht. Du hast eben nicht das nötige Gerät, um es mit mir aufzunehmen.«

Dell grinste lahm zu Leo und mir herüber. Er wirkte eher erbärmlich als triumphierend. Dann gab er uns den Auftrag, die Sensen aus dem Wagen zu holen und das Gras auf einer nahe gelegenen Wiese zu mähen. Sobald wir fertig seien, könnten wir an der Quelle die Wasserkrüge füllen. Wir sollten uns Zeit lassen, im Stausee schwimmen, wenn wir wollten. Uns abkühlen. Wir hätten für heute genug von dieser Drecksarbeit geschafft und könnten es ein wenig ruhiger angehen lassen.

Thomas' Schluchzen ließ uns alle in seine Richtung sehen. Er riß heftig an seiner Gürtelschnalle und machte sich am Verschluß seiner Jeans zu schaffen.

»*Nein!*« schrie ich.

Thomas zog Hose und Unterhose bis zu den Knien runter und blieb so stehen, entblößt und schluchzend. »Bist du JETZT zufrieden?« brüllte er Dell an. »Hältst du JETZT dein Maul und läßt mich in Ruhe?«

Ralph und Leo schauten weg. Dell grinste und schüttelte den Kopf. »Erbärmlich«, meinte er. »Einfach erbärmlich.«

Ich rannte auf meinen Bruder zu und schirmte ihn ab, fühlte seine Erniedrigung, als wär's meine eigene gewesen. »Zieh die gottverdammte Hose hoch!« schrie ich ihn an. »Was ist denn bloß los mit dir?«

Ralph saß als einziger noch am Campingtisch. Vornübergebeugt hockte er da, kaute zornig an seinem Essen herum und murmelte etwas, das ich nicht verstand.

»Mach schon, Ralph«, meinte Dell. »Die Mittagspause ist vorbei.«

»Leck mich am Arsch!« brauste Drinkwater auf. »Wir haben noch sechs Minuten. Erzähl mir nicht, wann die Pause vorbei ist«, und fegte mit dem Arm alle Sachen vom Tisch.

Dell blieb stehen, den Blick auf Ralph geheftet. Dann ging er ohne ein Wort auf den Tisch zu und hob ihn an – kippte ihn mit einem Ruck um, so daß Ralph auf den Boden fiel und sich die Beine unter der Bank einklemmte, auf der er gesessen hatte.

Dell hockte sich neben ihn. »Solange ich noch nicht tot bin und sie dich zum Vorarbeiter machen«, sagte er, »schaffst du deinen kackbraunen Indianerarsch an die Arbeit, wann ich es sage, oder du bist aus diesem Trupp verschwunden, bevor du bis drei gezählt hast. Ich glaube, für dich und Schwanzlos habe ich genau die passende Arbeit.«

Dell schickte Drinkwater und meinen Bruder an jenem Tag in eine von Stechmücken verseuchte Gegend, von der Lou Clukey gesagt hatte, wir hätten dort nichts verloren.

Ein paarmal hätte ich beinahe den Mund aufgemacht, doch ich brachte einfach kein Wort heraus. Dells Schikanen wirkten auf mich wie die von Ray, und das altbekannte Grauen überkam mich, nistete sich in meinem Bauch ein, in meinen Armen und Beinen. Lähmte mich. Statt zu widersprechen, schnappte ich mir eine Sense und ging damit auf die Wiese, die wir bearbeiten sollten. Jeder Grashalm, den ich an jenem Nachmittag durchtrennte, war Dells Kehle. Oder Rays. Mit jedem Sensenschwung mähte ich die beiden nieder.

Am Abend kletterten Drinkwater und Thomas zu Leo und mir hinten auf die Ladefläche des Kleinlasters. Sie waren beide mit Schlamm beschmiert und übersät von Insektenstichen und aufgekratzten Stellen. Minutenlang sagte keiner einen Ton. Dann, ohne Vorwarnung, knallte Ralph mit dem Stiefel so fest gegen die Ladeklappe, daß ich einen Moment glaubte, der Lastwagen wäre irgendwo gegen etwas gestoßen. Vorne blickte Dell in den Rückspiegel, um zu sehen, woher der Krach kam. »Genau dich meine ich, du Schwanzlutscher, paß gut auf, was in deinem Rücken vorgeht«, murmelte Ralph und fixierte Dells Spiegelbild. »Von nun an behältst du mich besser im Auge.«

Kurz bevor wir zurück auf den Hof fuhren, hielt Dell am Straßenrand. Er stellte den Motor ab, stieg aus und kam nach hinten. »Um noch mal auf das zurückzukommen, was heute in der Mittagspause passiert ist«, meinte er. »Ich sag's euch allen gleich, damit es kein Mißverständnis gibt. Was unter uns vor sich geht, bleibt unter uns. Kapiert? Das geht niemand anderen was an.«

Seine Augen wanderten nervös von Leo über Ralph zu meinem Bruder, landeten schließlich auf mir.

»Ach ja?« fragte ich.

»Ja. Was wir tun, geht nur uns was an. Nicht Clukey, und niemanden sonst.« Er wies mit dem Kinn auf meinen Bruder. »Die Nummer, die er heute abgezogen hat, würde die natürlich interessieren. Zieht sich die Hose runter und heult wie ein Baby. Aber von mir werden sie kein Wort darüber zu hören kriegen.«

»Du hast ihm gesagt, daß er es tun soll«, hielt ich ihm vor. »Du hast ihn dazu getrieben.«

Da starrte er mich so haßerfüllt an, daß ich den Blick abwenden mußte. »Und was ist mit dem Hasch, das ihr Jungs den ganzen Sommer über geraucht habt, Birdyboy?« fragte er. »Ihr Typen wart doch die meiste Zeit bekifft bis über beide Ohren. Hattet euren Spaß mit der guten, alten Marie Juana. Meint ihr etwa, ich hätte das nicht mitbekommen? Glaubt ihr, ihr könntet den alten Dell reinlegen? Tja, das schafft ihr nicht. Und wenn Clukey das je herausfindet, dann habt ihr im nächsten Moment die Bullen am Hals *und* eure Herren Väter hier. Aber was wir machen, geht nur uns was an, keinen sonst. Kapiert? Solange ihr eure Arbeit macht, drücke ich ein Auge zu. Verstanden? Eine Hand wäscht die andere.«

Sprachlos saßen wir vier da. Da sprang Drinkwater mit einem Satz von der Ladefläche und machte sich davon.

»He, Häuptling!« rief Dell ihm nach. Ralph reagierte nicht. Schaute sich nicht um. »Was ist mit deiner Stechkarte, du Schlaumeier? Willst du auf deinen Tageslohn verzichten?«

Ohne sich umzudrehen, hob Ralph die Hand und streckte seinen Mittelfinger hoch in die Luft. Wir blickten ihm nach, bis er hinter einer Hecke verschwand.

Dell setzte sich wieder auf den Fahrersitz und ließ den Motor an.

»Ist das zu fassen?« flüsterte Leo mir zu. »Dieses verdammte Arschloch hat uns hinterherspioniert.«

Ich befahl ihm, sein dämliches Maul zu halten.

Thomas kündigte. Er besprach es nicht mit mir und bat mich auch nicht, mit ihm in Lou Clukeys Büro zu gehen. Nachdem Dell den Kleinlaster in der Garage abgestellt hatte, ging Thomas schnurstracks in Clukeys Büro. Keine drei Minuten später war er wieder draußen. Und das war's dann.

Ich konnte unmöglich mit ihm zusammen nach Hause gehen – ertrug nicht den Gedanken an sein Jammern oder sein vorwurfsvolles »Ich hab's dir doch gleich gesagt« wegen des Kiffens. Und ich konnte ihm nicht verzeihen, wie er sich vor den anderen erniedrigt hatte. Also marschierte ich in die entgegengesetzte Richtung.

Schließlich landete ich am Flipperautomaten in Tepper's Bus Stop. Ich wollte an gar nichts denken, wollte bloß diese kleinen Silberkugeln schmettern, an den Griffen herumzerren, auf Knöpfe hämmern, wollte dieses Scheißgerät an beiden Seiten packen und durchschütteln. Was ich wohl ein wenig zu kräftig tat. Der alte Tepper kam hinter dem Tresen hervor und fragte mich, was ich zum Teufel hätte. Wie ich auf die Idee käme, ich dürfte anderer Leute Eigentum beschädigen. Was bloß mit mir los sei?

Was war mit *ihm* los? Was geschah mit *ihm*?

Als ich nach Hause kam, hatte Thomas bereits die Post geöffnet und von der Universität erfahren, daß er im Collegejahr 1969/1970 sein Zimmer mit einem Austauschstudenten aus Waterbury namens Randall Deitz teilen würde.

»Na prima«, stöhnte er und wedelte mir mit dem Brief vor der Nase herum. »Das hat mir heute gerade noch gefehlt. Irgendeine blöde Sekretärin macht einen Fehler, und wir dürfen das Ganze wieder geradebiegen!« Er lief in der Küche auf und ab, genau wie er es immer in unserem Wohnheimzimmer getan hatte – steigerte sich da richtig hinein.

Ma stand am Herd und kochte. »Ist ja gut, mein Schatz, nun beruhige dich wieder«, sagte sie zu Thomas. »Vielleicht kannst du es ja telefonisch in Ordnung bringen.«

»Kein Mensch an diesem blöden College weiß, was er tut! Bestimmt müssen wir den ganzen Quatsch noch mal von vorne anfangen, nur weil sich irgend jemand vertan hat.«

»Es hat sich keiner vertan«, sagte ich.

»Erst heißt es, geh in *dies* Büro! Und dann, wenn du da bist, heißt es: O nein, doch nicht hier! Du mußt ins *andere* Büro!«

»Es hat sich keiner vertan«, wiederholte ich. Thomas und Ma schauten mich an und warteten auf die Pointe. Unfähig, meinem Bruder in die Augen zu sehen, wandte ich mich statt dessen an Ma. »Ich wohne dieses Semester nicht mit ihm zusammen ... Ich werde mir ein Zimmer mit Leo teilen.«

Ich spürte, wie meinen Bruder die Panik ergriff, noch bevor ich es sehen konnte. Er ließ sich auf einen der Küchenstühle fallen, verschränkte die Arme vor der Brust und wandte sein Gesicht demonstrativ ab.

»Wann hast du dich dazu entschlossen, Dominick?« fragte Ma.

»Ich weiß nicht mehr. Vor ein paar Wochen. Wir sind zur Uni gefahren und haben einen Antrag gestellt.«

»Wir?« fragte Thomas. »Du und Leo? Ihr zwei habt das hinter meinem Rücken ausgeheckt?«

»Da ist doch nichts weiter dabei«, antwortete ich, den Blick noch immer auf meine Mutter gerichtet. Ich sah, wie ihr Gesicht an Farbe verlor. Sah die Furcht in ihren Augen.

»Du hast mich gebeten, das erste Jahr ein Zimmer mit ihm zu teilen, und das habe ich getan ... Ich *wollte* es euch ja auch sagen ... Es war bloß ... ich hatte einfach soviel um die Ohren.«

»Erzähl das nicht mir«, erwiderte sie. »Erzähl es deinem Bruder.«

Ich drehte mich zu Thomas um. »Es wird dir *guttun*, Mann. Du wirst neue Leute kennenlernen. Woher willst du wissen, daß dieser – wie heißt er noch? Randall? –, daß er kein prima Kerl ist? Bestimmt ist es viel schöner für dich, ein Zimmer mit ihm zu teilen, als es mit mir je war. Wir beide stehen uns zu nah. Wir gehen uns auf die Nerven.«

Er saß da, schmollte und schwieg.

»So«, sagte Ma schließlich. »Warum geht ihr zwei nicht nach oben und wascht euch? Das Abendessen steht in einer halben Stunde auf dem Tisch, sobald euer Vater aufgewacht ist. Thomas, möchtest du Röhrennudeln oder Muscheln? Du darfst es dir aussuchen.«

Er gab ihr keine Antwort.

»Ich hab gar keine Zeit zu essen, Ma«, meinte ich. »Ich bin verabredet.«

»Mit wem denn?« wollte Thomas wissen. »Mit deinen beiden Lieblingskumpel von der Arbeit?«

»Nein. Mit meiner Freundin. Hast du was *dagegen*?« Noch während ich sprach, plante ich meine Flucht. Dessa mußte an diesem Abend im Dial-Tone arbeiten. Ihre Schicht würde um ein Uhr nachts zu Ende sein. Vielleicht sollte ich mit dem Fahrrad hinfahren. Sie überraschen.

»Du meinst die geheimnisvolle Frau?« fragte Thomas. »Das Mädchen, das du uns nicht vorstellst, weil du dich wegen deiner Familie schämst?«

»Ich schäme mich überhaupt nicht. Ich kann sie euch jederzeit vorstellen. Möchtest du sie kennenlernen? Okay, kein Problem.«

»Und wann?«

»Ich weiß nicht. Irgendwann.«

Er gab ein spöttisches Lachen von sich. Ich stand da und sah zu, wie er mit dem Salz- und dem Pfefferstreuer herumfuhrwerkte und kleine Häufchen auf dem Tisch fabrizierte. »Verräter«, murmelte er.

»Dominick, du mußt doch was essen«, sagte Ma. »Ich hab Auberginen im Kühlschrank, und es sind auch noch ein paar Vollkornbrötchen von gestern übrig. Soll ich etwas Paprika dünsten und dir ein paar Sandwiches zurechtmachen? Komm schon. Reich mir mal den Käse.«

So war Ma: Selbst verärgert und verletzt, war sie noch willens, einen zu umsorgen. Bereitete einem *noch* größere Schuldgefühle.

Ich steuerte auf das Bad zu, hielt aber in der Tür inne und drehte mich nach Thomas um. »He, Holzkopf«, sagte ich. »Willst du als erster duschen?« Ich meinte es als eine Art Entschuldigung – als Beweis dafür, daß ich kein völliges Arschloch war. Seit unserer frühen Kindheit hatten wir stets erbittert darum gekämpft, wer als erster duschen durfte.

Aber Thomas beachtete mich nicht. Er nahm den Salzstreuer in die Hand und begann, mit ihm zu sprechen. »Hallo, ich bin Thomas Dreck«, sagte er. »Lüg mich ruhig an und trampele auf mir herum. Tut sowieso jeder. Macht Spaß!«

Es hatte etwas von einem Himmelfahrtskommando an sich: freitags abends auf einem Fahrrad ohne Licht und Reflektoren durch den Nieselregen zum Strand zu fahren – anderthalb Stunden Gehupe, fluchende Fahrer und Autos, die mir erst im letzten Moment auswichen. Obwohl ich ganz genau wußte, daß ich Dessa gegenüber keinen Ton von dem erwähnen würde, was an diesem Tag bei der Arbeit geschehen war, stellte ich mir vor, wie ich ihr alles erzählte. Sah uns beide an einem der abseits stehenden Tische sitzen. Spürte ihre Hand liebevoll auf meinem Gesicht ruhen, spürte ihre mitfühlenden Küsse. Die ganze Fahrt über tröstete ich mich mit der Vorfreude auf ihr Verständnis.

Der Laden war rappelvoll. Dessa wirkte überrascht und gar nicht erfreut, mich zu sehen. »Es ist das reinste Irrenhaus heute abend«, meinte sie. »Bevor ich Feierabend hab, werde ich noch nicht mal ein Wort mit dir wechseln können. Mein Gott, du bist ja klatschnaß.«

»Tanz mit mir«, sagte ich.

»Ich *kann* jetzt nicht mit dir tanzen, Dominick. Ich hab zu viel zu tun.«

»Nur einen Tanz.«

»Dominick, *nein*. Ich muß Bestellungen aufnehmen. An einigen Tischen warten die schon seit Stunden auf mich ...«

Ich ließ sie stehen, mitten in ihren Erklärungen, hockte mich an die Bar und bestellte ein Bier. Später, in ihrer Pause, gab sie mir die Schlüssel vom Wagen ihrer Mutter. Als der Manager gerade nicht hinschaute, verkaufte der Barkeeper mir eine viertelvolle Flasche Wodka, und ich ging zum Auto. Ich packte mein Fahrrad in den Kofferraum und richtete es mir auf dem Fahrersitz für die Wartezeit bequem ein. Ich hörte Radio, trank Wodka und sah zu, wie die Fenster beschlugen. Mir war nach einem Joint. Nach Dessa. Ich bemühte mich, nicht mehr an meinen Bruder zu denken, wie er mit heruntergelassener Hose dagestanden hatte und flennte wie ein Idiot ... *Verräter*, hatte er mich genannt. *Hallo, ich bin Thomas Dreck*. Mein Gott, wie lange sollte ich mich denn noch mit ihm herumplagen? Wann konnte ich endlich mein eigenes Leben führen? Im September, genau. Verdammt, war mir doch egal, ob er unterging. Ich schloß die Augen. Rutschte auf dem Sitz herum, um es mir gemütlicher zu machen. Der Wodka, das ferne Rauschen der Meeresbrandung und der Regen, der auf das Wagendach trommelte, machten mich schläfrig ...

Als Dessa mich sanft wachrüttelte, war es schon nach zwei Uhr morgens. »Hallo«, sagte sie. Ich gähnte, räkelte mich und küßte sie. Sie roch nach Arbeit – nach Bier und Schnaps und Zigarettenrauch im Haar. Als ich ihr über das Bein strich, stieß meine Hand gegen die Geschwulst aus Trinkgeld in ihrer Hosentasche.

Ich hatte sie seit einer Woche nicht gesehen. Seit zwei Wochen nicht mit ihr geschlafen. Seitdem die Constantines wieder da waren, blieben uns nur noch heimliche Treffs auf Parkplätzen. Aber das würde sich in ein paar Wochen ändern. Dessa war Tutorin in ihrem Studentenwohnheim, daher stand ihr ein Einzelzimmer mit Doppelbett zu. Und falls die Sache mit Dells Auto klappte, würden Dessa und ich uns jedes Wochenende in ihrem Bett in Boston breitmachen können, statt in dem beschissenen Chrysler Newport ihrer Mutter zu hocken.

»Rate mal«, sagte sie.

»Was?«

»Mein Vater spricht nicht mehr mit mir. Wir haben uns gestritten.«

»Worüber?«

»Ach, das spielt doch keine Rolle ... Doch, tut es wohl. Es ging um dich.«

»Um *mich*? Was ist denn das Problem?«

»Ach, es war meine Schuld. Ich hatte versehentlich meine Pillen im Bad liegenlassen. Meine Mutter hat sie gefunden.«

»Deine Antibabypillen? Ach du Scheiße.«

»Und anstatt mit *mir* darüber zu reden, wie jede *normale* Mutter, ist sie gleich zu meinem Vater gerannt. Er kam dann gestern abend in mein Zimmer und meinte, er müsse mal mit mir sprechen. Ich habe mich fast zu Tode geschämt – trotzdem habe ich ihm gesagt: ›Sieh mal, Daddy, ich bin schon ein großes Mädchen. Ich kann meine eigenen Entscheidungen treffen.‹ Aber da zog er dann gegen dich vom Leder.«

Sie kuschelte sich an mich. Legte ihren Kopf auf meine Schulter.

Ich wollte wissen, was er gesagt hatte.

»Daß er nichts gegen dich persönlich habe. Wenn du aber mit deinem Leben nichts Besseres vorhättest als Lehrer zu werden, solle ich es mir gründlich überlegen, bevor ich mich von dir schwängern ließe und dann erkennen müßte, daß ich mich unter Wert verkauft habe.«

Ich räusperte mich. Fühlte mich irgendwie betrunken und verkatert zugleich. »Was soll denn das nun wieder heißen?« fragte ich.

»Ach, wenn's nach Daddy ginge, würde ich die Frau eines Arztes oder Geschäftsmanns oder Grundbesitzers. Da hab ich ihn darauf hingewiesen, daß ich schließlich auch Lehrerin werde, worauf er meinte, das sei für eine Frau ein vollkommen akzeptabler Beruf. Aber von Frauen würde man nicht erwarten, daß sie eine Familie versorgten. Von Männern schon. Da ist es mit mir durchgegangen. Ich konnte nicht anders. Ich war so *sauer*! Ich habe ihm gesagt, daß ich die Leute nach ihren inneren Werten beurteile und nicht nach ihrem potentiellen Einkommen. Er würde vielleicht für Geld alles tun, ich nicht. Da wurde er richtig wütend, und klagte, wir lebten in traurigen Zeiten, wenn die eigene Tochter es wagte, ihrem Vater derart respektlos zu widersprechen, wenn ein Kind sich seinem Ernährer gegenüber so undankbar zeige. Und jetzt sprechen wir nicht mehr miteinander. Alles nur, weil ... Wenn meine Mutter wegen der Pille doch nur zu mir gekommen wäre ... Manchmal *hasse* ich ihn, Dominick!«

Eine Weile saßen wir nur da. Sagten beide nichts. Dann fing ich an, mich an sie heranzumachen, küßte und streichelte sie ein bißchen. Aber es gelang mir nicht, ihr Interesse zu wecken. Sie plapperte in einem fort über ihren Vater.

»Wie kommt er bloß auf die Idee, Autos zu verkaufen sei mehr wert als Kinder zu erziehen? Und wie kann er es wagen, dich *derart* herunterzumachen? Er *kennt* dich doch überhaupt nicht, Dominick. Ich glaube, mir ist erst jetzt klargeworden, wie oberflächlich mein Vater ist.«

Da streichelte ich sie dort, wo sie mir gezeigt hatte, daß es ihr gefiel – doch sie wehrte mich ab. »Dominick, ich kann nach sieben Stunden Schicht nicht gleich ... Außerdem bin ich gerade total wütend auf Daddy. Tut mir leid. Ich bin einfach nicht in Stimmung.«

»Und was ist mit mir?« fragte ich.

»Wie, was ist mit dir?«

»Nun, erstens bin ich trotz des strömenden Regens hierhergefahren. Und zweitens warte ich seit Stunden in diesem Scheißauto. Vielleicht bin *ich* ja in Stimmung.«

»Dominick, hätte ich denn dem Manager sagen sollen: ›Oh, tut mir leid, aber mein Freund ist gerade unangemeldet aufgetaucht, ich kann den Rest meiner Schicht nicht mehr machen‹?«

»Nein, natürlich nicht. Aber hättest du nicht wenigstens ein bißchen so tun können, als freutest du dich, mich zu sehen?«

»Ich *freue* mich doch auch«, sagte sie. »Ich bin nur total überdreht. Du weißt doch, wie fertig mich die Arbeit hier macht. Und dann das mit meinem Vater. Ich meine, ich bin doch erwachsen, oder nicht? Ich kann für mich selbst entscheiden. Aber, Gott noch mal, wenn deine Mutter deine Pillenpackung findet ...«

»Tu mir einen Gefallen, ja?« sagte ich. »Hör endlich von deinen Eltern auf!« Schweigen breitete sich im Wagen aus.

Nach einer Weile machte ich die Tür auf. Stieg aus und setzte mich auf den Rücksitz. »He«, sagte ich.

Keine Antwort.

»He, du!« versuchte ich es erneut.

»He, was?«

»Komm her.«

Einen Augenblick lang rührte sie sich nicht. Dann kletterte sie über die Lehne und ließ sich neben mir auf den Rücksitz fallen. Verschränkte die Arme vor der Brust. »Als wäre die Ehe meiner Eltern so 'n tolles Vorbild«, fing sie wieder an. »Du solltest bloß mal sehen, wie meine Mutter ihn jeden Morgen beim Frühstück um Haushaltsgeld anbetteln muß. Sie sagt ihm, was sie braucht, rechnet ihm jeden Cent vor, und dann, wenn er überzeugt ist, daß alles seine Richtigkeit hat, langt er in seine Brieftasche und zählt ihr Zwanzig-Dollar-Scheine in die Hand. Einfach widerlich.«

Ich fummelte am Verschluß ihrer Hose herum, faßte ihr unter die Bluse. Sie trug keinen BH, aber da war irgend etwas, das ihre Brustwarzen bedeckte. »Was ist das denn?« fragte ich.

»Was?«

»Das da.« Ich strich mit dem Daumen über die Stelle, an der ihre Brustwarze hätte sein sollen.

»Heftpflaster«, sagte sie. »Die klebe ich mir über die Nippel, damit sie nicht zu sehen sind. Das fehlte mir gerade noch, bei den Tieren, die ich da drin bedienen muß.«

Ich schob ihr T-Shirt hoch, knibbelte das Heftpflaster ab. Küßte ihre Brüste. Kein Problem, wenn sie nicht in der Stimmung war – ich war scharf genug für uns beide. Ich rutschte ein wenig zur Seite und zog uns beide tiefer in den Sitz. Drückte ihr mit dem Knie die Beine auseinander, schob ihre Jeans runter und begann sie zu streicheln.

»Eh! Dominick, ich hab dir doch gesagt, daß ich nicht ...«

Halt die Klappe, halt die Klappe, dachte ich und öffnete meine Hose.

»Ich bin einfach zu aufgedreht im Moment. Mir ist nicht nach ... He, *hör auf*!«

Aber ich konnte nicht einmal mehr ans Aufhören denken. Ich hatte Stunden im Wagen gewartet. Sie war mir etwas schuldig. Und außerdem hatte sie völlig recht: Wie konnte sich ihr reicher Scheißvater erdreisten, ihr zu sagen, sie solle sich einen Besseren suchen.

Ich schob ihr meine Finger zwischen die Beine. Daß sie nicht feucht wurde, deutete ich als reine Sturheit. Papas Tochter. Ich nahm meinen Ständer in die Hand und rieb mich an ihr. Küßte sie wild. »Ich liebe dich, verdammt noch mal«, sagte ich. Küßte sie erneut. Drang in sie ein. Sie stöhnte ein wenig, und ich hörte sie sagen, ich solle aufhören, es tue ihr weh, ich mache ihr angst. Aber mein Verlangen war stärker, und als sie versuchte, sich aus ihrer Position unter mir zu befreien, ließ ich es nicht zu.

»Ich liebe dich«, sagte ich bei jedem Stoß. »Ich liebe dich. Ich liebe dich. Ich liebe dich.« Aber in meinem Kopf tobte der Haß. Mit welchem Recht behauptete Dessas Scheißvater, etwas Besseres zu sein als ich? Ich war wieder draußen auf der Wiese beim Stausee und schwang die Sense. Rüttelte am Flipperautomaten. Daß sie sich gewehrt hatte, ging mir erst auf, als sie es nicht mehr tat. Nur noch dalag und es über sich ergehen ließ. Ich hielt sie fest umklammert, und dann kam ich endlich, keuchend und fluchend.

Ich bedauerte es, noch bevor ich erschlafft war. Bevor sich mein Atem beruhigte. »O mein Gott«, sagte ich. »War das heftig. Ich hab mich gar nicht mehr bremsen können.«

Dessa zitterte und brach in Tränen aus. Schluchzte an meiner Schulter.

»Wirklich. Es tut mir leid. Ich habe hier einfach zu lange gewartet, und der Wodka ...« Als ich ihr über die Wange streicheln wollte, schlug sie meine Hand beiseite. Boxte mich.

»Ich konnte nicht anders, Dessa. Tut mir leid. Ich wollte dich so sehr. War wohl ein bißchen stürmisch.«

»Halt den Mund!« Sie boxte mich wieder. »Laß mich in Ruhe!«

Ich zog mich wieder an. Dessa tat das gleiche und kletterte dann nach vorn.

»Ist das denn wirklich *so* schlimm?« fragte ich. »Daß ich ein bißchen die Kontrolle verloren habe, weil ich dich unbedingt wollte?«

»Weißt du, wie man dieses ›wollen‹ nennt, Dominick?« fragte sie. »Vergewaltigen.«

»Ja, klar. Nicht, daß du und ich ... Hör mal, ich würde nie ...«

»Du hast es gerade getan, du Wichser!« Wieder fing sie an zu weinen.

»Jetzt mach aber mal halblang. Das ist nicht fair.«

»Ich hatte eine so entsetzliche Woche«, sagte sie. »Und jetzt auch noch *das*.«

»Soll ich dir mal was sagen?« erwiderte ich. »Meine Woche war auch furchtbar. Hast du mal daran gedacht, mich zu fragen, wie *meine* Woche war?«

Sie ließ den Wagen an. »Ich fahre dich nach Hause«, sagte sie. »Und dann gehe ich zu mir, nehme ein Bad und wasche diese kleine ›Erfahrung‹ ab, die wir da gerade gemacht haben. Aber tu mir bitte einen Gefallen, ja? Bleib bloß hinten und halt die Klappe. Sag einfach nichts mehr.«

»Erst beschuldigst du mich, dich vergewaltigt zu haben, und dann darf ich mich noch nicht mal verteidigen? Vergiß es, Dessa! Vergiß *uns*!«

Ich stieg aus dem Auto und knallte die Tür zu. Öffnete sie und knallte sie wieder zu. Dann marschierte ich los – weg vom Parkplatz, die Straße entlang. Streckte einem vorbeifahrenden Auto den Daumen entgegen.

Sie fuhr mir hinterher, und als sie auf gleicher Höhe war, hörte ich das Surren der elektrischen Fensterheber. »Nun komm schon. Laß uns damit aufhören, okay? Steig ein, ich bring dich nach Hause. Wir sollten uns beide abkühlen und ein wenig schlafen.«

»Nun *fahr* schon«, entgegnete ich. »Du willst doch wohl keinen Vergewaltiger neben dir im Auto sitzen haben.«

»Also gut, es tut mir leid«, sagte sie. »Ich hab's zu hart formuliert. Es ist nur so, daß ich nach meiner letzten Beziehung etwas ...«

Da schrie ich sie an. »Ich bin *kein bißchen* wie dieser Kerl! *Kein bißchen*. Wie *kannst* du ...!«

Der elektrische Fensterheber surrte wieder. Der Motor heulte auf. Sie fuhr einfach weg. Erst da fiel mir mein Fahrrad ein, das wie eine Leiche in ihrem Kofferraum lag.

Zwei Stunden und drei Autostopps später kam ich zu Hause an – ausnahmsweise erleichtert, daheim zu sein. Ich ging durch das dunkle Haus und stieg die Treppe hoch. Warf meine Kleider auf den Fußboden und fiel wie tot ins Bett.

Als ich mich auf die Seite rollte, knisterte es unter mir. Ich drehte mich wieder auf den Rücken und versuchte im Dunkeln zu erkennen, woher das Geräusch kam. Ich entdeckte ein Blatt Papier auf meinen Laken und überlegte, ob ich aufstehen und nachsehen sollte, was darauf stand. Ein paar Minuten später mußte ich pinkeln. Ich sprang vom oberen Bett und tapste mit dem Zettel ins Bad.

Noch heute, Jahre später, kann ich mich an jedes einzelne Wort erinnern, das darauf stand. Sehe sie noch immer vor mir – diese verfremdete Version seiner normalen Handschrift. Adressiert war die Notiz an *Dominick Birdsey, Verräter.*

Glaubst du vielleicht, es ist einfach, sich Nacht für Nacht den Schlaf rauben zu lassen? Glaubst du vielleicht, es macht Spaß, den Flügelschlag des Heiligen Geistes an der eigenen Kehle zu spüren?
Hochachtungsvoll
Ein Wissender

Ich stand da, kniff die Augen im grellen Badezimmerlicht zusammen und versuchte zu verstehen, was das bedeuten sollte. Er ist durchgedreht, sagte ich mir. Sagte es meinem Spiegelbild. Er ist total durchgedreht. Dann zerknüllte ich den blöden Zettel, warf ihn ins Klo und pißte drauf – ließ ihn in der Kloschüssel hin- und hertanzen. Spülte ihn runter.

Ich lag die ganze Nacht wach, erfand ein Dutzend Gründe, warum ich *kein* Vergewaltiger war. Warum ich es verdient hatte, *nicht* das Zimmer mit Thomas teilen zu müssen.

Erst als die ersten fahlen Lichtstrahlen durch die Jalousie drangen, nickte ich ein.

21

1969

Als ich am nächsten Tag aufwachte, war es schon nach zwei Uhr mittags. Mir tat der Kopf weh. Im Zimmer roch es säuerlich. Ich streckte meine Hand aus, um mich zu kratzen, und merkte, daß ich einen Ständer hatte. Die Erinnerung an die vergangene Nacht – an das, was ich Dessa angetan hatte – traf mich mit voller Wucht.

»Hallo?« rief ich auf dem Weg zum Bad. »Jemand zu Hause?« Zum Glück antwortete niemand. Ich mußte Dessa anrufen, um zu versuchen, den Schaden wiedergutzumachen, und ich wollte nicht, daß mir jemand dabei zuhörte.

Ich hielt den Kopf unter kaltes Wasser und spülte mir den Mund aus, um den schalen Geschmack loszuwerden. Während ich pinkelte, fiel mir plötzlich dieser blöde Zettel von meinem Bruder wieder ein. *Glaubst du vielleicht, es ist einfach, sich Nacht für Nacht den Schlaf rauben zu lassen? Den Flügelschlag des Heiligen Geistes an der eigenen Kehle zu spüren?* Was, zum Teufel, war nur mit ihm los? Zuerst die Sache mit der Schreibmaschine. Dann die Nummer draußen beim Stausee … Ich war schon halb unter der Dusche, drehte dann aber das Wasser wieder ab und ging tropfend über den Flur zurück in unser Zimmer. Ich stand da und starrte auf Thomas' ungemachtes, leeres Bett. Was war eigentlich mit ihm los?

Zurück unter der Dusche, schrubbte ich mit heißem Wasser und Seife die Ereignisse der vorigen Nacht ab. Zwischen Dessa und mir hatte es ein Mißverständnis gegeben, das war alles – eine Kommunikationsstörung. Sonst wollte sie es immer genausosehr wie ich. Vielleicht sollte ich die ganze Sache einfach ein wenig langsamer angehen. Daß mein Fahrrad im Kofferraum des Wagens ihrer Mutter lag, lieferte mir einen Vorwand. Vielleicht erklärte sie sich bereit, es mir herzubringen, und dann könnten wir reden – die Sache aus der Welt schaffen. Zu den Wasserfällen fahren und ein Picknick machen, falls wir beide dazu in der Stimmung waren. Die letzte Nacht vergessen. Gott, ich brauchte wirklich ein Auto.

Ich trocknete mich ab und zog mir etwas über. Anschließend ging ich ins Schlafzimmer von Ma und Ray, um zu telefonieren. Vor dem Spiegel über der Kommode fing ich an, mit Dessas alten Freunden Schattenboxen zu spielen, versetzte meinem Spiegelbild ein paar Haken. Dann legte ich mich auf den Boden und machte Liegestütze. Ich war nervös. Konnte nicht aufhören zu pfeifen. Ich redete mir ein, daß ich mich gut fühlte – »der Situation gewachsen« –, aber ich war nervös. Fürchtete, es mir mit dem besten Menschen verdorben zu haben, dem ich in meinem ganzen erbärmlichen Leben begegnet war.

Ich wählte die Nummer der Constantines. Während ich wartete, schaute ich mich um, und plötzlich sah ich das Zimmer mit Dessas Augen: den uralten Linoleumboden, die einfachen Rollos, Rays Sammlung ritueller Waffen an der Wand und Mas Religionskram: das Kruzifix, die Marienstatue, die betenden Hände auf diesem erbärmlichen kleinen Holzregal, das Thomas im Werkunterricht in der Schule gemacht hatte. Mein Werkstück in derselben Klasse war ein Beistelltisch mit eingebautem Schallplattenständer gewesen. Mr. Foster hatte ihn in den Frühjahrs-Schaukasten aufgenommen, in dem immer die besten Stücke ausgestellt wurden. Meine Arbeit wird besonders gelobt, aber was hebt Ma auf? Das beschissene Regal von Thomas.

Warum ging Dessa nicht ans Telefon? Wo war sie nur …?

Ich betrachtete das Auferstehungsbild – Jesus mit leuchtendem Technicolor-Herzen, seine Augen so unglücklich wie die eines Bassets. Wie ihr Liebesleben wohl aussah, mit diesem Ding direkt über dem Bett? … Die Erinnerung an jenen längst vergangenen Tag, als Ma das Ding in dem Billigkaufhaus erstand, durchzuckte mich. Den Tag, an dem dieser Verrückte sie im Bus begrapschte, und sie sich so verhielt, wie sie es immer tat, wenn jemand sie herumschubste – sie ließ es über sich ergehen. Wartete darauf, daß Jesus kam und sie rettete.

Ich dachte über eine Diskussion nach, die wir im Politikunterricht geführt hatten: ob Religion »Opium für das Volk« war oder nicht ... Seit Beginn der Sommerferien hatte ich nicht ein einziges Mal die Messe besucht. Ich wollte deutlich machen, wer ich jetzt war – wie ich mich in dem Jahr auf dem College verändert hatte –, und blieb daher jeden Sonntagmorgen im Bett liegen. Mein Verhalten ärgerte Ray, vor allem, weil er neuerdings in der Kirchengemeinde irgendeine unglaublich wichtige Aufgabe übernommen hatte. Ich war mir ziemlich sicher, daß es auch Ma schmerzte. Nicht, daß sie jemals was gesagt hätte. Nicht, daß sie *das* riskiert hätte ... Aber schließlich war es *mein* Leben. Warum sollte ich in die Kirche gehen, wenn Gott doch nur ein einziger großer Witz war? Auf einem miesen Bild aus dem Billigkaufhaus. Ich würde nicht so ein Heuchler werden wie Ray ... Thomas ging natürlich noch jede Woche zur Messe. Mr. Moralapostel, berührt vom Heiligen Geist ...

Ich mußte an Sondra Barrett denken, die Dozentin für Kunstbetrachtung, die mit unserem Kurs ins Guggenheim-Museum nach New York gefahren war. »Kommen Sie doch mal hierher! Ich möchte Ihnen etwas zeigen!« hatte sie zu mir gesagt und mich zu einer Wand voller Farbspritzer und Farbtropfen geführt. Aus irgendeinem Grund hatte sie *mich* auserwählt – hatte mich am Arm genommen und zu einem Werk von Jackson Pollock gezogen, ihrem Schutzheiligen. Gerüchten zufolge war Sondra Barrett eine ganz heiße Nummer. Trieb es sowohl mit berühmten Künstlern als auch mit Studenten. Hatte sie an dem Tag im Museum versucht, mich anzumachen? Hätte ich nur darauf eingehen müssen? Wenn Sondra Barrett das Jesusbild meiner Mutter zu Gesicht bekäme – Kunst von Woolworth –, würde sie wahrscheinlich in Ohnmacht fallen. Ich versuchte mir vorzustellen, wie Sondra Barrett und ich es in irgendeinem Loft miteinander trieben. Versuchte, diesen verrückten Typen nicht zu sehen, der meine Mutter betatscht hatte – seinen dreckigen Mantel, die Beule auf seiner Stirn. Wie er an meiner Mutter herumschnüffelte ... Vielleicht waren Thomas und ich auf diese Art in die Welt gekommen; vielleicht war irgend so ein widerliches Arschloch in einer dunklen Straße über sie hergefallen, und sie hatte es einfach über sich ergehen lassen. Vielleicht war unsere Empfängnis *deshalb* ein so gut gehütetes Geheimnis.

Ein Lufthauch bewegte die Rollos. Ich sah, daß ein Riß in einem dieser blöden Dinger mit Tesafilm repariert worden war! Was hatte Dessas Alter zu ihr gesagt – daß sie sich unter Wert verkaufen würde, wenn sie mich heiratete? Ich spürte, wie ich vor Scham errötete. Klemmte den Hörer zwischen Kinn und Schulter und schlug noch ein paar Haken in die Luft. *Du reicher alter Sack! Ich bin den ganzen Sommer über in dein Haus geschlichen. Hab deine Tochter richtig heiß gemacht. Einmal hab ich sie sogar auf dem Teppichboden in deinem Schlafzimmer gevögelt, du Arschloch!*

Ich hörte Schritte auf der Treppe.

Thomas.

Hörte, wie er die Badezimmertür hinter sich schloß, pinkelte und dann abzog. Lauschte auf seine schwerfälligen Schritte, als er die Treppe wieder hinunterging. Mir fiel auf, daß ich die ganze Zeit die Luft angehalten hatte, während er durchs Haus ging. Plötzlich erreichte mich wieder das Klingeln in meinem Ohr. Das Telefon drüben bei Dessa läutete inzwischen zum vierzigsten oder fünfzigsten Mal. Warum ging sie nicht dran?

Vielleicht war sie draußen am Pool. Oder stand direkt neben dem Telefon und starrte es an. Ich knallte den Hörer auf die Gabel, nahm ihn dann wieder ab und wählte noch einmal ihre Nummer. Wenn sie nur endlich drangehen würde, könnte ich ihr alles erklären. Bei der letzten Nacht handelte es sich um einen Fall von zeitweiliger geistiger Umnachtung, das war alles. So was würde nie wieder vorkommen. Sie war *sicher* bei mir.

Schluß. Aus.

Thema beendet.

Ich ließ mich auf das Ehebett fallen. Die Laken waren abgezogen, und die Federn der Matratze drückten sich durch. Vielleicht drehten sie das Jesusbild um, wenn ihnen danach war. O Mann: Ma und Sex. Und nicht nur mit Ray. Wer war nur unser leiblicher Vater? Vielleicht wußte er überhaupt nichts von uns. Vielleicht hatte sie nie den Mut aufgebracht, ihm zu sagen, daß sie von ihm schwanger geworden war ... Ich dachte an einen Nachmittag auf dem Spielplatz, als Lonnie Peck mich unvermittelt fragte: *Weißt du, was passiert, wenn dein Vater deine Mutter fickt?* Und dann eine seiner Zigaretten nahm, um sie in einen Ring aus Daumen und Zeigefinger zu stecken und wieder rauszuziehen. Rein, raus. Rein, raus. Damals mußte Lonnie in der siebten oder achten Klasse gewesen sein; er erschien mir wahnsinnig cool. Es war das erste Mal, daß ich etwas darüber hörte, was Männer und Frauen miteinander machen. Seitdem hatte ich dieses schmutzige Bild im Kopf, wie Ray und meine Mutter es hier oben trieben. Als ich an jenem Nachmittag nach Hause kam, führte ich als erstes meinen Bruder ins Schlafzimmer von Ma und Ray und zeigte es ihm mit einer von Rays Zigaretten aus der Packung, die auf dem Nachttisch lag, genauso, wie Lonnie es mir gezeigt hatte. Thomas sagte, ich sei ein Schwein. »So was macht vielleicht Gina Lollobrigida«, meinte er. »Aber doch nicht Ma.« Irgendwie wollte ich das auch glauben, aber es gelang mir nicht. Das war schon immer der Unterschied zwischen uns: Ich wußte, daß die Welt im Grunde schlecht war – daß das Leben mies und Gott ein Witz war, ein billiges Gemälde, das man im Billigkaufhaus kaufen konnte. Thomas wußte das nicht.

Ich ging im Zimmer auf und ab und blieb dann stehen, um die Sachen auf Mas Kommode zu betrachten: Parfum von Avon, Puder, ein Schmuckkästchen mit Spieluhr, Familienfotos. Das Schmuckkästchen hatte ich Ma einmal zu Weihnachten geschenkt. Als ich es öffnete, erklang wie immer die Melodie von dem »Beautiful Dreamer«. Thomas hatte das Schmuckkästchen als erster entdeckt, in einem Schaufenster in der Stadt. Er sagte, er habe schon beschlossen, dafür zu sparen, um es Ma zu schenken, *bevor* er wußte, daß es ihr Lieblingslied spielte. Er schien diesen Zufall für ein kleines Wunder zu halten. Dann hatte ich mir an einem Tag mit Schneeschippen eine Menge Geld verdient, während Thomas die ganze Zeit vor dem Fernseher gehockt hatte. Noch am selben Abend fuhr ich in die Stadt und kam ihm zuvor. Das machte ich immer so, als wir Kinder waren: Ich zeigte ihm, wer von uns beiden cleverer, stärker und schneller war. Vielleicht führte er sich *deshalb* in letzter Zeit so seltsam auf. Vielleicht hatte ich ihn in den Wahnsinn getrieben. Ich wußte überhaupt nicht, daß »Beautiful Dreamer« Mas Lieblingslied war. Wenn überhaupt, hätte ich vermutlich auf »Hot Diggedy, Dog Diggedy« oder »Ricochet Romance« getippt, zwei der Lieder, bei denen sie früher immer mitsang, wenn sie im Radio kamen. Zusammen mit uns in der Küche, wenn Ray nicht da war, wurde Ma manchmal ein bißchen lockerer. Riskierte eine kleine Verrücktheit.

I don't want no ricochet romance
I don't want no ricochet love
If you're careless with your kisses
Find some other turtle dove

Ich klappte das Schmuckkästchen wieder zu. Auch wenn ich meinen Bruder das eine oder andere Mal reingelegt hatte, beruhigte ich mich selbst, hatte ich aber mindestens genausooft seinen verdammten Arsch gerettet.

Tuut, Tuut ... Geh endlich ran! Ich *wußte*, daß sie zu Hause war. Sie spielte mit mir.

Ich betrachtete die gerahmten Fotografien: Ray rank und schlank in seiner Marineuniform; Thomas und ich als Kindergartenkinder mit Fliege und als High-School-Absolventen mit Koteletten; Billy Covington in seinem Superman-Schlafanzug. Das größte Foto – das in dem edelsten Rahmen – war ein vergilbtes Porträt von Mas Vater, um dessen Grabstein herum ich den ganzen Sommer Gras gemäht und Unkraut gejätet hatte.

Domenico Tempesta. »Papa.« *Die größte Trauer ist stumm.*

»Hat *er* das gewollt, oder hast du das draufschreiben lassen, Ma?«

»Was? ... Oh, er wollte es. Er hatte alles schon ein paar Jahre vorher geregelt.«

»Was bedeutet das: ›*Die größte Trauer ist stumm*‹?«

Sie hat mir diese Frage nie beantwortet. Auch nicht die andere Frage, die ich ihr stellte: Warum seine Frau – meine Großmutter – am anderen Ende des Friedhofs begraben lag. Dem Datum auf seinem Stein nach zu schließen, war »Papa« in dem Sommer gestorben, bevor Thomas und ich geboren wurden. Hatte er von unserer Existenz gewußt – hatte er gewußt, daß seine unverheiratete Tochter Zwillinge erwartete? Auf der gerahmten Fotografie wirkte Domenico wachsam und argwöhnisch – als traute er demjenigen, der das Foto machte, nicht über den Weg. Ich schaute hinüber zu dem Jesusbild an der Wand. Verglich die beiden. Jesus war ein Jammerlappen, Domenico ein Scheißkerl.

Das ist lächerlich, dachte ich. Ich vergeude einen ganzen Sonntag damit, mir anzuhören, wie das Telefon klingelt. Trotzdem konnte ich noch nicht auflegen. Vielleicht kam sie gerade von irgendwoher nach Hause, riß die Haustür auf und stürmte zum Telefon. Aber wenn sie mit mir spielte, auch gut, ich hatte den längeren Atem. Ich würde es so lange klingeln lassen, bis sie schwach wurde.

Als Kinder durften Thomas und ich nicht ohne Ma oder Ray in deren Schlafzimmer gehen, wegen der Messer, Schwerter und Dolche, die er an die Wand gehängt hatte. »Diese Dinger sind so scharf, daß man jemandem den Kopf damit abschneiden kann«, warnte er uns mehr als einmal. »Wenn ich euch in dem Zimmer erwische, prügel ich euch windelweich.«

Ich ging hinüber zu seinem Schrank und öffnete ihn. Zehn oder elf Paar Schuhe, mit Spucke gewichst, standen ordentlich ausgerichtet auf dem Boden, bereit zur Inspektion. Die grauen Arbeitshosen und -hemden, die er jede Nacht bei Electric Boat trug, hingen akkurat gebügelt auf Kleiderbügeln. Ray ließ Ma immer die Hemdsärmel bis zum Ellbogen aufrollen und dann die Faltkante bügeln.

An der Wand über Rays Kommode befanden sich die Waffen, die man auf keinen Fall berühren durfte, seine gerahmten Marineorden und das kleine, verschwommene Foto von seiner toten Mutter, einer knochigen, hinterwäldlerisch wirkenden Frau. Auf der Kommode lagen Rays Schuhanzieher, Bürste und Kamm, Gold Bond-Puder und Aqua Velva. Als Kind war ich einmal auf Zehenspitzen in das Zimmer geschlichen, während Ray schlief, und hatte mir den Schuhanzieher ausgeliehen. Ray aufzuwecken, wenn er tagsüber schlief, war unter Strafandrohung verboten, aber Billy Covington sagte, er brauche das Ding, um uns zu hypnotisieren. Er band den Schuhanzieher an eine Kordel und ließ ihn vor Thomas' und meinen Augen hin und her pendeln, wie er es bei einem Mann im Fernsehen gesehen hatte. »Du wirst ganz müüüde«, sagte Billy mit einem seltsamen Akzent und monotoner Stimme immer wieder. »Sähr, sähr müüüde.« Nachdem das Experiment gescheitert war, gingen wir drei nach draußen und ließen den Schuhlöffel über einem offenen Gully pendeln, bis er sich plötzlich von der Schnur löste und hineinfiel. Als Ray später am Nachmittag aufwachte und seine Schuhe anziehen wollte, bemerkte er den Verlust und schrie Zeter und Mordio. Billy war inzwischen von seiner Mutter abgeholt worden. Unter Tränen beichteten Thomas und ich den Hypnoseversuch und das Mißgeschick. Entgegen unseren Erwartungen schlug Ray uns diesmal nicht. Statt dessen stellte er mich oben und Thomas unten an die Treppe und befahl uns, so lange rauf und runter zu gehen, bis er uns sagte, daß wir aufhören konnten. Zuerst erschien uns die Strafe lächerlich. Ich erinnere mich, daß ich ein Kichern unterdrücken mußte und heimlich Grimassen schnitt, wenn Thomas und ich uns in der Mitte der Treppe begegneten. Aber nach einer Stunde war ich schweißgebadet, meine Knie fühlten sich an wie Pudding, und Thomas heulte, weil er Krämpfe in den Beinen hatte. »Können sie jetzt nicht aufhören?« fragte Ma Ray, der auf einem Stuhl an der Küchentür saß, um den *Daily Record* zu lesen und uns zu beaufsichtigen. Ray antwortete, wir dürften erst aufhören, wenn er ganz sicher sei, daß wir unsere Lektion gelernt hatten. Gelernt hatten, was es heißt, das Eigentum anderer Leute zu respektieren. An dem Abend, als Ray bei der Arbeit war, rieb Ma meine schmerzenden Beine mit Hamamelissalbe ein. Wir waren zwei Stunden Treppen gestiegen, um Buße zu tun.

Du kannst mich mal! Ich knallte den Hörer auf die Gabel, und genau in dem Moment klingelte es. »Hallo?« stieß ich hervor.

Ich war mir sicher, daß es Dessa war. Sie war's aber nicht. Es war Leo.

Okay, ich würde mit ihm Angeln gehen. Ich hatte eh nichts *Besseres* vor. Um sechs? Von mir aus.

Als ich nach unten kam, saß Thomas zusammengesackt in der Mitte des Sofas, in T-Shirt, Schlafanzughose und mit der bescheuerten rot-blau-gestreiften Pudelmütze auf dem Kopf. Er hatte das Ding den ganzen Winter über getragen. Sogar im Wohnheim. Diese Mütze brachte alles zurück: das ganze verrückte erste Jahr auf dem College, sein merkwürdiges Verhalten. Er starrte auf den Fernseher wie ein Zombie.

»Wo ist Ma?« fragte ich. Er antwortete nicht.

Ich ging in die Küche und kam mit einer Packung Corn-flakes, Milch, einer Schüssel und einem Löffel zurück ins Wohnzimmer. »Rutsch rüber«, sagte ich und ließ mich direkt neben ihm auf die Couch fallen. Ein halbherziger Versuch, Frieden zu schließen.

Er sah sich einen alten Tarzan-Film an – mit Johnny Weissmuller und Brenda Joyce. Als wir Kinder waren, hatte Thomas immer behauptet, Johnny Weissmuller sei der beste Tarzan, aber ich hatte darauf bestanden, Lex Barker sei besser. Ich hatte mir sogar eingeredet, daß Thomas und ich Lex Barker ähnlich sahen – daß vielleicht *er* unser Vater war und irgendwann kommen würde, um uns zu sich zu holen. Das machte ich immer, als ich klein war: Ich schaffte mir Phantasieväter, träumte davon, wie sie uns vor Ray retteten. Es war erbärmlich. Aber als ich nun auf der Couch saß und Corn-flakes aß, kam es mir plötzlich unheimlich komisch vor: Lex Barker, der sich in der Hollyhock Avenue von Baum zu Baum schwingt und direkt vor Mas Schlafzimmer landet. Ma wird schwanger von Tarzan, dem Affenmenschen. Er kommt Jahre später zurück, um uns wohin mitzunehmen? In den afrikanischen Dschungel? Nach Hollywood? Gott, kleine Kinder sind solche Idioten.

»He, du Trottel«, sagte ich zu Thomas. »Ich behaupte immer noch, daß Lex Barker ein besserer Tarzan ist als der Typ da. Klarer Fall. Gib's zu.«

Keine Antwort.

»Wo, sagst du, sind Ma und Ray?«

Nichts.

Ich beugte mich vor und klatschte direkt vor seinem Gesicht in die Hände. »He, Thomas! Aufwachen! Wo sind sie?«

»Wer?«

»*Ma und Ray*!«

»Bei einem Picknick«, sagte er, ohne den Blick vom Fernseher zu nehmen.

»Rays Gewerkschaftspicknick? Ist das heute?«

Keine Antwort.

Ich schüttete noch ein paar Corn-flakes in die Schüssel. Es tat mir fast gut, daß Mr. Seltsam mich nicht beachtete, nach all dem Mist, den ich in den letzten achtundvierzig Stunden durchgemacht hatte.

Der Tarzanfilm spielte an ungefähr hundert verschiedenen Schauplätzen; die Handlung hatte sozusagen alle paar Sekunden einen Schluckauf. Wie üblich waren es die weißen Jäger in ihren frisch gebügelten Safarianzügen, die für Ärger sorgten – deren Gier den ganzen schlafenden Dschungel in Aufruhr versetzte. Tarzan scheuchte Jane und Boy einen Dschungelpfad entlang, die Sambesis direkt auf den Fersen. Dann sprangen die drei in einen kristallklaren See und schwammen wie Schnellboote. Ich hatte diesen Film als Kind ungefähr hundertmal gesehen, aber mir war nie der Schnitt von Brenda Joyce' Dschungelkleidchen aufgefallen oder die Art, wie sie ihre Titten berührte, wenn sie aus dem glasklaren Wasser stieg.

»Wir sind gleich zurück im Big Three Matinee Theater«, sagte der Sprecher.

Ich schaute hinunter auf die Hand meines Bruders, die auf dem Sofakissen neben mir lag. Seine Fingernägel waren völlig abgekaut, die Nagelbetten eingerissen und entzündet. Während des ganzen letzten Jahres auf dem College hatte er daran herumgekaut. In den zwei Semestern hatte er vermutlich mehrere Pfunde seiner eigenen Haut hinuntergeschluckt. »Ich glaube, auf Kanal zehn wird ein Spiel der Yankees übertragen«, sagte ich. »Willst du es sehen?«

Keine Antwort.

»Thomas? He! Willst du das Spiel sehen?«

Er legte das ganze Gewicht der Welt in den Seufzer, den er nun ausstieß. »Wenn ich so ein dämliches Baseballspiel sehen wollte, dann hätte ich es eingeschaltet.«

Ich sagte nichts dazu und stand auf, um es noch einmal bei Dessa zu versuchen. Vielleicht hatte ich unten an dem Apparat mehr Glück. Aber es nahm immer noch niemand ab.

Ich setzte mich wieder neben Thomas, wippte nervös mit dem Bein. »He, erinnerst du dich, wie Ray uns auf einem dieser Gewerkschaftspicknicks vor allen Leuten diese bescheuerten Lieder singen ließ? Diese Kriegslieder, die er uns beigebracht hatte. Wie hießen sie noch gleich?«

Thomas blinzelte ein paarmal hintereinander. Schlug sich auf die Nase. »›You're a Sap, Mr. Jap‹ und ›Good-bye Mama, I'm Off to Yokohama‹«, sagte er.

»Ja, genau! ›You're a Sap, Mr. Jap.‹« Ich schüttelte den Kopf. »Ray, dieses verdammte rassistische Arschloch.«

Ich schüttete mir noch mehr Corn-flakes ein, aß ein paar Löffel und stellte die Schüssel auf den Couchtisch. »Dessa und ich haben uns ganz schön gestritten letzte Nacht«, sagte ich. »Es war meine Schuld.«

Die Enthüllung war mir einfach so rausgerutscht – überraschte mich genauso wie Thomas. Er schaute mich an. »So schlimm aber auch wieder nicht«, sagte ich. »Nichts, was sich nicht wieder in Ordnung bringen ließe. Ihr beiden müßt euch wirklich bald einmal kennenlernen. Ich glaube, du wirst sie mögen. Sie ist nett. Ich *möchte*, daß du sie bald kennenlernst.«

»Ich treffe sie morgen nachmittag«, sagte Thomas.

»Was? ... Wovon redest du?« Ich geriet plötzlich in Panik.

»Sie hat heute morgen angerufen, als du noch schliefst. Sie dachte, ich wäre du.«

»Dessa? Was hat sie gesagt?«

»Sie hat mir erzählt, was letzte Nacht passiert ist.«

Ich saß da und suchte nach einer Antwort. »Was meinst du damit – was passiert ist?« fragte ich schließlich.

»Sie sagte, du hättest dein Fahrrad in ihrem Wagen vergessen. Sie ist heute den ganzen Tag mit ihrer Mutter und ihrer Schwester unterwegs, aber sie meinte, sie könne es dir morgen nachmittag zurückbringen. Sie wollte wissen, ob ich dann auch da bin, damit sie mich kennenlernen kann.«

»Ja? Hat sie sonst noch was gesagt?«

»Nein.«

»Wie klang sie?«

»Ich weiß nicht. Nett.«

»Ja? Gut. Klasse ... Sie *ist* nett. Sie ist wirklich nett.«

Ich war plötzlich unendlich erleichtert. Überwältigt von Sympathie für meinen bescheuerten Bruder. »He, Thomas, diese Sache mit dem Wohnheimzimmer«, sagte ich. »Leo hat mich irgendwann mal gefragt. Es ist keine gigantische Verschwörung gegen dich oder so was. Ich dachte ... ich dachte nur, es wär halt mal was anderes. Es ist bestimmt gut für dich *und* für mich. Ich habe es unter anderem für *dich* getan.«

Er lachte über die Unverfrorenheit dieser Lüge.

»Dann glaubst du's mir eben nicht«, sagte ich. »Ist mir scheißegal. Aber es ist die Wahrheit.«

Er murmelte etwas vor sich hin.

»Was?«

»Nichts.«

Etwa eine Minute sagte keiner von uns beiden etwas. Im Fernsehen hatten die Sambesis inzwischen Jane und Boy gefangen und gefesselt und tanzten um sie herum. Wenn Thomas Dessa traf, sollte er sich bloß hüten, mich in Verlegenheit zu bringen. Aber dann beschloß ich, daß er sie *nicht* treffen würde. Noch nicht. Ich mußte einen Weg finden, es zu verhindern. »Was ist mit der Pudelmütze?« fragte ich ihn. »Warum trägst du das Ding mitten im Sommer?«

Aber Thomas war offenbar ganz woanders. »Als ob *er* Mr. Unschuldig wäre«, sagte er.

»Was? Von wem sprichst du?« Ich wartete. »Als ob *wer* Mr. Unschuldig wäre?«

»Würdest du mir einen Gefallen tun?« sagte er.

»Kommt darauf an.«

»Würdest du bitte aufhören, den freundlichen Bruder zu spielen? Du bist nämlich kein bißchen überzeugend. Ich weiß, was ihr drei vorhabt.«

Ich lachte. »Wer sind denn ›wir drei‹?«

»Du und deine beiden Kumpel. Ihr habt euch den ganzen Sommer über gegen mich verschworen. Ich habe alle Informationen, die ich brauche.«

Schlagartig fiel mir der Zettel wieder ein, den ich letzte Nacht in die Toilette geworfen hatte. Was hatte noch darauf gestanden? »Ich weiß nicht, wovon du redest, aber du bist total bescheuert«, sagte ich ihm. »Was bist du eigentlich – paranoid oder was?«

»Nein, ich weiß nur Bescheid.«

»Ach ja? *Worüber* denn?«

Er zog sich die Pudelmütze so tief ins Gesicht, daß er fast nichts mehr sehen konnte. Dann nahm er die Fernsehzeitung und riß die Seiten in Streifen.

»He, das ist die neue, du Arschloch«, sagte ich. »Was soll das?«

Statt einer Antwort fing er an zu singen: »You're a Sap, Mr. Jap.« Lauter und immer lauter. Er schrie es förmlich.

»Laß das!« warnte ich ihn. »Hör auf!« Und als er es nicht tat, packte ich ihn und sorgte dafür, daß er aufhörte. Am lautesten brüllte er, als ich ihm die idiotische Mütze vom Kopf riß. Er wehrte sich mit größerer Kraft, als ich ihm zugetraut hätte. Ineinander verkeilt, fielen wir von der Couch, warfen ein Tischchen um und rollten über den Boden. Dabei rissen wir eine Lampe herunter. Als ich über ihm war und seine Schultern auf den Boden drückte, richtete er sich ruckartig auf und spuckte mir ins Gesicht. Das war zuviel: Ich verpaßte ihm einen Schlag auf die Nase und nahm ihn in den Schwitzkasten, als er versuchte, sich zu befreien. Versetzte ihm ein paar Stöße in die Rippen, legte meine Hände um seinen Hals und drückte zu. Er würgte. »Okay, okay, okay«, sagte er und gab auf.

Ich ließ ihn los. Er hustete ein paar Mal, räusperte sich.

Wir waren beide außer Atem – und beide erschrocken, glaube ich. Ich stand auf und rückte den Couchtisch wieder gerade, stellte die Lampe auf den Beistelltisch zurück, warf die zerrissene Fernsehzeitung weg und saugte die verstreuten Corn-flakes auf. Thomas blieb auf dem Boden sitzen und rieb sich den Arm.

Dann ging ich in den Keller, um mein Angelzeug zusammenzupacken. Ich überprüfte die Haken und Köder und versuchte verzweifelt, die Angelschnur zu entwirren, aber meine Hände hörten einfach nicht auf zu zittern. Was war nur *los* mit ihm? Er schrieb dämliches Zeug, warf mir vor, eine Verschwörung gegen ihn angezettelt zu haben. Wenn das eins seiner beschissenen Spielchen war, dann würde es ihm noch leid tun. Dafür würde ich persönlich sorgen. Ich würde ihn fertigmachen ... Aber was, wenn es *kein* Spiel war? Und wenn es keins war, was, zum Teufel, war es dann? Was war los mit ihm?

Ich ging hinaus in den Garten und warf meine Schnur immer wieder in den Geißblattbusch. Nachdem ihr Vater sich zur Ruhe gesetzt hatte, erzählte Ma uns oft, hatte er ganze Tage in diesem kleinen Garten verbracht, Zigarren geraucht und an Sizilien gedacht.

Im Ernst, was war los mit Thomas? *Irgend etwas* stimmte nicht.

Kurz bevor Leo kommen sollte, um mich abzuholen, ging ich noch einmal ins Haus zurück. Thomas hockte noch immer auf dem Boden und rieb sich den Arm. Die Mütze hatte er wieder auf dem Kopf. »Tut dir der Arm weh?« fragte ich ihn.

Keine Antwort.

»Ist er verstaucht? Bist du in Ordnung?«

Nichts.

Ein Teil von mir wollte wieder auf ihn losgehen, und ein anderer Teil von mir wollte ihm die Hand reichen und ihm aufhelfen. »Wenn ich du wäre, würde ich die Glotze ausmachen und losgehen, um eine Fernsehzeitung zu kaufen. Wenn Ray sieht, daß du die neue zerfetzt hast, rastet er aus.«

Thomas schaute zu mir auf. »Du *bist* ich«, sagte er.

»Was?«

»Du hast gesagt, *wenn* du ich wärst, würdest du eine neue Fernsehzeitung kaufen. Aber du *bist* ich.«

»Nein, bin ich nicht«, sagte ich. »Ich bin weit davon entfernt.«

»Du bist *wohl* ich.«

»Bin ich *nicht*.«

Thomas lächelte verstohlen, und mein Herz pochte wie wild vor Angst.

22

1969

Ich lehnte an der Mauer vor unserem Haus und wartete, als Leo in seinem Skylark vorfuhr.

Ich warf die Angelausrüstung auf den Rücksitz und stieg vorne ein. »Hier«, sagte ich und reichte ihm eines der in Folie eingewickelten Auberginensandwiches, die Ma am Abend zuvor für mich gemacht hatte. »Geschenk von meiner Mutter.«

»Da siehst du's, Birdsey«, meinte er. »Sogar die älteren Puppen stehen auf mich. Entweder man hat das gewisse Etwas – oder man hat es nicht.« Ma eine Puppe? Ich mußte lachen, trotz meiner Kopfschmerzen, des Schlamassels mit Dessa und des Streits, den ich gerade mit meinem durchgeknallten Bruder gehabt hatte.

Leo mampfte das Sandwich während der Fahrt. Fragte mich, was es Neues gab.

»Nicht viel«, antwortete ich. »Nur, daß ich es innerhalb von vierundzwanzig Stunden geschafft habe, meinen Bruder, meine Mutter und meine Freundin gegen mich aufzubringen.«

Davon, daß Thomas sich wie ein Irrer benommen hatte, sagte ich nichts.

»Wahnsinn, Mann, gleich drei auf einen Streich«, lachte Leo. »Worüber hat sich dein kleiner Schatz denn so aufgeregt? Du hast doch nicht etwa vergessen, den Ofen vorzuheizen, bevor du das Fleisch reingeschoben hast?«

Ich warf ihm einen Blick zu, verblüfft, wie nah er der Wahrheit gekommen war. Aber Leo beachtete mich nicht, sondern biß noch einmal in sein Sandwich. »Ich hab gedacht, wir könnten es mal bei der Holzbrücke versuchen«, meinte er. »Ralphie hat mir erzählt, die Sonnenfische hätten vor ein paar Tagen da oben wie verrückt gebissen. Außerdem will er letzte Woche eine stattliche Forelle gefangen haben.«

»Du hättest ihn fragen können, ob er mitkommen will«, sagte ich.

»Ich *habe* ihn gefragt. Aber er sagte, er hätte zu tun, wie üblich. He, wo wir gerade von Drinkwater reden, sieh doch mal ins Handschuhfach.«

»Drinkwater ist im Handschuhfach?« fragte ich.

»Sehr witzig, Dominick. Nun mach schon. *Sieh nach.*«

Ich durchstöberte den Inhalt des Fachs. »Ja und?« fragte ich. »Was ist damit? Ist doch nichts Besonderes.«

»Schau mal in die Bonbondose«, meinte er.

In der Dose lagen drei fertiggedrehte Joints. »Ralph hat gerade neuen Stoff von einem Freund bekommen. Er meinte, er könnte uns vielleicht auch was besorgen, wenn wir wollen. Wie wär's, Birdy? Sollen wir uns zu Semesterbeginn einen kleinen Vorrat anlegen?«

Ich schüttelte den Kopf. Sich zuzudröhnen, wenn man Rasen mähen mußte, war eine Sache; aber so ein mörderisches Semester wie ich es vor mir hatte, bekifft durchzustehen, war etwas ganz anderes. Das letzte, was ich wollte, war, am Ende des Semesters aus dem Rausch aufzuwachen und mich mit einem Notenspiegel wiederzufinden, der dem meines Bruders glich. Dennoch nahm ich einen der Joints heraus und schnupperte daran. »Wieviel?« fragte ich. »Für 'n Zehner? Oder 'n Zwanziger?«

»Also, ich hab mir folgendes überlegt«, sagte Leo. »Wenn der Stoff so gut ist, wie Ralphie behauptet, warum versuchen wir dann nicht, ein paar Pfund zu bekommen?«

»Ein paar *Pfund*?«

»Halt's Maul und hör mir erst mal zu«, sagte er. »Ich hab mir gedacht, wir könnten einen Teil für uns behalten und den Rest verkaufen. Auf dem South Campus gibt es ein paar leidenschaftliche Kiffer. Wir würden das Zeug ohne Probleme loswerden.«

»Nein.«

»Warte doch mal, Birdsey. Hör mir zu! Wir besorgen uns den Stoff von Drinkwater, erhöhen den Preis um, sagen wir mal, ein bis zwei Dollar pro Gramm und machen ein bißchen Profit. Wir könnten jeder locker über hundert Mäuse verdienen.«

»Ich habe nein gesagt.«

»Warum nicht?«

»Weil ich keine Lust habe, zu dealen, und Drinkwater ist wahrscheinlich auch nicht im mindesten daran interessiert, für dich den Lieferanten zu spielen. Er hat dir die Tüten hier *geschenkt*, oder? Hat er irgendwas zu dir gesagt von wegen verkaufen?«

»Nein, hat er nicht. Aber das heißt noch lange nicht, daß er es nicht tun würde. Hast du schon mal was von Kapitalismus gehört?«

»Und außerdem Leo, ich könnte überhaupt keine zwei Pfund Hasch kaufen. Ich versuche gerade, Geld für ein Auto zusammenzukriegen. He, wo wir gerade davon sprechen, tust du mir einen Gefallen und fährst kurz bei Dell vorbei?«

»Bei Dell?« fragte er. »Bei Dell *zu Hause*?«

Ich erzählte ihm von dem Wagen von Dells Frau. »Er wohnt draußen bei der alten Wollfabrik an der Bickel Road«, sagte ich. »Es liegt genau auf unserm Weg – dauert bestimmt nur zehn Minuten.«

»Ist ja schon gut, Birdsey, schon gut. Aber laß dir eins gesagt sein, wenn ich Dells häßliche Visage schon die ganze Woche sehen muß, ist ein Wochenendbesuch bei ihm so ziemlich das letzte, worauf ich Lust habe.«

»Ach ja, du bist eben ein wahrer Freund, Leo«, sagte ich. »Ein wahrer Prinz unter den Männern.«

»He«, meinte er. »Was hast du da gerade gesagt? Vielleicht ist das ein Zeichen.«

»Was?«

»Du hast gerade gesagt, ich sei ein Prinz unter den Männern. Ich hab heute Post vom Theaterseminar bekommen mit dem Spielplan für das nächste Jahr. Sie geben *Hamlet*, und dann irgendein Stück von diesem spanischen Spinner – Dingsbums Lorca – und ein Musical, *You're a Good Man, Charlie Brown*. Und gerade hast du es gesagt: Ich bin ein Prinz unter den Männern.

Vielleicht sollte ich für den Hamlet vorsprechen.« Er knüllte die Folie zusammen, in der Ma das Sandwich eingewickelt hatte, und warf sie auf den Boden.

»Klar, und in dem *Charlie-Brown*-Stück bekommst du wahrscheinlich die Rolle von Pigpen«, sagte ich. Es war unvorstellbar, wieviel Müll in diesem Wagen herumflog. Leos Autos sind schon immer ein absoluter Saustall gewesen.

Aber er ignorierte meinen Kommentar. Für jemanden, der die meiste Zeit seines Lebens darauf verwandte, Mist zu bauen, konnte Leo verdammt ernst werden, wenn er über die Schauspielerei sprach. »Paß auf, normalerweise lassen sie die Leute aus dem vorletzten und letzten Studienjahr für die Hauptrollen vorsprechen. Aber der Dozent, bei dem ich letztes Semester Dramen der Shakespearezeit hatte – dieser Brendan –, der sagte, daß er mich wirklich gut findet. Er meint, ich hätte großes darstellerisches Talent und keine Angst – wie hat er es noch mal ausgedrückt? –, ›mich Leuten zu öffnen‹. Und *er* ist derjenige, der bei *Hamlet* Regie führt. Also, wer weiß? Ich könnte es ja mal probieren. Hör dir das an: ›Sterben – schlafen. Schlafen, vielleicht auch träumen: Ah, da hakt sich's!‹«

»Ja, bei dir hakt sich's auch«, meinte ich.

»He, weißt du, was dein Problem ist, Birdsey? Wenn's um Kultur geht, bist du 'ne totale Null. Du kennst noch nicht mal den Unterschied zwischen einer Shakespeare-Tragödie und *Was gibt's Neues, Pussy*?« Er rülpste und wischte sich dann mit dem Ärmel den Mund ab. »Also, warum ist deine Mutter sauer auf dich?«

»Sie hat rausgekriegt, daß ich mir nächstes Semester nicht mehr mit Thomas das Zimmer teile.«

»Oh, oh. Du hast die Bombe also endlich platzen lassen?«

Ich schüttelte den Kopf. »Ich *wollte* es ihm sagen. Dieses Wochenende. Aber die blöde Wohnheimverwaltung ist mir zuvorgekommen.«

»Sie haben ihn angerufen?«

»Ne, einen Brief geschickt, in dem steht, daß er mit irgendeinem Typen aus Waterbury zusammenkommt.«

»Also, dein Bruder ist doch ein großer Junge. Wie hat er es denn aufgenommen?«

Ich dachte daran, wie Thomas mit dieser bescheuerten Pudelmütze auf dem Sofa gesessen und die Fernsehzeitung zerfetzt hatte. Ich antwortete Leo nicht.

»Irgendwie ist er ganz schön durchgeknallt, oder? Läßt die Hosen runter und zeigt Dell seinen Schwanz. Das war irre, Mann.«

»Er hat's geschmissen«, sagte ich.

»Thomas? Den Job, meinst du? Warum zum Teufel hat er das getan?«

Ich sagte, ich wolle über was anderes reden – egal was, solange es nur nichts mit meinem blöden Bruder zu tun hatte.

»He, entspann dich, Birdsey«, meinte Leo. »Es war doch nur ein bißchen verrückt, was er da gemacht hat. Mehr sage ich ja gar nicht. Daß er Dell aber auch so ernst nimmt ... Irgendwie beneide ich ihn fast. Ich kann's gar nicht erwarten, bis wir diesem Job endlich *Sayonara* sagen können. Scheiß Stadtverwaltung. Aber egal, Birdy, ich sag dir eins: Laß uns heute abend ein bißchen von Ralphs Dope ausprobieren, und wenn das Zeug wirklich gut ist, sollten wir was investieren. Uns dieses Semester ein bißchen Kleingeld verdienen.«

Ich konnte mich nicht an Dells Hausnummer erinnern. Wir fuhren an der Wollfabrik vorbei und wurden langsamer, als wir eine Zeile schäbiger Reihenhäuser erblickten. Es war eine jener Gegenden, wo alte Automotoren in den Vorgärten liegen und man am Straßenrand umgestürzte Einkaufswagen findet. Die meisten Leute, die vor den Häusern herumhingen, waren Schwarze oder Hispanos – nicht gerade eine Gegend, in der man einen Rassisten wie Dell vermuten würde. Aber nach Aussage meines Soziologiedozenten war das typisch: Am schlimmsten waren diejenigen, die sich durch die »Unterschicht« unmittelbar bedroht fühlten. Wir fuhren die Straße rauf und runter, fingen uns mißtrauische Blicke ein und versuchten Dells Wagen ausfindig zu machen. Schließlich stieg ich aus und suchte zu Fuß weiter, während Leo in seinem Skylark langsam die Straße entlangrollte.

Ich fand den Valiant, den Dell verkaufen wollte, in einem Hof am Ende der Straße. Der rote Lack war stumpf, die Karosserie hatte Rost angesetzt, zwei der Reifen waren abgefahren. Der Auspuff wackelte, wenn man ihn mit dem Fuß antippte.

»Also, das Ding da gewinnt bestimmt keinen Schönheitswettbewerb mehr«, meinte Leo, als er näher kam. Er warf einen Blick auf das Armaturenbrett. »Wieviel Meilen hat er dir gesagt, soll der Wagen draufhaben?«

»So um die sechzigtausend.«

»Es sind aber achtundsiebzigtausend und ein paar Zerquetschte. Hast du den Fahrersitz gesehen? Die Füllung kommt an der Seite raus. Dells Frau muß ordentlich gefurzt haben, wenn sie mit der Karre rumgefahren ist. Laß uns gehen, Birdsey. Mit dem Schrotthaufen kannst du eh nichts anfangen.«

»Doch, wenn die Karre einigermaßen läuft und ich sie für zweihundert kriege, nehme ich sie«, erwiderte ich. »Ich könnte mir einen Bezug für den Sitz besorgen. Komm schon. Jetzt sind wir einmal hier. Laß uns mit ihm reden.«

»Weis ihn immer wieder auf die Mängel hin«, riet Leo mir. »Mach dir im Kopf eine Liste. So drückt man den Preis.«

Die Mülltonne neben der Veranda quoll über und stank; als wir daran vorbeigingen, schreckten wir mindestens eine Million Fliegen auf. Die Stufen zur Veranda rotteten vor sich hin. »Genauso hab ich mir die Müllhalde vorgestellt, auf der er lebt«, flüsterte Leo. »Dell Weeks, der Typ aus Müllhausen.«

Ich klopfte leise an die Verandatür. Warf einen Blick durch das Fliegengitter. Eine Katze saß auf dem Herd und leckte eine Pfanne aus. Irgendwo drinnen plärrte ein Fernseher.

Ich klopfte noch mal, diesmal lauter. »Augenblick noch, Augenblick«, rief jemand.

Dann erschien Ralph Drinkwater an der Tür, ohne Hemd und barfuß, genauso überrascht, uns zu sehen, wie wir waren, ihn zu sehen. Ein paar Sekunden lang standen wir drei, ohne ein Wort zu sagen, da. »Was zum Teufel machst du denn hier?« fragte Leo schließlich.

Ralph sah verwirrt aus. Er verschwand noch mal kurz im Haus, kam dann wieder und zog sich ein Hemd über, während er sich an uns vorbeischob. »Ich wollte gerade gehen«, sagte er. Er hatte seine Schuhe in der Hand.

»He«, rief ich ihm nach. »Ist Dell zu Hause?«

»Woher zum Teufel soll ich das wissen«, antwortete Ralph, ohne sich umzudrehen. Auf dem Bürgersteig fing er plötzlich an zu rennen, so daß seine Hemdschöße hinter ihm herflatterten.

Leo und ich standen da und sahen ihm nach. Ich erinnere mich, daß ich einen Augenblick dachte, er hätte Dell gerade umgebracht – er wäre zu Dell nach Hause gegangen und hätte den Scheißkerl umgebracht, um dann, durch einen dummen Zufall, geradewegs uns in die Arme zu laufen. Welchen anderen Grund hätte er haben sollen, sich hier aufzuhalten? Warum lief er sonst weg?

»Birdsey, der Wievielte ist heute?« fragte Leo.

»Was? Der … der Zweiundzwanzigste. Warum?«

»Weil du mir zwanzig Mäuse schuldest.«

»Wie?«

»Unsere Wette. Heute ist ein *gerader* Tag, und Ralphie trägt etwas anderes als sein blaues ärmelloses Hemd. Du schuldest mir zwanzig Mäuse.«

Ich wartete noch ein paar Sekunden und versuchte mir darüber klarzuwerden, was wir jetzt tun sollten. Dann drehte Leo am Knauf der Verandatür und ging hinein. »He, Dell?« rief er. »Bist du zu Hause?«

Keine Antwort.

»Wir sind's, Leo und Dominick. Wir wollen uns den Wagen ansehen.«

Irgendwo am Ende des Flurs hörte ich Dell husten. »Ich dachte, ich hätte dir gesagt, du sollst vorher anrufen.«

»Das wollte ich auch«, sagte ich. »Aber wir sind unterwegs zum Angeln, und ich dachte … Wir können auch ein anderes Mal wiederkommen, wenn …«

»Ich bin in ein paar Minuten bei euch. Geht schon mal raus und seht ihn euch an.«

»Das haben wir gerade getan, du Arschloch«, flüsterte Leo. Wir blieben stehen und warteten.

Das Haus war der reinste Schweinestall. Wo man auch hinsah, überall stand dreckiges Geschirr und irgendwelcher Krempel herum, und der Boden war mit Büscheln von Katzenhaar übersät. Außerdem stank es – der ganze Laden stank nach Dell. Auf dem Couchtisch lag ein halb gegessenes Käsesandwich, und daneben stand eine halbleere 7-Up-Flasche. Drinkwaters Buch *Soul on Ice* lag aufgeschlagen auf einem Stapel Zeitschriften.

»Weißt du, was ich glaube?« sagte ich. »Ich glaube, Ralph *wohnt* hier.«

»Was du nicht sagst, Sherlock«, meinte Leo. »Du kapierst wirklich schnell.«

Er hob eine Hantel vom Boden auf und machte ein paar Übungen. Dann legte er das Gewicht wieder hin und hob *Soul on Ice* auf. »Dieses Buch sagt, wie es *ist*, Mann«, imitierte er Ralph. »Ich habe es schon 153mal gelesen!« Er warf das Buch aufs Sofa und fing an, ein paar Zeitschriften durchzublättern. »He, Birdsey, komm mal her«, flüsterte er. »Sieh dir die an!«

Zwischen *Rolling-Stone*-Ausgaben und Comics lagen Schwulenzeitschriften. Auf der Titelseite eines der Hefte lutschten zwei Typen aneinander rum. Auf einem anderen saß ein Kerl, nur mit einer Lederjacke bekleidet, breitbeinig auf einer Harley.

»Das sind Schwuchteln!« flüsterte Leo. »Ralphie und Dell! Die treiben es miteinander!«

»Nein, tun sie nicht«, sagte ich. »Dell hat eine Frau.«

»Ach ja? Und wo ist sie dann? Und wem gehören diese Hefte? *Ihr* etwa?«

Am anderen Ende des Flurs wurde eine Toilettenspülung betätigt. »Komm schon«, sagte ich. »Laß uns nach draußen gehen.«

Eine Minute später kam Dell raus auf die Veranda. Ich konnte ihn nicht anschauen. Das Bedürfnis abzuhauen war fast stärker als der Wunsch nach einem eigenen Auto.

»Gestern nach der Arbeit habe ich ihn mit dem Starthilfekabel angelassen«, sagte Dell, als wir hinten ums Haus gingen. »Er klang gut. Komm, ich laß ihn dir noch mal an.«

»Warum will deine Frau ihn eigentlich verkaufen?« fragte ich.

»Das hab ich dir doch schon gesagt. Sie hat MS. Der Doktor hat ihr verboten, Auto zu fahren.« Ich folgte seinem Blick zu einem der oberen Fenster. Da war sie: eine dicke Frau mittleren Alters, eine erbärmliche Gestalt. Sie winkte uns zu; ich winkte zurück.

Dell holte seinen Galaxy aus der Garage und fuhr langsam an den Valiant heran, bis die Stoßstangen aneinanderstießen. Wir öffneten die Motorhauben und schlossen das Starthilfekabel an. Als Dell meine Hand kurz berührte, während er die Anschlüsse überprüfte, zog ich sie schnell weg. »Wenn sich je eine Schwuchtel an euch ranmacht«, hatte Ray meinem Bruder und mir eingeschärft, »tretet ihm erst mal in die Eier. Fragen stellen könnt ihr nachher noch.«

Dell sagte, ich solle mich in den Valiant setzen und ihn anlassen.

»Also, was meinst du?« fragte er, als ich wieder neben ihm stand. »Hört sich doch gut an, oder?«

»Hört sich normal an«, sagte ich. »Hast du was dagegen, wenn wir eine Probefahrt machen?«

»Er ist nicht angemeldet und auch nicht versichert.«

»Hast du für die Karre eigentlich Winterreifen?« fragte Leo.

Dell schüttelte den Kopf. »Was du siehst, ist was du kriegst.«

Wir drei standen da und starrten den Wagen an. Dann griff Dell hinein und schaltete die Zündung aus. Plötzlich war es unangenehm still.

»Also, Dell«, sagte Leo. »Was ist das für eine Geschichte mit Ralph?«

Dells Augen verengten sich zu schmalen Schlitzen. »Was meinst du? Was soll mit ihm sein?«

»Er hat uns vor ein paar Minuten die Tür aufgemacht. Wohnt er etwa hier?«

»Warum?«

»Ich weiß nicht. Ich hab mich nur gewundert.«

Dell steckte die Hände in seine Hosentaschen und spielte mit etwas Kleingeld herum. »Ja, er und ich und meine Frau wohnen hier. Hast du ein Problem damit?«

»Hm«, antwortete Leo. »Wir haben nur nicht gewußt, daß er hier wohnt, das ist alles. Ihr habt nie was davon gesagt. Seid ihr irgendwie verwandt?«

Einige Sekunden lang starrten die beiden sich schweigend an. »Ich bin weiß, und er ist ein Nigger«, sagte Dell schließlich. »Was schließt du daraus?«

»Egal«, sagte ich. »Um noch mal auf den Wagen zurückzukommen ...«

Dell und Leo setzten ihren Anstarrwettbewerb noch eine ganze Weile fort, bevor Dell zu mir sagte: »Ich überlasse ihn dir für vierhundert. Das ist ein verdammt guter Preis.«

Ich erwiderte, ich könne mir keine vierhundert leisten – ich hätte ihm ja bereits gesagt, daß ich gerade mal zweihundert ausgeben könne.

»Zweihundert Mäuse für *den* Wagen? Für zweihundert Mäuse kann ich ihn auch genausogut stehenlassen, wo er ist – als verdammten Rasenschmuck.«

»Dann zweihundertfünfzig«, sagte ich. »Höher kann ich auf keinen Fall gehen.«

Er spuckte auf den Rasen. Sagte nichts.

»Okay, zweihundertfünfundsiebzig. Mehr ist nicht drin. Das ist mein letztes Wort.«

Er grinste und schüttelte den Kopf.

»Er ist über achtundsiebzigtausend Meilen gelaufen, Dell. Der Auspuff kann jederzeit abfallen. Ich muß die Karre versichern und anmelden.«

»Ja?« meinte er. »Und?«

»Du hast selber gesagt, daß er hier nur rumsteht. Ich brauche ein Auto.«

»Brauchen wir nicht alle irgendwas, Birdyboy? *Drei*hundertfünfzig. Ja oder nein?« Er zuckte mit den Schultern. »Wie du willst. Bis Montag dann.«

Wir waren schon halb an der Straße, als Leo eine Kehrtwende machte und über den Rasen zu Dell zurückging. Ich folgte ihm, ahnungslos. »Weißt du, es ist genau, wie du gestern gesagt hast, Dell«, begann Leo. »Was die Leute in deinem Trupp machen, geht keinen was an, nicht wahr? Wie wir, wenn wir ein paar Joints rauchen. Oder du, wenn du dich zwei- oder dreimal die Woche bei der Arbeit besäufst. Oder den Bruder von meinem Kumpel so lange schikanierst, bis er in Tränen ausbricht. So lange, bis er ...«

»Sein Bruder ist ein kleiner, schwanzloser Hosenscheißer«, sagte Dell. »Schmeißt seinen Job wegen so einer Kleinigkeit hin. Was kann ich dafür, wenn er ...«

»He, weißt du, was ich nie verstanden habe, Dell?« sagte Leo. Ich hatte keine Ahnung, worauf er hinauswollte. »Ich hab nie verstanden, warum es dich den ganzen Sommer über so sehr interessiert hat, was Dominicks Bruder in der Hose hat. Warum hast du eigentlich immer weitergemacht mit dieser ›Schwanzlos‹-Nummer, hä?«

Dell sah nervös aus – verwundbar. »Wenn der dumme Junge noch nicht mal ein bißchen Spaß versteht, ist das nicht mein Problem. Das ist ganz allein *sein* Problem.«

»Ja, scheint so. Weil das, was jeder von unserer Truppe so

macht, keinen anderen was angeht, richtig? Weder Lou Clukey noch sonst jemanden. Da wäre zum Beispiel die kleine Vereinbarung, die du hier mit Ralph getroffen hast. Weiß Lou, daß ihr zwei zusammenlebt, Dell?«

»Komm schon, Leo«, sagte ich und wandte mich zum Gehen. »Wenn er mir den Wagen nicht verkaufen will – okay.«

Aber da war so ein Leuchten in Leos Augen. Er blieb, wo er war. »Wie lange wohnt er eigentlich schon hier? Lebt ihr zwei erst seit kurzem oder schon länger zusammen?«

»Wir leben nicht zusammen«, sagte Dell. »Hin und wieder schläft er auf dem Sofa. Seit seine Mutter sich aus dem Staub gemacht hat.«

Leo steckte die Hände in die Hosentaschen. Stocherte mit der Schuhspitze im Gras herum. »Ja? Tatsächlich? Auch schon, als er noch minderjährig war?«

Jetzt flackerte nackte Angst in Dells Augen auf. »Siehst du das Haus da?« fragte er und schluckte. Versuchte zu lächeln. »Das da hinten? Er und seine alte Lady haben da drüben gewohnt. Im Obergeschoß. Sie war nichts wert. Weißes Mädchen, zog aber Nigger ihren eigenen Leuten vor. Nachdem ihre kleine Tochter umgebracht worden war – Ralphs Schwester –, hat sie irgendwann gar nichts mehr auf die Reihe gekriegt. Die meiste Zeit war sie voll wie eine Haubitze, kreischte rum und prügelte sich mit ihren ständig wechselnden Niggerfreunden. Ralph war wie eine dieser herumstreunenden Katzen, die man einmal füttert und dann nie wieder los wird.«

»Komm schon, Leo«, sagte ich. »Laß uns abhauen.«

»Es ist wegen *ihr*«, sagte Dell und wies mit dem Kopf auf das Haus. »Wegen meiner Frau. Sie ist einfach zu gutmütig für diese Welt. Weiß, farbig, ihr ist das egal. Sie würde jeden streunenden Hund aufnehmen. Er hat öfter bei uns gegessen als bei sich zu Hause. Und dann, ehe man sich's versieht ...«

»Wem gehören denn die Schwulenblättchen da drin?« fragte Leo. »In deinem Wohnzimmer? Sind das deine oder seine? Oder guckt ihr sie euch zusammen an?«

Dell verschränkte seine fleischigen Arme vor der Brust. Sah von Leo zu mir. Dann kam er auf mich zu, bis sein Gesicht nur noch ein paar Zentimeter von meinem entfernt war. Die Realität sah doch so aus: In einem Kampf hätte Dell uns wahrscheinlich mühelos beide töten können. »Was soll das werden, Birdyboy?« fragte er mich. »Erpressung? Versuchst du, mich zusammen mit dem Großmaul hier zu erpressen?«

War das Zucken in meinem Gesicht erkennbar? Wer diesen Kampf gewinnen wollte, durfte auf keinen Fall als erster blinzeln. »Erpressung?« fragte ich.

»Es wird euch, dir und deinem Kumpel hier und deinem kleinen Hosenscheißer von Bruder, noch verdammt leid tun, wenn ihr euch mit mir anlegt. Hast du das kapiert, du Hurensohn?«

Meine Eingeweide zogen sich zusammen, aber nun hatte ich einmal angefangen. Es gab kein Zurück mehr auf dem Weg, den Leo eingeschlagen hatte. »Nein, das ist keine Erpressung«, sagte ich. »Wenn das Erpressung wäre, dann würde ich dich auffordern, mir den Wagen zu *schenken*. Aber das tue ich nicht. Ich will nur, daß du ihn mir zu einem reellen Preis verkaufst.«

Ich rechnete schon mit dem Schlimmsten, da nickte er. »Zweihundertfünfundsiebzig hast du gesagt?«

Ich sah zu Leo hinüber. Dann wieder zu Dell. »Ich sagte: zweihundert*fünfzig*.«

»Was ist mit dir, Großmaul?« fragte er an Leo gerichtet. »Wenn dein Kumpel und ich unser kleines Geschäft abschließen, wirst du dann ausnahmsweise mal deine Schnauze halten?«

»Mein Name ist Hase, Mann«, sagte Leo. »Ich weiß von nichts.«

»Also gut, Birdyboy. Bring das Geld Montag abend vorbei. Ich will einen Scheck. Zweihundertfünfzig. Stell ihn auf Delbert Weeks aus.«

»Kein Problem«, meinte ich.

»Absolut kein Problem«, sagte Leo. »*Delbert.*«

»Also gut. Und jetzt seht zu, daß ihr von meinem verdammten Grundstück runterkommt, bevor ich es mir anders überlege. Und tu mir einen Gefallen, Birdyboy. Erklär Großmaul hier mal den Unterschied zwischen einem Weißen und einem Nigger, ja? Alleine scheint er das nicht zu kapieren. Spielt den Allwissenden, aber das durchschaut er nicht.«

Er stapfte zum Haus und schlug die Verandatür hinter sich zu.

Wir gingen zu Leos Wagen zurück. Stiegen ein. Sagten beide kein Wort. Wir fuhren ungefähr eine Meile, ohne miteinander zu reden.

Leo sprach als erster. »Unglaublich«, meinte er. »Absolut unglaublich.«

»Was?«

»Das Ganze! Die Tatsache, daß die beiden es miteinander treiben! Die Tatsache, daß wir den Wagen für zweihundertfünfzig bekommen haben. Also ehrlich, Birdy, ich hätte nie gedacht, daß du das hinkriegst; das war das größte Ding, das ich je gesehen habe. Was hast du noch mal zu ihm gesagt? *Nein, Dell, wenn das Erpressung wäre, würde ich dich auffordern, mir den Wagen zu schenken.* Ich wünschte, ich hätte das auf Band, Birdy. Von jetzt an bist du mein Held.«

Ich sagte ihm, er solle die Klappe halten. Sagte ihm, Ralph sei nicht schwul.

»Nein, wirklich, Birdy. Vor einer Stunde habe ich dich noch für einen Waschlappen gehalten, weil du noch nicht einmal ein bißchen Gras nebenbei verkaufen wolltest. Und jetzt stellt sich raus, daß wir zwei, wie sagt man so schön … *Erpresser* sind. Ich werd bei Boone's Farm ein paar Flaschen kaufen. Auf meine Rechnung, Mann. Das muß gefeiert werden.«

»Ich hab gesagt, du sollst die Klappe halten, Leo. Okay?«

»Okay, Mann. Alles klar. Kein Problem. Weil du mein verdammter *Held* bist.«

Nachdem ich etwas Wein getrunken und zwei- oder dreimal an einem von Ralphs Joints gezogen hatte, fühlte ich mich ein wenig ruhiger. Draußen bei der Holzbrücke spürte ich, wie immer mal wieder etwas an meine Angelschnur stieß, aber ich bekam nichts an den Haken. Leo hörte nicht auf, über Schwule zu reden. »Und wer war noch mal dieser kleine, niedliche Kerl, mit dem wir auf der High-School waren? Er hat mit dir zusammen den Abschluß gemacht. Der Typ, den alle auf dem Gang mit Pennies beworfen haben?«

»Francis Freeman?« fragte ich.

»Ja, genau. Francis Freeman. Der war *definitiv* vom anderen Ufer.«

»Meine Güte«, sagte ich. »Der Stoff von Ralph ist heftig. Ich bin total bekifft.«

»Ich auch. Also, was meinst du, Birdy? Könntest du das tun?«

»Was tun?«

Er zog an der Tüte. Als er mir den Joint hinhielt, schüttelte ich den Kopf. »Es mit einem anderen Typen machen«, sagte er und blies den Rauch aus.

»Ja, sicher«, sagte ich. »Immer her damit.«

»Nein, im Ernst. Wenn es um Leben und Tod ginge?«

»Wie kann es bei *so was* um Leben und Tod gehen?« fragte ich.

»Keine Ahnung. Stell dir vor ... okay, stell dir vor, da ist so eine übergeschnappte Schwuchtel, und der zieht eine Pistole und sagt, ›Junge, ich hab hier eine Kugel für dich, aber du bleibst am Leben, wenn du dich von mir bumsen läßt‹. Würdest du es tun?«

»Heiliger Strohsack, Leo«, sagte ich und warf meine Angel aus. »Kannst du nicht endlich damit aufhören?«

»Würdest du's nun tun oder nicht?«

»Auf so eine bescheuerte Frage kriegst du von mir keine Antwort.«

»Schon gut, schon gut, aber was wäre, wenn ein Typ zu dir käme und würde sagen: ›Siehst du diesen 69er Chevelle SS-396 mit Vierganggetriebe da drüben? Wie würde es dir gefallen, an den Wochenenden mit dem Geschoß nach Boston raufzufahren und deine kleine Freundin zu besuchen? Alles, was du dafür tun mußt, ist, mich einmal die Woche an deinem Schwanz lutschen zu lassen.‹ Würdest du es dann tun?«

»Sag mal, bist du eigentlich vollkommen übergeschnappt, oder was?« Ich änderte meine Meinung über den Joint, streckte meine Hand danach aus. »Warum? Würdest du es tun?«

»Ich? Auf keinen Fall, Mann. Ich bin kein falscher Fuffziger.«

Ich holte die Angel ein, warf sie wieder aus. Leo tat es mir nach.

»Für 'nen Mustang würde ich es mir vielleicht überlegen«, sagte er. Ich sah zu ihm hinüber. »Das war ein Scherz, Birdy. Ein *Scherz*, Mann!«

Meine Gedanken wanderten von dem Valiant, den ich gerade gekauft hatte, zu Drinkwater, wie er bei Dell in der Verandatür stand, und dann zu dem klingelnden Telefon, drüben bei Dessa. Egal, ob ich etwas fing oder nicht – es war besser, hier draußen die Abendsonne zu genießen, als mit meinem durchgeknallten Bruder zu Hause zu hocken. Besser angeln und sich zudröhnen, als den ganzen Tag darauf zu warten, daß sie den Hörer abnahm. Sollte *sie* doch mal warten, sagte ich mir. Sollte *sie* doch herumsitzen und auf einen Anruf von dem Typen warten, von dem ihr Vater glaubte, er sei nicht gut genug für sie ... Aber vielleicht war sie ja inzwischen derselben Meinung, nach dem Blödsinn, den ich mir da draußen im Wagen ihrer Mutter geleistet hatte. Ich hatte sie verängstigt. Ihr Vertrauen in mich zerstört.

Ich holte meine Leine ein. Warf sie aus, so weit ich konnte. Gott, war ich bedröhnt.

»Hat dich schon mal ein Typ angemacht?« fragte Leo.

»Was?«

»Eine Schwuchtel. Hat schon mal eine Schwuchtel versucht, dich aufzureißen?«

»Mann, Leo, kannst du nicht endlich mit diesem Mist aufhören?«

»Nun sag schon.«

»Nein. Was soll das? Hat's etwa schon mal einer bei *dir* versucht?«

»Ne. Nicht wirklich ... Bis auf einmal. Unten am Strand. Da kam so'n alter Kerl rüber zu meiner Decke und fragte mich, ob ich Lust hätte, mit ihm einen Spaziergang zu machen und mir von ihm einen blasen zu lassen.«

Ich sah in seine glasigen Augen. »Und, was hast du gesagt?«

»Ich hab nein gesagt. Ich wollte mich für dich aufheben, Birdy. He, weißt du was? Vielleicht können wir, du und ich und Ralph und Dell, mal zu viert ausgehen.«

Ich verdrehte die Augen. »Vielleicht ist Dell ja einer von der Sorte. Aber Ralph nicht.«

»Ich geb dir mein Wort drauf, Birdsey. Glaub mir.«

»Wieso? Was macht dich eigentlich zu so einem großen Experten?«

»Also, zum einen ist Theater mein Hauptfach, oder?«

»Ja und? Was hat das denn damit zu tun?«

»Weil es am Theater viele Schwule gibt. Die gibt's da haufenweise. Erinnerst du dich an den Professor, von dem ich dir vorhin erzählt habe? Der Shakespeare-Dozent? *Der* ist schwul.«

»Ach ja?« fragte ich. »Und woher weißt du das? Hat er das irgendwann im Unterricht verkündet?«

Leo holte seine Schnur ein. »Es ist hoffnungslos«, sagte er. »Komm. Laß uns gehen.«

»Nein. Beantworte erst meine Frage«, sagte ich. »Du erzählst mir, dein Professor ist schwul. Du tust so, als wärst du der große Experte. Ich will jetzt wissen, woher du das weißt.«

»Ich weiß es einfach, das ist alles.«

Ich saß da und sah zu, wie er seinen Köder vom Haken nahm. Zugedröhnt wie ich war, fand ich das ungemein interessant.

»Weil mich der Kerl einmal geküßt hat. Okay?« Mein Blick wanderte von Leos Händen zu seinem Gesicht.

»Er hat dich *geküßt*? Ein Professor hat dich *geküßt*? Du verarschst mich, Leo.«

»Warum sollte ich dich mit so etwas verarschen?« fragte er. »Meinst du, ich laufe rum und ...«

»Wo denn? Im Unterricht? Auf der Bühne?«

»In seiner Wohnung.«

»In seiner Wohnung?« Ich wußte nicht, ob ich ihm glauben sollte oder nicht. »Was hattest du denn in der Wohnung von dem Typen verloren?«

»Ich war ja nicht alleine da«, sagte er. »Eine ganze *Gruppe* von uns ist hingegangen.« Er kippte den Rest des Weins runter. Warf die Flasche gegen das Brückengeländer. Beide hielten wir inne und genossen das Geräusch zersplitternden Glases. »Er hat am Ende des Semesters einen Kochabend bei sich veranstaltet. Für den ganzen Kurs. Er hat den Wein, das Essen und den ganzen Kram besorgt, aber dann sind nur sechs oder sieben von uns aufgetaucht. Ich bin total abgestürzt – der Typ hatte schließlich genug für zwanzig Leute besorgt –, und bevor ich wußte, was los war ... keine Ahnung. Ich war der letzte, der noch da war. Mit ihm ... Und dann hat er mich einfach ...«

»Einfach was?«

»Das hab ich dir doch schon gesagt. Er hat mich geküßt.«

Ich saß stumm da.

»Das war keine große Sache, Dominick. Du brauchst mich nicht so anzugucken. Er hat's einfach getan, und dann haben wir beide ein bißchen gelacht, und ich hab gesagt: Danke, kein Interesse, und er hat gemeint, schon gut, in Ordnung, er wolle mir – was hat er noch mal gesagt? – er wolle mir nur eine Alternative aufzeigen, die ich wahrnehmen könne, wenn ich Lust dazu hätte. Das war alles.«

»Das ist ja total *verrückt*«, sagte ich.

»Warum?« fragte er. »Was ist daran so verrückt? Beim Theater ist eben alles anders ... He, ich schwöre bei Gott, Birdsey, wenn du das je einem erzählst ...«

»Ich kann nicht glauben, daß irgendein Professor einfach so ...«

»Das liegt daran, daß du so scheißnaiv bist«, sagte er. »Du bist in diesem Kaff aufgewachsen. Bist noch nie rausgekommen, Mann. Komm schon. Laß uns von hier abhauen.«

Ich stand auf, schwankte ein wenig vom Dope und folgte Leo den Pfad entlang.

Wieder im Wagen beschlossen wir, den zweiten Joint zu rauchen. Leo zündete das Ding an und reichte es mir.

Ich saß da und dachte nach. »Meinem Bruder ist das mal passiert«, sagte ich.

»Was?«

»So ein schwuler Typ hat Thomas angemacht, als er per Anhalter unterwegs war. Er war ... er hat es mir erzählt.«

»Was hat er dir erzählt?« fragte Leo. Er war völlig zugedröhnt.

»So ein ... so ein Typ in einem Kombi hat angehalten. Dem Nummernschild nach zu urteilen, war er aus einem anderen Bundesstaat. Michigan, glaub ich ... Und er ... Thomas hat gesagt, der Typ sah aus wie irgend so ein Opa – weiße Haare, Altherrenpullover mit Lederflicken an den Ellbogen, lauter Familienfotos am Armaturenbrett. Also ist er ... er ist in den Wagen eingestiegen und ...« Leo sah so bekifft aus – ich hatte keine Ahnung, ob auch nur das Geringste von dem, was ich sagte, bei ihm ankam. Ob er mir überhaupt zuhörte. »Und der Typ erzählt ihm, daß er gerade bei seiner Tochter und ihrer Familie zu Besuch ist. Daß er Lust hatte, nur mal eben ein wenig rumzufahren. Sagt, er sei einsam. Also ... also fahren sie einfach so vor sich hin. Thomas und er. Er schien ein freundlicher, alter Mann zu sein. Und dann, aus heiterem Himmel sagt er: ›Weißt du was? Du bist echt ein hübsches Kerlchen. Warum such ich uns nicht ein Plätzchen, wo wir anhalten und uns ein wenig besser kennenlernen können?‹ Er sagte, er würde ihm zwanzig Mäuse geben, wenn er …«

Ich verstummte. Und dachte daran, wie der Typ an mir herumgefummelt hatte. Wie er anfing, mich zu tätscheln, als wäre ich ein Tier. Wie er überhaupt nicht reagierte, als ich ihm sagte, er solle aufhören.

»*Dominick, hör auf! Du machst mir angst!*« hörte ich Dessa sagen und war mit meinen Gedanken wieder auf dem Parkplatz vom Dial-Tone am Abend zuvor. »*Hör auf! Hör auf!*« Ich versuchte, mir weiszumachen, daß es absolut nicht dasselbe war: die Angst, die der perverse Alte mir in dem Auto eingejagt hatte, und die Angst, die ich Dessa am Abend zuvor gemacht hatte. Das konnte man doch nicht vergleichen, oder?

»Und was ist dann passiert?« fragte Leo.

»Hm? Was hast du gesagt?«

»Er hat deinem Bruder zwanzig Mäuse angeboten, und was ist dann passiert?«

Ich sah zu Leo hinüber. Warum war da eine graue Hose vor dem Fenster an der Fahrerseite?

»Guten Abend, die Herren«, sagte jemand.

Leo zuckte zusammen. Fluchte. Versuchte albernerweise, den Joint unter den Sitz zu stopfen. Ich war so daneben, daß ich zuerst nicht begriff, was los war. Der Streifenpolizist fragte Leo nach seinem Führerschein und den Zulassungspapieren.

»Mein Kollege und ich haben Sie beide beobachtet und Anlaß zu der Annahme, daß Sie sich im Besitz illegaler Substanzen befinden.« Eine Autotür wurde zugeschlagen. Die Tür eines *Polizeiwagens*. Im Außenspiegel auf meiner Seite sah ich, wie der andere Cop auf uns zukam.

O *Scheiße*, dachte ich. Jetzt sitzen wir wirklich in der Tinte.

»Wir müssen Ihren Wagen durchsuchen«, sagte der erste Cop. »Würden die Herren bitte aussteigen und sich dort drüben hinstellen?«

»Aber natürlich, Officer«, antwortete Leo. »Mein Freund und ich sind Ihnen jederzeit gern behilflich.«

23

1969

Als mein Stiefvater mir riet, den Leo Bloods dieser Erde nicht weiter zu trauen, als man sie werfen könne, hielt ich das für einen typischen Ausdruck von Rays bekannt freundlichem Menschenbild. Aber an diesem Abend, im Vernehmungszimmer der Staatspolizei von Connecticut, verstand ich, was er gemeint hatte.

Bei der Durchsuchung von Leos Skylark fanden die Polizeibeamten Avery und Overcash innerhalb kürzester Zeit sowohl den ungerauchten Joint als auch die noch qualmende Tüte, die Leo unter den Sitz geworfen hatte.

»He, wie ist *das* denn hier reingekommen?« stellte er sich dumm. »Birdsey, hast du irgendeine Ahnung?«

Sie brachten uns im Streifenwagen zum Revier und erklärten, sie würden Leos Wagen dorthin abschleppen lassen. Auf der Fahrt durch das Zentrum von Three Rivers ließ ich mich tief in den Sitz sinken und listete in Gedanken all die Dinge auf, die mich unser kleiner Angelausflug wahrscheinlich kosten würde: meine Freundin, das Ausbildungsdarlehen von Ray, meine zukünftige Karriere als Lehrer. Welche Schule stellte schon einen Lehrer mit einer Vorstrafe wegen Drogenbesitzes ein? Ich würde wahrscheinlich doch noch in einem Leichensack in Vietnam enden. Idiot, sagte ich immer wieder zu mir selbst. Du verdammter Idiot.

Auf dem Revier angekommen, mußten wir auf Holzbänken Platz nehmen – zusammen mit den anderen Verlierern und Gesetzesbrechern, die an diesem Abend eingesammelt worden waren: ein alter Immigrant, der den Hund seines Nachbarn erschossen hatte, ein Raser, der dem Polizisten, der ihn verhaften wollte, eine Kopfnuß verpaßt hatte. Leo und ich durften uns nicht nebeneinandersetzen. Ich wurde neben einer ekelerregenden Frau plaziert, die so abgefüllt war, daß sie nicht einmal merkte, daß der Schritt ihrer Strumpfhose unter ihrem Rocksaum hervorguckte. Sie brabbelte unablässig irgendwas über einen Typen namens Buddy. Hinter mir und der Schnapsleiche pumpte eine Klimaanlage lautstark feuchte Luft in den Raum. Ich hatte Angst. Ich fror. Ich mußte pinkeln.

Leo, der mir gegenüber am anderen Ende des Raumes saß, streckte sich, stand auf und schlenderte zum Wasserspender hinüber: Mr. Cool. Sah ich etwa auch so breit aus wie er? Langsam dämmerte mir, daß mein Bruder recht gehabt hatte, als er sagte, wir könnten niemandem bei der Arbeit etwas vormachen – man brauche uns nur anzusehen, um zu wissen, daß wir Gras geraucht hatten. Die Freundschaft mit Leo würde mich in Schwierigkeiten bringen, hatte Thomas mich gewarnt, und hier saß ich nun, auf diesem gottverdammten Polizeirevier. Ich blödes Arschloch. Ich Verlierer. Ich Idiot.

Im Vorübergehen blieb Leo kurz vor mir stehen und hockte sich hin. Während er seinen Schnürsenkel auf- und wieder zuband, zischte er etwas zwischen den Zähnen hindurch, das ich wegen des Lärms der Klimaanlage und des Gebrabbels der Schnapsleiche nicht verstehen konnte. »*Was?*« flüsterte ich.

»Ich sagte, wenn wir da drin sind, überlaß *mir* das Reden, okay? Stimm einfach allem zu, was ich sage.«

»Warum?« fragte ich. »Was willst du denn sagen?«

»Weiß ich noch nicht. Ich denke noch nach. Unterstütz mich einfach.«

»Kennst du einen Typen namens Buddy Paquette?« fragte die Schnapsleiche Leo.

»Was? Ja, sicher«, sagte Leo. »Buddy und ich kennen uns schon Ewigkeiten.«

»Hat er mich jemals erwähnt?«

»Sie? Wie heißen Sie denn?«

»Marie. Marie Skeets.«

»Marie Skeets, na klar. Er hat oft von Ihnen gesprochen.« Der Cop am Schreibtisch brüllte Leo an, er solle sich wieder hinsetzen.

Das Problem war jedoch, daß sie Leo und mich getrennt verhörten. Er war als erster dran. Wie sollte ich irgendeine Story bestätigen, die er sich da drin zusammenspann, wenn ich nicht wußte, *was* er sich ausgedacht hatte? So langsam machte sich am Rand der Dröhnung, die ich auf der Brücke noch genossen hatte, ein nagender Kopfschmerz bemerkbar. Als ich aufstand und den Wachhabenden fragte, ob ich mal zur Toilette gehen dürfe, befahl er mir, so lange zu warten, bis der Vernehmungsbeamte mich holte.

»Woher kennt dieser Typ Buddy?« quatschte mich die Schnapsleiche an.

»Er kennt ihn gar nicht«, antwortete ich.

»Er hat *gesagt*, er kennt ihn.«

»Er kennt ihn aber nicht. Jedenfalls nicht, daß ich wüßte.«

»Es ist kalt hier, nicht wahr?«

»Ja.«

»Haben wir Januar?«

Ich sagte nein – wir hätten August. Ende August.

»Oh«, erwiderte sie. »Hast du'n Kaugummi?«

Eine halbe Stunde später begegnete ich Leo auf dem Gang. Er wirkte panisch – versuchte, mir etwas zuzuraunen, das ich aber nicht verstand. »Hier rein«, sagte Officer Overcash.

Man erfüllte mir meinen Wunsch: einen Gang zu einer gesprungenen Kloschüssel in einem direkt an das Vernehmungszimmer angrenzenden kombinierten Toiletten- und Abstellraum. Officer Avery stand dabei, während ich versuchte, in einen Urinprobenbecher von der Größe eines Schnapsglases zu pinkeln. Zuerst führte meine Nervosität zu einer Art »Lampenfieber«. Avery und ich warteten und warteten. Dann, als ich mein kleines Problem endlich überwunden hatte, schaffte ich es, hauptsächlich auf meine Jeans und auf den Fußboden zu pissen. Ich wischte alles mit Papierhandtüchern wieder auf und entschuldigte mich für das Mißgeschick, als hätte ich gerade einen Mord begangen.

Als wir in das Vernehmungszimmer zurückkamen, saß dort ein anderer Cop. Er sagte, sein Name sei Captain Balchunas und ich solle mich hinsetzen. Balchunas war älter als Avery und Overcash – graumelierter Bürstenhaarschnitt, rotes Gesicht, Weihnachtsmannfunkeln in den Augen. Ich setzte mich ihm gegenüber an den Tisch und verschränkte die Arme vor der Brust.

Sie hätten beschlossen, sich nicht mit Formalitäten wie einer Tonbandaufzeichnung unseres Gesprächs aufzuhalten, sagte Balchunas. Avery und Overcash plazierten sich wie ein Paar pokergesichtiger Buchstützen links und rechts von ihm. Overcash zog einen Stift und einen Notizblock hervor. Ob ich irgendwelche Fragen hätte, bevor sie anfingen?

»Sollte ich nicht ... Brauche ich denn keinen Anwalt oder so was?« fragte ich.

»Wozu?« fragte Captain Balchunas zurück. »Bist du etwa ein großer Drogenbaron?«

»Nein. Ich dachte nur ...«

»Du denkst, diese Beamten und ich wollen deine Rechte verletzen? Ist es das? Bist du einer von diesen Jugendlichen, die glauben, alle Cops sind Faschistenschweine?« Er lächelte, während er das sagte.

»Nein.«

»Was ist es dann?« Er warf einen kurzen Blick auf meine Akte. »Erzähl mir, warum du glaubst, daß du einen Anwalt brauchst, Dominick.«

»Ich ... Ach, vergessen Sie's. Machen Sie einfach weiter.«

»Schau mal, wir sehen das so: Wenn du genauso mit uns kooperierst wie dein Kumpel eben, können wir den ganzen Vorgang beschleunigen. Möglicherweise bist du schon wieder draußen, bevor ein Anwalt überhaupt die Zeit hatte, in seinen Wagen zu steigen und hierherzufahren. Verstehst du, was ich meine?«

Ich verstand es zwar nicht, aber es klang irgendwie gut. Ich nickte.

Captain Balchunas sagte, er habe in der Akte gesehen, daß ich in der Hollyhock Avenue wohne. Als er ein Kind war, meinte er, sei er immer auf dem Weg zum Rosemark Pond durch diese Straße gekommen. Er und seine Brüder hätten dort oben Schnappschildkröten gefangen. »Der Teich war voll davon – bösartige Mistviecher. Und einige von ihnen waren auch noch ziemlich groß. Wir hielten ihnen Stöcke hin, und sie bissen zu, als hinge ihr Leben davon ab. Sie konnten sogar richtige Äste durchbeißen, wie 'ne Rosenschere.« Er griff sich Officer Overcashs Stift, klemmte ihn sich zwischen die Zähne und imitierte die Schildkröten. Er hatte absolut billig aussehende falsche Zähne – diese graugrünen Dinger. Irgendwie fand ich das Ganze komisch, trotz meiner Nervosität. Oder vielleicht auch gerade *deswegen*: wie er auf diesem Stift herumkaute und ihn mit schlabbernden Backen hin- und herschüttelte. In den Zehen und Fingerspitzen spürte ich ein Kribbeln, dann ein Zittern. Ich war vielleicht noch zu einem Viertel stoned.

Balchunas legte den Stift weg und starrte mich an. Hörte nicht auf, mich *anzustarren*. »Warum zitterst du, Dominick?« fragte er schließlich. Ich schaute zu Officer Avery hinüber. Zuckte die Schultern. Ich sei ein bißchen nervös, antwortete ich.

»Nervös? Ja?« Er sagte, sie hätten mich kurz überprüft, und mein Führungszeugnis sei absolut blütenrein. »Jeder macht mal einen Fehler, Junge«, sagte er. »Trifft falsche Entscheidungen. Sei einfach ehrlich zu uns, dann sind wir auch ehrlich zu dir. Okay?«

»Okay«, erwiderte ich.

»Dein Kumpel Leon – der war gerade eben *sehr* ehrlich zu uns. Wir waren auch ehrlich zu ihm. Und alles ist gut gelaufen. War doch so, Jungs?«

Ganz genau, stimmten die beiden zu. Ich dachte an den Ausdruck auf Leos Gesicht vor wenigen Minuten auf dem Gang. Wenn er offen und ehrlich mit ihnen gewesen war, warum hatte er dann so dringend versucht, mir etwas mitzuteilen?

»Leon sagt, ihr beide seid auf dem College, richtig?« fragte Balchunas. »Im nächsten Jahr teilt ihr euch ein Zimmer, stimmt's?«

»Ja.«

»Mußt du da auch manchmal was recherchieren, Dominick? Für einen der Kurse oder so? Und dann eine Arbeit über das Thema schreiben?«

»Ja.«

»Siehst du, das hier ist genau das gleiche. Die beiden Beamten und ich führen einige Recherchen durch, das ist alles. Weißt du, du würdest vielleicht einen Anwalt brauchen, wenn es um den Schutz deiner Rechte ginge. Das trifft aber in einem solchen Bagatellfall nicht zu. Zumindest *glauben* wir, daß das so ist. Die Urinprobe, die wir eben genommen haben, wird uns doch keine Überraschungen bringen, oder?«

»Überraschungen?«

»Zum Beispiel, daß du heroinsüchtig bist oder ein LSD-Freak?«

»Nein.«

»Gut«, sagte er. »Das ist gut. Willst du'n Pfefferminz?«

Irgend etwas wedelte verschwommen vor meinen Augen herum. Eine Rolle Life Savers. »Oh, nein … danke.«

»Nein? Ganz bestimmt nicht? Mann, dein Kumpel Leon hat gleich drei oder vier von den Dingern genommen. Sagte, sein Mund sei trocken. Ich nehme an, bekifft zu sein, wirkt sich bei jedem anders aus, was? Der eine kriegt'n trockenen Mund, der andere nicht. Er hat natürlich auch viel geredet, dein Kumpel. Er ist 'ne richtige Plaudertasche.«

Ich saß nur da. Sagte nichts. Je weniger ich sagte, desto unwahrscheinlicher war es, daß ich dem widersprach, was Leo ihnen erzählt hatte.

»Meine Güte, Dominick, du zitterst ja wie Espenlaub«, sagte Balchunas. »Was ist los mit dir? Kriegst du den Veitstanz, oder was? Machen wir dir angst?«

Es war zwecklos zu versuchen, *nicht* zu zittern, wenn sie mich ansahen. »Ich … Mir geht's gut.«

»Prima, dann entspann dich einfach. Ich kann mich zwar irren, aber ich glaube nicht, daß sie dich für so 'ne Sache auf den elektrischen Stuhl schicken werden.« Er sagte das todernst, lächelte dann.

Ich lächelte zurück.

Er warf sich ein Pfefferminzbonbon ein.

»Ich hab vor drei Wochen das Rauchen aufgegeben, seitdem komme ich von den Dingern nicht mehr los«, sagte er. »Hab früher zweieinhalb Päckchen am Tag geraucht. Wie steht's mit dir, Junge? Rauchst du?«

Ich sah hinüber zu Officer Avery. Wieder zurück zu Balchunas. Antwortete nicht.

»Tabak, meine ich. Zigaretten.«

Ich schüttelte den Kopf.

»Nicht? Gut. Hör auf mich und fang erst gar nicht damit an.

Ich habe vor über zwei Wochen aufgehört und huste immer noch Schleim.«

»Äh ... werden Sie ... werden Sie uns einsperren?«

»Wen? Euch? Dich und Leon? Nun, sagen wir mal so: Wir versuchen, es nicht zu tun. Weißt du, Dominick, ehrlich gesagt, seid ihr den ganzen Ärger nicht wert. Ihr seid nur 'n paar Fliegen auf der Windschutzscheibe, verstehst du? Für *uns*, meine ich. Für das Rechtssystem. Natürlich nicht für eure Eltern. Oder deine Freundin. Hast du eine Freundin?«

»Ja, Sir.« Jedenfalls hatte ich bis zu diesem verrückten Wochenende eine gehabt. Ich sah Dessa unter mir auf dem Rücksitz im Wagen ihrer Mutter. Wie sie nach mir schlug, mich wegstieß.

»Hab ich mir gedacht. So ein gutaussehender Junge wie du. Ist sie hübsch?«

Was ging ihn das an? Was hatte Dessa überhaupt damit zu tun?

»Ja.«

»Verdammt, ich wette, daß sie das ist.« Er beugte sich vor und lächelte. »Mit großen Brüsten? Kannst du deine Nase zwischen zwei ordentliche Titten stecken, Dominick?«

Ich sah zu Officer Avery hinüber. Er verzog keine Miene. »Äh ...«

»Geht mich nichts an, nicht wahr? Okay, ich ziehe die Frage zurück. Aber ich muß schon sagen, ich beneide euch Jungs von heute. Diese ganze sexuelle Revolution, von der ich dauernd in der Zeitung lese. Als ich in euerm Alter war, mußte ein Kerl sich auf den Kopf stellen und mit den Ohren wackeln, nur um mal hinfassen zu dürfen, und ihr Typen sagt heute einfach: ›Mach die Beine breit‹, und sie fragt nur noch: ›Wie weit, Süßer?‹ Ist es nicht so, Dominick?«

Ich sagte mir, daß er nur versuchte, mich sauer zu machen – so sauer, daß ich mich selbst belastete. Wenn ich nach einem Anwalt verlangte, mußten sie mich doch einen anrufen lassen, oder nicht? Das Problem war nur, daß das wahrscheinlich bedeutete, daß ich erst mal Ma und Ray anrufen mußte. Scheiße, wenn Ray von der Sache hier Wind bekam ...

»Aber, wie ich schon sagte, Dominick, ihr seid kleine Fische«, meinte Balchunas. »Du und ... wie hieß er noch gleich? Dein Angelfreund? Der Dampfplauderer?«

»Leo«, sagte ich.

»Richtig, Leo. Möglicherweise können wir das Ganze ziemlich schnell über die Bühne bringen. Sind deine Eltern nette Leute, Dominick?«

O *Scheiße.* »Ja.«

»Das habe ich mir gedacht. Ich wette, sie würden sich ein bißchen aufregen, wenn sie wüßten, was hier los ist. Richtig? Hier. Letzte Chance.« Er hielt mir schon wieder seine verdammten Life Savers hin. »Mach einem alten Knacker eine Freude, ja? Nimm dir eins.«

Ich streckte die Hand aus und nahm eins von seinen beschissenen Pfefferminzbonbons. Steckte es in den Mund. Kaute es.

»Wie steht's mit euch, Jungs?« fragte er seine beiden Kollegen. »Pfefferminz?«

»Nein danke, Captain.«

»Ich auch nicht, Captain.«

»Okay, okay.« Er wandte sich an Overcash. »Wo war ich stehengeblieben, Clayton?«

Overcash zog seinen Notizblock zu Rate: Kreuzschraffuren an den Rändern, das eine oder andere einsame Wort. »Kleine Fische«, sagte er.

»Ach ja, richtig. Siehst du, Dominick, bei alldem, was hier in der Stadt passiert, seid ihr für uns nur das, was wir ein Ärgernis nennen. Ehrlich gesagt, wäre eine Anklage gegen euch eine Verschwendung von Zeit und Ressourcen der Polizei. Verstehst du, was ich meine? Nicht, daß wir mit einer Anklage nicht *durchkämen,* wenn es sein müßte. Ich meine, sieh es mal so, Dominick, diese beiden Polizeibeamten hier haben euch auf frischer Tat ertappt.« Er schnüffelte demonstrativ. »Ich kann das süße Zeug immer noch an dir riechen, verdammt noch mal. Du *stinkst* danach. Was wir also bei diesen Bagatellfällen anstreben, ist so 'ne Art Tauschgeschäft. Irgend etwas, wodurch sich eure Festnahme für uns lohnt. Verstehst du? Uns interessiert, wo ihr den Stoff *herhabt.* Wir wollen wissen, wer an Jungs wie dich und Leon verkauft, und wer wiederum an *die* verkauft und so weiter und so fort, bis ganz nach oben in der Nahrungskette. *Capisce?*«

»Ja.«

»Gut. Das ist gut. Also erzähl uns was über diesen Ralph Drinkwater.«

»Ralph?« fragte ich. »Äh ... was wollen Sie denn wissen?«

»Alles, was du uns erzählen möchtest.«

Aus irgendeinem Grund begann ich, von dem lange zurückliegenden Mord an Penny Ann Drinkwater draußen bei den Wasserfällen zu erzählen. Von dem Baum, der ihr zu Ehren gepflanzt worden war. Über Ralphs Auftauchen in meinem Geschichtskurs Jahre später und dann diesen Sommer in der Arbeitstruppe. Ich erzählte ihnen von Grabball – wie weit Ralph einen Kinderbaseball schlagen konnte. Ich war mitten in der Erklärung der Regeln für Geisterläufer, als Balchunas mich unterbrach. »Was ist die größte Menge Gras, die du je bei Ralph gesehen hast? Wieviel war das?«

»Oh ... lassen Sie mich nachdenken. Vielleicht 'n paar Joints? So drei Stück?«

»Bist du sicher? Leon hat nämlich 'ne Menge mehr bei ihm gesehen. Gerade heute abend erst. Ihr zwei wart heute bei Ralph zu Hause, nicht? Du und Leon? Bist du sicher, daß ein paar Joints alles sind, was du je bei ihm gesehen hast?«

Stimm allem zu, was ich ihnen erzähle, hatte Leo gesagt. Aber *das*? Ralph etwas *anhängen*? »Ich ... ich weiß nicht, was Leo gesehen hat. Alles, was *ich* gesehen habe, waren ein paar Joints.«

»Wie sieht's mit Marihuana aus? Hat Ralph je versucht, euch Marihuana zu verkaufen?«

»Nein.«

»Aufputschmittel? Beruhigungsmittel? Speed?«

»Nein. Er hat nie ...«

»Okay. Wechseln wir das Thema. Was weißt du über den Typen, für den Ralph arbeitet?«

»Meinen Sie Dell? Unseren Vorarbeiter?«

»Ich meine den Typen, für den er das Zeug verkauft.«

»Er arbeitet für niemanden«, sagte ich. »Jedenfalls nicht, daß ich wüßte.«

Balchunas kicherte. »Oh, komm schon, Dominick. Wo hast du die ganze Zeit gelebt – im Märchenland? Wenn Ralph dealt, dann muß er das Zeug auch irgendwoher bekommen. Richtig? Ich dachte, wir wollten offen zueinander sein. Laß uns mit der Scheiße aufhören, ja?«

Wie sollte ich mich da nur rauswinden – ohne Ralph was anzuhängen oder Leo reinzureißen? Und ohne mich selbst zu belasten?

»Wir ... wir waren da, um uns ein Auto anzusehen, okay? Ralph lebt bei unserem Vorarbeiter, und der hat ein Auto, das er vielleicht verkaufen will. Und ... und ich bin mit Leo hingefahren, um mir das Auto anzusehen. Und für kurze Zeit, einige Minuten, waren Ralph und Leo im Haus, vielleicht hat Leo da was gesehen. *Ich* jedenfalls nicht ... Er hat uns nie was *verkauft*. Ralph, meine ich. Wir haben nur ab und zu bei der Arbeit zusammen gekifft, das ist alles. Zum Mittagessen oder so. Er hat sich ein paarmal einen Joint angezündet und ... und ihn dann rumgehen lassen.«

»Hat nur den Joint rumgehen lassen, was? Wie oft ist ›ein paarmal‹, Dominick?«

»Ich weiß nicht ... Vielleicht sechs- oder siebenmal? Achtmal?«

Balchunas wandte sich an Overcash. »Hörst du das, Clayton? Das muß die neue Mathematik sein, die sie heute in der Schule unterrichten. ›Ein paarmal‹ ist achtmal.« Er wandte sich wieder mir zu. »Hat Ralph irgendwann mal einen Typen namens Roland erwähnt?«

»Roland? Nein. Wer ist Roland?«

»Leon sagt, daß Ralph euch beiden was von einem Typen namens Roland erzählt hat. Kommt unter Umständen aus New York. Leon meint, der könnte Ralphs Lieferant sein. Erinnerst du dich an das Gespräch, Dominick? Dein Kumpel sagt, du warst dabei, als Ralph von Roland erzählt hat.«

Leo konnte sich ganz schön reinreiten, wenn er die Cops so anlog. Konnte uns *beide* in Schwierigkeiten bringen. »Ich weiß nichts von einem Roland. Vielleicht hat Ralph zu Leo irgendwas gesagt – das weiß ich nicht. Aber nicht zu mir.«

»Hast du einen Grund, den Typen zu decken, Dominick?«

»Wen zu decken? Ralph? *Nein*.«

»Nein? Bist du sicher? Deine Geschichte stimmt nämlich nicht mit der von deinem Kumpel überein. Woraus ich schließe, daß einer von euch nicht hundertprozentig ehrlich ist.«

Ich sagte nichts. Das war großartig: Sie glaubten, daß *ich* sie anlog, nicht Leo. Überlaß *mir* das Reden, hatte er gesagt. Wenn ich schließlich doch noch Ray anrufen mußte, steckte ich wirklich tief in der Scheiße.

»Hast du einen trockenen Mund, Dominick? Du schluckst dauernd. Willst du noch ein Pfefferminz?«

»Nein, danke.« Verdammter Schweinepriester. Er konnte sich seine Pfefferminzbonbons *sonstwohin* stecken.

»Dieser Ralph hat euch also nie was verkauft, richtig? Nur Joints ›herumgehen lassen‹. Wie großzügig von ihm. Bringt Stoff mit zur Arbeit und teilt ihn mit den anderen.« Er lächelte und beugte sich vor – so nah, daß ich seinen Pfefferminzatem riechen konnte. Seine nächste Frage flüsterte er: »Und wie ist das mit dir, Dominick? Hast du mal was mit ihm geteilt?«

»Was ... was meinen Sie?«

»Nun, wie kann ich das vornehm ausdrücken? Dein Freund Leon sagt, daß Ralphs Neigungen dahin gehen, daß er eher auf Jungs steht als auf Mädchen. Leon sagt, Ralph und euer Vorarbeiter haben da drüben in der Bickel Road irgendwas Seltsames am Laufen. Irgendwas, das über die normalen Beziehungen zwischen Boß und Arbeiter hinausgeht. Verstehst du, was ich meine? Also habe ich mich nur laut gefragt, ob du mit Ralph nicht irgendwann einen privaten Handel abgeschlossen hast. Du weißt schon. Er gibt dir etwas, das du willst, und du gibst ihm etwas, das er will.«

Was stellte er denn da für eine Frage? Wollte er wissen, ob Ralph und ich jemals miteinander rumgemacht hatten? Hatte *Leo* ihm etwa in der Richtung was erzählt? Wenn ja, würde ich ihn windelweich schlagen. Aber er würde so was doch nicht behaupten. Oder? »Wenn Sie damit sagen wollen, was ich denke, das Sie sagen wollen, dann lautet die Antwort: nein. *Niemals!*«

»Das ist aber irgendwie schon interessant. Daß ihr beiden, du und Leon, am Wochenende gerne mit den Typen bei denen zu Hause rumhängt. Ungewöhnlich für zwei normale, gesunde amerikanische Jungs. Ich erhebe hier keine Anklage, Dominick. Ich mache nur eine Beobachtung.«

»Wir hängen da nicht rum. Ich habe mir nur ein *Auto* angeschaut. Das Auto von Dells *Frau*.« Ich wandte mich an Overcash. »Der Mann hat eine *Frau*.« Dann an Avery: »Sie verkaufen das

Auto, weil sie multiple Sklerose hat... Ich will jetzt einen Anwalt. Okay?«

»Wofür brauchst du einen Anwalt?« fragte Overcash. »Der Captain hat doch schon gesagt, daß wir hier nur einige Recherchen durchführen. Nur ein paar Fragen stellen, um ein klareres Bild zu erhalten.«

»Ja, sicher, Sie können mich ja an einen Lügendetektor anschließen, wenn Sie glauben, daß ich ...«

»He, du willst einen Anwalt, Dominick?« sagte Balchunas. »Wir lassen dir nur zu gerne einen Anwalt holen. Aber wie ich schon sagte, wir versuchen, die Sache so klein wie möglich zu halten. Dich und deinen Kumpel möglichst unbeschadet hier herauszubekommen. Dafür müssen wir nur noch ein paar Unstimmigkeiten ausbügeln, das ist alles. Ein paar Unstimmigkeiten zwischen dem, was du uns erzählst, und dem, was uns Leon gesagt hat. Wie zum Beispiel die Geschichte mit Ralphs Kontaktmann. Diesem Roland aus New York.«

Scheiß auf beide – Ralph *und* Leo. Ich würde nicht zulassen, daß so ein dämlicher Cop *mich* als Schwuchtel bezeichnete – es war mir egal, was für einen Scheiß Leo ihnen erzählt hatte. »Er ... also Ralph zieht sein eigenes Gras, okay? Das hat er uns zumindest erzählt. Angeblich hat er ein paar Pflanzen irgendwo auf einem Feld. Draußen in den Wäldern ... Ich schwöre bei Gott, das ist alles, was ich weiß.«

»Muß gut mit Pflanzen umgehen können, der Bursche«, sagte Balchunas. »Leo sagt nämlich, daß er mehrere *Pfund* von dem Zeug gesehen hat. Und nun erzählst du uns, Ralph gewinnt mehrere *Pfund* aus ein paar Pflanzen? Ich meine, selbst dann, wenn ›ein paar‹ neun oder zehn bedeutet, ist das eine ziemliche Ausbeute. Meinst du nicht auch, Dominick? Dieser Ralph muß einen höllisch grünen Daumen haben.«

»Ich habe niemals mehrere Pfund gesehen. Vielleicht hat Leo sie gesehen, aber alles, was ich gesehen habe, waren ein paar Joints.«

»Dieser Ralph ist ein Neger. Richtig?«

»Was?«

»Er ist schwarz. So in die negroide Richtung?«

»Ich denke schon.«

»Du *denkst schon*? Meine Güte, kannst du nicht mal *darauf* eine klare Antwort geben?«

»Er ist ... ich glaube, er ist zum Teil Indianer.«

»Aha? Was für ein Indianer denn?«

»Wequonnoc, glaube ich.«

»So, so. Halb Schwarzer, halb Indianer, wie?« Balchunas wandte sich an Officer Overcash. »Armes Schwein. Weiß wahrscheinlich nie, ob er hingehen und seine nächste Mahlzeit skalpieren oder die Wohlfahrt dafür zahlen lassen soll.« Er wandte sich wieder mir zu. »Weißt du, was Leon sagt, Dominick? Er sagt, daß Ralph 'ne Menge radikale Literatur liest. Black-Panther-Zeug. So in der Art: ›Stürzt die Regierung.‹ Weißt du was darüber?«

Ich schüttelte den Kopf. War das etwa Leos großartiger Plan, um unsere Haut zu retten? Ralph was anzuhängen? Ihn fertigzumachen? Und mich vielleicht gleich mit, wo er einmal dabei war?

»Hast du jemals Waffen bei Ralph gesehen? Irgendwelche Schußwaffen?«

»Nein.«

»Nein? Bist du sicher?«

»Er liest ... er liest dieses Buch mit dem Titel *Soul on Ice*. Das ist alles, was ich ihn jemals über ›Black Power‹ oder ›Alle Macht dem Volke‹ oder so was hab sagen hören.«

»*Soul on Ice*, ja? Ich hab von dem Buch gehört. Wer hat das noch mal geschrieben, Dominick? Das vergesse ich immer.«

»Eldridge Cleaver.«

»Eldridge Cleaver. Ist es gut – das Buch, meine ich? Würdest du es weiterempfehlen?«

Ich sagte ihm, ich hätte es nicht gelesen.

»Nicht? Und wie steht's mit Roland? Dem Kerl aus New York? Er ist auch so ein farbiger Junge, stimmt's? Vielleicht von den Black Panthers?«

»Ich habe es Ihnen doch gesagt: Ich weiß nichts von einem Roland.«

»Dein Bruder gehört auch zu der Truppe, nicht wahr?«

Warum zog er auf einmal Thomas mit hinein? Was hatte Leo über Thomas erzählt? »Mein Bruder hat mit der Sache absolut nichts zu tun«, erwiderte ich.

»Nicht? Leo sagt, daß euer schwuler Vorarbeiter sich sehr für ihn interessiert. Ihr seid Zwillinge, nicht wahr?«

Ich nickte. Spürte, wie sich mein Herzschlag beschleunigte. »Er zieht Thomas nur gerne auf, das ist alles. Hackt auf ihm rum. Er ist ein Tyrann ... Er weiß, daß er ihn damit in Schwulitäten bringt.«

»In Schwulitäten bringt, aha! Interessanter Ausdruck. Seid ihr *eineiige* Zwillinge?«

Ich schluckte. »Ja.«

»Hat sich dein Bruder nicht letzte Woche bei der Arbeit entblößt, Dominick? Haben die Schwulen in eurer Gruppe ihn nicht dazu gebracht, ihnen ein bißchen was zu zeigen?«

Ich nahm mir vor, Leo *fertigzumachen*, sobald ich hier rauskam. Mit welchem Recht hatte er den Cops von der Demütigung meines Bruders erzählt? Und warum? Was hatte er damit beabsichtigt?

»Sie sehen das ganz falsch. Thomas hat nur ...«

»Was haben sie gemacht – ihm ein paar Joints dafür gegeben, daß er sie mal hat hingucken lassen?«

»Das war vollkommen anders!« Ich war den Tränen nahe. Ich wußte, daß sie mich bei den Eiern hatten – Katz und Maus mit mir spielten. Aber warum Thomas? Warum mußte Leo Thomas da mit reinziehen? »Dell hat meinen Bruder schon den ganzen Sommer auf dem Kieker gehabt«, sagte ich. »Hat ihn tyrannisiert. Beschimpft. Und er ... mein Bruder ist ein bißchen dünnhäutig, er ist einfach ... einfach ausgerastet. Sie haben ihn dazu getrieben.«

»Wer hat ihn dazu getrieben? Ralph?«

»*Dell.* Wirklich. Sie haben eine völlig falsche Vorstellung von der Geschichte. Er hat ihn einfach tyrannisiert. Ihn herumgestoßen.«

»Herumgestoßen«, wiederholte Balchunas.

»Gott, Sie drehen mir jedes Wort im Mund herum! Mein Bruder ...«

»Schau dir seine Ohren an, Clayton«, sagte Balchunas. »Du wirst ja ganz rot, Dominick. Warum deckst du Ralph?«

»Ich *decke* ihn nicht.«

»Er ist nur ein großzügiger Typ, der Dope mit zur Arbeit bringt und es mit anderen teilt, nicht wahr?«

»Ich weiß nicht, was für ein Typ er ist. Wir arbeiten nur zusammen. Er ist sehr zurückgezogen.«

»Aha. Hast du dich jemals mit ihm zurückgezogen? Im Tausch gegen ein bißchen Hasch?«

»*Nein!*« Leo würde hierfür bezahlen, und zwar nicht zu knapp.

»Beruhige dich, Dominick. Das ist jetzt nicht fürs Protokoll. Das ist nur Recherche.«

»Es ist mir egal, was es ist. Ich würde niemals ... und mein Bruder auch nicht!«

»Ganz ruhig, Dominick. Entspann dich. Wir wissen, daß du okay bist. Wir wissen alles über deine kleine Freundin.« Er hob die Hände und befummelte ein Paar imaginäre Brüste.

»Lassen Sie meine Freundin aus dem Spiel«, sagte ich. »Und auch meinen Bruder. Thomas hat den ganzen Sommer über keinen einzigen verdammten Joint angefaßt.« Ich kämpfte gegen die Tränen an.

»Okay, immer mit der Ruhe«, sagte Avery. »Ich schlage vor, wir wechseln das Thema.«

Balchunas schlug mit der Faust auf den Tisch. »Nein, wir wechseln *nicht* das Thema«, sagte er. »Wir *beenden* das gottverdammte Gespräch und lassen diese kleine Niete hier einen Anwalt anrufen, wenn er das unbedingt will. Weißt du nämlich was?« Er drehte sich zu Overcash um. »Weißt du was, Clayton? Ich habe langsam die Schnauze voll davon, diesem kleinen Arschloch dabei zuzuhören, wie er um den heißen Brei herumredet. Ich fange an zu glauben, daß dieser arrogante Hurensohn vielleicht *doch* einen Anwalt braucht. Oder seine Mama und seinen Papa anrufen sollte, oder vielleicht auch seine Freunde in der Bickel Road. Weil Leon uns nämlich das eine erzählt und dieser Typ was ganz anderes, während wir uns bemühen, die beiden möglichst noch heute nacht hier rauszukriegen.«

»Ich *sage* die Wahrheit«, warf ich an Avery gewandt ein. »*Wirklich.*«

»Wißt ihr was?« sagte Balchunas. »Schickt den anderen nach Hause. Mit dem habe ich kein Problem, der hat mit uns kooperiert. Das scheint dieses kleine Arschloch hier nicht zu kapieren.«

»Ich *kooperiere* doch!« rief ich. »Was erwarten Sie denn von mir? Daß ich lüge? Wenn ich doch nicht gehört habe, wie über irgendeinen Roland gesprochen wurde. Soll ich dann etwa ...? Sie beschuldigen mich und meinen Bruder all dieser perversen Sachen, die wir überhaupt nicht getan haben, und ich soll einfach ...«

»Okay, okay. Nun beruhige dich mal wieder, ja?« unterbrach mich Officer Avery. »Kein Grund, sich so aufzuregen. Drücken wir es doch einmal anders aus. Hörst du mir auch zu?«

»Ja.«

»Ist es vielleicht möglich, daß Ralph euch von diesem Roland erzählt hat und daß du dich nicht mehr so deutlich daran erinnerst wie Leo? Vielleicht warst du gerade bekifft oder hast an deine Freundin gedacht, oder so? Oder vielleicht verfügt Leo einfach über ein besseres Gedächtnis als du? Möglicherweise erinnerst du dich ja an *irgend etwas* über diesen Roland – vielleicht auch nur ganz undeutlich. Wäre das möglich?«

»Ich weiß nicht ... Ich bin völlig durcheinander ... Das wäre *möglich*, nehme ich an. *Möglich* wäre alles.«

»Aber du bleibst dabei, daß Ralph euch niemals einen Joint verkauft hat?« fragte Overcash. »Er hat die Dinger nur rumgehen lassen, hat euch mal ziehen lassen?«

»Ja.«

»Was ist dann mit dem Stoff, den ihr heute abend dabei hattet? Draußen bei der Brücke. Da hat Ralph den Joint doch nicht rumgehen lassen. Er war ja nicht einmal da.«

»Ich weiß nicht ... Ich glaube, er hat Leo einfach ein paar Joints mitgegeben.«

»Hat er sie ihm *gegeben*, oder hat er sie ihm *verkauft*?«

»Gegeben. Soweit ich weiß. Leo hat nichts davon gesagt, daß er sie gekauft hätte.«

»Hat Ralph denn *vorgehabt*, euch was zu verkaufen?« fragte Avery. »Du weißt schon – in größeren Mengen. Hat er mit euch über diese Möglichkeit geredet? War der Stoff vielleicht eine Probe?«

Es war Leos großartige Idee gewesen, das Zeug am College zu verkaufen, nicht Ralphs. Aber was sollte ich machen – ihn genauso reinreißen, wie er mich vielleicht reingerissen hatte? Oder hatte er das gar nicht getan? Ich wußte überhaupt nichts mehr, schüttelte nur den Kopf. »Nicht, daß ich wüßte.«

»Nicht, daß du wüßtest, nicht, daß du wüßtest«, äffte mich Balchunas nach. »Dieser Stoff, den ihr heute abend geraucht habt: Das war ziemlich kräftiges Zeug, nicht wahr? Gab einen stärkeren Kick als das Zeug, das ihr immer bei der Arbeit geraucht habt. Stimmt's?«

»Was ist eigentlich mit meinen Rechten?« fragte ich. »Ich habe doch Rechte, oder?«

Er schoß von seinem Stuhl hoch. Stach mit dem Finger in meine Richtung. »Weißt du, welche Typen dauernd von ihren Rechten reden, wenn sie mit dem Rücken zur Wand stehen, du Klugscheißer? Ich werd's dir sagen. Das sind die Typen, die uns dauernd anlügen. Die Typen, die versuchen, etwas zu vertuschen.«

»Ich versuche gar nicht, irgendwas zu vertuschen. Ich will nur ...« Er winkte angewidert ab. Setzte sich wieder hin.

»Hör mal, Dominick«, sagte Officer Avery. »Wir würden dich über deine Rechte belehren, wenn wir vorhätten, dich zu verhaften. Aber das versuchen wir doch gerade zu vermeiden, wenn es irgendwie geht. Nun sagt jedoch Leon, daß der Stoff, den ihr heute abend geraucht habt, eine Probe war. Daß Ralph meinte, ihr solltet ihn ausprobieren, und wenn er euch gefiel, könntet ihr drei vielleicht eine kleine Übereinkunft treffen. Dann könntet ihr, du und Leon, das Zeug für ihn am College verkaufen.«

»Ich ... zu mir hat er jedenfalls nichts dergleichen gesagt.«

»Du hast also nie gehört, daß Ralph gesagt hat, ihr Jungs solltet ein paar Pfund bei ihm kaufen und es dann weiter ...«

»*Ich* habe nie gehört, daß er so was gesagt hat. Nein.«

»Aber vielleicht hat er es zu deinem Kumpel Leon gesagt?« meinte Balchunas. »Vielleicht hat er Leon einen Deal für euch beide vorgeschlagen? Hat Leon dir gegenüber jemals so eine Vereinbarung erwähnt?«

»Ich weiß nicht. Ich glaube nicht. Vielleicht.«

»Das ist eine recht ungenaue Antwort, Dominick. ›Vielleicht.‹ Bedeutet ›vielleicht‹ deiner Auffassung nach eher ›ja‹ oder eher ›nein‹?«

»Wie lange muß ich noch hierbleiben?«

»Nun, das liegt an dir. Wenn ›vielleicht‹ bedeutet, daß Ralph in der Tat versucht hat, euch dazu zu bewegen, an der Universität Dope für ihn zu verkaufen, kannst du möglicherweise schon in drei bis fünf Minuten aufstehen und hier herausspazieren. Wenn ›vielleicht‹ aber bedeutet, ›nein, er hat das nicht versucht‹, dann könnte das Ganze noch länger dauern. Verstehst du, was ich meine? Es wird dadurch nämlich ein bißchen komplizierter. Weil wir dann nämlich diesen Widerspruch zwischen deiner Aussage und der deines Kumpels Leon haben. Wenn ›vielleicht‹ ›nein‹ bedeutet, denke ich, solltest du dir vielleicht doch einen Anwalt besorgen oder deinen Vater anrufen. Denn, machen wir uns doch nichts vor ... mit dem, was wir in deiner Urinprobe entdecken werden, und dem, was wir in eurem Auto gefunden haben, haben wir dich im Sack, Kumpel. Und ganz offen gesagt, mein Freund, bin ich dir soweit entgegengekommen, wie ich überhaupt nur bereit sein kann, jemandem entgegenzukommen. Wir haben hier noch andere Nüsse zu knacken. Also erzähl's uns, Dominick, und zwar schnell. Was bedeutet ›vielleicht‹? Heißt das ›ja‹, du hast gewußt, daß Ralph euch einen Deal angeboten hat? Oder heißt es ›nein, er hat es nicht getan‹?«

Ich wollte nur noch da raus. Nicht verhaftet werden. Nicht vor denen anfangen zu heulen.

»Ja.«

Es war schon nach Mitternacht, als sie uns endlich gehen ließen. Die Bänke im Warteraum waren fast leer. Avery brachte uns hinter das Gebäude, wo sie Leos Wagen abgestellt hatten. Schloß das Tor auf. Winkte uns raus.

Zuerst sagte keiner von uns beiden ein Wort. Wir fuhren mit offenen Fenstern schweigend durch Three Rivers. Leo schaute wiederholt in den Rückspiegel. Es war eine der wenigen Gelegenheiten, bei denen ich ihn sprachlos erlebte – wo er nicht unablässig plapperte.

»Was, zum Teufel, hast du denen bloß erzählt?« fragte ich schließlich.

Er begann, vor sich hin zu singen und den Rhythmus auf dem Lenkrad mitzuklopfen. »Wem? Den Cops? Ich weiß nicht. Ich hab denen 'ne Menge Scheiße erzählt.«

»Was denn so, zum Beispiel?«

»Warum? Was haben sie dich denn gefragt?«

Ein Teil von mir wollte sich gar nicht damit beschäftigen. Wollte nicht herausfinden, was Leo für eine Ratte war – wie tief er sinken konnte, wenn es darum ging, sich selbst zu entlasten. Warum hatte er meinen verdammten Bruder da mit reingezogen? Warum hatte er erzählt, Ralph sei schwul? Ein bewaffneter Radikaler?

»Dreh dich mal um, Birdsey«, sagte er. »Verfolgt uns jemand?«

Ich drehte mich um. »Wieso? Glaubst du, die verfolgen uns? Die Cops?«

Er schaute genausooft in den Rückspiegel wie auf die Straße vor ihm. Im Außenspiegel sah ich, wie der Wagen hinter uns nach rechts abbog.

»Blinder Alarm«, sagte er aufatmend. »Mann, meine Mutter würde sich nicht mehr einkriegen, wenn sie das hier wüßte ... He, Birdsey, gib mir doch das Kästchen mit den Bändern. Mir ist jetzt nicht nach Reden. Ich muß mich entspannen, ein bißchen Musik hören. Zu blöd, daß sie uns den letzten Joint von Ralph abgenommen haben, was? Ich könnte jetzt ein paar Züge gebrauchen. Ich bin immer noch total nervös.«

Ich griff nach hinten und holte den Kasten mit den Bändern. Stellte ihn auf die Sitzbank zwischen uns. Wir fuhren aus Three Rivers heraus, die Route 22 entlang. Ich hatte keine Ahnung, wo er hinwollte. Es war mir auch egal. *Ich* war eher wütend als nervös.

»Weißt du was«, rief Leo. »Laß uns irgendwo was essen. Das könnte ich jetzt vertragen. Eier mit Toast und Fritten. Und Kaffee. Zwei Kannen Kaffee, genug, damit ich dieses ganze Abenteuer rauspissen kann.«

Ich starrte weiter in den Außenspiegel. »Was hast du denen erzählt?« fragte ich erneut.

»Den Cops? Ich weiß nicht. Zum Teil die Wahrheit und zum Teil irgendwelchen Scheiß. Ich hab's miteinander vermischt. Mir ist irgendwas eingefallen, und dann habe ich es einfach ... *verwendet*. He, ich will ja nicht das Thema wechseln, aber hast du Geld dabei? Ich hab nur drei Dollar. Das Oh Boy-Diner hat doch die ganze Nacht auf, oder? Ich geb's dir auch zurück.«

Wir fuhren eine Weile schweigend weiter. »Und die haben es mir auch noch *abgekauft*, verstehst du?« sagte Leo. »Das ist der

Witz daran. Ich *wußte,* sie würden es glauben. Cops sind so gottverdammt blöd.« Er klopfte auf die Kiste zwischen uns. »Schieb mal ein Band rein. Mach schon, Birdsey. Damenwahl.«

»Was hast du über meinen Bruder erzählt?« fragte ich.

»Was? Gar nichts hab ich über ihn erzählt.«

»Mußt du aber. Sie wußten alles darüber, wie er bei der Arbeit die Hosen runtergelassen hat.«

»Ach das. Hatte ich ganz vergessen. Ich hab so viel erzählt, Mann. Hab das Blaue vom Himmel gelogen. Sie haben mich über unseren Trupp ausgequetscht und ...«

»Was hat Thomas denn damit zu tun? Warum hast du ihn da mit reingezogen? Sie haben so getan, als hätten wir alle dagesessen und miteinander rumgemacht.«

»Ich wollte nur ... Okay, sieh mal, Cops *hassen* Schwule, Birdsey. Frag meine Mutter. Frag *irgendwen* bei der Polizei. Also hab ich eine Nebelkerze geworfen, okay? Hab es so aussehen lassen, als ob Dell und Ralph – du weißt schon – irgendwie versucht hätten, was Komisches mit uns anzufangen, und Thomas ... Es war eine *Nebelkerze,* Dominick. Es sollte sie einfach von uns und der Sache an der Brücke ablenken.«

»Du hast also meinen Bruder mit reingerissen, hast Ralph was angehängt, damit wir ungeschoren davonkommen ...«

»Ich habe keinem von beiden was angehängt. Wie soll ich das denn gemacht haben, Dominick? Dein Bruder hat doch angefangen zu heulen und seine Hose runtergezogen, oder etwa nicht? Hab ich mir das *eingebildet?* ... Und du hast diese Schwulenmagazine doch auch gesehen. Sind die etwa vom Himmel gefallen und zufällig dort gelandet? Wach auf, Mann. Ralph ist 'ne Tunte und Dell genauso, und alles, was ich getan habe, ist, es den Bullen zu erzählen.«

»Und wenn schon. Das heißt doch nicht, daß du einfach ...«

»He, Moment mal, Dominick. Ich habe getan, was ich tun *mußte,* okay? Warum hältst du nicht einfach dein Maul, schiebst ein beschissenes Band rein und vergißt das Ganze? Wir beide fahren hier draußen rum, anstatt in diesem verdammten *Polizeirevier* zu hocken, richtig? Sie haben uns nicht eingelocht, oder? Ich hab getan, was ich tun mußte, und ich lasse mich dafür nicht von dir anmachen.«

Eine ganze Weile sagte ich nichts. Dachte daran, wie Balchunas all diese peinlichen Fragen gestellt hatte. Sah ihn wie eine Schnappschildkröte auf dem Stift herumkauen.

»Du hast auch mich reingeritten, als du da drin warst. Stimmt's?« sagte ich schließlich.

»Nein, Dominick, ich habe dich *nicht* reingeritten. Ich habe dich aus dem Dreck *rausgezogen*. Aber vielen Dank für den Vorwurf. Du bist ein richtiger Kumpel ...«

»Bist du sicher? Weil nämlich eins der Dinge, die sie wissen wollten, war, ob ich Ralph jemals für Hasch an mich rangelassen habe. Warum haben sie danach gefragt, Leo? Was hast du getan – uns alle drei reingeritten? Thomas, Ralph *und* mich? Drei Jungs ans Messer geliefert, nur um deinen Arsch zu retten?«

»Sekunde, Birdsey, du solltest mir lieber dankbar sein, als mir diese ganze Scheiße vorzuwerfen. Das ist alles, was *ich* zu sagen habe. Für mich ist die Sache erledigt.« Er schaltete das Radio ein, drückte nacheinander auf alle Stationstasten, schaltete es wieder aus. »Und überhaupt ist es nicht mein Fehler, wenn die Cops ständig verdrehen, was ich gesagt habe. Sie haben dich hochgenommen, du Idiot. Versucht, dich wütend zu machen. Das ist eine *Technik*, du Arschloch. Gib nicht mir die Schuld. Die Cops machen das andauernd. Frag meine Mutter.«

»Also, was hast du ihnen denn nun über diesen angeblichen Haschdeal erzählt?«

»Ich hab nur gesagt ... Also ich hab ihnen erzählt, daß Ralph uns dieses Angebot gemacht hat, du weißt schon, daß er uns ein bißchen Hasch gibt, wenn wir ihn mal ranlassen. Und daß wir *beide* ihm gesagt haben, er soll sich verpissen. Ich sage dir, Birdy, die Cops *hassen* Schwule, und Schwarze lieben sie auch nicht gerade – besonders Gruppierungen wie die Black Panthers. Also hab ich die Wahrheit ein wenig gedehnt und ...«

»Das sind doch alles beschissene Lügen!«

»Ja, und sie haben funktioniert, oder etwa nicht? Willst du, daß ich umdrehe und dich beim Revier absetze, damit du ihnen die Wahrheit, die ganze Wahrheit und nichts als die Wahrheit erzählen kannst, so wahr dir Gott helfe? Tut mir leid, Dominick. Ich glaube, ich bin nicht so'n Heiliger wie du. Ich bin lieber hier draußen, als bei denen auf dem Revier.«

Ich starrte zum Mond hoch. Wußte nicht, was ich denken sollte.

»Hör mal, Birdsey, ich mußte mir ganz schnell was einfallen lassen, okay? Und außerdem war ich total breit. Du erinnerst dich? Es war das Beste, was ich mir in dem Moment aus der Nase ziehen konnte. Was sollte ich denn tun – dasitzen und drauf warten, daß *du* uns aus dem Schlamassel befreist?«

Da hatte er recht. Wenn ich die Sache in die Hand genommen hätte, würden sie wahrscheinlich jetzt gerade unsere Fingerabdrücke nehmen und Verbrecherfotos von uns schießen. Nicht, daß ich bereit gewesen wäre, das zuzugeben.

»Eins muß man dir lassen, Leo«, sagte ich. »Wenn du beschließt, deine Freunde reinzureißen, kannst du verdammt gnadenlos sein.«

»Ich hab nicht versucht, irgendwen ›reinzureißen‹, Dominick. Das ist einfach ... das Gesetz des Dschungels. Also tu mir einen Gefallen und vergiß es, okay? Laß uns was essen gehen.«

Das Gesetz des Dschungels: Ich ließ das eine Weile in der Luft hängen. Bis ich fast platzte vor Wut. Leo schob ein Band in das Achtspurgerät. Fing an mitzusingen. *I'm your captain. Yeah yeah yeah yeah ...*

Ich beugte mich vor und riß das Scheißding wieder raus. Zerrte zwei oder drei Meter Band aus dem Gehäuse und warf das Ganze aus dem Fenster. »He!« protestierte Leo. Er bremste so scharf, daß wir beide gegen das Armaturenbrett flogen. Dann besann er sich und trat voll aufs Gas. »Was sollte *das* denn nun wieder?«

»Ich hatte einfach Lust dazu, Arschloch.«

»*Du* bist hier das Arschloch, Birdsey. Du schuldest mir ein Band.«

»*Das Gesetz des Dschungels?*« sagte ich. »Du hängst dem Typen was an, weil er schwarz ist oder weil du glaubst, daß er schwul ist, aber das ist vollkommen in Ordnung, weil es ja das beschissene Gesetz des Dschungels ist?«

»Ja, genau, Dominick. Ich hatte die Wahl: entweder Ralph oder wir, also habe ich mich für uns entschieden. Was dagegen?«

»Der große, böse, schwarze Drogendealer versucht also, uns arme, unschuldige Collegeschüler dazu zu bringen, für ihn zu dealen. Richtig? Das war doch *deine* tolle Idee, Leo. Erinnerst du dich? Nicht Ralphs. *Deine.* Du wolltest sehen, ob er uns etwas Dope verkauft, und dann sollten wir es gewinnbringend umsetzen. Stimmt doch, oder?«

»Hast du *das* den Cops erzählt? Daß es *meine* Idee war?«

»Oh, ich weiß nicht mehr, Leo. Hab ich das? Ich hab so viel geredet – ich war so breit –, ich kann mich einfach nicht mehr erinnern, was ich denen erzählt habe.«

»Hör auf damit, Birdsey. Hast du ihnen nun erzählt, daß es meine Idee war, oder nicht?«

»Ihnen die *Wahrheit* gesagt, Leo? Nein, hab ich nicht. Und weißt du auch, warum? Weil *ich* meinen Freunden nichts anhänge.«

»He, woher weißt du, daß er *nicht* dealt, Birdsey? Das ganze Gras, das wir den Sommer über geraucht haben. Vielleicht war es ja genau das, was er vorhatte – unser Interesse wecken, um uns dann in sein kleines Drogengeschäft hineinzuziehen.«

»Ja, sicher, Leo. Ich glaube, die Folge von *Twen-Police* habe ich auch gesehen. Das wirkliche Leben ist genau wie im Fernsehen, nicht wahr?«

»Nein, ehrlich. Denk doch mal nach. Wir haben den ganzen Sommer mit dem Typen zusammengearbeitet, und bis heute wußten wir nicht einmal, daß er bei Dell wohnt. Daß er eine verdammte Schwuchtel ist. Woher wissen wir also, daß er *kein* Dealer ist?«

»Wer ist Roland?« fragte ich. »Wo ist der auf einmal hergekommen?«

»Roland? Roland ist niemand. Roland ist mein Großonkel aus New Rochelle. Ich habe sie nur auf eine falsche Fährte gelockt.«

»Ja, und es fällt wahrscheinlich auf dich Blödmann zurück. Auf uns *beide*, weil ich ...«

»Weil du was?«

»Weil ich dich gedeckt habe, du Arschloch. Weil ich gesagt habe, daß ich *vielleicht* mal gehört habe, wie Ralph seinen imaginären Pusher erwähnt hat. Weil ich gesagt habe, daß er *vielleicht* an uns als Verkäufer interessiert sein könnte.«

»Oh, dann bist du vielleicht doch nicht der heilige Dominick, was? Du hast Ralph auch was angehängt.«

»Weil du mich in die Enge getrieben hast, darum. Was sollte

ich denn tun, Herrgott noch mal – die Wahrheit sagen, damit die Cops dich wegen Drogenbesitzes *und* falscher Beschuldigungen drankriegen? Ich denke, ich bin einfach noch nicht so gut darin wie du, Freunde reinzureiten, Leo. Scheiße Mann, du bist echt ein Profi. Du könntest selbst *Judas* noch ein paar Tips geben.«

Er spuckte aus dem Fenster. Dann wandte er sich wieder mir zu. »He, vielleicht ist Ralph ja *dein* Kumpel, Birdsey. Vielleicht ist er ein guter Freund von *dir*. Aber für mich ist er nur ein Typ, mit dem ich mal gearbeitet und ein paar Joints geraucht habe. Abgesehen davon hänge ich nämlich nicht mit Tunten rum. Okay?«

»Nicht? Und was ist mit deinem Schauspiellehrer? Diesem Typen, mit dem du rumgemacht hast?«

»Fick dich ins Knie, Birdsey! Ich hab mit niemandem ›rumgemacht‹. Außerdem habe ich dir das im *Vertrauen* erzählt. Und jetzt halt's Maul.«

»Was mußt du tun, um die Hauptrolle zu kriegen, Leo – um dieses Semester den Hamlet spielen zu dürfen? Mußt du dich dafür von dem Typen in den Arsch ficken lassen oder so was? Oder hast du das bereits hinter dir? *Bist* du schon der verfickte Prinz von Dänemark?«

»Halt's Maul, Birdsey. Du hältst jetzt besser dein verdammtes Maul, bevor es dir leid tut.«

»O Superman. Das gefällt dir nicht, was? Wenn jemand Scheiße über *dich* erzählt? Arschloch.«

»Nenn mich nicht Arschloch, Birdsey. *Du* bist das Arschloch.«

»Ja, und du bist ein beschissener Lügner! Du bist eine beschissene falsche Schlange!« Ich griff mir den Kasten mit den Bändern und warf ihn aus dem Fenster.

Er stieg auf die Bremse. Schubste mich gegen die Wagentür. Ich stieß ihn zurück.

»Bist du *verrückt* geworden? Drehst du jetzt genauso durch wie dein geistesgestörter Bruder?«

Ich warf mich auf ihn – würgte ihn, ließ meine Fäuste fliegen. Ich packte seinen Kopf mit beiden Händen – bereit, ihn gegen das Lenkrad zu schmettern. Ihm die Zähne auszuschlagen. Die Nase zu brechen.

»Hör auf!« schrie er. »Hör auf, Dominick! Was ist denn *los* mit dir?«

Es war die Angst in seiner Stimme, die mich zur Besinnung brachte – plötzlich klang er wie Dessa letzte Nacht auf dem Parkplatz. Ich sah Blut aus seiner Nase tropfen. Beobachtete, wie sich meine Faust öffnete, ballte, wieder öffnete.

»Sag *nie* wieder ...!« stieß ich atemlos hervor. Mein Herz raste wie wild. »Sag *nie* wieder zu mir, ich wäre verrückt. Sag das auch nie wieder über Thomas, verstanden! *Hast du mich verstanden?«*

»Okay. In Ordnung. Meine Güte!«

Ich stieg aus. Warf die Tür so fest zu, wie ich konnte, und lief los. Als ich mich nach etwa fünfzig Metern umdrehte, sah ich, daß Leo aus dem Auto gestiegen war und seine Bänder aufsammelte. Ich hob einen Stein auf und warf ihn nach seinem blöden Skylark. Es klang, als hätte ich die Stoßstange getroffen. »Wenn du eine Beule in mein Auto machst, bezahlst du dafür!« rief er mir zu. »Das gilt auch für die Bänder. Ich werde sie mir morgen alle anhören, und du zahlst für jedes, das nicht mehr funktioniert! Das schwöre ich dir!« Ich hörte die Autotür zuschlagen. Hörte ihn wenden und davonfahren.

Scheiß auf ihn, dachte ich. Mistkerl. Arschloch. Auf Nimmerwiedersehen ...

Ich ging im Dunkeln die Straße entlang, den Kopf voll mit Bildern, über die ich nicht nachdenken wollte: Thomas, wie er schluchzend seine Hosen für Dell runterließ. Dessa, die unter mir lag und weinte, mich wegstieß. Balchunas' Visage ...

Ich ging stundenlang – acht oder neun Meilen. Als ich schließlich die Hollyhock Avenue erreichte, waren meine Arme und mein Hals von Mückenstichen übersät. Meine Füße brannten, als wäre ich über glühende Kohlen gelaufen.

Ich stand einfach da und blickte auf unser Haus – das Haus, das mein Großvater gebaut hatte. So erschöpft ich auch war, ich konnte nicht hineingehen. Konnte mich nicht überwinden, die Stufen hinaufzugehen, die Tür aufzuschließen, die Treppe in den ersten Stock hochzusteigen, das Zimmer von Thomas und mir zu betreten. Und meinen schlafenden Bruder anzusehen. Irgend etwas stimmte nicht mit ihm, ob ich es nun wahrhaben wollte oder nicht.

Ich brachte es einfach nicht fertig.

Also ging ich weiter. Den Hollyhock Hill ganz hinauf und durch den Kiefernwald bis zur Lichtung, zum Rosemark Pond.

Ich zog meine Sachen aus, watete ins Wasser und schwamm. Schwamm, bis meine Glieder taub und bleiern waren. Bis ich keine Kraft mehr hatte. Ich glaube, ich versuchte, mich von allem reinzuwaschen: vom Gestank nach Schweiß und Hasch, vom Gestank dessen, was wir Ralph angetan hatten – und dessen, was ich Dessa in der vergangenen Nacht angetan hatte. Was für ein Mensch war ich eigentlich? Vielleicht hatte ich mit dazu beigetragen, daß mein Bruder durchdrehte. Ray war nicht der einzige Tyrann im Haus ... Das Gesetz des Dschungels, dachte ich: Schlag auf die Schwachen ein, zeig ihnen, wer der Boß ist.

Es hat nicht funktioniert, das mit dem Reinwaschen. Du kannst deinen Sünden nicht davonschwimmen, soviel habe ich dabei zumindest gelernt. Als ich aus dem Teich kletterte, fühlte ich mich noch genauso dreckig wie zuvor. Ich erinnere mich, wie ich am Ufer stand, nackt, keuchend wie ein Tier. Auf mein Spiegelbild im Wasser schaute.

Nicht wegsah. Mich das erste Mal in meinem Leben nicht selbst belog.

Mich dem stellte, was ich wirklich war.

»Und was war das?«

»Was?«

»Sie sagten, Sie standen an diesem Morgen am Teich und stellten sich dem, was Sie wirklich waren. Ich frage mich, was das wohl war. Wie lautete Ihre Schlußfolgerung?«

»Meine Schlußfolgerung lautete, daß ich ein verdammtes Arschloch war.«

»Erläutern Sie das bitte.«

»Ein Scheißkerl. Ein Tyrann. Ich glaube, das war das erste Mal, daß ich mir das selbst eingestanden habe ... Zumindest ist das in meiner Erinnerung so. Ich weiß bei diesen Sitzungen nie, ob ich die Geschichte nacherlebe oder ob ich sie neu erfinde.«

»Nun ja, das Gedächtnis arbeitet selektiv, Dominick. Es liefert eine Interpretation der Fakten, wie wir sie erinnern, ob es nun zutreffend ist oder nicht. Aber woran wir uns auf diese Weise erinnern, kann sehr lehrreich sein. Meinen Sie nicht auch?«

»Er arbeitet dort drüben. Im Hatch.«

»Wer?«

»Ralph Drinkwater. Er gehört zum technischen Personal.«

»Tatsächlich?«

»Ich bin ihm dort zufällig begegnet. An dem Abend, als Thomas eingewiesen wurde und ihm ein Malheur passierte; er hat sich bepinkelt. Und raten Sie mal, wer mit einem Wischmop in der Hand auftauchte?«

»Wie haben Sie sich gefühlt, als Sie Ralph sahen?«

»Wie ich *mich gefühlt habe? Oh, ich glaube, ich fühlte mich wie … wie ein richtiger Amerikaner.«*

»Ja? Erklären Sie das bitte.«

»Haltet diese verdammten Minoritäten nieder, Jungs. Steckt sie in die Putzkolonne. Das Gesetz des Dschungels.«

»Sie meinen das jetzt ironisch, nicht wahr?«

»Kennen Sie sich in der amerikanischen Geschichte aus, Doc? Wissen Sie, was wir mit den Indianern gemacht haben? Den Sklaven?«

»Ich fürchte, ich verstehe Sie nicht ganz, Dominick.«

»Was ich sagen will: Was meinen Sie denn, wem diese drei weißen Cops damals mehr geglaubt haben – uns zwei weißen Jungs oder dem drogendealenden schwarzen Indianer? Dem radikalen Schwulen? Ich meine, das muß man Leo lassen. Es war vielleicht etwas dick aufgetragen, aber es hat funktioniert. Nicht wahr? Ich meine, bekifft oder nicht, es war eine brillante Verteidigungsstrategie.«

»Und als Sie Ralph hier im Hatch wiedertrafen, fühlten Sie sich deshalb …«

»Ich weiß nicht. An dem Abend ist soviel los gewesen … Ich fühlte mich mies, glaube ich.«

»Könnten Sie es bitte etwas deutlicher ausdrücken? Was bedeutet ›mies‹?«

»Schuldig. Ich fühlte mich schuldig wie die Sünde … Wir haben ihn einfach den Cops zum Fraß vorgeworfen.«

»Aha. Interessant.«

»Was ist interessant?«

»Das ist bereits das zweite Mal, daß Sie heute dieses Wort gebrauchen.«

»Welches Wort? Schuldig?«

»Sünde.«

»Ja? Und?«

»Erinnern Sie sich noch daran, in welchem anderen Zusammenhang Sie das Wort ›Sünde‹ erwähnten?«

»Nein.«

»Sie sagten, als Sie aus dem Teich kletterten, sei Ihnen klargeworden, daß man seinen Sünden nicht davonschwimmen kann.«

»Ja? Und?«

»Mir ist nur aufgefallen, daß Sie Ihr Bad als Versuch der Reinigung beschrieben haben. Und nun dieser zweite Hinweis auf Schuld und Sünde. Mir ist nur Ihre religiöse …«

»Das ist bloß so eine Redensart, ›schuldig wie die Sünde‹.«

»Sind Sie wütend?«

»Nein, nur … ich glaube, Sie verwechseln mich mit dem anderen *Birdsey-Bruder.«*

»Nein, nein. Da kann ich Sie beruhigen. Ich bin mir des Unterschieds …«

»Sieh mal, Ma! Zwei Hände!«

»Dominick, setzen Sie sich bitte wieder hin.«

»Ich will mich aber nicht hinsetzen! Ich … Wissen Sie was? Lassen Sie mich Ihnen etwas erklären. Wenn Sie eines Morgens aufstehen, um Ihr Kind – Ihr schönes kleines Mädchen – aus der Wiege zu heben und sie ist … Ach, vergessen Sie's. Verwechseln Sie mich nur nicht mit meinem einhändigen, heiligenscheintragenden Bruder. Ich hab's nicht mit der Religion, okay? Ich habe mich schon vor langer Zeit vom Glauben verabschiedet … Ich war an diesem Morgen am Teich einfach nur ein dummes, verwirrtes Kind. Ich war erhitzt und müde und …«

»Nehmen Sie bitte meine Hände, Dominick. Schön. Jetzt schauen Sie mich an. So ist es gut. Ich möchte Ihnen versichern, mein Freund, daß ich Sie nicht mit Ihrem Bruder verwechsle. Ich bin mir der Unterschiede zwischen Ihnen beiden durchaus bewußt. In Ordnung?«

»Ich …«

»Ich bitte Sie nur um folgendes: daß Sie während dieses Prozesses versuchen, Ihre Einsichten nicht zu verleugnen.«

»Meine Einsichten? Habe ich denn schon irgendwelche Einsichten gehabt?«

»Aber ja! Und mit der Zeit werden es immer mehr. Haben Sie Geduld, Dominick. Sie kommen schon noch. Wissen Sie zufällig, wer Bhagirath war? In der Hindu-Mythologie?«

»Wer?«

»Bhagirath. Er hat den Ganges vom Himmel auf die Erde gebracht.«

»Ach ja? Hübscher Trick. Was war er denn – Ingenieur?«

»So was in der Richtung, nehme ich an. Wissen Sie, Bhagirath hatte eine Mission. Er mußte die Ehre seiner Vorfahren wiederherstellen, die verflucht worden waren. Zu Asche verbrannt. Also hat er den Fluß von den Füßen Brahmas, des Schöpfers, durch die verschlungenen Locken Shivas, des Zerstörers, hinunter auf die Erde geleitet. Das war sein Geschenk. Der heilige Fluß. Und aus diesem Grund baden orthodoxe Hindus darin: um sich selbst von ihren Unzulänglichkeiten zu reinigen. Um die Sünden ihrer Vorfahren abzuwaschen.«

»Hm, hm.«

»Denken Sie zurück, Dominick. Fahren Sie fort, sich zu erinnern.«

»Ich … Es ist schmerzhaft. Ich verstehe den Sinn nicht.«

»Der Sinn ist dieser: daß der Strom der Erinnerung Sie vielleicht zum Fluß des Verstehens führt. Und das Verstehen wiederum kann ein Zufluß zum Fluß der Vergebung sein. Vielleicht müssen Sie erst vollständig aus dem Teich steigen, in dem Sie an diesem so lange zurückliegenden Morgen geschwommen sind. Und vielleicht werden Sie dann, wenn Sie ins Wasser schauen, nicht länger das Spiegelbild eines Arschlochs sehen.«

24

1969–1970

Am Sonntag fuhren Dessa und ich zu den Wasserfällen hinaus, um miteinander zu reden. Wir versöhnten uns. Liebten uns.

Am Montag morgen kündigte ich bei der Stadtverwaltung, um Ralph nicht begegnen zu müssen. Ging in Lou Clukeys Büro und sagte ihm, ich müsse wegen meines Studiums früher aufhören als geplant. Leo habe ebenfalls gekündigt, erwiderte Lou. Wenigstens sei ich vorbeigekommen, um es ihm persönlich zu sagen. Als ich über den Hof ging, lief ich geradewegs Ralph in die Arme. Er wirkte verlegen, nicht wütend. Anscheinend hatten ihn die Cops noch nicht zum Verhör abgeholt.

»Tja«, sagte ich. »War mir 'ne Freude.« Ich streckte ihm die Hand entgegen.

»War mir 'ne Freude«, erwiderte Ralph. Dann schüttelte er die schmutzige Hand des Verräters. Die Hand des weißen Jungen.

Am Wochenende vor Semesterbeginn kam Dessa mit ihrer Schwester bei uns vorbei. Thomas und ich saßen vorn auf der Veranda und schälten Mais. Angie ließ sich neben meinem Bruder auf einen Stuhl plumpsen und fing an, ihn zu necken. Mit ihm zu *flirten*. Da sie sich mit ihrer großen Schwester in einem einseitigen, aber immerwährenden Konkurrenzkampf befand, hatte Angie beschlossen, sie müsse – wenn Dessa mich wolle – zumindest das getreue Ebenbild haben. Angie war es dann auch, die vorschlug, wir vier sollten nach Ocean Beach runterfahren und

Minigolf spielen. Auf dem Heimweg fingen Angie und Thomas auf dem Rücksitz an zu knutschen. Es war schon irgendwie witzig: Thomas bekam das volle Programm auf dem goldenen Tablett serviert. Und wenn der Rückspiegel nicht trog, ließ er sich auch darauf ein. Ausnahmsweise verhielt er sich mal normal. Es war witzig und auch wieder nicht. Thomas' Verhalten war immer unvorhersehbar – das von Dessas kleiner Schwester nur *zu* vorhersehbar.

Am nächsten und auch am übernächsten Abend gingen Angie und Thomas zusammen aus. An dem Morgen, an dem wir wieder ins College mußten, kam ich aus der Dusche und sah, wie Thomas mit nacktem Oberkörper vor dem Spiegel stand und über die Knutschflecke strich, die Angie Constantine auf seiner Brust und an seinem Hals hinterlassen hatte. »Hör mal zu, Casanova«, sagte ich. »Wenn du irgendwas Blödes anstellst – irgendwas, wodurch du das mit Dessa und mir versaust –, bist du ein toter Mann. Kapiert?« Thomas starrte mich nur verwirrt an, als existierten Sex, Mädchen und Brudermord auf dem Planeten, von dem er kam, gar nicht. Dann stellte er sich wieder vor den Spiegel – fuhr erneut mit den Fingern über die rosafarbenen Blutergüsse.

In dieser Nacht träumte ich, ich würde Angie vögeln. »Erzähl Dessa nichts davon«, flehte ich sie mittendrin immerzu an. Als sie es versprach, legte ich mein Kinn auf ihre Schulter, schloß die Augen, und wir machten es auf die heftige Tour. Als ich die Augen wieder öffnete, stand mein Bruder da und schaute uns zu.

Während unserer ersten Woche als Zimmergenossen sprachen Leo und ich nur widerwillig und einsilbig miteinander. Dann wechselten wir vorsichtige, mißtrauische Sätze, um schließlich wieder normal miteinander zu reden. Ich warf eine Zwanzig-Dollarnote auf seinen Schreibtisch – als Entschuldigung für wenigstens einen Teil der ruinierten Bänder. Keiner entschuldigte sich. Keiner erwähnte unsere Beinahe-Verhaftung durch die Staatspolizei und wie wir davongekommen waren, wie ich die Nerven verloren und ihm fast die Fresse eingeschlagen hatte. Wir ließen es einfach auf sich beruhen. Übertünchten es mit Seminaren, lauter Musik, mit Gesprächen unter Männern und Kartenspielen. Leos Schauspiellehrer gab jemand Besserem die Rolle des Hamlet und wies Leo die Rolle des Osric zu, des Hofarschlochs, der elisabethanischen Ausgabe des coolen Mistkerls. Leo hatte fünf, vielleicht sechs Sätze zu sprechen. Zwei oder drei erbärmlich kleine Szenen. Als ich Leo in dieser Aufführung sah – der Kostümbildner hatte ihn mit karierten Strumpfhosen und einem Schlapphut mit großer Feder ausstaffiert –, vergab ich ihm, daß er ein Hanswurst war, ein Großmaul, ein Typ, dem man nicht weiter trauen durfte, als man ihn werfen konnte.

Am anderen Ende des Campus' begannen Thomas und sein neuer Zimmergenosse, sich langsam aneinander zu gewöhnen. Randall Deitz war ein ganz netter Bursche – einer dieser ruhigen, unscheinbaren Typen. »Wie klappt's denn so mit meinem Bruder?« fragte ich ihn eines Morgens, als er mir zufällig über den Weg lief. Ich fürchtete mich vor seiner Antwort.

»Ganz gut«, meinte er. »Er ist irgendwie *anders*.«

Wider Erwarten lief Thomas' Beziehung mit Angie Constantine weiter – und legte sogar noch einen gefährlichen Zahn zu. Gleichzeitig setzten mörderische Seminare und der undichte Kühler von diesem Scheißauto, das ich Dell abgekauft hatte, die Beziehung zwischen Dessa und mir vorübergehend auf Sparflamme. Angie kam nun am Wochenende zur UConn und übernachtete bei Thomas. (Deitz fuhr am Freitag immer nach Hause.) Die Constantines waren stocksauer. Big Gene drohte damit, Angies Ausbildung zur Buchhalterin im Autohaus vorzeitig zu beenden, falls sie sich nicht langsam als das nette Mädchen erwies, zu dem sie sie erzogen hatten. Aber Angie wußte, daß es nur eine leere Drohung war. Papas Mißbilligung spielte für sie sogar eine große Rolle – die Beziehung zu Thomas war ein Mittel, auf sich aufmerksam zu machen. In gewisser Weise *benutzte* sie meinen dummen Bruder nur. Aber irgendwie war ich auch erleichtert: Thomas war vielleicht doch ganz normal, sagte ich mir. Jedenfalls normal genug, um sich am Wochenende mit jemandem zusammenzutun, wie jeder andere auch.

Eines Sonntagmorgens rief Angie Dessa in Boston an. Es habe sie richtig erwischt, erzählte sie. Die große Liebe. Sie und Thomas dächten daran, sich zu verloben. Und noch etwas: möglicherweise sei sie schwanger. Aber das sei okay, schließlich *wollten* sie ja Kinder. Wollten so schnell wie möglich eine Familie. In Tränen aufgelöst rief Dessa mich von Boston aus an.

Ich wartete, bis Angies Auto an diesem Nachmittag den Parkplatz der Uni verlassen hatte. Dann stürmte ich in das Zimmer meines Bruders und knöpfte ihn mir vor. Ich erinnerte ihn daran, daß seine akademische Zukunft ohnehin am seidenen Faden hing, und jetzt *das*! Angies Eltern würden völlig ausrasten, wenn sie es erführen. Und was sei mit Ma und Ray? Nehme Angie etwa die Pille nicht? Benutze er etwa keine Pariser? Wie könne er denn nur so *blöd* sein? Wieder warf mir Thomas diesen außerirdischen Blick zu, als brächte es keinerlei Komplikationen mit sich, wenn man seiner Freundin ein Kind machte.

Dann geschah etwas Merkwürdiges. Thomas tat etwas, worüber Angie erst auf keinen Fall reden wollte, nicht einmal mit Dessa. Etwas, das dazu führte, daß sie ausflippte. Sie machte Schluß mit ihm – ließ ihn fallen wie eine heiße Kartoffel – und erzählte jedem, der es hören wollte, mein Bruder sei »der merkwürdigste Typ auf der ganzen Welt«.

Natürlich redete sie irgendwann doch über das, was geschehen war, und zwar in allen Einzelheiten. Mein Bruder habe sich ein Buch mit dem Titel *Das Leben und Martyrium der Heiligen* gekauft und sich mit nichts anderem mehr beschäftigt als bizarren und blutrünstigen Verfolgungen der Heiligen. Er habe sich nackt aufs Bett gelegt, erzählte Angie, und sie laut vorlesen lassen, wie die Heiligen geschlagen, verstümmelt und versengt, wie sie von Pfeilen durchbohrt und von Haken aufgeschlitzt wurden. Eigentlich habe sie das nicht tun wollen, erzählte sie – ihm so etwas vorlesen –, aber er habe so lange *gebettelt*, bis sie ihm seinen Wunsch erfüllt habe. Darauf habe er angefangen zu stöhnen, sich zu krümmen und herumzuwälzen. Und dann ... und dann habe er ..., na ja, was wohl. Nur für sich, auf dem Bett, vor ihren Augen. Ohne daß sie ihn auch nur berührt habe. Angie sagte, sie habe es zweimal getan – weil er sie *anflehte*. Er sei so sonderbar, daß es sich mit Worten nicht beschreiben lasse. Was sie sich wünsche, sei ein *normaler* Freund, jemand der gerne tanze und dem es Spaß mache, mit anderen Pärchen auszugehen. Von einem Baby war keine Rede mehr. Es habe *nie* eins gegeben, erklärte Angie Dessa. Sie sei bloß spät dran gewesen, habe sich verrechnet, okay? Ob Miss Perfect ihr glaube oder nicht, sei ihr egal.

Ein paar Monate später stellte ich Angie Leo vor. Es war Angies Idee, nicht meine oder Dessas. Ich hatte ihr versprochen, etwas für sie zu arrangieren, wenn sie aufhörte, das mit meinem Bruder in alle Welt hinauszuposaunen. Das Witzige an der Geschichte ist, daß Angie und Leo seitdem zusammen sind. Sie haben zwei Kinder überstanden, zwei Trennungen und Versöhnungen, Leos Drogenentzug, seine kleinen Seitensprünge. Mittlerweile sind Leo und Angie eine Institution. Aber davor – etwa einen Monat lang, vor unendlich langer Zeit – waren Angie und mein Bruder unzertrennlich. Es ist heute kaum vorstellbar, wie es dazu kam, wie es überhaupt dazu kommen *konnte*. Es war wohl einer der eher merkwürdigen Zufälle des Lebens, schätze ich ... Nicht, daß sich die Dinge danach weniger merkwürdig entwickelt hätten – als im Herbst 1969 die ganze bescheuerte Welt auseinanderfiel.

Das Massaker von My Lai, Antikriegsdemonstrationen, Cops, die Angehörige der Black Panthers über den Haufen schossen. Und dann eines Morgens eine Schlagzeile, die aus unserer unmittelbaren Umgebung stammte. »Sieh dir das an, Birdsey!« rief Leo, als er in unser Zimmer stürzte. Er wedelte mir mit einem *Hartford Courant* vor dem Gesicht herum, als handelte es sich um eine Siegesfahne. »Du lieber Himmel! *Sieh dir das an!*«

PAAR WEGEN KINDERPORNOGRAPHIE ANGEKLAGT
BEI POLIZEIRAZZIA FILME UND FOTOS BESCHLAGNAHMT

Es muß November gewesen sein – zwei oder drei Monate nachdem Leo und ich der Staatspolizei die Lüge über Ralph erzählt hatten. In der Zeitung war ein Bild abgedruckt, auf dem Dell Weeks und seine an den Rollstuhl gefesselte Frau zu sehen waren, wie sie dasselbe Polizeigebäude betraten, in das man Leo und mich gebracht hatte. Dem Zeitungsartikel zufolge war das Haus der Weeks in der Bickel Road im September von der Staatspolizei durchsucht worden, eigentlich wegen des Verdachts auf Drogenhandel. Dabei war man überraschend auf eine große Zahl von Kinderpornos gestoßen. Bei dem beschlagnahmten Material handelte es sich um eine technische Ausrüstung für die Produktion, um Vertriebsunterlagen und um Hunderte obszöner Fotos und 8-mm-Amateurfilme mit Minderjährigen. Ein zwanzigjähriger

Mitbewohner der Weeks', nicht verwandt mit den Beschuldigten, war in der darauffolgenden Ermittlung als Kronzeuge aufgetreten. Dieser Zeuge, dessen Name nicht genannt wurde, war dem Artikel zufolge das Motiv vieler konfiszierter Fotos und Filme, von denen die ersten bereits vor etwa zehn Jahren angefertigt worden waren.

»Mein Gott, stell dir das vor, Birdsey. Wir haben den ganzen Sommer über mit diesen beiden Schleimbeuteln zusammengearbeitet«, sagte Leo. »Wir waren in ihrem verdammten *Haus*.«

Zehn Jahre, dachte ich. Das bedeutete, daß es angefangen haben mußte, als Ralph zehn Jahre alt war. Joseph Monk hatte Ralphs Zwillingsschwester umgebracht, dann hatte sich Ralphs Mutter aus dem Staub gemacht, und anschließend hatten ihm Dell Weeks und seine Frau den Rest gegeben. Sie hatten ihn bei sich aufgenommen, versorgt und zehn Jahre lang mißbraucht – hatten ihn jedesmal getötet, wenn die Kamera lief, jedesmal, wenn der Auslöser klickte.

»Mein Gott, Birdsey, weißt du was?« rief Leo. »Nur wegen uns sind die Cops überhaupt in dieses Drecksloch marschiert. Weißt du, was wir getan haben? Ich werd's dir sagen. Wir haben der Allgemeinheit einen Dienst erwiesen. Dafür sollten wir eigentlich einen *Orden* kriegen.«

Am Abend des 1. Dezember 1969 hockten Leo und ich mit ein paar Dutzend anderer Typen im Fernsehraum des Studentenwohnheims und sahen uns die erste Einberufungslotterie seit 1942 an. Es war ein Unterhaltungsprogramm zur besten Sendezeit: Ein fettärschiger Kerl von der Wehrdienstbehörde in Washington langte in eine Drehtrommel und zog Geburtsdatum nach Geburtsdatum heraus – spielte Schicksal für alle amerikanischen Jungs im Alter von neunzehn bis sechsundzwanzig. Diejenigen, deren Geburtsdatum zu den ersten etwa hundertzwanzig Gezogenen zählte, würden eine »Grußkarte« von Tricky Dick Nixon erhalten und in den Krieg ziehen.

»Das Leben ist absurd!« hatte mein Philosophieprofessor am Morgen desselben Tages im Vorlesungssaal vor zweihundert verschlafenen Studenten verkündet. »Diesen Schluß zogen Sartre, Camus und die anderen Existentialisten, die den Irrsinn des Krieges in einem zerbombten Europa miterlebt hatten.« Im Zweiten Weltkrieg waren aber wenigstens die Schlachtfelder, die Helden und Verbrecher klar umrissen – da hatte es keine Dorfbewohner gegeben, die bei Einbruch der Nacht jemand anderem Treue schworen und am nächsten Morgen erneut umschwenkten. Ray und seine Kriegskameraden waren in der Überzeugung in den Krieg gezogen, das Richtige zu tun. Daß *sie* die Guten waren. Das konnten wir nicht. Nicht im Jahr 1969, während der Amtszeit von Richard Nixon und bei steigenden Gefallenenzahlen. Nicht zu einer Zeit, als My Lai die vierfarbigen Seiten des *Life*-Magazins beherrschte.

Fettarsch langte, weil auch die Schaltjahre berücksichtigt werden mußten, 366mal in die Trommel und legte dabei willkürlich fest, welche Geburtsdaten nach Ablauf der Zurückstellung vom Wehrdienst zum militärischen Einsatz kamen und welchen dieser sinnlose Krieg erspart blieb. Jemand aus dem Studentenwohnheim hatte Geld für ein Faß Bier gesammelt, und als die Lotterie endete, waren sowohl die Typen, die Grund zum Jubeln hatten, als auch jene, die ihren Kummer ertränken mußten, sternhagelvoll. Leo war mit Nummer 266 aus dem Schneider. Ich war sogar noch besser dran, da ich am 1. Januar um drei Minuten nach Mitternacht geboren worden war: Nummer 305. Aber mein Bruder, sechs Minuten vor mir, am 31. Dezember um 23.57 Uhr geboren, hatte die Nummer 100 gezogen. Er schwamm ganz oben auf dem Teich, aus dem man höchstwahrscheinlich zum Militärdienst eingezogen wurde – nur so lange davor geschützt, wie sein zweisemestriger Aufschub gültig blieb. In jener Nacht ging ich sturzbetrunken ins Bett, fühlte mich erleichtert und schuldig, gerettet und verflucht zugleich.

Alles laufe immer so, wie es für mich am günstigsten sei, moserte Thomas am nächsten Morgen in Leos und meinem Zimmer. Seit dem Tag unserer Geburt sei das so.

Den *Tagen* unserer Geburt, dachte ich, sagte aber nichts. Wir waren sechs Minuten nacheinander an verschiedenen Tagen geboren worden, sogar in verschiedenen Jahren.

Immer hätte ich die besseren Karten, meinte Thomas verzweifelt und zündete sich eine neue Zigarette an. Er rauchte mittlerweile – Trues. Damit hatte er angefangen, als Angie ihm den

Laufpaß gab. Zunächst schnorrte er sie von Deitz, der rauchte wie ein Schlot, und dann fing er an, sich eigene zu kaufen. Doch Thomas rauchte nicht wie ein Mann; er hielt die Zigarette nicht so, als wollte er sie verbergen, wie es die meisten taten. Thomas hielt sie mit der Spitze nach oben, wie ein Europäer. Wie ein Strichjunge. So raucht er *heute* noch, nach all den Jahren. Und ich hasse es noch immer, meinem Bruder beim Rauchen zuzuschauen.

»Ist doch egal, welche Nummer der Typ für dich gezogen hat«, erklärte ich ihm. »Wenn deine Noten gut sind, bekommst du einen Aufschub von drei Jahren, und dann ist dieser Scheißkrieg bestimmt vorüber. Du studierst doch, oder? Und besuchst die Seminare? Wie sind denn deine Noten?«

Statt mir eine klare Antwort zu geben, kam er wieder mit denselben Ausreden an, die er schon im vergangenen Jahr benutzt hatte: sein Zimmer sei zu kalt, er könne sich nicht konzentrieren, die Professoren stellten ihm Fangfragen, weil sie es auf ihn abgesehen hätten.

Während der Zwischenprüfungen brach Thomas das Studium ab.

»Was soll das heißen, du hast es *abgebrochen*?« brüllte ich ins Telefon. »Bist du *verrückt*, oder was? Bist du jetzt total übergeschnappt?« Er rief von Three Rivers aus an – hatte seine Sachen gepackt und den Campus verlassen, ohne mir vorher auch nur ein Wort zu sagen. »Warum gehst du nicht gleich hin und verpflichtest dich, Thomas?« schrie ich. »Warum meldest du dich nicht gleich *freiwillig*, gehst rüber und läßt dich in die Luft jagen?«

Während der ganzen Weihnachtsferien war er ein Nervenbündel – daran erinnere ich mich noch. Er versuchte so oft, Angie ans Telefon zu bekommen, daß deren Vater drohte, die Polizei zu rufen. Er hatte für niemanden ein Weihnachtsgeschenk besorgt – noch nicht einmal für Ma –, was *wirklich* merkwürdig war, und überhaupt nicht zu ihm paßte. Thomas machte sonst immer sehr großzügige Geschenke, so daß man sich leicht für das schämte, was man für ihn gekauft hatte. Aber an diesem Weihnachtsfest hatte er gar nichts. Ich weiß noch, wie er in Tränen ausbrach, während er *seine* Geschenke öffnete, und dann davon anfing, was für ein mieser Kerl er doch sei und daß er das Weihnachtsfest im nächsten Jahr wahrscheinlich nicht mehr erleben würde und es auch nicht verdient habe. Ma begann zu heulen. Ray war vom Verhalten der beiden so angewidert, daß er aufstand, das Haus verließ und erst am späten Nachmittag zurückkehrte. Hohoho. Frohe Weihnachten bei den Birdseys. Typisch.

Für Thomas' Geburtstag backte Ma einen Kuchen. Dessa und ich wollten zu einer Silvesterparty, deshalb sangen Ma, Dessa und ich schon frühzeitig *Happy Birthday*. Ray saß vorm Fernseher und rührte sich nicht vom Fleck. Er hatte die ganze Woche mit niemandem ein Wort gewechselt. Thomas stand vor dem Kuchen mit den zwanzig Kerzen herum. Und statt sie auszupusten, als das Lied endete, zog er sie eine nach der anderen heraus und steckte sie mit dem brennenden Ende in den Zuckerguß. Wir drei schauten ihm sprachlos zu. Und als er die letzte Kerze ausgedrückt hatte – als das Zimmer voller Qualm war, und es nach verbranntem Zucker roch –, begann Ma, *For He's a Jolly Good Fellow* zu singen. Als wäre alles ganz normal. Als wäre »alles in Butter«, wie sie zu sagen pflegte. Das war auch der Abend, an dem Dessa mir von Thomas und ihrer Schwester erzählte, diese ganze Scheiße über *Das Leben und Martyrium der Heiligen* – wie Thomas dagelegen und sich von aufgeschlitztem und versengtem Fleisch, von dem ganzen Leiden dieser Menschen hatte aufgeilen lassen. Frohes neues Jahr, Leute! Frohes 1970! Willkommen in einem nagelneuen Jahrzehnt!

Mitte Januar ging ich allein zurück ans College. Thomas bleibe jetzt immer die ganze Nacht auf, erzählte mir Ma, und schlafe am Tag, so wie Ray, nur daß der nachts arbeitete. Sie tue alles in ihrer Macht stehende, damit Ray nicht an die Decke gehe, doch der habe jetzt langsam die Nase voll. Es könne noch Monate dauern, bis Thomas eingezogen werde, meinte Ray; er solle sich nach einem Job umschauen, statt herumzulungern. Thomas sei faul und verantwortungslos. Bei der Armee würden sie ihm das ganz schnell austreiben.

»Irgendwas stimmt mit ihm nicht, Dominick«, sagte Ma am Telefon zu mir. »Ich glaube, es hängt nicht nur mit seinen Nerven zusammen.« Er lehne es nach wie vor ab, einen Arzt aufzusuchen. Und sie könne ihn doch nicht auf den Arm nehmen und dorthin tragen. Sie hoffe nur, er würde Ray in Zukunft aus dem Weg gehen. Mehr verlange sie gar nicht. Sie wolle mich nicht beunruhigen, aber die ganze Geschichte mache sie krank. Ich solle auf dem College bleiben und fleißig studieren, meinte sie. Sie sei stolz auf mich. Ich hätte genug, um das ich mich kümmern müsse. Sie komme daheim schon zurecht. Sie mache sich zwar Sorgen, komme aber zurecht.

Im Februar benachrichtigte die Einberufungsbehörde meinen Bruder, er sei von 2-S auf 1-A hochgestuft worden. Für Anfang März wurde er zur Musterung nach New Haven beordert. Ray fuhr ihn hin. Später erzählte Ray Ma, Thomas habe unterwegs dreimal auf die Toilette gehen müssen und kaum mehr als zehn Worte gesprochen. Insgesamt habe sich sein Verhalten aber »im Bereich des Normalen« bewegt. Während der Fahrt habe er Thomas erklärt, der Militärdienst werde ihm guttun. Die meisten Soldaten blieben im Lande oder würden in Deutschland oder auf den Philippinen stationiert, statt nach Vietnam zu kommen. Auf jeden Fall werde das Militär etwas aus ihm machen. Ihn stählen. Ihm etwas in die Hand geben, worauf er stolz sein könne. Er werde schon sehen.

Thomas bestand den Sehtest, den Hörtest und den Koordinationstest. Sein Herzschlag und sein Blutdruck waren in Ordnung. Er war weder farbenblind, noch hatte er Plattfüße.

Beim psychologischen Test fiel er durch.

Ray fuhr ihn wieder nach Hause.

»Ich weiß nicht, Dominick«, sagte Ma am Telefon zu mir. »Wenn es dir *möglich* ist, übers Wochenende nach Hause zu kommen, wäre das großartig. Ich weiß, daß du viel zu tun hast. Aber er ißt nicht und badet nicht. Ich höre ihn die ganze Nacht über im Haus herumpoltern. Er redet noch nicht einmal mehr mit mir, murmelt nur noch irgendwelche Sachen vor sich hin. Und wenn er etwas sagt, dann ergibt es keinen Sinn.«

»Wie meinst du das? Was sagt er denn?«

»Ach, ich weiß nicht. Er erzählt immerzu was von Russen. Er hat angeblich Russen im Kopf. Und ich habe im Badezimmer Blut im Waschbecken gefunden. Ich habe ihn gefragt, wo es herkommt, aber er will es mir nicht sagen. Vielleicht spricht er ja mit dir, Dominick. Vielleicht sagt er *dir* ja, was er auf dem Herzen hat. Es wäre großartig, wenn du nach Hause kommen könntest. Wenn nicht, dann nicht. Ich verstehe das schon. Aber ich mache mir solche Sorgen um ihn. Früher habe ich geglaubt, es wären nur seine Nerven, aber ich fürchte, es ist mehr als das. Ich weiß auch nicht. Ich habe Angst, mit Ray darüber zu sprechen.«

Am darauffolgenden Samstag gingen Thomas und ich zu McDonald's. Es war meine Idee gewesen – und ich hatte ihn sogar dazu bewegen können, vorher ein Bad zu nehmen. Weder begrüßte er den Vorschlag, noch widersetzte er sich ihm. Ma meinte, er habe einen seiner besseren Tage.

Es ist seltsam, an was man sich erinnert: Wir holten uns beide diese Shamrock Shakes, die es jedes Jahr am St. Patrick's Day bei McDonald's gibt. Cheeseburger und Fritten und grüne Milchshakes, daraus bestand unser Essen. Es waren viele Leute da, und wir saßen in der Nähe einer Kindergeburtstagsparty. Die Kinder guckten immerzu zu uns herüber, starrten die eineiigen Zwillinge an, die das gleiche aßen. Ich weiß noch, daß ich Thomas fragte, ob er diese Woche in der Zeitung den Artikel über das von Dell und Ralph und die ganze furchtbare Geschichte gelesen habe. Der Prozeß war zu Ende. Man hatte Dell für schuldig befunden und zu fünfzehn Jahren Gefängnis in Somers verurteilt; seine Frau mußte für sechs Monate nach Niantic. Ralph hatten sie mit einer Bewährungsstrafe davonkommen lassen. »Eigenartig, nicht wahr?« sagte ich. »Daß das alles passiert ist, während wir mit diesen Leuten gearbeitet haben. Daß diese ganze Scheiße gelaufen ist, während du und ich und Ralph in der Grundschule waren.«

»Kein Kommentar«, sagte Thomas. Dann tat er etwas Seltsames mit seinem Hamburgerbrötchen: Er fing an, die Kruste abzuknibbeln und jedes Stückchen sorgfältig zu untersuchen.

»Warum machst du das?« fragte ich.

Er antwortete, die Kommunisten hätten sich Orte wie McDonald's als Zielscheibe ausgesucht.

»Wirklich?« entgegnete ich. »Warum denn?«

Er meinte, es sei besser für mich, wenn ich nichts davon wisse.

»Was ist eigentlich mit dir los?« fragte ich ihn. »Ma sagt, du bist nicht gut drauf. Sie macht sich Sorgen um dich, Mann. Was plagt dich denn so?«

Er erkundigte sich, ob ich wisse, daß Dr. DiMarco, unser langjähriger Zahnarzt, ein kommunistischer Agent und Mitglied der Manson-Familie sei.

»Dr. DiMarco?« fragte ich zurück. Als wir Kinder waren, hatte Dr. DiMarco uns immer Comic-Heftchen geschenkt und Lieder vorgeträllert, während er an unseren Zähnen arbeitete. Das Ganze war so lächerlich, daß es mir schon fast witzig erschien.

Dr. DiMarco habe ihn betäubt und ihm winzige Funkempfänger in seine Füllungen gepflanzt, sagte Thomas. Das sei Teil eines ausgeklügelten Plans der Sowjets, die ihn einer Gehirnwäsche unterzögen. Sie sendeten ihm vierundzwanzig Stunden am Tag Botschaften und bemühten sich, ihn dazu zu bringen, den U-Boot-Stützpunkt in Groton in die Luft zu sprengen. Doch bislang habe er sich widersetzen können. »Der Leib Christi«, sagte er und legte sich ein Stückchen von seinem Hamburgerbrötchen auf die Zunge. »Amen.«

Die feiernden Kinder und ihre Eltern erhoben sich und gingen hinaus, so daß der Lärm abebbte. Ich sah mich um, ob uns jemand zuhörte. Uns beobachtete. Hatte Thomas es bloß auf mich abgesehen, wollte er mich aus irgendeinem Grund auf den Arm nehmen? »Dr. DiMarco?« fragte ich erneut. »*Unser* Dr. DiMarco?«

Dann sei eine Störung aufgetreten, sagte Thomas. Die Funkempfänger seien hitzeempfindlich, und er habe sich einmal an einer Tasse heißen Kakao die Mundhöhle verbrüht. Seitdem empfange er auch andere Nachrichten. Er habe vergeblich versucht, sich die Empfänger herauszureißen, sich dabei aber nur im Mund verletzt.

»Echt?« entgegnete ich. »Laß mal sehen.«

Er sperrte den Mund weit auf, und da sah ich, daß das Zahnfleisch, die Zunge und der Gaumen voller Wunden und Schnitte waren. Plötzlich bekam ich es *ernsthaft* mit der Angst zu tun. Daher stammte also das Blut, das Ma entdeckt hatte!

»Was ... worum geht es bei diesen Nachrichten denn?« fragte ich. Mir graute vor seiner Antwort.

Er erzählte mir von einer Stimme, die ihn ermuntert habe, die Kruzifixe unserer Mutter verkehrt herum aufzuhängen, von einer anderen, die ihn ständig dazu auffordere, auf die Entbindungsstation im Krankenhaus zu gehen und die Neugeborenen zu erwürgen. Ganz sicher sei er sich nicht, wem diese Stimme gehöre, doch könne es jemand von der Manson-Familie sein. Vielleicht sogar Charles Manson persönlich. Er wisse es aber nicht ganz genau. »Du solltest mal hören, wie er spricht«, sagte Thomas. »Widerlich.« Er nippte an seinem Shamrock Shake. »Das ist nichts, was ich in aller Öffentlichkeit wiedergeben könnte.«

»Thomas?« sagte ich.

»Dann ist da noch eine Stimme, eine religiöse. Jemand fordert mich immerzu auf, die Bibel auswendig zu lernen. Das ergibt ja auch Sinn. Paß nur auf, wenn die Kommunisten erst einmal die Macht übernommen haben! Als erstes werden sie alle Bibeln in den Vereinigten Staaten verbrennen. Glaub bloß nicht, daß sie davor zurückschrecken. Deshalb habe ich angefangen, sie auswendig zu lernen. Wer sollte es sonst tun, wenn nicht ich?«

Ich fühlte mich benommen, rang nach Luft. Das kann nicht wahr sein, sagte ich mir.

»Ist das ... ist das dieselbe Stimme, die dir die anderen Dinge zu tun befiehlt?«

»Welche anderen Dinge?«

»Die schlechten Dinge.«

Thomas seufzte wie ein Vater, dessen Geduld allmählich erschöpft ist. »Ich habe es dir doch gerade *erzählt,* Dominick. Es ist eine religiöse Stimme. Dieser Mann mißbilligt alles, was die anderen Stimmen sagen. Sie liegen sich die ganze Nacht in den Haaren. Ich bekomme Kopfschmerzen davon. Manchmal schreien sie sich sogar an. Weißt du, wer es sein könnte? Dieser Priester, den Ma sich immer im Fernsehen angesehen hat. Samstags abends. Weißt du noch? Er hatte weißes Haar. Ich sehe ihn vor mir, kann mich aber nicht mehr an seinen Namen erinnern.«

»Bischof Sheen?« fragte ich.

»Genau. Bischof Sheen. Er ist unser Vater, wußtest du das? Er hat Ma über das Fernsehen geschwängert. So etwas ist möglich und verbreiteter, als man glaubt. ›Ich bin Bischof Fulton J. Sheen und wünsche Ihnen eine gute Nacht. Gott liebt Sie.‹ Ich weiß nicht. Er könnte es sein, vielleicht aber auch nicht. Du weißt, daß Dr. DiMarco und die Manson-Familie Orgien feiern, nicht wahr? In Dr. DiMarcos Praxis. Einer von ihnen bewacht die Tür, damit keine Patienten hereinschneien können. Sie machen alles miteinander, was sie wollen. Alles. Es ist widerlich. Deshalb bin ich in Gefahr. Weil ich über die Verbindung zwischen den Mansons und den Kommunisten Bescheid weiß. Ich weiß zuviel, zum Beispiel über den Plan, den U-Boot-Stützpunkt hochgehen zu lassen. Die Kommunisten sind sehr, sehr gefährliche Leute, Dominick. Wenn sie Verdacht schöpfen, daß ich damit angefangen habe, die Bibel auswendig zu lernen, bin ich erledigt. Dann geben sie den Befehl aus, mich sofort zu erschießen. Hör zu! *Im Anfang schuf Gott Himmel und Erde: die Erde aber war wüst und leer, Finsternis lag über der Urflut, Gottes Geist schwebte über dem Wasser.* Ich bin erst bei Kapitel 2, Vers 3. Das ist ein Lebenswerk. Ein gewagtes Unternehmen. Wie geht's Dessa?«

»Dessa?« fragte ich. »Dessa geht's ...«

»Deshalb mußte ich mit ihrer Schwester Schluß machen. Es war zu gefährlich. Sie hätten ihr weh tun können, um an mich heranzukommen. Wie war noch mal ihr Name?«

»Ihr ...? Angie? Meinst du Angie?«

Er nickte. »Angie. Es war einfach zu gefährlich, Dominick. Willst du meine restlichen Fritten haben?«

Dieses Gespräch – und die psychiatrische Einweisung, die noch am selben Abend erfolgte, Thomas' erste Einweisung – fand zehn Monate nach der Kurzschlußreaktion statt, bei der mein Bruder unsere gemeinsame Schreibmaschine zertrümmert hatte. In der Zwischenzeit war der Krieg eskaliert, hatte der erste Mensch den Mond betreten, und ich hatte alles nur Mögliche getan, um die Augen vor dem zu verschließen, was sich nach und nach ankündigte.

An diesem ersten von zahlreichen Abenden, an denen ich meinen Bruder zwischen den Backsteinsäulen hindurch auf das Gelände des Three Rivers State Hospital fuhr, kehrte ich nach Hause in unser gemeinsames Zimmer zurück und hatte einen Traum, an den ich mich bis heute erinnere.

Mein Bruder, Ralph Drinkwater und ich haben uns irgendwo im vietnamesischen Dschungel verirrt und waten durch knöcheltiefen Schlamm. Hoch oben in einem Baum legt ein Scharfschütze sein Gewehr an und zielt. Niemand außer mir sieht ihn; es bleibt keine Zeit, die anderen zu warnen.

Ich gehe in Deckung, ziehe Ralph mit mir herunter. Es gibt einen dumpfen Schlag. Eine Kugel zerfetzt meinem Bruder das Gehirn ...

25

»Schoko-Mandel, Schoko-Erdnuß oder Schoko-Krokant?« fragte Lisa Sheffer.

»Wie immer«, antwortete ich. »Von jedem eins.« Ich nahm drei Dollar aus meiner Brieftasche und schob sie über den Tisch.

Seit der Einweisung meines Bruders ins Hatch hatte ich fünf Besprechungen mit Sheffer gehabt und ihr jedesmal welche von den Schokoriegeln abgekauft, damit sie sie Thomas gab. Es war zum Ritual geworden und auch eine Art Dankeschön an Sheffer dafür, daß sie auf ihn aufpaßte. Und es war die einzig mögliche Weise, wie ich mit meinem Bruder während der vom Staat erzwungenen Trennung in Verbindung treten konnte: eine Schokoriegelbrücke, eine Verbindung aus Schokolade, Nüssen und Zucker. Das erste, wonach Thomas immer frage, wenn sie ihn sehe, erzählte Sheffer, sei, ob sie mich getroffen habe, und ob ich Schokoriegel für ihn gekauft habe.

»Sorgen Sie dafür, daß sich Ihre Tochter an mich erinnert, wenn sie eines Tages Cheerleader bei den Dallas Cowboys ist«, sagte ich.

»Bloß nicht«, stöhnte Sheffer. »Dann müßte ich mir die Kugel geben.«

Ich fragte sie, ob ihre Tochter ihr ähnlich sehe.

»Jesse? Nein, die sieht aus wie der Samenspender.« Ich muß wohl ein merkwürdiges Gesicht gemacht haben. »Mein Exmann«, ergänzte sie. »Wenn ich ihn als Samenspender betrachte und nicht als das Ekel, das ich dummerweise geheiratet habe, dann muß ich mir nicht mehr so schlimme Vorwürfe wegen der Geschmacksverirrung machen.« Sie holte ein Foto aus ihrem Schreibtisch hervor und reichte es mir: ein pummeliges, braunhaariges Mädchen in pinkfarbenem Trikot.

»Was für ein süßer Fratz«, sagte ich. »Sie ist sieben, oder?«

»Ja, aber sie geht stark auf die Dreizehn zu. Wissen Sie, was sie tun will, wenn sie groß ist? Lidschatten tragen. Und das war's dann auch schon. Das ist die Summe all ihrer Wünsche: glitzernden blauen Lidschatten zu tragen. Gloria Steinem würde mich lynchen.«

Ich mußte lächeln. »Ich habe Gloria Steinem mal getroffen«, sagte ich.

»Echt? Wo denn?«

»In New York. Auf einer Party des Magazins *Ms.* Meine Frau und ich.«

»Wirklich? Na so was. Es überrascht mich ein wenig, daß Sie auf der Gästeliste standen, Domenico. Was war denn der Anlaß?«

»Meine Frau – meine Exfrau – hatte mit ihrer Freundin eine Tagesstätte bei Electric Boat eingerichtet. Für Kinder von berufstätigen Frauen und Alleinerziehenden. Das war gleich nachdem die Firma angefangen hatte ...«

Das Telefon klingelte. »Entschuldigen Sie bitte«, sagte Sheffer.

Ich ermahnte mich selbst, endlich damit aufzuhören, von Dessa als meiner Frau zu sprechen. Es war erbärmlich: der verlassene Ehemann, der nicht loslassen kann. Du hast eine Scheidungsurkunde und eine Freundin, mit der du zusammenwohnst, hielt ich mir vor. Komm drüber weg.

»Schön und gut, Steve, aber begreifst du nicht, daß ich mitten in einer Besprechung stecke«, sagte Sheffer zu ihrem Gesprächspartner am anderen Ende der Leitung. Ich nahm noch einmal das Foto ihrer Tochter in die Hand. Irgendwie war es komisch, daß dieses kleine, mädchenhaft aussehende Wesen zu Sheffer gehören sollte, die einen Bürstenhaarschnitt trug und Tätowierungen an den Handgelenken.

»Ich sage doch gar nicht, daß ich es nicht *gestatte*, Steve. Ich bin überhaupt nicht in der Position, etwas nicht zu gestatten. Ich sage nur, daß es mir im Moment nicht besonders paßt, weil jemand bei mir im Büro ist.« Sie hielt den Hörer vor sich und formte mit den Lippen das Wort *Arschloch*. »Gut«, sagte sie. »Gut. Dann schick ihn hoch.«

Sie knallte den Hörer auf die Gabel und stöhnte. »Hoffentlich gerät durch den Klinikbetrieb nicht der Zeitplan unseres Hausmeisters durcheinander. Seit zwei Wochen bitte ich darum, daß diese Lampe hier repariert wird.« Sie zeigte auf die defekte Neonröhre über mir. »Und auf einmal heißt es: jetzt oder nie – Besprechung hin oder her.«

Ich schüttelte mitfühlend den Kopf. »Sie sagten am Telefon, Sie wollten mit mir über die Anhörung sprechen?«

Sie nickte nachdenklich. »Also gut, hören Sie zu. Hier ist mein Vorschlag. Der Überprüfungsausschuß trifft sich am einunddreißigsten. An Halloween. Also bleibt uns noch nicht einmal eine Woche, um Material für unseren Fall zusammenzutragen.«

»*Unseren* Fall?« fragte ich. »Ich dachte, Sie wären unentschieden, ob er hierbleiben soll oder nicht.«

Sie hob eine Büroklammer auf und legte sie auf den Schreibtisch. »Also, es ist so: Gestern nacht konnte ich nicht schlafen. Und irgendwann zwischen meinem zwölften oder dreizehnten Spiel Solitär bin ich Ihrem Team beigetreten.«

Ich schaute sie an. Wartete.

»Vorher war ich mir wirklich nicht sicher, bin immer hin- und hergeschwankt, aber mittlerweile bin ich zu dem Schluß gekommen, daß ihm ein weiteres Jahr hier im Hatch eher schaden als nützen würde.«

»Was ist passiert?« fragte ich. »Ist etwa noch was passiert?«

Sie schüttelte den Kopf. »Eigentlich nicht. Nichts Ungewöhnliches jedenfalls.«

»Was heißt das?«

»Es wird hier und da ein bißchen gehänselt, beim Essen, in der Freizeit. Machen Sie sich keine Sorgen deswegen. Wir überwachen es. Das Problem bei Thomas – bei allen Paranoiden – ist, daß er ganz normale Foppereien als Zeichen großartiger Verschwörungen deutet. Irgend jemand sagt etwas, und sofort betrachtet er das als Bestandteil eines geheimen Plans. Und wenn er so heftig auf jemanden reagiert, dann stachelt das den anderen natürlich an. Aber er und Dr. Patel und ich arbeiten daran. Wir entwickeln Strategien, wie er sich verhalten kann, wenn jemand anfängt, ihn zu ärgern.«

»Wissen Sie, was mir echt stinkt?« sagte ich. »Dieser Quatsch mit der Sicherheitsüberprüfung. Daß ich ihn noch nicht einmal *sehen* darf.« Ich nahm einen Schokoriegel von ihrem Schreibtisch und hielt ihn hoch. »Daß ich über diese Dinger hier mit ihm kommunizieren muß.«

Sie versicherte mir, meine Sicherheitsüberprüfung werde bald abgeschlossen sein. Die Hänseleien seien nichts Ungewöhnliches. »Er ist in Sicherheit«, sagte sie.

»O ja, natürlich. Mit all den geistesgestörten Mördern und Pyromanen und Gott weiß wem sonst noch. Von den Schlägertypen in Uniform ganz zu schweigen. Wenn er hier in Sicherheit ist, warum sind Sie dann zu dem Entschluß gekommen, daß er aus dem Hatch raus muß?«

Sie seufzte. »Tja, paradoxerweise ist es so, daß die dauernden Überprüfungen, die Überwachungskameras, die Zimmerdurchsuchungen, alle die Vorsichtsmaßnahmen, die dafür sorgen, daß es hier sicher ist, von paranoiden Schizophrenen als äußerst bedrohlich empfunden werden. Man wird hier tatsächlich immer beobachtet. Ich glaube einfach, daß er langfristig besser in einer Einrichtung aufgehoben ist, in der die Sicherheit weniger stark im Vordergrund steht.«

»Aber sonst war nichts? Er ist nicht wieder im Speisesaal ausgeflippt oder so was in der Richtung?«

»Es geht ihm besser, Dominick. *Wirklich.* Seine Wunde ist gut verheilt. Die Psychopharmaka fangen an zu wirken. Und er weiß jetzt, woran er ist – wie der Tagesablauf aussieht. Aber ich will ehrlich zu Ihnen sein. Hier fühlt er sich nicht wohl – er ist verängstigt und igelt sich ein. Ich habe einfach den Eindruck, daß eine forensische Klinik der falsche Ort für ihn ist.«

»Das sage ich schon die ganze Zeit!«

Sie nickte. Lächelte. »Also gut, Sie haben uns allen etwas voraus. Sie dürfen eine Bank nach vorne rücken. Jedenfalls werde ich Ihnen bei Ihrem Kampf um seine Entlassung helfen.«

Sie holte einen Schreibblock hervor, und wir begannen, unsere Argumentation vor dem Überprüfungsausschuß festzulegen.

Notierten, was *sie* sagen würde, und was *ich* sagen würde. Entscheidend sei, daß ich für ihn eintrete, sagte sie. Das zeige dem Ausschuß, daß Thomas von seiner Familie unterstützt werde, daß es ein verläßliches Sicherheitsnetz gebe. Dann erkundigte sie sich, ob Ray auch dabeisein wolle. In Anbetracht der gemeinsamen Vergangenheit von Ray und Thomas, erwiderte ich, sei ich nicht sicher, was ich von der Idee halten solle. Sheffer schlug vor, Ray könne ja ebenfalls der Anhörung beiwohnen, sich aber nicht zu Wort melden. »Sie werden der Sprecher sein, er eine Art ›Zugabe‹. Okay?«

»Für mich ist das okay«, sagte ich. »Ob das auch für Ray gilt, weiß ich nicht.«

»Wollen Sie mit ihm darüber reden? Oder soll ich es tun?«

Ich schaute weg. »Machen Sie das besser.«

Gemeinsam erstellten Sheffer und ich eine Liste potentieller Befürworter von Thomas' Entlassung: frühere Ärzte, Angestellte aus dem Settle, Gemeindemitglieder, die möglicherweise bereit waren, einen Brief zu seinen Gunsten zu verfassen. Wir teilten die Liste auf; jeder von uns sollte eine Hälfte der Leute ansprechen. »Und nun sollten wir über die Empfehlung der Abteilung reden«, sagte Sheffer.

Jemand klopfte an die Tür. »Der Hausmeister«, stöhnte Sheffer. »Herein!«

Doch der kleine, graue Kopf, der zur Tür hereinlugte, gehörte Dr. Patel. Der Hausmeister wäre mir lieber gewesen.

»Hallo, Lisa«, grüßte sie. »Hallo, Dominick.« Sheffer habe ihr von meinem Termin bei ihr erzählt, erklärte sie. Sie wolle mich bloß kurz sprechen. Ob sie uns einen Moment unterbrechen dürfe. »Ja, sicher, Rubina«, sagte Sheffer. »Ich muß mich sowieso noch um eine Sache kümmern. Ich bin in fünf Minuten wieder da.« Sie machte die Tür hinter sich zu. Es war ein abgekartetes Spiel.

Doc Patel kam sofort zur Sache. »Sie haben Ihren Termin gestern nicht eingehalten.«

Ich erinnerte sie daran, daß ich eine Nachricht auf ihrem Anrufbeantworter hinterlassen hatte.

»Die ich auch erhalten habe«, antwortete sie. »Danke. Aber darum geht es nicht. Mir geht es darum zu erfahren, *warum* Sie abgesagt haben, Dominick.«

»Warum?« Sie haßte es, wenn ich ihr antwortete, indem ich ihre Frage wiederholte.

»In der Sitzung zuvor ist es Ihnen nicht gutgegangen, und dann sind Sie gestern nicht erschienen. Natürlich frage ich mich da, ob …«

»Es lag am Wetter«, sagte ich.

»Ach? Am Wetter? Erklären Sie das bitte.«

»Es war … es war Regen für Mittwoch und Donnerstag vorhergesagt.«

Sie zuckte mit den Schultern. »Meine Praxis liegt drinnen, Dominick.«

»Die Freiluftsaison geht zu Ende. Die Malersaison. Es gibt da ein Haus, das ich fertigmachen muß – ein großer Auftrag –, und bei all dem, was sich ereignet hat, konnte ich nicht … Es hat in zwei aufeinanderfolgenden Nächten gefroren.«

Wieder zuckte sie mit den Schultern.

»Ihre Arbeit ist nicht von der Saison abhängig«, sagte ich. »Wir Verrückten halten Sie das ganze Jahr über auf Trab. Aber ich kann es mir nicht erlauben zu …«

Sie hob die Hand und unterbrach mich. »Sie weichen mir aus. Eine direktere Antwort wäre mir lieber.«

»Hören Sie«, sagte ich. »Es ist nicht so, daß ich Ihre Hilfe nicht zu schätzen wüßte. Das tue ich *wirklich*. Aber ich kann mir im Moment einfach nicht den Luxus erlauben, an einem Tag mit gutem Wetter meinen Arbeitsplatz zu verlassen und in Ihre Praxis zu kommen, um über meinen Bruder zu quatschen. Nicht, wo der November vor der Tür steht. Nicht mit einem Kunden wie Henry Rood, der mich alle naselang anruft.«

»Das ist interessant«, meinte sie.

»Was denn?«

»Daß Sie unsere Arbeit hier als ›Luxus‹ bezeichnen. Für mich ist ein heißes Bad an einem Sonntagnachmittag Luxus, oder ein Museumsbesuch oder die Lektüre eines guten Romans. Aber nicht etwas emotional so Anstrengendes wie das, worauf Sie sich mit mir eingelassen haben. Das ist eine sehr anspruchsvolle Aufgabe. Sie sollten das oder sich selbst nicht so geringschätzen.«

Ich erhob mich und ging die vier oder fünf Schritte bis an das vergitterte Bürofenster. Blickte hinaus auf den armseligen Innenhof. »Ich meinte doch nicht *Luxus*«, sagte ich. »Mein Gott, müssen Sie denn jedes Wort auf die Goldwaage legen und ...«

»Dominick?« sagte sie. »Würden Sie mich bitte anschauen?«

Ich sah sie an.

Ihr Lächeln war wohlwollend. »Ich weiß, daß unsere letzte Sitzung für Sie sehr schmerzhaft war«, begann sie. »Die Erinnerung an Thomas' erste schwere Kompensationsstörung, seine Halluzinationen, die Schnittwunden in seiner Mundhöhle – das sind alles überaus traurige, ja erschreckende Dinge, die Sie noch einmal durchleben müssen. Und wie genau Sie sich an das alles erinnern, meine Güte. Daß Sie diese beunruhigenden Geschehnisse in allen Einzelheiten wiedergeben können, deutet für mich darauf hin, daß Sie viele, viele Jahre eine enorme Last getragen haben. Meiner Meinung nach, Dominick, ist die Arbeit, die wir tun – diese Erinnerungen auszugraben, uns mit ihrem *Giftgehalt* auseinanderzusetzen, wenn Sie so wollen –, wichtig für Ihre Gesundheit, vielleicht auf eine Art, die Sie noch gar nicht recht einschätzen können.«

»Was für ein ›Giftgehalt‹?«

Sie nickte. »Betrachten Sie Ihre Vergangenheit als einen unterirdischen Brunnen.«

Mein Gott, da haben wir es wieder, dachte ich: Doc Patel, die Meisterin der Metaphern.

»Brunnen sind etwas Gutes, nicht wahr?« sagte sie. »Sie geben Leben, indem sie Wasser spenden. Aber wenn die unterirdische Quelle, die den Brunnen speist – und damit meine ich Ihre Vergangenheit, Dominick –, wenn die Quelle vergiftet ist, aus irgendeinem Grund toxisch, dann kann das Wasser nicht mehr nähren. Verstehen Sie den Vergleich?«

»Ja.«

»Und was ist Ihre Meinung, bitte?«

Ich ließ sie warten. »Meine Meinung ist, daß ich meine Brötchen mit Anstreichen verdiene«, erklärte ich schließlich.

Sie nickte. »Und auch die Therapie wird Sie nähren, mein Freund. Meine Sorge, als Sie gestern Ihren Termin nicht eingehalten haben, ging in die Richtung, daß unser Prozeß Sie erschreckt haben könnte. Überwältigt.«

»Ich habe *gearbeitet*«, sagte ich. »Ich mußte *anstreichen*.«

Sie berührte meinen Arm. »Na gut. Möchten Sie Ihren verpaßten Termin neu ansetzen oder bis nächste Woche warten?«

»Tja, wo Sie gerade davon sprechen«, fing ich an. Dann erzählte ich ihr, daß ich darüber nachgedacht hatte; die ganze Geschichte eine Weile auf Eis zu legen. Nicht damit aufzuhören, bloß aufzuschieben, bis sich die Wogen ein wenig geglättet hatten.

»Tatsächlich? Das ist dann etwas, worüber wir bei unserem nächsten Treffen reden müssen. Sollen wir den versäumten Termin neu ansetzen?«

»Lassen Sie uns ... lassen Sie uns erst mal bis Dienstag warten«, sagte ich. »Bis zu meinem regulären Termin.«

»Den Sie einhalten werden?« fragte sie. »Ob es regnet oder die Sonne scheint?«

Ich nickte. Sie blätterte geistesabwesend in den Akten, die sie die ganze Zeit in der Hand gehalten hatte, dann drückte sie sie an die Brust. Steuerte auf die Tür zu.

»Warten Sie«, sagte ich. »Ich wollte Sie auch etwas fragen. Wie werden Sie ... wie haben Sie vor zu stimmen?«

Sie drehte sich zu mir um. »Stimmen?«

»In bezug auf meinen Bruder. Diese Teambesprechung, die in drei oder vier Tagen ansteht. Werden Sie empfehlen, daß er hierbleibt oder ins Settle zurückverlegt wird oder was?«

Sie musterte mich eine Weile. »Darüber möchte ich jetzt lieber nicht sprechen«, sagte sie.

»Warum nicht?«

»Weil es verfrüht ist. Unsere Empfehlung steht erst in ein paar Tagen an, und ich bin noch dabei, Ihren Bruder zu beobachten, zu sehen, welche Auswirkungen sein Aufenthalt hier und seine Behandlung haben. Und bitte bedenken Sie, daß die Empfehlung unserer Abteilung auch wirklich nur das ist: eine Empfehlung. Der Überprüfungsausschuß wird letztlich die Entscheidung treffen.«

»Aber zu welcher Meinung tendieren Sie?«

»Ich tendiere zu nichts«, erwiderte sie. »Wie ich bereits sagte, habe ich mir noch kein Urteil gebildet.« Sie hielt meinem Blick stand. »Wir reden nächsten Dienstag darüber. Wir haben eine Menge zu besprechen.«

Als sie die Bürotür öffnete, stand Ralph Drinkwater plötzlich vor ihr.

»Technischer Dienst«, sagte er.

»Ja, ja. Kommen Sie bitte herein.«

Als er mich sah, wirkte er den Bruchteil einer Sekunde erschrocken, doch dann erschien sofort dieser gleichgültige Ausdruck auf seinem Gesicht, den er schon auf der Junior High-School zur Perfektion gebracht hatte. Dieser Blick, der besagte: Mir kannst du nichts anhaben. Eine Trittleiter unter dem Arm und eine Neonröhre in der anderen Hand, betrat er das Büro.

Ich spürte, daß Doc Patel die Verbindung nicht herstellte – nicht bemerkte, daß dies der Bursche war, über den wir in der vorletzten Sitzung gesprochen hatten, der Bursche, den Leo Blood und ich den Polizisten zum Fraß vorgeworfen hatten. Es war einer jener unwirklichen Momente: Meine Therapeutin und Ralph standen gemeinsam mit mir in Sheffers kleinem Büro.

Dr. Patel schloß die Tür hinter sich. Ralph und ich waren allein.

»Hallo, Ralph«, sagte ich. »Wie geht's?«

Keine Antwort.

»Dieses ... dieses Büro ist heute der reinste Taubenschlag. Lange nicht gesehen.«

Ohne mich eines Blickes zu würdigen, klappte er die Trittleiter auf. Darin war er immer schon gut gewesen: Mir das Gefühl zu vermitteln, ich wäre unsichtbar.

»Ich ... äh ... ich hab dich gesehen«, sagte ich, »an dem Abend, an dem mein Bruder eingeliefert wurde. Da wollte ich eigentlich mit dir reden, aber ich war ziemlich aufgeregt, wegen Thomas ... Und deshalb habe ich nichts gesagt. Aber ich hab dich sofort erkannt. Siehst gut aus ... Also, äh, wie geht's?«

»Geht so«, erwiderte er. Er stieg zwei oder drei Stufen die Leiter hoch. Warf einen kurzen Blick auf die kaputte Neonröhre. Zugegeben, das war so ziemlich das Mieseste, was ich in meinem ganzen Leben angestellt hatte – mit Leo zusammen Ralph ans Messer zu liefern, um unseren eigenen Hintern zu retten –, aber das lag nun schon zwanzig Jahre zurück.

»Ich habe in der Zeitung gelesen, daß die Wequonnocs ihren Prozeß gewonnen haben. Endlich von der Bundesregierung anerkannt werden. Glückwunsch.«

Er nahm die kaputte Leuchtröhre heraus. Antwortete nicht.

»Hast du damit zu tun? Mit Stammespolitik? Diesen Plänen, da draußen ein großes Spielcasino zu bauen?«

Keine Antwort.

»Ich hab die Baupläne letzte Woche im *Record* gesehen. Ganz schön beeindruckend. Mein Gott, wenn das klappt, dann wird die Anlage riesig.«

»Das klappt«, sagte er.

Ich wollte ihm die kaputte Röhre abnehmen, aber er ignorierte meine ausgestreckte Hand. Stieg statt dessen die Leiter hinunter.

»Ich habe gehört, ihr habt ausländische Investoren an der Hand. Malaysier, oder?«

»Ja.« Mit der neuen Neonröhre in der Hand stieg er die Leiter wieder hoch. Er hatte zwar noch nie viele Worte gemacht, aber das hier war lächerlich. Ich kam mir vor, als redete ich gegen eine Wand.

Er montierte die neue Röhre, stieg dann wieder von der Leiter und betätigte den Schalter. Das Zimmer erstrahlte heller, als nötig gewesen wäre. Er klappte die Leiter zusammen. Machte eine Notiz auf einem Formular.

»He, Ralph, siehst du meinen Bruder manchmal?«

Ausdruckslos und kalt wie ein Fisch schaute er mich an. »Ja, ab und zu.«

»Ist er ... wird er gut behandelt? Deiner Meinung nach. Ich habe ihn seit dem Abend der Einlieferung nicht mehr gesehen. Sie lassen mich erst zu ihm, wenn ich diese blöde Sicherheitsprüfung bestanden habe.«

»Na, das sollte doch kein Problem sein«, meinte er. »Oder?«

»Wie meinst du das?«

»Deine Weste muß doch weißer als weiß sein.« Wir standen da und sahen uns schweigend an. Ich schaute als erster weg.

»Es geht ihm gut«, sagte Ralph schließlich.

»Wirklich?« Ich schluckte heftig. »Ärgern sie ihn viel? Hacken Sie auf ihm herum?«

»Manche schon«, antwortete er.

»Ich ... ich habe mich gefragt, ob du mir vielleicht einen Gefallen tun könntest? Nur, bis diese Sicherheitsgeschichte geklärt ist.«

Er kniff die Augen zusammen. Seine Mundwinkel verzogen sich zu einem Grinsen.

»Es ist bloß ... könnte ich dir nicht wenigstens meine Telefonnummer geben ... sagen wir mal, falls du etwas siehst, von dem du glaubst, ich sollte es wissen. *Irgendwas.* Falls er mißhandelt wird oder ... Diese, äh ... diese Sozialarbeiterin, die er hat, ist gut. Ich kann nichts anderes sagen. Sie ist *wirklich* gut. Aber wenn du zufällig etwas sehen solltest, was dem Pflegepersonal entgeht, falls ihn jemand belästigt ... Verdammt, ist das schwer.«

Er stand unbeteiligt da.

»Ich weiß ... ich weiß, daß du mir nichts schuldig bist, Ralph. Okay? Ich *weiß* das. Es war unverzeihlich, was wir dir da am Ende jenes Sommers angetan haben. Ich weiß das, Mann. Ich habe mich wegen der Sache ziemlich beschissen gefühlt und tue es noch, egal, was das für dich bedeutet.«

»Nichts«, sagte er. »Es bedeutet mir absolut nichts.«

»Okay«, sagte ich. »Es kommt zu spät. Ich weiß ... Aber wenn du bloß ... Wenn ich dir wenigstens meine Nummer geben könnte.«

Ich schnappte mir ein leeres Blatt Papier von Sheffers Schreibtisch, kritzelte meine Telefonnummer darauf und hielt es ihm hin. Er schaute auf meine ausgestreckte Hand.

»Sie lassen mich nicht zu ihm, Mann. Der Kerl ist mein *Bruder,* und alle sagen mir ... Vielleicht kannst du ihn ein wenig im Auge behalten. Ich weiß, du hast zu tun, aber vielleicht fällt dir ja was auf. Vielleicht kannst du einfach meine Nummer nehmen und ...«

Aber er nahm sie nicht. Ich warf das Blatt Papier auf Sheffers Schreibtisch. »Tja, na gut, trotzdem danke«, sagte ich. »Vielen Dank, Ralph. Danke für nichts.«

Er wies mit dem Kinn auf das Fenster. »Dort draußen.«

»Was?«

»Wolltest du ihn nicht sehen? Er ist da draußen. Seine Station macht gerade Pause.«

Ich brauchte eine Weile, um zu begreifen. Zögernd ging ich auf das vergitterte Fenster zu. Da war Thomas.

Er saß allein auf einer Bank. Er wirkte blaß, aufgedunsen. Seine Hand – der Stumpf – steckte im Ärmel seiner Jacke. Er rauchte hastig, inhalierte alle paar Sekunden.

Neun oder zehn Leute lungerten dort draußen herum, die meisten rauchten, wie Thomas. Zwei Jüngere – ein Schwarzer und ein Hispano – kickten einen Stoffball hin und her. Keiner machte einen verrückten Eindruck, geschweige denn einen gefährlichen. Der diensthabende Pfleger war der Kerl im Cowboyhut, den ich schon zuvor gesehen hatte. Er lehnte an der Wand des Gebäudes und unterhielt sich fröhlich mit einigen Patienten.

Niemand belästigte Thomas. Aber es kümmerte sich auch niemand um ihn. Selbst hier im Hatch stand er abseits.

Ich wandte mich vom Fenster ab und bemerkte, daß Ralph mich nicht aus den Augen ließ, während ich meinen Bruder beobachtete. »Mein Gott, er sieht schrecklich aus«, sagte ich.

Ralph schwieg.

»Hast du in der Zeitung über ihn gelesen? Über das, was er getan hat?«

»Ja.«

Als ich wieder aus dem Fenster schaute, drückte Thomas gerade seine Zigarette aus. Er langte in die Jackentasche und holte eine neue hervor. Dann stand er auf und ging zum Cowboy, um sich Feuer geben zu lassen. Aber der war zu beschäftigt damit hofzuhalten, als daß er Thomas wahrgenommen hätte, und Thomas war zu schüchtern, um etwas zu sagen. So blieb er einfach stehen und wartete, den Stumpf unter die Achselhöhle des gesunden Arms geklemmt. Ein anderer Mann trat auf den Cowboy zu und bekam Feuer. Ich *wußte*, daß dieser Mistkerl Thomas bemerkt hatte. Er konnte ihn nicht übersehen. Aber er ließ ihn warten. Ließ ihn einfach stehen – unfähig, seine Bitte auszusprechen.

Elender Tyrann, dachte ich. Nun hör schon mit den Spielchen auf und zünde ihm seine verdammte Zigarette an.

»Was ist denn mit dem Pfleger los?« fragte ich. »Dem Kerl da unten, der sich für John Wayne hält?« Aber als ich mich umschaute, hatte Ralph das Büro verlassen.

Und doch war es gut, Thomas endlich wiederzusehen. Selbst in diesem Zustand. Selbst durch ein vergittertes Fenster. Wenn man sein ganzes Leben lang auf jemanden aufpaßt, dann kann man nicht plötzlich aufhören, auf ihn aufzupassen.

Er hatte vielleicht drei oder vier Kilo zugelegt. Früher war er immer viel spazierengegangen, sowohl während seiner Zeit im

Settle als auch im Horizon House in der Stadt. Aber hier im Hatch konnte er in seiner »Freizeit« nur rauchen. Oder mit seiner nicht angezündeten Zigarette herumstehen und darauf *warten*, rauchen zu können. Er hatte Ringe unter den Augen. Sein Kopf wackelte ständig ein wenig. Wahrscheinlich von den Medikamenten. Als er sich erhoben hatte und auf den Cowboy zugegangen war, war mir aufgefallen, daß das medikamentös bedingte Schlurfen wieder da war. Thomas *haßte* es, wenn sie die Dosis zu hoch ansetzten. Ich nahm mir vor, Dr. Chase anzurufen. Wieder das Rad für ihn zu drehen. Die Mühle kannte ich schon.

Er trug graue Gefängniskluft, weiße Socken und seine jämmerlichen braunen Schnürschuhe, bei denen die Zungen heraushingen. Ohne Schnürsenkel. Die Schuhe aller Patienten sahen so aus. Sheffer hatte mir erzählt, daß sie ihnen die Schnürsenkel wegnahmen, damit sie sie nicht als Waffe benutzen konnten. Als Garrotte. Netter Ort. Wirklich friedlich.

Der Stoffball flog dicht an Thomas' Gesicht vorbei. Er zuckte zusammen. Ließ seine Zigarette fallen. Der junge Hispano hob sie auf und gab sie ihm zurück. Sagte etwas. Thomas schien nicht zu antworten. Dann stellte sich der Junge hinter Thomas und warf den Ball genau in seine Richtung. Er prallte von seinem Rücken ab. Jetzt zuckte ich zusammen, genau wie Thomas. Der Cowboy schaute einen kurzen Moment zu ihm hinüber. Setzte dann die Unterhaltung mit seinen Lieblingen fort.

Es wurde zum Spiel: Der Hispano warf den Ball gegen Thomas. Beobachtete seine Reaktion. Der junge Schwarze schlich sich hinter Thomas, wobei er humpelte wie der Glöckner von Notre-Dame und seine Hand im Ärmel versteckte. Ein anderer stellte sich vor Thomas und äffte die Art und Weise nach, wie er seine Zigarette hielt. Der Cowboy ignorierte das Geschehen. Dann traf der Stoffball Thomas am Hinterkopf. »Verdammt!« sagte ich laut. »*He!*«

Ich hörte, wie draußen eine Glocke läutete. Der Cowboy sprach in ein Funkgerät. Die Patienten stellten sich auf, um wieder hineinzugehen. Ein Wachmann kontrollierte mit einem tragbaren Metalldetektor jeden, bevor er ihn durchließ. Thomas war der letzte in der Reihe. »Ich hole dich hier raus, Thomas«, flüsterte ich ihm durch die Gitterstäbe und das Drahtglas zu. »Halt durch, Mann. Ich hole dich raus!«

Ich ging in Sheffers kleinem Büro auf und ab. Setzte mich hin. Stand wieder auf. Schaute auf ihren Schreibtisch. Da bemerkte ich, daß der Zettel mit meiner Telefonnummer verschwunden war. Drinkwater mußte ihn mitgenommen haben.

Unter tausend Entschuldigungen stürmte Sheffer in den Raum. »Ich gehe den Gang entlang, und die Probleme springen mich nur so an. Ich bin wie ein Magnet für unerwartete Notfälle, Domenico. He, hurra! Sie haben meine Lampe repariert.«

Ich setzte mich. Sollte ich ihr sagen, daß ich ihn gesehen hatte? Oder lieber den Mund halten?

»Also gut«, meinte sie. »Zurück an die Arbeit.« Sie fing wieder damit an, wie langwierig es werden könne, Thomas hier herauszuholen. Das dürften wir nicht unterschätzen.

Ich schaltete ab. Sah ihn vor mir, wie er vor ein paar Minuten mit seiner nicht angezündeten Zigarette dort unten herumgestanden hatte. Ich bemerkte, daß Sheffer verstummt war. »Äh ... was?« fragte ich.

Sein Fall sei bei der Teambesprechung am Morgen zur Sprache gekommen, wiederholte Sheffer. Sie seien geteilter Meinung darüber, was sie empfehlen sollten. »Zumindest heute steht es noch zwei zu zwei«, meinte sie. »Aber wir haben ja noch sechs Tage, bis unser Gutachten fällig ist.«

»Sind Sie denn nicht zu fünft?« fragte ich. »Wie kann es da zwei zu zwei stehen?«

»Ein Mitglied des Teams hat seine Meinung noch nicht zum Ausdruck gebracht.«

»Dr. Patel«, sagte ich.

Sheffer erklärte, dazu könne sie sich nicht äußern. In einer Woche falle das Urteil vielleicht ohnehin anders aus. »Verstehen Sie doch, Domenico. Es geht nicht bloß darum, ihn aus dem Hatch rauszubekommen. Die Frage ist, wohin er anschließend kommt. Ihn zu vermitteln, ist sehr schwierig: Bei den momentanen Einsparungen im Gesundheitswesen gibt es nicht mehr so viele Möglichkeiten wie früher.«

»Da wäre das Settle«, sagte ich. »Dorthin hätte er gleich kommen sollen. Zurück ins Settle.«

Sie machte den Mund auf. Schloß ihn wieder.

»Was denn?« fragte ich.

»Nichts.«

»Nun sagen Sie schon.«

Sie erzählte mir, Gerüchten zufolge solle das Settle geschlossen werden, und zwar schon im März.

»Okay, dann bringen Sie ihn eben bis März dort unter. Das wären immerhin – wieviel? – fünf Monate. In fünf Monaten ist er vielleicht wieder im Lot.«

»Schon, aber die Patienten dort werden bereits nach und nach entlassen, da werden die keine neuen mehr aufnehmen, auch nicht für kurze Zeit.«

»Wie wär's denn ... wie wär's denn mit betreutem Wohnen? Könnte er nicht in eine betreute Gruppe kommen? Das hat doch früher schon mal funktioniert.«

»Hat es das?« Sie erinnerte mich daran, daß er im Horizon House gewohnt hatte, als er aufhörte, seine Medikamente einzunehmen, und daß das zu einem Rückfall geführt hatte. Und auch die Mittel für solche Wohngruppen würden immer weiter gekürzt. Sie seien personell ohnehin schon vollkommen unterbesetzt, verglichen mit dem Personalschlüssel vor fünf, sechs Jahren. Das bedeute, daß Patienten, die in solchen Gruppen wohnten, ziemlich selbständig sein müßten, eine Eigenschaft, über die mein Bruder gegenwärtig nicht unbedingt verfüge. »Es bleibt nur ein Ort wie das Settle, und das steht im Moment auf wackligen Beinen. Oder ein Ort wie das Hatch, bei dem das nicht der Fall ist. *Oder ...«* Sie hielt inne.

»Oder was?« erkundigte ich mich.

»Oder man könnte ihn in die Obhut seiner Familie entlassen.«

Mein Herzschlag setzte für einen Moment aus. »Falls ... falls es das ist, was wir tun müssen, dann werden wir es tun. Denn er wird hier rauskommen, so oder so.«

Sie schüttelte den Kopf und lächelte. »Einfach so, was, *paesano*? Sie werden seine Medikamenteneinnahme überwachen, seine Körperpflege im Auge behalten, ihn ein paarmal am Tag zur Therapie und zurück kutschieren. Ach, und nicht zu vergessen, Ihr Haus rundum sicher machen. Alle Messer wegschließen und so weiter und so fort.«

»Das ist nicht witzig«, sagte ich.

»Nein«, erwiderte sie. »Das ist es nicht. Wie wollen Sie dann noch Häuser anstreichen? Ihn im geparkten Wagen am Bordstein stehenlassen? Ihm einen Overall überstreifen und zu Ihrem Vorarbeiter machen?«

Ich sagte ihr, sie könne sich ihren Sarkasmus sparen.

»Aber ich bitte Sie, Dominick. Schauen wir uns doch einmal die Wirklichkeit an. Sie haben ein *Leben*. Wie soll Ihre Frau ...«

»Ich habe keine Frau«, unterbrach ich sie. »Ich habe eine Freundin.«

Sie zuckte mit den Schultern. »Frau, Freundin. Wohnen Sie zusammen?«

Ich nickte.

»Und wie wird sich das auf *Sie* auswirken? Auf Sie als Paar?«

»Wir kriegen das schon hin«, sagte ich.

»Ja? Sind Sie sicher? Ist sie eine Heilige oder so was?«

Plötzlich sah ich es ganz deutlich vor mir: Thomas zog ein, Joy zog aus – der gleiche Abgang wie bei Dessa. Und dann würde ich mich nachts wieder auf einer einsamen Matratze herumwälzen. Würde beim Frühstück meinem verrückten Bruder gegenübersitzen. Auch wenn wir nicht perfekt zueinander paßten – Joy und ich –, war sie doch ein warmer Körper, an den ich mich nachts schmiegen konnte. Ein Lebensretter, an dem ich mich in der Dunkelheit festklammern konnte. Was blieb mir, wenn sie ging? Thomas. Mein Anker. Mein Schatten. Thomas und Dominick: die Birdsey-Zwillinge. So wie es von Anfang an war und immer sein wird, von Ewigkeit zu Ewigkeit, Amen.

»Ich glaube, deshalb ist Rubina – Dr. Patel – unschlüssig«, sagte Sheffer. »Es widerstrebt ihr, Ihnen die Sorge um Ihren Bruder wieder aufzubürden. Sie hat während der Besprechung etwas darüber gesagt, daß das Wohl der Familie ebenfalls berücksichtigt werden muß. Wie hat sie es noch ausgedrückt? Das Wohl des Patienten und das seiner Familie seien *miteinander verwoben*.«

Ich war wütend. Patel hatte kein Recht, die Dinge, die ich in der Praxis zu ihr gesagt hatte, gegen meinen Bruder zu verwenden. Es war ein Fehler gewesen, mich mit ihr zu treffen. Ich konnte schon selbst für mich sorgen. *Er* war doch eigentlich ihr Patient, nicht ich. Hier ging es um *sein* Wohl. Dazu würde sie von mir noch etwas zu hören bekommen. Und zwar laut und deutlich.

»Ich werde mit ihr sprechen«, sagte ich. »Ich werde sie auf unsere Seite ziehen.«

»Unterstehen Sie sich, ihr Informationen weiterzugeben, die ich Ihnen hier habe zukommen lassen!« warnte Sheffer mich. »Ohne Quatsch, Domenico. Sie könnten mich in große Schwierigkeiten bringen. Diese Teambesprechungen sind vertraulich. Und außerdem ist Dr. Patel eine starke Frau. Sie wird ihre eigene Entscheidung treffen; Sie werden sie nicht zu irgend etwas überreden können. Aber ganz gleich, welche Empfehlung sie aussprechen wird, ich traue ihrem Urteil, selbst wenn wir zu gegenteiligen Schlüssen kommen. Ich respektiere sie. Sie ist fair, Dominick.«

»Tja, also, respektieren Sie sie mal nicht zu sehr«, sagte ich.

Sie hob den Kopf und schaute mich fragend an.

»Wußten Sie, daß ich zu ihr gehe?«

»Regelmäßig?«

Ich nickte. Sah einen Moment weg. Blickte sie wieder an. Selbst Joy hatte ich nichts davon erzählt, daß ich einen Seelenklempner aufsuchte. Warum also legte ich Sheffer gegenüber ein Geständnis ab?

»Dr. Patel würde darüber nie ein Wort verlieren«, sagte sie. »Aber ich bin *froh*, Domenico. Ich glaube, es ist gut, daß Sie mit ihr reden. Das ist sehr gut.«

»Aber nicht, wenn dadurch ein Interessenkonflikt entsteht. Nicht, wenn es dazu führt, daß mein Bruder hier hinter Schloß und Riegel bleibt, weil sie für *mich* eintritt.«

»Wie meinen Sie das?«

»Ich meine, was ich tue, ist doch im Grunde, in ihre Praxis zu gehen und darüber zu jammern, wie mein Bruder auf jede nur erdenkliche Weise mein Leben zerstört hat. Alte Sachen wieder hervorzuholen, diese ganze Scheiße aus unserer Kindheit und aus dem Jahr, in dem er zum erstenmal durchgedreht ist. All diese Dinge wieder ans Licht zu zerren, die besser hätten begraben bleiben sollen.«

»Tja, darum geht es aber doch in einer Therapie«, meinte sie. »Nicht wahr?«

»Wenn sie empfiehlt, daß er auf lange Sicht hier eingesperrt bleibt, weil das besser für *mich* ist ... weil ich schon genug durch die Mangel gedreht worden bin ...«

»Das würde sie nie tun, Dominick. Egal, wie ihre Entscheidung ausfällt ... Ich meine, natürlich wird sie dabei das Ganze im Auge behalten, ja ... Aber sie wird sich nicht wissentlich für etwas aussprechen, das für Thomas von Nachteil wäre. Er ist ihr *Patient*. Sie wird nicht einen von Ihnen dem anderen vorziehen.«

Nein? Und warum nicht? Das hatten alle anderen doch auch getan – unser ganzes Leben lang. Niemand hatte je Thomas mir vorgezogen. Weder Ray noch die Kinder in der Schule. Niemand außer Ma.

»Dominick, Sie müssen sich beruhigen. Ein wenig abkühlen. Denn eins will ich Ihnen sagen: Wenn Sie bei der Anhörung des Überprüfungsausschusses derart die Nerven verlieren, helfen Sie damit niemandem. Okay?«

Sie wartete. Ich sah sie an. Nickte.

»Und noch etwas. Hören Sie mir auch zu? Was ich Ihnen jetzt sage, ist sehr wichtig. Das hier ist nicht ganz die Hölle, für die Sie es halten. Wir haben vor einiger Zeit ausgemistet, müssen Sie wissen. Die Folterkammer und die Fußeisen und die glühenden Zangen sind auf dem Müll gelandet. In Ordnung? Jedesmal, wenn Sie sagen, das Hatch sei ein ›gräßliches Loch‹ oder eine ›Schlangengrube‹, dann entwerten Sie alles, was wir hier tagein, tagaus tun. Was *ich* tue. Okay? ... Ich habe mir einen Heilberuf ausgesucht, und ich würde nicht hierbleiben, wenn ich nicht an die Arbeit glaubte, die diese Einrichtung leistet. So eine Masochistin bin ich nun auch wieder nicht. Also schreiben Sie bitte das Hatch nicht ab, bevor Sie überhaupt die Stationen gesehen haben. In Ordnung, Domenico?«

Ich nickte. »Wenn es sein müßte, könnte ich ihn aber zu mir nehmen«, sagte ich. »Ich weiß, daß es nicht leicht sein würde, aber ich könnte es schaffen. Ich habe mich schon immer um ihn gekümmert, so oder so.«

Sie schaute mich an. Musterte mich regelrecht. »Wie war Ihr Besuch?« fragte sie schließlich.

Ich sah zum Fenster hinüber. Dann zurück zu Sheffer. Ich versuchte, in ihrem Gesicht zu lesen, was sie meinte. »Sie ... haben Sie das inszeniert? Daß ich ihn dort draußen zu sehen bekam?«

»Näher konnte ich Sie nicht an ihn heranbringen. Und ich

dachte, Sie würden am liebsten alleine sein. Wie hat er auf Sie gewirkt?«

Ich sagte, meiner Meinung nach sehe er schrecklich aus. Berichtete ihr von den Schikanen, die ich mit angesehen hatte, erzählte, daß der Pfleger mit dem Cowboyhut meinen Bruder wie Luft behandelt hatte.

»Das ist Duane«, sagte sie. »Nicht gerade einer meiner Lieblinge. Ich werde mich darum kümmern. Aber hier ist Thomas in Sicherheit, Dominick. Das können Sie mir glauben. Es geht ihm gut.«

26

Piep.

»Praxis Dr. Batteson für Joy Hanks. Bitte rufen Sie so bald wie möglich zurück. Danke.«

Piep.

»Dominick? Hier ist Leo. Weißt du was? Erinnerst du dich noch an die Rolle, für die ich vorgesprochen habe? In diesem Psychothriller? Sie haben mich genommen! Sie fangen Mitte nächsten Monats in New Jersey mit den Dreharbeiten an. Das ist ein richtiger *Film*, Birdy. Ich spiele in einem gottverdammten *Film* mit!«

Während er noch plapperte, machte ich mir im Geiste eine Liste: Müll wegbringen, Verdünner und Süßigkeiten für Halloween besorgen. Joy versprach mir schon seit Tagen, welche zu kaufen. Vergangenes Halloween war es genau das gleiche gewesen. Als es dann an der Tür geschellt hatte, mußte ich wie ein Verrückter losrennen und für viel Geld im Laden an der Ecke was besorgen.

Leos Stimme fragte, was ich von einer Runde Racquetball hielt. »Donnerstag oder Freitag, wenn dir das paßt. Diese Anhörung wegen deines Bruders ist morgen, oder? Ruf mich an.«

Piep.

»Hallo? ... Ja, hier ist Ruth Rood, ich möchte ... Hallo? Mr. Birdsey? ... Oh, ich dachte, Sie hätten abgenommen.« Sie sprach wie in Zeitlupe, die Worte verschmolzen miteinander. Du lieber Gott, ich wollte lieber nicht wissen, wie ihre Leber aussah. »Henry und ich haben uns gefragt, warum Sie heute nichts am Haus getan haben. Sie hatten es versprochen, und wir haben mit Ihnen gerechnet.« Sie senkte die Stimme. »Henry ist ganz entmutigt. Er meint, das Gerüst vor seinem Bürofenster gebe ihm allmählich das Gefühl, in seinem eigenen Haus ein Gefangener zu sein. Er kann noch nicht einmal arbeiten, so eingesperrt fühlt er sich. Bitte rufen Sie an. *Bitte.*«

Ich nahm den Hörer ab und suchte nach ihrer Nummer. So ein Pech aber auch, Morticia. Ich hatte nun wirklich andere Dinge im Kopf – mußte zum Beispiel meinen Bruder aus einem *wirklichen* Gefängnis rausholen. Henry sollte sich ins Hatch einweisen lassen, wenn er sich mal so richtig *»eingesperrt«* fühlen wollte.

Sie hob beim ersten Klingeln ab, und ihre Stimme klang so nüchtern, als wäre es sieben Uhr morgens. »Oh«, sagte sie. »Ich hatte eigentlich einen Anruf von Henrys Arzt erwartet.«

Ich schenkte mir die Entschuldigung dafür, daß ich am Tag zuvor nicht aufgekreuzt war, und erklärte ihr, ich wolle versuchen, am Nachmittag zu ihnen zu kommen. »Es ist allerdings Regen angekündigt. Also werde ich heute die Fensterläden abnehmen. Sobald ich sie abgeschliffen und lackiert habe, bringe ich sie zurück. Auf diese Weise kann ich vom Wetter unabhängig arbeiten und die Zeit nutzen. Sagen Sie Henry, daß ich Ende der Woche mit der Grundierung anfange, spätestens Montag. Geht's ihm gut?«

Pause. »Wieso fragen Sie?«

»Sie, äh, Sie sagten gerade, daß Sie auf einen Anruf des Arztes warten.« Sie fing wieder damit an, daß Henry sich eingesperrt fühlte. Zuviel Schnaps und zuviel Zeit – *das* war sein Problem. »Ich werde versuchen, morgen einen halben Tag am Haus zu arbeiten«, sagte ich. »Mehr kann ich leider nicht tun. Da ist noch eine Sache, um die ich mich morgen nachmittag kümmern muß. Ich werde aber Samstag wahrscheinlich den ganzen Tag bei Ihnen sein. Ich mache jetzt Schluß, für den Fall, daß der Arzt versucht, Sie zu erreichen.«

Scheiße. Wenn ich es je schaffte, diesen Job abzuschließen – dieser Malersaison Lebewohl zu sagen –, gab es vielleicht doch einen Gott.

Was war das noch für ein Anruf für Joy gewesen? Ich hatte es schon wieder vergessen. Ich drückte auf »Wiederholung« und auf »Nachrichten«. Notierte »Joy: Dr. Batteson anrufen.« Wer war Dr. Batteson? Hoffentlich nicht schon wieder ein Vertreter dieser »ganzheitlichen« Methode. Der letzte Quacksalber, zu dem sie und ihr Freund Thad gegangen waren, hatte ihr dreihundert Dollar für »pflanzliche« Medizin abgeknöpft. Thad. Die Herzogin. Auch jemand mit zuviel Zeit. Warum konnte sie nicht Freund*innen* haben, wie andere Frauen auch?

Ich wählte Leos Nummer. Egal, ob ich im Moment Zeit hatte, Racquetball zu spielen oder nicht – die Vorstellung, etwas mit voller Wucht gegen eine Wand zu schmettern, gefiel mir. Ich trommelte mit den Fingern auf den Tisch und wartete das Ende des ach so niedlichen Kinderlieds auf dem Anrufbeantworter ab. Gott, ich haßte es, wie diese Dinger einen manchmal als Geisel nahmen.

»Leo! Racquetball: Ja«, sprach ich auf das Band. »Wie wär's mit Freitag morgen? Joy kann uns einen Court reservieren. Die Anhörung ist morgen um sechzehn Uhr.« Ich wollte schon auflegen, als mir noch etwas einfiel. »He, das sind ja großartige Nachrichten. Das mit dem Film. Wenn du in Hollywood landest, vergiß deine alten Freunde nicht. Bis bald.«

Ich schnappte mir die Schlüssel. Müll, Verdünner, Süßigkeiten für Halloween ... Was noch? Ach ja. Den Anzug aus der Reinigung holen. Ich mußte mich diesen Knalltüten vom Überprüfungsausschuß am nächsten Tag von meiner besten Seite zeigen, mußte so gesund und konservativ wie nur möglich aussehen. Mein Gott, war ich froh, wenn diese Sache vorbei war. Was mich daran erinnerte: Ich sollte ja meine Aufzeichnungen zu dem Treffen mit Sheffer mitbringen. Sie wollte, daß wir noch einmal unsere Argumente durchgingen. Das nahm ja Formen an wie bei *L. A. Law*! Aber ich würde schon dafür sorgen, daß diese Oberbonzen vom Ausschuß mir zuhörten. Verdammt noch mal, ich würde ihn dort rausholen.

Und was dann? Was sollten wir bloß mit ihm machen, wenn sie ihn aus dem Hatch entließen, aber im Settle nicht wieder aufnahmen?

Ich zog die Tür hinter mir zu. Letzte Nacht hatte es wieder Frost gegeben. Diese kalten Nächte waren nichts für Malerarbeiten im Freien.

Mein Pick-up sprang beim dritten Versuch an. Es war wohl besser, ihn ein paar Minuten warmlaufen zu lassen. Die von Painting Plus hatten ihre Freiluftsaison vor zwei Wochen beendet. Klar, Danny Labanara hatte ja auch keinen verrückten Bruder, der ihm das Leben unnötig kompliziert machte. Labanaras Bruder sprang im Juli und August sogar für ihn ein.

Ich schaute aus dem Fenster und ließ den Blick schweifen. Der Frost hatte den Rasen braun gefärbt und die dürren Pflänzchen absterben lassen, die hier in Condo Heaven als Begrünung durchgingen. Daß wir dafür an den Verein für Landschaftspflege blechen mußten, war ein Witz. Mit ein bißchen mehr Zeit und Energie hätte ich die Leute dort ganz schön zur Schnecke gemacht. Wenn ich noch mit Dessa zusammen wäre, dachte ich, würde ich in unserem alten Haus wohnen und die verdammte Gartenarbeit selbst in die Hand nehmen. Das sähe dann anders aus.

Joy hatte die Mülltonnen wieder einmal zu voll gestopft. Warum schrieb sie eigentlich nicht gleich Einladungen an die gottverdammten Waschbären? *Kommt her und bedient euch, Kameraden!* So war Joy: Trug man ihr etwas auf, sagte sie, okay, mache ich, tat es dann aber *nicht*. Sie konnte nie, aber auch wirklich nie eine Sache zu Ende bringen... Ich hatte Joy gegenüber noch nichts von dem angedeutet, worüber Sheffer und ich gesprochen hatten – die Möglichkeit, daß Thomas hier bei uns landete. Dieses Problem ließ ich besser erst mal auf mich zukommen ... Ach, verdammt. Da ich sowieso zur Müllkippe fahren mußte, konnte ich die Abfallsäcke auch gleich mitnehmen. Das war besser, als um zwei Uhr früh davon aufzuwachen, wie die gottverdammten Waschbären darin herumstöberten.

Ich warf zwei Säcke auf die Ladefläche. Der dritte platzte während des Flugs an der Naht auf. Scheiß Billigsäcke! Mußte das ausgerechnet jetzt passieren? Während ich Reklameblätter und angefaulten Salat aufhob, fiel mir etwas auf: eine blaue Broschüre.

Die Gebrauchsanweisung für einen Schwangerschaftstest? In *unserem* Müll?

Ich stocherte ein wenig in dem Müll herum. Fand eine Plastikschale und Pappstücke von der Packung. Ein Schwangerschaftstest?

Ich stieg in den Wagen. Machte mich auf den Weg zu Willard's, dem Haushaltswarengeschäft. Hatte ich meine Unterlagen für das Gespräch mit Sheffer dabei? Hatte ich an meinen Abholzettel für die Reinigung gedacht? Wie kam sie auf die Idee, möglicherweise schwanger zu sein? Falscher Alarm, vielleicht, eine verspätete Periode oder etwa die wundersame Umkehrung der Sterilisation? Ich hatte den Eingriff vornehmen lassen, als ich noch mit Dessa zusammen war – hatte bei Joy also nie scharfe Munition verschossen. Nicht, daß *sie* etwas davon gewußt hätte. Ich hatte es ihr nie erzählt. Zum Teil, weil ich nicht wieder so tief in etwas hineingeraten wollte nach dem Tod des Babys und der Scheidung. Aber zum Teil war es wohl auch ein männlicher Egotrip. Als die Sache mit uns anfing, war sie dreiundzwanzig und ich achtunddreißig. Was hätte ich ihr denn sagen sollen? Ich bin fünfzehn Jahre älter als du, und, ach ja, ich bin übrigens sterilisiert ...

Als ich aus meinen Gedanken auftauchte, war ich schon eine halbe Meile zu weit gefahren, hatte die Kinos und Willard's längst hinter mir gelassen. He, wach auf, Mann. Erde an Birdsey.

Ich saß in Sheffers Büro, drehte Däumchen und wartete – wie immer.

Lisa Sheffer: Sozialarbeiterin in der Psychiatrie und Magnet für unerwartete Notfälle. Ich mochte Sheffer – war ihr dankbar und alles –, aber diese Tour ging mir langsam auf die Nerven. Am Tor melden, den Parkausweis bekommen, die Sicherheitskontrolle und den Metalldetektor über sich ergehen lassen, sich von einem Wachmann mit versteinertem Gesicht zu ihrem Büro begleiten lassen, um dort dann endlos auf sie zu warten. Diesmal würde ich es zur Sprache bringen – sobald sie mit einer Ausrede kam.

Ich hörte Stimmen draußen im Hof. Trat ans Fenster. An diesem Morgen waren dort die Kameraden im Tarnanzug, die ausgebrannten Vietnamkämpfer. Station 4. Mein Gott, nun konnte ich schon die verschiedenen Stationen auseinanderhalten ... Scheiß Vietnam. Einige der Kerle sahen aus wie alte Männer. Den Pfleger kannte ich nicht. Wo hatten sie den nur wieder her – von irgendeiner Ringervereinigung?

Nur die Ruhe, sagte ich zu mir. Bestimmt kam ihre Periode diesmal einfach später. War Dessa auch ein paarmal passiert, damals, als wir uns um Nachwuchs bemühten; wir hatten uns schon große Hoffnungen gemacht, und dann, peng, war sie morgens aufgewacht und hatte ihre Periode. War einfach ein bißchen spät dran ... Mein Gott, ich mußte mich *konzentrieren*. Mußte mich auf die Anhörung vorbereiten. Auf der Müllkippe hatte ich meine leeren Farbdosen in den falschen Recyclingbehälter geworfen. Und bei Willard's hatte Johnny mich gefragt: »Brauchst du irgendwas, Dominick, oder bist du in den Laden gekommen, um dich an meinen Tresen zu lehnen und zu meditieren?«

Betrog sie mich? War es das? Das Leben mit mir war ja nun wirklich kein Zuckerschlecken, vor allem in letzter Zeit. Allerdings hatte ich sie niemals betrogen. Auch Dessa nicht. *Nie.* Es war bestimmt bloß falscher Alarm, versuchte ich mich zu beruhigen. Was ist mit dir, Birdsey? Hast du nicht schon genug Sorgen?

Ich schnappte mir das Telefonbuch von Sheffers Schreibtisch. Batteson, Batteson.

Russell A. Batteson, Gynäkologe.

Draußen bildeten die Kerle in den Tarnanzügen eine Schlange, um wieder hineinzugehen. Den ganzen Tag lang war das so an diesem jämmerlichen Ort: Erst trieb man sie raus, und dann wieder rein. Für manche dieser Opfer des Vietnamkriegs wäre es vielleicht besser gewesen, wenn sie auf eine Landmine getreten wären ... Wenn der Schwangerschaftstest negativ ausgefallen war, warum hatte dann jemand aus der Praxis eines Gynäkologen bei Joy angerufen? Was verbarg sie vor mir?

Tja, mein Lieber, du warst auch nicht gerade die Ehrlichkeit in Person, rief ich mir in Erinnerung. Du hast auch die eine oder andere Unterlassungssünde begangen. Sie nahm bereits die Pille, als wir anfingen, miteinander zu schlafen – das hatte sie mir in der ersten Nacht erzählt. Trotzdem verlor ich kein Wort über die Sterilisation. Vermied überhaupt das Thema Vergangenheit. Joy wohnte schon fast ein Jahr bei mir, als sie zum ersten Mal hörte, daß ich früher Lehrer gewesen war. Jemand auf der Arbeit hatte es ihr erzählt – Amy Soundso, eine ehemalige Schülerin von mir.

Was hatte Dr. Patel einmal zu mir gesagt? Daß ich mich nach Dessa gleich in eine neue Beziehung gestürzt hatte, sei genauso, also trüge man einen frischen Anstrich über abblätternder Farbe auf. Eine *Anstreicher*-Metapher, maßgeschneidert für den Mann auf dem heißen Stuhl ... Aber Joy hatte nie nach meiner Ehe gefragt. Dabei hätte sie das ruhig tun können. Ein einziges Mal hatten wir übers Kinderkriegen gesprochen und waren uns beide einig gewesen, daß wir nicht daran interessiert waren. Punkt. Thema beendet. Daß sie keine Kinder wollte, stellte für mich einen ihrer Vorzüge dar. War einer der ausschlaggebenden Gründe, warum ich sie gebeten hatte, zu mir zu ziehen.

Als Sheffer das Büro betrat, zuckte ich zusammen. Sie wirkte total angespannt. Sie fragte mich, was ich zuerst hören wollte – die gute Nachricht oder die schlechte?

Die gute, antwortete ich.

»Ihre Sicherheitsüberprüfung ist abgeschlossen. Sie können ihn besuchen.«

»Wirklich? Wann?«

»Heute noch. Sobald wir hier fertig sind. Ich informiere dann das Sicherheitspersonal, und wir treffen ihn im Besucherraum. In Ordnung?«

Ich nickte. Bedankte mich bei ihr. Brachte ein kleines Lächeln zustande. »Und wie lautet die schlechte Nachricht?«

»Das Stationsteam hat heute morgen abgestimmt. Eigentlich ist es keine wirklich ›schlechte‹ Nachricht. Sie ist weder gut noch schlecht, eher neutral.«

Gespannt neigte ich den Kopf, wartete.

Alles sei zunächst so verlaufen, wie sie es erwartet hatte, erklärte Sheffer. Dr. Chase und Dr. Diederich hätten sich dafür ausgesprochen, Thomas weiterhin im Hatch zu behalten. Sie selbst und Janet Coffey, die Oberschwester, hätten für seine Überweisung in eine nichtforensische Einrichtung gestimmt. »Aber womit ich *nicht* gerechnet hatte, war, daß Dr. Patel sich der Stimme enthielt«, fuhr sie fort.

»Sie hat sich enthalten? *Warum?*«

»Ich weiß es nicht. Ich begreife es selber nicht ganz. Sie meinte, ihr Berufsethos erlaube ihr nicht, darüber zu sprechen.«

»Aber das ist doch Unsinn. Sie verschenkt damit ihre Stimme.« Ich stand auf. Setzte mich wieder. »Eine Pattsituation also? O Mann, das darf nicht wahr sein!«

Sheffer erinnerte mich daran, daß das Team ohnehin nur eine beratende Funktion habe. »Wir sind nur die unwichtigen Fachleute, die tatsächlich mit dem Patienten gearbeitet haben.« Die eigentliche Jury sei der Überprüfungsausschuß. Das Team habe beschlossen, das Votum so stehenzulassen und der Jury schriftlich darzulegen, daß man geteilter Meinung sei, bei einer Enthaltung. Daher gebe es nun weder in die eine noch in die andere Richtung eine klare Empfehlung.

»Dann werden sie das tun, was die beiden Seelenklempner wollen, stimmt's? Wird nicht die Meinung der Ärzte schwerer wiegen als die von Ihnen und der Pflegerin?« Sie legte einen Finger an ihre Lippen. Wenn wir in einer nicht-sexistischen Welt lebten und die männlichen Ärzte nicht immer noch auf ihrem hohen Roß säßen, dann, so meinte sie, würde sie sagen: Nein. Aber leider würde ich wahrscheinlich recht behalten.

»Ich werde mit Dr. Patel reden«, sagte ich. »Ich werde sie umstimmen.«

Sheffer schüttelte den Kopf. »Die Sache ist schon gelaufen, *paesano*. Ich weiß, Sie sind enttäuscht, aber überlegen Sie mal: Es hätte schlimmer kommen können. Die Empfehlung hätte drei zu zwei dafür ausfallen können, Ihren Bruder hierzubehalten. Bei all dem politischen Druck und einem solchen Votum wäre sein Verbleib im Hatch eine ausgemachte Sache gewesen. So haben wir immerhin noch eine Chance, morgen Stimmung für seine Entlassung zu machen. Den Versuch ist's allemal wert.«

Diese Bemerkung ließ mich verächtlich schnauben. Hurra, hurra – Sheffer als Anführer der Cheerleader.

Sie fragte mich, ob ich die Briefe dabei hätte.

»Alle beide«, erwiderte ich und reichte sie ihr. Wir waren an insgesamt zwölf Leute mit der Bitte herangetreten, einen Brief an den Überprüfungsausschuß zu schreiben, in dem sie sich für die Entlassung meines Bruders aus dem Hatch aussprachen. Bis auf zwei hatten alle abgelehnt.

»Der hier gefällt mir.« Sheffer hielt den Brief von Dessa hoch.

»Ich kann nicht fassen, daß Dr. Ehlers nicht Wort gehalten hat«, sagte ich. »Erst verspricht er, einen Brief zu schreiben. Dann gehe ich zu ihm ins Büro, um ihn abzuholen, und seine Sekretärin erklärt mir, er habe seine Meinung geändert. Wissen Sie was? Ich glaube, jemand hat staatlicherseits Verbindung mit ihm aufgenommen und ihn aufgefordert, den Brief nicht zu schreiben.«

Sheffer lächelte und meinte, ich höre mich allmählich leicht paranoid an – wie jemand anders, den sie kenne. Ich erwiderte ihren Blick, nicht ihr Lächeln. »Also schön, konzentrieren wir uns auf das, was wir *haben*, anstatt dem nachzutrauern, was wir *nicht* haben. Wir müssen auch noch genauer besprechen, was Sie sagen werden. Wenn jemand den Ausschuß umstimmen kann, dann doch wohl Sie, Domenico.«

»Ja?«

»Ja. Jedenfalls, solange Ihr sizilianisches Temperament nicht mit Ihnen durchgeht.«

Ich stand auf. Ging zum Fenster. »Und«, fragte ich, »glauben Sie, er kommt hier raus?«

Sie erklärte mir, wir hätten alles getan, was möglich gewesen sei, und nun hänge viel davon ab, ob der Ausschuß bereit sei, unvoreingenommen zuzuhören. »Wir marschieren einfach rein und tragen unseren Fall Punkt für Punkt vor, so, wie wir es vorbereitet haben. Dann werden wir sehen.«

»Ich mache mir Sorgen, daß Thomas es vermasseln könnte«, sagte ich. »*Muß* er dabeisein?«

Sie nickte. »Das haben wir doch schon besprochen. Ja, er muß dabeisein, und ja, er muß auf Fragen antworten.« Sie wollte noch etwas hinzufügen, hielt aber inne.

»Und?« hakte ich nach. »Was wollten Sie noch sagen?«

Sie erwiderte, sie wolle mich zwar nicht beunruhigen, aber Thomas habe sich heute morgen ein wenig seltsam verhalten – ein bißchen überdreht. Wahrscheinlich habe es nichts zu bedeuten, er habe womöglich nur einen schlechten Tag.

Ich setzte mich wieder hin und schaute sie an. »Sie haben meine Frage noch nicht beantwortet«, sagte ich.

»Welche Frage?«

»Meinen Sie, er wird morgen entlassen?«

Sie zuckte mit den Achseln. Empfahl mir, mich nicht darauf zu versteifen. »Hören Sie zu, Dominick. Im schlimmsten Fall bleibt er noch ein Jahr hier. Die Medikamente werden ihn weiter stabilisieren, er bekommt eine gute Behandlung. Und bei der Prüfung im nächsten Jahr wird es ihm nicht nur viel bessergehen, sondern die Medien werden ihm dann auch nicht mehr an den Fersen kleben, werden hinter ›heißeren‹ Fällen her sein, wie die das nennen.«

Ich fragte sie, ob sie wissen wolle, wie ich mir diesen schlimmsten Fall vorstellte. »Daß eine der anderen Witzfiguren, die ihr hier habt, ihm ein selbstgebasteltes Messer in die Rippen jagt oder ihn unter der Dusche mit geklauten Schnürsenkeln erwürgt.« Ich erzählte ihr, solche beschissenen Vorstellungen brächten mich nachts um den Schlaf.

»Sie haben wohl zu viele Hitchcockfilme gesehen«, erklärte sie.

»Ach ja? Tatsächlich? Dann beantworten Sie mir mal eine Frage. Wenn es hier drin so gottverdammt sicher ist und die Behandlungen so toll sind, wenn alle hier alles so super im Griff haben, würden Sie ...«, ich beugte mich vor, schnappte mir das Foto ihrer Tochter vom Schreibtisch und wedelte damit vor ihrer Nase herum. »Würden Sie *sie* hierherbringen? Ihr kleines Mädchen einen Tag lang im Hatch spielen lassen? Oder eine Woche? Oder ein ganzes verdammtes *Jahr*, bis die Medien hinter ›heißeren‹ Fällen her sind?«

Sie versuchte, mir das Bild wieder abzunehmen.

»Nein, ernsthaft«, sagte ich und hielt es weiter von ihr weg. »Kommen Sie, Ms. Sheffer. Beantworten Sie meine Frage. Würden Sie das tun?«

»Hören Sie auf. Seien Sie kein Narr.« Allmählich wurde sie sauer.

»Was denn, geht Ihr Mutterinstinkt mit Ihnen durch? Tja, dann will ich Ihnen mal was sagen.« Ich war den Tränen nahe. Ich verhielt mich tatsächlich wie ein Narr, das war mir durchaus bewußt. »Wo wir gerade von Müttern sprechen: Ich habe meiner – unserer – Mutter an ihrem Sterbebett versprochen, mich um ihn zu kümmern. Dafür zu sorgen, daß ihm nichts zustößt. Und das ist hier drin einfach nicht möglich ... Ihre Tochter ist bloß ein kleines Mädchen, nicht wahr? Hören Sie, Ms. Sheffer. Auf eine merkwürdige Art – ich kann Ihnen das nicht erklären – ist auch Thomas noch ein kleines Kind. Für mich jedenfalls. Immer schon. In der Schule habe ich andere Kinder verprügelt, wenn sie sich über ihn lustig machten, ihn hänselten. Wir sind ... wir sind eineiige Zwillinge. Er ist wie ein Teil von mir. Und mir tut der Gedanke weh, daß er noch ein Jahr hier drin bleibt und ich nicht in der Lage sein werde, auf ihn aufzupassen – die Bösen für ihn zu verhauen –, das ... das bringt mich um.«

Ich gab ihr das Bild ihrer Tochter zurück. Sie legte es in eine Schublade ihres Schreibtisches und machte sie zu. Wir saßen da und schauten uns an.

Nach einer Weile nahm sie den Hörer ab und wählte. Kündigte dem Sicherheitspersonal an, sie und ich seien bereit, Thomas Birdsey zu besuchen.

Als der Wachmann ihn hereinbrachte, blieb Thomas zögernd in der Tür stehen und warf mir einen kurzen, scheuen Blick zu. Unter den Augen hatte er dunkle Ringe wie ein Waschbär. Das ständige Wackeln seines Kopfes, das mir schon aufgefallen war, als ich ihn im Innenhof gesehen hatte, schien sich noch verstärkt zu haben. »Hallo, Kumpel«, sagte ich. »Wie geht's?«

Seine Unterlippe bebte. Er schaute weg. »Miserabel«, erwiderte er.

Es war wirklich lächerlich – man hatte das Besucherzimmer wie einen Sitzungssaal eingerichtet: wuchtig gepolsterte Stühle an einem rechteckigen, etwa drei Meter langen und anderthalb Meter breiten Tisch. Sheffer bat Thomas hereinzukommen und Platz zu nehmen. Als sie den Wachmann fragte, ob er einen Moment draußen warten könne, um uns ein wenig Privatsphäre zu gewähren, schüttelte er den Kopf. »Das wissen Sie doch«, sagte er und zitierte die Besuchsordnung: Thomas müsse auf einer Seite des Tisches sitzen, Sheffer und ich auf der anderen. Kein Händeschütteln, keine Umarmung, überhaupt kein Körperkontakt.

Ich erkannte den Wachmann; er hatte am ersten Abend Dienst gehabt – nicht Robocop; einer der anderen. Er rückte Thomas einen Stuhl zurecht und forderte ihn auf, sich zu setzen.

Thomas stapfte unbeholfen in seinen Schuhen, in denen die Schnürsenkel fehlten, auf den Tisch zu. Ich erinnerte mich, wie ich ihn in diesen verdammten Dingern am Abend seiner Aufnahme durch den Metalldetektor hatte gehen sehen.

Er setzte sich uns gegenüber, Ellbogen auf dem Tisch, Hand und Stumpf mir entgegengestreckt. Ich zwang mich hinzuschauen, doch meine Augen flohen den Anblick. »Warum geht's dir denn miserabel?« fragte ich.

Einen Moment lang herrschte Stille. »Ralph Drinkwater ist Hausmeister hier«, sagte er.

Ich erwiderte, ich hätte Ralph gesehen, sowohl am ersten Abend als auch in der vergangenen Woche, als er in Sheffers Büro eine Lampe repariert habe. »Sieht aus wie immer, was?« meinte ich. »Hat sich in all den Jahren kaum verändert ... Du siehst auch gut aus, Thomas.«

Er schnaubte verächtlich.

»Nein, *wirklich*. Wenn man bedenkt ...«

»Wenn man was bedenkt?«

»Na, du weißt schon. Deine Hand. Dieser Ort hier ... Wirst du gut behandelt?«

Der Seufzer, den er ausstieß, klang wie eine Kapitulation. »Ich überlege, mich zu einer juristischen Person erklären zu lassen«, sagte er.

»Zu einer was?«

»Einer juristischen Person. Um mich zu schützen. Ich habe was darüber gelesen. Wenn ich mich als juristische Person eintragen lasse, bin ich abgesichert. Falls jemand versuchen sollte, mich gerichtlich zu belangen.«

»Warum sollte dich denn jemand gerichtlich belangen?«

Er wandte sich Sheffer zu. »Kann ich eine Zigarette haben?« fragte er. Als sie den Kopf schüttelte, wurde er ärgerlich. »*Warum* nicht? Hier sind doch Aschenbecher. Warum darf ich nicht rauchen, obwohl hier Aschenbecher stehen?«

»Nun, zunächst einmal habe ich das Rauchen aufgegeben und möchte nicht in Versuchung geführt werden«, erwiderte sie. »Und zweitens ...«

»Sie lassen einen hier nicht draußen spazierengehen«, unterbrach er sie, wieder an mich gerichtet. »Und das Essen ist widerlich.«

»Ja?« sagte ich. »Kantinenfraß, was?«

Er hielt sich die Hand vor den Mund, genau wie Ma immer ihre gespaltene Lippe bedeckt hatte. »Gestern gab es Reis mit Bohnen zu Mittag«, sagte er. »Und Weißbrot und Ananas aus der Dose. In meinem Reis war ein toter Käfer.«

Ob er das jemandem gesagt habe, wollte Sheffer wissen, ob er das Personal informiert habe, damit man ihm eine andere Portion geben konnte. Er schüttelte den Kopf. »Was werden Sie tun, falls so etwas noch einmal geschieht?« fragte sie ihn. »Was könnten Sie dann besser machen als diesmal?«

Er ignorierte sie und wandte sich an mich. »Weißt du noch, wie wir Sonntag nachmittags immer hier auf dem Gelände spazierengegangen sind? Du und Dessa und ich?«

Ich nickte.

»Ich habe heute noch daran gedacht. Ihr beide seid oft eine Weile auf dem Indianerfriedhof geblieben und habt die Inschriften auf den Grabsteinen gelesen.«

»Und du hast dir Schuhe und Strümpfe ausgezogen und bist im Fluß rumgewatet«, ergänzte ich. Er schien in Gedanken abzudriften, noch während ich sprach: »Wo wir gerade von Indianern reden, hast du das von den Wequonnocs gehört?« fragte ich. »Sie haben sich vor Gericht durchgesetzt. Also werden sie wohl ihr Riesenspielkasino aufmachen. Im Reservat.« Zwei Wochen hatte ich darauf gewartet, ihn zu sehen, und jetzt brachte ich nicht mehr zustande als Small talk. »Das soll wohl 'ne echt große Sache werden, heißt es. Ein zweites Las Vegas.«

Thomas schloß die Augen. Seine Lippen bewegten sich unmerklich. »*Und er zeigte mir einen Strom, das Wasser des Lebens*«, sagte er, »*klar wie ein Kristall; er geht vom Thron Gottes und des Lammes aus.*« Er hielt inne. Rieb sich mit dem Stumpf im Nacken. Ich schaute weg.

»Was macht dein ...?« fing ich an, unterbrach mich dann aber, unfähig, die richtigen Worte zu finden. Deine Narbe? Dein Opfer? »Wirst du damit fertig? Gewöhnst du dich langsam daran, die andere Hand zu benutzen?«

Ob ich ihm einen Gefallen tun könne, fragte er.

»Welchen?«

Ob ich zum Fluß hinuntergehen könne? Dorthin, wo er und ich und Dessa immer spazierengegangen seien. Ob ich ein leeres Marmeladenglas mitnehmen, es mit Wasser aus dem Fluß füllen und ihm bringen könne?

Der Wachmann schüttelte den Kopf.

»Warum?« fragte ich zurück. »Wozu brauchst du es denn?«

»Ich möchte mich damit waschen«, antwortete er. »Ich glaube, wenn ich mich mit dem Wasser aus dem Fluß wasche, wird die Entzündung zurückgehen. Werde ich geläutert. Denn ich bin unrein.«

»Unrein?« sagte ich. »Was meinst du damit?« In der Stille, die nun folgte, zwang ich mich, die Verletzung zu betrachten, die er sich zugefügt hatte. Das Narbengewebe war rosafarben und zart, wirkte so weich wie die Haut eines Neugeborenen. So weich wie Angelas Haut gewesen war. Ich mußte plötzlich mit den Augen zwinkern – spürte, wie mein Magen sich unwillkürlich zusammenzog. »Sieht ja schon ganz gut aus«, sagte ich.

»Was?«

»Dein ... dein Handgelenk.«

»Ich meinte mein Gehirn«, sagte er. »Ich glaube, das Wasser könnte mein Gehirn heilen.«

Ich saß stumm da. Wischte mir die Tränen aus den Augen. Ich hätte wahrscheinlich an einer Hand die seltenen Male abzählen können, an denen Thomas im Laufe der Jahre seine Krankheit so offen eingestanden und nicht die Haltung eingenommen hatte, *er* sei der Vernünftige und *wir* die Verrückten. Diese unvermittelt auftretenden lichten Momente, in denen er das Ausmaß seines traurigen Dilemmas zu erahnen schien, warfen mich jedesmal völlig aus der Bahn. Das schwache Aufflackern seiner Erkenntnis, daß es *nicht* die Kommunisten oder Irakis oder die CIA waren, sondern sein eigenes Gehirn, war für mich fast noch schwerer zu ertragen als seine übliche Psychotour. Denn für einen ganz kurzen Moment konnte man erahnen, wer da in ihm gefangen saß. Wie Thomas hätte sein können.

Ich schaute zum Wachmann. »Was ist denn dabei, wenn ich ihm ein Glas Wasser bringe?« fragte ich. Der Mann stand steif da, die Hände hinter dem Rücken verschränkt.

Sheffer meinte, sie könne die Bitte gerne weiterleiten, wir sollten uns jetzt aber besser auf die Anhörung konzentrieren.

»Ist der Krieg schon ausgebrochen?« fragte Thomas mich. »Ich habe immer wieder versucht, es rauszukriegen, aber niemand erzählt mir was. Sie haben eine Nachrichtensperre im Umkreis von fünfzehn Metern um mich herum angeordnet.«

Sheffer erinnerte ihn daran, daß sie erst an diesem Morgen

über die Operation Wüstensturm gesprochen hatten, und daß sie ihn auf seine Bitte hin immer auf den jeweils neuesten Stand brachte.

»Ich bezweifle, daß es überhaupt zum Krieg kommen wird«, meinte ich. »Bush und Saddam sind wie zwei Kinder auf dem Schulhof. Beide warten bloß darauf, daß der andere nachgibt. Alles ein einziger Bluff.«

»Sei nicht so naiv«, lautete Thomas' verächtlicher Kommentar. Erneut ermahnte uns Sheffer, wir sollten über die Anhörung sprechen.

»Siehst du?« sagte Thomas. »Sie haben Befehl, jedesmal das Thema zu wechseln, wenn ich den Golfkrieg erwähne. Wegen meiner Mission besteht um mich herum eine Nachrichtensperre.«

»Thomas?« fing Sheffer an. »Sie erinnern sich doch daran, daß morgen eine Anhörung stattfindet, nicht wahr? Daß der Überprüfungsausschuß zusammenkommt, um zu entscheiden ...«

Sein verärgerter Seufzer unterbrach sie. »Um zu entscheiden, ob ich hier raus kann!« rief er.

»Genau«, erwiderte Sheffer. »Also, ich werde bei der Anhörung anwesend sein. Und Dominick und Dr. Patel. Vielleicht auch Dr. Chase. Und Sie werden ebenfalls dabeisein, Thomas.«

»Ich weiß. Das haben Sie mir bereits gesagt.«

»Ja, wir müssen aber noch ein paar Dinge durchgehen, damit Sie vor dem Überprüfungsausschuß auch einen guten Eindruck machen.«

Thomas murmelte irgendwas von »spanischer Inquisition«.

»Wie lautet eine der Fragen, die man Ihnen morgen wahrscheinlich stellen wird?« fragte Sheffer. »Erinnern Sie sich? Die Sache, die wir gestern und heute morgen besprochen haben?«

»Meine Hand.«

»So ist es. Und was werden Sie antworten, wenn man Sie danach fragt?«

Thomas drehte sich zu mir um. »Wie geht's Ray?«

»Thomas«, sagte Sheffer. »Bitte konzentrieren Sie sich. Was werden Sie dem Ausschuß auf die Frage antworten, warum Sie sich die Hand abgetrennt haben?«

Er wartete, führte seine Hand zum Mund und rauchte eine imaginäre Zigarette.

»Los, beantworte ihre Frage«, sagte ich.

Keine Antwort.

»Thomas? Hör zu, du willst doch hier raus, oder? Mal wieder für eine Weile ins Settle? Zurück zu deinem Kaffeewagen?«

»Zwischen der Straße der Stadt und dem Strom, hüben und drüben, stehen Bäume des Lebens«, sagte er und schloß die Augen. *»Zwölfmal tragen sie Früchte, jeden Monat einmal, und die Blätter der Bäume dienen zur Heilung der Völker.«*

»Beantworte ihre Frage«, wiederholte ich.

Seine Augen weiteten sich plötzlich. »Ich beantworte sie doch gerade!« brauste er auf. »Ich bin einem biblischen Gebot gefolgt! Ich habe mir die Hand abgeschnitten, um die Völker zu heilen!«

Allmählich verlor ich die Nerven, fühlte, wie das sizilianische Temperament mit mir durchging, wovor Sheffer mich gewarnt hatte. »Also schön, hör zu«, sagte ich und wies mit dem Daumen auf Sheffer. »Sie und ich, wir haben hart dafür gearbeitet, dich hier rauszubekommen, okay? Weil wir wissen, wie mies es dir geht ... Aber wenn du morgen vor dem Ausschuß anfängst, Bibelverse zu zitieren, statt die Fragen direkt zu beantworten, dann kommst du nirgendwohin. Dann bleibst du genau hier, im Hatch. Okay? Hast du das kapiert? Dann bleibst du weiter hier und läufst ohne Schnürsenkel herum und hast Käfer oder sonstwas in deinem Essen.«

»Äh, Dominick?« versuchte Sheffer mich zu bremsen.

»Nein, lassen Sie mich. Ich will mal Klartext mit ihm reden. Hörst du mir überhaupt zu, Thomas? Du mußt mit diesem Bibelquatsch aufhören und dich bei den Bonzen vom Ausschuß klug anstellen. Verstehst du, was ich meine? Wenn sie dich fragen, ob du bereust, was du in der Bücherei getan hast, dann sagst du ihnen ja, du bereust es, und wenn sie wissen wollen ...«

»Was ist eigentlich aus Dessa geworden?« fragte er.

«Was? ... Du weißt doch, was passiert ist. Wir haben uns scheiden lassen. Also, wenn sie wissen wollen ...«

»Weil euer Baby gestorben ist«, sagte er und wandte sich an Sheffer. »Sie hatten eine kleine Tochter, aber sie ist gestorben. Meine Nichte. Ich habe sie einmal auf dem Arm gehabt. Dominick wollte es nicht, aber Dessa meinte, ich dürfte sie ruhig mal halten.«

Was Unsinn war. Er hatte sie nie angefaßt, sie nie auch nur gesehen. Ich schaute Sheffer an. Schaute zur Decke, dann zu dem verdammten Wachmann. »Genug davon«, sagte ich. »Wir müssen über die Anhörung sprechen.« Ich spürte Sheffers Blick auf mir ruhen, spürte, wie sie den Vater eines toten Babys bemitleidete. »Bitte ... hör auf Ms. Sheffer, okay? Sie wird dir erklären, was du morgen sagen sollst. Damit wir dich hier rauskriegen.«

»Dessa hat mich besucht, als ich im Krankenhaus lag«, erzählte er Sheffer.

»Hör zu!«

»Sie liebt mich. Ich bin immer noch ihr Freund, egal, ob sie und Dominick verheiratet sind oder nicht.«

Ich stand auf. Setzte mich wieder hin und verschränkte die Arme vor der Brust. Es war hoffnungslos.

»Natürlich liebt sie Sie«, betonte Sheffer. »Ganz bestimmt. Sie hat einen wirklich netten Brief an den Überprüfungsausschuß geschrieben, in dem sie sich dafür einsetzt, daß Sie hier rauskommen.«

»Ich werde ihnen einfach die Wahrheit sagen«, erklärte Thomas. »Daß ich ein heiliges Opfer darbringen mußte, um das Armageddon zu verhindern.« Er wirkte plötzlich arrogant, verbissen. Sein Gesicht lief rot an. »Es hätte auch funktioniert, wenn sie mich nicht hier abgesondert und zum Schweigen gebracht hätten. Sie säßen wahrscheinlich längst am Verhandlungstisch, wenn der Krieg nicht so profitabel wäre. Als Jesus in den Tempel ging ... als Jesus in den Tempel ging und ...« Er verzog das Gesicht, fing an zu weinen. »Sie foltern mich hier!« schrie er.

Der Wachmann trat näher. Sheffer hob die Hand.

»Wer?« fragte ich. »Wer foltert dich? Die Stimmen?«

»Meinst du, daß sie Insekten ins Essen tun, wäre schon alles? Natürlich *nicht*! Sie verstecken Schlangen in meinem Bett. Tun mir Rasierklingen in den Kaffee. Drücken mir mit ihren Ellbogen die Luft ab.«

»*Wer* denn?«

»Ich bin unrein, Dominick! Sie haben die Schlüssel! Sie vergewaltigen mich!«

»Okay«, sagte ich. »Beruhige dich.«

»Schleichen sich in meine Zelle und vergewaltigen mich!« Er deutete über den Tisch auf Sheffer. »Sie ist nett – sie und Dr. Gandhi – aber die beiden haben keine Ahnung, was nachts hinter ihrem Rücken vor sich geht. Keiner weiß das. Ich bin der Staatsfeind Nummer eins, weil es in meiner Macht steht, diesen Krieg aufzuhalten. Aber sie wollen sich gar nicht aufhalten lassen! Sie wollen mich zum Schweigen bringen!«

»Wer?«

»Gebrauche doch ein einziges Mal deinen Kopf! Lies die Apokalypse!«

Ich stand auf und ging um den massiven Tisch herum zu ihm.

»He, he, Moment mal«, rief der Wachmann. »Hier im Krankenhaus ist es Vorschrift, mindestens anderthalb Meter Abstand vom Patienten zu halten, während ...«

Thomas stand auf, und ich nahm ihn in die Arme. Steif wie ein Brett lehnte er sich an mich.

»Sir? Ich muß Sie ersuchen ...«

Sheffer stand auf. Trat zwischen den Wachmann und uns zwei.

»Vielleicht, wenn ich als juristische Person eingetragen wäre«, schluchzte Thomas. Und ich hielt ihn, wiegte ihn in meinen Armen, bis er sich beruhigt hatte. »Ich glaube, wenn ich als juristische Person eingetragen wäre ...«

An diesem Nachmittag erschien ich nicht bei den Roods. Ich fuhr ziellos umher und landete schließlich bei den Wasserfällen, schaute auf das herabstürzende Wasser, ließ die Beine über den Fels baumeln. Redete mit dem tosenden Wasser, als wäre es der Überprüfungsausschuß für Sicherheit in der Psychiatrie, und nahm mir ein Bier nach dem anderen aus dem Sixpack. Was hatte Dr. Patel noch gesagt? Etwas über den Fluß der Erinnerung und den Fluß des Verstehens ... Was, wenn wir es entgegen aller Wahrscheinlichkeit *doch* bei dieser Anhörung schafften? Was dann? Würde Joy mich dann verlassen? Ihre Koffer packen und mit dem Kerl durchbrennen, der ihr das Kind gemacht hatte? Das mit Joy und mir war nicht perfekt – war es *nie* gewesen. Aber wenn sie mich verließ ...

Ich leerte noch ein Bier und warf die Flasche hinunter in den brausenden Fluß. Sah Penny Ann Drinkwaters leblosen Körper stürzen und fallen. Sah Ma in ihrem Sarg drüben in Fitzgerald's Leichenhalle liegen. Sah, wie Ray hinter Thomas die Treppe hochstieg und den Flur entlang zum Gästezimmer ging, den Gürtel in der Hand ...

Als ich nach Hause kam, war es nach acht. Alle Lampen brannten. Das Auto der Herzogin stand vor der Tür. Warum packte diese kleine Schwuchtel nicht gleich ihre Koffer und zog bei uns ein? Warum berechneten wir ihm eigentlich keine Miete, Herrgott noch mal?

Ich holte das Frostschutzmittel und den Verdünner aus dem Auto. Schnappte mir meine Unterlagen für die Anhörung, den gereinigten Anzug. Was lag denn da auf den Stufen am Eingang?

Eine Kürbislaterne grinste mich an.

Beinahe hätte ich ausgeholt und das Scheißding mit einem Fußtritt in den Vorgarten befördert. Statt dessen ging ich ins Haus.

»Hi, Dominick«, sagte Joy.

Ich stellte die Sachen, die ich in der Hand hielt, auf dem Küchentisch ab. »Tag.«

»Hi, Dominick«, stimmte die Herzogin ein. »Möchtest du ein paar geröstete Kürbiskerne?« Er zog ein Kuchenblech aus dem Backofen. Wortlos ging ich an ihm vorbei. Wenn er mich nicht in Ruhe ließ, würde ich ihm auch noch einen Fußtritt verpassen.

Im Schlafzimmer warf ich mich mit dem Gesicht nach unten aufs Bett. Rollte mich dann auf die Seite. Machte mich daran, die Unterlagen für die Anhörung noch einmal durchzugehen. Da kam Joy herein und schloß die Tür hinter sich.

»Also schön, Dominick«, sagte sie. »Ich weiß, du hast viel um die Ohren wegen dieser Anhörung morgen. Aber das gibt dir nicht das Recht, hier hereinzuspazieren und meinen Freunden gegenüber derart unhöflich zu sein.«

»Sag ihm, er soll gehen«, antwortete ich.

»Warum sollte ich? Ich wohne zufällig auch hier. Wenn ich mich nach der Arbeit entspannen will und meine Freunde vorbeikommen ...«

Ich schleuderte meine Unterlagen quer durchs Schlafzimmer,

so daß die Papiere durch den halben Raum flatterten. Stand auf. Sollte ich ihr sagen, daß ich ihren Schwangerschaftstest entdeckt hatte? Meine Karten hier und jetzt aufdecken? Versucht war ich schon, denn die an den Wasserfällen getrunkenen Biere hatten mich genügend in Fahrt gebracht, um loszulegen. Aber ich wollte meine Energie für die Anhörung sparen. Hierfür war später noch Zeit genug. Ich ging an ihr vorbei ins Bad zum Pinkeln. Als ich ins Schlafzimmer zurückkehrte, hatte sie sich nicht vom Fleck gerührt.

»Ich hab's satt«, erklärte sie. »Ich hab's satt, daß du ewig den großen Märtyrer herauskehrst.«

»Hör zu«, erwiderte ich. »Ich weiß, dir ist scheißegal, ob er im Hatch bleibt und da verrottet. Das weiß ich. Das akzeptiere ich. Aber ich habe eine Verpflichtung, okay? Und jetzt muß ich diese Papiere hier durchgehen, mich auf morgen vorbereiten. Danach würde ich gerne was essen. Etwas Richtiges, und keine *gerösteten Kürbiskerne*. Außerdem muß ich sehen, daß ich genug Schlaf kriege. Also sag deinem kleinen Freund oder deiner kleinen Freundin, was weiß ich, er soll verschwinden.«

Sie stemmte die Hände in die Hüften und schob das Kinn vor. »Wenn du soviel vorbereiten mußt, warum hast du dann was getrunken?« fragte sie. »Du riechst wie eine Brauerei. Gehört Biertrinken auch zu deinen Vorbereitungen?«

»Sag ihm, er soll verschwinden«, wiederholte ich.

»Und was ist mit meinen Bedürfnissen? Denkst du eigentlich jemals darüber nach, was ich brauche, Dominick?«

»Ich meine es ernst, Joy. Sag ihm, er soll gehen, bevor ich ihn *rausschmeiße*, verdammt noch mal.«

Sie starrte mich wortlos an. Dann verließ sie das Zimmer, und knallte die Tür hinter sich zu. Aus der Küche drang Gemurmel herüber. Dann wurde der Fernseher ausgeschaltet. Anschließend und in dieser Reihenfolge hörte ich das Zuschlagen der Hintertür, eine Autotür, dann die Zündung.

»Joy?« Ich öffnete die Schlafzimmertür. »Joy?«

Der Anrufbeantworter blinkte. Einmal, zweimal. Ich drückte auf den Knopf.

Piep.

»Mr. Birdsey? Hier ist noch mal Ruth Rood. Ich …« Ich drückte auf die Taste für schnellen Vorlauf. Als ich den Knopf losließ, war Sheffers Stimme zu hören.

»Also gut. Ende des Vortrags. Bis morgen. Sehen Sie zu, daß Sie ein bißchen Schlaf kriegen.«

Ich ging zurück ins Schlafzimmer, ließ mich rücklings auf das Bett fallen und starrte die Zimmerdecke an.

»Sie vergewaltigen mich, Dominick. Schleichen sich in meine Zelle und vergewaltigen mich!«

»Praxis Dr. Batteson für Joy Hanks.«

Ich ließ meinen Tränen freien Lauf. Ließ zu, daß mein Weinen das Bett erschütterte.

Irgendwann in der Nacht träumte ich, daß Dessa es mir mit dem Mund besorgte, daß sie an meinem Schwanz lutschte. Hatte sie mich also doch nicht verlassen? Waren wir immer noch zusammen? Dann der süße Ausbruch, die Erlösung. Während ich kam, wachte ich auf.

Ich öffnete die Augen und sah Joy. Sah, wie sie sich aufrichtete und ihre Haare zurückstrich.

Ich lag da, rang nach Luft und genoß das Ausklingen meiner Erregung.

Joy holte einige Tücher aus der Kleenex-Schachtel auf dem Nachttisch. Fing an, uns sauberzumachen.

»Hallo«, sagte ich.

»Hallo«, entgegnete sie flüsternd. »Hat sich das gut angefühlt? Ich wollte, daß du dich gut fühlst.«

Ich wollte sie berühren, doch sie nahm meine Hand und legte sie neben mich auf die Matratze. Sex mit Joy war manchmal weniger etwas, das wir miteinander teilten, als ein Dienst, den sie mir erwies. Sie knipste die Nachttischlampe an. Fuhr mit dem Finger immer wieder über meine Augenbraue.

»Ich habe ihn heute nachmittag gesehen«, sagte ich.

»Wen?«

»Meinen Bruder.«

»Wirklich? Also hast du diese Sicherheitsbescheinigung bekommen? Wie geht es ihm?«

»Wie immer«, sagte ich. »Er ist krank. Verrückt.«

»Dominick?« fing sie an. »Ich muß dir etwas erzählen. Etwas ganz Besonderes. Ich wollte es erst sagen, wenn ich sicher bin, und jetzt bin ich sicher … Mein Gott, das letzte, was ich mir heute abend gewünscht habe, war ein Streit.«

Ich wartete, bestimmt eine Minute. Sie würde mich verlassen. Wegen des Vaters ihres Babys. Wozu mir dann noch einen blasen? Als Abschiedsgeschenk? Als Souvenir?

»Was denn?« fragte ich schließlich.

»Ich bin schwanger.« Sie faßte mich an der Hand. »Wir haben ein Baby gemacht, Dominick. Du und ich.«

Sie erzählte von den Symptomen, vom Schwangerschaftstest, von dem, was man ihr in der Praxis gesagt hatte. Sie redete und redete. Zunächst habe sie geglaubt, sie wolle es gar nicht, dann aber habe sie ihre Meinung geändert. Sie sei überzeugt, wir würden gute Eltern sein. Wir könnten uns ja vielleicht nach einem größeren Haus umsehen …

Ich streckte den Arm aus und löschte das Licht. In diesem Moment absoluter Schwärze – bevor sich meine Augen an die Dunkelheit gewöhnten – kam es mir vor, als wären wir nicht in unserem Schlafzimmer, sondern in einem offenen, weiten Raum. Als fielen wir irgendwo durchs All.

»Und?« fragte sie. »Was sagst du dazu? Nun *sag* doch was!«

27

Ein dumpfes Geräusch vor dem Haus weckte mich. Waschbären, dachte ich und drehte mich auf die Seite. Wenn sie doch nur einmal die verdammten Mülleimerdeckel richtig zumachen würde …

Wir haben ein Baby gemacht, Dominick. Du und ich.

Sie vergewaltigen mich!

Denk jetzt nicht darüber nach, sagte ich zu mir. Nicht denken. Tief durchatmen. *Schlafen!*

Ein Uhr sieben auf dem Radiowecker. Tja, jetzt war es endlich soweit: D-Day. Der Tag der Anhörung.

Joy rollte sich auf ihre Seite des Bettes. Sie hatte mich betrogen und log nun das Blaue vom Himmel herunter. Nun, nicht, daß ich nicht gewarnt gewesen wäre. Da war die Sache mit den Ladendiebstählen. Und sie hatte den eigenen Onkel gevögelt. Steh die Anhörung durch und kümmere dich *anschließend* darum, versuchte ich mich zu beruhigen. Behalt sie im Auge. Sie wird sich schon irgendwann verraten. Mein Gott, wie konnte man nur so über die Frau denken, die neben einem lag … Nun komm schon, Dominick. *Schlafen!*

Vorhin hatte ich mich über die Herzogin aufgeregt – über ihn und seine gerösteten Kürbiskerne. Bestimmt wußte dieser kleine Stricher, mit wem sie es hinter meinem Rücken getrieben hatte. Wessen Baby es war. Der Herzogin erzählte Joy alles.

Wieder ein dumpfes Geräusch draußen. Schritte … Schritte?

Ich stieg aus dem Bett und tappte durch das Schlafzimmer. Die Unterlagen für Thomas' Anhörung, die ich auf den Boden geworfen hatte, raschelten unter meinen Füßen. Vor dem Haus hörte ich eine Stimme. Ich rannte die Treppe runter. Riß die Haustür auf. »He!«

Einer von ihnen grunzte im Wegrennen. Es waren Jugendliche mit Baseballkappen. Barfuß und in Unterwäsche lief ich hinter ihnen her – scheuchte sie durch zwei, drei Vorgärten.

Dann blieb ich stehen. Schnappte nach Luft.

Noch fünf Jahre zuvor hätte ich mir einen oder gleich zwei geschnappt und fertiggemacht – bis sie wünschten, sich nie vor meinem Haus herumgetrieben zu haben. Nun stand ich da, mein Herz schlug mir bis zum Hals. Vierzig Jahre, Mann. Scheiße.

Sie hatten der ganzen Nachbarschaft ein fröhliches Halloween gewünscht, hatten Autofenster mit Eiern beworfen und Antennen abgebrochen. Die Kürbislaterne, die Joy und die Herzogin aufgestellt hatten, lag in grobe Stücke gehackt auf dem Weg herum.

Jetzt war ich *hellwach*. Mir stand eine lange Nacht bevor.

Zurück im Haus ließ ich mich aufs Sofa fallen und griff nach der Fernbedienung. Lieber zappen als nachdenken. Letterman warf Dollarnoten aus einem Fenster. Die Monkees – mittlerweile in gesetztem Alter – gingen mit ihren Oldies hausieren. Ich schaute kurz bei CNN und einem katholischen Sender rein und bei einer Reihe dieser Häschen, die über eine Telefonsexnummer ihre »geheimen Phantasien« mit mir teilen wollten … Joy manipulierte mich mit Sex – setzte Sex ein, wenn sie etwas von mir wollte. Das hatte sie von Beginn an getan … *The Business Beat*, Rhoda Morgenstern auf VH-1. Scheiße, Mann. Ich muß *schlafen*.

»Dominick?« Sie stand oben an der Treppe. »Was ist los?«

»Nichts.«

»Weinst du?«

»Nein. Geh wieder schlafen.«

Später, im Schlafzimmer, schlüpfte ich in meine Hose, tastete nach der Brieftasche und den Schlüsseln. »Wo willst du denn hin?« hörte ich sie fragen. Ich hatte geglaubt, sie sei längst wieder eingeschlafen.

»Nirgendwohin. Raus.«

»Warum hast du eben geweint? Wegen deines Bruders?« Ich hatte mir meine Arbeitsschuhe zugebunden und wollte gerade das Zimmer verlassen. »Dominick? Bist du sauer wegen des Babys?«

Als ich den Pick-up aus der Einfahrt zurücksetzte, ging die Verandalampe an, und kurz danach wurde die Haustür geöffnet. Mit verschränkten Armen stellte sich Joy draußen auf die Treppe. Unter dem Morgenmantel waren ihre muskulösen Beine zu sehen. Sprich mich nicht an, dachte ich. Nimm meinen Namen nicht in den Mund.

Diese verdammten Flaschen hatten meine Windschutzscheibe mit Eiern beworfen. Eigentlich hätte ich aussteigen und sie saubermachen müssen. Oder ich hätte den gottverdammten Motor abstellen und mit Joy wieder ins Bett gehen sollen – um des lieben Friedens willen weitermachen –, egal, was sie getan hatte, egal, was sie ausheckte. Statt dessen betätigte ich die Scheibenwischer; zu spät fiel mir ein, daß der Wasserbehälter der Scheibenwischanlage leer war. Scheiß drauf, dachte ich und legte den ersten Gang ein, obwohl ich durch den Schmierfilm kaum was sehen konnte. Wer, zum Teufel, war um diese Zeit schon auf der Straße?

Ich fuhr durch die Stadt, die River Avenue hoch zur Cider Mill und auf die Route 162. Vor Müdigkeit brannten mir die Augen. Überall auf den Straßen lagen zerquetschte Kürbisse. Es war keine *bewußte* Entscheidung gewesen – dorthin zu fahren, zu ihrem schäbigen kleinen Farmhaus. Wenn sie nur durchgehalten hätte, dann hätte ich mich schon wieder erholt. Wäre über den Tod des Babys hinweggekommen. Ich weiß, das wäre mir gelungen ...

Ich hielt am Straßenrand. Schaltete die Scheinwerfer aus, ließ aber den Motor laufen. Marschierte an ihrem knallbunten Briefkasten vorbei und die mit Kies bedeckte Auffahrt hoch. So nah heran war ich noch nie gegangen.

Im Haus war alles dunkel; der Lastwagen stand vor der Scheune. *GOOD EARTH-Töpferei.* Ich lehnte mich an die Scheunenwand und schaute zum Haus hinüber. Sie ist für immer weg, sagte ich mir. Du hast es vermasselt, und sie hat dich abgetrennt, genau wie er sich seine Hand abgetrennt hat. Sie hat dich amputiert. Du bist totes Fleisch, Birdsey. Geh nach Hause zu der Frau, die du nicht liebst.

Aber ich ging nicht nach Hause. Ich stieg wieder in den Pickup und wendete bei der nächsten Möglichkeit. Fuhr dann links ab. Es tat gut, dieses eine Mal am State Hospital *vorbei*zufahren. Die Straße war glatt vom Nieselregen, der so fein war, daß die Wassertröpfchen um die Straßenlampen herum fast zu schweben schienen. Ich machte die Scheibenwischer an – verteilte den Eierschleim ein wenig.

In New London bog ich links nach Montauk ab und hielt auf den Strand zu. Ließ den Wagen stehen und lief durch den weichen Sand. Die Brandung schickte kleine Wellen aus, die Spitzen meiner Arbeitsschuhe glänzten phosphoreszierend. Meeresleuchten, Mann. Elfenstaub. Was war es nur, das Wasser so faszinierend machte?

Als ich vom Strand zurückkam, sah ich neben meinem Pickup einen Streifenwagen stehen; Motor und Lichter waren aus.

Ein Fensterheber surrte, als ich näher kam. »Guten Abend«, sagte der Cop. In der Dunkelheit war er für mich nur eine Stimme, sonst nichts.

»'n Abend.«

»Kleiner Spaziergang?«

»Genau.« Es war, als spräche man ins Leere. Oder mit dem gottverdammten Sprühregen. Als ich den Motor anließ, startete er seinen auch und blieb mir auf den Fersen, bis ich wieder auf die I-95 abbog.

Als ich über die Gold Star Bridge fuhr, fiel mein Blick über den Fluß auf den glänzenden Schein starken Neonlichts: Electric Boat, Nachtschicht. Immer noch wurden dort rund um die Uhr U-Boote gebaut, selbst jetzt, wo der Kalte Krieg in den letzten Zügen lag. *Nautilus, Polaris, Trident, Seawolf:* Der Krieg und Connecticut waren immer schon ein inniges Paar gewesen, vergnügten sich an einer Art Tanz der Vampire. »Es bringt was zu essen auf den Tisch, du Klugscheißer«, hörte ich Ray sagen. »Du hast doch jeden Tag deines Lebens was zu essen bekommen, oder etwa nicht?«

War es das, was Joy von mir erwartete? Zu leben wie Ray, dem Kind eines anderen ein Vater zu sein und es dafür zu hassen? Einem armen Bastard das Leben schwerzumachen? Für einen Moment konnte ich die Bitternis schmecken, die Ray all die Jahre die Eingeweide zerfressen haben mußte, konnte einen flüchtigen Blick aus Rays Perspektive auf die Welt werfen.

In Easterly bog ich ab und hielt mich auf der Route 22 bis zur Ausfahrt zum Wequonnoc-Reservat. Soweit kann ich mich noch erinnern, dann muß ich wohl langsam eingenickt sein …

In diesem Traum bin ich mein jüngeres Ich und schlittere über einen zugefrorenen Fluß. Aus dem Wasser ragt ein Baum empor – eine Zeder, glaube ich. Unter meinen Füßen schwimmen Babys dahin. Zu Dutzenden. Sie sind lebendig – unter dem Eis gefangen. Es sind die Babys, von denen uns die Nonnen in der Sonntagsschule erzählt haben, jene, die vor der Taufe starben und daher bis ans Ende der Zeit im Limbus festhängen. Ich mache mir Sorgen um die Babys – denke über sie nach und über Gott. Wenn er das ganze Universum erschaffen hat, warum kann er dann seine Herrschaft nicht ein wenig gnädiger ausüben und diese unschuldigen Babys in den Himmel aufnehmen?

Und auf einmal ist da auch Ma in dem Traum. Sie sitzt oben in der Zeder und hat ein Baby auf dem Arm …

Eine Bewegung unter dem Eis lenkt mich ab, und als ich nach unten schaue, erkenne ich meine Großmutter; sie lebt. Es ist Ignazia … Ich erkenne sie wieder, von dem sepiafarbenen Foto im Album meiner Mutter. Ihrem Hochzeitsporträt – dem einzigen Bild, das ich je von ihr gesehen habe. Unsere Blicke begegnen sich. Ihre Augen scheinen mich um etwas zu bitten, ich begreife aber nicht, worum. Ich renne hinter ihr her, rutsche über das Eis. »Was willst du?« rufe ich zu ihr hinunter. »Was willst du?«

Als ich wieder aufschaue, steht die Zeder in Flammen …

Eine Autohupe weckte mich. Mein Gott! Hilfe!

Ein Felsvorsprung schoß vorbei, Scheinwerfer tauchten kreuz und quer vor mir auf. Ich riß das Steuer nach rechts und fuhr über eine Böschung, ungewiß, wie tief ich fallen würde.

Unter mir ertönte ein häßliches Schrammen, daran erinnere ich mich noch – und dann mein Wimmern: *O nein! Nein!* Ich stieß mit dem Kopf gegen das Dach. Während ich auf den Baum zuraste, streckte ich eine Hand aus, wie um den Aufprall abzuwehren …

Ich muß eine Zeitlang bewußtlos gewesen sein. Ich weiß noch, daß ich meine Hand durch die zersprungene Windschutzscheibe wieder zurückzog. Erinnere mich an den Schmerz, an das pulsierende Blut.

Die Zeder stand auf einer Weide, nicht im Fluß. Ein halbes Dutzend Holsteiner-Pferde wieherte mich verärgert vom anderen Ende der Wiese an, wohin sie sich geflüchtet hatten, als ich über die Böschung geflogen kam. Ich griff nach einem Farblappen und machte daraus einen Druckverband für meine verletzte Hand, zurrte ihn mit den Zähnen fest. Dann kletterte ich aus dem Wagen. Setzte mich erst einmal auf den hartgefrorenen Boden.

Der Nieselregen hatte aufgehört, und die Szene wurde vom Mond hell erleuchtet. Kleine Glassplitter von der Windschutzscheibe glitzerten in den Haaren auf meinem Arm. Im Mondlicht wirkte mein Blut schwarz.

Ich hatte eine Vision: Oben auf der Route 22 sah ich einen steten Strom von Autos, in denen Spieler saßen, die zum Wequonnoc-Kasino fuhren. »*Was willst du?*« hatte ich durch das Eis des zugefrorenen Flusses meiner toten Großmutter zugerufen. »*Was willst du?*«

28

GOTT SEGNE AMERIKA! verkündeten die anderthalb Meter hohen Buchstaben auf der Schaufensterscheibe von Constantine Motors. Mit anderen Worten: Beweise deinen Patriotismus durch eine Anzahlung. Kaufe ein Auto – so machst du Saddam fertig.

Ich saß vor Leos Schreibtisch und wartete darauf, daß der Mann von der Versicherung auftauchte. Einmal aus dem Krankenhaus, war ich gleich zum nächsten Telefon gestürzt – hatte wieder und wieder auf Wahlwiederholung gedrückt, bis endlich jemand bei Mutual of America dranging. Sie hatten versucht, mich abzuwimmeln – wollten mir erst in der nächsten Woche einen Termin mit dem Schadensregulierer geben. »Hören Sie, Miss«, hatte ich gedrängt, »Ich verdiene mit diesem Pick-up meinen *Lebensunterhalt*. Jemand muß sich das Fahrzeug *heute* noch ansehen. Wie Sie das hinkriegen, ist mir egal!« Und nun saß ich hier und drehte Däumchen, anstatt wie versprochen die Fensterläden bei den Roods abzunehmen oder meine Argumentation vor dem Überprüfungsausschuß noch einmal Punkt für Punkt durchzugehen. Hier war ich nun, mit meinen siebzehn Stichen, völlig high von den Schmerzmitteln.

Omar, der ehemalige Sportstar, saß am Schreibtisch mir gegenüber und telefonierte. »Hmm. Hmm. Das verstehe ich, Carl. Aber *Sie* sprechen ganz abstrakt von irgendeinem Auto, und *ich* spreche über den kobaltblauen Dakota, den ich genau in diesem

Moment vor meiner Nase habe, draußen auf dem Parkplatz.« Er trug Hemd, Krawatte und eine rot-weiß-blaue Baseballkappe. »Und wenn Sie sich jetzt entscheiden, kommen Sie zusätzlich in den Genuß unseres Sonderpreises der ›Gott segne Amerika‹-Aktion.«

Gott segne Amerika!

Ich habe mir die Hand abgeschnitten, um die Völker zu heilen!

Meine frisch genähte Wunde fing wieder an weh zu tun, dazu auch noch mein Nacken. Der Arzt in der Ambulanz hatte mir eine dieser Halskrausen verschreiben wollen, aber das hatte ich abgelehnt. Die Schmerztabletten hatte ich allerdings dankend angenommen – drei lose und ein Rezept für eine ganze Packung. Ich war drauf und dran, nun eine weitere Tablette einzunehmen, entschied mich aber dagegen. Wenn der Schadensregulierer Schwierigkeiten machte, wollte ich nicht dasitzen und ihn angrinsen wie ein Zombie.

Mein Pick-up, Mann. Mit dem ich meinen Lebensunterhalt verdiente ...

Ich schaute rüber zu Omar und bekam gerade noch mit, wie er den Blick rasch von mir abwandte. Das Auto zu Schrott gefahren, bandagiert und auf dem Stuhl halb zusammengesunken, muß ich genauso erbärmlich ausgesehen haben wie mein Wagen. »Wohin sollen wir Ihnen das Ding schleppen?« hatte mich nach dem Unfall der Cop gefragt. »Zum Autohaus Constantine«, hatte ich, wie aus der Pistole geschossen, geantwortet – eindeutig eine Fehlreaktion.

Eine Welle von Übelkeit durchfuhr mich. Erst begannen meine Hände zu zittern, dann meine Beine. Das letzte, was ich jetzt wollte, war vor Omar zusammenzuklappen. Ich stand auf und räusperte mich: »Sagen Sie ... äh, sagen Sie Leo, ich bin mal kurz auf dem Klo.«

Omar sah mich an, als hätte er mich erst jetzt bemerkt. »Wie? Ja, klar doch.«

Ich verschwand auf die Herrentoilette.

Ich verriegelte die Tür und schaute mein Gesicht im Spiegel an. Es sah furchtbar aus. Wieder überkam mich ein Anfall von Übelkeit. Mir brach der kalte Schweiß aus. Ich lehnte den Kopf an die Wand und listete in Gedanken alles auf, was ich noch hinter mich bringen mußte: die Pick-up-Diagnose, die Anhörung meines Bruders, die Fensterläden der Roods.

Wir haben ein Baby gemacht, Dominick. Du und ich …

Erneut stand mir das Bild vor Augen, wie Joy ausgesehen hatte, als sie am Morgen in die Ambulanz gekommen war: ohne Make-up, die Haare völlig wirr. »Halt mich fest«, hatte sie gesagt und war vor allen Leuten zusammengebrochen. Hatte sich an mich geklammert und geheult. In mittlerweile fast zwei Jahren war es erst das zweite oder dritte Mal gewesen, daß ich Joy hatte weinen sehen. Diese Tränen bedeuteten, daß zwischen uns etwas sein mußte, oder? Sie mußte etwas für mich empfinden, ob sie nun mit jemand anderem herumvögelte oder nicht.

Als das Zittern nachließ, richtete ich mich auf und spritzte mir kaltes Wasser ins Gesicht. Dabei vermied ich es bewußt, in den Spiegel zu schauen. Dann ging ich zurück in den hell erleuchteten Ausstellungsraum.

Erst jetzt bemerkte ich die Luftballons mit den Herzen und Streifen, die sich, zu Wolken geballt, über einem der Schreibtische auf und ab bewegten. Er sah aus wie ein gottverdammter Altar. Im Namen des Vaters, des Sohnes und des heiligen Dollarscheins. Leo kam mit Kaffee für uns beide auf mich zugeschlendert. Er trug seinen schicken Armani-Anzug und wie Omar eine *Gott segne Amerika!*-Baseballkappe. Alle Angestellten in diesem bescheuerten Autohaus trugen diese Kappen, sogar Onkel Costas und die Sekretärinnen. Sie zogen hier eine richtige Show ab – mit freundlicher Unterstützung von Kuwait.

»Nimm mal, Birdsey«, sagte Leo, als er mir den Kaffee reichte. »Wann wollte der Kerl hier sein?«

»Halb elf.« Ich schielte zum hundertstenmal auf die Wanduhr. Fünf vor elf.

Leo setzte sich, legte die Füße auf seinen Schreibtisch und verschränkte die Hände hinter dem Kopf. »Und das mit deinem Bruder ist *wann*?«

»Vier Uhr heute nachmittag.«

»Was meinst du? Kannst du ihn da rausholen?«

Ich zuckte die Achseln, wechselte das Thema. »Was hat es denn mit diesen dämlichen Kappen auf sich?« Er langte hoch, nahm seine ab und warf sie auf das Aktenregal neben dem Schreibtisch. »Ist 'ne Idee vom Alten. Er hat eine ganze Wagenladung als Werbegeschenke bestellt. Samstag machen wir eine Wüstensturm-Werbeveranstaltung. Zelt, Hot-dog-Stand, null Prozent Ermäßigung.«

Ich rollte mit den Augen. »Du hast 'nen Hutkopf«, sagte ich.

»Einen was?«

»Einen Hutkopf.« Ich wies auf die Furche, die die billige Kappe in seine Vierzigdollarfrisur gedrückt hatte. Er hatte mir mal verraten, daß er seinem »Stylisten« jedesmal soviel bezahlte: vierzig Dollar pro Schnitt.

Er holte einen kleinen Spiegel aus seinem Schreibtisch und versuchte, hier und da zupfend, den Schaden zu beheben. Das war Leos größtes Problem: seine Frisur. »Big Gene würde *Patton* ausgraben und ins Schaufenster stellen, wenn er der Meinung wäre, das würde helfen, Autos loszuschlagen.« Er beugte sich vor und flüsterte: »Wo die Wirtschaft so beschissen läuft und man bei Electric Boat davon spricht, noch mehr Kurzarbeit durchzusetzen, kauft kein Mensch mehr irgendwas. Der September war unser schlechtester Monat seit der Ölkrise.«

Meine Tränen würde ich mir für später aufheben, dachte ich und schaute wieder auf die Uhr. Elf Uhr drei. Wo steckte dieser Versicherungsscheißer bloß?

Ich sah, wie Leo mit den Augen seiner Kollegin Lorna durch den Ausstellungsraum folgte. »Weißt du, was ich gestern erfahren habe?« flüsterte er. »Über dieses Miststück da?« Er zog einen Kugelschreiber aus seiner Schreibtischgarnitur, schob ihn wieder in den Halter, zog ihn heraus, schob ihn hinein. »Sie und Omar. Einer der Mechaniker hat die beiden erwischt, wie sie nach Feierabend hinten in einem Caravan eine Nummer geschoben haben. Der Alte geht an die Decke, wenn er das erfährt. Du weißt doch, wie sehr er das haßt – Geschichten zwischen Schwarzen und Weißen.«

Nun mach aber mal 'n Punkt, Leo, dachte ich. Ich versuchte, meinen Kopf von einer Seite zur anderen zu drehen; nach rechts tat es mehr weh als nach links. Es war dumm von mir gewesen, diese Halskrause abzulehnen.

»Also, Birdy«, sagte Leo. »Hast du 'ne Ahnung, wie lange diese Anhörung heute nachmittag dauert? Um halb sechs habe ich eine Verabredung. Wenn sie um vier losgeht, dann müßte ich doch um halb sechs wieder hier sein, oder?«

Ich wippte nervös mit dem Bein, trommelte mit den Fingern auf seinem Schreibtisch herum. Erklärte ihm, Ray könne mich fahren.

»Ich nehme dich ja mit«, sagte er. »Es macht mir nichts aus, ich muß bloß …«

»Ich weiß nicht, wie lange es dauert!« schnauzte ich ihn an. »Ich war noch nie bei so was. Okay? Es ist einfacher, wenn Ray mich fährt.«

»He, jetzt reiß mir doch nicht gleich den Kopf ab. Schließlich bin nicht ich am Steuer eingeschlafen.« Im gleichen Atemzug fing er an, von seinem blöden Film zu quasseln – erzählte mir, er warte darauf, daß sie ihm per Kurier das Drehbuch zuschickten, und der nächste Schritt sei dann blablabla.

Erneut schaute ich auf die Uhr. Rechnete alles noch mal durch. Wenn dieser Versicherungstrottel innerhalb der nächsten fünfzehn oder zwanzig Minuten auftauchte, schaffte ich es wahrscheinlich immer noch, eine halbe Stunde bei den Roods dazwischenzuschieben. Wenigstens die Läden abzunehmen, damit ich sie zu Hause in Ruhe weiterbearbeiten konnte. Mit meiner bandagierten Hand würde das zwar ziemlich schwierig werden, aber ich würde es schon irgendwie hinbekommen … Nur, wie sollte ich die blöden Dinger ohne meinen Pick-up nach Hause transportieren? *Verdammter Mist.*

»Mach dir mal keine Sorgen, Dominick«, sagte Leo. »Der Alte und ich, wir kümmern uns schon um dich. Wir geben dir einen Dodge oder einen Isuzu Fünfgang, *null Problemo*! Der Isuzu ist ein netter kleiner Wagen. Willst du mal einen Blick darauf werfen, wo wir sowieso noch warten müssen?«

Draußen schauten wir uns meinen Pick-up an. Ich äußerte Zweifel, daß die Versicherung einen Totalschaden anerkennen würde.

Leo schüttelte den Kopf. »Der ist *hinüber*, Mann«, meinte er. »Dieses Fahrzeug ist klinisch tot.«

Elf Uhr zwölf. Meine Hand begann jetzt ernsthaft weh zu tun, und wenn ich den Kopf nach rechts drehte, schoß mir der Schmerz in den Nacken. Also schön, genauso würde ich's machen: Sobald ich mit dem Typen von der Versicherung fertig war, würde ich noch eine Schmerztablette nehmen und dann bei den Roods die Läden abnehmen – mal sehen, vielleicht konnte Ray sich Eddie Banas' Lieferwagen ausleihen. Dann würde er mich damit nach Hause fahren, und ich könnte noch ein paar Stunden schlafen. Ich durfte nicht vergessen, mir den Wecker zu stellen – ich brauche etwa eine Stunde, um mich zu waschen und die Unterlagen durchzugehen. Die Schmerzen in meiner Hand würde ich am Nachmittag bis nach der Anhörung aushalten müssen. Wäre ja auch ein starkes Stück, mich völlig zugedröhnt von Schmerzmitteln vor den Überprüfungsausschuß zu stellen.

Ich fragte Leo, ob ich noch mal sein Telefon benutzen könne. »Zuerst eine Neun wählen«, erinnerte er mich.

»Mutual of America. Mit wem darf ich Sie verbinden?«

Es war dieselbe Frau, mit der ich die anderen drei Male auch gesprochen hatte. Mit jedem Anruf war sie etwas weniger höflich geworden. »Hören Sie, gute Frau«, sagte ich, »ich habe die halbe Nacht im Krankenhaus verbracht, muß heute noch zig andere Sachen erledigen. Ich werd den Teufel tun und hier den ganzen Tag darauf warten, daß Ihr Gutachter endlich auftaucht.«

Sie erwiderte, sie könne da leider nicht viel machen, ich hätte aber ihr Mitgefühl.

»Daß Sie mit mir fühlen, bringt mich, verdammt noch mal, auch nicht weiter!« fertigte ich sie ab und knallte den Hörer aufs Telefon. Jede *Gott segne Amerika*-Kappe im Ausstellungsraum drehte mir ihren Schirm zu.

»He, Birdsey, reg dich wieder ab«, sagte Leo. »Ohne Scheiß, mach mir keinen Streß, Mann.«

Ich erhob mich, ging ein paarmal auf und ab, setzte mich wieder. »Wann kommt der Alte normalerweise her?« fragte ich.

»Gene? Was haben wir heute – Mittwoch? Er müßte jeden Moment hier sein.«

»Toll«, stöhnte ich. »Das hat mir gerade noch gefehlt: den lieben Schwiegerpapa zu treffen.«

»Ja, der Kerl hat echt Nerven, einfach so in seinem eigenen Laden aufzutauchen, was?« Er hob abwehrend die Hände: »Das war ein Scherz, Birdsey. Ein *Scherz.*«

Ein glänzendweißer Firebird fuhr draußen vorbei und hielt vor der Werkstatt. Ein junger Mann mit Sonnenbrille stieg aus, wanderte um meinen Pick-up herum und hockte sich vorne vor ihn. Jetzt, wo er endlich angekommen war, machte er sofort einen auf geschäftlich.

»Ich bin in ein paar Minuten bei dir«, sagte Leo. »Ich versuch bloß noch meinen Produzenten zu erreichen. Mal sehen, ob er mir sagen kann, wann sie mir das Drehbuch schicken.«

Der Gutachter richtete seine Kamera auf mein Wrack. Sie jaulte und spuckte ein Polaroid aus.

»Sind Sie der Schadensregulierer?« fragte ich.

»Richtig.« Als er sich umdrehte, erkannte ich ihn. Es war einer der Gewichtheber aus dem Fitneßclub. Er lebte praktisch dort. »Shawn Tudesco. Mutual of America«, sagte er und hielt mir seine kräftige, manikürte Hand entgegen – zog sie aber zurück, als er den Verband an meiner Hand sah.

»Sie sind spät dran«, sagte ich.

»Auch richtig«, gab er wie aus der Pistole geschossen zurück. Das war alles, was er an Entschuldigung zustande brachte.

Er richtete die Polaroidkamera auf die übel zugerichtete Stoßstange und machte noch eine Aufnahme. Dann eine dritte. Und eine vierte. Ein paarmal hatte ich gesehen, wie er am Tresen stand und mit Joy quatschte. Ein Mann im hautengen Stretchanzug – Gottes Geschenk an die Frauen. Ich vermutete, er nahm Steroide.

»Was ist das?« fragte er mich.

Ich sah, wie er mit den Fingern über die verschmierte Windschutzscheibe fuhr. »Das? Das ist Ei.«

Er legte seinen Kopf schief. »Ei?«

»Das waren irgendwelche Jugendliche, gestern abend. Haben einen Tag zu früh Halloween gefeiert.«

»Ja?« Er zog sich Gummihandschuhe über und hob einige Glaskrümel von der Windschutzscheibe auf. Dort, wo meine Hand das Glas durchstoßen hatte, klebte ein brauner Fleck, und auf dem Dach waren ein paar eingetrocknete Sprenkel, die er sich nun näher anschaute. Was machte er da eigentlich? Versuchte er hier den FBI-Agenten zu markieren oder was?

Leo kam pfeifend aus dem Ausstellungsraum und schlenderte quer über den Parkplatz auf uns zu. Er hielt seine rot-weiß-blaue Kappe in der Hand, statt sie auf dem Kopf zu tragen.

»Wo ist der Unfall überhaupt passiert?« fragte der Mann von der Versicherung.

»Auf der 22. Draußen, wo die Indianer ihr Spielkasino bauen.«

Leo trat näher und legte mir die Hand auf den Rücken. »Dieser Dämlack hier war unterwegs, um mit den Rothäuten ein paar Runden Blackjack zu spielen. Leider war ihm nicht klar, daß sie das Land noch nicht mal gerodet haben.« Er streckte dem Gutachter die Hand entgegen. »Leo Blood.«

»Shawn Tudesco. Mutual of America.«

Leo nickte. »Sie trainieren bei Hardbodies, stimmt's? Gewichtheber, oder?«

»Ja, stimmt. Gehen Sie auch dorthin?«

»Wir beide. Wir spielen Racquetball«, meinte Leo. »Seine Freundin arbeitet dort.«

»Ah ja? Wer denn? Patti?« fragte er.

Patti hatte einen kleinen Blähbauch und hochtoupierte Haare. Joy sagte einmal zu mir, sie hoffe nur, daß Patti durch die Wechseljahre komme, ohne den Rest der Welt mit sich in den Abgrund zu ziehen. »Joy«, sagte ich.

»Joy? *Echt?*« Er schaute mich zum ersten Mal an, musterte mich von oben bis unten, als wäre ich ein verbeultes Fahrzeug. »Ich kenne Joy.«

»Jeder kennt Joy«, stimmte Leo ein. »Sie ist weltberühmt.«

Der Schadensermittler nickte erst Leo, dann mir zu. Lächelte. Ich ertrug sein dummes Grinsen, ertrug den Schmerz, der durch meinen rechten Arm fuhr, weil ich meine Hand zur Faust ballte. Was hatte »weltberühmt« zu bedeuten? Wie sollte ich denn *diese* kleine Bemerkung nun wieder verstehen?

Mr. Mutual of America hockte sich hin und fuhr mit dem Finger über die Vorderreifen des Pick-ups. »Das Profil ist gut«, befand er. »War's glatt gestern abend?«

Ich zuckte die Achseln. Sollte er doch den Polizeibericht lesen, wenn er so gottverdammt neugierig war. Hinter dem Hobbykommissar packte Leo an ein imaginäres Lenkrad und mimte, wie ich schlief. Arschloch. Nur Hoden, kein Hirn ... Weltberühmt wofür denn? Machte sie die Runde? War sie ein Flittchen? Warum fühlte Leo sich als großer Experte in bezug auf *meine* Freundin?

Der Gutachter lehnte sich gegen den Wagen und brachte ihn zum Schaukeln. Metall quietschte gegen Metall. »Ein Kumpel von mir ist beim Reservat aufgewachsen«, erzählte er. »Hat dem Stamm die Farm seiner Eltern für *anderthalb Millionen* verkauft.« Er schüttelte den Kopf. »Denen muß die Kohle aus dem Arsch rauskommen, so wie die Land kaufen. Sie kriegen's von so einem koreanischen Milliardär, hab ich gehört.«

»Malaysischen«, sagte ich.

»Was?«

»Es ist ein malaysischer Investor. Stand in der Zeitung.«

»Irgendwoher jedenfalls kriegen sie das große Geld«, schaltete sich Leo ein. »Einer der Häuptlinge oder was auch immer kam neulich mal bei uns in den Ausstellungsraum, mit zwei seiner Gehilfen. Mr. VIP. Wollte nur mit dem Geschäftsführer sprechen. Zum Schluß kaufte er mit einem Sack Bargeld einen New Yorker mit allem Drum und Dran. Das verdammte Auto war so mit Extras vollgestopft, daß es alles von alleine machte – außer dem Kerl den Arsch abzuwischen.«

Der Gutachter ging zu seinem Firebird und holte ein Klemmbrett und ein paar Formulare heraus. »Es ist genau das gleiche, was in Manhattan passiert«, meinte er. »Da kaufen die Japsen die ganze verdammte Stadt auf, inklusive Radio City Music Hall.«

»He, wo wir gerade von New York sprechen«, sagte Leo, »Ich war diese Woche dort bei meinem Produzenten.«

Aber der Versicherungstyp biß nicht an. »Wenn das mit dem Spielkasino glattgeht«, quasselte er weiter, »wollen sie auch eine Ferienanlage errichten, mit Golfplatz und allem, was dazugehört. Und das steuerfrei. Das ist es, was mich ankotzt.«

»Ich bin Schauspieler«, versuchte es Leo noch einmal.

Der Gutachter legte sich auf den Boden und stocherte von unten am Pick-up herum. »*Sie und ich*, wir zahlen Steuern, oder? *Uns* schenkt keiner was.« Er hatte einen Aufkleber auf seiner Aktentasche: *Gewichtheber haben einen guten Stoß.*

Ich tastete nach den drei Schmerztabletten in meiner Hemdtasche. In diesem Moment fuhr Big Gene in seinem silberfarbenen

LeBaron auf das Verkaufsgelände. Wie immer begutachtete er mit finsterem Gesichtsausdruck seine Ponderosa. Als er an uns vorbeirollte, bremste er ab. Der elektrische Fensterheber surrte.

»Hallo, Gene«, sagte ich. »Wie geht's?«

Er schaute durch mich hindurch und bellte: »Wo ist deine Kappe?«

»Gleich hier, Paps«, sagte Leo und winkte ihm damit zu. »Hab sie erst vor zwei Sekunden abgenommen. Meinen Kopf mal atmen lassen. Ich schwör's bei Gott.«

»Dann setz sie gefälligst wieder auf! Wir stecken mitten in einer Werbeaktion!«

Ja, du mich auch, Gene. Ein bißchen mitgenommen bin ich, aber es geht bald wieder. Danke der Nachfrage, du Arschloch. *Sie* hat sich von *mir* scheiden lassen, erinnerst du dich? Manchmal kapierte ich nicht, wie Leo das aushielt – dort zu arbeiten und die ganze Zeit wie ein Siebenjähriger gemaßregelt zu werden.

Leo sah plötzlich älter aus, als er war, trotz seines erstklassigen Anzugs, seiner Filmrolle und der Vierzigdollarfrisur. »Tja, man kann über die Indianer sagen, was man will«, meinte er, »aber wenn die Marine diese *Seawolf*-Aufträge storniert und Electric Boat so viele Leute entläßt, wie angekündigt, dann wird's hier zappenduster. Ich habe gehört, wenn das Kasino erst einmal am Laufen ist, dann wollen sie da ein paar Tausend Leute einstellen.«

»Die Marine wird den U-Boot-Auftrag nicht stornieren«, widersprach ihm Mr. Mutual of America. »Nicht bei dem, was am Persischen Golf abgeht. Sie werden schon sehen. Die Russen unterstützen diesen Irren da, und Bush wird gar keine andere Wahl bleiben, als seine Drohungen wahrzumachen. Electric Boat wird gar nicht schnell genug U-Boote ausspucken können.«

Er addierte etwas mit seinem Taschenrechner und machte sich Notizen auf einem Formular. »Wenn Saddam in Kuwait weiter so 'ne Scheiße baut, dann tritt ihm Bush in den Arsch, wie er es schon mit Noriega gemacht hat. Bush hat's drauf, Mann. Der war nicht umsonst Chef der CIA.«

»He, wie alt sind Sie eigentlich?« fragte ich. Pick-up hin oder her – ich konnte nicht anders. Leo fing an, mit dem Kleingeld in seinen Hosentaschen zu klimpern.

Mr. Mutual of America schaute von seinem Klemmbrett auf. »Was?«

»Wie alt Sie sind? Dreiundzwanzig? Vierundzwanzig?«

»Ich bin achtundzwanzig«, sagte er. »Wieso?«

»Weil Sie dann noch nicht soviel Scheiße gesehen haben können wie Leute in unserem Alter.«

»Und was für Scheiße, zum Beispiel?«

Grins mich nicht so an, du Arsch. »Zum Beispiel Vietnam. Das *letzte*, was dieses Land braucht, ist, daß Bush aus Kuwait ein zweites Vietnam macht.« Leo bedeutete mir, ich solle den Mund halten, aber den Gefallen tat ich ihm nicht.

Mr. Fitneßclub lachte und sagte: »Vietnam, Vietnam, Vietnam. Nichts für ungut, aber das ist wie ein Sprung in einer Schallplatte. Kommt *endlich* drüber weg.«

Ich sah die Gestalten in ihren Tarnanzügen im Hatch vor mir. Station 4. Die fertigen Jungs, deren Gehirn in Vietnam zerstört worden war. »*Können* wir nicht«, sagte ich. »Wir können nicht darüber wegkommen. Das ist das Problem.«

Warum machte ich das – Streit anfangen mit jemandem, dem ich, zumindest finanziell, auf Gedeih und Verderb ausgeliefert war? Warum konnte ich nicht einfach die Klappe halten?

Leo mußte bemerkt haben, in welcher Verfassung ich war, denn er postierte sich zwischen mich und Mr. Mutual of America und fing an, wie ein Wasserfall zu reden. »Was Sie da vorhin über die Indianer gesagt haben, haha. Ich weiß nur, daß die Rüstungsindustrie hier den Bach runtergeht, und halb Connecticut wird auf Knien beim Kasino angerutscht kommen und um Jobs betteln. Wer weiß, vielleicht skalpieren uns die Wequonnocs am Ende und retten uns zugleich den Arsch. Verstehen Sie, worauf ich hinauswill?« Er wandte sich wieder mir zu. »He, Birdsey, hast du nicht gesagt, du müßtest Ray anrufen? Damit er dich abholt? Geh schon mal rein. Du kannst mein Telefon benutzen. Wähl die Neun vor.«

Ich zögerte einen Moment und machte mich dann auf in Richtung Ausstellungsraum. Dabei vernahm ich Bruchstücke von dem, was Leo weiter sagte: »Der arme Kerl steht mächtig unter Druck... kranker Bruder... wenn Sie können, jonglieren Sie für ihn ein bißchen mit den Zahlen.«

Drinnen kam ich an Omar vorbei. An Genes Büro. Als ich ihm zunickte, schaute er weg. Du kannst mich mal, Gene!

Ich ging erneut auf die Toilette und verriegelte die Klotür. Wartete, daß das Zittern vorüberging. Wieviel sollte ich denn noch ertragen? Das war schon beängstigend – Dominick, der zähe Bursche, der *nicht* verrückte Zwilling, dreht langsam durch ... Ich holte die drei Schmerztabletten hervor. »Der Vater«, sagte ich. »Der Sohn.« Ich machte den Mund auf und warf zwei ein. Den Heiligen Geist würde ich mir für später aufheben.

Als ich aus der Toilette kam, stellte ich mich mit dem Gesicht vor die GOTT SEGNE AMERIKA!-Reklame an dem Schaufenster und wählte die Nummer meines Stiefvaters. Beobachtete den Gewichtheber durch das O in GOTT. Hatte er je mit meiner Freundin herumgemacht? Die Frage nagte an mir.

Das Telefon in dem Haus an der Hollyhock Avenue klingelte. Ich klemmte mir den Hörer gegen den schmerzenden Hals. Draußen fegte eine plötzliche Bö Leo die dämliche Kappe vom Kopf und ließ die Polaroids von Mr. Mutual of America durch die Gegend fliegen. Die beiden rannten hinter ihren Sachen her. Was für Arschlöcher, dachte ich. Idioten.

Am anderen Ende der Leitung machte es *klick*. »Hallo?« sagte Ray.

Als ich wieder nach draußen kam, erklärte der Gutachter, er werde einen Totalschaden melden. So stünden sie sich besser, erklärte er. Er wolle auch noch ein wenig an den Zahlen herumdrehen, da sei noch etwas Luft, allerdings nicht allzuviel. Wahrscheinlich könne er fünfhundert Dollar über dem Listenpreis für uns rausholen. Mehr sei nicht drin.

»Hört sich fair an«, meinte ich.

»Das ist mehr als fair«, sagte er. »Grüßen Sie Joy von mir.«

»Mach ich.«

»Nicht vergessen.«

Er schüttelte Leo die Hand, setzte sich in den Firebird und röhrte vom Verkaufsgelände. Leo und ich sahen ihm nach.

»Bist du in Ordnung, Dominick?« fragte Leo.

»Ich lebe noch«, erwiderte ich. Bedankte mich bei ihm.

Er winkte ab. »Wofür? Ich hab doch gar nichts getan.«

29

Leo ging mit ausgestreckter Hand auf meinen Stiefvater zu. »Wie geht's Ihnen, Mr. Birdsey? Lange nicht gesehen. Nicht, daß ich mich darüber beschweren wollte…«

»Wie kommst du denn zu diesem Papageienanzug?« gab Ray zurück. »Hast du 'n Puertoricaner überfallen oder was?« Sie flachsten sich immer so an. Über die Jahre hatten mein Stiefvater und Leo, trotz allem, Respekt füreinander entwickelt.

Ray ging um meinen Pick-up herum und stieß einen Pfiff aus, als er vor der Motorhaube stand. »Herzlichen Glückwunsch«, sagte er. »Da hast du dich ja selbst übertroffen. Was ist das für 'n Schmier auf der Scheibe?«

»Ei«, antwortete ich.

»*Ei?*«

Ray bremste ab und rollte vorsichtig über die Temposchwellen an der Ausfahrt des Autohauses. »Du hast mir am Telefon nicht erzählt, daß du verletzt bist«, sagte er. »Was ist denn mit deiner Hand passiert?«

Ich erzählte ihm von den siebzehn Stichen, den Schmerzen im Nacken.

Aber die beiden Tabletten wirkten gut. Die Schmerzen waren immer noch da, sie machten mir bloß nichts mehr aus. Sogar die Fahrt mit Ray war ein Kinderspiel.

Er ordnete sich in den Verkehr ein und beschleunigte. »War sie bei dir, als es passierte?« *Sie*. Niemals ihr Name. Joy und Ray mochten sich nicht.

»Nein.« Ich konnte seinen Blick spüren.

»Was ist mit der Versicherung? Zahlt die den Schaden?«

Ich nickte.

»Und was hast du jetzt für einen Wagen im Auge?«

Ich sagte ihm, ich sei noch nicht soweit – Leo wolle mich zu einem Isuzu überreden.

»So ein Quatsch!« meinte Ray. Er kurbelte das Fenster runter und spuckte raus. »Was willst du mit so 'ner japanischen Schrottkiste? Deinem elenden Schwiegervater noch mehr Geld in den Rachen werfen?« *Ex*schwiegervater, Ray. Der Typ machte sich nicht mal mehr die Mühe, mit mir zu reden. »Hol dir 'n Chevy«, sagte er. »Oder 'n Ford. Ford baut gute Pick-ups.«

»Gott segne Amerika«, murmelte ich.

»Was?«

»Nichts.«

Wir fuhren eine Weile schweigend weiter. An einer Ampel merkte ich, daß er mich wieder anschaute. »Warum hast du am Telefon nicht gesagt, daß du verletzt bist?«

»Du hast nicht gefragt.«

»Ich sollte nicht fragen müssen«, erwiderte er. »Du bist mein Junge, oder nicht?« Er kramte in seiner Jackentasche und holte ein paar Bonbons hervor. »Magst du eins?«

Ich schüttelte den Kopf. Fragte ihn, warum er mit seiner Diabetes so was in der Tasche habe. Er sagte, sie seien zuckerfrei.

Ich schaute durch das Seitenfenster hinaus. *Du bist mein Junge, oder nicht?* So ungern ich es mir eingestand, da war etwas Wahres dran – mangels Alternative. Er war hier. Ich hatte ihn angerufen, und er war hergekommen, um mich abzuholen.

»Warum haben sie dir im Krankenhaus nicht eine von diesen Halskrausen gegeben, wenn du was am Nacken hast?«

»Mir geht's gut, Ray. Ich bin in Ordnung.«

»Na, *gut* siehst du aber nicht aus. Eher völlig fertig. Hast du was gefrühstückt?«

Ich sagte, ich hätte keinen Hunger – ich wolle bloß mein Rezept einlösen und dann rüber zur Gillette Street, die Fensterläden abnehmen und wieder nach Hause. Ein Nickerchen machen, wenn noch Zeit dazu war, unter die Dusche springen und mich dann auf die Anhörung vorbereiten. Natürlich fing er an zu argumentieren, wie ich denn mit einem steifen Nacken und einer lädierten Hand die verdammten Läden abnehmen wolle?

Ich schloß die Augen und wiederholte, ich sei vollkommen in Ordnung.

Heute könne er mir nicht helfen, meinte er – er müsse zum Arzt –, aber morgen werde er mir zur Hand gehen. Ich beruhigte ihn, der Arzt in der Ambulanz habe nichts von Schonung gesagt.

»Wahrscheinlich dachte er, du wärst klug genug, das selbst zu wissen.«

»Hör zu, Ray«, erwiderte ich. »Mir wird's *sofort* bessergehen, wenn ich da drüben was schaffe, okay? Ich hab die ganze Woche versucht, an dem Haus was zu tun. Als ich den Auftrag annahm, hab ich den Leuten erzählt, ich würde es bis zum Ende des Sommers schaffen, und jetzt ist Halloween.«

»Erinnere mich nicht daran«, meinte er. »Dieses gottverdammte Halloween.« Ob ich wissen wolle, was *er* heute abend tun werde? Das Licht ausmachen und ins Bett gehen. Er werde bestimmt nicht die ganze Nacht immer wieder aufstehen und die Haustür öffnen, so daß die Heizung dauernd anspringe. Vor zwei, drei Jahren habe er aufgehört, zur Tür zu gehen – in dem Jahr, als manche von den *Eltern* anfingen, Beutel hinzuhalten. Sollten sie doch woanders schnorren gehen. Wenn schon die *Eltern* »Gib mir was, sonst kriegst du was« riefen, gehe bald das ganze Land vor die Hunde.

Mitten in seiner Tirade fiel mir ein, daß er am nächsten Tag Geburtstag hatte. Erster November. Allerheiligen ... Das hatte mir als Kind schwer zu schaffen gemacht: nach der Aufregung von Halloween die doppelte Ernüchterung, in die Kirche gehen *und* dem Kerl gratulieren zu müssen, den ich am meisten auf der Welt haßte.

Vergiß es. Uralte Geschichten. »Du hast doch morgen Geburtstag«, sagte ich laut.

»Ach ja? Stimmt, jetzt wo du's sagst. Ich hab gar nicht daran gedacht.«

»Wie alt wirst du eigentlich?«

»Neununddreißig«, antwortete er. »Genau wie Jack Benny.«

»Nein, jetzt mal im Ernst. Sechsundsechzig, oder?« Keine Antwort. »Feierst du? Gehst du mit irgend 'ner Braut tanzen oder so?«

Er fragte, ob ich sie noch alle hätte. Ma war immer diejenige gewesen, die Wert auf Geburtstage legte – Thomas auch, bevor er krank wurde. Nach Mas Tod hatte Dessa den ganzen Quatsch übernommen – Kuchen backen, ein Geschenk kaufen, eine Glückwunschkarte schreiben. Seit Dessa weg war, hatte sich keiner von uns mehr darum gekümmert.

»Wieviel mußt du an dem Spukschloß eigentlich noch machen?« fragte Ray. »Wenn du willst, kann ich dir morgens helfen. Damit du endlich fertig wirst.«

Ich sagte, nein danke, er habe schon genug zu tun. Er solle mal ein bißchen kürzer treten und sich nicht noch die Arbeit anderer Leute aufhalsen.

»Wenn ich glauben würde, ich schaff's nicht, würd ich's nicht anbieten«, knurrte er. »Ich lauf immer noch wie ein Uhrwerk, mach dir mal keine Sorgen.« Er stellte das Radio an. Machte es wieder aus. Wenn das mit den Entlassungen bei Electric Boat so weitergehe, müsse er sich vielleicht noch Arbeit *suchen*, meinte er. Dann hätte er den ganzen verdammten Tag für mich Zeit. Er kurbelte das Fenster runter und spuckte wieder raus. Sein Augenlid zuckte. Zu welcher Apotheke ich mit meinem Rezept wolle?

»Mir egal«, antwortete ich. »Vielleicht Price-Aid.«

»Price-Aid? Die nehmen's von den Lebendigen. Du solltest zu Colburn's gehen. Bob Colburn behandelt dich wenigstens anständig.«

»Okay, dann eben zu Colburn's.« Ich schloß für einen Moment die Augen und atmete ein paarmal tief durch. Wenn er zu Colburn's wollte, warum hatte er mich dann gefragt?

»Hör mal, weißt du, was dein Problem ist?« fragte er. »Du lädst dir zuviel auf.«

Ich sagte, mit mir sei alles in Ordnung.

Ach ja? Wenn ich so »in Ordnung« sei, wieso hätte ich dann mitten in der Nacht meinen Pick-up zu Schrott gefahren? Das sehe für ihn nicht so aus, als wäre alles »in Ordnung«.

»Wer hat gesagt, daß ich ihn nachts zu Schrott gefahren habe?«

»Dein Kumpel. Die Plaudertasche beim Autohändler. Er hat mich eben beiseite genommen und gesagt, er mache sich Sorgen um dich. Er meint, du willst zuviel auf einmal schaffen – deine Firma ganz allein führen *und* dich um deinen Bruder in der Klapsmühle kümmern. Und das kleine Flittchen, mit dem du zusammenlebst, ist dir ja wohl keine Hilfe. Oder sehe ich das falsch?«

Ich preßte die Lippen zusammen. Was zwischen Joy und mir war, ging ihn nichts an. Und was Thomas betraf, wer, zum Teufel, sollte sich denn sonst um ihn kümmern? Wollte *Ray* das auf einmal übernehmen?

»Ich weiß, daß alles hauptsächlich auf deinen Schultern gelastet hat. Die ganze Geschichte mit ihm. Hast deine und seine Last getragen. Meine wohl auch, schätze ich.«

Ich schloß die Augen und hörte zu.

»Natürlich war es anders, als deine Mutter noch lebte. *Sie* hat sich um ihn gekümmert ... Ich weiß auch nicht, es war nicht dasselbe – dich aufzuziehen und ihn aufzuziehen. Ihr wart euch äußerlich so ähnlich, aber sonst wie Tag und Nacht ... Wenn du's wissen willst, es ist mir manchmal ganz schön auf die Nerven gegangen, wie vernarrt sie in ihn war ... Ich weiß auch nicht, er und ich, wir haben uns nie verstanden.«

Sag bloß, Ray. Ich war dabei, erinnerst du dich? Als ich die Augen öffnete, sah ich, wie seine Hände das Lenkrad umklammerten.

»Aber, meine Güte, muß er denn hingehen und sich die *Hand* abhacken? Ist mir egal, wie verrückt er ist. Darüber komm ich nicht weg ... Ihr beiden habt Glück gehabt. Ihr mußtet nie in den Krieg. Es verändert einen, wenn man im Krieg war. Man kommt nach Hause, man will nicht darüber reden, aber ... es verändert einen halt. Das ist alles. Die Dinge, die man sieht und die man tut, und dann kommt man ins normale Leben zurück und ... Als ich drüben in Italien stationiert war, hab ich gesehen, wie es einen Burschen zerrissen hat, direkt vor mir. In zwei Teile, genau an der Hüfte ... Ich muß immer dran denken, wie er ins Haus geht, mein Messer von der Wand nimmt und sich *freiwillig* die Hand abschneidet ... Ausgerechnet in der Bücherei. Ich *weiß*, daß er krank ist. Ich *weiß*, er kann nichts dafür. Aber Herr*gott* ...«

Es entwaffnete mich – Rays Versuch, seinen inneren Kampf mit dem, was Thomas getan hatte, in Worte zu fassen. Sein Eingeständnis aus heiterem Himmel, daß es unter seiner gepanzerten Oberfläche etwas Verletzliches gab. Ich schaute aus dem Fenster, konnte ihn nicht ansehen.

»Laß mich dir einfach ein bißchen bei dem Haus helfen, okay?« sagte er. »Das ist das, was ich im Augenblick tun kann ... Was ich beitragen kann.«

Ich räusperte mich. »Ja, ist gut, danke. Wir werden sehen.«

Wir schwiegen eine Weile, dann sagte Ray plötzlich: »Üble Geschichte, was da bei Electric Boat läuft. Erst opferst du denen dein ganzes verdammtes Leben, und dann setzen sie dich einfach vor die Tür. Und wollen noch an deiner Rente drehen.«

Ich erwiderte, einen alten Hasen wie ihn würden sie nicht entlassen – wahrscheinlich würde ohne ihn alles zusammenbrechen.

»Mach dir nichts vor, Kleiner. Diesmal ziehen sie gerade uns alten Hasen das Fell über die Ohren. Scheiß Manager. Haben alle einen Klumpen Eis, wo bei anderen das Herz sitzt.«

Ich rutschte unbehaglich auf dem Sitz hin und her. »Was hast du denn, daß du zum Arzt mußt?« fragte ich.

»Nichts besonderes.«

»Und was?«

»Nichts. Manchmal ein taubes Gefühl in den Füßen, weiter nichts. Wer bist du denn – irgend so 'n medizinischer Ratgeber?«

Ray sah sie eher als ich – eine Joggerin, die vor uns über die Straße lief. Er trat voll auf die Bremse. Der Schmerz schoß mir ins Genick, trotz der Tabletten.

Ray kurbelte das Fenster runter. »Bist du lebensmüde, Suzie Q?« brüllte er. Und »Suzie Q« hob die Hand und zeigte ihm den Mittelfinger.

He, dachte ich plötzlich, das ist ja Nedra Frank!

Aber als wir an ihr vorbeifuhren, sah ich, daß es nicht Nedra war. Sie war ihr nicht mal ähnlich.

»Lieber Gott!« sagte Ray. »Hast du das gesehen? Früher hätte es das nicht gegeben – daß eine Frau so was macht. Das verdanken wir dieser Gloria Steinberg. Das ist *ihr* großer Beitrag zu unserer Gesellschaft.«

Ich war zu erschlagen, um darauf einzugehen ... Aber selbst

wenn sie es gewesen wäre, dachte ich, während ich meinen Nacken massierte, selbst wenn Nedra da entlanggejoggt wäre – selbst wenn sie eines Tages *wirklich* auftauchte, wenn ich über dieses Weibsstück stolperte –, bedeutete das nicht, daß sie das Manuskript meines Großvaters aufgehoben hatte. Sie war in jener Nacht völlig durchgeknallt gewesen – total irrational und zudem besoffen. Sie war wahrscheinlich durch den Schneesturm nach Hause geschlittert und hatte das verdammte Ding in den Müll geworfen. Domenicos Geschichte vernichtet, Seite für Seite …

Ray stieß mich an, und ich wachte auf. Wir standen auf dem Parkplatz vor der Apotheke. Ob er mir eine Halskrause holen solle, während ich da drin sei?

»Was? … Äh, nein.«

Im Außenspiegel sah ich das Gesicht meines Bruders – so wie es früher ausgesehen hatte, wenn wir ihn weckten. Ma und ich. Thomas schlief immer länger als ich – erwachte mit einem verwirrten Ausdruck auf dem Gesicht. Als wäre er durch eine andere Dimension gereist … Plötzlich erinnerte ich mich an den Traum, den ich letzte Nacht gehabt hatte, vor dem Unfall: Mas Mutter schwebte unter dem Eis, und ihre Augen baten mich um irgend etwas …

Das ganze Schaufenster von Colburn's war für Halloween dekoriert. Und morgen hatten wir Allerheiligen. Ich konnte mich nicht daran erinnern, wann ich das letzte Mal eine Kirche betreten hatte … *Ich hab's nicht mit der Religion,* hörte ich mich zu Dr. Patel sagen. *Verwechseln Sie mich nicht mit meinem Bruder* … Ich dachte ernsthaft daran, die Sache mit Patel sausenzulassen: dieses ganze Wühlen in der Vergangenheit, was hatte es für einen Sinn? Was konnte man an der Vergangenheit ändern? Gar nichts … Ich sah Thomas und mich als Kinder zu Halloween, zwei Ausreißer mit einem Bündel auf dem Rücken. Wir trugen unsere normalen Sachen statt Kostümen, hatten die Gesichter mit Kohlenstaub geschwärzt. Damals tolerierte Ray Halloween, aber er sagte, er wolle verdammt sein, wenn er gutes Geld für Dracula-Umhänge und Monsterhände aus Gummi rauswarf. Wir brauchten uns deswegen nicht so anzustellen. »Punkt halb neun seid ihr zu Hause. Morgen ist Kirche.«

Halloween, dann Allerheiligen. Rays Geburtstag …

»Ray hat bald Geburtstag!« nervte mich Thomas immer schon Wochen im voraus.

»Ich *weiß*. Hör endlich auf damit!«

War das nicht lächerlich? Vierzig Jahre alt, und ich konnte immer noch die Geburtstagsgeschenke aufzählen, die mein Bruder für Ray gekauft hatte: Laubsäge, Taschenlampe, Luxus-Schuhputzkasten … Thomas verpackte Rays Geschenke eine Woche vorher – versteckte die selbstgemachte »Für den besten Dad der Welt«-Karte in der untersten Schublade seines Schreibtisches.

Ich nicht. An jedem ersten November rannte ich vor der Kirche durch die Wohnung, schnappte ein paar von den Karamelriegeln, die ich am Abend zuvor bekommen hatte, und wickelte sie in eine Comicseite aus den alten Zeitungen, die hinter dem Haus gestapelt waren. Kritzelte »Alles Gute zum Geburtstag« auf einen Notizzettel, befestigte ihn mit Klebeband auf dem Päckchen. Schob ihm das Ganze hin. »Hier.«

Das Witzige – eigentlich das *Traurige* – war, daß Ray nie den Unterschied zwischen unseren Anstrengungen zu bemerken schien. »Ja, okay, danke«, sagte er zu uns beiden – wahrscheinlich verlegen, weil er Geschenke bekam. Dann hasteten er, Ma, Thomas und ich zum Auto und fuhren zur Frühmesse. Auf der Kirchenbank rahmten sie uns ein, Ma auf der einen Seite, Ray auf der anderen, Thomas und ich dazwischen. Wir saßen immer auf denselben Plätzen … Mürrisch und schuldbewußt kniete ich nieder, stand auf, machte erneut einen Kniefall – und währenddessen stopfte ich mir heimlich Halloween-Bonbons in den Mund. Ich aß Süßigkeiten in der Kirche, im Beisein meines Stiefvaters. Ray Birdsey, der Konvertit, der zum Superkatholiken bekehrte Heide: mit jedem Biß verhöhnte ich Ray und Gott zugleich. Riskierte ihren Zorn …

Aber Thomas wurde erwischt, nicht ich. In jenem Jahr waren wir in der fünften Klasse – das war das letzte Mal, daß Ray uns erlaubte, zu Halloween die Runde zu machen. Eine Stunde vor der Messe hatte mein Bruder Ray ein Transistorradio geschenkt. Er war bereits im Sommer auf die Idee gekommen und hatte monatelang Mrs. Pusateris Cockerspaniel ausgeführt, um genug Geld zusammenzukriegen. Rays Augen waren geschlossen, sein

Gesicht in den gefalteten Händen verborgen; Ma umklammerte ihren Rosenkranz und betete in die hohle Hand, die ihre gespaltene Lippe bedeckte. Ich hielt meinem Bruder eine Rolle Necco-Waffeln hin. Ich mochte sie nicht, daher meine Großzügigkeit. Sündige mit mir, Thomas, forderte meine Hand ihn auf. Ich gab ihm die Kekse und drückte seine Hand zusammen. Gib der Verführung nach. Iß Süßes in der Kirche, wie ich.

Es war das Knuspern, das Ray auffiel. Er blickte zu uns herüber. Das war immer das Problem mit Thomas: Er schaffte es nie, etwas heimlich zu tun – erlernte nie die Kunst, Ray genug zu hassen, um ihn mit Erfolg zu überlisten. Ray griff an mir vorbei, konfiszierte die Waffeln und hielt sie hoch, damit meine Mutter sie sehen konnte. Er starrte Thomas an, wandte den Blick nicht von ihm ab. Er fixierte Thomas von der Predigt bis zur Wandlung. Und als Pater Frigault Brot in Fleisch und Wasser in Wein verwandelt hatte, zitterte mein Bruder am ganzen Körper aus Angst vor der Strafe, die ihn nach der Messe erwartete.

Ray stand zur Kommunion auf und wartete am Ende der Reihe. Meine Mutter und ich gingen an ihm vorbei. Thomas erhob sich ebenfalls – dann setzte er sich wieder, niedergestoßen von Rays unbarmherzigem Blick.

»Der Leib Christi«, sagte Pater Frigault und hielt eine Hostie vor meinem Gesicht hoch, als ich an der Kommunionbank niederkniete.

»Amen«, antwortete ich und streckte meine schokoladenbraune Zunge heraus, um die spröde, geschmacklose Scheibe zu empfangen, die in Größe und Form einer Necco-Waffel nicht unähnlich war. Mit der Zunge drückte ich die Oblate an den Gaumen, durchtränkte sie mit meinem süßen Speichel und schluckte sie herunter. Ich kehrte zur Sitzreihe zurück und kniete neben meinem Bruder nieder, der inzwischen nicht mehr nur zitterte, sondern auch angefangen hatte zu wimmern.

Thomas' Bestrafung begann auf dem Parkplatz, als er nach dem Türgriff unseres Mercury-Kombis faßte. Rays Hand schoß nach vorne, er packte meinen Bruder am Handgelenk und gab ihm mit der freien Hand ein paar Ohrfeigen. »Dominick«, sagte meine Mutter, »steig ein.«

Wir kletterten ins Auto, meine Mutter vorne, ich hinten,

während Thomas heulend Entschuldigungen vorbrachte und wie ein Fisch an der Angel zappelte. Die Gemeindemitglieder von St. Mary's gingen vorbei, ein paar starrten uns an, andere schauten weg, schließlich ging sie das nichts an. Die Birdseys: diese arme, unscheinbare Frau mit der komischen Lippe, ihre unehelichen Zwillinge und der ehemalige Marinesoldat, der als Vater eingesprungen war. Der arme Kerl hatte weiß Gott *genug* am Hals. Arbeitete auf der Werft und half am Wochenende, die Grünanlagen um die Kirche herum in Ordnung zu halten. Es war sicher nicht leicht für ihn mit dieser Frau, die Angst vor dem eigenen Schatten hatte, und mit den beiden jungen Bengeln.

Ray war während der Rückfahrt von der Kirche in die Hollyhock Avenue still. Wir waren alle still, bis auf Thomas, der nach wie vor heftig zitterte.

Zu Hause setzte Ray die Bestrafung meines Bruders fort. »*Du bist Abschaum, das bist du! Abfall! Du müßtest Dreck heißen!*« Thomas kauerte heulend auf dem Küchenfußboden, die Arme über dem Kopf, wie wir es in der Schule gelernt hatten. »*Nichts als Ärger machst du deiner Mutter und mir! Du verfressenes Schwein!*« Zum großen Finale griff Ray sich sein nagelneues Transistorradio, holte aus wie ein Werfer beim Baseball und schleuderte es mit voller Wucht gegen die Wand. Plastik krachte, Batterien flogen durch den Raum. »*Da hast du's, du kleines Schwein! Wie gefällt dir das?*«

Am Abend zündete Ma mit zittrigen Händen die Kerzen auf Rays Geburtstagstorte an. Mit bebender Stimme stimmte sie »Happy Birthday« und »For He's a Jolly Good Fellow« an, und wir fielen widerwillig ein. Als Ray sich weigerte, die Kerzen auszupusten, beugte sie sich vor und pustete sie für ihn aus. Da sie nun einmal mit Ray Birdsey verheiratet war, in guten wie in schlechten Tagen, war sie entschlossen, ihn für einen »jolly good fellow« zu halten, ganz egal, was der Augenschein lehrte. Ganz egal, was wir für ein Gefühl im Bauch hatten. »Nur ein *ganz kleines* Stück«, bat Thomas. »Und bitte kein Eis.« Ray stand auf und ging raus, ohne die Torte oder sein Eis anzurühren.

Thomas verpetzte mich nie. Er erzählte Ray nicht, daß ich die Süßigkeiten in die Kirche geschmuggelt hatte, und ich sagte es ihm auch nicht – übernahm nie die Verantwortung für das, was an jenem Morgen passiert war. Das war die Ironie, die bittere Pille, an der ich mein ganzes Leben geschluckt habe: daß *ich* derjenige war, der Rays Zorn verdient hätte. Aber er behielt immer Thomas im Visier. Immer war es Thomas, auf den Ray es abgesehen hatte.

»Hier«, sagte ich zu meinem Bruder am Abend des Geburtstags von unserem Stiefvater. »Ich *mag* das Zeug überhaupt nicht. Nimm es.« Und ich warf Milky Ways, Skybars und Butterfingers auf sein Bett.

Thomas schüttelte den Kopf. »Ich will's auch nicht.«

»Warum nicht?«

Er brach in Tränen aus. »Weil ich Dreck bin. Weil ich nichts als ein verfressenes Schwein bin.«

Ray lauerte ihm auf. Hackte bei jeder Gelegenheit auf ihm herum. Aber zu jedem Vatertag, jedem Geburtstag und jedem Weihnachtsfest hieß es: »Für den besten Dad der Welt!«

Verjährt, dachte ich, während ich zusammengesackt in Rays Wagen vor Bob Colburn's Apotheke saß, halb weggetreten von den Schmerzmitteln. All das ist lange vorbei. Warum die Vergangenheit wieder ausgraben? Warum jede Woche in dieser Praxis sitzen und deine traurige Geschichte erzählen?

Als wir beim Haus der Roods ankamen, sagte Ray, er werde mich abholen, sobald er beim Arzt fertig sei. »Vielleicht fahre ich auch erst noch beim Sanitätsfachgeschäft vorbei und hol dir 'ne Halskrause«, meinte er. »Falls du sie später doch möchtest. Leine und Flohhalsband besorg ich dir auch gleich.«

Ich stieg aus. Er ermahnte mich, es nicht zu übertreiben. Morgen werde er mir helfen. Wenn die Roods nicht noch einen Tag länger warten können, sollten sie doch zum Teufel gehen.

Ich war seit einer guten halben Stunde dort, die Fensterläden im Erdgeschoß waren bereits abmontiert, als Ruth Rood an eins der Fenster trat und mir zuwinkte. Ich winkte zurück.

Das Arbeiten mit einer Hand war äußerst mühsam – eine elende Plackerei. Ray hatte recht gehabt: Es war keine besonders gute Idee gewesen, ausgerechnet heute herzukommen. Blut drang bereits durch den Verband nach außen – aber nicht viel. Die Hand schmerzte. Und wie sollte ich diese verdammten Läden eigentlich zu mir nach Hause schaffen? Sie paßten nicht in Rays Galaxy, und ich hatte vergessen, ihn zu fragen, ob er sich Eddies Truck leihen konnte. Vielleicht hatte Leo einen passenden Leihwagen im Autohaus stehen, oder Labanara borgte mir seinen Laster. Ich konnte vor der Anhörung um vier nicht noch mehr Schmerzmittel nehmen. Wenn die Wirkung von dem Zeug nachließ, das ich schon intus hatte, würden meine Hand und mein Nacken sich ordentlich bemerkbar machen.

Ruth Rood kam im Bademantel auf die Veranda. Sie stand einfach da und knüllte ein Geschirrtuch auf dieselbe Art, wie Ma es getan hatte, wenn sie nervös war. Ruth sah aus, als wollte sie etwas sagen.

»Wie geht's?« fragte ich, während ich versuchte, eine verrostete Scharnierschraube zu lösen.

»Ich hab Sie nicht vorfahren hören«, meinte sie.

Ich erklärte ihr, daß ich hergebracht worden war. »Ich hatte letzte Nacht einen Unfall, Totalschaden.« Ihre Augen zeigten keinerlei Regung. Meine Gesundheit erzeugte kaum einen kleinen Piepser auf ihrem Radar.

Sie ging ans andere Ende der Veranda, blieb eine Minute dort stehen und kam wieder zurück. Weinte sie? »Es paßt heute leider nicht so gut, daß Sie hier sind«, sagte sie. »Henry macht eine schwere Zeit durch. Es geht ihm nicht gut.«

Ich starrte sie an.

»Er hat Depressionen.«

Henry geht's nicht gut? *Henry* hat Depressionen? Daß sie das sagte, machte mich so wütend, daß die Schraube, die ich bearbeitet hatte, sich quietschend löste. Hatten sie und Henry mich nicht drei Wochen lang genervt, daß ich endlich herkam? Wenn ich einen Dollar für jede Nachricht von ihnen auf meinem Anrufbeantworter gekriegt hätte …

»Ich bleib sowieso nicht mehr lange«, sagte ich. »Ich muß nur die restlichen Läden abnehmen, wie ich Ihnen am Telefon gesagt hab. In einer Stunde bin ich weg.«

»Vielleicht wär's besser, wenn Sie gleich gehen würden«, sagte sie. »Können … können Sie nicht einfach gehen?«

Ich erinnerte sie daran, daß ich meinen Wagen zu Schrott gefahren hatte und nicht wegkonnte, bevor ich abgeholt wurde. Gott, wie ich diese Leute haßte.

»Na gut«, sagte sie. Sie drehte sich um und ging wieder ins Haus.

Ich war *wütend*. Ohne Rücksicht auf meine verletzte Hand zerrte und rüttelte ich an der Ausziehleiter, bis sie am ersten Stock lehnte. Mit der gesunden Hand hielt ich mich fest und stieg hinauf. Ein Gutes hat es, wenn man mit Wut im Bauch arbeitet: Die Adrenalinpumpe läuft. Obwohl ich dauernd die Leiter rauf und runter klettern mußte, schaffte ich die Läden im ersten Stock schneller als die im Erdgeschoß. Ich kochte innerlich, aber wenigstens brauchte ich für eine Weile nicht über meinen Wagen oder über meinen Bruder nachzudenken oder darüber, wer meine Freundin geschwängert hatte.

Nach einer Stunde war ich soweit. Ich hatte alle Läden von den Fenstern der beiden unteren Stockwerke abgenommen und gestapelt: Vergiß die beiden im zweiten Stock, dachte ich. Ich hielt mir die gesunde Hand über die Augen und blinzelte hinauf zum Dachfenster und der kleinen Aussichtsterrasse dort oben. Wäre sowieso schlauer, einfach zu klingeln und durchs Haus zu gehen. Über das Dachfenster auf die kleine Veranda zu klettern. Aber, Moment mal – ich würde den armen Henry doch nicht bei seinen Depressionen stören wollen. Nicht, wenn er so einen schlechten Tag hatte. Wenn der Bursche wissen wollte, was ein wirklich schlechter Tag war, sollte er mal mit *mir* tauschen oder mit meinem Bruder. Das würde ihn von seinen Depressionen kurieren. In meinen Augen hatte der alte Henry ein schönes Leben.

Ich ging zur Straße und hielt Ausschau nach Ray. Keine Spur von ihm. Wahrscheinlich kaufte er gerade diese verdammte Halskrause. Entweder das, oder beim Arzt ging's nicht vorwärts. Ich mußte nach Hause und die Notizen für die Verhandlung durchsehen. Egal, mein Nickerchen konnte ich wohl vergessen.

Ich setzte mich auf die Gartenmauer der Roods. Schaute hinauf zu den Fensterläden ganz oben. *Morgen kann ich dir helfen.* Na wunderbar: Zusätzlich zu allem anderen sollte ich nun auch noch Ray jeden Tag bei der Arbeit ertragen. Mir anhören, wie *er* es gemacht hätte und daß ich es ganz falsch machte … *Manchmal ein taubes Gefühl in den Füßen.* Das fehlte mir gerade noch:

daß er eines Tages auf der Leiter stand und seine Füße nicht mehr spürte. Wo kam das taube Gefühl überhaupt her? Von seiner Diabetes? Ich hatte ihn nicht mal gefragt.

In meiner Hand fing es an, wie wild zu pochen. Immer noch kein Ray. Ich faßte in die Hemdtasche und fischte die letzte Schmerztablette heraus. Wenn ich sie jetzt nahm, hätte ich um vier keinen klaren Kopf. Aber wie sollte ich diese Schmerzen aushalten? Das würde Sheffer gefallen – ich zugedröhnt bei der Anhörung. *Wenn irgend jemand den Ausschuß überzeugen kann, ihn rauszulassen, sind Sie's,* paesano ...

Ich schaute wieder zu den Läden im zweiten Stock hoch. Scheiß drauf, dachte ich. Ich saß hier doch nur rum und wartete. Wenn ich die beiden letzten auch noch abnahm, hatte ich alles geschafft. Vielleicht würde ich sie zu Willard's bringen und abbeizen lassen, statt sie selbst abzuschmirgeln. Ich mußte wohl in den sauren Apfel beißen. An dem Auftrag konnte ich sowieso nichts mehr verdienen. Scheiß drauf.

Ich bewegte die Zehn-Meter-Ausziehleiter rüber zur Aussichtsterrasse. *Es paßt heute leider nicht so gut, daß Sie hier sind.* Die hatte vielleicht Nerven ... Ich stieg hinauf, immer höher, kletterte über das Geländer.

Von da oben konnte ich bis ans Ende der Gillette Street und zur Oak Street sehen, sogar ein kleines Stückchen vom Fluß erkennen. Immer noch keine Spur von Ray. Ich mußte nach Hause, die Notizen für die Anhörung noch einmal durchsehen und unter die Dusche gehen – inzwischen roch ich wahrscheinlich einigermaßen streng. Der Arzt hatte gesagt, der Verband dürfe nicht naß werden – ich würde wohl eine Plastiktüte oder so was darüber ziehen müssen. Hoffentlich war Joy nicht zu Hause, um mir zu helfen ... *Beeil dich,* Ray.

Der linke Laden ließ sich leicht lösen. Der Fensterrahmen war so verfault, daß ich die Schrauben an den Scharnieren nach den ersten paar Drehungen mit der Hand rausziehen konnte. Vielleicht würde es schwierig werden, ihn wieder anzubringen, aber das Abnehmen war kein Problem. Ich hob ihn hoch und hielt ihn so gut wie möglich fest, um damit über das Geländer zu klettern und hinunterzusteigen.

Plötzlich bewegte sich etwas – ich spürte ein ledriges Flattern an meinem Handgelenk! »Herrgott!« murmelte ich und ließ den Laden los. Er schlug gegen das Geländer und fiel hinunter.

Ich sah, wie er am Boden zerbrach und wie ein schwarzer Schatten auf mich zukam. Den Bruchteil einer Sekunde lang war ich so dumm zu glauben, es wäre ein Teil des Ladens – eine Art Schrapnell. Dann merkte ich, was es war. Sah es ganz aus der Nähe: eine beschissene *Fledermaus*.

»Hau ab!« brüllte ich und verscheuchte sie. Verdammt, ich hasse Fledermäuse. Ich habe Angst vor ihnen. Wenn jemand einen Beweis will, daß es das Böse gibt, braucht er sich bloß mal eine Fledermaus von nahem anzusehen.

Sie flog im Bogen zu ihrem Schlafplatz, flatterte umher und suchte den Schutz des fehlenden Ladens. Dann landete sie auf der Fensterbank, einen Meter von meinem Gesicht entfernt.

Ich starrte sie an, und sie starrte zurück – legte den walnußgroßen Kopf schief und musterte mich. Als sie das kleine Maul öffnete und zischte, konnte ich das blaßrosa Innere sehen, die kleinen messerscharfen Zähne. Mein Herz pochte, der kalte Schweiß brach mir aus ... Dieses kleine Miststück hätte dir gerade beinahe den Rest gegeben, sagte ich mir. Statt des Ladens könntest jetzt *du* da unten liegen.

Sie bewegte den Kopf und starrte mich dabei die ganze Zeit an. Beobachtete mich. Ich faßte in meinen Werkzeuggurt, fand ein paar Glaserkeile ... und bewarf sie damit. Sie zischte erneut, flatterte auf und flog zu einem Baum in der Nähe. »Und da bleibst du!« sagte ich und lehnte mich einen Moment ans Haus, um den Schwindelanfall vorbeigehen zu lassen.

Dann sah ich ihn. Rood. Er stand am Dachfenster und starrte hinaus. Schaute er mich *an*? An mir *vorbei*? Sein Blick konnte einem Angst einjagen. Und ich war auch da, mein Spiegelbild auf der Fensterscheibe über ihm. »Was ist?« fragte ich. »Was wollen Sie?« Dachte: Hau ab, Mann. Hör auf, mich anzustarren.

Er steckte sich die Pistole in den Mund. Ich taumelte zurück.

Fiel.

Der Sturz war geräuschlos. Ich sah die beiden in Zeitlupe und in einem glänzenden Lichtstrahl – meine Tochter und meine Mutter. Angela drehte sich in einer Art Pirouette. Sie trug ein blütenweißes Kleid.

30

»Trag die Leiche«, sagt der Affe.

»Welche Leiche?«

»Sie hängt an der Zeder.«

Und nun sehe ich ihn, mit dem Seil um den Hals, sein nackter Körper schwingt hin und her, hin und her. Ich nähere mich ihm langsam, widerwillig, und er hebt die Arme wie zu einer Umarmung. Seine abgehackte Hand ist wieder angewachsen.

»Aber er lebt doch«, sage ich.

»Töte ihn«, sagt der Affe. »Trag die Leiche.«

Mein Herz pocht. Ich habe Angst, nicht zu gehorchen. Als ich auf einen Stein steige, sind seine und meine Augen auf gleicher Höhe. Ich wende mich von seinem bittenden Blick ab, stülpe die Tüte über seinen Kopf und ziehe sie zu. Er wehrt sich, schlägt mit den Armen um sich, zuckt. Dann ist er ruhig.

Ich schneide ihn vom Baum ab. Lege ihn mir über die Schulter, stolpere in Richtung des plätschernden Geräuschs. Als ich das Wasser sehe, wird meine Last leichter. Ich merke, daß ich nicht mehr die Leiche meines Bruders trage. Es ist die Leiche des Affen.

»Vergib mir«, flüstert er. Ich bleibe stehen und wundere mich, daß Tote reden können.

»Was soll ich dir vergeben?«

Der Affe seufzt.

Miguel, der Pfleger vom Nachtdienst, zeigte auf den Beutel, der neben meinem Bett an einem Ständer hing. »Das sind nicht Sie, Mann«, sagte er. »Das ist das Morphium. Viele Patienten flippen von dem Zeug aus.«

Ich hob meine Hände und schaute sie an – die verletzte und die andere. Ich hatte meinen eigenen Bruder erstickt, hatte gespürt, wie das Leben seinen Körper verließ. »Es kam mir so real vor«, sagte ich.

Miguel hielt seine Hand unter das Eis am Stiel, an dem ich geknabbert hatte, und ließ mich noch einmal abbeißen. »Das ist der Witz bei Halluzinationen«, sagte er. »Ist es echt, oder ist es das Memorex? Haben Sie schon mal LSD genommen?«

Ich schüttelte den Kopf, was mit der Halskrause nicht ganz einfach war.

»Ich hab's ein paarmal gemacht – zu den guten alten Macho-Zeiten, bevor meine zweite Frau mich in die Fänge bekam und meinen Arsch in einer Pflegerausbildung parkte. Einmal, als ich 'n Trip geworfen hatte, hab ich gedacht, ich gehörte zu einem Rudel wilder Hunde. Mann, ich hab wirklich geglaubt, ich wäre ein Hund. Ich hätte schwören können, es ist echt ... He, wollen Sie noch was von dem Eis? Es fängt langsam an zu tropfen.«

Ich sagte nein, streckte den Arm nach dem Haltegriff über meinem Bett aus und veränderte meine Lage um ein paar Zentimeter. »Wofür ist das hier eigentlich?« fragte ich und tippte auf die Bandage an meiner Schulter.

»Sie haben sich den Trapezmuskel gezerrt – sind wohl bei dem Sturz an eine Ecke des Verandadachs gekommen. Ich hab mit einem von den Notärzten geredet, die Sie hergebracht haben. Der geht in dieselbe Kirche wie ich. Er hat's mir erzählt. Sagte, sie hätten sich schon fünf Minuten mit Ihnen beschäftigt, bevor sie merkten, daß sie den Falschen hatten ... He, wie geht's mit dem Katheter?«

»Besser«, sagte ich.

»Wirklich?« Als er die Decke hochhob, um nachzusehen, blickte ich hinunter auf mein geschwollenes, geschientes Bein, den Fuß, der die Farbe einer Aubergine angenommen hatte. »Mein Gott, was für ein Anblick«, sagte ich schaudernd und sah schnell weg.

»Hätte schlimmer kommen können, Mann«, erwiderte Miguel. »Hätte schlimmer kommen können.«

Miguel erzählte, daß mich die Notärzte, als sie auf Ruth Roods hysterischen Notruf in die Gillette Street 207 gekommen waren, bewußtlos vor dem Haus auf einem Haufen zerbrochener Fensterläden gefunden hatten. Sie gingen von zwei falschen Annahmen aus: daß ich Henry Rood war und daß es sich bei meinem Sturz um den Selbstmordversuch handelte, von dem Mrs. Rood am Telefon schreiend berichtet hatte. Mein linkes Bein lag verdreht unter mir, der Fuß stand in einem unnatürlichen Winkel ab. Das Wadenbein war gesplittert und hatte sich durch die Haut gebohrt. Nachdem sie mich betäubt und für den Transport vorbereitet hatten, entschlüsselte schließlich jemand Ruth Roods Redeschwall über das Dachzimmer, ihren Mann und die Pistole, die er sich in den Mund gesteckt hatte.

Ich konnte mich an den Sturz erinnern, aber nicht an die Landung. Manches von dem, was danach geschah, hatte sich dennoch in mein Gedächtnis eingebrannt: ein bellender Hund zwischen den Gaffern auf dem Gehweg, irgend jemand, der wie am Spieß schrie, als sie versuchten, mir den Arbeitsschuh auszuziehen. (Konnte ich das gewesen sein?) Ich erzählte Miguel, ich könne mich nicht an den Schmerz erinnern. »Ja, weil Ihr Gehirn wie ein Stromunterbrecher funktioniert«, sagte er. »Wenn's zu schlimm kommt, wird ein Schalter umgelegt, und man verliert das Bewußtsein.« Er bewegte anschaulich die Hand hin und her. »Computer hin oder her«, meinte er, »was High-Tech betrifft, geht nichts über den menschlichen Körper.«

Henry Rood sei bei der Einlieferung ins Shanley Memorial Hospital für tot erklärt worden, sagte Miguel, wobei er wahrscheinlich schon ein oder zwei Sekunden nach dem Schuß tot gewesen sei. Nach dem, was sein Freund ihm erzählt hatte, war Roods Hinterkopf über die Wände und den Fußboden verteilt. Kurz nach Rood war ich in einem *zweiten* Krankenwagen mit einer *zweiten* Krankenwagenbesatzung ins Shanley gekommen. Dr. William Spencer, der Chefarzt für orthopädische Chirurgie, wurde von einem Vater-Sohn-Golfturnier am anderen Ende von Connecticut herbeigerufen und traf gegen sechs Uhr ein. Er war der Meinung, daß mein zertrümmerter Fuß und die gebrochenen und verschobenen Knochen unterhalb des Knies sofort operiert werden mußten. Die Operation begann kurz nach sieben und dauerte bis nach Mitternacht, und in dieser Zeit wurden vierzehn Knochen und Knochenfragmente mit Schrauben, Plastikteilen und zwei gebogenen Stahlplatten verbunden. Miguel meinte, in meinem Bein stecke soviel Metall, daß es wahrscheinlich Strom leiten könne.

Ich fragte ihn, wie es Mrs. Rood ging – ob er etwas gehört habe.

Er zuckte die Achseln. »Das Begräbnis ist am Montag. Stand in der Zeitung. Entschuldigen Sie mich einen Moment, ich muß mal nach Ihrem Nachbarn gucken.« Er ging auf Zehenspitzen zur anderen Seite des Zimmers und verschwand hinter dem Vorhang.

Als ich die Augen schloß, sah ich Rood aus dem Dachfenster starren. Er war im Zorn gestorben, soviel stand fest. Ich hatte irgendwo gelesen, wenn einer so eine Schweinerei hinterläßt, rächt er sich an denen, die saubermachen müssen. Wahrscheinlich an Ruth: Er mußte irgendeine Rechnung mit seiner armen, saufenden Frau zu begleichen gehabt haben. Aber warum hatte er *mich* da mit reingezogen, warum hatte er mir den bösen Blick zugeworfen, bevor er es tat? Ich begann zu zittern, zuerst ein bißchen, dann unkontrolliert.

»Miguel? … He, Miguel?«

Sein Kopf kam hinter dem Vorhang hervor. »Was ist los? Ist Ihnen kalt?« Er sagte, er müsse noch ein paar Dinge kontrollieren, aber in ein paar Minuten könne er mir eine zweite Decke bringen. Dann ging er hinaus.

Ich schloß die Augen und versuchte, Rood aus dem Kopf zu kriegen. Dann kam der Morphiumalptraum zu mir zurück. Der Affe, die Zeder … Ich hatte meinen eigenen Bruder erdrosselt, Hergott noch mal – ob Morphium oder nicht, was mußte das für ein krankes Hirn sein, das sich *so was* zusammenträumte? Eine Welle der Übelkeit erfaßte mich. Ich griff nach der Brechschale auf dem Nachtisch, kam nicht dran und kotzte Galle und flüssiges Eis auf meine Bettdecke.

Als Miguel zurückkam, machte er sauber und wechselte den Urinbeutel. »Wie ist es jetzt?« fragte er. »Geht's Ihnen besser?«

Ich brachte ein schwaches Lächeln zustande. »Können Sie … sind Sie sehr beschäftigt?«

»Was brauchen Sie, Mann?«

»Ich hab ... ich hab gedacht, ob Sie ein bißchen bei mir bleiben könnten. Ich bin so ... ich ...«

»Ja, kein Problem«, antwortete er. »Nicht viel los heute nacht. Wird schon gehen.« Er setzte sich an mein Bett.

»Was ist eigentlich heute?« fragte ich. »Ich weiß nicht mal, welchen *Tag* wir haben.«

»Samstag nacht«, erwiderte er. Drehte den Kopf, um die Uhr auf dem Korridor sehen zu können. »Fünf nach halb zwei.«

»Samstag? Wie kann denn Samstag sein?«

»Weil gestern Freitag war. Sie sind seit ein paar Tagen immer mal wach und dann wieder nicht. Mehr bewußtlos als wach, um ehrlich zu sein. Am ersten Abend waren Sie einer der weggetretensten Typen, die ich hier je gesehen hab. Wollten immer wieder aus dem Bett steigen und den Morphiumtropf abreißen. Das wär Klasse gewesen. Sie stehen auf und versuchen, mit *dem* Fuß zu laufen ...«

Langsam dämmerte mir, daß ich die Anhörung verpaßt hatte. Ich hatte meinen Bruder im Stich gelassen. »Was ... was haben wir für ein Datum?«

»Das Datum? Heute? Dritter November.«

Ich sah Thomas mit der Tüte über dem Kopf. Ich versuchte, mich aufzurichten. »Ich muß telefonieren«, sagte ich. »*Bitte*. Ich muß rausfinden, was mit ihm passiert ist.«

Er sah mich an, als halluzinierte ich wieder. »Was mit wem passiert ist?«

»Meinem Bruder. Haben Sie was gehört? Was ist mit ihm passiert?«

Miguel zuckte die Schultern. »Ich hab von Ihrem Wagen gehört. Von Ihrem Bruder weiß ich nichts. Wieso? Was ist mit ihm?«

Ich sagte, es sei zu schwierig zu erklären – ich müsse jetzt telefonieren.

»Mann, wen wollen Sie um halb zwei in der Nacht anrufen? Hören Sie mal, Sie sind ein bißchen durcheinander, das ist alles. Das passiert, wenn man zwei, drei Tage im Bett liegt. Wenn Sie um die Zeit jemanden anrufen, kommt er hierher und zerquetscht Ihnen den andern Fuß auch noch. Denken Sie doch mal nach, Mann. Sie müssen bis morgen warten.«

Früher hätte ich mich vielleicht gesträubt, mit ihm gestritten, aber ich hatte keine Kraft mehr zum Kämpfen. Ich fühlte mich hilflos, überwältigt. Brach in Tränen aus.

»He, *hombre*«, sagte Miguel. »Immer mit der Ruhe. Es wird alles wieder gut. Das ist das Morphium.« Er nahm meine Hand. Am Morgen könne ich anrufen, wen ich wolle, versprach er. Wenn er dann noch da sei, werde er selbst die Nummer für mich wählen. Er hielt meine Hand, bis das Zittern aufhörte.

Miguel erzählte, er habe am Tag zuvor zwei Schichten hintereinander gearbeitet und meine Familie kennengelernt. Ob mein Bruder der große Typ sei, der mit meinem Vater und meiner Frau hier war?

Er hatte mich besucht? Thomas? Dann hatten sie ihn also entlassen?

»Sah er ... Wir sind Zwillinge«, sagte ich. »Sah er aus wie ich?«

Miguel zuckte die Achseln. »Der Typ war groß, ein bißchen stämmig. Er war auch dunkelhaarig, aber ich würde nicht sagen, daß er aussah wie Sie. Er hat erzählt, er würde in irgendeinem Film mitspielen.«

Ich schloß die Augen. »Das ist mein Freund Leo«, sagte ich.

Hatte er gerade gesagt, meine Frau sei hier gewesen? Ich erinnerte mich nicht an Besucher.

»Ich hab den Typen *irgendwo* schon mal gesehen, weiß bloß nicht mehr wo. Spielt er *wirklich* in einem Film mit, oder hat er mich bloß verarscht?«

»Ich weiß nicht. Meine ... Sie haben gesagt, meine Frau war da?«

Er nickte, und sein Gesicht verzog sich zu einem Grinsen. »Nehmen Sie's mir nicht übel, aber Sie haben wirklich eine gutaussehende Frau erwischt. Und sie kriegt ein Kind, richtig? Anfang Mai. Sie hat es mir erzählt.«

Joy. Joy war hiergewesen, nicht Dessa.

»He, denken Sie doch nur mal: Wenn der Braten aus der Röhre ist, sind Sie längst wieder auf den Beinen und laufen rum wie neu. Können Windeln wechseln und so.«

Ich schloß die Augen. Unterdrückte ein neuerliches Schaudern.

»Wir haben erst letzten Monat ein Kind gekriegt«, sagte er. »Unser drittes. Und dann hab ich noch eine Tochter aus meiner ersten Ehe. Blanca. Sie ist schon neunzehn. Manchmal kann ich's selbst kaum glauben.« Er holte seine Brieftasche hervor und zeigte mir die Fotos.

Ein Braten in der Röhre …

»Nun kommen Sie schon, Mann«, sagte Miguel. »Sie müssen positiv denken. Sehn Sie mal, das hier ist meine Frau.« Er tippte mit dem Daumen auf eine stämmige, langhaarige Brünette im Mittelpunkt des Familienbilds. Trotz des Tränenschleiers in meinen Augen zog mich die Offenheit ihres Blicks an. Sie sah direkt in die Kamera, direkt zu mir. Ich murmelte, sie sei auch eine gutaussehende Frau. »Ja, und sie läßt sich von niemandem für dumm verkaufen. Schon gar nicht von mir. Sie ist drei Viertel Franko-Kanadierin und ein Viertel Wequonnoc. Mit so 'ner Mischung legt man sich nicht an, sag ich Ihnen.«

Ich gab ihm die Bilder zurück. Putzte mir die Nase. Räusperte mich. »Sie haben eine Wequonnoc geheiratet, aha. Wenn das Kasino aufmacht, werden Sie wahrscheinlich Ihren Job aufgeben müssen und zu Hause bleiben, um Ihr Geld zu zählen.«

Er lachte. »Die Idee gefällt mir, Mann. Vielleicht bin ich in ein paar Jahren der puertoricanische Donald Trump. Wer weiß?«

Ein paar Minuten schwiegen wir. Der an eine Pumpe angeschlossene Tropf surrte hin und wieder; von der anderen Seite des Zimmers war ein Schnarchen zu hören.

»Sie ist meine Freundin«, sagte ich schließlich.

»Wie?«

»Joy ist meine Freundin, nicht meine Frau.«

»Ja? Aber wenn ihr ein Kind zusammen habt, ist es dasselbe. Seit dem Moment, als der Test positiv war, seid ihr verheiratet. Ist es Ihr erstes?«

Ich wandte den Blick ab. »*Ihr* erstes.«

»Ja?«

»Ich … ich hatte schon ein Kind. Eine Tochter.«

»Klingt, als würden Sie sie nicht mehr sehen.«

Ich schüttelte den Kopf.

»Muß hart sein, wenn man keinen Kontakt zu seinem Kind hat. Wenigstens *das* haben meine Ex und ich richtig gemacht. Wir haben's so geregelt, daß ich Blanca jedes Wochenende sehen kann. War es auch wert, weil sie ein gutes Mädchen ist. Sie wird

Rechtsanwaltgehilfin … Wo ist Ihre Tochter jetzt? Lebt sie in einem anderen Staat?«

»Sie ist tot.«

Das ließ ihn verstummen. Ich machte das nicht oft – irgendwelchen Leuten von Angela erzählen –, aber ich war zu müde, um die Fassade aufrechtzuerhalten.

»Mann, das ist hart«, sagte Miguel. »Das Härteste, was es überhaupt gibt … Aber, sehn Sie mal, Sie kriegen doch ein neues, nicht wahr? Sie müssen positiv denken. Und das mein ich ernst – Ihre Freundin sieht sehr gut aus. Würde mir nichts ausmachen, wenn ich aus dem Krankenhaus käme und sie würde auf mich warten, nichts für ungut.«

»War … Hat mich sonst noch jemand besucht?«

»Sonst noch jemand?« Er schüttelte den Kopf. »Nicht während meiner Schicht, jedenfalls hab ich niemanden gesehen, nur Ihre Freundin und Ihren Vater und diesen … Filmstar.«

Die Telefonzentrale des Three Rivers State Hospital meldete sich prompt, als ich um sieben Uhr am nächsten Morgen anrief, und verband mich mit dem Sicherheitsbereich von Station 2 im Hatch. Nein, sagte der Pfleger am Telefon, sie seien nicht befugt, Informationen über Patienten am Telefon weiterzugeben. Nein, er könne mir Lisa Sheffers Privatnummer *nicht* geben, auch wenn es ein Notfall sei. Er könne höchstens versuchen, sie zu erreichen und ihr etwas von mir auszurichten.

Bei Ray meldete sich niemand. Als ich bei mir zu Hause anrief, hörte ich nur meine eigene Stimme, die was von unverbindlichen Kostenvoranschlägen und garantierter Zufriedenheit faselte. Fünf Minuten später klingelte das Telefon.

»Dominick?« fragte Sheffer. »Wie geht es Ihnen? Als ich hörte, was passiert ist, hab ich nur gedacht, ›Oh, mein Gott‹!«

Ich fragte, ob die Anhörung verschoben worden sei.

Es entstand eine Pause. »Wissen Sie was?« sagte sie dann. »Was halten Sie davon, wenn ich Sie besuchen komme? Ich glaube, es ist besser, wenn wir das Ganze persönlich besprechen. Fühlen Sie sich fit genug für Besucher?«

»*Sagen* Sie's mir einfach«, bat ich. »Ist die Anhörung verschoben worden, oder hat sie stattgefunden?«

»Sie hat stattgefunden.«

»Wo ist er?«

»Wo er jetzt ist? Im Hatch, Dominick. Passen Sie auf, ich frage nur eben meine Freundin, ob sie eine Stunde oder so auf Jesse aufpassen kann, und anschließend komme ich so schnell wie möglich zu Ihnen rüber. Okay?«

Ich legte den Hörer auf. Als ich das Telefon auf den Nachttisch zurückstellen wollte, ließ ich das ganze verdammte Ding fallen. Ohne Erfolg versuchte ich, es am Kabel wieder hochzuziehen. Mein Zimmergenosse lag auf der Seite und beobachtete mich. »Soll ich's Ihnen aufheben?« fragte er.

Er stieg aus dem Bett und ließ einen langen, krachenden Furz fahren. »Hoppla. Ent*schul*digung.« Auf Pantoffeln schlurfte er durchs Zimmer. »Eine der Nebenwirkungen meiner Diät. Schreckliche Blähungen.«

Er stellte das Telefon auf den Nachttisch. Blieb neben mir stehen und wippte auf den Fußballen. »Schön, daß Sie wieder unter den Lebenden sind«, sagte er. Er war ungefähr fünfzig – graues Haar, Bierbauch unter dem zusammengebundenen Bademantel. Geh zurück ins Bett, hätte ich am liebsten gesagt. Ich hab keine Lust, mich zu unterhalten. Laß mich in Ruhe.

Er schaute auf mein unbedecktes Bein und meinen Fuß. »Meine Güte, das muß weh tun. Ist es schlimm?«

Ich zuckte die Achseln. »Es geht so. Wahrscheinlich bin ich ziemlich vollgepumpt.«

»Ja, wahrscheinlich ... Wie soll man das auch sonst aushalten? ... Sie haben's mir erzählt – die Krankenschwestern –, als Sie vor ein paar Tagen eingeliefert wurden. Ganz schöner Sturz, was?«

»Sieht so aus.«

»Ich bin wegen 'nem blutenden Magengeschwür hier.« Er klopfte sich mit der Faust auf den Bauch. »Die meinen aber, sie hätten's unter Kontrolle, und wollen mich nur noch übers Wochenende beobachten. Wahrscheinlich komm ich Montag raus.«

»Aha. Schön.« Ich schloß die Augen und hörte ihn zu seinem Bett zurückschlurfen.

Warum konnte Sheffer mir nicht am Telefon erzählen, was passiert war? Weil es *schlechte* Nachrichten waren, deshalb. Bring's dem armen Depp schonend bei ...

Ich fragte mich, wie lange sie mich hier festhalten würden. Und wie lange ich wohl außer Gefecht blieb, wenn ich erst draußen war. Ich mußte mit diesem Chirurgen reden. Doktor ...? Mein Gott, der Typ hatte fünf Stunden an mir herumoperiert, und ich konnte mir noch nicht mal seinen Namen merken. Und wahrscheinlich würde ich bis Montag warten müssen, bevor ich ihn zu Gesicht bekam. Ich bezweifelte, daß die Chefärzte sich am Wochenende hier blicken ließen.

Du mußt Geduld haben, hörte ich Ma sagen. *Du mußt einfach geduldiger mit den Menschen sein.*

Und was würde mich diese ganze Katastrophe kosten? Der Wagen, die fünfstündige Operation, der ausgedehnte Aufenthalt hier im Club Med. Ich hatte im September mal ein bißchen gerechnet – kurz vor Thomas' großem »Auftritt« in der Bücherei –, und selbst damals hatte ich meine Einkünfte in diesem Jahr nur auf 22 000 oder 23 000 Dollar geschätzt, je nachdem, ob noch ein paar Innenanstriche im November und Dezember dazukamen. Diese Aufträge waren jetzt natürlich zum Teufel. Und was, wenn ich nie wieder auf eine Leiter steigen konnte? ... Meine Versicherung *mußte* einfach Stürze abdecken! Oder tat sie das etwa nicht? Auch darauf würde ich erst Montag eine Antwort bekommen. Ich bezweifelte, daß ich in der Lage war, das Kauderwelsch in meiner Police zu verstehen. Schon der Gedanke an den Anruf bei der Versicherung erschöpfte mich. *Bei privaten Ansprüchen drücken Sie auf die Eins. Bei Firmenansprüchen wählen Sie die Zwei. Wenn Ihr ganzes Leben den Bach runtergeht, bleiben Sie bitte am Apparat ...*

Ich stellte mir das Schreckensschloß in der Gillette Street vor – eingerüstet, bis aufs bloße Holz abgeschmirgelt und abgebeizt, auf Grundierung und Farbe wartend. Herrgott, dieses Haus war ein Fluch. Vielleicht konnte ich Labanara bequatschen, den Job für mich zu beenden. Oder Thayer Kitchen drüben in Easterly. Kitchen verputzte hauptsächlich, aber wenn er etwas Luft zwischen zwei Aufträgen hatte, strich er auch an. Egal, wer es machte, ich mußte ihn aus der eigenen Tasche bezahlen. Scheiß drauf. Das war es mir wert, wenn ich nur nicht noch mal dahin mußte ...

Ich fragte mich, wie es Ruth Rood ging. Schreckliche Sache:

Sie geht ins Dachgeschoß hoch, und das Hirn von ihrem Mann ist im ganzen Zimmer verteilt. Wer hat eigentlich das Vergnügen, so was sauberzumachen? Ruth nicht, hoffte ich. Dieses Arschloch Rood. Sie war besser dran ohne ihn, wenn sie erst mal drüber weg war. Welche Frau würde nicht saufen, wenn sie mit so einem Typ verheiratet wäre?

Besser dran ohne ihn: Das waren genau die Worte, die Dessas Vater gebraucht hatte, als Dessa ihrer Familie die große Mitteilung machte, sie werde die Scheidung einreichen. Das hatte Leo mir erzählt. Es war nach dem alljährlichen Picknick des Autohauses am 4. Juli, draußen bei den Constantines – nachdem alle Angestellten weg waren und nur noch die Familie zusammensaß. Damals lebten wir seit ein paar Monaten getrennt ... Mein Gott, das tat weh: von Leo zu hören, daß der Alte das gesagt hatte. *Besser dran ohne ihn*. Gene und ich waren immer gut miteinander ausgekommen. Wir respektierten uns. Außerdem hatten wir viel Zeit miteinander verbracht, nachdem das Baby gestorben war und Dessa immer wieder ihre Mutter anrief und sie bat, vorbeizukommen. Gene kam immer mit. Wir saßen dann da, er und ich, starrten in die Flimmerkiste und warteten, daß die Zeit verging. Warteten, daß Dessa aufhörte zu weinen und endlich einsah, daß Angelas Tod nicht auf irgendeine Weise *ihre* Schuld war. *Unsere* Schuld ... He, ich hatte auch mit dem Gedanken gekämpft. Kämpfte manchmal *immer noch* damit: Hätte ich doch nur dies getan oder jenes. »Dominick, du bist wie ein Sohn für mich«, sagte Gene an einem dieser Abende zu mir. Einer von uns hatte wohl den Fernseher ausgemacht; ich nehme an, er hatte das Gefühl, irgendwas sagen zu *müssen*. »Wie der Sohn, den ich nie hatte.« Und ich glaubte ihm auch noch – glaubte Big Gene, der sein Vermögen damit gemacht hatte, seinen Kunden Halbwahrheiten und leere Versprechungen zu verkaufen. Es war nicht so, als hätte ich nicht schon immer nach meinem richtigen Vater gesucht ... Aber was hatte ich erwartet? Daß er mir gegenüber loyal war, statt zu seiner ältesten Tochter zu halten? Seinem ganzen Stolz und seiner Freude? Was wußte ich schon über väterliche Loyalität? In der Beziehung hatte ich ein tolles Vorbild – wer auch immer der Typ gewesen war, der meine Mutter geschwängert und mit Zwillingen sitzengelassen hatte. Was

Väter anging, war ich wie ein nicht abgeholtes Gepäckstück. Mein Bruder und ich – an der Laderampe des Lebens vergessen. Ray Birdseys Zwillings-Stieflasten ...

Und solange ich hier lag und mich ausnahmsweise mal nicht selbst belog, konnte ich's ja auch zugeben: Big Gene hatte eigentlich recht. Sie war ohne mich *wirklich* besser dran. Ohne mich und mein ganzes Gepäck – die beschissene Kindheit, den verrückten Bruder – und die Sterilisation. Danach war es für Dessa aus gewesen, das war der Tropfen, der das Faß zum Überlaufen brachte. Mich sterilisieren zu lassen, ohne mit ihr darüber zu sprechen, es hinter ihrem Rücken machen zu lassen, während sie weg war, damit ... damit ... *Das Problem ist deine Wut,* hatte sie an dem Morgen gesagt, als sie ihre Taschen packte. *Es ist, als würdest du mir den Sauerstoff rauben. Deshalb gehe ich. Ich brauche Luft zum atmen ...* Und sie hatte recht gehabt, oder? Während ich hier lag, nach dem Sturz vom Dach der Roods auf der Ersatzbank saß und meine Auszeit nahm, begriff ich es endlich. Begriff, was sie gemeint hatte. Diesen Eingriff vornehmen zu lassen, die Möglichkeit, weitere Kinder zu bekommen, von vornherein auszuschließen ... man mußte schon ein unglaublich zorniges Arschloch sein, um so was zu tun. Und was sollte der ganze Mist von wegen väterlicher Loyalität, mit dem ich immer hausieren ging? Was war so loyal an einem Vater, der seine Beine in diese Schlaufen legte und seine Optionen durchtrennen ließ? Das war *sehr* loyal gewesen, nicht wahr, Dominick? Loyal ihr gegenüber, einem Kind gegenüber, das später vielleicht noch gekommen wäre ... Aus diesem Grund sei sie nach Griechenland gefahren, hatte sie gesagt. Um darüber nachzudenken, ob sie es nochmal probieren wolle oder nicht. Und als sie zurückkam, habe sie gewußt, daß sie es *wollte* ... Also sieh der Sache ins Gesicht, Birdsey. Gib's zu. Du hast mehr getan, um die Ehe zu beenden, als sie. Sie hat vielleicht ihre Sachen gepackt, weil sie nicht mehr »atmen« konnte, aber du hast die Ehe beendet. Und die ganzen Versöhnungsphantasien, mit denen du dir was vorgemacht hast – diese ganzen Fahrten an der Farm vorbei, wo sie jetzt mit ihrem Freund wohnte. Das war *krank*, Mann ... Ich war wie ein Geist, der verzweifelt hinter dem her war, was wir einst gehabt und dann verloren hatten, statt einfach weiterzuleben.

Auch in der Nacht, als ich den Totalschaden hatte, war ich dort gewesen. Jahrelang ging das schon so. *Jahrelang* … Zu schade, daß *ich* nicht auch einen Totalschaden gehabt hatte, *zusammen* mit dem Wagen. Oder vielleicht hatte ich das sogar. Vielleicht hatte ich einen Totalschaden seit dem Tag, als ich zu diesem Urologen ging, meine Beine spreizte und sagte: »Da bin ich. Ziehen Sie den Stecker raus. Durchtrennen Sie meine Optionen.« Totalschaden. Als ob … als ob Angelas Tod wie ein gewaltiges, zerfetztes Autowrack inmitten unserer Ehe gewesen wäre. Und Dessa … Dessa war aufgestanden und hatte weitergemacht, war von dem Wrack weggegangen. Ich nicht. Ich war ein Unfalltoter, Mann. *Ein Unfalltoter.*

Nicht heulen. Ab-wehr! Ab-wehr!

Ach, scheiß drauf. Ich war zu müde, um die Abwehr noch aufrechtzuerhalten. Es war mir piepegal, ob Mr. Magengeschwür mich hörte oder nicht. Ich war erschöpft. Fertig. Wenn ich weinen mußte, hatte er eben Pech gehabt …

Ob Ruth Rood wohl Verwandte hatte, die sie unterstützten? Irgendeine Freundin, die bei ihr bleiben würde? Sie war keine schlechte Frau. Sie war anständig zu mir gewesen, trotz der ganzen Nervereien mit dem Haus … Ich sah Rood wieder am Fenster, wie er dagestanden und mich angesehen hatte. Warum ich, Henry? Warum mußtest du da hochgehen und *mich* so anstarren? Was sollte das, du Mistkerl – wolltest du mich einladen mitzukommen?

Mein Gott, ich hielt's nicht mehr aus – bloß dazuliegen und nachzudenken. Aber was sollte ich sonst tun? Aufstehen und weggehen? In meinen schrottreifen Pick-up springen und *wegfahren*? Miguel hatte gesagt, er könne mir was zum Schlafen geben. Das war *genau das*, was ich jetzt tun wollte: wie Rübezahl den Rest meines armseligen Lebens verschlafen und erst aufwachen, wenn alle, die ich kannte, tot waren, und das Kind, das Joy als meines ausgab, volljährig war. Weck mich, wenn's Zeit ist zu gehen. Der einzige Haken am Schlafen waren die Träume. Tote Affen, tote Brüder. Lieber Himmel … Dann überleg mal, Dominick. Du willst nicht schlafen, und du willst nicht wach bleiben. Da blieb ja wohl nur ein Ausweg. Das große *T* … Aber *wie* sollte ich diesen Weg gehen? Es machte mir etwas angst, darüber nachzudenken, aber es munterte mich auch ein bißchen auf. Eins war klar: Ich würde nicht so eine Sauerei hinterlassen wie Rood. Das hatte niemand verdient. Joy hatte hinter meinem Rücken mit einem Typen geschlafen und war schwanger geworden. Das gab mir nicht das Recht, sie für den Rest ihres Lebens mit Alpträumen zu bestrafen.

Mein Zimmernachbar ließ wieder einen fahren. »Hoppla, tut mir leid.« Ich versuchte, ihn zu ignorieren. Vielleicht brauchte ich mich gar nicht selbst um die Ecke zu bringen. Vielleicht brauchte ich nur hier zu liegen und so lange zu warten, bis ich erstickte.

»He, wollen Sie Zeitung lesen?« fragte er. »Ich hab den *Record* und die *New York Post*. Ich bin durch damit.« Bevor ich nein sagen konnte, hatte er die Beine aus dem Bett geschwungen und war auf dem Weg zu mir.

»Danke«, sagte ich, »ich schau sie mir später an.«

»Wann immer Sie wollen. Ich brauch sie nicht mehr. Tut mir wirklich leid wegen der Blähungen. Es ist wegen der Diät. Ich kann nichts dafür.«

»Schon gut.« Ich dachte: Okay, jetzt geh ins Bett zurück und halt die Klappe. Ich will nicht dein Krankenhauskumpan sein. Laß mich einfach hier liegen und nachdenken – mit dem Gedanken an den Tod spielen.

»Übrigens, ich heiße Steve«, sagte er. »Steve Felice.«

Er schaute mich abwartend an.

»Dominick Birdsey.«

»Anstreicher, stimmt's?«

Ich zuckte die Achseln. »*Früher* jedenfalls. Was jetzt wird, weiß ich nicht. Mit meinem Bein.« Er wartete. »Und was ... was machen Sie?«

»Ich? Ich bin Einkäufer, bei Electric Boat.« Er erklärte mir, wir säßen in gewisser Weise im selben Boot. Verdammter Mist – wenn man nie sicher sein konnte, ob man bei der nächsten Entlassungswelle dabei war. Nach einer Weile machte es einen fertig. Er hatte sein Magengeschwür gekriegt, weil er nicht wußte, ob er am Ende des Jahres noch einen Job hatte. Früher war er immer ganz locker gewesen. *Relativ* locker. *Seiner* Meinung nach jedenfalls. War ja auch egal. Er hatte gehört, die Indianer würden im Frühjahr anfangen, Leute einzustellen. Die *brauchten* Einkäufer, richtig? Bei so einer Sache. Sie mußten vieles *bestellen*. Vieles *kaufen*. Oder vielleicht würde er was ganz anderes versuchen – sich als Croupier bewerben, vielleicht, oder einen Kurs machen, um eins der Restaurants zu managen, die sie eröffnen würden. Darum ging's doch schließlich im Leben, oder? Man mußte auch mal ein Risiko eingehen, die Karten immer wieder neu mischen.

Ich sagte, mein Stiefvater arbeite auch bei Electric Boat.

»Genau«, meinte er, »Big Ray. Wir beide haben uns die letzten Tage viel unterhalten. Er war drei- oder viermal hier, um Sie zu besuchen.«

Wirklich?

»Wird der sich freuen, wenn er Sie heute sieht, das kann ich Ihnen sagen – mit klarem Kopf, wieder normal. Sie waren ein bißchen weggetreten. Er hat sich Sorgen gemacht.«

»Wirklich?«

»Na *und ob*. Er hat mir erzählt, wie er zu dem Haus kam, an dem Sie gearbeitet haben, und sah, wie Sie gerade in den Krankenwagen geschoben wurden. Er wollte Sie abholen, stimmt's? Schreckliche Sache, da so hinzuzukommen, wenn das eigene Kind in einen Krankenwagen verfrachtet wird und schreit wie am Spieß, und man kann nichts tun. *Natürlich* hat er sich Sorgen gemacht. Meine beiden sind jetzt erwachsen und aus dem Haus, und ich mach mir *immer noch* Sorgen. Das hört nie auf. Warten Sie nur, bis Ihres kommt. Wann ist das kleine Mädchen fällig? Im Mai?«

Was hatte Joy getan – war sie auf einen Stuhl gestiegen und hatte es lauthals verkündet?

»Sie werden schon sehen. Wenn es das eigene Kind ist, macht man sich immer Sorgen.« Er stieg wieder ins Bett und furzte erneut. »Hoppla«, sagte er, »schon wieder. *Pardon*.«

Ich griff nach dem Telefonhörer und wählte Rays Nummer, um ihm mitzuteilen, daß ich wieder zur Erde zurückgekehrt war. Aber noch immer nahm niemand ab. Ich rief wieder bei mir zu Hause an. Dieses Mal antwortete Joy mit schläfriger Stimme.

»Ich bin's«, sagte ich. »Ich bin von den Toten auferstanden.«

Stille am anderen Ende. »Dominick?« fragte sie schließlich.

»Ja. Du hast doch nicht etwa meine Lebensversicherung eingelöst, oder?«

Sie klang erleichtert, das muß man ihr lassen. Sie wiederholte meinen Namen immer wieder. Vielleicht hatte sie geweint – sie weinte sonst nicht viel, aber diesmal vielleicht doch. Wir redeten über eine halbe Stunde und brachten uns gegenseitig auf den neuesten Stand. Sie redete mehr als ich. Erzählte, wie sie drei Tage im Krankenhaus an meinem Bett gesessen hatte, wie Ray ihr auf die Nerven gegangen und daß die Schwangerschaftsübelkeit jetzt richtig losgegangen war. Gestern abend habe sie endlich Dr. Spencer erreicht.

So hieß der Chirurg: Spencer, Dr. Spencer ...

Er habe gesagt, wenn die Schwellung abgeklungen sei, wüßten sie mehr – bis dahin müsse man abwarten, aber er sei vorsichtig optimistisch. Ein wenig besorgt sei er wegen der Menge an Schmerzmitteln gewesen, die sie mir verabreichen mußten. Ein notwendiges Übel wegen der Schwere des Bruchs – der *Brüche*. Aber er wolle verhindern, daß ich zu allem Überfluß auch noch tablettensüchtig wurde. Es würde auch so schon hart genug für mich werden. Acht bis zehn Tage Krankenhausaufenthalt, schätzte er, und am Montag sollte in begrenztem Maße mit Krankengymnastik begonnen werden. Wahrscheinlich würde ich mindestens ein halbes Jahr damit weitermachen müssen. Über bleibende Schäden konnte er noch nichts sagen! Vielleicht müßte ich noch mal operiert werden – in sechs bis neun Monaten. »Er hat gesagt, es sei einer der kompliziertesten Brüche, mit denen er je zu tun hatte«, meinte Joy. »Vielleicht will er sogar einen Artikel für eine Fachzeitschrift darüber schreiben. Er sagte, er möchte, daß du eine Zustimmungserklärung unterschreibst, damit er ...«

»Was ist mit Thomas?« fragte ich. »Hast du gehört, wie es bei *ihm* gewesen ist?«

Ein Seufzer. Eine lange Pause. »Dominick«, sagte sie. »Warum denkst du nicht endlich mal an dich, statt immer nur an deinen Bruder? Wenn du auf dich aufgepaßt hättest und nicht wie ein Huhn mit abgehacktem Kopf rumgerannt wärst, dann ...«

»Ich hab seine Anhörung verpaßt, Joy. Ich hab ihn im Stich gelassen.«

»Du lieber Himmel, Dominick, nun *hör mir mal zu*. Du mußt aufhören, sein großer Erlöser sein zu wollen, und anfangen, dich um Dominick zu kümmern. Warum glaubst du, ist dir das passiert? Denkst du darüber gar nicht nach? Wie du jede Minute da rübergerast bist, keinen Schlaf mehr gekriegt hast und wegen deinem Bruder ganz aufgelöst warst? Kümmer dich mal um dich *selbst*, Dominick. Kümmer dich um *mich*. Um unser *Baby*.«

Unser Baby: Wie konnte sie so was tun? Ohne Not einfach so lügen? Weil sie unaufrichtig war. Joys Ehrlichkeit hatte sich nie richtig entwickelt. Und ich soll bei diesem Versteckspiel mitmachen? Den Dummkopf spielen und so tun, als wäre ich der Vater des Babys? Ich sollte *so* werden wie *Ray*, der Ersatzvater, den ich mein ganzes Leben gehaßt hatte?

Joy sagte, sie komme mich besuchen, sobald sie sich fertig gemacht und etwas gegessen habe. Falls sie überhaupt was essen könne. Außer Slim-Fast mit Erdbeergeschmack behalte sie nichts im Magen.

»Diesen Mist?« fragte ich. »Das ist alles, was du ißt?«

Sie sagte, ich solle mich nicht aufregen, es sei doch besser als gar nichts. Ob ich etwas brauchte? Ob sie was für mich tun könne?

»Ja«, sagte ich. »Ruf Ray an. Sag ihm, es geht mir besser.« Keine Reaktion. Fünf, sechs, sieben Sekunden lang. »Hallo?«

»Ich ... Warum rufst *du* ihn nicht an? Er hört es bestimmt lieber von dir als von mir.«

Ich sagte, ja, schon gut, ich würde ihn anrufen. Sie solle sich nicht hetzen und versuchen, irgendwas zu essen, bevor sie herkomme, vielleicht Eier.

»Eier?« fragte sie und stöhnte.

Ich erwiderte, wenn sie hier sei, sei sie hier. Ich ginge nirgendwo hin.

»Ich liebe dich, Dominick«, sagte sie. »Ich glaube, ich habe jetzt erst gemerkt, wie sehr ich dich liebe.« Sie habe wegen meines Bruders nicht zickig sein wollen. Es sei bloß alles so schwer. O Gott, ihr sei ja so *schlecht*.

»Okay« brachte ich krächzend hervor. »Wir sehen uns gleich.« Ich legte rasch auf.

Mein Gott, dachte ich, Felice da drüben mußte denken, ich wäre die größte Heulsuse aller Zeiten. Und warum weinte ich eigentlich? Weil sie gesagt hatte, daß sie mich liebte? Weil ich nichts darauf erwidern konnte? Hätte ich mir nur meine Schlüssel schnappen und verschwinden können! Abhauen, wie ich es immer tat. Aber ich saß fest. Blieb brav liegen.

Aus den Augenwinkeln sah ich, daß Magengeschwür tat, als hörte er mich nicht. Er stand auf und ging zum Fenster. Pfiff vor sich hin … Die machten sich Sorgen, daß ich von Schmerzmitteln abhängig werden könnte? Das würde wohl kaum passieren, wenn einer der kleinen Nebeneffekte Halluzinationen wie die von letzter Nacht waren … Den eigenen Bruder erstickt. Lieber Himmel. Das wäre ein Festtag für Dr. Patel, falls ich je mit diesem Zeug weitermachte – dieser ungeheuren Zeitverschwendung. Die ganze Kindheit wie einen See ausschöpfen, als suchte man eine Leiche auf dem Grund. Und dann? Was sollte das bringen? …

Trag die Leiche.

Aber er lebt.

Töte ihn.

Hatte Thomas die letzten einundzwanzig Jahre mit so etwas leben müssen? Affenstimmen? Hatte mich das Morphium in den Kopf meines Bruders schauen lassen? Ich konnte mich nicht an den Klang der Stimme erinnern – nur an die Macht, die sie über mich gehabt hatte. Ich hatte sie nicht in Frage gestellt – hatte einfach getan, was sie befahl … Vielleicht irrte sich Miguel. Vielleicht war es *nicht* das Morphium. Von einem so späten Ausbruch, mit vierzig Jahren, hatte ich nie gelesen oder gehört, aber das hatte nichts zu bedeuten. Vielleicht wartete das Bett neben Thomas doch auf mich. Zwei Betten für schizophrene Zwillinge. Affenstimmen in Stereo. Aber soweit würde ich es nicht kommen lassen. *Niemals.*

»Gestern hätten Sie uns mal hören sollen, Ihren Dad und mich«, sagte Felice. »Wie wir über die Firma hergezogen haben.« Er stand jetzt an der Tür, wippte auf den Fußballen und beobachtete das Treiben auf dem Flur.

Er ist nicht mein *Vater*, wollte ich sagen. Er ist mein *Stief*vater. Zur Abwechslung hielt ich jedoch mal den Mund. Immer mit der Ruhe, Dominick. Jahrelang hast du die Leute korrigiert, und der einzige, für den das irgendeinen Unterschied machte, warst du selbst.

»Ist schon 'ne Sauerei, was die mit älteren Burschen wie Ihrem Dad anstellen, nicht wahr? Einfach so an deren Pension zu drehen. Ich meine, ich bin seit siebzehn Jahren da. Das ist schon schlimm genug. Aber Ihr Dad – wann hat er angefangen, zweiundfünfzig oder dreiundfünfzig? – schenkt denen fast vierzig Jahre seines Lebens, und *das* soll der Dank sein?« Er ging zurück zu seinem Bett und setzte sich. »Für diese Typen sind wir doch bloß Schachfiguren, war schon immer so. Glauben Sie, Henry Ford hat auch nur einen Gedanken an die Typen am Fließband verschwendet? Glauben Sie – wie heißt der in Atlanta? Ted Turner? – denkt an den armen Kerl, der bei CNN die Böden schrubbt?« Er schwang die Beine aufs Bett und ließ wieder einen fahren. »He, macht's Ihnen was aus, wenn ich mal den Fernseher einschalte? Samstags morgens ist zwar nicht viel drin, aber allmählich krieg ich hier 'n Rappel. Manchmal kommt Angeln oder Bowling oder so was.«

»Okay«, sagte ich.

»Angeln Sie?«

»Früher schon, aber seit ich meine Firma habe, bin ich kein einziges Mal mehr dazu gekommen.«

»Ja, so ist das wohl, wenn man selbständig ist. Das ist die andere Seite der Medaille ... Ich gehe gern angeln. Meine Freundin hat jetzt auch damit angefangen. Als wir uns kennenlernten, wußte sie nicht mal, wie man eine Angelrute hält. Jetzt findet sie es ganz toll. Vor ungefähr einem Monat hat sie eine Forelle gefangen, so lang wie mein Unterarm. Ich hab mir fast 'n Bruch gehoben, als ich ihr geholfen hab, das Riesenvieh aus dem Wasser zu holen. Ich habe ein Foto davon auf dem Schreibtisch – sie mit dem Fisch.«

»Als Kind hab ich viel geangelt«, sagte ich. »Mit meinem Bruder. Wir sind immer an den Fluß gegangen, unterhalb der Wasserfälle, und haben Blaufisch geangelt.«

»Wirklich? Kein Quatsch? Wo denn genau?«

Ich wollte das nicht, Angelgeschichten mit dem Schlaumeier austauschen. »Beim ... äh, beim Indianerfriedhof«, sagte ich. »Da standen drei Birken genau in einer Reihe. Gleich dahinter ...«

»Sie werden's nicht glauben!« sagte Felice. »Wir sind genau zu derselben Stelle gegangen, mein Vater, mein Onkel und ich. Ich kenne den Ort *ganz genau.* Also so was. Wahrscheinlich sind wir uns da schon über den Weg gelaufen und können uns nicht mal dran erinnern. Die Welt ist klein, was?« Er schaltete den Fernseher ein. »Ich heiße übrigens Steve. Steve Felice.«

»Ja, das sagten Sie bereits.«

»Wirklich? Mein Gott, mein Kopf ist hier wie ein Sieb. Zu wenig Anregung, wahrscheinlich. Macht mich wahnsinnig, so rumzuhängen. Meine Freundin sagt, es sei ein gutes Zeichen, wenn ich kribbelig werde. Ich bin nicht der Typ, der viel rumsitzt, wissen Sie? Autowaschen, Rasenmähen, ich muß immer irgendwas tun, ob's nötig ist oder nicht.«

Er zappte durch die Programme – Zeichentrickfilme, der Fernsehkoch, der selbstgefällige Schwätzer George Will. Schließlich entschied Felice sich für eine Tiersendung – Berglöwen belauerten eine Antilope. »*Er stürzt sich auf sie*«, kommentiert ein Sprecher mit englischem Akzent, »*und springt ihr an die Kehle.*«

»Oh, hab ich ja ganz vergessen«, sagte Felice. »Meine Verlobte meinte, sie kennt Sie.«

»Hm?« Ich wandte den Blick von den Berglöwen ab.

»Meine Freundin. Sie war gestern hier und sagte, sie kennt Sie von irgendwoher. Erst wußte sie nicht, woher, aber dann ist es ihr eingefallen.«

»Ach ja?« Es wäre höflich gewesen – besonders unter Krankenhauskumpanen –, nach ihrem Namen zu fragen und ihm erneut Gelegenheit zu geben, sich darüber auszulassen, wie klein die Welt war. Aber ich wollte nicht höflich sein. Es war mir scheißegal, wie seine Freundin hieß. Ich schloß die Augen, damit er die Klappe hielt... Vielleicht erwischte ich Dr. Spencer ja doch am Wochenende, dachte ich. Und wann tauchte Sheffer endlich auf? Für jemanden, der gleich vorbeikommen wollte, nahm sie sich ganz schön viel Zeit.

»Ja, ist schon komisch«, sagte Felice. »Wenn mir vor einem Jahr jemand gesagt hätte, ich würde jemals wieder ans Heiraten denken, hätte ich ihn gefragt, ob er noch ganz bei Trost ist. Meine erste Frau und ihr Anwalt haben mich ganz schön fertiggemacht. Ich red nicht bloß von dem, was sie mir abgenommen hat – das Haus und das bessere Auto. Ich meine auch die *Bitterkeit.* Das emotionale Zeugs. Als meine Scheidung durch war, hab ich mir gesagt: Das war's. Nie wieder. Nicht mit mir. Ich hab's sogar auf eine Karteikarte geschrieben und ans Badezimmerschränkchen geklebt. NIE WIEDER. Genau das hab ich draufgeschrieben. Und jetzt plane ich, noch mal zu heiraten. Vielleicht in Utah. Da sind wir diesen Sommer gewesen. Waren Sie schon mal im Westen?«

Ich drückte die Augen ganz fest zu.

»Wissen Sie, was wir vor ein paar Wochen getan haben? Wir haben uns Westernklamotten im Partnerlook gekauft – Hüte, Stiefel, Jacken. War nicht billig. Das Zeug wird einem nicht gerade nachgeworfen. Aber was soll's. Es hat halt gefunkt bei uns. Eigentlich ist es verrückt, weil wir in manchen Dingen wie Tag und Nacht sind ... Aber es ist so ähnlich, wie von der Werft wegzugehen, um Croupier im Kasino zu werden. Das Leben geht weiter, stimmt's? Man muß was wagen, sonst läßt man sich am besten gleich begraben.«

Ich antwortete nicht.

»Wissen Sie, wo wir uns kennengelernt haben?«

Ich tat, als wäre ich eingeschlafen.

»Bei Partners. Kennen Sie das kleine Steakhaus draußen an der Route 4? Eines Abends riefen meine Schwester und ihr Mann mich aus heiterem Himmel an und fragen, ob ich mitkommen wolle, um irgendwo was zu essen, und dann sind wir dort gelandet. Eigentlich wollten wir woanders hin – zum Homestead –, aber da war 'ne geschlossene Gesellschaft. Also standen wir vor der Tür und haben uns überlegt: ›Wo kann man noch hingehen?‹ Und ich hab gesagt: ›Probieren wir's doch mal im Partners.‹ Fragen Sie mich nicht warum, ich hab's einfach vorgeschlagen. Ich meine, ich hätte ein halbes Dutzend anderer Namen nennen können. Aber ich sagte ›Partners‹. Also sind wir da gelandet. Es war ein Donnerstag abend. Donnerstags machen sie da immer Square dance.« Er verstummte, ließ einen fahren und seufzte erleichtert. »Wenn Sie mir ein Jahr vorher gesagt hätten, ich würde meine zukünftige Frau beim Square dance kennenlernen, hätte ich Ihnen geraten, mal zum Arzt zu gehen. Aber das Leben ist unberechenbar – das ist ja das Schöne daran. Ich versuche, mir nicht zu viele Gedanken über die Zukunft zu machen. Davon kriegt man Magengeschwüre. So etwa mit Fünfzig hab ich angefangen, an das Schicksal zu glauben – hab eingesehen, daß ich nicht der ›Master of the Universe‹ werden kann, verstehen Sie? Wie sagen die Kids? ›Laß dich treiben‹ … Also, jedenfalls behauptet sie, daß sie Sie kennt. Meine Verlobte. Schon komisch, daß wir jetzt zusammen sind – wir sind uns gar nicht ähnlich. Na ja, wahrscheinlich *werden* wir uns irgendwann ähnlich. Wenn Maureen, meine erste Frau, mich in diesen Westernklamotten sehen könnte, würde sie 'n Schreianfall kriegen. Aber die kann mich mal, oder? Ich laß mich einfach treiben.«

Aus dem Fernseher an der Wand ertönte ein Knurren, dann das Geräusch donnernder Hufe. »*Aber die flinke Antilope ist nicht völlig wehrlos*«, sagte der Sprecher.

Eine lange, gewundene Kette von Menschen, die sich an den Händen halten, steht auf einer Wiese. Ganz vorne ist Ray; er umklammert meinen Fuß. Ich schwebe in der Luft, nur von meinem Stiefvater gehalten. Wenn er losläßt oder mein Fuß abfällt, werde ich aufsteigen wie ein Gasballon …

Ich öffnete die Augen. Eine rundliche schwarze Krankenschwester stand neben meinem Bett und fühlte mir den Puls. »Ich bin Vonette«, sagte sie. »Ich werd mich heute um Sie kümmern, okay?«

Ich streckte mich. Blinzelte ein paarmal. »Okay.«

»Haben Sie gesehen, daß Sie Besuch haben?«

Lisa Sheffer kam mit einem Lächeln auf mein Bett zu.

»Oh, hallo«, sagte ich.

»Hallo.« Sie hielt einen Blumentopf mit gelben Chrysanthemen und ein kleines verpacktes Geschenk in der Hand. »Das ist für Sie«, meinte sie. »Das Päckchen ist von Dr. Patel, die Blumen sind von mir.« Sie stellte den Topf auf meinen Nachttisch.

Wir machten Small talk, während die Schwester mich weiter untersuchte. Außerhalb des Hatch wirkte Sheffer noch dürrer, sah sogar ein bißchen seltsam aus: mit ihrer Latzhose und der bis zu den Augen heruntergezogenen Strickmütze. Als erstes fiel mir ihre Lippe auf: Orangefarbener Puder bedeckte einen lila Bluterguß. Als sie merkte, daß ich dorthin schaute, hob sie die Hand, um ihren Mund zu bedecken – genau wie Ma.

»Ich komme in einer halben Stunde wieder und wechsle Ihren

Beutel«, sagte Vonette. »Wir wollen ja nicht, daß Sie vor dem Lunch wegschwimmen.«

»Genau – was gibt's denn?« fragte ich. »Huhn à la Tapetenkleister?«

Sie wandte sich kopfschüttelnd an Sheffer. »Muß ihm schon bessergehen. Man merkt's, wenn sie anfangen, übers Essen zu meckern.«

Ich blickte hinüber zu Steve Felices Bett. Es war leer, die Decke zurückgeworfen. Der Fernseher aus. Ich sagte Sheffer, wie froh ich sei, daß sie gekommen war. Daß sie keine Blumen hätte bringen sollen.

»Ich wünschte, ich hätte Nelken bekommen«, sagte sie. »Irgendwas, das gut riecht. Im Fahrstuhl hab ich gedacht, Chrysanthemen riechen wie Hundeurin.«

Ich seufzte. »Also?«

»Also ...«

»Es ist nicht gut ausgegangen, oder?«

Sie schüttelte den Kopf. »Nein, nicht, wie Sie es sich gewünscht haben.« Dann meinte sie, am besten würde sie mir alles von Anfang an erzählen.

Als der Überprüfungsausschuß für die Sicherheit in der Psychiatrie um vier Uhr nachmittags an Halloween mit seiner Sitzung begann, hatte er über den Status zweier Insassen zu entscheiden. Auf Sheffers Antrag wurde die Reihenfolge vertauscht und Thomas an die zweite Stelle gesetzt, weil ich nicht rechtzeitig eintraf. Zwei- oder dreimal versuchte sie, mich zu erreichen, aber es war immer nur mein Anrufbeantworter zu hören.

Während sie mit meinem Bruder und einem Wärter vor dem Sitzungsraum wartete, wurde Thomas immer aufgeregter, weil ich nicht kam. Er sagte zu Sheffer, er habe die schlimmsten Befürchtungen: womöglich sei ich von den Syrern gekidnappt worden. Sowohl Bush als auch Assad hätten von einem Krieg zwischen Amerika und dem Irak eine Menge Vorteile. Da er ein Werkzeug des Friedens sei, fügte Thomas hinzu, sei er angreifbar, genau wie die Menschen, die ihm nahestünden.

Sheffer schüttelte den Kopf. »Sie kennen ihn ja, wenn er loslegt.«

Ich nickte. Mir war ein bißchen flau.

Mein Bruder hatte Sheffer das Bild beschrieben, das er vor Augen hatte: Ich lag gefesselt und geknebelt in einem behelfsmäßigen Gefängnis – meine Füße waren von den Syrern mit Holzknüppeln zerschlagen worden. Als sie versuchte, es ihm auszureden, wurde Thomas unwirsch und machte sie darauf aufmerksam, daß Zwillinge sich auf eine Art und Weise verständigen könnten, von der sie keine Ahnung habe. Er brüllte, sie solle endlich den Mund halten.

»Dann hat der Wärter eingegriffen und gesagt, er habe jetzt genug von dem Gerede, worauf Thomas anfing, mit *ihm* zu debattieren. ›Mein Bruder ist verletzt!‹ hat er andauernd gesagt. ›Ich *weiß*, daß er verletzt ist!‹« Sie zuckte mit den Schultern. »Mein Gott, er hatte ja recht!«

In dem Bemühen, ihn zu beruhigen, berührte Sheffer Thomas an der Hand. Da rastete er aus – stieß sie weg und schlug ihr ins Gesicht. Der Wärter stürzte sich auf ihn und nahm ihn in den Schwitzkasten, wobei Sheffer zu Boden ging. Erst nachdem sie ihn wiederholt darum gebeten hatte, ließ der Mann Thomas los.

»Er hat Sie *geschlagen*? Der Bluterguß an Ihrem Mund ist von *Thomas*?«

»Ich hätte wohl gar nicht erst zu versuchen brauchen, es zu verbergen«, meinte sie. »Für Make-up hab ich nie ein Händchen gehabt.«

»Er hat Sie *geschlagen*?«

Sie erzählte, sie habe sich bemüht, den Angriff soweit wie möglich herunterzuspielen, sowohl dem Wärter als auch der Sekretärin gegenüber, die aus einem Büro angelaufen kam. Während sie das Blut von ihrer Lippe abtupfte, versuchte sie die Aufmerksamkeit meines Bruders wieder auf die Anhörung zu lenken. Sie hatte Angst, der Ausschuß könnte etwas von dem Tumult mitbekommen.

»Ich kann's nicht glauben ... So was hat er noch nie gemacht«, sagte ich.

»Wollen Sie das wirklich hören? Ich kann die Details auslassen und gleich auf den Punkt kommen. Ich hab eine Kopie des Protokolls mitgebracht. Soll ich sie einfach hierlassen ...«

»Nein, erzählen Sie weiter. Mein Gott, es ist bloß ... Ich kann nicht glauben, daß er Sie geschlagen hat.«

Sie sagte, es sei ihr eigener blöder Fehler gewesen – sogar jemand ohne ihre Ausbildung hätte gewußt, daß man auf Distanz bleiben müßte, wenn ein Patient aufgeregt war. Sie sei einen Augenblick lang selbst geistig umnachtet gewesen – schon bevor die Anhörung begann, nervlich am Ende.

Als sich die Tür zum Sitzungsraum öffnete und der andere Patient mitsamt Begleitung herauskam, hatte Sheffers Lippe aufgehört zu bluten, war aber angeschwollen. Thomas und der Wärter hatten sich beide etwas beruhigt. Dr. Richard Hume, der Psychiater, der den Vorsitz führte, lehnte Sheffers Antrag auf eine Verschiebung der Entscheidung ab. Angesichts der Aufmerksamkeit, die Thomas' Fall in der Öffentlichkeit und in den Medien hervorgerufen habe, sei der Ausschuß der Meinung, sofort handeln zu müssen.

Sheffer erinnerte ihn daran, daß das Wohl des Patienten höher zu bewerten sei als die Sorge des Staates wegen einer möglicherweise negativen Berichterstattung. Sie frage sich, fügte sie hinzu, ob der Ausschuß nach all der Publicity, die Thomas' Fall ausgelöst habe, überhaupt noch objektiv über seine Entlassung beraten könne.

»Es war so *dumm* von mir, Dominick«, stöhnte Sheffer. »Ich wollte sie ein bißchen herausfordern – den Advocatus Diaboli spielen –, aber ich hab's nicht richtig hingekriegt. Ich meine, ich hab dagesessen und geredet, ohne den Mund zu bewegen, wie ein Bauchredner, damit sie die Verletzung an meiner Lippe nicht bemerkten. Ich hatte schreckliche Angst, er könnte vor ihnen die Beherrschung verlieren. Ich wußte nicht, wo Sie steckten. Ich … ich war so furchtbar *nervös*. Ich habe die Todsünde begangen, das unanfechtbare Urteilsvermögen des Ausschusses in Frage zu stellen. Und genau das hätte ich nie tun dürfen.«

Die Ausschußmitglieder hatten Blicke getauscht. Dr. Hume meinte, Sheffers »missionarischer Eifer« sei zwar anerkennenswert, aber sie brauchten nicht an ihre Pflichten erinnert zu werden – weder dem Patienten noch der Allgemeinheit gegenüber. Danach seien alle Beteiligten höflich, effizient und unterkühlt gewesen, sagte Sheffer.

Sie erklärte dem Ausschuß, das Behandlungsteam habe keine übereinstimmende Auffassung hinsichtlich der Unterbringung von Thomas erzielt und könne daher keine Empfehlung aussprechen. Sie verlas die beiden Briefe, die seine Verlegung in eine nichtforensische Einrichtung befürworteten. Sie versicherte dem Ausschuß, der Bruder des Patienten sei um dessen Wohlergehen besorgt, und sein Fehlen bei der Anhörung dürfe nicht als Gleichgültigkeit oder indirekte Zustimmung zu Thomas' Verbleib im Hatch mißverstanden werden.

»Sie haben alle dagesessen und höflich zugehört«, sagte sie. »Keine Fragen. Keine Bedenken. Alles vollkommen stromlinienförmig und zivilisiert. Dann folgten die direkten Fragen an Thomas. Hier.« Sie gab mir das Protokoll. »He, wissen Sie was? Uns ist zu Hause der Kaffee ausgegangen, und ich hab schon Kopfschmerzen wegen des Koffeinentzugs. Ich geh mal eben runter und verpasse mir eine Dröhnung, während Sie das durchlesen. In zehn oder fünfzehn Minuten bin ich wieder da, und wenn Sie Fragen haben ...

»Ist es schlimm?«

Sie nickte und ging zur Tür. »In einer Viertelstunde bin ich wieder da.«

Ich überflog den ersten Teil – die Weigerung des Ausschusses, die Entscheidung aufzuschieben, das Geplänkel zwischen Sheffer und Hume über das Wohl der Allgemeinheit und des Patienten. Sheffer hatte recht: Es war ein taktischer Fehler gewesen, sie so gegen sich aufzubringen. Als ich zur Befragung meines Bruders kam, las ich langsamer.

Der Ausschuß bat Thomas, in seinen eigenen Worten zu schildern, warum er sich die Hand abgehackt hatte.

Er antwortete mit einem Bibelzitat: »*Und wenn dich deine rechte Hand zum Bösen verführt, dann hau sie ab und wirf sie weg!*«

Ob er damit sagen wolle, er habe sich verstümmelt, um seine Sünden zu sühnen?

Nein, er habe es getan, um *Amerikas* Sünden zu sühnen.

Und die wären?

»Kriegstreiberei, Habgier, Kindermord.«

Ob er glaube, er könne irgendwann in der Zukunft wieder einmal gezwungen sein, sich selbst zu verletzen?

Das *wollte* er nicht, antwortete er, aber seine Taten bestimme der allmächtige Gott. Er sei ein Werkzeug Gottes. Er werde alles Notwendige tun.

Alles? Auch jemanden verletzen, der ihm im Wege stehe?

»Ich wollte sie nicht schlagen«, sagte Thomas. »Ich hab die Beherrschung verloren.«

Was? Wen habe er geschlagen?

»Sie. Lisa.«

Sheffer erzählte dem Ausschuß ihre Version des Vorfalls, bezeichnete ihn als Unfall, hervorgerufen durch eine Fehleinschätzung ihrerseits. Thomas sei durcheinander gewesen, weil sein Bruder nicht auftauchte. Er habe mit dem Arm herumgefuchtelt und sie aus Versehen getroffen, das sei alles.

Eine Mrs. Birdsall wollte wissen, wie Thomas mit dem Alltag im Hatch zurechtkam.

Er antwortete, es sei schrecklich dort. Man werde andauernd beobachtet und könne nicht rauchen, wann man wolle. Er habe Insekten in seinem Essen gefunden. Wiederholt sei er mitten in der Nacht geweckt und vergewaltigt worden. Seine Post würde gestohlen.

Gestohlen?

Mein Bruder sagte, er wisse genau, daß Jimmy Carter drei eingeschriebene Briefe an ihn geschickt habe. Und die seien alle unterschlagen worden.

Jemand fragte Thomas, warum der ehemalige Präsident versuche, Kontakt zu ihm aufzunehmen.

Er wolle ihn zur Teilnahme an einer Friedensmission im Nahen Osten einladen, lautete die Antwort.

Und wer unterschlug seiner Meinung nach seine Post?

Jetzt fing Thomas mit seiner George-Bush-Leier an; er belehrte den Ausschuß, als wären die Mitglieder allesamt Dorftrottel. Ob das nicht offensichtlich sei? Krieg sei profitabel, und Bushs Hände seien aus seiner CIA-Zeit mit Blut befleckt. Wenn sie sich alle nur ein bißchen mit amerikanischer Geschichte befaßt hätten, wäre ihnen aufgefallen, daß ein tiefer Riß durch das Fundament Amerikas verlief. Er stellte eine Verbindung her zwischen der Vertreibung der Indianer, den Internierungslagern für japanischstämmige Amerikaner und den heutigen Lebensumständen von

Gettokindern. Schießereien, Crack: alles habe mit Profit zu tun, mit dem Ölpreis. Es sei so offensichtlich, sagte er. Warum sah es bloß niemand außer ihm?

Was genau?

Die Verschwörung!

In diesem Augenblick muß Thomas in Tränen ausgebrochen sein, denn jemand fragte ihn, ob er sich einen Moment ausruhen wolle.

Jesus habe gewünscht, daß wir Jerusalem wiederaufbauten, fuhr er fort, aber statt dessen hätten wir ein neues Babylon errichtet. Er redete endlos weiter. Wenn Jesse Jackson gesprochen hätte und nicht Thomas, wäre es vielleicht ein großer Erfolg gewesen. Tolle Predigt, falsche Gemeinde.

Ein Mitglied des Ausschusses wollte wissen, ob Thomas begriff, warum er ins Hatch gekommen war.

Jawohl, sagte er, er sei ein politischer Gefangener. Amerika habe schon immer Kriege geführt, weil Kriege profitabel seien. Nun sei man an dem Scheideweg angelangt, der in der Bibel prophezeit worden sei – in der Offenbarung des Johannes. Unsere einzige Hoffnung als Nation bestehe darin, den Pfad der Habgier zu verlassen und dem der Tugend zu folgen. Er selbst sei auserwählt worden, diese Bewegung anzuführen. Es sei Gottes Wille. Ob es da überraschend sei, daß der Staat ihn hinter Gitter bringen wolle? Ihn demoralisieren? Er erzählte dem Ausschuß, die CIA habe Männer damit beauftragt, ihn jede Nacht zu wecken und zu beschmutzen – ihn unrein zu machen. Sie versuchten, ihn zu brechen, aber sein Geist sei stark. Sie hätten ihn unterschätzt, genau wie sie die bäuerlichen Soldaten in Vietnam unterschätzt hatten. Er befinde sich auf einer göttlichen Mission, sagte Thomas. Er versuche, einen unheiligen Krieg abzuwenden, der die schrecklichsten der biblischen Prophezeiungen auf Amerika und die westliche Welt herabrufen werde. George Bush sei der falsche Prophet, warnte er, und der Irak der schlafende Drache, der erwachen und die Kinder der Welt verschlingen werde. Der Kapitalismus werde uns alle töten.

Ein Ausschußmitglied sagte, in der Akte meines Bruders stehe, Thomas habe der Polizei gesagt, sein Opfer in der Bücherei sei ihm von Stimmen befohlen worden. Ob das zutreffe.

Jawohl.

Und fühle er sich genötigt, den Stimmen, die er höre, immer zu gehorchen?

Den Stimmen des Guten schon, sagte Thomas – die Stimmen des Bösen bekämpfe er.

Und er könne zwischen beiden unterscheiden?

Die Stimme Jesu sei wie keine andere, antwortete er.

Also spreche Jesus zu ihm?

»Jesus spricht zu jedem. *Ich* höre ihm zu.«

Aber nicht alle Stimmen, die er höre, seien gut?

»Gut? Bestimmt nicht.«

Und was sagten die bösen Stimmen zu ihm?

Thomas erwiderte, das könne er in Anwesenheit von Damen nicht wiederholen.

Dann mal angenommen, eine der Stimmen des Guten – die Stimme Jesu selbst – würde ihm befehlen, jemanden zu verletzen. Oder sogar zu töten. Einen der Feinde Gottes. Würde er, Thomas, dann gehorchen?

Wenn Jesus es befahl?

Ja, wenn Jesus selbst es befahl.

Die Frage sei lächerlich, antwortete Thomas. Jesus würde ihm nie befehlen, jemandem etwas anzutun. Jesus sei am Kreuz gestorben, um der Welt das Licht zu bringen.

Aber nur mal angenommen, er würde es befehlen. Ob Thomas gehorchen würde, wenn die Stimme Jesu ihn dazu aufforderte? Wenn Jesus selbst sagen würde: »Geh zurück in die Bücherei und schneide der Frau am Schalter die Kehle durch, denn sie ist ein Werkzeug des Teufels. Du mußt sie töten, um die Welt zu retten, um unschuldige Kinder zu retten.« Würde Thomas die Frau mit dem Messer angreifen, wenn Jesus es ihm befahl?

Jesus würde ihm so etwas nicht befehlen, antwortete Thomas erneut.

Aber *wenn* er es befahl? Würde Thomas es tun?

Wenn *Er* es befahl?

Ja, *wenn*.

Ja.

Lisa Sheffer kam mit einem Kaffeebecher aus Styropor ins Zimmer. Ich gab ihr das Protokoll zurück. »Sind Sie durch?« fragte sie.

Ich sagte, ich sei bis dahin gekommen, wo sie ihn dazu brachten zu sagen, er würde in Jesu Auftrag eine Bibliothekarin umbringen.

»Ist es nicht unglaublich, wie sie ihn dahin geführt haben? Ich war so *wütend*.«

»Und wie lautete das Urteil?« fragte ich und fügte hinzu: »Als ob ich's nicht schon wüßte.«

Der Überprüfungsausschuß für die Sicherheit in der Psychiatrie, erzählte Sheffer, habe einstimmig beschlossen, meinen Bruder für die Dauer eines Jahres einzuweisen, da er sich als potentiell gefährlich für sich selbst und andere erwiesen habe. Sein Fall werde im Oktober 1991 erneut beraten, um entweder seine Entlassung oder eine Einweisung für weitere zwölf Monate anzuordnen.

»Ins Hatch?« fragte ich.

Sie nickte und erklärte, sie habe eine vorgezogene Überprüfung nach sechs Monaten beantragt, doch Dr. Hume habe gemeint, wenn man Thomas nicht mangelnde Zurechnungsfähigkeit bescheinigt hätte, wäre er von einem Strafgericht angeklagt worden und hätte eine Mindeststrafe von drei Jahren zu erwarten gehabt. Wenn der Ausschuß sich in seiner Entscheidung irre, dann höchstens dahingehend, daß er zu milde sei.

»Und ich habe geantwortet: ›Das ist völliger Schwachsinn. Wenn er ins Gefängnis ginge, käme er nach drei oder vier Monaten auf Bewährung wieder raus. Spätestens nach sechs Monaten.‹ Ich kann Ihnen sagen, *paesano*, mein jüdischer Sinn für Gerechtigkeit und mein sizilianisches Temperament sind ganz schön mit mir durchgegangen. Es war sinnlos, ich wußte es, aber ich konnte einfach nicht den Mund halten. Deswegen werde ich noch was zu hören bekommen. Mein Chef hat schon angerufen und gesagt, er wolle am Montag ›ein Gespräch‹ über meinen ›Gefühlsausbruch‹ mit mir führen.«

Ich fragte sie, wie Thomas es aufgenommen habe.

»Mit stoischer Ruhe«, antwortete sie. »Aber wissen Sie, wem die Entscheidung des Ausschusses einen Schlag versetzt hat? Ihrem Stiefvater.«

»Ray? Wirklich?«

Sie hatte nach der Anhörung dauernd versucht, ihn anzurufen, ihn aber erst am nächsten Morgen erreicht, weil er die ganze Zeit bei mir im Krankenhaus gewesen war. »Als ich ihm die Neuigkeiten mitteilte, hat er angefangen zu weinen. Er mußte auflegen und mich zurückrufen. Er hat mir so leid getan.«

Wir schwiegen eine Weile. Armer Ray, dachte ich, jetzt waren wir vierzig und *noch immer* eine doppelte Last für ihn. Aber daß er geweint hatte? Wegen Thomas?

»Es tut mir so leid, Dominick«, sagte Sheffer. »Ich denke immer, wenn ich vielleicht am Anfang nicht die Nerven verloren hätte ...«

Ich erinnerte sie daran, daß sie mir mehrfach erklärt hatte, wie gering die Chancen waren – daß die Entscheidung vielleicht schon feststand, bevor die Ausschußsitzung begann.

»Ja, aber wenn ich vielleicht ...«

»Und wenn *ich* nicht von diesem scheiß Dach gefallen wäre. Und wenn *er* gar nicht erst schizophren geworden wäre. Machen Sie sich nicht verrückt mit dem ganzen Wenn und Aber.«

Ich lag mit verschränkten Armen da, den Kopf im Kissen versunken, und hatte nicht mehr die Kraft, aufgebracht oder wütend oder sonst irgend etwas zu sein. Ich war fertig. Gebrochen. Spürte plötzlich, wie sehr Sheffers Besuch mich mitgenommen hatte.

»Erinnern Sie sich an den Vormittag, als ich Sie zum erstenmal in meinem Büro gesehen habe? Damals dachte ich: ›Puh, der Typ ist ein wandelndes Problem. Der schleppt 'ne Menge mit sich rum.‹ Aber irgendwie bin ich in den Fall Ihres Bruders reingezogen worden, *paesano* – habe erkannt, daß die Dinge, die ihm helfen sollen, ihm irgendwann schaden könnten. Das ist das erste, was einem im Studium erzählt wird: Engagier dich nicht persönlich! Bleib immer objektiv! Aber dann, ich weiß nicht ... Ich hab wohl einfach angefangen zu verstehen, warum Sie so wütend waren. Und dann hat mein Blut auch ein bißchen angefangen zu kochen.«

Das war ja gerade das Seltsame: Ich war nicht mehr wütend. Ich war gar nichts mehr.

»Tun Sie mir einen Gefallen?« fragte ich.

»Klar. Was denn?«

»Unternehmen Sie heute irgendwas Nettes mit Ihrer Tochter, nur Sie beide. Amüsieren Sie sich.«

Sie lächelte. Nickte. »Hören Sie«, sagte sie. »Sie wissen doch, daß wir uns um ihn kümmern werden, oder? Dr. Patel, Dr. Chase, ich – die ganze Truppe. Außerdem ist ja mittlerweile Ihre Sicherheitsüberprüfung abgeschlossen, und Sie können ihn besuchen. Sein Zustand wird sich bessern, Dominick. Ganz bestimmt.«

Ich lächelte. Sagte ihr, ich würde anregen, daß sie für den Bluterguß eine Verwundetenauszeichnung bekam. Sie winkte ab, nahm das Geschenk von Dr. Patel in die Hand und gab es mir. »Hier, wollen Sie es gar nicht aufmachen?«

Ich wickelte das Päckchen aus, öffnete die mit Seidenpapier ausgelegte Schachtel und entnahm ihr eine kleine Statue aus Speckstein – eine zehn Zentimeter große Ausgabe von der, die in Dr. Patels Büro stand.

»Mir gefällt ihr Lächeln«, sagte Sheffer.

»Das ist keine Sie«, erwiderte ich. »Es ist ein Er. Shiva. Der Gott der Zerstörung.«

Sie blickte mich erstaunt an. »Der Zerstörung?«

Dr. Patel hatte eine Karte dazugelegt. »*Lieber Dominick, ich schicke Ihnen Shiva, den tanzenden Gott, und hoffe, daß Sie bald auf den Beinen sein und Ihrem Schmerz davontanzen können. Erinnern Sie sich an Shivas Botschaft? Auf Zerstörung folgt Erneuerung. Gute Besserung.*«

Sheffer war auf dem Weg zur Tür, als Joy hereinkam. Ich stellte sie einander vor und sah, daß Joy Sheffers Latzhose und die über die Ohren gezogene Mütze musterte. Es war seltsam zu beobachten, wie sich Sheffers Selbstbewußtsein in Joys Anwesenheit in Luft auflöste. Sie schien fast in ihrer Latzhose zu versinken.

»Wer ist denn die Hippiebraut?« fragte Joy.

»Die Sozialarbeiterin von Thomas.«

Ich erzählte Joy von der Sitzung des Ausschusses und davon, daß Thomas im Hatch bleiben mußte. Joy sah so hübsch aus wie immer, war aber blaß und wirkte zerbrechlich. Irgendwie fertig. Als ich anfing, ihr von der Anhörung zu erzählen, beugte sie sich vor und küßte meine Stirn, meine Nase, meine Lippen. »Ich liebe dich, Dominick«, sagte sie. Meine Kehle zog sich zusammen. Ich konnte nichts darauf erwidern.

Wegen der Sorge um mich und der Schwangerschaftsübelkeit könne sie weder schlafen noch essen, noch sonst irgendwas tun, außer den ganzen Tag über dem Klo zu hängen. Ich hätte ihr mit meiner Bemerkung über das Slim-Fast einen derartigen Schrecken eingejagt, daß sie in der Arztpraxis angerufen und mit dem Schwangerschaftsberater gesprochen habe. Er habe gesagt, sie könne ganz beruhigt sein – was das Baby brauche, nehme es sich. Der Fötus stehe jetzt für ihren Körper an erster Stelle, und ihr Körper wisse das. Sie solle versuchen, sich keine Sorgen zu machen. Die Übelkeit gehe vorbei. Kleine Babys seien kräftiger, als man glaube.

Das Bild von Angela an jenem Morgen erschien plötzlich vor meinen Augen – geballte Fäuste, blutiger Schaum vor dem Mund...

»Ich kann's immer noch nicht glauben«, sagte Joy. »*Ich*. Eine *Mutter*.«

Wir sprachen über die nächsten Monate – die Schwangerschaft, meine Verletzungen, meine Firma. Es machte mich verrückt, dazuliegen und mir die schlimmsten Dinge auszumalen, erzählte ich ihr. Und sobald ich eindöste, hätte ich Halluzinationen.

»Was denn für welche?« fragte sie.

»Egal. Frag besser nicht.«

Joy sagte, sie habe einen Beutel mit Toilettensachen für mich gepackt und ihn dann vergessen, als sie aus dem Haus gestürmt sei. Am Abend komme sie wieder. Ob ich sonst noch was brauchte? Ich erklärte ihr, wo ich die Versicherungsunterlagen für meine Firma aufbewahrte. Und meine Lebensversicherung. Es liege alles zusammen in einer Schreibtischschublade. Ob sie das Zeug mitbringen könne? Es mache mich verrückt, dazuliegen und darüber nachzudenken, ob meine Versicherung wohl für die Folgen des Sturzes aufkam.

»Natürlich werde ich dir die Unterlagen mitbringen«, sagte Joy. »Noch irgendwas anderes?«

Ich schüttelte den Kopf und fing wieder an zu weinen. Herrgott noch mal!

»Alles wird gut«, sagte sie. »*Wirklich*. Versuch doch mal, nicht immer an dein Bein und an deinen Bruder zu denken, sondern an das *Baby* – daran, daß du *Vater* wirst.« Sie berührte vorsichtig meine Hüfte, als könnte sie sich daran verbrennen.

Vielleicht kam es auch gar nicht drauf an, dachte ich. Vielleicht konnte ich einfach *mit* der Erschöpfung leben, statt gegen sie anzukämpfen. Mich ihr ergeben. So war es doch beim Ertrinken. Man hörte einfach auf zu kämpfen. Man entspannte sich und überließ sich dem Wasser ... Vielleicht tat Thomas das da drüben im Hatch auch. Er habe die Nachricht mit stoischer Ruhe aufgenommen, hatte Sheffer erzählt. Eigentlich komisch, um nicht zu sagen, paradox. Bisher war er immer die Heulsuse gewesen und ich der harte Bursche, der Typ, der stets auf der Hut war. Wenn man Dominick Birdsey in die Quere kam, schnauzte er einen vielleicht an oder ging in die Luft, aber man sah ihn nie weinen wie seinen Bruder, diesen Waschlappen ... Seit ich aber bei den Roods vom Dach gefallen war – aufgestiegen aus der Hölle oder was immer es gewesen war, wohin das Morphium mich entführt hatte –, heulte ich nur noch. Jetzt war ich die Heulsuse und Thomas der Stoiker. Wird ein Jahr in diese Hochsicherheitshölle gesperrt und nimmt es ohne sichtbare Regung hin. Ich mußte lachen.

»Was ist denn so lustig?« fragte Joy.

Statt einer Antwort wischte ich die Tränen weg und putzte mir die Nase. Was hatte Felice gesagt? Er glaube ans Schicksal? Er lasse sich treiben? Vielleicht war das der große, kosmische Witz: Sein Leben lang versuchte man, mit dem Kopf durch die Wand zu gehen, und alles, was am Ende übrigblieb, waren ein paar banale Spruchweisheiten. *Laß dich treiben.* Wenn man's bedachte, war es genau das, was die Leute taten, wenn sie ertranken ...

»Es wird *nicht* wieder gut«, sagte ich zu Joy.

»Doch.«

»Nein. Ich werd's nie schaffen, irgendwas auf die Reihe zu kriegen. Und selbst wenn ich's könnte, ich bin einfach zu müde. Ich kann nicht mehr, Joy. Ich will bloß noch die weiße Fahne hissen. Untertauchen und das verdammte Wasser in meine Lungen strömen lassen.«

Sie schaute mich verwirrt an. »Das sind die Tabletten, die sie dir geben«, sagte sie. »Betäubungsmittel machen depressiv. Die ziehen dich runter.«

Ich sah Rood am Dachfenster stehen und schüttelte den Kopf. »Ich glaube ... ich glaube, als ich von dem Dach gefallen bin, ist noch was anderes kaputtgegangen als mein Fuß und mein Bein. Irgendwas, das alle Operationen und Therapien der Welt nicht wieder hinkriegen ... Ich bin einfach müde, Joy. Ich will nicht mehr kämpfen.«

»Es sind die Medikamente«, wiederholte sie.

»Es sind *nicht* die Medikamente. *Ich* bin das.«

In Selbstmitleid zu schwelgen, habe noch niemandem geholfen, sagte sie. Ich solle lieber an das *Baby* denken.

Ich hatte nicht vorgehabt, darüber zu reden. Ich hatte mir überlegt, ich würde den Mund halten – vielleicht bis nach der Geburt oder bis ich's nicht mehr aushielt. Vielleicht auch für den Rest meines Lebens. Aber auf einmal wußte ich, daß ich zu müde war, um das Spiel weiterzuspielen. Ich war mir plötzlich sicher, daß ich es nicht konnte.

»Das Baby ist nicht von mir«, sagte ich.

Sie sah eher bestürzt als überrascht aus. »Was soll das heißen, nicht von dir? Natürlich ist es von dir, Dominick. Wovon redest du?«

»Es kann nicht von mir sein. Ich hab mich sterilisieren lassen, als ich verheiratet war.«

Sie riß die Augen auf. »Was?«

»Ich hab's dir nie erzählt. Meine Frau ... Dessa und ich ... wir hatten ein Kind. Ein kleines Mädchen. Sie hieß Angela. Sie ist gestorben.«

»Dominick, hör auf«, bat Joy. »Warum tust du das?«

»Ich hätte es dir sagen müssen. Ich *weiß*, ich hätte es dir sagen müssen, aber ...« Ich fragte sie, ob sie sich daran erinnere, wie wir über Kinder geredet hatten – vor langer Zeit, ziemlich am Anfang. Wir hätten beide gesagt, wir wollten keine. »Und ich ... ich hab mir gedacht, daß ich's nicht anzusprechen brauche, weil du sowieso keine Babys willst. Ich würde dich einfach weiter die Pille nehmen lassen und ... Aber ich verstehe jetzt, daß es dasselbe war wie lügen – es dir nicht zu sagen. Wir haben uns beide angelogen. Ich bin nicht mal wütend. Mein Gott, wie ich dich die letzten Monate behandelt habe ... Ich meine, ich war schon wütend. Als ich es erfahren habe, hätte ich liebend gern um mich geschlagen.«

»Es sind die Tabletten, die sie dir geben«, sagte Joy. »Die bringen dich durcheinander.«

»Erinnerst du dich daran, wie du an dem Abend, als du wegen dieses Ladendiebstahls festgenommen wurdest, gesagt hast, es sei *gut*, daß alles rausgekommen ist? Zwischen uns würde es besser werden als je zuvor? Und wie ich gesagt habe, du darfst nicht zuviel erwarten? Weißt du noch, Joy? Ich hab dir gesagt, ich sei angeschlagen, zweite Wahl. Weißt du noch, wie ich das zu dir gesagt hab? ... Ich muß wohl das gemeint haben, was mit meiner Frau und mir wegen des Babys passiert ist. Ich weiß nicht, Joy. So was prägt einen. Wenn man ein Baby hat und es ein paar Wochen kennt, und dann ... dann *stirbt* es einfach. Ich versuche nicht, mich zu entschuldigen. Ich ... Das hab ich gemeint, als ich sagte, ich sei zweite Wahl. Also ... bin ich damals hingegangen und hab mich sterilisieren lassen. Ich kann keine Kinder haben, Joy. Wer immer der Vater von deinem Baby ist, ich bin's nicht.«

Sie saß da und blinzelte. Schaute mich mit einem seltsamen Ausdruck an.

»Und ... und ich bin nicht mal wütend. Ich bin traurig, Joy, bloß traurig, weil ... weil ich nie wirklich fähig war, dir eine Chance zu geben. Dir und mir, meine ich. Jetzt ist es mir klar. Ich hab dich benutzt. Aber jetzt bin ich zu müde, um ... Ich kann nicht mehr so tun als ob, Joy. Ich kann mit dem Spiel, das wir gespielt haben, nicht weitermachen. *Ich kann's einfach nicht mehr.*«

Sie blinzelte. Lachte. »Hör auf, Dominick. Du machst alles kaputt. Es ist *dein* Baby. Deins und meins. Du wirst gesund werden, und wir werden das Baby bekommen und ein Haus kaufen und ... Von wem soll es denn sonst sein? Ich weiß gar nicht, wovon du redest.«

Wir sahen uns an.

»Ehrlich!« sagte sie. »Ich schwöre es dir!«

Die Krankenschwester von vorhin kam wieder ins Zimmer, Vonette. »Dann wollen wir uns mal den Beutel ansehen«, meinte sie und schaute unter die Decke. Nahm meine Hand und fühlte den Puls. Joy trat vom Bett zurück. Sie sah aus, als stünde sie unter Schock. Als fürchtete sie sich. Ich hatte ihr mit Angela keine Angst machen wollen. Es tat mir leid, aber ich konnte mich nicht länger verstellen. Ich war zu müde. Ich wollte bloß schlafen.

»Wo ist Ihr Kumpel?« fragte Vonette. »Er ist doch nicht getürmt, oder?«

Wer? Leo? Sie deutete auf Steve Felices leeres Bett.

»Oh ... Keine Ahnung. Wahrscheinlich ist er draußen im Sonnenliegeraum.«

»Ihr Blutdruck ist ein bißchen hoch, Süßer«, sagte Vonette. »Ich überprüfe ihn in einer halben Stunde noch mal, okay?«

»Okay.«

Sie wandte sich an Joy. »Ich müßte mal nach seinem Katheter sehen und den Beutel auswechseln, wenn's Ihnen nichts ausmacht. Ich ziehe für ein paar Minuten den Vorhang vor, und danach können Sie sich weiter unterhalten. In Ordnung?«

»In Ordnung«, sagte Joy. Sie lächelte und trat noch ein paar Schritte zurück. Vonette zog den Vorhang zwischen uns zu.

Ich hatte mir einen großen Kampf ausgemalt, wenn es jemals ans Licht kommen sollte – wenn ich durchblicken ließ, daß sie mich betrogen haben mußte. Aber jetzt war es ganz anders gewesen. Ich war so müde.

»So, das wär's«, sagte Vonette. »Alles wieder an Ort und Stelle.«

Als sie den Vorhang wegzog, war Joy verschwunden.

Am Nachmittag kam Ray zu Besuch. Am Abend noch mal. Keiner von uns erwähnte Joy. Wir sagten eigentlich überhaupt nicht viel, guckten bloß zusammen Fernsehen. Ich döste die meiste Zeit. Am Sonntag nachmittag tauchten Leo und Angie mit einem Plakat auf, das die Kinder gemalt hatten. Auf Angies Frage, wo Joy sei, zuckte ich die Achseln und murmelte was von einer Erkältung.

Später kam Leo noch einmal allein vorbei und brachte einen zehn Zentner schweren Obstkorb mit – wie aus einer Zeitschrift. Auf der Karte stand: »Beste Wünsche zur schnellen Genesung. Liebe Grüße, Gene und Thula Constantine.« Liebe Grüße? Seit wann denn das? Leo machte das Zellophan für mich ab, aß eine Frucht nach der anderen und übte mit Schalen und Kernen Hakenwürfe auf den Papierkorb. »Okay, wo ist sie?« fragte er schließlich.

»Wer?«

»Joy. Ist sie wirklich krank?«

Ich zuckte die Achseln. Gähnte. Zog mich am Haltegriff hoch und veränderte meine Liegeposition ein wenig. Ich sagte zu Leo, ich hätte mich sehr gefreut, daß er gekommen sei, aber ob er jetzt vielleicht gehen könnte. Ich sei müde. Wolle schlafen.

Ich sah den Anfang von *60 Minutes* und muß dann eingenickt sein. Plötzlich weckte mich irgendwas. Ein Schatten. Ich öffnete die Augen. Die Herzogin.

»Was willst *du* denn hier?« fragte ich.

Er überreichte mir den Walkman von zu Hause und eine Kassette. Ich begriff nicht.

»Das ist von Joy«, sagte er. »Sie möchte, daß du's dir anhörst.«

»Ach ja? Warum ist sie dann nicht hergekommen und hat es mir selbst gegeben? Wo ist sie überhaupt?«

»Im Auto«, sagte er. »Sie hat auf der Kassette alles erklärt. Hör's dir einfach an.«

Er drehte sich um und ging.

»Das war ja ein kurzer Besuch«, meinte Steve.

»Was?«

»Ihr Freund. Ist nicht lange geblieben.«

»Mein Freund?«

Hi, Dominick, ich, äh ... ich hab den ganzen Tag versucht, dir einen Brief zu schreiben, aber ich finde nicht die richtigen Worte. Ich konnte mich schriftlich nie so toll ausdrücken, also hat Thad gesagt: »Warum sprichst du ihm nicht was auf Band? Sag ihm, was du ihm sagen willst.« Und ich dachte, ja, vielleicht ist das 'ne gute Idee, weil ich glaube, daß ich 'ne Menge zu erklären hab ... Ich weiß nicht, Dominick, wenn ich mich nicht so schämen würde, hätte ich dir alles persönlich erzählt.

Ich ... ich hab seit gestern nachmittag viel nachgedacht. Ich war die ganze Nacht wach und hab über dich und mich nachgedacht und darüber, wo ich in meinem Leben überall gewesen bin und wo ich hingehe. Ich muß zugeben, daß ich völlig platt war, als du gesagt hast, das Baby könnte nicht von dir sein. Ich wollte, daß es mit uns beiden klappt. Immer wenn du gesagt hast, du könntest mir kein Leben voller Sonnenschein bieten, hab ich mir gedacht, doch, das kann er, er weiß es bloß noch nicht. Aber ich hab mich wohl nur selbst belogen, wie üblich.

Seit ich ein kleines Mädchen war, hab ich mir immer vorgestellt, daß ich mal so sein würde wie diese Carol Brady aus der Fernsehserie: eine nette, hübsche Mama mit einem netten Haus, einem Mann, der mich liebt, und richtig süßen Kindern. Mein Leben ist schrecklich kompliziert geworden, aber das ist eigentlich das einzige, was ich immer wollte ... Ich hab dir ein bißchen was von meiner Kindheit erzählt, aber da sind viele Sachen, über die ich nie geredet hab. Es war schwer. Die ganzen Männer und Freunde meiner Mutter ... Kaum hatte ich mich an was gewöhnt, waren wir wieder unterwegs. Und meine Mutter hat jedesmal gesagt: »So, jetzt hab ich endlich gefunden, wonach ich die ganze Zeit gesucht hab«, und kurz darauf waren wir wieder unterwegs. Manchmal sind wir so schnell weggegangen, daß ich nicht mal meine Schulbücher abgeben konnte. Gestern nacht hab ich gezählt, in wie vielen Schulen ich war. Ich bin auf neun gekommen. Ich hab sie nie vorher gezählt. Neun Schulen bis zu meinem siebzehnten Geburtstag.

Am schlimmsten war's, wenn sie gerade keinen Typen hatte. Manchmal hatten wir nicht mal was zu essen im Haus, dann hab ich gesagt: »Mama, du mußt dir einen Job suchen, damit wir was zu essen haben«, und sie meinte immer: »Mach dir keine Sorgen. Wird sich schon was finden. Ich werd schon jemanden treffen.« Wir hatten einen Trick, mit dem wir in Supermärkten geklaut haben, wenn nichts mehr im Haus war ... Wir sind reingegangen, haben uns einen Wagen genommen und vollgefüllt, als ob wir einen richtig großen Einkauf machen würden, und dann haben wir einfach Sachen aus dem Wagen gegessen – Bananen, Cracker, Käse. Nach einer Weile haben wir so getan, als hätten wir was in irgendeinem Gang vergessen und sind einfach rausgegangen, und meine Mutter hat gesagt: »Dreh dich nicht um! Geh einfach weiter!« Manchmal hatte ich immer noch Hunger, wenn wir wieder draußen waren.

Wenn sie gerade keinen Mann hatte, mußte sie sich abends zurechtmachen und ausgehen. Versteh mich nicht falsch, sie war keine Nutte oder so was. Sie mußte bloß in Bars und Clubs gehen und den Männern zeigen, daß es sie gab ... Wenn sie ausging, hab ich immer gedacht, wie schön sie ist. Ich hab ihr geholfen, sich das Haar zurechtzumachen, und ihr hinten den

Reißverschluß hochgezogen. Es war so, als würde ich meine Puppen anziehen, nur, daß es meine eigene Mutter war. Ich fand es nicht seltsam oder so was, aber als ich festgenommen wurde und zu Dr. Grork gegangen bin, hat er gesagt, es sei abnorm. Ungesund. Ich hab damals vielleicht einfach nicht drüber nachgedacht, es analysiert oder so. Es war halt unser Leben …

Ich hab's gehaßt, die ganze Nacht allein zu bleiben, wenn sie ausging. Ich kann ihr keinen Vorwurf machen. Wie sollte sie einen Babysitter bezahlen, wenn wir nicht mal Geld für das hatten, was wir im Supermarkt aßen? … Aber ich war immer mit den Nerven am Ende, wenn sie weg war. Ich dachte, irgendein Einbrecher oder Mörder überfällt mich. Ich war so nervös, daß ich mir die Haare an den Augenbrauen ausgezupft hab. In der Schule hab ich das dauernd gemacht. Es wurde eine schlechte Angewohnheit. In der vierten Klasse hatte ich eine richtige Hexe als Lehrerin, die hat mich immer angeschrien, weil die Haut an meinen Augenbrauen blutete. Es war, als hätte diese Frau als einziges Lebensziel gehabt, daß ich die Hände aus meinem Gesicht ließ. Aus dem Jahr hab ich immer noch ein Klassenfoto. Ich hab's dir nie gezeigt. Damals waren wir in Tustin. Das war kurz bevor meine Mutter ihren späteren Mann Mike getroffen hat. Und auf dem Bild kannst du die roten Stellen sehen, wo meine Augenbrauen sein sollten. Immer wenn ich das Foto angucke, hab ich dasselbe komische Gefühl im Magen wie damals, wenn ich die ganze Nacht allein war – oder die halbe Nacht. Als ob ich wieder das kleine Mädchen wäre und in meinem Leben nichts anderes passiert ist. Es ist komisch … Ich erzähl dir das nicht, damit ich dir leid tue, Dominick. Ich versuche bloß zu erklären, warum ich mir so gewünscht hab, daß wir ein Haus und ein Baby haben und vielleicht sogar irgendwann heiraten. Aber du mußt zugeben, daß ich dich nie dazu gedrängt habe …

Die Schwangerschaft ist einfach passiert, Dominick. Wahrscheinlich glaubst du, ich wäre schwanger geworden, um dich dazu zu kriegen, daß du mich heiratest. Das macht mich sehr traurig, denn es ist wirklich nicht so. Ich schwöre es dir.

Ich glaube fest daran, daß ich mich durch das Baby verändere und ein besserer Mensch werde, Dominick. Ich hoffe es … Seit du mir gestern erzählt hast, daß deine kleine Tochter gestorben ist, muß ich immer an sie denken. Es tut mir ganz schrecklich leid. Das muß so schwer sein. Und es erklärt viel von dir, was ich nie begriffen hab. Warum du so wütend auf die Welt bist und so. Ich wünschte nur, du hättest mir von ihr erzählt, vielleicht hätte ich dir darüber hinweghelfen können.

Ich denke auch an deine Exfrau. Gestern nacht hab ich wegen ihr geweint – mitten zwischen all den anderen Gedanken. Vielleicht, weil ich jetzt auch bald Mutter werde ... Ich hab's dir nie erzählt, aber ich hab sie mal gesehen. Deine Exfrau. Ich hab ihren Namen vergessen, doch ich weiß, daß sie's war. Sie war mit Angie im Einkaufszentrum. Angie ist ihre Schwester, stimmt's? So bin ich drauf gekommen. Sie haben mich nicht gesehen, und ... ich bin ihnen gefolgt. Im Restaurant hab ich mich hinter sie gesetzt und gelauscht. Sie haben über ihre Mutter geredet – was sie ihr zum Geburtstag schenken sollen –, und ich hab nur dagesessen und gedacht, das ist Dominicks Exfrau. Das ist die Frau, mit der er vor mir zusammen war ... Sie schien nett zu sein. Ich weiß noch, daß ich dasaß und mir wünschte, wir drei wären Freundinnen, die zusammen einkaufen gehen. Das klingt vielleicht komisch, aber ich hab nie viele Freundinnen gehabt. Andere Frauen mögen mich nicht besonders. Ich weiß nicht warum. Letzten Monat hat Patty eine Babyparty für Greta, die Ernährungsberaterin, organisiert, und ich glaube, alle Frauen bei Hardbodies waren eingeladen außer mir. Wenn ich dableiben würde, was ich nicht vorhabe, würde für mich bestimmt niemand eine Party organisieren. Ich hätte noch Glück, wenn ich eine Karte kriegen würde, auf der alle unterschrieben haben. Ich glaube, wenn man neunmal die Schule wechselt, bevor man aus der High-School raus ist, entwickelt man nicht viele Freundschaften. Ich bin fünfundzwanzig, Dominick, und kann noch nicht mal sagen, daß ich in meinem Leben eine wirkliche Freundin hatte. Ist das nicht schrecklich?

Deine Exfrau fand ich jedenfalls nett. Und witzig. Sie hat sich über ihre Mutter beschwert – nicht böse oder so. Irgendwie hat sie mich an Rhoda aus der Mary Tyler Moore-Show erinnert. Nicht das Aussehen, aber wie sie geredet hat ... Ich weiß, du hast nie aufgehört, sie zu lieben. Du hast nie was gesagt, aber ich hab's immer gewußt. Es war, als würdest du was vor mir zurück-

halten. Ich weiß, daß ich deinen Ansprüchen nie genügt habe, und daß du gedacht hast, ich bin nicht intelligent genug für dich. Du hast nie was gesagt, aber ich hab's gewußt … Jedenfalls hab ich letzte Nacht wegen ihr geweint, weil ich daran denken mußte, wie sie ihr kleines Mädchen verloren hat. Ich kriege solche Angst, wenn ich an all das denke, was schiefgehen könnte. Aber es erklärt auch vieles. Ich wünschte nur, du hättest mir eher davon erzählt. Ich hätte dir vielleicht helfen können, wenn du ein bißchen offener gewesen wärst. Wenigstens hätte ich's versuchen können.

Ich glaube, ich bin jetzt beim schwierigsten Teil von dem, was ich sagen muß, Dominick, und ich hoffe, es ist nicht zu schwer für dich, es dir vom Band anzuhören … Was ich dir erzählen muß, ist nicht leicht. Ich will nur, daß du eines weißt. Meine Gefühle für dich sind immer echt gewesen. Ich bin bei vielem nicht ehrlich gewesen – das mit dem Klauen und so –, aber bei meinen Gefühlen war ich absolut ehrlich. Ich weiß, daß es seit einer Weile nicht gut mit uns gelaufen ist, aber ich dachte am Anfang, das zwischen uns ist was ganz Besonderes. Du hast mich glücklicher gemacht als irgendein anderer, mit dem ich vorher zusammen war. Ich glaube, was ich sagen will, ist, daß ich mir wünsche, das Baby wäre von dir. Weil ich dich wirklich liebe. Das Gefühl ist immer noch da, Dominick, ich schwöre es.

Thad ist der Vater des Babys. Es ist ziemlich kompliziert, aber ich schulde dir wohl eine Erklärung, falls du noch zuhörst …

Was Thad und mich betrifft, bin ich nie ehrlich zu dir gewesen. Zunächst mal ist er bisexuell, nicht schwul. Das hast du wahrscheinlich inzwischen gemerkt. Er hat Aaron gestern von dem Baby erzählt, und der hat ihn rausgeschmissen. Was du auch nicht wußtest, ist, daß Thad und ich uns nicht von der Arbeit her kennen. Wir kennen uns schon sehr, sehr lange. Weißt du noch, wie ich dir vom Halbbruder meiner Mom erzählt hab, der in Kalifornien bei uns gewohnt hat? Wie wir beiden rumgemacht haben, wenn die anderen arbeiten waren? Das war Thad. Ich war erst zwölf, als es angefangen hat, und Thad war neunzehn. Er hat immer jünger ausgesehen, als er ist. Ich war bloß ein dummes Kind, ich wußte nicht, was ich tat. Na ja, irgendwie doch, und dann auch wieder nicht. Aber er ist anscheinend so was wie ein Teil von mir geworden. Vielleicht, weil ich so jung war ... Ich bin nie von ihm losgekommen. Damals war er bei der Marine – ich glaube, das hab ich dir erzählt – und irgendwann wurde er nach Portsmouth versetzt. Da hat er angefangen, mit Männern zu »experimentieren«, ist in Bars gegangen und so. Er hat mich immer angerufen und es mir erzählt – was er und irgendein Typ zusammen gemacht hatten. Er rief an, wenn ich aus der Schule zurück war, bevor Mom und Phil von der Arbeit kamen. Er fragte: »Soll ich dir erzählen, was wir dann gemacht haben?« Und ich sagte: »Ja, erzähl's mir.« Hinterher mußte ich mich fast übergeben, weil ich völlig fertig war. Es wurde so schlimm, daß ich nicht mehr essen konnte. Ich vermißte ihn schrecklich. Und dann bat ich ihn am Telefon, mir was von sich zu schicken – abgeschnittene Fingernägel und so –, und das war alles, was ich essen wollte. Es war total krank. Aber so war es immer mit Thad und mir. Wie eine Krankheit.

Unsere Beziehung ist nicht die erste, die dadurch kaputtgeht. Als Denny, mein zweiter Mann, die Sache mit Thad rausgekriegt hat, ist er durchgedreht. Ronnie, mein erster Mann, hat's nicht mal gemerkt. Das war auch gut so, denn Ronnie konnte richtig fies werden. Es ist nur ... Weißt du noch, wie ich nach dem Ladendiebstahl in Hills festgenommen wurde und zu Dr. Grork ging? Er hat mir immer gesagt, ich müßte Thad aus meinem Leben verbannen und dir von ihm erzählen. Alles beichten. Dr. Grork sagte, es sei ein großes Risiko, doch wenn ich jemals irgendwas von dem erreichen wolle, was ich mir immer gewünscht hätte, müßte ich es eingehen ... Aber ich konnte es nicht. Ich hab's versucht, Dominick, es ging einfach nicht. Ich hab wohl befürchtet, dann könnte ich niemals Carol Brady werden. Jetzt ist mir klar, daß das vollkommener Quatsch war. Ich weiß, er ist schlecht für mich, aber ich kann mich nicht von ihm trennen. Manchmal hasse ich ihn. Du bist ein tausendmal besserer Mensch als er. Thad ist sehr manipulierend, er beherrscht mich. Das hat Dr. Grork mir immer gesagt, und er hatte recht ... Es liegt nicht an dir, Dominick. Es liegt an mir. Das mit Thad und mir ist wie eine Krankheit.

Ich bin nicht stolz auf das, was ich dir jetzt erzählen werde, Dominick, aber ich glaube, ich muß es dir sagen. Ich erwarte nicht, daß du's verstehst oder mir vergibst; das hab ich gar nicht verdient. Ich hoffe nur, daß du mich nicht zu sehr haßt. Vielleicht kannst du mir eines Tages vergeben. Ich hab nämlich wirklich dein Vertrauen mißbraucht.

Ich hab ihn zusehen lassen, Dominick. Wie wir zusammen geschlafen haben. Zweimal. Ich hab lange nein gesagt, aber am Ende hab ich nachgegeben … Er hat mich ständig darum gebeten. Es hat ihn wirklich angemacht. Thad war die ganze Zeit scharf auf dich. Das erste Mal war es bloß … Ich weiß nicht. Ich hab einfach irgendwann gesagt, okay, meinetwegen. Es war so seltsam … Und beim zweiten Mal hat er alles im vorhinein geplant, mir gesagt, was ich machen soll – wie ich mich bewegen soll und so weiter. Er war wie ein Filmregisseur oder so was … Er hat uns nicht gefilmt – das meine ich nicht. Beide Male war es ein Freitag. Er war schon da, wenn du nach Hause kamst – Freitag war einer der Tage, an denen wir beide, du und ich, immer miteinander intim wurden. Unser Rhythmus oder so was. Und … er hat sich in meinem Schrank versteckt und die Tür ein bißchen offengelassen. Er hat zu mir gesagt, der Gedanke daran, daß du ihn erwischen könntest, gehört dazu. Ist Teil des Reizes.

Ich wollte es nicht, Dominick. Ich hab mich schrecklich dabei gefühlt. Ich war mit den Nerven am Ende, als er in dem Schrank hockte. Aber er hat mich dauernd angefleht, und vor dem zweiten Mal ist er regelrecht ausgeflippt. Er sagte, er würde mich verlassen, wegfahren und mir nicht verraten, wohin. Und da hab ich gesagt, okay, aber zum letzten Mal. Nur noch das eine Mal, und dann nie mehr … Ich weiß, es war ein schrecklicher Verrat, Dominick, aber jetzt kannst du wenigstens sagen: »Ein Segen, daß ich sie los bin. Sie war krank.« Und das bin ich auch.

Morgen kündige ich bei Hardbodies. Thad hat schon gekündigt. Ich weiß, daß du mindestens noch eine Woche im Krankenhaus bleibst, und bis dahin bin ich aus der Wohnung raus. Dann bist du mich los – mich und das Baby. Mach dir keine Sorgen. Ich werd dich nicht ausplündern, deine Stereoanlage klauen oder so was. Ich hab schon genug Grund, mich schuldig zu fühlen. Ich hab Thad gesagt, er soll nicht mehr in die Wohnung kommen. Bis wir wegfahren, wohnt er in einem Motel.

Wir … wir fahren wahrscheinlich an die Westküste. Oder ich fahre allein. Nach Anaheim in das Motel, das meine Mom und Herb leiten. Mom sagt, ich kann umsonst da wohnen, bis das Baby da ist, und dann sehen wir weiter. Es hängt davon ab, was Herb sagt ... Ich weiß nicht, was aus Thad und mir werden soll. Ich weiß es wirklich nicht. Er hat immer noch vor, ein Lokal aufzumachen, und ich soll an der Bar stehen. Ich weiß nicht. Vielleicht habe ich den Mut, ihn ein für allemal zu verlassen, wenn ich erst Mutter bin ... Ich weiß, daß er kein so guter Vater sein wird, wie du einer wärst. Wenn es ein Junge wird, würdest du ihn bei den Pfadfindern anmelden und zum Baseball mitnehmen, das weiß ich. Bei Thad kann ich mir so was nicht vorstellen. Dazu ist er zu egoistisch. Ich wünschte wirklich, das Baby wäre von dir ... Ich freue mich nicht besonders darauf, wieder bei meiner Mutter zu wohnen, aber sie wird mir wahrscheinlich mit dem Baby helfen, besonders wenn ich wieder arbeiten gehe, was ich wohl tun muß. Mein Kind soll nie in den Supermarkt gehen und heimlich Sachen essen müssen, die wir nicht bezahlen können.

Kann sein, daß ich mich bei Disneyland als Darstellerin bewerbe. Vielleicht ist die Frau noch da, die mir gesagt hat, ich wäre eine perfekte Cinderella. Sie hieß Mrs. Means. Vielleicht geschieht ja ein Wunder, und sie arbeitet noch da und erinnert sich an mich. Vielleicht winke ich dann kleinen Kindern bei der Lichterparade zu, und sie rufen: »Schau mal! Da ist Cinderella!« Thad meint, ich soll es machen. Es wäre ein Anfang, sagt er, und er könnte mein Manager sein.

Dominick, ich weiß, du wirst gesund werden und jemanden finden, der dich glücklich macht, denn das hast du verdient. Bestimmt haßt du mich jetzt, das ist verständlich. Ich hasse mich ja selbst. Aber egal, was du von mir denkst, ich bin froh, daß wir fast zwei Jahre zusammen waren. Ich hab mal eine Sendung über Paul Newman gesehen, und irgendwer hat da gesagt, Paul Newman sei »ein absolut aufrichtiger Mensch«, und das bist du auch, Dominick. Ein absolut aufrichtiger Mensch. Bitte vergiß nicht ganz, daß wir auch schöne Zeiten hatten. Besonders am Anfang. Es tut mir so schrecklich leid, daß ich dich betrogen habe und dich mit der ganzen Geschichte belaste, wo du so krank bist. Aber als du gesagt hast, das Baby könne nicht von dir sein, wußte ich nicht mehr, was ich tun sollte ... Wenn du das hier gehört hast, bin ich wahrscheinlich die letzte, mit der du reden willst, doch falls du mich erreichen mußt: Ich bin noch ein paar Tage in der Wohnung, und Ende nächster Woche fahre ich zu meiner Mutter – die Nummer steht in deinem Telefonregister.

Du … du brauchst dir keine Sorgen wegen AIDS oder HIV zu machen – wegen Thads Lebensweise. Er paßt sehr auf. Auch Aaron achtet streng darauf, kein Risiko einzugehen. Wenigstens darüber brauchst du dir also keine Sorgen zu machen.

Dominick? Es tut mir leid, daß ich immer so eifersüchtig auf deinen Bruder war. Wenn ich einen Bruder oder eine Schwester hätte, würde ich mir wünschen, sie wären so treu wie du. Ich glaube, du kämpfst auf verlorenem Posten, aber das mußt du selbst wissen. Vergiß nicht, dich auch um dich selbst zu kümmern, nicht nur um andere.

Ich liebe dich, Baby. Bitte … bitte, haß mich nicht. Okay?

Ich haßte sie nicht. Ich haßte nicht mal ihn. Ich lag bloß da, schaute auf meinen häßlichen lila Fuß, der hätte weh tun sollen, aber nicht weh tat. Ich fühlte überhaupt nichts.

»Wissen Sie, was mich an der Serie stört?« fragte Felice. »Egal, wo sie hinkommt – immer wird jemand kaltgemacht.«

Ich nahm den Kopfhörer des Walkmans ab. Ich hatte mir die Kassette in der Hoffnung, irgendeinen Sinn darin zu finden, zweimal angehört – vergeblich. Ich war nicht zornig. Ich war nicht verletzt. Ich war gar nichts. »Entschuldigung. Was haben Sie gesagt?«

Felice zeigte auf den Fernseher. »Wegen Jessica Fletcher. *Mord ist ihr Hobby.* Sie geht einkaufen und stößt auf eine Leiche. Sie besucht eine Freundin: wieder eine. Sie fährt in Urlaub. Bums! Wann sind *Sie* das letzte Mal irgendwo über eine Leiche gestolpert? Die ist wie der Sensenmann oder so was.«

Ich würde warten, bis ich nach Hause kam, überlegte ich. Und ich würde keine Sauerei hinterlassen – irgendwas, das hinterher jemand saubermachen mußte, Leo oder Ray oder irgendein armer Sanitäter, denn ich war nicht wütend, so wie Rood, dieser Mistkerl. Ich war bloß müde, wollte bloß aufhören zu kämpfen und untergehen. Laß dich treiben … Ich könnte in die Garage humpeln und die Ritzen neben dem Tor mit Lumpen verstopfen.

Gentlemen, starten Sie die Motoren. Da erinnerte ich mich

daran, daß ich den Wagen zu Schrott gefahren hatte. Ich konnte mich gar nicht mit Abgasen umbringen.

Dann eben Tabletten. Sie würden mir doch sicher Schmerztabletten mitgeben. Ich könnte sie alle auf einmal nehmen, mit einer Flasche ... was hatte ich überhaupt im Haus? Den Scotch, den der Großhändler mir zu Weihnachten geschenkt hatte. Whisky und Tabletten. Das müßte reichen. Erlöse die Welt von Dominick Birdsey, dem Verlierer. Dem bösen Zwilling.

»Sie zieht die Leichen magisch an«, sagte Felice. »Ich sag Ihnen was: Wenn Sie jemals Angela Lansbury begegnen, hauen Sie ab, so schnell es geht.«

War die Tatsache, daß die Herzogin sich im Kleiderschrank versteckt hatte, um zuzusehen, wie wir uns liebten, eigenartiger als die Tatsache, daß mein Bruder sich im Namen des Friedens die Hand abgehackt hatte? Oder daß die Wequonnocs wieder aus der Asche auferstanden waren? War es verwerflicher als die Tatsache, daß Amerika sich erneut auf einen Krieg vorbereitete, mit aufgeputschten Kids, die nichts über Vietnam wußten, außer dem, was *Rambo* ihnen gezeigt hatte?

Das war der ganz große Witz: Oben im Himmel gab es tatsächlich niemanden, der für eine ausgeglichene Bilanz sorgte. Ich hatte das Rätsel gelöst. Den Code geknackt. Es war alles bloß ein Witz. Gott existierte nur im Kopf meines Bruders, war bloß Ausdruck seiner Krankheit. Meine Mutter hatte jeden Abend auf den Knien gelegen und mit gefalteten Händen gebetet. Dein Baby ist aus keinem besonderen Grund gestorben. Deine Frau hat dich verlassen, weil du ihr keinen Sauerstoff zum Atmen gelassen hast, also hast du so getan, als wäre sie mit dir zusammen, wenn du deine Freundin vögeltest und ihr Freund im Schrank hockte und zuguckte ... Verdammt, warum sollte Joy nicht weggehen und Cinderella werden? ... Laß meinen Knöchel los, Ray. Ich bin bereit abzuheben, bereit, meinen Bruder vom Baum abzuschneiden, zu den Wasserfällen zu tragen und über die Felskante zu werfen. Mit einem Kopfsprung hinterherzuspringen. Weil alles egal ist. Es ist alles bloß ein Witz. *Hier ist ein Rätsel für dich, Batman. Wie ist die Lösung?* Und die Antwort lautet: *Es gibt keine.* Schmerztabletten und Scotch – so würde ich's machen, weil es keine Antworten gab ...

»He, da ist sie«, sagte Felice.

Wer? Angela Lansbury? War sie schon wegen der Leiche gekommen? Als ich fragend zu ihm hinüberschaute, blickte er jedoch zur Tür und strahlte.

Sie trug eine türkisfarbene Wildlederjacke mit Fransen, einen braunen Cowboyhut und braune Stiefel. Einen Moment lang erkannte ich sie nicht, doch dann fiel mir schlagartig ein, wer sie war.

»Komm her, Annie Oakley«, sagte Felice. »Gib deinem alten Büffel einen Kuß.«

Statt dessen trat sie ans Ende *meines* Bettes. »Lange nicht gesehen«, meinte sie.

»Ja, muß Jahre her sein. Was macht mein Großvater?«

Sie hob eine prallgefüllte Plastiktüte hoch – der Kopf Johannes' des Täufers, allerdings rechteckig. »Ich hab ihn dir mitgebracht.«

»Wirklich? Und jetzt sagst du wahrscheinlich, ich schulde dir ...«

»Nichts außer dem, was du mir schon gezahlt hast«, unterbrach sie mich. »Und übrigens – mein Beileid.«

Sie hielt Domenicos Manuskript mit ausgestreckten Armen vor sich und ließ es fallen. Es plumpste auf mein Bett, ganz knapp neben meinen verletzten Fuß.

31

Die Geschichte von Domenico Onofrio Tempesta, einem großen Mann von bescheidener Herkunft

8. Juli 1949

Ich, Domenico Onofrio Tempesta, wurde vor neunundsechzig Jahren im Bergdorf Giuliana auf Sizilien geboren, lu giardino dello mondo! *Ich stamme von großen Männern ab, und viele würden sagen, daß mich Größe anschaut, wenn ich in den Spiegel blicke! Und doch war mein Leben von Trauer und Unglück überschattet. Nun plagt mich das Alter, die Gelenke schmerzen, die Eingeweide rumoren, und die Knie werden weich. Aber mein Geist erinnert sich!*

Meine geliebte Frau Ignazia, a buon' anima, *schenkte mir eine Tochter, versagte mir aber die Ehre, Söhne zu haben. Meine Tochter Concettina Pasqualina Tempesta ist zu reizlos, um zu heiraten (Hasenscharte), und so bleibt sie daheim und fällt mir altem Mann zur Last. Wegen dieses rothaarigen Mädchens mit dem Kaninchengesicht wird das Blut der Familie vergeudet in die Erde sickern wie Wein aus einem zersprungenen Krug, und der stolze Name Tempesta wird mit mir aussterben.*

Hat Gott mich auch nicht mit Söhnen gesegnet, so hat er mir zumindest ein gutes Erinnerungsvermögen geschenkt. Ich erzähle meine Geschichte, um den Namen Tempesta lebendig zu erhalten und mich als Vorbild anzubieten, dem die Jugend Italiens nacheifern soll! Mögen die Söhne meines Heimatlandes, wenn sie diese Worte lesen, den Weg zum Wohlstand erkennen, und mögen sie niemals mit verschreckten Kaninchen oder gottverdammten knochigen Affen geschlagen sein, wie ich es war!

Ich wuchs im Schatten des furchterregenden Ätna auf, des großen und schrecklichen vulcano, der das Leben meiner Großeltern zerstört hatte. Alfio und Maricchia Ciccia, meine Großeltern mütterlicherseits, waren stolze Landbesitzer. Ihre Haselnuß- und Mandelhaine wurden im Jahre 1865 vernichtet, als Lava aus dem westlichen Kraterrand quoll und die Bäume erstickte, deren Ertrag ihren Lebensunterhalt gesichert hatte. Vier Tage später brach die Erde auf und tötete meinen Großvater und seine drei Söhne. Als die verfluchte Spucke des Ätna abkühlte, war das Land der Ciccias mit porösem, schwarzem Gestein überzogen. Alles war dahin! Verrückt vor Gram, setzte meine Großmutter wenig später ihrem Leben mit Hilfe von Gift ein Ende.

Die einzige Überlebende der Familie Ciccia war das jüngste Kind, Concettina. Sie hatte ganz allein auf einem Feld mit ihren Stoffpuppen gespielt, als die Lava vom Hügel herab auf sie zufloß. Sie ergriff ihre Puppen und rannte zu einer Zeder in der Nähe, um sich vor dem vulcano zu retten. Beim Hochklettern entglitt ihr eine der kleinen Puppen. Törichte Tapferkeit veranlaßte das Mädchen, wieder hinabzusteigen, um ihre Freundin aus Stoff und Sägemehl zu holen, doch als sie in den abscheulichen heißen Höllensaft griff, um die pupa zu retten, zog sich die kleine Concettina schwere Verbrennungen an der rechten Hand zu und ließ die Puppe erneut los. Diese versank in der Lava und wurde fortgeschwemmt. Mit letzter Kraft gelang es Concettina, den

Baum wieder hinaufzuklettern. Hoch oben in den Ästen schrie und schrie sie, bis sie schließlich wieder gefahrlos hinuntersteigen konnte. Die Erinnerung an ihren närrischen Versuch, ihr wertloses Spielzeug zu retten, begleitete Concettina den Rest ihres Lebens – in Form einer rosafarbenen, glänzenden Narbe, die aussah wie ein Handschuh. Als Kind starrte ich diese vernarbte Hand an, während ich wieder und wieder der Geschichte lauschte, wie die kleine Concettina ihr eigenes Leben gerettet, aber ihre pupe di pezza verloren hatte. Gemeinsam mit ihrem unversehrten Gegenstück hielt, fütterte und schlug mich diese Hand. Concettina, a buon' anima, war meine geliebte Mama.

Nachdem der Selbstmord ihrer Mutter sie mit acht Jahren zur Waise gemacht hatte, brachte man Concettina zu einer alten Witwe, einer Näherin und Spitzenklöpplerin, deren Aufgabe es war, in der kleinen Dorfkirche den Altar und die Figuren zu schmücken. Darunter war auch die Statue der weinenden Vergine, die sich in ganz Sizilien großer Berühmtheit erfreute. Die alte Frau brachte meiner Mutter ihr mühevolles Handwerk bei, und Mama wuchs zu einer geschickten Spitzenklöpplerin heran. Leider wurde sie in ihrer Jugend oft von Schreianfällen und seltsamen Träumen heimgesucht. Auch behauptete sie, die Stimmen der Nachtfalter hören zu können – jener flatternden Geschöpfe, in denen nach ihrer Überzeugung die Seelen der Toten weiterlebten, denen das himmlische Licht versagt blieb. Nun schwärmten sie statt dessen im trügerischen Licht weltlicher Dinge umher. Die Falter sprachen zu ihr, flehten sie an. So schloß sie sich manchmal in ihrem Zimmer ein, verriegelte das Fenster und löschte die Kerzen, um diesem ständigen Drängen zu entfliehen.

Im Jahr 1874 wurde Concettina dann die Frau meines Vaters Giacomo Tempesta, eines Bergmanns, der in einer Schwefelmine arbeitete. Papas Beruf führte ihn jede Woche aus Giuliana weg zu den neun oder zehn Kilometer entfernten Minen in den Ausläufern des Ätna. Samstags kam er mit den anderen Bergleuten ins Dorf zurück, badete, ließ sich bewirten und legte sich dann auf die mit Stickereien verzierten Laken zu seiner Frau. An einem solchen Samstagabend im Jahre 1879 geschah es, daß mein bescheidener Vater zum Helden wurde.

Der Erzählung nach, die zunächst von meiner Mutter den Dörflerinnen hinter vorgehaltener Hand zugeflüstert und dann von diesen Weibern mit ihren losen Zungen weitergegeben wurde, geschah folgendes: Papa lag nach einer passione mit seiner Frau, die zufällig meine Empfängnis zur Folge haben sollte, wach im Bett. Der Ätna schlummerte schon seit Jahren vor sich hin, doch in jener Nacht hörte Papa das entfernte erste Grollen und Zischen des erwachenden vulcano. Er sprang aus dem Bett und rannte zum Haus des magistrato, des reichsten Mannes in Giuliana. Papa band der Kuh des Bürgermeisters die Glocke ab, rannte läutend und schreiend durch das Dorf und weckte die Einwohner von Giuliana, so daß sie sich in Sicherheit bringen konnten. Manche sagen, auch meine Mutter habe in dieser Nacht Menschenleben gerettet. Sie rannte zum nächsten Baum und schrie wie eine Sirene!

Für seine Heldentat wurde meinem Vater vom König Italiens eine medaglia verliehen. Sie kam mit der offiziellen Post des magistrato. Noch bevor Papa sie in Händen hielt, biß dieser gottverdammte magistrato mit seinen vorstehenden Zähnen auf die Medaille und kam zu dem Schluß, daß sie aus massivem Gold war. Später überreichte er dann die mit dem Abdruck seines Pferdegebisses verunstaltete medaglia meinem Vater bei einer formellen cerimonia auf dem Dorfplatz. Zum Zeitpunkt dieses ehrenvollen Ereignisses war ich nur ein Samenkorn im gewölbten Bauch meiner Mutter, doch die Frauen im Dorf kamen darin überein, das zeitliche Zusammentreffen meiner Empfängnis mit dem Ausbruch des Ätna sei ein Zeichen dafür, daß aus mir einmal ein großer und einflußreicher Mann werden würde! Darüber hinaus war ich nun der ungeborene Sohn eines Helden!

Meine Mutter schenkte ihrem Mann drei Söhne. Verheiratet euch klug, Söhne Italiens! Männliche Nachkommen sind das größte Geschenk, das eine Frau euch machen kann! Ich, Domenico Onofrio Tempesta, kam am 11. Mai 1880 auf diese Welt, und mein Bruder Pasquale wurde zwei Jahre später unter gewöhnlicheren Umständen geboren. Mein Bruder Vincenzo erblickte 1883 das Licht der Welt.

Durch sein Heldentum wurde Vater nach dem Padre und dem magistrato zum angesehensten Mann in unserem kleinen Dorf. Ich erinnere mich noch, daß Papa, als ich ein kleiner Junge war, die Prozessionen an Feiertagen anführte und den Vorsitz bei Dorffesten innehatte. Er holte dafür immer seine medaglia aus ihrer Schatulle und heftete sie sich stolz an die Brust. Ich kann mich noch genau an die Medaille erinnern: Sie zeigte ein Porträt des Königs hoch zu Roß, und die großen Zähne des Bürgermeisters hatten sich in die goldene Flanke des Pferdes gegraben.

Als ich sechs wurde, bestätigte die Jungfrau Maria die Vermutung der Frauen des Dorfes, daß ich unter den Kindern von Giuliana etwas Besonderes war!

Meine Mutter hatte mich losgeschickt, dem Padre ein neues Gänsedaunenkissen zu bringen, und ich suchte ihn zunächst in der kleinen Kalksteinkirche und dann draußen in der Grotte, die Jahre zuvor dank der Statue der weinenden Vergine Berühmtheit erlangt hatte. Dort wurde ich, Domenico Onofrio Tempesta, Zeuge eines Wunders! Nach siebenundsiebzig Jahren traten zum erstenmal wieder Tränen in die Augen der Statue! Unter allen Dorfbewohnern – Männern, Frauen und Kindern – hatte sich die weinende Vergine mir offenbart!

Die Statue weinte eine Woche lang. Ihre kostbaren Tränen wurden gesammelt, in die Augen der Blinden geträufelt und auf die Wunden der Leidenden und die Beine der Lahmen aufgetragen. Das Wunder wurde zum Gegenstand zahlreicher Theorien über begangene Sünden und gab Anlaß zu Prophezeiungen über den kommenden Weltuntergang. Die Nachricht vom Weinen der Vergine ließ den Dorfgeistlichen seinen Platz in der Grotte einnehmen, wo er Tag und Nacht für die Gläubigen betete und den eiligen Beichten neuerdings reumütiger siciliani lauschte! Erst als die Tränen der Statue wieder versiegten und die Zahl der Wallfahrer abnahm, bot sich dem Padre ein Augenblick der Besinnung, in dem sich ihm die Bedeutung des Wunders erschloß. Am darauffolgenden Sonntag kam der gute Priester zu uns nach Hause und eröffnete Mama und Papa, es sei ein Zeichen der Heiligen Maria, daß ich die Tränen der Jungfrau entdeckt hatte. Ich sei zum Priesteramt berufen worden, meinte der Padre.

Da mein Vater wie die meisten siciliani der Meinung war, es sei gefährlich, seinen Söhnen eine bessere Ausbildung zukommen zu lassen, als einem selbst zuteil geworden war, sträubte er sich zunächst gegen die Vorstellung, ich könnte ein Priesterstudium aufnehmen. Papa hatte schon oft davon gesprochen, daß ich eines Tages in der Schwefelmine arbeiten sollte, zunächst als sein caruso, sein Handlanger, und später als Bergarbeiter. Seine Kumpel warnten ihn davor, mich wegzuschicken und mir Lesen und Schreiben beibringen zu lassen. Doch meine Mutter unterstützte die Bemühungen des Priesters, aus mir einen Mann Gottes zu machen. Ihre Stellung im Dorf hatte sich schon dadurch verbessert, daß sie den Jungen zur Welt gebracht hatte, dem die Vergine ihre Tränen offenbarte. Als Mutter eines Priesters wäre ihr Ansehen zweifelsohne weiter gestiegen.

Der Padre schrieb einen Brief nach Rom, in dem er von meiner religiösen Berufung berichtete, und veranstaltete eine Kollekte unter den Dorfbewohnern, um die für Unterkunft, Verpflegung und Reisekosten notwendige Summe aufzubringen. Als mein Vater protestierte, bekam meine Mutter wieder ihre Schreianfälle und verbreitete im Dorf, sie habe einen unheilvollen Traum gehabt. In diesem Traum habe Gott der Allmächtige die Gestalt eines schwarzen Falken angenommen und meinem Vater die Augen ausgehackt, weil dieser seinen Willen mißachtet hatte. Da gab Papa schließlich klein bei.

So wurde ich also an meinem siebten Geburtstag in die von den Barmherzigen Schwestern geleitete Klosterschule von Nicosia geschickt. Im Verlauf meiner sechs Jahre dort lernte ich zunächst die Grundlagen und später die Feinheiten der italienischen Sprache. Auch erteilten mir meine Mitschüler nur zu gern harte und bittere Lektionen in Neid und Überheblichkeit, mir, Domenico Tempesta, dem ärmsten, aber begabtesten Schüler der Schule. Die wohlhabenden Stadtjungen lachten mich aus, wenn ich die Hausaufgaben auf meine schäbige Schiefertafel kritzelte. Ihnen hatte man selbstverständlich nur das Beste mitgegeben – Federkiele, feines Papier und Unmengen von Tusche, mit denen sie ihre Schularbeiten schlampig ausführten! Sie hatten natürlich Familien, die für Naschwerk, für Musikvorstellungen an Samstagnachmittagen und andere Ablenkungen und ricreazioni Geld zur Verfügung stellten, während ich mich nur mittels meiner beachtlichen naturgegebenen Talente amüsieren konnte. Doch mochte ich auch unter den Jungen der Klosterschule der am kärglichsten ausgestattete sein, so war ich bei den Barmherzigen Schwestern der beliebteste. Sie bewunderten meine geistigen Fähigkeiten und schlugen mir nur selten auf die Ohren oder verdrehten mir die Nase, weil ich einmal ein wenig über die Stränge geschlagen oder läßliche Sünden des Hochmuts begangen hatte – unbedeutende Vergehen zumeist. In Wahrheit war ich der Liebling der Schwestern.

Daheim nahm mein jüngerer Bruder Pasquale statt meiner die Arbeit in den Minen auf und wurde der caruso meines Vaters. Pasquales Aufgabe war es, das abgeschlagene Gestein aus dem Schacht und die provisorische Treppe hinauf zum Schachtofen am

Eingang der Mine zu tragen. Dort wurde das Gestein geschmolzen und die essenza di solforoso gewonnen. Es ist das Los eines caruso, die Drecksarbeit des Bergmannes zu übernehmen – wie ein Maultier zu schuften –, und mein schlichter Bruder war dafür gut geeignet. Ich hingegen eignete mich mehr für das anspruchsvollere geistige Leben eines Jungen, dem Größeres bestimmt war.

Da Papa, Pasquale und ich von zu Hause fort waren, verwilderte mein jüngster Bruder Vincenzo zusehends. Mama konnte ihn nicht dazu bewegen, ihr zu gehorchen oder zu helfen, ganz gleich, wie oft sie ihm mit ihrem schweren, hölzernen Kochlöffel auf den Schädel oder den culo schlug. Daß Vincenzo von der Fensterbank der alten Signora Migliacco einen Zitronenkuchen stahl, wuchs sich zu einem kleinen Skandal im Dorf aus. »Mein Erstgeborener dient Gott, mein Zweitgeborener dient seinem Vater, und mein Jüngster dient dem Teufel!« klagte Mama.

Im Alter von zehn Jahren kam Vincenzo bei Onkel Nardo, einem Maurer und cumpare von Papa, in die Lehre. Möge der Kadaver dieses Fettwanstes auf ewig und noch länger in der Glut der Hölle rösten! Am Wochenende, wenn unsere Familie zusammenkam, hatte mein Bruder Pasquale wegen der Unfälle in der Mine oder weil er als Papas caruso Fehler gemacht hatte, oft blaue Flecken und ein geschwollenes Gesicht. Den jungen Vincenzo traf Papas strenge Hand meist sonntags morgens, nachdem Onkel Nardo bei seinem Besuch den wöchentlichen Bericht abgegeben hatte. Vincenzo sei faul, beschwerte sich Nardo, und habe sich einer Bande junger Rabauken angeschlossen, die nach der Arbeit herumzogen, Dummheiten machten und sich rüpelhaft benahmen. Manchmal schlug mein Vater beide Söhne, einen nach dem anderen: Vincenzo für das, was er getan hatte, und Pasquale für das, was er nicht getan hatte. Mein Benehmen war über jeden Tadel erhaben, und so blieben mir die Schläge meines Vaters erspart; ich erntete nur Lob von ihm. Söhne

Italiens, aufgepaßt! Fleiß und Entschlußkraft sichern euren Erfolg. Arbeitet hart! Ehrt die famiglia *und wandert auf dem Pfad der Tugend!*

Morgen mehr, wenn diese gottverdammten Hämorrhoiden mir erlauben, mich hinzusetzen und weiterzuerzählen.

10. Juli 1949

Im Alter von sechzehn Jahren schrieb ich mich im Priesterseminar in Roma *ein, wo ich meine theologischen Studien aufnahm. Unterdessen kam es daheim in Giuliana erneut zu einem Skandal, der meine Mutter zum Schreien veranlaßte und solche Schande über meinen Vater brachte, daß er damit drohte, ans Meer zu fahren und seine goldene Medaille hineinzuwerfen – als Akt der Sühne dafür, daß er einen so pflichtvergessenen Sohn wie Vincenzo gezeugt hatte!*

Zu dieser Zeit war Onkel Nardo vom magistrato *damit beauftragt worden, eine kunstvoll gearbeitete neue Mauer um dessen Hof und Weingarten zu ziehen. An einem heißen Nachmittag schlief Nardo, nachdem er zu Mittag gegessen hatte, an einem schattigen Plätzchen ein. Vincenzo, nun unbeaufsichtigt, ergriff die Gelegenheit beim Schopf und schlich sich von seiner nachmittäglichen Arbeit davon. Der* magistrato*, der gerade Besuch von einem* Monsignore *aus Kalabrien hatte, unternahm mit seinem Gast einen Spaziergang über sein Anwesen. Mit einemmal vernahmen die beiden Würdenträger ein seltsames Stöhnen, das aus der Laube kam, und eilten dem scheinbar Kranken oder Verwundeten zu Hilfe.*

Peinlicherweise stammte das Gestöhne von Vincenzo. Was magistrato *und* Monsignore *an jenem Nachmittag zwischen den verschlungenen Weinstöcken entdeckten, war mein jüngster Bruder, der im Stehen, die Hose bis zu den Knöcheln heruntergelassen, mit der unverheirateten Tochter des* magistrato, *die doppelt so alt war wie er, eine unzüchtige Handlung beging! Beim Anblick dieser Wahnsinnigen, die den Kopf zwischen den Beinen meines Bruders hatte, fiel der Monsignore beinahe in Ohnmacht. Als der* magistrato *Zeter und Mordio schrie, erwachte Onkel Nardo und kam hinzugestolpert, noch ehe Vincenzo sich wieder beruhigen und seine Hose zuknöpfen konnte. Nardo wurde fristlos entlassen. Der* magistrato *verbannte sowohl den in Ungnade gefallenen Maurer als auch seinen lüsternen Lehrling von seinem Besitz, wobei er ihnen nachrief, er wolle lieber im flüssigen Auswurf des Ätna ertrinken als noch einmal einen der beiden zu Gesicht zu bekommen!*

Onkel Nardo wartete nicht bis zum Samstag, um Papa seinen wöchentlichen Bericht über Vincenzo zu erstatten. Er stürmte die Straße entlang, die vom Dorf zu den Minen führte, und schrie Papas Namen in den Schacht hinein. Was dann geschah, erzählte mir mein Bruder Pasquale, der Zeuge der Szene wurde.

Nardo verlangte von meinem Vater, er, Giacomo Tempesta, müsse für die Summe aufkommen, die ihm, Nardo, bei dem Großauftrag des magistrato *durch Vincenzos schändliches Verhalten entgangen sei. Papa entgegnete Onkel Nardo, er könne kein Geld hergeben, das er nicht besitze. Er versprach statt dessen, Vincenzo grün und blau zu prügeln, bis er seine Tat bereue und ein anderer Mensch werde. Von nun an werde sein jüngster Sohn gewissenhaft arbeiten und den unglückseligen Zwischenfall mit seinem Fleiß wiedergutmachen.*

Onkel Nardo schrie, er habe keinen Gebrauch für einen faulen Bock mit einem harten Rohr in der Hose. Er verlangte erneut das Geld, das ihm entgangen war. Und wieder versicherte mein Vater, er könne eine Summe, wie Nardo sie beanspruche, nicht zahlen.

»Wie ich sehe, macht eine schmucke goldene medaglia *allein noch keinen Ehrenmann«, gab Nardo zurück. So lauteten seine*

schändlichen Worte. Mein Bruder Pasquale stand neben Papa und hörte die Verleumdung mit eigenen Ohren an!

Ein Angriff auf die Ehre war für meinen Vater – für jeden siciliano! – schmerzhafter als ein Schlag in jene Lenden, die Söhne zeugen. Doch was konnte Papa tun – ein Wunder vollbringen und Geld vom Himmel regnen lassen? Onkel Nardo mit der von Mama hergestellten Spitze bezahlen?

An jenem Wochenende ging Papa mit einem Krug seines besten Malaga und seiner wertvollen goldenen medaglia zum Haus des magistrato. Dieser aufgeblasene Signore hatte seine vorstehenden Zähne schon einmal in meines Vaters medaglia geschlagen, und nun wollte Papa ihm auch noch gestatten, sie ganz zu verschlingen! Als der Weinkrug geleert war, war das wertvolle Stück in den Besitz des magistrato übergegangen und Nardo als Maurer wiedereingestellt worden. Doch ein Problem blieb. Nardo weigerte sich, Vincenzo zurückzunehmen! In der darauffolgenden Woche wurde ich, trotz des Geheuls meiner Mutter und der Proteste unseres Padre im Dorf, mitten aus dem Theologiestudium gerissen und zurück nach Giuliana gerufen, um mit Onkel Nardo den noch nicht fertiggestellten Auftrag auszuführen. Widerwillig begann ich meine Lehre bei diesem fettbäuchigen Sohn des Teufels, den ich schon bald zu verachten lernte. Mir blieb jedoch nichts anderes übrig, als ihm zu gehorchen und der Vereinbarung Folge zu leisten, die mein Vater getroffen hatte.

Junge Männer Siziliens, denkt daran: Der Wunsch des Vaters ist dem Sohne Befehl!

Im Laufe der Monate, in denen ich vom Studenten zum Hilfsarbeiter wurde, um meines Vaters Ehre wiederherzustellen, wurden meine Hände rauh, und die Muskeln in Armen und Brust schwollen vom schweren Heben. Ich verabscheute das Maurerhandwerk von ganzem Herzen und sehnte mich danach, wieder zwischen meinen Büchern und Heiligenbildern zu verweilen. Doch es soll-

te nicht sein. Mit jedem Stein, den ich an seinen Platz hievte, mit jeder Lage Ziegel, die ich auslegte, machte ich dem Namen meines Vaters Ehre. Und was die verkommene Tochter des Bürgermeisters betraf, blieben ihre Annäherungsversuche und ihre mir gegenüber im Flüsterton geäußerten Anzüglichkeiten unerwidert. Ich hielt den guten Namen der Tempesta hoch und schaute auf Stein, Mörtel und Kelle, nicht auf die behaarten Geschlechtsteile dieser geistesgestörten Nervensäge, dieser puttana, *die ständig ihre Röcke hob, um mich zu verführen!*

12. Juli 1949

Im März 1898 zeigte der Ätna Sizilien erneut seinen Zorn.

Drei Tage und drei Nächte quoll Dampf aus dem geborstenen südlichen Kraterrand. Am vierten Tag war er so still wie la morte. *Wieder einen Tag später bebte die Erde und riß die Stadt schier auseinander. Die Schwefelmine, in der mein Vater und mein Bruder arbeiteten, stürzte in sich zusammen. Pasquale, der am Schachtofen stand, als das Beben begann, blieb verschont. Doch Papa und elf weitere Bergleute und* carusi *kamen in der Mine ums Leben.*

Papa, Papa, ich weine, wenn ich an deine liebevolle Führung denke! Verflucht sei die grausame Erde, die dich allzu früh verschlungen hat!

Kann heute nicht mehr sprechen.

15. Juli 1949

Als ältester Sohn meines Vaters war ich nun der sostegno della famiglia. *Ich nahm meine Pflichten als Haupternährer der Familie und ihr oberster Zuchtmeister ernst. Ich verschonte meine Brü-*

der nicht mit den Schlägen, nach denen ihr Tun oder Nichttun geradezu schrie. Vor allem gegenüber Vincenzo war ich streng. Hatte mich doch sein schändliches Verhalten um meine priesterliche Berufung gebracht und die Familie Tempesta um ihre wertvolle goldene medaglia. Obwohl diese nun dem magistrato gehörte, wurde mir, Domenico Onofrio Tempesta, nach wie vor gestattet, sie bei Dorffesten, zu Ostern und am vigilia di Natale zu tragen. Bei Aufmärschen saß ich mit dem Padre und dem magistrato auf der Tribüne, die Auszeichnung dicht an meinem Herzen – nicht nur als ältester Sohn des Dorfhelden, sondern auch als der Mann, dem die weinende Vergine einst ihre Tränen offenbart hatte. Ohne Übertreibung kann ich sagen, daß ich, obwohl nur ein einfacher Arbeiter, der herausragendste junge Mann in Giuliana war.

Leider war ich als Oberhaupt meiner famiglia zuweilen gezwungen, die Hand gegen meine geliebte Mutter zu erheben. Mama hatte sich nur schlecht an ihre Witwenschaft und an das durch den Tod meines Vaters verringerte Einkommen und Ansehen gewöhnt. Verrückt vor Kummer, wachte sie des Nachts mitunter schreiend auf oder drohte, dem Beispiel ihrer Mutter zu folgen und Gift zu nehmen, um ihr erbärmliches Leben voller Mühsal und Verleugnung mit drei derart schrecklichen Söhnen wie Pasquale, Vincenzo und mir nicht weiter ertragen zu müssen. Sie nahm ihre Gespräche mit den Nachtfaltern wieder auf. Die trösteten sie und überbrachten ihr Nachrichten von ihrem verstorbenen Mann. Obwohl ich ihr diese verrückten, einseitigen Gespräche untersagte, gehorchte sie mir manchmal nicht. Die Schläge, die ich ihr in Erfüllung meiner traurigen Pflicht deswegen, aber auch aus anderen Gründen, verabreichen mußte, brachten Mamas Schreianfälle gelegentlich zum Verschwinden, lösten sie mitunter aber auch erst aus.

Ich lerne in allen Dingen schnell, und so erreichte mein handwerkliches Talent bald das Niveau meiner Begabung für Sprachen und für das Studium der Bibel. Binnen weniger Monate war ich Nardo, diesem Idioten, sowohl an Kunstfertigkeit als auch an Fleiß weit überlegen. Das entging ihm nicht, und er wurde neidisch. Man kann mit Fug und Recht behaupten, daß ich den Großteil von Nardos Geschäft auf meinen breiten Schultern trug. Als ich diese schlichte Beobachtung eines Nachmittags kundtat, während wir Seite an Seite arbeiteten, lachte Onkel Schweinsgesicht, verfluchte mich und spuckte mir auf den Stiefel.

Ich erinnerte ihn daran, daß ich nicht nur der bessere Maurer, sondern darüber hinaus auch der Sohn eines Helden und – im Gegensatz zu ihm – ein gebildeter Mann war. Ich verlangte eine Entschuldigung.

Schweinsgesicht lachte erneut und spuckte mir auch noch auf den anderen Stiefel. Da meine Ehre verletzt war, sah ich mich gezwungen, ihm in seine faccia di porco zu spucken. Er spuckte mir gleichfalls ins Gesicht. Es kam zu Handgreiflichkeiten, bei denen er schlecht abschnitt – am Ende hatte er ein blaues Auge, und aus seiner Nase strömte das Blut wie Wasser aus dem Trevibrunnen. Ha! Ich hätte ihm noch übler mitgespielt, wenn er nicht nach seiner Kelle gegriffen und sie in meinen linken Handrücken gegraben hätte. Die Narbe habe ich noch heute – das Mal dieses Hurensohns, der sich von meiner natürlichen Überlegenheit so bedroht fühlte, daß er mich zu ruinieren trachtete.

Von diesem Tage an waren Nardo und ich erbitterte Feinde und Rivalen. In Giuliana gab es nur wenig Arbeit für Maurer, und dieses gottverdammte Schweinsgesicht verbreitete Verleumdungen über mich und mein handwerkliches Können. Die nächsten zwei Jahre mußte ich mit ansehen, wie Aufträge, die auch ich hätte ausführen können, an Nardo gingen. Zur Hölle mit all den Idioten, die den Lügen eines alten Mannes Glauben schenkten! Sie hatten nichts Besseres verdient als die schiefen Wände, die ihnen die schludrige Arbeit dieses Hurensohns zweifellos bescherte!

Söhne Italiens, zu dem Zeitpunkt faßte ich den Plan, meine fortuna in Amerika zu suchen! Morgen mehr. Meine kaninchengesichtige Tochter ruft mich zum Essen, und ich muß schon allein deshalb Schluß machen, um sie zum Schweigen zu bringen.

16. Juli 1949

Obwohl Gedrucktes in Giuliana selten und teuer war, hatte ich viel über la 'Merica gelesen – alles, was ich in die Hände bekam. Amerika schien mir der rechte Ort für einen Neuanfang; schließlich war ich der Abkömmling von Grundbesitzern. In diesem großen Land, so las ich, schrie der Boden regelrecht danach, in Besitz genommen zu werden. Amerika war ein Land für große Männer! Ein Ort, weit weg von Erdbeben und verleumderischen alten Maurern, an dem sich mein Schicksal erfüllen würde!

Wir hatten dort drüben bereits famiglia: Papas Cousin Vitaglio Buonano hatte die Reise mit seiner Frau Lena drei Jahre zuvor unternommen, und sie waren bereits zu Reichtum gelangt. Auch meine beiden Brüder wollten in der Neuen Welt ihr Glück suchen – und nicht zuletzt Mamas verrücktem Geschrei entfliehen, das immer schlimmer wurde. So nahm ich es als erstgeborener Sohn auf mich, die Reise über den Ozean anzutreten, und gestattete meinen Brüdern, mich zu begleiten. Im Juli 1901 lösten Domenico, Pasquale und Vincenzo Tempesta die Schiffspassage, als Zwischendeckpassagiere auf der SS Napoletano.

Unsere liebe Mama stellte sich unserem Abenteuer entgegen, aus Furcht, durch unsere Abreise würde sie zur notleidenden Bettlerin. Sie beschwor erbärmliche Bilder von sich als alter, weißhaariger Frau, die gezwungen war, sich von Brotkrumen und Käserinde zu ernähren, und nur noch Nachtfalter um sich hatte, mit denen sie reden konnte. Gott werde mich dafür verdammen, die eigene Mutter im Stich zu lassen, warnte sie mich. Was solle sie meiner Meinung nach denn tun, wenn wir weg waren? Ratten rösten, um etwas Fleisch zu essen zu haben, während ihre verruchten Söhne in Milch und Honig badeten und ihre Goldmünzen zählten?

Trotz Mamas Protesten stachen Pasquale, Vincenzo und ich am Morgen des 11. September 1901 von Catania aus in See. Mama versuchte immer wieder, uns von unserem Vorhaben abzubringen, sogar noch, als sie uns zu dem Fuhrwerk begleitete, das uns und unsere Habe vom Dorfplatz bis zum Hafen bringen sollte, wo die SS Napoletano vor Anker lag. Als das klapprige Fuhrwerk losruckelte, schaute ich mich um und sah, wie Mama die Hände erhob – die gesunde und die vernarbte – und Gott im Himmel, dem Ozean, über den wir fahren würden, und Italia zurief, Söhne sollten im Leib ihrer Mutter verkümmern, anstatt heranzuwachsen und dann der Frau, die sie geboren hat, das Herz herauszureißen. »Ich blute! Meine Söhne haben mir ein Messer in den Leib gestoßen!« kreischte Mama wieder und wieder. Ihre grauenerregende Litanei übertönte das Geräusch der Hufe und das Quietschen der Karrenräder. »Ich blute! Ich blute!«

Ich habe meine Mutter nie wiedergesehen. Später heiratete sie Onkel Schweinsgesicht, aus reiner Bosheit mir gegenüber – holte sich den Mann ins Bett, der meinen Vater genötigt hatte, seine goldene medaglia diesem habsüchtigen magistrato mit dem Pferdegebiß zu überlassen, den Mann, der auf meine Stiefel gespuckt und mich mit seinen Lügen ruiniert hatte. Bis zu Mamas Vermählung mit Nardo schickte ich ihr pflichtbewußt hübsche Postkarten und zur Weihnachtszeit Geldgeschenke und Süßigkeiten. Nie erntete ich Dank dafür. Ha, nie kam eine Erwiderung! Nach der Hochzeit allerdings warf ich mein Geld nicht länger zum Fenster hinaus. Sie starb 1913, hinterließ mir jedoch das Vermächtnis ihres Geschreis, das ich noch heute in den Ohren habe. »Ich blute! Ich blute!« Noch jetzt, wo ich hier sitze und in dieses gottverdammte Gerät spreche, kann ich sie hören!

Mama, was hätte ich deiner Meinung nach denn tun sollen? In Giuliana bleiben und von der Spitzenklöppelei einer alten Frau leben? Bleiben und mich von dem Verleumder, der das Bett meines Vaters befleckte, um Brot und Arbeit bringen lassen? Du warst es, nicht ich, die den Namen Giacomo Tempesta entehrt hat. Du warst es!

17. Juli 1949

Wir hatten eine vierundzwanzigtägige, schreckliche Überfahrt nach la 'Merica, *unerträglich gemacht von verdorbenem Essen, schlechtem Wasser und der wogenden See. Eine gebrochene Schiffsschraube hielt uns drei zusätzliche höllische Tage und Nächte an der portugiesischen Küste fest. Am schlimmsten waren die Dunkelheit und die Ausdünstungen der Menschen unter Deck, im Bauch des großen Schiffes. Wo Sonne ist und frische Luft, dort ist auch Hoffnung, doch hier schien die Sonne nicht, und die Luft, die wir atmeten, war verbraucht und stank. Auf dem Oberdeck spielte ein Orchester, und die Stinkreichen speisten von Porzellangeschirr und tranken aus verzierten Gläsern. Wir im Zwischendeck hausten wie die Ratten. Frauen und Kinder schluchzten vor sich hin, Männer schlugen sich wegen Lappalien, und alle litten unter dem Gestank von Erbrochenem und Exkrementen. Unterwegs gab es eine Messerstecherei, und ein Baby kam zur Welt, dessen Mutter zwei Tage später starb. Das weinende* bambino *wurde von Brust zu Brust gereicht, und wir beteten zu Gott, er möge ihm ein günstiges Schicksal bescheren. Wir beteten um unser aller Leben. Das Baby weinte stellvertretend für uns alle!*

Ratten gab es auch, und zwar reichlich; jede Nacht gingen diese gottverdammten Kreaturen auf Beutezug. Einmal wachte ich auf und merkte, daß eine auf meinem Hals lag und an meinem Schnurrbart schnüffelte. Ich schrie auf, was sogar meinen Bruder

Pasquale hochschrecken ließ, der sonst immer wie ein Toter schlief. Nach dieser Nacht ging ich kein Risiko mehr ein und schlief nur noch, so gut es ging, im Sitzen oder an Balken gelehnt. Tag und Nacht verschmolzen auf dieser höllischen Fahrt über das Meer, und mein Geist schwebte zwischen Schlaf und Wachsamkeit.

Während der Überfahrt benahm sich mein Bruder Vincenzo so schändlich wie immer – er zwickte Frauen in den Hintern, brüstete sich auch noch mit seinen Dummheiten und betrog Männer, deren Laune sich zusehends verschlechterte, beim Kartenspiel. Er entfernte sich ständig von Pasquale und mir, geriet in Schwierigkeiten und rief dann nach mir, damit ich den Streit schlichtete, den er entfacht hatte. Es ist die Bürde des Erstgeborenen, die Knoten entwirren zu müssen, die die jüngeren Brüder geknüpft haben.

Während der schier endlosen, fürchterlichen Reise über das Meer wurde ich von Läusen und von Sorgen geplagt – mich ununterbrochen kratzend und voller Angst fragte ich mich, was geschehen würde, wenn wir in dem Land ankamen, das zu erreichen ich soviel aufs Spiel gesetzt hatte. Für einen Sizilianer bedeutet seine Heimat alles. Wie hatte ich sie nur verlassen können? Hatte ich mir eingeredet, das Unbekannte sei den kleinen Belästigungen eines Maurers vorzuziehen, der ohnehin bald das Zeitliche segnen würde? Dem alle paar Jahre wiederkehrenden Grollen eines in der Ferne liegenden vulcano? *Sosehr ich den Ätna für das haßte, was er meiner* famiglia *angetan hatte, für die Menschenleben, die er eingefordert hatte, so war er doch ein Feind, dem ich ins Auge blicken konnte. Welche Feinde erwarteten mich in dieser* Mundo Novu, *auf die wir zuhielten? Mein Herz war krank von lauter Grübeln und Sorgen und von der endlosen Jagd auf diese gottverdammten Läuse!*

Die kleinen Ruhepausen, die ich mir gönnte, waren kurze, von Alpträumen zur Qual gemachte Nickerchen. In meinen Träumen sah ich fließende Lava, aufbrechende Erde, schreiende Frauen, die in glutroten Bäumen hingen. Irgendwann, mitten in einer solchen verzweifelten Nacht, schwor ich mir, nie wieder eine derartige Höllenfahrt zu unternehmen – niemals nach Hause zurückzukehren. In jener Nacht sagte ich Sizilien auf immer Lebewohl. Ganz gleich, was la 'Merica für mich bereithielt, ich würde den Rest meiner Tage dort bleiben. Der Schwur war zwar nur ein schwacher Trost, aber immerhin ein Trost.

Manchmal, wenn die anderen Zwischendeckpassagiere schliefen, kroch ich über sie hinweg und tat etwas Verbotenes: Ich kletterte die schmalen Stufen zum Deck des Schiffes hinauf, wo die wohlhabenderen Reisenden spazierengingen, und wo ich die frische, salzige Meeresluft einatmen oder die Spiegelung des Mondes in der unendlichen, sich kräuselnden See betrachten konnte. In der Klosterschule der Barmherzigen Schwestern hatte ich die reichen Jungen um ihren Vorrat an Tusche beneidet. Jetzt, hier im Mondschein, fuhren wir durch einen Ozean voll davon – genug inchiostro di china, um die ganze Welt darin zu ertränken, von Domenico Tempesta ganz zu schweigen. Aber ich würde diesen hochnäsigen Jungen aus der Klosterschule nicht den Gefallen tun zu sterben! Ich war nicht schwach. Ich war der Beste von allen gewesen – der von den Barmherzigen Schwestern am meisten geliebte Schüler –, und ich würde mich behaupten!

In einer dieser Nächte, in denen ich den endlosen Ozean betrachtete, leuchtete der Mond heller als sonst und beschien einen kleinen Schwarm Delphine, die in der Nähe der SS Napoletano umherschwammen und -sprangen. Ich bin stets ein moderner Mensch gewesen, der Aberglauben ungebildeten alten Frauen überläßt, doch der Anblick der delfini in jener Nacht – ihre Körper, die sich gen Himmel bogen, ihre glatte, im Mondlicht glänzende Haut – schien mir ein machtvolles Zeichen. In jener Nacht stand ich mit Tränen in den Augen und einem Lächeln auf dem Gesicht da und fand neue Kraft. Ich kniete mich auf Deck hin, um zu beten. In dieser Position sank ich in den einzigen süßen *und tiefen Schlaf, den ich während der langen, furchtbaren Reise genoß.*

Am nächsten Morgen wurde ich von der blendenden Sonne, einer spöttischen Stimme und einem Tritt in die Rippen geweckt! Als ich die Augen öffnete und hochschaute, blickte ich in das arrogante Gesicht eines Stewards. Neben ihm stand ein gutgekleidetes Paar, das mich verächtlich anstarrte. »Gehen Sie nach unten, wo Sie hingehören!« befahl der hochnäsige Steward – mir, dem Sohn eines Helden! Dem Enkel von Landbesitzern! Einem Mann, der einst von der Heiligen Jungfrau persönlich auserwählt worden war!

Die reiche Frau schüttelte den Kopf und kreischte wie ein Äffchen. »Poveri sì, sporchi no«*, *sagte sie zu ihrem reichen Mann.*

Noch immer schläfrig, stand ich auf und stolperte auf das Zwischendeck zu; der Steward setzte sich mitsamt dem gutgekleideten Paar wieder in Bewegung. Allmählich kehrte meine Würde zurück. Kühn drehte ich mich um und rief den dreien nach: »Il mondo è fatto a scale, chi le scende e chi le sale!«**

Eines Tages – das schwor ich mir – würde ich genug Einfluß und Geld haben, um denen, die mich gedemütigt hatten, ins Gesicht zu spucken! In Amerika würde sich mein Schicksal erfüllen, und die Rache wäre mein!

* »Arm zu sein, ist kein Grund, schmutzig zu sein.« – N. F.

** »Die Welt ist wie eine Treppe: Die einen steigen hinauf, die anderen hinunter!« – N. F.

32

Regen trommelte auf das Autodach. Im Osten zuckte ein Blitz, dann war ein schwaches Rumpeln zu hören. Gewitter? Im Februar?

Ausfahrt 4: Division Street und Zentrum.

Ich hätte absagen sollen, dachte ich. Es würde die Hölle werden, die Treppen bei Dr. Patel mit einer Krücke hochzusteigen. Warum fuhr ich überhaupt zu ihr?

Weil du Hilfe brauchst, erinnerte ich mich selbst. Auf Antworten aus bist.

Ich beugte mich vor und drückte nacheinander die Stationstasten am Radio. Versuchte, irgendwelche Nachrichten reinzubekommen. Jetzt, wo Saddam alle Ölquellen in Brand gesetzt hatte, war die Rede davon, daß die CIA oder die Israelis oder jemand aus seinen eigenen Reihen es dem Mistkerl zeigen würde.

»... *heute morgen in Washington abgehalten wurde, erklärte der Chef des Generalstabs, Colin Powell, daß – obwohl die Kampfeinsätze der Alliierten alle Erwartungen weit übertroffen hätten – der Einsatz von Bodentruppen höchstwahrscheinlich notwendig sei, um einen vollständigen Sieg über den Irak zu erringen.*«

Hörst du das, Großvater? Sie *erfüllen* nicht nur unsere Erwartungen, sie *übertreffen* sie sogar. Geld und Macht, Mann, genau wie du gesagt hast. Macht ist immer noch gleichbedeutend mit Recht. Gott segne Amerika.

»Inzwischen haben die brennenden Ölquellen in Kuwait die Sonne verdunkelt, wodurch ein großer Teil des Landes auch bei Tag in vollkommene Dunkelheit gehüllt ist.«

Ich stellte mir die Szenerie vor wie in einem dieser monumentalen Bibelfilme, in die Ma uns mitgenommen hatte. *Ben Hur, König der Könige* – diesen Breitwandfilmen. Die Operation Wüstensturm hatte tatsächlich etwas Biblisches: Feuer und Schwefel, abgeschlachtete Unschuldige. Wenn man den Kopf zur Seite neigte und ein wenig blinzelte, konnte man erkennen, daß all diese verrückten Prophezeiungen von Thomas haargenau in Erfüllung gegangen waren. He, noch nicht einmal die verdammte *Sonne* schien mehr ... Hörst du das, Domenico? Und du dachtest, *du* wärst von Gott berührt worden, weil du eine dämliche Statue hast weinen sehen? Er hat dich *übertrumpft*, Mann. Dein verrückter Enkel ist ein *Prophet*.

In den letzten Wochen hatte mich das Verhalten von Thomas allerdings überrascht. Seine völlige Teilnahmslosigkeit angesichts des Krieges. Am Morgen, nachdem sie die ersten Marschflugkörper abgeschossen hatten, war ich zum Hatch gefahren, in der Erwartung, ihn von der Decke kratzen zu müssen. Ihn ans Bett geschnallt vorzufinden oder so was ähnliches. Aber er saß nur da, mit klarem Blick, und verfolgte die CNN-Nachrichten, genau wie alle anderen. Inzwischen hatte er sich mit dem Krieg abgefunden – war gleichgültig geworden gegenüber der Sache, wegen der er sich drei Monate zuvor seine verdammte *Hand* abgehackt hatte. Teilweise lag es wohl am Haldol, aber nicht ausschließlich. Es war, als ob ... als ob er die weiße Fahne schwenkte. Als ob er seinen Posten als Chef des Generalstabs Jesu aufgegeben hätte. In diesen Tagen war Thomas' Kampfgeist – zumindest vorübergehend – genauso verschwunden wie seine rechte Hand.

Ich mußte den Tatsachen ins Auge sehen: Er war dort drin verloren, wie heftig ich auch an den Stäben seines Käfigs rütteln mochte. Außerdem: Hatte ich nicht endlich bekommen, was ich immer gewollt hatte? Die Trennung? Handlungsfreiheit? Sei vorsichtig bei dem, was du dir wünschst. Stimmt's, Domenico?

Ich betrachtete mich kurz im Rückspiegel und dachte, also gut, dein Bruder mag verloren sein, aber du bist immer noch hier. Bist von einem Dach gefallen und hast es überlebt. Hast auch die andere Nacht hinter dich gebracht – die Nacht, in der du *wirklich* am Boden warst …

Und es ging mir tatsächlich schon besser. Genau wie Leo und die Ärzte und alle anderen versprochen hatten. Es war nicht toll, alles andere als perfekt. Aber *besser*. Ich brauchte mittlerweile nur noch eine Krücke. Ich konnte wieder Auto fahren. Ein Ford Escort war allemal besser als laufen zu müssen.

Ein Herzschlag war mehr, als *manche* Leute hatten. Nicht wahr, Großvater, du scheinheiliges Arschloch? Nicht wahr, Rood?

Ich blinkte rechts, bog in die Geschäftsstraße ein und parkte auf einem der Behindertenparkplätze vor ihrem Haus. Holte meinen Ausweis hervor. Das war eines der wenigen Privilegien, die man genoß, wenn man ein Krüppel war: eine Parkerlaubnis, ein freier Parkplatz direkt vor der Tür, mitten in einem Regenguß. Ich stellte den Motor ab. Saß etwa eine Minute nur so da und dachte darüber nach, wie gern ich *nicht* dort hinaufgehen würde. *Nicht* mit der Autopsie meines Lebens fortfahren würde. In Wirklichkeit ging es um unser aller Leben – meins, das von Thomas, das von Ma und das von Ray. Wahrscheinlich auch um das des alten Domenico. Soweit ich es nach dem bißchen, was ich bisher gelesen hatte, beurteilen konnte, mußte ich sogar das alte Ekel in die Rechnung miteinbeziehen.

Ich war sowieso früh dran. Besser hier draußen im Wagen sitzen und dem Regen zuhören, der auf das Dach trommelt, als hochzugehen und in dem winzigen Raum vor ihrer Tür zu versuchen, wieder einen klaren Kopf zu bekommen. Ich sah in den Spiegel, in mein trübsinniges Gesicht. Dachte wieder an die Nacht, in der ich ganz unten war – die dritte Nacht nach meiner Entlassung aus dem Krankenhaus …

Drei Tage lang waren sie alle um mich herumscharwenzelt, hatten sich gegenseitig bei dem Versuch im Weg gestanden, dem armen Trottel zu helfen, der seinen Pick-up zu Schrott gefahren hatte und vom Dach gefallen war, und dessen schwangere Freundin sich zu allem Überfluß auch noch aus dem Staub gemacht hatte. Die Leute vom mobilen Pflegedienst, von Essen auf Rädern, Leo und Angie, Ray: Drei Tage lang war es bei mir zugegangen wie in einem Taubenschlag, und dann, am dritten Abend, kehrte Ruhe ein. Sie hatten alles für meine erste Solonacht vorbereitet: das Telefon bereitgestellt, die Urinflasche erneuert, mir die Fernbedienung für den Fernseher in die Hand gedrückt. Es war Wasser in der Thermoskanne, zwei Percoset-Tabletten lagen auf dem Nachttisch. Die Leute des mobilen Pflegedienstes sollten am nächsten Morgen um sieben wieder da sein. Ich brauchte nichts zu tun, mußte einfach nur daliegen. Mich nicht vom Fleck rühren. Fernsehen, rechtzeitig meine Medikamente nehmen und schlafen.

Aber ich wurde unruhig. Geriet in Panik. Ich konnte es nicht ertragen, einfach so dazuliegen und dem Gequassel aus dem kleinen Fernseher zuzuhören, den Leo für mich besorgt hatte. Aber wenn ich das verdammte Ding abstellte, herrschte absolute Stille, und die war unerträglich. Jagte mir Angst ein. Und wenn ich die Augen schloß, sah ich meinen Bruder mit dem Hals in der Schlinge: die Art, wie er mich in meinem Morphiumtraum angesehen hatte, seinen zuckenden, sich windenden Körper …

Ich sah Rood, oben am Dachfenster …

Sah die Herzogin an meinem Krankenbett stehen, mit der Kassette in der Hand … Joy hatte zugelassen, daß er uns *beobachtete,* hatte dieses kranke Arschloch an unserem Intimleben teilhaben lassen … Beide Male, die er dagewesen war – in beiden Nächten, in denen sie ihn im Schrank versteckt hatte –, war *er* es gewesen, mit dem sie geschlafen hatte. Nicht ich. Ich war nur der leichtgläubige Trottel, ein Hilfsmittel für ihre perversen kleinen Spielchen. Und so lag ich nun da und schämte mich. Fühlte mich beschmutzt. Machtlos, weil ich diesen intimen Akt nicht ungeschehen machen konnte …

Ich setzte mich. Stand aus dem Bett auf, obwohl ich allen versprochen hatte, mich nicht vom Fleck zu rühren. Ich hinkte in die Küche. Stand da und sah dem Blinken des Anrufbeantworters zu. Neun, zehn, elf. Ich hatte mich die ganzen drei Tage, seit ich wieder zu Hause war, darum gedrückt, die Nachrichten abzuhören. Zuerst wußte ich gar nicht, warum, aber dann war mir plötzlich klargeworden, was es war: Rood. Ich hatte Angst davor, Roods Stimme könnte auf dem Band sein, obwohl er sich das Gehirn weggepustet hatte. *Willkommen im schwarzen Loch, Dominick. Ich bin dein Fremdenführer, Henry Rood …*

Ich hatte alles genau geplant und im Krankenhaus viel Zeit damit verbracht, mich an den Gedanken zu gewöhnen. Hatte mir überlegt, wie ich es anstellen würde. Ich wollte das ganze Röhrchen Percoset und die geschenkte Flasche Scotch nehmen und ein wenig Schicksal spielen. Es hinter mich bringen. Weil sowieso alles zu Ende war. Joy hatte mich benutzt und war abgehauen. Dessa würde todsicher nicht wieder zurückkommen. Sie hatte mir was zu essen gebracht und ein paar Postkarten mit Genesungswünschen geschickt. Aber das war auch schon alles, was ich von ihr zu erwarten hatte. Unsere gemeinsamen Jahre waren so tot wie unsere Tochter. Und ohne die Hoffnung, daß sie zurückkam, war ich bereits jetzt ein toter Mann. Daß ich noch atmete, war nur eine Formsache.

Ich humpelte ins Gästezimmer und holte den Scotch. Schaffte es zurück in die Küche. Ließ mich auf einen Stuhl sinken und schraubte den Verschluß ab. Nahm drei oder vier große Schlucke, schauderte. Zwischen den einzelnen Schlucken betrachtete ich immer wieder das Percoset-Röhrchen in meiner Hand. Schüttelte es. Hörte zu, wie die Tabletten darin hin und her klickerten. Die Kastagnetten eines toten Mannes, dachte ich. Irgendwie fand ich den Gedanken komisch.

Sollte ich eine Nachricht hinterlassen? *Lieber Ray, danke für die Erinnerungen ... Liebe Dessa, danke, daß du zu mir gehalten hast.* Und was war mit Thomas? ...

He, Mann, *scheiß* auf Thomas. Wäre das nicht einer der großen Vorzüge des Selbstmords – diese sprechende Doppelgängerleiche ein für allemal loszuwerden? Die lebenslängliche Strafe als Beschützer meines Bruders wäre endlich aufgehoben. Dennoch war es seltsam – überhaupt nicht so, wie ich es mir vorgestellt hatte: Thomas, der mich überlebte. Der gewann.

Ich wollte mir dabei zusehen, wie ich sie schluckte, wollte beobachten, wie der Verurteilte seine letzte Mahlzeit zu sich nahm. Auf dem Weg zum Spiegel des Badezimmerschränkchens kam ich am Schlafzimmer vorbei. Ging hinein.

Ich öffnete die Tür von Joys leerem Kleiderschrank.

Tippte die nackten Drahtbügel an, sah zu, wie sie hin und her schwangen, hin und her. Daß sie mich betrogen hatte, schmerzte weniger als die Tatsache, daß sie ihn in unser Schlafzimmer gelassen hatte, ihm erlaubt hatte, sich im Schrank zu verkriechen … Und plötzlich mußte ich an Ralph Drinkwater denken. Daran, wie Joseph Monk sich seine Schwester geschnappt und seine Mutter sich deswegen zugrunde gerichtet hatte. Wie Dell Weeks und seine Frau ihn bei sich aufgenommen hatten … im Tausch gegen seine Nacktheit. Für schmutzige Fotos, die sie an Fremde verkaufen konnten. *Darum* war es bei der Geschichte wohl gegangen: aus der Verwundbarkeit eines Jungen Profit zu schlagen – aus dem Bedürfnis eines verwirrten Jungen nach einem Zuhause. *So* tief können Menschen also sinken, dachte ich. Das war die nette, kleine Welt, aus der ich mich verabschiedete.

Der Typ im Spiegel des Badezimmerschränkchens erschreckte mich ein wenig – kam mir gleichzeitig vertraut und fremd vor. Er sah kein bißchen aus, wie Henry Rood ausgesehen hatte … Ich hob meine Hände und bewegte die Finger. Sah Thomas, wieder unversehrt. Ma, ohne den Spalt in der Lippe. Und auch Domenico – das ernste Gesicht auf dem vergilbten Porträtfoto auf der Kommode meiner Mutter. Die Ähnlichkeit war furchterregend. Nicht abzustreiten. Wir waren alle, irgendwie, auch der jeweils andere …

Vielleicht waren wir ja verdammt. Verflucht. Lag es vielleicht daran? … Seltsam: Ich würde das Manuskript des Alten nun doch nie zu Ende lesen. Ich hatte das verdammte Ding verloren, wieder zurückbekommen und gerade erst angefangen, darin zu lesen. Ich hatte sie absichtlich ein paar Tage *gemieden* – seine »Geschichte eines großen Mannes von bescheidener Herkunft«. Unerledigte Dinge. Na und? Scheiß drauf. Man soll den Sensenmann nicht warten lassen … Aber irgendwie war es seltsam. Oder lag es an dem Percoset oder an irgendwas anderem? Ihre Gesichter spiegelten sich in meinem.

Ich konnte es nicht tun.

Ließ die kleine Kaskade aus Tabletten ins Waschbecken fallen statt sie zu schlucken. Drehte den Wasserhahn auf und spülte meinen großartigen Selbstmord in den Abfluß. Ich humpelte zurück ins Schlafzimmer. Ließ mich langsam aufs Bett sinken.

Rief Leo an.

Und wie durch ein Wunder ging auch wirklich Leo an den Apparat? »Hallo? … *Hallo?*«

Es fühlte sich an wie einer dieser Träume, in denen man nicht weglaufen kann, nicht schreien.

»Dominick? Dominick, bist du das? ... Warte, Mann. Ich komme sofort zu dir rüber.«

Es wurde langsam Zeit. Der Regen hatte ein wenig nachgelassen. Ich öffnete die Wagentür und hievte mein kaputtes Bein hinaus, setzte den Fuß auf den nassen Asphalt. Bei der Beinfreiheit, die man in diesen luxuriösen Escorts hatte, war das Ein- und Aussteigen selbst mit einer Verletzung doch wirklich ein Kinderspiel. Und Schweine konnten fliegen. Und wir führten da drüben in Kuwait einen Krieg, und nur aus den *besten* Gründen ...

Drinnen angekommen, sah ich mir die lange, steile Treppe genau an, die hinaufführte zu Miss Pattis Tanzstudio auf der linken und Dr. Patels Praxis auf der rechten Seite. Bei meinen früheren Besuchen war mir die Treppe überhaupt nicht aufgefallen – ich war sie wahrscheinlich hinaufgehastet, hatte zwei Stufen auf einmal genommen. Aber das war vor drei Monaten und in einem anderen Leben gewesen – damals, als Rood noch Nachrichten auf meinem Anrufbeantworter hinterließ, Joys Freund sich noch im Kleiderschrank versteckte und ich mir noch vorgaukelte, ich könnte meinen Bruder aus dem Hatch herausholen. Alles hatte sich seitdem geändert. Alles. Wir führten einen gottverdammten *Krieg* ...

Die Wände des Treppenhauses vibrierten vom Rhythmus afrikanischer Trommelmusik. »*Laßt den Rhythmus euren Körper ergreifen*«, rief jemand dort oben. »*Laßt ihn euer Körper* sein. *Schneller, jetzt! Schneller!*«

Du mußt es langsam angehen lassen, sagte ich mir. Die verdammten Stufen sind frisch gebohnert, und dein Knöchel ist noch lange nicht in Ordnung, egal, wie gut es bei der Krankengymnastik läuft. Wenn du ausrutschst und fällst, wirft dich das um Monate zurück. Dann brauchst du *wirklich* einen Seelenklempner.

Ich klammerte mich mit der linken Hand ans Geländer, mit der rechten an meine Krücke. Begann den Aufstieg. Die *echte* Herausforderung lag oben am Ende der Treppe, rechts hinter der Tür. Denn wenn es mir ernst damit war, endlich Antworten auf ein paar Fragen zu bekommen, würde das nicht ohne Schmerzen abgehen. Nicht ohne den einen oder anderen Aderlaß.

Ich hatte ein Drittel der Treppe geschafft, als ich unten Schritte hörte, Gekicher. Die Haustür flog auf. Ich erstarrte. Hielt den Atem an. »Wartet einen Moment, Mädchen«, sagte eine barmherzige Mutter. »Wartet, bis der Mann oben ist.«

»Ist schon in Ordnung«, rief ich über die Schulter nach unten. »Sie können um mich herumgehen. Ich halte mich solange am Geländer fest.«

»Nein, nein, gehen Sie ruhig vor. Lassen Sie sich Zeit.«

Ich versuchte, eine Stufe zu überwinden. Noch eine. Was war eigentlich mit diesem verdammten Behindertengesetz, das Bush unterzeichnet hatte. Wo war der verfluchte *Aufzug*? Ich konnte sie dort unten hören, spürte, wie sie mich beobachteten.

»Wirklich«, rief ich hinunter. »Ich bleibe einfach stehen. Sie können um mich herumgehen.«

Sie mußte ihnen das Startzeichen gegeben haben, denn ehe ich's mich versah, kamen sie die Treppe heraufgetrampelt und stürmten wie eine Viehherde an mir vorbei. »Vorsicht«, murmelte ich. »Vorsicht.« Die Hand, mit der ich die Krücke hielt, zitterte so heftig, daß der Gummistopfen am unteren Ende auf der Stufe quietschte.

Als ich oben an der Treppe ankam, hatte ich drei weitere Gruppen vorbeigelassen – die einen wollten nach oben, die andern nach unten. Mein übliches großartiges Timing: Ich hatte genau den Moment abgepaßt, in dem alle Kurse wechselten. Aber immerhin, ich hatte es geschafft. War oben angekommen.

Ich stand vor Dr. Patels Tür, mein Herz raste, mein Hemd war schweißnaß. Ich hatte die Regeln vergessen, wußte nicht mehr, ob man erst anklopfen mußte oder direkt hineinging.

Also, was willst du nun tun, Birdsey? Dumm rumstehen? Wie ein Angsthase eine Kehrtwende machen und die ganzen Stufen wieder *hinunter*klettern?

Dr. Patels Tür zu öffnen würde bedeuten, die Tür zum Haus in der Hollyhock Avenue zu öffnen. Die Tür zum Leben meiner ganzen Familie, Domenico eingeschlossen. Zu all dem wieder zurückkehren. Das war mir jetzt klar.

Willst du vorwärts gehen? Dann geh zurück.

Ich hob die Faust. Ließ sie wieder sinken.

Atmete tief ein, hob sie erneut. Klopfte.

33

20. Juli 1949

Die Höllenfahrt an Bord der SS Napoletano *endete am Morgen des 4. Oktober 1901. Als das Schiff in den Hafen von New York einlief, schaute ich beinahe ungläubig auf die wunderschöne* Statua della Libertà! *Mein Herz klopfte wie wild. Ich bekreuzigte mich. Es war fast wie damals, in der Gegenwart der weinenden* Vergine, *nur daß dieses Mal die Tränen aus meinen Augen rannen, nicht aus denen der steinernen Frau! Inmitten der drängelnden* Menschenmenge *fiel ich auf die Knie, verbarg meine Rührung, so gut ich konnte, und dankte dem Sohn* Gottes *und seiner heiligen Mutter, daß wir amerikanischen Boden erreicht hatten.*

Mein kleiner Bruder Vincenzo versetzte meiner Träumerei einen kräftigen Dämpfer. »Wenn alle Frauen in Amerika solch gewaltige Ausmaße haben wie die hier«, sagte er laut und deutete auf die heilige Statue, »dann werden sie sich freuen, daß Vincenzo Tempesta endlich angekommen ist, um ihr Verlangen zu befriedigen und ihre großen Muschis zu stopfen!« Die Stimmung unter den erschöpften Reisenden war von Erleichterung geprägt, und so lachten einige der Männer um uns herum über Vincenzos schändliche Bemerkung, darunter auch mein Bruder Pasquale. Derart ermuntert, warf Vincenzo seine Hüften unanständig vor und zurück. Es war natürlich meine Pflicht, mich aus meiner knienden Position zu erheben und zu voller Größe aufzurichten. Ich reagierte auf Vincenzos schockierendes Benehmen mit einem Schlag meines Handrückens und versetzte auch Pasquale einen Stoß. Derart zum Schweigen gebracht, betrat Vincenzo amerikanischen Boden, wobei das Blut der Tempestas von seiner aufgesprungenen Lippe tropfte.

Meine beiden Brüder und ich wohnten eine Zeitlang in Brooklyn bei unseren Verwandten Lena und Vitaglio mit ihren fünf kleinen Bälgern. Es gelang mir nicht, eine Anstellung als Maurer zu finden. Statt dessen nahm ich eine Nachtarbeit als Hausmeister an der New Yorker Stadtbücherei an. (Mir war es durchaus recht, daß ich nachts arbeiten mußte, denn die Reise an Bord der SS Napoletano *hatte meine Schlafgewohnheiten vollkommen durcheinandergebracht!) Pasquale fand Arbeit als Straßenkehrer, und Vincenzo spülte Gläser und übernahm Botengänge für eine kleine* taverna *ganz in der Nähe der Wohnung meiner Verwandten, eine Wirtschaft, die hauptsächlich von* siciliani *besucht wurde.*

Während meiner Freizeit lernte ich in der Bücherei mit Hilfe alter Zeitungen und Zeitschriften die englische Sprache. Bei diesen Bemühungen wurde ich unterstützt von einer freundlichen, einäugigen Bibliothekarin. Sie überließ mir ein Wörterbuch ohne Einband, das die Bibliothek wegwerfen wollte. Das Innere eines Buches zerstören, weil es einen äußeren Makel hatte? Ein Sakrileg! Die Verschwendungssucht der Amerikaner war mir zuwider. Nicht jedoch meinen Brüdern: Ihre leichtsinnige Art machte Pasquale und Vincenzo rasch zu 'Mericani. *Jede Woche gaben sie unseren Verwandten Geld für Kost und Logis und warfen das bißchen Lohn, das ihnen blieb, für Varietébesuche, Bier und Kartenspiele zum Fenster hinaus, wobei sie wie gewöhnlich das gute Beispiel ignorierten, das ich ihnen gab. Was mich betraf, so lern-*

te ich fleißig weiter und sparte mein Geld mit der Entschlossenheit eines Mannes, dem es bestimmt ist, Erfolg zu haben! Häufig sah ich vor meinem geistigen Auge den hochnäsigen Steward und das reiche Paar, die mich auf dem Deck der SS Napoletano verächtlich angestarrt hatten … Die Welt ist wie eine Treppe: Die einen steigen hinauf, die anderen hinunter.

Bis zum heutigen Tag bin ich von Herzen froh, daß das überhebliche Paar meinen Ausruf noch hörte. Und was diesen gottverdammten arroganten Steward angeht, so hoffe ich, daß er über seine Schnürsenkel gestolpert und kopfüber ins Meer gestürzt ist, um dort von den Fangarmen einer ausgehungerten Krake erwürgt zu werden!

Im Januar 1908 brachte Vincenzo ein Flugblatt mit nach Hause, das von der American Woolen and Textile Company in Three Rivers, Connecticut, gedruckt und verteilt worden war. Vincenzo zufolge hatte das Papier an diesem Tag unter den Gästen der Wirtschaft für große Aufregung gesorgt. »Lies vor, Domenico!« befahl mir Vincenzo. »Lies vor!«

Auf dem Flugblatt stand, daß die Firma soeben einen Auftrag der Regierung der Vereinigten Staaten von Amerika erhalten hatte, bei dem es um die Herstellung von Baumwoll- und Wolltuchen für Matrosenjacken und Uniformen ging. American Woolen and Textile stelle Leute ein und zahle anständige Löhne, hieß es weiter. Es gebe einen firmeneigenen Laden, in dem die Arbeiter Waren zu günstigen Preisen kaufen könnten. Die Fabrik heiße Italiener in ihren Reihen willkommen. In Three Rivers, Connecticut, so hatte Vincenzo an diesem Tag erfahren, gab es bereits eine ziemlich große und ständig wachsende Gruppe von siciliani und zweifellos auch die eine oder andere ansehnliche siciliana. Nach Vincenzos Worten hatte ein halbes Dutzend Stammgäste der taverna Brooklyn bereits verlassen, um nach Connecticut zu gehen.

Mein Bruder Pasquale, wie immer die Untätigkeit in Person,

wehrte sich gegen die Vorstellung umzuziehen. »Wo ist dieses Three Rivers überhaupt?« wollte er wissen. »Wenn es im Wilden Westen liegt, könnten wir einen Pfeil ins Herz geschossen bekommen!« Pasquale, der manchmal schwer von Begriff war, hielt nach Indianern Ausschau, seit wir unseren Fuß in die Stati Uniti gesetzt hatten.

An jenem Abend begleiteten mich meine Brüder in die Stadtbücherei. Beide starrten mit weit aufgerissenen Augen und Mündern in den Atlas, während mein Finger die kurze Strecke von New York nach Three Rivers entlangfuhr. Meine Freundin, die einäugige Bibliothekarin, bestätigte, daß die Stadt in nur vier Stunden mit dem Zug erreichbar war. Wir sprachen leise auf englisch über die Möglichkeit, in der Fabrik zu arbeiten, und über Pasquales Furcht, von wilden Indianern getötet zu werden. Die Bibliothekarin lächelte und meinte, ich solle Pasquale sagen, er müsse schon weiter als bis nach Connecticut fahren, um das Leben eines Cowboys führen zu können! In den Hügeln von Connecticut verbargen sich keine Wilden, meinte sie.

Auch Pasquale und Vincenzo lächelten, obwohl ihr Englisch kaum über »please« und »thank you« und »how much?« hinausging. Dann sagte Vincenzo auf italienisch zu Pasquale: »Diese einäugige Hexe handelt sicher mit Domenico den Preis aus, den eine Nacht der Freude in meinem Bett kostet.«

Pasquales Gelächter tönte so laut in dem stillen Raum mit den hohen Wänden, daß eine Reihe von Besuchern den Kopf hoben und meine Freundin, die Bibliothekarin, die Stirn runzelte.

»Bitte!« warnte ich meine Brüder auf italienisch. »Ihr seid hier in einem Saal voll großer Bücher! Benehmt euch so, wie es sich für einen Tempesta geziemt!«

Dann setzte ich meine Unterhaltung mit der Bibliothekarin fort.

»Ich bin so gut gebaut und sehe so gut aus, daß die Hexe hier Appetit bekommt«, sagte Vincenzo zu Pasquale, »und mich mit ihrem einen Auge auszieht. Paß lieber auf, bella donna, sonst *rührt sich die große Wurst in meiner Hose und sticht dir das andere Auge auch noch aus!«*

Pasquales schallendes Gelächter ließ nun fast die Bücher aus den Regalen fallen. Von überall in dem riesigen Lesesaal trafen uns die bösen Blicke der Bibliothekare und Besucher. »Ich entschuldige mich für das Dummsein meiner Brüder«, sagte ich zur Einäugigen.

»Für die Dummheit Ihrer Brüder«, korrigierte sie mich. »Sagen Sie es: Dummheit.«

»Ja, ja, grazie, *die Dummheit meiner Brüder«, wiederholte ich. Dann packte ich die beiden an den Ohren und schleifte sie zum Ausgang.*

Am folgenden Nachmittag, einem Samstag, stiegen wir in den Zug von New York nach Three Rivers. Was wir von der Fabrik und der Stadt zu sehen bekamen, gefiel uns. Die Löhne waren gut, die Mieten billig, und ein Steak mit Kartoffeln kostete fünfundzwanzig Cent weniger als in Brooklyn. Und man bekam auch noch mehr auf den Teller!

Wir drei – meine Brüder und ich – wurden im Werk Nummer 2 von American Woolen and Textile als Färber eingestellt. Wir mieteten ein Zimmer bei Signora Saveria Siragusa in Pleasant Hill. Signora Siragusa war auf Sizilien aufgewachsen und freute sich, uns für den Betrag von einem Dollar und fünfzig Cent pro Mann in ihrer Pension aufzunehmen, zahlbar jeden Samstagmorgen nach dem Frühstück.

21. Juli 1949

Ich übernahm die zweite Schicht bei American Woolen and Textile und beeindruckte mit meinem Fleiß und meiner Gewissenhaftigkeit rasch meine Vorgesetzten. Meine Freundin, die Bibliothekarin, hatte recht und zugleich unrecht gehabt. Zwar ver-

bargen sich keine Indianer in den Wäldern von Connecticut, doch einer von ihnen arbeitete in der Fabrik gleich neben mir. Er hieß Nabby Drinkwater und war mein Kollege am Färbebottich – ein fauler Hurensohn, der mein Arbeitstempo verlangsamte. Wir wurden nach Akkord bezahlt, und Drinkwaters schleppendes Tempo zog mir das Geld aus der Tasche. »Schneller!« befahl ich diesem figliu d' una minchia immerzu. »Arbeite schneller!«

Drinkwater wollte sich mit mir anfreunden – er versuchte manchmal, mich zu sich nach Hause oder in ein Wirtshaus einzuladen –, doch ich ging nicht auf sein törichtes Geschwätz ein und gab vor, ihn nicht zu verstehen. Siciliani trauen zuallererst ihrer Familie, als nächstes den Leuten aus dem Dorf und dann ihren Landsleuten. Anderen traute ich nicht, schon gar nicht einem verschlagenen, dunkelhäutigen Indianer, dessen Trägheit mich einiges kostete!

Ich konnte Drinkwater schlecht eins auf den Schädel geben, um ihn dazu zu bringen, schneller zu arbeiten, doch bei meinen Brüdern Pasquale und Vincenzo hätte ich das sehr wohl gekonnt. Wenn einer der beiden mein Kollege am Färbebottich wäre, so rechnete ich mir aus, dann würden wir diesen 'Mericani einmal zeigen, was harte Arbeit war. Eines Samstags nach Schichtende, als die anderen Arbeiter nach Hause eilten, um schlafen zu gehen oder sich zu amüsieren, folgte ich Bryce, dem Vorarbeiter der Färber, in das verglaste Meisterbüro. Den ganzen Nachmittag und Abend über hatte ich auf englisch meine Begründung einstudiert, warum es klug von American Woolen and Textile wäre, einen meiner Brüder aus dem ihm zugeteilten Bereich abzuziehen und statt dessen an meiner Seite arbeiten zu lassen. Jetzt klopfte ich an die Bürotür. Dort würde mir nicht nur Bryce Gehör schenken, sondern auch der oberste Boß. Flynn, der Meister – ein pezzo grosso.

Bryce und Flynn grinsten überheblich, als sie mich dort stehen *sahen. Zigarrenqualm hing in der Luft wie Wolken über dem Ätna. »Was ist denn das für ein Leierkastenmann?« fragte Flynn.*

Die beiden starrten mich grinsend an. »Neuer Färber«, sagte Bryce. »Hab ihn erst diese Woche eingestellt.« Er wandte sich an mich und fragte, was ich wollte – in einem Ton, der mich wohl einschüchtern sollte.

»Der Indianer arbeitet zu langsam«, sagte ich. »Ich kann mehr verdienen, wenn meine Arbeit unabhängig von seiner bewertet wird.«

»Von wem spricht er?« erkundigte sich Flynn.

»Von Nabby Drinkwater«, erwiderte Bryce.

»Oje, das hat uns gerade noch gefehlt«, murmelte der Boß. »Ein Spaghettifresser, der große Töne spuckt. Dann soll er doch mal Farbe bekennen. Zeig dem Itaker, wo 's langgeht. Hauptsache, bei der Produktion wird nichts vermasselt.«

Ich zermarterte mir das Gehirn. Soll er doch mal Farbe bekennen? Soll er doch mal Farbe bekennen? *Den Ausdruck* Farbe bekennen *kannte ich nicht. Gottverdammte, verrückte englische Sprache.*

In einer Geste falscher Freundschaft legte mir Bryce den Arm um die Schulter. Er sagte, er sei froh, einen solch eifrigen Arbeiter wie mich eingestellt zu haben – und ein Genie noch dazu. »Du bist derartig schlau, vielleicht solltest ja besser du Vorarbeiter sein und nicht ich. Was meinst du?«

Es war zu gefährlich, ihm zu sagen, was ich wirklich dachte: daß ich es tatsächlich für eine gute Idee hielt. Ich hielt den Mund.

»Drinkwater verlangsamt dir also das Tempo, was?« fragte Bryce. »Tja, dann sag ich dir mal, was wir tun werden. Ab morgen schicken wir Nabby in die Nachbearbeitung. Dann kannst du ganz für dich alleine arbeiten, kannst deinen Job und seinen in deinem schnellen Tempo ausführen. Was hältst du davon?«

Sie lachten schon über mich, ehe ich die Tür wieder hinter mir schloß. »Ich laß den Indianer das Lager saubermachen und hol ihn dann rasch zurück, bevor dieser arrogante Itaker aus den Latschen kippt«, raunte Bryce Flynn zu. »Nach einer Stunde weiß der nicht mehr, wo rechts und links ist. Das wird ihm das Maul stopfen.«

Als ich an diesem Morgen in die Pension zurückkehrte, konnte ich nicht einschlafen. Sie hatten also vor, Domenico Tempesta zu demütigen. Den Mann zu brechen, der nichts anderes wollte als gutes Geld für gute Arbeit. Die Eifersucht der Höhergestellten gab es überall, dachte ich, auf beiden Seiten des Ozeans. Selbst Vorarbeiter und Meister waren neidisch auf mich.

Die erste Schicht ohne den Indianer war die schlimmste. Ich arbeitete die Pause durch, schweißgebadet, nahm mir noch nicht einmal die Zeit, zu den anderen Arbeitern hinüberzuschauen. Aber ich wußte, daß sie sich über mich lustig machten. In jener Nacht verlor ich Geld. In der zweiten Nacht ging es ein wenig besser (ich bekam mein Geld wieder heraus). Die dritte Nacht fiel mir noch leichter. Am Ende der Woche hatte ich mich auf den Job eingestellt, den sie mir gegeben hatten, um mich zu brechen. Ganz allein produzierte ich in der Spätschicht mehr als zuvor zwei Männer! Da verstummte das Gekicher. Die anderen Färber nahmen mir meinen Fleiß übel, Bryce ebenfalls. Doch ich hatte Flynns Aufmerksamkeit auf mich gezogen. Er begann, mich als einen Arbeiter zu betrachten, auf dessen Rat man hören konnte.

Nach und nach stieg ich vom einfachen Arbeiter zum zweiten Mann auf. Und dann, im Jahre 1916, platzte ein Blutgefäß in Bryce' Hirn. Es war ein Glück, diesen Mistkerl los zu sein. Bei seinem Begräbnis trat ich auf Flynn zu und bat ihn um die Stelle des Toten. »Mal sehen«, erwiderte Flynn. »Aber um Himmels willen, warte wenigstens, bis er unter der Erde ist.« Drei endlose Arbeitsnächte lang wartete ich auf seine Entscheidung. Dann gab es gute Nachrichten. Flynn rief mich in sein Büro, um ein wenig mit mir zu »plaudern«. Als ich wieder ging, war ich der erste Vorarbeiter italienischer Herkunft bei American Woolen and Textile!

Söhne Italiens, wie konnte es dazu kommen? Nur durch harte Arbeit und Gewissenhaftigkeit. Das ist der Schlüssel zum Erfolg in den Stati Uniti! *Durch Fleiß wie den meinen ist Amerika groß geworden!*

24. Juli 1949

Üble Erkältung seit drei Tagen. Ich habe meiner nichtsnutzigen Tochter gesagt, sie solle eine Zwiebel aufschneiden und in Mull wickeln, damit ich sie mir auf die Stirn legen kann, um den Schleim zu lösen, aber sie meinte nur: »Leg dich hin, Papa. Mach ein Nickerchen.«

»Was ich tue, ist meine Sache, Signorina Dummkopf!« gab ich zurück. »Tu, was ich dir sage und hol mir das verdammte Zwiebelsäckchen!« Ich will nicht, daß sie hier herumschnüffelt und mitbekommt, wenn ich ... Wo war ich stehengeblieben? Bei meiner Beförderung? Ach ja.

Kein Akkord mehr für Domenico Tempesta! Über meine Arbeit in der Fabrik hinaus, wo ich nun ein festes Gehalt von fünfunddreißig Cent pro Stunde bekam, übernahm ich im Frühling und Sommer kleine Maurer- und Reparaturarbeiten. Cent für Cent sparte ich mein Geld statt es für Vergnügungen mit Frauen, für die Trinkerei oder für Varietébesuche zu vergeuden. Ich machte es mir zur Aufgabe, mich mit einem Farmer namens Rosemark anzufreunden. Rosemarks Zeit lief ab; er hatte Grundbesitz oben auf dem Hollyhock Hill, aber keine Söhne, die ihn hätten beerben können. Er erzählte mir, er habe mit den hohen Tieren von Three Rivers gesprochen, mit Shanley, dem gottverdammten Gauner von Bürgermeister, und seinen Kumpanen. Er wolle sicherstellen, daß für seine Frau gesorgt sei. Ich erkannte die günstige Gelegenheit, die sich mir bot. Wenn er sein Land an die Stadt verkaufte, so erzählte Rosemark mir, würde sein Grundbesitz in

Baugrundstücke von jeweils einem halben Morgen aufgeteilt. Auf die hatte ich es abgesehen.

Zu krank heute, zu viel Schleim im Kopf. Ich werde mir im Radio anhören, wie sich diese Taugenichtse von Dodgers herumschlagen, und jetzt erst einmal ein Nickerchen machen. Aber nicht, weil meine nutzlose Tochter mir das nahegelegt hat. Ich hatte es schon vor, bevor sie es mir sagte.

26. Juli 1949

Meine Brüder blieben beide nicht lange in der Fabrik. Kurz nach seiner Einstellung wurde Vincenzo in die Zupferei versetzt – ein Abstieg – und dann gefeuert, weil er für die Arbeiter von American Woolen and Textile ein kleines Glücksspiel aufgezogen hatte. Einige der Vorarbeiter nahmen regelmäßig an Vincenzos Spielchen teil, taten aber wie Unschuldslämmer, als der Polizeisergeant mit Flynn, dem Meister, an seiner Seite zu ihnen kam und Fragen stellte. Ich war bei dieser kleinen investigazione *natürlich über jeden Verdacht erhaben. Nie hätte ich mein Geld beim Glücksspiel verschwendet, wo doch bald gutes Land zum Verkauf stand.*

Danach arbeitete Vincenzo beim Obst- und Gemüsehändler Budnick, wo sein gutes Aussehen und seine närrischen Possen die Kundinnen dazu verleiteten, mehr Bananen und Bohnen zu kaufen, als sie benötigten. Immer mehr Kunden von Cranston – auf der gegenüberliegenden Straßenseite – kamen herüber, um ihre Waren bei meinem verrückten Bruder zu kaufen. Die Budnicks waren Juden und ließen sich Vincenzos Unfug gerne gefallen, solange das bedeutete, daß sie zehn Pennies statt neun einnahmen. »Ein netter Junge, Ihr Bruder«, sagte mir Mrs. Budnick einmal, als ich im Vorbeigehen ein Pfund gerösteter Erdnüsse kaufte. »Ein Dummkopf«, erwiderte ich, allerdings er-

füllte mich ihre Bemerkung mit einem Hauch von Stolz. Komplimente über Vincenzo waren dünn gesät, aber vielleicht hatte mein gutes Vorbild mittlerweile Wirkung in seinem Dickschädel gezeigt.

Manche Kundinnen folgten Vincenzo durch den ganzen Laden, starrten ihn an oder riefen ihn beim Namen – das hatte ich mit eigenen Augen gesehen. Vincenzo flüsterte der einen Schmeicheleien ins Ohr, um der anderen im nächsten Atemzug ein paar Töne Verdi vorzusingen. Die Art, wie er tagtäglich die Früchte feilbot, war schon beeindruckend!

»Budnick hat mein Gehalt auf sieben Dollar die Woche erhöht!« prahlte Vincenzo eines Abends in der Pension. »Weil ich so gut fürs Geschäft bin!«

»Pfff«, machte ich und winkte ab. »Ich bekomme dreiundzwanzig Dollar und fünfzig Cent pro Woche. Was muß man schon groß können, um Früchte blankzuputzen und zu stapeln?« Gleichwohl schrieb ich Mama eine Bildpostkarte, auf der ich ihr von Vincenzos bescheidenem Erfolg und meinen gehaltvolleren Leistungen berichtete. Der Farmer Rosemark vom Hollyhock Hill war plötzlich verstorben, und mir kam zu Ohren, daß die Stadt nun im Begriff war, sein Land aufzukaufen, um es zu veräußern. Ich schrieb Mama, eines Tages werde ich Grundbesitzer sein, genau wie meine Großeltern, die Ciccias.

Pah! Der Stolz auf meinen Bruder Vincenzo sollte sich schon bald in Luft auflösen. Eine ganze Reihe der Frauen, die ihn tagsüber im Geschäft besuchten, lud ihn ein, bei Einbruch der Dunkelheit den Besuch zu erwidern. Obwohl mein guter Name über jeden Verdacht erhaben war, schwirrten die Gerüchte unter den siciliani *wie Moskitos umher, und zwar in bezug auf das, was mein Bruder auf den Laken mit einem wahren Völkerbund an willigen Frauen anstellte – nicht nur mit Italienerinnen, sondern auch mit Irinnen, Polinnen, Ukrainerinnen und sogar mit dieser pockennarbigen ungarischen Witwe, der die Wirtschaft in der Ri-*

ver Street gehörte. Sie konnte kaum jünger sein als Mama und hatte einen Bartwuchs, der so stark war, daß sich ihr Schnurrbart an den Enden zwirbelte! Schändlich, aber wahr: Vincenzo steckte sein Ding überall rein.

Eines Tages kam dieser Hurensohn McNulty, Monsignore in der Kirche St. Mary of Jesus Christ, in den Färberraum bei American Woolen and Textile, um mit mir zu sprechen. An seiner Seite war Flynn – mein oberster Vorgesetzter. Wie meine Brüder und ich gehörte Flynn zu den Gemeindemitgliedern von St. Mary. Überdies war er mit dem Monsignore befreundet und ein großer Förderer der Kirche. Daran erinnerte uns der Monsignore Sonntag für Sonntag, wobei er Flynn freundlich zunickte, der mit seiner Familie in der eigens für Mr. pezzo grosso reservierten ersten Sitzreihe saß.

Flynn wies mich an, ihm und dem Monsignore in sein Büro zu folgen. Mit einem falschen Lächeln bot er mir dort einen Stuhl an, um, wie er sagte, eine Last von meinen Füßen zu nehmen. Haha. Zwei Gedanken kamen mir, als ich Flynn Folge leistete: Entweder sollte ich gefeuert werden, oder man würde mir auftragen, ab jetzt während der Sonntagsmesse mein sauer verdientes Geld in den Klingelbeutel zu werfen. Verdammt sollen sie sein, dachte ich, als ich mich setzte. Meine Priesterstudien in Rom überstiegen zweifellos das, was dieser irische Monsignore an Bildung genossen hatte. Ich arbeitete hart für mein Geld, wohingegen Flynn den ganzen Tag auf seinem Hintern hockte. Wofür ich mein Geld verwendete, war meine Sache.

»Nun, Mr. Tempesta, ich weiß, daß ihr Italiener euch mit einem Übermaß an Wollust herumplagen müßt«, sagte der Monsignore – zu mir, einem Mann, der so keusch war wie er, wenn nicht sogar keuscher! Aus meinen Kindertagen in der Schule in Nicosia wußte ich alles über die wandernden Hände frommer Priester! »Und auch wenn ich verstehe und akzeptiere, daß dies Teil eurer Natur ist«, fuhr er fort, »bitte und ersuche ich Sie doch, in *bezug auf Ihren Bruder, der sich wie ein räudiger Köter aufführt, etwas zu unternehmen.«*

»Ich habe zwei Brüder«, erwiderte ich. »Welchen Bruder meinen Sie?«

»Den Obsthändler«, antwortete Flynn für ihn. »Diesen großspurigen kleinen Romeo, der bei Budnick arbeitet.«

Es gebe ein unglückseliges Problem, erläuterte der Monsignore. Eine junge, unverheiratete Irin aus einer guten Familie sei von Vincenzo schwanger geworden. Sie habe es nicht besser gewußt, so daß Vincenzo sich ihre Unschuld habe zunutze machen können. Die Eltern des Mädchens zeigten keinerlei Interesse daran, ihre Tochter mit jemandem wie meinem Bruder zu verheiraten – sie hätten eine angemessene Hochzeit mit einem frischgebackenen Einwanderer aus Limerick vorbereitet –, wollten aber weitere gebrochene Herzen und uneheliche Kinder verhindern. Um den guten Namen der Tempestas zu bewahren, sagte der Monsignore, müsse ich mit Vincenzo sprechen und ihn dahingehend beeinflussen, daß er sich ein wenig Selbstbeherrschung auferlegte.

»Mein Assistent, der junge Pater Guglielmo, wird Ihnen bei diesem Treffen gerne beistehen, um Ihren Anordnungen moralisches Gewicht zu verleihen, Ihrem Bruder vielleicht die Beichte abzunehmen und seine Buße anzuhören. Ich würde dem Treffen gerne selbst beiwohnen, doch dürfte es wirksamer sein, wenn der junge Rüpel die Botschaft von seinesgleichen überbracht bekommt.«

Von seinesgleichen – ha! Bei all seinen Fehlern war mein Bruder, ebenso wie ich, der Sohn eines Helden, der es mit einem vulcano *aufgenommen und dafür eine goldene* medaglia *erhalten hatte! Was, außer seinem italienischen Namen, waren denn die Referenzen dieses ausgezehrten Pater Guglielmo? Wer war er denn, dieser kümmerliche kleine Priester, daß er einem Tempesta einen Rat erteilen durfte?*

»Ich bin überzeugt, unser Domenico wird die Sache in Ordnung bringen«, versicherte Flynn dem Monsignore. »Er ist nicht so wie die meisten anderen Itaker hier. Er läßt sich nichts zuschulden kommen und verrichtet seine Arbeit.«

Domenico Tempesta verrichtet die Arbeit von zwei Männern, wollte ich dem reichen Heuchler erwidern! Zu Beginn des Jahres hatte Flynn etwas mit Alma, einem deutschen Mädchen, gehabt – einer der Spulerinnen. Als sie einen dicken Bauch bekam, wurde sie rasch in die Tochterfabrik von American Woolen nach Massachusetts versetzt und dort mit einem Schafscherer verheiratet. Das hätte der gottverdammte Monsignore sonntags mal von seiner Kanzel herab verkünden sollen!

Ich erklärte mich jedoch bereit, dem Wunsch des Monsignore und meines Meisters Folge zu leisten. Lieber erteilte ich diesem Dummkopf Vincenzo eine Lektion – ein, zwei Schläge auf seinen harten Schädel –, als meine Stelle zu verlieren oder mein sauer verdientes Erspartes in den Klingelbeutel zu werfen.

Der dürre Pater Guglielmo schellte am darauffolgenden Sonntag nachmittag an der Tür der Pension. Von der Art her zu urteilen, in der Signora Siragusa immerzu mit den Händen flatterte, hätte man meinen sollen, der Papst persönlich hätte die Klingel betätigt und nicht dieser knochige Priester. Er und ich setzten uns mit Vincenzo ins Wohnzimmer der Signora. Vincenzo, stets die Liebenswürdigkeit in Person, wenn auch nicht immer mit dem besten Benehmen, zündete erst mal jedem von uns eine Zigarre an. Als Pater Guglielmo einen Zug nahm, fing er heftig an zu husten, und ich fürchtete schon, er müsse ersticken. Der war ja nervöser als ein Hund bei Gewitter!

»Vincenzo«, begann ich. »Wir müssen heute mit dir reden, weil dein Verhalten Schande über unseren verstorbenen Vater und unsere geliebte Mutter in der alten Heimat bringt. Deine Stiefel unter dem Bett beschmutzen den Namen Tempesta.«

Vincenzo sah mich genauso an, wie er mich als Baby ange-

schaut hatte, wenn er daheim in Giuliana auf meine Füße zugekrabbelt war. »Mein Verhalten?« fragte er. »Meine Stiefel? Non capisco un cavolo, Domenico!*«* Dann wurde ihm bewußt, daß die Sprache, die er benutzt hatte, nichts für die Ohren eines Priesters war, und er wandte sich an den kleinen Guglielmo.* »Scusa, Padre. Scusa.«

»Deine Stiefel unter den Betten von Frauen!« erklärte ich. Doch Vincenzo blickte mich weiterhin mit Unschuldsmiene an, als hätte er seine Hosen seit unserer Ankunft in Amerika die ganze Zeit anbehalten. Nun riß mir der Geduldsfaden. »Fungol! Fungol!«** *schrie ich. Hinter der Küchentür hörte ich die Signora nach Atem ringen. Nun war es an mir, mich bei dem hageren Priester zu entschuldigen.*

Vincenzo grinste breit, als gäbe sein Verhalten Anlaß, stolz zu sein, und nicht, sich zu schämen. Aber dieses Grinsen würde ich meinem großspurigen Bruder schon noch abgewöhnen.

»Es wird Zeit für dich zu heiraten und seßhaft zu werden, basta«, sagte ich. »Oder, falls es dir lieber ist, Junggeselle zu bleiben, deine männlichen Triebe endlich im Zaum zu halten.«

Vincenzo reagierte mit Kichern, Redensarten und Achselzucken. »Se hai polvere, spara! Eh Padre?«*** *wandte er sich an den Priester.*

Ich schlug so heftig auf die Armlehnen von Signora Siragusas Besuchersessel, daß zwei Staubwölkchen aufstiegen. »Dann verschieß dein Pulver zwischen den Beinen einer der Ziegen unserer Signora. *Da hast du wenigstens nachher kein Kind am Hals!« schrie ich.*

Erneutes Luftschnappen hinter der Küchentür. Pater Guglielmo lief sichtlich rot an und bekreuzigte sich.

---

* Etwa: »Ich verstehe einen Scheißdreck, Domenico!« – N. F.

** »Ficken, ficken!« – N. F.

*** »Wenn man Pulver hat, soll man es verschießen! Was, Padre?« – N. F.

Vincenzo zog an seiner Zigarre und lachte. »Sag mir erst, welche Ziege du am liebsten hast. Ich will dir ja keine Hörner aufsetzen.«

Nun erstarb jede Bewegung und jedes Geräusch in der Pension. Lauschende Ohren schienen regelrecht durch die Wände zu brechen.

Ich erklärte dem Priester – und allen Lauschern –, daß das, was Vincenzo gerade angedeutet hatte, nur ein Späßchen gewesen sei, haha. Dann befahl ich als ältestes Mitglied der stolzen Familie Tempesta meinem Bruder, sich in Zukunft an mir ein Beispiel zu nehmen. Vincenzo lachte und erwiderte, er hätte Jungfrauen viel lieber, als daß er sich wieder in eine verwandelte.

»Selbst Santa Agrippina, die jungfräuliche Märtyrerin, ist nicht keuscher als mein Bruder Domenico«, scherzte Vincenzo und versetzte dem inzwischen leichenblassen Priester einen Knuff. »Da werden wohl eher Sie als Domenico die Wohltaten einer Frau genießen, was, Padre?« Pater Guglielmo wich noch der letzte Rest Farbe aus dem Gesicht, und er bekreuzigte sich erneut.

Mein Bruder, dieser Rüpel, brachte mich vollends um meine Geduld. Ich stand auf, trat auf Vincenzo zu und schlug ihm ins Gesicht.

Er hob die Fäuste. Ich tat es ihm nach. Wir starrten uns an, Bruder und Bruder, beide bemüht, eine grimmige Miene zur Schau zu stellen. Aber als ich in seine großen Augen blickte, sah ich Vincenzo wieder so, wie er als bambino gewesen war... Ich sah Mama und Papa, den Dorfplatz, den Ätna gegen den sizilianischen Himmel. Ich konnte meinen Bruder nicht mit den Fäusten bekämpfen. Doch meinen Stolz konnte ich auch nicht aufgeben.

»Pah!« sagte ich und ließ die Fäuste sinken. »Gott und dieser Priester seien meine Zeugen, Vincenzo: Von diesem Augenblick an sind wir keine Brüder mehr! Du hast den Namen unserer Fa-

milie in den Schmutz gezogen, und jetzt machst du dich auch noch über mich lustig! Nie wieder werde ich ein Wort mit dir wechseln!« Damit verließ ich das Zimmer und trieb alle Lauscher in die Flucht.

Wie soll ich die Trauer beschreiben, die darauf folgte?

Ach, mein Schweigegelübde war nicht schwer einzuhalten. In der folgenden Samstagnacht bekam ein Polizeisergeant aus Three Rivers (ein gottverdammter Ire namens O'Meara) Zahnschmerzen und ging frühzeitig nach Hause. Das erste, was er sah, als er das Licht anmachte und sein Schlafzimmer betrat, war das sich auf und ab bewegende nackte Hinterteil meines Bruders Vincenzo. Als der Sergeant schockiert stehenblieb, stöhnte Vincenzo auf und rollte zur Seite. Dabei offenbarte sich dem Mond wie dem Ehemann sein schleimiges Ding – sowie ein Lächeln auf dem Gesicht von O'Mearas treuloser Frau, dieser Hure. Der Polizist zog seine Dienstwaffe, legte zunächst auf seine mittlerweile schreiende Gattin an, überlegte es sich dann jedoch anders und schoß stattdessen Vincenzo in den Unterleib.

Es gab eine polizeiliche Untersuchung. Ha! Als ob eine Krähe der anderen ein Auge aushacken würde! Der Sergeant wurde freigesprochen, weil er »eine schmierige Ratte« in ihre Schranken gewiesen hatte. (So drückte sich der Polizeichef persönlich aus. Ich erfuhr es von Golpo Abruzzi, der es wiederum von seinem Schwager gehört hatte.) O'Mearas Frau – diese nichtsnutzige puttana 'Mericana *– ließ noch jahrzehntelang ihre Reize spielen, und ihrem gottverdammten Ehemann, diesem Mörderpolizisten, den jeder* siciliano *in der Stadt auslachte, stießen die Hörner förmlich durch die Kappe!*

Mein Bruder Vincenzo, a buon' anima, *erlag neun Tage nach der Schußverletzung einer Infektion. Mein Bruder Pasquale und Pater Guglielmo saßen an seinem Bett in der Pension. Pater Guglielmo teilte mit Vincenzo das heilige Abendmahl und versah* ihn mit der Letzten Ölung. Ich war es, dem er das zu verdanken hatte.

Eine ganze Ansammlung von weinenden jungen Frauen aller möglichen Nationalitäten wohnte dem Trauergottesdienst und der Beerdigung meines Bruders auf dem Friedhof St. Mary of Jesus Christ bei. Das berichtete mir Pasquale, denn ich war weder bei dem einen noch bei dem anderen zugegen. Zwar bezahlte ich die Beerdigung meines Bruders, der sich über meine Keuschheit lustig gemacht und dem Ansehen seiner Familie geschadet hatte, doch ich verzichtete darauf, selbst hinzugehen. Mögen Heilige und Frauen verzeihen! Der Stolz eines Sizilianers – seine Ehre – ist sein ein und alles, figli d' Italia! Denn was bleibt einem Manne, wenn er seine Würde weggibt, als wäre sie eine goldene Medaille?

Nach Vincenzos Tod war es meine Pflicht, Mama noch einmal zu schreiben und ihr die traurige Nachricht vom Ableben ihres jüngsten Sohnes zu übermitteln. Zwei oder drei Wochen später erhielt ich eine Postkarte aus Übersee, auf der ein Beauftragter von Onkel Nardo, diesem Idioten, der noch nicht mal schreiben konnte, notiert hatte: »Mutter starb am 24. Juni. Malaria.«

Schweren Herzens reagierte ich sofort auf die Nachricht Nardos. Im Namen meiner Mutter verlangte ich von dem habgierigen Schweinsgesicht, daß er ins Haus des magistrato ging und die Rückgabe der goldenen medaglia meines Vaters an mich, den erstgeborenen Sohn von Giacomo und Concettina Tempesta, also ihren rechtmäßigen Besitzer, aushandelte. Ich schrieb, dies sei das Mindeste, was er tun könne, um das schreckliche Elend wiedergutzumachen, das er über die Tempestas gebracht habe. Keine Antwort. Ich schrieb noch zweimal an Nardo, aber dieser figliu d' una minchia ignorierte meine Bemühungen, die Medaille, um die mich der betrügerische Bürgermeister gebracht hatte, wieder in meinen Besitz zu bringen.

Was meinen einzig verbliebenen Bruder Pasquale anging, scher-

te er sich wenig um Familienehre, Gerechtigkeit oder rechtmäßigen Besitz, solange etwas zu essen auf den Tisch kam. Pasquale war immer schon überaus einfältig gewesen …

Wie soll ich das traurige, seltsame Schicksal meines Bruders Pasquale beschreiben? Keine Kraft mehr heute. Morgen erzähle ich davon. Heute nicht.

34

Dr. Patel sagte, sie freue sich, mich wiederzusehen. Sie sei gerade dabei, Tee zu machen. Ob sie es richtig in Erinnerung habe? Bengalische Mischung?

»Ist okay. Wunderbar. Mir egal.« Ich erklärte ihr, mir gefielen die Farben, die sie trug: rot und gold und … wie nannte sie diesen Gelbton?

»Safrangelb«, antwortete sie.

»Aha, Safrangelb. Ich habe mal eine Küche in der Farbe gestrichen. Steht Ihnen aber viel besser.« Sie lächelte und bedankte sich für das Kompliment, falls es als solches gemeint sei.

»Haben Sie meinen Bruder heute gesehen?« fragte ich.

»Ja, das habe ich. Es ist alles mehr oder weniger beim alten.«

»Ich habe auf dem Weg hierher gedacht, wie seltsam das ist: Vor dem Ausbruch des Krieges konnte er über nichts anderes reden, und jetzt, wo sie tatsächlich mit Scuds und ›intelligenten Bomben‹ aufeinander schießen, nimmt sein Radar es kaum noch wahr. Was glauben Sie, woran das liegt? Nur an den Medikamenten?«

Dr. Patel erwiderte, sie sei gern bereit, sich mit mir über meinen Bruder zu unterhalten, aber das sollten wir vielleicht ein anderes Mal tun. Schließlich hätten wir diesen Termin vereinbart, um über mich zu sprechen.

Der Teekessel bullerte. Während ich wartete, daß sie fertig wurde, schnappte ich mir meine Krücke und humpelte durch den

Raum. Blickte aus dem Fenster. Seit Oktober war ich nicht mehr hier oben gewesen. Jetzt, mitten im Winter, konnte man den Fluß durch die kahlen Bäume sehen.

Dr. Patel erkundigte sich nach meinen Verletzungen, den Fortschritten bei der Krankengymnastik.

»Es geht sogar besser als erwartet«, sagte ich. »Niemand im Rehazentrum kann glauben, was ich in nur drei Monaten geschafft habe. Sie wollen mich zu ihrem ›Aushängeschild‹ machen.«

»Aushängeschild? Was bitte ist ein ›Aushängeschild‹?« Ich hatte vergessen, wie die Gespräche mit ihr verliefen – wieviel Zeit für Erklärungen draufging. Warum hatte ich sie überhaupt angerufen? Mich Hals über Kopf wieder in diese Therapie gestürzt? Geld- und Zeitverschwendung, Teil zwei.

Ich bückte mich und berührte den Kopf der Statue. Shiva. »Ach, übrigens, ich ... Danke für, äh ... für diesen Kerl, den kleinen Bruder von ihm hier.« Sie wirkte verwirrt. »Das Geschenk, das Sie Lisa Sheffer mitgegeben haben. Als ich im Krankenhaus war.«

»Ach, ja«, sagte sie und lächelte unvermittelt. »Hat es Ihnen gefallen?«

»Ja. Es hat mir gefallen, äh, gefällt mir noch. Ich wollte Ihnen bestimmt schon fünfzigmal einen Dankesbrief schreiben.«

»Na, nun haben Sie sich ja persönlich bei mir bedankt«, meinte sie. »Das ist doch wesentlich netter, oder? Nehmen Sie bitte Platz.« Sie stellte das Tablett mit dem Tee auf das Tischchen zwischen uns und setzte sich. »Lassen wir ihn ziehen, während wir uns gegenseitig auf den neuesten Stand bringen.«

Sie habe ihre Unterlagen über mich durchgesehen, sagte sie. Unsere letzte Sitzung sei am zweiundzwanzigsten Oktober gewesen. Wir hätten nie darüber gesprochen, unsere gemeinsame Arbeit zu beenden, soweit sie sich erinnere. Ich sei dreimal zu ihr gekommen, hätte dann zwei Termine hintereinander abgesagt und mich nicht wieder gemeldet. Wenn wir weiterhin zusammenarbeiten wollten, erwarte sie etwas mehr Hingabe.

»Hingabe?« Ich rutschte unruhig in meinem Sessel herum. »He, Sie erwarten doch nicht etwa, daß ich mich mit Ihnen auf was Festes einlasse?«

Sie versuchte nicht mal zu lächeln. Vielleicht, erklärte sie, könnten wir uns einmal in der Woche treffen und dann nach vier Sitzungen *gemeinsam* entscheiden, ob wir das Ganze fortsetzen wollten oder nicht.

»Ja«, sagte ich. »Klar. Kein Problem.« Was konnte sie schon tun, wenn ich nicht genügend »Hingabe« zeigte? Bluthunde auf mich hetzen? Die Psychologenpolizei alarmieren?

Sie hob den Deckel der Teekanne an und schaute hinein. »Noch nicht fertig«, sagte sie.

Wir saßen einfach nur da. Dr. Patel beobachtete lächelnd, wie ich meine Hände knetete und auf meinem Platz hin und her rutschte.

»Ich ... ich habe ihn in meinem Bücherregal stehen.«

»Bitte?«

»Den Kerl, die kleine Statue. Ich habe ihn in das Zimmer gestellt, in dem ich lese ... Wenigstens *eine* Sache, die man machen kann, wenn man vom Dach gefallen ist und sich selbst außer Gefecht gesetzt hat: Man kann jede Menge lesen.«

»Tatsächlich? Sie sind zu beneiden! Was haben Sie denn gelesen, Dominick?«

»Die Bibel, zum Beispiel.«

»Ja?« Es schien sie weder zu beeindrucken noch zu beunruhigen.

»Ich ... also, es war ein Versehen, ehrlich. Ich wollte mir eigentlich etwas anderes mit der Krücke vom obersten Regal angeln. *Shogun*, glaube ich, von James Clavell. Ich dachte, das könnte ich noch mal lesen. Aber statt dessen fiel mir der ganze Stapel auf den Kopf – eine kleine Lawine von Büchern. Und da lag sie. Ich wußte gar nicht, daß ich das verdammte Ding überhaupt noch hatte. Meine Mutter hat sie mir zur Firmung geschenkt, da war ich in der sechsten Klasse. Wir bekamen jeder eine, Thomas und ich. Meine befindet sich allerdings in einem etwas besseren Zustand.«

Sie lächelte. »Worin haben Sie gelesen? Im Alten oder im Neuen Testament?«

»Im Alten.«

»Aha, und finden Sie die Geschichten aufschlußreich? War Ihre ›kleine Lawine‹ ein glücklicher Zufall?«

Wollte sie sich über mich lustig machen? Mir ein paar kleine Seitenhiebe verpassen, weil ich die Termine abgesagt hatte? »Ich

… ich nehme an, ich beginne zu verstehen, was manche Leute daran finden.«

Sie nickte. »Ich würde gern wissen, was *Sie* daran finden.«

»Ich? Ich persönlich, meinen Sie? Nun, eigentlich nichts. Ich betrachte es wohl eher aus einer historischen Perspektive. Oder einer soziologischen. Wie auch immer … Na ja, vielleicht irgendwie doch. Das Buch Hiob: *das* hat mir etwas gesagt.«

»Hiob? Ja? Warum?«

Ich zuckte mit den Schultern und veränderte zum zigstenmal meine Sitzposition. »Ich weiß nicht so recht. Der Typ tut keinem was und versucht immer, das Richtige zu tun, und dann wird er total verscheißert. Nur weil Gott ihn zu seinem Versuchskaninchen macht.«

»Fühlen *Sie* sich so? Als wären Sie Gottes ›Versuchskaninchen‹?«

Ich erinnerte sie daran, daß ich nicht an Gott glaubte.

»Könnten Sie mir trotzdem …«

»Vielleicht bin ich ja das Versuchskaninchen des *Schicksals*. Ein schizophrener Bruder, die Tochter stirbt als Baby, eine Freundin, die … Aber was soll's: Hab ich halt Pech gehabt, oder?«

»Ja«, stimmte sie zu. »Manchmal hat man Pech, unabhängig davon, was für ein Leben man führt. Welche Geschichten aus dem Alten Testament fanden Sie denn noch wichtig?«

Ich zuckte mit den Achseln. »Hören Sie – nicht, daß Sie 'n falschen Eindruck bekommen. Es ist keineswegs so, als wäre mir die Bibel aus dem Regal auf den Kopf gefallen, und ich wäre nun plötzlich ›wiedergeboren‹ oder so. Als wollte ich als nächstes in die Bücherei marschieren und mir für Gott die Hand abschneiden.«

Sie wartete.

»Aber, äh … ja, doch, da war noch eine. Ist eigentlich ganz offensichtlich: die von Kain und Abel. Gott erschafft die Welt, Adam und Eva bekommen zwei Kinder, und *voilà*, da haben wir's: Rivalität unter den Geschwistern. Der eine Bruder ermordet den anderen.«

»Ja? Und weiter.«

»Was? Ich … War nur ein Scherz.«

»Ja, das habe ich an Ihrem Tonfall gemerkt. Aber erklären Sie es mir ruhig genauer, wenn Sie möchten.«

»Ich wollte damit nichts *Tiefschürfendes* ausdrücken. Nur … Streit unter Brüdern.«

Sie wartete. Wandte den Blick nicht ab.

»Also … Ich könnte mir schon vorstellen, warum der Kerl so sauer war. Das ist alles.«

»Warum wer sauer war?«

»Kain.«

»Ja? Und warum war er sauer?«

»He, *Sie* sind diejenige, die Anthropologie studiert hat. Nicht ich.«

»Und *Sie* haben das Alte Testament zur Sprache gebracht, oder? Bitte beantworten Sie meine Frage.«

»He, Doc, habe ich Ihnen schon mal gesagt, wie sehr ich Ihren Akzent mag?« Kein Lächeln, nichts. Ich trommelte mit den Fingern auf mein Knie. Seufzte. »Ich weiß nicht. Er … er hat eben einfach seine Arbeit gemacht und sein Opfer dargebracht wie die anderen auch, und … das einzige Opfer, auf das Gott geschaut hat, war das seines Bruders. Typisch.«

»Was?«

»Mr. Moralapostel bekommt das Lob. Und der andere? Eine große Predigt: ›An der Tür lauert die Sünde.‹ Als wäre sie so was wie ein großer, böser Wolf … Da fällt mir etwas ein. Ich habe mir ein paar der Bücher angeschaut, die *Sie* mir empfohlen haben. Über Mythen oder Märchen, wie auch immer. Erinnern Sie sich? Sie hatten mir eine Liste gemacht.«

»Ja«, sagte sie.

»Jemand hat sie mir aus der Bücherei geholt. Meine Exfrau, um ganz genau zu sein. In Three Rivers gab es sie nicht, aber sie hat sie über die Fernleihe bekommen.«

»Dessa hat Ihnen geholfen?«

Hatte sie sich Dessas Namen gemerkt, oder hatte sie ihn vorher in ihren Unterlagen nachgesehen? »Sie, äh … sie hat mir ein paarmal etwas zu essen gebracht und einige Dinge für mich erledigt.« Ich verschränkte die Arme vor der Brust. Ich hatte irgendwo gelesen, daß das eine Instinkthandlung noch aus der Zeit der Höhlenmenschen war: So wollte man das Herz schützen. »Alle sind vorbeigekommen. Sogar Ray.«

»Ihr Stiefvater? Ja?«

»Also, er … Er hat im Moment viel Zeit. Im Dezember ist er entlassen worden. Mit besten Wünschen für die Feiertage von den Oberbonzen bei Electric Boat. Da schuftet er vierzig Jahre seines Lebens für sie, und dann, kurz bevor er die Höchstrente erwarten darf, kriegt er seine Papiere. Die versprechen zwar dauernd, sie würden die Alten wieder zurückholen, aber das werden sie bestimmt nicht tun.«

Dr. Patel nickte mitfühlend.

»Deshalb hat er jetzt mehr Zeit. In den ersten paar Monaten hat er mich immer zum Arzt gefahren und zur Krankengymnastik. Er hat sogar eine Weile Lebensmittel für mich eingekauft. Solange ich nicht fahren durfte. Irgendwie komisch, oder?«

»Was ist komisch, Dominick?«

»Na, wenn Sie mir vor einem Jahr gesagt hätten, Ray Birdsey würde mein Chauffeur oder mein persönlicher Dienstbote werden …« Ich stand auf. Ging wieder zum Fenster.

»Wie Sie das beschreiben, ist höchst interessant«, sagte Dr. Patel.

Ich drehte mich um und sah sie an. »Was meinen Sie?«

»Ihre Bemerkung über Ray. Er hat Ihnen geholfen, als Sie ihn brauchten. Hat er das getan, weil er Ihr ›persönlicher Dienstbote‹ ist oder Ihr Vater? Trotz seiner früheren Verfehlungen, meine ich. Und mal abgesehen von der biologischen Seite. Ist es nicht das, was Väter machen? Ihren Söhnen helfen, wenn diese sie brauchen?«

Sie sah abermals nach dem Tee und verkündete, er sei fertig. Bei Dr. Patel mußte man immer auf der Hut sein – noch bevor die erste Tasse Tee eingeschenkt war, stand man schon mit dem Rücken an der Wand. Nach ein paar Monaten hatte ich glatt vergessen, wie ich bei ihr meine Abwehr zu organisieren hatte.

»Erzählen Sie mal, welche der Bücher, die ich Ihnen empfohlen habe, haben Sie gelesen?«

»Na ja, gelesen ist zuviel gesagt … Ich habe sie nur durchgeblättert. Dieses *Der Heros in tausend Gestalten*, und … welches war das noch von dem Kerl, bei dem Sie in Chicago studiert haben?«

»Dr. Bettelheim?«

»Genau. Diese Freud-trifft-Rotkäppchen-Geschichte.«

Sie lachte. »Ja, ›Die Kraft der Verzauberung‹ aus *Kinder brauchen Märchen*. Und, haben Sie es verstanden?«

»Was ...?«

»Wie man die Kraft der Verzauberung einsetzt?«

Ich zuckte mit den Schultern. »Ich weiß nicht. Aschenputtels verlorener Schuh deutet eigentlich auf Kastrationsangst hin; bei Hans und seiner Bohnenranke geht es um den Ödipuskomplex. Ganz interessant, schätze ich, aber ...«

»Aber was?« Sie beobachtete mich spitzbübisch. Hatte ich mich wirklich freiwillig auf vier weitere Sitzungen eingelassen, oder hatten wir nur unverbindlich darüber gesprochen?

»Ich nehme an ... Ich denke, wir sollten Märchen einfach Märchen sein lassen, statt sie so tiefschürfend und düster zu deuten ... diese psychologische *Autopsie* an ihnen vorzunehmen. Verstehen Sie?« Ich blickte sie nicht an, sondern zupfte an einem losen Faden meines Pullovers herum.

Dr. Patel erzählte mir, damit habe sie Dr. Bettelheim auch immer aufgezogen. »›Sei bloß vorsichtig, Bruno, sonst erschrecken sich die magischen kleinen Kobolde aus diesen alten Geschichten noch und verstecken sich in den Wäldern der Antike‹, habe ich zu ihm gesagt. Das habe ich mir natürlich nur herausgenommen, weil ich seine Arbeit so sehr bewunderte. Daher konnte ich mir die Freiheit erlauben, selbst den Kobold zu spielen.«

Ich nippte an meinem Tee. »Tja, also, Sie und ich haben das Buch wahrscheinlich auf ganz unterschiedliche Weise gelesen ... Trotzdem war es interessant. Danke.«

Sie stellte keine weiteren Fragen und äußerte sich auch sonst nicht mehr dazu. Sie beobachtete mich einfach, wie ich dasaß und den Ärmel meines Pullovers aufribbelte.

»Äh, wo wir gerade von Autopsien sprechen ... Wissen Sie, was ich heute morgen angefangen habe zu lesen? Dieses Ding, das mein Großvater geschrieben hat. Der Vater meiner Mutter.«

»Ja? War Ihr Großvater Schriftsteller, Dominick?«

»Wie? O nein ... Das war reine Privatsache. Bloß seine Lebensgeschichte. Thomas und ich haben ihn gar nicht gekannt – er starb, bevor wir geboren wurden. Aber er ... er hat dieses ganze Zeug diktiert, die Geschichte wie er von Italien ausgewandert ist und so weiter und so fort. Er hat sich ein Diktaphon geliehen und einen Stenographen angeheuert. Einen Italiener, der nach dem Krieg rübergekommen ist und am Gericht gearbeitet hat.«

Angelo Nardi, dachte ich: mein Hauptverdächtiger in Sachen unbekannter Vater. Nicht, daß ich diese Theorie vor Doc Patel ausbreiten wollte.

»Er ... er starb unmittelbar, nachdem er damit fertig war. Sagt meine Mutter wenigstens. Er war im Garten und las es sich wohl noch einmal durch, aber als Ma hinausging und nach ihm sehen wollte, saß er mit offenem Mund da – und war tot, Schlaganfall. Die Seiten des Manuskripts seien über den ganzen Garten verteilt gewesen, berichtete sie ... Manchmal ist es im Leben wie verhext, nicht wahr? Da arbeitet er den ganzen Sommer über daran, und dann kippt er einfach um.«

»Demnach lesen Sie also eine Transkription der mündlichen Aufzeichnungen Ihres Großvaters?«

»Ja und nein. Es sind mündliche *und* schriftliche Aufzeichnungen. Ich erinnere mich, daß meine Mutter erzählt hat, er habe mittendrin den Stenographen gefeuert, und den Rest selbst aufgeschrieben. Es war alles in Italienisch, daher mußte ich es übersetzen lassen ... Das Ganze ist übrigens zum großen Teil der reinste Mist.«

Sie fragte mich, was ich damit meinte.

»Ach, ich weiß auch nicht so recht ... Er hatte ein ziemlich verklärtes Bild von sich selbst.«

»Wie muß ich das verstehen?«

»Na ja ... bis jetzt dreht sich alles nur darum, was für ein großartiger Kerl er ist, im Vergleich zu den anderen Leuten im Dorf und verglichen mit seinen beiden Brüdern ... Ich wußte nicht einmal, daß das Manuskript existierte, bis etwa vier, fünf Monate vor dem Tod meiner Mutter. Eines Nachmittags, als ich sie besuchte, hat sie es mir aus heiterem Himmel in die Hand gedrückt. Das Ding ist über hundert Seiten stark ... An dem Tag, an dem sie es mir geschenkt hat, ging es ihr nicht besonders gut. Sie sagte, ich dürfe es auch Thomas zeigen – er könne es ebenfalls lesen, wenn er wolle –, aber *mir* wolle sie es geben.«

»Die Geschichte ihres Vaters? Warum Ihnen?«

»Ich habe, ehrlich gesagt, keine Ahnung. Danach habe ich sie nicht gefragt ... ›Die Geschichte eines großen Mannes von bescheidener Herkunft‹ lautet der Titel. Eigentlich wollte ich es für sie übersetzen lassen, um es ihr als Buch gebunden zu schenken, damit sie die Geschichte ihres Vaters vor ihrem Tod noch lesen konnte.«

»Sie hat es nie gelesen?«

»Nein. Sie meinte, sie verstünde zwar ein wenig Sizilianisch, aber nicht genug, um alles zu verstehen. Na, egal, ich hatte jedenfalls diese Wahnsinnsidee und beauftragte eine Übersetzerin.«

»Was für eine nette Geste«, sagte Dr. Patel. »Ihre Mutter muß sich über dieses Geschenk sehr gefreut haben.«

»Sie hat es nicht mehr bekommen. Das Übersetzen hat länger gedauert, als ich dachte. Und ihr Zustand verschlechterte sich zusehends. Am Ende ging es ziemlich rapide bergab ... Und dann ist das verfluchte Ding verlorengegangen.«

»Verlorengegangen? Das Manuskript?«

»Na ja, nicht gerade verloren. Das ist eine lange Geschichte.« Ich sollte verdammt sein, wenn ich ihr jetzt meine Erlebnisse mit Nedra Frank schilderte – wie sie plötzlich in ihrem Cowgirl-Kostüm an meinem Krankenhausbett aufgetaucht war, als wäre sie Teil eines meiner Morphiumalpträume. *Kra-wumm!* Sie hatte mit Domenicos gottverdammtem Manuskript praktisch nach meinem Fuß *gezielt*.

»Na, jedenfalls«, griff ich den Faden wieder auf, »hat Ma es nie gelesen. Jetzt, wo ich es endlich selbst tue, glaube ich, daß ich es ihr sowieso nicht gegeben hätte.«

»Warum nicht?«

»Weil ... na, zum einem zieht er ziemlich über sie her.«

»Über Ihre Mutter? Warum ...«

»Na, während er mitten in der großartigen Geschichte seines Lebens darin schwelgt, was für ein toller Hecht er ist – und daß alle ›Söhne Italiens‹ seinem Beispiel folgen sollten –, läßt er sich plötzlich darüber aus, was für eine Plage sie ist. Nennt sie ›Kaninchengesicht‹. Vergleicht sie mit einem ›zersprungenen Krug‹. Könne noch nicht einmal für Enkel sorgen, wie es sich gehöre ... Kaninchengesicht: Was dachte der sich eigentlich? Daß sie es sich *gewünscht* hat, mit einer Hasenscharte geboren zu werden? Daß es *ihre* Schuld ist? ... Das Schlimmste dabei ist, sie hat den Kerl *verehrt*. Als wir Kinder waren, Thomas und ich, hieß es die ganze Zeit ›Papa dies, Papa das‹ ... Ich weiß nicht. Im Prinzip bin ich *froh*, daß sie es nie gelesen hat. Dieser Mist hätte sie nur verletzt.«

»Dominick?«

»Hm?«

»Sie wirken sehr angespannt. Was ist Ihrer Meinung nach der ...«

»Wissen Sie, warum er das alles überhaupt aufgeschrieben hat? Habe ich Ihnen das schon erzählt? Damit junge Italiener seine Geschichte lesen können und davon ... *inspiriert* werden oder so. Stellen Sie sich mal vor, was für ein aufgeblasenes Arschloch er gewesen sein muß. Redet ständig davon, wie ›besonders‹ er ist und was für ein Märtyrer, weil er sich mit Leuten abgeben muß, die weniger perfekt sind als er.«

»In welcher Hinsicht fühlte sich Ihr Großvater als etwas Besonderes?«

»In *jeder* Hinsicht. Intelligenz, Moral. Er hielt sich für einen Auserwählten Gottes ...«

»Warum zögern Sie, Dominick? Woran denken Sie?«

Ich dachte an Thomas. Der Auserwählte Gottes, Teil zwei. Aber ich wich diesem Gedanken aus. »Ich weiß nicht. Weit bin ich noch nicht gekommen, hab höchstens ein Fünftel oder so hinter mir. Wahrscheinlich lese ich es gar nicht zu Ende.«

»Dominick? Können Sie mir mehr über die Nähe Ihres Großvaters zu Gott sagen.«

»Hm? Oh, er ... noch in Italien, als er ein Junge war ... In seinen Erinnerungen behauptet er, eine Statue in seinem Dorf hätte plötzlich Tränen geweint. Und er – Domenico – hätte es als erster bemerkt.«

»Domenico? Sie wurden nach Ihrem Großvater benannt?«

Ich nickte. »Bingo. Ich bekenne mich schuldig. Wegen dieser Sache mit der Statue haben sie ihn dazu bestimmt, Priester zu werden. Haben im Dorf Geld gesammelt und ihn zur Ausbildung fortgeschickt. Dann liefen die Dinge aus dem Ruder. Er hatte einen jüngeren Bruder ...« Probleme mit Brüdern, dachte ich plötzlich. Wir hatten *so* viel gemeinsam, dieser Papa und ich. »Ich weiß nicht. Ich *kann* ihn nicht leiden. Dieses ständige ›Ich bin besser als dieser, ich bin besser als jener‹. Er hält sich für grandios … Aber, sehen Sie, für die Familiengeschichte ist es ganz interessant. Wie er eingewandert ist. Wie er sich hier durchgeschlagen hat. Das erklärt einiges.«

»Ja? Erzählen Sie es mir.«

»Da ist zum Beispiel ein Kerl, den er erwähnt – Drinkwater, Nabby Drinkwater. Sie haben zusammen in der Fabrik gearbeitet – dieser Drinkwater und mein Großvater. Und das ist schon seltsam, weil Thomas und ich einen Sommer lang mit *Ralph* Drinkwater zu tun hatten. Erinnern Sie sich? Wir haben früher mal darüber gesprochen, über den Sommer, in dem Thomas anfing, plötzlich so komisch zu sein. Da waren wir alle in einem Arbeitstrupp. Muß doch dieselbe Familie sein, oder? Ein Wequonnoc-Indianer namens Drinkwater? … Also, *das* finde ich spannend: die Zufälle. Zu beobachten, wie seine Generation und unsere …«

Dr. Patel starrte mich eine Sekunde länger an, als mir angenehm war, und notierte dann etwas auf dem kleinen Block, den sie auf den Knien balancierte.

»Was habe ich gerade gesagt?« fragte ich. Sie neigte den Kopf leicht zur Seite. »Sie haben etwas aufgeschrieben.«

»Ja? Und?«

»Habe ich etwas unglaublich Aufschlußreiches von mir gegeben, oder sind Sie so gelangweilt, daß Sie einen Einkaufszettel machen? Was haben Sie sich notiert?«

»Das Wort *grandios*.«

»Warum?«

»Ich glaube, ich habe vorhin schon erwähnt, daß ich mir die Notizen über unsere früheren Sitzungen noch einmal angeschaut habe, bevor Sie heute gekommen sind. Und gerade ist mir aufgefallen, daß Sie das Wort *grandios* verwendet haben.«

»Ja? Was ist daran auffallend? Benutzen Anstreicher für gewöhnlich keine solchen Wörter?«

»Darum geht's nicht. Nein, Sie haben es früher schon einmal gebraucht, das fiel mir ein. Erinnern Sie sich?«

Ich schüttelte den Kopf.

»Im Zusammenhang mit Ihrem Bruder. Sie haben ziemlich

überzeugend dargelegt, daß dem Standpunkt Ihres Bruders etwas Grandioses anhaftet.«

»Seinem ›Standpunkt‹?«

»Seinem Glauben, Gott habe ihn dazu bestimmt, sein Werkzeug zu sein, um einen Konflikt zwischen den Vereinigten Staaten und dem Irak zu verhindern. Gott habe ihn ›auserwählt‹. Und jetzt nehmen Sie das gleiche Wort – grandios –, um mir zu erzählen, Ihr Großvater mütterlicherseits hätte sich für ähnlich ›auserwählt‹ gehalten. Das fand ich auffällig. Vielleicht ist es sogar wert, sich mit diesem Thema später einmal näher zu befassen.«

Ich rutschte wieder in meinem Sessel hin und her. »Ja, aber ... Thomas hat dieses Zeug von meinem Großvater nie gelesen. Er kann die Idee unmöglich von Domenico haben. Falls Sie *darauf* hinauswollen.«

»Ich will auf nichts hinaus, Dominick«, betonte sie. »Ich halte lediglich meine Beobachtungen fest. Suche nach einem Muster, dem wir ein andermal nachgehen können oder auch nicht.«

»Während der großen Autopsie?«

»Ah«, sagte sie, »nun benutzen Sie schon zum drittenmal dieses Wort. Darf ich mich vielleicht erkundigen, wie Sie die Metapher verstehen, Dominick? Wenn Sie unsere gemeinsame Arbeit als ›Autopsie‹ betrachten, wer, bitte schön, ist denn dann die Leiche?«

»Ich wollte nur ...«

»Das ist schließlich die Schlüsselfigur, nicht wahr? Der Körper des Verstorbenen? Also sagen Sie mir: Wessen Leiche untersuchen wir?«

»Warum ... warum sind Sie so sarkastisch?«

»Sie verstehen mich falsch. Ich beschäftige mich weder mit einer Einkaufsliste, noch bin ich sarkastisch. Beantworten Sie bitte meine Frage. Unsere Leiche ist ...?«

»Mein Großvater?«

Ihrem Gesicht nach zu schließen, war das nicht die Antwort, die sie hören wollte. »Mein Bruder? ... Ich?«

Sie lächelte so heiter wie Shiva. »Es war *Ihre* Metapher, Dominick. Nicht meine. Darf ich Ihnen noch eine Frage stellen, wo wir gerade beim Thema Grandiosität sind? Meinen Sie, dieses Wort – *grandios* – trifft in irgendeiner Weise auch auf *Sie* zu?«

»Auf *mich*?« Ich mußte lachen. »Den Hanswurst? Nein, ich glaube nicht... Soweit ich weiß, hat Jesus *mich* nie gebeten, einen Krieg zu verhindern. Und vor *meinen* Augen hat noch keine Statue geweint.«

»Trotzdem haben Sie sich vorhin als Versuchskaninchen des Schicksals beschrieben. Sie haben Ihre Probleme und Sorgen mit denen von Hiob verglichen, der allerdings legendär ist, weil Gott seinen Glauben auf die Probe gestellt hat. Das war es, worüber ich gerade nachgedacht habe... Noch ein wenig Tee?«

Sie riet mir weiterzulesen – Bücher seien Spiegel, die manchmal Unvorhersehbares reflektierten. Was zum Teufel hatte sie damit gemeint – *ich* und grandios? Was war das schon wieder für eine Anspielung?

»Hören Sie«, sagte ich, »meinen Sie nicht auch, wir sollten an dieser Stelle einen Schnitt machen? Wieviel Zeit bleibt uns überhaupt noch?«

Sie warf einen Blick auf die Uhr, die – strategisch günstig – in einer Ecke stand, in der ihre Klienten sie nicht sehen konnten. »Ungefähr fünfunddreißig Minuten.«

»Weil ich – und das meine ich nicht böse – nicht hergekommen bin, um über *Bücher* zu diskutieren.«

Sie nickte. »Und warum sind Sie gekommen, Dominick? Verraten Sie 's mir.«

Ich erzählte ihr, wie ich Roods Gesicht im Dachfenster gesehen hatte.

Von Joys Schwangerschaft – und der Art, wie sie mir die Vaterschaft des Kindes hatte anhängen wollen.

Über die Nacht, in der ich mir selbst im Spiegel des Badezimmerschränkchens gegenübergestanden hatte.

Dr. Patel fragte mich, ob ich seit der Nacht erneut Selbstmordgedanken gehegt hätte – ob ich mir wiederholt ausgemalt hätte, wie ich mein Leben beenden könnte. Ich schüttelte den Kopf. Erklärte ihr, die schlimmste Verzweiflung sei vorüber – das hätte ich durchgestanden.

»Sicher?«

Ich nickte. Ich *war* mir sicher. Ich machte ihr nichts vor. Diese Nacht hatte mich dermaßen erschüttert, daß ich einen Schritt vom Abgrund zurückgetreten war – und angefangen hatte zu denken: Okay, vielleicht *gibt* es ein Leben nach ... nach ...

Ich fischte Joys Kassette aus meiner Jackentasche, dazu den kleinen Rekorder, den ich mitgebracht hatte. Ich erzählte Dr. Patel, wie ich im Krankenhaus aufgewacht war und die Herzogin vor mir stand. »Dieser Schlappschwanz wollte die Kassette heimlich auf meinen Nachttisch legen und dann abhauen. Im Heimlichtun ist er ziemlich gut. Ein richtiger Experte. Nur daß ich aufgewacht bin und seinen geräuschlosen Abgang verhindert habe. Hören Sie sich *das* an.«

Ich drückte auf »Start«. Behielt sie im Auge, während sie sich Joys Geständnis anhörte.

Als das Band zu Ende war, seufzte sie. »Was Ihre Freundin Ihnen angetan hat, war ein fürchterlicher Vertrauensbruch«, sagte sie. »Offensichtlich ist sie eine äußerst verstörte junge Frau. Und trotzdem ...« Einen Augenblick lang wirkte sie verblüfft. Gedankenverloren. »Und trotzdem, Dominick, kämpft sie, wie Sie und ich – wie wir alle eigentlich. Ich glaube, sie arbeitet daran, mehr zu verstehen. Ein besserer Mensch zu werden, womit ich nicht entschuldigen will, was sie getan hat – nicht im mindesten. Sagen Sie mir, wie haben Sie sich eben gefühlt – als Sie ihre Worte noch einmal gehört haben?«

»Ich ... ich weiß nicht. Ich habe mir das verdammte Band schon so oft angehört ... Ich schätze, ich bin inzwischen abgestumpft.«

»Warum haben Sie es mir vorgespielt, anstatt mir davon zu erzählen?«

»Ich ... Sie sollten hören, was sie mir *angetan* haben. Ich meine, einem das Intimste wegzunehmen, was zwischen zwei Menschen sein kann ... Ich wollte nur, daß Sie es aus Joys Mund hören.«

»Demnach geht es Ihnen gar nicht so sehr darum, Ihre eigenen Gefühle in bezug auf Joys Vertrauensbruch oder das Ende Ihrer Beziehung zu beleuchten. Sie wollten mich lediglich durchs Museum führen.«

»Durchs Museum? ... Ich kann Ihnen nicht ganz folgen.«

»Ihr Museum des Leidens. Ihr Heiligtum berechtigter Entrüstung.«

»Ich …«

»Wir haben vermutlich alle einen solchen Ort«, sagte sie, »wobei manche von uns sorgfältigere Kuratoren sind als andere. Das ist die Kategorie, in die ich Sie sicherlich einordnen würde, Dominick. Sie sind ein akribischer Kurator der Leiden und Ungerechtigkeiten, die andere Ihnen zugefügt haben. Oder wenn es Ihnen lieber ist, könnten wir Sie als übertrieben gewissenhaften *Verwaltungsbeamten* bezeichnen.«

»Was … was meinen Sie damit? Kurator meines …«

»Nun, schauen wir mal. Da wäre zunächst das Denkmal in memoriam Ihrer Kindheit, die Sie teilen mußten mit Thomas, worunter Sie gelitten haben. Dann das häufig besuchte Museumsstück der vielen Ungerechtigkeiten Ihres Stiefvaters. Und natürlich, das *Prunkstück* der Ausstellung: Der Schrein für Ihre Exfrau.«

»Aber …«

»Und nun zu Ihrer neuesten Anschaffung. Diese Kassette, die Sie für mich mitgebracht haben – die Sie sich, wie Sie selbst sagen, viele, viele Male angehört haben. So oft, daß Sie schon ganz *abgestumpft* sind.« Sie trank einen Schluck Tee und lächelte gütig. »Das Dominick-Birdsey-Museum der Ungerechtigkeiten und des Leidens«, sagte sie. »Ganzjährig geöffnet.«

Den Rest der Stunde benahm ich mich überaus höflich. War kurz angebunden. Ich wollte verdammt sein, wenn ich ihr das lieferte, worauf sie aus war: Irgendeinen entlarvenden Wutanfall oder vom Zorn angestachelten Seelenstriptease, damit sie mich sezieren könnte, so, wie ihr Freund – wie hieß er noch gleich? – all diese Märchen auseinandergenommen hatte. Sie war wirklich hinterhältig. Verschlagen. Zuerst nahm sie mir das Versprechen ab, vier weitere Runden mit ihr durchzuhalten, und dann knallte sie mir beim ersten Spiel den Ball genau zwischen die Augen.

Schließlich brachte sie mich zur Tür. Riet mir, die Geschichte meines Großvaters weiterzulesen. Welche Gefühle ich ihm gegenüber auch hegte, er habe mir ein Geschenk gemacht, wie es nur wenige Menschen ihren Nachkommen hinterließen.

»Ja?« sagte ich. »Und das wäre?«

»Seine Stimme. Seine Geschichte schwarz auf weiß. Ihr Großvater spricht – wenn auch indirekt – zu Ihnen, Dominick.«

Ich startete den Escort und fuhr rückwärts vom Behindertenparkplatz. Ich hatte mich bereits in den Verkehr eingefädelt, als mir dämmerte, daß ich die lange Treppe im Haus von Dr. Patels Praxis hinuntergestiegen war, ohne eine Spur von Angst vor einem Sturz. Ich hatte nicht einmal daran gedacht.

Domenico Tempestas Stimme. Thomas' Stimmen. Joys Stimme auf dem Band ...

Das Dominick-Birdsey-Museum des Leidens. Scheiß auf sie. An einer roten Ampel holte ich Joys Kassette aus der Tasche. Warf das verdammte Ding aus dem Fenster. Das tat gut.

Das tat *echt* gut.

Von wegen gewissenhafter Museumskurator. Scheiß auf sie.

35

28. Juli 1949

Seit nunmehr zwei Nächten ohne Schlaf. So gerne ich das alles vergessen würde, so traurig ist mir bei der Erinnerung an jene seltsamen Tage zumute, in denen mein Bruder Pasquale vom einfältigsten zum rätselhaftesten aller Männer wurde …

Omertà, omertà, *flüstert der Sizilianer in mir.* Silenzio! *In der alten Heimat ist der Kodex des Schweigens wie ein in einen Weiher geworfener Stein, dessen Ringe sich immer weiter ausbreiten.* Siciliani *erinnern sich, reden aber nicht. Und doch sehnt sich mein Geist danach zu begreifen – das Rätsel meines Bruders zu lösen. Das sage ich nicht, um deinen Namen zu entehren, Pasquale, sondern um einen letzten Versuch zu unternehmen, zu verstehen und zu vergeben …*

Mamas und Papas zweitgeborener Sohn war nicht mit meiner überlegenen Intelligenz oder meinem Verlangen gesegnet, das Schicksal in die eigenen Hände zu nehmen. Im Gegensatz zu unserem liebestollen Bruder Vincenzo führte Pasquale die Frauen nicht in Versuchung, und genausowenig führten sie ihn in Versuchung. Seine Gabe bestand darin, einfache Arbeiten zu verrichten; außerdem war er überaus halsstarrig und besaß einen gesunden Appetit. Pasquale zahlte Signora Siragusa jede Woche fünfundsiebzig Cent für die Extraverpflegung, die sie ihm in die

Fabrik mitgab: ein halbes Dutzend gekochte Eier, einen ganzen Laib Brot statt eines halben, ein großzügiges Stück Käse und ein oder zwei Scheiben von ihrer scharfen salsiccia.

Manchmal packte die Signora ihm noch eine besondere Leckerei dazu – ein Glas mit eingelegten Paprikaschoten, die er so gern mochte. Pasquale hatte sich angewöhnt, die Schoten mit den Fingern zu essen – eine Art insalata improvvisata –, um dann den Rest des Essens mit der öligen Lake hinunterzuspülen. »Dein Bruder ißt für drei!« sagte die Signora oft zu mir, stets mit einem wohlwollenden, mütterlichen Lächeln. Unter den Arbeitern in der Fabrik war Pasquale berühmt für seinen großen Appetit, und die Vorgesetzten schätzten ihn, weil ihm das viele Essen ermöglichte, besonders hart zu arbeiten. Flynn, der Meister, nahm mich einmal beiseite und meinte, Domenico Tempesta arbeite wie eine gut geölte Maschine und sein Bruder Pasquale wie ein Ackergaul!

Viel redete er nicht, mein Bruder. Waren es die Jahre in der Schwefelmine als caruso meines Vaters, die ihn so zurückgezogen und sonderbar hatten werden lassen? Seine Kindheit bestand aus nichts als Schmutz und Plackerei, ganz anders als meine sonnige Jugend in der Klosterschule, in die ich dank meiner natura speciale geschickt worden war. Mit fünfzehn hatte ich Palermo und Potenza gesehen! Mein armer, einfältiger Bruder hingegen kannte nur das Gestein und die Dunkelheit im Erdinneren, den Schwefelgestank in seiner Nase …

Und doch entsinne ich mich an Pasquale als einen glücklichen Jungen. Jeden Sonntag, wenn unsere Familie zusammenkam, rannte er mit seinen Freunden lachend durch das Dorf und die Hügel hinauf, mit all den anderen carusi – Jungen, die blaß waren wie Pilze und ihren einzigen freien Tag an der sizilianischen Sonne genossen. Eine Meute junger Hunde waren sie, mit ihren Streichen und ihrem giuoco violento. Die Frauen im Dorf schalten sie und verscheuchten sie mit ihren Besen, halb zürnend, halb lächelnd über die Dummheiten der Jungen. Der Anführer dieser ungezogenen carusi war Pasquales bester Freund Filippo, dessen bleiches, spitzes Gesicht und dunkle Augen mir noch immer in Erinnerung sind. Bei dem furchtbaren Unglück, bei dem Papa das Leben verlor, kam auch Pasquales geliebter Freund Filippo um. An jenem Tag wurde der glückliche Teil von Pasquale für immer in der Mine begraben.

Es war Drinkwater, dieser gottverdammte faule Indianer, dem Pasquale den Verlust seiner Stelle in der Fabrik zu verdanken hatte. Eines Abends schmuggelte er Whiskey in die Fabrik und machte meinen Bruder betrunken. Als Flynn aus seinem Büro kam, um zu sehen, was die agitazione verursachte, erwischte er Pasquale dabei, wie er laut singend in den Färberbottich pinkelte. Die kreischenden Spinnerinnen lugten zwischen den Fingern hervor, die sie sich vors Gesicht hielten.

Flynn warf Pasquale hinaus, nicht jedoch den nichtsnutzigen Indianer – eine Ungerechtigkeit, die mich bis zum heutigen Tag mit Zorn erfüllt. Unter anderen Umständen hätte ich vielleicht gegen Flynns Maßnahme protestiert oder der Fabrik sogar im Namen der dignità di famiglia den Rücken gekehrt. Ha! Wie sehr hätte ich es Flynn gegönnt, Baxter, dem Schwiegersohn des Fabrikbesitzers, den Verlust seiner zwei besten Nachtschichtarbeiter erklären zu müssen. Doch ein Mann, der gelobt hat, sein Schicksal in die eigenen Hände zu nehmen, muß bereit sein, wenn sich ihm eine Gelegenheit bietet! Zu Beginn der Woche hatte die Zeitung von einer Transaktion zwischen der Stadt Three Rivers und Rosemarks betagter Witwe berichtet. Endlich sollte das Hügelgrundstück des alten Farmers in Baugrundstücke aufgeteilt und zum Verkauf angeboten werden. Eine Straße sei in Planung, hieß es in dem Artikel, und einen Namen gebe es auch schon: Hollyhock Avenue. Die Grundstücke sollten im Verlauf des Frühjahrs für jeweils fünf- bis sechshundert Dollar veräußert werden. In-

zwischen hatte ich zwölfhundert Dollar gespart. Wenn ich der erste italiano *in Three Rivers, Connecticut, werden wollte, dem Grund und Boden gehörte, benötigte ich noch mehr. Trotz des Unrechts, das American Woolen and Textile meinem Bruder Pasquale angetan hatte, konnte ich mir also nicht erlauben, die Familienehre zu retten.*

Glücklicherweise wurde mein Bruder im Frühjahr entlassen. Er fand sofort wieder Arbeit, und zwar als Dachdecker. Als er abends einmal betrunken mit Arbeitskollegen in einer Wirtschaft saß, kaufte Pasquale einem gerade aus Madagaskar zurückgekehrten Seemann einen Affen ab. Nicht größer als eine Hauskatze war das knochige Ding mit dem orangefarbenen Fell und den Augen und Fingern eines Menschen. Zu Ehren seines Jugendfreundes taufte Pasquale den Affen Filippo und baute ihm einen Käfig, den er mit Erlaubnis von Signora Siragusa auf die vordere Veranda stellte. Im Nu entwickelte sich der Affe zu einer attrazione *in der Nachbarschaft, einmal wegen des exotischen Bilds, das er abgab, zum anderen, weil er in anderen Umständen war. Das gottverdammte Ding war trächtig!*

Filippo erhielt umgehend den Namen Filippa. Eine Reihe junger Mädchen aus dem Westteil der Stadt strickten Anzüge und nähten Hüte für die törichte kleine Kreatur. Ein Pensionsgast der Signora Siragusa, ein Klavierstimmer mit Goldzahn (Name ist mir entfallen) ging so weit, ein Lied mit dem Titel »La regina piccola«* *über sie zu verfassen. Diese Nervensäge trug ihr Lied,* basso profondo, *den ganzen Sommer über unzählige Male auf der Veranda der Pension vor und trieb damit den Frauen der Nachbarschaft die Tränen in die Augen. Was mich betraf, so hielt ich mir die Ohren zu und schloß jedesmal wütend mein Fenster.*

Im August brachte Filippa ihr Kind tot zur Welt. Drei volle Tage wiegte sie das verkümmerte bambino, *und als sie schließlich*

---

* »Die kleine Königin« – N. F.

aufgab, vergoß sie echte Tränen – wie ich mit eigenen Augen sah! Auch mein Bruder Pasquale weinte – so heftig, wie er es angesichts des Todes von Papa, Mama, Vincenzo und selbst dem seines Freundes Filippo nicht getan hatte. Er begrub das tote Baby im Garten der Pension und hielt dessen trauernde Mutter auf dem Schoß, wobei er sie stundenlang streichelte und wiegte und dabei »La regina piccola« *summte, nicht in der opernhaften Art dieses angeberischen Klavierstimmers, sondern als tröstendes Schlaflied, als trauriges, doch wohlklingendes Klagelied. Mein Bruder redete kaum je, und jetzt sang er und weinte um diese gottverdammte kleine Äffin! Pasquale trauerte, als wäre Filippas Baby sein eigenes gewesen ...*

Omertà, *sage ich meinen bebenden Lippen!* Omertà! *Doch ich bin nun ein alter Mann mit Stuhlgang wie* zuppa *und einem Kopf schwer von Erinnerungen ... Ich sage dies nicht, um Schande über dich zu bringen, Pasquale, sondern um zu begreifen.*

Warum, Pasquale? Warum?

Mein Bruder ging dazu über, den stinkenden Affen aus dem Käfig zu holen und mit zur Arbeit zu nehmen. Jeden Morgen verließen die beiden gemeinsam das Haus der Signora, Filippa auf Pasquales Schulter. Dessen Tagewerk bestand darin, fröhlich pfeifend zu hämmern und Schindeln aufs Dach zu bringen, wobei die Hälfte der Zeit ein Streifen Affenscheiße hinten auf seinem Hemd oder seiner Jacke eintrocknete. Während mein Bruder arbeitete, hockte Filippa manchmal hoch oben auf halbfertigen Gebäuden oder Bäumen, holte Läuse aus ihrem Fell und fraß sie in aller Seelenruhe auf, wobei sie Pasquale immerzu anstarrte.

Als die kalte Jahreszeit hereinbrach, traf Pasquale eine Übereinkunft mit Signora Siragusa. Im Gegenzug für die Erlaubnis, Filippa während der Wintermonate im Kohlenkeller wohnen zu lassen, kümmerte sich Pasquale um den Ofen. Außerdem trug er sein Bett ins Kellergeschoß, um oben Platz für einen weiteren zahlenden Pensionsgast zu schaffen.

In jenem Winter wirkte mein Bruder glücklich. Er führte wieder das unterirdische Leben des caruso und kam nur aus dem Keller herauf, wenn es Essen gab oder er ins Wirtshaus ging. Unter seinem zugeknöpften Mantel trug er den närrischen Affen, dessen knochiger Kopf zwischen den Knöpfen hervorlugte.

La lingua non ha ossa, ma rompe il dorso!* Im Frühjahr begannen die italienischen Frauen zu tratschen und fragten einander kichernd, wann Pasquale Tempesta und seine hübsche kleine »Gattin« wohl ihr nächstes bambino erwarteten, hahaha. Signora Siragura selbst flüsterte mir zu, sie habe Pasquale und diese kleine pelzige Hexe dabei beobachtet, wie sie Händchen hielten, sich etwas ins Ohr flüsterten, ja, sich sogar auf den Mund küßten! Auch die Männer fingen an zu reden. Sie waren keinen Deut besser. Colosanto, der Bäcker, sprach mich eines Tages auf der Straße an und fragte mich lachend, ob es stimme, daß mein verrückter Bruder seinem Affen beigebracht hatte, ihm die Hose auszuziehen und »auf seiner Flöte zu spielen«?

»Pah!« erwiderte ich und drängte mich an ihm vorbei. »Steck deinen doch in den Teig und back ihn im Ofen!«

Ein anderes Mal saß ich im Friseursalon von Salvatore Tusia und ließ mich rasieren, als Picicci, der Eismann, hereinkam. »He, wer ist denn das, dem du da gerade den Bart abnimmst, Salvatore?« fragte Picicci Tusia. Picicci war ein ewig grinsender Klugschwätzer mit einer faccia brutta.

Tusia antwortete Picicci, er wisse doch ganz genau, wer ich sei. Ich sei Tempesta, der Färber von American Woolen and Textile.

»Tempesta, ach ja? Der Affenonkel persönlich!«

Alle im Laden lachten mich an jenem Morgen aus, sogar der

---

* Die Zunge hat zwar keine Knochen, kann einem Mann aber das Genick brechen! – N. F.

gottverdammte Friseur. Halb rasiert stand ich auf, beschied den anwesenden Männern, sie sollten sich zum Teufel scheren, und trat hinaus auf die Straße, den Seifenschaum noch im Gesicht, Tusias Tuch umgehängt. Auf dem Rückweg zur Pension wischte ich mir das Gesicht ab und warf das gottverdammte Tuch in den Abwasserkanal. Sollte Tusia doch ein neues kaufen und sich darüber kaputtlachen! Auch Picicci zahlte ich es heim. Eine Woche später rief er mir über die Straße hinweg zu, warum meine Zimmerwirtin ihr Eis bei Rabinowitz, dem Juden, kaufe statt bei einem paesano. Ich erinnere mich, daß an jenem Tag viele Leute unterwegs waren. Bei Picicci standen drei, vier Kunden an. Ich rief zurück, Rabinowitz habe bessere Preise und pinkele auch nicht in sein Eis, bevor er es einfriere. Daraufhin entfernten sich zwei der Kunden von Piciccis Karren, und er ballte die Fäuste, verfluchte mich und versetzte seinem Pferd einen Tritt. Wenn dieser gottverdammte Mistkerl mich »Affenonkel« nannte, dann sollte er dafür auch bezahlen!

Doch die Familienehre ist eine schwere Bürde, wenn die ganze Last vom erstgeborenen Sohn getragen werden muß.

Mein Bruder Pasquale lächelte nur und nahm Filippa weiter überallhin mit, taub gegenüber den Witzen und spöttischen Bemerkungen der paesani. Jeden Tag nach der Arbeit legte ich mich ins Bett und schloß die Augen, ballte die Fäuste, knirschte mit den Zähnen. Ich konnte ganz Three Rivers über den Namen Tempesta lachen hören, nur wegen Pasquale und seinem gottverdammten Affen. Wieder lag es an mir, mich um die Bescherung zu kümmern, die einer meiner Brüder angerichtet hatte.

Mein erster Gedanke war, mich nachts in den Keller der Signora zu schleichen und dem Tier den mageren Hals umzudrehen! Aber durch die traurige Erfahrung mit Vincenzo, a buon' anima, hatte ich gelernt, daß es falsch ist, einem dickköpfigen Bruder seinen Willen aufzuzwingen. Jetzt beschritt ich einen li-

stigeren und praktischeren Weg, einen, dessen Durchführung Geduld und beträchtliches Talent erforderte. Ich beschäftigte mich den ganzen Winter über mit meinem Vorhaben, wobei ich immer das Land des alten Rosemark im Hinterkopf behielt.

Am 13. Februar 1914 erwarb ich für dreihundertvierzig Dollar ein Baugrundstück von einem Viertel Morgen Größe am hügeligen Ende der Hollyhock Avenue. Ich war klug genug zu erkennen, daß zwei hart arbeitende Männer ein Haus doppelt so schnell bauen konnten wie einer, und daß eine casa di due appartamenti* *seinem Besitzer sowohl ein Dach über dem Kopf als auch Mieteinnahmen bescherte. Ich war mittlerweile sechsunddreißig Jahre alt. Zwar war ich kein Ziegenbock mit gefrorenem* cazzu *wie mein verstorbener Bruder Vincenzo, doch auch mir waren männliche Triebe nicht unbekannt, und ich hatte das starke Verlangen, den Namen Tempesta an italoamerikanische Söhne weiterzugeben! Ich ging davon aus, daß auch mein Bruder Pasquale diese Triebe und dieses Verlangen besaß, ganz gleich, wie sehr der gottverdammte Affe ihm den Kopf verdreht hatte, und diese* supposizione *bezog ich in meinen Plan ein. In ein Doppelhaus gehörten schließlich zwei Familien.*

Ich schrieb einen Brief an meine Verwandten in Brooklyn und erkundigte mich nach in Frage kommenden jungen Italienerinnen, vorzugsweise siciliane. *Ich wollte keine Großstädterinnen für meinen Bruder und mich – keine mit ausgefallenen Ideen aus dem Norden.* Siciliane *sind die einfachsten aller Frauen, und einfache Frauen geben die besten Ehefrauen ab. Als Grundbesitzer durfte ich hohe Anforderungen stellen. Selbstverständlich mußten es Jungfrauen sein. Daher hatte ich die Signorine aus Three Rivers von vornherein ausgeschlossen. Wer konnte schon sagen, welche von Vincenzo beschmutzt worden waren? Wahrscheinlich al-*

* Doppelhaus – N. F.

le! Die Gattinnen von Domenico und Pasquale Tempesta mußten außerdem dem Auge gefällig sowie begabte Köchinnen und Haushälterinnen sein. Darüber hinaus sollten sie Anstand besitzen sowie fromm und bescheiden sein. Und vor allem mußte die Mitgift, die ihre Familien aufbrachten, ausreichen, um zwei große appartamenti einzurichten.

Gott gewährte mir einen zeitigen Frühling in jenem Jahr. Im März war der Boden aufgetaut, und Ostern hatten Pasquale und ich mein Grundstück gerodet und geräumt und begannen damit, Schaufel um Schaufel das Fundament für mein Doppelhaus auszuheben.

Mein Haus würde magnifico werden – vorne amerikanisch, hinten sizilianisch. Jede Hälfte sollte zwei Etagen mit insgesamt sieben Zimmern bekommen, und eine Toilette! Nichts Geringeres als einen Palast für den ersten sizilianischen Grundbesitzer in Three Rivers, Connecticut! Und auf der Rückseite würden ein paar Stufen nach Sizilien führen! Dort wollte ich Geißblatt pflanzen, Pfirsichbäume, etwas Wein und ein kleines Tomatenbeet anlegen. Es würde Kräuter geben, die in Blumentöpfen wuchsen, einen Hühnerstall, Kaninchenkäfige und vielleicht eine Ziege, die das Gras kurzhielt und ein wenig Milch gab. Im Garten hinter meiner casa di due appartamenti wäre ich endlich wieder zu Hause!

Während Pasquale und ich in jenem Sommer Seite an Seite arbeiteten, sprach ich über all diese Pläne, über unsere glückliche Kindheit in Sizilien und unsere liebevolle und selbstlose Mutter. In poetischen Worten malte ich die herrliche Erneuerung unseres Lebens aus. Wir würden die glücklichsten Brüder auf Erden sein, wenn in unserem neuen Heim erst einmal das Lachen von bambini ertönte, wenn der Duft von frischgebackenem Brot, köchelnder Sauce, in Olivenöl gedünsteten Knoblauchzehen und Zwiebeln aus den offenen Küchenfenstern des Hauses strömte, in dem wir beide wohnten, jeder in seiner Hälfte. Und da ich gerade dar-

über sprach: War es nicht längst an der Zeit, Ehefrauen für uns zu suchen?

Pasquale zuckte mit den Schultern und schaufelte weiter. Er meinte nur, er habe Mamas Gesicht längst vergessen, aber ihre Schreie habe er immer noch in den Ohren.

Ich berichtete ihm davon, daß ich mich vor kurzem brieflich und mittels telegramma *mit Lena und Vitaglio in Verbindung gesetzt hatte, unseren Verwandten in Brooklyn. Bei deren Nachbarn, den Brüdern Iaccoi – ob er sich noch an die beiden Klempner aus Palermo erinnern könne? –, bei den Iaccois gebe es großartige Neuigkeiten. Ihre siebzehn Jahre alte Halbschwester Ignazia sollte in diesem Sommer gemeinsam mit ihrer achtzehn Jahre alten* cugina *Prosperine aus Italien eintreffen. Beide Mädchen seien fromm und zudem erpicht darauf, einem Ehemann zu dienen. Außerdem seien sie gute Köchinnen! Und hübsch* in faccia e figura *– prall und gerade reif zum Gepflücktwerden!*

Den ganzen Nachmittag über sprach ich von Kindern und natürlichen männlichen Trieben, von der Freude, ein Haus und eine Frau sein eigen zu nennen. Bei Sonnenuntergang, als wir mit unseren Schaufeln in die Pension zurückgingen, machte ich einen großzügigen Vorschlag: Pasquale und ich könnten zur Weihnachtszeit mit dem Zug zu unseren Verwandten nach Brooklyn fahren und anschließend darüber befinden, ob uns das, was wir bei den Iaccois sahen, gefiel oder nicht. Wahrscheinlich sei es am sinnvollsten, die ältere Braut mit dem älteren Bruder zu verheiraten und viceversa*, doch könne dies ebensogut später entschieden werden. Was macht es auch schon aus, wenn es sich bei beiden jungen Frauen um hübsche Jungfrauen in der Blüte ihres gebärfähigen Alters handele? Beide würden gleichermaßen in der Lage sein, männliche Triebe zu befriedigen. Wenn mein geliebter Bruder die Halbschwester der Iaccois zur Frau nehmen wolle, sei das Paar in der linken Hälfte des Doppelhauses willkommen. Ein ganzes Jahr lang würde ich keine Miete erheben. Danach könne*

Pasquale eine Jahresmiete aushandeln, natürlich in bescheidener Höhe, eine Summe, die wir später ausmachen könnten. Warum die Dinge überstürzen? Auch über die Mitgift brauche Pasquale sich keine Sorgen zu machen. Als ältestem Sohn der Tempestas und als Grundbesitzer mit ausgeprägtem Geschäftssinn sei es mir eine Ehre, diese Verhandlungen zu übernehmen und einen schönen Batzen Geld für ihn herauszuholen. Falls Pasquale bei den Hochzeitskosten Unterstützung brauche, würde ich mich freuen, ihm auch dabei behilflich zu sein. Schließlich verdiene ein Oberfärber mehr als ein Dachdecker. Das sei im Leben nun mal so – haha! Und wenn das Haus erst einmal stehe und die jungen Bräute ihre blutbefleckten Laken auf die Wäscheleine im Garten hängten, dann werde sich Pasquale gewiß auch von diesem gottverdammten närrischen Affen trennen wollen.

Pasquale spuckte einen Mundvoll Tabaksaft aus und schüttelte den Kopf.

Pasquale Tempesta, a buon' anima, konnte manchmal ebenso störrisch sein, wie sein Bruder Domenico Tempesta schlau war! An jenem Tag aber wollte ich den Maulesel in ihm nicht zum Leben erwecken. Schon gut, schon gut, sagte ich zu meinem Bruder, klopfte ihm auf den Rücken und lächelte breit. Der Affe könne bis zu seinem Tod in einem Käfig im Garten leben. Aber wo wir gerade dabei seien: Pasquale solle endlich aufhören, Filippa zur Arbeit mitzunehmen. Die Leute sagten unschöne Dinge, erzählten dumme Witze. Er werde es schon bald sehen: Mit einer hübschen jungen Frau an seiner Seite, die ihn zerstreue und ihm Vergnügen bereite, sei seine langschwänzige, pelzige Ratte im Nu vergessen.

Dieser störrische Esel von einem Bruder warf erbost die Schaufel beiseite und sagte, er wolle nicht länger beim Bau eines Hauses helfen, in dem Filippa nicht willkommen sei.

Die Verhandlungen gingen beim Abendessen weiter und zogen sich bis spät in die Nacht hin – an einem Punkt wurden wir so laut, daß sich Pensionsgäste beschwerten und Signora Siragusa mit ihren langen Zöpfen und ihrem nicht zusammengeschnürten Busen die Treppe hinuntereilte und verlangte, Pasquale und ich sollten flüstern, sonst setze sie uns vor die Tür. Mein Bruder, dieser Dummkopf, saß im Besuchersessel der Signora und schüttelte den Kopf wie ein Metronom. Ganz gleich, was ich den Brüdern Iaccoi versprochen oder nicht versprochen hätte, sagte er, er sei nicht an einer Ehefrau interessiert, und damit basta. Er nehme in Kauf, sich beim Bau meines Hauses den Hals zu brechen. Er sei sogar bereit, notfalls für mich sein Leben zu geben. Aber seine kleine Filippa werde er nicht für eine Frau aufgeben, und er werde auch nicht länger an einem Haus mitarbeiten, in dem sein Affe unerwünscht sei.

Als Pasquale und ich uns in jener langen und schwierigen Nacht endlich aus den Sesseln der Signora Siragusa erhoben, glühte mein Gesicht, und ich war schweißgebadet. Ich fluchte und spuckte in den Spucknapf der Signora, schüttelte meinem Bruder aber schließlich widerwillig die Hand. Ha! Oder sollte ich lieber sagen, ich schüttelte einem störrischen Esel den Vorderhuf? Im Gegenzug für seine Arbeitsleistung an meiner casa di due appartamenti hatte sich Pasquale zwei der sieben Zimmer in meiner Haushälfte ausbedungen, mietfrei nicht für ein Jahr, sondern bis in alle Ewigkeit! In einem Zimmer würden er und Filippa schlafen, das andere sollte einzig und allein der ricreazione dieses gottverdammten scheißenden Affen dienen! Aber was blieb mir anderes übrig? Sollte ich zwei oder drei faule Arbeiter für etwas bezahlen, das mein Bruder kostenlos zu tun bereit war?

Am nächsten Morgen hatte ich mich wieder beruhigt. Schon war in meinem überlegenen Hirn ein neuer Plan gereift. Ich würde meine Verhandlungen mit den Iaccois insgeheim fortsetzen, die hübsche Cousine heiraten und die Halbschwester nach Three Rivers mitnehmen und bei uns wohnen lassen. Die Natur würde *schon ihren Lauf nehmen. Als glücklich verheirateter Mann wäre ich, wie immer, meinem jüngeren Bruder ein Vorbild. Sicher würde die Halbschwester die in Pasquale schlummernden männlichen Triebe wecken. Auf lange Sicht käme mein störrischer Bruder schon zur Vernunft.*

1. August 1949

Den ganzen Sommer und Herbst jenes Jahres arbeitete ich nachts in der Fabrik und tagsüber an meinem Haus. Nur am Spätnachmittag legte ich eine Pause ein, um zu essen und zu schlafen. Pasquale deckte jeden Tag bis vier Uhr Dächer, um danach bis zum Einbruch der Dunkelheit in der Hollyhock Avenue zu arbeiten – stets in Begleitung dieses gottverdammten Affen, der auf einem Baum in der Nähe herumschnatterte oder auf der Schulter meines Bruders saß und ihm auf den Rücken schiß. Pasquale und ich aßen in der Küche der Signora gemeinsam zu Abend, bevor er sich in den Keller der Pension zurückzog und ich zu Fuß zur Fabrik ging. Sonntags arbeiteten Pasquale und ich Seite an Seite an meinem Haus. Das waren die besten Tage: zwei starke, junge Brüder, die sich einen Traum erfüllten. Brett für Brett, Stein für Stein …

Als der Winter den Boden hart werden ließ und der Hausbau bis zum Frühling ruhte, ging ich mit Pasquale in die Wirtshäuser, wo die Bauarbeiter tranken – nicht um mein Geld für Bier oder Whiskey zu verschwenden, sondern um an Theken und Tischen zu sitzen und den Arbeitern die Würmer aus der Nase zu ziehen. Installatori, elettricisti: *Ich unterhielt mich mit diesen Winterschlaf haltenden Handwerkern und brachte sie dazu, Zeichnungen auf Papierservietten anzufertigen, anhand derer sie mir Einzelheiten ihrer zurückliegenden Erfolge und Mißerfolge erklärten. Den ganzen Winter über stellte ich Fragen, hörte zu und erfuhr,* was ich wissen mußte. Und nichts davon kostete mich auch nur einen Cent!

Manchmal, nach einer Nacht an den Färbebottichen in der Fabrik, machte ich zurück zu Signora Siragusas Pension einen Umweg. Ich ging die Boswell Avenue entlang, dann durch die Summit Street bis zur Hollyhock Avenue, wo die frühmorgendliche Sonne die Ziegelsteine und das Holz meines halbfertigen Hauses beschien. Dann mußte ich an Papas harte Arbeit in den heißen, schmutzigen Schwefelminen von Giuliana denken und stellte mir vor, daß er in dieser klaren, kalten Luft neben mir stand. Ich malte mir aus, wie er sah, was ich sah – wie er stolz und ungläubig den Kopf schüttelte. Doch wenn ich mein Haus und mein Grundstück betrachtete, spürte ich nicht Papas Blut in meinen Adern fließen. Ich spürte das Blut der Ciccias – der Familie meiner Mutter –, Landbesitzer wie ich, Domenico Tempesta, der empfangen worden war, als ein Vulkan grollte und kurz vor dem Ausbruch stand! Domenico Tempesta, den die Vergine persönlich auserwählt hatte!

Im Dezember dieses Jahres erhielt ich eine Nachricht von den Iaccois aus Brooklyn. Sie wollten wissen, wann die Brüder Tempesta kämen, um Anspruch auf ihre zukünftigen Bräute zu erheben. »Unsere reizenden jungen Verwandten warten geduldig«, hieß es in der Mitteilung, »doch ist es nur eine Frage der Zeit, wann der 'Mericano-Einfluß ihnen den Kopf verdreht.« Die Bekleidungsindustrie in Manhattan schreie nach Arbeiterinnen, schrieben die Brüder. Es sei nur gerecht, daß mindestens eine der beiden jungen Frauen Geld ins Haus brachte, falls Pasquale und ich nicht bald zu handeln beabsichtigten.

Ich schickte ein Telegramm zurück, in dem ich die Brüder drängte, unbedingt beide Mädchen arbeiten gehen zu lassen und mindestens die Hälfte ihrer Einkünfte beiseite zu legen, damit sich ihre Mitgift – über die ja noch zu verhandeln sei – erhöhe. Ich sah keinen Anlaß zur Eile. Immerhin war ich Oberfärber und Besit-

zer einer halbfertigen, imposanten casa di due appartamenti. *Außerdem war ich – wenn der große Spiegel im Eingangsbereich der Pension nicht trog – im dreiteiligen Anzug eine höchst elegante Erscheinung. Es bestand kein Grund für falsche Bescheidenheit. Frauen warten zu lassen, konnte nie schaden; sollten sie doch frühzeitig lernen, wer das Sagen hatte und wer nicht. Warten war gut für die Charakterbildung einer Frau. Gut auch für die Brüder Iaccoi. Dann konnten sie die Geschenke noch mehr schätzen, die Pasquale und ich den beiden Cousinen zu einem späteren Zeitpunkt zuteil werden lassen würden. Ein wenig Anstrengung mochte zudem die Mitgift in die Höhe treiben. Ich wollte siebenhundert Dollar dafür verlangen, daß ich Prosperine heiratete, und vierhundert für meinen Bruder, wenn er Ignazia zur Frau nahm. (Natürlich mußte ich die Bedingungen für die Hochzeit meines Bruders ohne dessen Wissen aushandeln.) Die Brüder Iaccoi würden zweifellos vor diesem Preis zurückschrecken, doch ich hatte vor, standhaft zu bleiben. Bei all den Wasserklosetts, die es in Amerika gab, konnten sich die beiden Klempner wahrscheinlich dreimal soviel leisten.*

Zeitig im Frühjahr 1915 nahmen Pasquale und ich die Arbeit an meinem palazzo *wieder auf; wir errichteten die Backsteinwände im Obergeschoß, setzten die Fensterbänke aus Granit ein und verkleideten die Treppenstufen an Vorder- und Rückseite des Hauses mit sizilianischem Marmor. Wir zimmerten Fensterrahmen, Türen und Deckenbalken, mauerten den Kamin und legten die Einteilung der Zimmer fest. Ganz oben an der Vorderseite des Hauses formte ich aus Backsteinen zwei drei Fuß hohe Ts, die die ganze Stadt sehen sollte! Dies tat ich, um meinen Vater zu ehren und den stolzen Namen Tempesta hochzuhalten. Im Herbst waren Mauerwerk und Holzgerüst fertig. Noch vor dem Winter wollten wir das Dach decken.*

Während der Bauphase kamen immer wieder Italiener aus Three Rivers zu Besuch und beglückwünschten mich zu mei-

nem fast fertiggestellten »Palast«. Sie überreichten Pasquale und mir Kuchen, Käse und Krüge mit Wein als Glücksbringer. Ha! Alle wollten sie in der Gunst eines erfolgreichen Mannes stehen.

Wenn ich daran denke, was bald darauf geschah, muß ich weinen. Am 12. Oktober 1915 ereignete sich in der Hollyhock Avenue 66–68 eine tragedia!

Ich rührte gerade in meiner Schubkarre Zement für den vorderen Gehweg an. Pasquale saß auf den Stufen der Veranda und nahm eine Mahlzeit zu sich, die für drei gereicht hätte. »Schau, Domenico, zwei Krähen«, grunzte er und wies mit dem Kinn in Richtung Straße. Dort standen in ihren schwarzen Roben Monsignore McNulty und sein kleiner Affe, der knochige Pater Guglielmo, und starrten uns an. Am besten gar nicht beachten, sagte ich mir und fuhr mit dem Zementmischen fort. Was hatte ich denn damit zu tun, wenn dieser alte Monsignore schon wieder einen bastardo *von Vincenzo entdeckt haben sollte? Vincenzo war tot und begraben,* a buon' anima. *Ganz gleich, wie viele Bälger er hinterlassen hatte, ich fühlte mich dafür in keinster Weise verantwortlich.*

Die zwei kamen näher, und der alte Priester fing an, mir Komplimente zu machen. Der Bau dieses beeindruckenden Hauses und meine Stellung als Vorarbeiter hätten mich zu einem angesehenen Mitglied der italienischen Gemeinschaft gemacht. Ob mir das klar sei? Ja, das sei mir klar, sagte ich ihm. Schon mein ganzes Leben hätte ich anderen als Vorbild gedient. Mein Bruder Pasquale kaute stumm auf einem Brotkanten herum und nickte zustimmend.

Ja, ja, ja. Domenico Tempesta sei durchaus ein Mann, der respektiert und dem nachgeeifert werde, pflichtete der Monsignore mir bei. Er umhüllte seine Worte mit soviel Zucker, daß mich das Bittere, was er dann sagte, völlig überraschte.

McNulty trat so nah an mich heran, daß ich die Äderchen auf seinen Wangen sehen konnte. »Um so größer«, flüsterte er, »ist daher Ihre Sünde – die ungeheuerliche Mißachtung der Sonntagsmesse! Das Versäumnis, den Herrn an dem ihm bestimmten Tag zu ehren! Sie verstoßen gegen ein heiliges Gesetz!« In diesem Moment stieß Pasquale von seiner Paprikalake auf: ein langgezogenes, schleppendes Grollen, das sich zu einem Donnerschlag steigerte, als es ihm in den Rachen stieg und zum Mund hinausfuhr. Die Augen des kleinen Pater Guglielmo weiteten sich, besorgt ob dieser Ablenkung, und er legte einen Finger an die Lippen, um Pasquale zur Ruhe zu mahnen. Immer weniger »Ital-jener« aus der Gemeinde kämen regelmäßig in die Kirche, fuhr der Monsignore fort, und er und Gott der Allmächtige machten mich persönlich dafür verantwortlich. McNulty meinte, mein Versäumnis, die Sonntagsmessen zu besuchen, lade meiner ohnehin schwer belasteten Seele nicht nur meine Sünden, sondern die aller Nichtkirchgänger auf. Ich müsse den Heiligen Geist einer Schicht Backsteine vorziehen, müsse meine Sünden beichten und am kommenden Sonntag, für alle sichtbar, als Kommunikant zur Messe zurückkehren. In diesem Augenblick erhob sich Pasquale von den Stufen, ging neben das Haus und pinkelte. Dann warf er Filippa ein schmatzendes Küßchen zu und machte sich wieder an die Arbeit.

Zunächst bemühte ich mich noch, diesem Geistlichen mit dem Kommißkopf Respekt entgegenzubringen. Ich lächelte und versprach, die Sonntagsmesse wieder zu besuchen, sobald alle Türen meines Hauses eingehängt seien, die zweiundzwanzig Fenster verglast und das Dach fertiggestellt. Ich wies mit dem Daumen auf Pasquale, der gerade die Leiter zum Dach emporkletterte, wobei er Filippa auf der einen Schulter und einen Haufen Dachschindeln auf der anderen balancierte. »Und jetzt, wo Pasquale sein Essen verdrückt hat«, scherzte ich, »hat er das riesige Dach wahrscheinlich bis zum Einbruch der Nacht gedeckt. Es heißt oft, ich arbeite wie eine gutgeölte Maschine und mein Bruder wie ein Ackergaul. Haha.«

Monsignore McNulty erwiderte, Hochmut sei wohl die größte aller Sünden, und daß ich weltlichen Besitz über spirituelle Dinge stelle, sei schockierend und gotteslästerlich. Er hoffe und bete, daß ich dafür nicht einmal einen schrecklichen Preis bezahlen müsse. Dann senkte er die Stimme und machte eine Bemerkung über Männer und Affen, die Pater Guglielmo erröten ließ.

Ich hörte mit dem Zementmischen auf. Die Kelle in meiner Hand verwandelte sich in eine Mordwaffe. »Vai in mona di tua sorella!« sagte ich zu ihm.

»Übersetzung! Übersetzung!« verlangte der alte Priester vom unterwürfigen, aber aufrichtigen Pater Guglielmo.

Stotternd brachte der nervöse junge Priester hervor, ich hätte sie beide gebeten, nun doch zu gehen.

»Ich habe gesagt, schert euch zum Teufel!« schrie ich, diesmal auf Englisch. »Ich sagte, verkriech dich daheim in der Möse deiner Schwester!«

Pater Guglielmo hob die Hände und bemühte sich, den Frieden wiederherzustellen, doch der Monsignore streckte den Arm aus und schlug ihm auf den Kopf. Dann wandte er sich zum Gehen und befahl Guglielmo, ihm zu folgen. Als der kleine Priester auf seiner Höhe war, wies McNulty mit dem Finger auf mich und rief für alle Welt hörbar (um mir und all meinen Landsleuten die Ehre zu rauben): Ein Haus, aus dem ein Mann Gottes vertrieben werde – und zwar mit Ausdrücken, die zu benutzen nur ein Italiener vulgär genug sein könne –, solch ein Haus sei ein gottverlassener Ort, verflucht vom Dachstuhl bis zum Fundament! »Warten Sie nur, Tempesta«, rief der alte Monsignore, »Sie werden sich noch an meine Worte erinnern!«

Als er mir den Rücken zukehrte, nahm ich meine Kelle und schleuderte ihm einen Klumpen nassen Zement hinterher. Er landete auf dem Rücken des Monsignore und tropfte wie Affenscheiße von seiner Soutane. Der alte und der junge Priester hasteten den Hügel hinunter, wobei der schreiende McNulty seinen kleinen Mitstreiter mehrmals schlug und ihm sogar einmal einen Tritt verpaßte.

Daß ein Mann Gottes mein Haus verflucht hatte, war keine Kleinigkeit; doch Pasquale begriff den Ernst dessen, was gerade geschehen war, anscheinend nicht. Von hoch oben hörte ich sein dröhnendes Gelächter.

»Halt die Klappe und mach dich an die Arbeit!« brüllte ich und schleuderte eine Kelle nassen Zement zu ihm und Filippa hinauf. Dadurch erschreckt, sprang Pasquales kleine Affenhure von der Schulter ihres Herrn, eilte den Dachfirst entlang und war mit einem Satz im großen Ahornbaum verschwunden.

Zu seinem gewaltigen Mittagessen hatte mein Bruder an jenem entsetzlichen Tag fast eine ganze Flasche glückbringenden Wein getrunken – ein Geschenk von Pippo Conti, einem Dachdeckerkollegen, der uns am Morgen auf seinem Weg zur Sonntagsmesse besucht hatte. Pasquale pfiff und befestigte gerade eine Reihe Schindeln, als er über seinem Gehämmere Filippas Hilferufe vernahm. Sie hockte hoch oben in dem Ahorn, wo sie von wütenden Blauhähern bedrängt wurde. Pasquale erhob sich und eilte dem Tier zu Hilfe, dachte dabei jedoch nicht an die Lücken im Dach.

Er stürzte ab.

Ich sah es mit eigenen Augen.

Mit dem Hammer in der Hand fiel er durch den Treppenschacht auf das darunterliegende Fundament.

Ich sah alles mit an und hörte das entsetzliche Geräusch, als die Knochen meines Bruders beim Aufprall brachen. Ich rannte zu ihm und bettete seinen Kopf, der hin und her wackelte wie der Kopf einer kaputten Puppe, auf meinen Schoß. »Dio ci scampi! Dio ci scampi!« rief ich wieder und wieder. Hätte ich doch nur dem alten Priester gegenüber meine Zunge im Zaum gehalten! Hätte ich doch bloß keinen Zement geworfen!

Filippa, die sich nun von den Blauhähern befreit hatte und vom

Baum hinuntergeklettert war, kauerte sich auf Pasquales Brust und drehte eine Strähne seines Kopfhaares um ihren kleinen, rosafarbenen Finger. »Filippa ... Filippa«, hauchte Pasquale.

Während ich mit ansah, wie das Leben aus meinem Bruder wich, litt ich alle nur erdenklichen Qualen! »Filippa ... Filippa«, formten seine Lippen immer wieder, und ich schwor meinem sterbenden Bruder beim Leben unserer Vorfahren und Nachkommen, daß ich mich um seinen kleinen Affen kümmern würde. Dann verkrampfte sich Pasquale, erbrach Blut, und seine Augen nahmen einen Ausdruck an, der mich an den Blick heiliger Statuen erinnerte.

Nun war ich allein ...

Drei Nachmittage wurde für Pasquale im Wohnzimmer der Pension Totenwache gehalten. Signora Siragusa beklagte meinen Bruder wie eine Mutter. Mein Ansehen in der Stadt und das Ausmaß der Tragödie bewirkten, daß die meisten Italiener aus Three Rivers einen Kondolenzbesuch machten. Flynn, der Meister aus meiner Fabrik, kam in Begleitung seiner Frau. Werman, dem die Baufirma gehörte, für die Pasquale gearbeitet hatte, erschien mit seinen beiden Söhnen. Beim Trauergottesdienst in der überfüllten Kirche St. Mary of Jesus Christ nahm dieser Kommißkopf von Monsignore eine hochmütige Haltung ein, die mich tief verletzte. Nachdem mein Bruder neben Vincenzo zur letzten Ruhe gebettet worden war, schrieb ich einen Beschwerdebrief an den Papst in Rom. (Nie Antwort bekommen.)

3. August 1949

Seit Dienstag habe ich Probleme mit dem Stuhlgang. Arthritis quält meine Gelenke. Mein Körper läßt mich im Stich, nicht aber mein Gedächtnis!

Entgegen dem Rat von Pater Guglielmo – der kleine Priester besuchte mich einige Male nach Pasquales Tod – ging ich nicht wieder in die Kirche, als der erste Schnee fiel. Ich schwor mir, zu Lebzeiten dieses nichtsnutzigen Monsignore nie wieder die Schwelle des Gotteshauses zu überschreiten. Und ich bin stolz darauf, schreiben zu können, daß ich dieses Versprechen auch gehalten habe!

Nach dem Tode ihres Herrchens saß Filippa, die verzogene »kleine Königin«, die meinen Bruder ins Verderben gestürzt hatte, zitternd in einem Winkel ihres Käfigs auf der Veranda der Pension. Nachts hörte ich manchmal durch das offene Fenster meines Zimmers ihr seltsames, schnatterndes Klagen und die Erschütterung ihres Käfigs, wenn sie sich immer wieder von innen heftig dagegen warf.

Signora Siragusa, abergläubisch, wie nur alte Frauen es sein können, sah allmählich il malocchio – den bösen Blick – in den Augen des Affen. Kleine Kinder und Großmütter wandten sich von der Kreatur ab und bekreuzigten sich, wenn sie die Pension betraten oder verließen. Die Signora bestand darauf, daß ich den Käfig von der vorderen auf die hintere Veranda brachte. Dort bespuckten die größeren Jungen das fauchende, zitternde Tier und traktierten es mit Stöcken. Americo Cavoli, der Neffe der Signora, machte sich ein Vergnügen daraus, die gottverlassene Kreatur zu quälen. Zwar wußte ich davon, doch was sollte ich tun? Meine Stellung aufgeben? Auf meinen Schlaf verzichten, um für diesen gottverdammten Affen den Polizisten zu spielen?

Als Oberfärber und Grundbesitzer war mein Denken natürlich von modernen Vorstellungen geprägt, und ich tat den aufkommenden Verdacht, der Affe habe den bösen Blick, als Torheit von Frauen ab. Ich hielt Filippa nicht für eine Hexe, sondern für eine Plage – einen weiteren Kostenfaktor in einer Flut finanzieller Verpflichtungen, der ich mich durch den Hausbau und die Kosten für die Beerdigung meines Bruders gegenübersah. Bald reifte in mir die Erkenntnis, wie vorschnell mein unseliges Versprechen gegenüber meinem sterbenden Bruder gewesen war. Aus Kostengründen verzichtete ich auf die teure Mischung aus Bananen, Getreide und Honig, mit der Pasquale Filippa stets gefüttert hatte, und setzte ihr statt dessen Kartoffelschalen und andere Küchenabfälle von Signora Siragusa vor. Die Signora beschwerte sich immer öfter über Filippas Läuse und den übelriechenden Durchfall, den die neue Nahrung des Affen mit sich brachte. Nun stand der Winter vor der Tür. Die Signora weigerte sich aus Rücksicht auf ihre anderen Hausgäste, diese – wie sie sie nannte – unreine Teufelin weiterhin unten im Kohlenkeller wohnen zu lassen. Schließlich gehöre ihr eine Pension und kein giardino zoologico. Ich müsse etwas unternehmen, ermahnte sie mich eindringlich.

Als ich an dem Abend in Filippas schmuddeligen Käfig langte, um ihr den Fraß für die Nacht hineinzukippen, biß mir dieser gottverdammte Affe ins Handgelenk. Ich verfluchte das Tier, saugte an meiner Wunde und schmiedete einen Plan.

Am nächsten Sonntag morgen gab ich dem jungen Cavoli einen Nickel, damit er mit einem Jutesack zur Hollyhock Avenue lief, ihn zum Teil mit Ziegelbruch füllte und dann zur Brücke am Sachem River schleppte. Dort, so wies ich den Jungen an, solle er auf mich warten. Vorsichtig öffnete ich Filippas Käfig und nahm den sich sträubenden Affen an die Leine.

Wir gingen gemeinsam zum Fluß. Einige Male war ich gezwungen, die Kreatur, die zu begreifen schien, welches Schicksal ihr bevorstand, regelrecht hinter mir her zu schleifen. Und als wir unser Ziel erreicht hatten, klammerte sich Filippa an das Brückengeländer und begann zu schreien.

Ich packte sie am Genick, und der junge Cavoli hielt den mit Steinen beschwerten Sack auf. Gemeinsam schafften wir es schließlich, sie hineinzuzwängen und den Sack zuzubinden. Während des Kampfes hatte Filippa uns beide gekratzt und ge-

bissen, und nun versuchte sie mit unnatürlicher Kraft, sich aus dem Sack zu befreien. Endlich gelang es uns, den gottverdammten schreienden Affen über das Geländer zu hieven und hinunterzuwerfen.

Der Sack ging rasch unter.

Was getan werden mußte, war getan, und nun war alles vorbei.

Ha! Das dachte ich zumindest!

36

»Also schleift er sie zur Brücke, stopft sie in einen Sack, den sie mit Gewichten beschwert haben, und wirft sie über die Brüstung. *Ertränkt* sie einfach.«

»Warum?«

»Weil es einfacher war, den blöden Affen umzubringen, als sein Versprechen zu halten.« Ich stand an ihrem Fenster und betrachtete den Sachem River, wie er hinter den Bäumen vorbeischoß. Seit etwa einer Woche hatten wir wärmeres Wetter; durch die Schneeschmelze war die Strömung ganz schön reißend. »Ich weiß nicht, Doc. Vielleicht sollte ich aufhören, das verdammte Ding zu lesen. Es ins Feuer werfen oder so.«

»Ihre Familiengeschichte verbrennen, Dominick? Warum sollten Sie das tun?«

»Weil sie mich auf die Palme bringt ... Letzte Nacht konnte ich noch nicht einmal *schlafen,* nachdem ich die Affengeschichte gelesen hatte.« Ich drehte mich um und sah Dr. Patel an. »Wir ähneln ihm, Thomas und ich, wußten Sie das?«

»Ihrem Großvater? Ja? Haben Sie ein Foto von ihm?«

Ich nickte. »Meine Mutter hatte ein dickes Album – mit Familienfotos. Gott, dauernd kramte sie es hervor. Einmal hat sie es sogar gerettet.« Ich sah wieder, wie Ma aus dem brennenden Haus herausstürzte, schreiend – das Fotoalbum fest an ihre Brust gepreßt.

»Es gerettet?«

»In unserem Haus hat es gebrannt, als Thomas und ich Kinder waren … Wissen Sie, was ich bei dem Ding am merkwürdigsten finde? Je weiter ich lese, desto weniger kann ich den alten Mistkerl leiden – wie er Menschen behandelt und glaubt, er sei besser als alle anderen –, aber gleichzeitig erkenne ich mich in ihm wieder, verstehen Sie? Spüre irgendwie eine *Verbundenheit* mit ihm.«

»Sie meinten also gerade mehr als nur die äußerliche Ähnlichkeit?«

»Ich schätze schon … Letzte Nacht, nachdem ich gelesen hatte, wie er den Affen ertränkt hat, da ist mir erst so richtig bewußt geworden, daß *ich*, genau wie er, durch ein Versprechen in die Klemme geraten bin. Genau wie Großvater … Das war das letzte, was ich zu ihr gesagt habe, wissen Sie? Habe ich Ihnen das je erzählt?«

»Das letzte, was Sie zu wem gesagt haben?«

»Zu meiner Mutter. Ich habe ihr versprochen, mich um ihn zu kümmern, auf ihn aufzupassen – auf ihr ›kleines Häschen‹ … Das habe ich ihr versprochen, bevor sie starb.« Ich verschränkte meine Arme vor der Brust. Beobachtete zwei Jungen, die mit Fahrrädern am Ufer des rauschenden Flusses entlangfuhren.

»Und Sie fühlen sich mit Ihrem Großvater verbunden, weil …?«

»Weil wir uns beide vor der Einlösung unserer Versprechen gedrückt haben. Unser Wort nicht gehalten haben.«

Dr. Patel sagte, sie könne nicht verstehen, wie ich zu diesem Schluß gekommen sei. Hatte ich mich nicht unaufhörlich – geradezu vehement – für meinen Bruder eingesetzt, ohne Rücksicht auf Verluste? Was brachte mich dazu zu denken, ich hätte mein Wort nicht gehalten?

Die Frage brachte mich zum Lachen. »Schauen Sie sich nur an, wo er ist«, erklärte ich. »Eingesperrt in einem Käfig im Hatch. Für ein Jahr mindestens, mit Aussicht auf Verlängerung. Wand an Wand mit all diesen verdammten Psychopathen, die … Klar Doc, da habe ich wirklich *ganze* Arbeit geleistet, habe super auf ihn aufgepaßt, meinen Sie nicht auch?«

»Dominick, das hatten wir doch alles schon mal. Wenn Sie sich die Verantwortung für Umstände aufladen, die sich Ihrem Einfluß entziehen, ist das sowohl kontraproduktiv als auch ...«

»Hören Sie, Sie können sagen, was Sie wollen. Ich weiß, Sie versuchen alles, damit ich mich besser fühle, aber die Wahrheit ist doch die: Ich habe es vermasselt. Ich bin von diesem beschissenen Dach gefallen, habe seine Anhörung verpaßt und *rumms*! Schon landet er für längere Zeit im Hotel Hatch.«

Dr. Patel schüttelte den Kopf. Erstens, gab sie mir zu bedenken, hätte mein Erscheinen bei Thomas' Anhörung wahrscheinlich kaum etwas geändert, da die Entscheidung vorher mehr oder weniger feststand. Und zweitens hätte ich persönlich für das Versprechen, das ich meiner Mutter am Sterbebett gegeben hatte – sei es auch noch so gut gemeint gewesen –, einen sehr hohen Preis bezahlt. Einen *zu* hohen Preis, ihrer Meinung nach. Es hätte mich unglücklich gemacht, krank – mich letzten Herbst für kurze Zeit sogar an den Rand des Selbstmords getrieben. Meine Mutter hätte sicher nicht gewollt, daß ich bei dem sinnlosen Versuch, meinem Bruder zu helfen, meine *eigene* Gesundheit aufs Spiel setzte.

»Das ist fraglich«, murmelte ich.

»Ja? Warum sagen Sie das?«

Ich zuckte mit den Schultern und wandte mich ab. »Nur so. Vergessen Sie's.« Ich konnte es nicht sehen, aber ich spürte genau, daß sie mich beobachtete. Eine Weile schwiegen wir beide.

»Dominick«, meinte sie schließlich. »Als Sie über Ihren Großvater sprachen, haben Sie sich sehr kritisch über das geäußert, was Sie als seinen Größenwahn bezeichnen. Bitte denken Sie doch einmal darüber nach, ob dies nicht ein weiterer Punkt sein könnte, in dem Sie ihm ähneln.«

Ich lachte kurz auf – fragte sie, was *das* denn nun wieder zu bedeuten habe.

»Es bedeutet, daß Thomas schizophren ist und nicht Sie, weil Gott oder das Schicksal oder der Zufall es so wollte. Es bedeutet, daß Ihr Bruder das gesamte nächste Jahr im Hatch verbringen wird, weil der Staat meint, er sei dort am besten aufgehoben. Das sind Dinge, auf die Sie keinen Einfluß haben, egal, was Sie wem versprochen haben.«

»Oh, gut, wenn ich jemals einen Anwalt brauche, rufe ich Sie an, Doc. Die Wahrheit ist doch, ich hätte ihn da rausholen können. Ich *weiß*, daß ich es gekonnt hätte.«

Sie sagte, dem könne sie nicht zustimmen.

»Gut. Dann sind wir uns einig, daß wir uns nicht einig sind.«

Sie stand auf und kam zu mir ans Fenster. Stellte sich neben mich und sah hinaus. »Ich habe Sie schon oft hier rausstarren sehen. Was betrachten Sie denn so gespannt?«

»Nichts«, antwortete ich. »Nur den Fluß.«

»Ah, nun, dann tun Sie mir einen Gefallen und demonstrieren Sie mir doch bitte Ihre Macht, den Lauf der Dinge zu beeinflussen. Reißen Sie das Fenster auf und *rufen* Sie den Fluß. Befehlen Sie ihm, umzukehren und in die andere Richtung zu fließen. Zeigen Sie mir die Macht, die Sie angeblich besitzen.«

Ich schaute in ihre schelmischen Augen. »Ich nehme an, Sie wollen auf etwas Bestimmtes hinaus?«

»War nur ein kleiner Scherz, hat nichts weiter zu bedeuten«, sagte sie lächelnd. »Wäre es nicht vollkommen sinnlos zu versuchen, einen solchen Befehl zu erteilen? Anzunehmen, daß der Fluß sich entgegen allen Naturgesetzen Ihren Wünschen beugt? Auch Ihnen, mein Freund, sind – wie uns allen – Grenzen gesetzt, in dem, was Sie kontrollieren können und was nicht. Wenn Sie geheilt werden wollen, müssen Sie sich eingestehen, daß das Schicksal Ihres Bruders unabwendbar ist. Erkennen Sie an, daß Sie darauf nur begrenzt Einfluß haben, Dominick. Dann werden Sie frei sein. Das wird Ihnen helfen, gesund zu werden.«

Ich schaute von ihr zu Shivas ebenfalls lächelndem Gesicht. »Und was soll ich jetzt tun?« fragte ich. »Ihn in einen Jutesack stopfen? Ihn zum Fluß da unten schleifen und von der Brücke werfen?«

Sie streckte den Arm aus und legte ihre Hand auf meinen Rücken. Blickte mit mir gemeinsam hinaus. »Möchten Sie das denn tun, Dominick?« fragte sie.

Ich schloß die Augen und durchlebte noch einmal meinen Morphiumtraum, in dem ich meinen Bruder erhängte, vom Baum abschnitt und zu genau diesem verdammten Fluß trug.

»Beantworten Sie meine Frage, bitte«, drängte sie. »Möchten Sie Ihren Bruder manchmal umbringen?«

»Nein«, antwortete ich, um Selbstbeherrschung ringend. »Ja.«

Sie wartete. Sah zu, wie ich die Fassung verlor.

»Nein! Ja! Nein! Ja! Nein! Ja!«

Ich muß wohl eine ganze Weile geflennt haben, und als ich fertig war – erschöpft, überwältigt von einem Eingeständnis –, führte sie mich vom Fenster zurück zu meinem Sessel. Sie ließ mich mehrmals tief durchatmen. Wartete, bis ich mich soweit beruhigt hatte, daß ich schläfrig wurde.

Nur wenn ich mich der Erkenntnis stellte, daß ich meinem Bruder nur begrenzt helfen konnte, gab mir Dr. Patel zu bedenken, könne ich anfangen, meinen inneren Konflikt mit ihm auszutragen. Mich frei zu machen. Nach vorne zu blicken.

»Ich *liebe* ihn«, sagte ich. »Er ist mein *Bruder*. Aber mein ganzes Leben lang hab ich mich wegen ihm so ...«

»Sprechen Sie ruhig weiter. Sie haben sich wegen ihm ...?«

»Beschämt gefühlt. *Gedemütigt*. Wie sie alle darüber tuschelten, was für ein total durchgeknallter Typ er sei. Machten aus ihm einen kompletten Idioten ... Und ein Teil von mir wollte ihn immer *verteidigen*, verstehen Sie? Denen, die ihn hänselten, eins in die Fresse hauen. Aber der andere Teil ... der andere Teil von mir ... wollte einfach nur möglichst weit weg rennen. Fort von ihm, als wäre der Teufel hinter mir her, damit er mich nicht ansteckte mit dem, was er hatte. Damit ich ja nichts davon abkriegte.«

»Nichts abkriegte wovon?«

»Dem Spott. Der Krankheit ... Der *Schwäche*.«

Sie nahm ihren Füller und schrieb etwas auf. »Was Sie also sagen wollen, ist, daß die Tatsache, daß Sie Thomas' Bruder sind, in Ihnen eine gewisse Ambivalenz auslöst.«

Ich sah zu ihr auf. »Woher soll ich das wissen, Doc? Ich bin doch kein Psychologe.«

»Hegen Sie ihm gegenüber zwiespältige Gefühle, Dominick? Fühlen Sie sich innerlich zerrissen, weil Sie sich gleichzeitig zu ihm hingezogen und von ihm abgestoßen fühlen?«

Ich nickte, seufzte. »Und ich scheiße mir in die Hosen vor Angst. Vergessen Sie nicht die gottverdammte Angst.«

»Wovor haben Sie Angst?«

Ich stand wieder auf. Ging zurück ans Fenster. »Oh, schau mal

Martha! Da drüben – eineiige Zwillinge! Und Sie sind die Mutter? Wie um Himmels willen schaffen Sie es, die beiden auseinanderzuhalten? ... Können Sie sich vorstellen, wie das war, so aufzuwachsen? Zu wissen, daß es nur *das* ist, was einen auszeichnet. Sein ganzes Leben zu hören, daß man ... austauschbar ist. Und nachdem er krank wurde und anfing durchzudrehen, da habe ich immer darauf gelauert. Meine ganzen Zwanziger und Dreißiger hindurch habe ich darauf gelauert, daß es mich auch erwischt ... Und meine Mutter? Sie hat einfach von mir *erwartet*, daß ich mich um ihn kümmere, stark bleibe, damit ich auf ihn aufpassen und sein persönlicher Schutzengel sein kann. Das war meine *Aufgabe* im Leben, verstehen Sie? Meinen Bruder vor Ray zu beschützen, vor bösen Mitschülern ... Und sogar jetzt noch. Wissen Sie eigentlich, was für einen Schiß ich manchmal habe, wenn ich zu Ihnen komme? Wenn ich die Treppe in diesem Haus hochsteige? Wenn ich hierherkomme, um den Rat eines *Seelenklempners* einzuholen? Ich habe nun mal keine Hilfe zu brauchen. Ich bin der *Starke* – der Aufpasser. Nachdem ... nachdem er sich letzten Oktober die Hand abgeschnitten hatte – als es alle zwei Sekunden in den Nachrichten kam und auf der Titelseite der gottverdammten *New York Post* stand, da wurde ich ... Manchmal passiert es sogar noch heute. Ich halte irgendwo, um zu tanken, einen Kaffee zu trinken oder so. Wage es mal, mich zu entspannen. Wenn ich mich dann umschaue, erwische ich garantiert jemanden dabei, wie er mich anstarrt. Mich mustert, als wäre *ich* ...«

»Bringen Sie Ihren Gedanken zu Ende, bitte.«

»Als wäre *ich* der Schwache. Als wäre ich ...«

»Als wären Sie Thomas.«

Ich nickte. »Ich weiß nicht. Vielleicht sollte ich es mir quer über die Stirn tätowieren lassen: ›Ich bin der *andere.*‹«

Sie lächelte traurig, notierte flüchtig etwas auf ihrem Block. »Meines Erachtens wäre das völlig überflüssig«, bemerkte sie. »Trotz der starken äußerlichen Ähnlichkeit und Ihrer genetischen Veranlagung sind Sie und Ihr Bruder sehr gut voneinander zu unterscheiden.«

»Klar«, antwortete ich. »Ich bin der mit den *zwei* Händen.«

»Nun ja, aber das meinte ich nicht, mein Freund«, sagte sie.

»In mancher Hinsicht kommen Sie mir mehr vor wie zweieiige Zwillinge als wie eineiige. Zu irgendeinem Zeitpunkt habe ich sogar – damals, als ich anfing, Thomas zu behandeln – seine medizinischen Unterlagen durchgesehen, um mich zu vergewissern, daß bei Ihnen beiden ein Test durchgeführt wurde.«

»Was für ein Test?«

»Ein Test, der belegt, daß Sie eineiige Zwillinge sind. Er war natürlich durchgeführt worden – sogar zweimal, wenn ich mich recht erinnere. Ihre genetische Ausstattung ist wirklich identisch. Nichtsdestotrotz, Dominick, kämpfen Sie gegen Ihre Erbanlagen an, und das nicht nur, indem Sie glücklicherweise einer Psychose, wie Ihr Bruder sie hat, entgangen sind, sondern auch in anderen Bereichen.«

Ich nickte, vermied jede Regung meines Gesichts. Innerlich aber machte ich Luftsprünge.

»Und natürlich haben Sie sehr hart daran gearbeitet, diese Unterschiede zu kultivieren, sie herauszustreichen. Sie haben Ihr ganzes *Leben* dieser Aufgabe gewidmet, würde ich sagen. Sich vollkommen *verausgabt* bei Ihren Bemühungen. Mir ist allerdings nicht ganz klar, in welchem Ausmaß Sie diese Unterschiede zwischen Ihnen beiden selbst inszeniert haben.«

Ich lachte kurz auf. »Welche wir *inszeniert* haben?«

»Nicht ›wir‹, Dominick. Sie ganz allein, aus Angst, daß das, was von Ihrem Bruder Besitz ergriffen hat, auch auf Sie übergreifen könnte.« Sie verstummte, schrieb noch etwas auf.

All diese Notizen, die sie sich während der letzten Sitzungen gemacht hatte, irritierten mich. Als sie wieder aufsah, deutete ich mit einem Nicken auf den Block. »An was arbeiten Sie da?«

»An Ihnen«, antwortete sie, »an Ihrem Konflikt. Ihre Ängste sind für mich immer deutlicher zu erkennen. Ich habe sie gerade eben aufgelistet. Soll ich sie Ihnen mal vorlesen?«

Obwohl ich unsicher war, ob ich das wirklich wollte, sagte ich ja.

Zuallererst, begann sie, hätte ich Angst davor, der Schatten der Schizophrenie meines Bruders könne auch mich einholen – verständlicherweise hätte ich diese Angst. Wie auch nicht – schließlich seien wir eineiige Zwillinge. Zweitens fürchtete ich mich, daß die Außenwelt die Unterschiede zwischen mir und meinem Bruder nicht wahrnahm – nicht begriff, daß wir zwei eigenständige Personen waren. »Und dann hegen Sie noch eine dritte Befürchtung, eine, die ich erst langsam zu verstehen beginne.«

»Ach ja? Und die wäre?«

So, wie sie es sehe, sei meine dritte Befürchtung, daß zwischen meinem Bruder und mir vielleicht doch weniger Unterschiede existierten, als mir lieb sein könne. Weniger, als ich mir selbst eingestünde.

»Was wollen Sie damit sagen?«

»Nun, zum Beispiel ist Thomas ein sehr sanfter Mensch – er kann sich gut in andere Menschen einfühlen; das ist auch jetzt noch deutlich, obwohl er schon jahrelang mit einer Psychose lebt. Und aus dem, was Sie mir über Ihre Kindheit und Ihre Jugend erzählt haben, schließe ich, daß seine Sanftmut – seine Liebenswürdigkeit – vor dem Ausbruch der Krankheit noch wesentlich ausgeprägter war. Wieder und wieder haben Sie mir erzählt, er sei der Nettere gewesen. Ich denke, Sie wollen damit sagen, daß er der sensiblere, der verwundbarere Bruder war. Ist das richtig?«

»Tja ... Ja.«

»Thomas war also in gewisser Weise der Zwilling, den man leichter lieben konnte?«

Ich schaute weg.

Dominick ist mein kleiner Kletteraffe, und du bist mein kleines Knuddelhäschen. Komm zu mir, mein kleines Häschen. Komm, setzt dich auf Mamis Schoß ...

»Leichter für *sie* zu lieben«, sagte ich.

»Für Ihre Mutter?«

Ich saß da und beobachtete, wie meine rechte Hand das Band meiner Armbanduhr öffnete – und schloß, und wieder öffnete. Dann wagte ich es, Dr. Patel anzusehen. Sie erwiderte meinen Blick.

»Lassen Sie mich Ihnen eine Frage stellen. Könnte man in Anbetracht der Sanftmut, der Sensibilität Ihres Bruders sagen, daß er der *femininere* von Ihnen beiden ist? Ist das einer der Unterschiede, die Sie zwischen sich und Ihrem Bruder sehen, Dominick?«

Ich zuckte die Achseln. Spürte, wie ich mich bei dem Wort, das sie benutzt hatte, verkrampfte. *Geh jetzt nach unten, Dominick.*

Ich hab dir was Leckeres zu essen gemacht. Dein Bruder und ich wollen nur ein bißchen »feine Dame« spielen.

»Vielleicht«, antwortete ich.

»Was meinen Sie mit ›vielleicht‹? Bedeutet das ja oder nein?«

»Es bedeutet ja!« fauchte ich. Sie fing an, mir auf die Nerven zu gehen.

»Ah. Und war das schon Ihr ganzes Leben lang so? Sowohl in Ihrer Kindheit als auch im Erwachsenenalter? Daß Sie der maskulinere Bruder waren und Thomas der femininere?«

»Ja.«

»Und war diese Eigenheit vielleicht genau der Charakterzug Ihres Bruders, der ihn zu demjenigen *machte*, den Ihre Mutter leichter lieben konnte?«

Ich mußte mich dazu zwingen, den Blick nicht von ihr abzuwenden. »Worauf wollen Sie hinaus?« fragte ich. »Wollen Sie etwa behaupten, er ist schwul? Und daß er deswegen schizophren geworden ist?«

Sie lächelte. Das sei es nicht, was sie sagen wolle – nein, nein. Das wäre Dr. Freuds Hypothese gewesen, im großen und ganzen zumindest, aber Psychotherapeuten seien heute weit über diese frühe Theorie hinaus und arbeiteten mit erheblich komplexeren Modellen. »Dennoch interessiert es mich, Dominick, daß Sie sofort auf diese Erklärung verfallen sind«, meinte sie. »Es könnte aufschlußreich sein, uns einmal damit zu beschäftigen, warum Sie Sensibilität und Verletzlichkeit mit Homosexualität gleichsetzen.«

Ich schüttelte den Kopf. »Na klar, ich verstehe«, sagte ich. »Sie denken, er ist normal, und *ich* bin schwul.« Sie wartete, bis das Klugscheißergrinsen wieder von meinem Gesicht verschwunden war.

»Ich vermute«, antwortete sie, »daß Sie eigentlich genauso liebenswürdig, sanftmütig und verletzlich – in Ihren Worten ›schwach‹ – sind wie Ihr Bruder, und daß Ihnen das Angst einjagt. Und daß die konstante Verdrängung dieser Eigenschaften Sie vielleicht so zermürbt hat. Sie krank gemacht hat.«

»*Er* ist derjenige, der krank ist«, erinnerte ich sie. »Ich bin der *andere*.«

»Ja, ja«, erwiderte sie. »Der harte Kerl. Der *nicht* so nette Zwilling. Was aber noch lange nicht bedeuten muß, daß Sie gesund sind, Dominick, oder? Sehen Sie sich doch um, mein Freund. Sie sind hier, machen eine Therapie.«

Immer wieder stelle sie dies bei ihren männlichen Patienten fest, sagte sie – man könne es vielleicht als eine Art *Epidemie* unter amerikanischen Männern bezeichnen; dieses beharrliche Widerstreben, diese stoische Weigerung, die eigene Ganzheitlichkeit – daß wir zu gleichen Teilen von unseren Müttern wie von unseren Vätern abstammten – zu akzeptieren. Es sei traurig – sogar tragisch. Dadurch würden so viele Menschenleben vergeudet, was unsere Kriege und die Schießereien auf unseren Straßen ständig aufs neue bewiesen; man müsse nur mal die Nachrichten auf CNN oder NBC einschalten. Und trotzdem sei es irgendwie auch komisch – wieviel Mühe Männer darauf verwandten zu beweisen, was für »harte Burschen« sie waren. Die Götter müßten auf uns herabsehen und gleichzeitig lachen und weinen. »Mein zwölf Jahre alter Enkelsohn, Sava, war vor kurzem eine Zeitlang bei mir, während seine Eltern an einer Konferenz teilnahmen«, erzählte sie. »Und während seines ganzen Besuchs bettelte er, ich möge mit ihm in einen Film gehen, der *Stirb langsam der Zweite* hieß.«

»*Stirb langsam 2*«, korrigierte ich sie. »Mit Bruce Willis.« War eigentlich ganz nett, diese kurze Verschnaufpause. Ich stellte sie mir als Großmutter vor und nicht nur als meine Seelenklempnerin.

»Ja, ja, genau«, sagte sie. »›Ach Muti, bitte, bitte‹ hat er dauernd gebettelt. ›Ich muß *Stirb langsam 2* sehen, oder mein Leben ist ruiniert!‹ Also habe ich irgendwann nachgegeben. Kapituliert. Und als ich neben ihm in dem dunklen Kino saß und dieses ganze absurde Chaos vor meinen Augen ablief, dachte ich, daß es genau das ist: ein verfilmter Katalog all der Dinge, vor denen Jungen und Männer Angst haben. All der Dinge, die sie verprügeln, erschießen oder auf andere Art töten zu müssen glauben, um so ihre eigene Sensibilität abzutöten – oder wenn Sie so wollen, die Existenz ihres X-Chromosoms zu verleugnen.« Sie hielt inne. Lachte über ihren eigenen Scherz. »Wir saßen vorne im Kino, wissen Sie. Sava hatte darauf bestanden. Um richtig glücklich zu sein, brauchte er unbedingt eine große Coca-Cola, eine große Tüte Popcorn mit Butter, und er mußte ganz weit vorne sitzen. Also hatte ich Gelegenheit, mich während *Stirb langsam der Zweite* umzusehen und im Licht der Leinwand die erleuchteten Gesichter der Kinobesucher zu betrachten. Es waren hauptsächlich Männer und Jungen, die wie in Trance auf die Leinwand starrten. Und Bruce Willis prügelte, schoß und tötete für sie. Wirklich sehr aufschlußreich. Ich war überaus dankbar für diese Erfahrung.« Sie schüttelte den Kopf und lächelte. »Entschuldigen Sie, daß ich gerade etwas polemisch war, Dominick. Aber was sind unsere Geschichten sonst – wenn nicht der Spiegel unserer eigenen Ängste?«

Gegen Ende der Sitzung erklärte sie, wir seien ihrer Meinung nach ein gutes Stück vorangekommen, hätten einige beachtliche Fortschritte gemacht. Sie schlug vor, ich solle mir in der Zeit bis zum nächsten Termin doch einmal überlegen, was *ich* die ganze Zeit zu verprügeln, zu erschießen oder auf andere Art zu töten versuchte – ob ich nicht tatsächlich versucht hätte, die sanfteren Teile meines Wesens zu verdrängen, und was mich dies gekostet hätte. »Und lassen Sie sich nichts auf die Stirn tätowieren«, meinte sie zum Abschluß. »Das ist wirklich überflüssig.« Sie streckte die Hände vor, wackelte mit den Fingern und lächelte. Es sei unsere Menschlichkeit, die uns zugleich komisch und tragisch mache, sagte sie; die Götter lachten und weinten gleichzeitig.

An der Tür erkundigte sie sich, ob ich noch etwas auf dem Herzen hätte, bevor wir uns für eine Woche voneinander verabschiedeten.

»Die Geschichte meines Großvaters – sollte ich nicht besser aufhören, sie zu lesen?« fragte ich. »Wenn sie mich nur aufwühlt?«

Sie runzelte die Stirn. Daß ich diesen Wunsch verspürte, verwirre sie etwas, antwortete sie. Sie habe gedacht, meine Vergangenheit sei genau das, wonach ich die ganze Zeit suchte. Sie erinnerte mich daran, wie enttäuscht ich darüber gewesen war, daß meine Mutter sich geweigert hatte, die Familiengeschichte zu offenbaren, und nun bot sich mir eine einmalige Gelegenheit – mir sei postum die Stimme meines Großvaters geschenkt worden. So schwierig er auch gewesen sein mochte, warum wollte ich vor der Vergangenheit davonlaufen, ein solches Geschenk ablehnen?

»Ich habe nicht nach meinem Großvater gesucht«, antwortete ich, »sondern nach meinem *Vater*. Von dem hat sie mir noch nicht einmal den *Namen* genannt.«

»Ich weiß, Dominick. Aber man muß sich mit dem zufriedengeben, was man bekommt, oder? Es wäre doch undankbar, jemandem, der einem etwas schenkt, zu sagen: ›Nein, nein, das will ich nicht. Ich möchte etwas anderes.‹ Und meine Güte – ein solches Vermächtnis aus der Vergangenheit zu besitzen –, also ich sehe darin eine seltene Chance für Sie, Dominick. Zumindest potentiell. Wie viele von uns haben schon einen Großvater, der ein Diktaphon gemietet, einen Stenographen angeheuert und ganze Nachmittage lang für seine Enkel seine Erinnerungen aufgezeichnet hat …«

»Er hat das nicht für mich getan. Nicht für uns. Ich glaube, er hatte keine Ahnung, daß sie schwanger war.«

Dr. Patel sagte, sie glaube, Domenico habe versucht, der Nachwelt etwas zu hinterlassen. Ob er nun vor seinem Tod von Thomas und mir gewußt habe, sei unerheblich – wir seien nun einmal genau das: seine Nachkommen. Dadurch, daß ich seine Geschichte las, habe seine Arbeit ihren Zweck wahrscheinlich erfüllt. Wenn ich weiterlesen würde, könnte Domenico mir vielleicht helfen, *mein* Ziel zu erreichen.

Sie sagte, wir hätten die vereinbarte Zeit schon überschritten und müßten nun aufhören. »Aber kommen Sie erst noch einmal mit.« Sie nahm meinen Arm und führte mich zurück zum Fenster.

»Alles ist miteinander verbunden, Dominick. Das Leben besteht nicht aus einzelnen Teichen und Pfützen. Das Leben ist ein Fluß, wie der, den Sie dort unten sehen. Er kommt aus der Vergangenheit und fließt durch die Gegenwart in die Zukunft. Auch ich habe das nicht immer gewußt; ich habe nur langsam gelernt, es ansatzweise zu verstehen durch meine Arbeit als Anthropologin und Psychologin.«

Wieder blickte ich hinaus auf die reißende Strömung.

»Das Leben ist ein Fluß«, wiederholte sie. »Nur im buchstäblichen Sinn werden wir an dem Tag geboren, an dem wir den Mutterleib verlassen. In einem umfassenderen, wahreren Sinn werden wir aus der Vergangenheit geboren – stehen durch unsere Gene und die Erfahrungen unserer Vorfahren mit ihr in Verbindung.« Sie faltete die Hände, als wollte sie beten. »Also, mein Freund, das ist *meine* Überzeugung. Und ob Sie Ihre Vorfahren ins Feuer werfen sollten? Natürlich nicht. Ob Sie weiterlesen sollen, auch wenn es Ihnen den Schlaf raubt? Ja, auf jeden Fall. Lesen Sie die Geschichte Ihres Großvaters, Dominick. Springen Sie in den Fluß. Und wenn es Sie aus dem Gleichgewicht bringt, dann kommen Sie her und erzählen mir, warum.«

Auf dem Weg nach draußen konnte ich einen kurzen Blick auf ihren nächsten Patienten werfen, einen großen, kräftigen Kerl mit Arbeitsstiefeln und Kapuzensweatshirt. Wir grüßten einander mit einem unbeholfenen, halbherzigen Nicken. Noch ein »harter Bursche« in Therapie, dachte ich. Ein weiteres Mitglied im Verein der umherirrenden, verwundeten Seelen.

Der Verkehr auf dem Heimweg war höllisch. Ich fühlte mich äußerst unruhig. Fingerte nervös am Radio herum. *Night Moves ... I Shot The Sheriff ... The Boys Are Back In Town.* Wenn ich die Musik laut genug aufdrehte, dröhnte mein Kopf mit, und ich brauchte nicht mehr zu denken. Aber als ich zu Hause ankam und in der Einfahrt den Motor abstellte, kam die Stille zurück und mit ihr, völlig unerwartet, der Morgen, an dem meine Mutter starb ...

Ich war mit ihr allein im Krankenzimmer, als ich ihr mein Versprechen gab. Ray und ich waren die ganze Nacht bei ihr gewesen – hatten nur dagesessen und zugesehen, wie sie litt, weil nichts anderes zu tun blieb. »Es kann nun jederzeit soweit sein«, wiederholten sie immer wieder: die Ärzte, die Schwestern, die Frau vom Hospiz. Nur dauerte dieses ›jederzeit‹ länger als von ihnen allen vorhergesagt – zog sich jetzt schon einige Tage und Nächte hin. Wir alle waren ganz schön fertig ...

Ich erinnere mich, daß es gerade hell wurde. Sie hatte sich ungefähr eine Stunde lang stöhnend hin und her gewälzt, hatte versucht, sich die Sauerstoffmaske wegzureißen. Dann, als die Sonne aufging, beruhigte sie sich. Hörte auf zu kämpfen.

Ray war gerade für ein paar Minuten nicht im Zimmer – er wollte bei der Arbeit anrufen. Ich hatte mich über sie gebeugt und begonnen, ihre Stirn zu streicheln. Da sah sie mich an – war in diesem Moment voll bei Bewußtsein, da bin ich mir sicher ...

Ich sagte ihr, daß ich sie liebe. Dankte ihr für alles, was sie für uns getan hatte – für die Opfer, die sie für uns gebracht hatte. Und dann habe ich es gesagt – das, von dem ich wußte, sie wollte es hören: »Ich werde mich um ihn kümmern, Ma. Ich paß schon auf ihn auf. Du kannst jetzt loslassen.«

Und sie tat es – einfach so. Als Ray zurückkam, war sie bewußtlos. Ungefähr eine Stunde später starb sie ... Kaum hatte sie gehört, daß ich auf ihr »kleines Häschen« aufpassen würde, konnte sie loslassen.

Ich liebe dich, Ma. Ich *hasse* dich ...

Es gab etwas, das Dr. Patel noch nicht herausgefunden hatte. Etwas, das mir gerade erst selbst klar wurde: wie sehr ich meine Mutter dafür haßte, daß sie mein ganzes Leben lang von mir verlangt hatte, den Aufpasser zu spielen. Daß ich für sie hatte Wache stehen müssen ...

»Feine Damen spielen« hatten sie es genannt – was auch immer sie da oben getan hatten. Verkleiden, war das wirklich alles gewesen? Thomas, der in ihren hochhackigen Schuhen umherstolzierte, in ihren Kleidern herumwirbelte ... Sie hatte keine Freunde. Sie war einsam ...

Geh jetzt nach unten, Dominick. Ich hab dir was Leckeres zu essen gemacht. Thomas und ich wollen nur ein bißchen »feine Dame« spielen.

Also hatte ich mich unten hingesetzt, meinen Pudding gelöffelt oder Kartoffelchips gegessen und auf den Fernseher gestarrt, der irgendwann später explodierte, das Wohnzimmer in Brand steckte.

Ich war der Wächter. Paßte auf, ob Ray nach Hause kam ...

Es würde dir keinen Spaß machen, Dominick. Das ist nur ein Spiel für deinen Bruder ... Sag mir sofort Bescheid, wenn Ray kommt. Wenn er jemals erfährt, daß wir »feine Dame« spielen, wird er sehr wütend auf uns drei sein. Noch viel wütender als je zuvor ...

Es ist nicht so, daß sie mich nicht geliebt hat. Sie *hat* mich geliebt. Das habe ich immer gewußt. Es war nur so, daß sie ihn mehr liebte. An Thomas genau das liebte, was Ray an ihm haßte. Wofür er ihn verprügelte ... Ihren Liebling. Ihr süßes, kleines Häschen ...

Ich werde mich um ihn kümmern, Ma. Ich paß schon auf ihn auf. Du kannst jetzt loslassen.

Als ob ich durch das Versprechen plötzlich ihre Nummer eins würde, und wenn auch nur für eine Minute – nur für eine beschissene Minute, bevor sie starb ... Mein ganzes Leben lang war ich Zweiter gewesen. Zweiter in einem Wettlauf mit zwei Läufern. Und ich war es immer noch, obwohl sie seit Jahren tot und er im Hatch eingesperrt war. Zweiter in unserem nie enden wollenden Wettstreit.

Und es hat *weh* getan. Es hat *weh* getan, Ma – der Wachposten zu sein, der Kletteraffe –, derjenige, den du nie gebeten hast, auf deinen Schoß zu kommen ...

Das hat *weh* getan, Ma. Verdammt *weh* ...

37

5. August 1949

Am 1. April 1916 zog ich aus Signora Siragusas Pension aus und ließ mich in meiner casa di due appartamenti aus Backstein nieder. Ich war der erste Italiener bei American Woolen and Textile gewesen, der es bis zum Oberfärber gebracht hatte. Nun wurde ich zum ersten meiner Landsleute, der ein Haus in Three Rivers besaß – ein Heim, mit den eigenen Händen erbaut! Ich nahm den Friseur Salvatore Tusia nebst Frau und Kindern in der linken Hälfte auf und erhielt meine erste Monatsmiete, elf Dollar und fünfzig Cent, in bar. Ich hatte zwölf verlangt, doch Tusia handelte mich herunter, indem er mir einen Haarschnitt versprach, wann immer ich einen benötigte, und außerdem eine tägliche Rasur. Ich ließ Tusia jeden Freitag mein Haar schneiden, damit es sich für mich auch richtig lohnte.

Ich schrieb an meine Verwandten in Brooklyn und teilte ihnen mit, ich werde sie zu Ostern mit einem zweitägigen Besuch beehren. Benachrichtigt eure Nachbarn, die Brüder Iaccoi, forderte ich sie auf. Die Reise sollte mir ermöglichen, nun endlich Prosperine, meine zukünftige Braut, kennenzulernen. Bei dieser Gelegenheit könnten die Iaccois und ich zudem einen Hochzeitstermin vereinbaren und die Höhe der Mitgift festlegen. Um mir selbst Gerechtigkeit widerfahren zu lassen, würde ich auf *die Summe noch die Kosten für meine Rückfahrkarte nach New York sowie einen neuen dreiteiligen Anzug aufschlagen, den ich während der Reise und auch am Tag der Hochzeit tragen wollte.*

Ostersonntag erhob ich am Tisch meiner Verwandten das Glas und hielt eine denkwürdige Rede auf die alte Heimat und die Familie Tempesta. Ich lobte Papa und Mama und zollte meinen beiden verstorbenen Brüdern Tribut. Meine Worte trieben den Versammelten Tränen in die Augen, mit Ausnahme von Lenas und Vitaglios jüngstem Balg, dem gestattet wurde, unter den Eßzimmertisch zu kriechen, die Erwachsenen zu kitzeln und an ihren Strümpfen zu ziehen. Welch schändliches, respektloses Verhalten! Als dieser kleine Moskito während meiner Ausführungen an meinem Strumpfband zerrte, langte ich unter den Tisch und verpaßte ihm, was er verdient hatte. Geschrei, ein Kopfstoß gegen den Tisch und umstürzende Weingläser ruinierten den Rest meiner Rede.

»Nun laßt uns das Beste daraus machen und essen, bevor die Makkaroni noch kälter werden«, sagte Lena lächelnd.

»Ja«, stimmte ich ihr zu, »wenn ihr eure Kleinen schon nicht besser erziehen könnt, warum pfeifen wir dann nicht auf die Toten und fangen gleich an zu essen?«

Gegen Abend entschuldigte ich mich, stand vom Tisch auf und ging nach nebenan zu den Brüdern Iaccoi. Endlich würde ich meine sizilianische Braut zu Gesicht bekommen.

Nervös wie zwei Tauben empfingen mich Rocco und Nunzio Iaccoi in der Diele und versicherten mir ein ums andere Mal, welch große Ehre es für sie sei, einen Mann bei sich zu empfangen, der es zu derartigem Erfolg gebracht habe. Sie begleiteten mich in ihr Wohnzimmer, ließen mich in dem größten der gepolsterten Sessel Platz nehmen, zündeten mir eine Zigarre an und holten mir einen Standaschenbecher. Als sie sich davon überzeugt hatten, daß ich bequem saß, riefen sie ihre Cousine Prosperine, die in der Küche wartete. »Mach die anisetta auf, Cousine«, riefen sie, »und bring drei Gläser mit.«

Es verging einige Zeit, dann hörten wir, wie in der Küche Gegenstände zu Boden fielen und Glas zerbrach. »Scusi«, sagte Nunzio Iaccoi und setzte ein derart breites Lächeln auf, daß es den Anschein hatte, er litte unter Schmerzen.

Rocco lachte nervös und zuckte wiederholt mit den Achseln. »In den fast zwei Jahren, in denen sie nun hier wohnt, hat das liebe, reizende Mädchen niemals etwas zerbrochen«, meinte er. »Meine hitzköpfige Halbschwester Ignazia wirft bei Wutanfällen immerzu Dinge an die Wand und ist auch etwas ungeschickt, aber die kleine Prosperine ist das anmutigste und gewandteste junge Mädchen, das ich je gesehen habe.«

Ich ließ mich von dem verdammten Klempner nicht an der Nase herumführen. Die offensichtliche Ungeschicklichkeit des Mädchens wird bei den Mitgiftverhandlungen zur Sprache kommen, dachte ich. Damit konnte ich den Preis ein wenig in die Höhe treiben.

Nunzio kam ins Zimmer zurück. »Kein Problem, haha«, sagte er. »Könnte doch jedes Problem mit einem Besen weggefegt werden, was, Domenico? Hahaha.« Bei all ihrem Gelächter konnten die Brüder ihre Nervosität kaum verbergen.

Als Prosperine aus der Küche trat, wollte ich mich erheben, doch die beiden Iaccios drückten mich in den Sessel zurück. »Bleib sitzen«, sagte Rocco. »Du brauchst nicht aufzustehen.«

Bevor ich ihr Gesicht erblickte, sah ich, wie klein sie war. Kaum größer als eine Zwölfjährige. Nicht größer als Mama! Ich schaute zu Boden.

Von ihren hohen Schnürschuhen wanderte mein Blick zu ihrem schwarzen Kleid und ihrer schmalen Taille, an die sie einen kleinen Bund künstlicher Blumen gesteckt hatte. Dann glitt er höher, vorbei an den mit anisetta gefüllten Gläschen, die sie auf einem kleinen Tablett vor sich her trug. Von dort schweiften meine Au-

gen über ihren flachen Busen zu einer Kamee, die sie sich an den hohen Ausschnitt ihres Kleids geheftet hatte. Als ich an ihrer faccia *angelangt war, klappte mir der Kiefer herunter.*

»Signor Domenico Tempesta«, sagte Nunzio. »Darf ich dir Prosperine Tucci vorstellen, deine sposa futura*!«*

»Nur über meine Leiche!« rief ich. Ich drängte die Brüder mit den Ellbogen beiseite und bahnte mir einen Weg zur Tür!

Was mich allen Anstand hatte über Bord werfen lassen, war Prosperines Gesicht. Zunächst einmal war sie keineswegs das junge Mädchen, das mir diese Lügenbolde von Klempnern versprochen hatten. Diese dürre Hexe war keinen Tag jünger als dreißig! Schlimmer, weit schlimmer aber noch erschien mir, daß ihr reizloses, knochiges Gesicht auf schockierende Art Filippa, diesem gottverdammten ersoffenen Affen ähnelte, der meinen armen Bruder Pasquale verhext hatte!

In dieser Nacht warf ich mich auf dem unbequemen Sofa meiner Verwandten herum, als wäre ich wieder an Bord der SS Napoletano*! Hatte mein Bruder Pasquale diese knochige Hexe aus der Unterwelt heraufgeschickt, als Rache dafür, daß ich seine »kleine Königin« ertränkt hatte? Hatte mein Bruder Vincenzo sie mir gesandt, um sich abermals über meine Keuschheit lustig zu machen? Oder hatte mir Mama einen Affen als Braut zugedacht, weil ich sie im Stich gelassen hatte, um mein Glück in Amerika zu suchen?*

*»*Meglio celibe che mal sposato*!«* sagte ich mir. Lieber ohne Söhne sterben, als sie mit so etwas zeugen zu müssen!*

Mitten in dieser langen Nacht in Brooklyn läutete eine Kirchenglocke dreimal. Mama, Pasquale, Vincenzo: Vielleicht hat-

* »Lieber allein leben, als unglücklich verheiratet zu sein!« Anmerkung der Übersetzerin: Der ursprüngliche, zum Teil durchgestrichene Satz lautet: »Lieber allein sterben, als einen Affen ficken zu müssen.« – N. F.

ten sich alle drei verschworen und mir diese Affenfrau geschickt! Aber man mußte ein Geschenk ja nicht annehmen. Ich beschloß, bis zum Morgengrauen zu warten, den ersten Zug zu besteigen, in mein großes Haus in Three Rivers, Connecticut, zurückzukehren und dort ein Leben als Junggeselle zu führen.

6. August 1949

Als ich am nächsten Morgen erwachte, hatten sich die Iaccois mit ihrer Affencousine bereits in der Küche von Lena und Vitaglio eingefunden. Die verärgerten Stimmen der Brüder rissen mich aus meinem erbärmlichen Schlaf. »Ha! Da ist also der Mann, dessen Versprechen nichts wert ist!« sagte Rocco, als ich in die Küche trat.

»Bitte«, sagte Lena zu den Iaccois. »Laßt meinen armen Cousin in Ruhe frühstücken. Schreien ist schlecht für die digestione.*« Sie stellte* frittata *vor mich hin, Würstchen und Kartoffeln, Kaffee und Früchtebrot. Endlich eine Frau, die wußte, wie man einen Mann umsorgen mußte!*

Ich trank einen Schluck Kaffee, nahm einen Bissen. Und ließ die beiden gottverdammten Klempner warten. »Ein Versprechen ist hinfällig, wenn es Betrügern gegenüber gegeben wurde«, sagte ich schließlich.

Wie könne ich es wagen, sie des Betrugs zu bezichtigen, schrie Nunzio. Ich sei es doch gewesen, der eine Ehefrau gewollt habe – zwei sogar, nicht nur eine, hielt er mir vor.

»Ja, was glaubt ihr denn? Meint ihr vielleicht, ich bin aufs Dach gestiegen und habe meinen Bruder heruntergestoßen? Was erwartet ihr beiden Narren denn von mir? Daß ich zwei *Frauen heirate und das Leben eines* bigamo *führe?«*

»Es reicht schon, wenn du eine der beiden heiratest!« erwiderte Rocco. »Die, die zu heiraten du versprochen hast. Die, die zwei

Jahre darauf gewartet hat, daß ihr Haus fertig wird, und nun die ganze Nacht in ihr Kissen geweint hat, weil ihr so bitteres Unrecht zugefügt wurde!«

»Iß, Domenico«, beharrte Lena. »Iß dein Frühstück, solange es heiß ist, und streite dich dann.«

Während ich kaute und schluckte, schluckte und kaute, schaute ich Prosperine verstohlen an. Sie saß auf einem Stuhl am Fenster. Im Morgenlicht wirkte sie vielleicht wie fünfundzwanzig, nicht dreißig, erschien mir aber noch häßlicher als am Abend zuvor. Sie trug Bauernkleidung und hatte ein Kopftuch auf ihrem Schrumpfkopf. Und sie rauchte Pfeife!

»Ihr habt mir diese Person völlig falsch beschrieben«, beschied ich den Brüdern. »Schaut sie doch nur an: Sie raucht wie ein Mann! Sie ist weder hübsch noch jung!«

*Nunzio geriet ins Stottern und suchte Zuflucht in Sprichworten: »*Gaddina vecchia fa bonu brodo*«*, meinte er. Worauf ich ihm mit einem Sprichwort antwortete: »*Cucinala come vuoi, ma sempre cocuzza è*!«***

»Diese Frau ist so unberührt wie die heilige Muttergottes«, brachte Rocco vor.

»Wenn sie eine vergine *ist«, entgegnete ich, »liegt das an mangelnder Gelegenheit. Kein Fleisch auf den Knochen! Keine* tette*! Die hätte sogar den* cazzu *meines Bruders Vincenzo schrumpfen lassen!« Diese in der Hitze des Gefechts ausgesprochene unanständige Bemerkung veranlaßte meine Cousine Lena dazu, einen Schrei auszustoßen und sich die Schürze vor das Gesicht zu halten. Nicht so Prosperine – sie war so hart wie Stahl!*

»Sieh dich vor, Tempesta«, warnte Nunzio Iaccoi. »In Amerika gibt es Gerichte, die dafür sorgen, daß ein Mann sein Wort

* »Eine alte Henne ergibt die beste Suppe.« – N. F.
** »Kürbis kann man zubereiten wie man will, es bleibt doch immer Kürbis.« – N. F.

hält. Wir haben jeden Brief aufgehoben, den du uns geschickt hast, und jedes Telegramm.«

»Versuch bloß nicht, mich einzuschüchtern, du Klempner!« brüllte ich zurück. »Welcher Richter mit Augen im Kopf würde mich zu einem Leben mit der hier verdonnern? Sie gehört an die Leine eines Leierkastenmanns, aber nicht ins Ehebett eines begüterten Mannes!«

Ich war ein anständiger Mensch, ein Gentleman, und hätte im Beisein dieser Hexe natürlich nie so geredet, hätten die beiden Brüder mich nicht derart in die Ecke gedrängt. Doch nun war das Kind in den Brunnen gefallen. Ich richtete, wie alle anderen, den Blick auf Prosperine. Ein Schauder durchfuhr mich. Ohne mit der Wimper zu zucken oder sich abzuwenden, sog sie an ihrer Pfeife und starrte mich mit einem düsternen Ausdruck an. Wie schon gesagt, ein moderner Mensch wie Domenico Tempesta überläßt den Aberglauben törichten alten Frauen. Doch in diesem Moment, in der Küche meiner Cousine Lena, sehnte ich mich danach, einen gobbo, eine rote Chilischote, einen Schweinezahn zur Hand zu haben – irgend etwas, um den malocchio dieser Affenfrau abzuwenden!

Meine reizende Cousine Lena, bemüht, einen Ausweg aus der Sackgasse aufzuzeigen, bevor es noch zu Handgreiflichkeiten kam, schenkte Kaffee ein, verteilte biscotti und Früchtebrot an die Iaccois und erinnerte uns alle daran, daß es nicht nur eine, sondern zwei Heiratskandidatinnen unter dem Dach der Iaccois gab. »Scusa, Signorina Prosperine«, sagte sie an die Adresse der anderen, ohne sie anzuschauen. »Ich bitte tausendmal um Entschuldigung, aber Domenico hat seine Meinung geändert.«

Prosperine nahm die Pfeife aus dem Mund und spuckte durch das geöffnete Fenster. »Pah!« sagte sie und klemmte sich die Pfeife dann wieder zwischen die Zähne.

Lena wandte sich mir zu und nahm meine Hand. »Domenico, bevor du dich auf die lange Heimfahrt machst, möchtest du

Ignazia, die hübschere Schwester, nicht wenigstens kennenlernen?«

»Laß sie ihre Frauen doch mit anderen Narren verheiraten!« erwiderte ich. »Ich habe die Nase voll von Geschäften mit den Iaccois!«

In diesem Moment hob Rocco die Fäuste, doch Nunzio drückte sie ihm wieder hinunter. »Aspetta un momento!« sagte er und flüsterte Rocco etwas zu, der daraufhin aus der Küche eilte. Wir anderen warteten und warteten ... Was meinen Magen anging, so war mir, als hätte ich den Anker der SS Napoletano verschlungen, und nicht frittata, Früchtebrot und Kaffee bei meinen Verwandten!

Zehn Minuten später platzte Rocco wieder zur Tür herein. In den Händen hielt er die Einwanderungspapiere von Ignazia und eine Daguerrotypie des Mädchens. Aus den Papieren ging hervor, daß sie 1898 geboren, also tatsächlich achtzehn Jahre alt war. Die Aufnahme bestätigte, daß sie so hübsch war wie die andere reizlos – ein Mädchen, das durchaus geeignet schien, die Frau eines Grundbesitzers zu werden. Ein Mädchen mit Fleisch auf den Knochen.

Ich wurde überredet, nach dem Mittagessen noch einmal in die Wohnung der Iaccois zu kommen und dort zu warten, bis Ignazia vom Besuch bei einer Freundin zurückkehrte. Während ich wartete, betrachtete ich das Bild des Mädchens – und war ihr sofort verfallen. Ihr wehendes Haar und ihre vollen Lippen versetzten mein Blut in Wallung. Ihre schwarzen Augen schauten mich direkt an. Ihr rundes Gesicht versprach eine figura, so prall und hübsch wie die der Venus.

Ich verliebte mich in dieses Bild und verliebte mich noch mehr, als das Mädchen aus Fleisch und Blut, eine Stunde später als erwartet, trotzig in die Wohnung ihrer Brüder marschierte.

»Wo warst du?« wollte einer der beiden wissen.

»Ich war, wo ich war«, erwiderte sie keck.

Sie trug einen Wollmantel, der blutrot gefärbt war. Solch ein auffälliges vermiglio war den Färbebottichen von American Woolen and Textile noch nie entsprungen, soviel kann ich sagen! Und noch nie hatte eine solche Frau im Dörfchen Giuliana oder in Three Rivers, Connecticut, gelebt. Ihr schwarzes, wildes Haar reichte ihr bis zum Gesäß. Ihre breiten Hüften waren wie geschaffen dafür, einen Ehemann zu umfangen und Kinder zu gebären. Noch bevor sie den Mantel ablegte, hatte sie mich verzaubert. Schließlich und endlich war ich doch noch verliebt!

»Domenico Tempesta, es ist mir ein großes Vergnügen, dir meine Halbschwester Ignazia vorzustellen«, sagte Rocco.

Das ist sie, sagte ich mir. Das ist die Frau, auf die ich gewartet habe. Hier vor mir, mit finsterem Blick, steht meine Gattin!

Doch das Mädchen beachtete mich kaum. Sie wandte sich Prosperine zu und fragte sie, ob sie die ganzen Reste vom Osteressen an den Besuch verfüttert habe. Sie habe einen Bärenhunger, sagte Ignazia und rieb sich den Bauch.

»Mach dir bitte über einen vollen Bauch später Gedanken, Ignazia«, meinte Nunzio. »Setz dich, und erweise unserem Gast, einem begüterten Mann und Fabrikchef, ein wenig Respekt!«

Ignazia wandte sich erneut Prosperine zu. »Aha, das ist also dein verloren geglaubter innamorato, was?« fragte sie lachend.

»Pah«, erwiderte die andere und sog an ihrer Pfeife.

»Hör auf mit deinem ewigen ›Pah‹«, schimpfte Nunzio. »Mach uns Espresso. Schnell, bevor ich dich aus dem Haus werfe!«

Die Äffin schlurfte in die Küche, und auf den Gesichtern der beiden Brüder erschien wieder ihr falsches Lächeln. Sie stellten mir Fragen über meine casa di due appartamenti und wiederholten jede meiner Antworten für ihre Halbschwester. Statt zuzuhören, wippte Ignazia mit dem Fuß und sang ein Liedchen vor sich hin. »Ich helfe Prosperine in der Küche«, sagte sie dann.

Ich sah ihr nach, als sie aufstand und aus dem Zimmer ging. So schlecht es für die Verhandlungen war, konnte ich doch nicht umhin, erst ihre aufregende Figur und dann den Türrahmen anzustarren, durch den sie gegangen war.

»Ignazias Arbeit in der Schuhfabrik hat sie einer Menge schlechter Einflüsse ausgesetzt«, flüsterte Rocco mir zu, als sie das Zimmer verlassen hatte. »So ist sie zum Beispiel zu der dummen Überzeugung gelangt, Italienerinnen sollten, wie 'Mericani, aus Liebe heiraten. Hahahaha.«

»Dir gefällt, was du siehst, was, Domenico?« bemerkte Nunzio. »Wenn sie deine Frau wird, vergißt sie all diese Hirngespinste. Du wirst sie wieder zu einer richtigen siciliana machen!«

Was mich betraf, so konnte ich nur schlucken und starren – mit dem Finger über ihr Foto in meiner Hand fahren und dem Moment entgegenfiebern, in dem sie aus der Küche zurückkam.

Einige Minuten später flog die Tür auf. Ignazia hielt einen Brotkanten in der einen, ein Hühnerbein in der anderen Hand. »O nein!« schrie sie und schüttelte heftig den Kopf. »Nein, nein, nein, nein!«

»Scusa?« fragte einer der Brüder.

»Sie hat mir gerade in der Küche erzählt, was ihr drei alten Männer im Schilde führt«, sagte das Mädchen. »Ich habe es euch wieder und wieder gesagt: Ich werde Padraic McGannon heiraten. Den und keinen anderen!«

»Diesen faulen Iren ohne Arbeit?« rief Rocco. »Dieses rothaarige Mamasöhnchen, das aus dem Mund noch immer nach Muttermilch riecht?«

Zwar hatte ich Ignazia erst vor wenigen Augenblicken zum erstenmal zu Gesicht bekommen, doch als ich nun hörte, wie sie die Absicht bekundete, einen anderen zu heiraten, wurde in mir der Wunsch wach, diesen gottverdammten Iren aufzuspüren und zu erwürgen! So große Macht besaß Ignazia bereits über mich.

»Wo willst du denn mit diesem Nichtsnutz leben?« wollte Nunzio wissen.

Ignazia stemmte die Hände in die Hüften. »Bei seiner Mutter«, sagte sie.

»Und wovon?«

»Davon verstehen alte Männer nichts. Von amore! Passione!«

Nunzio schüttelte den Kopf ob dieser Tollheit, und Rocco bekreuzigte sich. In den vergangenen Minuten hatte ich eine Menge über passione und amore gelernt. Mir war, als brodelte nun dort, wo zuvor mein kaltes Blut geflossen war, die heiße Lava des Ätna. Ignazia raubte mir den Verstand. Eins aber wußte ich: Sie würde niemals die Frau eines anderen als Domenico Onofrio Tempesta werden!

»Scusa, junge Dame, scusa.« Ich stand auf und erhob die Stimme. »Deine Brüder und ich haben schon vor langer Zeit eine Vereinbarung getroffen, die sich für dich als äußerst fruchtbar erweisen wird, falls ich mich bereit erklären sollte, dich zur Frau zu nehmen.« An dieser Stelle holte ich tief Luft und warf mich in die Brust, damit sie den Mann, den sie bekam, in voller Größe sehen konnte.

»Falls du dich bereit erklärst?« lachte sie. »Falls du dich bereit erklärst? Wer will denn deine Frau sein, du alter Mann? Geh und heirate eine grauhaarige alte nonna!« Grimmig biß sie in den Hühnerschenkel, riß das Fleisch vom Knochen und kaute gierig darauf herum, während sie mich betrachtete.

Die passione, mit der Ignazia die Vorstellung von sich wies, mich zu heiraten, steigerte nur noch mein Begehren. Dieses unverschämte Mädchen würde meine Frau werden, ob sie es wollte oder nicht!

»Mein junges Fräulein«, sagte ich und appellierte an ihre Vernunft. »Die Ehre deiner Brüder steht auf dem Spiel. Ich habe gutes Geld für die Zugfahrt von Connecticut hierher bezahlt, um meine sposa futura kennenzulernen. Vertraue mir, wenn ich sage, daß Übereinkünfte unter Sizilianern – über die du dir deinen hübschen Kopf nicht zu zerbrechen brauchst – bindend sind!«

»Wieviel?«

»Hä?«

»Wieviel hast du für die Zugfahrt bezahlt?« fragte sie mich.

Einen Dollar und fünfzig Cent, antwortete ich.

Unverfroren holte sie eine kleine Geldbörse unter ihren Röcken hervor. Sie öffnete sie und zählte Münzen ab. »Da ist dein kostbares Geld«, rief sie und warf mir eine Handvoll Münzen vor die Füße. Ein entsetzliches Benehmen, und doch wurde mein Wunsch, sie zu besitzen, immer stärker – ich hätte ihr den Hintern versohlen mögen für ihre Frechheit, sie zu Boden zwingen, sie mit meinem ardore zähmen! Das Mädchen brachte mich auf verrückte Gedanken. Plötzlich verstand ich meinen toten Bruder Vincenzo besser als je zuvor.

»Ich heirate Padraic McGannon und keinen anderen«, verkündete sie erneut, um gleich darauf aus dem Zimmer zu stürmen.

»Die hat zwar etwas von einem zänkischen Weib«, sagte ich zu den Brüdern, »aber sie wird's wohl tun. Ich übernehme sie aus euren Händen für eine Mitgift von siebenhundert Dollar.«

»Siebenhundert!« rief Rocco. »Glaubst du vielleicht, wir wären so reich wie du? Dieses Mädchen ist ein Juwel, ein Diamant, der darauf wartet, geschliffen zu werden. Wenn sie erst einmal geheilt ist von dieser törichten Liebe zu dem rothaarigen Iren ...«

Die erneute Erwähnung des jungen Mannes dröhnte mir wie ein Schrei in den Ohren. »Fünfhundertfünfzig dann eben. Das ist mein letztes Angebot. Immerhin wird das Geld dafür verwendet, das appartamento einzurichten, in dem eure Halbschwester leben wird wie eine Königin. Wenn ihr zwei zu Besuch kommt, werdet ihr unter Federbetten schlafen.«

»Alles schön und gut, Tempesta«, sagte Nunzio, »aber mein Bruder und ich sind Arbeiter, keine Sultane. Wir besitzen kein solches Vermögen. Zweihundert, und die andere kommt mit zu euch.« Von den beiden falschen Schlangen war Nunzio bei weitem am schlimmsten.

»Welche andere?« fragte ich, obwohl ich sehr genau wußte, wen sie meinten.

»Diese andere«, sagte Nunzio und wies auf das Affengesicht, das gerade mit unserem Kaffee ins Zimmer kam.

»Kommt nicht in Frage!« sagte ich. »Es würde mir nie einfallen, euch eure Haushälterin wegzunehmen.«

»Sei kein Narr, Tempesta«, meinte Rocco. »Sie kocht und hilft Ignazia, dein großes Haus sauberzumachen, sie leistet Hebammendienste, wenn die Babys kommen, und dann, wenn die Zeit reif ist, verheiratest du sie mit irgendeinem Witwer, der jemanden für seinen Haushalt braucht. Was uns angeht, ist es hier in der Stadt leicht, eine Hausangestellte zu finden. Man muß nur die Tür aufmachen und nach einer rufen.«

»Kommt nicht in Frage!« wiederholte ich. »Wenn ihr für die hier in New York keinen Mann auftreiben konntet, wie soll ich dann hoffen, sie in Connecticut loszuwerden? Vierhundert. Und die andere bleibt hier.«

Nunzio zuckte die Achseln und seufzte: »Dann wird Ignazia eben doch die Frau dieses rothaarigen Iren. Signor Domenico, du läßt dir vor lauter Gier einen kostbaren Fang entgehen. Ich bemitleide dich und beweine deine Dummheit.«

Im Nebenzimmer lief das hübsche, hitzköpfige Mädchen hin und her und diskutierte lauthals mit sich selbst. Dann flog die Tür auf. Ignazia drohte damit, sich das Herz herauszuschneiden, wenn einer von uns sich zwischen sie und den Iren stellte. Daraufhin wurde die Tür wieder zugeknallt.

»Dreihundertfünfundsiebzig«, sagte ich zu Nunzio. »Für das eine Mädchen allein.«

»Dreihundert«, sagte Nunzio. »Und du nimmst Prosperine mit.«

»Dreihundertfünfzig, und die andere bleibt hier bei euch«, sagte ich. »Das ist mein letztes Angebot.«

Rocco machte schon den Mund auf, um meine Bedingungen anzunehmen, doch dieser gottverdammte Nunzio legte seine fette, behaarte Hand auf die Schulter des Bruders. »Als Familienältester, Signor Domenico, muß ich im Namen meiner Halbschwester Ignazia leider ablehnen.« Er begleitete mich zur Wohnungstür und hielt sie auf: »Arrivederci.«

Fassungslos blieb ich auf der Schwelle stehen und starrte die Brüder an. War so etwas möglich? War ich im Begriff, dieses heißblütige Geschöpf zu verlieren, das meinen ardore in nie gekannter Weise entfacht hatte? Nun denn! Ich würde mich nicht um eine Mitgift bringen lassen, mit der ich mein Haus einrichten konnte. Und verdammt sollte ich sein, wenn ich mir auch noch diese knochige Hexe aufhalsen ließ.

Die Küchentür flog noch einmal auf. Ignazias Wangen glühten vor Erregung, und in der kleinen senkrechten Furche über ihrem Schmollmund hatte sich eine winzige Schweißperle gebildet. »Du hast gehört, was er gesagt hat, alter Mann!« schrie sie. »Arrivederci! Verschwinde!«

Ich stöhnte leise auf und spürte plötzlich das unwiderstehliche Verlangen, diesen klaren, glänzenden Nektartropfen von ihrer Oberlippe zu lecken, das Salz zu kosten. Ich sehnte mich danach, ihr die Kleider auszuziehen und sie zu nehmen. So sehr hatte Ignazia mich in ihren Bann gezogen.

»Arrivederci«, wiederholte Nunzio Iaccoi. Dann schloß er die Tür und schob den Riegel vor. Da stand ich nun, einsamer, als ich es je gewesen war.

8. August 1949

Auf der langen Zugfahrt zurück nach Three Rivers winselte ich regelrecht um das, was ich zu verlieren drohte, führte Selbstgespräche und diskutierte mit den Brüdern Iaccoi, so daß die Fahrgäste in meiner Nähe demonstrativ wegschauten oder sich einen anderen Platz suchten. Was scherte es mich? Ich schloß meine brennenden Augen und sah ihr Gesicht, ihre figura. Da saß ich nun, den Mantel auf dem Schoß, ein Bock mit hartem cazzu wie mein Bruder Vincenzo. Dieses Frauenzimmer würde ich schon noch bekommen! Irgendwie würde ich es schaffen!

Das Seltsamste an diesem sehr, sehr seltsamen Tag war aber mein Verhalten, als der Zug in den Bahnhof von New London einfuhr. Es war fünf Uhr nachmittags. In vier Stunden wurde ich bei meiner Arbeit erwartet. »Scusa«, sagte ich zum Schaffner und packte ihn am Ärmel. »Scusa, Signore, wann fährt der nächste Zug von hier nach New York?«

Er schaute auf die Uhr. »In einer Stunde und fünfzehn Minuten.«

Ich schrieb eine Nachricht für Flynn auf einen Zettel: »Notfall in der Familie. Bin morgen zurück. Tempesta.« Dann gab ich einem Mann mit Fahrtziel Three Rivers einen ganzen Dollar, um sicherzugehen, daß er die Nachricht auch wirklich überbrachte. So sehr hatte mir das Mädchen den Kopf verdreht! Ein ganzer Silberdollar, einem Fremden in die Hand gedrückt!

Ich ging ruhelos auf und ab, im Bahnhof, vor dem Bahnhof. Ich war nicht mehr nur Domenico Tempesta – ich war ich und zugleich ein Verrückter! »Sie können dich feuern, wenn du nicht zur Arbeit kommst! Du wirst noch dein großes Haus verlieren!«

»Dann verliere ich es eben!« schrie der andere Teil von mir zurück. »Dann sollen sie eben ihren besten Arbeiter feuern, verdammt noch mal!«

»Aber dieses Weibsstück ist es doch gar nicht wert!«

»Halt's Maul! Ich will sie, ob sie es wert ist oder nicht!«

»Du willst sie mehr als alles, wofür du gearbeitet hast? Bist bereit, deine Träume für sie zu opfern?«

»Sì, dazu wäre ich bereit!«

Der Streit, der in meinem Kopf tobte, war weit schlimmer als die schlimmsten Kopfschmerzen. Als der Zug in den Bahnhof fuhr, zögerte ich einzusteigen. Sie wird dir nichts als Ärger bringen, sagte ich zu mir. Doch als die Räder ganz langsam anfingen, sich auf New York, auf meine Ignazia zuzubewegen, stieg ich in Panik ein, fand einen freien Platz und ließ mich auf den Sitz fallen. Mein Kopf drohte vor Angst und Verzweiflung zu zerspringen. Gleichzeitig fühlte ich mich erleichtert. Was geschah mit mir? Was war nur mit mir los?

Auf halber Strecke stand ich auf, öffnete die Tür, stellte mich ins Freie und ließ mir den Fahrtwind um die Ohren sausen. Der Hut flog mir vom Kopf, doch ich nahm kaum Notiz davon! Ich starrte auf die unter mir dahinrasende Erde. Kopfüber zu springen ist vielleicht besser als diese Liebestollheit, überlegte ich. Aber dann würde ich sie nie wiedersehen, würde das Mädchen nie besitzen. Ich würde sie an diesen rothaarigen Iren verlieren, dem ich liebend gern die Kehle durchgeschnitten hätte.

Ignazia selbst öffnete mir die Tür. Sie hatte ein blaues Auge, und ihr Gesicht war auf einer Seite geschwollen.

»Was? Du schon wieder?« rief sie. »Sieh nur, was sie deinetwegen mit mir gemacht haben! Hau ab!« Sie spuckte mir vor die Füße.

Dann trat Nunzio hinter sie, grinsend wie ein Fuchs, der noch Federn am Maul hat. »Signor Domenico«, sagte er. »Welche Überraschung!«

»Ich werde euch bezahlen«, sagte ich zu ihm, den Blick noch immer auf Ignazia geheftet. »Ich gebe euch vierhundert für sie.«

»Nein!« schrie sie. »Ich nehme Gift! Ich schneide mir das Herz heraus!«

Jetzt erschien auch Rocco an der Tür. »Fünfhundert«, sagte Nunzio kühl, als tauchte täglich ein Freier bei ihm auf, der sich erbot, die Mitgiftverhandlungen derart auf den Kopf zu stellen. »Und ihr nehmt die andere mit.«

»Ich springe von einer Brücke!« brüllte Ignazia. »Ich schneide mir das Herz heraus!«

»Fünfhundert«, wiederholte ich wie in Trance. »Und ich nehme die andere mit.«

Nunzio Iaccoi schüttelte mir die Hand und zog mich in die Wohnung. Rocco entkorkte eine Flasche Wein, um zu feiern. Beide Brüder legten den Kopf in den Nacken und leerten ihr Glas in einem einzigen Zug. Dann schenkten sie sich erneut ein. Was mich betraf, so hielt mich Übelkeit davon ab, auf mein Glück zu trinken; ich befeuchtete mir lediglich die Lippen. Ignazia schrie und jammerte im Nebenzimmer. Prosperine stand rauchend in der Tür und starrte zornig vor sich hin.

9. August 1949

Ignazia und ich wurden am 12. Mai 1916 in Brooklyn standesamtlich vermählt. Prosperine und mein Cousin Vitaglio waren Trauzeugen. Auf der Zugfahrt zurück nach Connecticut gab es keine drei freien Plätze nebeneinander. Ignazia wollte bei Prosperine sitzen, nicht bei mir.

Von meinem Sitz auf der anderen Seite des Gangs konnte ich die Affenfrau zur Gänze sehen, doch von meiner frischgebackenen Braut erspähte ich nur den blauen, mit künstlichen Erdbeeren verzierten Hochzeitshut aus Samt. Ignazia würde sich schon noch in mich verlieben, wenn sie erst mein Haus sah, sagte ich mir. Ja, sie würde mich lieben.

Für Prosperine würde ich Arbeit in der Fabrik finden. Wenn ich sie schon am Hals hatte, sollte sie zumindest Geld nach Hause bringen.

Nach Einbruch der Dunkelheit kamen wir in der Hollyhock Avenue an. Ich bat Ignazia, an der Schwelle meines Hauses zu warten, und eilte von Zimmer zu Zimmer, um die Lampen anzumachen. Dann nahm ich sie bei der Hand und führte sie durch alle Räume. Prosperine folgte uns wie ein düsterer Schatten.

Als wir in der oberen Etage angekommen waren, führte ich meine frischgebackene Braut zu einem Fenster an der Rückseite des Hauses und zeigte ihr den Garten – mein kleines Sizilien. Es war Vollmond in jener Nacht, daran erinnere ich mich noch, und alles erschien in einem besonders vorteilhaften Licht. »Das ist dein neues Zuhause, Ignazia«, sagte ich zu ihr. »Wie gefällt es dir?«

Ihr Achselzucken versetzte mir einen Stich.

Aus einer Schublade holte ich die bestickte Bettwäsche, Signora Siragusas Hochzeitsgeschenk. »Zieh die hier auf«, sagte ich. Ihr Körper, der mich bis in meine Träume verfolgt und meine empfindsame Natur aus dem Gleichgewicht gebracht hatte, war nun endlich mein. Endlich wurde mir die Gelegenheit zuteil, der passione, die mir die Sinne benebelt hatte, Ausdruck zu verleihen.

Ignazia und Prosperine machten das Bett fertig, während ich draußen in meinem kleinen Garten hinter dem Haus wartete. Ich rauchte, beobachtete die Glühwürmchen und konnte durch das offene Fenster oben die beiden Frauen sehen – die Reizlose kämmte der anderen gerade das lange Haar. Hören konnte ich sie auch – Ignazias Schluchzen und Prosperines tröstendes Gemurmel.

Im Bett nahm ich ihr Gesicht in beide Hände und küßte sie. »Mit der Zeit wird dich das Leben mit mir glücklich machen«, sagte ich. Sie wandte sich ab. Tränen liefen ihr über die Wangen und benetzten meine Hände.

Während ich meine eheliche Pflicht ausübte, merkte ich, daß

ihre Mundwinkel nach unten hingen und ihre Augen reglos an die Decke starrten. Nachher untersuchte ich die bestickten Laken.

Sie hatte nicht geblutet. »Vergine?« *fragte ich.*

Angst flackerte in ihren Augen auf. »Sì, vergine« *erwiderte sie.* »*Nicht schlagen! Nicht schlagen!*«

Ihre Liebe zu dem Rotschopf sei keusch gewesen, erklärte sie mir. Manche Frauen bluteten beim ersten Mal eben nicht, das sei alles. Wenn ich Zweifel hätte, könnte ich sie ja nach Brooklyn zurückschicken.

Sie sah wunderschön aus. In ihren dunklen Augen meinte ich zu lesen, daß sie die Wahrheit sagte. Trotzdem schlug ich sie – um ihr eine Lektion zu erteilen, falls sie doch gelogen hatte. Ich konnte nicht riskieren, eine untreue Frau zu haben.

Als ich am nächsten Vormittag in die Küche ging, war Ignazia nicht da. Prosperine schälte Kartoffeln. »*Wo ist sie? Hä?*« *fragte ich.* »*Ein Mann will, daß ihm seine Frau das Essen zubereitet, und kein Affe.*«

Prosperine ließ die Kartoffel fallen, behielt das Messer jedoch in der Hand und kam auf mich zu. »*Wenn du noch einmal die Hand gegen sie erhebst, Tempesta*«, *sagte sie leise,* »*dann schneide ich dir im Schlaf die Eier ab.*«

Mein erster Gedanke war, diese knochige Affenfrau zu schlagen, doch hielt sie die Messerspitze kaum eine Kartoffellänge von mir entfernt, genau dort unten. Sie wirkte verrückt genug, um ihre Drohung wahrzumachen. Was wußte ich denn schon von dieser Hexencousine der gottverdammten Iaccoi-Brüder, außer, daß sie sich verzweifelt darum bemüht hatten, sie loszuwerden?

Ich drehte mich um und lachte, um meine Angst zu verbergen. »*Wag es nicht, mit einem Messer auf mich loszugehen, du dürre Hexe, sonst wird es mit dir ein böses Ende nehmen!*«

Sie hob das Messer bis auf Höhe meines Herzens. »*Das hat schon mal ein Mann gedacht, und jetzt ist er tot*«, *gab sie zurück und spuckte auf den Boden.*

»Ich meine es ernst. Kümmere dich um deine eigenen Angelegenheiten. Ich breche dir den Arm, wenn es nötig ist.«

»Mir ist es auch ernst«, erwiderte sie. »Tu ihr noch einmal weh, und ich mache dich zur Frau!«

Als ich in jener Woche wieder zur Arbeit ging, gratulierten mir alle zur Hochzeit, und ich mußte so viele Hände schütteln, daß mir meine Rechte beinah abfiel. Zweimal schlief ich während der Schicht ein, einmal am Schreibtisch und das andere Mal, als ich an die Wand gelehnt dastand, um das Färben der Wolle zu beaufsichtigen. Flynns Hänseleien über die passione *der Jungverheirateten nahm ich kommentarlos hin, nicht aber die meiner Untergebenen. Als Drinkwater, dieser gottverdammte Indianer, witzelte, meine frischgebackene Frau gönne mir Schlaf wohl nur noch bei der Arbeit, schickte ich ihn nach Hause und kürzte seinen Schichtlohn um die Hälfte. Zwei flatterhafte junge Spinnerinnen schickte ich ebenfalls heim. Danach verloren sie nie wieder ein Wort über mein Privatleben!*

In Wahrheit brachte mich allein der Gedanke daran, wozu diese verrückte Äffin Prosperine fähig sein mochte, um den Schlaf. Schließlich löste ich das Problem, indem ich es mir zur Gewohnheit machte, morgens, wenn ich mich zurückzog, den schweren Eichenschreibtisch vor die Schlafzimmertür zu rücken. »Ich muß hinein, um sauberzumachen!« protestierte Ignazia. »Ich muß mich um die Wäsche kümmern. Den Boden schrubben!«

»Mach deine Arbeit, wenn ich nicht da bin«, wies ich sie an.

»Wenn du nicht da bist, schlafe ich! Dann ist es Nacht.«

»Dann ändere eben deine Gewohnheiten.«

Durch den massiven Schreibtisch geschützt, konnte ich ein wenig schlafen, allerdings nach wie vor nur sehr unruhig. Einmal träumte ich, Prosperine springe vom Ahornbaum durch das offene Schlafzimmerfenster herein, das gottverdammte Schälmesser zwischen die Zähne geklemmt. Hinter ihr kamen unzählige Blauhäher her-

eingeflogen, pickten nach mir, flatterten im Schlafzimmer umher... War dies das Los eines Mannes, der so speciale *war, daß er einst die Tränen der Jungfrau gesehen hatte? War es möglich, daß ich, der es zum Oberfärber gebracht hatte, in den vier Wänden meiner* casa di due appartamenti *zum Opfer einer Affenfrau wurde?*

11. August 1949

Eines Nachmittags im Herbst begegnete ich Signora Siragusa auf der Straße. »Domenico, Sie ungezogener Kerl«, kicherte sie. »Ich habe Ihre kleine Frau gestern bei Budnicks gesehen. Sie hat ja schon einen richtigen Bauch. Sie haben es nicht abwarten können, was?«

Am nächsten Morgen, als ich aus der Fabrik kam, schlief Ignazia noch. Ich trat an das Bett und schob ihr Nachthemd hoch. Da sah ich es.

Und ich sah auch, daß die finstere Miene, die sie in meiner Gegenwart aufsetzte, verschwunden war. Spiegelte sich in ihrem schlafenden Gesicht der Seelenfrieden, den sie während ihrer Kindheit in Sizilien gekannt hatte? Oder in den Armen dieses irischen Rotschopfs? Als sie die Augen öffnete und mich sah, verfinsterte sich ihre Miene augenblicklich.

»Was ist denn das?« fragte ich und tätschelte ihren Bauch.

Statt einer Antwort brach sie in Tränen aus.

»Nun?« beharrte ich.

»Was glaubst du denn, was es ist, wo du dauernd dein Ding in mich rein steckst?«

»Wann kommt es?« fragte ich.

»Woher soll ich das wissen?« Sie zuckte mit den Achseln und stand dann hastig auf. »Solche Vorhersagen sind nie genau. Vielleicht Februar. Vielleicht März... Was starrst du mich denn so an?«

»Freust du dich?« wollte ich wissen.

Wieder zuckte sie mit den Achseln. Dann zog sie ein Kleid an, drehte ihr dichtes Haar zu einem Knoten und befestigte ihn im Nacken. »Ich nehme, was kommt. Du läßt mir ja keine andere Wahl.«

Ich brachte Ignazia zu Pedacci, der einen Schuhmacherladen hatte und Vorsitzender der Figli d'Italia *war. Pedacci konnte vorhersagen, ob es ein Junge oder Mädchen wurde, indem er die Mutter auf dem Gehsteig vor seinem Laden hin- und hergehen ließ.*

Er stand in der Tür, während Ignazia auf und ab ging, drei-, viermal. Jedesmal, wenn sie wieder bei dem Laden ankam, hielt sie inne, doch Pedacci bedeutete ihr, sie solle noch ein wenig gehen.

Unsere Bitte um eine Vorhersage hatte Pedaccis Binokelspiel im Hinterzimmer unterbrochen. Die anderen Kartenspieler – Colosanto, der Bäcker, und Golpo Abruzzi aus der Messingfabrik – schauten ebenfalls zu, wie Ignazia auf und ab ging. Von dem ganzen Gehen und Beobachtetwerden bekam Ignazia einen roten Kopf. Sie blieb stehen, winkte mich zu sich und beschwerte sich so laut, daß Pedacci und die anderen es hören konnten: »Was soll diese Anglotzerei? Ich bin doch keine Statue!«

»Sei nicht unhöflich«, warnte ich sie. »Wenn Pedacci sagt, du sollst gehen, dann geh!«

Sie gehorchte, und nach einer Weile kratzte sich Pedacci am Kinn und kniff die Augen zusammen. Dann hob er die Hand und bedeutete ihr stehenzubleiben.

Das Geschlecht des Kindes sei extrem schwer vorherzusagen, flüsterte er mir zu – einer der schwierigsten Fälle, der ihm je untergekommen sei. Das Baby liege anders als üblicherweise. Toskanische Frauen trügen ihre Kinder manchmal so. Ob Ignazia vielleicht aus der Toskana stamme?

»Nein, nein«, beschied ich ihm. »Sicilia.«

Nun, meinte er, in diesem besonderen Fall sei es notwendig, die tette *anzuheben. Einzig und allein zum Zwecke einer zutreffenden Vorhersage. Das verstünde ich doch, oder?*

»Natürlich, Don Pedacci, natürlich«, sagte ich. »Ich bin schließlich ein moderner Mann und kein eifersüchtiger, ungebildeter Bauer aus der alten Heimat. Laßt es mich nur eben meiner Frau sagen.«

Behutsam näherte ich mich Ignazia. Mit der Frau konnten gelegentlich die Gäule durchgehen, als dröhnte ihnen die Schichtsirene von American Woolen and Textile in den Ohren, und es ging nicht an, daß Ignazia sich mir gegenüber vor diesen Leuten so respektlos zeigte wie sonst immer.

»Du wirst einen Moment mit Signor Pedacci hineingehen müssen«, flüsterte ich. »Um eine sichere Vorhersage treffen zu können, muß er die tette *anheben.«*

*»*Was?*« schrie sie. »*Meine? *Nein, nein und nochmals nein! Sag dem alten Bock, er soll die* tette *seiner eigenen Frau anheben!«*

»Bitte nicht so laut«, sagte ich, dieses Mal bestimmter. »Der arme Mann ist Witwer.«

»Sag ihm, er soll die melanzana *im Gemüseladen betatschen und seine schmuddeligen Finger von mir lassen! Ich lasse mich nicht wie ein Paar Schuhe in seinem Laden behandeln!«*

Ich packte meine Frau am Handgelenk und verdrehte es ein wenig, um ihr zu zeigen, daß es mir ernst war. »Du hast deinem Mann zu gehorchen. Tu gefälligst, was ich dir sage.«

»Pah!« machte sie. Doch mein fester Griff verfehlte nicht seine Wirkung. Angst flackerte in ihren Augen auf, und sie gehorchte.

Sie blieben vier, fünf Minuten drinnen. »Glückwunsch, Domenico!« sagte Pedacci, als er wieder herauskam. »Ein Sohn!«

Ignazia stand hinter ihm. Die Nachricht schien sie nicht mit Freude zu erfüllen; statt dessen standen Tränen in ihren Augen, und ihre finstere Miene sehe ich noch heute vor mir, da ich hier im Garten sitze, so viele Jahre später. Ignazia war eine Frau, die ihrem Ehemann das Herz brechen konnte.

»Kommen Sie noch mal auf ein Schnäpschen herein«, sagte Pedacci. »Golpo, Colosanto und ich möchten mit Ihnen auf Ihr bambino anstoßen.« Er wandte sich an Ignazia. »Nur ein kleiner Schnaps, Signora Tempesta. Dann schicke ich ihn wieder raus. Setzen Sie sich, haha. Sagen Sie meinen Kunden, sie sollen in etwa einer Stunde wiederkommen.«

Ignazia biß die Zähne zusammen und schnaubte verächtlich durch die Nase. Sie setzte sich nicht.

In Pedaccis Hinterzimmer genehmigte ich mir ein Gläschen, dann noch eins, und dann luden Pedacci und die anderen mich ein, mit ihnen Karten zu spielen. War es ein Verbrechen, wenn sich ein Mann, der sich jahrein, jahraus in der Fabrik abrackerte, mit ein oder zwei paesano an einen Tisch setzte und Karten spielte? Meine Frau empfand das so! Gerade hatte ich ein wunderbares Blatt auf der Hand, als Abruzzi lachend in Richtung Tür deutete.

Da stand sie.

Ich erhob mich und ging zu ihr. »Was hast du denn, hä?« fragte ich leise.

»Mi scappa la pippì!« flüsterte sie zurück. Dabei trat sie von einem Bein auf das andere. Ihre Hände hatte sie zu Fäusten geballt.

»Sprich nicht so ungehobelt im Beisein anderer Leute! Wo bleibt denn deine Würde? Halt es ein, bis wir zu Hause sind.«

»Ich kann es nicht mehr einhalten!« protestierte sie. Die anderen drei grinsten vor sich hin. Pedacci fing an zu pfeifen.

»Dann pinkel dich eben voll, Frau«, sagte ich. »Du wirst schon noch lernen, gehorsam zu sein!«

Sie knallte die Tür zu. Ich konnte hören, wie sie vorne im Laden die Schuhe anschrie.

»So ist's richtig«, meinte Abruzzi. »In einem Schloß, in dem die Frau regiert, ist der König nur mehr ein Bauer.«

»Sì«, nickte Pedacci. »Frauen muß man wie Pferden den Willen brechen, sonst geben sie schlechte Ehefrauen ab. Was, Domenico?«

»Sì, Signore, sì«, sagte ich. »Ihren Willen zu brechen ist absolut notwendig.«

Als ich wieder in den Schuhladen ging, höchstens zwei, drei Spiele später, war Ignazia verschwunden. Dieser gottverdammte Abruzzi witzelte, meine arme Frau habe sich mir entweder widersetzt, oder ihr »kleines Problem« habe sie aus der Tür geschwemmt.

Als ich nach Hause kam, saß Ignazia in der Küche und badete ihre mit Blasen übersäten Füße in warmem Salzwasser. Ihre Augen waren gerötet. Sie war die drei Meilen zu Fuß nach Hause gelaufen.

Prosperine stand am Spülbecken und wusch Ignazias Kleid und ihre Unterwäsche aus. »Geh auf dein Zimmer«, sagte ich zu ihr. »Ich will mit meiner Frau allein sprechen.«

Doch die Äffin blieb einfach stehen, starrte mich trotzig an und wrang Ignazias Unterwäsche aus, als hätte sie meinen Hals zwischen den Händen.

»Verschwinde!« befahl ich und klatschte in die Hände. »Los jetzt!«

Gemächlich durchquerte sie die Küche und ging in die Speisekammer, den Blick die ganze Zeit auf mich geheftet.

Zunächst raspelte ich Süßholz. »Es wächst also ein Junge in dir heran, was? Bald werden wir einen Sohn haben.«

»Möge Gott meinem Sohn beistehen, wenn er zu so einem unmenschlichen Wesen heranwächst wie du eines bist«, sagte sie.

»Unmenschlich? Warum bin ich unmenschlich?«

Sie schluchzte so heftig, daß ihr ganzer Körper zitterte und das Wasser in der Waschschüssel überschwappte.

»Ganz ruhig«, sagte ich. »Es liegt an dem Kind, daß du so nervös bist.«

Dann kam Prosperine mit zwei dicken Zwiebeln aus der Speisekammer zurück. Sie begann damit, sie kleinzuschneiden, konzentrierte sich dabei aber nicht auf das, was sie tat, sondern schaute mich an. Sie benutzte ein Messer, das viel zu groß war zum Zwiebelschneiden. Hack, hack, hack. *Die ganze Zeit behielt sie mich im Auge und schlachtete gleichzeitig mit ihrem riesigen Messer die Zwiebeln ab.*

In der Nacht des 2. Dezember 1916 war ich damit beschäftigt, das Einfärben von Wolle für Uniformjacken der US-Marine zu beaufsichtigen. Anfang der Woche hatte es in der Frühschicht Probleme gegeben – zwei schlechte Durchläufe beim Färben, die dem Aufseher der Tagesschicht (einem gottverdammten Frankokanadier namens Pelletier) entgangen waren. Der Fehler hatte American Woolen and Textile viel Geld gekostet, und Pelletier war versetzt worden. Er gehörte nun zur Putzkolonne der Nachtschicht.

»Lassen Sie den Oberspaghetti die nächsten Durchläufe beaufsichtigen«, hatte Baxter, der Schwiegersohn des Fabrikbesitzers, Flynn angewiesen. »Wenn der Oberspaghetti die Aufsicht hat, dann läuft die Sache.« Flynn erzählte mir nachher, was Baxter gesagt hatte. »Es hat nichts zu bedeuten, daß er dich Spaghetti nennt«, meinte er. »Betrachte es als Kompliment. Sieh bloß zu, daß du die Färbedurchläufe nicht vermasselst.«

In dieser Woche schlief ich kaum, und während ich wach lag, mußte ich an meine erste Arbeitsstelle in Amerika denken. Es war nun schon Jahre her, daß ich die Eingangshalle der New Yorker Stadtbücherei gefegt und den Dreck von Männern und Frauen aus den Toiletten weggemacht hatte. Doch nun tauchten der Gestank und das Elend dieser erbärmlichen Arbeit wieder auf, und ich erinnerte mich an die Blicke jener aufgeblasenen New Yorker, die an einem einfachen Hausmeister vorbeigingen und sich beglückwünschten, weil sie glaubten, um vieles besser zu sein als ich. Ich hatte eine weite Reise in Kauf genommen, hatte die Gelegenheit beim Schopf gepackt und war für meine Entschlossenheit belohnt worden. Aber ein einziger Fehltritt konnte mich wieder zum Toilettenputzer machen.

In der Nacht des 2. Dezember überprüfte ich die Stoffproben sorgfältig unter dem Vergrößerungsglas – mit Hilfe einer Speziallampe, die ich, um auf Nummer Sicher zu gehen, angeschafft hatte –, bevor ich den Durchlauf freigab. Da rief Flynn meinen Namen.

»Was?« Als ich aufschaute, sah ich Flynn in Begleitung von Prosperine auf mich zukommen.

»Komm mit mir«, sagte sie. »Sie ist soweit.«

»Was? Wie kann sie denn schon soweit sein?«

Sie schaute zu Flynn hinüber. Der sah weg. »Ihre Fruchtblase ist geplatzt«, flüsterte sie. »Die Wehen haben eingesetzt. Vielleicht gibt's ein Problem, vielleicht auch nicht.«

»Was denn für ein Problem?«

Sie zuckte die Achseln.

»Du hast sie allein gelassen?«

Die Äffin schüttelte den Kopf. »Signora Tusia von nebenan ist bei ihr.«

Ich schaute zu Flynn und dann wieder zurück zur Äffin. Ich sah, wie Baxter uns durch die Glaswand seines Büros beobachtete. »Geh heim«, sagte ich. »Frauenprobleme müßt ihr Frauen schon selbst lösen. Glaubst du vielleicht, ich könnte hier alles stehen- und liegenlassen? Behellige einen Mann nicht an seinem Arbeitsplatz!«

Prosperine ignorierte meine Anordnung. »Sie braucht einen dottore*«, sagte sie. »Das meint auch Signora Tusia. Am besten holst du ihn auf dem Nachhauseweg.«*

Ich beugte mich zu ihr herunter. »Ärzte ziehen ehrlichen Ar-

beitern nur das Geld aus der Tasche«, sagte ich. »Geh heim und hilf ihr beim Entbinden, statt in der Stadt rumzulaufen. Verdien dir wenigstens einmal deinen Unterhalt, du faules Stück.« Wenn ich sie nicht bald loswurde, würde ich noch als Hausmeister enden.

»Figliu d'una minchia!« *schrie sie. »Wegen ein paar Cent läßt du deine Frau sterben!«*

Meine Untergebenen unterbrachen ihre Arbeit, um diese knochige Hexe anzustarren, die es wagte, mir gegenüber derart die Stimme zu erheben. Was hätte ich anderes tun sollen, als sie an Kragen und Ärmel zu packen und aus der gottverdammten Fabrik zu werfen? Ich mußte schließlich arbeiten! Mit dem Verdienst eines Hausmeisters konnte man ein Haus wie das meine niemals unterhalten, konnte nicht Frau und Sohn ernähren und einkleiden, geschweige denn eine gottverdammte Affenfrau, der die Mordlust in den Augen stand!

Den Rest dieser Schicht konnte ich mich nicht mehr konzentrieren. Wieder und wieder schaute ich auf die Uhr. War mein Sohn mittlerweile auf die Welt gekommen? Sollte ich Prosperine schlagen für ihren Ungehorsam in aller Öffentlichkeit? Sollte ich Quintilliani, den italienischen dottore, *auf dem Heimweg von der Schicht holen? Die Stunden zogen sich endlos. Doch das Färben verlief erfolgreich. Baxter hatte schon recht: Wenn man eine Sache vernünftig erledigt haben wollte, setzte man am besten Domenico Tempesta ein, sogar in Nächten, in denen er den Kopf mit anderen Dingen voll hatte!*

*Nach Morgengrauen verließ ich die Fabrik und eilte zum Haus von Quintilliani. Seine Haushälterin sagte, er sei seit Mitternacht bei einem Jungen mit Blinddarmdurchbruch. Das in meinen Diensten stehende Mädchen habe allerdings bereits vor einiger Zeit nach ihm gefragt, und sie habe sie zu Yates, dem Yankee-*dottore, *geschickt.*

Als ich zu Hause ankam, stand Yates' Roadster vor der Tür.

Das Herz schlug mir bis zum Hals. Ich öffnete die Haustür und folgte Ignazias Schreien in den hinteren Teil des Hauses.

Sie lag in Decken gehüllt auf dem Küchentisch und zitterte. Tusias Frau wischte ihr mit einem Tuch über Gesicht, Hals und Haar. Yates war bei ihr da unten beschäftigt:

Prosperine bemerkte mich als erste. »Figliu d'una minchia«, *murmelte sie leise.*

Dann sah Ignazia mich. »Raus! Verschwinde!« brüllte sie. »Sieh nur, was mir dein schmutziges Tun eingebracht hat!«

*Der Yankee-*dottore *bat mich, im Wohnzimmer zu warten; wir müßten uns unterhalten, aber nicht in diesem kritischen Moment.*

Ignazia wimmerte.

»Avanzata!« *befahl Prosperine meiner Frau.* »Avanzata!«

*Ich ging in die Speisekammer, nicht ins Wohnzimmer. Was bildete sich der Yankee-*dottore *ein, mir zu sagen, wo ich in meinem eigenen Haus hinzugehen hatte?*

»Hören Sie jetzt nicht auf, Mrs. Tempesta!«

»Gut, Ignazia, sehr gut, weiter so«, ermutigte Tusias Frau sie.

Ihre Anweisungen und Ignazias Schreie verwandelten sich in ein leises, entferntes Gemurmel.

Es lag in der Speisekammer auf der Anrichte ...

Ein kleines Bündel, hastig in ein blutiges Laken gewickelt. Ich wußte, was es war, bevor ich es hochnahm.

Er hatte blaue Füße und blaue Finger. Schwarze Wimpern. Schwarzes Haar auf dem Kopf, noch feucht von der Geburt. Sein Ding war wie ein kleiner Knopf. Er war makellos, aber blau.

Ich beugte mich zu ihm hinunter. Sog seinen Geruch ein. Berührte seine Lippen. Er war weder kalt noch warm. Seine Seele weilte noch immer in der Speisekammer ...

Ich nahm das, was da war ... Spülwasser, Olivenöl, das ich aus der Flasche in meine Hand träufelte. Es war die Hand eines Arbeiters, rauh und verbraucht, mit blauem Farbstoff gefärbt. Nicht die glatte, weiße Hand eines Priesters. Keine Hand, die würdig war, perfezione *zu berühren. Ich nahm das, was da war.*

Mit dem Daumen machte ich ein Kreuz aus Öl auf seine Stirn und auf beide Augenlider. Aus der hohlen Hand träufelte ich Wasser auf seinen winzigen Kopf. »Ich taufe dich, im Namen des Vaters, des Sohnes und des Heiligen Geistes«, flüsterte ich auf Englisch, nicht auf Italienisch, denn mein toter, namenloser Sohn war 'Mericano. *Er hätte eine große* futura *vor sich gehabt, doch war kein Leben in ihm.*

War das, was ich tat, ein Sakrament oder ein Sakrileg? Ein battesimo, *ausgeführt von einem Mann, der einen Monsignore mit einer Kelle nassen Zements besudelt und den Tod seines Bruder zu verantworten hatte? Hatte ich die Seele meines Sohnes gerettet oder ihn zur Hölle verdammt? Diese Frage sollte ich mir in tausend schlaflosen Nächten nach dieser improvisierten Taufe stellen … und stellte sie immer wieder einem stummen Gott.*

Ich küßte die kleine Hand meines Sohnes und hüllte ihn wieder in das Tuch. Hob ihn hoch und hielt ihn ganz dicht an mich. »Aaahh!« wimmerte Ignazia, und dann erblickte das zweite Kind das Licht der Welt. Mit dem Erstgeborenen auf dem Arm beobachtete ich von der Tür aus, wie Yates die Nabelschnur des lebendigen Säuglings durchtrennte.

»Ein Mädchen!« krächzte Prosperine.

»Capiddi russi!« *verkündete Tusias Frau.*

*»Jawohl, sie ist ein richtiger Rotschopf«, sagte der Yankee-*dottore. *»Und sie hat eine Hasenscharte.« Ignazia bemühte sich, die Kleine zu Gesicht zu bekommen. »Oh, oh, oh«, wimmerte sie immerfort und starrte dabei das kreischende Etwas an, hungrig nach ihr, den Blick voller Liebe.*

»Bambina mia …«

Ich drückte meinen Sohn noch fester an mich.

»Bambina mia«, *sang Ignazia immerzu.* »Bambina mia.« *Ständig küßte sie ihr das Gesicht, den Kopf, den winzigen zerrissenen Mund. In diesem Augenblick wurde mir klar: Sie war kei-*

ne vergine gewesen, als sie mich geheiratet hatte. Sie hatte die Beine nicht nur für ihren Ehemann gespreizt, sondern auch für ihren geliebten Iren. Ihr Bauch hatte sich nicht nur mit einem, sondern mit zwei bambini gefüllt. Und es war offensichtlich: Für den toten Jungen, der von mir stammte, empfand sie keine Liebe. Sie liebte nur das entstellte, lebende Mädchen – das Kind dieses gottverdammten rothaarigen Iren.

Nachdem er mit Ignazia fertig war, kam der dottore in meinen kalten, braunen Garten und sagte, wir müßten miteinander reden.

Dann fangen Sie an, sagte ich. Noch immer hielt ich den toten Jungen im Arm.

Warum ich das arme Kind nicht den Frauen drinnen übergäbe, damit sie ihn waschen könnten? Wenn er nachher gehe, müsse er ihn zum Coroner, dem Gerichtsmediziner der Stadt, mitnehmen. Das sei der für solche Fälle vorgeschriebene Ablauf. Ignazia und ich bekämen ihn dann für die Beerdigung zurück. Er gehe davon aus, daß ich einen Priester rufen wolle.

»Kein Coroner«, erwiderte ich. »Kein Priester.«

»Nun, die Religion ist allein Ihre Sache, Mr. Tempesta, aber das Gesetz schreibt nun einmal den Coroner vor. Sie sollten auch das Gute an der Sache sehen: Diesmal haben Sie noch Glück gehabt.«

»Glück?« fragte ich. Wollte er mich auf den Arm nehmen? Sich lustig machen über meinen Verlust?

»Ich will damit sagen, daß Sie alle beide hätten verlieren können, und Ihre Frau noch obendrein. Der kleine Bursche hat falsch gelegen, den Geburtskanal blockiert. Es war ganz schön schwierig, die Dinge wieder in den Griff zu bekommen. Und machen Sie sich keine Sorgen wegen der Hasenscharte. Soweit ich es beurteilen kann, hat sie keine Gaumenspalte. Sie wird nicht komisch sprechen. Ein ganz normales Kind.«

Er machte eine Pause, bevor er mir den Rest erzählte.

»Mr. Tempesta, Ihre Frau hätte heute nacht sterben können. Ihr Herz ist schwach. Sie sagt, als kleines Mädchen habe sie eine Fieberkrankheit gehabt. So eine Krankheit schädigt manchmal das Herz, verstehen Sie? Diese beiden Geburten haben ihre Pumpe mächtig beansprucht.« Er sprach laut und bedächtig, als wäre ich taub oder ein Idiot. »Noch so eine schwere Geburt könnte sie umbringen, verstehen Sie? Sogar eine ganz normale Entbindung, eine einfache Geburt ohne Komplikationen. Um auf Nummer Sicher zu gehen, dürfen Sie beide keinen Verkehr mehr miteinander haben.«

Ich legte meinem Jungen die Hand auf die Stirn und schaute ins Leere.

»Begreifen Sie, was ich sage, Mr. Tempesta? Ich rede lieber Klartext mit Ihnen. Sie dürfen Ihre Frau nicht mehr vögeln.«

Ich schloß die Augen und streichelte die kalte Stirn des Jungen. »Es gibt keinen Grund, Gossensprache zu benutzen«, sagte ich. »Keinen Grund, im Beisein meines Sohnes unflätig daherzureden.«

»Jetzt ist es aber gut. Werden Sie mir gegenüber bitte nicht überheblich. Ich sage es Ihnen bloß, das ist alles. Regen Sie sich nicht so auf, und seien Sie dankbar für das, was Ihnen gegeben wurde.« Er stand auf und streckte die Hände nach dem Jungen aus. Doch ich gab ihn nicht her.

Alle Tränen, die ich vergoß, vergoß ich in der Abgeschiedenheit meines Gartens. Nie im Haus. Nie vor den Frauen. Sogar in eiskalten Winternächten ging ich hinaus, um zu weinen.

Später an dem Tag kehrte Yates mit dem Coroner, einem Polizeibeamten und Baxter aus der Fabrik zurück. Baxter übernahm das Reden. »Wir schätzen Ihre Arbeit sehr, Domenico«, sagte er. Es war das erste Mal, daß er mich mit meinem Namen anredete – das erste Mal, daß er mich nicht Oberspaghetti nannte. »Und ich kann Ihre Trauer vollkommen verstehen. Ich habe selbst

Kinder, und ich weiß, was so etwas bedeutet. Aber verdammt noch mal! Wie steht denn die Firma da, wenn das in die Zeitung kommt. Wir wollen keinen Ärger. Wir dürfen keine Gesetzesbrecher beschäftigen, so einfach ist das. Handeln Sie sich doch keinen Ärger ein, Mann. Das Kind ist tot. Geben Sie auf.«

Plötzlich war mir kalt, und ich hatte Hunger... und ich war so müde, daß ich befürchtete, in Gegenwart der vier in Tränen auszubrechen. Das kleine Päckchen, das ich an meine Brust gedrückt hielt, war plötzlich schwer wie ein Haufen Backsteine.

Ich sah, wie Tusias Frau aus ihrem Küchenfenster schaute. Sah die Trauer in ihren Augen. Sie war eine gute Frau. Die Liebe, die sie ihrem Mann entgegenbrachte, war süß und rein. Unbefleckt. Sie war die ganze Nacht und den Morgen über bei Ignazia geblieben. Auf sie deutete ich nun – auf Tusias Frau.

»Sagt Signora Tusia, sie soll rauskommen. Ihr anderen geht nach vorn und wartet.«

Die Signora kam zu mir in den Garten. »Möge Gott diesem Kind seinen Segen geben«, flüsterte sie und nahm ihn von mir entgegen. Tränen rannen ihr über das Gesicht. »Und möge Gott auch Sie segnen, Domenico, und Ihnen Gnade erweisen.«

»Sparen Sie sich Ihre Gebete, Signora. Gott verschwendet seine Gnade nicht an einen Tempesta.«

Den Rest des Nachmittags saß ich wie ein Stein in meinem Garten – zu erschöpft, um aufzustehen und hineinzugehen.

Kurz vor Einbruch der Dunkelheit kam Prosperine mit einer Schüssel heißer farina heraus.

»Schläft sie?« fragte ich.

»Sie schlafen beide«, erwiderte sie. »Hinten in meinem Zimmer. Komm, iß was. Du mußt was im Magen haben, wenn du zur Arbeit gehst.«

Ich nahm einen Bissen. Es tat gut, die Wärme in meinem Mund zu spüren. »Zum Teufel mit der Arbeit«, hörte ich mich sagen.

»Hoffentlich geht die gottverdammte Fabrik in Flammen auf und alle Bosse gleich mit! Gib mir ein Streichholz und Benzin, und ich zünde sie selbst an!«

Bei der Kälte draußen konnte ich den Atem der Äffin sehen. »Es wäre besser gewesen, wenn das Mädchen gestorben wäre«, sagte sie schließlich. »Schlimm genug, als Frau auf die Welt zu kommen. Schlimmer noch, als Frau auf die Welt zu kommen und wie ein Kaninchen auszusehen. Sie wird es schwer haben im Leben.«

Ich schielte zu ihr hoch, musterte sie im letzten Tageslicht. Sie trug ihr Nachthemd und darüber einen langen Mantel. Ihr Haar hing herunter – schwarze Flechten, so dünn wie Stricknadeln. »Es ist kalt«, sagte sie. »Komm ins Haus.«

»Ignazia ist froh, daß es das Mädchen ist, das überlebt hat«, sagte ich. »Meine Frau sorgt sich nur um dieses Kaninchengesicht mit dem orangefarbenen Haar.«

»Das muß sie auch«, entgegnete Prosperine. »Sonst würde der Kummer sie auffressen. Der Verlust des Jungen hätte sie sonst noch im Kindbett sterben lassen.«

»Pah!« sagte ich.

»Gib ihr Zeit, Tempesta. Laß sie gesund werden.«

Ich stand auf und ging hinein.

Zog mich an.

Ging zur Arbeit.

12. August 1949

Der nächste Tag war ein Samstag. Als ich heimkam, setzte ich mich in die Küche, aß und hörte zu, wie Ignazia hinter der halbgeöffneten Schlafzimmertür der Äffin mit dem Baby sprach und ihm etwas vorsang. Ich erhob mich und stellte mich in die Tür. Als Ignazia mich bemerkte, bat sie mich herein. »Willst du sie einmal halten?« fragte sie.

Ich schüttelte den Kopf. Starrte das Baby an. Es lag auf dem Bett und streckte die Zunge heraus. Drohte mir mit seiner kleinen Faust. »Vielleicht wird sie mal Boxer«, sagte ich.

Ignazia lächelte über meinen kleinen Scherz, fing dann aber an zu weinen. »Wie findest du den Namen Concettina?« fragte sie.

»Concettina?« sagte ich. »So hat meine Mutter geheißen.«

»Sì, daran habe ich mich erinnert. Es ist ein schöner Name.«

»Concettina«, wiederholte ich.

»Ruh dich ein bißchen aus, Domenico«, sagte sie zu mir. »Dann mußt du losgehen und den Priester aufsuchen. Besprich mit ihm die Beerdigungsfeier des Jungen und die Taufe von Concettina.«

Ich schüttelte den Kopf. »Kein Priester«, sagte ich. »Keine Taufe.«

Wieder stiegen meiner Frau Tränen in die Augen. Bei dem Jungen habe die Zeit nicht gereicht, sagte sie, aber sie wolle sichergehen, daß wenigstens dieses Kind nun von Sünde reingewaschen werde.

Ich stand auf. Dieses Kind wurde in Sünde gezeugt, hätte ich ihr am liebsten entgegengeschleudert. Einen Domenico Tempesta konnte man nicht zum Narren halten! Aber ich sagte nur: »Keine Taufe.«

Den ganzen Tag über schlief ich wie ein Toter, und als ich aufwachte, war es Nacht. Ich ging nach unten. Prosperine saß mit einem Glas und einem Krug von meinem Wein am Küchentisch. »Die beiden sind gerade eingeschlafen«, sagte sie. »Setz dich. Gieß dir was ein.«

»Ich will keinen Wein«, sagte ich. »Ich bin gerade erst aufgewacht.«

»Dann schenk mir nach«, befahl sie, als wäre sie die Herrin des Hauses und ich der Diener.

Normalerweise schlich sie immer auf leisen Sohlen umher, aber in jener seltsamen Nacht lösten ihr der Wein und die besonderen Umstände die Zunge. Stundenlang saßen wir in der Küche. Sie trank, rauchte ihre Pfeife und erzählte. Wenn sie mehr wollte, pochte sie mit dem leeren Glas auf den Tisch. In jener Nacht trank sie einen halben Krug Wein, vielleicht mehr.

Es war die Nacht, in der sie mir ihre Geschichte erzählte. Die Nacht, in der die Äffin mir enthüllte, wer sie war – wer sie beide waren …

38

Ich schloß die Tür. Draußen regnete es in Strömen, wütete ein Sturm. Die Zeitung war triefend naß. Verdammt noch mal, ich hatte dem Zeitungsjungen doch gesagt: Wenn es regnet, leg die Zeitung in den Hausflur.

Ich versuchte nochmals, den Fernseher einzuschalten: nur Rauschen und Schnee. Bis der Sturm vorbei war, würde er wohl nicht funktionieren.

Also blieben mir drei Möglichkeiten: bei dem Regen rauszugehen, die nasse Zeitung zu lesen oder noch ein wenig in der Geschichte des Alten zu blättern. Ich warf mich wieder aufs Sofa und griff nach dem *Daily Record.*

100 000 PROTESTIEREN GEGEN GORBATSCHOW; STÜRMEN ROTEN PLATZ – FORDERN ENDE DES SOWJETREGIMES. So, wie es aussah, hing das »Reich des Bösen« wohl am Tropf. Ich dachte an all die U-Boote, die Ray und die anderen Jungs gebaut hatten, um gegen den Angriff der Sowjets gewappnet zu sein, all die Bunker, die die Leute in ihren Gärten versenkt hatten. *Ihr müßt euch ducken und den Kopf bedecken,* hatten sie uns in der Grundschule beigebracht, *wenn die Russen die Bombe werfen ...* Und so waren wir Micky-Mausketiere alle in Erwartung des Endes der Welt aufgewachsen, des großen Knalls, mit besten Empfehlungen von den Kommunisten ... Schon verrückt, wie sich alles veränderte. Aus den Fugen geriet. Sie hatten die Berliner Mauer kurz

und klein geschlagen. Der Ayatollah hatte Schiffbruch erlitten. Saddam war in seinen Bunker zurückgejagt worden. Himmel, wenn wir nicht aufpaßten, würden uns bald die bösen Jungs ausgehen ...

OPFER DER POLIZEIBRUTALITÄT IN L.A. IDENTIFIZIERT.

Außer uns selbst vielleicht. Außer dem bösen Jungen im Spiegel ...

Das Opfer blickte mich von der Titelseite des durchweichten *Daily Record* an. Er war schwarz, natürlich; es erwischte immer die schwarzen Männer. Nun hatte er auch einen Namen – Rodney King. O Mann, in gewisser Weise war ich dankbar, daß das Fernsehen nicht funktionierte – dankbar für die Atempause. Seit drei Tagen zeigten sie nun schon dieses körnige Video. Die Cops, wie sie auf den Typen eindroschen – ihn traten, ihn niederknüppelten, ihm einen Schlag nach dem anderen mit ihren Elektroschockern verpaßten. Sie hatten ihn angekettet, ihm die Beine, den Kiefer und ein Auge zerschlagen. Seine linke Gesichtshälfte war gelähmt. Wieder und wieder hatten sie es gezeigt. Amerikas *echte* Heimvideos. Und die Wiederholungen begannen bereits, mich einzulullen, mich abzustumpfen – jedesmal, wenn sie über ihn herfielen, spürte ich die Schläge ein bißchen weniger ...

Nur, daß Rodney King uns keine Ruhe ließ. Er starrte genau in die Kamera und jetzt, auf der Titelseite, begegnete ich ihm von Angesicht zu Angesicht, stand er mir Auge in Auge gegenüber. Und gewann ... *Ich* blinzelte als erster. *Ich* war es, der wegsehen mußte, der den Anblick seines verquollenen, zerschlagenen Auges nicht aushielt.

Ich legte die Zeitung zur Seite, stand auf, lief im Wohnzimmer auf und ab ... Es regnete schon den zweiten Tag so heftig, und für den nächsten Tag wurden noch mehr Niederschläge erwartet. Wenn das so weiterging, mußten die Geschäfte in der Innenstadt bald den Sachem River aus ihren Kellern pumpen ...

Unterdrückung, Mann: die »Besitzenden« trampelten auf den »Habenichtsen« herum, traten sie noch, wenn sie schon am Boden lagen. Das Recht des Stärkeren, was, Domenico? Du mußtest sie ein bißchen härter rannehmen. Ihr zeigen, wer der Herr in *deinem* Haus war. Nicht wahr, du mächtiger Mann? ... Nun, zumindest hatte die kleine, affengesichtige Haushälterin die

Machtverhältnisse in der Hollyhock Avenue ein wenig ausgeglichen. Mit der Macht des Schälmessers. *Tu ihr noch einmal weh, und ich mache dich zur Frau …*

O Mann, war ich müde. Erschöpft und aufgedreht zugleich. Als ich in der Nacht zuvor nicht einschlafen konnte, hatte ich die Geschichte des Alten unter dem Bett hervorgeholt. Blöde Idee, Birdsey, egal, was dein Seelenklempner sagt … *Vor Ihrer Vergangenheit davonlaufen, Dominick? Ich dachte, es wäre die Vergangenheit, nach der Sie suchen …* Aber Dr. Patel hatte recht. Ich mußte mich dem aussetzen, ob ich nun wollte oder nicht. Mußte mir seine Stimme anhören, weil … weil dieses gottverdammte Manuskript nun mal existierte. Weil Ma kurz vor ihrem Tod diese Metallkassette die Treppe heruntergeschleppt hatte. *Hier mein Liebling, das ist für dich …* Und weil ich vom Dach gefallen und mit Nedra Franks Verlobtem in einem Krankenhauszimmer gelandet war. Schon verrückt, wie ich beim Verlust von Domenicos Geschichte getrauert hatte, und dann war sie zu mir zurückgekommen.

Wieviel von all dem wußtest du, Ma? Wußtest du, daß auch du ein Zwilling warst? Hat dir dein Papa jemals von deinem toten kleinen Bruder erzählt? …

DOMENICO ONOFRIO TEMPESTA, 1880–1949

»DIE GRÖSSTE TRAUER IST STUMM.«

Ich dachte an seinen Grabstein auf dem Friedhof an der Boswell Avenue. Und an den meiner Großmutter, diesen kleinen, vergessenen Stein, von dem Thomas und ich bis zu dem Sommer, in dem wir für die Stadtverwaltung arbeiteten, noch nicht einmal gewußt hatten. Warum nur hatte man sie nicht zusammen begraben? … Und diese zwei Meter große, verzierte Scheußlichkeit aus Granit auf seinem Grab: die beiden Engel, deren Gesichter aus Trauer um sein Dahinscheiden ganz verzerrt waren. Ma sagte, er habe alle Vorkehrungen für sein Begräbnis im voraus selbst getroffen. Das paßte zu ihm. Wer außer dem »großen Mann von bescheidener Herkunft« hätte sich schon so etwas Protziges ausgesucht? … *Die größte Trauer ist stumm.* Warum hast du dann einen Stenographen eingestellt, Großvater? Warum hast du dieses beschissene Diktaphon zu deinem Beichtvater gemacht? Warum mußtest du *mir* diese Bürde auferlegen?

Er hatte seine Geschichte nicht erzählt, um sich als »Vorbild für die Jugend Italiens« anzubieten, soviel war klar. Das war nur seine »offizielle« Ausrede gewesen für – was zum Teufel, er auch immer vorgehabt haben mochte. Aber was konnte das gewesen sein? Wollte er sein Ego noch einmal streicheln, bevor er den Löffel abgab? Sich selbst die Absolution dafür erteilen, daß er so ein Arschloch war? ... Es war schon merkwürdig: Als wir Kinder waren, hatte Ma uns immer mit zum Friedhof genommen, um sein Grab zu schmücken, und dabei das Grab ihrer Mutter noch nicht einmal erwähnt ... Wie alt war sie gewesen, als ihre Mutter starb? Ich konnte mich nicht mehr an die Daten erinnern. Ich mußte unbedingt in nächster Zeit einmal zum Friedhof fahren – nach dem Stein suchen, Ignazias Lebensdaten herausfinden.

Ich hatte plötzlich wieder vor Augen, wie sie in diesem verrückten Traum ausgesehen hatte, in der Halloween-Nacht, in der ich meinen Pick-up zu Schrott gefahren hatte. Ich stand auf dem Eis und blickte auf all die verlorenen, in der Zwischenwelt gefangenen Babys herunter, die unter mir dahintrieben. Und dann ... was war noch mal das Wort für Großmutter? *Nonna?* Warum bist du zu mir gekommen, *Nonna*? Was hast du gewollt? ...

Sie sei ertrunken, hatte Ma erzählt – sei am Rosemark Pond ins Eis eingebrochen. War sie Schlittschuh gelaufen? Hatte sie eine Abkürzung über das Eis genommen? Ich habe nie die Einzelheiten erfahren.

Die größte Trauer ist stumm ...

In diesem Traum hatte Ignazia durch das Eis zu mir heraufgestarrt – sie hatte mir direkt in die Augen geschaut. Was wolltest du mir sagen, *Nonna*? Was?

Lesen Sie die Geschichte Ihres Großvaters, Dominick ...

Aber sie brachte mich durcheinander. Ich fühlte mich nachher nur schlechter.

Das Leben ist ein Fluß, Dominick ...

Scheiß drauf. In einem Fluß konnte man ertrinken ... Ich sah mich zu den Wasserfällen gehen. Das Manuskript des Alten den Abhang hinunterwerfen. Beobachtete, wie es Seite für Seite im Wasser landete. Wie Domenicos Geschichte davontrieb.

Es war einfach so: Ich *haßte* diesen Hurensohn – die Art, wie er seine Tochter und seine Frau behandelt hatte. Verließ noch nicht einmal seinen Arbeitsplatz, um den verdammten Arzt zu holen ... Der »große Mann von bescheidener Herkunft«. Der »Auserwählte«, der in der Nacht eines Vulkanausbruchs gezeugt worden war und irgendeine dämliche Statue hatte weinen sehen ... Dennoch, er hatte für seine Arroganz bezahlt. Ich sah ihn hinterm Haus in seinem Garten stehen, wie er seinen totgeborenen Sohn umklammerte, sich weigerte, ihn herzugeben. Noch nicht einmal, als sie die großen Tiere holten – die Polizei, den Chef von seiner Fabrik ... Nun, zumindest soviel hatten wir gemeinsam, Domenico und ich. Wir wußten beide, wie es sich anfühlte, sein totes Kind in den Armen zu halten. Zu wissen, wie machtlos man ist ...

Hör auf, Dominick. Denk nicht daran. *Tu* irgend etwas.

Ich nahm mir wieder die Zeitung – schlug den Lokalteil auf. WEQUONNOC-INDIANER BETEN ZU IHREN AHNEN. GRUNDSTEINLEGUNG AUF DER KASINOBAUSTELLE. Gut, dachte ich. Gebt ihnen mehr Macht. Ich hoffte, sie würden Millionen verdienen. Stellte mir vor, wie sie all diesen dämlichen Bleichgesichtern die Taschen leerräumten, deren Herren Vorfahren sie erst über den Tisch gezogen hatten und sie dann im Dreck verrecken ließen.

Und da sah ich ihn: genau in der Mitte des riesigen Bildes, das zu dem Artikel gehörte: Ralph Drinkwater, der in voller Indianertracht herumhüpfte, den Mund zum Schreien geöffnet. Er hatte sich da anscheinend reingehängt. Und warum auch nicht? Wenn das Kasino ein Bombenerfolg werden würde, wie alle es voraussagten, würde er wahrscheinlich Millionär werden. Dann konnte er denen im Hatch sagen, sie könnten sich ihre Schrubber und Besen und Klobürsten sonstwo hinstecken. Ralph Drinkwater: halb schwarz, halb Indianer, der einen Sturm herbeitanzte ...

Das Leben hatte Ralph übel mitgespielt, soviel stand fest – hatte ihm mehr als einmal ins Gesicht getreten. Wir alle hatten ihn auf dem Kieker gehabt: die Lehrer, Dell Weeks und seine Frau, ich in jener Nacht im Vernehmungszimmer des Polizeireviers. Und hier war er immer noch, tanzte und feierte. Betete zu seinen Ahnen.

Der Bildunterschrift zufolge lautete sein Name »Flinker Wolf«

und nicht Ralph Drinkwater. Er war der Bewahrer der Stammespfeife der Wequonnocs, nicht der mißbrauchte kleine Junge, der für all die schmutzigen Fotos posiert hatte … Ich sah Ralph vor mir, an seinem Pult in Mr. Jeffreys Unterricht, als Viertkläßler, wie er wegschaute, als ich die Sammelbüchse aus Pappe herumgehen ließ, damit wir etwas »zu Ehren« seiner ermordeten Schwester kaufen konnten. Sah ihn später in Mr. LoPrestos Geschichtsunterricht, wie er versuchte, sich zu verteidigen, und breit grinste, während LoPresto uns verkündete, die Wequonnoc-Indianer seien ausgerottet, jeder einzelne von ihnen sei im Namen des Fortschritts ausgelöscht worden – *Manifest Destiny*. Er war sich selbst treu geblieben, hatte stets versucht, sein Erbe einzuklagen. Seine schwarze Hautfarbe, sein Wequonnoc-Blut. »Lest *Soul on Ice*!« hatte er uns in jenem Sommer immer wieder gesagt. »Dieses Buch sagt, wie es *ist*!« Und Leo und ich hatten gelacht, uns darüber lustig gemacht … Nun, schön für dich, Ralph. Freu dich, daß du es bist, der zuletzt lacht, Mann. Ich hoffe, du wirst Millionen machen …

Ich weiß nicht, wie lange ich gedöst hatte. Auf jeden Fall war es mittlerweile Nacht geworden. »Ja, ja, ich komm ja schon«, sagte ich laut zum klingelnden Telefon. Stand auf, tappte durch die Dunkelheit und versuchte, wach zu werden.

Das fehlte mir noch: über irgendwas zu stolpern und hinzufallen – mir den Fuß wieder zu ruinieren. Ich hob den Hörer ab. »Ja?«

»Birdsey?«

»Vielleicht. Wer ist da?«

»Bist du nun Dominick Birdsey, oder nicht?« Ich kannte die Stimme, konnte sie aber nicht einordnen. Ich wartete.

»Du hast mir deine Nummer aufgeschrieben. Ich sollte dich anrufen, wenn mir was auffällt.«

Drinkwater? Ralph rief mich an? »He, Mann, ich hab eben dein Foto in der Zeitung …« Dann traf es mich wie ein Schlag: Mit meinem Bruder stimmte etwas nicht.

»Und ich will nicht in irgendwas reingezogen werden«, sagte er. »Kapiert? Das ist das letzte, was ich jetzt gebrauchen kann. Halt mich da raus.«

»Was ist eigentlich los?« fragte ich. »Was ist los mit ihm?« Ich fing an zu zittern, wie jedesmal, wenn ich einen Anruf wegen Thomas bekam.

»Laß ihn testen«, sagte Ralph.

»Testen? Worauf denn?«

»HIV.«

39

12. August 1949

Es war die Nacht, in der die Äffin mir ihre Geschichte erzählte …, die Nacht, in der meine Feindin meinen Wein trank und mir die Wahrheit darüber enthüllte, wer sie war – wer sie beide waren.

»Vor vielen, vielen Jahren«, begann die Äffin, »wurde ich Zeugin einer sonderbaren Zauberei, die mein Leben verändert hat. Und jetzt ist das, was ich an jenem Tag sah, für mich wieder lebendig geworden mit der Geburt der zwei … auch weil die, die überlebt hat, mit der Kaninchenlippe gestraft ist.« Sie flüsterte, vertraute sich mir an wie eine Verbrecherin. »Der Zauber, von dem ich spreche, hatte ebenfalls mit Kaninchen zu tun.«

Sie sei damals vierzehn Jahre alt gewesen und habe in ihrem Geburtsort Pescara *am* Meer *gewohnt, erzählte sie.*

»Pescara?« unterbrach ich. »Ich dachte, du wärst eine siciliana?*«*

»Das dachtest du, weil diese beiden Klempner es so wollten. Du glaubst ja auch, ich wäre ihre Cousine*. Aber das bin ich nicht.«*

»Sei nicht dumm, Frau«, sagte ich. »Warum sollten sie denn ein so reizloses Geschöpf *wie dich aufnehmen und sich obendrein*

noch bemühen, dich zu verheiraten, wenn es nicht obbligo di famiglia wäre?«

»Warum wohl?« sagte sie und rieb Daumen und Zeigefinger aneinander. »Weil sich die Lüge für diese beiden Klempner lohnte. Sie haben dich zum Narren gehalten, Tempesta.«

Ich beugte mich vor, packte sie am Arm und verlangte von ihr, mir das zu erklären.

»Ich beginne von Anfang an«, sagte sie. »Aber nicht, wenn du mir den Arm zusammendrückst wie eine Hühnergurgel. Und auch nicht, wenn mein Glas leer ist. Laß mich los und schenk mir Wein ein! Und sei nicht knauserig damit.«

Ihr Vater war ein armer, vom Pech verfolgter Nudelmacher. Seine Frau und sein Sohn waren an Typhus gestorben, und er war mit drei Töchtern zurückgeblieben, die er allein aufziehen mußte. Prosperine war die Älteste und durch die Umstände gezwungen, einerseits den beiden Schwestern die Mutter zu ersetzen und andererseits den ganzen Tag Nudeln herzustellen. Ripetizione rapida kennzeichneten diese Arbeit, sagte sie, und die endlos wiederholten Bewegungsabläufe lebten immer noch in ihren Händen. Manchmal, wenn ihre Gedanken abschweiften, ertappte sie sich dabei, wie ihre Finger Nudeln machten. Sogar jetzt noch, selbst hier, durch den Ozean von ihren Schwestern und dem Leben getrennt, das aufzugeben man sie gezwungen hatte.

Sobald sie dazu in der Lage waren, wurden die Schwestern zur Arbeit im Nudelladen herangezogen. Jeden Morgen vor Sonnenaufgang begannen sie; ihr Vater machte aus Weizengrieß Teig, während seine drei Töchter kneteten und schnitten und die Streifen mit ihren Messern und Fingern in Form brachten. Die Luft war mit Mehl förmlich geschwängert, so daß das Atmen zuweilen schwerfiel und Haut und Haar so sehr eingestaubt wurden, daß die Schwestern aussahen wie bleiche, grauhaarige Großmütter, wenn die Sonne ihren höchsten Stand am Himmel erreichte.

In Pescara, erzählte die Äffin, sei ihre liebste Tageszeit die Mittagsstunde gewesen. Während ihr Papa sein Schläfchen hielt und die Nudeln zum Trocknen auf Regalen und Tabletts lagen, stand es Anna, Teodolina und ihr frei, über den geschäftigen Dorfplatz zu schlendern. Oft wurden sie bei diesen Spaziergängen von einem anderen mutterlosen Mädchen begleitet, Violetta D'Annunzio, der Tochter eines Fischhändlers. Sie war jünger als die Äffin, ungefähr so alt wie Teodolina. Was für ein kesses Ding! Violettas Freundinnen, die drei Schwestern, waren unscheinbar, sie aber war wunderschön. Sie hatte dunkle Augen, dunkle Haare und cremefarbene Haut. Ihre Augenbrauen waren leicht nach oben gebogen und verliehen ihr den gepeinigten Ausdruck einer Heiligen.

Wie es junge Mädchen überall auf der Welt tun, rannten die vier Freundinnen lachend umher und bewunderten die teuren Waren, die sich ihre armen Väter niemals würden leisten können. Sie erfreuten sich an dem, was es Neues gab auf dem Marktplatz – Jongleure, Marionettenspieler, die elegante Aufmachung einer reichen Dame. Wenn nichts Neues zu entdecken war, befriedigten sie ihre Rastlosigkeit, indem sie sich über die armen eccentrici *lustig machten, die unglückseligen, verkrüppelten oder verrückten Dorfbewohner.*

Zu den bevorzugten Opfern der Mädchen gehörte Ciccolina, eine alte Schlachterin mit O-Beinen, einem Buckel und Brüsten, die wie zwei Säcke Weizenmehl an ihr herunterhingen. Wenn die Mädchen sie von der anderen Straßenseite aus hänselten, schimpfte Ciccolina vor sich hin, verwünschte sie und fuchtelte mit ihrem Gehstock in der Luft herum. Durch grauen Star halb erblindet, wurde die alte Frau außerdem von einer häßlichen Geschwulst auf ihrer Stirn entstellt, einem Höcker von der Größe einer Babyfaust, der die Farbe von Auberginen angenommen hatte. Diese abscheuliche Schwellung stieß Prosperine ab und zog sie gleichzeitig magisch an. Schau nicht dorthin! Schau nicht hin!

ermahnte sich die Äffin, doch immer wieder mußte sie sie anstarren.

Jeden Morgen beobachtete Prosperine durch das Fenster des väterlichen Nudelladens, wie Ciccolina zum Dorfplatz humpelte und einen kleinen Karren mit Hühnerkäfigen hinter sich herzog. In ihnen steckten dürre Hasen und Hennen, die kaum noch Federn hatten. Diese verlorenen Geschöpfe verkaufte die alte Frau. Die Kunden trafen zunächst ihre Wahl und schauten dann zu, wie ihrem Abendessen der Hals umgedreht, wie die Tiere enthauptet, gerupft oder gehäutet wurden. Dazu verwendete die alte Frau ein rostiges Hackbeil und ein ebenso rostiges Messer sowie ein völlig zerschnittenes, blutbeflecktes Holzbrett, das sie auf ihren Knien balancierte. Ihre nicht geschnürten tette – diese beiden Mehlsäcke – ruhten währenddessen auf dem Brett.

Es kursierten Gerüchte, denen zufolge Ciccolina nicht nur Schlachterin, sondern auch eine Hexe war und für ein paar Münzen gedungen werden konnte, kleine Racheakte auszuführen. Die Leute erzählten, sie könne il malocchio sowohl abwenden als auch andere damit verwünschen. Abergläubische Mütter schirmten ihre Kinder vom milchigen Blick der alten Frau ab, und schuldbewußte Männer überquerten lieber die Straße, als an dieser strega vorbeizugehen. Man sagte der Buckligen nach, sie habe dafür gesorgt, daß der hochnäsigen Frau des Zollbeamten die Haare ausfielen und einem Bauern einen ganzen Sommer lang die Milch seiner Kühe gerann. Dem Gerücht zufolge war der arme Teufel über Ciccolinas Käfige gestolpert und hingefallen, was die Umstehenden dazu verleitete, laut zu lachen. Derart gedemütigt, stand er auf und schlug die alte Frau – dabei traf sie keinerlei Schuld. Schon am nächsten Tag wurde die Milch seiner Kühe schlecht.

Prosperines Schwestern kamen Ciccolina nicht zu nahe, doch die dunkle Magie schlug sowohl die Äffin als auch ihre kühne Freundin Violetta in den Bann. Jung und dumm, wie sie waren, wollten sie sich vor dem Bösen verneigen und es zugleich verla-

chen. Und so riefen sie von der anderen Straßenseite und im Schutz der Markise der Trattoria der alten Hexe zu:

Finocchio, finocchio!
Non darmi il malocchio!

Sonst war sie das scheueste und feinfühligste der vier Mädchen, erzählte die Äffin, aber beim Hänseln der alten strega *war sie die lauteste und grausamste, weil es Violetta so sehr gefiel. Einmal wagte Prosperine, der armen, verschrobenen Alten zuzurufen, sie müsse der schlaueste Mensch in ganz Pescara sein; schließlich habe sie sich auf der Stirn noch ein zweites Gehirn wachsen lassen. Ciccolina wirbelte in die Richtung herum, aus der die Beleidigung gekommen war, kniff die Augen zusammen und fragte, wer das gesagt hatte. Prosperine rief zurück, es sei Befana, die gute Hexe des Epiphanienfestes gewesen. »Sei schön artig, altes Mädchen!« rief sie der häßlichen Alten zu. »Sonst stecke ich dir statt Bonbons Kohlen in die Schuhe!« Im Schutz der Markise kreischte Violetta vor Vergnügen über die Unverschämtheit ihrer Freundin, und Prosperine lachte so laut, daß ihr der Hals schmerzte.*

Sie unterbrach ihre Erzählung, um von meinem Wein zu trinken, und ich beobachtete, wie ihr Gesicht sich bei der Erinnerung zu einem Lächeln verzog ... Ein Lächeln der Äffin war eine Seltenheit, und tatsächlich trat schon bald der gewohnte finstere Blick an seine Stelle. »Das war, als ich noch keine Ahnung hatte, daß junge Mädchen wie ein Wurf Katzen oder Kaninchen getrennt werden«, fuhr sie fort. »Bevor ich wußte, daß manche Väter ihre ältesten Töchter verkaufen. Mehr Wein, Tempesta! Schenk ein!«

»Erzähl mir nichts über Väter«, sagte ich und füllte ihr Glas. In jener Nacht war es, als wäre ich der Kellner und sie der zahlende Gast! »Sag mir, warum du gelogen hast, was deinen Ge-

burtsort angeht. Sag mir, wie mich diese beiden Klempner zum Narren gehalten haben! Ich frage dich nach der Uhrzeit, und du erzählst mir, wie eine Uhr funktioniert!«

»Dann halt den Mund«, sagte sie. »Halt den Mund und hör zu. Heute abend ist mir nach Reden zumute, also laß mich reden!«

Als die vier Freundinnen allmählich erwachsen wurden, spazierten Prosperine, ihre Schwestern und Violetta nicht mehr nur über den Platz, sondern auch zum Hafen hinunter, um einen Blick auf die Fischer zu werfen. Dort bemühte sich Violetta zuweilen um die attenzione der Männer, ermutigte sie zu frechen Bemerkungen und gab den Ansehnlichsten kühne Antworten – selbst den Verheirateten! Obwohl sie die jüngste der vier war, wußte Violetta Dinge, von denen die anderen Mädchen keine Ahnung hatten, und sie teilte ihr Wissen nur zu gern mit den Töchtern des Nudelmachers. Einmal, als sie gemeinsam vom Hafen zurückkehrten, sahen die Mädchen, wie auf dem Feld eines reichen Mannes ein Hengst eine weiße Stute bestieg.

»Seht nur«, sagte die unschuldige Teodolina. »Die beiden cavalli *tanzen miteinander.«*

*»*Sì*«, sagte Violetta, »den Tanz, bei dem die Frauen die Babys in den Bauch bekommen.* Den *Tanz mögen alle Männer!« Dann ließ sie ihre Schülerinnen nähertreten und sich auf den Boden hocken, damit sie besser sehen konnten, wie der Hengst sein Ding in die Stute steckte, deren Flanke bei jedem Stoß bebte und die dastand und nahm, was er ihr gab.*

*»*Aspetta un momento*!« unterbrach ich den Affen. »Ich sagte, du sollst mir erklären, wie diese Klempner aus Brooklyn mich zum Narren gehalten haben, und du redest über* fungol *zwischen zwei Pferden in der alten Heimat. Komm zur Sache, Frau, oder halt den Mund und geh zu Bett.«*

»Ich erzähle dir meine Geschichte, wie ich sie erzählen will«, gab sie zurück. »Oder überhaupt nicht. Wofür entscheidest du dich, Tempesta? He?« Ich seufzte, goß mir Wein ein und wartete. In jener Nacht war diese knochige Hexe der Boß.

Als sie erst einmal die attenzione der Fischer auf sich gelenkt hatten, machten Violetta, Anna und Teodolina sich immer fein, bevor sie ihren mittäglichen Spaziergang unternahmen. Teodolina und Anna rieben sich gegenseitig Olivenöl ins Haar und auf die Haut, um sich vom Mehl zu befreien. Was den Affen anging, so lehnte sie es ab, sich herauszuputzen. Was konnten ein paar Tropfen Olivenöl bei einem Gesicht wie dem ihren schon ausrichten? Violetta jedoch, die jeden Morgen für ihren Vater Fische zerlegte, bewahrte zwei Schildpattbürsten in ihrer Schürze auf und bestand immer darauf, daß Prosperine ihr das lange, dunkle Haar kämmte, denn nur Prosperine verstehe sich darauf, behauptete sie. Manchmal stibitzte Violetta auf dem Weg zum Nudelladen ein oder zwei Zitronen von einem Obstkarren. Dann schnitt sie die Früchte auf und wusch sich mit dem Saft die Hände, um den Fischgestank zu beseitigen. Zuweilen rieb sie sich auch mit einer Zitrone den Hals ein und drückte die Frucht zwischen ihren hübschen Brüsten aus. Violettas Dreistigkeit hätte die Erwachsenen schockiert und schockierte manchmal sogar die drei Schwestern!

Im Sommer des Jahres, in dem Violetta fünfzehn wurde, wählte der Padre des Dorfes sie für die ehrenvolle Aufgabe aus, beim Himmelfahrtsfest die Statue der Heiligen Jungfrau zu krönen. Der Brauch sah vor, daß die schwere Statue der heiligen Mutter mit Pferd und Wagen von der Kirche hinunter an den Strand gezogen wurde. Dort umspülte dann das Wasser des Adriatico die Füße der Jungfrau, und so wurde das Meer für die Seeleute im kommenden Jahr sicher. Nach den zeremoniellen Segnungen durch den Dorfpfarrer wurde die Statue von Seeleuten und anderen Männern aus Pescara hochgehievt und in einer Prozession zurück *ins Dorf und die Stufen zur Kirche hinaufgetragen. Dort brachten Mitglieder der Gemeinde der heiligen Muttergottes ihre Opfer dar und sprachen Gebete, in denen sie von der Jungfrau erbaten, sie möge ihre Familien beschützen. Als Höhepunkt der Feierlichkeiten trat das für die Krönung der Heiligen Jungfrau auserkorene Dorfmädchen im festlichen Hochzeitskleid mit Schleier aus der Menge hervor und stieg die Leiter hoch, um der Statue einen geflochtenen Blumenkranz auf den Kopf zu drücken. Daß der Geistliche Violetta mit dieser bedeutenden Aufgabe beehrt hatte, war ein Schock für die Leute im Dorf und ein süßer Triumph für die vier Freundinnen! Für gewöhnlich wurde nämlich ein reiches Mädchen berufen.*

Es geschah im Verlauf der heiligen Prozession durch das Dorf, daß Violetta hinter dem Spitzenbesatz ihres Hochzeitsschleiers zum erstenmal Gesicht und Gestalt eines blonden Teufels namens Gallante Selvi erblickte. Selvi war ein berühmter Bleiglaskünstler aus Milano. Er war in jenem Sommer nach Pescara gereist, um seine famiglia *zu besuchen, in der Adria zu baden und sich vom herrlichen Sonnenschein inspirieren zu lassen. Auch die Äffin sah Gallante Selvi an jenem Morgen und wußte sofort, daß dieser Mistkerl mit den Augen eines Luchses für Ärger sorgen würde.*

Als Violetta langsam mit der Krone der Jungfrau in der Hand die Sprossen erklomm, senkten die Gläubigen ergeben den Kopf und bekreuzigten sich. Nicht so Gallante Selvi. Die Äffin bemerkte, wie dieser Hund sich den gewichsten Schnurrbart glattstrich, an einer kleinen silbernen Flasche nippte und Violetta beäugte. Violetta, die sich auf die Heilige Jungfrau hätte konzentrieren sollen, stieg auf die oberste Sprosse der Leiter und drehte sich um, damit sie noch einen Blick auf Selvi werfen konnte. In diesem Augenblick verlor sie das Gleichgewicht und stürzte auf die Opfergaben zu Füßen der Statue, wobei sie ein paar der zerbrechlichen Geschenke zerstörte. Doch selbst in dieser schrecklich erniedrigenden Lage konnte Violetta die Augen nicht von Selvi lassen. Von Anfang an sei ihre passione für diesen nichtsnutzigen Glasmaler wie eine Krankheit, eine Sucht gewesen, erzählte die Äffin.

Gleich am nächsten Morgen kam Selvi in den Nudelladen. »Hol deinen Vater«, befahl er Prosperine, als wäre er der König von Italien. Die Schwestern der Äffin hielten in ihrer Arbeit inne, um ihn anzustarren. Nicht jedoch Prosperine! Im Gegensatz zu den anderen war sie von seinem guten Aussehen nicht beeindruckt. Sie sagte ihm, er solle später wiederkommen, wenn der Teig durchgeknetet und geschnitten war, aber bevor ihr Vater sein Nickerchen machte. Doch der große Gallante Selvi wollte nicht warten. Wie Garibaldi seinen Truppen, so befahl er Prosperine, zu tun wie ihr geheißen, oder er werde über den Tresen langen und ihr die Nase umdrehen!

Selvi erzählte Prosperines Vater, eine Reihe von Leuten aus dem Dorf hätten ihm geraten, den Nudelmacher mit dem Mangel an Geld und dem Überfluß an Töchtern aufzusuchen. Er werde Pescara demnächst wieder verlassen, sagte er, um einen bedeutenden Auftrag in der Stadt Turin anzunehmen. Dort sei bei einem Erdbeben ein antikes Bleiglas-Triptychon in der Kathedrale der Jungfräulichen Märtyrerin zerstört worden. Was gebe es Schlimmeres als den Verlust eines großartigen Kunstwerks? Aber wer, wenn nicht er, Gallante Selvi, könne es wiederherstellen? Ein Jahr oder länger noch würde er benötigen, das neue Triptychon zu Ehren von Santa Lucia zu entwerfen und anzufertigen, die sich die Augen ausgestochen hatte, um einen Vergewaltiger abzuwehren – sich verunstaltet hatte, um unberührt zu bleiben. Immerfort geredet hatte dieser aufgeblasene Maler, bis ihr Vater ihn endlich unterbrach.

»Scusa, signore«, sagte er. »Ich möchte ja nicht unhöflich sein, aber was hat das alles mit mir und meinem Überfluß an Töchtern zu tun?«

Gallante Selvi erzählte dem Vater der Äffin, er wohne während seines Aufenthalts in Pescara bei seiner alten madrina, die nun eine Haushälterin benötige. Die wolle er ihr beschaffen, bevor er fortgehe. Ob der Nudelmacher vielleicht eine seiner unverheirateten Töchter entbehren könne? Der Auftrag in Turin werde großzügig entlohnt. Er werde ihn angemessen bezahlen.

Obwohl die Schwestern alle drei dastanden, schaute ihr Papa einzig und allein Prosperine an. »Kommen Sie in das andere Zimmer, Signor Selvi, kommen Sie und setzen Sie sich«, sagte er zu dem Künstler, und Prosperine schlotterten die Knie beim Gedanken an das, was die beiden Männer aushecken mochten.

Als Gallante Selvi den Laden verließ, war die Äffin dazu bestimmt worden, für die betagte Patentante des Malers zu fegen und Feuerholz zu sammeln, ihre Gänse und Hühner zu füttern und ihr bei dem kleinen Handel zu helfen, den sie betrieb. Im Gegenzug standen ihr Verpflegung und Unterkunft zu. Ihr Vater hatte eine kleine Anzahlung erhalten und sollte den Rest zur Weihnachtszeit bekommen, wenn Gallante Selvi nach Pescara zurückkehrte. Prosperines Vater sagte, es tue ihm leid, eine solch gute Tochter und Nudelmacherin zu verlieren, doch er könne es sich nicht erlauben, auf das Geld zu verzichten, das Gallante Selvi ihm geboten hatte. Das Geschäft gehe in diesem Jahr so schlecht wie noch nie, fuhr er fort, und eine solche Gelegenheit dürfe er sich nicht entgehen lassen.

Prosperine sank auf die Knie und bat ihren Vater inständig, die Vereinbarung rückgängig zu machen. Sie sah Teodolina, Anna und Violetta schon ohne sie über den Dorfplatz spazieren. Wer sollte denn auf diese albernen Mädchen achtgeben, wenn sie durch den Hafen stolzierten? Wer würde Violettas Haar kämmen? Nur sie war doch dazu in der Lage! »Warum ich?« schluchzte sie.

»Weil du die häuslichste und verantwortungsvollste bist«, erwiderte er. »Daß ich dich ausgesucht habe, ist ein Kompliment an *deine Gewissenhaftigkeit und deine haushälterischen Fähigkeiten.«*

»Wenn das meine Belohnung sein soll, dann können mir deine Schmeicheleien gestohlen bleiben!« schrie sie ihn an.

Ihr Vater holte aus und versetzte ihr eine Ohrfeige. Es war zwar nicht das erste Mal, daß er das Mädchen schlug, doch niemals zuvor mit solcher Kraft.

»Du kannst deine Schwestern jeden Tag auf dem Marktplatz sehen, wenn du willst«, sagte er ihr später, nachdem sie sich wieder beruhigt hatte und ihr Gesicht angeschwollen war wie Nudeln im Topf. »Ihr Geschäft führt die alte Frau jeden Tag in die Stadt. Du kennst sie: Es ist die Schlachterin, die in dieser kleinen Nische neben der Kirche hockt, gegenüber der Trattoria. Die arme Bucklige.«

»Ciccolina?« schrie Prosperine auf. »Du hast mich an diese verrückte Hexe verschachert?« Sie umklammerte jammernd die Knie ihres Vaters, rief alle Heiligen und die Apostel an, ihrem Leben ein Ende zu setzen, um ihr dieses schreckliche Schicksal zu ersparen. Was sie am meisten fürchtete, war nicht die Trennung von den anderen, sondern die Rache der häßlichen Hexe. Sicherlich würde Ciccolina sich an die Stimme des Mädchens erinnern, das sie so oft verspottet hatte! Die Vereinbarung, die ihr Vater getroffen hatte, würde Prosperine das Leben kosten, oder sie würde kahlköpfig werden oder entdecken, daß ihr Blut stockte!

Doch ihr Vater zeigte kein Erbarmen.

Als Violetta D'Annunzio von Prosperines Schicksal erfuhr, vergoß sie bittere Tränen, umarmte die Freundin und erbot sich, gemeinsam mit ihr am nächsten Morgen zu dem kleinen Haus der stregа *am Waldrand zu gehen und den Korb mit ihren Habseligkeiten zu tragen.*

Am anderen Tag wurden der Äffin die Schritte schwer, doch Violetta schien es regelrecht eilig zu haben. Wie lange, hatte die-

ser hochnäsige Maler gesagt, wolle er noch in Pescara bleiben? fragte sie Prosperine. Wie hatte seine Stimme geklungen, als er in den Laden ihres Vaters gekommen war? Hatte er grüne oder blaue Augen?

Als das Strohdach von Ciccolinas Hütte zwischen den Bäumen sichtbar wurde, bestand Violetta darauf, daß sie sich erst einmal ihre schmutzigen Füße in einem nahegelegenen Bach wuschen, für den Fall, daß die alte Frau Besuch hatte. Violetta holte die Schildpattbürsten hervor und beharrte darauf, daß ihre Freundin ihr ein letztes Mal die Haare bürstete. An jenem Tag trug Violetta ihre hübscheste Bluse; es war die, die Prosperine für sie genäht, deren Oberteil sie mit Wildblumen bestickt und deren Ausschnitt sie fünf, sechs Zentimeter unterhalb des Schlüsselbeins zugeschnitten hatte. Als Violetta sich nach vorne beugte, erspähte die Äffin in der Bluse die hübschen tette *ihrer Freundin. Mit Tränen in den Augen bürstete sie deren langes, dunkles Haar.*

Ich nahm einen Schluck Wein und lachte. »Wieso macht sich ein Mädchen die Mühe, die ›hübschen tette‹ eines anderen Mädchens zu erspähen?« wollte ich wissen. »Du sprichst ja wie ein Mann!«

Sie stand auf und machte Anstalten, das Zimmer zu verlassen.

»Wo willst du denn hin?« fragte ich.

»Ins Bett«, erwiderte sie. »Wo mich keiner auslacht.«

»Nun bleib doch«, sagte ich. Ich zog sie zurück auf den Stuhl. »Setz dich und erzähl deine Geschichte zu Ende, Signorina Hitzkopf. Trink meinen Weinkrug ruhig leer, zum Teufel damit! Geh jetzt nicht weg, wo es gerade interessant zu werden beginnt.«

»Interessant?« fragte sie. Sie wirkte benebelt vom Wein.

»Sì«, antwortete ich. »Ich will erfahren, was mit dir und der Hexe geschehen ist ... Erzähl mir mehr von den ›hübschen tette‹ deiner Freundin.«

Sie setzte sich wieder. »Wenn dich das interessiert«, meinte sie,

»dann bring auch ein wenig Respekt auf. Halt den Mund, *wenn ich rede. Also, wo war ich stehengeblieben?«* Ich sagte es ihr, und *sie fuhr fort.*

Kaum hatten Violetta und Prosperine die Lichtung erreicht, auf der Ciccolina lebte, blieben sie plötzlich stehen und hielten den Atem an. Nicht weit von ihnen entfernt stand Gallante Selvi, barfuß, mit wirrem Haar und bekleidet mit nichts als einem zu kurzen und dünnen Nachthemd. Wie gelähmt schauten die Mädchen zu, wie der artista *mit unsichtbaren Federstrichen etwas in die Luft malte, Selbstgespräche führte und sich dann bückte, um etwas auf eine Tafel zu kritzeln, die auf dem Boden lag.*

»Demente!« *flüsterte die Äffin, doch Violetta war zu fasziniert, als daß sie es gehört hätte.*

»Ach, da bist du ja endlich, du faules Mädchen«, sagte Selvi, als er seine Bedienstete erblickte. »Du hast Glück, daß mich meine Arbeit in gute Laune versetzt hat, sonst würde ich dich wegen deiner Unpünktlichkeit bestrafen.«

Prosperine erwiderte, sie sei keinesfalls zu spät, sondern früher als vereinbart gekommen. (Das lag an Violettas schnellen Schritten!) Sie schaute zu ihrer Freundin hinüber, um sich ihre Worte bestätigen zu lassen, doch das ungezogene Mädchen beachtete sie nicht. Sie war viel zu sehr damit beschäftigt, dorthin zu schauen, wo Gallante Selvis Nachthemd endete und seine Männlichkeit begann.

Völlig selbstvergessen fing Selvi an, über seine Arbeit zu schwätzen – über eine Vision, die er gehabt hatte, als er am Morgen aus einem Traum erwachte. »Das wird mein Meisterwerk – mein Vermächtnis an Italien!« prahlte er. Dann bemerkte er plötzlich Violetta.

Selvi musterte sie von Kopf bis Fuß, worauf Violetta errötete und sich wegdrehte. »Und welcher Wind hat dich hierhin getragen, hübsches Mädchen?« fragte er. »Ich kann mich gar nicht er-

innern, beim Nudelmacher zwei Haushälterinnen für zia Ciccolina bestellt zu haben.«

»Mein Herr«, sagte Violetta mit dünner Stimme, »ich begleite nur meine Freundin.«

»Mein Herr«, wiederholte Gallante Selvi, »ich begleite nur meine Freundin.« Er stemmte die Hände in die Taille und wackelte mit den Hüften, während er ihre Worte nachäffte. Was für ein schamloser Kerl! Seine coglioni baumelten unter seinem Nachthemd hin und her.

Ohne Vorwarnung packte Selvi Prosperine plötzlich am Handgelenk. Sie stieß einen kleinen Schrei aus. »Komm und schau dir mit mir ihre tragische Geschichte an, kleine Haushälterin!« sagte er und zerrte die Äffin über die Lichtung hier und da ins Nichts deutend. »Begreife meine Vision! Im ersten Fensterquadrat links ist Lucia, die Unschuldige, ins Gebet vertieft! Zur Rechten sehen wir sie als Heilige im Himmel, als heilige Schutzpatronin des Augenlichts. In der Mitte – im größten Fenster – sticht sie sich die Augen aus! Verstümmelt sich freiwillig! Blut strömt über ihr Gesicht! Ihr Peiniger fährt zurück, als die Engel Zeugnis darüber ablegen! Ach, was für eine furchtbare Tragödie, die Geschichte der tapferen kleinen Heiligen! Ich werde meine Lucia so malen, daß ihr beim Anblick ihres sacrificio, bildlich dargestellt in vetro colorita, auf die Knie fallen und vor Kummer über das Schicksal dieses heiligen Mädchens in lautes Klagen ausbrechen werdet!«

An dieser Stelle hielt der verrückte Künstler abrupt inne und wandte sich Violetta zu. Er ging um sie herum, bekreuzigte sich und starrte sie auf unverschämte Weise an. Sein Atem berührte ihr Gesicht. »Dich habe ich doch schon mal gesehen!« sagte er.

Violetta war zu verängstigt, als daß sie etwas hätte erwidern können.

»Mein Herr«, erklärte Prosperine. »Sie haben sie beim Himmelfahrtsfest im Dorf gesehen, aber da war ihr Gesicht verschleiert. Sie ist das ungeschickte Mädchen, das die Heilige Mutter krönte und dabei von der Leiter fiel.«

Er ignorierte die Äffin und sprach Violetta direkt an. »Du bist also diejenige.«

»Wen meint Ihr, Signore?« brachte Violetta mit dünner Stimme hervor.

»Die, die mir als Gottesgeschenk geschickt wurde.«

»Geschickt, mein Herr?«

»Die Heiligen haben dich mir geschickt, nicht wahr, Santa Lucia?« Er streckte die Hand aus, befingerte ihr Haar und knetete ihre Wangen als wären sie aus Brotteig. »Diese Augen! Diese Wangenknochen! Perfezione!... Haben die Heiligen dich für mich bestimmt, Lucia? Gibt der Himmel selbst meine Arbeit in Auftrag?« Während er sie anstarrte und berührte und um sie herumging, tauchten auf Violettas Gesicht und Hals rote Flecken auf. Das Mädchen bekam einen Ausschlag!

»Ich muß sofort damit beginnen, dich zu zeichnen, muß dich einfangen, für den Fall, daß du ein Geist sein solltest, der sich wieder auflöst.«

»Ein Geist, Signore?« fragte Violetta. Bei den Seeleuten im Hafen klang die Stimme meiner Freundin so laut wie die Feuerglocke, die durch ganz Pescara schallte. Bei Gallante Selvi jedoch konnte sie nur piepsen wie eine Maus.

»Kommt mit mir«, sagte er und nahm ihre Hand. »Komm jetzt gleich mit hinunter ans Meer. Ich muß dein Gesicht bei diesem hellen Licht studieren, die Sonne zu meiner collaboratrice werden lassen! Die Inspiration ist eine launische Herrin – laß sie warten, und sie wird dir wegen eines anderen untreu.«

Er beugte sich vor, küßte Violetta auf die Lider und machte mit dem Daumen ein Kreuz auf ihre Stirn. Dann langte er hinter sie und drückte ihre culo prüfend wie eine Melone. »Meine liebliche Jungfräuliche Märtyrerin«, flüsterte er und schnupperte an ihr herum. Von Anfang an benahm sich Selvi in Violettas Gegenwart wie ein Hund. »Meine Lucia, die du mir von den Heiligen selbst geschickt worden bist!«

»Sie heißt Violetta D'Annunzio«, sagte die Äffin. »Ihr Vater ist Fischhändler.«

»Halt den Mund und geh an die Arbeit! Hinein mit dir!« befahl er, ohne den Blick von Violetta abzuwenden. »Hol wieder auf, was du durch dein Zuspätkommen versäumt hast!«

»Ich war nicht zu spät, mein Herr«, erinnerte ihn die Äffin erneut. »Violetta muß jetzt nach Hause gehen und den baccalà machen. Und was Sie betrifft, mein Herr, so sollten Sie sich eine Hose anziehen.«

»Scusa, Lucia«, sagte dieser figliu d'una minchia zu der Tochter des Fischhändlers. Er nahm ihre Hand und küßte jeden einzelnen Finger. »Un minuto, un minuto.« Er trat auf die Äffin zu und versetzte ihr eine schallende Ohrfeige. Dann zog er heftig an ihrer Nase und schubste sie von sich weg. Schließlich drehte er sich wieder zu Prosperines bester Freundin um und sank auf die Knie.

»Santa Lucia, meine blinde Schutzpatronin des Augenlichts, hilf mir sehen! Hilf mir sehen!« Dieser verrückte artista flehte Violetta an, betete sie an wie eine Statue! Dann richtete er sich wieder auf, ergriff erneut ihre Hand und führte sie an Ciccolinas Gänsen und Hühnern vorbei, dem Klang des Meeres entgegen.

Prosperine schaute ihnen nach, bis sie verschwunden waren. Tränen stiegen ihr in die Augen. Sollte sie zu Violettas Vater eilen? Oder zu ihrem eigenen? Sie lauschte auf Schreie von Violetta, auf Hilferufe, doch es war nichts zu hören. Und als sie sich zur Hütte umdrehte, erblickte sie die bucklige Alte, die vornübergebeugt zwischen ihren Hühnern stand und sie zu sich winkte.

Prosperine zog ein Taschentuch aus dem Ärmel und putzte sich die Nase. Ich hatte dieses versteinerte kleine Wesen für unfähig gehalten, Tränen zu vergießen. Sie hatte während Ignazias schwe-

rer Stunden am Tag und in der Nacht zuvor keine vergossen, und auch nicht über den Tod meines kleinen Sohnes geweint. Sie trank einen großen Schluck Wein. Dann noch einen. Setzte das Glas ein drittes Mal an. Sie kam mir vor wie ein gehörnter Ehemann! Aber ich sagte nichts und wartete ab. Dann schneuzte sie sich erneut, steckte sich das Tuch wieder in den Ärmel, seufzte und fuhr fort.

Falls die alte Hexe Prosperine als ihre Peinigerin vom Dorfplatz wiedererkannte, so sagte sie kein Wort, nahm keine Rache. Verglichen mit dem Herstellen von Nudeln war die Arbeit leicht. Ciccolina verlangte wenig und brachte dem Mädchen viel bei: wie man ein Kaninchenfell in einem Stück abzog, wie man aus Mandelwasser ein Beruhigungsbad machte, wie man aus Ton eine Pfeife formte und wie man Tabak rauchte.

Jeden Morgen ging die Äffin neben der alten Frau her und zog deren Karren zum Dorfplatz. Die Tage waren lang und heiß, und Ciccolina fand kaum Interessenten für ihre abgemagerten Tiere. An manchen Tagen kaufte nur der Schulmeister Pomaricci Fleisch bei ihr – Ciccolinas treuester, aber auch meistverachteter Kunde. Gegen Mittag sah Prosperine ihre Schwestern über den Platz schlendern und ihr rasch von weitem zuwinken; wenn sie ihnen zurief, sie sollten doch herüberkommen und sich zu ihr setzen, stellten sie sich taub. Ihre eigenen Schwestern, die sie geliebt und umsorgt hatte, ließen sie im Stich, weil sie der alten strega Gesellschaft leistete! Was Prosperines Vater betraf, so verließ er nicht ein einziges Mal seinen Nudelladen, um seine Tochter auf dem Marktplatz zu besuchen oder sich danach zu erkundigen, wie es ihr erging.

Nachdem er bei Violetta D'Annunzio das Antlitz von Santa Lucia, der Jungfräulichen Märtyrerin entdeckt hatte, änderte Gallante Selvi seine Pläne und verkündete, er werde den September in Pescara verbringen. Jeden Morgen traf er sich mit Violetta vor der Hütte der alten Frau und begleitete sie hinunter zum Meer. Dort hüllte er sie in Leinen, Spitze oder Sackleinen und zeichnete oder malte sie in allerlei bußfertigen Posen.

In der Stadt verbreitete sich das Gerücht, das tolpatschige Mädchen, das am Himmelfahrtsfest die heilige Mutter gekrönt und beim Sturz von der Leiter so viele Opfergaben zerbrochen hatte – die Tochter dieses Fischhändlers! –, werde nun als Santa Lucia, die Jungfräuliche Märtyrerin, in einem Meisterwerk aus Bleiglas in einer großartigen Kathedrale in der Stadt Turin verewigt. Gallante Selvi sei den ganzen Weg nach Pescara gereist, um sie zu finden, so hieß es, denn nur ein von der Sonne geküßtes Mädchen aus Pescara könne einem solchen Kunstwerk Genüge tun! Man munkelte, Santa Lucia selbst sei dem artista im Raum erschienen und habe ihn zu Violetta geführt. Den ganzen Tag über saß die Äffin auf dem Dorfplatz und mußte sich das Gerede über ihre Freundin anhören.

Der Fischhändler D'Annunzio verbot seiner Tochter zunächst das Modellstehen für den artista – nicht aus moralischen Bedenken, sondern weil die Makrelen sich derzeit gut fangen ließen. Es gab Hunderte dieser silbrigen Fische zu säubern, einzusalzen und zu verkaufen. Warum eine Hilfskraft bezahlen, wenn die Hilfe der Tochter kostenlos war? Doch Violetta war so verrückt nach Gallante Selvi, daß sie ihrem Vater die Stirn bot und davonrannte. D'Annunzio kam gar nicht dazu, sie zurückzuholen, weil sein Geschäft besser lief als je zuvor. Plötzlich wollte jedermann in Pescara seinen Fisch beim Vater der Santa Lucia kaufen!

Zuweilen begegneten sich Violetta und Prosperine morgens auf der Dorfstraße, wenn das hübsche Mädchen eilig auf das Meer zusteuerte, um wieder einmal Modell zu stehen, während ihre häßliche Freundin in die entgegengesetzte Richtung stapfte, begleitet von der Buckligen und ihren halbverhungerten Hühnern und Kaninchen. Und manchmal sahen sich Violetta und die Äffin auch am späten Nachmittag, wenn sie jeweils in der anderen Richtung *unterwegs waren. Am Anfang winkten oder nickten sie sich zu, wenn sie auf der Straße aneinander vorbeigingen. Doch nach einer Weile schaute Violetta weg. Ihr Verhalten verletzte Prosperine. Die Äffin wußte sehr wohl, daß in Ciccolinas Haus, wenn die Alte und sie selbst auf dem Markt waren, mehr geschah als Malen und Modellstehen – daß Gallante Selvi und seine hübsche Freundin den Tanz des Hengstes aufführten. Schließlich war es Prosperine gewesen, die Violettas Blut aus den Laken des Malers gescheuert hatte. Manchmal schaute sich Prosperine um, nachdem sie auf der Straße aneinander vorbeigegangen waren, und warf einen Blick auf ihre Freundin. Violetta sah hübscher aus als je zuvor: Ihre Haut hatte mittlerweile die Farbe von Gold angenommen, ihr Haar war wild zerzaust vom Wind und der salzigen Luft.*

»Sie war damals noch hübscher als heute«, sagte die Äffin.

Ich setzte mich aufrecht hin. »Als heute?«

Sie zuckte zusammen, als wäre ihr plötzlich wieder eingefallen, daß sie nicht vor sich hin redete, sondern zu Tempesta sprach. »Ich ... ich wollte sagen, hübscher als sie in meiner Phantasie heute ist«, meinte sie. »Wenn sie überlebt hätte. Aber sie ist ja schon lange tot. Violetta liegt in der alten Heimat begraben.«

Prosperine starrte mich an. Ich hielt ihrem Blick stand und schwieg. »Fahr fort«, sagte ich schließlich. »Fahr fort mit deiner Geschichte.«

Am elendsten war Prosperine zumute, wenn sie Violetta auf der Straße begegnete. Wenn sie mit der Alten allein war, fühlte sie sich weder glücklich noch unglücklich, und allmählich ließ auch die Sehnsucht nach ihrem Vater und ihren Schwestern nach. Befreit von der Arbeit des Nudelmachens, merkte sie erst, wie sehr sie es gehaßt hatte – die ripetizione, *die dauernden Schmerzen im Rücken, in den Beinen und Fingern. Wäre sie dortgeblieben,* hätte sie womöglich auch einen Buckel bekommen wie die Alte. Vielleicht war das ja das Schicksal ihrer Schwestern, die sie im Stich gelassen hatten? Gott mußte doch solch einen Treubruch strafen, oder etwa nicht?

Sonntags hatte Prosperine frei, um die Messe im Dorf zu besuchen. Das tat sie auch, bis Ciccolina eines Morgens einen Schwächeanfall hatte. Die Äffin blieb bei ihr, und an diesem Tag nannte die alte Frau sie zum erstenmal figlia mia. Sie zog Prosperine zu sich heran, streichelte ihr Gesicht und deutete an, eines Tages werde sie ihrem Schützling magische Fähigkeiten beibringen. Zu diesem Zeitpunkt hatte die Äffin keine Angst mehr vor der Alten oder ihrer Macht. Als Ciccolina ihr Gesicht berührte, bemerkte Prosperine, daß die strega noch weniger sehen konnte, als sie gedacht hatte. Die Äffin musterte die weißen Barthaare am Kinn der Alten, ihre große, pockennarbige Nase, ihre schiefen braunen Zähne. Nichts an Ciccolina stieß das Mädchen mehr ab – nicht die trüben Augen mit den entzündeten Rändern und noch nicht einmal die violette Geschwulst auf der Stirn der alten Frau. Die Äffin wagte gar, das Ding ganz zaghaft zu berühren, und war überrascht, wie warm es sich anfühlte ... Figlia mia, so nannte Ciccolina sie fortan.

Ab Mitte September kam es am Strand zu kleinen Ansammlungen von Menschen, die zuschauten, wie Gallante Selvi seine Entwürfe von Pescaras Bleiglas-celebrità zeichnete und malte. Dorfbewohner und Reisende schauten vorbei, machten große Augen und beteten. Die alten Nonnen, die Violetta einst unterrichtet und wegen ihres ungebührlichen Benehmens oft gescholten und geschlagen hatten, litten anscheinend unter Gedächtnisverlust. »Sie war immer ein reizendes Mädchen«, seufzten sie. »So fügsam und aufgeweckt. So fromm.«

Der größte Gaffer jedoch war der Dorfpriester, der Violetta für die Krönung beim Himmelfahrtsfest ausgesucht hatte. Daß Gallante Selvi Violetta als Modell auserwählt hatte, rechnete er sich nun als Verdienst an. Prosperine konnte sich nicht mehr an den Namen dieses Priesters erinnern – Padre Pomposo hatte sie ihn damals genannt. Was für ein Liebhaber von stravaganza und selbstgefälligen Worten! Hatte er nicht ein gutes Auge für die spirituelle Schönheit des Mädchens gehabt? Bestand nicht eine göttliche Verbindung zwischen ihm selbst und Selvis Bleiglasarbeit? Er plante, ein religiöses Fest auszurichten, wenn Gallante Selvis Meisterwerk erst einmal vollendet sei, und vielleicht auch eine Pilgerfahrt nach Turin zu organisieren. Sobald das Triptychon in der großen Kathedrale zu bewundern war. Was Violetta anging, konnte sie gar nichts mehr falsch machen. Innerhalb eines einzigen Monats hatte sich das Mädchen, das den Straßenverkäufern und Fischern auf die Nerven gegangen war und einer Million Fischen das Rückgrat herausgerissen hatte, in die Königin von Pescara verwandelt!

Eines Nachmittags unterbrachen Violetta und Gallante ihre Arbeit und fuhren zum Dorfplatz, um einzukaufen, sich in Szene zu setzen und gelato zu essen – genau in der Trattoria, unter deren Markise Violetta und Prosperine sich einst versteckt hatten, um die alte Frau zu verspotten, die die Äffin mittlerweile liebgewonnen hatte. Nun schaute Prosperine von ihrem Platz zwischen Ciccolinas Ställen und Käfigen Violetta über die Straße hinweg an. Sie haßte ihre schönen neuen Kleider und Schuhe, ihr ganzes feines Auftreten, denn sie kannte ihre Geheimnisse.

Während sie hinüberstarrte, sah Prosperine, wie Violetta dem artista etwas zuflüsterte. Der schaute daraufhin zur Äffin herüber und setzte eine finstere Miene auf. »Was guckst du denn so, Schlachtermädchen, hä?« rief er ihr von der kleinen Terrasse aus zu. Ciccolina war an diesem Tag zu krank gewesen, als daß sie zum Markt hätte gehen können; die Äffin saß also allein dort. »Bringt meine madrina dir die Kunst des malocchio bei? Soll ich eine mano cornuta hochhalten, um deine Verwünschungen abzuwehren?«

Dann lachte er über seinen eigenen Scherz. Doch der Kellner und eine Reihe anderer, die die Bemerkung mitgehört hatten, beäugten Prosperine mißtrauisch. Der Verrat und das hochnäsige Lächeln Violettas ließen Prosperine vor Wut rot anlaufen! Die Äffin stierte und stierte ihre frühere Freundin an, bis der das Lächeln verging.

Als der vornehme Gentleman samt seiner Lady aufstand, um zu gehen, stieß Violetta gegen den Tisch und beklagte sich über einen stechenden Schmerz in den Beinen. »Hast du das gemacht?« rief sie Prosperine über die Straße zu. »Schickst du mir Schmerzen, weil du eifersüchtig bist?«

»Pah!« rief die Äffin zurück. »Erlaube einfach deinem neuen Freund keine Besuche mehr zwischen deinen Beinen, ›Santa Lucia‹, dann vergehen die Schmerzen von allein!«

Violetta schnappte nach Luft und hinkte beschämt auf ihren Karren zu. Gallante Selvi zeigte mit dem Finger auf Prosperine und drohte, sie am Abend, wenn sie zu seiner madrina *zurückkehrte, zu verprügeln.*

»Was für eine schändliche Anschuldigung!« sagte jemand.

»Ein Sakrileg!« pflichtete ihm ein anderer bei.

»Was glaubt dieses Schlachtermädchen eigentlich, wer sie ist?«

»Die kleine Hexe ist schon eigenartig.«

In den nächsten Tagen wurde Prosperine angestarrt, die Leute fingen an zu tuscheln, wenn sie sie sahen, manche bespuckten sie gar. Daheim wollte Gallante Selvi seine Drohung, sie zu schlagen, in die Tat umsetzen, doch die alte Frau stellte sich zwischen die beiden und ließ es nicht zu. Selvi begnügte sich damit, sie zu beschimpfen und herumzuschubsen, wenn seine Patentante nicht in der Nähe war.

Doch kaum einen Monat nach ihrer öffentlichen Demütigung wurde die Äffin gerächt! Am ersten Oktober verließ Selvi Pescara wie ein Dieb in der Nacht. Ein Träger vom Bahnhof berichtete, der artista *habe zwei Koffer, zwei Mappen mit den Zeich-*

nungen und Bildern, die er von Violetta angefertigt hatte, und Violetta selbst mitgenommen! Sie hatte sich von niemandem verabschiedet, nicht einmal von ihrem Vater!

Aus Sorge, er könne Kundschaft verlieren, verbreitete D'Annunzio, Padre Pomposo *habe Gallante Selvi und seine Tochter vor ihrer Abreise heimlich vermählt. Doch am folgenden Sonntag widersprach der Geistliche dieser Darstellung von der Kanzel herab. Danach versuchte sich Violettas Vater in einer anderen Vorgehensweise und prangerte seine unmoralische Tochter mit der gleichen lauten Stimme an, mit der er Fisch auf der Straße feilbot. Mit seinem Geschäft ging es nichtsdestotrotz bergab, und noch vor Ablauf des Monats stieß ihm bei einer Auseinandersetzung im Wirtshaus ein Betrunkener ein Messer in die Brust und tötete ihn. Man machte Gallante Selvi und Violetta in Turin ausfindig und benachrichtigte sie von dem Unglück, doch Violetta kehrte nicht zurück, um ihren Vater zu begraben. Nun waren sich alle darin einig, daß Pescaras einst gefeierte Santa Lucia sowohl gegen das dritte als auch gegen das neunte Gebot verstoßen habe und zweifellos auf ewig in der Hölle schmoren müsse.*

Im November waren die Leute im Dorf Violettas Namen bereits überdrüssig und wandten sich anderen Sündern zu. Prosperine zufolge war das auch der Monat, in dem sie Zeuge der merkwürdigen Zauberei wurde, die ebenfalls mit Kaninchen zu tun hatte.

»Ah, die Kaninchen – endlich!« rief ich. »Ich hatte schon befürchtet, an Altersschwäche zu sterben, bevor du auf deine magischen conigli *zu sprechen kommst.«*

Die Äffin steckte sich ihre Pfeife an und paffte einen Moment vor sich hin; dann trank sie einen Schluck Wein und sagte zwei oder drei Minuten gar nichts. Ich wartete schweigend ab. Schließlich seufzte sie und fuhr mit ihrer Erzählung fort. »Es waren drei, die es gesehen haben«, sagte sie. »Die Bucklige, der Schulmeister Pomaricci und ich.«

Pomaricci war ein Geizhals, groß gewachsen und knochig, doch er hatte einen kleinen Schmerbauch. Seine Zähne waren lang und gelb wie die eines Pferds, und er hatte Mundgeruch. Ciccolina konnte zwar kaum noch sehen, bemerkte ihn aber an seinem stinkenden Atem, wenn er gekommen war, um Fleisch zu kaufen.

Jeden Tag kaufte Pomaricci sich ein Kaninchen oder ein Huhn zum Abendessen und vergaß dabei nie, sich zu beschweren, die Preise der Alten seien zu hoch und ihre Tiere zu mager. Zuweilen steckte er den Finger durch die Stäbe eines Käfigs, mehr um die armen Kreaturen zu quälen, als um zu prüfen, ob das Tier genug Fleisch auf den Knochen hatte. »Eines Tages treibt mich der Einkauf bei dir noch in den Hungertod oder in den Bankrott, alte Frau«, beschwerte sich Pomaricci bei Ciccolina. Dann wandte er sich Prosperine zu und lächelte, wobei er seine häßlichen gelben Zähne entblößte.

Ciccolina antwortete, selbst Bettler müßten etwas essen, so daß sie für ihn den Hungertod vorziehe. »In dem Fall brauchte ich mir wenigstens dein Gejammer nicht mehr anzuhören.«

Die Stimme der Äffin verwandelte sich plötzlich in das kehlige Knurren eines Hundes. Sie zog ihren Stuhl näher an meinen heran, als wären wir zwei Verbrecher, die nicht belauscht werden wollten.

An jenem Tag entschied sich Pomaricci, wie immer schlecht gelaunt, für eines von Ciccolinas Tieren, öffnete den Käfig und zog sein Abendessen an den Ohren heraus. »Wieviel willst du für diesen halbtoten Sack Knochen?« fragte er.

Ciccolina hob das Kaninchen abschätzend hoch und nannte ihren Preis.

»Was? Ihr beraubt mich, alte Frau!« protestierte Pomaricci. »Für den Preis müßte ich doppelt soviel Fleisch bekommen wie diese kümmerliche Kreatur hergibt.« Wie immer jedoch öffnete er seine schäbige Geldbörse und machte sich daran, den geforderten Betrag zu bezahlen.

Ciccolina war an diesem Tag krank gewesen – wieder einmal von Schwindel und mal di capo befallen. Auf dem Weg ins Dorf war sie zweimal gegen den Karren gestürzt und einmal auf die Straße. Sie hatte schon den ganzen Tag schlechte Laune. »Doppelt soviel Fleisch, hä?« fuhr sie Pomaricci an. »Wenn dir doppelt soviel Fleisch das Maul stopft, dann sollst du auch doppelt soviel Fleisch haben!«

Sie schmetterte das verängstigte Kaninchen auf das Schneidebrett und wies Prosperine an, das Tier an seinen heftig ausschlagenden Hinterläufen festzuhalten. Die Äffin gehorchte, und das große Hackbeil der Alten sauste durch die Luft, und landete mit voller Wucht auf dem Brett – verfehlte die rechte Hand ihrer Gehilfin und ihre eigene linke Brust nur knapp und teilte die Kreatur in zwei Hälften.

Und dann geschah die Zauberei: Das Kaninchen, sauber zerteilt, verlor nicht einen einzigen Tropfen Blut. Statt dessen wuchs jeder Hälfte eine neue Hälfte – entstanden vor den Augen des Mädchens und des Schulmeisters aus einem einzigen zwei ganze, lebendige Kaninchen!

»Hier! Nimm sie beide, und dann fort mit dir!« rief Ciccolina dem Schulmeister zu. »Hoffentlich erstickst du an den Knochen!« Sie hielt Pomaricci die zappelnden Zwillinge an den Ohren vors Gesicht.

Sprachlos ließ der Schulmeister die Münzen aus seiner Hand gleiten und entfernte sich stolpernd, ohne seine merkwürdige Belohnung mitzunehmen. Nach wenigen Schritten begann er zu laufen, wobei er etwas über sein Abendessen und das Werk des Teufels hinausschrie.

Ciccolina packte Prosperine am Arm. Mit dem Daumen machte sie auf ihrer Stirn das Kreuz Jesu Christi. »Benedici!« flüsterte die Alte. »Sag es, schnell! Benedici! und bekreuzige dich!«

Das verblüffte Mädchen tat, wie ihr geheißen, war aber wie in Trance. Träumte sie? Hatte sie wirklich gesehen, was sie zu sehen gemeint hatte? Sie konnte ihre ungläubigen Augen nicht von diesen beiden Kaninchen abwenden, die zuvor eines gewesen waren.

Noch am selben Abend läutete die Kirchenglocke für Pomaricci, der am Schlag gestorben war. Doch die alte strega und die älteste Tochter des Nudelmachers feierten! Ciccolina trug Prosperine auf, die beiden Kaninchen zu schlachten und zu häuten. Zuerst glaubte das Mädchen, sie sei nicht imstande, diese magischen Kreaturen zu töten, geschweige denn sie zu braten und anschließend das Fleisch von ihren Knochen zu nagen. Doch sie tat es! Die beiden aßen gebratenes Kaninchen und zucca aus dem Garten der alten Frau und Brot, das sie in Tomatensauce tunkten. Was für ein Festmahl! Und so reichlich, daß Prosperine schon fürchtete, ihr Bauch würde platzen wie ein palloncino. In Wahrheit war es das schmackhafteste Essen, das sie je gekostet hatte.

»Ich weiß, es hört sich verrückt an, Tempesta«, sagte Prosperine an diesem Abend zu mir. »Aber ich schwöre bei Jesus Christus, daß es so geschah, wie ich es geschildert habe! Ich habe es wirklich gesehen. Ich sage die Wahrheit!»

Nun beugte sich die Äffin so nah an mich heran, daß ich ihren nach Wein und Tabak riechenden warmen, feuchten Atem im Gesicht spürte. Sie umfaßte meine Knie und fing an zu flüstern, als wäre das, was nun kam, nur für sie und mich bestimmt.

»Was habe ich an jenem Tag gesehen, Tempesta?« fragte sie. »Eine Todsünde? Ein Wunder? Diese Frage drängte sich mir gestern wieder auf, als ich bei der Geburt der Zwillinge deiner Frau dabei war – der Junge, der tot zur Welt kam, und das Mädchen, das mit der Hasenscharte geboren wurde. Was hat das zu bedeuten, Tempesta? Sag es mir. Was hat das zu bedeuten?«

»Du Närrin«, erwiderte ich und rückte meinen Stuhl ein wenig von ihr ab. »Es bedeutet nur, daß du deinen Aberglauben und deine allucinazioni auf dem Weg in die neue Heimat hättest über Bord werfen sollen. Malocchio und Wunder – pah! Du redest ja wie eine Närrin, wie eine ungebildete Bäuerin.«

»Paß auf, über was du dich lustig machst, Tempesta«, warnte sie und wies mit ihrem knochigen Finger auf mich. »Wo kein Schatten ist, ist auch kein Licht. Gott stehe dem Ketzer bei!«

Wir saßen schweigend da, die Äffin und ich; das Wort Ketzer legte sich mir wie ein Stein auf die Seele. Und ich spürte wieder das tote Kind auf meinem Arm. Sah meinen Daumen das ölige Kreuz auf seiner Stirn machen. War mein Sohn von einem Ketzer getauft worden, so war seine Seele ungeschützt verloren. Dann hatte ich ihn nicht dem Himmel, sondern der Hölle überantwortet.

»Hör auf, über Ketzerei zu reden, und geh ins Bett«, sagte ich zu der Äffin. »Bevor die Sonne aufgeht, wird Ignazia dich brauchen, und dann wird dein Kopf größer sein als dieses Haus.«

Sie stand auf und trat ans Fenster, wobei sie den Mond verdeckte. Da war noch etwas, was sie sagen wollte.

»Was denn?« fragte ich ungeduldig. »Was denn noch?«

»Ich weiß, was dir der dottore gesagt hat«, erwiderte sie.

»Der dottore hat viel gesagt«, gab ich zurück. »Woher soll ich wissen, wovon du sprichst?«

»Ich weiß, daß es sie umbringen kann, wenn noch ein Baby kommt«, sagte sie. »Es könnte ihr Herz zum Stillstand bringen.«

»Was willst du denn?« sagte ich. »Das ist eine persönliche Angelegenheit zwischen einem Mann und seiner Frau. Da hast du deine Nase nicht hineinzustecken.«

»Komm zu mir, wenn du es nötig hast«, sagte sie.

»Hä?«

»Erinnere dich an das Versprechen, das ich dir gegeben habe, als wir hierherkamen. Wenn du ihr weh tust, wirst du dafür bezahlen. Wenn du es nötig hast, dann komm zu mir und fertig.«

Zunächst begriff ich gar nicht, was sie damit meinte, doch dann dämmerte es mir, und die Vorstellung stieß mich ab. »Ich habe kein Verlangen«, sagte ich, »eine Affenfrau zu vögeln.«

»Und ich habe kein Verlangen«, gab sie zurück, »von einem Idioten gevögelt zu werden. Aber ich würde es ihr zuliebe tun. Was macht es mir schon aus, wenn sie doch dadurch gerettet wird? Es bedeutet mir nichts. Bleib ihr vom Leib, ich warne dich. Denk immer daran, Tempesta. Ich habe schon einen Mann umgebracht.«

Ich lachte ihr ins Gesicht. »Ein armer Schulmeister erleidet einen Schlag, und du und deine alte Hexenfreundin wollt dafür verantwortlich sein. Ha! Das war Gottes Werk, Frau, nicht deines. Wenn jemand hier in der Küche ein Ketzer ist, dann du!«

»Ich übernehme keine Verantwortung für Pomariccis Tod«, erwiderte sie. »Ich behaupte nicht, daß er durch Zauberei umgekommen ist. Ich behaupte aber auch nicht das Gegenteil.«

Sie nahm ihr leeres Weinglas in die Hand, um es dann so heftig auf den Tisch zu knallen, daß es zerbrach. »Gallante Selvi ist der Mann, den ich umgebracht habe«, sagte sie. »Dieser elende Bleiglasmaler.«

»Du hast doch erzählt, er hätte Pescara verlassen«, wandte ich ein.

»Ich habe dir erzählt, daß er wegging«, sagte sie. »Und jetzt erzähle ich dir, daß er zurückkehrte!«

Mein Herz klopfte wie wild, und meine Hände waren schweißnaß. »Also setz dich«, forderte ich sie auf. »Setz dich und erzähl mir auch noch den Rest.«

Nachdem sie die wundersame Verdoppelung des Kaninchens durch die Hexe mit eigenen Augen gesehen hatte, widmete sich Prosperine fortan ganz der alten strega, *die sie nun zugleich fürchtete und liebte. Sie bat Ciccolina, ihr ihre Fähigkeiten beizubringen, doch die Alte ließ sich eine ganze Weile nicht darauf ein, lächelte nur und tat so, als höre sie nicht. Dann aber, als Epiphanias näher rückte, deutete die bucklige Alte an, der Zeitpunkt sei nun bald gekommen – Mitternacht an Heiligabend sei die Stunde, in der Mütter ihre Geheimnisse an die Töchter weitergäben.*

Und dann brachte sie es ihr bei, am letzten Heiligabend ihres Lebens, bevor es zu spät war. Um Mitternacht, als die Kirchenglocken im Dorf läuteten, um die Geburt von Jesus Christus zu feiern, begann Ciccolina mit ihren Lektionen für Prosperine: Sie lehrte sie, wie man il malocchio *erkannte und heilte. Das Mädchen bat darum, daß sie ihr auch erklärte, wie man jemanden mit dem bösen Blick* verwünschte *– um jenen Leid zu bringen, die einem Unrecht zugefügt hatten. Immerhin hatte Prosperine Feinde: All jene Leute, die sie auf dem Dorfplatz bespuckt und sie als »kleine Hexe« bezeichnet hatten, und ihren Vater, der sie Gallante Selvis Geldes wegen im Stich gelassen hatte. Vor allem aber Gallante Selvi selbst, der ihre Freundin Violetta gegen sie aufgebracht und verschleppt hatte! Doch Ciccolina weigerte sich, der Äffin die Kunst der Rache beizubringen. Vielleicht weil sie argwöhnte, Prosperine werde die böse Macht gegen ihren Patensohn einsetzen. Vielleicht auch nicht. In der Welt gebe es schon genug Boshaftigkeit, erklärte Ciccolina, und zu viele eitle Menschen, die Gottes Werk in die eigenen Hände nehmen wollten.*

An jenem Heiligabend holte Ciccolina unter ihrem Schal ein Halsband aus roten Chilischoten hervor, die sie im Sommer aufgehängt und getrocknet hatte. »Trag dies«, befahl sie Prosperine. »Die Spitze des corno *bricht den bösen Blick und beschützt dich.«*

Sie wies das Mädchen an, Olivenöl zu holen und der Zisterne, die Padre Pomposo *bei seinem Besuch im Sommer gesegnet hat-*

te, drei Schüsseln Weihwasser zu entnehmen. Bis spät in die Nacht hinein wiederholte die Äffin die Zauberformeln, die Ciccolina ihr vorsprach, und übte sich darin, das Öl auf dem Wasser zu deuten. Als die alte Frau sich zu ihrer Zufriedenheit davon überzeugt hatte, daß die Gabe weitergegeben worden war, spuckte sie in ihre Hände und hieß das Mädchen, die Augen zu schließen. Dann verrieb sie ihr den Speichel auf den Augenlidern. »Che puozze schiattà!« murmelte sie vor sich hin, wiederholte es wieder und wieder. Schließlich ließ sie sich von dem Mädchen den Buckel einreiben. »Benedici!« sagte sie. »Setz das, was du weißt, gegen das Böse ein.«

Im darauffolgenden Monat starb sie in dem Bett, das sie mit der Äffin teilte. Prosperine ahnte es, kaum daß sie morgens erwacht war.

Als sie sich davon überzeugt hatte, daß die alte strega wirklich gestorben war, goß sie Weihwasser in eine Schüssel, stellte sie neben den Leichnam und tröpfelte Öl hinein. Die Tropfen verteilten sich nicht, sondern blieben zusammen auf der Oberfläche, was bedeutete, daß Ciccolinas Seele in Frieden ruhte. Mit dem Daumen schloß die Äffin der alten Frau die Augen und küßte ihr die Hand, das Gesicht, ja sogar die violette Geschwulst auf der Stirn. Die Schlachterin war gut zu ihr gewesen, wie eine madre, und Prosperine hatte schließlich sogar das Häßliche an ihr liebgewonnen.

Der Notar benachrichtigte Gallante Selvi vom Tod Ciccolinas, und der Maler sandte die Anweisung zurück, Prosperine solle sich weiterhin um die Hütte und das Geschäft seiner Patentante kümmern. Er werde nach der Sonnenwende nach Pescara zurückkehren, um ihren Vater für ihre Dienste zu entlohnen und um im Sommerlicht von Pescara sein Bleiglas zu bemalen. Nirgends in Italien eigne sich das Licht derart vorzüglich für seine Arbeit. Auch werde der Besuch seiner kleinen Frau ein Wiedersehen mit ihren zahlreichen Bewunderern ermöglichen.

Seine kleine Frau! Falls er nicht log, was die Heirat anging, war er ein noch größerer figliu d' una minchia, als die Äffin vermutet hatte. Und Violetta D'Annunzio eine noch größere Närrin!

An dieser Stelle hob ich die Hand, um Signorina Affengesicht Einhalt zu gebieten. »Aspetta un momento!« sagte ich. »Ist das jetzt ein Rätsel, das du mir aufgibst?«

»Es ist die Wahrheit, die ich dir erzähle!« protestierte sie. »Wieso sprichst du von einem Rätsel?«

»Weil es mir ein Rätsel ist, wieso deine hübsche Freundin eine Närrin gewesen sein soll, als sie ihr Leben als Tochter eines armseligen Fischhändlers gegen das Leben als Frau und Modell eines wohlhabenden Künstlers eintauschte. Ha! Was hast du denn erwartet – etwa, daß Selvi dich in einem Werk heiliger Kunst verewigt hätte? Dich geheiratet hätte? Und was soll das heißen, du hast den armen Mann getötet? Wie hast du ihn denn umgebracht – ihm vielleicht mit dem malocchio die Blutgefäße im Gehirn platzen lassen?«

Sie schlug plötzlich mit der Faust auf den Tisch, so daß ich erschreckt zusammenfuhr. »Ich habe seine eigene Kunst als Waffe gegen ihn gerichtet«, krächzte sie.

»Was? Hör auf zu phantasieren, Frau. Mein Chianti hat dir den Verstand geraubt.«

»Dein Chianti hat mich dazu gebracht, einem Narren die Wahrheit zu erzählen«, entgegnete sie scharf. »Es wäre klug von dir, still zu sein, solange ich in Stimmung bin, meine Geheimnisse preiszugeben.«

»Also gut, dann rede!« sagte ich. »Rede, bis die Sonne aufgeht. Rede, bis dir die Zunge aus dem Mund fällt. Wie hast du diesen armen Maler umgebracht? Erzähl es mir! Los!«

Gallante Selvi setzte seine Rückkehr nach Pescara groß in Szene. Er und Violetta trafen mit einer Karawane, bestehend aus drei Pferdegespannen und einem Pferdekarren, auf dem Dorfplatz ein. Im ersten Gespann saß das Paar selbst, mitsamt den zahlreichen Gepäckstücken. Das zweite enthielt die fertiggestellten Teile von Selvis kostbarem »Meisterwerk«, die später in Turin zusammengefügt und verkittet werden sollten. Das dritte Gespann transportierte die Kisten mit Selvis Utensilien. Auf dem offenen Karren stand der kleine Brennofen, den der Künstler dazu benutzte, seine Entwürfe auf Glas zu brennen. Jedes noch so kleine Teil des Meisterwerks war in Tücher und Decken gehüllt, um es vor Bruch zu schützen. Ha! Auch Violetta war in eine Verpackung gehüllt – sie trug einen pelzbesetzten roten bolero mit goldenen angioletti und auf dem Kopf eine elegante Pelzkappe. Sie hätte ganz den Eindruck einer Dame von Stand gemacht, wenn sie in ihren neuen Kleidern nicht so eingefallen und elend gewirkt hätte.

Natürlich zog ihre prunkvolle Ankunft zur Mittagszeit eine Menschenmenge an. Selvi gab immer liebend gern den strombazzatore. Er stieg aus und hielt eine Rede über Schönheit und Kunst. Er und Violetta seien zurückgekehrt, um an den Gräbern seiner geliebten madrina und Violettas geliebtem padre zu weinen; außerdem wolle er die kräftigen Blautöne des Adriatico einfangen, wie man sie nur an der Küste von Pescara finde. Er beschrieb die schrecklichen Unannehmlichkeiten, die es mit sich brachte, wenn er so weit entfernt von den Glashütten in Turin und seinem vertrauten Glaser war, der die Einzelstücke seines Kunstwerks mit Bleistegen verband. Doch er nehme das alles mit Freuden in Kauf, um in Pescara sein zu können. Nur die Farbtöne, die sich an diesem Ort fänden, seien gut genug für den Umhang und die Augen von Santa Lucia, der Jungfräulichen Märtyrerin!

Dann nahm er Violettas behandschuhte Hand und küßte sie, und die Frauen aus dem Dorf seufzten. Nur die Äffin nicht! Sie spuckte ob der Lügen dieses Mistkerls vor sich auf den Boden.

Selvi und der Vater der Äffin kamen überein, sie solle weiterhin in Ciccolinas Hütte bleiben und für den artista *und seine »feine Dame« kochen und putzen. Wie immer gab der Nudelmacher nichts auf Prosperines Protest und beschied ihr, eine Tochter, die sich beklage, sei wie ein heulender Hund, der darum bettele, geschlagen zu werden.*

An ihrem ersten Tag in Pescara gingen Violetta und Selvi höflich und zärtlich miteinander um – sie spielten Padre Pomposo *und anderen Besuchern von Rang in Ciccolinas kleiner Hütte etwas vor. Doch in der Nacht hörte Prosperine durch die Wand zum erstenmal, wie das Paar heftig stritt.*

Am nächsten Morgen beschwerte sich Selvi, die Maisgrütze, die Prosperine zum Frühstück gekocht hatte, habe keinen Biß, man könne sie höchstens Schweinen vorsetzen. Er warf seine Schüssel an die Wand, haarscharf am Kopf der Äffin vorbei, und ging dann hinaus, ans Meer.

Dann kam Violetta in die kleine Küche; mit einer Hand versuchte sie, ihr geschwollenes Auge zu verstecken. Sie ließ verlauten, Prosperine solle ihre frühere Freundschaft vergessen; es habe sich seitdem viel verändert, und Prosperine solle sich stets vor Augen halten, wer die Dienerin und wer die Herrin sei.

»Riech an deinen Händen, Signora Aristocratica«, gab die Äffin scharf zurück. »Bestimmt stinken sie noch immer nach Fisch.«

Ein finsterer Ausdruck trat in das geschwollene und mit Blutergüssen übersäte Gesicht Violettas. »Mach mir ein heißes Bad und laß mich in Ruhe«, sagte sie. Den ersten Wunsch erfüllte Prosperine, nicht jedoch den zweiten. Sie stellte sich in die Tür und sah zu, wie Violetta sich auszog, ihren hübschen, rosigen Körper entblößte, den Selvi, dieser Mistkerl, mit Striemen und blauen Flecken verunstaltet hatte. Violetta fuhr zusammen, als sie sich umdrehte und die Äffin bemerkte. »Verschwinde!« schrie sie. »Ich lasse mir deinen Ungehorsam nicht länger gefallen!« Doch Prosperine trat noch näher heran.

Violetta griff nach ihrem Nachthemd und versuchte vergeblich, ihre Blessuren zu verdecken. Es versetzte Prosperine einen Stich, zu sehen, was Selvi angerichtet hatte. »Das wäre nicht geschehen«, sagte sie zu Violetta, »wenn du dich nicht zu seiner puttana hättest machen lassen.«

»Wie kannst du es wagen, mich so zu beleidigen!« schrie Violetta zurück. »Du, die du dich von dieser alten Schlampe in eine Hexe hast verwandeln lassen!«

»Pah!« gab Prosperine zurück. »Puta!«

»Pah!« versetzte Violetta. »Strega!«

»Puta!«

»Strega!«

»Puta!«

»Strega!« Violetta holte aus und schlug der Äffin ins Gesicht.

Als Prosperine die Hand erhob, um zurückzuschlagen, wich Violetta derart verängstigt zurück, daß sie die Hand wieder sinken ließ. Die Frau, die Gallante Selvi hörig war, hatte nichts mehr von jenem frechen Mädchen, das im Hafen vor den Fischern herumstolzierte oder Prosperine und ihren Schwestern den »Tanz« der Pferde erklärte. Das alles hatte der artista aus ihr herausgeprügelt. Jetzt wirkte Violetta so verloren wie die Kaninchen in Ciccolinas Käfig.

Die beiden Frauen sanken sich in die Arme und wiegten sich weinend hin und her. Im Verlauf dieses Morgens erzählte Violetta Prosperine, wie es ihr in Turin ergangen war. Eine Tracht Prügel nach der anderen, umiliazione und noch mehr umiliazone. Als sie Selvi einmal im Bett abgewiesen hatte, beschuldigte er sie der Untreue. »Mit wem soll ich dir denn untreu sein?« hatte sie gefragt, und Selvi zählte ihr bald jeden zweiten der Säufer auf, die er in ihr appartamento eingeladen hatte, worauf er in allen Einzelheiten die schmutzigen Dinge beschrieb, die sie angeblich mit ihnen getrieben hatte. Als hätte sie getan, wessen er sie zu Unrecht beschuldigte, zerrte er sie zur Waschschüssel und hielt ihr den Kopf so lange unter Wasser, daß sie meinte, ertrinken zu müssen. Ein andermal, als sie sich beim Modellstehen zuviel bewegte, stieß er sie gegen die Wand und schlug sie bewußtlos. »Und er hat einen Freund, Rodolpho, ein dreckiges Schwein von einem fotografo«, brachte Violetta schluchzend hervor. »Zweimal ließ mich Gallante für diesen ekelhaften Mann posieren; er befahl mir, meine Kleider abzulegen, die Beine zu spreizen und noch Schlimmeres zu tun, während der andere Bilder machte. Beim zweiten Mal flehte ich ihn an, mich in Ruhe zu lassen. Ich hatte gerade eine Fehlgeburt hinter mir, Prosperine! In dieser Nacht hielt Gallante mir sogar noch vor, ich hätte genossen, was er mich für diesen Fotografen zu tun gezwungen hatte, und versengte mich an Rücken und Füßen. Was ist das für ein Mann, der seine Frau solche Dinge tun läßt und sie obendrein noch dafür bestraft? An dem Tag, an dem ich Pescara verließ, habe ich einen furchtbaren Fehler gemacht, Prosperine. Schon oft habe ich daran gedacht, meinem Leben ein Ende zu setzen, um ihn loszuwerden. Wieviel schlimmer kann die Hölle sein als eine Ehe mit diesem Scheusal, der die Heiligen malt, selbst aber ein Teufel ist?«

Als Violetta alle schrecklichen Geschichten erzählt hatte und ihre Tränen versiegt waren, badete Prosperine sie in Mandelwasser und rieb ihre Blutergüsse und Narben mit Olivenöl ein. Dann half sie ihr beim Ankleiden und bürstete ihr das Haar, genau wie sie es früher getan hatte. Prosperines Berührung sei wie Medizin, sagte Violetta. Anschließend brachte die Äffin sie ins Bett und blieb bei ihr, bis sie eingeschlafen war.

An diesem Nachmittag schlachtete Prosperine auf dem Dorfplatz viele Kaninchen – es war ein geschäftiger Tag. Nie hatte diese Arbeit ihr solche Freude bereitet. Jeder Kopf, den sie abhackte, jeder Körper, den sie zappeln und bluten sah, gehörte Gallante Selvi, diesem Verbrecher. Für das, was er ihrer Freundin angetan hatte, würde er leiden müssen, das hatte sie sich fest vorgenommen. Er würde mit seinem Leben bezahlen.

Aber ganz so einfach war das nicht. Was konnte sie tun? Ihm ein Messer ins Herz stoßen, während halb Pescara ihm beim Glasmalen zusah? Ihm auf dem Dorfplatz mit dem großen Hackbeil seiner madrina *den Kopf abschlagen? Verdient hätte er es, doch sie wollte keinesfalls den Rest ihrer Tage in einem dunklen Kerker verbringen. Schon gar nicht, wo ihre geliebte Freundin nun nach Pescara zurückgekehrt war und umsorgt und beschützt werden mußte.*

Zuerst versuchte sie es mit dem bösen Blick. Während der folgenden zwei, drei Tage starrte sie Gallante Selvi ununterbrochen haßerfüllt an. Aber il malocchio *brachte sie nicht ans Ziel. Je länger und fester sie Gallante Selvi in böser Absicht anschaute, um so mächtiger und gesünder schien er zu werden. Nachts riß Violettas Flehen und Schluchzen sie aus dem unruhigen Schlaf. Morgens berichtete die gequälte Frau Prosperine dann von seiner jüngsten Schandtat, zeigte ihr neue Blutergüsse und Bißwunden, einmal unten an ihrem Bein, als hätte sie einen bösartigen Hund und keinen Mann geheiratet! Doch dieser Kerl würde bald ein toter Hund sein, schwor sich die Äffin. Und als sie Violetta gegenüber erstmals leise von Mord sprach, hörte diese schweigend zu und spielte nur nervös mit ihren Händen. Furcht und Hoffnung standen ihr gleichermaßen ins Gesicht geschrieben.*

Das Triptychon – Gallantes unvollendetes »Meisterwerk« – kam nicht gut voran. Er war ein Perfektionist und machte immer erst Entwürfe auf kleinen Glasstücken, bevor er das Werk auch nur um einen Fingernagel oder eine Falte ergänzte. Mißfielen ihm seine Vorarbeiten, warf er sie an die Wand, versetzte der Ziege einen Tritt, zog seine Frau an den langen Haaren oder schlug ihr gar ins Gesicht. All seine Bemühungen, das schwermütige azzurro *des Meeres einzufangen, führten nicht zum Erfolg. Wieder und wieder mischte er Farbpigmente und Bleipulver und testete das Ergebnis auf Milchglasstücken. Die Rezepturen notierte er sich und wartete wie ein werdender Vater darauf, daß sich die Farbe im Brennofen ins Glas einbrannte. Wenn er es wieder herauszog und in die Sonne hielt, bemerkte er jedesmal einen Fehler und schleuderte das heiße Glas unter entsetzlichen Flüchen fort. »Ich scheiße auf die Jungfrau Maria!« schrie er dann, oder: »Soll Jesus Christus doch deine Schwester vögeln.«*

Nach derlei Wutanfällen hatte Prosperine ihre Arbeit stehen- und liegenzulassen, um die Bescherung aufzukehren, die er verursacht hatte. Selvi liebte es, barfuß zu arbeiten und drohte damit, sie grün und blau zu schlagen, falls er je in eine Scherbe trat. Immer, wenn sie es klirren hörte, mußte sie also eiligst zum Besen greifen. Tag für Tag fegte sie neuen Bruch, umgestoßene Farbtöpfe und Bleidrahtstücke auf einen Haufen in der Nähe des Ziegenstalls. Eines Morgens machte sich eine junge Ziege über Selvis Trümmerhaufen her. Am Nachmittag beobachtete Prosperine, wie das Tier Glas und Draht erbrach. Noch bevor die Sonne unterging, wand sich das arme Tier in Krämpfen, erbrach Blut und starb an seinen inneren Verletzungen. Nun wußte die Äffin, wie sie Gallante Selvi umbringen konnte.

Tagelang waren Violetta und sie mit den Vorbereitungen beschäftigt. Hielt Gallante sich in der Nähe auf, flüsterten sie verstohlen miteinander; sobald er ins Wirtshaus oder zum Schwimmen ans Meer ging, machten sie sich rasch an die Arbeit. Sie beschlossen, die Tat am Sonntag auszuführen, dem einzigen Wochentag, an dem Prosperine nicht auf den Dorfplatz mußte. Sie sammelte Selvis Buntglasreste auf, brach die Scherben in Splitter und Krümel und mahlte diese zu einem feinen Pulver. Noch immer habe sie das Geräusch im Ohr, das das Glas beim Zerstoßen im Mörser von sich gab, sagte sie. In einem Topf auf dem Herd weichte sie kleine Stücke von dem Bleidraht ein, den er zum Verglasen benutzt, und kochte sie aus. Nach und nach sollte ihn das Blei vergiften, und das Glas würde seine Eingeweide zerschneiden. Wenn sie ihn dazu bringen konnten, das vergiftete Essen herunterzuschlucken, waren sie von seiner Tyrannei befreit. Bis

Samstag hatten Prosperine und Violetta mehrere Händevoll von dem feinen, glitzernden Pulver beisammen.

»Morgen früh wird seine Maisgrütze nun wirklich Biß haben«, flüsterte Prosperine Violetta zu. »Mehr Biß, als ihm lieb sein kann!« Doch sie ging kein Risiko ein und bereitete ihm für den Nachmittag braciola *zu, gefüllt mit Hackfleisch und Walnüssen – und Glaspulver. Zum Abendessen würde sie ihm ein Hühnchen braten, gefüllt mit Maisbrot und* pignoli *und noch mehr Pulver! In der Nacht oder am Tag danach wäre er dann tot wie Ciccolinas kleine Zicke. Dieser* bastardo *würde an seiner eigenen* digestione *sterben!*

Prosperine saß still auf ihrem Stuhl und hatte die Augen geschlossen. Erzählte sie die Wahrheit? Erfand sie eine Geschichte, um mir Angst einzujagen? Hatte der viele Wein sie ermattet? Warum unterbrach sie ihre Erzählung ausgerechnet an dieser unpassenden Stelle?

»Wach auf«, sagte ich und zerrte sie am Ärmel. Sie riß die Augen auf.

»Tempesta«, knurrte sie, »es hat funktioniert*!«*

Am nächsten Morgen aß Gallante Selvi sein Frühstück, ohne sich zu beschweren – zwei Schüsseln Maisgrütze, gewürzt mit einer Extraportion Salz und mit Blei vergiftet. Violetta und Prosperine hielten den Atem an, bis der letzte Bissen verspeist war und sie den zufriedenen Rülpser Selvis vernahmen. Schon eine Stunde darauf klagte er über Durst und Übelkeit und einen seltsamen Geschmack im Mund, der nicht wegging. Er meinte, wenn er nur endlich Verdauung hätte, würde er sich bestimmt besser fühlen.

»Eins von Ciccolinas Abführmitteln wird dir helfen«, sagte Prosperine. »Es schmeckt zwar abscheulich, wirkt aber gut.« Sie goß ihm einen Tee aus Zitronenkraut, Fenchel und Bleiwasser auf und gab noch eine große Prise eines besonderen Pulvers hinzu.

»Deine madrina hat mir dieses Rezept beigebracht«, sagte sie und reichte Selvi den Tee. »Die Körnchen werden für Auflockerung sorgen. Trink ihn rasch, nicht langsam. Zwei Tassen sind besser als eine.«

Dankbar kippte er das Getränk in großen Schlucken in sich hinein, wobei sich sein pomo d'Adamo hob und senkte, hob und senkte. »Grazie, signorina! Grazie!« sagte er zu Prosperine, wischte sich den Mund ab und legte sich aufs Bett. Am letzten Tag seines Lebens war Gallante Selvi so höflich wie ein feiner Herr!

Am Nachmittag jammerte und stöhnte er und zog sein Hemd hoch, damit Violetta und ihr Dienstmädchen die merkwürdigen Bewegungen in seinem Bauch beobachten konnten. Er klagte, seine Eingeweide fühlten sich heiß an, und ihm sei schwindelig. Er konnte die Hände nicht zu Fäusten ballen. »Eine anständige Mahlzeit wird deinem Magen guttun«, sagte Prosperine. Sie half ihm aus dem Bett und führte ihn zum Tisch. Doch als sie ihm braciola vorsetzte, erbrach Selvi eine milchige Flüssigkeit auf das unberührte Essen.

Während er unruhig schlief, lief Violetta schluchzend in der Hütte und draußen auf der Lichtung umher und führte Selbstgespräche. Prosperine bereitete ein weiteres, ganz besonderes Hühnchen für Selvi vor.

Doch er hatte keine Gelegenheit mehr, das Tier zu essen. Am späten Nachmittag wachte er mit Magenkrämpfen auf und schrie vor Schmerzen. Eine Stunde später schied er blutigen Stuhl aus. Bei Einbruch der Nacht schlief er so ruhig, daß sie ihm eine Gänsefeder unter die Nase halten mußten, um festzustellen, ob er noch atmete.

Mitten in der Nacht fing er dann an, sich im Bett herumzuwälzen. Blutiger Speichel rann ihm aus dem Mund. Sein Atem roch übel, sein Blick war wirr. Ein paarmal bemühte er sich noch, etwas zu sagen – vielleicht wollte er beten –, doch seine Lippen bewegten sich stumm. Im Kerzenschein wirkten seine grünen Augen erleuchtet vom Leid, wie bei seinen gemalten Heiligen!

Als es dem Ende zuging, konnte Violetta ihn nicht länger anschauen. Sie weinte und sagte, sie hätten etwas Furchtbares getan, etwas, für das sie auf ewig verdammt werden würden. »Du warst schon vorher verdammt!« hielt Prosperine ihr vor. »Denk bloß an all das Böse, das er dir angetan hat, das Böse, das er dir weiterhin antun würde, wenn wir ihn nicht davon abgehalten hätten! Wir haben getan, was wir tun mußten!« Doch auch die Äffin fand keinen Gefallen an Gallante Selvis Todeskampf. Die ganze Nacht über regnete es in Strömen, und sie fragte sich, ob das die Tränen der alten Hexe sein konnten.

Gallante Selvis Atem setzte eine Stunde vor Sonnenaufgang aus. Prosperine wusch ihm an beiden Körperöffnungen das Blut ab, und Violetta kämmte ihm weinend das Haar, küßte seine blonden Locken. Immer wieder flehte sie diesen vergifteten Teufel an, er möge ihr vergeben, bis Prosperine sie schließlich gewaltsam wegzerrte und eine Decke über den Leichnam legte.

Die Äffin erklärte Violetta, es würde Verdacht erregen, wenn sie weder einen Priester noch einen dottore holten. Doch Violetta fürchtete sich davor, mit Selvi allein zu bleiben – sie hatte Angst, er könnte wieder zum Leben erwachen und sie erwürgen, oder seine nicht geweihte Seele könnte ihr den Atem rauben. Sie hielt sich draußen auf, während Prosperine ins Dorf ging.

In Pescara angekommen, klopfte die Äffin an die Tür des dümmeren der beiden dottori – desjenigen, dessen Kunstfehler mehr Patienten das Leben gekostet hatten. »Kommen Sie schnell, solange er noch lebt«, sagte sie. Dann eilten sie gemeinsam zum Haus des Padre Pomposo.

Während der ganzen Untersuchung und des anschließenden Gebets jammerte Violetta vor Kummer – Prosperine vermochte nicht zu sagen, ob es sich um die Vorstellung einer Schauspielerin handelte oder ob es echte Tränen waren. Der träge dottore drückte einmal hier, fühlte einmal dort. »Appendice«, sagte er. »Der arme Mann ist an einem Blinddarmdurchbruch gestorben.« Dann ging er in die Küche, während der Padre dem Mistkerl die Sterbesakramente verabreichte.

Padre Pomposo – der Prunk und stravaganza so liebte – riet Violetta, eine Beerdigung zu arrangieren, die sich für den großen, religiösen artista zieme, der ihr geliebter Mann gewesen sei. Mit ihrer Erlaubnis wolle er, sobald er zurück im Dorf sei, Panetta aufsuchen, den impresario di pompe funebri. Panetta würde den Leichnam abholen, vorbereiten und in die Kirche bringen, wo ihn ganz Pescara betrauern konnte. Prosperine versuchte, Violetta mit Blicken zu warnen, denn was sie brauchten, war eine zügige Beerdigung. Doch Violetta hatte nur Augen für den Priester, als könnte seine närrische ceremonia die Seele ihres Mannes und ihre eigene retten. Padre Pomposo redete immerfort von heiliger Musik und ganz besonderen Kerzen, einer processione vielleicht, die vom Meer, wo das Genie gearbeitet hatte, bis zur Kirche führen sollte, wo anschließend das Hochamt abgehalten würde.

Prosperine schnalzte mit der Zunge, um die attenzione ihrer Freundin und Komplizin zu erregen. Der Padre schaute erst sie, dann Violetta an. Vielleicht könne er einen Moment ungestört mit der Witwe sprechen…

Dann der Schock! Daran hatten die Mörderinnen nicht gedacht – das sollte sie ins Verderben stürzen! Vom Priester aus dem Zimmer vertrieben, in dem die Beerdigungsvorbereitungen getroffen wurden, ging Prosperine in die Küche. Am Tisch saß dieser dumme dottore und verschlang das Hühnchen, das sie mit Brot und Glas gefüllt hatte!

»Scusi, Signorina«, sagte er zu der Äffin und fuchtelte mit einem halb abgenagten Hühnerschenkel herum. »Ich hoffe, Eure hübsche padrona hat nichts dagegen, daß ich mir für meine Unannehmlichkeiten etwas genehmige. Habt Ihr vielleicht eine Flasche vino, um den Vogel herunterzuspülen?« Vor ihm lag ein *ganzer Haufen Knochen und ein Löffel. Die vergiftete Füllung des Huhns war zur Hälfte verspeist!*

Am Nachmittag kamen Panetta, der Totengräber, und sein Gehilfe, um die Leiche abzutransportieren. Violetta umarmte Prosperine schluchzend, als der Wagen davonfuhr. Dieser dämliche dottore *wirkte ganz gesund, als er sich verabschiedete. Er hatte lange nicht so viel gemahlenes Glas gegessen wie Gallante. Vielleicht ging es ja gut.*

Doch der gefräßige Narr war schon krank, als der Wagen ins Dorf zurückkehrte! Krank für den Rest des Tages und auch die ganze Nacht. Als er am nächsten Morgen Stuhlgang hatte, schrie er vor Schmerzen. Seine Frau brachte seinen Stuhl nach draußen und musterte ihn im Sonnenlicht. Die blutige cacca, *die im Nachttopf schwamm, glitzerte – und verriet Selvis Witwe und ihre mörderische Freundin!*

Der dottore *und seine Frau brachten ihren stinkenden Beweis zum* magistrato, *und gemeinsam suchten die drei den Totengräber auf. Dann gingen alle gemeinsam in die Kirche, um Gallante Selvis Bauch aufzuschneiden.*

Prosperine erfuhr all dies von ihrem Vater, der, noch in seiner Schürze, plötzlich vor Ciccolinas Hütte stand. Sein Haar war voller Mehl, und seine Augen zuckten nervös aus Angst um seine ihm entfremdete Tochter. Die Frau von Panetta war seine cugina, *und sie war zum Nudelladen gekommen, um ihn zu warnen. Prosperines Vater hatte seinen Maulesel halb totgeprügelt, um seine Tochter zu erreichen, bevor die* polizia *eintraf. »Egal, was du getan hast, nimm das hier und verschwinde«, sagte er und legte zwei Handvoll Münzen in ihre Schürze. Dann umarmte er Prosperine so heftig, als wollte er ihr die Knochen brechen. Das war das letzte Mal, daß sie ihren Vater sah, doch die Erinnerung daran, wie er an jenem Tag völlig unerwartet vor Ciccolinas Tür stand, hatte sie seither oft getröstet. Die ganze Zeit hatte er sie geliebt, und schon bevor er sich an jenem Tag* aus der Umarmung löste, verzieh sie ihm, daß er sie einst für Geld verkauft hatte.

Dann rannten die beiden Frauen los! Sie eilten durch den Wald zum Hafen hinunter, erbaten Hilfe von den Fischern. Sie setzten den Charme der Hübschen und das Geld der Häßlichen ein und flohen aus Pescara. Sie taten, was sie tun mußten. Es war ihre einzige Chance.

Sie reisten mit immer neuen Booten an der Küste entlang in Richtung Süden. Prosperine war nie zuvor aus Pescara herausgekommen, doch nun segelte sie an Bari und Brindisi vorbei und durch den stretto nach Messina. Und so wurde Prosperine zur siciliana – sie floh dorthin, um sich wegen eines Mordes zu verstecken!

Eine Weile lebten die beiden Frauen in Catania unter lauter Arbeitern auf dem Hof eines reichen Mannes. Dort waren sie so lange in Sicherheit, bis der capomastro des Olivenbauern neugierig auf das wurde, was sich unter Violettas Rock verbarg, und seine mißtrauische Frau anfing, Fragen über die Herkunft der beiden jungen signorini zu stellen. Noch am Abend der interrogazione durch die eifersüchtige Frau stahlen Prosperine und Violetta Geld und machten sich wieder aus dem Staub, dieses Mal per Eisenbahn nach Palermo.

Sie verbrachten schreckliche Monate in dieser hektischen Stadt, in der die Menschen kamen und gingen. Violetta fand Arbeit als Bedienung in einem Gasthaus, in dem Prosperine als Wäscherin angestellt wurde. Während die Äffin hinter dem Haus mit heißem Wasser und schmutziger Wäsche hantierte, mußte Violetta den Gästen Mahlzeiten servieren. Jedesmal, wenn die Tür des Wirtshauses aufging, blieb ihr fast das Herz stehen. Auch Prosperine hatte Angst und meinte ständig, in irgendwelchen Leuten auf der Straße Reisende aus Pescara zu erkennen! Frauen, Männer und bambini schienen sie aus vertrauten Gesichtern anzuschauen, mit Augen, die um das wußten, was sie getan hatte. Sie hatte Heim-

weh. Sie sehnte sich nach dem Adriatico, *dem Dorfplatz von Pescara, ihrem Papa, ihren Schwestern Anna und Teodolina. Aber gleichzeitig sehnte sie sich nach größerer Sicherheit für sich selbst und ihre Freundin Violetta. Sie durften nicht gefaßt werden! Sie mußten noch weiter weg!*

Einer von Violettas Stammgästen war ein vornehmer legale. *Eines Abends, als es im Gasthaus ruhig war, lud er sie zu sich an den Tisch ein, um sich bei einem Glas Cognac mit ihr zu unterhalten. Weit gereist war er, dieser Gentleman! Dreimal schon, so sagte er, habe er* la 'Merica *besucht. Und es werde ihm warm ums Herz, wenn er an die große Zahl armer* siciliani *denke, denen er bei der Überfahrt in dieses Land der Träume behilflich gewesen sei.*

Ob er denn auch schon einmal armen Seelen geholfen habe, erkundigte sich Violetta vorsichtig, die – möglicherweise – mit dem Gesetz in Konflikt geraten waren?

Der legale *beugte sich zu der Mörderin herüber und flüsterte* sì, *er stehe von Zeit zu Zeit Landsleuten bei, die in dieser Hinsicht ein wenig Hilfe benötigen. Er habe einen Freund, einen* ufficiale di passaporti, *meinte er. Gemeinsam ließen sie zuweilen die Toten wiederauferstehen und versorgten sie darüber hinaus mit Reisedokumenten! Sie stellten angehenden Emigranten keinerlei Fragen, außer der einen: Wieviel konnte ein* fuggitive *bezahlen?*

In den folgenden Wochen erwies Violetta ihrem Freund, dem legale, *gewisse Gefälligkeiten. Im Gegenzug schickte er einem gewissen Nudelmacher aus Pescara die geheime Mitteilung, die beiden Flüchtlinge lebten, es gehe ihnen gut, und sie brauchten Geld. Dann warteten und warteten sie, fast ein Jahr lang, bis Prosperine schließlich davon überzeugt war, daß ihr Vater sie nun doch verstoßen hatte.*

Eines Tages kam ein junger Seemann in das Gasthaus. Er verlangte die Waschfrau zu sprechen und wurde zu ihr hinters Haus geschickt. *Wortlos holte er eine* fotografia *hervor und schaute mehrmals vom Gesicht der Äffin auf das Bild in seiner Hand und wieder zurück. Prosperines Hände zitterten beim Waschen, denn natürlich glaubte sie, der Mann sei ein* agente di polizia. *Doch das war er nicht. Vor ihr stand der frischgebackene Ehemann ihrer Schwester Teodolina! Der Seemann übergab ihr eine Börse aus Leder. Darin befand sich Geld von ihrem Vater – das, was der* legale *für Schiffskarten, gefälschte Pässe und die Einwandererbürgschaft auf amerikanischem Boden benötigte, und noch ein wenig mehr. Prosperines Vater hatte seinen Nudelladen verkauft und opferte alles, was er besaß, für seine Tochter, die er erst an eine alte Hexe und dann an deren brutalen Patensohn verkaufte hatte.*

»Und so, Tempesta, wurde ich zu Prosperine Tucci, einem fünf Jahre jüngeren Mädchen, das an consunzione *gestorben und dessen Mutter die Schwester dieser widerlichen Brüder Iaccoi war – dieser gottverdammten Klempner, die dich hinters Licht geführt haben. Sie haben aus ihren Lügen einen schönen Gewinn gezogen, Tempesta, und dich zum Narren gehalten. Und hier sitzen wir nun, du und ich, jeder des anderen Fluch.«*

Ich beugte mich zu ihr hinüber und packte sie am Handgelenk. »Und wie heißt du nun wirklich, hä?« fragte ich. »Wenn Prosperine ein Name ist, den du einem toten Mädchen gestohlen hast?«

»Abgekauft, *nicht gestohlen«, entgegnete sie. »Bezahlt mit dem Opfer meines Vaters. Mein anderer Name spielt keine Rolle. Ich* bin ich, *Tempesta – die Frau, die genau beobachtet, was du tust. Mehr brauchst du nicht zu wissen.«*

»Und, hast du vor, mich mit Glas zu füttern, damit es mir die Gedärme zerreißt? Oder mich mit deinem Fleischermesser zu erdolchen?«

»Ich empfinde kein Verlangen, noch einen Mann sterben zu sehen und ein zweites Mal verdammt zu werden«, erwiderte sie. »Gallante Selvi war der Teufel in Person. Du bist bloß ein Maul-

held und ein Narr. Laß die Finger von ihr, und du hast nichts von mir zu befürchten.«

Schwankend stand sie auf und ging ins Bad. Diese Hexe, die nie zuvor in meinem Haus Alkohol angerührt hatte, hatte in dieser Nacht fast einen halben Krug getrunken. Nun hörte ich, wie sie hinter der Tür den Wein wieder zu Wasser werden ließ. Und ich hörte sie stöhnen und fragte mich, ob sie allmählich nüchtern wurde und bemerkte, daß sie mir zuviel erzählt hatte.

Als sie wieder herauskam, stellte ich mich vor sie und versperrte ihr den Weg in ihr Zimmer. »Deine Freundin«, sagte ich. »Violetta D'Annunzio. Was ist aus ihr geworden?«

Ein Anflug von Angst huschte über das Gesicht der Äffin. »Wie? Violetta? Sie blieb ... sie blieb in Palermo ... Sie hat es sich anders überlegt und diesen legale geheiratet.«

»Wie?«

»Er verliebte sich in sie und machte sie zu einer vornehmen Frau. Jetzt ist sie glücklich.«

»Glücklich darüber, tot zu sein?« fragte ich.

»Wie?«

»Vorhin hast du mir erzählt, sie sei gestorben. Du hast gesagt, sie sei in der alten Heimat begraben.«

Die Angst und die Verwirrung in ihrem Blick sprachen eine deutlichere Sprache als ihre Worte. »Sie ist ja auch dort begraben. Ich meinte, sie war glücklich, bis sie dann starb ... Vielleicht hab ich mich falsch ausgedrückt, aber so meinte ich es.«

»Aha«, sagte ich. »Und erfreut sich ihr zweiter Mann nach wie vor guter Gesundheit?«

Die Äffin konnte mir nicht in die Augen sehen. »Der legale? Der arme Mann war tief betrübt.«

»Sì?«

»Sì, sì. Er übermittelte mir die traurige Nachricht, als ich bei den Klempnern wohnte. Die Grippe hat sie dahingerafft, das arme Ding. Sie hatte ein trauriges Leben.«

»Vorhin hast du aber gesagt, das Geld deines Vaters habe ›unsere‹ Flucht ermöglicht. Ist Violetta nun in dieses Land gekommen oder nicht?«

»Ich sagte, ›meine‹ Flucht.«

»Du hast ›unsere‹ Flucht gesagt. Nostra. *Das habe ich aus deinem Mund gehört.«*

»Dann hast du dich eben verhört«, gab sie zurück. »Mia, non nostra. *Du mußt Bohnen in den Ohren haben.«*

Jetzt schaute sie mich an, und ich erwiderte ihren Blick. Eine ganze Weile standen wir voreinander und starrten uns an. Mir fiel auf, daß die Lippen der Äffin bebten. In diesem Augenblick fing das Baby im Nebenzimmer an zu schreien.

Ich hielt ihrem Blick weiter stand. »Du gehst jetzt besser«, sagte ich schließlich. »Deine Freundin Violetta braucht dich.«

Ihr trunkener, angsterfüllter Blick wanderte von meinem Gesicht zur Schlafzimmertür und wieder zurück. »Meine Freundin Violetta liegt in Palermo begraben«, sagte sie ein wenig zu laut. »Das habe ich dir doch gesagt. Es ist eine Sünde, die Seelen der Toten zu verspotten.«

Ich packte sie am Arm und flüsterte ihr ins Ohr: »Ausgerechnet du willst mir etwas über Sünden gegen die Toten erzählen!«

40

Sheffer kam wie immer zu spät. Warum bedeutete ein Uhr bei dieser Frau zehn *nach* eins oder sogar *Viertel* nach? Warum war elf Uhr stets zwanzig *nach* elf, gefolgt von irgendeiner Entschuldigung?

Okay, reg dich ab, Birdsey. Wenn du ihr den Kopf abreißt, sobald sie durch die Tür kommt, kriegst du niemals, was du von ihr brauchst.

Laß ihn testen … Halt mich da raus.

Drinkwaters Anruf hatte mich die ganze Nacht wach gehalten. Nur die paranoiden Wahnvorstellungen meines Bruders – richtig, Sheffer? Er ist hier »absolut sicher«, ganz bestimmt, hörte ich sie sagen. Die Sache hatte allerdings einen kleinen Haken: Er könnte infiziert worden sein. Jemand in dieser verdammten Anstalt könnte ihn mit AIDS angesteckt haben.

Ich werde mich um ihn kümmern, Ma. Ich paß schon auf ihn auf. Du kannst jetzt loslassen …

Gib es zu, Birdsey: Du bist am Steuer eingeschlafen. Du hast dich von ihnen einlullen lassen. Hast ihn immer seltener besucht, ihn nicht mehr angerufen, um zu fragen, wie es ihm geht … Und *wenn* du mal bei ihm gewesen bist, hast du seinen Horrorgeschichten nur mit halbem Ohr zugehört: wie sie ihn angeblich vergifteten, ihn programmierten, mitten in der Nacht in seine Zelle kamen … O Gott, laß ihn nicht auch noch HIV haben, zusätzlich zu allem anderen. Laß diesen Test nicht positiv sein …

Eins stand fest: Ich würde ihn von einem unabhängigen Arzt untersuchen lassen, ob ihnen das nun gefiel oder nicht. Ich traute *keinem* dieser Hampelmänner mehr. Ich würde mich auf niemandes Wort mehr verlassen.

Okay, reg dich ab. Denk an etwas anderes … Ich streckte den Arm aus, nahm die Zeitung von Sheffers Schreibtisch.

ÖLPREISE FALLEN NACH ENDE DES GOLFKRIEGS … *Wie können wir nur um des billigen Öls willen Menschen töten, Dominick? Wie läßt sich* das *rechtfertigen?* … BRUTALITÄT GEGEN RODNEY KING: AUFNAHMEN ZEIGEN »LEICHTFERTIGKEIT« DER POLIZEI VON LOS ANGELES … *Er ist hier sicher, Dominick. Station 2 ist die beste.* Sheffer hatte diesen Satz so oft, so überzeugend gesagt, daß ich ihn ihr schließlich geglaubt hatte. Jetzt sah man ja, was dabei herauskam.

Was dabei herauskommen *könnte*, erinnerte ich mich. Der Test konnte auch negativ ausfallen.

Meine klägliche Erscheinung spiegelte sich in Sheffers Computermonitor. Ich sah meinen Großvater, ob es mir nun gefiel oder nicht … Warum um Himmels willen hatte ich letzte Nacht Domenicos verdammte Geschichte zur Hand genommen? Das hatte mir den Rest gegeben; danach konnte ich erst recht nicht mehr einschlafen. Ein Maler, der sich zu Tode kotzt und scheißt, ein Kaninchen, das in zwei Teile gehackt wird und sich dann *verdoppelt* … Deine Frau und ihre Freundin waren also Flüchtlinge, Alter. Und meine Großmutter eine Mörderin? Ist es *das*, was mit uns nicht stimmt?

Und was war mit seinem anderen Verdacht – daß Ma in Wirklichkeit die Tochter des Iren war? Wenn das stimmte, dann war Domenico gar nicht mein Großvater, oder? Weder meiner noch der von Thomas. Dann wären wir aus dem Schneider … Nur kam es nicht hin. Wie hätte sie Zwillinge von zwei verschiedenen Vätern haben können? Wenn ich *nicht* sein Enkel war, warum sah ich dann inzwischen genauso aus wie er auf diesen sepiafarbenen Fotos?

Etwas anderes wurde jedoch immer deutlicher: warum er Ma wie ein Stück Dreck behandelt, als »Kaninchengesicht« bezeichnet hatte: Wenn du deine eigene Tochter verstößt – dir einredest, sie wäre die Tochter eines anderen –, dann kannst du sie zu deinem Prügelknaben machen, nicht wahr? Sie für die Sünden ihrer Mutter bestrafen ... Stimmt's, Alter? Bist du deshalb in den Laden gegangen, in dem sie arbeitete, und hast sie gezwungen, eine Zigarette zu essen? Hast ihr Gesicht in einen Teller mit Eiern gedrückt? ... Ich vermutete, daß »Papa« seine Tochter *reichlich* herumgeschubst hatte. Er hatte schließlich auch seine Frau geschlagen und sogar seine eigene Mutter damals in Sizilien; warum hätte er eine Tochter mit Hasenscharte verschonen sollen, die er nicht einmal als seine eigene anerkannte?

Kein Wunder, daß Ma vor ihrem eigenen Schatten Angst gehabt hatte. Kein Wunder, daß sie sich nie gegen Ray hatte wehren können ... Als sie Ray Birdsey heiratete, ließ sie ohne Zweifel zu, daß sich die Geschichte wiederholte. *Ich sag dir was, Jungchen! Wenn du* mein *eigen Fleisch und Blut wärst ... Keines meiner Kinder würde es je wagen ...* Dieses Arschloch hatte uns ein Leben lang verleugnet.

ZERSTÖRUNG DES IRAK NIMMT FAST »APOKALYPTISCHE« AUSMASSE AN. *Nach einem Bericht der Vereinten Nationen haben die von den US-Streitkräften angeführten Luftangriffe der alliierten Truppen im Irak Zerstörungen fast ›apokalyptischen‹ Ausmaßes in der Infrastruktur des Landes hinterlassen, das bis zum Januar 1991 technisch weit entwickelt und stark urbanisiert war. Mittlerweile sind fast alle lebenswichtigen Einrichtungen zerstört oder nicht mehr brauchbar. Der Irak ist auf eine vorindustrielle Entwicklungsstufe zurückgeworfen worden. Die Zahl der Todesopfer ...*

Operation Wüstensturm, Rodney King: die Titelseite vermittelte mal wieder dieselbe alte Geschichte. Wer Macht besitzt, hat recht – wer die »intelligenteren« Bomben hat, die Polizeiknüppel... Ducken und den Kopf bedecken, Thomas! Du willst Gnade? Gott kannst du vergessen. Gott ist ein Bild aus einem Billigkaufhaus, das in Mas Schlafzimmer an der Wand hängt. Bete zu deinem Unterdrücker, Mann ... *Es tut mir leid, Ray. Ich werde es nie wieder tun. Es tut mir leid ...* Die nie enden wollende Erkennungsmelodie der Hollyhock Avenue. Die beiden da – meine Mutter, mein Bruder –, die weinten und ihren Unterdrücker um

Gnade anflehten ... HEFTIGE REGENSCHAUER FÜR DAS WOCHENENDE ERWARTET ...

Also, ich sag dir was, Ma: Vielleicht bin ich in den letzten paar Monaten mal am Steuer eingeschlafen, aber jetzt bin ich *hellwach*. Ich hole ihn hier raus, und wenn ich nach Hartford fahren und gegen die Tür des Gouverneurs hämmern muß. Und wenn ich den ganzen verdammten Laden hier in die Luft jagen muß.

VIERJÄHRIGER SOHN DES SÄNGERS ERIC CLAPTON STIRBT NACH STURZ ...

Die Tür wurde geöffnet. »Hi, *paesano*. Tut mir leid, daß ich zu spät bin«, sagte Sheffer. »Sie können sich nicht vorstellen, was ich für einen Tag hinter mir habe. Als allererstes sagt meine Tochter heute morgen zu mir ...«

Ich hob die Hand, um sie zum Schweigen zu bringen. »Ich will, daß mein Bruder auf HIV getestet wird.«

Sie schaute mich verblüfft an. »Äh ... aus irgendeinem besonderen Grund?«

Ich hatte Drinkwater versprochen, ihn aus der Sache rauszuhalten, also zuckte ich mit den Schultern. »Nur um auf Nummer Sicher zu gehen«, erklärte ich. »Jedesmal, wenn ich Thomas besuchte, beklagte er sich über sexuelle Belästigung.«

»Darüber haben wir doch schon oft gesprochen«, meinte sie. »Erinnern Sie sich? Das sind Wahnvorstellungen. Ausdruck seiner Angst vor Homosexualität.« Sie setzte sich an ihren Schreibtisch. »Wenn er davon anfängt, behandelt man ihn am besten ...«

»Ich will nicht, daß er behandelt wird«, unterbrach ich sie. »Ich will, daß er getestet wird.«

»Die Stationen werden Tag und Nacht überwacht, Dominick. Wenn Vergewaltigungen stattfinden, dann nur in seinem Kopf. Beachten Sie es einfach nicht.«

Ich betonte, daß ich meinen Antrag auch bei Dr. Chase stellen könne, wenn ihr das lieber sei. Oder bei ihrer Vorgesetzten. Wie war ihr Name noch gleich?

»Dr. Farber«, sagte Sheffer. Sie habe sowieso eine Besprechung mit ihr an diesem Nachmittag. Wenn ich wirklich darauf bestünde, könne sie das Thema bei der Gelegenheit anschneiden – mich in ein paar Tagen wissen lassen, wie Farber sich dazu geäußert hatte.

»Wenn die Besprechung heute nachmittag stattfindet, warum können Sie mich dann nicht später am Nachmittag informieren?«

Plötzlich wirkte sie ein wenig angespannt. Sie hätten ihr gerade drei neue Patienten aufgebürdet, erzählte sie; ihre Monatsberichte seien schon zwei Tage überfällig; ihre Tochter sei am Morgen mit einer Mittelohrentzündung aufgewacht. Wenn sie es irgendwie schaffen könne, mich später anzurufen, dann werde sie es *tun*. Wenn es ihr aber nicht möglich sei, dann würde ich eben warten müssen. Sie arbeite so schnell sie könne. »Und außerdem«, fuhr sie fort, »weiß ich eh schon, was Dr. Farber antworten wird. Wenn wir anfingen, den Familien der Patienten zu erlauben, über medizinische Tests zu entscheiden, würde das allerlei Forderungen Tür und Tor öffnen.«

Mein Gehirn arbeitete auf Hochtouren. »Haben Sie ... haben Sie die Nachrichten über das Chaos in Los Angeles verfolgt, Sheffer? Wie die Cops diesen Schwarzen zu Brei geschlagen haben? Haben Sie die Videoaufnahmen davon gesehen?«

»Ja«, sagte sie. Ich merkte, daß sie versuchte dahinterzukommen, worauf ich hinauswollte.

»Ziemlich brutal, was? Mann, die haben den Typen *fertig*gemacht.« Adrenalin raste durch meine Adern, ich trommelte mit meinen Füßen auf den Boden. »Die Öffentlichkeit reagiert im Moment bestimmt recht empfindlich auf Brutalitäten von Uniformträgern, nicht wahr?«

Sie wartete.

»Erinnern Sie sich ... erinnern Sie sich an den Abend im vergangenen Oktober, als mein Bruder hier aufgenommen wurde? Wie der Wachmann auf *mich* losgegangen ist? Sie waren Zeugin, nicht wahr? Steckten Ihren Kopf in dem Moment aus der Tür, als es richtig zur Sache ging.«

Sheffer schaute unbeteiligt – offiziell. Sie bestätigte nicht, verneinte aber auch nicht.

»Ich habe Ihren Rat übrigens befolgt. Sie rieten mir, mich untersuchen zu lassen. Erinnern Sie sich? Das habe ich getan. Bin in die Ambulanz gefahren. Habe Röntgenaufnahmen machen lassen und alles. Das war ein guter Tip, den Sie mir da gegeben haben, Sheffer. Mir die Sache bestätigen zu lassen. Beweise zu sammeln.«

Sie schaute hoch zu der Gegensprechanlage an der Wand. »Worauf wollen Sie hinaus?« fragte sie.

»Ich habe Ihnen gerade gesagt, worauf ich hinaus will, *paesana*«, erwiderte ich. »Richten Sie Dr. Farber aus, ich bestehe darauf, daß Thomas getestet wird.«

Gegen fünf Uhr am Nachmittag erhielt ich einen Anruf aus dem Büro von Dr. Richard Hume, dem Vorgesetzten von Farbers Vorgesetztem, falls ich die Hierarchie halbwegs richtig im Kopf hatte. Hume war derjenige gewesen, der bei der Anhörung des Überprüfungsausschusses in Sachen Thomas den Vorsitz geführt hatte. Seine Sekretärin bat mich, einen Augenblick zu warten. Man mußte diese Machttypen einfach lieben: *Sie* riefen *dich* an, aber dann ließen sie dich für das Privileg, mit ihnen sprechen zu dürfen, herumsitzen und warten.

Als Hume an den Apparat kam, plauderte er mit mir, als wären wir alte Kumpel aus dem Country-Club. Er sei froh, daß ich meine Sorgen mit Ms. Sheffer besprochen hätte, fing er an. Die Familien der Patienten seien im Hatch ein integraler Bestandteil der Behandlungsteams; so stünde es auch schwarz auf weiß in den Richtlinien der Anstalt. Was jedoch meine *spezielle* Bitte betreffe – nämlich Thomas auf HIV testen zu lassen –, habe er das Gefühl, sie sei zu diesem Zeitpunkt vollkommen unbegründet. Das Institut lasse seine Patienten regelmäßig untersuchen, jedoch nach einem eigenen Zeitplan. Er hoffe, ich könne in dieser Angelegenheit auch den Standpunkt der Klinik verstehen: eine solche Vorgehensweise wäre weder kosteneffizient noch eine kluge Verwaltungsentscheidung. Ein solcher Präzedenzfall ...«

»*Ich* werde es bezahlen«, fiel ich ihm ins Wort. »Ich möchte die Untersuchung sowieso von einem Arzt durchführen lassen, der nicht zu Ihrem Haus gehört, der nicht auf Ihrer Gehaltsliste steht. Ich werde alle notwendigen Vorkehrungen treffen, um eine Blutprobe entnehmen zu lassen. Sagen Sie mir nur, wann ich jemanden mitbringen kann.«

Dr. Hume erwiderte, ich verstünde wohl nicht. Wenn sie den Familien der Patienten erlauben würden, den Zeitpunkt für medizinische Untersuchungen festzulegen, dann würde dies zu einem verwaltungstechnischen Chaos führen. Thomas sei im letzten Oktober bei seiner Einlieferung getestet worden, sagte er. Der nächste ...

»Wer ist Ihr Vorgesetzter?« fragte ich.

Für einen Moment war es still in der Leitung. »Wie bitte?«

»Wem gegenüber müssen *Sie* sich verantworten? Ich werde nämlich nicht so einfach verschwinden. Weder ich noch meine Aufnahmen.«

Es entstand eine Pause. »Von was für Aufnahmen sprechen Sie, Mr. Birdsey?«

Ich konnte nicht erkennen, ob er wirklich keine Ahnung von dem hatte, was ich mit Sheffer besprochen hatte, oder ob er nur so tat. Also entschied ich mich dafür, davon auszugehen, daß er nichts wußte. »Die Röntgenaufnahmen, die ich von den Blutergüssen in meiner Leistengegend habe machen lassen. Einer von Ihren Schlägern hat mich an dem Abend, als mein Bruder eingeliefert wurde, ziemlich übel zugerichtet. Hat mir mit dem Knie ordentlich zugesetzt unterhalb des Äquators, ein bißchen Rodney King mit mir gespielt, könnte man sagen. Vor Zeugen.«

Ich hatte die ganze Angelegenheit vorher nicht durchdacht – war ohne Netz einfach gesprungen. Jetzt konnte ich nicht mehr zurück. Das konnte keiner – weder Sheffer noch der Typ am anderen Ende der Leitung, nicht mein Bruder und auch ich nicht. »Ich habe mich am Tag, nachdem es passiert ist, untersuchen lassen«, erklärte ich, »weil ich wollte, daß alles amtlich dokumentiert ist. Verstehen Sie, was ich damit sagen will? Und, mein Gott, wo jetzt diese Sache drüben in Los Angeles passiert ist. So, wie die Öffentlichkeit im Moment über derartige Vorfälle urteilt ... Ich dachte nur ... Ich dachte, da würden Sie die Untersuchung meines Bruders genehmigen *wollen.* Um sich eine Menge Kopfschmerzen zu ersparen, verstehen Sie?«

Keine Reaktion.

»Ich meine ja nur, ein kleiner Test wird doch nicht gleich ein ›verwaltungstechnisches Chaos‹ auslösen, oder? Wenn alles okay ist, werde ich einfach verschwinden. Und meine Beschwerde auch.«

Hume fragte mich, ob ich einen besonderen Grund hätte anzunehmen, daß ein HIV-Test notwendig sei. Drinkwaters Stimme ertönte in meinem Ohr. *Halt mich da raus.*

»Mein Bruder erzählt mir dauernd von irgendwelchen Männern, die nachts in seine Zelle einbrechen«, sagte ich. »Das kommt wahrscheinlich von seiner Paranoia – darüber bin ich mir im klaren. Ich möchte nur – wie sagt man so schön – absolut sichergehen. *Sie* nicht auch?«

Ich ließ seine große Rede über die Politik des Staates Connecticut und insbesondere die Bemühungen im Hatch um das Wohlergehen seiner Patienten an mir abprallen. Dankte ihm für seinen Anruf. Erwähnte, daß ich mich mit meinem Anwalt in Verbindung setzen würde.

Einige Sekunden lang herrschte Stille. »Gut, tun Sie, was Sie tun müssen, Mr. Birdsey«, sagte er schließlich. »Und wir werden das Unsrige tun. Denn wenn ich Sie richtig verstehe, versuchen Sie gerade, mich zu erpressen. Und wenn Sie denken ...«

»He, hören Sie mir mal zu, Sie Wichtigtuer«, gab ich zurück. »Ich versuche nur, einen Mann zu verteidigen, der sich nicht *selbst* verteidigen kann. Einen Mann, der noch nicht einmal in die Nähe Ihres fröhlichen, kleinen Irrenhauses gehört. Ich versuche nur sicherzugehen, daß niemand bei Ihnen meinen Bruder in den *Arsch gefickt* hat.«

Er legte auf.

Ich stand da, mein Herz raste wie verrückt. *Verdammt noch mal, Birdsey! Genau* so *sollte man es nicht machen ...* Ich schleuderte das dämliche Telefon quer durchs Zimmer. Sah, wie es gegen den Kühlschrank prallte und dann über den Boden schlitterte. Vor meinen Füßen landete.

Gut, Arschloch, sagte ich zu mir selbst. *Du hast zumindest* etwas *getan. Was auch immer dabei herauskommt,* etwas *hast du ins Rollen gebracht.*

Ein paar Flaschen Bier später rief Humes Sekretärin mich zurück. Die Untersuchung, um die ich für meinen Bruder gebeten hatte, sei für Montag nachmittag in der kommenden Woche angesetzt. Sie werde durch das Anstaltspersonal vorgenommen und der Bluttest von einem Vertreter des Pathologischen Instituts Haynes durchgeführt.

Ich versuchte, trotz der Bierschwaden in meinem Kopf klar zu denken. Hume machte eine Kehrtwende? Gab mir mehr oder weniger das, was ich wollte? Dieser Sieg machte mich mißtrauisch. »Warum hat er seine Meinung geändert?« wollte ich wissen.

Die Sekretärin sagte, sie wisse nichts über die Angelegenheit; sie gebe die Nachricht nur im Auftrag des »Chefs« weiter.

»Dann verbinden Sie mich doch noch mal mit dem ›Chef‹«, bat ich. »Ich werde ihn selbst fragen.«

Etwa eine Minute später war sie wieder am Apparat. Dr. Hume sei zur Zeit nicht an seinem Schreibtisch, erklärte sie. Als ich sagte, ich würde warten, bis er zurück sei, meinte sie, oh, sein Aktenkoffer sei nicht da. Also müsse er das Haus wohl schon verlassen haben.

»Könnten Sie ihm dann bitte ausrichten, daß ich einen *eigenen* Arzt für die Untersuchung meines Bruders mitbringe?«

Warum hatte er nachgegeben? Hatte er vor irgend etwas Angst? Ich würde am nächsten Morgen sofort zur Ambulanz fahren – versuchen mit dieser chinesischen Ärztin zu sprechen, Dr. Yup. Sie hatte das, was die Wache mit mit gemacht hatte, als »Unterdrückung« bezeichnet. Ich wollte, daß Dr. Yup meinen Bruder untersuchte.

Sheffer rief mich am nächsten Tag an. Sie klang vollkommen aufgelöst. »Dominick, können wir uns heute irgendwann treffen? Es hat sich etwas ergeben.«

»Ist er verletzt?« fragte ich. »Hat ihm jemand weh getan?«

Nein, nein, beruhigte sie mich; es habe keinen neuen Vorfall gegeben. Aber als ich meinte, ich könne in einer halben Stunde im Hatch sein, zögerte sie. Wollte wissen, ob wir uns nicht woanders treffen könnten – vielleicht irgendwo außerhalb von Three Rivers. Ihr Dienst sei um halb fünf zu Ende; was ich von dem kleinen Café gegenüber der Universität hielte? Dem Sugar Shack – ob ich wisse, wo das sei? Sie könne so gegen Viertel nach fünf dort sein.

Warum schlug sie mir ein Café vor, das eine halbe Autostunde entfernt lag? Ich sagte, ich würde dasein. Erkundigte mich noch einmal, ob mit meinem Bruder alles in Ordnung war.

Ihm sei an diesem Tag nichts Schlimmes zugestoßen, lautete die Antwort. Davon abgesehen sei sie sich aber nicht mehr sicher. Sie werde mir später alles erklären.

Der Kaffee, den ich bei meiner Ankunft in dem Café für sie bestellt hatte, war eiskalt, als sie endlich durch die Tür kam. Sie setzte sich und trank den Pappbecher in einem Zug leer. Sie sah vollkommen fertig aus.

»Wie geht es Ihrer Tochter?« fragte ich.

Sie hob die Augenbrauen. »Jesse? Warum? Was meinen Sie?«

»Ihre Mittelohrentzündung.«

»Oh, besser. Der Doktor hat ihr ein Antibiotikum verschrieben. Danke der Nachfrage.« Sie holte eine Schachtel Zigaretten hervor. »Kann ich rauchen? Oder ist das in dem Laden hier eine Todsünde?« Ich schob den kleinen Aschenbecher aus Aluminiumfolie zu ihr rüber.

Dann sagte ich, daß ich mir ziemlich sicher sei, was sie mir erzählen wolle – auf der Fahrt zum Café sei ich dahintergekommen. »Er ist positiv, nicht wahr? Sie sind nervös geworden und haben den Test vorgezogen. Er hat AIDS.«

Sie schüttelte den Kopf. Ich hätte recht mit dem vorgezogenen Test; man habe Thomas bereits Blut abgenommen, aber die Ergebnisse seien noch nicht da. Vor Montag sei nicht damit zu rechnen.

»Also werden sie zu dem Zeitpunkt, wenn er offiziell untersucht wird, die Ergebnisse bereits *haben*. Richtig?«

Sie nickte. Nahm ihren Kaffeebecher und fing an, ihn zu zerreißen. »Dominick«, meinte sie, »was ich Ihnen jetzt erzähle, hat vielleicht gar nichts mit Thomas zu tun, okay? Nicht direkt, jedenfalls. Und vielleicht nicht einmal *in*direkt. Denken Sie bitte daran.« Ihr Gesicht verzog sich ein wenig, genau wie Dessas Gesicht, wenn sie versuchte, nicht zu weinen. Sie nahm einen tiefen Zug von ihrer Zigarette. Blies den Rauch aus. Es brachte mich um, aber ich wartete geduldig. Hielt ausnahmsweise mal den Mund.

Sie fragte mich, ob ich mich an unsere Unterhaltung über einen der psychiatrischen Pfleger im Hatch erinnern könne, die wir vor ein paar Monaten geführt hätten – einen Typen namens Duane Taylor. Ich hatte an jenem Nachmittag, als ich an ihrem Bürofenster gestanden und Thomas draußen bei seinem Ausgang beobachtet hatte, eine Bemerkung über ihn gemacht. Das war, bevor meine Sicherheitsprüfung durch war – bevor mir das Recht gewährt wurde, meinen Bruder zu besuchen. Ob ich das noch wisse?

Ich sah Thomas wieder vor mir, wie er draußen im Hof stand und darauf wartete, daß ihm jemand seine Zigarette anzündete, während Duane Taylor sich mit seinen Lieblingen beschäftigte. Meinen Bruder vollkommen ignorierte. »Der Blödmann mit dem Cowboyhut, stimmt's?« Sheffer nickte. Vor einer Woche habe es einen Übergriff im Hatch gegeben, erzählte sie mir. Während der Nachtschicht. Die Verwaltung habe es so gut vertuscht, daß sogar die meisten Angestellten nichts davon mitbekommen hätten. »Was ziemlich erstaunlich ist, wenn man unsere Gerüchteküche kennt«, ergänzte sie. »Aber es galt auch die höchste Geheimhaltungsstufe.«

»Wer wurde angegriffen?«

»Duane Taylor. Er wurde im Männerwaschraum auf Station 4 von hinten attackiert – mit einem Draht gewürgt und dann liegengelassen – offenbar in der Annahme, er wäre tot.«

Ich wartete. Sheffer blickte auf – sah mir in die Augen. »Taylor arbeitet in der *Tagschicht*«, sagte sie.

Man habe ihn so schnell wie möglich ins Shanley Memorial gebracht und von dort aus mit dem Hubschrauber ins Hartfort Hospital. Einige Tage lang habe es auf Messers Schneide gestanden, aber jetzt sehe es langsam besser für ihn aus. Über dauerhafte Schäden wegen der mangelnden Sauerstoffzufuhr zum Gehirn könne man noch nichts sagen.

Sie nahm einen weiteren Zug. Sah die Zigarette angewidert an und drückte sie halb geraucht aus. »Ich habe es eigentlich an Jesses letztem Geburtstag aufgegeben«, sagte sie. »Sie hatte sich zwei Dinge gewünscht: daß wir nach Disney World fahren und daß ich mit dem Rauchen aufhöre. Disney World konnte ich mir nicht leisten, also habe ich ihr eine Geburtstagstorte und eine Barbie geschenkt, und sie meine Zigaretten zur Melodie von »Happy Birthday« in der Toilette hinunterspülen lassen. Eine ganze Stange. Und jetzt, heute abend, wenn ich sie abhole, werde ich nach Zigaretten stinken.« Sie begann zu weinen, fing sich dann jedoch mit einem Lachen wieder und mit einem Schulterzucken. »Nun ja, meine Glaubwürdigkeit ist eh zum Teufel. Stimmt's?«

»Hat mein *Bruder* den Cowboy angegriffen? Ist es *das*, was Sie mir zu sagen versuchen?«

Sie schüttelte den Kopf. »Um Gottes willen, nein, Dominick. Haben Sie das etwa ...? *Nein!*«

Der Typ, der Taylor gewürgt habe, sei noch in derselben Nacht geständig gewesen, berichtete sie. Ein Patient von einer anderen Station – sie könne mir seinen Namen nicht nennen. Es werde wahrscheinlich sowieso bald alles in der Zeitung stehen. Wenn es der Verwaltung nicht gelinge, die Sache weiterhin zu vertuschen, dann werde bald mit soviel Dreck geworfen, daß die Leute die Köpfe einziehen müßten. Die »offizielle Version« des Angriffs auf Taylor, die die Verwaltung zur Zeit in Umlauf bringe, laute, alles habe mit einem Streit um einen halben Liter Tequila angefangen. Taylor und einer seiner Freunde – ein Wachmann namens Edward Morrison – hätten offensichtlich ein Schwarzmarktgeschäft unterhalten. Alkohol und Zigaretten. Tabletten. »Soviel ist die Klinik bereit zuzugeben«, sagte Sheffer. »Nach der offiziellen Version hat Taylor das Geld für den Tequila kassiert und dann nicht geliefert. Aber es ging nicht um Alkohol. Es ging um Sex ... Und um Macht. Um Vergewaltigung.«

Ich zuckte zusammen. »Was hat das alles mit Thomas zu tun?«

Sie stützte ihr Kinn in die Hand. Blickte mich niedergeschlagen an. »Hoffentlich nichts. Nach allem, was ich heute gehört habe, war Taylor hauptsächlich hinter den jüngeren Typen her – solchen um die Zwanzig. Aber ich kenne bisher noch nicht die ganze Geschichte, Dominick. Ich glaube, ich weiß gar nichts mehr.« Einen Moment lang saßen wir schweigend da, eingehüllt in ihren Zigarettenqualm.

»Lassen Sie mich Ihnen eine Frage stellen«, sagte sie schließlich. »Wie oft, schätzen Sie, habe ich Ihnen in den letzten Monaten beteuert, daß Ihr Bruder bei uns in Sicherheit ist? Fünfundzwanzigmal? Vielleicht dreißigmal? Dann multiplizieren Sie das mit der Anzahl meiner Patienten. Dreißig mal vierzig Patientenfamilien ... O Gott, ich kann einfach nicht begreifen, daß ich so naiv war. So *dumm.*« Plötzlich ergriff sie mit ihren zitternden Händen meine Rechte und schüttelte sie. »Guten Tag. Ich bin die Unschuld vom Lande.«

Sie zog eine Zigarette nach der anderen aus dem Päckchen –

brach sie in der Mitte durch und warf die Überreste in den zerfetzten Kaffeebecher. »Raten Sie mal, was ich heute noch herausgefunden habe. Durch die Gerüchteküche natürlich – nicht durch Mitteilung unserer ach so verantwortungsvollen Verwaltung. Ich habe herausgefunden, daß vielleicht bis zu einem Viertel der Insassen im Hatch HIV-positiv sind. Daß wir eine *Epidemie* haben, Dominick, und die Verwaltung einfach wegschaut. Die Zahlen zurückhält. Wir können jetzt schließlich keine schlechte Publicity gebrauchen, nicht wahr?«

Dr. Yup begleitete mich am Montag ins Hatch, untersuchte meinen Bruder und entnahm Blutproben, die sie persönlich in das Labor brachte, mit dem ihre Klinik zusammenarbeitete. Die Ergebnisse beider Tests, sowohl des der Klinik als auch des von Dr. Yup, waren identisch: Thomas war HIV-negativ. Aber in Dr. Yups Bericht war auch von Analwarzen, Quetschungen und anderen Indikatoren für rektale Penetration die Rede.

Als Folge davon sollte mein Bruder im Rahmen der laufenden Ermittlungen im Fall Duane Taylor und Edward Morrison durch die Staatspolizei befragt werden. Ich bat darum, anwesend sein zu dürfen, was man mir zunächst verwehrte. Aber Thomas blieb stur und sagte, er werde mit niemandem sprechen, wenn sein Bruder nicht dabei sei. Die Polizei ging auf seine Forderung ein. Während der vier Befragungen saß ich an Thomas' Seite.

Es war total verrückt: Einer der ausführenden Beamten – genauer gesagt der Leiter der Ermittlungen – hieß Ronald Avery, Captain der Staatspolizei. Ich erkannte ihn sofort wieder: Er war einer der beiden Cops gewesen, die Leo und mich damals beim Grasrauchen erwischt und einkassiert hatten. Damals war Avery dunkelhaarig und schlank gewesen, höchstens dreißig Jahre alt. Ich hatte ihn als den anständigsten der drei Cops in Erinnerung, die sich uns in dieser Nacht vornahmen. Jetzt war sein Haar grau, sein Körper wirkte schlaff. Er sah aus, als wäre er nur noch vier oder fünf Jahre von der Pensionierung entfernt. Aber seine Anständigkeit hatte er sich bewahrt – seinen Sinn für Gerechtigkeit. Er war während der Befragung sehr geduldig mit Thomas – und so wenig bedrohlich wie möglich, wenn man bedachte, welche Informationen die Cops brauchten.

Thomas' Darstellung seines Verhältnisses zu Morrison und Taylor änderte sich laufend. Morrison habe ihn sexuell belästigt, aber Taylor nie, sagte mein Bruder. Dann behauptete er, *beide* hätten es getan. Dann keiner von beiden. Während der letzten Befragung bestand Thomas darauf, daß Taylor ihn eines Nachts aus dem Hatch herausgeschmuggelt und ihn heimlich nach Washington, D.C., geflogen hätte, für ein Treffen mit der CIA. Der Vizepräsident und Mrs. Quayle hätten daran teilgenommen. Die Quayles seien von Anfang an beteiligt gewesen an Taylors Geschäften. Nachdem er diese Katze aus dem Sack gelassen habe, erzählte Thomas, sei er wahrscheinlich ein toter Mann.

Während ich Thomas zuhörte und mit Captain Avery und Dr. Chase, der als Vertreter der Klinik anwesend war, Blicke tauschte, fiel mir ein, was Dr. Patel vor einiger Zeit zu mir gesagt hatte. *Zwei junge Männer haben sich im Wald verlaufen. Den einen werde ich eventuell nie wiederfinden.*

Aber für mich war Thomas noch nicht verloren. Ich würde weiter versuchen, ihn aus dem Hatch herauszuholen.

Den zweiten überraschenden Anruf von Ralph Drinkwater erhielt ich ein paar Wochen bevor die Geschichte mit Morrison und Taylor in die Schlagzeilen geriet. »Ich hab was für dich«, sagte er. »Etwas, das du vielleicht verwenden kannst.«

»Wie verwenden?« fragte ich.

»Das liegt ganz bei dir. Halt mich nur da raus. Kommst du ihn in den nächsten Tagen besuchen?«

Ich versprach ihm, am nächsten Tag hinzufahren.

»Gut«, meinte er, und dann bat er mich, den Wagen am entferntesten Ende des Besucherparkplatzes abzustellen und die Türen nicht zu verschließen.

Was sollte das werden – Watergate? Drinkwater als Deep Throat? Und warum tat er das?

Nach meinem Besuch bei Thomas am nächsten Tag kam ich zu meinem Escort zurück und sah im Handschuhfach und unter den Sitzen nach. Nichts. Aber auf dem Weg nach Hause fiel mir die Sonnenblende ein. Als ich sie herunterklappte, flatterte mir ein Blatt Papier auf den Schoß: eine Mitteilung von Dr. Richard Hume an Dr. Hervé Garcia mit dem Stempel »Vertraulich«.

Dieser Hume war ein zynisches Arschloch. Aus welchen Gründen auch immer er einen Heilberuf ergriffen hatte, er war weit von seinem Weg abgekommen. In der Mitteilung riet er Dr. Garcia davon ab, »diese Zahlen in Hartfort auszuposaunen«, stellte ihm dann aber die rhetorische Frage, ob »Herr und Frau Normalverbraucher« die HIV-Statistiken, *sollten* sie jemals veröffentlicht werden, nicht vielleicht insgeheim begrüßen würden – diese »Säuberung der Gesellschaft« dank AIDS.

Sozialdarwinismus – Mr. LoPresto ist wieder im Sattel, war mein erster Gedanke. Mein Gott. Langsam glaubte ich zu verstehen, wie Drinkwater in diese ganze Sache paßte. Zukünftiger Kasinomillionär hin oder her, Ralph mußte den Unterdrückern immer noch eins auswischen, war *immer noch* auf der Suche nach Gerechtigkeit.

Nun gut, egal aus welchem Grund – Ralph hatte mir die gestohlene Notiz hinter die Sonnenblende gesteckt, und jetzt *hatte* ich Hume am Wickel. Wenn ich es richtig anfing, könnte diese Mitteilung der Schlüssel sein, der die Türen öffnete. Mit dem ich meinen Bruder da rausholte. *La chiave*, dachte ich. Hier ist er, Ma. Darauf haben wir die ganze Zeit gewartet.

Die ersten beiden Anwälte, mit denen ich sprach, lehnten es aus ethischen Gründen ab, mich zu vertreten. Der dritte schien nicht zu verstehen, was ich von ihm wollte. »Wir werden eine Sammelklage einreichen«, erklärte er. »Die Familien der infizierten Insassen. Die Repräsentanten des Hatch würden wahrscheinlich *Millionen* bezahlen, damit das aus der Welt geschafft wird.«

»Mein Bruder ist nicht infiziert«, erinnerte ich ihn.

Er nickte. Ich könne als »inoffizielles« Mitglied der Angehörigengruppe fungieren, sagte er. Als eine Art stiller Teilhaber. Zu welchen Bedingungen, das werde man vorher diskret aushandeln. Er vertrete nicht mich direkt, aber da ich derjenige sei, der die Mitteilung zur Verfügung stelle, werde er dafür sorgen, daß ich mein Schäfchen ebenso ins trockene bekäme wie alle anderen.

Ich stand auf, schüttelte den Kopf. »Wissen Sie was?« sagte ich. »Sie sind der widerlichste Anwalt, von dem ich je gehört habe. Sie können sich Ihre Klage in den Arsch stecken.« Um meinen Worten noch mehr Ausdruck zu verleihen, trat ich auf dem Weg nach draußen gegen seinen Papierkorb, so daß der Abfall quer durch den Raum flog.

»Constantine Motors. Leo Blood am Apparat. Womit kann ich Ihnen dienen?«

Ich fragte ihn, ob er seinen teuren Anzug noch hatte.

»Meinen Armani? Ich trage ihn gerade, Mr. Birdsey. Warum wollen Sie das wissen?«

»Weil ich einen Schauspieler in einem teuren Anzug brauche.«

Zuerst zögerte er: Leo, der sein ganzes Leben lang für jeden Mist Risiken auf sich genommen hatte. Der bei solchen Wahnsinnsnummern, wie ich eine vorschlug, erst richtig *aufgeblüht* war. Das sei doch illegal, oder? Sich als Anwalt auszugeben? Was, wenn ihn dieser Dr. Hume von einer der Autowerbungen wiedererkannte?

»Na klar«, sagte ich. »So berühmt wie *du* bist ...«

»Gut, aber was ist mit Gene? Wenn der Wind von der Sache bekommt, wird er mich mit einem Tritt in den Hintern auf die Straße setzen, ob ich nun sein Schwiegersohn bin oder nicht.«

»Das wäre das Beste, was dir passieren könnte«, erwiderte ich. »Komm schon, Leo. Du mußt ja nicht *sagen,* du seist Anwalt; du mußt ja nur so *wirken,* als wärst du einer. Das ist die Rolle deines Lebens.«

»Ich weiß nicht, Dominick. Ich würde dir ja gerne helfen, aber ...«

»Hör zu, ich *brauch* dich, Mann. Tommy braucht dich. Das ist unsere einzige Chance.«

Es war der erste April, als ich Hume zum erstenmal persönlich gegenüberstand. Bis dahin hatte ich schon drei Termine mit ihm ausgemacht; jedesmal hatte seine Sekretärin in letzter Minute angerufen und abgesagt. »Vergiß es«, sagte Leo, als Hume uns zum drittenmal hatte auflaufen lassen. »Laß uns das Arschloch aus dem Hinterhalt überfallen.« Zu dem Zeitpunkt war Leo, glaube ich, inzwischen selbst davon überzeugt, daß er Jurist war.

Wir warteten auf der anderen Seite des Highway, gegenüber dem Haupteingang der Landesklinik. »Ich hoffe nur, das fällt nicht auf Thomas zurück«, meinte ich.

Das Leben selbst sei auf Thomas zurückgefallen, erinnerte mich Leo. Alles, was wir versuchten, sei, ein wenig *Bewegung* für ihn in die Sache zu bringen.

Als Humes silberfarbener Mercedes den Parkplatz verließ, startete ich unseren Wagen und ordnete mich hinter ihm in den Verkehr ein. Verfolgte diesen Mistkerl, der einen Bleifuß zu haben schien, den John Mason Parkway entlang, auf die 395 und dann auf die I-95.

»Ist dieses Arschloch mit den Andrettis verwandt, oder was?« fragte Leo.

»Ich hoffe nur, wir sind nicht dabei, einen Fehler zu machen«, meinte ich.

Leo sagte, ich solle aufhören zu denken und lieber diesem Schweinehund folgen.

Hume verließ den Highway in Old Saybrook, fuhr dann auf der Route 1 noch ein paar Meilen weiter und hielt an einem kleinen Fischrestaurant. Als er aus dem Wagen stieg, wurden die Türen eines roten Cherokee geöffnet, der ein paar Plätze weiter parkte. Ein junges Paar ging auf Hume zu – beide ungefähr Anfang Zwanzig. Das Mädchen sah ihm so verdammt ähnlich – sie *mußte* einfach seine Tochter sein. Umarmungen und Küsse wurden ausgetauscht und ein freundlicher Schlag auf den Rücken des jungen Mannes, der wohl ihr Freund war. »Also, wie behandelt man euch so in Yale?« hörte ich Hume fragen.

Ich sagte zu Leo, das sei keine gute Idee gewesen – wir sollten besser abhauen. Wir könnten ihn auch im Hatch aufsuchen. Er könne schließlich nicht *ewig* die Verabredungen absagen.

»Hör zu, Dominick, ich trage diesen dämlichen Anzug schon seit drei Tagen bei der Arbeit; langsam geht er selbst *mir* auf den Geist. Komm schon. Jetzt oder nie.«

Mit einem Aktenkoffer bewaffnet, ging Leo auf Hume zu. »Dr. Hume? Entschuldigen Sie bitte, Sir. Hätten Sie eine Minute Zeit für uns?« Er streckte ihm die Hand entgegen und stellte sich als Arthur verSteeg vor. Schüttelte Humes Tochter heftig die Hand, dann ihrem Freund. »Arthur verSteeg. Ich freue mich, Ihre Bekanntschaft zu machen. Und das ist mein Freund Dominick Birdsey.«

In diesem Moment verschwand das Lächeln aus Humes Gesicht. Er bat die beiden Yalestudenten, schon mal hineinzugehen und ihm einen Glenlivet auf Eis zu bestellen.

Er stand da und überflog mit finsterem Blick die Mitteilung.

Dann zerriß er sie. Warf die Fetzen in die leichte Brise, die vom Long Island Sund herüberwehte.

»Tun Sie sich nur keinen Zwang an, Doktor«, sagte Leo. »Wir haben genügend Kopien davon.«

»Was wollen Sie?« fragte Hume. »Geld?«

»Gerechtigkeit«, antwortete ich. »Das einzige, was ich von Ihnen will ist ...«

Anwalt verSteeg fiel mir ins Wort. »Warum lassen Sie *mich* das nicht regeln, Mr. Birdsey?«

Am 11. April 1991 revidierte der Überprüfungsausschuß für die Sicherheit in der Psychiatrie in einer Eilsitzung seine Entscheidung vom Oktober des Vorjahres und übertrug Thomas' Vormundschaft mit sofortiger Wirkung auf seine Familie. Der Ausschuß riet jedoch, meinem Bruder schnellstens einen Platz in einer geschlossenen, nichtforensischen Psychiatrie mit ausreichend Personal und Sicherheitsvorkehrungen zu besorgen.

»Na, herzlichen Glückwunsch«, sagte Sheffer und schüttelte mir im Gang vor dem Verhandlungssaal die Hand. »Ich weiß nicht, wie Sie das gemacht haben – und ich will es eigentlich auch gar nicht wissen –, aber es hat funktioniert. Sie haben ihn rausgeholt.«

Ich nickte, ohne zu lächeln. »Die Geister, die ich rief... Stimmt's?«

Sheffer erklärte mir, daß nach sechs Monaten in einer Hochsicherheitsabteilung die Freiheit für meinen Bruder ein Schock sein würde. So hart es auch für ihn im Hatch gewesen sein mochte – die ständige Überwachung, die Reglementierungen und der gleichbleibende Tagesrhythmus hätten ihm doch ein Gefühl der Sicherheit vermittelt. Es sei sehr wahrscheinlich, daß er sich entwurzelt, unsicher – *zu* frei fühlen würde. Alles sei so schnell gegangen; sie habe noch nie so eine Eile bei einem Verfahren erlebt. Es sei kaum genug Zeit geblieben, Thomas emotional auf seine Entlassung vorzubereiten – oder einen Platz in einer anderen Einrichtung für ihn zu finden.

Sie sei dabei, ein paar »Hebel in Bewegung zu setzen«, erklärte sie. Das Settle, Thomas' ehemaliger Tummelplatz, komme leider nicht in Frage, denn es werde nun definitiv zum Jahresende geschlossen, und man nehme keine neuen Patienten mehr auf. Ihre zweite Wahl, Middletown, stehe noch immer zur Debatte. Sie kenne dort jemanden in der Aufnahme und werde versuchen, bis zum Abend eine definitive Antwort zu erhalten. Sie *alle* – Dr. Chase, Dr. Patel, die Schwestern und sie selbst rieten davon ab, daß Thomas zu mir kam. Es sei einfach nicht sicher genug.

»He, *so* schlecht koche ich nun auch wieder nicht«, antwortete ich lächelnd.

Sheffer erwiderte mein Lächeln nicht. »Dominick, ich werde Ihnen jetzt etwas sagen, das Ihnen nicht gefallen wird. Aber ich tue es dennoch.«

»Da bin ich aber gespannt«, gab ich zurück.

»Sie sind *arrogant*, Dominick. Sie sind wirklich ein netter Kerl. Und ich weiß, Sie bemühen sich, immer das Beste für Thomas zu tun. Aber ... also, ich hoffe nur, daß Ihre Arroganz ihn am Ende nicht in Gefahr bringt. Seien Sie bitte vorsichtig.«

War es *arrogant*, wenn man versuchte, die Sicherheit des eigenen Bruders zu gewährleisten? Wenn ich nicht ein wenig *Arroganz* aufgebracht hätte, würde er noch immer auf unbegrenzte Zeit im Hatch festsitzen. Aber ich wollte mich nicht mit ihr anlegen – dies war weder die Zeit noch der Ort dafür. Also dankte ich ihr für alles, was sie getan hatte. Umarmte sie, als sie ihre Arme einladend ausbreitete.

Wenn Sheffer dachte, *ich* sei arrogant, sollte sie erst mal dieses Ding von meinem Großvater lesen.

Als ich mit Thomas durch das Sicherheitstor des Hatch hinaus in die Sonne trat, blieb er stehen und kniff die Augen zusammen. Blickte auf zum Himmel, zu den sich wiegenden Baumwipfeln. Kam einen oder zwei Schritte näher. Steckte den Stumpf in seine Jackentasche.

»Jetzt«, sagte ich, »bist du ein freier Mann.«

»Ich bin eine wandelnde Zielscheibe«, erwiderte er.

Dr. Chase hatte ihn eine Woche vor der Anhörung auf irgendein neues Psycholeptikum umgestellt, das die Gesundheitsbehörde gerade erst genehmigt hatte. Es konnte noch einige Wochen dauern, ehe es anschlug – falls es überhaupt eine Besserung herbeiführte. Aber ich hoffte dennoch, ich kam darum herum, mir anhören zu müssen, wer gerade hinter Thomas her war – hoffte, daß wir unseren Sieg wenigstens einen Nachmittag lang auskosten konnten. Erst einige Zeit später wurde mir klar, wie verängstigt er gewesen sein mußte, als er durch das Tor trat – wie furchterregend die plötzliche Freiheit auf jemanden wirken mußte, der hinter jedem Baum, hinter jedem Lenkrad einen Feind vermutete.

»Möchtest du mit zu mir fahren und ein wenig fernsehen?« fragte ich. »Oder sollen wir kurz bei Ray vorbeischauen? ... Hast du Hunger? Sollen wir uns was bei McDonald's holen oder irgendwo anders?«

Er wolle zu den Wasserfällen, sagte er.

»Den Wasserfällen? ... Gut. In Ordnung. Du bist ein freier Mann. Du kannst jetzt tun, was du willst. Wir können noch den ganzen Nachmittag feiern.«

»Was feiern?« fragte er.

»Deine *Freiheit.*«

Er kicherte. Murmelte etwas, das ich nicht verstand.

»Was hast du gesagt?«

Aber er antwortete nicht.

Ich parkte auf dem kleinen Parkplatz neben dem Indianerfriedhof. Auf unserem Weg zu den Wasserfällen kamen wir an den Gräbern vorbei.

»Erinnerst du dich an sie?« fragte Thomas. Er war stehengeblieben und deutete auf Penny Ann Drinkwaters kleinen Grabstein.

Ich nickte. Sah Penny Anns Körper die Wasserfälle hinunterstürzen, so wie in meinem Alptraum. Sah Eric Claptons Sohn vom Himmel fallen wie Ikarus ...

»Hast du, äh ... hast du ihren Bruder oft im Hatch gesehen?«

»Wen?«

»Ralph Drinkwater. Ihren Bruder.« Der Typ, der dich da rausgeholt hat, dachte ich, indem er mir die Munition lieferte. »Er gehört zum technischen Personal. Erinnerst du dich? Du hast mir erzählt, du hättest ihn einmal da unten getroffen.«

»Wo unten?«

»Im *Hatch.*«

Er schaute zu mir herüber. Sah mir in die Augen. »Wir sind Cousins«, meinte er.

Was sollte das denn heißen? »Wir sind *Brüder*, Mann.«

»*Ihre* Cousins«, sagte er und wies mit dem Kopf auf Penny Anns Grabstein.

»Klar, was auch immer«, sagte ich. »Komm, laß uns gehen.«

Wir stapften den Pfad hinter dem Friedhof hinauf. Nach den sintflutartigen Regenfällen der letzten zwei Tage war er eine einzige Schlammwüste. Thomas war nicht mehr in Form – atmete heftig bei dem steilen Anstieg. Der Wind peitschte die Zweige der Kiefern hin und her, die kahlen Äste der Sumpfeichen. Ich war innerlich vollkommen aufgewühlt.

Als wir das Berglorbeerwäldchen erreichten, erzählte ich Thomas, was ich noch nie jemandem erzählt hatte, nicht einmal Dessa: daß dies mein Lieblingsort war. »Noch ein paar Monate, und die Büsche hier werden vor Blüten nur so *explodieren*. Anfang Juni. Ich werde dich dann wieder mitnehmen. Ich komme jedes Jahr her.«

Thomas erwiderte, die Blätter des Berglorbeers seien giftig. Ob er schon erwähnt habe, daß es während seines Aufenthalts im Hatch mehrere Versuche gegeben hätte, ihn zu vergiften? Er sei ziemlich sicher, daß die Republikaner dahintersteckten.

Ich antwortete nicht. Was für eine Feier, dachte ich und kletterte weiter.

Als wir zur Lichtung kamen – an die Stelle, wo man die Wasserfälle sehen konnte –, blieben wir stehen, Seite an Seite, und schauten dem Fluß zu, wie er über die Felskante herabstürzte. Das Brausen war an diesem Tag sehr laut – wegen der Schneeschmelze und des vielen Regens. Ich blickte zu Thomas, betrachtete sein zerfurchtes, freudloses Gesicht. Man konnte sie ihm im Sonnenlicht deutlich ansehen, die Belastungen der letzten sechs Monate, der zwanzig Jahre davor. Er wirkte älter als einundvierzig. *Alt.* Einerseits hatte ich panische Angst vor dem, was die nächsten Wochen und Monate mit sich bringen würden. Andererseits war ich glücklich, obwohl ich es immer noch nicht richtig fassen konnte. Er ist *hier*, schoß es mir durch den Kopf. Er ist bei mir, Ma. Ich habe ihn da rausgeholt.

Und was nun?

Thomas drehte sich zu mir um und sagte etwas, das ich wegen des tosenden Wassers nicht verstehen konnte. Ich legte die Hand hinter mein Ohr und beugte mich zu ihm. »Was?«

»Ich sagte, dies ist ein heiliger Ort.«

Ich nickte, ein wenig angespannt. Das heilige Entzücken hat ihn wieder gepackt, dachte ich. Aber als ich ihm in die Augen blickte, verwandelte sich meine Gereiztheit in etwas anderes. Mitleid? Erleichterung? Liebe? Ich wußte es nicht genau. Ich fing an zu weinen. Wie gesagt, ich war innerlich vollkommen aufgewühlt.

Thomas fragte mich, ob ich an Gott glaube.

Zuerst antwortete ich nicht. Suchte verzweifelt nach irgendeiner Antwort, die nicht eine seiner Jesusreden provozieren würde. Dann rutschte mir etwas raus, von dem ich überhaupt nicht vorgehabt hatte, es zu sagen. »Ich *wünschte*, ich könnte es.«

Er kam einen Schritt näher, streckte den Arm aus und legte ihn um mich. Aus den Augenwinkeln konnte ich seinen Stumpf sehen.

»Jesus Christus ist dein Erlöser, Dominick«, erklärte er. »Vertrau mir. Ich bin das fleischgewordene Wort Gottes.«

»Bist du das, ja? Also, was sagt man dazu?« Mit dem Ärmel meiner Jacke wischte ich mir die Tränen ab. Ich löste mich aus seiner Umarmung und trat ein paar Schritte zur Seite.

Eine Weile sprach keiner von uns. Schließlich war ich es, der das Schweigen brach: »Weißt du, was mir mal jemand erzählt hat? Daß dieser Fluß das Leben ist – daß er aus der Vergangenheit in die Zukunft fließt und uns auf der Reise mitnimmt ... Das macht die Dinge irgendwie klarer, oder?«

Er blickte mich unverwandt an. Sagte nichts.

»He, da wir gerade von der Vergangenheit sprechen. Weißt du, was ich zur Zeit lese? Die Lebensgeschichte von »Papa«, unserem Großvater ... Er hat sie diktiert, bevor er starb. Auf Italienisch. Ich hab es übersetzen lassen ... Ma hat es mir gegeben. Uns beiden.«

»Papa«, wiederholte Thomas.

»Erinnerst du dich, wie sie andauernd von ihm sprach? Papa dies, Papa das ... Dabei stellt sich jetzt heraus, daß er gar kein so großer Held war, wie sie immer gesagt hat. Er war, ich weiß nicht … *bösartig*. Einige von den Sachen, die ich lese, sind wirklich …«

»Können wir runter ans Wasser gehen?« fragte Thomas.

»Was?« Es ärgerte mich ein wenig, daß er mich unterbrach – sich keinen Deut dafür interessierte.

Er sagte, er würde gerne seine Schuhe und seine Socken ausziehen. In den Fluß hineinwaten.

»Das Wasser ist im Moment zu kalt«, erwiderte ich. »Ich nehme dich noch mal mit her, wenn es wärmer ist und dann kannst du soviel im Fluß herumwaten, wie du willst. Im Juni vielleicht, wenn der Berglorbeer blüht. Aber nun komm. Hast du keinen Hunger? Ich würde gern was essen.«

Ich hatte eigentlich geplant, nur was vom Drive-in-Schalter mitzunehmen. Es erschien mir besser, ihn nur langsam wieder daran zu gewöhnen, sich in der Öffentlichkeit zu bewegen. Und Restaurants waren bei Thomas immer so eine Sache gewesen – auch schon *vor* seiner Zeit im Hatch. Aber als wir bei McDonald's auf den Parkplatz fuhren, wer kam gleich nach uns hupend dort an – Leo! Er deutete auf die Parklücke direkt neben seiner.

Leo sprach zu laut. Schüttelte Thomas' Hand ein wenig zu heftig. Er bestand darauf, daß wir mit ihm hineingingen – wollte uns beide zum Mittagessen einladen. Seit unserem Sieg über Hume hatte Leo angefangen, sich nach dem Typen aus der Serie *L.A. Law* Victor Sifuentes zu nennen. Dem Rächer von Justizirrtümern im Designeranzug. Irgendwie verstand er nie den Ernst der Lage; für Leo war alles nur ein Spiel. Aber in gewisser Weise stand ihm die Feier ja auch zu, dachte ich. Also gingen wir zusammen hinein.

Der ganze dämliche Laden war mit Figuren aus *Arielle – die kleine Meerjungfrau* dekoriert. Die hellen Lichter und die Farben, das Anstellen in der langen Schlange: all das machte meinen Bruder nervös. Er blinzelte die ganze Zeit mit den Augen. An der Kasse gaben Leo und ich bei der Bedienung unsere Bestellungen auf, und ich wandte mich an Thomas. »Weißt du, was du möchtest?« fragte ich ihn. Er starrte nur wie benommen nach oben auf die Speisekarte.

»Er nimmt einen Big Mac und einen Milchshake«, sagte ich zu der Frau hinter der Kasse. »Was für einen Milchshake möchtest du, Thomas? Schokolade?«

Er sagte, er wolle eine Juniortüte.

»Thomas«, mahnte ich. »Die sind doch nur für kleine Kinder.«

»Ist schon in Ordnung«, warf die Frau hinter der Theke ein. »Er kann eine haben, wenn er will. Jeder kann die bestellen.«

Ich sagte danke, aber er wolle gar keine.

»Doch, ich *will*«, beharrte Thomas.

»Komm schon, Birdsey«, mischte sich Leo ein. »Wenn mein Freund hier eine Juniortüte haben will, dann bestelle ich ihm auch eine. Welche möchtest du, Thomas? Es gibt sie mit Hamburger, Cheeseburger oder McNuggets.«

»McNuggets«, antwortete Thomas. »Und einen schwarzen Kaffee.«

Die Kassiererin sagte, zu einer Juniortüte gehöre leider kein Kaffee, sondern nur ein Erfrischungsgetränk oder Milch.

»Geben Sie ihm einen Kaffee, wenn er einen will«, erwiderte Leo. »Berechnen Sie ihn mir extra.«

Als sie ging, um unsere Sachen zu holen, spulte Leo eine Textstelle aus einem Kinofilm ab: irgendwas über ein Sandwich mit Hühnchen und Salat. Vollkommener Nonsens. Halt's Maul, hätte ich am liebsten gesagt. Es war ein Fehler gewesen, hierherzukommen. Ich hatte alles langsam angehen lassen wollen, ruhig und unspektakulär. Nun hatte ich Angst. Hätte am liebsten irgend jemanden angeschrien.

»Ich muß mal zur Toilette«, sagte Thomas.

»Okay. Ich komme mit«, meinte ich. »Leo kann unsere Sachen an den Tisch bringen.«

Thomas sagte, ich brauchte nicht mit ihm zu gehen.

»Ich weiß, daß ich das nicht brauche, aber ich muß auch mal, okay? Stört dich das?« scherzte ich.

Er machte es natürlich mal wieder komplizierter als nötig – schloß sich über zehn Minuten in einer Kabine ein. Ließ mich warten, ein nervöses Wrack, das alle paar Sekunden nach ihm rief. »Bist du in Ordnung? ... Lebst du noch da drinnen?« Mehrere Typen kamen zwischendurch rein und warfen mir seltsame Blicke zu. Ich fühlte mich genau wie damals auf dem Schulausflug, als er sich in der Bustoilette eingeschlossen hatte. Fühlte mich genau wie im Wohnheimzimmer, während unseres ersten Jahrs auf dem College: Thomas und Dominick, die verrückten Birdseys.

»Gott, ich dachte schon, du wärst reingefallen oder so was«, witzelte Leo. Er hatte einen Tisch nahe der Eingangstür ausgesucht, aber Thomas sträubte sich. Dort fühle er sich wie auf dem Präsentierteller.

»Hör auf«, entgegnete ich. »Setz dich einfach hin. Keiner ist hinter dir her.«

Er lachte nur spöttisch darüber.

Leo stand auf und fing an, unser Essen einzusammeln. »Setz dich«, drängte ich ihn. »Dieser Tisch ist in Ordnung. Er muß einfach ...«

»Was soll's?« meinte Leo. »Die Sonne blendet einen hier sowieso. Kommt schon.«

Als wir uns in der Nähe der Toiletten niedergelassen hatten, erzählte Thomas Leo, er habe einmal in diesem McDonald's gearbeitet.

»Nicht in dem hier«, sagte ich. »Du hast in dem anderen gearbeitet – in der Crescent Street.«

»Nein, habe ich nicht«, widersprach er.

»Hast du wohl.« *Du bist da ausgeflippt, erinnerst du dich? Du hast den Lautsprecher am Drive-in-Schalter zertrümmert, weil Aliens nach dir gerufen haben. Weißt du noch?*

»Nein, habe ich nicht«, beharrte er. »Ich habe hier in diesem gearbeitet.«

»Alles klar, schon gut«, lenkte ich ein. »Es war dieser hier. *Ich* bin hier der Verwirrte.«

Nach ungefähr der Hälfte des Essens meinte Thomas, er müsse noch mal aufs Klo. Diesmal ließ ich ihn allein gehen.

»Hör zu«, sagte ich zu Leo. »Ich weiß, du hast es gut gemeint, aber er muß lernen, wie man sich in der Öffentlichkeit *normal* benimmt. Jemandem, der einundvierzig Jahre alt ist, sollte man kein Juniormenü bestellen. Dem sollte man nicht erlauben, sich in der hintersten Ecke des Restaurants zu verstecken, weil angeblich alle hinter ihm her sind.«

Leo stopfte sich den Mund mit Pommes frites voll. »He, weißt du, was meine Tochter gestern zu mir gesagt hat, Dominick? ›Nimm 'ne Beruhigungspille, Dad.‹ Und nun laß mich diese weisen Worte an dich weitergeben, okay? Entspann dich. Nimm 'ne Beruhigungspille, Mann. Es geht ihm gut.«

»Ja, klar«, antwortete ich, schnappte mir Thomas' Juniortüte und holte die beigelegte Spielfigur aus dem Film *Arielle – die kleine Meerjungfrau* heraus. Schwenkte sie wie zum Beweis vor Leos Gesicht hin und her.

Thomas und ich saßen in meinem Wohnzimmer und sahen fern, als Sheffer anrief. »Also, ich habe einen Platz für ihn«, berichtete sie. »Es ist aber etwas kompliziert. Middletown kann ihn aufnehmen, vor Freitag haben sie allerdings kein Bett frei.«

»In Ordnung«, sagte ich. »Er kann bis Freitag hierbleiben.«

Sheffer meinte, sie habe eine bessere Idee. Sie habe im Hope House angerufen, einer von Thomas' ehemaligen Wohngruppen. Dort habe man sich bereit erklärt, eine Ausnahme zu machen – ihn für die Zwischenzeit aufzunehmen. »Sie leiden zwar unter Personalmangel, aber ich denke, es ist wirklich besser, als wenn er bei Ihnen bleibt.«

»Warum?«

»Was wollen Sie tun, Dominick – ihn an sein Bett fesseln. Die ganze Nacht Wache stehen?«

Geh jetzt nach unten, Dominick... Es würde dir keinen Spaß machen. Sag mir sofort Bescheid, wenn Ray kommt...

»Okay«, gab ich nach, im Grunde hatte ich nichts dagegen, daß er für ein paar Tage ins Hope House ging. Erstens war es in der Nähe, und zweitens hatte es ihm damals gefallen – er hatte sich dort wohler gefühlt als an jedem anderen Ort.

Ich fühlte mich *schon jetzt* ein wenig überfordert, gestand ich mir nach dem Telefonat ein. Dieser dämliche Ausflug zu McDonald's hatte mir einen Dämpfer verpaßt. Und während er in der Wohngruppe war, hätte ich genügend Zeit, ihm ein paar Dinge zu besorgen, die er in Middletown benötigte: neue Jeans, Unterwäsche, Shampoo und so weiter. Vielleicht würde ich ihm ein Paar Turnschuhe besorgen, dann brauchte er nicht weiter in diesen dämlichen Schnürschuhen rumzulaufen.

Ich bereitete uns ein kleines Abendessen zu und fuhr ihn dann hin. Meldete ihn an. Der für die Nachtschicht zuständige Pfleger listete laut die persönlichen Gegenstände auf, die Thomas hatte mitnehmen wollen: »Schuhe, Bibel, ein religiöses Buch, äh, mehrere religiöse Bücher...« Ohne den Aufnahmevorgang im geringsten zu beachten, saß Thomas da und las in seinem alten Lieblingsbuch: *Das Leben und Martyrium der Heiligen.*

Ich ging, nachdem er sich im Aufenthaltsraum vor den Fernseher gesetzt hatte. An der Wand über ihm hing ein Stoffbanner, das verkündete: »HOPE HOUSE – Hier wächst auf ewig die Hoffnung!«

»Bis morgen dann«, sagte ich. Beugte mich zu ihm hinunter und küßte ihn aus irgendeinem Grund auf den Kopf. Wieder zu Hause, schaffte ich gerade noch ein halbes Bier, bevor ich eindöste. In einen totenähnlichen Schlaf sank …

Das Klingeln des Telefons holte mich brutal zurück.

Vermißt? … Was wolle sie damit sagen, vermißt?

Er müsse das Haus nach zwei Uhr in der Nacht verlassen haben, meinte die Frau, denn zu dieser Zeit hätten sie zum letztenmal die Betten kontrolliert. Die Polizei sei schon unterwegs.

Ray war bereits wach, als ich anrief. Auf dem Weg zur Wohngruppe holte ich ihn ab. Die Leiterin rang ununterbrochen die Hände und wiederholte immer wieder, das komme dabei heraus, wenn die Mittel dauernd gekürzt würden. Vor Beginn der Einsparungen, sei so was einfach nicht *passiert.*

Unter den Polizisten, die auftauchten, war Jerry Martineau. Ray und ich gaben ihnen eine Liste der Orte, wo Thomas möglicherweise hingegangen war – wo er sich schon früher in einem Anfall von Paranoia versteckt hatte. Martineau gab sich optimistisch. Thomas sei ja erst seit ein paar Stunden verschwunden. In etwa fünfzehn bis zwanzig Minuten gehe die Sonne auf – sie könnten frühzeitig mit der Suche beginnen, und dann im Laufe des Vormittags, falls nötig, Verstärkung anfordern. Sie würden ihn schon finden.

Ich nickte – ließ zu, daß Martineau versuchte, mir eine Dosis von seinem Optimismus zu verabreichen. Aber ich wußte, daß Thomas tot war. Hatte die Last seines Todes gespürt, seitdem ich nach dem Anruf meine Beine aus dem Bett geschwungen hatte. Es war, als trüge ich einen toten Teil meiner selbst mit mir herum.

Ray und ich fuhren zu den Wasserfällen, parkten am Indianerfriedhof und stapften den Pfad hinauf. Es war meine Idee gewesen.

»Thomas? ... *Hallo, Thomas!*« Immer und immer wieder riefen wir seinen Namen in das Tosen der Fälle, in den Nebel, der über dem Wasser schwebte.

Ray sagte etwas, das ich nicht verstand.

»Was?«

»Ich habe gesagt, laß uns da runterklettern, am Ufer entlanggehen. Hinunter zur Fußgängerbrücke, dann auf die andere Seite und drüben wieder zurück.«

Ich schüttelte den Kopf. Merkte plötzlich, daß ich *nicht* derjenige sein wollte, der ihn fand.

Wir machten uns auf den Weg zurück zum Escort. Ich durchstöberte gerade meine Taschen auf der Suche nach dem Schlüssel, als Ray anfing zu reden. »Ich *weiß*, daß ich ihn zu hart angefaßt habe, als er ein Kind war. Ich *weiß* es.« Er stieg ein und schaute verzweifelt, fast flehend zu mir herüber. »Aber sie hat ihn die ganze Zeit verhätschelt; ich habe nur versucht, ihn ein wenig für das Leben abzuhärten.« Er stieg abrupt wieder aus. Begann den Wagen zu umkreisen. »Mein Gott«, murmelte er immer wieder. »Mein *Gott*.«

Als erstes fanden sie seine Schuhe und seine Socken – am Ufer, ein paar hundert Meter von den Wasserfällen entfernt. Dann, kurz nach Mittag, entdeckten einige der Männer des Rettungsteams seine Leiche in hüfthohem Wasser. Sie hatte sich in den Ästen eines umgestürzten Baumes verfangen. Sie schlossen daraus, daß er bis dahin abgetrieben worden war. Dabei war er heftig gegen die Felsen geschlagen; sein Gesicht war zudem von Kratzern, die ihm die Äste des Baumes zugefügt hatten, übersät. Das erzählte mir Ray. Er war hingefahren, um den Leichnam zu identifizieren. Irgend jemand hatte ihm erzählt, Thomas' Körper sei ganz von dem reißenden Wasser bedeckt gewesen, als sie ihn fanden. Im Bericht des Gerichtsmediziners war später zu lesen, der Zeitpunkt des Ertrinkens sei auf ungefähr vier Uhr morgens festgelegt worden – fast genau um die Zeit hatte mein Telefon geklingelt. »Unfalltod« hieß es, trotz der Schuhe und der Socken. Keiner konnte mit Sicherheit sagen, ob Thomas nun hineingesprungen oder -gefallen war.

Es war bereits Nacht, als wir endlich alle nötigen Papiere ausgefüllt hatten. Ray und ich saßen am Küchentisch in der Hollyhock Avenue und tranken Scotch aus derselben Flasche, die wir vier Jahre zuvor aufgemacht hatten – in der Nacht, als Ma gestorben war. Zunächst waren wir beide ziemlich still, erschöpft. Aber die zweite Runde löste unsere Zungen.

»Sie haben mir *gesagt*, ich solle es langsam angehen lassen«, gestand ich. »Seine Sozialarbeiterin, seine Ärzte. Sie meinten, er werde sich ungeschützt fühlen nach sechs Monaten im Hatch. Aber *ich* wußte es ja besser als sie alle zusammen. Na klar, ich, der große Experte ... Weißt du, woran das liegt? Ich bin *arrogant*. *Das* ist mein Problem. Wenn ich nicht so verdammt arrogant wäre, würde er jetzt vielleicht noch leben. Würde es ihm gutgehen.«

Ray erinnerte mich daran, daß es Thomas seit seinem neunzehnten Lebensjahr nicht mehr gutgegangen war.

»Ach ja? Nun, deswegen fühle ich mich trotzdem nicht *weniger* beschissen.«

Ray sagte, er wünschte wirklich, er hätte ihn im Hatch besucht, hätte die kleine Mühe auf sich genommen. Aber nach dem, was Thomas drüben in der Bücherei abgezogen hatte – Herr im Himmel, sich seine eigene *Hand* abzuschneiden –, nun, da war er zu weit gegangen. »Ich hatte genug von ihm. Aber *du* nicht. Du hast sein ganzes Leben lang für den Jungen gekämpft.« Rays große Hand – rauh geworden durch die Arbeit, durch den Krieg – langte über den Tisch. Schwebte für einen Augenblick über meiner Schulter und packte sie dann. Drückte sie. Als wären wir tatsächlich Vater und Sohn. Als ob ich jetzt, nachdem Thomas tot war, vergessen könnte, wie Ray ihn behandelt hatte ...

Ich stand vom Tisch auf, schwankte ein wenig – vom Scotch, von der befremdlichen Berührung meines Stiefvaters. »Ich bin vollkommen fertig«, sagte ich.

»Dann bleib heute nacht hier. Hau dich in deinem alten Zimmer hin.«

Wäre ich nüchtern gewesen, hätte ich abgelehnt. Wäre nach Hause gefahren, statt diese Treppe hinaufzusteigen und über den Flur in unser altes Zimmer zu gehen – das Dominick-und-Thomas-Museum.

Ich ließ mich bäuchlings auf das untere Bett fallen – das von Thomas. Ray kam mit der Bettwäsche herein.

»Leg sie nur auf den Schreibtisch«, bat ich ihn. »Ich hole sie mir in ein paar Minuten.«

»Okay«, antwortete er. »Sieh zu, daß du etwas Schlaf bekommst. Jetzt ist es vorbei.«

Einen Teufel ist es, dachte ich. So benommen und erschöpft ich auch war, wußte ich doch, daß es kompletter Schwachsinn war, was er da sagte.

Irgendwann in dieser Nacht träumte ich, ich wäre Thomas – *Dominick* wäre ertrunken, und nicht ich. Ich hörte, wie ein Schlüssel in einem Schloß umgedreht wurde, ein metallisches Quietschen. Die Tür meiner Gefängniszelle sprang weit auf. »Oh, hallo, Ma«, sagte ich. »Weißt du was? Dominick ist gestorben.«

Am Morgen wachte ich im oberen Bett auf – *meinem* Bett. Ich konnte mich nicht daran erinnern, dort hinaufgeklettert zu sein. Die Bettwäsche lag immer noch auf dem Schreibtisch, wo Ray sie hingelegt hatte. Das Schlafzimmer war lichtdurchflutet. Ich verharrte still und starrte zur Decke – auf den braunen Wasserfleck drüben beim Fenster, den es schon gegeben hatte, als wir Kinder waren.

Da stand es mir plötzlich vor Augen – das früheste, woran ich mich je erinnert habe. Ich war wieder vier. Es war so lebendig, so real ...

Ich soll mich hinlegen und meinen Mittagsschlaf halten, weil ich ein großer Junge bin. Ich bin ganz alleine. Kein Thomas. Bevor mein Thomas krank wurde, haben wir immer zusammen Mittagschlaf gemacht in einem großen Bett im Gästezimmer. Ma legte sich dann zwischen uns und erzählte von zwei Freunden, einem kleinen Häschen namens Thomas und einem kleinen Äffchen namens Dominick, das immer irgendwelchen Blödsinn anstellte.

Ma hat jetzt keine Zeit, mir eine Geschichte zu erzählen. Sie muß bei Thomas Fieber messen und ihm seine Medizin und Ginger Ale bringen. Sie hat mir ein paar Bücher gegeben und gesagt, ich solle mir die Bilder anschauen, bis ich müde werde. Ich kenne die Buchstaben in den Büchern: M *steht für* Ma, T *steht für* Thomas. *Ich hasse die Seiten, wo ich auf den Bildern her-*

umgemalt habe. Ma fragte mich, wer das getan hatte, und ich antwortete, Thomas. Thomas ist ein böser Junge.

Mein Thomas muß nun im Gästezimmer liegen. Ich kann Bilder für ihn malen, aber ich kann sie nicht zurückhaben. Ich kann ihm durch die Tür etwas zurufen, aber er kann mir nicht antworten, weil sein Hals weh tut und er sich ausruhen muß. Gestern hat er mir mit einer ganz, ganz leisen Stimme geantwortet. Schrumpft er? Ist er jetzt ein winzig kleiner Thomas? »Wie sieht Thomas aus?« fragte ich Ma. Sie sagt, er sieht aus wie immer, nur daß er rote Punkte am Hals und an den Ellenbogen hat und etwas, was der Doktor eine Erdbeerzunge nennt.

Ich mag Erdbeerwackelpudding lieber als grünen Wackelpudding. Wenn ich oben drüberlecke, sagt Ma immer: »Tu das nicht! Das tun nur böse Jungs.« Gestern habe ich mir im Spiegel die Zunge rausgestreckt. Keine Erdbeeren.

Und ich bin SAUER auf Thomas. Ich mußte eine Spritze bekommen, und das hat weh getan. Ich wollte, daß Ma mitging, als ich die Spritze bekam, aber Ray ging mit. Er sagte mir, die Nadel tut nicht weh, aber sie hat sehr *weh getan. Als ich weinte, drückte Ray meinen Arm ganz fest und sagte: »Was ist los mit dir? Bist du ein großer Junge oder eine Heulsuse?« Wenn Thomas und ich beide weinen, sagt Ray: »Wah, wah, wah, was sind das für kleine Heulsusen.« Dann müssen wir noch mehr weinen.*

Ma sagt, daß Thomas letzte Nacht so stark Schüttelfrost hatte, daß seine Zähne geklappert haben. »Zeig mir wie!« sagte ich, und sie machte mit den Zähnen klack, klack, klack. *Thomas darf so viel Ginger Ale trinken wie er will, UND unten im Kühlschrank steht eine ganze Schüssel Wackelpudding nur für ihn, nicht für mich. Wenn ich runtergehe, werde ich drüberlecken. Mein Thomas ist ein böser, böser Junge.*

Wenn du groß bist, dann brauchst du keinen Mittagsschlaf zu machen. Dann darfst du lange aufbleiben und dir freitags abends die Kämpfe im Fernsehen ansehen und Cola trinken. Wenn ich groß bin, werde ich die ganze Badewanne mit Ginger Ale volllaufen lassen, hineinspringen und sie ganz austrinken, ohne daß mir schlecht wird.

Als Ma klein war, hatte sie auch Scharlach, genau wie Thomas. Sie mußte den ganzen Tag im Bett bleiben und mit einem

Topf an die Wand zu Mrs. Tusia hämmern, wenn sie Hilfe brauchte und ihr Vater schlief ... Früher sind kleine Jungs und kleine Mädchen an Scharlach gestorben, sagt Ma. Oder sie wurden wieder gesund, hatten später aber ein schwaches Herz.

Ich soll nicht aus dem Bett steigen, bevor ich nicht mein Schläfchen gehalten habe. Wenn ich aufstehe, wird Ma es Ray erzählen. Ich hasse Schläfchen. Die sind doof. Ich rolle mich in meine Decke ein. Ich bin ein Hot dog, und meine Decke ist das Brötchen dazu ... Jetzt stehe ich auf, und mein Bett ist ein einziges RIESIGES TRAMPOLIN! Ich hüpfe und hüpfe. Bis ganz hoch in den Himmel, wo Mrs. Tusia lebt ... Sie ist gestorben. Sie war alt. Ein paar Männer sind gekommen und haben sie die Treppe hinuntergetragen und weggefahren. Aber ich lasse nicht zu, daß diese Männer meinen Thomas holen. Ich werde sie erschießen. Bumm! Bumm! Bumm! Ma sagt, Thomas kann in einer Woche aus dem großen Zimmer kommen, aber ich weiß nicht, wann das ist. Ich glaube, er ist vielleicht tot. Der Mann auf Mas Opernschallplatte ist tot, und er singt trotzdem. »Meine Damen und Herren, Enrico Caruso!« Das waren früher Papas Platten. Papa, Mas Vater, ist auch im Himmel.

Warum darf ich Thomas nicht sehen? Warum darf ich die Bilder nicht anfassen, die er angefaßt hat? Von Schläfchen wird mir immer warm. Und ich werde durstig. Ich habe Durst auf ein eiskaltes Ginger Ale.

»Ma! ... Ma-aa?«

»Was ist?«

»Darf ich jetzt aufstehen?«

»Nach deinem Schläfchen. Schlaf jetzt!«

Der braune Fleck an der Decke verwandelt sich in ein Monster. Es wird lebendig werden und durch den Flur fliegen, die Tür einschlagen und meinen Bruder fressen. Wenn ich es nicht erschieße.

Der Teppich in meinem Kinderzimmer ist ein riesiger See. Die Blumen auf ihm sind Steine. Sie führen zum Rand ... Ich kann es schaffen. Ich schaffe es.

Ich bin an der Tür. Manchmal sagt Ma, sie erzählt es Ray, wenn ich böse bin, und dann tut sie es doch nicht. Der Flur ist ein reißender Fluß. Du kannst darin nicht schwimmen. Du mußt mit deinem Flugzeug darüber hinwegfliegen, mit Song Bird. »Halt durch, Thomas. Ich werde dich retten!« Ich bin Sky King. Das ist nicht meine Hand, das ist mein Funkgerät.

Ich fliege mit Song Bird über den reißenden Fluß bis zur Tür des Gästezimmers. Starre sie an. Lausche.

Ich lege meine Hand auf den großen Knauf, der wie ein Diamant aussieht. Er dreht sich, die Tür springt mit einem Klick auf. Ich betrete das Zimmer ...

Es ist dunkel hier drinnen. Die Rollos sind heruntergezogen. Es riecht schlecht. Der Ventilator aus Mas und Rays Zimmer steht am offenen Fenster, weht frische Luft herein. Ich gehe hinüber zum Bett. Starre Thomas an. Ich rufe seinen Namen gegen das Surren des Ventilators an. »Thomas? Thomas Birdsey! ... THOMAS JOSEPH BIRDSEY!«

Thomas' Mund ist geschlossen. Ich möchte seine Erdbeerzunge sehen. Schläft er, oder ist er tot? ...

Er seufzt.

Ich gehe näher heran. Er hat kein Hemd an. Ich kann die Knochen unter seiner Haut sehen. Er hat die Hände über den Kopf gestreckt, mit den Handflächen nach oben, als ob irgendein Cowboy »Hände hoch!« gesagt und ihn dann erschossen hätte.

Klappernde Zähne, eine Erdbeerzunge ... Plötzlich weiß ich etwas, das ich bis dahin nicht gewußt habe. Thomas und ich sind nicht eine Person. Wir sind zwei.

Ich gehe noch näher heran, beuge mich zu seinem Ohr hinunter und flüstere meinen Namen.

Er zuckt. Schlägt nach dem Geräusch.

»Dominick!«

Wir sind zwei verschiedene Menschen.

Thomas ist krank, und ich bin es nicht.

Er schläft. Ich bin wach.

Ich kann mich selbst retten.

41

13. August 1949

Meine Frau und ich sprachen nie über das, was der dottore gesagt hatte – daß eine weitere Geburt zu anstrengend für ihr geschwächtes Herz sein könnte. Ignazia brachte ihre Kleider hinunter in Prosperines Schlafzimmer, und ich machte keinerlei Anstalten einzufordern, was einem Ehemann rechtmäßig zusteht.

Nach der Nacht, in der Prosperine mir ihre Geschichte erzählt hatte, weigerte ich mich, etwas zu essen, das in meinem Haus zubereitet worden war. Ich hatte ein kleines Treffen mit Signora Siragusa, meiner ehemaligen Zimmerwirtin. Wir kamen überein, daß sie mir für vier Dollar die Woche Mahlzeiten bereiten sowie für weitere fünfzig Cent ihre Tratschsucht zügeln würde. Jeden Abend ging ich auf dem Weg zur Arbeit bei der Signora vorbei und holte mir meinen Essensbehälter ab. Jeden Morgen nach Schichtende machte ich erneut dort Station und frühstückte in der Küche. Die dritte Mahlzeit ließ ich entweder aus oder besorgte sie mir in der Stadt – 'Mericana-Essen ohne Geschmack, alles ertränkt in diesem gelben Klebstoff, den sie Sauce nennen. Brot, das eher nach Pappe als nach richtigem Brot schmeckt.

Ignazia war beleidigt, weil ich nicht aß, was sie kochte. Das zeigte sie mir durch finstere Blicke, scheppernde Töpfe und zum Himmel gesandte Stoßseufzer – aber nie mit Worten. Auch spra-

chen wir nie über das, was Prosperine mir erzählt hatte, obschon ich mir sicher war, daß die beiden hinter meinem Rücken ausgiebig darüber sprachen. Sollten sie mich vor jener Nacht für einen Narren gehalten haben, so war das nun vorbei. Durch die im betrunkenen Zustand abgelegte confessione *der Äffin war ich zu einer Gefahr für sie beide geworden.*

Als 'Mericano *wäre ich vielleicht sofort zur Polizei gelaufen und hätte ausgeplaudert, was Prosperine mir mitgeteilt hatte. Vielleicht hätte der Arm des Gesetzes diese übergeschnappte Affenfrau ja aus meinem Haus geholt und sie wieder zurück über den Ozean geschickt. Aber ein Sizilianer weiß die Augen offen und den Mund verschlossen zu halten. Ich wollte keinen weiteren Skandal um den Namen Tempesta, ich wollte nicht, daß die Leute mit dem Finger auf mein Haus wiesen und es als Schlupfwinkel für Mörderinnen bezeichneten. Manchmal sagte ich mir, Ignazia sei gar nicht Violetta D'Annunzio, diese Giftmischerin, die sich mit Männern eingelassen hatte und dann ihren Ehemann dazu brachte, Glas zu verschlingen. Vielleicht hatte Violetta ja wirklich den Preis für ihre Sünden bezahlt und war in Palermo begraben worden, wie Prosperine behauptete. Doch daran glaubte ich immer nur eine Stunde oder einen Nachmittag lang – dann wußte ich wieder die schreckliche Wahrheit.*

In den ersten Lebenswochen litt Ignazias Baby unter Koliken und weinte Tag und Nacht. Auch Ignazia weinte, geplagt von Frauenleiden. Tusias Frau sagte zu meiner Frau, alle Probleme würden verschwinden und Mutter und Kind hätten ihre Ruhe, sobald das Mädchen getauft sei.

*»*Niente battesimo*«, erklärte ich Ignazia. Sie war hinauf in mein Schlafzimmer gekommen – in den Raum, in dem sie einst an meiner Seite geschlafen hatte –, um mich um Erlaubnis zu bitten.*

»Warum nicht?« fragte sie. »Damit ich weiter leiden muß? Damit auch mein zweites Baby der Gnade Gottes anheimfällt?«

Ich hatte Ignazia nichts von der Taufe des Jungen in der Speisekammer erzählt, am Morgen seiner Geburt und seines Todes. Meine Sorge war, daß meine Handlung den Zorn Gottes hervorgerufen haben könnte: Ein Junge, der mit Spülwasser getauft wurde, von einem Vater, der nassen Zement nach einem Priester geworfen hatte, sich von Jesus Christus abgewandt hatte … Wenn ich der Seele meines Sohnes durch eine blasphemische battesimo geschadet hatte, dann würde ich jetzt doch nicht hingehen und durch eine Gott wohlgefällige Taufe die Tochter des Rotschopfs in den Himmel schicken.

»Ich habe einmal zwei Priester von diesem Grundstück verjagt«, erzählte ich Ignazia. »Ich werde jetzt nicht ipocrita sein und vor ihnen auf den Knien rutschen.«

»Dann bringe ich sie zu ihnen«, erwiderte sie. Ich schüttelte den Kopf und forderte sie auf, sich an das zu halten, was ich ihr befohlen habe.

»Was ist das für ein selbstsüchtiger Vater, der seinem eigenen Kind die Pforten des Himmels verschließen will?« rief sie. »Was bist du doch für ein verruchter Sünder!«

»Halt du lieber den Mund, wenn es um meine Sünden geht!« entgegnete ich ihr. »Kümmere dich lieber um deine eigenen – die du mit diesem nichtsnutzigen irischen Rotschopf in New York und bereits in der alten Heimat begangen hast!«

Sie wandte sich von mir ab und stürmte hinaus. Doch ich folgte ihr die Treppe hinunter und durch den Flur in das hintere Zimmer. Dort warf sie sich aufs Bett und schluchzte in die Kissen. Von der Tür aus drohte ich ihr, wenn sie mich hintergehe und das Kind heimlich taufen lasse, werde sie das ein Leben lang bereuen und ihre dürre Freundin auch.

Trotz allem, was ich nun über Ignazia wußte, trotz der Angst und des Hasses, die zwischen uns standen, war meine passione für sie stärker als je zuvor. Ich konnte meine Augen nicht von ihr lassen, wenn ich mit ihr in einem Zimmer war. Ihr Gesicht und *ihre* figura *zu sehen, war eine ständige Qual. Hundertmal am Tag küßte ich sie auf den Mund, löste ihr das Haar, zerrte an ihren Kleidern und nahm, was mein war, doch all dies tat ich nur in meiner* immaginazione *... Manchmal marterte ich mich, indem ich an die schmutzigen Fotos dachte, die der* fotografo *in der alten Heimat von ihr aufgenommen hatte, stellte mir vor, wie diese Fotos von einem Mann zum nächsten wanderten. Dabei schauderte mir, und meine Finger zuckten vor Verlangen, diesen gesichtslosen Männern die Kehle durchzuschneiden. Meine Frau in den Händen aller Männer – nur nicht in denen ihres rechtmäßigen Gatten! Doch in die mit dem Wissen um diese Fotos verbundene Qual mischte sich die Erregung darüber, was auf ihnen festgehalten war. Dieses nicht stillbare Verlangen nach einer mörderischen Ehefrau zu empfinden, war etwas Schreckliches – die Hölle auf Erden!*

Manchmal, in meinen Träumen, liebte sie mich voller Hingabe und Begierde, so wie sich eine gute sizilianische Frau ihrem Mann unterwirft. Aus derlei Träumereien erwachte ich mit einem Gefühl von Freude und Erregung. Danach aber überkam mich Traurigkeit, und ich reinigte mich, wischte die vergeudete Milch der Begierde weg.

Manchmal packte mich das Verlangen nach dem Körper meiner Frau in der Fabrik und steigerte sich zu einem derartigen Schmerz, daß ich von der Arbeit abgelenkt wurde. Selbst das Kichern der reizlosen kleinen Spinnerinnen konnte mich in Erregung versetzen, sogar Nabby Drinkwaters Angebereien über seine Bordellbesuche in der Bickel Road.

Eines Morgens führte mich mein Verlangen am Haus der Signora vorbei, hinunter zu jenem Gebäude in der Bickel Road, wo die fette Ungarin ihre Huren und Hauskatzen hielt. Drinnen roch es nach Kohl und Katzenpisse. Ich bezahlte, und sie rief ein mageres Dienstmädchen herbei, das gerade das Treppengeländer putzte. »Hier entlang«, sagte das Mädchen, und ich folgte ihr die Trep-

pen hinauf. Ich nahm an, sie werde mich zu einer Hure bringen, doch als ich das Zimmer betrat, machte sie die Tür hinter uns zu. Sie war nicht älter als vierzehn, fünfzehn ... hatte kein Fleisch auf den Knochen. Während ich tat, was ich tat, behielt sie den gleichen Gesichtsausdruck bei, den sie beim Putzen des Treppengeländers gehabt hatte. Ich verließ das Haus mit dem Vorsatz, zum ersten- und zum letztenmal dort gewesen zu sein. Tatsächlich aber ging ich immer wieder hin, jedesmal in der Sorge, ich könnte Drinkwater begegnen. Dieser gottverdammte Indianer, der unter mir arbeitete, sollte nicht erfahren, daß ich seine fleischliche Schwäche teilte, daß der Teufel, der meinen Bruder Vincenzo geritten hatte, nun auch mich ritt.

Ich hatte immer dasselbe Mädchen. Sobald ich fertig war, bedeutete ich ihr, sie solle ihre Kleider wieder anlegen. Während sie sich anzog, schaute ich die Wand an; da mein ardore *erloschen war, obsiegte nun mein Schamgefühl. Dann stieg ich aus dem schäbigen Bett, knöpfte mich zu und ging zurück zu meinem Haus, in dem ich mit zwei Mörderinnen und einem rothaarigen Baby lebte, dessen Lippe gespalten war und dessen Seele von der Erbsünde befleckt blieb.*

Eines Tages, kurz nach Kriegsende, las ich in der Zeitung, daß dieser Kommißkopf Monsignore McNulty an Herzversagen gestorben war. Der Zeitung zufolge war der kleine Pater Guglielmo zum Pfarrer der Kirche von St. Mary of Jesus Christ ernannt worden, der erste pastore italiano *der Gemeinde. Ich freute mich über McNultys Tod und über die Beförderung Guglielmos. Mit Padre Guglielmo hatte ich nie Streit gehabt – er war bloß der Prügelknabe des anderen gewesen. Ihm war ich wohlgesinnt.*

Kaum eine Woche später, als ich zum Frühstücken in die Pension ging, wartete Guglielmo in Signora Siragusas Küche auf mich. Die alte Signora machte sich nervös am Herd zu schaffen, bereitete Kuchenteig und frittata *vor und briet einen Pfannkuchen in ihrem besten Olivenöl, als wäre der Papst höchstpersönlich zu Besuch gekommen. »Schön, Sie wieder einmal zu sehen, mein Freund«, sagte Guglielmo. »Es ist viel Zeit vergangen, nicht wahr? Wie geht es Ihrer Frau?«*

Ich antwortete, meine Frau werde gut versorgt.

»Und Ihr Kind? Eine Tochter, nicht wahr? Sie läuft doch sicher schon, oder?«

Ich nickte. Ein Hinterhalt, dachte ich. Aber ich hielt mich für zu schlau, um auf derlei imboscata *hereinzufallen. Signora Siragusa mochte noch so viel Zucker auf den Pfannkuchen streuen, ich würde die Tochter dieses Rotschopfs nicht taufen lassen.*

Zwei Jahre waren seit der Geburt des Mädchens vergangen. Der Krieg gegen die Deutschen war geführt und gewonnen worden; American Woolen and Textile hatte die Wolle für sämtliche Matrosenjacken gefärbt. Wie zuvor schon Signora Siragusa hatte mich auch Tusias Frau auf meine Weigerung angesprochen, das Kind taufen zu lassen. Sogar Tusia selbst besaß die Frechheit, mir eines Morgens einen Vortrag darüber zu halten, als ich bei ihm auf dem Friseurstuhl saß, um meine kostenlose Rasur in Anspruch zu nehmen. (Tusia hielt sich mittlerweile für ein hohes Tier – pezzo grosso *sowohl bei den Kolumbusrittern als auch bei den Söhnen Italiens.) »*Scusa, *Salvatore«, unterbrach ich ihn mitten in seiner großangelegten Rede. »Kümmere dich lieber um deinen eigenen Kram, sonst entschließe ich mich womöglich dazu, dir die Miete zu erhöhen.« Das stopfte ihm sofort das Maul. Das einzige Geräusch, das ich bis zum Ende der Rasur vernahm, war die Stimme Carusos, die aus Tusias Victrola drang.*

Während der Zeit, in der ich mich von der Kirche ferngehalten hatte, war Pater Guglielmos Gesicht ein wenig in die Breite gegangen, und sein Haar hatte eine silberne Färbung angenommen. Jetzt streckte er mir die Hand entgegen. Signora Siragusa unterbrach ihr geschäftiges Treiben und sah uns an. Alle drei warteten wir darauf, was ich wohl tun würde.

Ich schüttelte Guglielmo die Hand, schließlich hatte ich nie Streit mit ihm gehabt. Verändert hatte sich aber mehr als nur Guglielmos Haarfarbe. Er rauchte jetzt sigarette, *eine nach der anderen, und benahm sich auch nicht mehr wie ein Mann, der Angst vor der Welt hat. Er erkundigte sich nach meiner Gesundheit und meiner Arbeit und nannte mich beim Vornamen. Ich gratulierte ihm zu seiner Ernennung zum* pastore *und gab meiner Hoffnung Ausdruck, der alte Monsignore möge zur Hölle gefahren sein, wo er hingehörte.*

Signora Siragusa rang nach Luft und schlug mit einem Geschirrtuch nach mir, aber Guglielmo bedankte sich für die Glückwünsche. »Darf ich Ihnen beim Frühstück ein wenig Gesellschaft leisten? Ich würde mich gerne mit Ihnen unterhalten«, sagte er zu mir.

*»*Oh, sì Padre, *natürlich können Sie sich zu ihm setzen!« antwortete die alte Signora für mich. »Setzen Sie sich! Ruhen Sie sich aus! Ich hoffe, Sie haben Appetit mitgebracht.«*

»Über was denn unterhalten?« fragte ich. »Wenn Sie über die Taufe meines Kindes reden wollen, dann sparen Sie sich die Mühe.«

Der Priester schüttelte den Kopf. »Ich möchte über Maurerarbeit sprechen«, sagte er.

»Über Maurerarbeiten? Was ist denn damit?«

Er fragte die Signora, ob wir ein paar Worte unter vier Augen wechseln könnten. Sie schenkte uns Kaffee ein, stellte Teller vor uns hin und eilte hinaus. Guglielmo und ich sagten keinen Ton mehr, bis sie weg war.

Ich hatte angenommen, daß er in einer priesterlichen Metapher zu mir sprach – daß er eine große Rede über battesimo *halten wollte und darüber, wie jeder »Ziegel« an der rechten Stelle zu Gott führe. Doch er überraschte mich. Er sprach von* echten *Ziegeln, von* echtem *Mörtel. St. Mary of Jesus Christ plane den Bau einer neuen Schule, erklärte er. Von einer Pfarrschule träu-*

me er schon lange, doch Monsignore McNulty habe die Idee stets als zu teuer und zu problematisch verworfen. Die katholischen Schulkinder von Three Rivers mußten notgedrungen in New London wohnen und waren so während der Woche von ihren Familien getrennt. Nun aber hatte der Erzbischof von Guglielmos Plan gehört und ihm zugestimmt. Ein Architekt und Bauunternehmer aus Hartford war mit dem Bau beauftragt worden. Doch der Erzbischof hatte den kleinen Priester gewarnt, er werde Ärger bekommen, falls das Projekt scheitern oder sich als zu kostspielig für die Kirche erweisen sollte.

Was er brauche, sagte Guglielmo, sei ein gescheites und sparsames Gemeindemitglied, das den Bau beaufsichtige und die Interessen der Gemeinde vertrete. »Ich selbst verfüge über keinerlei Kenntnisse auf diesem Gebiet«, sagte er. »Und die Schule, ob erfolgreich oder nicht, wird Zeugnis über meine Fähigkeiten als Verwalter ablegen. Wenn mein Amt von Dauer sein soll, Domenico, dann muß die neue Schule innen wie außen tadellos sein. Ich bin gekommen, um Sie um Hilfe zu bitten.«

Er nahm einen Bissen frittata und fing an zu kauen. Nahm noch einen Bissen.

»Wieviel bringt diese Arbeit ein?« wollte ich wissen.

Gar nichts, erwiderte er. Ich müsse meine Zeit und meine Kenntnisse umsonst zur Verfügung stellen. Doch werde die Schule in zwei, vielleicht drei Jahren eröffnet, genau rechtzeitig, daß meine kleine Tochter sie besuchen könne. »Das ist alles, was ich als Gegenleistung anbieten kann, Domenico«, sagte er. »Ich appelliere an den Vater in Ihnen, nicht an den Geschäftsmann.«

»Väter sind Ernährer«, sagte ich. »Wenn man für nichts arbeitet, kommt auch nichts auf den Tisch.«

»Und doch ist da das Wunder der Brotlaibe und Fische, das uns den richtigen Weg weist«, sagte er. Er erklärte mir, er bitte um nicht mehr als eine Stunde am Tag. Ich könne die Baustelle *morgens auf dem Nachhauseweg von der Fabrik inspizieren oder am späten Nachmittag, wenn ich wieder aufgestanden sei. Er brauche schlichtweg jemanden, der ein Auge auf die täglichen Fortschritte hatte. »So wie Jesus unser aller Hirte ist, so suche ich einen Hirten für diese Schule, in der Kindern die Heilige Schrift gelehrt werden wird«, erklärte er.*

Als er von Brotlaiben und Fischen sprach, mußte ich merkwürdigerweise an Prosperines Geschichte denken, daran, wie die alte Hexe aus einem Kaninchen zwei gemacht und den Schulmeister getötet hatte.

Ich hatte mein Frühstück beendet und stand auf. »Zuviel zu tun«, sagte ich.

»Zuviel zu tun oder immer noch wütend?«

Ich sah ihn an und schaute dann weg. Er bat mich, mich noch einmal zu setzen, ihm noch einen Moment zu gewähren. Also setzte ich mich.

»Der Tag, an dem Ihr Bruder vom Dach fiel, war ein schrecklicher Tag für uns alle«, sagte er. »Für Sie. Für mich. Und für den Monsignore. Auf seinem Totenbett sprach er voller Reue über diesen Tag und bat Gott um Vergebung dafür, daß er Ihren armen Bruder verhöhnt hatte. Auch ich bereue meine Schwäche an jenem Tag, mein Versäumnis einzugreifen, so zu handeln, wie Gott es gewollt hätte ... Bitte schauen Sie mich an, Domenico. Lassen Sie meine Augen die Ihren sehen.«

Es fiel mir schwer, ihn anzuschauen, doch ich tat es.

»Hier in dieser Küche reiche ich Ihnen die Hand. Es ist lange überfällig, doch es geschieht in guter Absicht. Lassen Sie das Vergangene ruhen. Begraben Sie Ihren Zorn. Vergeben Sie mir, Domenico. Ich bitte Sie darum, wie es ein Bruder tun würde.«

Als er von Brüdern sprach, senkte ich erneut den Blick. »Ich habe keine Brüder«, sagte ich. »Den einen hat die Polizei erschossen, und den anderen hat der Fluch eines Monsignore vom

Dach gestoßen. Und was Ihre Schule betrifft, so gibt es jede Menge Maurer in der Gemeinde. Da wären Riccordino oder Di Prima. Dann dieser Polacke, der auf der ...«

Er legte seine Hand auf die meine, um mich zum Schweigen zu bringen. »Sie haben mir einmal erzählt, daß Sie wegen familiärer Verpflichtungen Ihre theologischen Studien abbrechen und das Maurerhandwerk erlernen mußten«, sagte er.

»Sì«, erwiderte ich. »Ich verließ meine Bücher, verließ das Priesterseminar in Rom, um den Schaden wiedergutzumachen, den mein Bruder Vincenzo angerichtet hatte. Ich hatte keine andere Wahl. Mein Vater hatte es angeordnet.«

»Was geschieht, ist Gottes Wille«, sagte Guglielmo. »Ihr wunderschönes Haus auf der Hollyhock Avenue stünde nicht dort, wenn Sie sich nicht mit Ziegeln auskennen würden. Warum wollen Sie nicht eine kirchliche Schule zur Brücke zwischen Ihrer einstigen geistlichen Ausbildung und dem Maurerhandwerk werden lassen, das Sie aus Gehorsam Ihrem Vater gegenüber erlernten?«

Als ich die Augen schloß, um gegen die aufsteigenden Tränen anzukämpfen, sah ich Papa und Sizilien und mein Leben, wie es damals gewesen war ... Sah erneut die Tränen der weinenden Vergine, die mir vor langer, langer Zeit das Zeichen gegeben hatte, Priester zu werden. Von allen Kindern Italiens war ich es, dem die heilige Mutter ihre Trauer offenbart hatte ... Und nun ... nun lebte ich jenseits des Ozeans und färbte Wolle, anstatt Seelen zu retten. Nun lebte ich in meinem eigenen Haus in priesterlichem Zölibat, ging aber in die Bickel Road, um dort eine knochige Hure zu vögeln. Während ich Guglielmo gegenübersaß, erkannte ich plötzlich, wie weit mein Leben sich von dem entfernt hatte, das ich hatte führen wollen, und ich wischte mir die Tränen aus den Augen.

»Ich könnte Di Prima oder Riccardino bitten, mir zu helfen, Domenico«, fuhr Guglielmo fort. »Ich werde mich auch an einen der beiden wenden, wenn Sie ablehnen. Aber ich wollte zuerst zu Ihnen kommen. Ihr Ratschlag ist es, den ich erbitte.«

An jenem Morgen sprachen wir mehr als eine Stunde miteinander, und wir erwähnten mit keinem einzigen Wort die Taufe des Mädchens, redeten nur über Gebäude und Ziegelsteine. Wir aßen, was die Signora gekocht hatte, tranken von ihrem Kaffee und räumten dann den Tisch frei, um uns die Entwürfe anzusehen, die Guglielmo mitgebracht hatte. Als wir die Küche verließen, hatte ich mich bereit erklärt, ihm zu helfen. Signora Siragusa kam uns entgegen und gratulierte uns überschwenglich zu der Vereinbarung; die ganze Zeit habe sie im Wohnzimmer gesessen und den Rosenkranz gebetet. Für mich gebetet, sagte sie, für den Sohn, den sie sich immer gewünscht habe – dabei hatte sie vier eigene Söhne.

Guglielmo tat gut daran, zuvorderst auf meine Fähigkeiten zu vertrauen, und er hatte großes Glück, mich gewonnen zu haben. Di Primas Mauern waren schief und krumm – was für eine Hilfe wäre er schon gewesen? Und Riccardino war pazzu. Ohne die Bauaufsicht von Domenico hätten diese Yankee-Bauarbeiter aus Hartford die Kirche übers Ohr gehauen und ein Gebäude errichtet, das beim ersten Windstoß umgefallen wäre. Was den armen Priester betraf, so wußte er noch nicht einmal, wozu ein Deckenbalken gut war oder mit welcher Seite der Kelle man Mörtel aufnahm! Aber ich kannte mich aus. Solange Domenico Onofrio Tempesta die Augen offenhielt, würden die Yankee-Bauarbeiter ihre Arbeit vernünftig ausführen und der Kirche nicht einen einzigen Nagel zuviel berechnen.

Die Bauaufsicht erforderte tägliche Inspektionen und einen anschließenden Besuch bei Guglielmo im Pfarrhaus oder auf der Baustelle. Eines Nachmittags, es war ein Samstag, holte er während unseres Treffens seine Taschenuhr hervor und sagte, er müsse nun in den Beichtstuhl. Ob ich ihn vielleicht dort aufsuchen wolle?

Ich schüttelte den Kopf. »Über all das bin ich hinweg«, sagte ich.

»Sie sind über die Absolution hinweg, Domenico? Nein, nein, wie könnten Sie denn über die Vergebung Gottes hinweg sein? Jesus liebt seine Schäfchen alle, auch das verirrte Lamm.« Er sagte, er bete oft dafür, daß in meinem Haus Frieden einkehre, und hoffe, seine Gebete würden eines Tages ein Licht in meinem Herzen entzünden.

Ich erwiderte, er solle seine Gebete und Lichter den Schäfchen vorbehalten, deren Häuser nicht von einem ruchlosen Monsignore verflucht worden seien.

»Aber auch Ihr Haus könnte ein friedliches sein«, sagte er. »Die Vergebung ist der Schlüssel zur inneren Ruhe.«

Ich sah ihm nach, während er auf die Kirche zuging, in der die Sünder auf ihn warteten, doch ich folgte ihm nicht. Er verstand nichts von Frauen, ob sie nun Mörderinnen waren oder nicht. Er wußte so wenig über mein Zuhause wie über den Bau eines Schulhauses aus Ziegelsteinen.

Doch die ganze nächste Woche über – daheim, bei American Woolen, sogar in dem Haus in der Bickel Road – mußte ich an die Worte des Priesters denken: er bete dafür, daß in der Hollyhock Avenue 66–68 Frieden einkehre.

Am folgenden Samstag war ich als erster in der Kirche. Ich ging früh hin, in der Hoffnung, schnell hinein- und ebenso rasch wieder herauszukommen. Zur Beichte wollte ich nicht. Zuviel zu tun. Ich wollte Guglielmo nur ein, zwei Fragen stellen – die Art von Fragen, die ich ihm nicht im Pfarrhaus über den Schreibtisch hinweg stellen konnte oder beim Abschreiten des Fundaments der neuen Schule. Die Fragen setzten mir schon seit einer ganzen Weile zu.

An diesem Tag traf Guglielmo erst spät in der Kirche ein. Vorher kam DiGangi herein, der Straßenfeger. Dann noch ein Mann und seine Frau, schließlich eine Gruppe von Schulmädchen. Im-

mer wieder öffnete sich knarrend die Tür. Wir saßen in den Bänken und warteten.

Schließlich betrat Pater Guglielmo die Kirche und machte die Lichter an. Er räusperte sich, als er an mir vorüberkam, schaute mich aber nicht an. Er ging in den Beichtstuhl, und die anderen standen auf, um eine Schlange zu bilden. Ich nicht. Sollten diese Sünder ihm doch ruhig ihr Herz ausschütten. Ich bin nicht hier, um zu beichten, sagte ich mir. Ich bin bloß hier, um ihn etwas zu fragen.

Stundenlang kamen und gingen die Sünder. Einige von ihnen kannte ich. Andere nicht. Ich hatte mich sechs Jahre von dieser Kirche ferngehalten. Gegen vier Uhr war das Gotteshaus bis auf Guglielmo und mich wieder leer. Er saß im Beichtstuhl und wartete. Ich versuchte, mich dazu zu bringen, von der Bank aufzustehen, dort hineinzugehen, mich niederzuknien und Guglielmo meine Fragen zu stellen. Doch als ich mich schließlich erhob, drehte ich mich um und ging in die entgegengesetzte Richtung; zunächst langsam, dann schneller, durch den Mittelgang und die Vorhalle nach draußen, an die kalte Luft. Ich war außer Atem, obwohl ich den ganzen Nachmittag nur herumgesessen hatte.

In der folgenden Woche wartete ich bei unseren Zusammenkünften die ganze Zeit darauf, daß Guglielmo meine Anwesenheit in der Kirche am vergangenen Samstag zur Sprache brachte und mich fragte, warum ich nicht gebeichtet hatte. Zweifellos hatte er meine Stimme erkannt und wäre erpicht gewesen zu erfahren, welche Sünden der über den Bau seiner geliebten Schule Wachende begangen hatte. Ich hatte mir die Antworten bereits zurechtgelegt – es gebe zuviel zu tun, er sei zu spät gekommen. Eigentlich hätte ich auch gar nicht beichten wollen – und was ich auf dem Herzen hätte, sei ganz allein meine Sache. Aber er erwähnte überhaupt nicht, daß ich dort gewesen war. Vielleicht hatte er mich ja doch nicht gesehen.

Eines Nachts in der Fabrik ließ Nabby Drinkwater – dieser

gottverdammte Indianer – ständig die Wollballen fallen. »Was ist los mit dir?« fragte ich ihn.

»Ich weiß nicht«, erwiderte er. »Mein Arm ist taub.«

Dann verdrehte er die Augen und fiel tot um. Starb einfach so – kaum, daß er meine Frage beantwortet hatte, war er auch schon tot.

Mit Drinkwater hatte ich nie viel anfangen können. Er war faul, hinterlistig, und sein dummer Spaß mit dem Whiskey hatte meinen Bruder Pasquale seine Stelle in der Fabrik gekostet. Dennoch hatte er seit mehr als zehn Jahren unter mir gearbeitet. In den Nächten, wenn ihm danach zumute war, konnte der knochige Indianer durchaus gute Arbeit leisten. Er war zweiundvierzig, und ich war zweiundvierzig. Direkt auf die Knie war er gefallen, unmittelbar vor mir. Ich fing ihn auf, bevor er mit dem Gesicht auf dem Betonboden aufschlug. Soviel tat ich dann doch für diesen Mistkerl.

Nur wenige Leute kamen zu seiner Beerdigung – ein halbes Dutzend Arbeiter aus der Fabrik (keiner der Bosse) und ein paar Männer, die ich nicht kannte. Er hatte eine farbige Frau und vier Mischlingskinder – zwei Söhne, zwei Töchter. Drinkwater hatte nie viel von seiner Familie erzählt. Ich war Sargträger. Seine Frau hatte einen Vertreter der Fabrik gebeten, mich darum zu ersuchen. Was sollte ich tun – ablehnen? Kein Diener Gottes war am Grab, nur jemand in einem schäbigen Anzug, der eine Rede hielt. Ich wußte zwar nicht, ob Indianer überhaupt in den Himmel kommen, doch ich war mir ziemlich sicher, daß Drinkwater es sowieso nicht dorthin schaffen würde. Zunächst einmal hatte er fortwährend gegen das neunte und das zehnte Gebot verstoßen. (Du sollst nicht begehren deines Nächsten Weib und Hab und Gut.) Zudem war er ein Säufer gewesen und hin und wieder mit der Polizei aneinandergeraten ... Er war nicht der beste Arbeiter in der Fabrik gewesen, aber auch nicht der schlechteste. Wenigstens einer der Söhne oder Schwiegersöhne des Fabrikbesitzers – irgend-

einer dieser Mistkerle – hätte zu seiner Beerdigung kommen und ihm ein wenig Respekt erweisen können. Ein kleines Dankeschön für all jene Nächte, in denen er seine Arbeit getan hatte. Aber kaum kippte ein Mann um, hatte man bei American Woolen and Textile schon vergessen, daß er existiert hatte.

Am folgenden Samstag nachmittag ging ich wieder in die Kirche – diesmal nicht zu Beginn der Beichte, sondern gegen Ende. Ich wartete, bis nur noch Guglielmo und ich dort waren. Doch noch bevor ich aus der Bank treten konnte, löschte er das kleine Lämpchen und verließ den Beichtstuhl.

»Oh, Domenico«, flüsterte er. »Ich dachte, alle wären gegangen. Sind Sie gekommen, um die Beichte abzulegen?«

»Keine confessione«, erwiderte ich. »Ich wollte Ihnen ein paar Fragen stellen.«

»Wegen der Schule?«

Ich senkte den Blick. »Nicht wegen der Schule«, sagte ich. »Nein.«

Er wartete, aber mehr sagte ich nicht. »Also gut. Gehen wir doch lieber hinein.« Er betrat den Beichtstuhl und schloß die Tür. Zündete erneut das Lämpchen an.

Im Beichtstuhl kniete ich mich hin, das Gesicht dem Schatten auf der anderen Seite des Drahtgitters zugewandt. Meine Hände, die ich mir vors Gesicht hielt, zitterten. Guglielmo schwieg. Ich schwieg. Schließlich meinte er, da wir uns in einem Beichtstuhl befänden, könnte ich meine Fragen ja auch im Rahmen der traditionellen Beichte stellen. Das würde Gott das Zeichen zum Zuhören geben, sagte er, und die Heiligkeit dessen sicherstellen, was ich zu sagen hatte. »In Ordnung?« fragte er mich.

»In Ordnung«, erwiderte ich. Dann schwieg ich.

Er begann an meiner Statt. »Vergib mir, Vater, denn ich habe gesündigt wider dich ...«

»Vergib mir, Vater, denn ich habe gesündigt wider dich«, wiederholte ich. »Aber nie so sehr, wie gegen mich gesündigt wurde!«

Der Schatten legte einen Finger an die Lippen. »Um sich auf die Eucharistie vorzubereiten, Domenico, um wirklich bußfertig zu sein, dürfen Sie nur Ihre eigene Seele prüfen. Überlassen Sie es den anderen Sündern ruhig, die ihren zu prüfen. Sie müssen sich um mehr Demut bemühen.«

»Demut?« fragte ich. »Glauben Sie mir, Padre, ein Mann, der mit zwei Mörderinnen in einem Haus lebt, lernt auf tausend Arten, demütig zu sein.«

»Mörderinnen?« fragte er. »Wieso Mörderinnen?«

»Lassen Sie nur«, antwortete ich. »Das ist eine Angelegenheit, die mein Heim betrifft, nicht die Kirche.«

Silenzio. Und dann fragte Guglielmo mich, ob ich verstanden hätte, was er über die Heiligkeit der Beichte gesagt hatte. »Ganz gleich, was Sie hier sagen oder fragen, es bleibt zwischen Ihnen und dem Allmächtigen Vater«, flüsterte er. »Ich handele nur als sein Vertreter.«

»Scusa, Padre«, sagte ich. »Wo kommt Ihre Familie her? In der alten Heimat?«

»Aus Tivoli«, entgegnete er. »In der Nähe von Rom.«

»Ach, Roma«, sagte ich. »Ich habe auch einmal in Rom gelebt. Ich habe gesehen, wie die Römer leben. In Rom sagen die Leute, was sie auf dem Herzen haben, sie schreien sich auf den Stufen des Kolosseums ihren Ärger von der Seele, wenn sie wollen, und es nimmt noch nicht einmal jemand Notiz davon. Ich aber bin ein Sizilianer. Für mich gilt der Kodex des Schweigens. Bewohner des Südens – siciliani – ehren das Wort Gottes und die omertà gleichermaßen.«

»Warum haben Sie den Beichtstuhl betreten, Domenico, wenn nicht, um zu beichten?«

»Das habe ich Ihnen bereits gesagt. Weil ich zwei Fragen beantwortet haben will, Fragen, die mich um den Schlaf bringen ...

Und vielleicht auch, weil ich meinem Zuhause ein wenig Frieden bescheren möchte, um den Fluch aufzuheben, mit dem Ihr Boß mein Haus belegt hat.«

»Mein ›Boß‹, Domenico, ist Gott der Allmächtige.«

»Sie wissen schon, wen ich meine – diesen alten Widerling von Monsignore.*«*

Zweimal hob Guglielmo *an, etwas zu sagen, doch beide Male besann er sich. Als er beim dritten Anlauf schließlich sprach, erklärte er mir, ich müsse mit der* omertà, *dem Kodex des Schweigens, brechen, wenn ich zu einer Übereinkunft mit Gott finden wolle.* »Gott sucht *zuallererst nach einem Zeichen* Ihres Glaubens, Domenico«, *flüsterte er. »Erst wenn Sie es gegeben haben, können Sie von den Ketten befreit werden, die Sie sich selbst geschmiedet haben.«*

»Die ich *geschmiedet habe?« fragte ich. Ich vergaß ganz, zu flüstern. »Sie waren doch dabei, als er an jenem Tag mein Haus mit einem Fluch belegt hat. ›Ein* Haus, *aus dem ein* Mann Gottes *vertrieben wird, ist verflucht vom Dachstuhl bis zum Fundament.‹ Der genaue Wortlaut klingt mir noch in den Ohren. Sie waren dabei, Sie haben es gehört! Und keine Viertelstunde später ist mein Bruder in den Tod gestürzt. Ein Jahr danach habe ich eine Frau geehelicht, die mit anderen Männern herumgehurt hat, ihrem gesetzmäßigen Ehemann gegenüber jedoch so keusch ist wie eine Barmherzige Schwester! Dieser gottverdammte irische Priester war derjenige, der meine Ketten geschmiedet hat! Und wenn es so etwas wie Gerechtigkeit gibt, dann schmort er jetzt dafür in der Hölle!«*

Pater Guglielmo *bekreuzigte sich und bat mich, leiser zu sprechen. »Sie tun sich keinen Gefallen damit, Domenico, Gottes Haus zu betreten und eines seiner Kinder zu verleumden«, sagte er. »Lassen Sie uns jedoch für den Moment einen anderen Pfad betreten. Sie sagten, gewisse Fragen brächten Sie um den Schlaf. Welche Fragen? Nennen Sie mir Ihre Zweifel, und lassen Sie mich versuchen, Ihnen zu helfen.«*

Ich schob den Vorhang beiseite und schaute in den Kirchenraum, um mich zu vergewissern, daß wir noch immer allein waren.

»Ich frage mich ...«, flüsterte ich. »Ich mache mir manchmal Sorgen, daß ich die Seele meines Bruders verdammt habe ... und die meines Sohnes.«

»Verdammt?« sagte er. »Wie denn verdammt?«

Ich steckte den Kopf aus dem Beichtstuhl. Es war immer noch niemand da.

»Pater, Sie erinnern sich doch, daß mein Bruder Pasquale eine gewisse ... absonderliche Schwäche hatte.«

»Eine Schwäche?« fragte Guglielmo. »Meinen Sie eine körperliche Schwäche oder eine geistige?«

»Ich meine ...«

»Was ist es, Domenico? Sagen Sie es mir.«

»Padre, ist es eine schlimme Sünde, wenn ein Mann Frauen zurückweist und sein Vergnügen bei einem Affen sucht?«

Zunächst antwortete der Priester nicht. Als er dann wieder sprach, kam er auf das Thema Verdammnis zurück. »Worum genau machen Sie sich Sorgen? Sie sagten, Sie hätten die Seele Ihres Bruders in die Hölle geschickt, Domenico?«

»Aber Sie waren doch dabei! Ich habe mit Zement geworfen! Hätte ich nicht die Geduld verloren, hätte ich den alten Priester nicht so verärgert, dann hätte er mein Haus auch nicht verflucht. Dann wäre Pasquale nicht gefallen.« Meine Stimme überschlug sich ein wenig, doch ich fuhr fort. »Nachdem mein Bruder Vincenzo, dieser Halunke, von dem Polizisten niedergeschossen worden war, spendeten Sie ihm die Sterbesakramente, bereiteten ihn auf seine Reise ins Jenseits vor. Aber der arme Pasquale ... Ich versuchte, ihn dazu zu bringen, Gefallen an einer Frau zu finden, Padre. Glauben Sie mir! In dieser Hinsicht habe ich mir nichts vorzuwerfen. Aber Pasquale wollte immer nur diesen Affen. Der Leibhaftige muß ihm diese elende Kreatur aus der Höl-

le oder aus Madagaskar geschickt haben! Anderen gegenüber leugnete ich immer, daß zwischen den beiden etwas Unnatürliches sei, doch insgeheim ... die Art, wie die beiden sich anstarrten ... Wer weiß denn schon, was da unten im Keller der Signora vor sich ging? Pompino! Ditalino! *Was weiß ich, vielleicht hat mein Bruder sich hingekniet und irgendwie sein Ding in ihr nichtsnutziges Loch gesteckt!«*

»Psst«, machte Guglielmo. »Psst. Leiser, Domenico. Und bedenken Sie bitte bei der Wahl Ihrer Worte, daß wir uns im Hause Gottes *befinden.«*

»Scusa, *Padre«, erwiderte ich.* »Scusa. *In der Fabrik schwirren unanständige Wörter durch die Luft wie Baumwollfasern. Das vergesse ich manchmal. Nochmals,* scusa, *Signore.* Scusa *auch Dir, Gottvater. Vergib mir.«*

»Fahren Sie bitte fort, Domenico«, sagte er. »Befreien Sie sich von der Last.«

»Mein *Bruder Pasquale war sonst in jeder Hinsicht ein anständiger Mann, ganz im Gegensatz zu Vincenzo, diesem Rüpel. Er war ruhig und schüchtern. Hilfsbereit. Sicher, er hatte etwas Halsstarriges, und manchmal trank er ein wenig mehr als nötig. Aber auch ohne alkoholische Getränke war er nie ... nie ganz in Ordnung, nie ganz da. Schon als Junge nicht. Er lachte in den merkwürdigsten Situationen. Wer weiß, vielleicht lag es daran, daß er schon so früh in den Schwefelminen arbeiten mußte. Er war der* caruso *meines Vaters, und Papa schlug ihm andauernd auf den Kopf, wenn er was falsch gemacht hatte. Vielleicht hat das ja etwas in seinem Gehirn durcheinandergeschüttelt ... Aber mein Bruder Pasquale war nie hinterlistig oder bösartig. Und auch nie* perverso, *bis ihn diese verdammte Affenteufelin bei den Eiern hatte!«*

»*Domenico.«*

»Scusa, *Padre,* scusa. *Ich bitte zum Verzeihung. Da geht es wieder mit mir durch, haha. Ich habe versucht, dem Einhalt zu* gebieten, habe mich für ihn um eine Frau bemüht, um ihn abzulenken. Wahrhaftig, was das betrifft, kann Gott mir nichts anlasten. O weh, nicht nur einen, sondern gleich zwei Brüder zu haben, die solche Schande über den Namen unserer Familie bringen! Was für eine schwere Bürde für den ältesten Sohn! Aber Vincenzo trieb seine Spielchen wenigstens noch mit Menschen. Eine derartige passione mit einem Affen zu teilen und dann auch noch ohne Absolution zu sterben! Ich behaupte nicht, frei von Schuld zu sein, Padre. Hätte ich doch nur den Zement nicht geworfen. Hätte ich nur ...«

»Domenico, können Sie bezeugen, daß Ihr Bruder und der Affe ... perverse Handlungen miteinander begingen?« flüsterte Guglielmo. »Hat sich Pasquale Ihnen je anvertraut oder sich mit solchen Dingen gebrüstet? Stellen Sie nur Mutmaßungen an oder gab es Beweise?«

»Pasquale sprach über fast gar nichts«, erwiderte ich. »Man konnte den ganzen Tag mit ihm arbeiten und bekam keinen Laut von ihm zu hören, abgesehen von einem Rülpser nach dem Essen. Er war ein verschlossener Mann ... Aber wenn Sie nach Beweisen fragen: Eines Morgens nach der Arbeit ging ich zu ihm hinunter in den Keller, um ihn zu wecken – das tat ich immer, als wir noch in der Pension wohnten –, eines Morgens also sah ich ... ich sah ... scusa, Padre, aber ich habe über das, was ich an jenem Morgen sah, noch nie gesprochen.«

»Sagen Sie es mir, Domenico. Was Sie berichten, bleibt zwischen Ihnen und Gott, der allen Sündern seine Liebe schenkt.«

»Pasquale lag schlafend auf seinem Feldbett und lächelte. Dieser Affe saß auf seinem Bauch und spielte ... spielte mit seinen Hosenknöpfen.«

»Aber Domenico, wenn das alles ist ...«

»Scusa, Padre, lassen Sie mich zu Ende erzählen.« Ich fing an zu flüstern, weil ich mich schämte. »Pasquale hatte einen cazzu duro. Der Affe ... erregte ihn.«

Pater Guglielmo räusperte sich. Einmal, dann noch einmal. Ein drittes Mal. Daraufhin war er eine Minute oder länger so still, wie Pasquale es gewesen war. »Und das ist Ihr einziger Beweis?« wollte er schließlich wissen.

»Das, und das Getuschel sämtlicher italiani *in Three Rivers. Eines Tages sprach mich Colosanto, der Bäcker, auf der Straße an und fragte, ob es stimme, daß das Äffchen meinem Bruder die Flöte blies!«*

»Tratsch ist das Werk des Teufels, Domenico«, sagte der Priester.

»Ja, Padre, aber wenn es um meinen Bruder und diesen Affen ging, erboten sich viele meiner Landsleute, dem Satan bei seinem Werk zu helfen!«

»Aber gewiß ist das, was Sie im Keller der Signora sahen, Domenico, noch kein Beweis für eine Sünde. Für einen Mann ist es ganz natürlich, wenn er ... im Schlaf erregt wird.«

»Ja, Padre, es ist ganz natürlich.«

»Aber selbstverständlich ist es weniger natürlich, wenn es geschieht, während ein Affe an seinen Hosenknöpfen herumspielt.«

»Ja, Padre. Weit weniger natürlich, wenn so etwas geschieht.«

Er schwieg eine Weile, und ich konnte durch das Gitter, das uns trennte, fast hören, wie es in seinem Gehirn arbeitete. »Und doch, Domenico«, seufzte er, »Ihr Bruder hat sich dieser unmoralischen Handlungen, die Sie ihm zuschreiben, sicher nie schuldig gemacht. Sicher ist er ohne die geringste Spur einer Todsünde auf der Seele von uns gegangen. Sie selbst sagten doch, was für ein guter Mensch Pasquale war – wie hochherzig, wie hilfsbereit seinem Bruder gegenüber, der versuchte, sich einen Traum zu erfüllen.«

»Ja, Padre«, flüsterte ich, »aber welchen Traum träumte er an jenem Morgen, als der Affe ihm die Flöte in der Hose aufrichtete? Was gab er dieser erbärmlichen Kreatur?«

»Bedenken Sie, Domenico, daß Pasquale ein Kind Gottes war. Das sollte Ihnen Trost spenden. Vielleicht ... vielleicht liebte er

einfach ein Geschöpf Gottes, so wie es der heilige Franziskus tat. Etwas anderes zu unterstellen, gegründet nur auf das, was Sie sahen, ist ...«

»Die ganze Stadt hat über ihn gelacht!« fiel ich ihm ins Wort. »Über uns beide! Schmutzige Witze haben sie erzählt, haben behauptet, die beiden hätten ein Kind miteinander gemacht ... Wurde der Bruder des heiligen Franziskus je ›Affenonkel‹ genannt und in einem Friseursalon ausgelacht?«

»Das, was die Leute gesagt haben, macht aus Ihrem Bruder noch keinen ...«

»Selbst dieser gottverdammte Monsignore hat ihn dessen beschuldigt, dieser sogenannte Mann Gottes! Von wegen Zement – einen Stein hätte ich dem Mistkerl an den Kopf werfen sollen! Wenn Pasquale in der Hölle ist, dann muß dieser Priester an einem noch viel schlimmeren Ort sein.«

*»*Domenico!*« mahnte Padre Guglielmo. »Ich erinnere Sie noch einmal daran, daß die Sünden und die Erlösung des verstorbenen Monsignore eine Sache zwischen Gott und ihm sind. Das gilt auch für Ihren Bruder. Dem einen Verdammnis zu wünschen und dem anderen Erlösung hieße sich anzumaßen, Gottes Werk zu übernehmen. Üben Sie sich in Demut! Bitten Sie um Demut! Wenn Sie Erlösung suchen, dann müssen Sie sich in den Stand der Gnade begeben.«*

»Ich suche Antwort auf meine beiden Fragen«, erinnerte ich ihn. »Meine Frage zu Pasquale und meine Frage zu dem toten Jungen.«

»Dann stellen Sie mir Ihre Fragen. Jetzt gleich.«

»Habe ich meinen Bruder zur Hölle verdammt, indem ich mit Zement warf?«

»Nein, das haben Sie nicht. Das steht gar nicht in Ihrer Macht. Gott allein kann Sünder verdammen oder erretten. Wie lautet die zweite Frage?«

»Das Kind, das bei der Geburt starb, als das Mädchen zur

Welt kam, der Junge, der mir von meiner Frau zuerst geboren ...«

An der Stelle mußte ich innehalten.

»Was für ein Tag zwiespältiger Gefühle muß das für Sie und Ignazia gewesen sein«, meinte Guglielmo schließlich. »Leben und Tod, Freude und Trauer zugleich.«

»Freude nicht«, entgegnete ich. »Worin besteht da die Freude, wenn man seinen toten Sohn auf dem Arm hat und sieht, wie die eigene Frau die Frucht ihrer Sünden mit einem anderen im Arm hält? Worin liegt Freude, wenn man erfährt, daß die eigene Frau die puttana eines anderen war?«

»Welch harte Worte«, sagte Guglielmo. »Welch schwere Anschuldigungen. Ihre Frau erst eine Mörderin und jetzt eine Hure zu nennen ...«

»Das ist meine Sache«, hielt ich ihm vor. »Meine Frage betrifft nicht Ignazia. Sie betrifft den Jungen, der starb.«

»Dann stellen Sie sie, Domenico.«

Ich erzählte ihm die Geschichte jener schrecklichen Nacht: wie Prosperine in die Fabrik gekommen war, um mich zu holen, und ich mich geweigert hatte, den dottore zu rufen. Ich berichtete ihm, wie ich den Jungen in der Speisekammer entdeckt hatte, während Ignazia das Mädchen zur Welt brachte – wie ich, der ich zuvor einen Priester von meinem Grundstück verjagt und der Kirche den Rücken gekehrt hatte, meinen toten Sohn mit schmutzigem Spülwasser und Speiseöl getauft hatte. Noch am selben Tag, erzählte ich ihm, hatte ich Gott ein Ungeheuer genannt.

»Welche Frage wollen Sie mir stellen, Domenico?«

»Ich habe Angst ...«, flüsterte ich. »Ich habe Angst, daß ich die Seele meines Sohnes mit einer blasphemischen Taufe der ewigen Verdammnis ausgesetzt habe. Diese Sorge ist es, die mir den Schlaf raubt, selbst wenn mir die Müdigkeit in den Knochen steckt. Habe ich mein eigen Fleisch und Blut aus dem Himmel verbannt, indem ich ihn in meinem gottlosen Haus mit Spülwasser taufte?«

Pater Guglielmo beugte sich näher an das Gitter heran. Seine Lippen streiften es, als er leise Antwort gab. »Bei dem, was Sie taten, handelten Sie als Diener Gottes, genau wie ich hier und heute als sein Diener bei der Vergebung Ihrer Sünden walte. Als Sie die Taufe vornahmen, war Ihr Seelenzustand über jeden Zweifel erhaben. Erkennen Sie den Unterschied? Gott zu dienen ist etwas anderes, als sich anzumaßen, an seiner Stelle zu handeln.«

Ich schwieg.

»Lassen Sie mich Ihre Frage ohne Umschweife beantworten«, sagte er. »Sie haben die Seele Ihres Sohnes nicht *verdammt. Ihr Tun hat das Kind aus dem Limbus geholt und in die Arme von Jesus Christus gelegt, seinem Erlöser, der ihn in alle Ewigkeit beschützen wird. Die Taufe des Jungen ist gültig.«*

Bei diesen Worten holte ich tief Luft und lehnte mich mit dem Kopf gegen die Wand des Beichtstuhls.

Er fragte mich, ob ich Ignazia je von der Taufe in der Speisekammer erzählt hatte.

»Ich habe niemandem davon erzählt«, antwortete ich. »Bis heute.«

»Sie müssen nach Hause gehen und Ihre Frau wissen lassen, daß das Kind getauft wurde. Es wird sie trösten, wenn sie erfährt, daß ihr Sohn bei Gott ist, daß ihr totes Kind sicher bei Jesus ist. Und dann bringen Sie die Schwester des Jungen zur …«

Ich brach in Tränen aus. Ich konnte nichts dagegen tun, hätte es selbst dann nicht unterdrücken können, wenn die ganze Kirche sich plötzlich mit Menschen gefüllt hätte, die mich beobachteten. Das Schluchzen und die Schreie, die sich meiner Brust an jenem Spätnachmittag entrangen, müssen wohl beinahe die Statuen von ihren Sockeln geworfen haben. An diesem Tag empfand ich keinerlei Stolz, nur Scham.

Pater Guglielmo trat aus dem Beichtstuhl und hielt mir den Vorhang auf. »Kommen Sie«, sagte er.

Er führte mich zu einer Bankreihe in der Nähe. Ich setzte mich und weinte in meine Hände, in mein Taschentuch, in Guglielmos Taschentuch. Der Padre saß neben mir und wartete; seine Hand lag schwer auf meiner Schulter.

Als ich wieder sprechen konnte, brach ich auf immer mit Sizilien, zertrümmerte die omertà *in tausend Stücke und sprudelte mein ganzes Leben heraus. Ich redete schnell und wie ein Verrückter, ungeordnet, ohne Sinn. »Langsam, langsam«, sagte Guglielmo immer wieder zu mir, doch ich konnte nicht langsamer sprechen. Meine Arme wedelten herum, meine Fäuste trommelten auf die Holzbank. In einem Moment schrie ich, im nächsten flüsterte ich. Ich erzählte ihm, wie die weinende* Vergine *sich mir als Kind offenbart hatte, und wie mein Vater mich aus meinem Priesterstudium gerissen hatte, damit ich in Ordnung brachte, was mein Bruder Vincenzo angerichtet hatte. »Das hat mich auf den Pfad der Sünde geführt!« schrie ich. »Und jetzt ist der kleine Junge aus Giuliana, den die heilige Mutter einst mit ihrer Gegenwart beehrte, ein Mann, der das Bordell in der Bickel Road besucht.« Ich berichtete, wie ich Ignazia in unserer Hochzeitsnacht geschlagen und wie dieser gottverdammte* magistrato *in Giuliana mich um die goldene Medaille meines Vaters betrogen hatte. Ich beschrieb, wie der Affe meines Bruders geschrien hatte, als ich ihn von der Brücke warf, und von den Schreien meiner Mutter an dem Tag, als meine Brüder und ich sie in Sizilien zurückließen. War es Sünde, fragte ich den Priester, sich ein besseres Leben zu wünschen? War es nicht schon schlimm genug, auf dem Weg nach Amerika zwei Brüder am Hals zu haben – mußte da auch noch eine Mutter hinzukommen? Eine Mutter, die sich kurz darauf ausgerechnet den Mann ins Bett holte, der mich verleumdet und meinen Vater in den Ruin getrieben hatte? Ich erzählte Guglielmo, daß mich auf der Überfahrt nach* la 'Merica *der Gedanke an Selbstmord in Versuchung geführt hatte, und daß meine Frau und ihre Freundin in der alten Heimat einen Bleiglasmaler ermordet hatten. Ich schilderte, was mir die Affenfrau über die Hexe Cic-*

colina und ihre gotteslästerliche Schwarze Kunst berichtet hatte, und gab die verrückte Geschichte wieder, wie aus einem Kaninchen zwei geworden waren. War es etwa keine Sünde, fragte ich ihn, Mörderinnen zu beherbergen? Ich erzählte, wie diese gottverdammte Prosperine damit gedroht hatte, mir die Eier abzuschneiden, falls ich die Hände nicht von meiner Frau ließ. Von meiner Frau, die ich in gutem Glauben geheiratet und der ich ein vornehmes Zuhause gegeben hatte! Meiner eigenen Frau!

Eine Stunde lang – vielleicht länger, ich weiß es nicht – beichtete ich meine Sünden und listete die Sünden auf, die andere an mir begangen hatten. Das alles schoß aus mir heraus wie Gift, wie kochende Lava, die sich aus dem grollenden Ätna ergießt! Immer wieder wurde ich dabei von Fragen Guglielmos unterbrochen, der sich mühte, die Namen und Orte nicht durcheinanderzubringen und mich immer wieder daran erinnerte, daß eine Absolution erforderte, die eigene Schuld zu beichten und sich nicht mit der Schuld anderer aufzuhalten.

Als ich endete, war meine Stimme heiser vom vielen Weinen und Reden. Es war mittlerweile Abend geworden, und eine Müdigkeit hatte sich meiner bemächtigt, die ich in dieser Stärke nie zuvor verspürt hatte. In der Kirche war es still, und nichts regte sich, daran erinnere ich mich noch, abgesehen vom Geräusch der Heizkörper und dem flackernden Lichtschein der Opferkerzen am Seitenaltar. Ich erinnere mich, wie ergriffen ich von dieser Stille war.

Dann sprach Guglielmo.

Der Schlüssel zum Frieden für meine Seele, so meinte er, liege darin, meine Verbitterung und meinen Groll abzuwerfen. »In seiner letzten Stunde, als Jesus am Kreuz starb, blickte er auf zum Himmel und sagte: ›Vergib ihnen, Herr, denn sie wissen nicht, was sie tun.‹ Sie müssen es Jesus Tag für Tag gleichtun, Domenico, müssen all denen vergeben, die Ihnen Ihrer Meinung nach Unrecht zugefügt haben. Sie müssen dem verstorbenen Monsi-

gnore seinen Zorn vergeben, Ihrem Bruder Vincenzo seine Lust und dem magistrato, daß er Ihnen die Medaille Ihres Vaters vorenthalten hat. Sie müssen sogar Ihrer Haushälterin ihre Drohungen und mörderischen Geheimnisse vergeben ... Vor allem aber, Domenico, müssen Sie Ihrer Frau vergeben.«

»Dieser Frau, deren Leben aus einer Lüge besteht, soll ich vergeben?« protestierte ich. »Sie sagte mir, sie sei eine vergine! Sie hat dabei geholfen, ihren Mann umzubringen! Ich traue mich noch nicht einmal zu essen, was sie zubereitet hat!«

»Schauen Sie auf ihre guten Eigenschaften, Domenico, nicht auf ihre Sünden«, sagte er. »Vergeben Sie ihr, und sie wird Ihnen die Güte erweisen, die sie in ihrem Herzen bewahrt hat. Und wenn Sie in Ihr eigenes Herz blicken, dann werden Sie dort Ihre Liebe zu der Tochter entdecken, die Sie beide gezeugt haben. Wenn Sie gestatten, daß das Mädchen getauft wird, dann ...«

»Das Kind, das Ignazia und ich gezeugt haben, ist längst begraben«, erinnerte ich ihn. »Und das Mädchen hat sie von ihrer Hurerei mit einem nichtsnutzigen irischen Rotschopf. Auf den Hochzeitslaken war kein Blut! Sie hat mein Kind und das des anderen zusammen in ihrem Bauch getragen! Wahrscheinlich ist mein Sohn deswegen gestorben. Zu voll da drin!«

Pater Guglielmo seufzte. »Ihre Frau ist keine streunende Katze, Domenico«, sagte er. »Es ist unmöglich, daß zwei Kinder, die sich den Mutterleib teilen, verschiedene Väter haben.«

»Das Mädchen hat die roten Haare des anderen und eine Hasenscharte!« hielt ich ihm vor. »Gott hat das Kind wegen der Sünden seiner Mutter doppelt gezeichnet!«

»Domenico, jedes Kind auf dieser Welt ist perfekt, ein lebendes Zeugnis der Liebe Gottes.« Guglielmo meinte, die Hasenscharte des Babys sei nur ein Zeichen dafür, daß wir die Weisheit, die in Gottes Willen liege, nicht gänzlich verstünden, und das rote Haar des Kindes beweise nur, daß Ignazia oder ich rothaarige Vorfahren gehabt hätten. »Oder vielleicht stellt Gott auch Ihren

Glauben auf die Probe«, sagte er. »Legen Sie Ihre Zweifel ab, mein Freund, und schließen Sie das Kind in die Arme. Es ist Ihr Kind. Lieben Sie die Tochter, mit der Jesus Sie gesegnet hat, so wie Sie den Sohn lieben, den er wieder zu sich in den Himmel berufen hat. Erlauben Sie mir, das Mädchen zu taufen, Domenico, sie von der Erbsünde zu befreien. Nehmen Sie Gottes Willen an, und Ihr Haus wird sich mit dem Segen des Heiligen Geistes erfüllen.«

Ich erklärte, nie könne ich eine Tochter lieben, die nicht die meine sei, wenn ich auch gerechterweise für sie und ihre Mutter gut sorgte. »Leben sie etwa nicht in einem Haus, in dem jeden Tag genug Essen auf dem Tisch steht? Und das im Winter warm ist? In dem es sogar eine Toilette gibt?«

»Sie leben in einem Haus, in dem ihnen Vergebung verweigert wird«, gab er zurück.

»An einem kalten Januartag hat man es lieber warm, als daß einem vergeben wird.«

»Beides zu haben ist am besten«, erwiderte er. »Domenico, Sie müssen auf mich hören. Vergebung ist die fruchtbare Erde, aus der Liebe erwachsen kann. Und es ist Liebe, die Ihr Haus zu einem Ort Gottes machen wird, nicht Mißgunst.« Er fragte mich, ob ich meinen Kummer weiter mit mir herumtragen wolle oder Erleichterung anstrebe.

Ich erwiderte, ich wolle Frieden in meinem Haus und in meinem Herzen, und ich wolle schlafen, wenn ich müde sei.

»Dann bringen Sie Ihre Frau und Ihre Tochter morgen früh zur Messe«, sagte Guglielmo. »Empfangen Sie die Eucharistie. Und bringen Sie Ignazia, das Kind und die Taufpaten am kommenden Sonntag morgen in die Sakristei, damit ich aus Ihrer Tochter ein Kind Gottes machen kann, wie ihr Bruder im Himmel eines ist. Laden Sie mich an diesem Tag zum Essen in Ihr Haus ein. Ich werde kommen und Ihr Haus vom Dachstuhl bis zum Fundament segnen und Gott für das Essen danken, das die Frauen vor mich auf

den Tisch stellen. Ich werde essen, ganz gleich, was sie für mich zubereitet haben, werde Sie einladen, es mit mir zu teilen und Gott für die Gaben zu danken, die er uns zugedacht hat.«

Meine Buße bestehe aus zwei Teilen, sagte er. Zunächst müsse ich vom heutigen Tag an einen Monat lang täglich den Rosenkranz beten. Beim Sprechen des Vaterunsers solle ich besonderes Augenmerk auf die Worte »wie auch wir vergeben unseren Schuldigern« legen. Beim Beten des Ave Maria solle ich über die Wendung »gebenedeit sei die Frucht deines Leibes« nachdenken. Ich solle mir vergegenwärtigen, daß die Muttergottes in allen Frauen lebe, auch in Ignazia und Prosperine und den Huren in der Bickel Road, Gott möge ihren Seelen beistehen.

Der zweite Teil meiner Buße sei ungewöhnlich, meinte Guglielmo und erfordere von mir, meinen wachen Geist, meine sprachliche Begabung und die religiöse Erziehung einzusetzen, die Gott mir einst zuteil habe werden lassen. Ich solle mit der Feder alles auf Papier festhalten, worüber ich heute nachmittag gesprochen hätte. »Sie müssen die Geschichte Ihres Lebens niederschreiben«, sagte Guglielmo. »Nicht so wirr, wie es heute nachmittag aus Ihnen herausgekommen ist, sondern geordnet. Fangen Sie am Anfang an, stellen Sie die Mitte in die Mitte und sprechen Sie am Schluß über Ihr gegenwärtiges Leben. Lassen Sie die omertà *hinter sich und finden Sie zu Gott. Schreiben Sie Ihre Memoiren auf, Domenico, und denken Sie dabei an den Willen Gottes, daß Sie denen vergeben, die gegen Sie gesündigt haben, so, wie er allen Sündern vergibt. So lösen Sie die Fesseln aus Zorn und Stolz, die Sie einengen und Ihnen Leid zufügen. Tun Sie es Jesus gleich, und Sie werden Demut ernten.«*

Ich erwiderte, mein Englisch sei nicht gut genug, ich könne es besser lesen als schreiben. Guglielmo antwortete, Gott verstehe alle Sprachen, nicht nur Englisch. Ich könne meine Gedanken in der Sprache meiner Heimat niederschreiben, wenn ich wolle – entweder in dem gelehrten Italienisch, das ich in der Schule in Rom gelernt, oder in dem sizilianischen Dialekt, den ich als Kind gesprochen habe. Wichtig sei nicht, wie ich es niederschreibe, sondern daß ich meine Buße in gutem Glauben verrichte.

Ich protestierte und sagte, ich sei ein vielbeschäftigter Mann, arbeite zehn Stunden am Tag, unterhalte eine Familie und stelle darüber hinaus auch noch sicher, daß die betrügerischen Arbeiter, die er für den Bau eingestellt habe, ihn nicht über den Tisch zögen. Ich wollte wissen, wie vielen Sündern außer mir an diesem Tag zwei Bußen statt einer auferlegt worden waren.

»Machen Sie sich keine Gedanken über andere Sünder«, hielt er mir entgegen. »Deren Buße ist deren Sache, und Ihre Buße ist die Ihre. Beten Sie den Rosenkranz mit Demut und nehmen Sie sich jeden Tag Zeit, sich beim Schreiben zu besinnen. Und wenn Sie fertig sind mit Ihrer Geschichte und wenn Sie sich wohl besonnen haben, dann lassen Sie mich lesen, was Sie niedergeschrieben haben. Ich werde mit Ihnen daran arbeiten, Domenico. Das Nachdenken wird Ihnen helfen, weitere Vergehen zu vermeiden. Der Friede, nach dem Sie sich sehnen, wird in Ihnen und in Ihrem Haus einkehren. Sie werden nachts wieder friedlich schlafen, und wenn Ihre Zeit gekommen ist, werden Sie in ewigem Frieden ruhen. Gott gibt Ihnen den freien Willen, meine Worte zu befolgen oder nicht. Die Entscheidung liegt bei Ihnen. So, es ist spät geworden. Lassen Sie mich Zeuge Ihres Reuebekenntnisses sein.«

Ich konnte mich nicht mehr erinnern, wie man begann.

»Es reut mich von Herzen, o mein Gott, ...«, sprang Guglielmo ein.

»Es reut mich von Herzen, o mein Gott, ...«, wiederholte ich. Und hielt inne.

» ... daß ich dich heute und je beleidigt habe.«

» ... daß ich dich heute und je beleidigt habe.«

»Ich bereue alle meine Sünden, sie sind mir herzlich leid ...«

»Weil ...«

»Weil ich fürchte, daß mir der Himmel nun auf ewig verschlossen und die Hölle meine Wohnstatt ist, aber vor allem ...«

»Aber vor allem ..., aber vor allem ... weil ich Dir gegenüber, meinem größten Wohltäter, so undankbar gewesen bin und Dich, den unendlich guten Gott, durch sie beleidigt habe. Ich bin gewillt, Dir, gnädiger Gott, meine Sünden zu bekennen, Buße zu tun und ... den Rest habe ich vergessen.«

»Und mein Leben zu bessern.«

»Und mein Leben zu bessern.«

»Amen.«

»Amen.«

Als ich an jenem Abend aus der Kirche nach Hause kam, ging ich als erstes in die Küche. Das Baby schlief in seiner Wiege am Herd. Ignazia und Prosperine saßen am Tisch und aßen zu Abend. Es gab minestrone, daran kann ich mich noch erinnern. Minestrone und ofenwarmes Brot. Richtiges Brot, nicht dieses pappige amerikanische Zeug, das ich immer in der Stadt bekam. Die Küchenfenster waren vom Kochen beschlagen.

Ich setzte mich zu den beiden. »Gebt mir ein bißchen von der Suppe«, sagte ich zu Prosperine. »Sie riecht gut.«

Prosperine und Ignazia schauten einander an. Ignazias Kinn bebte kaum merklich – sie hielt ihre Tränen zurück. Schließlich stand sie selbst auf und holte die Suppe. So saßen wir drei beieinander und aßen. Suppe und Brot. Das war die erste Mahlzeit, die ich in meinem Haus einnahm seit jener Nacht, in der Prosperine meinen Wein getrunken und mir ihre verrückte Geschichte erzählt hatte. Es war eine gute Suppe, genau richtig. Meine Frau – möge sie in Frieden ruhen – verstand es, aus einem bißchen hiervon, einem bißchen davon eine gute zuppa zu kochen.

15. August 1949

Zu Ehren meiner Mama und meines Bruders Pasquale wurde das Kind auf den Namen Concettina Pasqualina getauft. Tusia und seine Frau waren compare *und* madrina. *Wie versprochen kam Pater Guglielmo nach der Taufe zu uns und segnete mein Haus. Er ging von Zimmer zu Zimmer (sogar in das Bad oben an der Treppe), murmelte seine Gebete auf Latein und versprengte Weihwasser aus einem kleinen Gefäß, das er mitgebracht hatte. Zuletzt segnete er den Keller, wobei er sich genau an der Stelle postierte, an der Pasquale aufgeschlagen war, und hob den Fluch des Monsignore auf. Dann setzte er sich an den Eßzimmertisch und aß, was Ignazia, Prosperine und Signora Tusia gekocht hatten –* antipasto, pisci, cavatelli *und* vitella *mit Bratkartoffeln. Nur das Beste und davon reichlich. Ich selbst hatte das Kalbfleisch bei Budnick gekauft. »Er ist hinten beschäftigt«, hatte mir sein Sohn erklärt. »Ich kann Sie auch bedienen, Mr. Tempesta.« Doch ich bat ihn, den alten Mann zu holen. »Geben Sie mir das beste Kalbfleisch, das Sie haben«, sagte ich zu Budnick. »Das, was Sie den hohen Tieren verkaufen.« Er erwiderte, das beste koste auch mehr. Darauf gab ich zurück, er solle sich um das Fleisch kümmern und mir das Bezahlen überlassen. Es war gutes Kalbfleisch, daran erinnere ich mich noch; es ließ sich wie Butter schneiden. Aber es mußte ja auch zart sein.* Madonna! *Dieser diebische Jude knöpfte mir fünfunddreißig Cent das Pfund ab!*

Ich eröffnete für Concettina ein Konto bei der Dime Bank in Three Rivers (fünfundzwanzig Dollar) und ließ Ignazia einen Kinderwagen aus dem Katalog von Sears and Roebuck bestellen. Auf einer Seite waren zwei abgebildet – der eine billiger, der andere besser, aber überteuert. »Welchen soll ich nehmen?«

»Kauf den robusten«, erwiderte ich. »Was glaubst du denn? Meinst du, ich will, daß das Ding mit dem Mädchen drin auf der Straße auseinanderfällt?«

Diese carozza von Sears and Roebuck nahm Ignazia ein wenig die Scheu vor den 'Mericana-Frauen auf der Hollyhock Avenue. Concettina hatte rote Haare und eine Hasenscharte, war aber mit einer liebenswürdigen, zurückhaltenden disposizione gesegnet, die mich zuweilen an meinen Bruder Pasquale erinnerte. Die Frauen aus der Nachbarschaft kamen vorbei, um einen Blick auf das Kind zu werfen und mit Ignazia über die eigenen Kinder zu sprechen. Auf diese kleinen Besuche folgten Einladungen zu einer Tasse Tee im Hause anderer Frauen und gemeinsame Einkaufsbummel. Ignazia berichtete mir von jeder noch so kurzen Unterhaltung. Die hat das gesagt! Und die das! Ich erlaubte und unterstützte diese Begegnungen. So lernte Ignazia Englisch und entkam dem Einfluß der anderen. Je wohler sich meine Frau im Beisein anständiger Frauen fühlte, desto größer würde die Distanz zu ihrer verrückten Freundin werden, die Pfeife rauchte und weit unter ihr stand.

Sie und Prosperine teilten sich nach wie vor das Schlafzimmer im Erdgeschoß, doch Ignazia zeigte der anderen nun immer häufiger, wer die Frau im Haus war und wer die Dienerin. Eines Morgens, als ich von der Arbeit nach Hause kam, trat ich durch die Haustür und hörte, wie Ignazia und Prosperine sich stritten. Ich ging den Stimmen nach und landete in ihrem Schlafzimmer. »Was gibt es denn?« fragte ich meine Frau.

»Gar nichts«, sagte sie und schaute Prosperine an. »Ich wünschte nur, manche Leute wüßten, wo sie hingehören, das ist alles. Wenn ich ihr Geld gebe und sage, sie soll zum Markt gehen und ein Pfund Käse kaufen, dann meine ich jetzt, und nicht, wenn ihr danach ist.«

Ich packte Prosperine am Arm und zerrte sie zu Ignazia hinüber. Die beiden schauten sich nicht an. »Das ist meine Frau und die padrone dieses Hauses«, erklärte ich der Äffin. »Wir stellen dir einen Schlafplatz zur Verfügung, damit du tust, was sie dir tagsüber aufträgt. Wenn sie dir sagt ›Geh und hol Käse‹, dann *gehst du und holst ihn. Wenn sie sagt: ›Leck mir die Schuhe‹, dann tust du auch das. Andernfalls kannst du draußen in der Kälte schlafen. Verstanden?«*

Die Äffin blickte finster drein, sagte aber nichts. Ich faßte ihren Arm noch ein wenig fester. »Verstanden?« fragte ich erneut.

»Schon gut, Domenico, laß sie los«, sagte Ignazia. »Das ist unsere Sache, nicht deine.«

»Alles, was in meinem Haus geschieht, ist meine Sache«, erwiderte ich. »Alles. Und wenn ihr das nicht paßt, kann sie ihre Sachen packen und verschwinden.« Ich verstärkte den Druck auf den Arm der Äffin und ging mit ihr durch den Flur nach vorne. Ich öffnete die Haustür und versetzte ihr einen kleinen Stoß. »Hol den Käse«, sagte ich. »Oder ich schlage dich so hart, daß du wieder doppelt siehst – aber diesmal, ohne daß Zauberei im Spiel ist!«

Als die Äffin auf dem Gehsteig stand, drehte sie sich um. »Wer in den Himmel spuckt, kriegt es wieder zurück!« schrie sie auf italienisch.

Ich antwortete ihr ebenfalls auf italienisch. »Du kannst mir soviel drohen, wie du willst, du knochiges Miststück!« brüllte ich ihr zu. Ich hätte noch lauter geschrien, bemerkte aber auf der anderen Straßenseite zwei von Ignazias 'Mericana-*Ladies. Sie hatten ihre Unterhaltung unterbrochen und starrten herüber. Müßiggängerinnen stecken immer gern die Nase in anderer Leute Angelegenheiten.*

»Probleme mit Ihrer Hausangestellten, Mr. *Tempesta?« rief mir eine der beiden zu.*

»Keins, das ich nicht allein lösen könnte, haha«, rief ich zurück.

Diese mignotte, *die sich in alles einmischen mußten, nickten verständnisvoll und nahmen ihre Unterhaltung über Belanglosigkeiten wieder auf. Ich schloß die Tür und schwor mir, dieses kleine Problem zu lösen, dessen wirklichen Namen ich nicht kannte, das sich jedoch Prosperine Tucci nannte. Von diesem gottverdammten Blutegel würde ich mich ein für allemal befreien.*

Signora Siragusas chronischen Schmerzen hatte ich es zu verdanken, daß Prosperine aus meinem Haus verschwand. Arthritis plagte die alte Frau so sehr, daß sie die Pension nicht länger ohne Hilfe führen konnte. So trafen die Signora und ich eine kleine Vereinbarung. Prosperine sollte bei ihr für ein Bett in der Dachstube und einen Dollar pro Tag – die die Signora mir jeden Samstag direkt ausbezahlte – kochen und putzen. Nun würde ich doch noch ein wenig von dem Geld zurückbekommen, das ich dafür verwandt hatte, sie durchzufüttern und zu kleiden, und auch eine kleine Entschädigung dafür, daß ich sie so lange bei mir geduldet hatte. (Ich gab Prosperine einen Dollar die Woche für Tabak und andere notwendige Dinge und behielt fünf ein.)

Jetzt sah ich Prosperines häßliches Gesicht nur noch sonntags, an ihrem freien Tag. Ignazia, das Kind und ich gingen zur Messe, und Prosperine kam zu Fuß von Pleasant Hill herüber und verschaffte sich mit ihrem Schlüssel Einlaß. (In die Kirche ging diese mordende pagana nie. Warum auch? Sie wußte ja, daß ihre Seele auf ewig verloren war!) Wenn Ignazia und ich dann zur casa di due appartamenti zurückkehrten, saß sie mit bis zu den Knöcheln hinuntergerollten Strümpfen am Küchentisch, paffte an ihrer Pfeife und labte sich an einem Glas Wein aus dem Krug, den ich unter der Spüle aufbewahrte. Nie rührte sie einen Finger, um meiner Frau bei der Zubereitung des nachmittäglichen Essens zu helfen. Sie saß einfach nur da wie eine kleine Königin. Ha! Sie war wie ein Pickel am culo.

Zunächst sträubte sich Ignazia gegen die zusätzliche Arbeit, die ihr durch Prosperines Weggang entstanden war. Und einsam sei sie ohne die Freundin, sagte sie. Doch selbst Ignazia erkannte bald, daß nun, da Prosperine die Woche über weg war, alles besser lief. Concettina lächelte mich nun gelegentlich sogar an und sprach mit mir; manchmal reihte sie so viele Worte aneinander, daß es sich anhörte, als hielte sie eine Rede! Sie war ein hübsches Mädchen, *einmal abgesehen von dem Kaninchenmund und ihrem Haar, das so orangefarben war wie ein Kürbis.*

Bevor ich abends zur Arbeit ging, nahm ich sie manchmal auf den Schoß und sang ihr die Kinderlieder vor, die meine Mutter meinen Brüdern und mir vor langer Zeit vorgesungen hatte. Wenn ich sang und dabei in ihre Augen schaute, hatte ich zuweilen für einen kurzen Moment den Eindruck, in Mamas Augen zu blicken. Guglielmo hatte vielleicht recht, was die roten Haare anging – die Familie meiner Mutter stammte aus dem Norden. Doch darüber sprachen Ignazia und ich nie ...

Merkwürdig, wie diese kleinen Melodien aus der alten Heimat mir immer einfielen, wenn das Mädchen auf meinem Schoß saß. An manchen Abenden ging ich zur Arbeit und behielt sie während der ganzen Schicht im Kopf.

Ignazia schaute gern von der Tür aus zu, wenn ich Concettina etwas vorsang. Ein- oder zweimal ertappte ich meine Frau mit einem Lächeln auf dem Gesicht. Wenn sie das Mädchen badete, hörte ich die beiden manchmal gemeinsam Mamas Lieder singen. Sie hatten sie beide gelernt, indem sie mir zuhörten. Die Lieder meiner Mutter aus dem Mund meiner Frau und des Kindes – solch eine Kleinigkeit konnte mir eine Stunde oder einen ganzen Nachmittag Glück spenden, konnte mich davon überzeugen, daß Violetta D'Annunzio in Palermo beerdigt worden war und die Qualen der Hölle litt, und daß Ignazia einzig und allein meine Ignazia war.

Ich bemühte mich, die mir auferlegte Buße zum Abschluß zu bringen – mich hinzusetzen und mein Leben niederzuschreiben, wie Guglielmo mich angewiesen hatte. Doch ich war zu beschäftigt. Eine Seite hier, eine Seite dort, dazwischen verging eine ganze Woche. Mit dem alten Kram wollte ich gar nicht erst anfangen – Papas Tod in der Mine, Onkel Nardos Einfluß auf mein Geschick, der Verlust der goldenen Medaille meines Vaters ... Was sollte gut daran sein, all das wieder lebendig werden zu lassen?

Ich kaufte mir eine Stahlkassette und schloß die wenigen Seiten, die ich geschrieben hatte, darin ein – ein siciliano ist zu klug, als daß er solche Dinge offen herumliegen ließe.

Nach der Messe oder nach einem unserer Treffen wegen des neuen Schulgebäudes fragte Guglielmo mich manchmal, wie ich mit meinem Vorhaben vorankäme, und ich zuckte die Schultern und flunkerte ein wenig, indem ich behauptete, mehr Seiten geschrieben zu haben, als tatsächlich der Fall war. Wem schadete das schon? Schließlich war ich ein vielbeschäftigter Mann. Einmal erzählte ich dem Padre, ich sei bei der Betrachtung meines Lebens schon fast bei der Hälfte angelangt. »Das ist ja wunderbar, Domenico«, meinte er. »Lassen Sie es mich wissen, wenn Sie fertig sind, dann können wir es uns zusammen anschauen.«

Als die neue Schule fertig war, kam der Erzbischof aus Hartford zur Einweihung. Ich lud meine Verwandten Vitaglio und Lena aus Brooklyn ein. Sie kamen mit dem Zug nach New London mitsamt ihren Bälgern – alle sieben beladen mit großem Gepäck und Koffern für die Übernachtung. An jenem Samstag abend erschien mir mein Haus wie die Grand Central Station in New York! Lena und Ignazia kochten und tratschten in der Küche, und Lenas bambini jagten mit Concettina kreischend von Zimmer zu Zimmer.

Vitaglio und ich spielten im Garten bocce und tranken von dem selbstgemachten Wein, den er aus der Stadt mitgebracht hatte. Als es Zeit war, ins Bett zu gehen, gab Vitaglio Lena einen Gutenachtkuß und ich gab Ignazia einen. Dann ging er mit mir nach oben. Bevor er sich unter die Decke legte, kniete Vitaglio sich hin, um zu beten.

»Worum bittest du Gott?« scherzte ich. »Um eine Million Dollar? Zwei Millionen?«

»Ich bitte ihn um gar nichts«, erwiderte er. »Ich danke ihm für das gute Essen und den guten Wein, für meine gute Gesundheit und die famiglia.«

*Er legte sich ins Bett, seufzte und schlief sofort ein. Ich streckte den Arm aus und löschte das Licht. Dann lag ich im Dunkeln da. Die Decke über mir sah so schwarz und weit aus wie der Atlantik in jenen Nächten während der Überfahrt nach Amerika. Erneut befiel mich die Verzweiflung, die ich auf der Fahrt verspürt hatte. Ich dachte über alles nach, was seitdem geschehen war, über das, was ich geschaffen hatte, und das, was mir widerfahren war. Tränen rannen mir aus den Augenwinkeln in die Ohren. Neben mir lag Lenas Mann und schnarchte vor sich hin. Ich hatte es nicht mit dem Beten – hatte es aufgegeben, seit ich das Priesterseminar verlassen mußte, um Maurer zu werden. Doch mitten in dieser Nacht stand ich auf und kniete mich neben das Bett. Ich dankte Gott für das, wofür sich auch Vitaglio bedankt hatte – für meine Gesundheit, mein Zuhause, die fa-*miglia –, *und auch dafür, daß er mir geholfen hatte, die Äffin loszuwerden.*

Am nächsten Tag, bei der Einweihung der neuen Schule, hatte es den Anschein, als wären sämtliche Katholiken aus Connecticut in die Kirche St. Mary of Jesus Christ gekommen! Als die Messe vorüber und das Band feierlich durchschnitten war, gab es noch ein Bankett und einige Ansprachen in der Vorhalle der Kirche. (Guglielmo wollte, daß ich mit Ignazia am Kopfende des Tisches saß, also setzten wir uns dorthin, gleich neben Shanley, den Bürgermeister.) Ein Würdenträger unserer Stadt nach dem anderen hielt seine Rede. Jemand las ein Telegramm vor, das von keinem Geringeren stammte als vom Gouverneur des Staates Connecticut! Pater Guglielmo war als letzter Redner an der Reihe.

»Erheben Sie sich, Domenico«, sagte er. »Bitte erheben Sie sich.« Ich stand auf. Die Augen aller Anwesenden waren auf mich gerichtet.

»Ohne die Hilfe von Domenico Tempesta«, sagte Guglielmo, »wäre die neue Pfarrschule nicht gebaut worden. Diesem Mann

sind wir auf ewig zu Dank verpflichtet.« Dann traten vier Kinder aus der neuen Schule vor, kichernd, trotz der strengen Blicke, die die Nonnen ihnen zuwarfen. Sie überreichten Ignazia rote Rosen und mir eine kleine Schachtel. »Öffnen Sie sie, lieber Freund! Öffnen Sie sie!« sagte Guglielmo. Er kicherte dabei wie diese närrischen Schulmädchen!

In der Schachtel lag, von einer roten Baumwollschleife umschlungen, eine medaglia *(mit Silber überzogen, nicht golden). Auf der einen Seite war das Kreuz Jesu Christi und das Licht der Weisheit geprägt. Auf der anderen Seite waren die Worte eingraviert: »Für Domenico Tempesta, in aufrichtiger Dankbarkeit von den Schülern der Schule St. Mary of Jesus Christ.« So lautete die Inschrift.*

Nun stand der Erzbischof auf und trat vor. Er nahm die Medaille aus der Schachtel und hängte sie mir um den Hals. Daraufhin erhoben sich alle und spendeten mir eine ovazione in piedi. *Vitaglio und Lena, die Tusias, sogar eine Reihe von Arbeitern von American Woolen, alle erhoben sich von ihren Stühlen. Der Applaus war dermaßen laut, daß ich schon fürchtete, die Kirche könnte einstürzen!*

Auch Ignazia stand auf. Und das Mädchen. Ignazia hielt das Rosenbukett, das man ihr überreicht hatte. Eine Woche zuvor hatte ich ihr acht Dollar gegeben, damit sie sich für die Einweihungsfeier etwas kaufen konnte. Sie hatte Stoff für ein neues Kleid für Concettina besorgt und einen Samthut für sich – einen leuchtend roten, in der gleichen Farbe wie die Rosen und wie das Band um meinen Hals! Ich wandte mich zu meiner Frau um und sah sie an. Wie sie so dastand, mit geröteten Wangen, den neuen Hut auf dem Kopf, war sie die schönste Frau in der ganzen überfüllten Halle. Dann legte sie die Blumen vor sich auf den Tisch, nahm Concettinas Hände in ihre und brachte sie dazu, ebenfalls zu applaudieren.

»Papa! Papa!« rief Concettina. »Ein Hurra auf Papa!«

Als ich das hörte, mußte ich mich schneuzen und verspürte das dringende Bedürfnis, die Halle für einen Moment zu verlassen. »Eine Rede, Mr. Tempesta!« riefen die Leute aus der Menge, während ich dem Ausgang zustrebte. »Halten Sie eine Rede! Halten Sie eine Rede!«

Aber ich konnte mich nur bei ihnen bedanken, ihnen zuwinken und mir erneut die Nase putzen.

42

Ray und ich saßen nebeneinander im holzgetäfelten Büro des Beerdigungsinstituts Fitzgerald und regelten die Einzelheiten: geschlossene Aufbahrung, keine Trauerfeier, Beerdigung im engsten Familienkreis.

»Eine Totenmesse?« fragte der Bestattungsunternehmer. Er gab sich übertrieben hilfsbereit und hatte ein wirklich billig aussehendes künstliches Gebiß. Die Fitzgeralds hatten sich seit Mas Tod aus dem Geschäft zurückgezogen – hatten es diesem Typen mitsamt ihrem Namen verkauft.

»Totenmesse?« wiederholte ich. Rays Ja und mein Nein kamen gleichzeitig.

»Er war *religiös*«, sagte Ray.

»Er war *verrückt*«, brauste ich auf. »Es ist *vorbei.*«

Schließlich brachte der Mann mit dem Gebiß einen Kompromiß zustande: ein Priester am Grab, ein einfacher Gottesdienst im kleinen Kreis. Offen war nur, was hinterher geschehen sollte.

»Die meisten Leute laden im Anschluß an die Trauerfeier zu irgendwas ein«, meinte der Bestattungsunternehmer. »Aber Sie *müssen* sich dem ja nicht anschließen. Tun Sie nur, wobei Sie sich wohl fühlen.«

»Ungefähr um die Mittagszeit wird alles vorbei sein«, gab ich Ray zu bedenken. »Die Leute werden irgend etwas erwarten.«

Dann schlug ich vor, bei Franco's was zu essen zu bestellen. Ich würde schon vorher in die Hollyhock Avenue hinüberkommen und ihm helfen, alles vorzubereiten; in meiner Wohnung wäre selbst eine kleine Trauergemeinde zusammengepfercht wie die Ölsardinen. Ray stimmte dem Plan widerwillig zu, und ich dachte, Thomas ist in dem Haus *aufgewachsen*. Unser Großvater hat es *gebaut*. Warum sollten wir es *nicht* dort machen?

Als ich nach Hause kam, machte ich mir eine Liste mit denjenigen, die über die Jahre gut zu Thomas gewesen waren – ihn wie ein menschliches Wesen behandelt hatten. Die Namen und Telefonnummern paßten auf eine Karteikarte. Es fiel mir schwer, die Anrufe zu tätigen – noch einen Gefallen von den wenigen zu erbitten, die sich bereits so für Thomas ins Zeug gelegt hatten. Ich hob mir die beiden schwersten Anrufe bis zuletzt auf.

»Hier ist der Anschluß von Ralph Drinkwater, Bewahrer der Stammespfeife der Wequonnocs. Wenn es um Angelegenheiten des Stammesrats geht ...«

Ich schloß die Augen, stammelte die Einzelheiten auf den Anrufbeantworter: elf Uhr, Friedhof an der Boswell Avenue, zwanzigminütiger Gottesdienst. »Ist nicht weiter schlimm, wenn du nicht kommen kannst«, sagte ich noch. »Es ist nur ... Falls du kommen *willst* ...« Als ich auflegte, fragte ich mich, warum zum Teufel ich eigentlich so zitterte. Ich hatte doch nur mit einem gottverdammten Anrufbeantworter gesprochen.

Leider ging bei meinem Anruf bei Dessa *nicht* die Maschine dran. *Er* nahm ab. Der Töpfer. »Um elf?« wiederholte er. »Okay, ich sag ihr Bescheid. Können wir sonst noch etwas tun?«

Ich schloß die Augen. Dachte: Ja – hör auf, *wir* zu sagen. »Nein danke, schon okay.«

Es folgte eine kurze Pause, dann sagte Dannyboy: »Ich ... ich habe auch einen meiner Brüder verloren. Vor sechs Jahren. Bei einem Motorradunfall.«

Er hatte *einen* seiner Brüder verloren? Ich war nicht einmal mehr *vollständig*.

»Meinen Bruder Jeff«, fuhr er fort. »Wir haben uns sehr nahegestanden.«

Ich schloß die Augen. Sagte mir, daß es gleich vorbei sein würde.

»Unwiderruflich weg: das ist hart, Mann. Von uns Fünfen war Jeff der einzige, der mal zum Telefonhörer griff, um sich zu erkundigen, wie es einem ging … Na ja, man macht einfach weiter. Soll sie dich zurückrufen, wenn sie nach Hause kommt?«

Nicht nötig, antwortete ich. Nur wenn sie Lust dazu habe.

Nachdem ich aufgelegt hatte, zerfetzte ich die Karteikarte mit den Namen und Telefonnummern. Riß sie in winzig kleine Stücke. Zumindest das war überstanden. Auf halbem Weg durch die Küche blieb ich stehen, überwältigt von der Situation.

Unwiderruflich weg.

Wenn der eigene Zwillingsbruder tot ist, ist man dann eigentlich immer noch ein Zwilling?

Am Tag der Beerdigung schien die Sonne – es war warm für April, aber windig. Jemand hatte rote und weiße Tulpen vor den Grabstein gepflanzt. Vielleicht Dessa? Ich wußte, daß sie regelmäßig zum Friedhof ging, um Angelas Grab in dem Bereich für Kinder auf der anderen Seite der Straße zu besuchen. Ich nicht. Für mich war dieser Friedhof ein Minenfeld. Angela, Ma, meine Großeltern. Und jetzt auch noch mein Bruder.

»JESUS, MACHE MEIN HERZ SANFT UND DEMÜTIG
UND GELEITE ES ZU DIR«
CONCETTINA TEMPESTA BIRDSEY, 1916–1987
RAYMOND ALVAH BIRDSEY, 1923–
THOMAS JOSEPH BIRDSEY, 1949–

Der Grabstein war mittelgroß und aus schwarzweißem Granit. Ich erinnerte mich, daß Ray und Ma die Grabstelle gekauft hatten, kurz nachdem sie krank geworden war. Sie hatte mich hinterher angerufen. Gesagt, sie gehe davon aus, daß ich noch einmal heiratete – unter Umständen eigene Vorkehrungen treffen wolle. Aber ihr sei daran gelegen, daß für Thomas gesorgt sei. Sie wolle, daß er *neben ihr* begraben würde.

Der Wind bewegte die Tulpen, bog sie zuerst in die eine Richtung, dann in die andere, wobei ihre Köpfe aneinanderstießen. Ein später Frosteinbruch würde sie erledigen.

Der Mann mit dem Gebiß hatte gesagt, sechs Sargträger seien üblich, aber man könne auch mit vieren auskommen. Und so war es auch: Wir mußten damit auskommen – Ray, Leo, Mr. Anthony von gegenüber und ich. Der Sarg war schwerer, als ich gedacht hatte. Bei seinem Tod hatte Thomas fünfzig oder sechzig Pfund mehr gewogen als ich. Das kalorienreiche Essen und die Beruhigungsmittel. Das dauernde Herumsitzen im Hatch.

Beinahe alle Geladenen erschienen auch zur Beerdigung. Leo und Angie (ohne die Kinder), Jerry Martineau, die Anthonys ... Sam und Vera Jacobs. Die Jacobs – die beide als Köche im Settle arbeiteten – waren immer gut zu meinem Bruder gewesen. Hatten ihm zum Geburtstag und zu Weihnachten Karten geschickt. Thomas hatte sie alle aufbewahrt. Ich fand zwanzig oder dreißig davon, datiert und von einem Gummiband zusammengehalten, in einer Kiste bei seinem restlichen Kram. Also hatte ich die Jacobs eingeladen. Wenn er diese Karten behalten hatte, mußten sie ihm etwas bedeutet haben.

Dessa tauchte nicht auf. Dessa nicht, und auch nicht Ralph Drinkwater. Nun, sagte ich mir, es kommt, wie es kommt. Hier siehst du deine Vergangenheit, wie sie auf dich zurückfällt und dir einen Tiefschlag verpaßt. Du hast sie beide betrogen. Ihn hast du in jener Nacht auf dem Polizeirevier verraten, und deine trauernde Frau hast du in jeder Nacht im Stich gelassen, in der du aufgewacht bist, ihr Schluchzen am Ende des Flurs gehört hast und einfach liegengeblieben bist. Nicht aufgestanden bist. Nicht zu ihr gegangen bist, weil es zu weh getan hat ... Das Gesetz des Dschungels, Birdsey: Das hat es dir unter dem Strich gebracht.

Der Priester war eigenartig – er gehörte nicht zur St.-Mary's-Gemeinde, sondern war extra in Danielson ausgegraben worden. Es tat mir leid für Ray. Er arbeitete seit mehr als zwanzig Jahren ehrenamtlich für die Gemeinde – wartete die Installationen, kümmerte sich um die Elektrik und jedes Frühjahr und jeden Herbst um die Grünanlagen. Aber nicht *einer* der drei Priester hatte sich von »anderen Verpflichtungen« freimachen können ... Pater LaVie hieß der Typ. Er erinnerte mich an jemanden – mir fiel nur nicht ein, an wen. Er hatte am Telefon recht jugendlich gewirkt, war es aber nicht. Ich schätzte ihn auf Ende Fünfzig, Anfang Sechzig. Er tauchte in Sandalen auf dem Friedhof auf, statt in Schuhen mit Socken. Was sollte das? Versuchte er, Jesus zu spielen, oder was? Wie ich schon sagte: Es war warm für April, aber so warm auch wieder nicht.

Trotzdem, es tat weh, ob ich es nun verdient hatte oder nicht: Dessas Fernbleiben. Während des gesamten Gottesdienstes wartete ich darauf, daß sie doch noch kam – malte mir aus, wie ich sie zu mir herüberwinken würde. Vielleicht ihre Hand halten. Weil unsere Geschichte mehr war als nur ihr katastrophales Ende. Und weil Thomas sie auch geliebt hatte. »Dessa ist meine aller-, aller-, *aller*beste Freundin«, hatte er sehr oft zu mir gesagt … Mitten im Gottesdienst schlug eine Autotür, und ich dachte, da ist sie. Jetzt kommt Dess. Aber es war Lisa Sheffer, die mit flatterndem Trenchcoat den Hügel hinuntereilte. Die gute alte Sheffer, wie immer zu spät.

Pater LaVie. Vater Leben … Er zelebrierte den üblichen Hokuspokus mit dem Weihrauch, sagte den Spruch von wegen Asche zu Asche und Staub zu Staub auf. Las einige Bibelstellen vor. Ob ich mir etwas Besonderes wünschte, hatte er am Telefon gefragt. Nein, lautete meine Antwort. Was immer er für angemessen halte. Und er brachte ausgerechnet diesen Psalm, den ich Hunderte von Malen von Thomas gehört hatte. *»Der Herr ist mein Hirte; mir wird nichts mangeln. Er weidet mich auf einer grünen Aue und führet mich zum frischen Wasser.«*

Pater LaVie hatte mich auch nach Ma gefragt. Brustkrebs, hatte ich ihm erzählt, und wie krank vor Sorge sie darüber gewesen sei, was nach ihrem Tod mit Thomas geschehen würde.

»Haben sie sich nahegestanden?« erkundigte sich Pater LaVie als nächstes.

»Sie waren ein Herz und eine Seele«, antwortete ich. Ein Herz und eine Seele, zwei Särge in der Erde. Mrs. Calabash und Mrs. Floon …

Gegen Ende des Gottesdienstes klappte Pater LaVie das Gebetbuch zu und legte eine Hand auf Thomas' Sarg. Malte uns ein Happy-End à la Walt Disney aus: Thomas und Ma im Himmel wieder vereint, ihrer Lasten ledig. Er lächelte mir zu, und ich lächelte zurück, und plötzlich fiel es mir ein: George Carlin, der Komiker. An *den* erinnert er mich … Dann dachte ich: Endlich frei! Jetzt können sie im Himmel »feine Dame« spielen!

Geh jetzt nach unten, Dominick. Sag mir sofort Bescheid, wenn

Ray kommt. Ich hab dir was Leckeres zu essen in den Kühlschrank gestellt.

Ich sah zu Ray hinüber. Er blickte finster vor sich hin. Zupfte an seinen weißen Handschuhen herum. Mein Mannschaftskamerad, mein Komplize.

Was in diesem Haus geschieht, geht niemanden etwas an. Hast du mich verstanden?

Aye, aye, Admiral! Jawohl, Sir! ... Meine Augen begegneten denen von Dr. Patel. Sie nickte mir mit einem leisen Lächeln zu. Können Sie es mir vom Gesicht ablesen, Doc? Den schlimmsten Tag – den Tag, den ich aus all unseren kleinen Gesprächen herauszensiert habe? Haben Sie unser Geheimnis erraten, Doc?

Geh nach unten, Dominick. Halt Ausschau nach Ray. Es würde dir sowieso keinen Spaß machen.

Ja, Ma! Sicher, Ma! Wirst du mich dann liebhaben, Ma?

Und sie hatte sogar recht. Es hätte mir *wirklich* keinen Spaß gemacht. Was sie da taten, war *blöd*. Damenhüte, Damenhandschuhe, Teeparties. Je älter wir wurden, um so mehr demütigte mich ihr kleines »Spielchen« ...

Noch etwas Tee, Mrs. Calabash?

Ja, vielen Dank, Mrs. Floon.

Ich *haßte* es, wenn sie da oben spielten. *Haßte* es, ihr blöder Wachposten zu sein und mich mit dem bestechen zu lassen, was sie mir in den Kühlschrank stellte. Auf Ray zu warten, nach dem bösen Wolf Ausschau zu halten. Ich *haßte* es, Ma. Ich wollte, daß du unten bleibst. Uns *beide* lieb hattest ...

Ich konnte mich noch genau an den Tag erinnern: das Wetter (grau und nieselig), die Sachen, die ich trug (Baumwollhosen und ein *Old-Yeller*-Sweatshirt). Unser Abendessen (Rindfleischeintopf) köchelte auf dem Herd vor sich hin; die Küchenfenster waren beschlagen. Ma hatte mir an diesem Tag Pudding in den Kühlschrank gestellt: Karamelpudding mit Schlagsahne aus der Sprühdose. Wir hatten sie wochenlang angebettelt, diese Sprühsahne zu kaufen ... Wir waren jetzt Fünftkläßler. Es war *demütigend*. Er war zu *alt*, um noch »feine Dame« zu spielen.

Ich habe fünf gemacht, Dominick – vier als Nachtisch für alle und einen nur für dich. Nimm nicht soviel Sahne. Ein or-

dentlicher Spritzer reicht. Heb dir den Rest fürs Abendessen auf.

Ich reihte sie wie auf einem Fließband hintereinander auf und sprühte: fünf Portionen Pudding, fünf schiefe Türme aus Schlagsahne. Ich aß sie, einen nach dem anderen – aß so schnell, daß ich fast daran erstickte. Warum auch nicht? Was wollte sie schon dagegen unternehmen? Es Ray erzählen? Mich verpetzen? Ich sah mein sahneverschmiertes Spiegelbild im Toaster.

Er hat Tollwut, mein Sohn. Du mußt Old Yeller erschießen, weil er Tollwut hat ...

Ich hörte sie oben lachen. *Ah, Mrs. Calabash, dieses Teegebäck ist einfach himmlisch.* Seid still! Hört endlich auf damit! Ich halte es nicht mehr aus!

Mein Blick fiel auf die Zuckerdose. Ich hob den Deckel ab und warf sie um. Zucker ergoß sich über die Anrichte, stürzte zu Boden. Ein weißer Zucker-Wasserfall.

Noch etwas Tee, Mrs. Calabash?

Ja, vielen Dank, Mrs. Floon.

Als nächstes nahm ich die Mehldose in die Hand. Plopp, auf den Boden damit. Ein Nebel aus Mehl umwaberte meine Füße. Es fühlte sich gut an, dieses Chaos anzurichten. Es fühlte sich nach Gerechtigkeit an. Ich griff mir die Sprühsahne und schüttelte sie so heftig, daß sie vor meinen Augen verschwamm. Begann an einem Ende der Anrichte und hörte erst am anderen Ende wieder auf. *Thomasisteinriesenblöderdoofmann.* Die Düse blubberte, gurgelte, die leere Dose zischte. Ich schleuderte sie gegen den Kühlschrank, so fest ich konnte.

»Dominick?«

Ich antwortete nicht.

»Dominick?« Das Scheppern hatte ihr kleines Spiel unterbrochen; sie stand oben an der Treppe. »Dominick?«

»Was?«

»Was machst du da unten?«

»Nichts.«

»Was war das eben für ein Geräusch?«

»*Nichts.* Mir ist nur etwas hingefallen.«

»Ist was kaputtgegangen?«

»Nein.«

Für einen Augenblick herrschte Stille. Dann verschwanden die Schritte wieder in Richtung Gästezimmer. *Mrs. Floon, dieses Teegebäck ist einfach köstlich! Sie müssen mir das Rezept verraten!* Die Tür schloß sich mit einem Quietschen.

Ich schritt die Anrichte ab, und meine Faust hämmerte in die Botschaft aus Schlagsahne. Bamm! Bamm! Bamm! Blöd-! Mann! Blöd-! Mann! Die Sahne spritzte in alle Richtungen. Mein Blick fiel auf unser Abendessen auf dem Herd. Ich zog die Schublade auf und nahm die Kelle in die Hand. Schöpfte den Eintopf auf den Boden, über das Mehl und den Zucker. Verrührte die Masse mit der Schuhspitze. Stampfte darin herum. Schlitterte hindurch. In meinem Kopf hämmerte es, mein Herz raste. Ich fühlte mich mächtig. So mächtig wie Herkules, von den Ketten befreit. Sie würde weinen, wenn sie das sah. Beide würden sie weinen. Ma würde wütend und gleichzeitig verängstigt sein ...

Ich drehte mich um, betrachtete mein Vernichtungswerk, und da stand er: Ray. Im Durchgang zum Wohnzimmer. Ich hatte kein Auto in der Einfahrt gehört, es hatte keine Vorwarnung gegeben. Keine Ahnung, wie lange er mich schon beobachtete.

Er brüllte nicht. Er starrte mich nur an, fixierte mich.

Mir war weich in den Knien, und ich fühlte mich benommen. Auch irgendwie erleichtert. Endlich hatte Ray mich in flagranti erwischt, mitsamt den Beweisen für meine Tat. Es ist vorbei, dachte ich. Jetzt weiß er es: *Ich* bin der böse Bruder. *Ich* bin der, der immer Ärger macht. Nicht Thomas. *Ich.*

Er wirkte erschrocken, nicht wütend. Und das jagte wiederum mir Angst ein. »Wo ist ... wo ist deine Mutter?« fragte er.

Ich faßte mir ins Gesicht. Fühlte Schlagsahne auf meinen Augenbrauen, in meinen Haaren.

»Antworte.«

Warum brüllte er nicht? Schlug mich nicht? War die Schweinerei, die ich angerichtet hatte, etwa unsichtbar? »Es war ein Unfall«, sagte ich. »Ich mach es wieder sauber.«

»Wo ist deine Mutter?« fragte er erneut.

Er hatte an diesem Tag Probleme mit dem Auto gehabt – *deshalb* hatte ich ihn nicht gehört. War von jemandem mitgenommen worden und hatte sich vor der Tür absetzen lassen. Da stand ich nun, der Wachposten, der versagt hatte.

Ich wollte sie vor ihm beschützen. Ich wollte, daß sie erwischt wurden. Ray stand da und wartete. »Oben«, sagte ich.

»Wo, oben?«

»Im Gästezimmer. Sie spielen ihr blödes Spiel. Das machen sie immer da oben.«

»O Gott, unser Herr, sei gnädig mit der Seele deines verstorbenen Dieners Thomas«, salbaderte Pater LaVie. »Urteile nicht zu streng über ihn, sondern lindere die Flammen des Fegefeuers mit den Tropfen Deines geheiligten Blutes. O Herr der Gnade, laß Deine Engel wachen über deinem Dahingeschiedenen Diener Thomas und ihn an einen Ort des Lichts und des Friedens geleiten. Möge seine Seele und die Seelen aller im Glauben Dahingeschiedenen durch die Gnade Gottes in Frieden ruhen.«

»Amen«, sagten wir alle. »Amen.«

Die Mittagssirene heulte. Der Mann mit dem Gebiß trat vor. »Die Trauerfeier ist nun zu Ende. Aber die Familie von Thomas Birdsey möchte Sie alle in das Haus von Mr. Raymond Birdsey in die Hollyhock Avenue Nr. 68 einladen, zu einem Mittagessen und einem Beisammensein im Gedenken an den Verstorbenen.«

Wie versprochen, war ich an diesem Morgen zu Ray gefahren – hatte staubgesaugt und alles vorbereitet. Er hatte das Haus vor meiner Ankunft verlassen. Keine Nachricht, nichts. Er hatte Klappstühle vom Dachboden geholt – das war alles. Der Typ von Franco's brachte das Essen vorbei, während ich da war: Fiesta-Partyplatte Nummer 4, 6 und 7, genug um sechs-, siebenmal so viele Leute satt zu bekommen, wie wir erwarteten. Sobald ich die Platten vor mir sah, wurde mir klar, daß ich lächerlich viel bestellt hatte …

Ray und ich blieben etwas länger am Grab stehen als die anderen. Schwiegen beide. Aus den Augenwinkeln beobachtete ich, wie sich Rays Faust hob, einen Moment über Thomas' Sarg schwebte, sanft dagegen klopfte. Einmal, zweimal, dreimal. Dann ging er davon.

Mir fielen keine tiefschürfenden Abschiedsworte für meinen Bruder ein. Wie sagt man einer polierten Holzkiste Lebewohl? Der Hälfte von sich selbst, die gleich mit Erde bedeckt werden würde? *Es tut mir leid, Thomas. Ich war gemein, weil ich eifersüchtig war. Es tut mir leid.*

Auf dem Parkplatz drückten mir die Leute die Hand, umarmten mich. Sagten, ich sei ein guter Bruder gewesen – jetzt könne ich mich auch mal um mich kümmern. Als ob auf einmal alles vorbei wäre. Als ob die Tatsache, daß er ins Grab gesenkt wurde, bedeutete, daß ich seine Leiche nicht mit mir herumtragen mußte. Angie erzählte, sie habe am Morgen mit Dessa gesprochen – und sie habe gesagt, sie komme zur Beerdigung. Ich zuckte mit den Schultern und lächelte. »Vielleicht ist ihr eingefallen, daß sie sich noch die Haare waschen mußte oder so.«

Pater LaVie kam auf mich zu. Ich dankte ihm und steckte ihm die fünfzig Mäuse zu, die ich am Morgen in meine Hosentasche gesteckt hatte. Zwei Zwanziger und einen Zehner, so fest zusammengerollt wie ein Joint. Aus Nervosität. Weil meine Finger sich während des Gottesdienstes *mit etwas* beschäftigen mußten. Ich hätte das Geld in einen Umschlag stecken sollen. Hätte es wenigstens glattstreichen können. »Ich hoffe, es hat Ihnen keine allzu großen Umstände bereitet hierherzukommen«, sagte ich.

»Aber überhaupt nicht«, antwortete er. »Nicht im geringsten. Wir Pensionäre haben ja keinen festen Zeitplan.«

»Äh, ja? Sie sind schon im Ruhestand?« Diese Frage war ein großer Fehler. Er war einer dieser mitteilsamen Menschen – einer dieser Stell-ihm-eine-Frage-und-er-erzählt-dir-sein-ganzes-Leben-Typen.

Halb pensioniert, begann er; er sei erst kürzlich nach Connecticut gezogen, nach zwanzig Jahren in Saginaw, Michigan. Das Land der großen Seen. Gottes Land. Ob ich jemals in der Gegend gewesen sei?

»Noch nie ...«, antwortete ich. Was war Three Rivers dann wohl? Gottloses Land?

»Ich hatte Krebs«, fuhr er fort.

»Wirklich?« Meine Augen hielten verzweifelt nach Leo Ausschau – nach irgend jemandem, der mich von diesem Priester erlösen konnte.

Es sei ein Jahr her – auf den Tag genau –, daß die Ärzte einen Tumor in seiner Leiste entdeckt hätten, erzählte er. Bösartig, inoperabel, so groß wie eine Orange. Sie hätten ihm geraten, seine Angelegenheiten zu ordnen. Hätten ihm noch sechs, höchstens zwölf Monate gegeben. Also habe er sich aus seiner Pfarrei zurückgezogen, um zu Hause bei seiner Mutter zu leben, die achtundachtzig Jahre alt, aber noch immer so rüstig sei wie eine junge Frau.

Das machen die Leute andauernd, dachte ich, Tumore mit Zitrusfrüchten vergleichen.

Aber dann, sagte er, sei ein Wunder geschehen. Ein medizinisches Rätsel. Er habe die Chemotherapie, spezielle Diäten und so weiter abgelehnt und seine Erkrankung als Gottes Willen angenommen. Doch dann habe sein Tumor von ganz allein zu schrumpfen begonnen – bei jeder Untersuchung sei er kleiner gewesen. Innerhalb von neun Monaten sei er komplett verschwunden. Es habe alle Ärzte verblüfft. »Aber Ärzte sind Ungläubige. Es gibt Mysterien auf der Welt. Entweder man akzeptiert sie, oder man läßt es bleiben.«

»Tja«, meinte ich. »Genau.« Wo, zum Teufel, blieb Leo?

Der Krebs habe sein Leben *bereichert,* schwärmte Pater LaVie – habe seine Selbstzufriedenheit erschüttert. Habe ihn den AIDS-Kranken nähergebracht, den Armen, Unterdrückten. Den Menschen, die gegen Bigotterie ankämpften. Den Bigotten.

»Es gibt Bigotte im Land Gottes?« fragte ich.

Er lachte. »In der Tat. Ich fürchte, Bigotterie ist allgegenwärtig.« Aber zurück zu seinem Krebs, meinte er. Seine Krankheit habe ihm einiges verdeutlicht, ihn bescheidener gemacht. Ihn daran erinnert, daß die Prüfungen Gottes des Allmächtigen – so schwer sie auch manchmal zu ertragen seien – auch eine Chance bedeuteten. »Ich habe mein ganzes Erwachsenenleben der religiösen Kontemplation geweiht«, sagte er, »und *trotzdem* hat die Krankheit das bei mir bewirkt.«

Seien Sie still, wollte ich ihn anschreien. Lassen Sie mich in Ruhe! Hören Sie endlich auf!

Ray saß bereits in der Limousine, wippte nervös mit dem Fuß und wollte nur noch weg von dort. Er rutschte rüber und ließ mich einsteigen. Der Mann mit dem Gebiß schloß die Wagentür für mich und schlüpfte hinter das Steuer. Im Preis inbegriffen, dachte ich, und der Sensenmann ist der Chauffeur.

Wir rollten über den Friedhof. Kamen am reichverzierten Grabstein meines Großvaters vorbei, an einem Friedhofsgärtner auf seinem Traktor, einem Typen, der bei laufendem Motor in einem Jeep hockte. Wir fuhren durch die Eisentore und bogen auf die Boswell Avenue ein.

»Ich frage mich, wer die Tulpen gepflanzt hat«, sagte ich halb zu mir selbst, halb zu Ray. »Um was wetten wir, daß es Dessa war?«

»Das war ich«, meinte Ray.

Eine Weile sagten wir beide keinen Ton. »Wann denn?« fragte ich schließlich.

»Heute morgen.« Was erklärte, wo er gewesen war, als ich ihm mit den Vorbereitungen im Haus helfen wollte.

»Na ja … Ich hoffe, daß wir nicht noch mal Frost bekommen.«

Er legte die Hände auf die Knie, wandte sich von mir ab und sah aus dem Fenster. Ich hing meinen Gedanken nach und plötzlich ging mir auf, wer der Typ in dem Jeep gewesen sein mußte: Ralph Drinkwater. Er war schließlich doch noch aufgetaucht – hatte sich im Hintergrund gehalten, war aber hingekommen. Ich schaute auf meiner Seite aus dem Fenster. Wischte mir die Tränen aus den Augen.

»Wenn es noch mal friert, gehe ich einfach hin und pflanze neue«, sagte Ray.

Der Mann mit dem Gebiß fuhr uns durch ganz Three Rivers, anstatt die Umgehungsstraße zu nehmen. Wir kamen an der Baustelle für das neue Kasino vorbei, an der Klinik, dem McDonald's-Restaurant, wo Thomas vor wenigen Tagen sein Juniormenü bekommen hatte, überquerten die Brücke über den Satchem River und durchquerten das Stadtzentrum.

»Erinnerst du dich noch, wie ich euch als Kinder immer dorthin mitgenommen habe?« fragte Ray.

»Hm?« Ich blickte an ihm vorbei und auf seiner Seite aus dem Fenster. Dort war für einen kurzen Moment ein Computergeschäft zu sehen, wo vor langer Zeit die Paradise-Bäckerei gewesen war. Sonntags nach der Kirche hatte Ray Ma immer nach Hause gebracht, damit sie das Mittagessen vorbereiten konnte. Anschließend nahm er Thomas und mich mit zu dieser Bäckerei und kaufte uns Krapfen. Und danach ging es in den Wequonnoc-Park.

»Und in den Park«, erwiderte ich. »Wir sind zuerst zur Bäckerei und dann in den Park gegangen.«

Er nickte. Wenn ich in diesem Augenblick geblinzelt hätte, wäre mir sein Lächeln entgangen. »Du wolltest jedesmal auf dem Klettergerüst spielen, und er wollte auf die Wippe. Ich mußte Schiedsrichter sein, damit jeder mal drankam.«

Woran ich mich erinnerte, war, daß Thomas manchmal beim Wippen wütend auf mich wurde und dann einfach absprang. Mich runterkrachen ließ ... Irgendwie fühlte sich auch sein Tod so an: Thomas hatte die Nase voll gehabt und war einfach von der verdammten Wippe gehüpft. Hatte mich auf dem Boden aufschlagen lassen, wo ich erschüttert sitzen blieb, mitten im Schwung gestoppt.

Die Paradise-Bäckerei, der Wequonnoc-Park ... War dies Rays Versuch, das Ganze durchzustehen? Indem er sich all die väterlichen Dinge ins Gedächtnis rief, die er mit uns gemacht hatte? Den Rest schlicht verleugnete? Sogar diesen schlimmsten Tag verdrängte – den Tag, an dem wir beide Mrs. Calabash und Mrs. Floon zerstörten?

Sie sind oben.

Wo, oben?

Im Gästezimmer. Sie spielen ihr blödes Spiel. Das machen sie immer da oben.

Er hatte die Schweinerei auf dem Boden durchquert, als wäre sie gar nicht vorhanden, im ganzen Haus suppige, mehlige Fußspuren hinterlassen. Ich weiß noch, daß er auf Zehenspitzen die Treppe hinaufschlich, über den Flur zum Gästezimmer. Hatte er irgendeinen Verdacht gehabt? Warum hätte er sonst schleichen sollen? ...

Er stieß die Tür auf. Stürmte den Raum wie ein mobiles Einsatzkommando. Vom Erdgeschoß aus konnte ich Geschrei und Geheul hören – und Geklirr, Mas Teeservice, das er gegen die Wand schmiß. Es war Thomas, auf den er losging, nicht Ma. *Ein gottverdammtes Mädchen! ... Du bist nicht mein Sohn!* Aber Ma brach er den Arm – weil sie im Weg stand, zwischen seine Raserei und Thomas geriet.

»Lauf, Liebling! Lauf!« kreischte sie. Wir schrien und heulten alle drei – mein Bruder und meine Mutter oben und ich unten. Dann tauchte Thomas in meinem Blickfeld auf, kam die Treppe runter auf mich zugerannt. *Lauf! Lauf!*

Ray erwischte ihn auf halbem Wege nach unten. Packte ihn am Hemdrücken, hob ihn hoch, was ihm die Luft abschnürte und gab ihm ein paar Kopfnüsse. *Los, geh runter! Sieh zu, daß du die verfluchte Treppe runterkommst!*

Sie verloren das Gleichgewicht, stürzten beide die restlichen Stufen hinunter und landeten in einem Knäuel auf dem Boden. *Es tut mir leid, Ray! Tu mir nicht weh! Tu mir nicht weh, Ray!*

Thomas blieb flach auf dem Rücken liegen, unter Ray eingeklemmt, und ich sah, wie Ray Thomas an den Handgelenken packte und ihm seine behandschuhten Hände vors Gesicht hielt. *So was tragen nur Mädchen! Verstehst du mich? Was bist du – ein gottverdammtes kleines Mädchen?* Noch immer seine Handgelenke umklammernd, zwang er Thomas dazu, sich mit den eigenen Händen selbst ins Gesicht zu schlagen. Wieder und wieder und wieder.

Laß meinen Bruder in Ruhe! wollte ich ihn anschreien. Ich wollte Ray treten und schlagen und ihn von Thomas wegzerren. Aber ich hatte Angst – war von seinem Zorn wie gelähmt.

Außer Atem stand Ray schließlich auf und schleppte den zappenden und schreienden Thomas zur Abstellkammer. Er riß die Tür auf und stieß ihn hinein. Thomas landete auf einem Berg von Schuhen, Gummistiefeln und Schirmen. Ray knallte die Tür zu. Verriegelte sie. Schrie über Thomas' Gebrüll hinweg, er solle jetzt besser lange und gründlich darüber nachdenken, was er da eigentlich getan habe. *Und wenn ich irgendwann bereit bin, dich da rauszulassen, will ich einen gottverdammten Jungen sehen! Hast du mich verstanden?* Er verpaßte der Tür einen Tritt und ging dann ins Wohnzimmer, um sich zu beruhigen und fernzusehen.

Mein Gott, murmelte er unablässig. *Mein Gott, mein Gott …*

Mas Jammern im oberen Stockwerk hatte sich in ein Wimmern verwandelt. Sie hielt ihren gebrochenen Arm umklammert, als sie die Treppe herunterkam, seitwärts, so daß ihre Schulterblätter an der Tapete entlangschrammten. »Was ist das?« fragte sie mich mit leiser, zittriger Stimme, und ich folgte ihrem Blick zu den Fußstapfen – der Schweinerei, die Ray und ich von der Küche aus im gesamten Erdgeschoß verteilt hatten. Ma folgte den Spuren. Als sie die Verwüstung entdeckte, die ich in der Küche angerichtet hatte, drehte sie sich um und schaute mich an – sah mir direkt in die Augen. Dann legte sie langsam die Faust vor den Mund. Ihr ganzer Körper zitterte.

Sie mußten ein Taxi zum Krankenhaus nehmen, weil Rays Wagen kaputt war. Vorher befahl mir Ray, die Küche zu putzen, die Fußspuren auf dem Teppich zu beseitigen und meinen Bruder ja nicht rauszulassen.

Ich begann mit dem Aufräumen, sobald sie abgefahren waren. Wischte die suppige Schweinerei mit Handtüchern auf, putzte mit Allzweckreiniger nach. Schrubbte, wischte erneut, bürstete und saugte den Wohnzimmerteppich. Die Sahnespritzer schienen nicht weniger zu werden – egal, wie oft ich die Wände und Oberflächen der Kücheneinrichtung abwusch. Und selbst nach dem dritten Wischen fühlte sich der Boden immer noch klebrig an.

Sie blieben mehrere Stunden weg – so lange, daß in mir die völlig unlogische Angst aufkam, daß Ray Ma entführt hatte. Daß sie für immer gegangen waren. Uns verlassen hatten.

Anfangs schrie Thomas – *Laß ... mich ... hier ... raus! BITTE ... laß ... mich ... raus!* Dann wimmerte er. Irgendwann wurde er so still, daß ich befürchtete, er wäre vielleicht da drin gestorben – Ray hätte ihn umgebracht. Ich saß auf der anderen Seite der Tür und sprach zu ihm, sang für ihn. Und als mir die Worte ausgingen, die Lieder, begann ich, ihm laut aus der Fernsehzeitung vorzulesen. »Donna und Mary Stone organisieren eine Mutter-und-Tochter-Modenschau ... Luke und Kate planen eine Überraschungsparty zum Geburtstag von Großvater Amos ... der Trapper Clint McCullough wird von feindlichen Komantschen entführt.«

Thomas antwortete nicht. Sagte kein einziges Wort.

Sie kamen kurz nach zehn heim. Brachten Pizza mit. Mas Arm war eingegipst. Als Ray die Kammer aufsperrte, torkelte Thomas heraus wie ein Betrunkener, die Augen glasig, das Gesicht noch immer vom Weinen verquollen. »Kann ich jetzt ins Bett gehen?« war alles, was er sagte.

»Möchtest du keine Pizza?« fragte Ray ihn.
»Nein, danke.«
War *das* der Abend, der es auslöste – freisetzte, was auch immer in Thomas' Gehirn heranreifte? Biochemie, Biogenetik: keiner der Artikel, die ich gelesen habe, keiner der Experten, denen ich zugehört habe, hat mir jemals erklären können, warum Thomas die Krankheit bekam und ich nicht. Haben *wir* sie hervorgerufen – meine Mutter, Ray und ich?

»Viel Verkehr heute, was?« fragte der Mann mit dem Gebiß. Er betrachtete mich andauernd im Rückspiegel. Erwartete eine Antwort.
»Äh, was? Verkehr? Ja.«
»Wie ich gehört habe, ist das hier noch gar nichts.« Er schaute kurz auf die Straße, dann wieder in den Rückspiegel. »Wenn Sie richtigen Verkehr sehen wollen, müssen Sie nur abwarten, bis das Kasino eröffnet. Dann werden die Autos hier Stoßstange an Stoßstange stehen.«
Ray rutschte auf seinem Sitz herum. Verschränkte die Arme vor der Brust und seufzte …
Ma war nach oben gegangen, um Thomas ins Bett zu bringen, um selbst schlafen zu gehen, und Ray und ich saßen am Küchentisch und aßen Pizza.
»Sie ist hingefallen«, sagte er.
»Was?«
»Deine Mutter. Sie ist gestolpert und die Treppe runtergefallen, als sie Wäsche nach unten bringen wollte. Ist unglücklich aufgekommen. Hast du verstanden?«
Ich blickte ihn an. Wartete.
»Was in diesem Haus geschieht, geht niemanden was an«, fuhr er fort. Er schaute vor sich auf die Tischplatte. »Hast du verstanden?« fragte er erneut, ohne mich anzusehen.
Ich nickte. »Ja.«
»In Ordnung. Gut. Die Dinge sind heute abend nur ein wenig außer Kontrolle geraten, das ist alles. Vergiß es einfach. So was kommt in jeder Familie mal vor.«
Tatsächlich? Ich versuchte, mir die anderen aus meiner Klasse vorzustellen, wie sie strampelnd und schreiend die Treppe her-

untergezerrt wurden. Mit dem Löffel Suppe auf dem Küchenboden verteilten.

»Und wenn die beiden das wieder spielen – wenn du Wind davon bekommst, dann …« Er stand auf. Ging zur Spüle. »Aber sie *werden* es nicht mehr spielen. Das wird nicht mehr vorkommen … Aber *falls doch*, dann kommst du zu mir. Okay?«

Ich fragte Ray, ob ich zu Bett gehen dürfe.

»*Okay?*«

»Okay«, antwortete ich. Aber sicher doch, Ray. Ich werde sie dir opfern. Das Gesetz des Dschungels.

»Gut.« Er nickte zufrieden, zündete sich eine Zigarette an. »Du und ich sind in der gleichen Mannschaft, nicht wahr? Wir sind Kumpel, wir beide. Wir halten zusammen. Stimmt's?«

Ich nickte. Blickte auf die Hand, die er mir hinstreckte. Schlug ein.

Ich stieg die Stufen hinauf und wußte irgendwie, daß bei meinem Kampf Mann gegen Mann Thomas stets gewinnen würde: Ma würde ihn immer mehr *lieben* als mich, und Ray ihn immer mehr *hassen*. Ob es mir gefiel oder nicht – wir bildeten zwei Mannschaften. Thomas und Ma gegen Ray und mich.

Und nun saßen wir hinten im Leichenwagen: die Gewinnermannschaft – die Sieger kehrten in ihren guten Anzügen vom Friedhof zurück. Keine Fingerabdrücke. Keine Autopsien. Sie waren *beide* unter der Erde. Mrs. Calabash und Mrs. Floon …

In der Hollyhock Avenue drängten sich die Leute in der Küche und im Wohnzimmer, unterhielten sich mit gedämpfter Stimme. Was *sollte* das – geschah es aus Respekt vor dem Toten? Aus Angst, daß die normale Lautstärke ihn vielleicht wieder aufwecken würde? Auf der anderen Seite des Raumes sah ich Sheffer und Dr. Patel auf Ray zugehen – sich ihm vorstellen, ihn in ein höfliches kleines Gespräch verwickeln. *Sie* übernahmen den größten Teil der Arbeit; Ray stand nur da und nickte zu allem, was sie sagten. Er konnte ihnen nicht in die Augen schauen. Soweit ich wußte, hatte er keinen ihrer Anrufe erwidert. Er hatte Thomas in sieben Monaten kein einziges Mal im Hatch besucht; *das* wußte ich mit Sicherheit – ich hatte schließlich das Besucherbuch bei jeder gottverdammten Gelegenheit überprüft. Sollte er doch dastehen und sich ein wenig winden. Sollte er sich ruhig schuldig fühlen. Niemand hatte es mehr verdient.

Jerry Martineau kam zu mir und überreichte mir einen Umschlag. »Was ist das?« fragte ich.

»Schau hinein.«

Ich mußte lächeln, als ich ihn öffnete: ein altes Foto von unserem Basketballteam an der High-School. Martineau erzählte, er habe sich am Morgen auf die Suche danach gemacht, weil er wollte, daß ich es bekam. Es war ein Schnappschuß von irgendeinem Spiel. In unserem Abschlußjahr, rechnete ich mir aus – in meiner Kotelettenphase. Die erste Garnitur war auf dem Spielfeld, in der Bewegung nur unscharf zu erkennen, aber aus irgendeinem Grund hatte der Fotograf Martineau und mich genau im Sucher gehabt, wie wir wie üblich die Bank warm hielten.

»He, wieso hat der Trainer ausgerechnet seine zwei besten Leute nicht ins Spiel gebracht?« scherzte ich.

Martineau lachte. Erinnerte mich daran, daß wir hin und wieder doch eingesetzt worden waren: meistens in den letzten dreißig Sekunden eines ohnehin schon überlegen gewonnenen Spiels. »Schau dir nur an, was ich damals für eine Bohnenstange war«, sagte er. »Ich weiß noch, wie ich immer vom Training nach Hause kam, gleich ein paar Sandwiches aß und mich anschließend hinsetzte und ein richtiges Abendessen verdrückte. Hab den ganzen Abend gemampft. Das waren noch Zeiten, was, Dominick? Gestern hat mir Karen eine neue Hose gekauft, Größe vierundfünfzig. Ist das nicht traurig? Und um ehrlich zu sein, ist sie sogar etwas zu *eng* ... Aber *schau* mal hier.«

Ich folgte mit den Augen seinem Finger zu einem Punkt am oberen Rand des Bildes. »Was denn?« fragte ich.

Dann entdeckte ich ihn: meinen Bruder. Er saß inmitten der jubelnden Fangruppe. Mein *richtiger* Bruder, dachte ich. Der *nicht* kranke Thomas ...

Noch etwas Tee, Mrs. Calabash?

Ja, vielen Dank, Mrs. Floon.

Jemand legte mir eine Hand auf die Schulter. »He, Dominick?« flüsterte Leo. »Meinst du, der Alte hat noch irgendwelchen Fusel im Haus? Die alten Knacker hätten wahrscheinlich ganz gerne einen kleinen Drink.«

»Oh«, sagte ich. »Klar.« Ich sah mich nach Ray um, aber er war aus dem Zimmer gegangen. »Da in dem Schrank sind Gläser. Hol die schon mal raus. Ich schau nach, was ich finden kann.«

Meine Güte, an so etwas hatte ich überhaupt nicht gedacht. Aber Leo hatte recht. Die meisten Menschen heben gerne einen, wenn sie von einer Beerdigung kommen – eine kleine Stärkung, um den Anblick des Sargs über dem offenen Grab zu vergessen.

Old Granddad, Canadian Club, Cutty Sark: Ich kam mit einem Arm voller Flaschen ins Wohnzimmer zurück. Leo putzte gerade das letzte Glas mit seinem Taschentuch blank. »Keine Sorge«, flüsterte er mir zu. »Ich habe mir heute erst einmal die Nase damit geputzt.«

Ich sah ihn an.

»Ich mache *Spaß*, Birdsey! Das war ein *Witz*.«

Sam Jacobs und Mr. Anthony bemerkten unsere Vorbereitungen und kamen näher, magisch von den Spirituosen angezogen. »Und wie steht's mit Eis?« fragte Leo.

In der Küche wirbelten Angie, Vera Jacobs und Mrs. Anthony umeinander wie Tänzerinnen. Ich mußte lächeln. Die Männer hatten ihren Drink, die Frauen die Essensvorbereitungen.

»Wir haben hier alles unter Kontrolle, mein Lieber«, teilte mir Mrs. Anthony mit. »Geh ruhig raus und entspann dich. Wir sind in fünf Minuten fertig.«

Sie trug eine der Schürzen meiner Mutter – die verblichene mit dem Blumenmuster und den Schnallen an den Schultern, die Ma regelmäßig angezogen hatte, wenn Besuch kam. Es war seltsam, die Schürze an ihr zu sehen.

Plötzlich hatte ich Thomas vor Augen, wie er an dem Baum hing – die Schlinge um den Hals. Fühlte sein Gewicht, als ich ihn abschnitt und mir über die Schulter legte.

Angie stand vor mir und starrte mich an.

»Äh ... was hast du gesagt?« stotterte ich.

»Große Löffel?« wiederholte sie. »Hast du eine Ahnung, wo deine Ma ihre Vorlegelöffel aufbewahrt haben könnte?«

Ich stand verwirrt da. Vorlegelöffel?

»Sie sind im kleinen Geschirrschrank.« Ray drückte sich an mir vorbei und zog eine Schublade auf.

»Ich, äh ... Ray? Ich habe ein bißchen was Alkoholisches rausgestellt.«

Er ignorierte mich. Ging zum Fenster und blieb dort stehen – wandte den Frauen und mir den Rücken zu. »*Ray.* Hast du gehört? Ich habe eine Flasche Whiskey und ...«

»Mach, was du willst«, schnauzte er.

Du kannst mich mal, dachte ich. Das ist auch *deine* Siegesfeier, du Scheißkerl. Du warst der Mannschaftskapitän. Erinnerst du dich?

»Dominick?« fragte Angie. »Geht es dir gut?«

»Ja«, sagte ich. »Alles in Ordnung.« Ich riß die Kühlschranktür auf und warf Eiswürfel in eine Schale.

Im Wohnzimmer standen die Männer im Halbkreis und unterhielten sich. »Was die Rente angeht, hätten wir vielleicht noch ein paar Jahre länger durchhalten sollen«, meinte Sam Jacobs gerade. »Aber es macht einen fertig. Es ist, als würde man in einer gottverdammten Geisterstadt arbeiten. Und wenn sie erst mal das Settle schließen, kann man es *vollkommen* vergessen.«

Ich versuchte, der Konversation zu folgen, aber meine Gedanken drifteten ab. *Der Krebs hat mein Leben bereichert ... Nimm nicht so viel Sahne, Dominick. Ein ordentlicher Spritzer, das reicht. Heb den Rest fürs Abendessen auf ... Geht niemanden was an ...*

»Das ist heute natürlich ganz anders«, führte Sam weiter das Wort. »Alles ist fertig gemischt und abgepackt. Wenn du eine Folienverpackung aufreißen kannst, bist du schon *Koch,* um Himmels willen.«

Leo reichte mir einen Scotch. »Trink das und kümmere dich nicht um ihn«, riet er mir. Ray kam aus der Küche und schlenderte zu uns herüber.

»He, Pop, hinkst du etwa ein bißchen?« fragte Leo ihn. »Was ist mit deinem Fuß?«

»*Nichts*«, sagte Ray. »Der Fuß läßt mich nur wissen, daß er da ist, das ist alles. Wenn du Lust hast, auf ein paar Runden mit mir in den Ring zu steigen – gerne. Woll'n wir doch mal sehen, wer zuerst auf dem Arsch sitzt.«

»Alter Angeber«, lachte Leo. »Was trinkst du?«

»Nichts«, meinte Ray. »Magnesiummilch.«

»Da unten in Boca Raton«, war Sam Jacobs' Stimme zu vernehmen, »wo mein Sohn lebt, da haben die das Wort Rezession noch nicht einmal *gehört.*«

Leo rief allen ins Gedächtnis, daß die Show in Three Rivers noch lange nicht vorbei sei – daß, wenn alle Voraussagen über das Kasino stimmten, die Wequonnocs am Ende noch den Skalp jedes einzelnen verdammten Bleichgesichts retten würden, das von Electric Boat die Papiere bekam.

»Völliger Blödsinn!« rief Mr. Anthony dazwischen. »Die haben wohl was Falsches in ihren Friedenspfeifen geraucht, wenn sie glauben, daß die New Yorker bis in die tiefste Provinz fahren, solange sie Atlantic City direkt vor der Haustür haben.« Wir sollten bloß mit den Indianern aufhören. »Hat einer von *euch* ihre Vorfahren abgeschlachtet?« fragte er. »Ich weiß jedenfalls, daß *ich* es nicht war. Warum zum Teufel sollen *wir* also Steuern zahlen, wenn *die* ungeschoren davonkommen?«

Der gutmütige alte Mr. Anthony: Was ereiferte er sich denn so?

»Weil wir zwei, drei Jahrhunderte lang ihre Vorfahren abgezockt haben«, sagte ich.

Alle verstummten und sahen mich an. Aber keiner widersprach. Der arme Zwillingsbruder des Toten. Wahrscheinlich hätte ich an dem Tag ungestraft alles behaupten können.

Dann stand Mrs. Anthony in der Tür. »Hört mal, ihr alle! Kommt und eßt was! Dominick, mein Lieber? Ray? Warum fangt ihr nicht an?«

Die anderen stellten ihre Drinks ab und machten sich auf den Weg in die Küche. »Ist alles in Ordnung mit dir, Dominick?« vergewisserte sich Leo.

Ich zuckte mit den Schultern.

»Komm. Laß uns auch rübergehen.«

»Gleich«, sagte ich. »Geh schon mal vor.«

Ich dachte an Ralph: wie er bei Thomas' Beerdigung aufgetaucht und doch nicht dagewesen war. Wie er damals bei dem Ferienjob auf diesen Baum geklettert war – auf dem Ast stand, der über den Abgrund ragte, und wippte ... er war sein ganzes Leben lang von Weißen verarscht worden, und trotzdem hatte er sich für Thomas aus dem Fenster gelehnt. Im Hatch. Er hätte den

Mund halten, wegsehen, das Memo ignorieren können ... Warum sollte er mit dem Kasino *nicht* abkassieren? Ich wünschte ihm, daß er eines Tages in seinem unversteuerten Einkommen *schwimmen* konnte.

Ich leerte mein Glas. Goß mir noch einen ein. Stand den Tränen nahe da.

»Hier«, sagte Sheffer. »*Mangia.*«

Sie reichte mir einen vollen Teller. Lud mich ein, mich zu ihr und Doc Patel auf die Treppe zu hocken. Ich folgte ihr. Wir setzten uns hin und aßen.

»Es ist schwer für Sie, nicht wahr, Dominick?« fragte Dr. Patel.

»Ich werd damit fertig«, erwiderte ich. »Danke, daß Sie gekommen sind. Sie beide. Ich weiß, daß Sie viel zu tun haben.«

»Haben Sie es schon richtig begriffen?« fragte Sheffer.

Ich zuckte mit den Achseln. »Gestern habe ich wegen des Datums auf dem Grabstein beim Steinmetz angerufen. Und die Frau wollte wissen, ob ich Donnerstag vorbeikommen könnte, um irgendwas zu unterschreiben. Ich antwortete: ›Ja, kein Problem.‹ Und dann erwischte ich mich bei dem Gedanken, wie nah bei der Klinik die Werkstatt ist – daß ich, wenn ich schon mal da war, kurz reinspringen und ihn besuchen könnte.«

Dr. Patel lächelte. »Die Trauer ist ein langsamer Prozeß. Zwei Schritte vor, einer zurück.«

Jetzt, wo alle etwas zu essen hatten, wurde es wieder still im Haus. *Zu* still. Ich schaute nach Ray. Er saß für sich allein, aß nichts und schien nur darauf zu warten, daß endlich alle verschwanden. Er war ganz grau im Gesicht; Mann, er sah beschissen aus.

Ich hatte gedacht, nach dem Essen würden alle aufbrechen, aber das taten sie nicht. Sie saßen und standen herum, umkreisten das Thema von Thomas' Tod, ohne je auf den Punkt zu kommen. Mr. und Mrs. Anthony schwelgten in alten Geschichten über meinen Bruder und mich – wie ich in ihren preisgekrönten Rosenbusch gefallen war und dann versucht hatte, die abgebrochenen Stiele mit Klebeband zu reparieren. Oder wie sie uns zum Eisessen mitgenommen hatten und Thomas' Hörnchen direkt in Mrs. Anthonys offene Handtasche gefallen war.

»Dieser Junge hier war Mr. Stracciatella, und sein Bruder war Mr. Malaga. Das war die einzige Möglichkeit für mich, sie auseinanderzuhalten.« Sie verwechselte uns, aber wen interessierte das schon?

Ihr Mann berichtete noch einmal von dem Tag, als unser Fernseher explodiert war. In meiner Erinnerung hatte er erst recht spät versucht, meine Mutter zu retten. Ma hatte sich bereits *selbst* aus dem Haus geflüchtet, als er ihr den Mantel von den Schultern riß, auf den Boden warf und einen Holzschuhtanz darauf aufführte. Aber in Mr. Anthonys Version war meine Mutter ein flammendes Schischkebab und er Indiana Jones. Wenn man ihm so zuhörte, konnte man meinen, er wäre der Held des Tages gewesen. »Wenn ich mich nicht irre, warst du an dem Wochenende nicht zu Hause, oder, Ray?« fragte er.

Alle drehten sich zu meinem Stiefvater um. Meinem Mannschaftskameraden. Er nickte. »Es war die Bildröhre«, begann er. »Zuerst haben sie gesagt, da könnten sie nichts tun, aber ich habe ihnen die Hölle heiß gemacht Sie haben mir den Fernseher ersetzt – sogar durch ein besseres Schrankmodell. Und sogar noch die Renovierungskosten übernommen.«

Herrgott noch mal, dachte ich. Wir drei hätten in dem Feuer umkommen können, aber alles, woran Ray sich erinnerte, war der neue Fernseher. *Seine* Heldentat.

Ich ertrug diesen Blödsinn einfach nicht mehr. Das war Geschichtsklitterung. Ich stand auf und sah in der Küche nach dem Kaffee. Ging nach draußen, um Luft zu schnappen. Eine Zeitlang blieb ich an der Hintertür stehen und wippte auf den Fußballen vor und zurück. Sah Thomas vor mir, wie er bei den Wasserfällen neben mir gestanden hatte – an dem Nachmittag, als ich ihn aus dem Hatch befreit hatte. *Der Herr ist dein Hirte, Dominick. Vertrau mir. Ich bin das fleischgewordene Wort Gottes ...*

Wo, oben?

Im Gästezimmer. Sie spielen ihr blödes Spiel. Das machen sie immer da oben.

Nach jenem Abend war ich bereit, ihn auf den Schultern zu tragen – sein Gewicht auf mich zu nehmen. Wegen des Verrats, den ich an ihm begangen hatte. Wegen dem, was ich getan, und dem, was ich nicht getan hatte. Aber was *nun*? Wie sollte es nun weitergehen?

Leo steckte den Kopf durch die Tür. »He, Arschloch?« fragte er. »Brauchst du Gesellschaft?«

»Nein, danke.«

»Noch einen Drink?«

»Nein.«

Er nickte. »Angie hat gerade versucht, ihre Schwester anzurufen. Ist keiner drangegangen.«

»Hm.«

Einen Moment lang sagte keiner was. »Also«, meinte er dann, »komm wieder rein, Mann, wenn dir danach ist.«

»Klar.«

Ich ging hinterm Haus die Zementstufen hoch in den Garten – zu dem Ort, an den sich mein Großvater in jenem Sommer zurückgezogen hatte. Er hatte das gemietete Diktaphon vor die Tür gestellt und den Stenographen gefeuert. Hatte es endgültig aufgegeben, sich als »Vorbild für die Jugend Italiens« anzubieten, und sich an die eigentliche Arbeit gemacht – sich ernsthaft der Buße gewidmet, die ihm dieser Priester Jahre zuvor auferlegt hatte... Er hatte damit begonnen, als Ma noch ein kleines Mädchen war, und es an seinem Todestag abgeschlossen. Ein richtiger Rundumschlag war daraus geworden. Wie alt war Ma damals? In dem Sommer, als er seine *confessione* beendete? Dreiunddreißig? Vielleicht vierunddreißig? In den Augen ihres Vaters jedenfalls eine alte Jungfer. Ein »Kaninchengesicht«, das ihm keine Enkelsöhne geschenkt hatte. Und all diese Geheimnisse zwischen ihnen: Er hatte keine Ahnung, daß sie meinen Bruder und mich unter dem Herzen trug... Geweint habe er, während er daran schrieb, hatte Ma mir erzählt. Sie wollte zu ihm hingehen, ihn trösten, aber sie wußte, daß sie ihn in seinem »kleinen Sizilien« nicht stören, nicht gegen die *omertà* verstoßen durfte...

Ich dachte an Angelo Nardi, den Stenographen, den Papa in jenem Sommer eingestellt, dann gefeuert und schließlich erfolglos versucht hatte, wieder einzustellen. Angelo Nardi, der vielleicht unser lang vermißter Vater war. Wer sonst war denn regelmäßig ins Haus gekommen? Als »gutaussehend« hatte sie ihn beschrieben. Er habe häufig mit ihr in der Küche gegessen. Sie habe ihm Kaffee gemacht ... Was hatte Angelo, auch ein Einwanderer, von Papas seltsam widerstreitenden Bedürfnissen gehalten, zu sprechen und dann wieder zu schweigen? Wie hatte er Papas verschüchterte, häusliche Tochter erlebt? Hatte er gemeint, er könne sie flachlegen, bis ihm eine Bessere begegne – sie sei so naiv, daß er rein und wieder raus wäre, bevor sie überhaupt merkte, was los war? Oder hatte er vielleicht gedacht, sie verdiene ein wenig Zärtlichkeit – ein gewisses Etwas in ihrem Leben, neben dem Dienst an ihrem Papa? War es so was wie ein Akt der Gnade gewesen? ... Heute morgen unter der Dusche, als ich mich für Thomas' Beerdigung fertigmachte, hatte ich mir Angelo als einen barmherzigen Menschen vorgestellt. Als einen freundlichen Mann und nicht als ein Schwein. Während mir das warme Wasser über den Körper lief, träumte ich von Angelos lang erwarteter Rückkehr ... Sah ihn vor mir, wie er an diesem Vormittag auf dem Friedhof auftauchte – der Vater, auf den ich immer gewartet hatte. Ein würdevoller Mann in einem altmodischen Anzug, mit Krawatte und schneeweißem Haar. »Ich mußte kommen, Dominick. Ich bedaure, daß ich von Thomas' Leben nichts mitbekommen habe, aber von deinem will ich nichts mehr verpassen. Vergib mir, Dominick. Von jetzt an bin ich für dich da.« Und ich tat es – vergab ihm sofort, ohne zu zögern.

Draußen im Garten meines Großvaters ließ ich meinen Tränen freien Lauf. Stand da und weinte, wie auch er dort hingegangen war, um zu weinen ... Als Kind hatte ich auf den Mann mit dem Gewehr und auf Sky King gewartet ... auf eine ganze Parade »richtiger« Väter, die mich vor Ray retteten. Und nun – mit einundvierzig Jahren, ein alleingelassener Zwilling – wartete ich *noch immer* auf ihn. Auf meinen alten Herrn. Meinen geheimnisvollen, perfekten Vater.

Wie bemitleidenswert war ich, Dr. Patel? Welche Hoffnung bestand für einen Typen wie mich?

Ich sah Domenico in Gedanken vor mir, einen jüngeren Domenico, wie er den toten Sohn umklammerte, den er mit Spülwasser und Olivenöl getauft hatte. Sah den toten Bruder meiner Mutter – ihren Seelenverwandten, ihren Zwilling ... Tote Babys, tote Brüder. Tote Ehen. Was hatte das alles bloß für einen Sinn?

Als ich wieder hineinging, war Martineau schon aufgebrochen, und Sheffer und Dr. Patel zogen sich gerade ihre Mäntel an. Doc Patel nahm mich für einen Moment beiseite. »Sehen wir uns am Dienstag?« flüsterte sie.

»Ja, am Dienstag.«

Ich stand an der Haustür und schaute ihnen nach, wie sie die Treppe hinuntergingen. Beide drehten sich um, als sie den Gehweg erreichten. Winkten. Ich winkte zurück. Dessa begegnete ihnen auf dem Weg zum Haus.

Dessa, auf den Stufen – sie näherte sich mir ... Dess.

Sie sah verstört aus, schien den Tränen nahe. Irgend etwas war passiert. Sie trug einen Kuchen. Als sie bei mir war, legte sie ihren freien Arm um mich und drückte mich. Ich schloß die Augen, drückte sie an mich. Sie löste sich als erste aus der Umarmung.

»Ich saß bereits im Auto, um zur Beerdigung zu fahren«, erzählte sie. »Und dann ist mir *das* hier eingefallen.« Sie meinte den Kuchen; er schwebte zwischen uns. Als sie noch einmal ins Haus zurückgegangen sei, um ihn zu holen, habe das Telefon geklingelt. »Ich wollte zuerst gar nicht abnehmen, Dominick, aber dann hatte ich so ein Gefühl ... Es war meine Mutter. Sie klang verwirrt. Sie war gerade gestürzt.«

»Thula? Ist sie in Ordnung?«

Ich streckte die Hand aus, wischte ihre Tränen weg. Sie nickte. »Es tut mir leid, Dominick. Ich konnte Daddy nicht erreichen. Und Angie war sicher schon bei der Trauerfeier. Ich wußte nicht, was ich tun sollte ... Wir dachten, sie hätte sich vielleicht das Fußgelenk gebrochen, aber es ist nur eine üble Zerrung. Es hat ewig gedauert, bis sie geröntgt wurde. Zur Mittagszeit läßt die gesamte Belegschaft da alles stehen und liegen und ...«

»Beruhige dich«, sagte ich. »Du bist ja jetzt hier.« Ich reichte ihr mein Taschentuch. »Bitte.«

»Meine Mutter hat eine Haushälterin, aber natürlich kann niemand so saubermachen wie *sie*. Sie hat schon seit Wochen Schwindelanfälle, hielt es aber nicht für nötig, irgendwem davon zu erzählen. Sie ist auf einen Stuhl gestiegen und hat eine Lampe geputzt, und dann ist ihr schwindlig geworden ... Ich habe Thomas *geliebt*, Dominick. Ich wollte wirklich kommen.«

Ich führte sie hinein und brachte ihren Kuchen in die Küche.

Als ich zurück ins Wohnzimmer kam, erzählte sie gerade Angie und Leo von Thulas Unfall.

Ich stand nur da und betrachtete sie. Weiße Bluse, schwarze Hose und Jacke, roter Schal. In ihrem Haar glänzte ein bißchen mehr Silber als beim letztenmal, als ich sie gesehen hatte. Gott, war sie schön ... Sie hatte *vorgehabt* zu kommen; es waren einfach die Umstände gewesen. Ich könnte später mit ihr zum Friedhof fahren, wenn sie wollte. Es wäre sogar besser so – wir beide allein.

Ich blickte zu Leo hinüber. Bemerkte, daß er mich dabei beobachtet hatte, wie ich meine Frau ansah. *Siehst du*, gaben ihm meine Augen zu verstehen. *So* stark ist es – *so* sehr liebe ich sie noch immer.

»Ach, da ist sie ja«, meinte Ray. Er kam gerade die Treppe herunter. Leo hatte recht – er hinkte wirklich leicht; jetzt fiel es mir auch auf. »Wie geht's meinem kleinen Mädchen?«

Dessa lächelte. Ging ihm entgegen. »Hallo, Ray.«

Dessa hatte nie besonders viel von Ray gehalten, aber sie war immer nett zu ihm gewesen. Höflich. »Er ist nur unsicher, Dominick«, hatte sie gesagt, wenn ich mich über ihn aufregte. »Er ist doch kein *Monster*.«

»Doch, das ist er«, hatte ich geantwortet. »Glaub mir.« Ich beobachtete, wie die beiden sich in den Arm nahmen. Mir hatte sie eine einseitige Umarmung mit einem Kuchen in der Hand gegönnt. Jetzt aber ließ sie sich drücken, als hinge Rays Leben davon ab. Okay, dachte ich. Das reicht. Genug.

Da begann Ray zu weinen. Er *schluchzte*. Vor Zeugen ... Ich hatte ihn noch nie weinen sehen. Selbst bei Mas Tod nicht. Niemals. *Ab-wehr!* wollte ich ihn anschnauzen – ihn an das erinnern, was er mir beigebracht hatte. *Ab-wehr!*

Wie vom Teufel gejagt, rannte ich aus dem Zimmer. Versuchte, die Küche zu erreichen, bevor mein Kopf zersprang. Mein Herz raste; ich begann zu zittern, wie früher als Kind – wenn Ray sich in einen seiner Wutanfälle hineinsteigerte.

Und dann, plötzlich, wurde mir etwas klar: Es war kein Unfall gewesen. Thomas hatte an dem Morgen bei den Wasserfällen eine freiwillige Entscheidung getroffen. Für einen kurzen lichten Moment *war* ich mein Bruder. Sagte mir: *Okay, das reicht. Ich habe genug. Es ist vorbei.* Und machte einen Schritt vorwärts, genau wie Thomas es getan hatte. Stieß die Tür zum Wohnzimmer auf. Überließ mich dem freien Fall.

»Es ist seine Schuld«, verkündete ich. »Deshalb weint er. Er hat ihn in den Tod getrieben. Wir *beide* haben es getan.«

Ich schrie nicht etwa, ich war wie dieser Bestattungsunternehmer auf dem Friedhof: *Die Familie von Thomas Birdsey möchte bekanntgeben, daß sein Bruder und sein Stiefvater schuldig sind an seinem Tod.* Alle drehten sich um und blickten mich an: die Jacobs, Mr. und Mrs. Anthony, Leo und Angie. Es würde bestimmt höllisch weh tun, wenn ich auf dem Boden aufschlug, aber ich wollte verdammt sein, wenn der Weg nach unten nicht der reinste Rausch war.

»Stimmt das nicht, Ray?« fragte ich ihn und tat einen Schritt auf ihn zu. »Wir beide waren Mannschaftskameraden, du und ich. Erinnerst du dich? Die Birdsey-Kriege. Ein Kampf bis zum bitteren Ende.«

Ich würgte sein Geblubber ab. Er starrte mich mit einer Verachtung an, die er normalerweise für Thomas reserviert hatte. *Was in diesem Haus geschieht, geht niemanden was an!* Aber ich starrte zurück: *Scheiß auf dich, Ray. Scheiß drauf – wie sie durch das ganze Haus rennen mußte, um die Fenster zu schließen, wenn du mal wieder kurz davor warst zu explodieren; und diese Schwachsinnsgeschichte, daß sie sich angeblich beim Sturz auf der Treppe den Arm gebrochen hat; und dieser Mist, den die Ärzte von sich gegeben haben, von wegen Schizophrenie hätte nichts damit zu tun, wie er als Kind behandelt worden ist. Scheiß auf die Familiengeheimnisse, Ray. Willkommen beim großen Showdown.*

»Dominick«, versuchte Dessa mich zu bremsen. Und da wandte ich mich *ihr* zu. Trug *ihr* meinen Fall vor. »Willst du wissen, wie oft er ihn besucht hat, während er da im Hatch war? Ich kann dir sagen wie oft. Nie. Kein einziges Mal.«

Ich machte einen Schritt auf sie zu – auf sie beide.

»Irgendwie komisch, nicht wahr? Der große Veteran aus nicht nur einem, sondern gleich zwei Kriegen. Der Typ, der immer versucht hat, uns für die große böse Welt abzuhärten.«

Ich konzentrierte mich wieder auf Ray; er blickte über meine

Schulter, statt in meine Augen. »Du warst so verdammt *furchtlos*. So war das doch, Ray? Hast den Koreanern richtig in den Arsch getreten, nicht wahr? Aber Scheiße, Mann, dieser einhändige Spinner in der Psychiatrie: ausgerechnet vor *dem* hattest du eine Heidenangst, stimmt das etwa nicht? ... He! Schau mich an, Ray. Ich *rede* mit dir.«

Und er sah mich an. Das muß ich ihm lassen: Er erwiderte meinen Blick und hielt ihm stand.

»Ich bin hingegangen, habe diesen ganzen Hokuspokus über mich ergehen lassen – den Metalldetektor, die Eskorte zum Besucherraum, diesen ganzen blöden Hochsicherheitskram. Denn schließlich war er ja eine Gefahr für die Allgemeinheit ... Und dann kommt er – sie haben ihn in den Raum gebracht – und setzt sich hin und erzählt mir von seinem Alltag. Was er zu Mittag gegessen hat. Wer nun gerade wieder versucht hat, ihn umzubringen. Und dann, spätestens nach fünf Minuten, fragt er: ›Wie geht's Ray? Warum besucht er mich nie? Ist Ray böse auf mich?‹«

Ray schloß die Augen. Schluckte. Blieb stehen, nahm es hin.

»Mir sind die Entschuldigungen für dich ausgegangen, Kumpel«, sagte ich. »Es gibt Grenzen dafür, wie weit man einen Mannschaftskameraden decken kann, weißt du? ... In sieben Monaten, Ray? ... Nicht *einmal* in sieben Monaten? Nicht mal zu Weihnachten? Wohl doch nicht soviel Frieden auf Erden und den Irren ein Wohlgefallen?«

Als er die Augen wieder öffnete, rannen Tränen über seine schlaffen, grauen Wangen. Ich merkte, daß Leo etwas sagen wollte, aber meine Hände flogen in seine Richtung, und er verstummte augenblicklich. Meine Augen fanden seine.

»Ich behaupte nicht, daß ich ein Held gewesen bin. Glaub mir. Ich habe als Kind meinem Bruder das Leben zur Hölle gemacht. Ja, zur Hölle ... Nur dafür habe ich gelebt, weil ich so eifersüchtig war auf ihn. Auf seine Gutmütigkeit. Seine Sanftmut. Er war so sanft wie Ma ... Aber dieser Stumpf, Mann. Dieser gottverdammte Stumpf. Das war *meine* Buße ... Ich mußte da in diesem Besucherraum sitzen – und, Gott, stank es da; ich kam raus, und der Geruch aus dem Hatch begleitete mich für den Rest des Tages. Hing mir in den Kleidern, in den Sitzpolstern meines Autos ... Ich saß ihm gegenüber und sagte mir immer wieder: *Schau nicht hin, Dominick! Schau in seine Augen. Schau nur in seine Augen.* Aber ich konnte nichts dagegen tun. Ich *mußte* hinsehen, weil ... weil wir ihm dabei geholfen haben, sich die Hand abzuschneiden, verdammt noch mal. Stimmt doch, Ray, oder? Du und ich? Wir waren ein Team, richtig?«

»Dominick«, unterbrach mich Leo. »Warum gehen wir zwei nicht mal kurz ...«

»All die bösen Typen, die immer hinter ihm her waren: Noriega, der Ayatollah, die CIA. *Wir* waren Noriega. Stimmt's, Ray? *Wir* waren diese kubanischen Attentäter, die ihn wie Kennedy abknallen wollten. Seine Biochemie ... das waren *wir*, Ray. Wir haben sie beide umgebracht. Mrs. Calabash und Mrs. Floon ... Wir haben gewonnen, Ray. Das hier ist unsere Siegesfeier.«

»Ich habe mein Bestes für das Kind getan«, sagte er. »Für euch beide ... Ich habe ein reines Gewissen. Zum Teufel, ich weiß nicht einmal, wovon du sprichst.«

Ich mußte lachen. »*Wirklich*, Ray? Du hast ein reines Gewissen?« Ich warf einen Blick auf Mrs. Anthonys bleiches Gesicht, ihre angsterfüllten Augen. »Möchten Sie noch *mehr* Geschichten aus unserer Kindheit hören, Mrs. Anthony? Ich kann Ihnen da so einiges erzählen. Mal sehen. Wie wär's mit der, wie Raymondo der Große Thomas' Hände mit Klebeband fesselte. Sie an den Gelenken zusammenband wie bei einem gottverdammten Kriegsgefangenen. Wissen Sie, warum? Wissen Sie, was Thomas' großes Verbrechen war? Er hatte an seinem Ärmel gelutscht.« Ich hielt ihr meine Hände demonstrativ unter die Nase. »Ich habe heute noch vor Augen, wie er in sein Abendessen weint – wie ein Hund sein Gesicht auf den Teller senkt, um essen zu können. Wie ein verdammter *Hund*. War es nicht so, Ray? Erinnerst du dich an den Abend? ... Oder wie du ihn beim Naschen von Süßigkeiten in der Kirche erwischt hast. Erinnerst du dich wenigstens an *den* lustigen Tag, Ray? He, rollen wir den Fall doch mal neu auf, ich hab neue Beweise für dich. Hörst du zu, Ray? *Ich* war derjenige, der sich die Taschen vollgestopft hat, bevor wir in die Kirche gingen. Ich habe ihm die Bonbons zugesteckt, Ray. Ich habe die ganze Messe über gefuttert. *Direkt* unter deinen Augen, Mann. Du hast den falschen Zwilling verdächtigt. Du hast *immer* den falschen fertiggemacht.«

»Willst du wissen, was der Vormundschaftsrichter an dem Tag gesagt hat, als ich euch zwei adoptierte?« fragte Ray mich – der Arsch sah mir direkt in die Augen. »Er meinte, ich sei ein guter Mann, das hat er gesagt. Daß es wahrscheinlich unter tausend nicht einen gäbe, der das auf sich nehmen würde. Nicht nur *einen*, sondern *beide*. Gleich zwei von eurer Sorte ... Ich behaupte nicht, daß ich keine Fehler gemacht habe. Daß ich es nicht hätte anders machen können. Aber du darfst gerne zu diesem Gericht gehen und die Worte nachlesen, wenn du willst, Freundchen! Unter dem 19. März 1959, Vormundschaftsgericht von Three Rivers, Connecticut. Weil Seine Ehren Richter Harold T. Adams seinen Sekretär angewiesen hat, es solle im Protokoll stehen! Daß ich ein guter Mann bin. Daß nicht einer unter tausend ...«

Laß ... mich ... hier ... raus! BITTE ... laß ... mich ... raus!

»O ja, Richter Harold T. Adams ...« Nun weinte *ich*, schluchzte *ich* vor der ganzen verdammten Welt. »Richter Harold T. Adams wäre sicher mächtig stolz auf dich gewesen an dem Abend, als du Thomas in die Abstellkammer gesperrt hast. Oder, Ray? ... An dem Abend, als Ma mit einem gebrochenen Arm die Treppe runterkam. *Was* für ein Abend. Ist dein Gewissen da auch rein, Ray?«

Er sagte, ich solle zur Hölle fahren. Trat seinen Rückzug aus dem Wohnzimmer an. *Wumm!* Die Haustür. Sein Auto sprang an, er setzte zurück und schoß die Hollyhock Avenue entlang.

Leo, Angie, Dessa und ich waren die letzten. Wie in alten Zeiten, dachte ich: als wir vier Frischverheirateten uns freitags abends gegenseitig besuchten. Karten spielten, Musik hörten, Bier tranken. Die anderen fingen an, Teller und halbleere Gläser einzusammeln. Ich ging in die Küche und machte den Kühlschrank auf. Öffnete vier von Rays Bierflaschen. »Nein, danke«, sagten sie alle.

»Kommt schon. Ich hab sie bereits aufgemacht. Nehmt euch ein Bier.«

»Nein, wirklich nicht.«

Angie meinte, sie und Leo müßten gehen – die Kinder bei Freunden abholen. »Bringt sie doch mit her«, lud ich sie ein. »Es ist genug übriggeblieben, um *fünfzig* Kinder satt zu kriegen. Ich habe die beiden schon seit Monaten nicht mehr gesehen.« Sie wechselten einen Blick. Angie stotterte sich durch eine halbgare Ausrede, und Leo sagte nur, er werde mich am nächsten Tag anrufen; dann verschwanden sie.

Ich setzte mich an den Küchentisch, zwischen all die ungegessenen Desserts. Fing an, das Etikett von meiner Bierflasche abzuknibbeln. Dessa stand an der Spüle und trocknete Geschirr ab. »Hast *du* die Kinder in letzter Zeit gesehen?« fragte ich. »Amber und Shannon?«

Sie erzählte, sie sei am Samstag zuvor mit ihnen einkaufen gewesen.

»Ich krieg sie *gar nicht* mehr zu Gesicht. Woran liegt das? An ihren Stundenplänen oder an mir?«

Ich wartete nervös auf ihre Antwort.

»Es ist wegen deines Bruders«, meinte sie.

»Meinem *Bruder*? Was hat der denn damit zu tun?«

Sie setzte sich mir gegenüber an den Tisch. »Letzten Herbst – als er sich die Hand abgeschnitten hat ... Amber ist fast ausgeflippt deswegen. Sie hat sich immer wieder vorgestellt, daß *du* es getan hast. Mit *deiner* Hand. Und es ist ... es ist immer schlimmer geworden. Leo wollte dir nichts davon sagen. Er wußte, daß du dich sonst schlecht fühlen würdest.«

»Was ist schlimmer geworden? Was meinst du?«

»Amber fing an, alle möglichen Phobien zu entwickeln: Sie hatte Angst einzuschlafen, mit dem Schulbus zu fahren. Manchmal liegt sie bis weit nach Mitternacht wach. Und wenn sie endlich einschläft, schreckt sie andauernd hoch. Manchmal zwei- oder dreimal in einer Nacht. Sie gehen jetzt mit ihr zu einem Spezialisten.«

Ich schloß die Augen, bis das Verlangen nachließ, um sie beide zu weinen: meine Nichte, meinen Bruder.

»Laß ihr einfach etwas Zeit, Dominick. Sie wird darüber hinwegkommen. Die Kinder lieben dich. Das weißt du. Es ist nur im Moment so, daß ...«

Ich hielt meine Bierflasche über einen Teller mit unverzehrten Cremeschnitten. Quetschte eine nach der anderen platt und beobachtete, wie der Pudding herausquoll und über den Tellerrand lief. »Schizophrenie«, sagte ich. »Das Geschenk, das immer wieder Freude macht.«

Dessa erkundigte sich, ob ich mir vorstellen könne, wo Ray hingefahren sei.

Ich zuckte mit den Schultern. Meinte, daß es mich wirklich nicht sonderlich interessiere.

»Weißt du, was schon immer sein größtes Verbrechen war?« fragte sie. »Daß er nicht dein richtiger Vater ist.«

Sie stand auf und ging zurück zur Spüle.

Ich entgegnete, sie habe unrecht – das sei *nicht* das Schlimmste. Bei weitem nicht.

»Doch, das ist es«, sagte sie. »Alles andere könntest du ihm eher verzeihen.«

Sie blieb. Half mir bei den restlichen Aufräumarbeiten. »Wirklich«, wiederholte ich ständig. »Du mußt das nicht machen.« Natürlich ignorierte sie mich; ob sie es nun zugeben mochte oder nicht, Dessa konnte genauso stur sein wie ihre Mutter. Aber ich war froh, daß sie blieb. Dankbar.

»Ich muß noch mal ins Bad, dann werde ich gehen.«

Zurück zu ihrem zerfallenden Farmhaus mit dem knallbunten Briefkasten, dachte ich. Zurück zu ihm.

Ich blätterte in Mas Fotoalbum, als sie die Treppe wieder herunterkam. Ich hatte es aus dem Geschirrschrank geholt, um Jerry Martineaus Basketballfoto hineinzustecken, und war dann an den alten Bildern hängengeblieben. Als ich neben mir auf das Sofa klopfte, überraschte sie mich: Sie setzte sich an meine Seite.

Wir blätterten gemeinsam das Album durch: Thomas und ich mit Mamie Eisenhower; Domenico in einem zweiteiligen Badeanzug am Ocean Beach ... Ich war versucht, Dessa von der »Geschichte« des Alten zu erzählen, überlegte es mir dann aber anders. Sie hatte an diesem Tag bereits genug von Dominick und Co. zu hören gekriegt.

»Ich mache mir Sorgen um dich«, sagte sie.

Ich blätterte weiter. Thomas und ich in Matrosenanzügen; Thomas und ich in New York ... Ich antwortete ihr, ich käme schon klar – empfände Thomas' Tod in gewisser Weise als Befreiung. Und es tue mir nicht leid, Ray vor versammelter Mannschaft abgekanzelt zu haben.

»Nun, du mußt im Moment mit einer Menge widerstrebender Gefühle fertig werden, Dominick. Du solltest wirklich mit jemandem *sprechen.*«

Ich fragte, ob sie sich für den Job freiwillig melden wolle.

»Du weißt, was ich meine. Einen Psychologen. Einen Therapeuten.«

Ich berichtete ihr, wie weit ich ihr schon voraus war. Erzählte von Dr. Patel.

Sie streckte die Hand aus und ergriff meine. »Was hat dich dazu gebracht?«

Ich blätterte eine weitere Seite in Mas Album um. Zuckte die Achseln. »Ich glaube, daß er da im Hatch eingesperrt war. Dieser Hochsicherheitsscheiß: Das hat mich aufgefressen. Ich glaube, es war wie eine Wiederholung der Geschichte mit der Abstellkammer ... Am Anfang sollte ich Dr. Patel nur ein paar Hintergrundinformationen über unsere glückliche Kindheit geben. Und dann ... Ich weiß nicht, die Dinge haben sich irgendwie verselbständigt. Eines Nachmittags meinte sie zu mir, Thomas und ich seien wie zwei Jungen, die sich im Wald verirrt hätten. Und sie könne mir dabei helfen, aus dem Wald herauszufinden. Also haben wir begonnen, an *meiner* Scheiße zu arbeiten.«

»Und wie geht's voran?«

Ich zuckte mit den Schultern. »Sie war vorhin hier; du hast sie nur kurz verpaßt. Sie ist wirklich Klasse. Kauft mir nicht jeden Scheiß ab ... Wir haben ... an meiner Aggressionsbewältigung gearbeitet. Ich glaube, sie wäre nicht sehr zufrieden gewesen mit meinem kleinen Showdown eben.«

Dessa sagte, daß mein Ärger nun zumindest das angestrebte Ziel zu treffen schien.

Ich schaute sie an. Studierte ihr Gesicht. Nickte.

»Ich bin *froh*, daß du was unternimmst«, betonte sie. »Du und Thomas, ihr hattet eine sehr komplexe Beziehung. Du hast unglaublich viel Energie auf Thomas verwendet. Dein ganzes bisheriges Leben. Jetzt mußt du diese Energie nehmen und sie ... sie *re*investieren, denke ich. Das wird ein sehr schwieriger Prozeß werden.«

»Klingst wie ein Psychologe«, sagte ich. »Versuchst du, Doc Patel aus dem Rennen zu werfen?«

Sie meine es ernst, erwiderte sie. Sie sähe es nicht gerne, wenn ich Thomas' Tod dadurch zu bewältigen versuchte, daß ich ihn verdrängte – und mein Ärger aus hundert Richtungen auf mich zurückschlug. Oder daß ich dem Schmerz auswich – aufgab, sobald es problematisch wurde.

»*Sobald* es problematisch wird?« hakte ich nach. »Willst du damit sagen, daß es *noch* brutaler wird als bisher?«

Sie schüttelte den Kopf. »Ich will nur sagen, Slugger, daß das ein großer Schritt für dich ist – die Therapie. Ich bin stolz auf dich.«

Slugger – der Schläger: so hatte sie mich schon seit Jahren nicht mehr genannt. Ich fragte sie, wie es *ihr* ging.

Sie schaute weg. Sah mich wieder an. »Ganz gut.«

»Wie? Nur ganz gut? Was ist los?«

Oh, hauptsächlich wegen Thomas' Tod, meinte sie. Sie habe meinen Bruder wirklich geliebt. Er habe so schwer gekämpft. Sie trauere auch. Und jetzt ihre Mutter – diese Schwindelanfälle.

»Aber sonst ist alles in Ordnung?« Sag mir, daß du Probleme mit ihm hast, dachte ich. Sag mir, daß es bei euch kriselt.

»Du hast selbst genug Sorgen, Dominick. Du mußt dir nicht auch noch meine anhören.«

»Nein, erzähl's mir. Was ist los?«

Sadie, sagte sie. Sadie gehe es nicht gut.

»Dussel? Warum? Was ist mir ihr?«

»Sie ist *alt*. Ihr Herz ist schwach und ihre Nieren auch. Der Tierarzt hat mir nahegelegt, sie einschläfern zu lassen.«

Ich dachte an den Tag zurück, an dem ich ihr Sadie geschenkt hatte. Es war ihr fünfundzwanzigster Geburtstag gewesen. Ich erinnerte mich daran, wie ich die Tür unseres alten Apartments öffnete und dieser verdammte Welpe geradewegs auf sie zustürzte. Ihr die nackten Füße leckte. Ich hatte Sadie eine große rote Schleife umgebunden.

Wir saßen eine ganze Weile schweigend da.

»Und da ist noch etwas«, meinte sie schließlich.

Was noch? Wo waren wir stehengeblieben?

»Hast du das letzte Woche in der Zeitung gelesen? Über Eric Claptons kleinen Sohn? Gott, das ist so sinnlos.«

»Der kleine Kerl ist aus dem Fenster gefallen, oder?« fragte ich. »Aus einem Hochhaus?«

Sie stand auf, ging zum Fenster. »Es ist ja nicht so, als wäre ich eine enge Freundin der Familie. *Du* warst ja immer der große Clapton-Fan ... Aber ich kann nicht aufhören, an den armen kleinen Jungen zu denken. Conor hieß er. Ich hab sogar von ihm geträumt.«

»Das liegt an Angela«, sagte ich. »Erzähl mir von dem Traum.«

»Nein, ist schon gut, Dominick. Es ist albern im Vergleich mit dem, was *du* durchgemacht hast. Mein Gott.«

»*Erzähl's* mir«, bat ich.

In Dessas Traum kniet der Junge auf der Fensterbank und winkt hinunter – zu der Menge, die sich auf dem Gehweg versammelt hat. Sie halten jedesmal den Atem an, wenn er sich bewegt. Er begreift nicht, wie gefährlich es ist und was alles passieren kann. »Eric Clapton ist da«, fuhr Dessa fort. »Und die Mutter des Jungen und die Polizei. Aber irgendwie bin *ich* es, die verantwortlich ist. Ich verspreche allen, ihn aufzufangen, wenn er fällt ... Und ich *weiß*, daß ich es nicht kann, aber ich *verspreche* es immer wieder. Alle verlassen sich auf mich. Und dann rutscht er ab. Beginnt zu fallen ...«

»Es war nicht deine Schuld«, sagte ich. »Es war *niemandes* Schuld. Angela ist einfach gestorben.«

Sie drehte sich zu mir um. Nickte. »Vielleicht konnte Thomas es einfach nicht mehr ertragen, Dominick ... Vielleicht war er *bereit*, den Kampf aufzugeben.«

Ich stand auf und ging zu ihr. Nahm sie in den Arm. Sie legte ihr Gesicht an meine Brust. Eine Minute lang verharrten wir so, hielten einander fest. »Komm«, sagte ich. »Setz dich.«

Thomas und ich in Davy-Crockett-Pyjamas. Mit unseren High-School-Kappen und Talaren ... Domenico und Ma, Hand in Hand auf den Stufen vor dem Haus ... Dessa und ich an unserem Hochzeitstag. »He, wer sind denn die beiden Hippies da? Kommen mir irgendwie bekannt vor.« Ich konnte ihr Lächeln eher spüren als sehen.

»Oh, meine arme Mutter«, seufzte Dessa. »Am Strand zu heiraten, statt in der griechisch-orthodoxen Kirche! Und ich auch noch in diesem Neununddreißig-Dollar-Bauernkleid und nicht in irgendwas mit Zuchtperlen und einer drei Meter langen Schleppe. Heute verstehe ich sie. Und du in diesen Sandalen. Du willst wahrscheinlich nicht wissen, was ich mir *deswegen* alles habe anhören müssen.«

Sandalen, dachte ich. Pater LaVie fiel mir ein.

Dessa meinte, sie wundere sich immer noch, wie selbstsicher sie damals gewesen sei – wie zuversichtlich, daß sie die Zukunft nur *planen* müsse, damit auch alles eintraf, was sie sich wünschte. »Schau nur, wie jung wir waren. Kein Wunder.«

»Paßt schön auf, ihr zwei«, sagte ich zu dem abgerissenen Brautpaar. »Das Leben wird euch noch ganz schön zusetzen.«

Ich blätterte um. Unsere Flitterwochen in Puerto Rico, wir beide als Paten bei Shannons Taufe. Damals steckten wir gerade in all diesen Fruchtbarkeitsberatungen, erinnerte ich mich. »Und«, wagte ich schließlich zu fragen, »wie geht's Dannyboy?«

Sie sprach davon, wie beschäftigt er sei – erzählte von einem Großabnehmer in Santa Fe oder so. »Dominick, sprichst du mit ihr auch über uns? Mit deiner Therapeutin? Oder fällt das unter Frühgeschichte?«

Ich lächelte. »Meine Therapeutin hat auch einen Abschluß in Anthropologie. Frühgeschichte ist also genau ihr Ding.« Ich blätterte ein paar Seiten weiter.

»Ja, ich rede über uns«, fuhr ich schließlich fort. »Wie ich aus Wut diese dämliche Sterilisation habe machen lassen. Und daß hinter all der *Wut* diese ... diese *Angst* steckte. Glaub mir, Frühgeschichte ist genau das, worin ich mich ihrer Meinung nach suhlen soll. Sie denkt, wenn ich eine Zukunft haben will, muß ich zurückgehen und mich all diesen Ängsten stellen. Die Vergangenheit zerstören oder was auch immer. Sie liebt diese Worte: Zerstörung und Erneuerung... Vielleicht sollte ich mir im Rathaus eine Baugenehmigung holen, bei den ganzen Abriß- und Wiederaufbauarbeiten, die ich durchzuführen habe.«

Dessa streckte die Hand aus und streichelte meinen Arm.

»Ich ... ich lese zur Zeit diese Geschichte, die mein Großvater geschrieben hat. Mas Vater. Seine Autobiographie oder wie man das nennen soll. Sie ist eigentlich auf italienisch. Ich hab sie übersetzen lassen.«

»Ihr Papa?« fragte Dessa. »Er war der Held deiner Mutter.«

»Er war ein Schwein«, sagte ich. »Ein Tyrann. Wenn du schon glaubst, *ich* sei wütend ...«

Sie blieb noch eine halbe Stunde länger. Ich machte uns Tee, und wir aßen von dem Schokoladenkuchen, den sie mitgebracht hatte.

»Ich liebe dich«, sagte ich ihr beim Abschied. »Ich weiß, dir ist das nicht recht, aber ich kann nichts dagegen tun.«

Sie lächelte. Riet mir, weiter zu Dr. Patel zu gehen.

»Ich kann ... wenn du willst, kann ich dich mal zum Friedhof mitnehmen. Sein Grab besuchen. Mas ... Vielleicht auch das Grab von unserem Baby, wenn du möchtest.«

Sie nickte. Lächelte das traurigste Lächeln, das ich je gesehen hatte. Sie sei erst an diesem Morgen zu Angelas Grab gegangen, erzählte sie. Sie besuche sie regelmäßig, ein- oder zweimal in der Woche. Jemand habe frische Blumen für sie gepflanzt. Vielleicht Angie. Oder ihr Vater – sie habe vergessen zu fragen.

Rote und weiße Tulpen. Sie seien so schön, daß sie habe weinen müssen.

43

16. August 1949

Nach dem glorreichen Bankett in der Vorhalle der Kirche fragten mich auf einmal alle möglichen Leute um Rat oder erbaten meine Hilfe bei den unterschiedlichsten Projekten.

Ich wurde Mitglied eines katholischen Männerbundes – der Kolumbusritter – und zum Vorstandsmitglied der Söhne Italiens gewählt. Ich half den Republikanern dabei, italienische Bürger für die Wählerverzeichnisse registrieren zu lassen, und wurde in die städtische Planungskommission berufen (als erster Italiener in der Geschichte Three Rivers'). Ich hatte so viel zu tun, daß ich mir ein Telefon anschließen lassen mußte. Das Ding klingelte in einem fort. Am anderen Ende der Leitung war immer jemand, der meine Hilfe brauchte. Und nicht bloß Italiener. Auf einmal wußte sogar Shanley, dieser verlogene irische Bürgermeister, daß ich mit Vornamen Domenico hieß und meine Telefonnummer 817 lautete.

»Wie geht es mit der Niederschrift Ihrer Geschichte voran?« fragte Pater Guglielmo mich eines Morgens nach der Kirche. Ignazia, das Mädchen und ich gingen regelmäßig in die Neun-Uhr-Messe; wir hatten mittlerweile Stammplätze in der zweiten Reihe. (Ich half bei der Kollekte und behielt die anderen im Auge, um sicherzustellen, daß niemand lange Finger machte. Eines

der Probleme von Guglielmo bestand darin, daß er jedermann vertraute.)

Auf seine Frage hin lachte ich und erklärte, mir bleibe kaum Zeit für ein paar Stunden Schlaf am Tag und schon gar nicht dafür, mich hinzusetzen und die Geschichte von beinahe fünfundvierzig Lebensjahren niederzuschreiben. Ich fügte hinzu, er brauche sich keine Sorgen um mich zu machen; er solle sich lieber um die Gemeindemitglieder kümmern, die größere Sünden auf ihre Seele geladen hätten als ich. Meine Familie und ich lebten in Frieden zusammen.

Das hielt ich auch für die Wahrheit ... Ich hatte meine Besuche bei der kleinen Hattie in der Bickel Road eingestellt, denn dafür war ich mittlerweile viel zu beschäftigt – und auch bei den hohen Tieren in Three Rivers zu bekannt, als daß ich mich an so einem Ort hätte sehen lassen können! Indem ich von einem Treffen zum nächsten eilte, lenkte ich mich ein wenig von den Gedanken an den Körper meiner Frau ab – ihre Zufriedenheit hatte Ignazia ein wenig runder und noch begehrenswerter werden lassen.

Meine Arbeit in der Planungskommission führte zu einer kleinen privaten Freundschaft mit Mrs. Josephine Reynolds, einer Stenographin, die im Rathaus arbeitete und die Zusammenkünfte protokollierte. Verglichen mit Ignazia machte Josie nicht viel her. Zu flach. Wie alle 'Mericani kochte sie Kaffee, der wie Spülwasser schmeckte. Dafür verstand sie es, einem vielbeschäftigten Mann Entspannung zu verschaffen – und obendrein auf ganz diskrete Art. Sie wohnte in Willimantic. Wenn ich konnte, ging ich zu ihr, aber nicht allzu häufig. Ich hätte sie keines Blickes gewürdigt, wenn meine Frau nicht so ein schwaches Herz gehabt hätte.

Ich glaubte wirklich, nun sei Frieden in mein Haus eingekehrt, wollte es glauben – ich hoffte, daß Guglielmos Segen den Fluch des anderen Priesters gebrochen hatte. Doch unter der Oberfläche brodelte es. Ganz im stillen war diese gottverdammte niederträchtige Prosperine damit beschäftigt, den bescheidenen Frieden zu zerstören, den wir in der Hollyhock Avenue 66–68 genossen.

17. August 1949

Eines Sonntags nach der Kirche kehrte das Unheil in mein Haus zurück.

Als wir an jenem Tag von der Messe nach Hause kamen, machte Ignazia Feuer unter dem Makkaronitopf und ging dann hinaus, um sich umzuziehen. Ich saß am Küchentisch und las Zeitung. Concettina hockte neben mir, sang und kritzelte kleine Bildchen in ihre Kinderzeitung. Die Äffin öffnete die Hintertür und betrat die Küche, wie immer ohne zu grüßen und mit finsterer Miene. Diese Frau redete nie mit mir, es sei denn, ich sprach sie an. An diesem Tag würde ich sie ansprechen. An diesem Tag gab es etwas zu besprechen.

Am Samstag nachmittag, als ich zu Signora Siragusa gegangen war, um den Wochenlohn der Äffin zu kassieren, hatte mir die alte Frau vier statt sechs Dollar in die Hand gedrückt. Zweimal in dieser Woche, so berichtete sie, habe Prosperine behauptet, krank zu sein, und sei oben in der Dachstube geblieben. Darüber hinaus beschwerte sich die Signora, keiner ihrer Pensionsgäste könne Prosperine leiden. Nie sehe man ein Lächeln auf ihrem Gesicht, nie lasse sie sich auf eine Unterhaltung ein. Zwei- oder dreimal war die alte Frau zudem mitten in der Nacht durch Schritte auf der Treppe geweckt worden. Falls sie herausfinde, daß Essen oder Silberbesteck fehle, warnte mich die Signora, werde sie auch das vom Lohn abziehen. Und falls Prosperine zu einem der Junggesellen im ersten Stock hinunterschleiche, müsse sie die Pension verlassen. Die Signora sagte, sie dulde kein skandalöses Verhalten in ihrem Haus. Was, wenn Pater Guglielmo davon erführe?

Oder die Polizei? Dabei zog mich die tratschsüchtige Alte zu sich heran und flüsterte, vielleicht bestünde Prosperines Krankheit in Wirklichkeit darin, daß ein Baby in ihrem Bauch heranwuchs. Auch sie habe während vier ihrer sieben Schwangerschaften den ganzen Tag nur immer schlafen wollen.

Der Gedanke, einer von Signora Siragusas Junggesellen könne so blind oder närrisch sein, sein Ding in diese knochige Äffin zu stecken, brachte mich zum Lachen. Diese verrückte mignotta *würde den armen Mann wahrscheinlich eher kastrieren! Oder ihn am nächsten Tag vergiften! Aber über die fehlenden zwei Dollar in meiner Hand konnte ich nicht lachen. Ich sagte der Signora, ich würde mich um die Angelegenheit kümmern.*

»Was«, begann ich also, noch bevor Prosperine an jenem Tag in meiner Küche den Mantel ablegte, »was höre ich da? Du machst deine Arbeit bei der Signora nicht ordentlich?«

»Ich tue meine Arbeit«, entgegnete sie.

»Gestern habe ich nur vier statt sechs Dollar bekommen. Sie bezahlt dich nicht dafür, daß du in der Dachstube bleibst und schläfst.«

»Mir war elend«, sagte sie. »Hundeelend.«

»Elend wovon?«

Sie schwieg.

»Wenn mir elend ist, gehe ich trotzdem zur Arbeit«, belehrte ich sie. »Ich arbeite auch, wenn ich krank bin.«

»Ja, du. Ich nicht. Ich kann schon von Glück sagen, wenn ich in dem Haus nicht an Lungenentzündung sterbe. Der Wind pfeift durch die Ritzen im Dach. Sie erlaubt nicht, daß ich die Tür auflasse und ein bißchen Wärme zu mir hereinlasse. Nicht einmal einen Spalt. Sie ist genauso knauserig mit den Kohlen wie du.«

»Wenn es oben so kalt ist, dann geh hinunter und arbeite anständig, dann wird dir auch warm und du kannst nachts auch schlafen, ganz gleich, wie der Wind pfeift. Und hör auf, die Gäste so grimmig anzuschauen. Du bist so schon häßlich genug. Bei

der Signora sind verschiedene Beschwerden hinsichtlich deines Benehmens eingegangen. Und was soll das, in der Nacht wie ein Einbrecher die Treppe hinunterzuschleichen?«

»Wer schleicht denn wie ein Einbrecher?«

»Sie sagt, du. Sie hört dich oft auf der Treppe.« Ich beugte mich zu Concettina hinüber und hielt ihr die Ohren zu. »Sie glaubt, daß du mit den Männern in ihrem Haus was anstellst.«

»Pah!« entgegnete die Äffin. »Das einzige, was ich anstelle, ist, auf die Toilette zu gehen oder mir die Knochen zu wärmen.«

»Dann will ich hoffen, daß das auch stimmt«, warnte ich sie. »Ich habe dich zum Arbeiten dorthin geschickt und nicht, damit du den Junggesellen auf der Flöte spielst. Wenn ich nächste Woche wieder weniger bekomme, drehe ich dir deinen dürren Hals um.« Ich nahm meine Hände von Concettinas Ohren und schob sie aus der Küche.

»Warum sollte ich arbeiten wie ein Pferd, nur damit du dir die Taschen vollstopfen kannst?« gab Prosperine zurück.

»Weil ich dich in meinem Haus aufgenommen und fast zwei Jahre durchgefüttert habe. Wer weiß, wo du ohne meine Großzügigkeit gelandet wärst? Bestimmt irgendwo in New York auf der Straße.«

»Du und generoso?« lachte sie. »Du bist doch der größte Geizkragen, den ich kenne.«

Ignazia kam herein und bemerkte, wie wir beide uns fixierten. Sie ging kurz an den Herd und trat dann zwischen uns. »Prosperine, reib den Käse hier für mich«, ordnete sie an. »Domenico, geh runter in den Keller und hol mir ein Glas Pfirsiche.« Langsam stand ich auf, ließ die Äffin aber nicht aus den Augen. An der Kellertür angekommen, teilte ich ihr mit, daß wir unser Gespräch nach dem Essen fortsetzen würden.

»Du kannst reden, bis dir die Zunge abfällt«, erwiderte sie. »Wenn ich krank bin, dann bin ich krank.«

Während des Essens sagten wir keinen Ton. Sogar Concettina

war still. Immer, wenn ich von meinem Teller aufschaute, bemerkte ich, daß Prosperine mich anstarrte. Wenn sie wirklich von ihrer Hexenfreundin daheim in Pescara die dunkle Kunst des bösen Blicks erlernt hätte, wäre an jenem Tag mein Kopf geplatzt, oder zumindest wären meine Augäpfel aus ihren Höhlen gesprungen, so finster schaute sie mich an!

Ich hatte mir angewöhnt, jeden Sonntagmorgen meine silberne medaglia aus der Samtschachtel zu nehmen und sie während der Messe zu tragen. Ich behielt sie dann bis nach dem Mittagessen an, daher hing sie immer noch um meinen Hals, als wir an jenem Nachmittag unser langes, schweigsames Mahl beendeten. Ignazia und Prosperine standen auf und machten sich daran, das Geschirr abzuräumen. Ich wies auf den Stuhl der Äffin und bedeutete ihr, sich wieder zu setzen. »Nimm das Kind mit in die Küche«, sagte ich zu Ignazia.

Prosperine seufzte und setzte sich. Als ich mit meinen Ausführungen begann, trommelte sie mit ihren Fingern auf den Tisch und weigerte sich, mich anzuschauen. Diese Person verstand es wie keine andere, sich unhöflich zu benehmen! Ich zog mir die silberne medaglia über den Kopf, langte über den Tisch und ließ sie vor ihrem häßlichen Gesicht hin und her baumeln. »Schau genau hin«, sagte ich. »Weißt du, warum mir die verliehen worden ist?«

Sie schwieg.

»Sie ist mir als Anerkennung für harte Arbeit und überdurchschnittliche Leistungen überreicht worden, dafür, daß ich immer mehr getan habe, als von mir erwartet wurde, nie weniger – dafür, daß ich geschuftet habe, ganz gleich, ob ich krank war oder nicht.«

Sie ballte ihre Hände auf dem Tisch zu Fäusten und stieß einen tiefen Seufzer der impazienza aus, weigerte sich aber nach wie vor, mir in die Augen zu sehen.

»Warum, glaubst du, haben sie Tempesta gebeten, in der städtischen Planungskommission mitzuarbeiten? Warum, glaubst du, kennt der Bürgermeister meinen Namen und meine Telefonnummer? Diese medaglia ist ein Triumph nicht bloß für mich, sondern für jeden italiano, der nach la 'Merica ausgewandert ist. Nimm dir an mir ein Beispiel und arbeite gefälligst so, daß du stolz auf dich sein kannst. Und lächle die Gäste an, verdammt noch mal!«

Sie schaute von der vor ihren Augen baumelnden Medaille hoch in mein Gesicht. »Schluck deine tolle medaglia doch runter und scheiß sie am anderen Ende wieder aus«, sagte sie. Dann warf sie den Kopf zurück, schnellte ihn wieder vor und spuckte auf meine silberne Auszeichnung.

Ihr ekelhafter Speichel rann über die glänzende Oberfläche der medaglia, genau über das crucifisso Jesu Christi und das Licht der Weisheit, und tropfte dann aufs Tischtuch. Ich sprang auf, packte sie am Arm und zerrte sie vom Stuhl.

»Jetzt bist du zu weit gegangen«, sagte ich. »Entschuldige dich, oder ich verdrehe dir deinen dürren Arm, bis die Knochen knacken. Entschuldige dich laut und deutlich, und dann verschwinde aus meinem Haus und komm nie wieder!«

Ignazia stürzte ins Zimmer. »Hör auf, Domenico!« rief sie. »Laß sie gehen, bevor jemand zu Schaden kommt. Ich will nicht, daß hier im Haus jemand mißhandelt wird.«

»Halt du dich da raus!« warnte ich sie. »Diese mona hier hat ihren schmutzigen Speichel auf meine silberne medaglia gespuckt.« Concettina verbarg sich hinter ihrer Mutter und fing an zu weinen. Ruckartig zog ich Prosperine den Arm hoch, um ihr zu beweisen, daß ich es ernst meinte. »Entschuldige dich!« befahl ich ihr erneut. »Und zwar schleunigst.«

Ignazia holte eine Serviette und wischte meine Medaille sauber. »Tu schon, was er sagt«, forderte sie Prosperine auf. »Was macht das noch für einen Unterschied?«

Aber dieses störrische Miststück entschuldigte sich nicht. Ganz im Gegenteil. Sie senkte den Kopf und vergrub ihre Zähne in der Hand, mit der ich sie festhielt!

Ich schrie vor Schmerz auf und ließ sie los, packte sie dann aber von hinten an ihren Zöpfen. Sie versuchte zu fliehen, doch ich hatte sie fest im Griff. Ich gab ihr ein paar Ohrfeigen, damit sie merkte, mit wem sie es zu tun hatte. Diese gottverdammte mignotta hatte mir die Hand blutig gebissen!

Ignazia versuchte, mich von ihr loszureißen. Concettina weinte. Ihre Mutter weinte. Nicht aber dieses verrückte Miststück, das den ganzen Ärger verursacht hatte! Sie ließ sich auf einen Kampf mit mir ein. Mit der einen Hand boxte sie mir auf die Nase, mit der anderen schnappte sie sich das Brotmesser vom Tisch. Ich packte sie und stieß sie mit dem Gesicht gegen die Wand. Noch einmal. Schließlich ließ sie das Messer fallen.

Hinter mir hörte ich lautes Geschrei. Als ich mich umschaute, sah ich, daß meine Frau und mein Kind zusammengekauert auf dem Boden hockten. Mutter und Tochter schrien Zeter und Mordio.

»Bruto! Bruto!« kreischte meine Frau. »Was bist du für ein Unmensch, daß du arme, wehrlose Frauen schlägst und dein eigenes Kind so erschreckst?«

Ich wies auf Prosperine. »Suchst du jemanden, dem du die Schuld geben kannst? Dann nimm die hier, die beißt und spuckt wie ein Tier!« Prosperine, auf allen vieren am Boden wie ein geprügelter Hund, hustete und würgte.

Ignazia kam herüber und half ihrer dürren Freundin auf die Beine. Die Äffin taumelte stöhnend zu einem Stuhl und ließ sich darauf fallen. Als sie mir ihr blutüberströmtes Gesicht zuwandte, sah ich, daß ich ihr mindestens einen Schneidezahn ausgeschlagen hatte. Jetzt war es vorbei mit der Beißerei!

»Bruto!« schrie mich meine Frau an. »Verschwinde! Laß uns allein!«

»Hör auf zu brüllen!« wies ich sie an. »Die ganze Nachbarschaft kann dich sonst hören!«

»Das ist mir egal!« rief sie. »Dann laß sie doch hören, daß

mein toller Mann aller Welt hilft und dann nach Hause geht und unschuldigen Frauen die Zähne ausschlägt!«

»Innuccenti?« *schrie ich.* »Innuccenti? *Ha! Sie hat mich mit einem Messer bedroht!« Ich hielt meine Hand vor Ignazias Gesicht, um ihr zu zeigen, wo die Äffin mich gebissen hatte, aber diese hysterische Frau dachte, ich wollte auch sie schlagen. Sie sank auf die Knie, vergrub ihr Gesicht in den Händen und wimmerte: »Bitte schlag mich nicht! Bitte, bitte, Domenico! Nicht schlagen! Schlag mich nicht!«*

»Sie ist selbst schuld!« rief ich. Dann forderte ich Ignazia auf, sich zu erheben – ich könne ihr doch nichts Böses antun.

Schluchzend erwiderte sie, ich hätte ihr an dem Abend etwas Böses angetan, als ich sie geheiratet und hier in dieses Gefängnis gebracht hätte. Dann schrie sie, sie hasse mich und verfluche den Tag, an dem sie meine Frau geworden sei!

Seit jenem ersten Abend hatte ich sie nicht mehr geschlagen, hatte ihr und auch dem Kind alles erdenklich Gute zukommen lassen. Aber Ignazia wußte es nicht zu schätzen.

Ich verließ das Zimmer, wollte bloß noch hinaus, nach oben gehen, rauchen und mich wieder beruhigen. Aber mehr als alles andere wollte ich, daß diese elende Unruhestifterin mein Haus verlassen hatte, wenn ich wieder herunterkam. Also kehrte ich noch einmal ins Eßzimmer zurück und machte das den beiden Frauen klar. Und als ich das Zimmer zum zweitenmal verließ, knallte ich die Tür hinter mir zu.

Doch es gab nur ein dumpfes Geräusch. Etwas hatte die Tür blockiert. Einen Augenblick lang herrschte entsetzliche Stille. Und dann fing das Geschrei an. Das kleine Mädchen hatte die Hand im Türrahmen gehabt. Ich hatte Concettinas kleine Fingerchen eingeklemmt!

Orribile! Terribile! *Aber es war zu spät, konnte nicht mehr rückgängig gemacht werden. Es war ein* accidente, *doch bei dem Geschrei des Kindes und Ignazias wütendem Protest konnte ich noch nicht einmal mein Bedauern ausdrücken – konnte nicht in die Nähe des Kindes, um nachzusehen, welchen Schaden die Aufsässigkeit der Äffin verursacht hatte. Ich stürmte die Treppe hoch, schlug die Schlafzimmertür zu und zerrte den Schreibtisch davor.*

Türenschlagen im ganzen Haus. Wehklagen der beiden Frauen und des Mädchens.

Zehn, fünfzehn Minuten später sah ich, aus dem oberen Flurfenster gelehnt, wie die drei die Straße hinunterflohen. Ignazia ging voran. Der schicke Kinderwagen, den ich sie hatte kaufen lassen, war beladen mit ihren Habseligkeiten. Die Hand des Kindes hatte sie mit Mullbinden umwickelt. Prosperine hielt die andere Hand des Kindes und drückte sich ein Stück Stoff vor den Mund. Sie marschierten mit großer Entschlossenheit davon, aber weit würden sie nicht kommen.

Ich wußte, wo sie hinwollten. Wohin sollten sie gehen, wenn nicht zu Signora Siragusa? Ich lief meiner Frau nicht hinterher. Es war besser, sie gehen zu lassen, als eine Szene zu machen, die alle Bewohner der Hollyhock Avenue vom Fenster aus beobachten konnten. Jeden Morgen beim Frühstück händigte ich Ignazia das Geld aus, das sie an dem Tag für Haushaltsbesorgungen brauchte. Mehr nicht. Also konnte sie kaum mehr als ein paar Dollar in Münzen bei sich haben. Laß sie doch, dachte ich. Sie kommt schon wieder reumütig zurück, sobald sie merkt, daß sie ohne Tempesta aufgeschmissen ist.

An jenem Abend, allein in meinem Haus, ließ ich es wieder und wieder bei meiner Freundin Josephine läuten, doch niemand ging an den Apparat. Keiner da, der einen armen Mann hätte trösten können, der doch sonntags nach der Kirche nur ein wenig Frieden und Ruhe wollte – ein Mann, der kein Untier war, aber eine Äffin am Hals hatte.

Die ganze Nacht über lag ich schlaflos im Bett, dabei hätte ich den Schlaf für die Nachtschicht der nächsten Woche dringend gebraucht. Ob die Finger des Kindes gebrochen oder nur verstaucht waren? Ob Ignazia es ernst gemeint hatte, als sie sagte, sie verfluche den Tag, an dem sie mich geheiratet hatte? Ich wußte schon, was Pater Guglielmo sagen würde, wenn ich ihn aufsuchte. Er würde mir raten, Prosperine zu vergeben, daß sie mir fast die Hand abgebissen und mit einem Messer herumgefuchtelt hatte, um es mir ins Herz zu stoßen. Vergeben Sie ihnen beiden, würde er sagen, und bitten Sie sie um Verzeihung! Üben Sie sich in Demut, Domenico! Schreiben Sie als Buße alles nieder!

Ich stieg aus dem Bett, holte die Kassette aus dem Wandschrank und nahm sie mit nach unten an den Küchentisch. Ich las die Seiten noch einmal durch, die ich bereits beschrieben hatte, und bemühte mich, meine Gedanken fortzuführen. Aber es ging nicht. Concettinas Schreie steckten mir noch zu sehr in den Knochen. Ich sah die Bißspuren Prosperines auf der Hand, die die Feder hielt. Hatte wieder vor Augen, wie ihre elende Spucke über meine silberne medaglia *rann … Mit der Person war ich noch nicht fertig. Ein für allemal würde ich mich von dieser mörderischen* minchia *befreien, die den Namen eines toten Mädchens gestohlen hatte und nach Amerika gekommen war, um mein Leben zu ruinieren!*

Gegen Mitte der Woche hatte ich das Katz-und-Maus-Spiel meiner Frau satt. Am Morgen, nach der Arbeit, ging ich zu Signora Siragusa, um meine famiglia *zurückzufordern.*

Die alte Signora wollte mit mir schimpfen wegen dem, was ich Prosperine angetan hatte, doch ich erwiderte: »Sei du lieber still, alte Frau. Deine Beschwerde war es doch, die den Ärger in meinem Haus erst heraufbeschworen hat. Und nun geh nach oben und sage meiner Frau, sie soll ihre Sachen packen. Ich befehle ihr, jetzt nach Hause zu kommen.«

Signora Siragusa seufzte und bekreuzigte sich. Dann hinkte sie die Treppen hoch. Ein paar Minuten später kehrte sie wieder zurück. »Sie läßt Ihnen sagen, Sie sollen gehen. Sie sagt, sie wer-

de sich eher das Herz aus dem Leib reißen, als Sie jemals wieder anzuschauen.«

Der Arbeitstag hatte begonnen, und die Pensionsgäste waren alle bereits außer Haus. Es war niemand dort, der die Streitigkeiten der Tempestas hätte mitbekommen können. Ich schob mich an der Signora vorbei auf die Treppe und rief meiner Frau zu: »Komm lieber herunter, Violetta! *Bevor es Ärger gibt,* Violetta!«

*»*Violetta*? Die Signora starrte mich verdutzt an, doch ich starrte nur zurück, bis sie kopfschüttelnd in der Küche verschwand. Oben an der Treppe erschien meine Frau. Kam fünf, sechs Stufen herunter und blieb dann stehen. Auch das Mädchen tauchte auf, versteckt hinter ihrer Mutter.*

Ignazia war blaß und schaute mich mit großen Augen an. Sie hielt das Kind fest, als wollte sie es vor mir beschützen.

»Finger gebrochen?« fragte ich.

Ignazia schüttelte den Kopf. »Aber es hat nicht viel gefehlt«, sagte sie. »Nicht, daß es dein Verdienst wäre …«

»Du bist meine Frau«, sagte ich. »Pack deine Sachen und komm nach Hause, wo du hingehörst. Ich habe diese Dummheiten satt.«

Erneut schüttelte sie den Kopf und zog das Kind noch näher an sich heran.

Ich erklärte ihr, ich duldete keinen Widerspruch von meinen Arbeitern in der Fabrik und würde auch von ihr keinen Widerspruch mehr dulden. Ignazia gab zurück, selbst wenn ich auf die Knie fiele und sie anflehte, würde sie nicht in ein Haus zurückkehren, in dem Frauen und Kinder nicht vor Ungeheuern sicher wären.

»Das mit der Hand des Kindes war ein Unfall«, erinnerte ich sie. »Und das Ungeheuer in meinem Haus ist ja wohl deine knochige Freundin, niemand anders. Dieses verrückte Miststück hat immer zwischen uns gestanden, hat uns beiden ständig Ärger be-

reitet. Aber das ist jetzt vorbei. Ich habe ihr untersagt, mein Haus jemals wieder zu betreten. Richte ihr aus, daß es mir ernst ist. Und jetzt hol deine Sachen. Wenn es nötig sein sollte, packe ich dich am Ohr und schleife dich den ganzen Weg zurück zur Hollyhock Avenue.«

Mit zitternder Stimme antwortete sie mir, ich werde sie weder am Ohr noch sonstwo packen. Sie und Prosperine hätten beschlossen, die Stadt zu verlassen.

»Und wohin wollt ihr bitte?« fragte ich lachend. »Zurück nach New York zu euren beiden ›Brüdern‹, die euch gar nicht schnell genug verkaufen konnten? Zurück zu diesem rothaarigen irischen Mamasöhnchen, der keinen Penny besitzt?«

Ich brauchte mir ihretwegen keine Sorgen zu machen, erwiderte sie. Sie habe sich vorher auch allein in der Welt zurechtgefunden.

»In einer Woche kommst du auf Knien zu mir zurück«, sagte ich. »Und wie soll ich es bis dahin mit meinen Mahlzeiten und der schmutzigen Wäsche halten?«

»Was geht mich das an? Von mir aus laß doch diese puttana 'Mericana deine Drecksarbeit machen, diese segretaria mit den blonden Haaren und dem fetten culo!« Ich war schockiert, daß Ignazia von meiner Beziehung zu Josephine Reynolds wußte. Und doch, daß meine widerspenstige Frau mir meine Freundschaft mit der Sekretärin vorhielt, stimmte mich ihr gegenüber milder. Ich glaubte, in ihrem Blick die Entrüstung einer eifersüchtigen Frau zu entdecken, einer Frau, die ihren Mann für sich allein haben will.

»Du bist es, die ich liebe«, sagte ich. »Dich habe ich immer gewollt. Aber wenn eine Frau einem Mann abschlägt, was er braucht, dann muß er woanders hingehen. Diese Sekretärin bedeutet mir nichts. Teil wieder das Bett mit mir, und ich schicke sie zum Teufel.«

Tränen liefen ihr übers Gesicht. Concettina schaute mich mit großen Augen an. »Geh zum Teufel, du Scheusal!« rief Ignazia.

»Du würdest mich noch ins Grab bringen, nur um deine schmutzigen Bedürfnisse zu befriedigen! Mich mit deinem Schweinerotz anfüllen, damit ich dir noch ein Kind gebäre und dann sterbe!« Mit diesen Worten drehte sie sich um, nahm das Kind und polterte die Treppe wieder hoch. Concettina spähte über die Schulter ihrer Mutter zu mir herunter.

Am nächsten Nachmittag wurde ich vom Klingeln an der Haustür aus dem Schlaf gerissen. Ich zog mir die Hose an und ging die Treppe hinunter, und als ich öffnete, stand Signora Siragusa vor mir. Sie wirkte alt und eingefallen – und ein wenig verängstigt.

Es gebe Neuigkeiten, erzählte sie. Ignazia und Prosperine hätten ihren Pensionsgästen so lange zugesetzt, bis sich schließlich einer bereit erklärte, ihnen Geld zu leihen. (Sie selbst habe es ihnen mit dem Hinweis verweigert, Frauen gehörten ins Haus und hätten sich mit ihren Männern abzufinden.) Momentan erkundigten sich die beiden Frauen nach dem Bus zum Bahnhof in New London. Sie hätten vor, am Samstag den Abendzug nach New York zu nehmen.

Am Samstag fuhr ich selbst mit dem Bus nach New London – mit dem frühen, nicht mit dem, der am Abend die beiden Flüchtlinge befördern sollte. Zum Glück hatten die zwei Frauen ihre Flucht für einen Tag geplant, an dem ich nicht zur Arbeit in die Fabrik mußte.

Ich kam drei Stunden vor ihnen am Bahnhof an. So hatte ich Zeit genug, ein Steak zu essen, umherzugehen und nachzudenken. Dabei kam ich mit einem jungen Polizisten ins Gespräch, der im Bahnhof Dienst tat. Ich erzählte ihm, ich wolle meine Verwandten abholen, die aus Providence zu Besuch kämen. Sie sollten mit dem Zug eintreffen, der nach New York weiterfuhr, dummerweise hätte ich mich jedoch mit der Ankunftszeit vertan, haha. Ich erfuhr alles mögliche über seine Familie und seine Arbeit und durfte Wachtmeister Stupido sogar noch mit zwei Tassen Kaffee und einem Schweinekotelett bewirten. Als ich schließlich Ignazia, Prosperine und das Mädchen in den Bahnhof kommen sah, waren dieser agente di polizia *und ich längst dicke Freunde.*

»Scusa«, *sagte ich zu ihm. »Da hinten sehe ich gerade die Frau eines Freundes. Sie macht einen bestürzten Eindruck. Würden Sie bitte hier warten, während ich mich erkundige, ob alles in Ordnung ist?«*

Er zuckte mit den Schultern und meinte, er gehe vor zehn Uhr nicht weg. »Winken Sie mir einfach zu, wenn Sie mich brauchen«, sagte er. »Ich werde die Augen offenhalten.«

Ich näherte mich ihnen, während sie mit ihrem Gepäck durch die überfüllte Halle gingen und auf den Bahnsteig zusteuerten. »Komm nach Hause, Ignazia!« rief ich.

Sie drehten sich zu mir um. Prosperine fluchte leise vor sich hin.

»Mein Freund dort am Schalter, wartet nur auf ein Zeichen von mir«, sagte ich. Erschrocken schauten sie zu dem Polizisten hinüber, auf den ich deutete. Er tippte kurz an seine Mütze. »Komm mit mir, oder ich muß ihn herholen.«

»Dann hol ihn doch«, sagte Ignazia. »Hol ihn und sag ihm, was du Frauen und Kindern antust.« Aber das Beben in ihrer Stimme verriet sie.

Das Kind auf ihrem Arm zitterte. »Papa?«

Ich hatte mir vorher Süßigkeiten in die Taschen gesteckt, machte einen Schritt auf die beiden zu und gab Concettina Schokolade und Pfefferminzbonbons. An ihre Mutter gewandt, flüsterte ich: »Vielleicht sollte ich dem Polizisten ja lieber etwas über das Leben in der alten Heimat erzählen, über einen toten artiste *und über Violetta, die Tochter eines Fischhändlers.«*

Das Pfeifen einer Lokomotive ertönte, und der Zug aus Rhode Island rumpelte in den Bahnhof. Um uns herum sammelten Reisende ihre Koffer und Päckchen ein, umarmten ihre Liebsten und steuerten auf den hinteren Ausgang zu.

Prosperine ergriff die Hand meiner Frau und versuchte, sie in Richtung der Gleise zu zerren. »In fretta!« befahl sie. »In fretta, bevor es zu spät ist! Wenn wir jetzt nicht wegkommen, werden wir ihn nie los.«

Ignazia ließ sich ein paar Schritte mitziehen, blieb dann aber stehen und schaute über die Schulter zu dem Polizisten hinüber. Ihr Gesicht war blaß, angstverzerrt.

»Mein Freund, der Polizist, und ich haben eine kleine Übereinkunft getroffen«, sagte ich. »Sobald ich ihm ein Zeichen gebe, kommt er her, um zu sehen, was los ist. Komm mit mir nach Hause, Ignazia, und du ersparst dir allen Ärger. Steigst du aber in den Zug da, so landest du in einer Gefängniszelle in Pescara. Und das Kind siehst du dann nie wieder, das verspreche ich dir.«

»Laß dir von ihm nichts vormachen!« bellte Prosperine. Sie ergriff erneut Concettinas Hand und zog sie in Richtung Zug. »New York ist groß! Fate in fretta!«

Ignazia schickte sich an, der Äffin und dem Kind zu folgen, doch dann sah sie mich winken, sah, wie der Polizist am anderen Ende des Bahnhofsgebäudes nickte. Sie blieb abrupt stehen, stellte ihr Gepäck ab und hielt sich beide Hände vors Gesicht. »Fischhändler? Ein Toter? Ich weiß noch nicht einmal, was das verrückte Gerede zu bedeuten hat!« heulte sie.

»Es bedeutet«, sagte ich, »daß ein Maler vorzeitig sterben mußte, weil er Glas und Blei verschluckte.«

»Nein! Hör auf damit!« flehte mich Ignazia an. »Hör auf!«

Ein Pfeifen ertönte. Die Äffin rannte mit dem Kind an der Hand auf den Zug zu. Ignazia schnappte sich ihr Gepäck und rannte ebenfalls los.

Ich signalisierte dem Polizisten, er solle sich beeilen. Während die beiden Frauen sich zwischen den anderen Reisenden hindurchdrängten, um möglichst schnell in den Zug steigen zu können, rief ich ihnen hinterher: »Ich rede von zwei Mörderinnen, *die vor ihrer Sünde geflohen und mit falschen Pässen nach Amerika eingereist sind!«*

Passagiere, die schon die Stufen in den Zug erklommen, drehten sich um und begannen zu tuscheln.

»Schau, Violetta!« rief ich. »Hier kommt der Polizist! Er kommt dich holen.«

*Ignazia warf den Kopf zurück und stieß einen kleinen Schrei des Erschreckens aus. »Hör nicht hin!« rief Prosperine. »*In fretta!*«*

»Ja, beeil dich, Violetta!« rief ich meiner Frau zu. »Beeil dich und steig in den Zug. Wenn du in New York ankommst, werden dich die Behörden an der Grand Central Station erwarten. Das schwöre ich dir. In New York ist es einfacher, dir das Kind wegzunehmen und dich nach Pescara abzuschieben, wo man sehr erpicht darauf ist, die mörderische Ehefrau zu bestrafen!«

*Langsam setzte sich die Lokomotive in Bewegung. Prosperine, die Kind und Gepäck umklammerte, kletterte in den Waggon. Wieder ertönte das Pfeifen. Schluchzend lief Ignazia nebenher. »*In fretta!*« schrie Prosperine. »Steig ein! Steig ein!«*

Der Schaffner forderte Ignazia auf, entweder sofort einzusteigen oder sich vom Zug fernzuhalten. Ignazia ergriff die ausgestreckte Hand der Äffin und kletterte hoch. Dann entriß sie ihr das Kind und sprang wieder hinunter.

»Ich kann nicht! Ich kann nicht!« schrie Ignazia Prosperine zu. »Sonst nimmt er mir meine Tochter weg! Ich kann nicht!«

Prosperine drohte mir mit der Faust und stieß unflätige Drohungen aus.

»Halt lieber den Mund und flieh, solange du noch kannst, du zahnlose Hexe!« schrie ich zurück, wobei ich neben dem Zug herlief, um sicherzugehen, daß sie es auch hörte. »Verschwinde, sonst sorge ich dafür, daß du den Rest deines Lebens im Gefängnis verbringst und regelrecht darauf wartest, zu sterben und in die Hölle zu fahren, wo du hingehörst!«

Ignazia stand auf dem Bahnsteig, hielt das Kind fest umklammert, schluchzte und jammerte: »Ich kann nicht! Ich kann nicht! Ich kann nicht!«

Ich hob die Hand und bedeutete dem sich nähernden Polizisten stehenzubleiben.

Meine Frau, das Mädchen und ich fuhren zurück nach Hause.

44

Die nächsten Wochen verbrachte ich damit, Thomas' Angelegenheiten zu regeln, zu Dr. Patel zu gehen und mir zuviel Baseball im Fernsehen anzuschauen. Meistens die Red Sox, einen Haufen noch hoffnungsloserer Fälle, als ich es war. Zwischen den einzelnen Spielen versuchte ich, mir über meine Zukunft klarzuwerden.

Wach auf, Birdsey, sagte ich mir immer wieder. *Es ist Mai. Jeder andere Anstreicher in der Stadt ist schon bei der Arbeit.* Dann griff ich nach der Fernbedienung und zappte durch die Kanäle, bis ich ein Spiel fand, und dachte mir eine ganze Reihe von Entschuldigungen dafür aus. Das, was in diesen Büchern über Trauer stand, stimmte: Man kam über den Tod eines Bruders nicht so einfach hinweg – besonders dann nicht, wenn es ein eineiiger Zwillingsbruder gewesen war ... Und den ganzen Tag die Leiter hinauf- und hinunterzusteigen, würde meinen Fuß und den Knöchel sehr belasten. Ich hatte eine teure Krankengeldversicherung abgeschlossen, also konnte ich sie auch in Anspruch nehmen, solange sie bezahlte.

In Wahrheit hatte ich das Anstreichen nie gemocht. Ich war da reingerutscht, als ich vor dem Unterrichten davonlief. Einige von denen, die nach mir angefangen hatten, jüngere Anstreicher, konnten längst nicht mehr alle Jobs allein ausführen. Danny Jankowski beschäftigte zum Beispiel vier Leute, zwei von ihnen in

Vollzeit. Vor einer Weile rief er mich an und sagte, er habe gehört, ich wolle vielleicht aussteigen. Ob ich vorhätte, meinen Hochdruckreiniger zu verkaufen. Die Geier kreisten bereits.

Häuser anzustreichen war keineswegs eine unbefriedigende Arbeit. Manchmal schenkte einem das Schicksal auch gute Aufträge, mit anständigen Kunden. Und es war ein schönes Gefühl, wenn man am letzten Tag wegfuhr, nachdem man sein Geld bekommen und wieder ein wenig Farbe in das graue Leben eines anderen gebracht hatte.

Aber ein Teil meines Problems bestand darin, daß ich noch immer das Gesicht von Henry Rood oben am Dachfenster vor mir sah und spürte, wie ich fiel. Jankowski hatte gesagt, er brauchte bis Ende der Woche eine Antwort wegen des Hochdruckreinigers. Das war vor zwei Wochen.

»Unentschlossenheit war Hamlets Tod, Dominick«, meinte Doc Patel eines Nachmittags.

»O Mann«, stöhnte ich. »Sagen Sie bloß nicht, Sie haben auch noch über Shakespeare promoviert!«

Seit unserer letzten Sitzung hatte sie ein neues Spielzeug auf dem Tisch stehen: einen rechteckigen, geschlossenen Glasbehälter mit einer dicken grünen Flüssigkeit. Ich nahm ihn hoch und erzeugte Wellen. »Anstreichen oder nicht anstreichen«, murmelte ich. »Das ist hier die Frage.« Aber als ich aufblickte, schüttelte die gute Frau Doktor den Kopf.

»Sein oder Nichtsein«, verbesserte sie mich. »Ihr Leben weiterleben oder die Gefangenschaft Ihres Bruders in abgewandelter Form durchleiden. Ertrinken oder nicht ertrinken.«

Das war ein Schuß unter die Gürtellinie, dachte ich. Zehn Minuten zuvor hatte ich ihr den neuesten meiner austauschbaren Träume erzählt: Dominick war gestorben, und ich, Thomas, saß am Steuer des Leichenwagens und fuhr mit seinem Sarg durch die Gegend, auf der Suche nach irgendeinem Friedhof.

»Haben Sie schon die Schulbehörde angerufen?«

Ich bewegte die grüne Welle vor und zurück, vor und zurück. »Nein.«

»Warum nicht?«

Ich zuckte mit den Schultern. In den Sitzungen zuvor hatte sie mir mitgeteilt, mein Achselzucken als Antwort auf schwierige Fragen sei eine feindselige und wenig hilfreiche Reaktion – eine passiv-aggressive Angewohnheit, an der wir arbeiten müßten.

Nach außen hin verhielt sich Dr. Patel neutral zu der Frage, was ich mit dem Rest meines Lebens anfangen sollte, aber es war ziemlich eindeutig, daß sie insgeheim meine Rückkehr in den Lehrberuf befürwortete. Man konnte es aus ihren Kommentaren heraushören. Ursprünglich war es *meine* Idee gewesen; ich hatte es vor ein paar Sitzungen als Möglichkeit erwähnt. Und seitdem hatte ich überhaupt erst wieder angefangen, High-School-Kids wahrzunehmen. Im Einkaufszentrum, in Fast-food-Läden; sie erschienen mir rauher, irgendwie verzweifelter. All diese Gang-Geschichten, die jetzt abliefen, die derbe Sprache. In der vorangegangenen Woche hatte ich in der U-Bahn hinter zwei Mädchen in Raiders-Jacken gestanden. »Diese alte Schlampe, macht *mich* wegen ihm an. Ich hau ihr eine in die Fresse«, sagte die eine zur anderen. »Für wen hält die sich eigentlich?« Es war ein hübsches Mädchen, Hispano-Amerikanerin. Mit ihren zarten Gesichtszügen wirkte sie wie eine Porzellanpuppe ... Ich stellte mir vor, wie ich im Unterricht vor ihr und ihrer Freundin stand – versuchte, den beiden etwas über die Bedeutung von Geschichte beizubringen.

»Dominick?«

»Was?«

»Warum haben Sie nicht bei der Schulbehörde angerufen?«

Ich wollte zuerst wieder mit den Schultern zucken, konnte mich aber gerade noch bremsen. »Keine Ahnung. Ich war beschäftigt.«

»Ja? Womit?«

CNN und C-SPAN zu sehen, dabeizusein, wenn Baseballgeschichte geschrieben wurde.

Nicht, daß ich gewagt hätte, Dr. Patel gegenüber Baseball zu erwähnen. »In diesen Büchern über das Trauern, die Sie mir zu lesen gegeben haben«, antwortete ich, »steht oft, daß es normal ist, eine Zeitlang nicht ganz auf der Höhe zu sein, ein wenig neben der Spur und so. Damit mußte man rechnen.«

Sie nickte, sagte aber nichts dazu. »Warum lächeln Sie?« fragte ich.

»Tue ich das?«

Ich knallte ihre blöde Wellenmaschine auf den Tisch. »Ich wollte ja anrufen. Ich ... Ich denke immer erst daran, wenn es zu spät ist.«

»Zu spät?«

»Schon nach Büroschluß, meine ich. Wenn es mir einfällt, schaue ich auf die Uhr, und das Büro ist seit einer Viertelstunde geschlossen.« Sie warf mir einen dieser Jetzt-machen-Sie-sich-aber-was-vor-Blicke zu und wartete. »Ich glaube, ich brauche einen Zettel. Genau, so werde ich es machen: Ich schreibe es mir auf und lege den Zettel neben das Telefon ... wenn sie ihr Büro wenigstens erst um fünf statt um halb fünf verlassen würden, wie der Rest der freien Welt.« Leg diesen rotzigen Ton ab, Birdsey. Sie wird dich dafür auseinandernehmen. Du hast es oft genug erlebt.

Während sie ihre Notizen durchblätterte, erinnerte mich Dr. Patel, daß ich zwei Sitzungen zuvor eine Liste meiner Ziele aufgestellt hatte. »Wissen Sie noch, Dominick? Sie haben mir gesagt, daß Sie sich besser fühlen werden, wenn Sie bei einigen Dingen *handeln* würden, statt zu zögern. Sie hatten das Gefühl, Ihre Unentschlossenheit deprimiere Sie ... Ah, ja, hier ist sie. Sollen wir die Liste noch einmal durchgehen?«

Als ob ich eine Wahl gehabt hätte.

»Erstens«, begann sie. »Die Schulbehörde anrufen und mich nach meiner Zulassung erkundigen. Zweitens: Eine endgültige Entscheidung wegen meines Geschäfts treffen. Drittens: Mich für Beileidskarten und Geschenke bedanken. Viertens: Die Situation mit Ray klären.« Sie fragte mich, ob ich den »Herrn« zurückgerufen hätte, der daran interessiert gewesen sei, meine Ausrüstung zu kaufen.

»Wie kann ich ihn anrufen, wenn ich mich noch nicht entschieden habe?«

»Sie könnten ihn wissen lassen, daß Sie noch über seine Anfrage nachdenken.«

Ich sagte ihr, Jankowski sei an meinem Hochdruckreiniger interessiert, nicht an meiner Grübelei. »Wahrscheinlich hat er sich inzwischen sowieso woanders umgesehen.« Ich rutschte in meinem Sessel herum. Was sollte ich tun? Nur *ihr* zuliebe eine übereilte Entscheidung über mein Leben treffen?

»Was ist mit den Beileidskarten?«

»Hmm?«

»Haben Sie den Leuten geschrieben, die ...«

»Ja, hab ich.« Was gelogen war. Jedesmal, wenn ich mich an den Küchentisch setzte, starrte ich den Stapel Beileidskarten an, und der Anblick reichte aus, um alle Versprechen, die ich gegeben hatte, zunichte zu machen. Die meisten der Karten hatte ich bis jetzt noch nicht einmal geöffnet. »Jedenfalls habe ich angefangen. Die Hälfte habe ich schon.«

Doc Patel nickte unangebrachterweise. Sie meinte, es würde mir Energie verleihen, Dinge von meiner Liste streichen zu können. Eine Depression sei gewissermaßen eine Energiekrise. Ich hatte sie das schon vorher sagen hören; wir drehten uns im Kreis.

»Das nächste Mal, wenn ich komme, werde ich sie fertig haben«, versprach ich. »Bestimmt. Kein Problem.« Ich nahm es mir wirklich vor; ich würde den Fernseher gar nicht erst anmachen und noch am selben Abend damit beginnen.

Dr. Patel klappte ihren Block zu. »Was ist mit der Geschichte Ihres Großvaters, Dominick?«

»Was soll damit sein?« Ich konnte mich nicht daran erinnern, Domenicos Lebensgeschichte auf meine Liste gesetzt zu haben.

»Nun, wir haben uns längere Zeit nicht mehr darüber unterhalten. Und beim letzten Mal haben Sie mir erzählt, wie schmerzlich es für Sie ist, sie zu lesen. Wir sprachen davon, ob es für Sie besser sei, die Geschichte zu Ende zu lesen oder einfach aufzuhören.«

Sie wartete. Ich wußte nicht, was ich sagen sollte.

»Wissen Sie noch, welche Entscheidung Sie getroffen haben?«

Ich nickte. »Ich habe gesagt, daß ich sie lesen, es endlich hinter mich bringen will ... Aber ich kann mich nicht daran erinnern, daß ich das auf die Liste gesetzt hätte.«

»Das haben Sie auch nicht. Aber solange wir uns mit dem Thema Hinauszögern beschäftigen und damit, in welchem Zusammenhang das mit Ihrer Depression steht, könnte es ...«

»Ich habe sie *fast* durch.«

»Das haben Sie mir letztes Mal auch schon gesagt, daß Sie nur noch etwa fünfzehn Seiten zu lesen hätten.«

»Schauen Sie«, sagte ich. »Ich bin deprimiert, weil mein Bruder gestorben ist. Nicht, weil einige dieser dämlichen Sachen auf der Liste ... Wir waren *Zwillinge*, okay? Es tut *weh*.«

Sie nickte. »Verständlich. Aber jetzt sprechen wir über ...«

»Warum geben Sie mir diese Bücher überhaupt, all diese fotokopierten Artikel, in denen steht, daß es ein langsamer Prozeß ist, mit einem schmerzlichen Verlust fertig zu werden, daß der trauernde Zwillingsbruder besondere Bedürfnisse hat, wenn ... wenn Sie von mir erwarten, im Nu darüber hinweg zu sein?«

»Das erwarte ich doch gar nicht.«

»Ich meine, er war sieben Monate in einem Irrenhaus eingesperrt. Dann kommt er heraus und ertrinkt – bringt sich sehr wahrscheinlich um –, und ich soll einfach sagen, ›Gut, das ist erledigt. Das Leben geht weiter. Zeit für eine einschneidende berufliche Veränderung‹.«

Dr. Patel erwiderte, sie verstehe sehr gut, daß Trauerarbeit ein komplizierter Prozeß sei, bei dem es mal bergauf, mal bergab gehe; es seien viele kleine Schritte über einen längeren Zeitraum nötig, die nicht immer leicht und deren Auswirkungen nicht immer vorhersehbar seien. Sie gestand mir auch zu, daß die Umstände von Thomas' Tod und die Tatsache, daß wir Zwillinge waren und ein kompliziertes Verhältnis hatten, die Trauerarbeit weiter erschwerte. Sie sagte, sie erkenne meinen Schmerz an – weder unterschätze sie ihn, noch wolle sie ihn herunterspielen. Ein wichtiger Bestandteil ihrer Arbeit sei es, meine Ausführungen über Thomas' Tod anzuhören und gemeinsam mit mir meine komplexe Reaktion zu beleuchten. Aber als meine Anwältin für eine geistig gesunde Zukunft als der *überlebende* Zwilling – und sie wolle an dieser Stelle ausdrücklich betonen, daß sie meine *Anwältin*, nicht meine Feindin sei –, könne sie nicht guten Gewissens Geld für die Therapiesitzungen nehmen und mir gleichzeitig gestatten, unter dem Deckmantel der Trauer in einem Zustand der Lähmung zu verharren. *Ja*, Trauer sei ein schmerzhafter Prozeß. *Ja*, man verarbeite seine Verluste in vielen kleinen Schritten. Aber in der Zwischenzeit *lebe* man. Gewöhne sich an die Realität des Todes, während man sein Leben lebe. Träume hin oder her – ich sei nicht Thomas, sondern Dominick. Mein Herz klopfte; ich atmete schwer. Ich müsse mich nicht nur mit dem Tod meines Bruders auseinandersetzen, sondern auch mit meinem eigenen Leben.

Sie konsultierte wieder ihre Liste. *Meine* Liste. »Haben Sie Ray schon angerufen?«

Bingo. Die Hunderttausend-Dollar-Frage. Alles andere hatte nur zum Aufwärmen gedient.

Bei meiner ersten Sitzung nach der Beerdigung hatte ich ihr von meiner öffentlichen Generalabrechnung mit meinem Stiefvater erzählt – wie ich auf Ray losgegangen war, nachdem sie und Sheffer das Haus in der Hollyhock Avenue verlassen hatten. Wie ich ihn vor Zeugen fertiggemacht hatte. Die Sitzung war der reinste Marathon gewesen; sie hatte ihren letzten Termin abgesagt, und wir verbrachten eineinhalb Stunden länger damit als ursprünglich vorgesehen. Am Ende dieses besonderen Freudenfestes waren die meisten der noch verbliebenen Geheimnisse der Familie Birdsey wie Dominosteine aufgedeckt: Thomas und meine Mutter, die im Gästezimmer »feine Dame« spielten, und ich, der sie an Ray verraten hatte, als der unerwartet nach Hause gekommen war. Ich hatte während des Gesprächs geschrien und geschluchzt und genauso gefleht, wie mein Bruder damals: *Laß ... mich ... hier ... raus! BITTE ... laß ... mich ... raus!* Als wir fertig waren, begleitete mich Dr. Patel die Treppe hinunter zu meinem Wagen und gratulierte mir zu meinem großen Durchbruch, und dazu, daß ich die Last all dieser Geheimnisse abgeladen hatte und nun der eigentliche Heilungsprozeß beginnen könne.

Und ich war *wirklich* wie von einer Last befreit. Als ich von ihrer Praxis wegfuhr, fühlte ich mich zerschlagen, aber frei. Doch dies Gefühl stellte sich als kurzer Höhenflug heraus; es hielt nur so lange an, wie die Fahrt nach Hause dauerte. Zugegeben, ich wählte die landschaftlich schönere Strecke – fuhr an meinem alten Zuhause in der Hollyhock Avenue und bei Dessa vorbei. Aber als ich schließlich vor meinem Nullachtfünfzehn-Apartment – dem traurigen Heim, Glück allein – ankam, hatte die Verzweiflung bereits wieder eingesetzt. Die meiste Wut war zwar verschwunden, aber an ihrer Stelle hatte sich jetzt Hoffnungslosigkeit breitgemacht. Und Erschöpfung. Seitdem war ich eigentlich ständig müde ...

Denn was nutzte eine Beichte ohne Reue schon, stimmt's, Pater Guglielmo? Richtig, Pater LaVie? Zum Seelenklempner zu gehen, konnte einen eben nicht weiterbringen als bis dorthin, und dann hieß es, auf die Knie zu fallen und Gott demütig um Vergebung zu bitten. Oder, in meinem Fall, Gott-Stiefvater. Aber, verdammt noch mal, meine Knie wollten sich einfach nicht in diese Richtung beugen.

Also mied ich Ray, beantwortete die Nachrichten nicht, die er mir ständig auf dem Anrufbeantworter hinterließ, und ging auch nicht zu ihm. Ich konnte die Sache mit ihm nicht »klären«, auch wenn sie auf der Liste meiner Ziele stand. Auch wenn er am Morgen der Beerdigung für meine Mutter, meinen Bruder ... und meine kleine Tochter Tulpen gepflanzt hatte. Ich hatte herausgefunden, daß er die ganze Zeit über Blumen zu Angelas Grab gebracht hatte, fast acht Jahre lang. Aber ich konnte ihm noch immer nicht verzeihen, konnte das Vergangene nicht ruhen lassen, egal, ob die Schuld verjährt war oder nicht. Und überhaupt: Wie konnte ich Ray als meinen Vater anerkennen, wenn ich noch immer auf den richtigen wartete? Hoffte, daß mein *richtiger* alter Herr kommen und mich retten würde?

»Dominick?«

»Wie?«

»Mein Gott, Sie sind ja heute ganz schön abwesend. Ich habe Sie gefragt, ob Sie Ihren Stiefvater schon angerufen haben?«

Ich antwortete ihr, indem ich schwieg.

»Wann glauben Sie, werden Sie bereit sein, diesen Schritt zu tun?« fragte sie. »Welche Frist haben Sie sich gesetzt?«

Ich zuckte die Achseln.

An der Tür ihrer Praxis dankte ich ihr, sagte: »Auf Wiedersehen, bis Freitag« – unsere Standard-Abschiedsfloskel. Aber die gute Dr. Patel machte mir einen Strich durch die Rechnung. Sie erwiderte, sie wolle unseren Termin am Freitag ausfallen lassen. Ich solle sie anrufen, sobald ich die Dinge auf meiner Liste erledigt hätte. Sie freue sich schon darauf, mit mir an diesem Punkt weiterzumachen.

Ich stand da und lächelte, verlegen und wütend zugleich. »Was soll das sein? Versuchen Sie's jetzt auf die harte Tour?«

Sie erklärte, man könne es wahrscheinlich so nennen. Wünschte mir viel Glück und schloß die Tür hinter mir.

Als ich einmal angefangen hatte, die Beileidskarten zu beantworten, merkte ich, daß es gar nicht so schwer war wie befürchtet. Sie *nicht* zu öffnen, war schlimmer gewesen. Ich hatte eine Karte von den Mitarbeitern bei Sherwin-Williams bekommen, ein paar Zeilen von einigen Lehrern der Schule, an der ich unterrichtet hatte. Ruth Rood kondolierte ebenfalls. Sie werde sich am Ende des Semesters zur Ruhe setzen. Sie und ihre Schwester planten ein paar gemeinsame Reisen. Ich hatte ihr nicht einmal mein Beileid ausgesprochen, als sich ihr Mann eine Kugel in den Kopf jagte. Aber sie erwähnte ihn in ihrer Beileidskarte auch nicht.

Ich beschrieb zuerst alle Innenseiten. Versuchte so unpersönlich wie möglich zu formulieren und machte eine Art Fließbandarbeit daraus. *Vielen Dank für Ihre Anteilnahme in dieser schwierigen Zeit ... Vielen Dank für Ihre Anteilnahme in dieser schwierigen Zeit ...* Meine ehemaligen Schwiegereltern hatten eine überdimensionierte Karte geschickt mit Goldfolie außen und Liturgietexten der griechisch-orthodoxen Kirche innen. Ich dürfe nicht vergessen, Ray irgendwann einmal zu erzählen, daß Thomas schließlich doch noch seine Messe bekommen hatte. Seine Messe*n*. Gleich sechs griechisch-orthodoxe! Die Constantines hatten auch Blumen zur Trauerfeier geschickt – ein Gesteck, das doppelt so groß war wie das von Ray und mir. Big Gene hatte selbst auf der Beileidskarte unterschrieben, nicht nur Thula. Ich fragte mich, wie es Thula wohl ging nach ihrem Sturz vom Stuhl am Tag der Beerdigung. Ich mußte Leo danach fragen. Schwindelanfälle konnten vieles bedeuten ... Es war doch wirklich zum Lachen: Immer, wenn ich Big Gene im Autohaus sah, würdigte er mich keines Blickes. Aber kaum stirbt mein Bruder, ist er der König der Kondolierenden ... Dieses riesige Blumenarrangement konnte er vermutlich von der Steuer absetzen. Die Messen auch, soweit ich wußte. *Vielen Dank für Ihre Anteilnahme in dieser schwierigen Zeit.*

Mrs. Fenneck – die Bibliothekarin, die damals die Polizei gerufen und dann bei mir an der Haustür gestanden hatte – schickte mir ebenfalls eine Karte. Sie hatte mich um Vergebung oder um eine Absolution gebeten – oder, was zum Teufel, es auch immer gewesen war, was ich ihr an dem Tag bescheinigen sollte. »Mein Mann ist vor einem Monat verstorben«, schrieb sie jetzt.

»Ich bete für Sie in Ihrem Schmerz und bitte Sie, für mich zu beten. Ich bin froh, daß Ihr Bruder endlich Frieden gefunden hat.« Ja, Friede sei mit Ihnen, Mrs. Fenneck. Friede auf Erden und den Witwen und Bibliothekarinnen ein Wohlgefallen. *Vielen Dank für Ihre Anteilnahme in dieser schwierigen Zeit.*

Die Adresse auf der letzten Karte war mir fremd, aber die Handschrift erkannte ich sofort. Es war keine Beileidsbekundung, sondern eine Geburtsanzeige. Tyffanie Rose. Gewicht: sechseinhalb Pfund. Größe: fünfundvierzig Zentimeter.

In Kalifornien hätten sie kein Glück gehabt, schrieb Joy. Sie seien wieder zurück an die Ostküste gezogen, nach Portsmouth, New Hampshire, wo Thad einmal stationiert gewesen sei. Er arbeite jetzt als Masseur in einer »Wellness«-Klinik und sie als Kellnerin in einem mexikanischen Restaurant. Es laufe nicht besonders zwischen ihnen. Sie habe ein paar wichtige Entscheidungen treffen müssen. Aber Tyffanie sei ein pflegeleichtes Baby – erst sechs Wochen alt und schlafe nachts schon durch. »Ich habe fast alles in meinem Leben vermasselt, Dominick. Tyffanie ist das einzige, was ich richtig hingekriegt habe.«

Sie hatte ein Foto beigelegt, eine dieser Aufnahmen aus dem Krankenhaus, die ein für allemal beweisen, daß der Mensch vom Affen abstammt. Tyffanie Rose: bescheuerter Name, ausgefallene Schreibweise. Typisch. Ich betrachtete den verschrumpelten Winzling und wünschte dem kleinen Mädchen viel Glück. Sie würde es brauchen können bei diesen beiden Versagern, die sie als Eltern hatte… Was sollte man mit solchen Fotos eigentlich anfangen? Sie wegwerfen? Irgendwo in die Schublade legen? Das kleine Fräulein mit dem Affengesicht hatte nicht das geringste mit mir zu tun, außer, daß ihre Mutter versucht hatte, mir weiszumachen, ich wäre ihr Vater. Zerreiß es, dachte ich, stand auf und war schon halb beim Papierkorb, als ich es mir anders überlegte. Ich schob das Foto in die Brusttasche meines Hemds, weil ich nicht wußte, was ich sonst damit machen sollte. Dann setzte ich mich wieder an mein Fließband.

Anschließend frankierte ich die Karten, die ich geschrieben hatte, und legte den Packen neben das Telefon. »Schulbehörde anrufen!« notierte ich auf einem der übriggebliebenen Umschläge und legte ihn oben auf den Stapel.

Ich ging ins Wohnzimmer und ließ mich auf die Couch fallen. Griff nach der Fernbedienung. Ich würde die Karten früh am nächsten Morgen abschicken. Die Post und Dr. Patel würden sich freuen wie die Schneekönige. Das war zumindest schon mal erledigt – *einen* Punkt konnte ich von meiner Liste streichen.

Seinfeld ... Die Simpsons ... die Sox. An diesem Abend spielte Boston gegen New York. Baseball war nichts weiter als eine dreistündige Zeitverschwendung ... Ja, aber die Beileidskarten sind erledigt, sagte ich mir; du hast dir sieben oder acht Runden Auszeit *verdient* ...

Als ich wieder aufwachte, liefen die Spätnachrichten: Rajiv Gandhi wurde verbrannt, Queen Elizabeth schlug Norman Schwarzkopf zum Ritter im Golfkrieg, weil er ach so gute Arbeit geleistet hatte, all die Irakis umgebracht ... Und dann kam etwas wirklich Interessantes: Duane Taylor, wie er die Treppen vor dem Gerichtssaal heruntergeführt wurde.

Er war an diesem Morgen in einhundertfünfzehn Punkten angeklagt worden, berichtete der Reporter. Die Anklagen reichten von schwerem sexuellen Mißbrauch an elf geistig labilen Patienten bis zu Erpressung – und der fortgesetzten, systematischen Ausnutzung seines Jobs in einer staatlichen Einrichtung für seine kriminellen Aktivitäten. Taylor hatte sich anscheinend vollständig von den Folgen des Angriffs mit der Würgeschlinge erholt, aber er hatte nicht mehr diese anmaßende Ausstrahlung, die ich an ihm im Hatch beobachtet hatte: der große Boß mit Cowboyhut im Hof, der über das Feuerzeug und den großen Schlüsselbund verfügte. Werde er schuldig gesprochen, berichtete der Reporter, drohe ihm lebenslänglich, aber der Fall stehe auf wackligen Füßen, da er sich auf die Aussagen unglaubwürdiger Zeugen stütze. Auch Dr. Yup hatte ja, als sie meinen Bruder untersuchte, keine eindeutigen Beweise gefunden. Aber ich wollte verflucht sein, wenn ich in diesem Fall im Zweifel für den Angeklagten gelten ließ. In der Hölle sollst du schmoren, wünschte ich dem hohlwangigen Mistkerl, während man ihn in Handschellen zum Rücksitz eines Streifenwagens abführte. Verrecke!

Ich machte den Fernseher und das Licht in der Küche aus. Ging ins Schlafzimmer und dachte, ich würde bestimmt nicht einschlafen können – nicht nach diesem Nickerchen auf der Couch und mit dem verfluchten Duane Taylor im Kopf. Ich putzte mir die Zähne, wusch mir das Gesicht und ließ mich bäuchlings aufs Bett fallen. Dann lag ich im Dunkeln und ging die Punkte durch, die noch auf meiner Liste standen: mich bei Jankowski wegen des Hochdruckreinigers melden, die Schulbehörde anrufen.

Ich wußte, daß Doc Patel recht hatte: Trauer hin oder her – ich mußte weiterleben.

Ray anrufen.

Das Buch meines Großvaters zu Ende lesen ...

Ich langte unter das Bett und tastete im Dunkeln nach Domenicos Manuskript. »Die Geschichte von Domenico Onofrio Tempesta, einem großen Mann von bescheidener Herkunft.« Sobald ich dieses verdammte Ding ausgelesen hatte, würde ich ein Freudenfeuer im Garten veranstalten. Mach's gut, du aufgeblasenes Arschloch.

»Arschloch«, sagte ich laut vor mich hin.

Ich gestand mir zum erstenmal ein, warum ich es bisher nicht geschafft hatte, mit der Lektüre von Domenicos Geschichte fortzufahren.

Weil ich Angst hatte. Angst, daß er schließlich doch die Wahrheit gesagt haben könnte, schwarz auf weiß ... Hatte sie es uns *deshalb* nie verraten können? Hatte er die Schwäche, die Unschuld seiner Tochter mit der Hasenscharte ausgenutzt? ... War nicht der fesche Stenograph unser Vater, sondern unser eigener Großvater?

Ich lag am Rande eines Schwarzen Lochs, spürte seinen Sog ... War es so, Ma? Warst du zu schwach, nein zu sagen? Wurden Thomas und ich in Sünde empfangen?

Irgendwann in dieser Nacht – später, nachdem das Zittern aufgehört hatte und ich wieder in der Lage war, mich kontrolliert zu bewegen – rollte ich mich auf die Seite. Da nahm ich ein sanftes Rascheln wahr. Ich machte die Nachttischlampe an. Griff in die Brusttasche meines Hemds ...

Ich blinzelte sie an – Tyffanie Rose. Das kleine Fräulein mit dem Affengesicht. Ich führte das Bild an meine Lippen und küßte es.

Dann legte ich es auf den Nachttisch und schaltete das Licht wieder aus. Mußte aus irgendeinem Grund lächeln.

Am nächsten Morgen gab ich bei der Post die Karten auf. Fuhr zum Strand und beobachtete die Wellen und die Möwen. Auf dem Heimweg bog ich, einer plötzlichen Laune folgend, nicht an der Ausfahrt nach Three Rivers ab, sondern erst in der Nähe der I-84 in Hartford beim Autokino. Dort saß ich im Dunkeln und sah zu, wie Bruce Willis und sein Testosteron die freie Welt retteten. Und wieder ein Schlag in die Eier, Mann. Wer Macht hat, ist im Recht ... Bombardiert doch die Irakis. Macht die Schwarzen fertig, verprügelt sie. Zeig deiner Frau, wer der Boß ist ...

Anschließend fuhr ich nach Hause. Überprüfte den Anrufbeantworter.

Piep. »Dominick? Leo hier. He, ich hab mich gefragt, ob du bereit bist, dich von mir beim Racquetball schlagen zu lassen? Oder jammerst du noch immer wegen deinem Fuß herum? Die Ausrede ist alt, Birdsey. Sag mir Bescheid.«

Piep. »Hier ist dein alter Herr. Bist du zu Hause? Ruf mich mal an, ja?« Mach ich, Ray. Hast du was dagegen, wenn ich warte, bis die Hölle zugefroren ist?

Piep. »Hallo, Dominick. Hier ist Lisa Sheffer. Ich wollte Ihnen nur sagen, daß ich an Sie denke ... Ich wollte eigentlich nur wissen, wie es Ihnen geht. Also, rufen Sie mich an, okay?«

Piep. »Ray Birdsey. Viertel nach vier. Bist du schon zu Hause?«

Den Termin am Freitag lassen wir ausfallen, Dominick. Rufen Sie mich an, wenn Sie die Dinge auf Ihrer Liste erledigt haben ...

Jankowskis Frau meinte, sie wolle es ihrem Mann gern ausrichten, bezweifele aber, daß er noch interessiert sei. Er habe am Montag einen neuen Hochdruckreiniger bei einem Fachhändler in Cumberland, Rhode Island, gekauft.

Bei der Schulbehörde konnte die dritte, an die sie mich verwiesen, meine Fragen zum Thema Wiedereinstellung endlich beantworten. Sie erklärte mir, ich müsse einen Auffrischungskurs absolvieren, eine Prüfung ablegen und dann drei Lehrproben vor einem staatlich anerkannten Gutachter abhalten.

Vergiß es, sagte ich mir. Das bringst du nicht. Du bist Anstreicher, frischst höchstens noch Hauswände auf.

Domenicos Manuskript blieb unter meinem Bett liegen. Und Ray rufst du morgen an, beschloß ich. Ich hatte schon allerhand erledigt. Ich machte den Fernseher an und wieder aus, griff nach meinem Adreßbuch.

Shea, Sherwin-Williams, Sheffer …

Sie habe viel über mich nachgedacht, sagte sie. Ich sei *so* ein guter Bruder gewesen. Sie wolle nur sichergehen, daß ich mir keine Vorwürfe machte wegen dem, was passiert sei.

Ich dankte ihr – beruhigte sie, ich hätte es gerade eben noch hingekriegt, mich nicht selbst k.o. zu schlagen. Verzichtete allerdings darauf, ihr zu erklären, warum ich meinte, gar nicht so ein guter Bruder gewesen zu sein.

Sie wollte wissen, was es sonst noch Neues gebe – was ich in der Zwischenzeit getrieben hätte.

Nicht viel, ich versuche gerade, mich zu entscheiden, ob ich mein Geschäft verkaufen solle oder nicht, antwortete ich.

»Wirklich?« fragte sie. »Haben Sie keine Lust mehr, Häuser anzustreichen?«

»Ich habe keine Lust mehr, von Dächern zu fallen.«

Irgendwann im Laufe der Unterhaltung wurde mir etwas klar: Sheffer fühlte sich schuldig. Sie machte sich Vorwürfe. Es war ihre Idee gewesen, Thomas im Hope House unterzubringen, von wo er in jener Nacht abgehauen war. Als sie ihn unerwartet aus dem Hatch entlassen hatten, war es Sheffer gewesen, die darauf bestanden hatte, daß er in der Zwischenzeit in einer Wohngruppe viel besser untergebracht sei als bei mir.

»Hören Sie, Lisa«, meinte ich. »Ich möchte, daß Sie eins wissen: Niemand gibt Ihnen die Schuld für irgendwas. Sie haben für ihn getan, was Sie konnten – diese Anhörung war doch für Sie ein Schlag ins Gesicht. Sie wären ein Genie, wenn Sie es hätten vorausahnen können.«

Sie erzählte, Dr. Patel habe ihr mehr oder weniger das gleiche gesagt. Sie sehe Dr. Patel jetzt übrigens öfter. Regelmäßig. Sie wolle nicht neugierig sein, es interessiere sie aber schon, ob *ich* noch zu ihr ginge.

»Äh, ja«, antwortete ich. »Ab und zu.«

Sheffer riet mir, über meine Entscheidung, das Anstreichergeschäft aufzugeben, mit Dr. Patel zu reden. Sie könne mir vielleicht helfen, meine Möglichkeiten zu »objektivieren«. Sozialarbeitergeschwätz.

»Ich habe schon mit ihr darüber gesprochen«, sagte ich.

»Und?«

»Sie findet, ich soll das Anstreichen aufgeben und wieder anfangen zu unterrichten.«

Sheffer erklärte, sie könne sich gut vorstellen, wie ich vor einer High-School-Klasse stünde.

Ich auch – das war das Problem: Immer wieder sah ich diese beiden kleinen Schätzchen vor mir, hinter denen ich in der U-Bahn gestanden hatte. Und ich erinnerte mich an die Gesichter der Schüler an jenem Tag, als ich vor der Klasse in Tränen ausgebrochen war, die Schule verlassen hatte und nie mehr zurückgekehrt war. Diana Montague, Randy Cleveland, Josie Tarbox. Die Kids mußten inzwischen Mitte Zwanzig sein, hatten das College hinter sich und führten das Leben von Erwachsenen. Einige von ihnen hatten wahrscheinlich selbst schon Kinder. »Ja, also«, sagte ich zu Sheffer, »vielleicht verkaufe ich das Geschäft, vielleicht auch nicht. Ich wäge noch immer die Vor- und Nachteile ab. Jedenfalls danke ich Ihnen für alles, was Sie für meinen Bruder getan haben. Das meine ich ernst, Lisa. Danke.«

»He, wissen Sie was?« meinte sie. »Wollen Sie nicht mal zum Essen vorbeikommen? Ich könnte eine jüdisch-italienische Spezialität für Sie kochen: Spaghetti mit Matzebällchen.«

Ich stotterte irgendein Dankeschön für die Einladung, *aber* ...

»Ich habe Ihnen gerade kein Rendezvous vorgeschlagen«, erwiderte sie, »falls Sie das meinen. Ich lade Sie *zum Essen* ein.«

»Oh. Nun ...«

»Ich habe es nicht auf Sie abgesehen, *paesano*. Ehrlich. Ich bin lesbisch, Dominick.«

»Oh. Klar. Ich dachte nicht ... ich meine, ich habe kein Problem damit ... *Wirklich*?«

Sie schlug vor, das Gespräch noch einmal von vorne anzufangen. »Hallo, Dominick. Hier ist Lisa Sheffer. Wollen Sie nicht mal zum Essen vorbeikommen? Meine Tochter und meine Freundin Monica kennenlernen?«

Ich wußte nicht, was ich sagen sollte, also sagte ich ja und fragte sie, ob ich was mitbringen könne.

»Eine Flasche Chianti und eine Flasche Mogen David«, antwortete sie. »Die mixen wir dann.«

»Sie waren sich so ähnlich«, erzählte ich. »Irgendwie waren eher die beiden eineiige Zwillinge als er und ich.«

»Thomas und Ihre Mutter? Würden Sie mir das bitte näher erklären?«

Am Telefon hatte ich ihr berichtet, was auf meiner Liste ich erledigt hatte und was nicht. Sie hatte mir Pluspunkte dafür gegeben, daß ich mit Sheffer zum Essen verabredet war – mich »der Außenwelt öffnete«, statt meine »Liebesaffäre mit der Untätigkeit« fortzusetzen. Dann hatte Ihre Majestät mir eine Audienz um zwei Uhr gewährt.

»Ich weiß nicht. Sie waren beide so sanftmütig. So wehrlos ... Jedesmal, wenn sie von einem Elternabend zurückkam, fragten wir sie: ›Was hat die Lehrerin gesagt?‹ Und jedesmal schienen die Lehrer ihr das gleiche erzählt zu haben: wie klug *ich* war, und wie süß *er* war. Das war immer das Wort, das sie gebrauchten: Thomas war so ›süß‹. Und es stimmte. Er war es *wirklich*. Aber ...«

»Ja? Fahren Sie fort.«

»Er war *schwach*. Genau wie sie ... Ich mußte mich um sie beide kümmern. Und ich glaube ...«

Sie wartete ein paar Sekunden. »Was glauben Sie, Dominick?«

»Ich glaube ... o Mann, das ist hart ... ich glaube, daß sie ihn mehr geliebt hat, weil sie beide so verdammt wehrlos waren ... als wären sie Geistesverwandte gewesen oder so was.«

Dr. Patel nippte an ihrem Tee.

»Was meinen Sie ...?« Ich hielt inne, weil ich nicht wußte, wie ich es ausdrücken sollte. Meine Hände begannen zu zittern.

»Ja, Dominick? Fragen Sie nur.«

»Nun, ich dachte gestern, vielleicht ist sie *auf diese Weise* schwanger geworden ... Ich meine, das würde einiges erklären, oder nicht?«

Dr. Patel erklärte, sie könne mir nicht folgen.

»Sie hatte immer vor allem so schreckliche Angst, wußte sich nicht zu wehren. Daher dachte ich, sie könnte vielleicht vergewaltigt worden sein.«

»Vergewaltigt! Von wem?«

»Ich weiß nicht. Von einem Fremden. Möglicherweise war unser Vater bloß irgendein Mistkerl, der sie auf einer dunklen Straße ins Gebüsch gezerrt hat und ...«

Ich stand auf, ging zum Fenster und wippte auf meinen Absätzen vor und zurück.

»Sie hätte sich nicht gewehrt. Ich *weiß* es. Wahrscheinlich wußte sie überhaupt nicht, was Sex ist, bis ... Vermutlich hat sie nicht einmal gewußt, was sie tat.«

»Nein? Glauben Sie?«

Ich schaute aus dem Fenster. Der Fluß strömte schnell dahin. Die Bäume trugen Knospen. In ein oder zwei Wochen würden die sprießenden Blätter Doc Patel den Blick aufs Wasser versperren. Ich drehte mich wieder um und sah sie an. »Einmal, als wir noch ziemlich klein waren, Thomas und ich, vielleicht sieben oder acht, da saßen wir drei im Bus.«

»Ihre Mutter, Thomas und Sie?«

Ich nickte. »Ich erinnere mich, daß wir im Kino gewesen waren und anschließend auf ein Eis im Billigkaufhaus. Wir waren mit dem Bus auf dem Heimweg. Und dann ... dann steigt so ein verrückter Typ ein. Kommt den Gang entlang und setzt sich gegenüber von Thomas und mir hin ... Zwängt sich direkt neben meine Mutter.«

»Reden Sie bitte weiter, Dominick. Sie sind hier sicher. Lassen Sie es raus.«

»Und er fängt an ... sie anzufassen, an ihr rumzufummeln, an ihr zu *schnüffeln*.«

»Versetzen Sie sich für einen Augenblick wieder in die Situation. Haben Sie Angst?«

»Ja.«

»Sind Sie wütend?«

»Ja!«

»Und was tut Ihre Mutter, Dominick? Der Mann faßt sie an, und sie ...«

»Nichts! Sie tut gar nichts! Sie sitzt einfach nur da, weil sie so ... so *schwach* ist und ...«

Dr. Patel reichte mir die Kleenexschachtel. »Sie schreit nicht? Sie steht nicht auf und sagt es dem Busfahrer?«

»Nein! Gott, wie habe ich das *gehaßt*! ... Daß sie immer so *ängstlich* war.«

»Im Bus, zu Hause bei Ray ...«

»Es war nicht *fair*! Ich war doch noch ein *Kind*!«

»Was war nicht fair, Dominick?«

»Ich mußte uns alle drei verteidigen. Mich, ihn und sie. Und selbst dann ... selbst als ich ...« Ich schluchzte, konnte nichts dagegen machen.

»Und obwohl Sie Ihre Mutter und Ihren Bruder beschützt haben, Schlachten für sie geschlagen, hat sie Ihren Bruder mehr geliebt als Sie?«

Ich nickte – mein Kopf bewegte sich auf und ab, auf und ab. Ich konnte nicht sprechen. Konnte nicht aufhören zu weinen.

Die Jungen haben viele Muskeln! Und die Trainer haben den Verstand!

Die Mädchen haben sexy Beine, also spielen wir sie an die Wand!

Sheffers Tochter Jesse wedelte professionell mit ihren Pompons. Sie hatte Freundschaft mit mir geschlossen, noch bevor ich ganz in der Wohnung war. In der ersten halben Stunde wurde ich erst runter in den Keller geschleust, um ihre Wüstenspringmäuse zu bestaunen, dann rauf in ihr Zimmer, um die Barbies anzusehen. Nun war ich draußen, und schaute mir ihre Cheerleader-Vorführung an. Ich stand in der Einfahrt zwischen Sheffer und Monica, während Jesse Rad schlug. »Nach meiner Theorie lag Olivia Newton-John am selben Tag wie ich in den Wehen, und man hat unsere Babys auf der Wöchnerinnenstation vertauscht«, flüsterte Sheffer mir zu. »Es gibt einfach keine andere Erklärung.«

Monica war eine robuste, einen Meter achtzig große Frau aus Kittery. Zusammen mit einer Freundin betrieb sie einen kleinen Reparaturservice, den sie Womyn's Work genannt hatten.

»Wie laufen die Geschäfte denn so?« fragte ich sie und deutete mit dem Kinn auf ihren Pick-up, der weiter unten vor der Einfahrt parkte. Wir waren allein, denn Jesse war hingefallen und hatte sich das Knie aufgeschlagen. Sie und ihre Mom waren ins Haus gegangen, um ein Pflaster zu holen.

Monica streckte den Daumen nach unten. »Vor ein paar Jahren, als wir anfingen, glaubten wir, daß die Leute bei der miserablen Wirtschaftslage an dem festhalten würden, was sie hatten – lieber Sachen reparieren lassen würden, als neue zu kaufen. Aber es lief nicht so, wie wir es uns vorgestellt hatten. Meine Partnerin und ich, wir sind gut – *verdammt* gut –, aber man muß erst die Vorurteile der Leute überwinden.«

»Inwiefern?«

»Daß man einen Penis braucht, um einen Hammer schwingen und eine Wand einreißen zu können.« Sie lachte. »Nichts für ungut, *hombre*. Lisa sagt, Sie sind Anstreicher?«

»Im Prinzip ja«, erklärte ich. »Aber wahrscheinlich nicht mehr lange.«

»Ja, hat Lisa mir gesagt.« Sie erzählte, ihre Geschäftspartnerin und sie wollten ihr Angebot ein wenig erweitern – Landschaftsgärtnerei und vielleicht Anstreicheraufträge hinzunehmen. Am Ende der Saison würden sie entscheiden, ob sie das Geschäft überhaupt weiter betreiben wollten. »Wenn nicht, kann ich jederzeit in meinen Beruf zurück. Systemanalytikerin, stinklangweilig.«

Nach dem Essen mußte Jesse mir zweimal gute Nacht sagen und mich umarmen, bevor Monica sie huckepack nahm und ins Kinderzimmer trug; Sheffer trottete mit einem Stapel Wäsche hinterher. Monica kam als erste wieder herunter.

»Jesse ist süß«, bemerkte ich. »Die reinste Miss Cheerleader, was?«

»Wohl eher Miss Nervensäge«, sagte Monica. »Aber sie ist ein gutes Kind. Auch wenn sie den Baseball wie ein Mädchen wirft.«

Ich lächelte und fragte, wo sie und Lisa sich kennengelernt hätten.

Im Frauenhaus, drüben in Easterly, erzählte sie. Sie hatte dort im Jahr zuvor kostenlos ein paar Zimmermannsarbeiten ausgeführt und war im Vorstand gelandet.

»Und Lisa war auch im Vorstand?« fragte ich.

Monica wandte ihre Augen ab. »Nein. Wollen Sie ein Bier?«

Wir gingen in die Küche. Redeten den üblichen Blödsinn über die Vor- und Nachteile der Selbständigkeit. »Wenn ich mich entschließe, meine Anstreicherausrüstung zu verkaufen, wären Sie daran interessiert?« fragte ich.

Monica meinte, es hinge davon ab, was für Geräte ich hätte und in welchem Zustand sie sich befänden – und was ich von Ratenzahlungen hielt. Wenn sie ihr Geschäft wirklich um Anstreicherarbeiten erweiterten, könnten sie sich mit Sicherheit keine neue Ausrüstung leisten.

Ich mochte sie. Es gefiel mir dort an diesem Abend; ich fühlte mich viel wohler, als ich erwartet hatte. Es war nach elf, als ich das erste Mal auf die Uhr sah.

Sheffer begleitete mich hinaus zu meinem Wagen. Sie erzählte mir, ihr ältester Bruder sei an Leukämie gestorben, als sie dreizehn war. »Er war acht Jahre älter als ich. Mein Held, in vieler Hinsicht. Aber Gott, ich kann mir nicht vorstellen, wie es erst sein muß, seinen *Zwillings*bruder zu verlieren.«

»Es ist ... es ist, als hätte man einen Teil von sich verloren. Ich weiß nicht. Wir waren in vielem sehr verschieden. Was ich als sehr angenehm empfand. Aber mein ganzes Leben bin ich ... die *Hälfte* von etwas gewesen, verstehen Sie? Etwas Besonderes, irgendwie Einzigartiges, trotz all der Komplikationen. *Mensch, sieh mal, Zwillinge ...* Und jetzt gibt es den, der diese Besonderheit, diese Vollständigkeit ausgemacht hat, nicht mehr. Es ist verrückt. Ich muß mich erst daran gewöhnen ... Nicht, daß es je leicht gewesen wäre, sein Bruder zu sein. Auch nicht, *bevor* er krank wurde. Doc Patel sagt, ich trauere um Thomas, aber auch um dieses verlorene Gefühl der Vollständigkeit.«

Sheffer nahm meine Hand.

»Sie meint, ich müsse mich an diesen neuen Zustand gewöhnen. Überlebender zu sein. Alleinstehender Zwilling.«

Ich fragte Sheffer, ob sie sich daran erinnere, wie sie versucht hatte, mich zu warnen, als er aus dem Hatch entlassen wurde. Wie sie mich aufgefordert hatte, mit meiner Arroganz nicht die Sicherheit meines Bruders zu gefährden.

»Ach, Dominick«, antwortete sie. »Manchmal kann ich einfach den Mund nicht halten, wenn ich ...«

»Nein, Sie hatten recht«, sagte ich. »Ich war arrogant. Oder glauben Sie, dieses kleine Machtspiel zwischen Thomas und mir hätte mich nicht irgendwie angetörnt? Der Stärkere zu sein, der gesunde Zwilling? ... Daran arbeiten Dr. Patel und ich – was ich mit meiner Arroganz machen soll. Und mit meiner Selbstgerechtigkeit, meinem Zorn.«

Sheffer nahm mich in den Arm und hielt mich fest. Wiegte mich ein wenig. Es fühlte sich gut an, so von jemandem gehalten zu werden.

»Ich werd's schon schaffen«, erklärte ich. »He, übrigens, ich mag Ihre Freundin. Sie kauft vielleicht meinen Kompressor.«

Ich war todmüde, als ich zu Hause ankam. Ging auf direktem Weg ins Bett, wo ich sofort – *peng!* – einschlief.

Aber irgendwann in der Nacht wachte ich auf, weil ich Durst hatte. Ich schlurfte schlaftrunken in die Küche, um mir ein Glas Saft zu holen. Das blinkende Lämpchen des Anrufbeantworters spiegelte sich in der glänzenden Oberfläche des Toasters und an der Tür der Mikrowelle. *Blink, blink,* Pause. *Blink, blink,* Pause. Ich drückte die »Start«-Taste und wartete.

Der erste Anruf war von Joy. Ob ich ihren Brief und das Foto von Tyffanie bekommen hätte? Ob ich daran interessiert sei, das Baby mal zu sehen? Wenn ja, sollte ich sie anrufen. Vielleicht könnten wir uns irgendwo auf halber Strecke treffen. Sie sagte ihre Nummer ganz langsam, einmal und dann noch einmal.

Die zweite Nachricht stammte von einem Dr. Azzi. »Der Chirurg Ihres Vaters«, stellte er sich vor.

Die Operation sei gut verlaufen, ohne Komplikationen. Er habe erwartungsgemäß knapp oberhalb des Knies amputiert. Es tue ihm leid, daß er mich im Krankenhaus verpaßt habe, aber er sei am nächsten Morgen wieder erreichbar. Als er das Krankenhaus verlassen habe, sei mein Vater zwar noch ziemlich mitgenommen gewesen, habe aber friedlich geschlafen.

Oberhalb des Knies? Amputiert? Wovon, zum Teufel, sprach der Mann?

Dr. Azzis Auftragsdienst sagte mir, er könne nur angerufen werden, wenn es sich um einen medizinischen Notfall handele, daß er sich aber manchmal melde, um seine Nachrichten abzufragen, bevor er Feierabend mache. Die Frau versprach mir, ihm mitzuteilen, daß ich ihn sprechen wolle.

Hatte Ray *deshalb* ständig versucht, mich zu erreichen? War *das* der Grund für sein Hinken gewesen?

Amputiert ...

Vielleicht hätte ich erfahren, was los war, wenn ich nur den Anstand besessen hätte, ihn zurückzurufen.

Er hatte Tulpen auf Angelas Grab gepflanzt.

Meinen Bruder und mich unser ganzes Leben lang schikaniert.

Ich hatte ihn am Tag von Thomas' Beerdigung gedemütigt.

Er hatte meiner Mutter den Arm gebrochen ...

Irgendwann mitten in der Nacht ging ich zurück ins Schlafzimmer, ließ mich auf die Matratze fallen und langte unters Bett.

Zog Domenicos Manuskript hervor.

Setzte mich. Schlug es auf.

Diesmal würde ich es zu Ende lesen, egal, welche Geheimnisse es offenbarte, egal, was es mir darüber sagte, wer ich war ...

45

17. August 1949

Und so – indem ich den armen bastardo *von Bleiglasmaler aus seinem Grab holte – bekam ich, was ich wollte. Ich hatte meine Frau wieder und war diese gottverdammte verrückte Äffin los. Ich hatte den beiden bewiesen, daß es töricht war, Tempesta aufs Kreuz legen zu wollen.*

Fortan galt eine neue Regel in meinem Haus. Ignazia durfte während der Woche nachts in dem Schlafzimmer im Erdgeschoß schlafen, doch erwartete ich, daß sie mir samstags und sonntags in meinem Bett in der oberen Etage Gesellschaft leistete. Ein- oder zweimal die Woche ein wenig Beistand im Gegenzug für all das, was ich für sie und das Kind tat, sei doch nicht zuviel verlangt, hielt ich ihr vor; in der Ehe müsse eine Frau ebensoviel geben, wie sie nehme. Mit ein wenig Vorsicht und gesundem Menschenverstand könne sie mir gegenüber ihre eheliche Pflicht erfüllen, ohne ein Kind in den Bauch zu bekommen. Und falls es doch zu einem Unfall komme, dann sei es eben Gottes Wille. Vielleicht sei ihr Herz auch stärker, als dieser 'Mericano-*Arzt behauptet habe. Am Ende wirst du noch eine grauhaarige* nonna *mit einem Dutzend Enkelkinder, sagte ich zu ihr. Gott der Allmächtige segne das Familienleben. Gott sorge für alles.*

Sie drohte damit, zu meinem Freund Pater Guglielmo zu ge-

hen und ihm von meiner neuen Regel zu erzählen. »Wenn du willst, daß ich deine Geheimnisse aus der alten Heimat für mich behalte«, gab ich zurück, »dann behältst du die aus diesem Haus lieber für dich. Kein Anschwärzen im Beichtstuhl. Und auch nicht bei Signora Tusia oder diesem dottore, *der dich überhaupt erst von mir verscheucht hat. Darüber hinaus wünsche ich keinerlei vertrauliche Plaudereien mehr mit deinen* 'Mericana-Freundin*nen in der Nachbarschaft. Die sehen, was du für ein langes Gesicht machst, und glauben womöglich, es ginge dir schlecht. Diese Frauen wünschen sich doch nichts mehr als Ärger in einem italienischen Haus.* 'Mericani *tun nach außen hin freundlich, aber insgeheim hoffen sie, daß wir alle scheitern. Darauf warten die bloß.«*

Der überteuerte Kinderwagen von Sears and Roebuck blieb ungenutzt vorne in der Diele stehen. Ignazia hielt sich an meine neuen Regeln, das Kind wuchs heran, und unser Leben ging weiter.

In jener Zeit war ich beschäftigter als je zuvor: Ich gehörte dem Bezirkskomitee an, war Mitglied in diversen Ausschüssen, nahm verschiedene Funktionen war. Mit Josephine Reynolds traf ich mich nicht mehr. Zuviel zu tun. Ich beriet Familien, die gerade aus der alten Heimat gekommen waren, und paesani *aus der Fabrik, die darauf erpicht waren, aus den Reihenhäusern, die American Woolen and Textile gehörten, in eigene Häuser zu ziehen. Hätte ich für all den kostenlosen Rat, den ich erteilte, Geld genommen, ich wäre Millionär geworden! Das war der Preis, den ich dafür bezahlte, klug im Umgang mit Geld und erfolgreich im Leben zu sein. Die halbe Stadt wollte von Domenico Tempesta erfahren, wie man sein Leben zu leben hatte!*

Im Frühjahr 1924 wurde ich zum presidente *der Söhne Italiens gewählt. (Mein Bild in der Zeitung erschien nur auf Seite zwei. Das machte mich ein wenig ärgerlich. Im Jahr zuvor war Graziadio* presidente *gewesen, und seine feiste Visage hatten sie auf der Titel-*

seite gebracht.) Bei American Woolen and Textile tauchten ein paar Störenfriede aus New Haven auf, und es war die Rede davon, eine Gewerkschaft für Färber zu gründen. Mir gefielen diese gottverdammten Außenseiter nicht; sie setzten meinen Arbeitern nur Flausen in den Kopf. Als sich Domenico Tempesta gegen die Gewerkschaft aussprach, brach ihr Plan in sich zusammen. Baxter überreichte mir daraufhin eine Flasche Whiskey und ließ mir vom Metzger einen bratfertigen Truthahn liefern. (Das Fleisch war zäh.) Er habe mit seinem Schwiegervater, dem Fabrikbesitzer, gesprochen, sagte Baxter, und sie seien übereingekommen, mich in ein, zwei Jahren vom Oberfärber zum Nachtschichtaufseher zu befördern.

Auch die Politiker sprachen mit mir – Demokraten und Republikaner. Eines Nachmittags rief mich Bürgermeister Shanley an und lud mich in sein Büro ein. Er ließ mich vor seinem ausladenden Eichenschreibtisch Platz nehmen und zündete mir eine Zigarre an, die fast so lang war wie mein Unterarm. Ein hartes Stück Arbeit liege vor ihm, meinte Shanley, wenn er im November wiedergewählt werden wolle – er brauche jede Stimme, die er bekommen könne. Die Italiener in der Stadt beteiligten sich immer nur in sehr geringer Zahl an den Wahlen. Er habe überlegt, ob ich ihm wohl behilflich sein könne, daran etwas zu ändern. »Sie sind hochgeschätzt in dieser Gemeinschaft, Domenico«, sagte Shanley. »Und falls Sie sich entscheiden sollten, für uns zu arbeiten, könnten wir Ihnen die Sache natürlich versüßen.«

Ich hielt meinen Hut in der Hand und bemühte mich, die Miene des immigrante stupido *aufzusetzen, für den er mich hielt. »Was meinen Sie mit ›die Sache versüßen‹, Exzellenz?« fragte ich. Wenn diese verlogenen Politiker etwas von einem wollten, mußten sie auch bereit sein, einem was dafür zu geben.*

»Ach, das lassen wir mal für den Augenblick offen«, erwiderte Shanley. »Eine Stellung vielleicht. Die eine oder andere Ge-

fälligkeit. George B. Shanley vergißt seine Freunde nicht. Das ist, als legte man sein Geld auf die Bank.«

Ich sagte ihm, ich wolle über sein Ansinnen nachdenken.

Als ich vom Büro dieses gottverdammten Demokraten nach Hause ging, fiel mir das hochnäsige Pärchen an Bord der SS Napoletano wieder ein. Die beiden hatten zugesehen, wie der Steward mich mit einem Tritt verjagte. Und ich dachte daran, was ich den dreien hinterhergerufen hatte, als ich wieder nach unten ins Zwischendeck stolperte: Die Welt ist wie eine Treppe: Die einen steigen hinauf, die anderen hinunter. Und es hatte sich bewahrheitet! Ich war in dieses Land gekommen und hatte etwas aus mir gemacht. Paesani erbaten Ratschläge von mir, und nun schmierten mir sogar 'Mericani-Politiker Honig ums Maul. Alle wollten sie Domenico Tempesta zum Freund. In ganz Three Rivers, Connecticut, betrachtete man mich als Mann von Rang und Namen.

Nun, in der ganzen Stadt schon, aber in meinem eigenen Haus nicht. Meine Frau kochte und putzte wie befohlen und war mir auch samstags und sonntags nachts zu Diensten. Sie zeigte sich gehorsam, was ihre Pflichten anging. Den Trotz hatte ich ihr ausgetrieben. Doch sie fügte sich mir genauso, wie sich mir die kleine Hattie von der Bickel Road gefügt hatte – mit distrazione, indifferenza ... die Verachtung stand ihr ins Gesicht geschrieben. Und immer, wenn ich morgens aufwachte, war sie aus meinem Bett verschwunden und hatte sich wieder nach unten geflüchtet, um zu nähen, die Küche zu schrubben oder sich um das heranwachsende Mädchen zu kümmern – diese hasenschartige Erinnerung daran, daß meine lieblose Frau einen nichtsnutzigen Rotschopf in Brooklyn sehr wohl zu lieben vermocht hatte.

Ignazia ging nun nicht länger in die Stadt, um die Schaufenster zu betrachten und für mich einzukaufen. Sie lernte das Telefon zu benutzen und gab ihre Bestellung bei Budnick auf. Dabei lief sie vor Scham ganz rot an, wenn sie immer wieder die Arti-

kel und Markennamen wiederholen mußte, bis Budnick oder seine Frau verstanden hatte, was sie wollte. Oft knallte sie anschließend den Hörer auf und brach in Tränen aus. Sie zog sich immer mehr zurück von der Lebensweise der 'Mericani, *vergaß ihr ohnehin nur unzulängliches Englisch. Aber die Verbannung der Äffin hatte sie zum Schweigen verurteilt. Ihre Aussprache des Englischen war hoffnungslos. Selbst ihr Italienisch war durch die natürliche Beschränktheit ihres Geschlechts und durch den Dialekt ihrer Heimatstadt begrenzt. Ich brachte italienische Zeitungen mit nach Hause,* La Sicilia, La Nave. *Ich für meinen Teil las sie von der ersten bis zur letzten Seite, doch Ignazia waren nun selbst Neuigkeiten aus der alten Heimat gleichgültig. Sie sonderte sich mehr und mehr ab.*

»Sagen Sie Ihrer Frau doch bitte, sie soll mich mal besuchen, Domenico«, sagte Signora Tusia mir eines Tages an der Haustür. »Man könnte ja meinen, zwischen uns läge der Atlantik!« Aber Ignazia war nicht mehr an Geselligkeit interessiert. Auch nicht daran, als Frau des meistgeachteten Italieners von Three Rivers an Banketten oder anderen gesellschaftlichen Ereignissen teilzunehmen. Nicht einmal bei meiner Ernennung zum presidente *der* Figli d'Italia *war sie zugegen. Sie schüttelte so oft den Kopf, daß ich sie bald gar nicht mehr bat, mich zu begleiten. Sie blieb im Haus, putzte, kochte und spielte mit ihrer rothaarigen, kaninchengesichtigen Tochter. Bald ging Ignazia nicht einmal mehr ans Telefon, wenn es klingelte. Sie öffnete auch nicht die Tür, wenn jemand läutete.*

Eines Abends, bevor ich zur Arbeit ging, setzte Ignazia mir Hühnchen und Polenta und eine Schüssel Linsen vor. Ich aß und aß, und als ich mir die letzte Gabel Polenta in den Mund schob, biß ich auf etwas Hartes. Ich spuckte einen kleinen grauen Klumpen in meine Hand.

Ignazia war im Schlafzimmer, sang Concettina ein Lied vor und ließ die kleinen Puppen des Mädchens vor ihren Augen tan-

zen. Meine Frau behandelte ihren Mann wie einen Hund und ihre Tochter wie ein Prinzessin.

»Was ist das?« sagte ich.

Sie warf einen Blick darauf. »Sieht aus wie ein Kieselsteinchen.«

»Das war in meinem Essen.«

»In den Linsen?« Sie zuckte mit den Schultern. »Manchmal schleicht sich ein Steinchen hinein.«

»Nicht in den Linsen«, sagte ich. »In der Polenta.«

Erneutes Achselzucken. »Wahrscheinlich ein kleiner Splitter vom Mühlstein, mit dem sie die Maiskörner mahlen.« Sie streckte die Hand aus: »Gib ihn mir. Ich werfe ihn weg. Zum Glück hast du dir keinen Zahn abgebrochen.«

Ich schloß die Hand um das Steinchen. »Mach dir keine Mühe«, sagte ich. »Ich werfe es schon weg.« Statt dessen wickelte ich es in ein Taschentuch und steckte es in meine Hosentasche. Ignazia zeigte mir gegenüber zwar keinerlei Liebe, dachte ich, aber auch keinen Haß. Ich versorgte sie und das Kind mit allem, was sie brauchten. Sie wäre eine Närrin gewesen, wenn sie mit meinem Leben gespielt hätte.

In jener Nacht schob ich während der Arbeit immer wieder die Hand in die Hosentasche, um das Steinchen zu befühlen. War es nun ein Stein oder ein kleines Stück Glas? Glas ist durchsichtig, sagte ich mir. Das ist diese Scherbe nicht. Und doch …

Was mochte sie mir noch alles ins Essen getan haben? Anfang der Woche hatte ich unter starken Blähungen gelitten; am Samstag davor mußte ich mit verdorbenem Magen zu Bett gehen. Ich hatte es auf den schlechten Wein geschoben, doch vielleicht war es ja gar nicht der Wein gewesen. Nach der Hälfte der Schicht war ich davon überzeugt, daß meine Frau mich vergiftete – mich genauso umbringen wollte, wie sie es mit ihrem früheren Mann getan hatte, mit Gallante Selvi, a buon' anima. *Sollte ich nach Hause gehen und die Wahrheit aus ihr heraus-*

prügeln? Oder sollte ich am Morgen Pater Guglielmo aufsuchen? Meinen Verdacht dem Priester anvertrauen und seinen Rat einholen? Nein, das ging nicht. Domenico Tempesta war mittlerweile selbst ein Mann, der Ratschläge erteilte. Wahrscheinlich würde Guglielmo mir sagen, ich solle meiner Frau vergeben, wie Gott uns vergebe, solle ihr vergiftetes Essen brav hinunterschlucken und als Buße die Rezepte aufschreiben! Ich schwor mir, daß meine Frau dafür büßen würde, falls sie auf Mord aus war. Aber ich brauchte Beweise.

Als meine Taschenuhr zwei Uhr früh anzeigte, ging ich zu Baxter ins Büro und sagte, ich hätte schlimme Zahnschmerzen und müsse nach Hause. Es gefiel mir nicht, meine Arbeit im Stich zu lassen – das hatte ich in sechzehn Jahren bei American Woolen and Textile nur zweimal getan. Aber wenn diese hinterlistige Hexe versuchte, mich zu vergiften, dann mußte ich rasch handeln. Mußte nach Beweisen suchen, während sie schlief. Mußte sie ertappen, bevor sie merkte, daß ich mißtrauisch geworden war ...

Als ich nach Hause kam, zog ich mir an der Haustür die Schuhe aus, zündete die Petroleumlampe an und stellte sie auf kleinste Flamme. Auf Zehenspitzen schlich ich durch den Flur und betrat die Küche. Leise wie ein Einbrecher öffnete ich Schubladen, durchstöberte Behälter, fuhr mit den Fingern über die obersten Regalbretter. Ich suchte nach Glaspulver oder Lötzinn oder anderen mörderischen Zutaten, die sie gegen mich einsetzte.

Sie war im hinteren Schlafzimmer; ich hörte sie im Schlaf stöhnen. Ich hielt einen Moment inne und lauschte. Dann machte ich mich wieder auf die Suche. Sie stöhnte erneut.

Plötzlich war eine Stimme zu hören – nicht die meiner Frau.

Hätte doch dieser gottverdammte irische Monsignore mich an jenem Morgen vor Jahren nicht aufgesucht, hätten doch seine Beleidigungen mich nicht so wütend gemacht, daß ich ihn mit Mörtel bewarf, dann hätte die Hollyhock Avenue 66–68 auch nicht unter dem Fluch gestanden, den Guglielmo und alles Weihwasser der Welt nicht haben aufheben können! Nie hätte ich dann gesehen, was ich in jener Nacht sah, als ich wie ein Einbrecher auf Strümpfen durch mein Haus schlich. In dieser schrecklichen Nacht muß der gottverlassene Monsignore in der Hölle in teuflisches Gelächter ausgebrochen sein. In dieser Nacht trug der Fluch, mit dem McNulty meine casa di due appartamenti belegt hatte, seine bitterste Frucht ...

Ich machte mehr Licht und blieb einen Augenblick an der Schlafzimmertür stehen. Dann stieß ich sie auf. Ich roch sie, noch bevor ich sie sah – den Gestank ihres Pfeifentabaks.

Zuerst konnte mein Verstand nicht fassen, was meine Augen wahrnahmen: die beiden, die sich wie die Affen aneinanderklammerten.

... Ignazia, ich beweine bis zum heutigen Tag die Sünden, die dich in die Hölle brachten, die Schande, mit der du meinen guten Namen beschmutzt hast.

Als sie mich sahen, fingen sie an zu kreischen und sprangen aus dem Bett. »O nein! O nein! O nein!« schrie Ignazia. Prosperine hielt sich ein Laken vor den Körper und griff nach Ignazias Nähschere.

Haß und Furcht standen dieser gottverdammten stinkenden Äffin ins Gesicht geschrieben. Mit erhobener Schere und wildem Blick bewegte sie sich langsam auf die Tür zu, bereit, mich zu erstechen. Dann floh sie aus dem Zimmer. Zum Glück für sie und wohl auch für mich, wie ich später begriff. Hätte ich die Perversion dessen, was da vor meinen Augen geschah, gleich begriffen, und hätte ich sofort reagieren können, dann hätte ich sie vielleicht auf der Stelle erwürgt. Und wäre möglicherweise in der Zeitung mitleidig beschrieben worden als Ehemann, dessen Frau Schande über ihn gebracht hatte ...

Ich weine. Ich schäme mich dafür, aber ich muß es herauslassen ...

Auch Ignazia rannte vor mir weg, nicht zur Hintertür hinaus wie Prosperine, sondern hoch zum Zimmer des Mädchens. Auf halber Treppe holte ich sie ein. »Tu Concettina nicht weh!« flehte sie mich an. »Bring mich um, wenn du willst, aber tu dem unschuldigen Kind nichts!«

Ich befahl ihr, den Mund zu halten und mich nachdenken zu lassen. Mein Kopf drohte zu platzen! Ignazia fiel auf die Knie und kauerte sich mir zu Füßen wie ein verschrecktes Kaninchen. Sie schluchzte und flehte mich mit erstickter Stimme an, ihr nicht das Leben zu nehmen, sie nicht in die Hölle zu schicken, Concettina nicht zu einem mutterlosen Kind zu machen.

Ich muß sie wohl eine Minute oder länger angestarrt haben. Mir rasten die Gedanken im Kopf umher: Was sollte ich tun? Wie sollte ich auf die Verderbtheit reagieren, die ich im Schlafzimmer gesehen hatte und die mir immer noch lebhaft vor Augen stand? Gab es auf der ganzen Welt einen einzigen anderen Ehemann, der so etwas gesehen hatte wie ich in dieser Nacht?

Kann man selbst so etwas vergeben, Padre Guglielmo? Hätten Sie mir das gesagt? Daß ich ihr selbst das vergeben sollte?

»Steh auf!« befahl ich ihr, packte sie an den Haaren und zog sie hoch. »Du bist die Frau von Domenico Tempesta und nicht Schmutz auf dem Boden. Geh ins Bad und mach dich sauber. Wasch den Gestank dieser Teufelin ab.« Also gut, Ignazia würde in der Hölle rösten, aber erst, wenn ich mit ihr fertig war.

In dieser Nacht forderte ich wieder das ein, was mir zustand, nahm, wozu ich ein Recht hatte, tat das, was nur ein Mann mit einer Frau tun kann. Und als Ignazias Schreie durch die Wand zu Tusias appartamento zu dringen drohten, preßte ich ihr den Ellbogen gegen die Kehle und nahm erneut, was mir gehörte. Mir und nicht dieser gottverdammten Äffin! Die ganze Nacht über holte ich mir, was mir zustand!

Am nächsten Morgen ging ich zu Signora Siragusa, um nachzuschauen, ob die Äffin sich dort versteckt hielt. Die Signora sag-

te, sie habe sie nicht gesehen. Dem Kummer, der ihr in den Augen stand, glaubte ich mehr als ihren Worten. Sie faßte mich am Arm und hielt ihn fest. Ganz gleich, was für neuen Ärger es in meinem Haus gebe, erklärte die Signora, sie könne nur hoffen, daß ich es nicht noch schlimmer mache und zum Untier werde. »Pah!« erwiderte ich und ging aus der Tür, ohne sie hinter mir zu schließen. Sollte diese aufdringliche alte Frau doch mit ihren Kohlen die ganze Umgebung heizen. Was scherte es mich?

Nach Hause ging ich nicht. Ich ging zu Yeitz, dem Lumpensammler. Seit mehr als einem Monat bemühte er sich, mir einen Schäferhund zu verkaufen. Ich gab ihm drei Dollar, und er überreichte mir die Leine. »Hab nie einen besseren Wachhund als den Burschen hier gehabt«, meinte er. »Auch ein guter Jagdhund. Allerdings kann er ganz schön bösartig werden.«

Daheim zog ich die Unterwäsche, die diese zahnlose Äffin zurückgelassen hatte, aus der Tasche und rieb sie dem Hund unter die Nase. Er schnüffelte und schnüffelte, und dann führte er mich durch allerlei Gärten zur Anhöhe von Pleasant Hill und in den Wald. Auf einer Lichtung angekommen, erkannte ich, daß ich auf einem Weg, den ich nie zuvor gegangen war, von Norden her zum Rosemark Pond gelangt war. Der gottverdammte Hund fing an zu bellen und machte einen Satz in Richtung der alten Fischerhütte am anderen Ende des Weihers. Ich zog so fest an der Leine, daß er sich fast das Genick gebrochen hätte. Dann machte ich mich mit ihm davon, so schnell ich konnte. Jetzt wußte ich, was ich hatte wissen wollen. Binnen kurzer Zeit würde ich meine vendetta *bekommen. Wie auch immer sie zurück nach Three Rivers gelangt sein mochte – diese dreckige Äffin würde es noch bereuen. Sie würde dafür bezahlen, daß sie mit etwas herumgemacht hatte, das Domenico Onofrio Tempesta gehörte!*

Daheim vernagelte ich die Hintertür und die unteren Fenster und trieb einen Eisenpfosten in den Vorgarten. Mit der schwer-

sten Kette, die ich besaß, band ich den verdammten Hund an den Pfahl. Kein Mensch würde nun zur Vordertür herein- oder herauskommen, ohne daß ich es wollte. Ignazia hatte schreckliche Angst vor dem Hund; sie fürchtete sich, wenn er bellte und an der Hauswand hochsprang, wenn sie und das Mädchen aus dem Fenster schauten. Das war genau der richtige Hund, um eine treulose fica von Gattin zu bewachen, deren Mann nachts arbeitete.

Auf meine Anweisung schlief Ignazia nun oben. Wir waren wieder Mann und Frau, wie Gott es vorgesehen hatte. Ich hatte nie aufgehört, sie zu begehren; meine passione für sie hatte selbst ihren schändlichen Treubruch überdauert. Zuweilen stand mir auf dem Höhepunkt meiner Erregung wieder vor Augen, was ich in jener verrückten Nacht gesehen hatte: die Äffin und meine Frau, wie sie sich auf sündhafte und perverse Weise umklammerten. Dann vollendete ich meine Pflicht wütend, und wenn sie weinte, schlug ich sie auch manchmal. Nachher, wenn ihr Schluchzen verebbte und ihr Atem mir verriet, daß sie einschlief, beugte ich mich zu ihr und flüsterte ihr ins Ohr: »Vielleicht habe ich dir ja jetzt ein Baby gemacht! Vielleicht habe ich jetzt den Samen gesät, der dein Herz sprengen und dich in die Hölle schicken wird, wo du hingehörst.«

Liebe und Haß: Ich trug die Last von beidem, weil ich eine treulose Frau geliebt hatte, und so hielten wir uns gegenseitig gefangen ...

Und was diese verderbte, zahnlose mona anging, so rächte ich mich an ihr!

»Ach, Domenico, mein Freund! Was verschafft mir die Ehre?« fragte Shanley und erhob sich hinter seinem pezzo grosso-Bürgermeisterschreibtisch, um mir die Hand zu schütteln. Es war am Tag, nachdem der Schäferhund mich zu der Hütte am Rosemark Pond geführt hatte.

Ich erklärte Shanley, ich hätte ernsthaft über seine Anfrage *nachgedacht, ihm vor der nächsten Wahl bei der Mobilisierung italienischer Wähler behilflich zu sein.*

»Das sind ja gute Neuigkeiten!« sagte er. »Da lohnt sich ein ausführlicheres Gespräch. Setzen Sie sich doch, Sir! Setzen Sie sich!«

»Es ist mir ernst damit«, wiederholte ich. »Da wäre aber zunächst noch eine kleine Angelegenheit, in der ich Ihre Hilfe gern in Anspruch nehmen würde.«

»Alles, was Sie wollen, Domenico«, erwiderte dieser korrupte bastardo *und grinste so breit, daß seine goldenen Backenzähne zum Vorschein kamen. »Was immer Sie wünschen, mein lieber Freund.«*

Ich erzählte ihm von der verrückten Frau aus der alten Heimat, die einmal bei mir im Haus gearbeitet hatte und nun meine Familie heimsuchte. Ich erklärte ihm, meine Frau und ich seien so gut gewesen, dieses arme Wesen bei unserer Heirat aufzunehmen, in ihrer Verrücktheit habe sie sich aber gegen uns gewandt. Wir hätten ihre Verschrobenheiten so lange wie möglich hingenommen, erzählte ich dem Bürgermeister, ihre Verwünschungen, ihre kleinen Diebstähle. Doch dann habe sie damit gedroht, unserem Liebling, unserer kleinen Tochter weh zu tun. »So bemitleidenswert sie auch sein mag, mußten wir sie doch aus dem Haus jagen.«

»Natürlich mußten Sie das«, beteuerte Shanley. »Was blieb Ihnen auch sonst übrig, Sie Armer?«

Danach sei sie völlig übergeschnappt, setzte ich meine Erzählung fort. Eine Zeitlang habe sie sich davongemacht, aber nun sei sie zurückgekehrt. Am Abend zuvor hätte ich gesehen, wie sie durch ein Fenster in unser Haus spähte. Mein Hund und ich hätten ihre Spur bis zu einer Hütte am Rosemark Pond zurückverfolgt. Da ich nachts arbeitete, hätte ich Sorge, sie könne meiner Frau oder meinem Kind etwas antun, wenn ich nicht da sei, um die beiden zu beschützen. »Sie ist zwar verrückt, aber leider auch hinterlistig«, fügte ich hinzu.

»Toll wie ein Fuchs«, pflichtete mir der Bürgermeister bei. Er hob den Telefonhörer ab und fing an, die Nummer des Polizeichefs zu wählen. »Sie haben der Stadt einen Gefallen getan, indem Sie mich auf diese Gefahr für die Allgemeinheit aufmerksam gemacht haben, mein Freund«, führte Shanley aus. »Ich werde diese Frau aufgreifen und hinter Gitter bringen lassen, noch bevor die Mittagssirene ertönt. Ich werde dafür sorgen, daß die Sache bei Chief Confrey oberste Priorität bekommt.«

»Scusa«, *sagte ich und hob die Hand. Der Bürgermeister hielt inne und legte den Hörer wieder auf. »Ich habe gerade darüber nachgedacht... Wenn sie ein paar Tage im Gefängnis verbringt, dann ist das Problem für ein paar Tage gelöst. Wenn sie aber ins Irrenhaus kommt, wohin sie gehört, dann wären meine arme Frau und mein Kind auf der Straße wieder sicher. Diese Frau ist geistesgestört. Einmal hat sie sogar behauptet, eine Hexe zu sein!«*

»Sie haben vollkommen recht!» meinte Shanley und schlug mit der Faust auf den Schreibtisch. »Sie sind ein angesehener Mann, mein Freund. Und auch praktisch veranlagt. Wenn sie schon eingesperrt werden muß, dann wenigstens auf Staatskosten und nicht auf Kosten der Stadt. Haha.« Er rief seine Sekretärin herbei und wies sie an, ihm die Telefonnummer der Landesklinik von Three Rivers zu besorgen.

Ich wartete und hörte zu, wie Shanley am Telefon erst mit einem, dann mit einem zweiten Gesprächspartner redete. »Hier spricht der Bürgermeister dieser schönen Stadt, Sie verdammter Esel!« brüllte er in den Hörer. Dann war Dr. Henry Settle, der pezzo grosso *dieser gottverlassenen Irrenanstalt, in der Leitung.*

Sie sprachen über dieses und jenes, bis Shanley endlich zur Sache kam. Er hielt die Hand über den Hörer und wandte sich mir zu.

»Hat sie Verwandte in der Stadt? Wenn sie sich nicht selbst anmeldet, brauchen sie einen Verwandten von ihr, der das über-

nimmt, einen Blutsverwandten, der sie anmeldet und wieder abmeldet, falls sie geheilt wird.«

Ich sagte ihm, es käme einem Wunder gleich, wenn diese wirrköpfige Cousine von mir jemals geheilt würde, und meine arme Tante in der alten Heimat würde bittere Tränen weinen, wenn sie ihre Tochter heute sehen könnte. Shanley zwinkerte mir zu.

In der Irrenanstalt traf ich mich mit der Polizei und dem dottore. Sie holten sie aus dem Polizeiwagen, wobei sie sich mit Händen und Füßen gegen die Zwangsjacke sträubte, die man ihr angelegt hatte. Als die Äffin mich sah, schrie sie mir sämtliche Flüche aus des Teufels Gebetbuch entgegen.

Nachdem ich alle Dokumente unterschrieben hatte, die man mir vorlegte, nahm ich meine Mütze ab, hielt sie krampfhaft in der Hand und spielte wieder die Rolle des unterwürfigen Einwanderers. »Scusa«, flüsterte ich dem diensthabenden Wachmann zu. »Dürfte ich mich unter vier Augen von meiner armen Cousine verabschieden?« Der Idiot zuckte mit den Achseln und ging ans andere Ende des Raumes. Ich trat dicht an Prosperine heran und tat so, als wollte ich meiner cugina einen Abschiedskuß geben. Doch statt dessen flüsterte ich ihr ins Ohr: »Es gibt viele Möglichkeiten, es dem Esel zu besorgen, der es Domenico Tempesta besorgen will!« Dann trat ich ruckartig zurück und spuckte ihr ins Gesicht, so, wie sie meine medaglia bespuckt hatte. Als ich den Raum verließ, brüllte sie mir die schmutzigsten italienischen Verwünschungen hinterher. Das hatte ich ein für allemal geregelt.

Ich sah die Äffin nie wieder. Soviel ich weiß, lebt sie immer noch dort in diesem Irrenhaus. Ißt noch und atmet noch und bezahlt den Preis dafür, sich mit Tempesta angelegt zu haben. Ich habe nie eine entsprechende Notiz erhalten, aber sollte sie doch tot sein, dann spucke ich auf ihr Grab …

Während der nunmehr sechsundzwanzig Jahre, während der ganzen Tragödie und dem Leid, die noch folgen sollten, habe ich zumindest immer diese kleine Befriedigung empfunden: die Erinnerung an den Augenblick, als ich die Schlacht gegen die Äffin gewann, als ich meine gottgegebene Schlauheit benutzte, um diese Teufelin für ihre Sünden zu strafen.

Im September desselben Jahres machte der Erzbischof von Hartford Pater Guglielmo zum Monsignore und berief ihn in eine Gemeinde in Bridgeport. Es gab ein Hochamt zu Ehren von Guglielmo mit anschließendem Bankett. Ich erhielt eine hübsch bedruckte Einladung, konnte die Zeit für eine Reise nach Bridgeport jedoch nicht aufbringen. Ich war zu sehr damit beschäftigt, den Westteil der Stadt und die Gegend um die Fabrik zu bearbeiten, indem ich an Türen klopfte und für Bürgermeister Shanley aus paesani Demokraten machte.

Im Oktober starb Signora Siragusa im Schlaf, und ich half den Söhnen, ihren Sarg zu Grabe zu tragen. Ich beweinte die alte Signora, als wäre sie meine eigene Mutter gewesen – mein eigen Fleisch und Blut. Seht Ihr, Guglielmo? Noch immer gab es Tränen in mir. Die Leiden, die Gott und die Äffin mir bereitet hatten, hatten mein Herz nicht vollends versteinern lassen! Natürlich waren die Söhne der Signora dankbar, sich beim Tragen des Sargs ihrer Mutter von einem Ehrenmann wie mir helfen lassen zu dürfen.

Trotz meiner Bemühungen verlor Shanley einen Monat später die Wahlen. Doch dieser gottverdammte undankbare Mistkerl erzählte in meinem Beisein seinen beiden Kumpanen Rector und O'Brien, er hätte sie wegen meiner Bemühungen verloren. Zu viert saßen wir am Morgen nach der Wahl in seinem Büro. Die drei Iren pafften Zigarren, mir bot Shanley keine an. Ich war nicht länger gut genug für einen seiner billigen, stinkenden Stumpen.

»Wollt Ihr wissen, warum wir verloren haben, Jungs?« sagte Shanley. »Wir haben wegen drei Spaghettifressern namens Sacco, Vanzetti und Tempesta verloren. Zuerst gibt unser Freund hier einen halben Riesen aus, um jeden gottverdammten Itaker in der

Stadt, ob tot oder lebendig, registrieren zu lassen. Und dann, zwei Tage vor der Wahl, beschließt er, die Schnauze aufzureißen und der Zeitung zu erzählen, was für arme, unschuldige Opfer diese gottverdammten Mörder und Anarchisten dort oben in Massachusetts sind. ›Teilt Bürgermeister Shanley Ihre Ansicht zu diesem Fall, Mr. Tempesta?‹ ›Aber ja. Der Bürgermeister steht entschieden hinter allen Italo-Amerikanern.‹ Als müßte ich jedem gottverdammten Itaker in der Stadt den Arsch abputzen. Das wäre ja nur halb so schlimm gewesen, wenn die ganzen Spaghettifresser, denen wir pro Kopf einen Dollar dafür bezahlt haben, sich registrieren zu lassen, kapiert hätten, daß es ein Geschäft auf Gegenseitigkeit war – daß sie sich registrieren lassen und an der gottverdammten Wahl beteiligen sollten. Tja, die Hinterwäldler-Yankees sind jedenfalls zur Wahl gegangen, nicht wahr, Jungs? Die haben's uns mächtig gegeben, damit sie uns alle vor den Spaghettifressern und Anarchisten beschützen können, und deshalb ist dieser gottverdammte Flint Peterson zum Bürgermeister gewählt worden! So hat er's geschafft, Jungs, mit Hilfe unseres Freundes hier, diesem Leierkastenmann!«

*Ich stand auf und nahm meinen Hut vom Ständer. Ich erklärte, ich hätte mir für ihn die Hacken abgelaufen und würde nun nicht einfach dasitzen und als sein Sündenbock herhalten. »Ach nein?« sagte Shanley. »Und wessen ›*Sünda bocca*‹ sind Sie dann?«*

Nach all der Arbeit, die ich für diesen Mistkerl auf mich genommen hatte, machte er sich nun auch noch über mein Englisch lustig! »Pißt euch doch alle drei in eure Hüte«, entgegnete ich ihm. Ich hatte die Nase voll von diesen Schwindlern und ihrer schmutzigen Politik. Ich knallte die Bürotür so fest hinter mir zu, daß ich glaubte, die Glasscheibe müßte herausfallen.

18. August 1949

Es war der 10. Januar 1925. Ein Dienstag. Dienstag oder Mittwoch? Ich weiß es nicht mehr. Aber ich muß mich erinnern …

In diesem Monat hatte die Marine unserer Fabrik einen Eilauftrag erteilt. Im Sommer zuvor hatten sie weniger als sonst georderte, dann plötzlich, mitten im Winter, brauchten sie gefärbte Wolle für zehntausend neue Jacken. So war die Marine immer – keine Planung, und dann mußte alles ganz schnell gehen! Eine Woche lang hatte ich doppelte Schichten gearbeitet und nur drei, vier Stunden Schlaf am Tag bekommen. Ich war müde. Kurz nach acht Uhr früh kam ich nach Hause.

Bitterkalt war es an jenem Tag, das weiß ich noch. Anfang des Monats war es wärmer gewesen als sonst im Januar, aber dann plötzlich hatten wir minus fünfzehn Grad. Ich machte mir Sorgen, daß Ignazia nicht genug Kohlen in den Ofen gelegt haben könnte und die Leitungen einfroren.

Der Hund war das erste Zeichen, daß etwas nicht stimmte. Er lag mit eingefallenem Bauch auf der Seite in seinem blutigen Erbrochenen, tot, vergiftet. Ich stieß ihn mit dem Fuß an, doch er bewegte sich nicht. Lag stocksteif da, war anscheinend schon eine Weile tot.

Als ich die Tür öffnete und hineinging, flog ein Vogel an mir vorbei! Ein Sperling. Schon da hätte ich es wissen müssen: Ein Vogel im Haus verheißt nichts Gutes. Ich bin nicht abergläubisch, aber manche Zeichen kann man einfach nicht übersehen.

Der Kamin im Wohnzimmer war eiskalt. Auch die Heizkörper. Und der Küchenherd. Ich starrte auf die geschlossene Tür des hinteren Schlafzimmers.

Ich legte meine Hand auf den kalten Türgriff, hatte aber Angst, sie zu öffnen – Angst vor dem, was ich sehen würde. Da stand ich nun und schaute auf meinen Atem. Tagsüber schloß sie diese Tür nie.

Dieser gottverdammte Vogel flog im Wohnzimmer umher, flatterte an den Wänden entlang und stieß ständig gegen den Spiegel über dem Kaminsims.

»Ignazia!« rief ich durch die geschlossene Tür. »He, Ignazia!« Keine Antwort.

Ich ging nach oben. »Ignazia? ... Concettina?«

Unser Bett war ordentlich gemacht. Nichts war angerührt, nichts erschien ungewöhnlich. Ihre Wäsche und all ihre anderen Sachen lagen im Wandschrank, in den Schubladen. Ich ging ins Kinderzimmer. Auch dort war alles an seinem Platz ...

Schließlich ging ich in den Keller und machte den Heizkessel wieder an. Es dauerte eine Weile. Wenn die Leitungen einfroren, würde das eine Menge Geld kosten. Ich blieb zwanzig Minuten, vielleicht eine halbe Stunde da unten, schaufelte Kohlen und sah zu, wie sie Feuer fingen. Zweimal glaubte ich, über mir Schritte zu hören, doch als ich das Schaufeln unterbrach, war alles still.

Als ich wieder hinaufging, lag der Sperling tot auf dem Fußboden. Ich nahm ihn in die Hand und trug ihn in die Küche. Wickelte das verdammte Ding in eine Zeitung und warf es in den Müll. Man hätte meinen können, ein ganzer Schwarm Sperlinge wäre ins Haus geflogen nach all den Federn, dem Blut und dem Kot im Wohnzimmer zu urteilen. Dabei war es nur ein einziger kleiner Vogel mit zerbrechlichen Knochen gewesen.

Ich kann mich noch immer an die Bescherung erinnern, die das Ding hinterließ, als es starb.

Die confessione *tut der Seele gut, was? Das sagte mir Guglielmo immer. Ich verlor ihn aus den Augen, als er nach Bridgeport zog. Ich könnte noch nicht einmal sagen, ob er noch lebt ... »Tun Sie Buße, Domenico. Denken Sie über Ihr Leben nach und seien Sie* umile. *Schreiben Sie alles auf ... üben Sie sich in Demut, Domenico. Mensch zu sein heißt, demütig zu sein. Was haben* wir auch sonst für eine Möglichkeit? Niemand soll sich an Gottes Werk versuchen.«

Aber ich war nie besonders gut bei der confessione …

Die Polizei zog ihre Leiche aus dem Rosemark Pond. Ich war dabei, sah zu, wie sie aus dem Wasser auftauchte. Sie sei mitten in der Nacht durch das Eis gebrochen und ertrunken, sagte der Coroner. Noch bevor die große Kälte eingesetzt habe. Das erkenne er daran, wie aufgedunsen die Leiche sei.

Ich glaubte, sie hätte das Mädchen mit in den Tod genommen. Dafür gab es Anzeichen – die Fußabdrücke im Schnee, der das Eis bedeckte. Die Abdrücke zeugten von einem Kampf zwischen den beiden. Jetzt waren sowohl der Sohn als auch die Tochter, die sie mir auf dem Küchentisch geboren hatte, tot. Sie hatte ihren ersten Mann getötet und nun, Gott stehe ihr bei, auch ihre Tochter. So sehr hatte sie mich gehaßt. So verzweifelt war sie, daß sie den Menschen ertränkte, den sie am meisten liebte.

Doch Concettina lebte. Sie hatte sich in der Hütte versteckt, war halb erfroren, atmete aber noch. Ihr Wimmern führte die Polizei zu ihr. Und als ich dem halbtoten Mädchen auf die Beine half und sie in die Arme nahm, fühlten sich ihre Knochen fast so zerbrechlich an wie die des Sperlings. Und ich drückte sie an mich, wollte sie schützen vor der Kälte, vor dem, was ihre Mutter getan hatte. Und in diesem Augenblick liebte ich sie.

Am nächsten Tag stand die Geschichte von Ignazias Tod auf der Titelseite der Zeitung. Etwa eine Woche nachdem ich sie begraben hatte, begannen sich die Einzelheiten zu verbreiten und das Feuer der Phantasie zu nähren. Der vergiftete Hund, die Fußabdrücke der Frau und des Kindes … Mein ganzes Leben lang – selbst schon in der alten Heimat – haben mich die Leute mit Schmutz beworfen und über das Unglück meiner famiglia geklatscht. Ignazias Schicksal ermunterte die Leute in der Stadt zu allerlei Vermutungen. Die Italiener von Three Rivers – meine un-

dankbaren paesani – *waren der Meinung, die Sache müsse entweder auf* Gott *oder auf diese verrückte* Haushälterin, *die ich hatte einsperren lassen, zurückgehen.* Noch Monate, *ja Jahre später hielt sich das Gerücht, Ignazia sei nachts von einem Fremden entführt, umgebracht und dann durchs Eis in den Weiher gestoßen worden …*

Aber es hatte keinen Fremden gegeben. Keine Entführung. Es gab keine Anzeichen für einen solchen Kampf. Nur die Fußspuren meiner Frau und des Mädchens und das schwarze Loch in der Mitte *des Weihers. Und was* Concettina *anging, so erwähnte sie mit keinem Wort jene Nacht – sprach weder mit mir noch mit der Polizei über das* Geschehene. *Bis heute haben wir nicht darüber geredet. Sie war erst acht Jahre alt in jener Nacht, als ihre Mutter versuchte, sie mit in die Hölle zu nehmen, um mich, Tempesta, zu bestrafen. Aber sie hat sie nicht mit sich genommen. Ich weiß nicht, an was sich* Concettina *erinnert.*

Nach Ignazias Tod kamen allerlei italienische Damen an meine Tür, Mitleid und Hoffnung in den Augen und Essen in den Händen. Neben ihnen standen unverheiratete Töchter, altjüngferliche Schwestern, junge Witwen, die sich erboten, mein großes Haus sauberzuhalten und sich um meine arme, mutterlose Tochter zu kümmern. Ich wies sie alle ab. Jeden Abend, wenn ich zur Arbeit ging, brachte ich das Kind nach nebenan, wo sie in der Obhut der Familie Tusia schlief. Tusias Tochter Jennie verließ die High-School, um meine Wäsche zu waschen und für mich zu kochen und zu putzen. Ich wollte keine Frauen mehr in meinem Leben. Keine Ehefrauen. Ich hatte genug davon … Und als Jennie Tusia sich in einen Matrosen aus Georgia verliebte und heiratete, war meine Tochter alt genug, ihre Stelle einzunehmen. Alt genug, sich um das Haus ihres Vaters zu kümmern – dieses arme Mädchen mit der Hasenscharte, das von keinem Mann begehrt wurde.

Sie ist keine schlechte Tochter. Sie kocht, sie putzt, sie ist schweigsam. Ihr silenzio *macht ihrem Vater Ehre.* Concettina *hat sizilianisches Blut in den Adern; sie versteht es, ihre Geheimnisse zu bewahren.*
So, da haben Sie es, Guglielmo. Das war es doch, was Sie wollten, oder?
Beichte. Buße. Demut ...
Möge Gott der Allmächtige meiner Seele gnädig sein!

46

Thomas und ich gleiten auf Schläuchen aus Autoreifen unterhalb der Wasserfälle den Sachem River entlang. Am Ufer stehen Leute und winken uns zu. Unsere Mutter ist auch da, und hinter ihr, im Schatten, steht ein kleines Mädchen. Es tritt nach vorn in die Sonne. Es ist Penny Ann Drinkwater, wieder lebendig, noch immer eine Drittkläßlerin. Sie ruft uns etwas zu und zeigt flußabwärts. Aus dem Wald hinter ihr ertönt das Heulen einer Sirene …

Ich schreckte auf, als das Telefon klingelte, und warf dabei den ganzen verdammten Apparat runter. Ich streckte den Arm aus und zog es an der Schnur wieder hoch ins Bett. »Hallo?«

Dr. Azzi sagte, es tue ihm leid, daß er so früh anrufen müsse, aber er habe einen höllischen Tag vor sich. Er fahre gleich ins Krankenhaus, und wir könnten uns in einer Stunde im Warteraum im vierten Stock treffen, nachdem er Ray untersucht habe. Andernfalls müsse ich mich bis zum Abend gedulden.

Die verschwommenen roten Ziffern auf dem Digitalwecker zeigten … sechs Uhr elf? »Ja, natürlich. Ich komme. Sie mußten also … amputieren?«

Mit einer diabetischen Gangrän sei nicht zu spaßen, erklärte er und fügte hinzu, er erwarte mich gegen Viertel nach sieben.

Ich legte auf, ließ mich wieder ins Bett sinken und schloß meine brennenden Augen. Okay, befahl ich mir, du gehst jetzt unter die Dusche und fährst hin.

Als ich meine Beine über die Bettkante schwang und auf den Boden setzte, spürte ich unter meinen Füßen zerknülltes Papier.

Auf dem Laken und rund um das Bett lagen die zerstörten Seiten des Manuskripts meines Großvaters herum. Ich hatte Domenicos Geschichte irgendwann in der Nacht zu Ende gelesen. Trotz all der häßlichen Wahrheiten hatte sie mir keine der Antworten geliefert, die ich gleichzeitig gesucht und gefürchtet hatte. Sie hatte nur noch mehr Fragen aufgeworfen und Argwohn geweckt – und mir eine düstere Enthüllung beschert, nach der ich *nicht* geforscht hatte: daß meine Großmutter in ihrer Verzweiflung versucht hatte, meine Mutter mit sich in den Tod zu nehmen. Daß Ma, als sie acht Jahre alt war, mit der eigenen Mutter kämpfen mußte, um zu leben ... Geständnisse, Reue, Familiengeheimnisse: In einem Anfall von Frustration und Befreiung war ich bis zur letzten Seite vorgedrungen und hatte weinend die Seiten aus der Bindung gerissen, sie zusammengeknüllt und zerfetzt, Konfetti aus den Rechtfertigungsversuchen und der jämmerlichen Lebensbeichte meines Großvaters gemacht.

Ich stolperte Richtung Bad, watete durch die verstreuten Seiten. *Sie kocht. Sie putzt, sie versteht es, Geheimnisse zu bewahren* ... Ich stieg unter die Dusche und drehte das Wasser auf – so heiß, wie ich es aushalten konnte ... Er war als Versager gestorben, das stand fest. All die Geständnisse, die Reue kurz vor zwölf: zu mager, zu spät ... Sei demütig, hatten sie ihm dauernd gepredigt, aber er hatte es nie wirklich kapiert. Er hatte seinen Groll gepflegt, sich zum Herren über das Leben anderer Menschen aufgespielt, diese sonderbare Frau in die Irrenanstalt gesperrt und sie einfach dort verfaulen lassen ... Fäulnis. Gangrän. *Hier ist dein alter Herr. Bis du zu Hause? Ruf mich mal an, ja?*

Ich seifte mich ein und ließ das Wasser über meinen Körper laufen. Als ich schließlich aus der Duschkabine trat, schaute ich mich im Spiegel an, tropfnaß und nackt.

Sei nicht wie er, Dominick, sagte ich mir ins Gesicht. Sei nicht wie er, sei nicht wie er ...

»Es gibt feuchte und trockene Gangrän«, erklärte Dr. Azzi. »Die feuchte ist natürlich schlimmer, weil sie bedeutet, daß das Gewebe von Bakterien befallen ist. Wie bei Ihrem Vater. Deshalb mußten wir so schnell wie möglich amputieren. Sonst hätte sich die Infektion mit rasender Geschwindigkeit ausgebreitet, und ein Körperteil nach dem anderen wäre abgestorben. Fragen?«

»Und … und es ist mit Sicherheit seine Diabetes, die dazu geführt hat?«

Er nickte. »Sie hat die Durchblutung der Extremitäten verschlechtert. Und Ihr Vater hat ganze Arbeit geleistet, indem er die Symptome ignorierte. Er ist genau wie mein Vater: einer der letzten harten Männer. Was kann ich Ihnen sonst noch sagen?«

»Äh … Entschuldigen Sie, aber das ist ganz schön viel auf einmal. Diese Gangrän ist die eigentliche Infektion, richtig?«

Dr. Azzi schüttelte den Kopf. »Ich muß ein bißchen weiter ausholen. Sehen Sie, ich hatte keine Ahnung, daß Sie völlig unvorbereitet sind. Ich hatte angenommen, Ihr Dad hätte Sie auf dem laufenden gehalten.«

Das hätte er getan, dachte ich, wenn ich mir die Mühe gemacht hätte, auf seine Nachrichten zu reagieren. Wie auch immer es mit Ray ausgehen würde, ich hatte bewiesen, daß ich nicht einmal über ein Mindestmaß an menschlichem Anstand verfügte.

»Bei einer Gangrän handelt es sich um totes Gewebe«, fuhr Dr. Azzi fort. »Es ist der *Nährboden* für Infektionen. Sein Fuß wurde nicht ausreichend mit Sauerstoff und anderen Nährstoffen versorgt. Menschliches Gewebe ist wie alles andere Leben. Wenn man es verhungern läßt, stirbt es.«

Dr. Azzi beschrieb den vorgesehenen Verlauf der nächsten Monate: etwa eine Woche intensive Therapie im Krankenhaus, dann Verlegung in ein Rehabilitationszentrum, wo Ray wieder gehen lernen würde. Eine Zeitlang auf Krücken und später mit einer Prothese, falls Ray sich dafür entschied. Manche Krankenversicherungen bezahlten Prothesen, andere nicht. Das Ziel sei natürlich, daß er wieder nach Hause könne. Ray habe ihm gegenüber deutlich gemacht, daß er nicht bereit sei, lange in einem Genesungsheim herumzusitzen. »Er lebt allein, nicht wahr?«

»Ja«, sagte ich.

»Treppen?«

Ich nickte. »Draußen und drinnen.«

Schließlich standen wir auf und gaben uns die Hand. »Er hat eine schwere Zeit vor sich, soviel steht fest«, meinte Dr. Azzi. »Aber er wird es schaffen. Er hatte wirklich Glück. Erinnern Sie ihn immer wieder daran.«

Ich fragte, ob ich Ray besuchen könne.

Selbstverständlich, antwortete er, Ray habe jedoch gerade erst eine Spritze bekommen und werde wahrscheinlich den ganzen Morgen schlafen. Aber ich könne gerne kurz bei ihm hineinschauen.

Ich ging den Korridor entlang und fand Rays Zimmer. *Betreten auf eigene Gefahr,* dachte ich.

Er atmete schwer durch den Mund. Vorne auf seinem Krankenhausnachthemd klebte getrockneter Speichel, ein dünner Blutfaden zog sich durch die Flüssigkeit im Injektionsschlauch seines Tropfs. Er wirkte so klein und grau.

Notoperation, Reha-Klinik. Feuchte und trockene Gangrän. Wie hatte mir die Angst in seiner Stimme entgehen können? ... *Hier ist dein alter Herr. Bist du zu Hause?* ... Vergangenheit hin oder her – wen hatte er denn sonst?

Schau hin, sagte ich zu mir. Tu Buße. Stell dich.

Und so zwang ich mich, von Rays grauem Gesicht zu seiner sich hebenden und senkenden Brust und schließlich zum Fußende des Bettes zu blicken. Ich bemerkte die flache Stelle, wo sein rechtes Bein hätte sein sollen ... Erinnerte mich an das glänzende rosafarbene Narbengewebe meines Bruders, an die transplantierte Haut an seinem Stumpf. Irgendwann hatte ich mal gehört, daß man bei Amputationen keine High-Tech-Laser, sondern eine Säge benutzte, sich durch Muskeln und Knochen arbeitete und das abgetrennte Bein dann einfach wegwarf. Wohin? In einen Müllschlucker? Mein Gott!

Er wird eine Zeitlang in einem Rehabilitationszentrum verbringen müssen, um wieder gehen zu lernen. Gott, Ray würde ausflippen, wenn er auf diese Art ruhiggestellt würde. Er, der immer mit irgend etwas herumhantierte und einfach nicht stillsitzen konnte.

Als die Schwester hereinkam, sprang ich vor Schreck auf. Es war eine rundliche Asiatin. Wir nickten einander zu. »Ich, äh ...

Dr. Azzi sagte, ich könnte kurz zu ihm. Ich weiß, es ist keine Besuchszeit ...«

»Schon in Ordnung«, meinte sie. Sie befestigte eine Blutdruckmanschette über Rays Armbeuge und pumpte sie mit dem kleinen schwarzen Balg auf, las die Werte ab und pumpte noch ein wenig mehr. *Corrie* Soundso. Früher trugen Krankenschwestern weiße Uniformen und keine Sweatshirts mit dem Emblem ihrer Uni.

»Äh, da ist ein wenig Blut in dem Schlauch von seinem Tropf«, sagte ich. »Haben Sie das gesehen?«

Sie kniff die Augen zusammen und beugte sich über seinen Arm. »Kein Problem«, erklärte sie, dann steckte sie ein Fieberthermometer unter Rays Zunge, schloß seinen Mund und hielt seinen Kiefer fest. Ray schlief weiter und merkte von alldem nichts. Was immer in dieser Spritze gewesen war, die sie ihm verpaßt hatten, sie hatte ihn wirklich völlig umgehauen. Das Fieberthermometer piepste. Die Schwester zog es aus seinem Mund und notierte etwas. Ich fragte sie, wie es ihm gehe.

»Seine Temperatur ist ein bißchen niedrig, aber der Blutdruck ist gut«, meinte sie. »Sind Sie sein Sohn?«

Ich stand da, unfähig, ihr zu antworten. Als sie die Bettdecke anhob, um den Verband zu überprüfen, mußte ich den Blick abwenden.

»Sieht gut aus.« Sie ließ die Decke wieder fallen und steckte sie fest. Er werde wahrscheinlich den ganzen Morgen schlafen, fuhr sie fort, aber ich könne ruhig dableiben. Ich schüttelte den Kopf und sagte, ich wolle nur noch ein paar Minuten bei ihm am Bett stehen und am Nachmittag noch einmal vorbeikommen.

»Kein Problem. Ich lasse Sie beide jetzt allein.«

Ich beobachtete ihn noch eine Weile. Dann beugte ich mich über seine Hand und strich mit einem Finger über die Hügel und Täler, die seine Knöchel bildeten.

Wie jedes andere Leben. Wenn man es verhungern läßt, stirbt es. Dr. Azzi hatte mehr recht, als er ahnte ...

Daß Thomas in der Nähe der Wasserfälle ertrunken war, war zwar die *offizielle* Todesursache; eigentlich war er aber im Hatch gestorben, abgeschnitten von jeder Hoffnung und von seiner Familie. Mein Bruder war verhungert ... Und meine Großmutter war ebenfalls in einer Art Gefängnis gestorben. Der Alte hatte einen Wachhund postiert – sie in seinem gottverdammten Haus wie eine Gefangene gehalten. Hatte sie an den Wochenenden vergewaltigt, weil sie ihm »gehörte«. Und so hatte sie in ihrer Verzweiflung gemacht, was sie schon einmal getan hatte: Sie war davongelaufen, geflohen, hatte ihre Tochter zu diesem Teich gezerrt und ...

Papa war ein wunderbarer Mann, Dominick. Wieso war er das, Ma? Weil er vergleichsweise gut aussah? Weil in der Hollyhock Avenue alles relativ war? ...

Es ist, als würdest du mir den Sauerstoff rauben. Deshalb gehe ich, hatte Dessa an dem Morgen zu mir gesagt, an dem sie mich verließ. *Ich brauche Luft zum Atmen, Dominick.*

Ich stand da, berührte Rays Hand und *kapierte* es endlich ... Dessa hatte nicht aufgehört, mich zu lieben, sich um mich zu sorgen – um uns zu sorgen. Aber sie hatte sich selbst retten und mich aus ihrem Leben vertreiben müssen, gleichsam amputieren, weil ... ich sie verhungern ließ, sie krank machte. Wenn sie geblieben wäre, hätte ich sie nach und nach absterben lassen.

Gut für dich, Dess, dachte ich. Ich bin *froh,* daß du lebend da rausgekommen bist. Tränen strömten mir übers Gesicht, tropften auf Rays Bett und versickerten in seinen Laken.

Ich kam gegen Mittag nach Hause und hinterließ auf Dr. Patels Anrufbeantworter eine Nachricht. Ich müsse sie so schnell wie möglich sehen. Dann machte ich mir eine Suppe heiß und blätterte die *Newsweek* durch, ohne etwas aufzunehmen. Als ich das Geschirr spülen wollte, bemerkte ich, daß es bereits sauber war.

Die Überreste von Domenicos Manuskript lagen noch immer auf dem Boden des Schlafzimmers verstreut. Okay, sagte ich mir, du hast es gelesen und dann zerfetzt. Es ist Abfall, stimmt's? Also geh rein und schaff es dir vom Hals.

Ich nahm einen Müllsack mit ins Schlafzimmer. Während ich Seite für Seite der Geschichte des Alten in den Plastiksack stopfte, dachte ich an Ma – was sie mir über den Tag erzählt hatte, an dem ihr Vater gestorben war. Er hatte sie fast beendet, seine in so langen Jahren entstandene *confessione,* seinen mißlungenen

Akt der Reue … Sie hörte ihn draußen weinen, wollte zu ihm gehen, um ihn zu trösten, aber das hätte gegen die Regeln verstoßen. Er wäre wütend geworden, und es war seine Wut, die das Haus seit jeher beherrschte … Ich setzte mich aufs Bett und sah sie vor mir, wie sie da draußen die Geschichte ihres Papas einsammelte. Sie mußte damals das Gefühl gehabt haben, ihr ganzes Leben habe sich mit einem Schlag verändert. Ihr Vater war tot, und in ihr wuchsen ihre Söhne heran …

Aber sie war tapfer gewesen. Tapfer genug, um weiterzumachen und uns großzuziehen, so gut sie konnte. Und auch früher: Das ernste Mädchen auf diesen Fotografien, das mit gestärkten Schürzen neben ihrem Vater stand, die Hand vor dem Gesicht, um ihren entstellten Mund zu verdecken, war ein tapferes Mädchen – mit acht Jahren in die bittere Kälte hinausgezerrt von einer Mutter, die, jeglicher Hoffnung beraubt, verrückt geworden war … Es habe Hinweise auf einen Kampf gegeben, hatte der Alte geschrieben. Aber dieses tapfere, ernsthafte Mädchen hatte das schreckliche Geheimnis ihrer Mutter bewahrt und weder der Polizei noch ihrem Vater etwas gesagt. Nur die Fußspuren hatten die Geschichte erzählt. In ihrer Wut oder verrückt vor Verzweiflung hatte Ignazia sie mit sich in den Tod reißen wollen. Aber Ma hatte gekämpft und konnte sich retten. Sie hatte sich in einem Schuppen versteckt, dort die Nacht überlebt und war dann nach Hause geholt worden, um bei ihrem Vater zu leben …

Hatte sie diesen Papa wirklich so sehr geliebt, wie sie immer behauptete? Hatte sie ihn gehaßt? Waren mein Bruder und ich in Sünde empfangen worden? … »Die Geschichte von Domenico Onofrio Tempesta« hatte sich als ein weiteres Spiegelkabinett entpuppt, als Labyrinth innerhalb eines Labyrinths. Denn am Ende der Geschichte hatte der Alte alles und nichts gestanden. Wie der Vater, so die Tochter, dachte ich. Sie hatten es *beide* verstanden, ihre Geheimnisse zu bewahren …

Ich faßte in den Müllsack und zog eine Seite heraus. Strich sie glatt und begann zu lesen: »*… habe ich zumindest immer diese kleine Befriedigung empfunden: die Erinnerung an den Augenblick, als ich meine Schlacht gegen die Äffin gewann, als ich meine gottgegebene Schlauheit benutzte, um diese Teufelin für ihre Sünde zu strafen.*«

Ich schüttelte den Kopf angesichts seiner Hoffnungslosigkeit, seiner Einsamkeit im Garten am letzten Tag seines Lebens. Auch Domenico war verhungert.

»Ich sage nicht, daß es nicht möglich ist, Dominick«, meinte Dr. Patel. »Es ist nur äußerst unwahrscheinlich. Sie sind weder zurückgeblieben, noch leiden Sie an der Bluterkrankheit oder irgendeiner anderen der Myriaden möglicher Komplikationen. Wenn Sie – wie befürchtet – das Produkt eines Inzests sind, scheinen Sie bemerkenswert unbeschadet davongekommen zu sein.«

Unbeschadet? Ich erinnere sie daran, daß mein Bruder schizophren gewesen und meine Tochter vier Wochen nach ihrer Geburt gestorben war.

Das seien keine stichhaltigen Argumente, erwiderte sie. Soweit sie wisse, gebe es keinerlei wissenschaftliche Beweise dafür, daß Vater-Tochter-Inzest mit Schizophrenie oder plötzlichem Kindstod in Zusammenhang stand. Ich könne auf diesem Gebiet gerne Nachforschungen anstellen, aber sie bezweifle, daß ich irgend etwas finden würde. Somit bleibe mir nur eine, wie sie es sehe, irgendwie neurotische Angst und die vage Bemerkung in dem Manuskript meines Großvaters, das meine Mutter es verstanden hatte, Geheimnisse zu bewahren. Das könne alles mögliche bedeuten, sagte sie. Geheimnisse, die ihre Mutter ihr anvertraut hatte, etwa geheime Rezepte. Und natürlich das schreckliche Geheimnis, daß die Mutter, die ihr das Leben geschenkt hatte, in jener Nacht versuchte, es ihr zu nehmen.

Vater-Tochter-Inzest: Dr. Patel hatte dem Ganzen einen Namen gegeben, ein Etikett, und es irgendwie eingegrenzt, es in einen Käfig gesperrt und dafür gesorgt, daß ich mich sicherer fühlte. Was hatte sie mir eben vorgeworfen? Eine »irgendwie neurotische« Angst?

Nach dem zu schließen, was ich ihr erzählt hätte, fuhr sie fort, sei mein Großvater ein furchtbar unglücklicher und fehlgeleiteter Mann gewesen – grausam, selbstgerecht, vielleicht paranoid –, obwohl sie sich normalerweise dagegen sträube, Tote zu analysieren. Aber nichts von alldem bedeute notwendigerweise, daß er seine Tochter vergewaltigt und dabei meinen Bruder und mich gezeugt hatte.

»Dann bin ich wieder genau dort, wo ich war, *bevor* ich dieses verdammte Dinge gelesen habe«, sagte ich.

»Und wie würden Sie diesen Zustand beschreiben?«

»Angeschissen … Vaterlos.«

Sie erwiderte, sie würde das gerne etwas differenzieren. Erst einmal sei ich ganz gewiß nicht vaterlos, vorausgesetzt, ich sei bereit, über Sperma und Eizelle hinauszudenken. Wenn man den männlichen Erwachsenen als seinen Vater definiert, der einen von der Kindheit bis ins Erwachsenenleben begleitet habe, dann liege mein Vater in einem Bett im Shanley Memorial Hospital und erhole sich von einer Operation. Welche Fehler Ray als Vater gemacht, welches Trauma er bei mir und meinem Bruder auch verursacht haben mochte, seine Präsenz stellte in meinem Leben eine Konstante dar. Er sei immer dagewesen.

Und sie habe auch nicht das Gefühl, daß ich mich nach der Lektüre der Geschichte meines Großvaters »genau da« befände, wo ich angefangen hätte. »Seien Sie bitte nachsichtig mit mir als Anthropologin, Dominick, und lassen Sie uns das Manuskript einen Augenblick nicht als einen mysteriösen Bericht mit einem sehr unbefriedigenden Ende betrachten, sondern als eine Parabel. Parabeln sind lehrreich. Man gelangt an das Ende einer Allegorie und stößt auf die Lektion, die sie in sich birgt. Also frage ich Sie: Was hat Sie die Geschichte Ihres Großvaters gelehrt?«

»Was sie mich *gelehrt* hat?« Ich rutschte auf dem Sessel hin und her und sah sie nicht an. »Ich weiß nicht. Beweg dich nicht auf dünnem Eis? Halte dich von Affen fern?«

Sie schlug die Hände zusammen wie eine entnervte Lehrerin. »Ernsthaft, bitte!«

Unsere Blicke trafen sich. Ich beugte mich vor: »Ich sollte das Gefühl ablegen, daß mir soviel gottverdammtes Unrecht geschehen ist. Sollte meinen Groll überwinden.«

Sie lächelte, nickte und schlug wieder die Hände zusammen, diesmal jedoch, um zu applaudieren.

Ob nun mit Absicht oder nicht, fügte Dr. Patel hinzu – mein Großvater habe mir ein wertvolles Geschenk gemacht: die Parabel seines Scheiterns. Ich solle nicht vergessen, wer der Übermittler der Geschichte gewesen sei. Sie sei über eine Mutter zu mir gelangt, die, so vermutete Dr. Patel, mich sehr geliebt habe, eine Frau, die trotz ihrer Unterwürfigkeit ziemlich mutig gewesen sei. Indem sie in jener Nacht am Teich um ihr Leben gekämpft hätte, habe sie es Thomas und mir ermöglicht, zu leben. Sie habe Fehler gemacht – das sei nicht zu leugnen –, aber trotzdem habe sie zwei Söhne in gutem Glauben erzogen, habe ihr Bestes gegeben. Und mir persönlich habe sie dazu noch die Geschichte ihres Vaters vermacht. »Nutzen Sie das Geschenk, Dominick. Lernen Sie daraus. Lassen Sie zu, daß es Sie befreit.«

»Ist er jetzt fertig?« fragte mich die Schwesternhelferin schon ein bißchen ungehalten. Sie war bereits zweimal im Zimmer gewesen, um Rays Tablett mit dem unangerührten Mittagessen abzuholen. Im Schwesternzimmer hatte man mir gesagt, er sei gegen elf Uhr aufgewacht, habe eine weitere Morphiumspritze bekommen und sei dann wieder ins Traumland entschwunden.

»Er schläft noch immer«, antwortete ich ihr. »Nehmen Sie es einfach mit.« Es war halb vier. Wer zum Teufel hatte ihm überhaupt dieses Schmerzmittel verschrieben?

Ich beobachtete, wie die junge Frau das Unmögliche versuchte: Rays Tablett auf den bereits überfüllten Wagen zu stellen. Es rutschte krachend zu Boden. Ich half ihr, die Suppe aufzuwischen, das Sandwich wieder zusammenzusetzen und einen weggerollten Apfel zu suchen. Als ich mich wieder aufrichtete, hatte Ray die Augen geöffnet.

»Wer sind Sie?« fragte er.

Ich sagte, ich sei Dominick. Fragte, wie er sich fühle.

»*Wer?*«

»Dominick«, wiederholte ich. »Connies Sohn. Einer der Zwillinge.«

»Oh, ich dachte, Sie wären der Fluraufseher.«

Der Fluraufseher? Ich fragte ihn, ob er wisse, wo er sich befinde. Er schaute sich im Zimmer um und sah dann wieder mich an. »Bin ich im Krankenhaus?«

Ich nickte und erinnerte ihn daran, daß er am Tag zuvor operiert worden war.

Er fragte mich, wann das Footballspiel anfange.

Footballspiel? Ich blickte zum Fernseher, der an die Decke montiert war. Ich hatte bei abgeschaltetem Ton die Sendung verfolgt, während ich gewartet hatte, daß er aufwachte. »Es gibt im Moment keinen Football, Ray«, erklärte ich. »Es ist Mai, Baseballsaison.«

Er beugte sich vor und musterte sein amputiertes Bein, offensichtlich ohne den Verlust zu registrieren. »Ist Edna schon dagewesen, um mich zu besuchen?«

»Edna?« fragte ich. »Wer ist Edna?«

»Edna. Meine *Schwester*, das weißt du doch.« Er schüttelte genervt den Kopf. »Und was ist das?« Er hatte die Fernbedienung in die Hand genommen.

»Damit kann man die Programme wechseln. Bei deinem Fernseher da oben. Versuch's mal. Den blauen Knopf, nicht den roten. Mit dem roten ruft man die Schwester.« Er drückte zuerst den roten Knopf, *dann* den blauen und behielt den Daumen drauf. Die Programme liefen durch: Seifenopern, CNN, Heimwerkertips. Bei Oprah Winfreys Talk-Show ließ er den Knopf los.

»Ja?« ertönte eine Stimme, von Knacklauten verfremdet. »Was kann ich für Sie tun?«

»Oh«, sagte ich. »Er ... wir haben den falschen Knopf gedrückt. Entschuldigung.«

Klick.

»Um wieviel Uhr fängt das Footballspiel an?« fragte Ray wieder. Als ich ihn noch mal erinnerte, daß keine Footballsaison war, unterbrach er mich und sang ein Anfeuerungslied.

Erdbeerkuchen, rein in den Magen,
wir werden sie schlagen!
Und ob wir siegen, ja, ja, ja!
Wir sind Schüler des BGS, hurra!

Ich warf einen Blick in den Gang und schaute dann hinauf zu Oprah. »Was ist, äh ... was ist BGS?«

»Die BGS!« antwortete er. »Die BGS! Die Broadway Grammar School! Bist wohl schwer von Begriff, was?«

»Ich weiß nicht. Ich vermute, es gibt einen Gott. Es *muß* einen geben.«

Dessa tunkte den Teebeutel in ihre Tasse und zog ihn wieder raus. Sie sah mich fragend an.

»Aber er ist nicht barmherzig. Das ist das Beschissene. Er hat es mehr mit Ironie als mit Gnade. Er ist ein hinterhältiger Gott, einer, der einen reinlegt. Ein Witzbold. Es ist einfach zu perfekt, um ein bloßer Zufall zu sein.«

Dessa meinte, sie könne mir nicht folgen.

»Überleg doch mal«, sagte ich. »Zuerst stirbt mein Bruder. Dann verliert mein Stiefvater ein Bein und redet wirres Zeug. Stumpf II: die Fortsetzung. Perfekt.«

Dessa erwiderte, sie sei sich ziemlich sicher, daß Gott sich mit wirklichen Herausforderungen befasse und nicht mit gemeinen Streichen.

Wir saßen an einem der hinteren Tische in der Cafeteria des Krankenhauses. Eine Stunde zuvor hatte ich die Fahrstuhltür aufgehalten, weil eilige Schritte zu hören waren, die sich als die meiner Exfrau herausstellten. Bis auf die weißhaarige Frau an der Kasse und ein paar flüsternde Patienten in gestreiften Bademänteln hatten wir den Raum für uns.

»Und überhaupt«, meinte sie, »haben sie nicht gesagt, er sei vermutlich nur wegen der Schmerzmittel verwirrt? Hast du mir nicht gerade erzählt, daß *du* nach *deiner* Operation auch durcheinander warst?« Ein paar Minuten zuvor hatte ich meinen seltsamen Morphiumtraum erwähnt, ohne jedoch auf die Details einzugehen: wie ich meinen Bruder erwürgte, als er an diesem Baum hing, ihn abschnitt und zum Fluß schleppte. Irgendwie lustig, daß ich in meinen postoperativen Halluzinationen zum Mörder geworden war und Ray in seinen zum Cheerleader.

Wir schwiegen. Ich trank meinen Kaffee aus und fing an, den Plastikbecher zu zerlegen, so wie man einen Apfel schält. Wir saßen beide da und betrachteten die lange, nicht abreißende Spirale. »Gehst du noch in die Kirche?« erkundigte ich mich.

Es sei seltsam, daß ich sie das fragte, antwortete sie. Sie sei jahrelang nicht mehr in die Kirche gegangen, habe aber vor ein paar Wochen wieder damit angefangen.

»Ja? Warum?«

»Ich weiß nicht«, meinte sie. »Zum Teil wegen dieses Ortes hier.«

Ich hatte, als ich sie im Fahrstuhl traf, angenommen, mit ihrer Mutter sei etwas nicht in Ordnung, aber Dessa hatte abgewunken – sie habe angefangen, ehrenamtlich auf der Kinderstation zu arbeiten. »Du solltest diese Kinder sehen, Dominick. Sie sind so krank, aber unglaublich tapfer. Sie kommen mir alle vor wie kleine Wunder.«

Sie erzählte mir von einem sechsjährigen Mädchen mit einem Gehirntumor und einem Kichern, das so ansteckend war, daß die Kleine damit einen ganzen Raum zum Lachen bringen konnte. Von den AIDS-Babys mit ihren unzähligen Infektionen, ihrem Bedürfnis, gehalten und gewiegt zu werden. Von Nicky, einem sieben Jahre alten Jungen mit einer Enzymstörung, die nach und nach dazu geführt hatte, daß er nicht mehr sprechen, das Gleichgewicht nicht mehr halten und nun auch nicht mehr schlucken konnte. Nicky sei ihr Liebling. »Wenn du wüßtest, wie seine Augen leuchten, wenn er Musik hört. Oder dieses Licht; erinnerst du dich an die Lampen mit den Leuchtpunkten am Ende von langen Fäden, die in den siebziger Jahren alle stundenlang anglotzten, wenn sie bekifft waren? Nicky starrt so ein Ding an, als ob er darin irgend etwas erkennen könnte, als ob es ihm etwas erklärte, was wir anderen nicht verstehen. Er hat so wunderschöne braune Augen, Dominick. Ich glaube, das ist einer der Orte, an denen *ich* Gott sehe. In Nickys Augen.« Sie lachte, war plötzlich verlegen. »Es ist schwer zu erklären. Ich klinge bestimmt wie so 'n Esoterikfreak.«

Ich stupste mit meinem Fuß ihren an. »Nun, es besteht noch Hoffnung. Du hast doch noch keine Meditationskassetten gekauft, oder?«

Die Kinder mit AIDS hätten es am schwersten, sagte sie. Oft wollten sie nichts essen, weil ihnen davon noch schlechter würde. So kämpften die armen kleinen Würmer neben allem anderen auch noch gegen die akute Unterernährung an.

Wenn man etwas verhungern läßt, stirbt es, dachte ich.

»Und was tust du für diese Kinder?«

Sie lese ihnen vor, halte sie im Arm und mache eine kleine Haustiertherapie mit ihnen.

»Haustiertherapie?« fragte ich. »Was ist das denn?«

Die Kinder seien sehr empfänglich für Tiere, erzählte sie. Es gebe einen süßen kleinen Hund namens Marshmallow, der einmal in der Woche zu Besuch komme. Und sie hätten Fische und zwei Kaninchen – Zick und Zack. »Wir müssen sehr vorsichtig sein, wegen möglicher Infektionen – es gibt Tausende von Einschränkungen und Bestimmungen –, aber die Kinder lieben die Tiere heiß und innig.«

Die meiste Zeit halte sie die Kinder einfach nur im Arm. Das sei wahrscheinlich das Sinnvollste, was sie tun könne. »Kinder, die so krank sind, brauchen vor allem körperliche Nähe. Sie wollen einfach nur gehalten werden.«

»Bist du sicher, daß das gut für dich ist, daß es dich nicht zuviel kostet?« fragte ich.

Sie lächelte und schüttelte den Kopf. Es klinge deprimierend, aber das sei es nicht. Das sei ja das Wunder. Es mache sie glücklich, mit diesen Kindern zusammenzusein – Teil ihrer kostbaren Tage zu sein. Seit Jahren habe sie sich nicht mehr so mit sich im reinen gefühlt.

Ich schmunzelte und sagte, sie habe ihr Versprechen schließlich doch noch gehalten.

»Welches Versprechen?«

»Das du dem Kind der Claptons gegeben hast. Dem kleinen Kerl, der aus dem Fenster gefallen ist. Ich glaube, du hast ihn schließlich doch noch aufgefangen.« Ich sah, wie sich ihre Augen mit Tränen füllten, als sie sich an diesen Traum erinnerte, von dem sie mir erzählt hatte.

Ob sie mit hinaufkommen wolle? Ray guten Tag sagen?

Sie blickte auf die Uhr. Sie sei spät dran, antwortete sie, habe sich mit Dan zum Essen verabredet. Aber sie könne ja ganz kurz mitkommen, schnell hallo sagen, und dann wieder gehen.

Als wir mit dem Fahrstuhl in den vierten Stock fuhren, fiel mir auf, daß sie eben den Namen ihres Freundes erwähnt hatte, ohne daß ich das Bedürfnis verspürt hatte, gegen eine Wand zu treten. Irgendwie ein Fortschritt, dachte ich. Also war die ganze Therapie zumindest zu etwas gut gewesen. »Wie geht es Sadie?« fragte ich.

»O Dominick ...« Sie berührte mich am Arm. »Sie ist tot.« Sie ließ ihre Hand wieder fallen. »Ich mußte sie einschläfern lassen. Es tut mir leid. Ich hätte dich anrufen sollen.«

Ich zuckte mit den Schultern. Sagte ihr, es sei schon in Ordnung – schließlich sei es *ihr* Hund gewesen, nicht meiner.

»Es war *unser* Hund«, beharrte sie.

Der Fahrstuhl hielt im dritten Stock; die Türen öffneten sich für niemanden. Wir fuhren weiter. »Sie ist friedlich gestorben, Dominick.« Sie machte einen Schritt auf mich zu und lehnte sich leicht an mich.

Als wir Rays Zimmer betraten, saß er aufrecht im Bett und bekam von einer Schwester etwas Saft zu trinken. »Ich habe jemanden mitgebracht«, meinte ich.

»Hi, Ray«, sagte Dessa. Er starrte sie ausdruckslos an.

»Weißt du, wer das ist?« fragte ich ihn.

Er nahm noch einen kleinen Schluck Saft und grinste uns so schwach an, daß ich es fast nicht bemerkt hätte. »Oberschwester Hildegard«, antwortete er.

Am dritten Tag nach der Operation war Ray wieder klar. Seine Verwirrtheit war von den Schmerzmitteln verursacht worden, genau, wie die Ärzte gesagt hatten. Und zwölf Tage nach der Amputation seines rechten Beins befand man, er könne nun sicher genug an Krücken gehen, um in ein Rehabilitationszentrum verlegt zu werden.

Das Rivercrest-Genesungsheim hatte freundliche Tapeten, fröhliches Personal und einen genau festgelegten Tagesablauf mit Krankengymnastik, Beschäftigungstherapie und gemeinsamem Singen. Jedesmal wenn ich zu Besuch kam, mußte ich erst einen Spießrutenlauf hinter mich bringen, vorbei an den »Wachposten« – alten Käuzen, die ihre Rollstühle den ganzen Tag im Eingangsbereich parkten und das Kommen und Gehen von Besuchern, Angestellten und Lieferanten verfolgten. Ich glaube, sie hofften auf Nachrichten aus dem wirklichen Leben jenseits der Eingangstüren. Einige kannte ich mit der Zeit mit Namen: Daphne, der Vamp der Gruppe, mit ihrem neonfarbenen Morgenmantel; Maizie, die mich immer fragte, ob ich ihr Sohn Harold sei; Warren, dessen allfällige Begrüßung »Hallo Käpt'n Peacock« lautete.

Unter den Wachposten war auch eine verschrumpelte, namenlose alte Frau, die ich bei mir die »Prinzessin mit dem bösen Blick« nannte. Alle machten sie ein großes Tamtam um die Prinzessin; sie ging auf die Hundert zu und war die älteste Bewohnerin des Heims. Ich redete nie mit ihr, wie ich es mit den anderen tat, aber sie schien ihre kleinen Augen stets auf mich zu heften, sobald ich das Gebäude betrat – um mir mit ihren Blicken den Gang hinunter bis zu Rays Zimmer zu folgen. Ich weiß das, weil ich manchmal stehenblieb und mich umschaute; es machte mir ein wenig Angst, wie sie mich beobachtete ... Daphne, Warren und die Prinzessin nannte ich »die Crew«. Das Empfangskomitee am Übergang vom Leben zu dem, was auch immer danach kommen mochte. Das Rivercrest war das Fegefeuer für Rollstuhlfahrer.

Ray blieb während der ersten Woche mürrisch und schweigsam und war danach »semi-kooperativ«, wie seine Sozialarbeiterin es bezeichnete. Nach einer zweiwöchigen Kampagne, in der sie ihn zur Teilnahme an speziellen Aktivitäten zu überreden versuchte, gab die Beschäftigungstherapeutin es schließlich auf und erlaubte ihm, in seinem Zimmer zu bleiben und zu schmollen. Er konnte sich nicht entscheiden, ob er ein künstliches Bein wollte oder nicht. »Wenn ich ein Pferd wäre, würden sie mich einfach erschießen«, sagte er eines Tages.

»Ihr Vater ist depressiv«, teilte man mir mit. Er weine manchmal still in seinem Zimmer. Das sei zu erwarten gewesen. Solche Dinge brauchten Zeit.

Ich besuchte ihn fast jeden Tag. Nahm seine schmutzige Wäsche mit nach Hause, nachdem sein Lieblingshemd in der Wäscherei des Heims verlorengegangen war. Er brauchte nicht viel – und ich hatte Zeit genug. Inzwischen hatte ich meine Anstreichergeräte längst der Freundin oder Partnerin – oder wie auch immer der politisch korrekte Ausdruck heutzutage lautete – von Sheffer verkauft. Ich war nach Hartfort gefahren, hatte den Eingangstest für das Wiedereinstellungsverfahren als Lehrer gemacht und mich für den obligatorischen Auffrischungskurs eingetragen. Ich war mir noch immer nicht sicher, ob ich wirklich zum Unterrichten zurückkehren wollte, aber ich dachte, es könne nicht schaden, mich in die richtige Startposition zu bringen, für den Fall, daß ich mich doch dafür entschied. Ich hatte noch bis zum Ende des Sommers Zeit, bevor meine wirtschaftliche Situation mich unter Druck setzen würde zu handeln. Manchmal benötigten Schulen im letzten Moment einen Lehrer. Bis dahin war Ray hoffentlich wieder zu Hause und konnte sich selbst versorgen.

Bei meinen Besuchen brachte ich ihm Zeitungen mit – die *Post* und den *Herald* – und ein- oder zweimal in der Woche einen Hamburger, weil das Fleisch im Rivercrest »zäh wie 'ne Schuhsohle« war, sie es sogar fertigbrachten, einen Hackbraten zu versauen. »Gott, warum tust du das schon wieder?« fragte er, wenn ich ihm die Tüte überreichte. »Verschwende doch dein Geld nicht. Ich habe gar keinen Appetit.« Aber dann haute er rein und verschlang in kürzester Zeit das ganze Ding.

Das Personal meinte, es würde Ray vielleicht ein wenig aufheitern, ab und zu für ein paar Stunden rauszukommen. Also ließ ich mir von dem Krankengymnasten zeigen, wie ich Ray ins Auto und wieder heraus helfen konnte und was zu tun war, wenn er zur Toilette mußte. Beim erstenmal waren wir beide nervös. Ich machte mit ihm eine Tour durch Three Rivers, vorbei an der großen Baustelle für das Kasino. »Allmächtiger«, meinte er. »Das wird ja ein Riesending. Aber was soll's. Gibt ihnen mehr Macht.« Seine Einstellung zu den Wequonnocs überraschte mich ein wenig; ich hatte geglaubt, er habe sein Leben lang anderen Menschen ihren Wohlstand mißgönnt.

Bei unserem zweiten Ausflug gingen wir zum Essen ins Friendly's. Als ich wissen wollte, wohin wir als nächstes fahren sollten, überraschte er mich.

»Wie wär's mit Kino?« fragte er allen Ernstes.

»Kino? Wirklich?« Solange ich Ray kannte, hatte er Kino immer für Zeit- und Geldverschwendung gehalten.

Ich reichte ihm die Seite mit der Kinowerbung aus dem *Daily Record* und erwartete, daß er *Der mit dem Wolf tanzt* aussuchte, einen Film, den ich schon einmal hatte über mich ergehen lassen. Im Center Cinema liefen *Die nackte Kanone* und irgendwas mit Schwarzenegger.

»Wie wär's hiermit?« Er tippte auf eine Anzeige für *Arielle – die kleine Meerjungfrau*.

»Das ist ein Zeichentrickfilm, Ray. Ein Kinderfilm.«

Er wisse ganz genau, was es sei, sagte er. Schließlich machten sie im Fernsehen dauernd Werbung dafür. Was *ich* denn sehen wolle? Warum, zum Teufel, ich ihn überhaupt frage?

»Okay, okay«, erwiderte ich. *Arielle – die kleine Meerjungfrau*. Da gehen wir rein.«

In der Eingangshalle des Kinos starrten die Leute auf seine Krücken und sein leeres Hosenbein – Kinder *und* Erwachsene. Als ich mit ihm von der Toilette kam, hatte der Film bereits angefangen. Ich war das reinste Nervenbündel, während ich ihm im Dunkeln den abschüssigen Gang hinunterhalf. Aber nachdem wir uns hingesetzt hatten, mein Herzschlag sich wieder normalisiert und ich mich soweit erholt hatte, daß ich das Wesentliche der Geschichte mitkriegte, erkannte ich die Logik von Rays Wahl. Er hatte sich die Geschichte einer munteren Meerjungfrau ausgesucht, die etwas wollte, was sie nicht haben konnte – Beine –, und dann sowohl das bekam, was sie sich gewünscht hatte, als auch das, was sie sich nicht gewünscht hatte. Irgendwann blickte ich zu Ray hinüber und studierte sein Profil: den zusammengekniffenen Mund, die finstere Miene. Was ich da sah, war der Ausdruck seiner Tapferkeit, das wurde mir plötzlich klar.

»Und, wie hat es dir gefallen?« erkundigte ich mich auf dem Weg zurück zum Rivercrest. »Nicht schlecht«, faßte er seinen Eindruck emotionslos in zwei Worten zusammen. Zurück im Heim war die Rollstuhlbrigade wie üblich am Eingang postiert. »Entschuldigen Sie. Sind Sie vielleicht mein Sohn Harold?« fragte mich Maizie wie auf Kommando.

Ray antwortete, bevor ich etwas sagen konnte. »Sein Name ist Dominick Birdsey!« fauchte er. »Er ist *mein* Sohn!« Auf dem Weg durch die Halle, noch nicht ganz außer Hörweite, murmelte er etwas von wegen »verdammte Nervensäge« und »alte Trottel«.

Irgendwann gegen Ende seines ersten Monats im Rivercrest freundete Ray sich mit zwei anderen Patienten an: Stony, einem alten Dachdecker, der früher einmal gegen Willie Pep geboxt hatte, und Norman, der im Zweiten Weltkrieg in Bataan gewesen war. Norman behauptete, er habe als Kind – als er in dem von Pferden gezogenen Imbißwagen seines Vaters in Three Rivers arbeitete – Mae West ein Stück Rhabarberkuchen serviert. Kostenlos natürlich. Sie sei mit einer Varietétruppe auf der Durchreise gewesen. Über diese Geschichte wurden viele Witze gerissen. Was hatte er ihr sonst noch serviert? Und was *sie ihm*?

Vielleicht mochte diese Neue – wie hieß sie gleich? Madonna? –, vielleicht mochte sie ja *auch* ein Stück von Normans Rhabarberkuchen.

Norman, Stony und Ray: jemand vom Personal taufte sie die »drei Musketiere«. Sie nahmen im Speisesaal zusammen ihre Mahlzeiten ein und spielten Binokel – in Stonys Zimmer, weil nur Stonys Radio diesen Big-Band-Sender aus New Haven empfangen konnte.

»Ihrem Vater geht es schon viel besser«, teilte mir die Sozialarbeiterin eines Tages mit. Ray habe beschlossen, es mal mit einer Prothese zu probieren, zu sehen, wie es sich anfühlt – seine Versicherung zahle schließlich dafür. Warum sollte er denen was schenken?

Manchmal schauten wir zusammen Baseball, Ray und ich, oder spielten Cribbage. Meistens redete der Fernseher mehr als wir. Eines Tages beschwerte er sich über die miserablen Rasuren, die die Pfleger ihm verpaßten. Sie verwendeten elektrische Rasierapparate – es gebe irgendeine hausinterne Vorschrift –, aber eine Trockenrasur sei doch nichts.

»Rasier dich selbst«, schlug ich vor.

Er erklärte mir, er könne es nicht selbst tun – seine Hände zitterten. »Sonst kommst du eines Tages hier rein und findest meinen Kopf abgetrennt auf dem Boden. Warum rasierst *du* mich nicht?«

Zunächst wehrte ich mich – ging erst gar nicht darauf ein, wenn er davon sprach. Aber er fing immer wieder damit an. »Na gut, na gut«, lenkte ich schließlich ein und rollte ihn in das winzige Bad neben seinem Zimmer. »*Versuchen* wir's.«

Beim erstenmal kam es mir merkwürdig vor – irgendwie unnatürlich –, ihn einzuseifen, sein Kinn festzuhalten und die Stoppeln von seinem Hals und den schlaffen Wangen zu kratzen. Wir in unserer Familie hatten einander nie viel berührt, am wenigsten Ray und ich. Aber ich gewöhnte mich daran. Bald schon empfand ich es nicht mehr als seltsam. Vermutlich fielen die letzten Schranken zwischen uns vor allem dadurch, daß ich sein Barbier wurde … Denn es machte ihn gesprächig, führte dazu, daß er sich öffnete. Ich erfuhr während dieser Rasuren mehr über Ray, als je zuvor. Sein Vater und sein älterer Bruder waren während einer Grippeepidemie gestorben, im selben Jahr, in dem er geboren wurde. Zumindest war er in dem Glauben aufgewachsen, daß es sein Vater und sein Bruder gewesen waren. Als er zehn Jahre alt war, erkrankte die Frau, die Ray für seine Mutter hielt, an rheumatischem Fieber. Auf dem Totenbett rückte sie mit der Wahrheit heraus: In Wirklichkeit war sie seine *Groß*mutter; geboren hatte ihn seine »Schwester« Edna.

Während ich ihm zuhörte, mußte ich an die gerahmte Fotografie denken, die in der Hollyhock Avenue auf seiner Kommode stand – sah die Frau vor mir, über die Thomas und ich hinter seinem Rücken gelacht und die wir Ma Kettle genannt hatten. Jetzt hatte sie einen Namen: Edna.

Danach waren nur noch die beiden übrig gewesen – Edna und Ray –, und so zogen sie von einem Ort zum nächsten. Einmal stellte jemand Edna als Haushälterin ein, und eine Zeitlang lief alles glatt. Aber dann, ehe Ray sich's versah, mußten sie wieder weiter ... Sie habe es gut *gemeint*, sagte er, sie sei kein *schlechter* Mensch gewesen, aber ein schwacher. »Konnte der Versuchung nicht widerstehen. Im Klartext: Ich glaube, sie war ein Flittchen. Und eine Säuferin.«

Die schlimmste Zeit für Ray aber kam, als Edna ein Zimmer über einer Kneipe in der Stadt mietete. Sie brachte dauernd irgendwelches Gesindel mit nach Hause, einen heruntergekommenen Säufer nach dem andern. Eines Nachts wurde Ray davon geweckt, daß so ein Typ bei ihm auf dem Bett saß und an ihm rummachte. Von dem Tag an hatte er immer mit einem Hammer unter dem Kopfkissen geschlafen. »Es wäre etwas anderes gewesen, wenn der Rest der Familie noch gelebt hätte«, meinte er. »Aber nur wir beide waren übriggeblieben.«

Er haute ab, sobald er konnte – schmiß die Schule und ging zur Marine. Edna mußte ein Papier unterschreiben. Zuerst wollte sie es nicht tun. Er hatte immer irgendwelche Gelegenheitsjobs und brachte etwas Geld nach Hause. Aber eines Abends, als sie »gutmütig und besoffen« war, gab sie schließlich doch ihre Unterschrift, und er sah zu, daß er wegkam – mit siebzehn. Seitdem war er nur noch einmal nach Youngstown zurückgekehrt, und zwar anläßlich ihrer Beerdigung. Das war im Dezember 1945 gewesen; er erinnerte sich daran, weil er gerade aus der Marine entlassen worden war und seinen schwarzen DeSoto gekauft hatte, mit dem er den ganzen Weg bis nach Ohio und zurück ohne Ersatzreifen gefahren war. Edna starb an einer Lebererkrankung – am Trinken, wie Ray meinte. Sie wurde einundvierzig Jahre alt und kam ihm vor wie einund*sechzig*, als er sie in dem Sarg liegen sah. Ray ließ Ohio hinter sich und blickte niemals zurück.

Während des Krieges war er zunächst in Frankreich und später in Italien stationiert, in It-ly, wie er es aussprach. Die Italiener waren seiner Meinung nach gute Menschen, *gastfreundlich*, sogar mitten im Krieg. Als er zurückkam, verkaufte er eine Zeitlang Staubsauger in Framingham, Massachusetts, und freundete sich mit einem Mädchen an, aber es funktionierte nicht. Sie hieß Olga und kam aus der Ukraine. War ihm zu herrisch. Als es in Korea losging, meldete Ray sich wieder freiwillig. Das hätte er keineswegs gemußt: Wäre er nur ein paar Jahre älter gewesen, hätten sie ihn gar nicht mehr genommen. Aber er fühlte sich seinem Land gegenüber stets verpflichtet, ob es nun im Recht war oder nicht – darüber machte er sich keine Gedanken. Das war Sache der hohen Tiere und der Politiker. Und außerdem hatte er das Kämpfen noch immer im Blut. Verfügte über reichlich »Pisse und Essig«, die er ebensogut auf die Nordkoreaner wie auf den Typ auf dem Barhocker neben ihm verwenden konnte. Oder auf irgendeinen Arsch, der ihn mit dem Wagen schnitt, wenn er friedlich die Straße entlangfuhr.

»Dann, als ich aus diesem Krieg nach Hause kam, fing ich bei Fuller Brush als Vertreter an. Es war nur für den Übergang gedacht, als Sprungbrett, bis ich etwas Besseres fand. Aber so lernte ich deine Mutter kennen. Sie bittet mich ins Haus, ich fange an, meine Muster auszupacken, und plötzlich bricht sie in Tränen aus. Fängt einfach an zu heulen. Zuerst wußte ich überhaupt nicht, was los war. Ich dachte, sie hätte sich weh getan oder so was.

Sie hatte alle Hände voll zu tun mit euch beiden, Thomas und dir. Ich weiß noch, daß ihr zwei an dem Tag die ganze Zeit geschrien habt; das machte sie wahnsinnig. Und sie war ja auch ganz allein. Sie hatte ihren Vater ein Jahr vorher verloren – schlug sich gerade so durch mit dem, was er ihr hinterlassen hatte. Sie tat mir irgendwie leid. Sie war vollkommen mit den Nerven fertig ...

Klar, fand ich sie auch irgendwie nett. Sie hatte ansehnliche Kurven. Und ihr Mund – das hat mich nie gestört. ›Genauso gut zum Küssen wie jeder andere auch‹, hab ich immer zu ihr gesagt. Ich wußte sofort, daß sie eine gute Frau war. Vielleicht etwas schüchtern, aber das machte mir nichts aus. Ich mochte Italiener, verstehst du? Wegen meiner Erfahrungen im Krieg … Sie war ganz anders als Edna – deine Mutter, meine ich. Sie hatte einfach nur einen Fehler gemacht, das war alles. Kann jedem passieren. Glaubst du, *ich* war ein Engel, bei der Marine? Ich hab nichts anbrennen lassen. Und ihr Kinder hattet es mir irgendwie angetan. ›Doppelplage‹, habe ich euch zwei immer genannt. Ihr wart ein paar ganz schöne Racker.«

Seine Präsenz stellt in Ihrem Leben eine Konstante dar, hörte ich Dr. Patel sagen. *Er ist immer dagewesen.*

»Ich weiß, daß ich mit euch beiden Fehler gemacht habe«, fuhr er fort. »Besonders mit ihm. Am Tag der Beerdigung, als wir bei mir zu Hause waren: Da hast du mir nichts vorgeworfen, was ich mir selbst nicht auch schon vorgeworfen hatte … Ich habe dieses Kind einfach nie verstanden. Er und ich, wir waren wie Öl und Wasser … Ich bin selbst ohne Vater aufgewachsen. Ich wußte nur, daß es in der Welt hart zugeht. Ich dachte, es wäre das Beste, wenn ich euch ein bißchen abhärtete, damit ihr die Schläge aushalten konntet, die das Leben euch vielleicht noch verpassen würde … ›Sie sind doch noch klein, Ray‹, hat sie immer zu mir gesagt. Und natürlich wußte ich, daß keiner von euch beiden mich besonders leiden konnte, daß ihr mich als den Bösen abgestempelt hattet. Der Typ, der einem jeden Spaß verdirbt. Manchmal habt ihr drei über irgendwas gelacht, und wenn ich ins Zimmer kam, *zack*, drei lange Gesichter.«

»Es lag an deinen Wutanfällen«, sagte ich. »Wir hatten Angst vor dir.«

Er nickte. »Ich verliere leicht die Beherrschung, ich weiß. Wegen meiner Herkunft, glaube ich. Ich war wütend auf die ganze Welt … Mein Gott, was war ich sauer auf sie, wenn sie versuchte, ihn in Schutz zu nehmen. Ich hätte die Wände hochgehen können … Und dann der Tag, als ich nach Hause kam und die zwei oben entdeckte, mit diesem bescheuerten Hut und den hochhackigen Schuhen … Ich habe an ihm versagt – das weiß ich.

Wahrscheinlich bin ich euch beiden nicht gerecht geworden, stimmt's?«

Was sollte ich ihm antworten? Gott, er war brutal zu uns gewesen. Aber er war *da*gewesen … Er hatte zu Ma gesagt, ihr Mund sei genauso gut zum Küssen wie jeder andere auch.

»Man sieht die Dinge klarer, wenn man älter wird«, erklärte er. »Aber dann ist es natürlich zu spät.«

Als ich ihn fertig rasiert hatte, rollte ich ihn aus dem Bad zurück in sein Zimmer. »Es lag nicht nur an dir«, sagte ich und setzte mich auf die Bettkante. »Wir waren alle ein bißchen daneben, auch Ma.«

»Sie hatte ihre Macken wie jeder andere auch«, meinte er. »Aber sie war eine gute Frau.«

Mein Herz pochte wie wild. Ich brachte es kaum heraus, hätte es fast nicht geschafft, ihn zu fragen.

»Vorhin, als du gesagt hast, daß ihr beide nicht ganz unschuldig wart, hast du … hat sie dir jemals verraten, wer er war? Unser Vater?«

Wir sahen einander in die Augen. Ich wartete atemlos. Mein ganzes Leben hing von seiner Antwort ab.

»Darüber haben wir nie geredet«, erklärte er schließlich. »Wir hatten so eine Art stillschweigendes Abkommen. All das war schon lange her … Wir ließen die Vergangenheit einfach ruhen, sie und ich.«

47

Leo holte mit seinem Schläger aus. *Tock*! Der Ball schoß gegen die Rückwand, flog in hohem Bogen über das Spielfeld und prallte fünfzehn Zentimeter über dem Boden gegen die Vorderwand.

»Applaus«, brüllte er, »für den *König* des Racquetball!«

»Klasse Schlag«, gab ich zu. »Okay, das war's. Dein Spiel.«

Er hatte dreimal hintereinander gewonnen – was ihm noch nie zuvor gelungen war. Schweißgebadet und außer Atem gingen wir zur Dusche.

»He, Birdy«, rief Leo, den Kopf voller Shampoo. »Hast du noch Zeit für ein Bier?«

Ich antwortete, ich müsse sofort los.

»Ja? Wohin denn? Hast du eine heiße Verabredung?«

Ich drehte das Wasser ab und griff nach meinem Handtuch. »'ne heiße Verabredung mit Rays Sozialarbeiterin«, sagte ich. »Wir müssen ein paar Dinge wegen der Folgebehandlung regeln.«

Es war eine Lüge. Am Abend zuvor hatte Joy aus heiterem Himmel angerufen. Sie sei in Three Rivers, um Freunde zu besuchen; ob sie vielleicht mal vorbeikommen dürfte, bevor sie zurückfahre. Nur, um hallo zu sagen und mir das Baby zu zeigen. Zuerst hatte ich abgelehnt. Wozu sollte das gut sein? Aber sie ließ nicht locker; wir hätten uns fast ein Jahr nicht gesehen, und es gebe so viel, was sie mir erzählen wolle. Dann wollte sie wissen, ob ich das Foto von Tyffanie noch besaß, daß sie mir geschickt hatte?

Das Verbrecherfoto aus dem Krankenhaus: aus irgendeinem dämlichen Grund hatte ich es an die Kühlschranktür geklebt. Joy versprach, nicht lange zu bleiben, nur eine Viertelstunde, dann würde sie schon wieder verschwinden.

»Bestimmt lästig, was?« meinte Leo. »Der ganze Mist mit Rays Reha?«

»Es ist auszuhalten. Besonders jetzt, wo er ein bißchen zugänglicher geworden ist.« Wenn ich Leo von Joy erzählte, würde ich mir einen Vortrag darüber anhören müssen, daß ich dieser Schlampe überhaupt nichts schuldig war. Daß ich nach allem, was sie sich geleistet hatte, einfach hätte sagen sollen, scher dich zum Teufel, und dann auflegen.

Ich *wußte*, es war dumm, sie zu treffen; ich brauchte Leo nicht, um mir das zu erklären. Aber sie hatte nur eine Viertelstunde verlangt. Für eine Viertelstunde konnte man alles ertragen.

»He«, bat ich Leo, »leih mir mal dein Deo. Ich hab in der Eile meinen ganzen Kram vergessen.« In Wirklichkeit war ich abgelenkt gewesen – nervös wegen Joys Besuch.

»Tja, ich weiß nicht, Birdsey«, meinte Leo. »Ich bin nicht sicher, ob ich schon eine so enge Bindung mit dir eingehen will.« Sein Deoroller kam herübergeflogen. »Dominick, rate mal, was ich heute gehört hab? Von Irene?«

Als ich zu ihm hinsah, zog er gerade ein paar grell gemusterte Boxershorts hoch. »Junge, blendet das«, sagte ich. »Wo ist meine Sonnenbrille? Seit wann trägst du solche Dinger?«

»Seitdem ich gelesen habe, was normale Unterhosen mit deiner Spermienanzahl machen«, entgegnete er. »Aber hör doch mal zu. Echt, sie hat gesagt, Big Gene habe ihr erzählt ...«

»Wer?«

»Irene. Die Buchhalterin. Gene habe ihr erzählt, daß er daran denkt, sich Ende des Jahres zur Ruhe zu setzen. Mit Thula ein bißchen auf Reisen zu gehen. Ich glaube, ihr Sturz neulich zu Hause hat ihm ganz schön Angst eingejagt. Hat ihn gezwungen, andere Schwerpunkte zu setzen oder was auch immer ... Ende *dieses* Jahres, Birdsey. Noch weiß es keiner.«

»Ich glaub das nicht«, erwiderte ich. »Ich dachte immer, sie müßten ihn da eines Tages *raustragen*.«

Ich band meine Turnschuhe zu und ging dann zum Spiegel, um mein Haar ein bißchen zu glätten. Selbst die Bürste hatte ich vergessen. Wenn ich gewußt hätte, daß es mich so aus der Fassung bringen würde, sie wiederzusehen, hätte ich mich nicht überreden lassen. Ich fuhr mir mit den Fingern durch die Haare. Das war alles, was sie bekam: eine mit den Fingern gekämmte Frisur. Aber nicht einmal *das* war ich ihr schuldig.

»Dominick«, sagte Leo. Er hatte diesen ängstlichen Ausdruck im Gesicht, den ich schon von ihm kannte. Ich war ziemlich sicher, daß ich wußte, was kam. »Angenommen, er hört *tatsächlich* auf. Ich meine, ich glaube es auch erst, wenn ich es mit eigenen Augen sehe, klar, aber mal angenommen, er hört auf... Denkst du, ich hätte Chancen, Geschäftsführer zu werden?«

Armer Leo. In all den Jahren bei Constantine Motors hatte er nur ein Ziel gehabt: daß sein Schwiegervater ihm ein wenig Respekt entgegenbrachte. Das und ein eigenes Büro – ein Schreibtisch *hinter* dem Ausstellungsraum, nicht mittendrin. Aber es war so sicher wie das Amen in der Kirche, daß man ihn übergehen und Costas' Sohn Peter zum Geschäftsführer machen würde. Big Gene würde Leo ein weiteres Mal in die Eier treten. Seiner Tochter Angie das Herz brechen, indem er ihrem Mann die Murmeln zerquetschte. Daran bestand kein Zweifel.

»Ich glaube, du hast gute Karten, wenn die Teilhaber auch nur ein bißchen Köpfchen besitzen«, antwortete ich.

»Und du meinst, ich könnte das?«

Ich betrachtete im Spiegel sein Gesicht hinter meinem. Meine Antwort war ihm wichtig. »Machst du Witze?« fragte ich. »Du leistest großartige Arbeit.« Das war der Punkt bei Leo: trotz all dem Mist, den er von sich gab, und all seiner Prahlerei, hatte es ihm immer an Selbstachtung gemangelt. Er hätte dem Autohaus schon vor Jahren den Rücken kehren sollen.

Er nickte, zufrieden mit meiner Antwort. »Ja, ich glaube, das ist meine Chance. Ich hatte vier Monate hintereinander die besten Verkaufszahlen. Hab ich dir das schon erzählt?« Er band seine Krawatte und schlug die Tür des Spinds zu. »Ich bin dreiundvierzig, Mann. Ich bin der Vater seiner *Enkel*kinder.«

»Apropos«, meinte ich. »Warum zum Teufel machst du dir noch Gedanken um deine Spermienanzahl?«

»Ich weiß nicht. Uns Sexmaschinen interessiert dieser Mist einfach.«

Wir verließen das Fitneßstudio und gingen zu unseren Autos. Ich setzte langsam aus der Parklücke zurück, schon wieder angespannt wegen Joys Besuch, als Leo hupte und mir bedeutete, ich solle warten. Ich hielt an und kurbelte das Fenster runter. Er rollte neben mich. »Ich hab heute auch noch was anderes gehört«, rief er. »Eigentlich darf ich nichts sagen. Angie würde mich umbringen. Es geht um ihre Schwester.«

Meine Hände umklammerten das Lenkrad ein wenig fester. Ich wartete.

»Dessa und Danny trennen sich.«

Ich saß da, unfähig, irgendwas zu denken.

»Es geht nicht um eine andere Frau oder so was. Scheint eine dieser Übereinkünfte zu sein: Wir bleiben Freunde, gehen aber getrennte Wege. Er möchte wohl zurück nach Santa Fe, und sie will hierbleiben.«

»Endgültig?«

»Soweit ich weiß. Zuerst wollte sie mitgehen, aber dann hat sie sich anders entschieden. Wehe, du rufst sie an, Dominick! Angie würde mich umbringen. Die alten Herrschaften wissen auch noch nichts davon.«

Ich versicherte ihm, daß ich nichts sagen würde.

»Ja, und wegen der anderen Sache ... Glaubst du wirklich, ich habe eine Chance?«

»Was? ... Ja. Klar.«

»Und du denkst, daß ich es schaffen kann? Sei ehrlich. Ich hab schließlich keinen Abschluß in Betriebswirtschaft oder so.«

»Du hast einen Abschluß als Schauspieler«, antwortete ich. »Das ist ein viel besseres Training für den Laden. Und überhaupt, du hattest vier Monate lang die besten Verkaufszahlen, und du hast mich gerade vernichtend beim Racquetball geschlagen. Du bist, verdammt noch mal, unbesiegbar, Leo.«

Er grinste. Nickte zustimmend. »Ja, Mann, ich bin unbesiegbar.«

Als ich nach Hause fuhr, fragte ich mich, warum ich mich nicht über die Neuigkeiten von Dessa freute. Ich hatte auf das, was Leo mir gerade erzählt hatte, jahrelang gewartet. *Jahrelang*... Sie würde vermutlich in dem Farmhaus wohnen bleiben, dachte ich. Oder es verkaufen. Wenn sie es verkaufen wollte, sollte sie es besser anstreichen lassen; sonst würde sie im Preis fünf- bis sechstausend Dollar nachlassen müssen. Aber das paßte ja mal wieder: Ausgerechnet jetzt, wo ich gerade meine Ausrüstung verkauft hatte, würde sie womöglich ihr Haus anstreichen lassen ... Aber vielleicht wollte sie es auch behalten. Eine Zeitlang allein dort leben. Ich fragte mich, was sie mit diesem knallbunten Briefkasten machen würde: ihn übermalen? Ihn so lassen, wie er war? *Constantine-Mixx, und sie lebten glücklich und zufrieden* ... Sosehr ich auch immer versuchte hatte, Dannyboy zu hassen – es war mir nie wirklich gelungen. Alle waren der Meinung, er sei ein ganz netter Typ – sogar Leo hatte das zugegeben. Und Dannyboy war sehr anständig gewesen am Telefon, an dem Tag, nachdem mein Bruder gestorben war. Das mußte ich ihm lassen ...Aber sie würde nicht zu mir zurückkommen. Das Leben funktionierte nicht so. Man konnte nicht einfach dort weitermachen, wo man aufgehört hatte. Um meiner geistigen Gesundheit willen mußte ich diese kleine Phantasie am besten sofort im Keim ersticken. Sehen Sie, Doc? Sie können stolz auf mich sein ... Die letzten Monate mußten schwer für sie gewesen sein – zu entscheiden, ob sie bleiben oder gehen wollte. Ich fragte mich, ob es etwas mit den Kindern zu tun hatte. Den Kindern im Krankenhaus ...

Joy hatte vor dem Haus geparkt und wartete bereits auf mich. Fünfzehn Minuten zu früh. Ich fuhr an ihr vorbei, ohne sie zu bemerken. Ich muß wohl nach ihrem Toyota Ausschau gehalten haben – außerdem hatte ich den Kopf voll von Dessa. Ich war bereits ausgestiegen und auf halbem Weg zum Haus, als sie mich rief. Aus einem ramponierten weißen Civic mit Fließheck.

Sie öffnete die Beifahrertür und hantierte hinten mit dem Babysitz herum. Hob die Kleine heraus und nahm sie auf den Arm. Joy mit einem Kind: wenn ich es nicht mit meinen eigenen Augen gesehen hätte ...

Die beiden kamen auf mich zu.

»Hau ab«, hätte ich sie am liebsten angeschrien. »Laß mich in Ruhe.«

Joy wirkte nervös, übertrieben fröhlich. Sie sah furchtbar aus. »Es tut so gut, dich zu sehen, Dominick«, begrüßte sie mich. Sie war aufgedonnert, hatte zuviel Make-up aufgelegt. Im Sonnenlicht konnte man erkennen, daß es unter dem Kinn aufhörte.

»Das ist Tyffanie«, sagte Joy. Sie sah irgendwie krank aus.

Das Baby war schon größer als Angela. Auch älter natürlich. Meine Augen glitten von ihrem Köpfchen über die Ohrringe bis zu den kleinen Fingern. Aber ich konnte ihr nicht ins Gesicht sehen.

»Warte«, sagte ich, »laß mich dir mit dem ganzen Zeug helfen. Die Zeiten, in denen du mit leichtem Gepäck gereist bist, sind wohl vorbei, was?« Ich nahm ihr den Autositz der Kleinen und die Wickeltasche ab. »O Mann, was mache ich denn da?« Ich stellte alles wieder ab und schloß mit zitternden Händen die Tür auf.

»Alles beim alten«, meinte Joy, als sie hineinging. In Babysprache erzählte sie Tyffanie, daß ihre Mami hier früher einmal gewohnt habe. Joy, der es gefiel, beim Sex schmutzige Sachen zu sagen, die manchmal sogar *mir* peinlich waren, benutzte jetzt *Baby*sprache.

Als sie mich am Telefon gefragt hatte, was es Neues gebe, hatte ich ihr vom Tod meines Bruders berichtet und daß ich mein Geschäft verkaufen wolle. Die Neuigkeiten über Ray hatte ich ausgelassen. Ray und Joy hatten nie besonders viel füreinander übrig gehabt. Jetzt sprach sie mich auf Thomas an – sagte, wie leid es ihr tue. Trotzdem sei das Leben so doch bestimmt einfacher, oder?

Noch vor sechs Monaten hätte mich ihre Bemerkung aus der Haut fahren lassen, mich sofort in die Defensive gedrängt. Aber ich ließ es gut sein. Es sei einfacher und dann auch wieder nicht, sagte ich. Ob sie schon zu Mittag gegessen habe? Ob sie vielleicht ein Sandwich wolle?

Das wäre *super*, antwortete sie. Sie müsse der Kleinen die Windel wechseln. Ob sie die Couch benutzen dürfe.

»Klar. Mein Gott, du brauchst doch nicht zu fragen.«

Ich ging in die Küche, um Teller, Sprite und Sandwichzutaten rauszustellen. Komisch, daß ich das Foto von dem Kind fünfzigmal am Tag ansehen konnte, aber nicht das Kind selbst ... Joy sah verdammt schlecht aus. Das viele Make-up wirkte, als ob sie angestrengt versuchte, es zu vertuschen. »Ist Putenbrust okay?« rief ich hinüber.

»Klar. *Super*. Aber Senf, keine Mayo, bitte.«

Ich hatte den Senf bereits aus dem Kühlschrank geholt. Glaubte sie wirklich ich hätte nach zehn, elf Monaten vergessen, daß sie Mayonnaise haßte?

Verrückt, daß sie um Erlaubnis fragte, die Couch benutzen zu dürfen, um dem Baby die Windel zu wechseln. Schließlich hatte sie das dämliche Ding doch selbst *bestellt*. Aus einem Katalog. An dem Tag, als die Couch geliefert wurde, hatten wir uns heftig gestritten. Ich hatte das Ding umgedreht, am Rahmen gewackelt – und ihr einen Vortrag über billige Verarbeitung gehalten, eine Lektion darüber, warum es dumm war, ein Möbelstück für zwölfhundert Dollar aus einem Katalog zu kaufen. Kein Wunder, daß sie ständig Schulden hatte: Ihre Augen waren größer als ihr Gehirn. Wir hatten nie zusammengepaßt, sie und ich.

Wir setzten uns zum Essen an den Küchentisch; das Baby stand in seinem gelben Plastiksitz zwischen uns auf dem Tisch. Immer, wenn Joy in der Babysprache mit Tyffanie redete, ruderte die Kleine mit den Armen. Sie sah überhaupt nicht mehr so aus wie auf dem Krankenhausfoto. Sie ähnelte ihrer Mutter.

»Willst du sie mal nehmen?« fragte mich Joy.

Ich sagte, nein, danke, das müsse nicht sein.

»Ja, wo hast du denn dein Lächeln?« wandte sie sich an Tyffanie. »Schenkst du Dominick ein Lächeln?« Sie blickte mich an. »Willst du Dominick oder *Onkel* Dominick sein?«

»Egal«, meinte ich. Ich hatte doch weiter nichts mit dem Kind zu tun.

Joy beugte sich über Tyffanie. »Findest du es nicht toll, wie Babys riechen?« Ihre Stirn berührte die des Babys, und sie schnupperte an ihr. »Riech mal, Dominick. Mach schon.« Sie schob den Sitz über den Tisch auf mich zu.

»Schon gut«, sagte ich und lehnte mich ein wenig zurück.

Als sie das Baby fragte, ob Onkel Dominick »mal ein winziges, winziges bißchen an ihr riechen« dürfe, verzog Tyffanie das Gesicht zu einem Strahlen, das so süß und rein war, daß man es auf Gläschen mit Babynahrung hätte abbilden können. Sie war wirklich hübsch. Wie die Mutter, so die Tochter. Kaum zwei Monate alt und wußte schon, wie man flirtet.

Ich biß von meinem Sandwich ab und schaute auf die Uhr an der Wand. Wenn Joy nur eine Viertelstunde bleiben wollte, sollte sie besser anfangen zu essen.

«Und?« fragte ich.

»Und?« echote Joy.

Eine Zeitlang erzählte sie mir irgendwelchen Mist – wie toll alles war. Portsmouth war toll, Tyffanie war toll. Das Arschloch erwähnte sie nicht. Wenn alles so perfekt war, warum sah sie dann so schlecht aus? Warum wirkten ihre Augen so nervös? *Das Wrack der Hesperus,* dachte ich – diesen Ausdruck hatte meine Mutter immer benutzt.

Joy erzählte, sie habe den Sinn des Lebens erst richtig begriffen, als Tyffanie auf die Welt gekommen sei.

Na großartig, hätte ich ihr am liebsten erwidert. Sieh zu, daß du die Neuigkeit Platon, Kierkegaard und all den anderen Philosophen mitteilst, die sich ihr Leben lang den Kopf darüber zerbrochen haben.

Sie forderte mich schon wieder auf, Tyffanie mal auf den Arm zu nehmen.

Ich sagte, nein, vielen Dank.

»Los, komm schon, Dominick«, drängte sie. »Mach doch. Sie ist *toll* mit Fremden.«

Ich schüttelte den Kopf, biß noch einmal von meinem Sandwich ab. Diesem Besuch zuzustimmen war ein Fehler gewesen.

»Nicht, daß du ein Fremder bist«, fuhr sie fort. »So habe ich das nicht gemeint. Wenn ich eine bessere Lügnerin gewesen wäre, wärst du schließlich der Vater dieses kleinen Mädchens. Stimmt's?«

Ich sah sie schweigend an. Sie wandte den Blick ab, schaute dann aber wieder zu mir. »Es tut mir leid, daß ich dich so verletzt habe, Dominick. Es tut mir alles so furchtbar leid. Du hättest dich niemals auf eine Versagerin wie mich einlassen sollen.«

Ich reagierte nicht auf das Stichwort – sagte ihr nicht, daß sie *keine* Versagerin sei. Ich sagte ihr auch nicht, alles sei vergessen, jetzt, wo sie eine Mama sei und den Code vom Sinn des Lebens geknackt habe. Eine Viertelstunde hatte sie versprochen, und jetzt war sie schon seit fünfundzwanzig Minuten da. Hatte ihr Sandwich noch nicht einmal angerührt. *Iß!* wollte ich sie anschreien. *Iß, und dann verschwinde!*

»Warum hast du ihr Ohrlöcher stechen lassen?« fragte ich.

Einfach weil sie so hübsch sei, sagte Joy, Mamis hübsches kleines Mädchen. Es sei ja nur Knorpel; außerdem habe sie zuerst den Kinderarzt gefragt – Tyffanie habe überhaupt nichts gespürt. Sie würde ihr niemals weh tun. »Deine Eltern haben dich *beschneiden* lassen. *Das* weiß ich zufällig ganz genau. Hat dir *das* weh getan?«

Tyffanie formte ihre Lippen zu einem O, machte Spuckeblasen und krähte. Joy lachte und äffte sie nach. Plötzlich stand sie auf, hob sie aus dem Sitz und hielt sie mir vor die Nase. »Hier!« forderte sie mich auf. »Halt sie mal, Dominick. Sie ist *super*!«

Das Baby hing mit strampelnden Beinen zwischen uns in der Luft.

Sie blieb noch etwa eine halbe Stunde. Nachdem die beiden gefahren waren, fand ich Tyffanies Schnuller – ihren »Binky«, wie Joy ihn nannte. Er lag in der Küche auf dem Boden. Was soll's, sagte ich mir. Sie kann irgendwo an einem Supermarkt halten und einen neuen kaufen. Als ich ins Wohnzimmer ging, bemerkte ich, daß sie auch die Wickeldecke vergessen hatte. Sie lag ordentlich gefaltet auf der Armlehne der Couch. Ich nahm sie hoch und fand einen Briefumschlag, den Joy darunter versteckt hatte. Öffnete ihn, als handelte es sich um eine Briefbombe – was in gewisser Weise auch zutraf.

Es ist vier Uhr morgens. Tyffanie schläft noch. Ich habe furchtbare Neuigkeiten …

Sie hoffe, sie werde den Mut finden, mir persönlich zu sagen, was sie mir sagen müsse, schrieb sie; sie schreibe es aber, für den Fall, daß sie die Nerven verlieren sollte.

Sie sei HIV-positiv.

Sie habe es während der Schwangerschaft erfahren – in der Zeit, die die glücklichste ihres Lebens hätte sein sollen. Thads Lebenswandel habe ihn schließlich eingeholt – sie beide. *Er war mit seinen »anderen Beziehungen« nicht so vorsichtig, wie er immer behauptet hat. Das zeigt, wieviel ich ihm wirklich bedeutet habe, nicht wahr?*

Das Baby sei dreimal getestet worden – zweimal in Kalifornien und einmal in New Hampshire. Durch irgendein Wunder scheine es das Virus nicht bekommen zu haben. *Jedenfalls sind sie ziemlich sicher; Tyffanie muß bis zum achtzehnten Monat weiterhin regelmäßig getestet werden. Dann wissen sie es ganz genau. Aber drei verschiedene Ärzte haben mir gesagt, sie glauben, daß sie es schafft. Daß es sich inzwischen schon gezeigt haben müßte.* Sie klammere sich an die Hoffnung, für Tyffanie nicht alles verdorben zu haben. An manchen Tagen sei es das einzige, was sie daran hindere, Schluß zu machen.

Thad hat sie noch nie gesehen. Toller Vater, was? Fast so toll wie meiner.

Aus dem Brief erfuhr ich, daß sich die Herzogin nach Mexiko abgesetzt hatte, als Joy im siebten Monat schwanger war. Er und dieser andere Typ waren hinter irgendeinem neuen »Heilmittel« her, das in den USA nicht zugelassen war. Bei Thad war die Krankheit bereits ausgebrochen. Als er ihr gesagt habe, er brauche alles verfügbare Geld für seine Behandlung, hätten sie sich heftig gestritten. Was habe sie in diesem egozentrischen Abschaum überhaupt gesehen? Ja, das sei er – Abschaum. Er habe ihr ganzes Leben zerstört, und damit meine sie nicht nur AIDS.

Nach einem großen Krach mit ihrer Mutter und deren »unmenschlichem« Ehemann, habe sie sich allein mit dem Baby nach Osten aufgemacht. Der Trip sei hart gewesen; wegen Tyffanie habe sie ständig anhalten müssen, manchmal an Orten, an denen sie es lieber nicht getan hätte. Sie habe viel mehr von ihrem Geld ausgegeben als geplant. Aber sie sei froh, daß sie zurückgekommen sei. Ende des Monats wolle sie wieder nach Three Rivers ziehen. Auch deshalb sei sie in der Stadt – um alles Nötige zu regeln. Sie habe eine kleine Wohnung im dritten Stock am Coleman Court gemietet und werde am ersten August dort einziehen. Sie habe auch schon einen Job – als Kellnerin bei Denny's, drei Abende für den Anfang. Sie wolle sich aber einen Job mit Sozialleistungen suchen, wenn sie erst einmal hier wohne. An den Abenden, an denen sie arbeiten müsse, werde ihre Vermieterin auf Tyffanie aufpassen. Diese Frau habe einige »gewichtige« Pluspunkte: Sie wiege über dreihundert Pfund, aber sie sei auch eine ausgebildete Tagesmutter und gehe super mit Kindern um, soweit Joy das beurteilen könne. Und das sei alles, was zähle.

Tyffanie und ich seien die einzigen Menschen auf der Welt, die ihr etwas bedeuteten, schrieb sie. Sie liebe mich. Sie liebe mich noch immer. *Das wurde mir klar, noch bevor Thad und ich in Kalifornien ankamen – ich erkannte, daß ich einen weiteren großen Fehler begangen hatte.* Aber um meinetwillen wünschte sie, ich wäre damals nicht mit Leo ins Hardbodies gekommen. Denn wenn wir uns nicht begegnet wären, hätte sie nicht die Chance gehabt, mein Leben zu ruinieren.

Du mußt einen Test machen, Dominick. Ich schäme mich so. Es tut mir unvorstellbar leid, das kannst du mir glauben ...

Ich stand wie betäubt da. Dachte, nun würden wir also *beide* sterben – Thomas und ich ... Und wenn ich starb, wer würde dann Ray rasieren?

Ich habe absolut kein Recht, dich darum zu bitten, Dominick. Aber mir bleibt keine andere Wahl. Ich bin verzweifelt. Ich weiß, daß ich zuviel Angst haben werde, dich darum zu bitten, wenn ich bei dir bin.

Wenn dein HIV-Test negativ ist – wenn du das Virus nicht hast –, würdest du bitte, bitte darüber nachdenken, ob es dir möglich ist, Tyffanie zu dir zu nehmen? Nur, wenn die Krankheit wirklich ausbricht. Vielleicht kommt es ja auch niemals dazu. Nicht jeder, der das Virus hat, kriegt AIDS. Vielleicht gibt es ein Medikament. Ich weiß, daß ich kein Recht habe, dich darum zu bitten, aber ich habe wahnsinnige Angst, daß Tyffanie bei Fremden landet, bei schlechten Menschen. Es gebe so viele davon, schrieb Joy weiter. Sie wolle nicht, daß das Baby bei ihrer Mutter aufwachse. Sie sei einundfünfzig Jahre alt und habe schon ihre *eigenen* Kinder nicht haben wollen. *Ich muß sicher sein, daß Tyffanie eine Chance im Leben hat, Dominick. Vielleicht ist es das, was Gott will. Er hat dir deine kleine Tochter genommen. Vielleicht will er, daß ich sterbe und du mein kleines Mädchen bekommst ...*

Ich ließ den Brief fallen. Ging ins Badezimmer und erbrach mein Mittagessen.

Am Freitag derselben Woche fuhr ich nach Farmington. Ich bezahlte zwanzig Dollar und erhielt eine Geheimnummer. Dann wurde mir Blut abgenommen. Die Frau hinter der Glasscheibe erklärte mir, ich müsse drei Arbeitstage warten und könne am Ende des dritten Tages im Labor anrufen. Das sei in meinem Fall am Mittwoch. Die Testergebnisse gingen meistens gegen drei Uhr ein, also könne ich mich zwischen vier und halb sechs melden.

Ich konnte nicht essen und nicht schlafen. Konnte mit keinem darüber sprechen. Leo würde es Angie erzählen, und die wiederum Dessa. Und was konnte Dr. Patel mir schon sagen, das irgend etwas geändert hätte?

Ich besuchte Ray wie gewöhnlich, brachte ihm seine saubere Wäsche, rasierte ihn und plauderte mit ihm und seinen Kumpel. Eines Nachmittags, als ich die »Rollstuhlwachen« passierte, begegneten meine Augen denen dieses verschrumpelten menschlichen Skeletts, das immer im Eingangsbereich hockte – der Prinzessin mit dem bösen Blick. Sie starrte mich an jenem Tag irgendwie grimmig an, als wüßte sie, was los war, was ich in Kürze erfahren würde. Aber diesmal blieb ich stehen und starrte zurück ... Es ergab wirklich alles keinen Sinn, dachte ich. Kleine Kinder sterben jeden Tag an Krebs, durch Unfälle, an AIDS. Vor ein paar Tagen hatte ich in der Zeitung über einen siebenjährigen Jungen gelesen, der schon jahrelang kämpfte, in der Hoffnung auf eine passende Knochenmarkspende, die er immer noch nicht bekommen habe. Und hier saß sie, diese geriatrische Plage, vegetierte nur noch vor sich hin. Sie mußten sie baden, Essen in sie hineinstopfen – und wieder abwischen, was am anderen Ende herauskam. Was für eine Verschwendung, dachte ich. Was für eine beschissene Welt. *Sie* wird am Leben erhalten, und währenddessen, drüben in der Kinderklinik ...

»Irgendwas nicht in Ordnung?« fragte Ray.

»Was? Nein, warum?«

»Ich weiß nicht. Du siehst aus, als würde irgendwas an dir nagen.«

Ich tat die Bemerkung ab – sagte ihm, es gehe mir gut. Spielte er plötzlich den Seelenklempner, oder was?

Und ob etwas an mir nagte. Die Nächte waren schlimm, denn dann überkam mich Panik. Ich schlief unruhig und setzte mich immer wieder kerzengerade auf, geweckt von Träumen oder irgendwelchen Geräuschen, die ich zu hören glaubte. In einer Nacht klingelte um zwei Uhr das Telefon. Ich konnte einfach nicht drangehen. Ich war sicher, es war Joy. Welches Ergebnis mein Test auch hatte, ich würde es nicht tun, würde nicht ihren Schlamassel für sie ausbaden. Sie hatte nicht das Recht, überhaupt darum zu bitten. Ich war *niemandes* Vater.

Dienstag nacht – die Nacht vor dem Tag, an dem ich das Testergebnis erfahren würde – flippte ich aus, bekam Heulkrämpfe und zitterte am ganzen Körper. Um mich zu beruhigen, setzte ich mich ins Auto und kurvte herum. An der Ecke Broad und Benson Street überfuhr ich eine rote Ampel. Gott sei Dank kam niemand von der Seite, aber es *hätte* jemand kommen können, das war der Punkt. Vermutlich drehte ich langsam durch von dem ganzen Schlafentzug.

Irgendwie bewunderte ich die Ironie des Ganzen. Gott hatte all die Jahre gewartet und mich schließlich doch noch drangekriegt, hatte mir eins ausgewischt, weil ich so ein mieser Bruder war. Ich hatte nie verstanden, warum Gott nicht mich, sondern Thomas mit Schizophrenie geschlagen hatte. Aber jetzt glaubte ich, den großen Plan durchschaut zu haben. Gott der Allmächtige hatte mich für etwas anderes aufgespart: für AIDS, die Krankheit, gegen die man nicht gewinnen konnte, egal, wie gut man in der Abwehr war. Er war wirklich ein Witzbold: Erst jagte er mir Angst ein, indem er mich fürchten ließ, Thomas sei HIV-positiv. Aber das war nichts als ein falscher Alarm, die Vorschau auf kommende Attraktionen. Die HIV-Karte hatte er zurückgehalten, um sie erst jetzt gegen *mich* auszuspielen …

Ich mußte die ganze Zeit an diesen verrückten Priester denken – den bei der Beerdigung meines Bruders. An den Kerl mit den Sandalen. Pater LaVie, der seinen Krebs besiegt hatte. Den *padre* mit dem wundersam schrumpfenden Tumor … Von wo hatten sie ihn noch gerufen, weil alle Priester von St. Anthonys an dem Tag beschäftigt waren? Er hatte mir gesagt, woher er kam, aber ich hatte es vergessen. Ich schlug das Städteverzeichnis des Telefonbuchs auf. *Danbury, Danielson …* Das war es. Er hatte gesagt, er gehöre einer Gemeinde in Danielson an.

Pater LaVie war sofort am Apparat. Natürlich erinnere er sich an mich. Und was für ein Zufall: Er habe vor ein paar Tagen einen Artikel über Zwillinge gelesen, von denen einer gestorben war, und dabei an mich gedacht. Er fragte, wie es mir gehe und was er für mich tun könne.

Ich redete drauflos, ohne eine bestimmte Reihenfolge einzuhalten. Erzählte ihm von Rays Amputation, von Angela und der Last, die mein Bruder mir auferlegt hatte. Was für ein Tyrann mein Großvater gewesen war, und wie ich Thomas unser ganzes Leben lang schikaniert hatte, weil ich mir der Liebe meiner Mutter nicht sicher war. Ich erzählte ihm von Joys Besuch und ihrer Nachricht. »Jedesmal, wenn ich einen Schritt vorwärts mache, trifft mich der nächste Tiefschlag«, sagte ich. »Gott muß mich wirklich hassen.«

Pater LaVie versicherte mir, jedes Leiden habe einen Sinn, und Gott sei barmherzig, auch wenn wir seine Wege nicht immer verstünden.

Was für ein Gefasel, dachte ich – Grußkartentheologie. Aber als ich auflegte, fühlte ich mich ruhiger. Besser. Wie auch immer der Test ausfallen würde, es entzog sich meiner Kontrolle. Alles, was ich jetzt tun konnte, war warten. Auf einen barmherzigen, nicht auf einen zynischen Gott hoffen.

Am Mittwochnachmittag rief ich das Labor an. Bis Viertel vor fünf war ständig besetzt. Dann kam eine Frau an den Apparat, die mich bat, ihr meine Nummer zu sagen. »Okay, eine Sekunde.«

Ich schloß die Augen und umklammerte den Hörer. Ich hatte es: Ich wußte, daß ich das Virus hatte, um für die Sünden zu büßen, die ich an meinem Bruder, meiner Mutter und meiner Frau begangen hatte ...

Im Hörer ertönte ein dumpfes Geräusch. »So«, sagte sie, »hier haben wir es. Negativ.«

»Negativ?«

Das sei gut, erklärte sie. Das sei genau das, worauf ich gehofft hätte. Negativ.

Ich wanderte in der Wohnung herum. Atmete tief durch. Ließ mich auf den Boden fallen und machte Liegestütze. Geh in irgendeine Bar und besauf dich, sagte ich mir. Trink auf dein Leben.

Ich schnappte mir den Autoschlüssel und fuhr los, auf direktem Weg zum Krankenhaus.

Ich kam an schlafenden Kindern, unruhigen Kindern und leeren Bettchen vorbei. Sah die beiden Kaninchen, von denen Dessa mir erzählt hatte. Haustiertherapie hatte sie es genannt. »Willst du mitspielen«, fragte mich ein kahlköpfiges Mädchen. Sie hockte vor einem Bildschirm und spielte Nintendo. »Es gibt zwei Joysticks.«

»Ich kann jetzt nicht«, antwortete ich. »Vielleicht später.«

Dessa fand ich in einem Zimmer am Ende des Flurs. Sie saß in einem Schaukelstuhl und wiegte einen Jungen im Strampelanzug in den Armen. Es war ein kräftiges Kerlchen. Wie die beiden da saßen und schaukelten, sahen sie aus wie eine *Pietà*.

»Hallo«, begrüßte Dessa mich. »Was machst du denn hier?«

Aus einem Kinder-Kassettenrekorder dröhnte Bob Marley: *One heart, one love …*

Der Junge starrte eine Lampe an, die auf dem Tisch neben ihnen stand, eine von diesen Dingern mit den unzähligen Fäden, an deren Ende Lichtpunkte schimmerten. Ich erinnerte mich, daß Dessa mir erzählt hatte, wie fasziniert manche der Kleinen diese Lampen stundenlang fixierten.

»Ich … ich habe gehört, es gibt hier Kinder, die in den Arm genommen werden wollen«, sagte ich.

Dessa nickte. »Das hier ist Nicky. Mein Bein ist eingeschlafen. Ich könnte eine Pause gebrauchen.«

Er hatte schwarzes Haar, dunkle Augenbrauen und große braune Augen. »Hallo, Nicky.« Ich beugte mich vor, streckte die Arme aus und nahm ihn entgegen.

Mein ganzes Leben lang hatte ich mir immer wieder die Szene ausgemalt, wie mein Vater sich mir endlich zu erkennen geben würde. Als Kind erfand ich Cowboy-Väter oder Piloten, die auf der Hollyhock Avenue notlandeten, aus ihren Maschinen sprangen und uns von Ray befreiten. Später machte ich Sportlehrer, Berufskundelehrer, den Mann, dem der Hobbyladen in der Stadt gehörte, und sogar den gütigen Mr. Anthony von gegenüber zu potentiellen Vätern – zu meinem *richtigen* Vater, im Gegensatz zu dem Eindringling, der meine Mutter geheiratet, sich in unserem Haus eingenistet und uns unglücklich gemacht hatte. Ich war sechsunddreißig und hatte noch immer diese Phantasien, als die Ärzte mir mitteilten, daß Ma Krebs hatte und bald sterben würde. In den Monaten, in denen ich sie dahinwelken sah, romantisierte ich ihren Tod, formte ihn, wie üblich, nach meinen eigenen egoistischen Bedürfnissen. Ich stellte mir vor, sie würde mich zu sich heranziehen und mir den Namen meines Vaters verraten – ihn mir ins Ohr flüstern und dann friedlich einschlafen, nachdem sie uns beide erlöst hatte... Danach hatte ich die Geschichte meines Großvaters gefunden und wieder verloren. In dieser Zeit, bevor das Manuskript wieder auftauchte, verdächtigte ich Angelo Nardi, den gutaussehenden italienischen Stenographen, den mein Großvater angestellt hatte, unser Vater zu sein. Sie seien Freunde gewesen, hatte Ma mir erzählt. Sie habe ihm Kaffee gekocht, ihm geholfen, sein Englisch zu verbessern. Sie war kaum je ausgegangen. Wer hätte es sonst sein können?... Später, als Domenicos Manuskript wieder da war – mit Wucht auf mein Krankenhausbett gefallen war –, hatte ich begonnen, es zu lesen, in der Hoffnung, auf diesen Seiten einen Hinweis auf meinen leiblichen Vater zu finden. Zögernd und mit immer größerer Überwindung hatte ich Domenicos Stimme in meinen Kopf eindringen lassen – hatte mit der Furcht vor dem gekämpft, was seine traurige Geschichte mit Sicherheit enthüllen würde... Aber am Ende hatte mir Domenico nur ein aus Rätseln und Affen bestehendes Vermächtnis hinterlassen, kryptische Bemerkungen über seine Verschwiegenheit, die meine Befürchtungen weder bestätigten noch widerlegten: daß er sich an seiner Tochter mit der Hasenscharte versündigt hatte, von der er annahm, kein anderer Mann wollte sie haben. Daß er, noch nach ihrem Tod, seine verwirrte Frau bestrafen mußte, die er immer gewollt, jedoch nie wirklich bekommen hatte.

Nie im Leben wäre ich auf die Idee gekommen, daß ich meinen so lange herbeigesehnten Vater an exakt dem Ort finden würde, an dem mir mein Bruder zehn Monate zuvor gegenübergesessen und mich gewarnt hatte, Gottes Rache werde schnell und grausam sein, wenn Amerika einen heiligen Krieg gegen die islamische Nation anzettele.

Und der letzte Mensch, von dem ich erwartet hätte, daß er mich von der Qual und Verwirrung der mir vorenthaltenen Identität befreien würde, war der Mann, von dem ich immer gemeint hatte, er sei bei uns eingedrungen und habe den Platz meines wirklichen Vaters unrechtmäßig eingenommen. Am Ende war es Ray, der mich erlöste – der mich in seine Arme nahm und schließlich zu dem Mann führte, den ich mein Leben lang gesucht hatte.

»Und, wie fühlt es sich an?« fragte ich ihn.

»Ganz gut. Es scheuert ein bißchen. Wahrscheinlich hab ich's übertrieben.«

Es war Rays erster Ausflug in die Welt mit seinem nagelneuen Bein. Zur Abwechslung hatten sich die Dinge einmal gut entwickelt – besser als erwartet. Wir waren zu Benny's gefahren, um ein paar Batterien zu kaufen, und hatten in der Hollyhock Avenue angehalten, um nach dem Rechten zu sehen. Und nun saßen wir im Friendly's und aßen zu Mittag, feierten sein neues Bein.

»Sie haben gesagt, sie könnten noch ein paar kleinere Änderungen vornehmen, wenn du es ausprobiert hast«, erinnerte ich ihn. »Du mußt ihnen sagen, daß es scheuert.«

»Ja, Dad«, witzelte er.

Unsere Kellnerin kam mit den Speisekarten. »Hallo. Ich heiße Kristin. Wie geht es Ihnen?«

»Geht Sie nichts an«, sagte Ray. Er grinste, war gut in Form.

»Geht mich nichts an? Okay, Sie alter Miesepeter. Was darf ich Ihnen bringen?«

Ich erkannte sie wieder. Sie war neu gewesen an dem Tag, als sie meinen Bruder und mich bedient hatte, noch in der Ausbildung. Thomas hatte ihr eine Kostprobe seiner religiösen Grundsatzerklärungen gegeben, und sie hatte sprachlos, mit gezücktem Bleistift und einem Bestellblock in der Hand dagestanden. Jetzt, zehn Monate später, war der Golfkrieg vorbei, mein Bruder tot und Kristin ein alter Hase im Umgang mit verschrobenen Gästen.

Ray bestellte Fleischpastete; ich nahm was Überbackenes. Kristin fragte, ob wir unseren Kaffee sofort haben wollten. Und ob wir glaubten, daß der Hurrikan, von dem alle sprachen, wirklich bis nach Connecticut kommen würde.

»Pfft«, machte Ray. »Hurrikan *Bob*. Klingt nicht besonders beängstigend in meinen Ohren. Das wird im Fernsehen furchtbar aufgebauscht.«

Kristin erzählte uns, sie und ihr Freund wollten nach der Arbeit Kerzen, Isolierband für die Fenster und Konserven besorgen. Sie komme aus Minnesota und habe noch nie einen Hurrikan erlebt. Sie sei »total high«.

Nachdem sie außer Hörweite war, murmelte Ray, sie wäre bestimmt nicht mehr so »high«, wenn ihr Dach wirklich wegflog.

»Klar wäre sie das«, erwiderte ich. »Sie ist jung und hat bestimmt einen Vermieter, der sich um das Dach kümmert. Sie muß nichts tun, als es mit ihrem Freund bei Kerzenlicht zu treiben und ihm die Kartoffelchips zu reichen.«

»Klingt nach einem guten Leben«, meinte Ray. »Was zum Teufel machen wir falsch?«

Ich fragte ihn, ob er die Nachrichten über die Sowjetunion verfolgt habe. »Sieht so aus, als wäre der Kommunismus ganz schön in der Klemme, was? Was denkst du darüber?«

Was *er* darüber denke? Gar nichts. Warum? Was solle er denken?

Ich erinnerte ihn daran, daß er im Krieg gewesen war, um den Kommunismus in Korea aufzuhalten, und daß er fast vierzig Jahre lang Atom-U-Boote gebaut hatte, für den Fall, daß die Russen die Bombe warfen.

»Das war alles Politik«, antwortete er. »Ich hab einfach nur jeden Tag meine Arbeit getan ... Du wirst noch an meine Worte denken: Übermorgen sagen die ganzen Fernsehtypen, die so ein Tamtam um Hurrikan Bob machen: ›Hurrikan, was für ein Hurrikan?‹«

Ich saß da, verblüfft über seine Gleichgültigkeit gegenüber dem Wanken des sowjetischen Imperiums.

Dann kam unser Essen, und während wir aßen, leerte sich das Restaurant. Wir redeten kaum, und in der Stille schweiften meine Gedanken zu der Unterhaltung ab, die ich an diesem Morgen am Telefon mit Joy geführt hatte.

Ich *könne* ihr so etwas nicht versprechen, hatte ich gesagt. Sie werde es schaffen; ständig würden neue Medikamente entwickelt. Zum Beispiel dieses AZT, von dem ich vor kurzem gelesen hätte. Ob sie auch davon gehört habe?

Ich versprach ihr, sie zu unterstützen, so gut ich konnte – sie beide zu unterstützen. Aber mein *eigenes* Leben hänge noch immer völlig in der Luft; ich könne mich nicht verpflichten, eine so große Verantwortung zu übernehmen. Das gehe einfach nicht. Sie müsse selbst damit fertig werden. Es gebe Hilfseinrichtungen für Leute in ihrer Situation. Sie müsse nur herausfinden, an wen sie sich wenden könne. Ich wollte eigentlich nicht, daß eine Rede daraus wurde, wie mein Vortrag damals über den Kauf einer Couch. Aber genau das warf Joy mir vor: Ich hielte ihr eine Predigt, wo doch alles, was sie brauchte, ein bißchen Seelenfrieden sei – das Versprechen, daß sich jemand, dem sie vertraue, um ihre Tochter kümmern würde. Daß sie nicht in irgendeinem Pflegeheim bei Perversen landete oder bei Leuten, denen es nur ums Geld ging. Sie hatte bei dem Telefonat mehr geheult als geredet – und schließlich einfach aufgelegt.

»Ich hab über etwas nachgedacht. Was mir Sorgen macht«, sagte Ray in die Stille.

»Ja?« Ich nippte an meinem Kaffee. Dachte, er wollte mit mir über sein Bein sprechen.

»Erinnerst du dich an unsere Unterhaltung vor ein paar Wochen? Über deinen Vater? ... Als ich dir erzählt habe, sie hätte mir nie verraten, wer er war?«

Ich nickte. Hielt den Atem an.

Ihm sei es ähnlich ergangen, begann er – seine Familie habe ihm vorgemacht, Edna sei seine Schwester und nicht seine Mutter. Daran habe er seit unserer Unterhaltung ständig denken müssen. Meine Situation sei natürlich anders, aber in gewisser Hinsicht auch ähnlich. Ihm habe es danach den Boden unter den Füßen weggezogen, als er die Wahrheit herausgefunden habe, aber er habe ein *Recht* gehabt zu erfahren, wer seine Mutter war, verdammt noch mal. Er habe dafür, daß man ihm Sand in die Augen gestreut hatte, den Rest seines Lebens auf die eine oder andere Art bezahlen müssen. Er habe sich anderen Menschen immer unterlegen gefühlt, sich geschämt. Und er sei *wütend* gewesen, wütend auf die ganze Welt.

»Was ... was willst du mir sagen?« Mein Herz raste. Jetzt, da der Moment endlich gekommen war, hatte ich Angst davor, die Wahrheit zu erfahren.

»Ich habe es ihr versprochen, verstehst du? Deiner Mutter ... Sie hat es mir erst ein paar Monate vor ihrem Tod verraten. Vorher wußte ich nichts davon. Ich tappte genauso im dunkeln wie du. Aber als sie krank war, begann es sie zu belasten. Sie müsse es irgendwem erzählen, meinte sie. Ich mußte ihr versprechen, niemandem was zu sagen. Aber ich weiß nicht. Jetzt ist es was anderes. Es geht auch um Geld ... Das hat sie nicht vorhersehen können.«

Wovon sprach er?

»Sie schämte sich irgendwie, verstehst du? Für das, was sie getan hatte. Heutzutage werden andauernd uneheliche Kinder geboren, in allen Farben des Regenbogens, und keiner denkt sich was dabei. Aber damals war das anders. Besonders für Italiener. Die Leute mochten keine Italiener, weißt du. Sie lehnten sie ab, weil sie in Scharen von New York hergekommen waren, um in den Fabriken zu arbeiten ... Die Leute sagten, sie würden stinken, hätten fettige Haare und nichts als Sex im Kopf – all das, was man auch über die Farbigen hört.« Er blickte sich hastig um, ob ein Schwarzer in der Nähe war. »Ich glaube, die Italiener brauchten auch jemanden, auf den sie herabsehen konnten. Viele von ihnen hatten irrsinnige Vorurteile, wenn es um Farbige ging. Oder Indianer. Ihr Vater zum Beispiel: Er hätte sie umgebracht, wenn er es gewußt hätte.«

Ich hörte zu, ohne wirklich zu verstehen, was er sagte. Er hatte gerade Domenico erwähnt, also war er im Begriff, mir zu erzählen, daß mein Großvater mein Vater war.

»Sie sagte, sie habe immer Angst gehabt, daß ihr es herausfinden könntet – nun, nicht sosehr dein Bruder, aber *du*, und daß ... daß du sie dafür hassen würdest. Oder dich selbst. Aber ich weiß nicht. Die Dinge liegen jetzt anders. Du hast ein *Recht*, es zu erfahren, genauso, wie ich ein Recht hatte, das von Edna zu erfahren. Und jetzt, mit diesem Ding ...«

Ich schloß die Augen. Jetzt war es also soweit. *Sag* es einfach.

»Er starb vier oder fünf Monate nach eurer Geburt. Hat nichts von euch gewußt ... Sie war natürlich auch ein bißchen naiv – hatte von vielen Dingen keine Ahnung. Sie erzählte mir, sie habe erst gemerkt, daß sie schwanger war, als sie schon fast die halbe Zeit hinter sich hatte. Damals gab es ja noch kein Fernsehen. Und über so ein Thema wurde nicht wie heute offen gesprochen.«

Ray hatte unrecht. Domenico starb schon, *bevor* Thomas und

ich geboren wurden. Sie hatte Thomas und mich vier Monate nach seinem Tod zur Welt gebracht.

»Er starb in Korea«, sagte Ray.

Ich schaute ihn an. »Was?«

»Er war in Europa stationiert gewesen. In Deutschland, glaube ich. Und dann, als MacArthur in Korea einfiel, hat man ihn direkt dorthin verschifft, ohne vorherigen Heimaturlaub. Er wurde gleich am Anfang getötet – während der Landung bei Inchon, soweit ich weiß.«

Stimmte das? War mein Vater ...?

»Sie erfuhr aus der Zeitung, daß er umgekommen war. Setzte sich mit einem Mädchen in Verbindung, das sie kannte, einer seiner Schwestern oder so, und ich glaube, von ihr erfuhr sie ein bißchen mehr über das, was passiert war. Aber er kam nie mehr nach Hause. Dein Vater. Er hat nichts von euch gewußt.«

»Aber warum ... wieso hat sie ...?«

»Er war ein Farbiger. Jedenfalls zum Teil, glaube ich. Eine von den vielen Varianten. Aber du weißt ja, wie das ist: Du hast ein bißchen farbiges Blut in dir, und schon wirst du als Farbiger angesehen. Zumindest war es damals so. Die Leute vermischten sich nicht so, wie sie es heute tun. Oder hatten uneheliche Babys ... Ihr Vater hätte sie umgebracht, Dominick. Verstehst du? Er hätte sie vermutlich enterbt. Das Komische ist, daß *er* sie miteinander bekannt gemacht hat. Deine Mutter und Henry. Das war sein Name: Henry. Dein *Großvater* kannte seinen *Vater*.«

Die beiden hätten zusammen in der Fabrik gearbeitet, erzählte Ray. Nachdem Henrys Vater gestorben sei, habe Connies Vater sich mehr oder weniger um die Familie gekümmert. Der Mutter von Zeit zu Zeit ein bißchen Geld gegeben, weil die Kinder noch so klein waren. Es sei ungewöhnlich für ihren Vater gewesen, so etwas zu tun, habe Connie gesagt, aber aus irgendeinem Grund griff er Henrys Familie hier und da unter die Arme.

»Dein Großvater war wirklich der Herr im Haus. Was *er* sagte, wurde gemacht. Henry arbeitete in dem Laden, wo sie immer einkaufte; dort lernte sie ihn kennen. Sie sah ihn jeden Tag, wenn sie ihre Einkäufe erledigte. Und so fing es an – weil ihr Vater seinen Vater gekannt hatte und weil sie ihn ständig in dem Laden sah. Zuerst waren sie lange nur Freunde. Jahrelang, glaube ich.

Er schlich sich immer rüber ins Haus und besuchte sie. Ihr Vater arbeitete nachts, verstehst du? Und dann muß wohl eins zum anderen gekommen sein. Sie waren auch nur Menschen. Und, wie gesagt, sie war ein bißchen naiv – wußte selbst dann noch nicht allzuviel, als *ich* auftauchte. War irgendwie hinter dem Mond, noch nachdem sie zwei Babys bekommen hatte ... Ihr Vater hätte sie umgebracht, wenn er gewußt hätte, daß sie sich mit einem Farbigen eingelassen hatte. Hätte sie vermutlich aus dem Haus gejagt, oder sie nach Italien zu seiner Familie geschickt.«

»Haben Sie noch Platz für einen Nachtisch?« fragte Kristin. Ich fiel fast vom Stuhl, so unerwartet kam es. »Oh, Entschuldigung. Habe ich Sie erschreckt?«

»Nein«, sagte ich. »Nein, danke. Wir sind gerade mitten im Gespräch.«

»Oh, Entschuldigung. Ich komme wieder, wenn Sie fertig sind. Oder, wenn Sie wollen, können Sie ...«

»Danke. Wir melden uns. Vielen Dank«, wiederholte ich.

Wir tranken unseren Kaffee und saßen ein paar Minuten schweigend da. Dann streckte Ray seinen Arm aus und tätschelte meine Hand. »Reg dich nicht auf deswegen«, meinte er. »Ich sage immer, Promenadenmischungen sind verdammt gute Hunde.«

»Henry wer?« fragte ich.

»Hm?«

»Henry wer?«

»Drinkwater.«

Als erstes fuhr ich zum Indianerfriedhof und suchte sein Grab. *Henry Joseph Drinkwater, 1919–1950. Im Dienste für sein Vaterland ...* Ich stand da, unfähig, irgend etwas zu empfinden. Es war nur ein gemeißelter Stein, ein Name und zwei Jahreszahlen. In der Ferne konnte ich das unaufhörliche Rauschen der Wasserfälle hören.

In einer Telefonzelle schlug ich die Adresse des Stammesrates der Wequonnoc nach und fuhr anschließend zu einem heruntergekommenen zweistöckigen Haus, auf dessen Hof Schutt lag. Dem Schild folgend, stieg ich die Feuertreppe hoch in den zweiten Stock. Die Tür des Büros war verschlossen. UMGEZOGEN

ZUM WEQUONNOC BOULEVARD, WEQUONNOC-RESERVAT (ROUTE 22), stand auf einem handgeschriebenen Schild.

Ich fuhr zum Reservat hinaus – vorbei an den Bulldozern und Zementmischern, vorbei an dem Gelände, das gerodet und eingeebnet worden war, damit das Kasino gebaut werden konnte. Der neue Hauptsitz des Stammes befand sich am Ende einer unbefestigten Straße, dicht am Waldrand – ein beeindruckendes, dreistöckiges Gebäude aus Zedernholz und Glas, das offenbar kurz vor der Fertigstellung stand.

Ich ging hinein und fragte einen Handwerker, ob er wisse, wo ich Ralph Drinkwater finden könne.

»Ralphie? Na, klar. Zweiter Stock, den Gang ganz durch. Ich glaube, er ist noch da. Das Zimmer geht nach hinten raus.«

Ralph war damit beschäftigt, eine Schweißnaht von Hand abzuschleifen. Er bemerkte mich nicht; ich blieb in der offenen Tür stehen und betrachtete ihn. Er schliff ein wenig, blies den Staub weg, fuhr mit den Fingern darüber und schliff weiter. RALPH DRINKWATER, BEWAHRER DER STAMMESPFEIFE stand auf dem Türschild.

Das Büro war schön. Riesengroß. An der hohen gewölbten Decke sah man Holzbalken, und gegenüber einer Wand aus Glas erhob sich ein Kamin vom Boden bis zur Decke. Mein Gott, was für ein Leben hatte er hinter sich. Seine Schwester ermordet, die Mutter durchgedreht. Und dann diese schäbige Geschichte mit Dell Weeks, der ihn für schmutzige Fotos posieren ließ. Aber Ralph hatte immer klargemacht, wer er war: *Ich bin ein Vollblut-Indianer vom Stamm der Wequonnoc. Also glaube ich nicht, daß alle Ureinwohner verschwunden sind … Ihr solltet* Soul on Ice *lesen! Wirklich! Dieses Buch sagt, wie es ist!* … Man hatte ihn sein ganzes Leben lang verarscht – er hatte im Irrenhaus Toiletten geschrubbt, um Geld zu verdienen … und hatte es trotzdem geschafft, ein anständiger Mensch zu bleiben. Und jetzt war er in diesem großen, schönen Raum in einem nagelneuen Gebäude gelandet. Er war endlich zu seinem Recht gekommen.

»Wird das dein Büro?« fragte ich.

Er drehte sich um, ein wenig erschrocken, und starrte mich drei oder vier Sekunden länger an, als mir angenehm war. Sein Haar glänzte vom Schleifstaub.

»Was kann ich für dich tun?«

Ich sagte, ich wisse es nicht genau. Ich hätte ihn gesucht, weil ich mit ihm sprechen wolle, falls er einen Moment Zeit habe. »Ich habe heute nachmittag etwas herausgefunden«, sagte ich.

»Was denn?«

»Daß der Name meines Vaters Drinkwater war.«

Ich bemerkte das überraschte Aufblitzen in seinen Augen. Sah, wie sie sich mißtrauisch verengten. Er nickte und lehnte sich für ein paar Sekunden an die Wand. Dann kehrte er mir den Rücken zu und schaute aus dem Fenster auf den Wald. Eine vorbeifliegende Krähe war das einzige, was sich bewegte.

»Heute nachmittag?« fragte er. Er drehte sich wieder um und blickte mich an. »Wie meinst du das – du hast es *heute nachmittag* herausgefunden?«

Ich begann zu zittern, konnte nichts dagegen tun. Ich ging zu dem hohen Kamin hinüber und setzte mich. Erzählte ihm von meiner Unterhaltung mit Ray.

Er sagte, er habe die ganze Zeit gewußt, daß wir Cousins waren. Habe angenommen, daß auch ich es immer gewußt hätte, aber ein Geheimnis daraus habe machen wollen.

»Nein, ich habe es *nicht* gewußt«, erwiderte ich. »Bis zwei Uhr heute nachmittag war ich völlig ahnungslos. Ich will nur ... ich versuche nur, das alles zu verstehen. Und ich brauche *Hilfe*, Mann ... Ich brauche ein wenig *Hilfe*.«

Er nickte, kam herüber und setzte sich neben mich vor die Feuerstelle des Kamins. Wir schauten beide durch das Fenster nach draußen auf die reglosen Bäume.

Mein Vater und sein Vater seien Brüder gewesen, sagte Ralph. Seine Tante Minnie habe es ihm irgendwann erzählt, lange bevor sie nach Kalifornien gezogen war. Bevor seine Schwester starb. »Siehst du in der Schule manchmal diese beiden kleinen Jungs, die Thomas und Dominick heißen?« hatte Minnie ihn gefragt. »Das sind Zwillinge, genau wie Penny und du. Sie sind eure Cousins.«

Es seien vier Geschwister gewesen, erklärte Ralph: Henry, Minnie, Lillian und Asa, in der Reihenfolge. Asa, der jüngste und wildeste der vier, sei sein Vater gewesen; alle hätten ihn »Ace« genannt. Die Eltern seien Mischlinge gewesen: Dulce, die Mutter, eine Kreolin und Portugiesin; Nabby Drinkwater, der Vater, ein Wequonnoc, Afrikaner und Sioux.

Bis auf Minnie seien alle Geschwister jung gestorben; Lillian an Gehirnhautentzündung, Henry im Koreakrieg und Ace, weil er betrunken Auto gefahren sei. Er habe die Mutter von ihm und Penny Ann nie geheiratet, sagte Ralph; sie seien drei Jahre alt gewesen, als er sich mit seinem Wagen überschlug und starb. Minnie sei jetzt zwei- oder dreiundsiebzig – eine verwitwete Rentnerin, die ihr Leben lang bei einem Verpackungsunternehmen in San Ysidro gearbeitet habe. Ralph habe sie einmal besucht, sei fast den ganzen Weg dorthin per Anhalter gefahren. Sie schrieben sich. Minnie denke daran, wieder nach Three Rivers zu ziehen, wenn das Kasino fertig sei.

Ralph fragte mich, ob ich mich an seinen Cousin Lonnie Peck erinnern könne, der in Vietnam gefallen sei? Lonnie sei Minnies Sohn gewesen. Sie habe noch vier andere Kinder – zwei Jungen und zwei Mädchen –, alle wohlauf und mit eigener Familie. Minnies Sohn Max sei Beleuchter bei Columbia Pictures. Er, Ralph, habe seinen Namen im Abspann einiger Filme entdeckt: Maxwell Peck, sein Cousin. »Deiner demnach wohl auch«, meinte er.

Er habe meinen Bruder und mich gehaßt, als wir vier die River Street School besuchten – Thomas und ich, er und seine Schwester. Er habe es gehaßt, wie unterschiedlich wir immer behandelt wurden – zwei Zwillingspärchen, das eine schwarz, das andere weiß und deshalb besser. Und dann, nachdem Penny Ann ermordet worden war, an dem Tag, als ich bei der Feier diese Rede über sie gehalten hatte, hätte er mich am liebsten umgebracht, einen Stein genommen und mir den Schädel eingeschlagen. »Ich dachte, du wüßtest es. Ich dachte, du wolltest deinen Vater verleugnen. Dein Wequonnoc-Blut und dein afrikanisches Blut.« Als er zum erstenmal das Wort *Heuchler* hörte, habe er sofort an Thomas und mich gedacht: die Birdsey-Zwillinge, die mit einer Lüge lebten.

Und später, als wir beide in Dell Weeks' Arbeitstrupp aufgetaucht seien, hätte er mir am liebsten wieder eins über den Schädel gegeben. Und meinem Bruder. Sechs verschiedene Arbeitstrupps habe es bei der Stadt gegeben, und sie hätten uns ausgerechnet in seinen gesteckt. Er habe gewußt, daß er genauso gut war wie wir – genauso klug, wenn nicht klüger. Aber dann mußten wir, seine großkotzigen »weißen«, heuchlerischen Verwandten auch noch in den Collegeferien ihm unter die Nase reiben, wie weit man es im Leben bringen konnte, wenn man verleugnete, wer man war, wenn man ein Geheimnis daraus machte.

Unsere Mutter habe ein Geheimnis daraus gemacht, erklärte ich Ralph, nicht Thomas und ich.

»Dein Bruder wußte es«, erwiderte er. »Warum du nicht?«

»Er wußte es doch gar nicht«, meinte ich. »Sie hat es vor uns beiden verheimlicht.«

Dann erzählte Ralph, er und Thomas hätten einmal darüber gesprochen. In jenem Sommer damals habe *Thomas* ihn bei der Arbeit darauf angesprochen, daß sie Cousins seien. »Ich erinnere mich genau an die Unterhaltung. Er erklärte, eure Mutter habe es ihm gesagt.«

»Er *konnte* es nicht wissen«, widersprach ich ihm. »Das hätte sie nicht getan, es ihm erzählt und mir nicht.« Doch als ich das sagte, fiel es mir schlagartig wieder ein, traf es mich mit voller Wucht: An dem Tag, als ich ihn endlich aus dem Hatch rausgeholt hatte und wir den Ausflug zu den Wasserfällen gemacht hatten, war Thomas an Penny Ann Drinkwaters Grab stehengeblieben. *Erinnerst du dich an sie?* hatte er gefragt. *Wir sind ihre Cousins.* Und ich hatte es als sein übliches verrücktes Geschwätz abgetan.

Er hatte es gewußt.

Sie hatte *Thomas* seinen Vater geschenkt, aber mir hatte sie ihn vorenthalten ...

Ralph und ich unterhielten uns noch eine Weile, während ich versuchte, das alles zu verdauen und mich nicht allzusehr in das Gefühl, ungerecht behandelt worden zu sein, hineinzusteigern. Ma und ihre beschissene Art, Thomas in allem zu bevorzugen!

»Und, wie wird man ein Wequonnoc?« fragte ich. »Was muß man tun?«

Ralph verstand mich falsch. Er fing an, von den Bestimmungen des Innenministeriums und einem notariell beglaubigten Stammbaum zu reden, davon, daß der Stamm plane, Gelder auszubezahlen, sobald die Einnahmen aus dem Glücksspiel flossen: »In der Schule haben sie mir immer erzählt, die Wequonnoc seien vollständig ausgelöscht worden. Aber jetzt, wo alle Geld gerochen haben, wärst du überrascht zu hören, wie viele Cousins hier auftauchen.«

»Ich scheiß auf das Geld«, erwiderte ich. »Ich sage dir, ich hab es nicht gewußt. Ich hab es erst vor zwei Stunden erfahren. Ich versuche nur herauszufinden, wer ich überhaupt bin.«

Er schaute mich prüfend an. Dann stand er auf und ging zu einem großen, mit Plastikfolie abgedeckten Schreibtisch, der in der Mitte des riesigen Raums stand. Er hob die Folie hoch, öffnete eine Schublade und nahm etwas heraus. »Hier, fang!« sagte er.

Ich schnappte den Gegenstand aus der Luft und betrachtete ihn: Es war ein einfacher glatter grauer Stein.

»Den hab ich neulich im Reservat gefunden«, erzählte Ralph. »Er lag ganz allein an einem Bachufer. Welche Form hat er?«

Ich blickte wieder auf den Stein und umschloß ihn mit einer Hand. »Er ist oval«, antwortete ich.

Ralph nickte. »Wenn ein Wequonnoc-Baby geboren wird, nehmen die Frauen die Nabelschnur und formen daraus einen Kreis. Sie stecken die Enden ineinander, so daß die Schnur weder Anfang noch Ende hat. Dann verbrennen sie sie, um dem Großen Schöpfer zu danken.«

Ich schaute ihn an und wartete.

»Die Wequonnoc verehren den Kreis«, fuhr er fort, die Ganzheit, die Zyklen des Mondes und der Jahreszeiten. Wir danken dem Großen Schöpfer für das neue Leben und für das Leben, aus dem es entstanden ist. Vergangenheit und Zukunft sind miteinander verbunden. Es geht uns um den Kreislauf der Dinge.«

Ich umschloß den Stein mit der Hand, machte eine Faust und öffnete sie – wieder und wieder. »Den Kreislauf der Dinge«, wiederholte ich in Gedanken.

»Du wolltest wissen, wie man ein Wequonnoc wird? Bitte. Das ist deine erste Lektion.«

Ich sah in Dr. Patels Praxis zum Fenster hinaus, beobachtete, wie der Wind die Bäume hin- und herbewegte und die Wasseroberfläche des dahinrauschenden Flusses kräuselte. Es hatte fast den ganzen Morgen in Strömen geregnet, und der Sturm war immer heftiger geworden. Die Meteorologen warnten, daß der Hurrikan, wenn er gegen Mittag eintreffe, Geschwindigkeiten von bis zu hundert oder hundertdreißig Kilometern pro Stunde erreichen könne. Aber als ich Dr. Patel anrief und sie fragte, ob sie unseren Termin um zehn Uhr wegen der Wetterlage verschieben wolle, verneinte sie – es sei denn, ich wünschte es.

»Möchten Sie mir etwas mitteilen?« fragte sie mich jetzt.

»Nein, ich wollte Ihnen nur sagen, daß es mir ganz schön schwerfällt, nicht wieder die alten Fehler zu machen – mit der Wut und der Eifersucht. Es ist ziemlich erbärmlich, auf einen toten Bruder eifersüchtig zu sein, nicht wahr? Oder wütend auf eine Mutter, die schon fast fünf Jahre unter der Erde liegt. Dennoch, es ist schwer ... Ich meine, *ich* war derjenige, der sie immer wieder danach gefragt hat. *Ich* wollte unbedingt wissen, wer er war. Sie *wußte*, wie viel es mir bedeutete. Hat sie mich vielleicht gehaßt? Hat sie es mir deshalb nicht sagen wollen?«

Dr. Patel schüttelte den Kopf. »Wir können über ihre Beweggründe natürlich nur spekulieren, aber ist Ihnen schon einmal in den Sinn gekommen, daß Ihre Mutter Ihnen die Information in Ihrem eigenen Interesse vorenthalten haben könnte, um Sie zu schützen? Daß sie es also aus Liebe getan hat und nicht aus Haß?

»Wie kommen Sie darauf?«

Sie erinnerte mich daran, daß Ma ihr ganzes Leben damit zugebracht hatte, sich um die Bedürfnisse wütender Männer zu kümmern, zuerst ihres Vaters, dann ihres Ehemanns und schließlich eines ihrer Söhne.

»Sie meinen mich?«

Dr. Patel nickte. »Thomas hatte ein ganz anderes Wesen. Nicht wahr? Es scheint, daß er Ihrer Mutter charakterlich sehr ähnlich war. Ich vermute schon lange, Dominick, daß das, was Sie als die stärkere Liebe Ihrer Mutter zu Ihrem Bruder empfunden haben, vielleicht nur ein größeres Maß an Übereinstimmung gewesen ist. Vielleicht hat sie Thomas von Ihrer beider Empfängnis erzählt, weil sie wußte, er würde nicht zornig reagieren. Vielleicht hatte sie das Gefühl, sie brauchte ihn nicht wie Sie vor seiner eigenen Wut zu schützen.«

»Mich schützen? Das verstehe ich nicht.«

»Nun, nehmen wir an, Sie sind im Alter von dreizehn oder sechzehn oder siebzehn Jahren zu ihr gegangen und wollten wissen, wer Ihr Vater war. Und angenommen, sie hätte ...«

»Ich *bin* zu ihr gegangen«, erwiderte ich. »Es war, als wäre sie taub oder so was.«

»Lassen Sie mich bitte ausreden. Angenommen also, Sie hätten sie um diese Information gebeten, und sie hätte Sie Ihnen gegeben, hätte zu Ihnen, ihrem zornigen Sohn gesagt: ›Dominick, dein Vater war halb Indianer, halb Afroamerikaner.‹ Was glauben Sie, wie Sie reagiert hätten?«

»Keine Ahnung.«

»Denken Sie darüber nach. Könnte es sein, daß Sie verwirrt gewesen wären?«

Ich erwiderte, ich sei jetzt im Moment verdammt verwirrt, weil mein halbes Leben hinter mir liege und ich gerade erst herausgefunden habe, wer ich sei.

»Ihre Verwirrung ist verständlich«, antwortete sie. »Aber mit einundvierzig stehen Ihnen andere Mittel zur Verfügung, damit umzugehen – ein größeres Verständnis der Welt, das Wissen um eine ganze Reihe menschlicher Sehnsüchte und Entbehrungen, das Sie damals nicht hatten. Wenn Sie die Wahrheit mit sechzehn oder siebzehn herausgefunden hätten, glauben Sie nicht, Sie hätten mit der für Sie charakteristischen Wut reagiert?«

»Ich weiß nicht«, meinte ich. »Kann sein. Aber das heißt nicht …«

»Und meinen Sie nicht, Sie hätten diese Wut gegen Ihre Mutter gerichtet? Oder gegen Ihren Bruder? Den Geistesverwandten Ihrer Mutter?«

»Vielleicht.«

»Und eventuell auch gegen sich selbst? Ist es nicht möglich, daß die Wahrheit – zur falschen Zeit offenbart und ohne wirkliche Hilfe, sie zu verarbeiten – Sie vielleicht ein wenig selbstzerstörerisch gestimmt hätte?«

»Selbstzerstörerisch, inwiefern?«

»Nun, auf eine gesellschaftlich sanktionierte Art, typisch für junge amerikanische Männer. Vielleicht mit Alkohol? Oder Drogen? Hinter dem Steuer eines Autos?«

»Und wenn schon – das gibt ihr noch lange nicht das Recht, es mir vorzuenthalten.«

»Verstehen Sie mich nicht falsch, mein Freund. Weder heiße ich die Entscheidung Ihrer Mutter gut, noch will ich sie negativ bewerten. Ich stimme Ihnen zu, daß Sie einen Anspruch hatten, zu erfahren, wer Ihr Vater war. Ich versuche nur, eine mögliche Erklärung für ihr Verhalten zu finden. Zu verstehen, *warum* sie Ihnen dieses Wissen vorenthalten hat.«

Dr. Patel stand auf und kam zu mir ans Fenster. Sie legte ihre Hand auf meine Schulter und sah hinaus in den Sturm. »Übrigens kann ich Ihrer Theorie nicht zustimmen, daß sie Ihnen die Information aus Haß verheimlicht hat. Oder um Sie zu bestrafen, oder Ihnen aus irgendeinem Grund das Leben schwerzumachen. Das glauben Sie doch wohl selbst nicht, oder?«

Ich atmete tief ein und langsam wieder aus. »Nein.«

»Gut, dann machen wir Fortschritte.«

»Tun wir das?«

»O ja, ich glaube schon. Ich habe Sie beobachtet, während wir uns unterhielten. Und mir ist aufgefallen, sobald sich eine Ihrer Hände zur Faust ballt, öffnet die andere sie wieder. Ist Ihnen das bewußt, Dominick? Ich halte es für ein gutes Zeichen. Kommen Sie, setzen Sie sich.«

In alten Mythen, fuhr sie fort, als wir Platz genommen hatten – in den Legenden der Eskimos oder der alten Griechen –, verließen verwaiste Söhne ihr Zuhause, machten sich auf die Suche nach ihren Vätern. Sie suchten die Wahrheit über sich selbst. »In diesen Geschichten entzieht sich die Erkenntnis dem verlorenen Kind zunächst. Und das Schicksal legt ihm Steine in den Weg, gibt ihm Rätsel auf, die es lösen muß, konfrontiert es mit Hindernissen, die es zu überwinden gilt. Aber wenn der Waise durchhält, stolpert er irgendwann endlich aus der Wildnis ans Licht. Und wir jubeln! Endlich hat er seine Abstammung *verdient*, Dominick. Seinen Platz in der Welt. Als Belohnung für seine Mühen erfährt er die Wahrheit über sich und gelangt zu innerem Frieden. Er hat sich das Königreich seines Vaters verdient, wenn Sie so wollen. Das Universum gehört ihm!«

»Und wenn sie nicht gestorben sind, dann leben sie noch heute«, sagte ich.

»Manchmal«, erwiderte sie. »Manchmal nicht. Ich erzähle Ihnen das, weil es eine Möglichkeit ist, das Geschehene zu interpretieren: Bevor Sie Ihren Vater finden konnten, mußten Sie sich ihn vielleicht erst verdienen.«

Ich saß da, die Hände in den Hosentaschen vergraben; die rechte Hand spielte mit dem ovalen Stein.

»So, unsere Zeit ist um«, sagte Dr. Patel. »Wir sollten beide nach Hause fahren, bevor der Sturm uns wegbläst.«

Der Sturm, dachte ich. *The Tempest*, Tempesta, Drinkwater, Birdsey ... Eigentlich wollte ich nach Hause, überlegte es mir dann aber anders und fuhr rüber ins Rivercrest. Ich wollte noch einmal nach Ray sehen.

Er war sauer, daß ich kam. »Herrje, mach, daß du nach Hause kommst! Was ist los mit dir? Kutschierst durch die Gegend, wenn ein Hurrikan im Anzug ist! Mir geht es gut. Alles okay. Fahr nach Hause.«

Auf dem Weg nach draußen ins Unwetter blieb ich in der Eingangshalle stehen, um den Reißverschluß an meiner Regenjacke hochzuziehen. Die Wachen waren alle an ihren gewohnten Plätzen – Daphne, Warren und die anderen. Sie schienen ganz aufgekratzt wegen des Hurrikans; so lebhaft hatte ich sie noch nie gesehen. Und dann fiel mir auf, daß sie fehlte. Die Älteste der Alten. Die Prinzessin mit dem bösen Blick.

»Wo ist denn Ihre Gnaden?« fragte ich Warren.

»Wie?«

»Ihre andere Freundin. Das alte Mädchen.«

»Sie meinen Prosperine? Sie haben sie heute morgen ins Krankenhaus gebracht. Lungenentzündung.«

Prosperine?

»Macht es wahrscheinlich nicht mehr lange, wenn Sie mich fragen. Sie will nichts essen und nichts trinken, heißt es. Ich glaube, mit der geht es zu Ende ...«

Ich hockte zusammengesunken im Wohnzimmer und schaute abwechselnd auf den Fernseher und zum Fenster hinaus. Ich hatte die Badewanne vollaufen lassen, Kerzen und Taschenlampen hervorgeholt und die Fenster verklebt. Es war hart, allein auf einen Hurrikan zu warten.

Ich zappte mit der Fernbedienung durch alle Programme, vom Wetterkanal bis zu CNN: Liveberichte über Hurrikan Bob, Archivbilder von Gorbatschow. Er stehe im Kreml unter Hausarrest, hieß es. Es gebe kaum Informationen. Panzer seien in Moskau eingerollt, um dem stärker werdenden Widerstand in der Bevölkerung zu begegnen …

War es möglich, daß sie noch lebte? Es mußte doch noch andere Prosperines auf der Welt geben. So funktionierte das Leben nun auch wieder nicht.

Ich stand auf und sah erneut aus dem Fenster. Ein Ast flog vorbei, eine Dachrinne wurde scheppernd über die Straße gefegt … Sie war nicht mal mehr bei klarem Verstand, um Himmels willen. Sie hatte tagtäglich völlig apathisch in der Eingangshalle herumgesessen, wie sollte sie mich überhaupt erkannt haben?

Dann dämmerte es mir: Sie hatte nicht *mich* erkannt, sondern meinen Großvater.

Die Anführer des Putsches verhängten eine Nachrichtensperre. Der Wind heulte, das Licht flackerte und ging dann ganz aus. Hurrikan Bob war angekommen – hatte den Tag zur Nacht gemacht.

Und das war's dann, dachte ich. Sie stirbt. Wird den Sturm wahrscheinlich nicht überleben. Ich zog meinen Regenmantel an, setzte die Kapuze auf und trat hinaus in den Wind und den peitschenden Regen. Auf dem kurzen Weg vom Haus zum Auto wurde ich bis auf die Haut durchnäßt. *Bleiben Sie zu Hause,* hatten alle Fernsehstationen gewarnt. Ich ließ den Wagen an.

Die Straßen waren leer, die Scheibenwischer so gut wie zwecklos. In der Ferne heulten Sirenen. Ich steuerte zwischen abgebrochenen Ästen und umherfliegenden Dachziegeln hindurch. Ein paarmal dachte ich, der Wagen würde von der Straße gefegt. Aber ich schaffte es.

Die Lampen leuchteten schwächer als sonst; als ich den Korridor entlangging, konnte ich das Rattern der Notstromaggregate hören und spüren. Zimmer 414 A, hatte man mir am Eingang gesagt. Ich nahm die Treppe, stieg in den ersten, dann in den zweiten Stock, und als ich am dritten vorbei war, blieb ich stehen und kehrte um. Ging zu der Station, auf der Dessa arbeitete, zur Kinderstation.

Es war still dort. Nur ganz wenige Menschen: die Kinder und drei oder vier Eltern. Dessa war nicht da.

Eine Schwester starrte mich an, als ich Brettspiele aus einem Pappkarton räumte. »Ich, äh, … ich bin ein Freund von Dessa.

Dessa Constantine. Ich wollte nur ... ich muß mir diese beiden mal für ein paar Minuten ausleihen.« Ich öffnete den Käfig, hob die Kaninchen nacheinander heraus und setzte sie in den Karton.

»Sie können sie nicht einfach mitnehmen«, meinte die Schwester. »Sie gehören der Station.«

»Ja, ich weiß. Ich leihe sie mir nur aus. Ich bringe sie gleich wieder zurück. Es ist ... es ist eine Art Notfall.«

Ich ging rückwärts hinaus. Ein Kaninchen-Notfall; die Schwester mußte mich für übergeschnappt halten. Draußen tobte der Hurrikan, und hier drin entführte einer Kaninchen.

ALBRIZIO, PROSPERINE. NICHT WIEDERBELEBEN. Prosperine Albrizio? Prosperine Tucci? Es war nicht wichtig, wie sie hieß. Wichtig war, daß ich noch rechtzeitig zu ihr kam.

Ich betrat das Zimmer, setzte den Karton auf dem Boden ab und stellte mich neben ihr Bett.

»Sie müssen ... Sie müssen mir vergeben«, begann ich. Ihr Atem ging keuchend, ihre milchigen Augen waren zu Schlitzen verengt. Ich konnte nicht erkennen, ob sie bei Bewußtsein war. Merkte sie überhaupt, daß jemand bei ihr am Bett stand?

»Können Sie mir vergeben?« fragte ich. »Mich wieder ganz machen?«

Ich bückte mich, packte die beiden Kaninchen am Nackenfell und nahm sie hoch – hielt sie der sterbenden Frau vors Gesicht. Eines von ihnen trat in die Luft, beruhigte sich dann aber. Hin und her, hin und her schaukelten sie vor der Äffin.

Sie stöhnte leise. Schloß die Augen. Der Wind peitschte den Regen gegen das Gebäude.

Ich ließ ein Kaninchen in den Karton fallen, hielt ihr das andere aber weiter vors Gesicht. Und als sie die Augen wieder öffnete, war aus den zwei Kaninchen eins geworden.

Sie sah, wie ich es hin und her pendeln ließ – erkannte die Umkehrung des dunklen Zaubers, dessen Zeugin sie vor langer, langer Zeit gewesen war.

»Vergeben Sie mir«, flüsterte ich.

Ihre zitternde alte Hand kam unter der Decke hervor und streichelte das Fell des Kaninchens. Ich beobachtete, wie sie die Hand von dem Tier zurückzog und zuerst ihre Stirn, dann ihr Herz, und schließlich die linke und die rechte Schulter berührte. Sie schloß die Augen. Ich setzte das Kaninchen wieder in den Karton und ging hinaus.

Ich schaute mich nicht um.

48

Das ist natürlich nicht alles. Die zu einem Kreis geformte Nabelschnur hat keinen Anfang und kein Ende.

Hurrikan Bob stürmte durch Three Rivers und weiter aufs Meer. Die Putschisten in Moskau scheiterten, Gorbatschow wurde befreit und dem Sowjetkommunismus das Genick gebrochen. *Ducken und den Kopf bedecken,* hatte man uns in der Grundschule beigebracht. *Der Kommunismus kann uns in Stücke reißen!* Und als Kinder des Kalten Krieges hatten wir diese Haltung beibehalten bis zu dem Tag, an dem Jelzin auf einen Panzer kletterte und sich gegen die Unterdrückung erhob. Bis wir hunderttausend Aufständische toben sahen.

Prosperine Albrizio hatte zur drittletzten Gruppe von Psychiatriepatienten gehört, die das Settle-Gebäude der Landesklinik ausspuckte, bevor es im März 1992 seine Tore für immer schloß. Über eine Prosperine Tucci existierten keine Aufzeichnungen, und ich fand auch keinerlei Hinweis darauf, daß Prosperine Albrizio und mein Bruder sich während ihres Aufenthalts im Settle begegnet waren – daß Thomas ihr vielleicht eine Tasse Kaffee von seinem Wagen gereicht hatte oder die alte Frau eines Tages im Speisesaal an ihm vorbeigehumpelt war und sich in der Gegenwart ihres siegreichen Rivalen wähnte – unseres Großvaters, der sie eingesperrt hatte. Falls es überhaupt Prosperine Albrizio war, die Domenico eingesperrt hatte ... Falls Prosperine Albrizio identisch war mit Prosperine Tucci ...

Im Februar 1994, nach einem dreimonatigen Gerichtsprozeß, wurden Dr. Richard Hume und vier weitere Ärzte, allesamt Angehörige des Verwaltungsrats, von dem Vorwurf der Fahrlässigkeit im Zusammenhang mit der Verbreitung von AIDS in der forensischen Klinik Hatch freigesprochen. Die verbliebenen 127 Insassen des Hatch wurden nach Middletown verlegt, die forensische Abteilung des Three Rivers State Hospital geschlossen. Kurioserweise wird das mittlerweile verlassene Gelände der Landesklinik, einst Teil der heiligen Jagd- und Fischgründe der Wequonnoc, wahrscheinlich wieder an den Stamm zurückfallen. Abgesandte des Stammes und der Gouverneur von Connecticut stehen deswegen in intensiven Verhandlungen.

Die Electric-Boat-Werft, in der Atom-U-Boote hergestellt werden und die in der zweiten Hälfte des zwanzigsten Jahrhunderts das wirtschaftliche Rückgrat der Region bildete, hat nach dem Kalten Krieg fast ihre gesamte Belegschaft entlassen. »Geisterwerft« nennen die Leute nun die einst florierende Produktionsstätte, wo mein Bruder und ich vor langer Zeit Zeugen des Stapellaufs der *Nautilus* wurden und für ein Foto mit der First Lady der Vereinigten Staaten von Amerika posierten. Während also das Geschäft mit den Atom-U-Booten hier im Osten von Connecticut rückläufig ist, floriert das Geschäft mit dem Glücksspiel. Das Wequonnoc Moon Casino Resort eröffnete im September 1992 und hat selbst optimistischste Erwartungen bei weitem übertroffen. In den sechs Jahren, die Wequonnoc Moon besteht, sind die Umsätze stetig gestiegen, und der Komplex aus Kasinos und Hotels erhebt sich wie ein Märchenland inmitten der verschlafenen Wälder jenseits der Route 22. In der Freizeitanlage, die Befürworter, aber auch Kritiker hat, sind fünfundsiebzigtausend Menschen beschäftigt. Der Auto- und Busverkehr dorthin reißt Tag und Nacht nicht ab, und das Planungskomitee prüft, ob die Kasinobesucher aus New York in Zukunft per Schiff über den Sachem River und die aus Boston mit einer Hochgeschwindigkeitsbahn hierhergeschafft werden können. Wir 415 Mitglieder der Wequonnoc-Nation sind allesamt Millionäre.

Dessa und ich gingen zum erstenmal im Herbst 1993 wieder

zusammen aus, wobei wir uns schon vorher regelmäßig auf der Kinderstation trafen. Sie rief mich eines Nachmittags aus heiterem Himmel an und verkündete: »Ich habe eine Karte für das Spiel der Frauenmannschaft der UConn heute abend übrig. Ich gehe sonst immer mit Angie hin, aber sie kann diesmal nicht.«

»*Frauen*-Basketball?« fragte ich abfällig. Aber natürlich nahm ich die Einladung an. Die ersten paar Minuten des Spiels saß ich da und benahm mich wie ein Chauvinistenschwein, gab pausenlos ironische Kommentare ab.

»Ach, halt's Maul, Dominick«, befahl Dessa mir irgendwann und knuffte mich mit dem Ellbogen in die Seite. »*Zeig's ihnen, Jamelle!*«

Am Ende der Saison kannte ich die Namen aller Spielerinnen und konnte Vorträge über die Stärken und Schwächen sämtlicher Frauenmannschaften im Osten der USA halten. Dessa und ich fuhren 1995 zusammen nach Minneapolis und waren dabei, als die UConn-Frauen die Landesmeisterschaft gewannen.

In jenem Frühjahr machte ich Dessa einen Antrag. Wir waren zum Cape Truor gefahren und gingen am Strand von Long Nook spazieren; es war Mitte Mai, die Sonne schien – ein Tag wie aus dem Bilderbuch. Ich hatte es nicht geplant, hatte keinen Ring in der Tasche oder so was. Ich legte einfach meinen Arm um sie, küßte sie auf die Stirn und fragte sie, ob sie es noch einmal mit mir versuchen wolle.

Sie lächelte nicht. Eigentlich wirkte sie sogar ein wenig erschrocken, und ich dachte: *Du bist ein Idiot, Birdsey. Du hast ihr versprochen, sie nicht zu drängen.*

Sie antwortete, sie sei ziemlich sicher, daß es keine gute Idee wäre. Es gefalle ihr inzwischen, allein zu leben. Aber sie werde darüber nachdenken.

Ich sagte ihr, wir könnten den Antrag auch einfach vergessen, wenn sie wolle.

Nein, erwiderte sie, und bat um eine Woche Bedenkzeit.

Wir verließen den Strand, schlenderten zum Hotel und tranken ein Glas Wein. Dann gingen wir zum Abendessen. Keiner von uns erwähnte das Gespräch am Strand, aber es stand zwischen uns, riesengroß, wie ein Buick im Wohnzimmer. Ich und Dessa und dieser Buick in Form eines Heiratsantrags, mit dem ich vermutlich alles verdorben hatte. Ich hatte sie völlig unvorbereitet damit konfrontiert: Willst du noch einmal unterschreiben? Es noch einmal mit dem Typ versuchen, der dich fast erstickt hätte? Also, wenn ich sie gewesen wäre, *ich* hätte nein gesagt ...

Nach dem Essen landeten wir in einer Freizeitanlage. Dessa schlug mich vernichtend beim Skee-Ball und ich sie beim Minigolf. Es war ein schöner Abend, war insgesamt ein schönes Wochenende gewesen, aber nun schwiegen wir die meiste Zeit. Waren mit unseren Gedanken woanders. Ich sagte mir immer wieder, ach, hätte ich nur den Mund gehalten.

Wir gingen zurück zum Hotel, legten uns in die getrennten Betten. Nach den Nachrichten kam ein alter italienischer Schwarzweißfilm: *Fahrraddiebe*. Dessa konnte nicht glauben, daß ich noch nie davon gehört hatte. Sie meinte, es sei wahrscheinlich der traurigste Film, den sie je gesehen habe.

»Wirklich? Toll.« Ein paar Minuten nachdem er angefangen hatte, schlief ich ein.

Ich wachte von ihrem Weinen auf. Sie saß neben mir und schluchzte heftig. »Was ist?« fragte ich und schielte zum Fernseher. Der Abspann lief gerade. »Was ist denn los? Der Film?«

Sie schüttelte den Kopf. Machte die Nachttischlampe an. Wir mußten beide blinzeln.

»In Ordnung«, sagte sie.

»Was ist in Ordnung?«

»Laß es uns noch mal versuchen.«

Ich versuchte, in ihrem Gesicht zu lesen. »Ja? Bist du sicher? Wir können jederzeit ...«

»Ich liebe dich noch immer. Und ich habe keine Angst mehr vor dir. Also, okay.«

»Ja?«

»Ja.«

Wir hielten es schlicht und einfach, Leo und Angie waren unsere Trauzeugen, genau wie beim erstenmal.

Und übrigens, Leo *bekam* den Job als Geschäftsführer bei Constantine Motors. Big Gene war natürlich dagegen gewesen, aber Thula und ihre beiden Töchter ließen ihre weiblichen Muskeln spielen und setzten die Beförderung durch. Und was macht Leo, der alle Leute immer so perfekt verscheißern konnte, als er endlich an der Spitze ist und das Eckbüro hat? Er wird ehrlich, hört auf mit all den Tricks und Finten – den falschen Werbegeschenken, den geschönten Preisen der in Zahlung gegebenen Wagen – und bringt diese Ehrlichkeit in allen Fernsehspots rüber, in denen er, natürlich, höchstpersönlich auftritt. »Das sind die Neunziger, Birdy«, lautet sein Kommentar. »Die Leute sind es leid, verarscht zu werden.« Und offensichtlich geht die Formel auf: Isuzu hat ihn gerade zum Geschäftsführer des Jahres ernannt. Seine Verkaufszahlen steigen seit elf Monaten stetig.

Das gilt offensichtlich auch für die Anzahl seiner Spermien, dank Boxershorts, die er trägt. Nach dem Ergebnis der Fruchtwasseruntersuchung wird ihr drittes Kind ein Junge werden. Angie und Leo sind in ihrem Schwangerschaftskurs bei weitem die ältesten. Sie wollen ihn Leo Junior nennen. Er soll Ende Oktober zur Welt kommen.

Einen Monat nach der Eröffnung des Wequonnoc-Moon-Kasinos steuerte Tante Minnie ihr Wohnmobil von Kalifornien zurück zu uns in den Osten des Landes. Sie ist inzwischen eine der Ältesten des Stammesrats: Prinzessin Lachende Frau. Sie erzählt dreckige Witze, tanzt gerne und bereitet ein Chili zu, bei dem einem nach dem ersten Bissen die Flammen aus dem Hals schlagen. Minnie hatte meine Mutter gekannt und half mir, ein paar Lücken zu füllen. »Ich sage nicht, daß es keine Probleme gab«, erzählte sie mir. »Aber die beiden waren verrückt nacheinander – Connie und Henry. Er redete ständig von ihr. Du und dein Bruder, ihr seid aus wahrer Liebe entstanden.«

Ralph und ich sind uns mit der Zeit nähergekommen. Schließlich haben wir eine lange gemeinsame Geschichte und sind Blutsverwandte. Und uns verbindet noch etwas anderes, über das wir nur einmal gesprochen haben: Wir kennen beide die einzigartige Einsamkeit des übriggebliebenen Zwillings. Eines Abends – nach einer Ratsversammlung – saßen Ralph und ich noch zusammen in seinem Büro, um etwas zu trinken. Ich fragte ihn ohne Umschweife, ob er mir verzeihen könne, daß ich ihn vor langer Zeit im Vernehmungszimmer des Polizeireviers verraten hatte. Er dachte darüber nach, nippte langsam an seinem

Chivas und sagte schließlich, er habe es wahrscheinlich längst getan.

Es ist wirklich sehenswert, Ralph in Aktion zu erleben, wenn er die Gemüter bei diesen stürmischen Versammlungen des Stammesrats beschwichtigt. Er ist fair und ausgleichend – einer der besten Führer, die wir haben. Er war es auch, der diesen Schreibtisch aus der Eingangshalle des Kasinos entfernen ließ, an den sich die Spielsüchtigen gesetzt hatten, um per Unterschrift ihre Autos und die Hypotheken auf ihren Häusern in Chips umzuwandeln. Er ist und bleibt ein gerechter Mensch. Mein Cousin. Ralph.

Ray gewöhnte sich ohne große Probleme an seine Prothese und zog wieder zurück in die Hollyhock Avenue. Eine Zeitlang lief alles bestens; er hatte noch drei oder vier gute Jahre und erlitt dann einen so schweren Schlaganfall, daß er wieder im Rivercrest landete. Sein Kumpel Norman war inzwischen gestorben, aber Stony war noch immer dort, vergleichsweise munter. Nach dem Schlag war zunächst Rays ganze rechte Seite gelähmt; er konnte nicht sprechen, nicht ohne fremde Hilfe gehen und nichts schlucken, was nicht vorher püriert worden war. In der Zwischenzeit hat er sich wieder einigermaßen erholt. Wir haben ihm ein kleines Dreizimmerapartment am Father Fox Boulevard gemietet, in dem Zentrum mit Altenwohnungen, das die Gemeinde im letzten Jahr eingerichtet hat. Ich hätte mir mehr leisten können, aber er wollte gern dorthin. Ich sehe fast jeden Tag nach ihm oder rufe ihn an, wenn ich nicht kommen kann. Es geht ihm ganz gut.

Das Haus in der Hollyhock Avenue Nummer 66–68 hat eine ganze Weile leergestanden. Ich überlegte hin und her, was damit passieren könnte, aber dann waren Dessa und ich eines Abends bei Lisa Sheffer und ihrer Freundin Monica zum Essen eingeladen. Wir unterhielten uns während der Mahlzeit darüber, daß es kein Frauenhaus in Three Rivers gab und daß hilfesuchende Frauen im Notfall mit ihren Kindern bis nach Easterly fahren mußten. Das erste Geld vom Kasino war inzwischen eingegangen, und eins führte zum anderen. Sheffer und ich klapperten das Bezirksamt und drei oder vier staatliche Behörden ab und stellten einen Antrag. Ehe wir's uns versahen, war Domenicos *casa di due appartamenti* zum Concettina-T.-Birdsey-Frauenhaus geworden. Monicas Firma, Womyn's Work, führte die Umbauarbeiten durch. Sie versetzten die Treppe und rissen die Mauer zwischen den beiden Haushälften ein – machten *ein* Haus daraus.

Joy starb im März 1997. Es war hart – belastete alle sehr, auch Dessa und mich. Joy hatte tapfer gekämpft. Das erste Mal, als wir sie im Shanley Memorial Hospital besuchten, erzählte Joy Dessa, wie sie sie und Angie im Einkaufszentrum gesehen hatte und ihnen bis in ein Café gefolgt war. Sich hinter sie gesetzt, ihrer Unterhaltung zugehört und gewünscht hatte, sie wäre Dessas Freundin. Und nun, in ihrem letzten Lebensjahr, wurde dieser Wunsch Wirklichkeit, freundeten sich Joy und Dessa an.

Dessa und Tyffanie mochten sich von Anfang an – noch bevor Dessa sie zu all diesen Frauen-Basketballspielen der UConn mitnahm, lange bevor sie zu uns zog. Mit ihren sechs Jahren kennt Tyffanie bereits alle Spielerinnen und hat von fast allen ein Autogramm. Neulich hat sie draußen in der Einfahrt ihren ersten Korb geworfen. Das Ding hängt auf normaler Höhe ... und *zack*. Ich konnte es kaum glauben.

Die Adoption wurde im vergangenen Januar bewilligt, ein paar Tage nach meinem Geburtstag. Joy hatte den ganzen Papierkram zwei oder drei Monate vor ihrem Tod erledigt, hatte gleichzeitig geweint und gelacht, als sie die Papiere unterschrieb. Mein Gott, was war sie schon schwach, als sie zu mir sagte, wie froh sie sei, daß ich der Vater ihres kleinen Mädchens wurde.

Ungefähr zu der Zeit, als wir Tyff zu uns nahmen, hörte ich auf, zu Dr. Patel zu gehen. Bei unserer letzten Sitzung erzählte ich ihr von meinem neuesten Thomas-Traum, diesem im Unterbewußtsein stattfindenden Wechsel: Wenn ich einschlief, wurde ich zu meinem Bruder.

»Ich habe eine mögliche Erklärung für Ihre Träume«, meinte Dr. Patel. »Möchten Sie sie hören?«

»Natürlich. Als ob ich Sie davon abhalten könnte ...«

»Ich glaube, Sie versuchen, das zu bewahren, was gut war an Ihrem Bruder. Seine Freundlichkeit, seine Sanftmut. Vielleicht wollen Sie nun zugleich Sie selbst *und* Thomas sein. Was wunderschön wäre, oder nicht? Ihre Stärke und die Sanftmut Ihres Bruders in einer Person vereint.«

Ich nickte, lächelte. »Wissen Sie was«, sagte ich. »Ich glaube, ich bin hier fertig.«

»Das glaube ich auch«, antwortete sie, und wir vergossen beide ein paar Tränen und umarmten uns. Ich betrachtete die kniehohe Statue am Fenster: den lächelnden, tanzenden Shiva. Und ich ging hin und nahm das verdammte Ding, schnappte mir Dr. Patel, und wir drei tanzten im Kreis in ihrem Büro herum.

Wir Wequonnoc-Indianer verehren die Ganzheit – den Kreislauf der Dinge.

Ich war einundvierzig, als ich meinen Bruder verlor und meine Väter fand – den einen, der lange zuvor gestorben war, und den anderen, der die ganze Zeit dagewesen war. In den Jahren, die seitdem vergangen sind, bin ich ein reicher Mann geworden, Vater eines kleinen Mädchen und zum zweitenmal Ehemann der Frau, die ich immer geliebt habe, von der ich aber glaubte, sie verloren zu haben. Erneuere dein Leben, sagen die alten Mythen, und das Universum gehört dir.

Ich unterrichte amerikanische Geschichte an der Wequonnoc-Schule – eine andere Art von Geschichte als die, die Mr. LoPresto uns beibrachte. Meine Schüler sträuben sich gegen Tests, beschweren sich, wenn ich ihnen zu viele Hausaufgaben aufgebe, und lernen – das ist jedenfalls mein Wunsch –, daß Macht, wenn sie falsch eingesetzt wird, sowohl den Unterdrückten als auch den Unterdrücker in die Knie zwingt. Mehr als jeder andere war es mein Großvater mütterlicherseits, Domenico Onofrio Tempesta, der mich dies lehrte. Inzwischen empfinde ich so etwas wie Dankbarkeit für das Vermächtnis des Alten, dieses verwirrende Dokument, mit dem er versuchte, der »Jugend Italiens« seine »Größe« zu beweisen – und so kläglich scheiterte. Inzwischen glaube ich, daß Gott – das Leben – barmherzig *und* zynisch sein kann. Domenico erreichte seine wahre Größe erst, als er das geliehene Diktaphon auf die Veranda gerollt, den Stenographen nach Hause geschickt und sich in den Garten zurückgezogen hatte, um sich seinem Scheitern zu stellen. Um sich in Demut zu üben. Großvater, ich achte dein Geschenk.

Ich bin kein besonders kluger Mann, aber eines Tages bin ich aus den dunklen Wäldern meiner Seele und der Vergangenheit meiner Familie, meines Landes, gestolpert und halte folgende Wahrheiten in den Händen: Liebe wächst auf dem fruchtbaren Boden des Vergebens; Promenadenmischungen geben gute Hunde ab, und der Gottesbeweis liegt im Kreislauf der Dinge.

Soviel habe ich zumindest herausgefunden. Soviel ist sicher.

Danksagung

Diese Geschichte ist auf eine mir selbst nicht ganz verständliche Weise mit dem Leben und dem Tod der folgenden Menschen verbunden: Christopher Biase, Elizabeth Cobb, Randy Deglin, Samantha Deglin, Kathy Levesque, Nicholas Spano und Patrick Vitagliano. Ich hoffe, daß der Roman die Erinnerung an sie wachhält und soweit wie möglich die Hingabe und Kraft ihrer Hinterbliebenen würdigt.

Ich bin Linda Chester, meiner Literaturagentin und Freundin, sowie ihrer Teilhaberin Laurie Fox zu großem Dank verpflichtet – was kann sich ein Schriftsteller mehr wünschen?

Ich danke meiner Verlegerin und *paesana* Judith Regan für ihre Loyalität, ihr Vertrauen, ihre Geduld und ihre engagierten Kommentare zu meiner Arbeit. *Grazie*, Judith.

Die folgenden Schriftstellerkollegen halfen mir während der gesamten Entstehungszeit des Romans mit wertvollen und konstruktiven Anmerkungen, und ich bin beschämt und zugleich dankbar, daß so viele sich interessiert gezeigt haben: Bruce Cohen, Deborah DeFord, Laurie Fox, Joan Joffe Hall, Rick Hornung, Leslie Johnson, Terese Karmel, Ann Z. Leventhal, Pam Lewis, David Morse, Bessy Reyna, Wanda Rickerby, Ellen Zahl und Feenie Ziner. Ein Roman dieses Umfangs ist ein großes, zotteliges Tier und seine Entstehung ein komplexer Prozeß, der Zuversicht, Glück und moralische Unterstützung erfordert sowie Kenntnisse, die weit über das hinausgehen, was der Autor mitbringt. Ich verneige mich tief vor den folgenden Personen, die auf unterschiedlichste Weise halfen, die Geschichte zu entdecken, zu erzählen und zu veröffentlichen (und in zwei Fällen aus den ewigen Tiefen des Datennirwana zurückzuholen): Elliott Beard, Andre Becker, Bernice Bennett, Lary Bloom, Cathy Bochain, Aileen Boyle, Angelica Canales, Lawrence Carver, Lynn Castelli, Steve Courtney, Tracy Dane, Barbara Dombrowski, David Dunnack, John Ekizian, Sharon Garthwait, Douglas Hood, Gary Jaffe, Susan Kosko, Ken Lamothe, Linda Lamothe, Doreen Louis, Peter Mayock, Susan McDonough, Alice McGee, Joseph Mills, Joseph Montebello, Bob Parzych, Maryann Petyak, Pam Pfeifer, Pit Pinegar, Nancy Potter, Joanna Pulcini, Jenny Romero, Allyson Salazar, Ron Sands, Maureen Shea, Dolores Simon, Suzy Staubach, Nick Stevens, Christine Tanigawa, David Teplica, Denise Tyburski, Patrick Vitagliano Jr., Oprah Winfrey, Patricia Wolf, Shirley Woodka, Genevieve Young, der Frühschicht der Sugar Shack Bakery und meinen Studenten an der Norwich Free Academy und an der University of Connecticut.

Ich danke Rita Regan, die mir als Lektorin zur Seite stand und mich in allen Sizilien betreffenden Fragen beriet, sowie Mary Ann Hall, die mir Gabriele D'Annunzios *Novelle della Pescara* ans Herz legte.

Mein besonderer Dank gilt Ethel Mantzaris für die langjährige Freundschaft und treue Unterstützung.

Schließlich möchte ich Christine Lamb danken, meiner geliebten Frau, die mir ein Leben als Schriftsteller überhaupt erst ermöglicht. Die Dankbarkeit, die ich ihr gegenüber empfinde, läßt sich nicht in Worte fassen.

Darüber hinaus achte und verehre ich die folgenden Lehrer, die – jeder auf seine Weise – Leistung und Kreativität förderten: Frances Heneault, Violet Shugrue, Katherine Farrell, Leona Comstock, Elizabeth Winters, Leonora Chapman, Miriam Sexton,

Richard Bilda, Victor Ferry, Dorothy Cramer, Mildred Clegg, Mary English, Lois Taylor, Irene Rose, Daniel O'Neill, Dorothy Williams, James Williams, Alexander Medlicott, Alan Driscoll, Gabriel Herring, Frances Leta, Wayne Diederich, Joan Joffe Hall, Gordon Weaver und Gladys Swan.

Auch den folgenden »schriftstellerfreundlichen« Einrichtungen möchte ich für ihre Unterstützung während der Entstehung des Romans meinen Dank aussprechen: der Norwich Free Academy, der Stadtbücherei in Willimantic, Connecticut, der Homer D. Babbidge-Bibliothek der University of Connecticut sowie der Connecticut Commission on the Arts.

Dieser Roman wäre ohne die großzügige Unterstützung des National Endowment for the Arts nie zustande gekommen.